모리스 르블랑

Maurice Marie Émile Leblanc, 1864.11.11~1941.11.6

1864년 프랑스 루앙에서 태어나 양털가공 및 유통업에 종사하는 집안에서 유복한 어린 시절을 보냈다. 모파상과 플로베르를 흠모하며 작가의 꿈을 키웠고, 고등학교를 우수한 성적으로 졸업한 후 노르망디 전역을 자전거로 여행했다. 이때 섭렵한 에트르타 절벽이라든가 쥐미에주 수도원, 센 강, 생방드리유의 폐허 등은 이후 그의 작품에 끊임없이 등장한다. 가업을 이으라는 권유를 뿌리치고, 문학에 대한 일념 하나로 파리 생활을 시작한다. 1889년부터 콩트집 『커플들』, 장편소설 『어떤 여자』 등 심리주의 소설들을 발표하여 문단의 주목을 받았으나, 대중적 인기는 누리지 못한다.

1905년 『주세투』의 편집장 피에르 라피트와 의기투합하여, 영국에서 돌풍을 일으키고 있는 셜록 홈스에 필적할 걸작을 발표하는데, 그 작품이 바로 「아르센 뤼팽 체포되다」이다. 기존 질서와 상식을 조롱하는 매혹적인 괴도 아르센 뤼팽의 등장에 독자들은 열광했고, 라피트는 부랴부랴 후속작을 채근한다. 결국 단발로 끝날 예정이었던 괴도신사 이야기는 35년여에 걸친 역사상 유례없는 추리활극으로 이어진다.

아르센 뤼팽 시리즈가 전 세계적으로 성공하면서, 르블랑은 쏟아지는 재출간, 번역, 영화 각색 등등의 저작권 계약 요청에 시달리는 한편으로 매번 기상천외한 상상력을 선보여야 한다는 심리적 중압감에 짓눌리게 된다. 하지만 대중의 흥미를 끌 줄거리에만 치중하기보다는 원고의 몇 배 분량 파지를 쌓고서야 한 편을 완성하고, 완성된 후에야 연재를 허락하는 작가로서의 완벽주의를 끝까지 견지하며 단편 38편, 중편 1편, 장편 17편, 희곡 5편으로 구성된 방대한 작품 세계를 구축해낸다.

1912년 아르센 뤼팽 시리즈로 프랑스인의 애국심과 자존심을 크게 고취시킨 공로를 인정받아 레지옹 도뇌르 훈장을 받는다. 1941년 폐울혈로 사망했다.

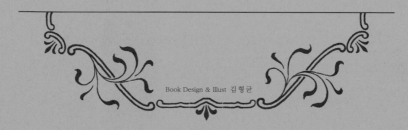

Book Design & Illust 김형균

결정판
아르센 뤼팽
전집

2

Arsène Lupin gentleman-cambrioleur reviendra quand les meubles seront authentiques.

괴도신사 아르센 뤼팽,
"진품이 제대로 갖춰지면
다시 방문하겠음."

결정판
아르센 뤼팽 전집

모리스 르블랑 지음 | 성귀수 옮김

2

arte

ARSÈNE LUPIN

Contents

【 일러두기 】

1. 번역에 사용한 저본은 다음과 같다.
  - 『모리스 르블랑(Maurice Leblanc)』 I-IV, 르 마스크(Le Mask) 출판사, 1998~1999년
  - 「이 여자는 내꺼야(Cette femme est à moi)」, 1930년 타자원고
  - 「아르센 뤼팽, 4막극(Arsène Lupin, 4 actes)」, 피에르 라피트(Pierre Lafitte) 출판사, 1931년
  - 「아르센 뤼팽과 함께한 15분(Un quart d'heure avec Arsène Lupin)」, 1932년 타자원고
  - 『아르센 뤼팽의 마지막 사랑(Le Dernier Amour d'Arsène Lupin)』, 1937년 타자원고
  - 『아르센 뤼팽의 수십억 달러(Les Milliards d'Arsène Lupin)』, 아셰트(Hachette) 출판사 1941년 판본과 거기서 누락된 에피소드의 1939년 『로토』 연재원고 편집본
  - 「아르센 뤼팽의 귀환(Le Retour d'Arsène Lupin)」, 로베르 라퐁(Robert Laffont) 출판사의 1986년 판본 '아르센 뤼팽 전집' 제1권 수록
  - 「아르센 뤼팽의 외투(Le Paredessus d'Arsène Lupin)」, 마누치우스(MANUCIUS) 출판사, 2016년
  - 「부서진 다리(The Bridge that Broke)」, 인디펜던틀리 퍼블리쉬드(Independently published) 출판사, 2017년

2. 고유명사의 한글 표기는 국립국어원 외래어표기법을 따르는 것을 원칙으로 하되, 몇몇 예외를 두었다.

3. 모든 주석은 옮긴이의 것이다.

ARSÈNE LUPIN

기암성

L'Aiguille Creuse

1908년

작품 정보

『기암성(L'Aiguille Creuse)』은 1908년 11월 15일부터 1909년 5월 15일 까지 『주세투』에 연재된 것을, 노르망디 역사에 관해 일부 늘어진 내용을 줄이고 모리스 마위(Maurice Mahut)의 삽화를 곁들여, 1909년 6월 피에르 라피트 사에서 단행본으로 묶어냈다. 초판 32,000부의 성적을 거둔 이 작품은 1916년 11월 레오 퐁탕의 새로운 표지와 판형으로 개정판이 출간된 뒤부터는 총 120,000부의 판매고를 기록했다.

『기암성』은 여러 면에서 두 전작(『괴도신사 아르센 뤼팽』, 『뤼팽 대 홈스의 대결』)과 현격한 차이를 보인다. 이른바 '프랑스 제왕의 보물'에 얽힌 수수께끼를 풀어나가는 과정이 줄거리의 뼈대를 이루지만, 그 다층적인 전개방식과 정교하게 맞물려 돌아가는 복선들 그리고 놀랄 만큼 확대된 주제 및 시공간적 스케일로 인해, 그야말로 격이 다른 대작의 면모를 갖추었다. 역시 홈스가 뤼팽의 호적수로 등장하며, 새로운 영웅인 소년탐정도 선을 보인다. 원래 심리소설 작가였던 저자의 섬세한 시각

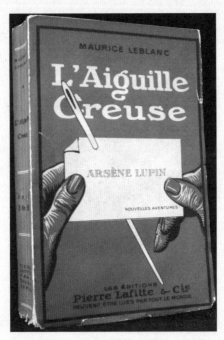

『기암성』 1909년 초판본

이 더욱 돋보이며, 주변 풍광에 대한 인물의 감정이입도 대단한 수준이다. 뤼팽의 전인적(全人的) 면모가 약여하는 작품이며 그의 페이소스를 한껏 느껴볼 수 있는 수작이다.

요컨대, 아르센 뤼팽 시리즈 전체를 통틀어 대중성으로나 작품성으로나 가장 높이 평가받는 걸작으로 알려져 있다. 놀라운 점은 이 걸작에 대한 예고가 이미 1906년 4월 『주세투』의 지면 광고를 통해 제시되었다는 사실이다. 「왕비의 목걸이」를 한참 연재하던 때인데, 이제 겨우 단편 다섯 작품을 쓴 시점에 벌써 '기암성'의 복잡 미묘한 수수께끼와 그 장대한 스케일에 대한 구상이 진행되고 있었다는 점은 아무리 생각

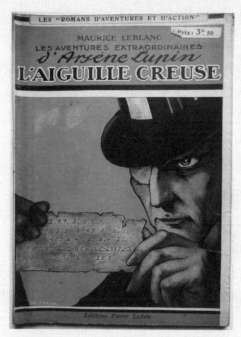

레오 퐁탕이 표지를 맡은 1916년 개정판

해도 놀랍고 신비스럽다. 훗날 르블랑은 작가이자 언론인인 친구 조르
주 부르동(Georges Bourdon)에게 뤼팽 시리즈 초기 시절의 창작 스타일
일부를 다음과 같이 공개했다.

"한마디로 나도 모르는 사이에 내 잠재의식이 나를 자극하고 조종했
다고 말할 수 있네. 실제로 특별하게 애를 쓴 것도 아닌데, 온갖 기이한
상황들과 기상천외한 인연들, 복잡다단한 사건들이 내 정신 속에서 제
멋대로 얽히고설켰지. 그러고는 급기야, 정말 놀랍게도, 이상하리만치
수월하게 그 모든 매듭이 의미 있는 문장들로 풀려나가는 것이었어."

핵심은 "잠재의식(subconscient)"이라는 단어에 있다. 아무리 복잡하고 방대한 스토리도 논리적인 계산보다는 자유분방한 의식의 흐름과 상상의 도약에 자신을 내맡길 때, "이상하리만치 수월하게(avec une étrange facilité)" 풀어나갈 수 있었다는 뜻이다. 유독 '자유로움'을 강조하는 저자의 표현들에는, 추리미학을 몇 가지 규칙으로 묶어둘 만큼 지나치게 계산적 작법만을 강조하는 영미권의 최신 동향[1]에 대한 거부감이 어느 정도 작용했을 것이다. 사실 르블랑은 매우 꼼꼼하고 치밀한 소설작법을 통해 작품을 써나가는 작가였다. 작품 대다수가 연재를 통해 발표되었으나, 실제로는 전체를 다 완성해놓고 적절히 나누어 공개한 것일 뿐, 결코 시간에 쫓겨 글을 써 내려간 적이 없다. 르블랑의 문장들에서 대중소설의 손쉬운 문체보다 정통문학에 몸 바친 대작가들의 그것이 느껴진다는 자크 드루아르 교수의 지적은 그런 맥락에서 이해할 만하다. 르블랑의 말을 직접 들어보자. "나는 글을 쓸 때 좋아 보이지 않는 글을 다시 시작하거나, 심지어 몇 차례 다시 써야만 하는 필요성 앞에서 절대로 양보하여 물러서는 법 없이, 세심하고 깐깐하게 작업을 합니다. (……) 일단 소설이 완성되고 나면 한동안 옆에 제쳐두었다가, 마치 낯선 원고를 대하듯 처음부터 꼼꼼히 읽지요. 만약 전체적으로 완전히 흡족하다는 판단이 서지 않으면, 아예 처음부터 다시 쓰기 시작합니다."(『기암성』이야말로) 프랑스어로 쓴 가장 아름다운 작품 중 하나"라는 쥘리앙 그라크(Julien Gracq. 1910~2007)의 발언은 결코 과장이 아니었다.

---

1) 이를테면 1928년 『아메리칸 매거진(The American Magazine)』에 실린 밴 다인의 「탐정소설을 쓰기 위한 스무 가지 규칙(Twenty Rules for Writing Detective Stories)」.

클로드 모네의 1883년 작품 「에귀유 크뢰즈」

　마지막으로 '기암성'의 실제 배경이 되는 '에트르타의 바늘바위
(Aiguille d'Étretat)'와 관련한 재미난 일화를 소개하자. 에트르타 해변에
실재하는 기암(奇巖) '바늘바위'는 예로부터 수많은 화가들이 화폭에 담
을 만큼 빼어난 경관을 자랑하는데, 르블랑의 이 소설에 힘입어 세계적
인 관광명소로 거듭났다. 제2차 세계대전 직전인 1938년에는 네 명의
등반가가 그 정상에 올라 프랑스 국기를 꽂았고, 독일이 침공한 뒤에도
점령기간 내내 그곳에서 삼색기가 펄럭여 프랑스 국민의 레지스탕스
정신을 고취시켰다는 일화는 유명하다. 하나 더. 이곳을 여러 폭의 그
림으로 남긴 인상파 화가 클로드 모네(Claude Monet)의 1883년 작 제목
이 「에귀유 크뢰즈(Aiguille creuse. '속이 빈 바늘바위')」라는 사실. 소설이

나오기 훨씬 전 일이니, 해변의 기암괴석에서 거대한 보물성(城)의 위용을 꿈꾼 건 르블랑만이 아니었던 모양이다.

1
한밤의 침입자

레몽드는 바짝 귀를 기울이고 있었다. 또다시 두 번에 걸쳐 소리가 들렸다. 밤의 거대한 적막 속에 뒤섞인 희미한 소음보다는 뚜렷했지만, 과연 먼 곳에서 들려오는 건지 가까이에서 들리는 건지 분간하기에는 다소 미약한 소리였다. 이 웅장한 성채 안의 어디에서인지, 아니면 저 밖에 어두컴컴한 정원의 어느 한적한 구석으로부터인지 당최 오리무중인 저 소리······.

그녀는 천천히 자리에서 일어났다. 그렇지 않아도 반쯤 열려 있던 창문을 그녀는 활짝 열어젖혔다. 휘영청 달빛이 잔디며 관목 숲 위로 평온한 휴식을 취하고 있었고, 반쯤 남은 기둥들과 군데군데 이가 빠진 주랑(柱廊)들, 부서지고 금이 가 위태위태해 보이는 아치 등등 옛 수도원의 잔해가 여기저기 비장한 그림자를 드리우고 있었다. 일순 서늘한 바람 한 줄기가 죽은 듯 꼼짝 않는 나뭇가지 사이를 스치고 지나가면서 갓 돋아난 여린 잎사귀들을 살짝 흔들었다.

또다시 그 소리……. 그녀의 위치에서 볼 때, 왼쪽 아래, 그러니까 성채의 서쪽 날개에 해당하는 바로 아래층 살롱(성의 대형 거실—옮긴이) 쪽에서 나는 소리였다.

딴에는 제법 대차고 강건한 성격이라 자부하는 아가씨였지만, 더럭 겁부터 나는 것은 어쩔 수 없었다. 레몽드는 나이트가운을 걸치고 성냥불을 켰다.

"레몽드…… 레몽드……."

마치 한숨 소리와도 같이 어렴풋하게 사람을 부르는 소리가 바로 옆방에서 들려왔다. 문이 채 닫혀 있지 않은 그 방으로 손을 더듬어가는데, 사촌지간인 쉬잔이 불쑥 달려나와 레몽드의 품에 와락 안겼다.

"레몽드…… 저 소리 들었어?"

"응……. 너도 안 자고 있었던 거로구나."

"글쎄, 개 짖는 소리에 잠이 깬 것 같았는데……. 한참 전에 말이야. 한데 뚝 그치더라고. 지금 대체 몇 시쯤 된 걸까?"

"한 4시쯤 됐을걸."

"들어봐. 누군가 틀림없이 아래층 거실에서 서성이고 있어."

"너무 걱정할 건 없을 거야. 너희 아빠가 거기 계시지 않니, 쉬잔?"

"하지만 아빠가 위험하면 어떡해! 거실 바로 옆방에서 주무시잖아."

"하지만 다발 씨도 아래층에 있는걸."

"거긴 성 반대편이잖아. 그에겐 아무 소리도 안 들릴 거야!"

두 사람은 어떻게 해야 할지를 몰라 발만 동동 굴렀다. 누굴 부를까? 도와달라고 소리를 지를까? 오히려 자신들이 내지르는 소리에 스스로 더 놀랄까 봐, 감히 그럴 수조차 없으면서 말이다. 그러다가 결국 창가로 다가간 쉬잔의 입에서 느닷없이 비명 소리가 터져나올 뻔했다.

"어머나! 저길 좀 봐. 분수 옆에 사람이 하나 있어."

진짜 웬 남자가 빠른 걸음으로 멀어져 가고 있었다. 그는 정체를 알 수 없는 큼직한 물체를 팔에 낀 채 걷고 있었는데, 그게 다리 사이에서 거치적거리는 바람에 걸음걸이가 영 부자연스러웠다. 그는 낡은 예배당 옆을 그대로 지나쳐서 균열 심한 벽에 난 쪽문 쪽으로 가고 있었다. 그리고 어느 순간, 남자의 모습이 감쪽같이 사라지는 것이었다. 당연히 들려야 할 돌쩌귀 소리가 들리지 않는 것으로 봐서 문은 애당초 열려 있었던 모양이다.

"틀림없이 거실 쪽에서 나왔어."

쉬잔이 중얼거리자, 레몽드가 발끈했다.

"아냐, 그쪽에서 나온 거라면 계단과 현관을 통해 좀 더 왼쪽으로 나왔어야 해. 아마도……."

순간 똑같은 생각이 두 여자의 뇌리를 스치고 지나갔다. 둘은 누가 먼저랄 것도 없이 창문 밖으로 고개를 내밀어 밑을 내려다보았다. 아니나 다를까, 사다리 하나가 건물 벽에 기대 세워진 채 2층에 맞닿아 있는 게 아닌가! 그리고 한 줄기 어렴풋한 빛이 석조 발코니로 비쳐 나오고 있었다. 게다가 또 다른 남자 하나가 역시 뭔가 들고 발코니 난간을 넘어 미끄러지듯 사다리를 타고 내려가 첫 번째 남자와 같은 방향으로 줄행랑을 치는 것이었다.

기겁을 한 쉬잔은 그만 그 자리에 무릎을 털썩 꿇고는, 이렇게 더듬거렸다.

"소, 소리를 쳐. 소리쳐서 도와달라고 해봐."

"누구더러 말이야? 너희 아빠한테? 그러다 만약 다른 침입자들이 아직 남아 있으면 어떡하라고? 아빠가 위험해지면 어떡해?"

"그, 그럼 말이야, 그럼……. 하인들한테 도움을 청해보자. 언니 방 벨이 하인들 자는 층으로 통해 있잖아."

"맞아! 맞아! 좋은 생각이야. 제발 제때 와줘야 할 텐데……."

레몽드는 허겁지겁 침대 옆의 전기 벨을 찾아 손가락으로 꾹 눌렀다. 즉각 위층의 벨이 진동했고, 두 여자는 아래층에서도 그걸 감지했을까 봐 겁이 덜컥 났다.

둘은 쥐 죽은 듯 기다렸다. 끔찍할 정도의 적막이 밀려왔고, 이제는 나뭇잎을 건드릴 만한 바람 한 점 없었다.

"무서워……. 무서워……."

쉬잔은 연신 중얼거렸다.

바로 그때였다. 아래층에서 느닷없이 투닥거리는 소리가 들리더니, 가구가 쓰러지는 소리, 사람들 말소리와 고함 소리, 그리고 끔찍하게도 누군가에 의해 목이 졸리면서 금방이라도 숨이 넘어갈 듯 헐떡거리는 소리가 어지러이 뒤섞여 들리는 게 아닌가!

후닥닥 문 쪽으로 뛰어가려는 레몽드를 쉬잔이 덥석 붙잡았다.

"안 돼! 제발, 날 혼자 두지 마. 너무 무섭단 말이야."

하지만 레몽드는 그 손을 얼른 뿌리치고 복도로 달려나갔고, 어쩔 수 없이 쉬잔도 울먹이며 비틀비틀 따라나섰다. 계단을 거의 구르듯이 내려간 레몽드는 아래층의 대형 살롱 문 앞에 이르러서 그만 못 박힌 듯 멈춰 서지 않을 수 없었고, 헐레벌떡 뒤따라온 쉬잔은 그 옆에 아예 털썩 주저앉고 말았다. 그도 그럴 것이, 한 세 발짝쯤 앞에 웬 남자 하나가 등불을 치켜들고 떡하니 버티고 서 있는 게 아닌가! 사내는 등불을 들이대 눈이 부실 정도의 따가운 불빛 속에서 두 여자의 하얗게 질린 얼굴을 한참 바라보더니, 느긋한 동작으로 챙 모자를 집어 쓰고 종잇조각을 주운 다음, 바닥 융단에 묻은 흔적을 말끔히 닦아냈다. 이어서 전혀 서두름 없이 발코니 쪽으로 다가가 다시 한번 이쪽을 힐끔 돌아보며 정중히 인사를 던지고는 훌쩍 사라지는 것이었다.

쉬잔은 다짜고짜 아빠가 자고 있는 침실과 거실 사이에 위치한 작은 건넌방 쪽으로 달려갔다. 하지만 문턱을 채 넘기도 전에 무슨 광경을 봤는지 그만 소스라치게 놀라고 말았다. 어스름하게 비쳐 드는 달빛 속에서도 바닥에 나란히 자빠져 있는 두 개의 몸뚱어리를 똑똑히 보았던 것이다. 쉬잔은 그중 한 명 위로 몸을 수그리면서 안타깝게 소리쳤다.

"아빠! 아빠! 이게 어쩐 일이세요?"

잠시 후, 제브르 백작이 꿈틀 움직였다. 그러면서 갈라진 목소리로 이러는 것이었다.

"걱정할 것 없다. 난 괜찮아. 다발은? 다발은 살아 있나? 단도…….
아까 그 단도가……."

그제야 하인들이 촛불을 켠 채 우왕좌왕 들이닥쳤다. 레몽드가 부리나케 달려와 옆에 누운 사람을 살펴보니, 백작의 신임 두텁기 그지없는 비서 장 다발이 틀림없었다. 한데 그의 얼굴은 이미 죽은 자의 핏기 없는 안색 그대로였다.

문득 레몽드는 결연한 동작으로 일어서더니, 거실로 돌아가 벽 한복판에 진열되어 있는 무구(武具) 가운데 자신이 다룰 줄 아는 장총을 한 자루 빼어 들고 곧장 발코니 쪽으로 다가갔다. 아까 그 사내가 사다리를 내려가기 시작한 지 기껏해야 50~60초밖에 되지 않았다. 더구나 누가 곧바로 사용하지 못하도록 사다리를 저만치 옮겨놓느라 그리 멀리 달아나지는 못했을 터……. 아니나 다를까, 이렇게 보니 저만치 회랑의 잔해를 따라 달려가는 그림자가 눈에 들어왔다. 그녀는 장총을 어깨에 얹고 조용히 겨냥한 다음 방아쇠를 당겼다. 그림자는 풀썩 고꾸라졌다.

하인 중 하나가 소리쳤다.

"잡혔어요! 잡혔어! 내가 가볼게요!"

하지만 레몽드는 침착하게 말했다.

"아니에요, 빅토르. 다시 일어나는걸. 어서 계단을 내려가 오른쪽 쪽 문으로 달려가봐요. 빠져나가려면 그 문밖에 없을 테니……."

한데 부리나케 튀어나간 빅토르가 미처 정원에 이르기도 전에, 그림 자는 또다시 비틀거리며 쓰러졌다. 레몽드는 얼른 다른 하인을 불렀다.

"알베르, 저기 저 사람 보이죠? 대형 아치문 근처 말이에요."

"네, 풀숲 속으로 기어가는군요. 도망치긴 그른 것 같아요."

"여기서 잘 감시하고 있어요!"

"문제없습니다. 저 잔해들 오른쪽으로는 가봐야 훤히 드러난 잔디밭 뿐이니까요."

"왼쪽 문은 빅토르가 가 있을 테니……."

레몽드가 장총을 그러쥐고 말꼬리를 흐리자, 알베르가 화들짝 놀라 며 말했다.

"설마 저길 가려는 건 아니죠, 아씨?"

"가볼 거예요! 아무 소리 말아요. 아직 탄약이 남아 있으니 걱정 말고요. 조금이라도 움직이면……."

그녀의 목소리나 안색 그 어디에도 주저하는 기색은 없었다.

레몽드는 마침내 밖으로 나섰다. 얼마 안 있어 위에서 지켜보는 알베르의 눈에, 저만치 폐허 쪽으로 나아가는 레몽드의 모습이 들어왔다. 그는 창밖으로 버럭 소리쳤다.

"놈이 아치문 뒤쪽으로 기어갔어요! 더는 보이지가 않습니다! 조심하세요, 아씨!"

한데 레몽드가 사내의 퇴로를 가로막으려는 듯 낡은 회랑 모퉁이를 돌아가는가 싶더니, 역시 시야에서 사라지는 것이었다. 그렇게 몇 분 동안 여자의 모습이 눈에 띄지 않자, 불안에 시달리다 못한 알베르는 시선을 폐허 쪽에 고정시킨 채 팔을 뻗어 저만치 비켜 세워진 사다리를 붙잡으려고 낑낑댔다. 그는 사다리에 손이 닿자 곧장 미끄러지다시피 내려가 마지막으로 사내의 모습을 봤던 아치문 방향으로 달리기 시작했다. 한 30보쯤 달렸을까. 문득 빅토르와 함께 여기저기를 헤집고 있는 레몽드가 눈에 띄었다.

"어떻게 됐나, 빅토르?"

"아직은 오리무중일세."

빅토르의 대답이었다.

"쪽문은 어떻게 하고?"

"방금 거기서 오는 길이야. 여기 열쇠가 있어."

"하지만……."

"오, 걱정 말게! 놈은 독 안에 든 쥐야. 앞으로 10분 안에 꼼짝없이 잡힐 테니 두고 봐!"

그런가 하면 성벽 안이면서도 오른쪽으로 한참 멀리 위치한 농장으로부터 마침 총소리를 듣고 허겁지겁 달려온 농부 부자(父子) 얘기가, 오는 동안 아무도 못 보았다고 했다.

알베르는 내뱉듯 말했다.

"젠장! 놈이 벌써 이 건물 잔해를 빠져나갔을 리는 없어. 어느 구석엔가 처박혀 있을 거라고!"

세 사람은 좀 더 체계적인 수색을 하기로 하고는, 일렬로 늘어선 채 회랑의 기둥 자락들 사이를 나뒹구는 덤불을 헤치며 나아갔다. 예배당에 이르러서는 문도 단단히 잠겨 있고, 유리창 하나 깨진 데가 없다는 걸 확인했다. 회랑의 구석구석 모퉁이 모퉁이마다 샅샅이 뒤지고 다닌 지 얼마나 되었을까. 그 어디에도 사람 그림자 하나 찾아볼 수 없었다.

다만 딱 한 가지 소득이라면, 레몽드가 쏜 총에 맞고 침입자가 처음 쓰러졌던 바로 그 장소에서 마차꾼들이 흔히 쓰는, 무척이나 길이 잘 든 가죽 챙 모자를 하나 주웠다는 것. 그 밖에는 아무것도 없었다.

그날 아침 6시, 우빌 라 리비에르의 경찰은 신고를 접수하자마자 디에프의 검사국에 급행으로 간결한 보고문을 띄운 뒤, 곧장 현장으로 출동했다. 보고문에는, 대강의 범죄 발생 사실과 함께, "범행에 사용한 단도와 용의자의 모자가 발견되었으므로" 주범이 머지않아 잡힐 것이라는 내용이 담겨 있었다.

아침 10시가 되자, 삯마차 두 대가 성채에 이르는 완만한 경사로를 내려오고 있었다. 접이식 덮개가 달린 근사한 사륜마차에는 검사 대리와 수사판사가 재판소 서기를 대동한 채 타고 있었고, 덮개가 고정된 수수한 이륜마차에는 『주르날 드 루앙』지(紙)와 파리의 한 주요 일간지를 각각 대표하는 젊은 기자 두 명이 동석하고 있었다.

　머지않아 고풍 찬연한 성곽이 눈에 들어왔다. 옛날에는 역대 앙브뤼메지 수도원장들의 공관이었던 이곳은 대혁명 당시 파괴되었다가, 20년 전부터 새 주인이 된 제브르 백작에 의해 복구된 상태이다. 깎아지른 듯 솟아 있는 시계탑 하나가 본채 건물을 굽어보고 있는가 하면 양쪽으로 뻗어나간 두 채의 익랑(翼廊)은 외벽을 따라 석조 난간이 아름다운 낮은 층계를 두르고 있었다. 또한 정원의 담 너머로는 노르망디 지방 특유의 웅장한 절벽 저 아래로 생트마르그리트와 바랑즈빌의 촌락들 사이사이 머나먼 푸른 수평선이 아스라이 떠오르는 것이었다.

　제브르 백작은 금발에다 연약한 심성을 가진 딸 쉬잔과 2년 전 부모의 갑작스러운 죽음 후 삼촌 집에 얹혀살고 있는 조카 레몽드 드 생베랑과 더불어 이 오래된 성에서 호젓한 생활을 즐기고 있었다. 성안에서의 생활은 몇몇 이웃만 가끔씩 놀러 올 뿐, 무척이나 조용하고 정돈된 것이었다. 여름이 오면 백작은 으레 두 아가씨를 대동하고 거의 매일 디에프(프랑스 북서부, 노르망디에 위치한 항구도시로, 영불해협을 마주하고 병풍처럼 새하얗게 펼쳐진 백악의 절벽으로 유명함―옮긴이)로 나갔다. 키가 훤칠하고 회색빛 머리카락에 진지한 표정의 미남인 백작은 대단한 갑부로서, 비서인 장 다발과 함께 자신의 전 재산과 영지를 손수 관리해왔다.

입구에 들어서자마자 수사판사는 마을 헌병반장(프랑스의 국가경찰 제도는 내무부 소속 국립경찰과 국방부 소속 국립군경찰, 즉 헌병대로 나뉨. 농촌 지역을 담당하는 헌병의 일선 기관장인 헌병반장은 수사판사와 검사의 지휘 및 승인 아래 치안 업무를 수행함―옮긴이)인 크비용의 초동수사 결과부터 챙겼다. 물론 여전히 "체포가 임박한" 범인의 행방은 오리무중이었지만, 일단 정원으로 드나드는 모든 출입구에 대한 철저한 통제가 이루어지고 있었다. 즉, 적어도 안에서 밖으로 도망치는 것은 불가능한 셈이다.

수사관들은 회의실과 1층 식당을 지나 곧장 2층으로 향했다. 살롱 안은 뜻밖에도 모든 것이 말끔한 상태였다. 그 어떤 가구나 골동품도 제 위치가 아닌 것이 없었고, 뭐 하나 있던 게 없어진 것도 아니었다. 왼쪽과 오른쪽 벽에는 각각 플랑드르산(産) 인물 그림이 수놓아진 웅장한 장식용 양탄자가 걸려 있었고, 한가운데 벽에는 신화의 유명한 장면들을 묘사한 그림 네 폭이 멋진 자태를 뽐내고 있었다. 그림들은 모두 루벤스 작품이었고, 플랑드르 양탄자들은 제브르 백작의 외삼촌인 에스파냐 귀족, 보바디야 후작으로부터 물려받은 것들이었다. 수사판사 피욜 씨가 마침내 입을 열었다.

"절도가 목적이었다면서 이 방을 노린 건 아니었던 거로군."

그러자 별로 말이 없으면서도 사사건건 수사판사의 견해에 딴죽을 걸기 일쑤인 검사 대리도 한마디 했다.

"그거야 모르지요."

"이보시오, 선생, 도둑이 누군지는 모르지만, 애당초 마음이 있었다면 아마 이처럼 유명한 그림과 양탄자를 그냥 지나쳐버렸을 리는 없소이다."

"아니면 그럴 여유가 없었을지도 모르지요."

"바로 그 점을 밝혀보자는 것 아니겠소?"

바로 그때였다. 제브르 백작이 의사를 대동하고 나타났다. 왠지 간밤의 흉측한 사건에 대해 별 타격을 느끼지 않는 듯해 보이는 백작은 두 사법관에게 정중한 환영의 뜻을 표했다. 그는 문제의 건넌방 문을 열었다.

범행이 일어난 후 의사 외에는 출입이 철저히 통제된 그곳은, 살롱에 비해 엄청 어질러져 있었다. 의자 두 개가 발랑 뒤집어져 있었고, 탁자 하나가 완전히 부서져 있었으며, 여행용 추시계랄지 서류함 및 편지 상자 등등 온갖 잡동사니가 바닥에 흩어져 있었다. 그리고 여기저기 널려 있는 하얀 종잇장들에는 핏자국이 선명했다.

의사는 시체를 덮고 있던 헝겊을 벗겼다. 장 다발은 평상복 차림에 쇠 징이 박힌 구두를 신고 반듯이 드러누운 자세였는데, 한쪽 팔이 몸 아래 깔린 채 접혀 있었다. 칼라를 떼고 셔츠 앞섶을 열자 가슴 한복판에 난 끔찍한 상처가 눈에 들어왔다.

"즉사한 것으로 보입니다. 단 한 번 찔렸어요."

의사의 소견에 수사판사가 던지듯 질문을 던졌다.

"그럼 거실 벽난로 위에 가죽 챙 모자와 함께 있던 바로 그 단도였습니까?"

이번엔 백작이 대답했다.

"그렇습니다. 현장에서 즉시 수거한 단도입니다. 거실에 진열된 무구

(武具)에서 빼낸 것이죠. 내 조카인 마드무아젤 드 생베랑이 사용한 장총도 거기서 빼낸 것이고요. 마차꾼 챙 모자는 틀림없이 범인이 떨어뜨리고 간 게 맞습니다."

피욜 씨는 방 여기저기를 좀 더 살펴보면서 의사에게 이런저런 질문을 던졌다. 그러고는 제브르 백작을 돌아보며 그날 있었던 일에 대해 좀 더 자세한 얘기를 해줄 것을 요청했다. 그렇게 해서 백작이 털어놓은 얘기는 대강 다음과 같다.

"장 다발이 날 깨우더군요. 그렇지 않아도 불빛이 느껴지면서 난데없는 사람 발소리가 들리는 것 같기에 깊이 잠들지 못하던 차였는데, 문득 눈을 떠보니 침대 발치에 그가 촛불을 든 채 서 있는 게 아니겠습니까! 워낙 밤늦도록 일을 하는 타입이라 그 밤도 역시 평상복 차림이었죠. 한데 왠지 당혹한 표정으로 두서없이 속삭이더군요. 거실에 사람들이 있다면서요. 실제로 사람 소리가 들리긴 들렸습니다. 나는 얼른 일어나 이 건넌방 문을 살며시 열어보았지요. 바로 그 순간 거실로 통하는 맞은편 문이 활짝 열리면서 웬 사내가 내게로 곧장 달려들더니 관자놀이를 주먹으로 가격하는 것이었어요! 수사판사님께서 양해해주셔야할 건, 당시 너무 경황이 없었는지라 자세하게는 기억이 나지 않는다는 점입니다. 번갯불에 콩 볶아 먹듯 일어난 사건이라…….'

"그다음에는요?"

"그다음엔, 모르겠어요. 기절해버렸으니까요. 겨우 제정신이 들었을 때는 다발이 완전히 뻗어 있더군요."

"혹시 누구 의심 갈 만한 사람은 없습니까?"

"전혀요."

"누구 원한 관계인 사람이 있나요?"

"글쎄요……. 도통 떠오르지가 않네요."

"므슈 다발한테는 없었을까요?"

"다발에게 적이 있느냐고요? 천만에요. 그처럼 좋은 사람은 없을 겁니다. 그가 비서로 일해온 지난 20년 동안 내가 터놓고 가슴속 얘기를 나눌 수 있는 상대는 오로지 그 친구였답니다. 그 친구에게서 따뜻한 우정과 헌신을 느끼지 않은 적은 단 한순간도 없을 정도예요!"

"하지만 분명 가택침입이 있었고, 살인이 자행되었습니다. 뭔가 동기가 있어야만 해요."

"동기라면 절도가 있지 않습니까? 그보다 더 간단명료한 동기가 어디 있나요?"

"그렇다면 잃어버린 물건이라도 있는 겁니까?"

"당장은 없어요."

"무슨 말씀인지?"

"당장 보기에는 도둑맞은 물건이 없는 것 같긴 하나, 그래도 뭔가 가져가긴 가져갔다는 말씀입니다."

"뭘 말입니까?"

"그걸 모르겠어요! 하지만 내 딸과 조카애 말을 들어보면 두 남자가 연속해서 정원을 가로질러 도망치는 걸 봤는데, 분명히 뭔가 큼직한 짐을 들고 가더라는 겁니다. 나도 애들이 잘못 봤을지 모른다는 생각을 안 해본 건 아닙니다. 걔들 말 믿고 이것저것 골치를 앓는 것도 이젠 지쳤으니까요. 좌우간 직접 물어보시는 게 나을 겁니다."

마침내 두 여자를 거실로 불러들였다. 여전히 창백한 기색으로 벌벌 떨고 있는 쉬잔은 아직 말도 제대로 나오지 않는 모양이었다. 하지만 사촌 동생보다 강건하고 담대한 데다 금빛이 살짝 감도는 갈색 눈이 훨씬 더 아름다운 레몽드는 밤새 일어난 사건과 자신의 행동에 대해 비교적 차분하게 얘기를 털어놓았다.

"결과적으로 마드무아젤의 증언은 확실하다는 겁니까?"

"물론이에요. 분명히 두 남자가 물건을 들고 정원을 가로지르는 걸 봤다니까요!"

"세 번째 남자는요?"

"그자만 빈손이었어요."

"혹시 인상착의에 대해 말해주실 수 있나요?"

"연신 등불을 우리 얼굴 쪽으로 들이미는 바람에 그자의 얼굴은 잘 보지 못했습니다만, 최소한 키가 훤칠하고 체격이 당당한 남자라고는 말씀드릴 수 있을 것 같아요."

"당신이 보기에도 그랬습니까, 마드무아젤?"

수사판사는 쉬잔 드 제브르에게 고개를 돌리며 물었다.

쉬잔은 잠시 생각하는가 싶더니 이렇게 중얼거렸다.

"네……. 아, 아니에요. 내가 보기에는 그저 중키에 좀 야윈 것 같기도 한데……."

피욜 씨는 이전에도 같은 사실에 대한 증인들의 진술이 중구난방인 경우를 흔히 보아왔기에, 역시나 하는 생각에 쓴웃음을 지었다.

"허허, 그러니까 결국 거실에 있던 사내는 키가 크기도 하고 작기도 하며, 건장하면서도 야윈 인물이라 이거로군요? 게다가 정원으로 줄행랑을 친 나머지 두 놈도 여기 멀쩡히 있는 물건들을 도둑질해갔고 말입니다."

사실 피욜 씨는 그 자신도 인정하다시피 꽤나 빈정대는 타입의 인물이었다. 또한 지금 성의 살롱 안으로 꾸역꾸역 모여드는 구경꾼들이 증명하듯, 사람들 앞에 나서서 자기의 수완을 뻐기는 일이라면 언제라도 사양하지 않는 사법관이기도 했다. 아닌 게 아니라, 공식 임무를 띠고 온 두 신문기자는 물론이요, 농부 부자(父子)와 정원사 부부, 성곽 관리인, 그리고 디에프에서 마차를 몰아온 두 마차꾼까지 호기심 어린 눈을 반짝이며 수사판사의 일거수일투족을 지켜보는 참이었다.

피욜 씨는 다시 말을 이었다.

"문제의 사내가 어떤 식으로 도망쳤는지에 대해서도 의견 일치가 이루어져야 할 것입니다. 어때요, 마드무아젤, 당신이 이 장총으로 저 창문에서 놈을 쏘았다고 했죠?"

"네, 저기 회랑 왼쪽 가시덤불 속에 거의 파묻히다시피 한 묘석 가까이까지 갔을 때였어요."

"한데 다시 일어섰다고요?"

"완전히는 아니고 그저 엉거주춤요. 빅토르가 쪽문을 우선 지키려고 즉시 내려갔고, 나 역시 이곳에 알베르만 남기고 그를 계속 쫓았습니다."

알베르가 이어서 진술을 늘어놓았고, 수사판사는 마침내 이렇게 결론을 내렸다.

"그럼 결국에는 당신 동료가 왼쪽 문을 지키고 있으니 부상당한 그 친구가 그리로 빠져나가지 못했을 것이며, 그렇다고 오른쪽 방향으로도 도망쳤을 리가 없다는 얘기로군요? 그랬다면 탁 트인 잔디밭을 가로질러 가는 게 당신 눈에 띄었을 테니까 말이오. 자, 이제 논리적인 결론은 딱 하나, 현재 그는 우리 시야를 벗어나지 않은 비교적 제한된 장소 내에 움츠리고 있다는 얘기밖에 안 되는군요."

"그렇다고 확신합니다."

"마드무아젤 생각도 같습니까?"

"네."

"저도 마찬가지예요!"

마지막으로 빅토르도 맞장구쳤다.

반면 검사 대리는 야유 섞인 어투로 이렇게 내뱉었다.

"저런, 조사할 범위가 한정되어서 다행이구려! 이제 네 시간 전부터 해온 수색이나 죽치고 계속하면 되겠어요."

"글쎄……. 그래도 이전보다는 낫겠지."

대꾸를 하는 둥 마는 둥, 피욜 씨는 벽난로 위에 있는 가죽 챙 모자를 집어 들고는 잠시 검사를 한 다음, 헌병반장을 따로 불러 이렇게 말했다.

"반장, 지금 즉시 부하들 중 한 명을 디에프 시의 바르 가(街)에 위치한 매그레 모자 상점으로 보내 이 챙 모자를 누구한테 팔았는지 한번 알아보시오."

검사 대리의 표현을 빌리자면 '조사의 범위'가 이제는 성채와 오른쪽의 잔디밭, 그리고 왼쪽 성벽과 맞은편 벽으로 둘러싸인 일정한 공간

내로 좁혀진 셈이었다. 다시 말해서, 대략 한 변이 100여 미터 정도 되는 사변형의 터에 중세의 유명한 수도원이었던 앙브뤼메지의 폐허 더미가 듬성듬성 흩어져 있는 공간 말이다.

심기일전했음인지, 수색을 재개한 뒤 얼마 안 되어, 잡초 더미 위로 도망자가 밟고 지나간 자국이 발견되었다. 그뿐만 아니라 두 군데에서, 거의 시커멓게 말라 얼룩만 남은 핏자국도 눈에 띄었다. 그러다가 회랑의 맨 끝에 해당하는 아치문을 돌아들자 솔잎이 쫙 깔린 땅에 더 이상의 흔적은 찾을 수 없게 되었다. 자, 그렇다면 과연 문제의 사내는 부상당한 몸으로 어떻게 당돌한 이 아가씨와 빅토르, 그리고 알베르의 눈을 피해 사라질 수 있었단 말인가? 처음엔 하인들이, 나중엔 헌병들이 숨 아내듯 덤불숲을 뒤졌고, 묘석까지 일일이 들춰서 살폈음에도 별무소득이었다.

마침내 수사판사는 열쇠를 가진 정원사를 시켜, 그 자체가 하나의 훌륭한 석조 유골함이자, 세월의 풍파도 함부로 하지 못한 조각술의 기적인 샤펠 디외 예배당의 문을 열게 했다. 그 건물은 현관의 섬세한 부조와 세밀하기 이를 데 없는 조각상들로 인해 노르망디 지방의 고딕 스타일 중 최고봉이라 해도 과언이 아니었다. 그러나 의외로 대리석 제단 말고는 이렇다 할 집기가 없는 내부는 썰렁할 정도였고, 어디 사람 하나 숨을 만한 구석도 없었다. 게다가 숨어들고 싶었어도 굳게 잠긴 문을 무슨 수로 열고 들어갔겠는가?

수사판사는 이번에는 폐허를 구경하러 오는 사람들에게 출입구나 다름없는 왼쪽 쪽문 쪽으로 가보았다. 그 문은 성벽과 관목 숲 사이로 이어진 비좁고 한산한 길로 빠지게 되어 있었다. 피욜 씨는 몸을 수그리고 땅바닥을 가만히 살폈다. 흙먼지가 굳어진 자국을 보니 미끄러지지 않게 홈이 파인 타이어가 지나간 흔적이 역력했다. 실제로 레몽드와 빅토르는 총을 쏜 다음, 자동차 엔진이 덜덜거리는 소리를 들은 것 같다고 했다. 그제야 수사판사는 넌지시 말했다.

"그자가 이쪽에서 아무래도 공범들과 합류한 모양이군."

"그럴 리가 없어요! 제가 이곳에서 지키고 있는 데다 알베르와 아씨께서 놈을 감시하고 있었는걸요!"

빅토르가 발끈하는 건 당연했다.

"그게 아니라면 놈이 어딘가에 존재해야 할 것 아니겠소? 안이든 밖이든 말이오. 달리 생각할 여지가 없는 것 같소이다."

"놈은 아직 이 안에 있을 거예요!"

하인들의 고집은 여전했다.

수사판사는 어깨를 한 번 으쓱한 뒤, 침울한 표정을 한 채 성으로 돌아갔다. 할 만큼 해보았지만 결국 사건은 미궁 속에 빠지는 듯했다. 아무것도 없어진 물건이 없는 도난 사건…… 감쪽같이 자취를 감춘 범인…….

이렁저렁 시간이 꽤 흘렀다. 제브르 백작은 사법관들과 두 기자에게 점심을 제공했다. 모두들 조용한 가운데 식사를 마쳤고, 피욜 씨는 살롱으로 돌아와 하인들을 상대로 신문을 계속했다. 한데 갑자기 안뜰로부터 말발굽 소리가 들리더니, 잠시 후 디에프로 보냈던 헌병이 허겁지겁 들이닥쳤다.

"그래 주인장은 만나보았소?"

그렇지 않아도 이제나저제나 소식을 기다리던 수사판사가 다짜고짜 물었다.

"네, 만났습니다. 매그레 씨 말로는 어느 마차꾼한테 판 물건이라고 합니다."

"마차꾼이라!"

"그렇습니다. 어느 마차꾼이 상점 앞에 마차를 세우더니, 손님 중 한 분이 원한다면서 마차꾼용 노란색 가죽 챙 모자를 사 갔다는 겁니다. 마침 한 개가 남아 있어서 보여줬더니, 치수는 상관하지도 않고 덥석 계산을 하고 가져갔다는군요. 엄청 바빠 보였답니다."

"어떤 종류의 마차였답니까?"

"접이식 덮개가 달린 사륜마차였답니다."

"날짜는요?"

"날짜라뇨? 바로 오늘 아침 8시경이라는데요!"

"오늘 아침? 지금 무슨 소리를 하는 거요?"

"그 모자는 오늘 아침에 팔린 거랍니다."

"말이 안 되지 않소? 정원에서 간밤에 발견된 모자가 어떻게……. 당연히 그 전에 구입했어야 하는 것 아니오?"

"하지만 모자점 주인은 분명 오늘 아침이라고 했습니다."

수사판사는 잠시 기겁을 한 듯 말을 잇지 못하고 있었다. 그러더니 별안간 벼락이라도 맞은 듯 펄쩍 뛰어 일어나며 이렇게 소리치는 것이었다.

"오늘 아침 우리를 이곳에 태워준 마차꾼을 데려오시오! 그 사륜마차 몰이꾼 말이오! 어서 당장!"

헌병과 수하 한 명이 부랴부랴 마사(馬舍)로 달려갔다. 그런데 얼마 안 있어 다시 돌아온 건 헌병뿐이었다.

"마차꾼은?"

"그가 글쎄, 점심 식사를 마치고 나서 그만……."

"그만 뭐가 어떻게 됐다는 거요?"

"사라졌답니다."

결정판 아르센 뤼팽 전집

"마차와 함께 말이오?"

"아닙니다. 그냥 우빌에 있는 친척을 좀 보고 오겠다며, 마부의 자전거를 빌려 타고 갔답니다. 여기 이렇게 자기 모자하고 저고리를 놔두고요."

"모자도 팽개친 채 갔다는 거요?"

"아뇨, 자기 호주머니에서 다른 챙 모자를 꺼내 쓰고 갔답니다."

"챙 모자라니?"

"네, 노란 가죽 챙 모자였답니다."

"노란 가죽? 그럴 리가! 그건 여기 있는데……."

"수사판사님, 그의 것도 비슷한 모자라는데요."

둘의 대화를 지켜보던 검사 대리는 그제야 히죽거리며 중얼댔다.

"정말 재미있는걸! 정말 웃기는 노릇이야! 모자가 두 개라니……. 하나는 우리의 유일한 증거품이자 지금은 그 가짜 마차꾼이 집어 쓰고 줄행랑을 친 진짜 모자요, 다른 하나는 수사판사께서 들고 있는 저 엉터리 모자라니……. 아! 놈이 우리 모두를 완전히 골탕 먹인 셈이야!"

"당장 놈을 따라잡아서 데리고 오시오! 크비용 반장, 어서 부하 두 명과 함께 말을 타고 가란 말이오, 어서!"

마침내 피율은 노발대발 소리를 질러댔다.

검사 대리는 계속해서 이죽거렸다.

"이미 멀리 가버렸을 거요."

"아무리 멀리 갔어도 반드시 붙들어 와야 해!"

"이보세요, 수사판사님, 나라고 왜 그러고 싶지 않겠소. 하지만 지금은 우리의 노력을 여기에다 집중시켜야 할 때라고 생각합니다. 자, 보세요. 망토 주머니 속에서 발견한 쪽지입니다."

"망토 주머니라니?"

"마차꾼이 걸쳤던 망토 말입니다."

그러면서 검사 대리는 네 번에 걸쳐 꼬깃꼬깃 접은 쪽지를 내밀었다. 거기엔 다소 투박한 필체로 이렇게 적혀 있었다.

만약 두목이 죽었다면 그 여자는 각오해야 할 것이다.

살롱에 모인 사람들이 일거에 술렁댔다.

"모두들 정신 바짝 차리고 있어야겠어요."

검사 대리가 중얼거리자, 수사판사가 다급하게 가로막았다.

"백작님 너무 개의치 마시기 바랍니다. 두 여성분도 그렇고요. 법이 집행되고 있는 자리에 이따위 종잇장은 일고의 가치도 없는 것입니다. 우리도 만반의 준비를 갖출 겁니다. 여러분의 안전을 책임지겠습니다."

그러고는 신문기자 두 명을 돌아보며 이렇게 덧붙였다.

"특히 두 분은 좀 자중해주셔야겠습니다. 내가 특별히 생각해서 사건 취재만 허락한 건데, 이 쪽지에 대해서까지 있는 대로 신문에 까발린다면 정말 배은망덕한 짓이라 생각할 수밖에 없어요."

그는 별안간 말을 멈추었다. 마치 난데없는 생각 하나가 이마를 치고 지나간 모양이었다. 그러더니 두 젊은이에게 바짝 다가서며 번갈아 뚫어지게 응시하는 것이었다.

"선생은 어느 신문 소속이시오?"

"『주르날 드 루앙』입니다."

"신분증은 갖고 계시지요?"

"여기 있습니다."

신분증은 나무랄 데 없었다. 피욜 씨는 이번엔 다른 젊은이에게로 시선을 돌렸다.

"선생은요?"

"저 말입니까?"

"그렇소, 선생 말이오. 실례지만 어느 신문에 기사를 쓰고 계시오?"

"맙소사, 이런. 수사판사님, 어디 관여하는 신문이 한둘이래야 일일이 말을 하죠! 거의 모든 신문에다 기고를 하는걸요!"

"그럼 신분증은?"

"그런 건 없습니다."

"없다니? 아니, 어떻게 그럴 수가 있죠?"

"어느 한 신문사에만 적을 두어 신분증을 취하려면, 그 신문에다가는 허구한 날 똑같은 논조로 이야기를 해야만 합니다."

"그래서요?"

"그래서 나는 아예 한시적인 필진으로 관여하고 있을 뿐입니다. 그때그때 상황에 따라 여기저기 보내는 기사들이 때론 실리기도 하고 거부되기도 하죠."

"그럼 기사가 실릴 경우 이름이나 신분은 무어라고 내세웁니까?"

"이름은 말씀드려도 모르실 테고, 신분증 같은 건 없습니다."

"아니, 기자 직책을 증명할 만한 어떤 신분증도 없다는 얘깁니까?"

"기자직이랄 것도 없으니까요."

수사판사는 더는 못 봐주겠다는 듯 발끈하며 다그쳤다.

"이보시오, 선생! 설마 신분을 감춘 채 속임수로 이곳까지 들어와서, 감히 수사 진행을 염탐하려고 했다는 말을 하려는 거요?"

"죄송합니다만 수사판사 나리, 내가 이곳에 들어올 때 당신이 아무것도 묻지 않았기에 나도 별 할 말이 없었다는 점만은 짚고 넘어가 주시길 바랍니다. 게다가 이렇게 사람이 많은 가운데 진행하는 수사에서 뭐 비밀이랄 것도 없는 것 아닙니까? 개중에는 범인들 중 누군가 끼어 있을 수도 있고 말이죠."

그의 말투는 한없이 점잖으면서도 깍듯한 예의가 담겨 있었다. 보아하니 상당히 젊은 친구였는데, 매우 큰 키에다 무척 야윈 체격이었으며, 키에 비해 다소 짧은 바지와 몸에 꼭 끼는 모닝코트로, 전혀 겉멋을 부리지 않은 차림새였다. 얼굴은 마치 여자애처럼 살짝 홍조를 띠었고, 시원스러운 이마 위로는 짧게 깎은 머리, 그리고 턱 주위로 제대로 다듬지 않은 황금빛 수염이 듬성듬성했다. 소년은 그렇게 총명한 눈빛을 연신 반짝이면서, 전혀 어색한 기색 없이 빙그레 웃고 있었다.

하지만 조금도 악의라곤 찾아볼 수 없는 그 웃음을 피욜 씨는 기분 나쁜 표정으로 노려보았다. 심상치 않은 분위기를 파악한 헌병 두 명이 다가왔고, 젊은이는 여전히 유쾌한 태도로 이렇게 소리쳤다.

"수사판사님, 아무래도 나를 의심하는 모양이군요! 하지만 만약 내가 조금이라도 켕기는 구석이 있었다면 왜 진작 도망치지 않았겠습니까?"

"물론 그러고는 싶었겠지."

"이것 보세요, 수사판사님. 논리적으로 잘 생각해보신다면 제 말에 수긍을……."

피욜 씨는 눈을 부릅뜬 채 카랑카랑한 목소리로 냅다 내뱉었다.

"허튼소리는 그만하시지! 대체 이름이 뭐요?"

"이지도르 보트를레입니다."

"하는 일은?"

"장송 드 사일리 고등학교 수사 학급(1902년 전까지 프랑스 고등학교의 최고 학급에 해당함—옮긴이) 학생입니다."

순간 피욜 씨의 눈이 휘둥그레졌다.

"뭐, 뭐라고? 수사 학급 학생이라……."

"네, 장송 고등학교죠. 퐁프 가(街)에 있고 번지수는……."

"아, 그만, 그만……. 날 놀리고 있군그래! 장난도 정도껏 해야지!"

발끈하는 피욜 씨를 멀뚱멀뚱 바라보며 소년은 태연스레 말했다.

"수사판사님, 정말이지 왜 그리 놀라시는지 모르겠군요. 내가 고등학교 학생이면 뭐 안 될 일이라도 있습니까? 이 수염 때문에요? 그건 안심하십쇼. 다 가짜랍니다."

이지도르 보트를레는 턱에 돌돌 말려 있는 털을 뜯어냈다. 그러자 매끈한 얼굴이 환하게 드러났는데, 더욱 홍조가 도드라져 보이는 영락없는 고등학생 풋내기 소년의 얼굴이었다. 그는 배시시 웃는 입가로 새하얀 치아를 한껏 드러내며 이렇게 말했다.

"이제 아시겠습니까? 이래도 증거가 더 필요하다면……. 자, 여기 있습니다. 우리 아버지로부터 온 편지인데 수신인 주소를 좀 보세요. '장송 드 사일리 고등학교 기숙생, 므슈 이지도르 보트를레.' 분명하지 않습니까?"

하지만 피욜 씨는 사실 여부와 관계없이 꽤나 마뜩잖은 표정으로 퉁명스레 물었다.

"그럼 대체 여기서 뭐하고 있는 건가?"

"그저, 공부나 좀 할까 하고……."

"공부야 학교에서 하는 거지. 자네 학교 말일세!"

"수사판사님도 참……. 오늘 23일은 부활절 방학인 거 모르시나요?"

"……."

"방학을 어떻게 활용하느냐는 전적으로 나 자신에게 달린 문제입니다."

"자네 부친은 뭐라 하시는가?"

"아버지는 여기서 먼 데 계십니다. 사부아 지방(알프스 산맥의 북쪽 프랑스 지역—옮긴이) 깊숙이 사시죠. 이곳 영불해협 쪽으로 여행을 다녀오라고 권하신 분도 아버지인걸요."

"그래, 가짜 수염을 달고 여행하라고 하셨나?"

"오, 아니죠. 그건 내 생각이었어요. 사실, 친구들끼리 학교에서 모험 얘기를 많이 하는 편이죠. 신출귀몰한 변장술이 등장하는 추리소설도 많이 읽고요. 우리 또래의 머릿속은 복잡 미묘하고 기괴한 상상으로 늘 들끓는답니다. 이렇게 가짜 수염을 붙이고 다니는 것도 다 그런 생각에서 좀 장난을 치는 것이죠. 이러고 다니면 사람들이 어느 정도 진지하게 대해줄 테고, 파리 출신 기자 행세를 하는 데도 유리하잖아요? 어쨌든 무료하게 한 일주일 이상을 지내다가 바로 어젯밤에 그야말로 뜻이 맞는 루앙 친구를 하나 알게 되었죠. 한데 오늘 아침 앙브뤼메지 사건 소식을 접하고는 그 친구가 나더러 마차를 함께 빌려 한번 가보자고 하는 겁니다."

이지도르 보트를레는 이런 모든 사정을 아무런 거리낌 없이, 너무도 소탈하게 털어놓았는데, 누구라도 호감을 느끼지 않을 수 없는 태도였다. 심지어 피욜 씨마저, 아직은 경계의 기색을 완전히 떨어버린 건 아니지만, 저도 모르게 기꺼이 귀를 기울이고 있었다. 그는 다소 누그러진 목소리로 물었다.

"그래 이곳을 둘러본 소감은 어떤가?"

"환상적입니다! 이런 유의 사건을 접해본 적이 없어서 그런지, 보통 흥미로운 게 아니에요!"

"물론 자네가 그리도 사족을 못 쓴다는 기괴망측한 상상거리도 풍부하겠지?"

"그보다 훨씬 더 강렬한 무엇이 느껴져요. 난 말입니다, 일련의 사실들이 수수께끼 같은 어둠으로부터 서서히 드러나면서 서로서로 밀쳐내고, 때론 짜 맞춰지는 가운데, 그럴듯한 진실로 모습을 갖춰가는 걸 지켜보는 게 이 세상에서 제일 신난답니다!"

"그럴듯한 진실이라……. 젊은 친구가 제법 허풍이 심하군그래! 자네가 무슨 수수께끼의 해답이라도 찾아냈단 말인가?"

보트를레는 히죽 웃으며 대꾸했다.

"오, 그건 아니지요. 다만……. 이 사건의 어떤 점들에 대해서만큼은 나로서도 약간의 소견을 품지 않을 수 없다는 거죠. 게다가 일부 사항은 너무 뻔해서……. 뚝딱 결론을 내려버려도 괜찮을 정도랍니다!"

"허어! 이거 점점 재미있어지는데. 앞으로 내가 한 수 톡톡히 배워야겠는걸! 고백하기 부끄럽지만 난 아직 뭐가 뭔지 하나도 모르겠거든."

"그건 수사판사님이 아직 충분히 생각할 시간이 없었기 때문입니다. 중요한 건, 생각을 깊게 충분히 하는 거죠. 어떤 사실이든 그 안에 해답을 감추고 있지 않은 경우란 극히 드무니까요!"

"지금 그 말은, 여태껏 우리가 확인해온 사실들 안에도 그 해답이 갖춰져 있다는 얘긴가?"

"여부가 있나요! 조서에 기록된 사실들만으로도 충분하지요."

"허어, 이거 놀랄 노 자로군! 그럼 내가 자네에게 이 살롱에서 도둑맞은 물건들이 어떤 것인지 물어봐도 되겠나?"

"물어만 주신다면 알고 있노라 대답드리겠습니다."

"브라보! 물건 주인보다 여기 이분께서 더 많이 알고 계십니다그려! 제브르 씨가 아주 강적(強敵)을 만났는걸! 하긴 3층짜리 서가(書架) 하나하고 실물 크기의 조각상 하나가 없어졌는데도 하나도 눈치 못 채고 있는 거겠지. 어디 그러면 이번엔 살인범의 이름을 알고 있는지 물어도 될까?"

"물어만 주신다면, 그 역시 알고 있노라고 대답드리지요."

순간, 두 사람의 대화를 구경하고 있던 주위 모든 이가 펄쩍 뛰다시피 했다. 특히 검사 대리와 다른 신문기자는 바짝 다가섰다. 제브르 씨와 두 아가씨도 보트를레의 너무도 태연한 자신감에 귀를 세우지 않을 수 없었다.

"분명 살인범의 이름을 안다고 했겠다?"

"그렇습니다."

"지금 어디 있는지도 알겠군?"

"물론이죠."

피욜 씨는 초조한 듯 손바닥을 비비며 말했다.

"이거 신나는구먼! 자네 덕분에 내 경력에 훌륭한 사건 해결이 또 하나 첨가되겠어. 자, 그럼 지금 당장 자네의 충격적인 폭로를 기대해도 되겠지?"

"지금 당장이라……. 그것도 괜찮겠지만, 이왕이면 앞으로 두 시간쯤 당신이 진행할 조사 과정을 죄다 지켜본 다음에 하면 어떨까요?"

"오, 그건 안 되지. 그건 아니야. 지금 당장 부탁하네, 젊은 친구."

바로 그때였다. 아까부터 줄곧 이지도르 보트를레에게서 시선을 떼지 않고 있던 레몽드 드 생베랑이 피욜 씨에게 슬며시 다가와 이렇게 말하는 것이었다.

"저, 수사판사님……."

"무슨 일입니까, 마드무아젤?"

여자는 잠시 망설이더니, 마침내 시선은 보트를레에게 고정시킨 채 중얼거렸다.

"실례지만 이 신사분께 좀 여쭤봐 주시겠습니까? 어제 무슨 이유로 쪽문으로 통하는 외진 길을 거닐고 있었는지요."

순간, 모두가 술렁이는 분위기였다. 특히 이지도르 보트를레는 적잖이 당황한 기색으로 이랬다.

"아니, 마드무아젤! 나를……. 나를 어제 보았단 말입니까?"

레몽드는 잠시 아무 대답도 하지 않고 생각에 잠겼다. 보트를레를 뚫어져라 응시하는 그녀의 시선 속에 뭔가 확신을 다져가는 눈치가 역력하더니, 마침내 이렇게 입을 열었다.

"확실해요. 오후 4시쯤 숲을 가로질러 걷고 있는데, 마침 그 길에서 이 신사분과 똑같은 수염에다 똑같은 키에 복장을 한 사람과 마주쳤어요. 그때도 왠지 자신을 숨기려고 한다는 느낌이었어요."

"그게 정녕 나였단 말입니까?"

"물론 절대적으로 그렇다고 단언할 수만은 없겠지만……. 기억력이 그리 좋은 편은 아니라서……. 하지만 겉모습만으로는 어쩐지 그런 것 같아요."

피욜 씨는 여간 난처한 기분이 아니었다. 그렇지 않아도 범인이 오리무중이라 약이 오른 상황인데, 이 자칭 애송이라는 작자 때문에 또 한 번 웃음거리가 될 뻔했다는 얘긴가? 젊은이의 첫인상이 그리 못마땅한 건 아니지만, 또 누가 알겠는가, 그 너머에 어떤 음흉한 정체를 숨기고 있을지.

"그래, 어디 대답해보겠나?"

"물론 아가씨께서 잘못 보신 거죠! 증명하래도 어렵지 않아요! 어제 그 시각, 난 뢸에 있었으니까요."

"그건 따로 증명을 해줘야겠는걸! 아까와는 상황이 다르니까. 이보시오, 헌병반장, 이제부터 이분한테 부하 한 명을 늘 따라붙이도록 하시오!"

순간, 이지도르 보트를레의 얼굴이 심하게 일그러졌다.

"오래 걸리겠습니까?"

"조사에 필요한 만큼은 걸릴 것이네."

"수사판사님, 부탁인데, 가능한 한 신속하고 조용히 조사를 해주실수 없을까요?"

"이유는?"

"우리 아버지는 무척 연로하십니다. 공연히 나 때문에 마음고생 시켜드리고 싶지는 않아요."

엄살기가 잔뜩 배어나는 목소리가 다소 맘에 안 들었지만, 피욜 씨는마지못해 약속했다.

"오늘 밤 안이나 아무리 늦어도 내일까지는 끝낼 테니 걱정 말게."

오후 시간도 어느덧 한참이 지나 있었다. 수사판사는 구경꾼들의 접근을 철저히 통제하고는 다시 폐허 쪽으로 나가 일정한 구역으로 장소를 나눈 뒤, 이번에는 자기 혼자서 차근차근 조사를 재개했다. 그러나역시 해 질 무렵까지 별다른 성과를 보지 못하자, 그사이 성 전체에 넘칠 정도로 몰려든 기자들 앞에서 이렇게 선언하는 것이었다.

"여러분, 부상당한 용의자가 아직 손 닿는 데 가까이 있을 것으로 추정했습니다만, 어쩐지 모든 상황은 정반대로 돌아가는 것 같습니다. 따라서 이제는 그가 탈출에 성공했다고 조심스럽게 점쳐보는 수밖에 없군요."

그러면서도 그는 다시 한 차례 두 개의 살롱을 면밀히 조사했고, 차후 수사에 필요한 온갖 정보를 취합한 뒤, 헌병반장의 지원하에 성곽정원의 감시조를 구성해 운영하게 한 다음에야 비로소 검사 대리와 함께 디에프로 돌아갔다.

밤이 왔다. 사건이 일어난 건넌방은 완전히 폐쇄되었고, 장 다발의시신은 다른 방으로 옮겨졌다. 현지 아낙네 두 명이 쉬잔과 레몽드의 도움을 받아 시체를 관리했다. 한편 이지도르 보트를레는 지역방범대원(프랑스에는 국립경찰 외에도 시 자치 경찰이 있으며 일반 행정 업무 외에 시장의 임명하에 일정한 사법 업무도 행함—옮긴이)의 삼엄한 감시하에 낡은 예배당 벤치에 누워 졸고 있었다. 밖에는 헌병들과 농부, 그리고 열두 명의 현지 주민으로 이루어진 감시조가 성벽을 따라 죽 배치되어 있었다.

한데 밤 11시까지도 쥐 죽은 듯하던 고요가 11시 10분이 되자 별안간 울린 총성으로 인해 산산이 부서져버리는 것이었다. 필시 성채 반대편에서 울린 총소리였다!

"경계! 경계! 포시에, 당신하고 르카뉘 두 사람만 이곳에 남고, 남은 사람들은 빨리빨리!"

헌병반장은 소리를 버럭 질렀다.

모두들 부랴부랴 내달려 왼쪽으로부터 성채를 돌아드는 순간, 어둠 속으로 스르르 내빼는 누군가의 윤곽이 포착되었다. 그러고는 좀 더 멀리, 거의 농장 끄트머리쯤에서 또다시 총소리가 들려오는 것이었다. 모두들 과수원 울타리까지 황급히 다다르자, 이번에는 농장에 딸린 집 오른편에서 갑작스러운 불길이 솟구치는가 싶더니 곧장 무시무시한 불기둥으로 번져 올랐다. 보아하니 짚단으로 그득 차 있는 헛간이 타오르고 있었다.

"망할 놈들! 놈들 소행이 틀림없어! 자 모두들 나를 따르게! 아직 멀리는 못 갔을 테니."

크비용 반장은 길길이 날뛰었다.

하지만 바람 때문에 불길이 안채로까지 번질 기세였기에, 일단은 그것부터 막아야만 했다. 너도나도 기를 쓰고 진화 작업에 나섰고, 제브르 백작마저 혼비백산 달려나와 보상을 두둑이 해주겠다며 작업을 독려했다. 그렇게 해서 겨우 불길이 잡혔을 때는 이미 새벽 2시가 다 되어

결정판 아르센 뤼팽 전집

있었다. 물론 범인들을 뒤쫓는 건 물 건너간 것이나 다름없었다.

"좌우간 날이 밝거든 한번 봅시다. 분명 뭔가 흔적을 남겼을 테니. 꼬리가 밟히고 말 거요!"

헌병반장이 분한 듯 중얼거리자, 제브르 백작이 덧붙였다.

"그나저나 왜 이런 방화 행위를 한 건지 그 이유가 궁금하군. 짚단에다 불을 붙여서 대체 뭘 하겠다는 건지……."

"백작님, 그건 말입니다……. 잠깐 이리 오시지요. 이유를 알 것 같기도 합니다."

헌병반장은 일행을 이끌고 회랑으로 돌아왔다. 한데 남아서 지키라고 했던 두 사람의 모습이 보이지 않는 것이었다.

"르카뉘! 포시에!"

헌병들이 이리저리 두 사람을 찾아 나선 지 얼마 안 되어, 눈이며 입이 모두 붕대로 싸여 있고 팔은 결박당한 채 쪽문 어귀에 나뒹굴고 있는 두 사람이 발견되었다.

그 꼴을 보면서 헌병반장이 중얼거렸다.

"백작님, 아무래도 우리 모두가 실컷 우롱당한 것 같습니다."

"무슨 말이오?"

"총소리며 방화며 할 것 없이 몽땅 우리 주위를 딴 데로 이끌려는 수작이었단 말입니다. 우리가 우왕좌왕하는 사이 놈들은 저 두 사람을 저 꼴로 만들고, 일을 치른 셈이죠."

"일을 치르다니?"

"그 빌어먹을 부상자를 구출하는 일 말입니다!"

"아니 그게 정말이오?"

"분명합니다! 한 10분 전쯤부터 그런 생각이 들더라고요. 나도 참 한심하지. 왜 좀 더 일찍 그 생각을 못했을꼬. 했다면 놈들을 일망타진할

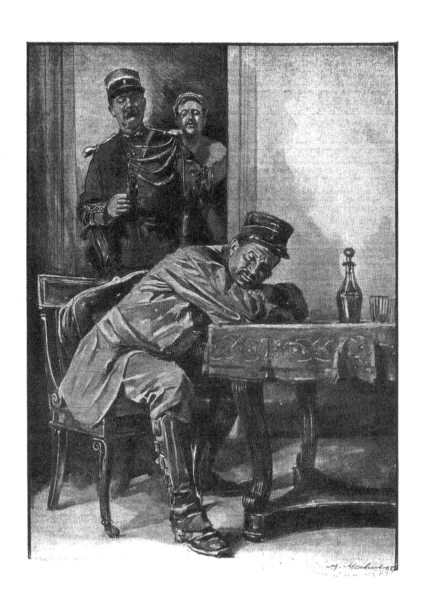

결정판 아르센 뤼팽 전집

수 있었을 텐데."

크비용은 분을 삭이지 못해 발로 땅을 걷어찼다.

"도대체 어디를 통해서 드나든 거야? 놈은 또 어디에 숨어 있었던 거고? 하루 종일 풀잎 하나하나까지 샅샅이 뒤진 데다 상처를 입은 몸으로는 어디든 숨어 있기가 도저히 어려웠을 텐데. 정말 귀신이 곡할 노릇이군그래!"

하지만 크비용 반장이 놀라고 분해할 만한 일은 그게 다가 아니었다. 동틀 무렵 이지도르 보트를레를 한시적으로 감금해놓은 예배당 안으로 들어섰는데, 그가 온데간데없이 사라진 것이었다. 지역방범대원만이 의자에 거의 고꾸라지다시피 꾸벅꾸벅 졸고 있을 뿐이었다. 이렇게 보니 그 옆에는 물병 하나와 잔 두 개가 놓여 있었다. 그리고 잔 하나에는 바닥에 하얀 가루 같은 것이 눈에 띄었다.

조사 결과, 이지도르 보트를레가 방범대원에게 마취제를 먹였으며, 창문을 통해 달아났다는 사실이 거의 확실시되었다. 단, 2미터 50센티미터 높이에 있는 창문의 위치로 볼 때, 그는 곯아떨어진 방범대원의 등짝을 발판 삼아 유유히 창문을 넘어 도망쳤을 거라는 게 모두의 생각이었다.

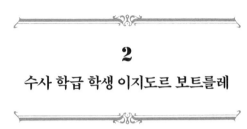

2
수사 학급 학생 이지도르 보트를레

다음은 『그랑 주르날』지(紙)에 실린 기사를 그대로 발췌한 것이다.

간밤에 들어온 소식
들라트르 박사, 터무니없는 납치극에 희생되다

막 신문을 인쇄에 넘기려는데, 급한 제보가 들어왔다. 한데 너무도 어이가 없는 일이라 당장 사실 확인은 감히 장담할 수가 없는 상황. 일단 제보 내용을 있는 그대로 공개한다.

어제저녁 저명한 외과 의사인 들라트르 박사는 부인과 딸을 데리고 '코메디 프랑세즈'에서 공연하는 「에르나니」(빅토르 위고의 대표적인 낭만주의극—옮긴이)를 관람 중이었다. 한데 3막이 시작될 무렵, 그러니까 한 10시쯤, 그들이 앉은 박스석 문이 열리더니 웬 남자 하나가 다른 사내 둘과 함께 들어와 박사에게 잔뜩 몸을 숙이고 뭔가 속삭이더라는 것이다. 옆에 있던 마담 들라트르의 귀에 충분히 들릴 만한 목소리였는데, 그 내용인즉슨 이랬다고 한다.

"박사님, 저로서도 상당히 난감한 임무를 띠고 이렇게 찾아왔습니다. 부디 협조해주신다면 무척 고맙겠습니다."

"누구시오, 당신은?"

"파리 시 1구역을 담당하는 경찰서장 테자르라고 합니다. 선생을 경시청의 뒤두이 씨 앞으로 호송하라는 임무를 부여받았습니다."

"아니, 그게 무슨 소리……."

"박사님, 아무 말씀도, 어떤 행위도 하지 마시기를 부탁드립니다. 좀 골치 아픈 문제가 생겨서 되도록 남의 눈에 띄지 않게 조용조용 일을 처리하는 중입니다. 하지만 틀림없이 공연이 끝나기 전에는 다시 돌려보내 드리겠습니다."

박사는 일단 자리에서 일어나 경찰서장을 따랐다. 한데 공연이 끝날 때까지도 돌아오지 않더라는 것이다.

당황한 마담 들라트르는 곧장 경찰서로 향했고, 거기서 진짜 테자르라는 인물을 보고는 그만 청천벽력이 떨어지는 듯했다고 한다. 남편을 데리고 나간 사람이 가짜였던 것이다.

나중에 탐문 조사를 해보니 극장에서 나온 박사는 어떤 자동차에 올라탔고, 그 길로 콩코르드 광장 방향으로 사라졌다고 한다.

이 믿을 수 없는 사건에 대해선 다음 호에서 좀 더 상세한 소식을 독자 여러분께 전해드릴 것을 약속한다.

믿을 수 없을지는 몰라도 사실은 사실이었다. 얼마 지나지 않아 사건의 결말이 밝혀졌고, 『그랑 주르날』지는 그 충격적인 전모를 곧장 게재했다.

사건 종결과 더불어
온갖 억측이 난무하다

오늘 아침 9시경, 들라트르 박사는 의문의 자동차에 실려 뒤레 가(街)
78번지 문 앞에 내려졌고, 자동차는 곧장 어디론가 사라졌다. 뒤레 가
78번지는 들라트르 박사가 매일 그 시각쯤 출근하는 병원이다. 기자들
이 면담을 요청하자, 박사는 마침 치안국장과 얘기를 나누는 중이었음
에도 기꺼이 응해주었다. 박사는 이렇게 운을 떼었다.

"분명히 여러분께 말씀드릴 수 있는 것은, 내가 그동안 극진한 배려
속에서 지냈다는 사실입니다. 나와 동행한 세 남자는 보기 드문 예의와
세련된 매너의 소유자였으며, 재치와 학식 또한 뛰어나 여행 내내 지루
한 줄을 몰랐을 정도입니다."

"얼마 동안 그들과 함께 있었습니까?"

"가는 데 네 시간 오는 데 네 시간 정도 걸렸습니다."

"목적지는 어디였습니까?"

"어떤 환자가 누워 있는 곳이었는데, 외과적 응급수술을 요하는 상태
였습니다."

"시술은 성공적이었나요?"

"네, 하지만 그다음이 문제입니다. 여기서야 환자를 늘 돌볼 수 있지
만, 거기는 조건이 너무도……."

"조건이 어떻다는 말씀인지요?"

"그야말로 형편 무인지경이더군요. 허름한 여인숙 단칸방에다…….
지속적인 간호를 받기에는 거의 불가능한 상황입니다."

"그렇다면 환자의 생명이 위독할 수도 있다는 얘기지요?"

"일단 기적을 바라야죠. 하긴 워낙 건강 체질이긴 해 보였습니다

만······."

"그 밖에 그 낯선 환자에 대해 더 하실 말씀은?"

"하고는 싶지만 그럴 수가 없어요. 일단 그러지 않겠다고 맹세를 했고, 서민들을 치료할 비용으로 1만 프랑이나 받았습니다. 내가 만약 맹세를 어기면 그 돈을 다시 회수해갈 거라고 했어요."

"세상에! 그 말을 그대로 믿는다는 겁니까?"

"믿고말고요! 그곳 사람들 모두가 더없이 진지한 태도였습니다."

이상이 들라트르 박사가 기자들 앞에서 공언한 내용이다. 아울러 치안국장 역시 박사의 시술이라든가 환자의 정체, 그리고 자동차로 이동한 장소 등등에 대해 이것 이상의 정확한 정보는 입수하지 못한 것으로 알고 있다. 따라서 진실의 내막을 완전히 밝히기에는 아직 역부족이라 판단된다.

그러나 인터뷰를 주도한 기자의 판단과는 달리, 좀 더 약빠른 몇몇 기자는 이미 신문 지상을 통해 세세한 부분까지 공개된 바 있는 바로 전날 앙브뤼메지 성에서의 사건과 이 일을 단순히 비교해보는 것만으로도 뭔가 짚이는 바를 얻어낼 수 있었다. 즉, 부상당했던 도둑이 사라진 일과 저명한 외과 의사의 납치 사건 사이에는 모종의 관계가 분명히 있을 거라는 얘기이다.

과연 이 점에 주목해서 끈질기게 수사를 진행한 결과, 애초 짐작한 바가 결코 공연한 추측이 아니라는 사실이 곧 밝혀졌다. 다름 아니라 자전거를 타고 도망치듯 떠났던 그 가짜 마차꾼의 종적을 추적하자, 그가 성에서 약 15킬로미터 떨어진 아르크 숲에 이르러 자전거를 버린 뒤 그 길로 생니콜라 마을에 당도해 다음과 같은 전보를 보냈다는 사실이 확인된 것이다.

파리, 45번 국(局), A. L. N.

긴급 상황 발생

응급조치 요망

14번 국도를 통해 유명의(醫)를 급파할 것

　이거야말로 움직일 수 없는 증거였다. 일단 소식을 접한 파리의 공범들은 부랴부랴 조치에 들어갔을 게 틀림없으며, 밤 10시 유명 의사 한 명을 구해, 아르크 숲을 에두르는 14번 국도를 통해 디에프로 향했던 것이다. 그러는 사이, 역시 같은 도당에 의해 야기된 방화 사건을 틈타 두목이 구출되었고, 곧장 여인숙 단칸방에 옮겨져 새벽 2시에 도착한 의사의 시술을 받았고 말이다.

　전혀 의심의 여지가 없는 사실이었다. 이에, 파리로부터 특별히 투입된 가니마르 형사반장과 폴랑팡 형사는 퐁투아즈와 구르네, 포르주 등을 일일이 돌아다니면서 간밤에 낯선 자동차가 경유해갔다는 사실까지 확인했다. 그런가 하면 앙브뤼메지에서 디에프로 이르는 도로 상에서도 같은 확인을 했다. 비록 성에서 2킬로미터 정도 떨어진 곳부터 자동차의 흔적이 더는 안 보이긴 했지만, 그 대신 성의 정원 쪽문과 회랑의 잔해 사이에 여러 발자국이 일정하게 찍혀 있다는 사실을 알아냈다. 게다가 우리의 꼼꼼한 가니마르가 확인한 바로는 쪽문의 잠금장치가 심하게 훼손되어 있더라는 것이다.

　그러니 모든 게 앞뒤가 척척 맞는 셈이 아닌가! 다만 박사가 얘기한 그 여인숙을 검증하는 일만 남았을 뿐이다. 하지만 이 또한 끈질긴 수색광으로 유명한 가니마르에게는 식은 죽 먹기나 다름없는 일! 그 구간에서 여인숙이라고 해봐야 한정된 숫자에 불과할 터. 부상자가 쉴 곳은 당연히 앙브뤼메지에 가장 인접한 여인숙이 아니겠는가 말이다! 가니마르와 헌병반장 크비용은 곧장 길을 떠났다. 사방 500미터, 1000미터, 1500미터에 걸친 지역에서 그 둘은 여인숙이거나 그렇게 불릴 만한 건물을 몽땅 뒤지고 다녔다. 하지만 문제의 부상자는 온갖 기대를 무참히 저버리면서 끝끝내 모습을 드러내지 않는 것이었다.

가니마르는 악착같이 물고 늘어졌다. 심지어 일요일 일찍부터 따로 개인적인 조사를 진행하기 위해 아예 토요일 밤부터 성에 들어가 하룻밤을 묵을 정도였다. 결국 일요일 아침 조사에 나선 그에게 전날 밤 순찰을 돌았던 헌병들로부터 성곽의 외벽 쪽에 웬 사람의 그림자가 하나 지나다니는 걸 목격했다는 보고가 들어왔다. 뭔가 염탐하기 위해 돌아온 공범들 중 한 명일까? 아니면 두목이 아직도 이 근처 어디에 숨어 있다고 봐야 하나?

그날 저녁 가니마르는 분대 규모의 헌병을 몸소 이끌고 농장 쪽으로 나갔다. 그는 폴랑팡과 함께 쪽문에서 그리 떨어지지 않은 성벽 외곽에 매복했다.

아니나 다를까, 자정이 조금 못 미친 시각, 누군가 관목 숲에서 살그머니 빠져나와 문턱을 넘어 정원으로 잠입해 들어가는 것이었다. 그는 무려 세 시간 동안이나 폐허 여기저기를, 때로는 쓰러진 기둥들을 넘어 다니다가 가끔 허리를 숙여 뭔가 살펴가면서 돌아다녔다. 그러다 한참을 제자리에 꼼짝 않고 서 있기도 했다. 결국 쪽문 쪽으로 돌아온 그는 두 형사가 지키고 서 있는 줄도 모르고 다시금 슬그머니 지나쳐 빠져나가려고 했다.

순간 가니마르는 잽싸게 놈의 목덜미를 붙잡았고, 동시에 폴랑팡은 양팔로 허리를 끌어안았다. 의외로 상대의 저항은 거의 없었고, 세상에 그보다 더 온순할 수 없이 양 손목을 묶인 채 성으로 끌려갔다. 한데 막상 조사를 하려 하자, 그들에게 볼일이 없으니 수사판사가 올 때까지 기다리겠다는 것이었다(프랑스의 사법 체계상 경찰관은 검사와 수사판사의 지휘, 승인, 허가를 얻어 수사를 하도록 되어 있음—옮긴이).

결국 가니마르와 폴랑팡은 각자의 숙소 중 한 곳을 정해 침대 발치에다 놈을 꽁꽁 묶어두었다.

월요일 아침 9시, 피욜 씨가 성문 앞에 도착하는 대로 가니마르는 전날 거둔 수확을 보고했다. 그렇게 해서 수사판사 앞에 출두한 죄인은 다름 아닌 이지도르 보트를레, 바로 그였다!

피욜 씨는 소년을 보자 두 팔을 내뻗으며 소리쳤다.

"아니, 므슈 이지도르 보트를레가 아닌가? 이거 놀랐는걸! 우리의 아마추어 형사 나리께서 이런 꼴을 당하다니. 어쨌든 횡재긴 횡재일세! 이보시오, 형사반장, 여기 장송 드 사일리 고등학교 수사 학급 학생이신 므슈 이지도르 보트를레를 소개하지요."

가니마르는 다소 당황한 표정이었다. 이지도르는 마치 경의라도 표하듯 허리를 깍듯이 굽혀 인사를 한 뒤, 피욜 씨를 향해 홱 돌아섰다.

"수사판사님, 보아하니 이제 나에 대해서 충분한 정보를 입수하신 것 같습니다?"

"그야 여부가 있나. 우선 마드무아젤 드 생베랑이 목격했다고 증언한 바로 그 시각에 자네는 실제로 뷜 레 로즈에 있었더군. 아마도 꼭 닮은 누구를 잘못 보았던 거지. 그리고 또 하나, 자네는 틀림없이 수사 학급 학생인 이지도르 보트를레가 맞는다는 사실! 그것도 대단히 총명하고 부지런하며 모범적인 학생이라던걸. 부친은 시골에 사는데, 자네는 한 달에 한 번씩 시골구석에서 나와 아버지의 친구가 되는 므슈 베르노의 집에 묵곤 하지. 그분 역시 자네에 대해 칭찬을 아끼지 않았어."

"그렇다면……."

"물론 자네는 자유의 몸이야, 므슈 이지도르 보트를레."

결정판 아르센 뤼팽 전집

"완전히 자유의 몸이라 이거죠?"

"그렇고말고! 아 참, 딱 하나, 아주 사소한 조건만 갖춘다면 말일세. 자네는 똑똑하니까, 내 입장에선 마취제를 함부로 다룬다거나 창문을 통해서 도망치고, 또 남의 사유지를 임의로 어슬렁거리다가 현장에서 붙잡힌 사람을 맘대로 놓아줄 수 없다는 것쯤은 잘 알 것 아닌가? 물론 약간의 보상을 치른다면야 문제가 달라지지만……."

"어서 본론을 말씀하시지요."

"다름이 아니라, 우리 사이에 중단된 대화를 재개할까 하는데 말일세. 어떤가, 자네의 수사 상황이 어느 정도 진전됐는지 내게 말해줄 수 있겠나? 이틀 동안 마음껏 자유의 몸으로 돌아다녔으니 꽤 깊은 곳까지 진전됐겠지?"

그러더니 피율 씨는, 무슨 수작들을 하는 건지 모르겠다는 듯 시큰둥한 표정으로 막 자리를 피하려는 가니마르를 향해 이렇게 외쳤다.

"이보시오, 형사반장! 당신이 있을 곳은 바로 여기라오! 내 장담하건대, 므슈 이지도르 보트를레가 하는 말은 귀 기울일 가치가 있어요. 내가 조사한 바로는 이 소년의 관찰력은 가히 신기(神技)의 수준이어서, 학교 내에서는 가니마르 당신과 대등할 뿐 아니라 저 멀리 셜록 홈스와도 충분히 비교될 만한 명성을 갖추고 있다 하오."

"어련하겠습니까!"

가니마르는 계속 시큰둥한 자세였다.

"아무렴요! 심지어 그의 동급생 중 하나가 내게 이런 편지를 보내기도 했소. '보트를레가 뭔가 안다고 말하면 반드시 믿어야 합니다. 그의 입에서 작심하고 나오는 말은 글자 그대로 진실이라고 생각해도 돼요'라고 말이오! 자, 므슈 이지도르 보트를레여, 이제야말로 자네 친구들의 신의를 정당화할 절호의 기회이네! 이렇게 청할 테니, 어서 우리 앞에 진실의 정체를 드러내 보여주게나."

이지도르는 조용히 웃으면서 그 모든 장광설을 듣고 있더니, 마침내 입을 열었다.

"수사판사님, 참으로 짓궂기도 하십니다! 그저 장난 좀 쳐본 실없는 아이들을 가지고 그렇게 놀리시다니……. 어쨌든 내가 졌습니다. 공연히 또 놀림거리나 될 빌미는 제공하지 않으렵니다."

"결국 그럼 아무것도 아는 게 없다는 얘기렷다!"

"지극히 겸손하게 고백을 드리죠. 아는 게 없습니다! 왜냐면 당신 역시 모르고 지나쳤을 리 없는 두세 가지 사항을 발견했다고 해서, 그걸 두고 '뭔가 안다고' 말하고 싶진 않으니까요."

"두세 가지 사항이라……. 예를 들면?"

"예를 들면 도둑맞은 물건 말입니다."

"아, 그럼 그렇지! 도둑맞은 물건이 무엇인지 알고 있는가?"

"당신 역시 모르진 않을 텐데요. 아무래도 가장 쉬운 문제인 것 같아 처음부터 그것에 매달렸죠."

"그 문제가 가장 쉬웠다?"

"맙소사, 그렇고말고요! 그저 머리만 차근차근 굴리면 되니까요."

"머리만 굴린다……. 그래 어떻게 말인가?"

"자질구레한 설명은 집어치우고 간단히 말해보죠. 일단 두 아가씨가 물건을 가지고 튀는 두 남자를 보았고, 도둑질을 당했다는 데에 의견 일치를 보고 있는 만큼, 도둑이 든 건 든 겁니다!"

"도둑이 들었다……."

"한데 제브르 백작처럼 정신 멀쩡한 인물이 단언을 했으니, 아무것도 사라진 물건이 없다는 얘기도 믿어야겠지요."

"아무것도 사라진 물건이 없다……."

"이상 두 가지 사실만 놓고 볼 때, 다음과 같은 결론이 필연적으로 따라나옵니다. 즉, 도둑을 맞고도 사라진 물건이 없다면, 그것은 도둑맞은 물건이 그것과 똑같은 가짜로 바꿔치기됐다는 얘기지요. 물론 이런 추리가 사실 자체로 꼭 검증된다고는 볼 수 없습니다. 하지만 우선은 우리가 가장 손쉽게 생각할 수 있는 가능성임엔 틀림없고, 충분한 검토를 거친 연후에야 옆으로 제쳐놓을 수 있는 가정인 것이죠."

"그래……. 맞아, 맞아……."

수사판사는 잔뜩 매료된 채 중얼거렸다.

"자, 그러면 이제 이 살롱 안에서 도적들의 구미를 당길 만한 물건이 무엇이었을까 생각해보죠. 일단 두 가지가 눈에 띄는군요. 첫째, 장식용 양탄자……. 하지만 그건 아닐 겁니다. 아시다시피 오래된 양탄자는 여간해선 위조가 잘 안 되며, 설사 가능하다 해도 곧장 눈에 띌 것이기 때문입니다. 그럼 이제 루벤스의 그림 넉 점이 남는군요."

"그래, 어떻게 생각하나?"

"당연히 루벤스의 그림 넉 점은 모두 가짜입니다!"

"그럴 리가!"

"아뇨, 모두 절대적으로, 확실하게 가짜입니다!"

"글쎄, 그럴 리가 없다니까."

"수사판사님, 지금으로부터 정확히 1년 전, 샤르프네라고 자신을 소개한 어느 젊은이가 이곳 앙브뤼메지 성을 찾아와 저 루벤스의 그림들을 모사할 수 있게 해달라고 청한 적이 있습니다. 물론 제브르 백작께선 쾌히 승낙을 하셨죠. 그로부터 다섯 달 동안 매일 아침부터 저녁까지 샤르프네는 이 살롱에서 작업에 전념했습니다. 결국 그 당시 그가 모사했던 그림들이, 삼촌인 보바디야 후작으로부터 제브르 백작이 물려받은 진짜 원화(原畵)들 자리를 지금 차지하고 있는 셈이죠."

"증거는 갖고 하는 얘긴가?"

"제시할 만한 증거는 없습니다. 다만 그림들은 당연히 가짜이어야 하니까 가짜인 거고, 그 점은 따로 검증할 필요도 없다고 보는 것이죠."

피욜 씨와 가니마르는 서로를 놀란 눈으로 바라보았다. 어느덧 노형사도 소년의 얘기에 푹 빠져 있었던 것이다. 잠시 후, 수사판사가 중얼거렸다.

"아무래도 제브르 백작의 의견이 필요할 것 같군."

그러자 가니마르도 동의를 표했다.

즉시 백작님을 모셔오라는 지시가 떨어졌다.

바야흐로 어린 수사 학급 학생의 진정한 승리가 눈앞에서 확인되려는 순간이라고나 할까! 천하의 닳고 닳은 전문가 두 명을 놓고 꼼짝없이 자기 추리를 검증해보도록 몰아간 셈이니, 아마 보통 젊은이 같으면 의기양양해하고도 남았을 것이다. 하지만 보트를레는 달랐다. 그처럼 사소한 자기만족은 안중에도 없다는 듯, 여전히 그윽한 미소를 띤 채 제브르 백작이 나타나기만을 조용히 기다리는 것이었다.

이윽고 백작이 모습을 드러내자 수사판사가 대뜸 말했다.

"백작님, 지금까지 내내 조사해온 결과, 현재 우리는 전혀 뜻밖의 사안에 부닥친 상태입니다. 추정컨대…… 분명히 말씀드리지만 이건 단지 추정입니다. 도둑들이 그날 이곳에 침입한 목적은 아마 저 루벤스의 그림들을 노린 것이 아니었나 생각합니다. 그것도 그냥 훔쳐가지 않고 모사품과 바꿔치기를 할 계획으로 말입니다. 1년 전쯤 샤르프네라는 화가가 이곳에서 직접 모사한 그림들이지요. 따라서 백작님이 손수 저 그림들을 면밀히 검사해서 진품인지 아닌지를 밝혀주셔야겠습니다."

순간, 백작은 난처한 기분을 억지로 감추는 듯 보였다. 그는 이지도르 보트를레와 피욜 씨를 번갈아 쳐다보더니 그림에는 눈길조차 주지 않고 이렇게 대답했다.

"나는 진실이 그대로 묻힌 채 지나갔으면 했습니다. 그렇지 않았다면 조금도 주저 없이 저 녁 점의 그림이 가짜라는 걸 밝혔을 테지요."

"아니, 그럼 알고 계셨단 말씀입니까?"

"처음 보았을 때부터 알았죠."

"그런데 왜 말을 하지 않은 건가요?"

"자고로 물건의 임자 입장에서 자기 소장품이 가짜, 그러니까 더 이상 진짜가 아니라는 말을 그렇게 쉽사리 내뱉을 수는 없는 법이랍니다."

"하지만 그 점을 밝혀야만 진짜 물건을 되찾아올 것이 아닙니까?"

"내 생각에는 다른 좋은 방법이 아주 없는 건 아닙니다."

"어떤 방법 말입니까?"

"비밀은 비밀 그대로 덮어둔 채, 도둑들을 자극하지 않으면서 물건값을 흥정하는 것이죠. 어차피 두고 있어봐야 저들도 짐만 될 거 아니겠습니까?"

"하지만 범인들과 소통할 만한 길이라도 있는 겁니까?"

거기서 백작의 대답이 얼른 나오지 않자, 이지도르가 백작 대신 나섰다.

"그거야 신문에 짧은 글 하나만 올리는 걸로 끝나죠. 이를테면 『르 주르날』이라든가 『에코 드 파리』, 혹은 『르 마탱』지 같은 데 이렇게 올리는 겁니다.

　　그림을 되사들일 준비가 되었음.

백작은 의미심장한 표정으로 고개를 끄덕였다. 또 한 번 젊은이의 기지에 아둔한 연장자들이 한 방 먹은 꼴이었다.

피욜 씨는 깨끗이 승복할 줄 아는 면이 있었다.

"허허, 여보게나! 역시 자네 친구들 눈이 정확하지 않은가 말이야. 원 세상에……. 어쩜 저리도 머리가 잘 돌아갈까! 놀라운 재치가 아닌가. 이거 이러다가는 가니마르와 나 같은 사람은 어디다 명함도 못 내밀겠어."

"원 별말씀을……. 이 정도까지는 뭐 별로 어려운 발상도 아닌걸요!"

"그럼 그다음에는 문제가 좀 복잡해진다는 뜻인가? 우리가 처음 대면했을 때, 자네는 이번 사건에 대해 좀 더 많은 것을 알고 있었던 걸로 기억하는데. 맞아! 자네는 살인자가 누구인지도 안다고 장담했어."

"사실입니다."

"그래, 장 다발을 죽인 게 누구인가? 그자가 아직도 살아 있는가? 어디 숨어 있나?"

"수사판사님, 아무래도 우리 사이에……. 아니, 그보다는 실제 사건들과 당신 사이에는 처음부터 뭔가 오해의 골이 깊게 파여 있는 것 같습니다. 살인자와 뒤늦게 도주한 사람은 어디까지나 별개의 인물입니다!"

"뭐? 아니 그게 무슨 소린가? 제브르 백작과 처음 맞닥뜨려 격투를 벌인 데다 거실에서 두 아가씨와 마주친 그자가, 게다가 마드무아젤 드 생베랑의 총에 맞은 뒤 정원에서 행방이 묘연해진 바로 그자가 장 다발을 죽인 장본인이 아니라는 말인가?"

"아니지요."

"그렇다면 아가씨들이 거실로 내려오기 전에 자취를 감춘 제삼자라도 있다는 말인가?"

"그것도 아닙니다."

"이거 도무지 무슨 소리를 하는 건지 모르겠군. 그럼 대체 장 다발을 죽인 자가 누구란 말인가?"

보트를레는 잠시 생각에 잠겼다가 어렵게 입을 열었다.

"우선 그에 대답하기 전에, 내가 확신에 이르게 된 과정과 살인의 이유를 분명히 해둬야겠습니다. 그러지 않고 대뜸 말씀드린다면, 내 얘기가 황당무계한 헛소리로 들릴 테니까요. 전혀 아닌데 말입니다. 사실 이 사건의 정황 중에는 그 중요성에 비해 거의 무시당한 채 흘러간 것이 있습니다. 예컨대, 습격을 당할 당시 장 다발이 완전한 복장을 갖춘 데다 쇠 징까지 박힌 구두를 신고 있었다는 사실 말입니다. 마치 대낮에 거리를 활보하다 온 사람처럼 말이죠. 한데 사건 발생 시각은 새벽 4시였단 말입니다."

"나 역시 그 점을 의아하게 생각했지만, 제브르 백작 얘기로는 다발이 원래 밤새도록 일하기를 즐긴다고 해서 그냥 넘어갔지."

"그러나 다른 하인들 얘기는 그게 아니었습니다. 매일 지극히 규칙적으로 일찌감치 잠자리에 든다고요. 설사 그가 자지 않고 있었다고 칩시다. 대체 무슨 이유로 자기 침대를 이리저리 흩뜨려놓았던 걸까요? 마치 잠이라도 자고 있었던 것처럼 말입니다. 그게 아니라 진짜 잠을 자고 있다가 무슨 소리에 깨어난 거라면, 왜 또 그렇게 머리끝에서 발끝까지 차려입었던 걸까요? 그냥 간소하게 가운 하나만 걸칠 수도 있었을 텐데. 나는 여기 온 첫날, 여러분이 점심 식사를 하는 동안 그의 방을 둘러보았습니다. 실내화 한 켤레가 얌전히 침대 발치에 있더군요. 그럼에도 하필 거추장스러운 구두를 군이 챙겨 신은 이유가 대체 무엇일까요? 훨씬 간편한 실내화를 놔두고 말입니다."

"글쎄……. 아직까지는 당최 모르겠는데."

"네, 지금까지만으론 그저 뭔가 이상하다고밖에 못 느끼겠죠. 루벤스의 그림을 모사한 샤르프네라는 화가가 다름 아닌 장 다발이 다리를 놔서 제브르 백작에게 소개되었다는 사실을 알기 전까지는 나 역시 오리 무중이었습니다."

"그렇다면?"

"그렇다면 이런 결론이 자연스레 도출되지요. 즉, 장 다발과 샤르프 네가 결국 한통속일 거라는 사실 말입니다!"

"너무 성급한 생각인 것 같은데?"

"하긴 확실한 증거가 필요할 겁니다. 한데 다발의 방 책상 위에서, 압지장(押紙帳)에 이런 주소가 아직도 눌린 자국으로 남아 있는 걸 발견했답니다. '므슈 A. L. N., 45번 국'이라고요. 다음 날 나는 그 가짜 마차꾼이 생니콜라에서 보낸 전보의 수신지 역시 A. L. N., 45번 국이라는 것을 알았습니다. 요컨대 장 다발이 그림을 훔쳐간 도당과 한패라는 물질적 증거를 얻은 셈이지요."

피욜 씨는 마침내 어떠한 반론도 제기할 수 없었다.

"좋아……. 그런 식으로 공범 관계가 성립한다고 치세. 그래서 결론은 무언가?"

"우선 장 다발을 살해한 건 상처를 입은 채 도망친 자의 짓이 아니라는 사실입니다."

"그리고?"

"수사판사님, 이 대목에서는 일단 기절 상태에서 깨어나면서 백작이 처음 했던 말을 상기해볼 필요가 있습니다. 마드무아젤 제브르가 진술했고 조서에도 기록된 바 그대로 말입니다. '난 괜찮아……. 다발은? 다발은 살아 있나? 단도…….' 운운했다지요. 그리고 이제 이 말을, 역시 제브르 백작이 습격당한 상황을 설명했던 이야기와 한번 비교해보는 겁니다. 이랬지요, 아마. '웬 사내가 내게로 곧장 달려들더니 관자놀이를 주먹으로 가격하는 것이었어요! (……) 그다음엔, 모르겠어요. 기절해버렸으니까요'라고 말입니다. 그렇게 순식간에 뻗어버린 사람이 어떻게 깨어나자마자 다발이 칼침을 맞았는지 알 수 있었겠습니까?"

이지도르 보트를레는 그렇게 던지듯 내뱉은 자신의 질문에 굳이 대답을 기다리는 눈치도 아니었다. 그보다는 자기 스스로 얼른 대답을 제시하고 구차한 설명 따위는 그만 줄였으면 하는 분위기였다. 그래서 이렇게 덧붙였다.

"다시 말해서 이렇게 된 겁니다. 그날 장 다발은 세 도둑을 거실로 불러들였습니다. 거기서 그렇게 두목이라고 불리는 자와 함께 일을 꾸미고 있는데, 문득 건넌방에서 소리가 들린 것이죠. 다발이 문을 슬그머니 열어보니 거기엔 제브르 백작이 놀란 눈으로 서 있었고, 곧장 단도를 쥐고 다발은 백작에게 쇄도한 겁니다. 순간 백작은 다발의 칼을 빼앗아 찔렀고, 그 와중에 백작 자신도 몇 분 뒤 두 아가씨한테 발각당할 그 두목이라는 자의 주먹세례를 된통 당한 거지요."

또 한 번 가니마르와 피욜 씨는 서로를 멍하니 마주 보았고, 가니마르는 이제야 두 손 들겠다는 듯 고개를 끄덕거렸다. 수사판사가 입을 열었다.

"백작님, 어떻습니까? 이 모든 얘기가 사실이라고 생각해도 되겠습니까?"

제브르 백작은 간명하게 대답했다.

"사실과 정확히 일치하는군요."

수사판사는 화들짝 놀라며 소리쳤다.

"아니, 그러면서 왜 지금까지 사법당국을 엉뚱한 데로 유도한 겁니까? 그만하면 정당방위로 책임을 면할 수 있을 텐데, 왜 굳이 진실을 숨기려 든 거냐고요?"

"지난 20년 동안 다발은 내 곁을 지키며 일해주었소. 난 그를 절대적으로 신뢰했고요. 그가 내게 준 도움은 값으로 치를 수 없는 것이었습니다. 도대체 어떤 꼬임에 빠져서 나를 배반했는지는 모르겠지만, 난 우리 사이의 추억을 생각해서라도 그의 배신행위가 세상에 알려지는 걸 원치 않았습니다."

"그건 원하고 안 하고 이전에, 반드시 알렸어야 하는 문제입니다!"

"수사판사님, 하지만 내 생각은 좀 다릅니다. 그 일을 감춘다고 해서 다른 무고한 자가 누명을 쓰는 게 아니라면, 나로선 죄인이자 희생자인 내 친구를 기필코 단죄할 수만은 없는 노릇입니다. 생각해보십시오. 그는 이미 죽은 몸입니다. 그것만으로도 충분한 벌을 받은 게 아니겠습니까?"

"좋아요, 정 그렇다면 알겠습니다. 하지만 백작님, 진실이 공개된 지금에 와서는 모든 것을 있는 그대로 밝혀주실 수 있겠지요?"

"그러지요. 사실, 그가 공범들에게 보낸 편지 초고가 두 장 있습니다. 죽은 후 우연히 지갑 속에서 찾아냈지요."

"그럼 그가 왜 도둑질까지 하게 되었을까요?"

"그에 대해서는 디에프의 드라바르 가(街) 18번지를 한번 찾아가 보십시오. 마담 베르디에인가 뭔가 하는 부인이 살고 있을 겁니다. 다발이 2년 전부터 알고 지내면서 생활비를 보조하고 있는 그 여자가 바로 도둑질을 하게 된 원인이라면 원인이지요."

그렇게 해서 모든 수수께끼가 훤히 풀리는 듯했다. 참극(慘劇)의 전모가 어둠 속으로부터 서서히 드러나면서 진실의 빛을 받아들이는 기분이었다.

"자, 이제 백작님은 가서 쉬시게 하고, 우리끼리 계속합시다."

피욜 씨의 제안에 보트를레가 쾌활하게 화답했다.

"맙소사! 하지만 이제는 나도 할 얘기가 거의 바닥난 지경인데요!"

"그 부상당한 도망자가 남아 있지 않은가?"

"그 문제라면 나만큼 수사판사님도 아시질 않습니까. 그의 흔적을 따라서 회랑 어귀의 잡초 덤불까지 뒤지셨고, 또……."

"아, 그야 알기는 알지. 하지만 일단 놈들이 그자를 빼내간 이상, 문제는 어느 여인숙으로 잠적했느냐 하는 걸세."

순간 이지도르 보트를레는 웃음을 터뜨렸다.

"하하하, 여인숙이라뇨! 그런 건 애당초 없습니다! 그건 사법당국을 교란시키려는 싸구려 속임수에 불과해요! 하긴 먹혀들었으니 대단한 속임수이긴 합니다."

"하지만 들라트르 박사 말도……."

보트를레는 더욱 확고한 어조로 이렇게 외쳤다.

"바로 들라트르 박사가 장담을 했기에 더더욱 믿어선 안 되는 겁니다! 암요, 들라트르 박사는 그렇지 않아도 자신이 겪은 일에 대해 지극히 애매모호한 정보만을 주려고 했어요. 그는 애당초 자기 고객의 안전을 위협할 그 어떠한 얘기도 하지 않을 태세였단 말입니다! 그럼에도 불구하고 하필 여인숙 얘기를 했고, 그곳이 남루하고 열악하다고 누차 강조했습니다. 그렇다면 그건 분명 누가 그러라고 시켜서 말한 것에 지나지 않아요. 즉, 온갖 협박을 가해가며 불러준 대로 뇌까리는 것에 불과했다 이 말입니다. 하긴 아내와 딸이 있는 입장에서 엄청난 위협 앞에 한없이 담대할 수만은 없겠지요. 그래서 오히려 그 여인숙에 대해 되도록 세세한 정보를 챙겨주었던 겁니다."

"그러고 보니 너무 자세해서 더 오리무중에 빠진 것도 같아."

"그렇다고 수사를 포기하기도 힘들었겠죠. 하나 그동안 당신의 눈길은 상식적으로 그자가 있을 법한 단 하나의 장소는 도외시했던 겁니다.

마드무아젤 드 생베랑이 쏜 총에 상처를 입은 다음, 짐승처럼 기어 들어가 줄곧 떠나본 적이 없는 유일한 은신처를 말입니다."

"이런 젠장, 그래 대체 그 빌어먹을 장소가 어디냔 말일세!"

"그야 당연히 낡은 수도원 건물의 잔해 더미지요."

"하지만 거긴 균열투성이 벽체 몇 개하고 다 쓰러져가는 기둥들밖에는 없단 말일세!"

여기서 보트를레는 목소리에 한껏 힘을 주며 소리쳤다.

"바로 거기에 그가 처박혀 있는 겁니다, 수사판사님! 바로 거기에다 온갖 수사력을 집중해야 한단 말입니다! 다른 어디도 아닌 바로 그곳에서 아르센 뤼팽을 발견하게 될 겁니다.

"아르센 뤼팽이라고!"

순간 피욜은 자리에서 벌떡 일어서며 외쳤다.

그 유명한 이름에 이어 한동안 엄숙할 정도의 침묵이 흘렀다. 아르센 뤼팽……. 위대한 모험가이자 도둑의 제왕. 정녕 그였단 말인가, 상처를 입은 채 며칠에 걸친 수색에도 전혀 털끝 하나 보이지 않고 잠적해 있는 수수께끼 같은 인물이? 정말로 아르센 뤼팽이 덫에 걸린 채 옴짝달싹 못하다가 한낱 수사판사의 손에 붙잡힌다면, 그거야말로 대단한 성과이자 행운이며 영광이 아니겠는가!

한데 가니마르는 왠지 조금도 놀라지 않는 눈치였다. 이지도르가 그를 향해 이렇게 말했다.

"형사님도 나와 같은 생각이죠?"

"두말하면 잔소리지!"

"애당초 이번 사건의 배후에 그가 있다는 사실을 조금도 의심하지 않으셨겠죠?"

"단 한순간도……. 아예 그의 서명이 훤하게 휘갈겨 있는 거나 다름

없어 보였으니까. 뤼팽이 한번 건드린 일은, 마치 사람들 얼굴이 제각
각이듯, 다른 일과는 판이한 법이니까. 그저 두 눈을 똑바로 뜨고 바라
보기만 해도 알 수 있는 이치지.”

“기어코…… 기어코 뤼팽이란 말인가.”

아직도 믿어지지 않는지 피욜이 더듬대자 젊은이는 대차게 소리쳤다.

“물론입니다! 다른 건 다 제쳐두고 이 점만이라도 생각해보세요!
그간 저들이 서로 어떤 이니셜을 사용해서 교신을 해왔던가요? A. L.
N.이었죠. 즉, 아르센(Arsène)의 첫 글자 ‘A’와 뤼팽(Lupin)의 처음 ‘L’과
마지막 ‘N’이 아니었나요?”

“아! 이 친구 정말이지 놀라운 사람이구려. 이 늙은 가니마르는 그만
두 손 들었소이다.”

얼굴에 수줍은 홍조를 띤 채 보트를레는 노형사가 청하는 악수에 가
볍게 응했다. 이제 세 사람은 발코니에 모여 서서 썰렁하게 펼쳐진 폐
허 위로 이리저리 시선을 던졌다.

피욜 씨가 조용히 속삭였다.

“저기 어딘가 있을지도 모른다고…….”

그러자 보트를레도 나지막한 소리로 대꾸했다.

“‘있을지도’가 아니라 있습니다. 달리다가 쓰러졌던 바로 그 순간부
터 내내 저곳 어딘가에 있지요. 논리적으로나 실제상으로 그는 마드무
아젤 드 생베랑과 두 하인의 눈에 띄지 않고서 저곳을 빠져나갈 수가
없는 겁니다.”

“혹시 무슨 증거는 있는가?”

“증거라면 그의 공범들 중 하나가 남긴 게 있지요. 그래서 바로 그날
아침 역시 그들 중 하나가 마차꾼으로 변장하고서 당신을 이곳까지 실
어다 준 겁니다.”

"음……. 챙 모자를 되찾아가려고 말이지."

"그도 그렇지만, 무엇보다 현장을 다시 찾은 건 본인의 눈으로 두목의 안위를 직접 확인하기 위함이었습니다."

"그래, 확인은 했을까?"

"아마도 그럴 겁니다. 그 역시 은신처가 어디인지 알고 있을 테니까요. 게다가 두목의 위독한 상태가 그의 마음을 뒤흔들었던 모양입니다. 이성을 잃고 아주 험악한 메시지를 남긴 걸 보면 말입니다. 이랬지요. '만약 두목이 죽었다면 그 여자는 각오해야 할 것이다'라고 말이죠!"

"그때 아예 졸개들이 두목을 데리고 빠져나갈 수도 있었지 않을까?"

"언제 말입니까? 꼼짝도 하지 않고 지키는 사람이 어디 한둘이었습니까? 게다가 어디로 데려간단 말입니까? 기껏해야 수백 미터쯤 데려갔겠죠. 다 죽어가는 사람을 데리고 장거리 여행에 나설 수는 없는 법이니까요. 그러다가 결국은 몽땅 발각되고 말 게 아니겠습니까? 좌우간 그럴 가능성은 거의 없습니다. 틀림없이 아직 이곳에 있어요. 어찌 보면 이보다 더 안전한 은신처는 없는 거나 다름없었겠죠. 그러니까 헌병들이 혼비백산, 아이들처럼 불길에 놀라 허둥대는 동안 들라트르 박사도 이곳으로 데려왔을 겁니다."

"아무리 그래도 연명을 하려면 물이나 식량이 있어야 했을 텐데, 어떻게 목숨을 부지했을까?"

"그건 나도 잘 모르겠습니다. 짐작이 안 가요. 하지만 분명 이곳에 있습니다! 장담할 수 있어요. 논리적으로 이곳에 없을 수가 없기 때문에 이곳에 있다고밖에 말씀드릴 수가 없군요. 마치 눈으로 보고 손으로 만지는 것처럼, 이곳에 그가 있다는 것을 나는 확신합니다."

그러면서 보트를레는 손가락으로 폐허 쪽 어딘가를 시작으로 천천히 동그라미를 그리더니 점점 범위를 좁혀 마침내 하나의 점에 집중하는

결정판 아르센 뤼팽 전집

것이었다. 그리고 바로 그 모호한 점에 자신도 모르게 이끌리듯, 두 사람은 고개를 한참 내밀고 열띤 시선을 굴리고 있었다. 마치 이 소년이 뿜어대는 들끓는 신념에 몸서리치면서도 어쩔 수 없이 사로잡히기라도 한 듯이……. 그렇다, 아르센 뤼팽은 그곳에 있었다! 이론적으로나 현실적으로, 두 사람 다 그에 대해 도저히 이의를 제기할 처지나 역량이 못 되었다.

그러고 보니, 저 어둑한 어딘가, 맨땅에 속절없이 내던져진 채, 우리의 유명한 협객이 괴로워하며 몸부림치고 있다는 생각을 하니 왠지 처절하고 비장한 느낌마저 들었다.

"혹시 이미 죽은 건 아닐까?"

피욜이 넌지시 속삭이자, 보트를레는 낮은 목소리로 이렇게 대꾸했다.

"만약 죽었다면, 그리고 그 부하들이 그 사실을 확인했다면……. 미안하지만 수사판사님은 앞으로 마드무아젤 드 생베랑의 경호에 평생을 매달려야 할 겁니다. 반드시 무시무시한 복수가 따를 테니까요."

그로부터 얼마 후, 이 놀라운 조력자를 꼭 좀 곁에 두고 싶다는 수사판사의 열망에도 불구하고, 당일로 방학이 끝나는 보트를레는 디에프로 돌아가는 여정에 올랐다. 그는 오후 5시에 파리에 입성했고, 오후 8시, 다른 평범한 친구들과 마찬가지로 장송 고교(高校)의 교문을 들어섰다.

가니마르 역시 앙브뤼메지 폐허 구석구석에 대해 마지막으로 꼼꼼하면서도 역시 무위로 끝날 조사를 또 한 차례 마친 다음, 야간 특급열차를 타고 돌아갔다. 한데 페르골레즈에 위치한 그의 숙소에는 다음과 같은 내용의 속달우편이 피곤에 지친 노형사를 기다리고 있었다.

형사반장님께

날이 저물 무렵 약간의 짬이 나기에 나는 형사님이 무척 흥미로워할 만한 보충 정보를 좀 규합해보았습니다.

약 1년 전부터 아르센 뤼팽은 에티엔 드 보드레라는 이름으로 파리에 살고 있었습니다. 아마 형사님도 스포츠 소식란이나 사교계 시평란 등지에서 그 이름을 자주 대한 적이 있을 겁니다. 워낙 여행광인 그는 장기간 파리를 비우면서 뱅골의 호랑이 사냥이라든가 시베리아의 푸른 여우들을 쫓아다녔다며 떠벌리곤 했지요. 또한 뭔지 정확히 밝히지는 않으면서 무슨 사업에 매달리느라 여념이 없다고도 했습니다.

현재 그의 주소지는 마르뵈프 가(街) 36번지로 되어 있습니다(그런데 마르뵈프 가라면 45번 우체국에서 그리 멀지 않은 곳임에 주목하시길 바랍니다). 그리고 앙브뤼메지 습격사건이 있었던 4월 23일 목요일 바로 전날부터 에티엔 드 보드레에 관한 소식이 전무한 형편입니다.

그럼 내내 평안하시길 기원하며 이만 줄입니다.

이지도르 보트를레

추신: 부디 이 같은 정보를 얻는 데 고생이 많았다고는 생각지 마십시오. 사실 사건이 발생한 날 아침, 피욜 씨가 열심히 수사를 진행하는 동안 나는 도망자의 챙 모자를 우연히 조사해볼 생각을 하게 되었답니다. 물론 그 가짜 마차꾼이 모자를 바꿔치기 전에 말이죠. 한데 모자에 있는 이름만으로도 그것을 산 사람의 이름과 주소지를 알아내는 게 그리 어렵진 않더라고요.

물론 다음 날 아침, 가니마르는 마르뵈프 가 36번지를 찾아갔다. 관리인에게 신분을 밝히자 금세 오른편으로 난 1층으로 들어설 수 있었고, 꽤나 우아하고 안락한 공간임에도 불구하고 벽난로 속의 잿더미 외에는 이렇다 할 사람 냄새를 찾을 수 없었다. 알고 보니 한 나흘 전 두 남자가 이곳에서 수상쩍은 서류들을 몽땅 태워버렸다는 것이다. 허탈한 심정으로 돌아나오던 가니마르는 때마침 므슈 드 보드레 앞으로 온 편지를 전달하려는 우편배달부와 마주쳤다. 그날 오후 이 사건에 푹 빠져 있던 검사국에 문제의 편지가 증거자료로 제출되었다. 미국 소인이 찍힌 편지에는 영어로 다음과 같은 내용이 적혀 있었다.

선생,
당신 대리인을 통해 이미 전달한 저의 답변을 다시 한번 확인 드립니다. 제브르 백작의 그림 넉 점을 확보하는 즉시 적당한 방법으로 부쳐주시기 바랍니다. 물론 힘들겠지만 될 수 있으면 나머지 것도 함께 부치면 좋겠고요.
저는 예기치 못했던 일 때문에 좀 더 일찍 출발해, 아마도 이 편지와 거의 동시에 도착할 것입니다. 그랑 호텔에서 나를 보실 수 있을 겁니다.

할링턴

같은 날 가니마르는 체포 영장을 가지고 미국 시민권자인 할링턴 씨를 파리 경시청으로 연행했다. 혐의는 절도 공모와 장물 은닉죄였다.

이렇게 해서 그야말로 스물네 시간 만에, 열일곱 살밖에 안 된 한 소년의 뜻하지 않은 제보로 수수께끼만 같던 범죄행위의 단단한 매듭이 일거에 풀리는 쾌거가 이루어졌다. 그렇다, 단 하루 만에 도무지 해명될 것 같지 않던 일이 단순 명쾌한 해결을 본 것이다. 두목을 구하려던 계획이 좌절되었고, 다쳐서 죽어가는 아르센 뤼팽의 체포가 거의 확실시되었으며, 그 도당(徒黨) 모두가 궤멸되다시피 했고, 그의 파리 아지트나 위장된 신분 역시 낱낱이 파헤쳐졌는가 하면, 무엇보다도 그가 각고의 노력 끝에 시도했던 절묘한 범행 모의를 사상 처음으로 사전에 꿰뚫어버린 것이다!

당연히 모든 사람은 이 사실을 두고 무척이나 놀라워했고, 열화와 같은 찬사와 호기심을 보여주었다. 벌써부터 루앙의 신문기자는 어린 수사 학급 학생의 성공적인 수사관 데뷔를 온갖 찬사를 동원해가며 대서특필했다. 물론 그의 풋풋한 매력과 지혜, 흔들림 없는 신념에 초점을 맞추면서 말이다. 여기에 더해, 직업적인 자존심마저 내던지고 호들갑을 떠는 가니마르와 피욜 씨의 극찬에 가까운 평가 때문에, 일반 대중은 최근 사건에서 이지도르 보트를레가 보여준 활약을 누구나 훤히 알게 되었다. 심지어 그 소년 혼자서 모든 걸 해결한 것으로 분위기를 몰아갔다. 따라서 승리의 영광과 혜택도 모두 그 소년의 독차지가 되었음은 물론이다.

여기저기 저마다 난리였다. 순식간에 이지도르 보트를레는 영웅이 되었으며, 잔뜩 매료된 대중은 이 새로운 총아(寵兒)에 관한 좀 더 상세한 정보를 떠들썩하게 원했다. 예나 지금이나 그런 일에는 의당 기자들이 나설 준비가 되어 있는 법! 찰거머리 같은 기세로 우르르 장송 드 사일리 고등학교로 몰려가는 것은 물론, 밖에 진을 치고 있다가 수업이 파하는 때를 기다려 우리의 저명인사 보트를레에 관한 모든 것을 주워담는 데 총력을 기울였다. 그런 식으로, 이제는 학급 동료 누구나 셜록 홈스의 라이벌임을 믿어 의심치 않는 소년에 대한 세간의 예찬이 무차별적으로 수집되었다. 알고 보니 그는 이전에도 그저 신문 여기저기서

결정판 아르센 뤼팽 전집

읽은 단순한 정보와 그것을 발전시켜가는 논리적인 추리력 하나만으로 사법당국이 오랜 시간 지지부진했던 사건들을 척척 해결해왔던 것으로 드러났다. 그러다 보니 이제는 보트를레에게 무지막지한 수수께끼와 난해하기 이를 데 없는 문제들을 던져주고 그가 얼마나 명료한 분석력과 절묘한 추리력으로 컴컴한 어둠을 헤쳐나가는지 지켜보는 것이 장송 고등학교 전체의 낙(樂)이 되어버렸다. 예컨대, 식료품 장수 죠리스가 체포되기 열흘 전에 이미 그는 저 유명한 우산으로 그가 무슨 짓을 할 수가 있었는지를 적시(摘示)한 바 있다. 마찬가지로 생클루의 참극에서도 관리인이야말로 유일한 살인 용의자임을 처음부터 지적했다.

그러나 뭐니 뭐니 해도 압권은 그의 서명이 기입된 채 고등학생들 사이에서 돌고 있는 작은 소책자이다. 타자기로 쳐서 모두 열 부만 만들어진 그 책자의 제목은 『아르센 뤼팽: 그의 고전적 수법과 독창적 기술―영국식 유머와 프랑스식 아이러니 비교』이다.

한마디로 거기엔 뤼팽이 거쳐온 온갖 모험 하나하나가 심도 깊게 연구되어 있으며, 유명한 괴도(怪盜)의 단골 수법들이 고스란히 분석되어 있다. 즉, 그의 행동 방식, 독특한 전략과 전술, 신문에 기고한 글, 절도(竊盜) 예고문과 협박 편지, 다시 말해서 한번 고른 목표물을 어떻게 '요리하는가'와 의도한 바대로 저절로 따를 수밖에 없도록 어떻게 상대의 정신 상태를 조종하는가가 기발한 비법들과 함께 소개되어 있는 것이다.

좌우간 그 내용이 어찌나 정확하면서도 예리하고 신랄하면서도 생생한지, 즉각적으로 많은 동조자가 저자의 주변으로 몰렸고, 뤼팽에 대한 일반 대중의 관심과 호의가 점점 이지도르 보트를레에게로 넘어와서, 만약 둘 사이에 일대 격돌이 일어난다면 아마도 승리는 이 수사 학급 학생의 것이 되지 않겠느냐는 의견마저 분분했다.

그런가 하면 이와 같은 소년의 인기에 대해 피욜 씨나 검사국의 입장은 다소 우려하고 시샘하는 눈치였다. 따지고 보면 할링턴 씨의 정체가 낱낱이 밝혀진 것도 아니며, 그와 뤼팽 도당 간의 연계성이 확고한 물적 증거로 뒷받침된 것도 아니었다. 일단 같은 패거리인지 아닌지는 둘째 치고, 무작정 묵비권을 고수하는 바람에 수사가 고착 상태에 빠져 있는 것이었다. 게다가 그의 필체를 조사해본 결과, 가니마르가 도중에 탈취한 편지의 주인공인지 아닌지도 불확실하게 되었다. 지금으로서 명확히 인정할 수 있는 것은, 웬 할링턴이라는 미국인이 조그마한 여행 가방과 은행권 지폐가 두둑이 들어 있는 지갑을 소지한 채, 그랑 호텔에 나타났다는 사실뿐이다.

그런가 하면, 디에프에서는 보트를레가 만들어준 위치에서 피욜 씨가 한 치 앞도 나아가지 못하고 있었다. 사건이 있던 전날 마드무아젤 드 생베랑이 보트를레로 잘못 본 남자가 과연 누구였는지, 루벤스 작품 넉 점이 어디로 어떻게 증발해버렸는지도 오리무중이었다. 과연 그림들은 무사하기나 한 걸까? 그것들을 실어 날랐을 자동차는 어느 길을 경유한 것일까?

의문의 자동차가 뤼느레와 예르빌, 이브토를 경유해갔다는 증거는 입수했는데, 그렇다면 코드벡 앙 코에서 이른 아침 증기선으로 센 강을 건넜으리라고는 짐작할 수 있다. 하지만 그것도 조사를 계속 밀고 나가자 마침내 자동차가 확인되었고, 증기선 승무원들 몰래 루벤스의 그림 넉 점을 운반하기에는 그 내부 공간이 턱없이 모자라다는 사실이 드러났다.

이 같은 모든 문제 앞에서 피욜 씨는 그저 속수무책이었다. 그저 매일 빠뜨리지 않고 폐허의 사변형 부지(敷地)를 부하들로 하여금 뒤지고 또 뒤지게 할 뿐이었다. 물론 자기 자신도 매일 빠지지 않고 수색에 동

결정판 아르센 뤼팽 전집

참했다. 하지만 그것뿐, 거기서 더 나아가 뤼팽이 신음하고 있을 은신처를 발굴해내는 데까지엔, 이 유능하다면 유능한 사법관으로서도 도저히 넘을 수 없는 심연이 가로놓인 듯 보였다.

요컨대, 갈수록 단단해지고 짙어만 가는 암흑을 꿰뚫고 나가기 위해선 또다시 이지도르 보트를레에게 손을 내밀 수밖에 없는 상황인 것이다. 그는 왜 좀 더 악착같이 이 사건에 매달리지 않았던 걸까? 그때 그 정도에서 한 걸음만 더 나가면 목표에 도달할 수 있었을 텐데.

결국 이 문제는 『그랑 주르날』지의 기자를 통해 보트를레의 손에 다시 넘겨졌고, 이에 대해 이지도르 보트를레는 다음과 같이 아주 약삭빠른 대답을 곧장 내놓았다.

"이곳에는 뤼팽 같은 건 없습니다. 도둑이나 탐정에 얽힌 얘기도 없어요. 반면 바칼로레아(프랑스의 대학 입학 자격시험―옮긴이)라고 하는 엄연한 현실이 버티고 있답니다. 지금이 벌써 5월이고 앞으로 두 달여밖에 안 남았다고요! 난 떨어지고 싶은 생각은 추호도 없어요. 아버지가 알면 어떻게 되겠습니까?"

"하지만 당신이 아르센 뤼팽을 붙잡아만 준다면 부친께서 과연 얼마나 기뻐하시겠습니까."

"맙소사, 만사에는 때가 있는 법입니다. 다음 방학 때까지 기다려주세요!"

"다음 방학이라면, 성신강림대축일(부활절로부터 일곱 번째 일요일―옮긴이) 말인가요?"

"네, 6월 6일 토요일에 첫 기차를 타고 가지요."

"그럼 토요일 밤 안으로 아르센 뤼팽은 붙잡히겠군그래."

"일요일까지 기회를 주시지요."

보트를레의 요청에 기자는 자못 심각한 표정으로 되물었다.

"왜 늦추는 겁니까?"

젊은이를 향한 이처럼 못 말리는 신뢰감은, 어느새 걷잡을 수 없는 유행병처럼 만연한 상황이니 어쩌겠는가! 실제 사정이야 어떻든 무조건 그 소년을 믿고 보는 것이다! 그에게 어려운 일이란 아예 없는 듯 보였다. 예견 능력이든 직관이든 경험이든 재치든, 그에게서는 언제나 최상의 능력을 기대하는 것이었다. 그러다 보니 6월 6일이라는 날짜가 모든 신문 지상에 크게 보도되는 것도 무리는 아니었다. 즉, 6월 6일 이지도르 보트를레가 디에프행 특급열차를 탈 예정이며, 같은 날 밤에는 아르센 뤼팽이 체포될 것이라는 식이었다.

"아마도 벌써 탈출하고 말았을걸."

끝끝내 괴도의 편에 선 사람들이 구시렁대자, "천만에! 모든 출입구가 막혀 있는데 어떻게?"라는 반응이 떠들썩했고, "아니면 상처가 심해 이미 숨을 거둔 건 아닐까?" 하며 붙잡히느니 차라리 초개(草芥)처럼 사라지는 게 낫다고 여기는 지지자들이 중얼대면, "그렇다면 더더욱 천재 소년의 활약이 필요해지지! 뤼팽이 죽고 수하들이 그 사실을 알게 되면 이제부터 복수극이 일어날 거라고 보트를레가 말했거든!" 하며 즉각적인 대꾸가 튀어나왔다.

드디어 6월 6일이 다가왔다. 기자 대여섯 명이 생라자르 역에 나타난 이지도르를 에워쌌다. 그중 둘은 동행하기를 희망했지만, 제발 참아달라는 소년의 핀잔만 들었을 뿐이다.

그리하여 혼자 단출하게 오른 객차 칸은 텅 비어 있었다. 그간 공부하느라 온통 밤을 지새우다시피 해서 곤죽이 다 되었는지라 보트를레는 곧장 깊은 잠에 곯아떨어졌다. 꿈속에서 그는 여러 정거장을 거치면서 많은 사람이 타고 내리는 듯한 느낌이 들었다. 마침내 잠이 깨자, 기차는 루앙을 바라보고 있었고 아직도 자기 혼자였다. 한데 문득 맞은편 좌석을 바라보자 커다란 종이가 옷핀으로 회색빛 등받이 시트에 꽂혀 있는 게 아닌가! 거기엔 이런 글이 적혀 있었다.

각자 해야 할 일이 따로 있는 법.
당신은 당신 자신의 일에나 신경 쓰시오.
그렇지 않으면 하는 수 없지.

"대단하시구먼!"
보트를레는 손바닥을 이리저리 비비면서 외쳤다.
"이렇게 나오는 걸 보면 갈 데까지 간 모양이야. 이거야말로 그 가짜 마차꾼이 남긴 쪽지 못지않게 어리석고 투박한 짓거리 아닌가! 이 문체하고는……. 쯧쯧! 보아하니 뤼팽이 썼을 리는 없고……."
기차는 어느덧 노르망디의 고도(古都. 루앙을 말함—옮긴이)를 코앞에 둔 터널 속으로 진입하고 있었다. 일단 역에 내린 이지도르는 뻣뻣해진 다리도 풀 겸 플랫폼을 두세 바퀴 어슬렁거렸다. 한데 다시 객차로 돌아가려는(즉, 루앙 역은 디에프로 가기 전 기착역에 해당함—옮긴이) 그의 입에서 갑자기 외마디 비명 소리가 터져나왔다. 간이 서점의 진열대 앞을 지나치다가 무심코 바라본 『주르날 드 루앙』 특별호에 다음과 같은 끔찍한 기사가 눈에 띈 것이다!

마감 뉴스: 방금 디에프로부터 날아온 통신원의 연락에 의하면, 일군의 불량배가 앙브뤼메지 성에 난입해 마드무아젤 드 제브르에겐 재갈을 물리고 결박한 다음, 마드무아젤 드 생베랑을 납치했다고 한다. 성곽 주

변 500미터에 이르는 지역에서 핏자국이 발견되었으며, 역시 핏자국이 선명한 스카프도 발견되었다. 사실상 그 불쌍한 아가씨가 살해되었을 가능성까지 조심스레 점쳐지고 있는 상황이다.

디에프에 도착할 때까지 보트를레는 미동도 하지 않고 앉아 있었다. 양 팔꿈치를 무릎에 대고 몸을 잔뜩 수그려 얼굴을 두 손에 묻은 채, 그는 생각을 하고 또 했다. 마침내 목적지에 닿자마자 그는 마차를 잡아 타고 곧장 성으로 향했다. 앙브뤼메지에 도착해서 만난 수사판사는 역시 같은 소식을 다급하게 전하는 것이었다.

"그 밖에 알려진 사항은 없습니까?"

"없네. 나도 방금 전에 도착했어."

바로 그때였다. 헌병반장이 피율 씨에게 다가오더니, 스카프가 떨어져 있던 곳에서 주웠다며 형편없이 구겨지고 너덜너덜해진 쪽지 하나를 건네는 것이었다. 피율 씨는 잠시 훑어보더니 보트를레에게 건네주며 이렇게 말했다.

"별 도움은 될 것 같지 않은걸."

이지도르는 그것을 이리저리 들춰보며 유심히 살펴보았다. 숫자와 점과 기호가 빽빽이 들어차 있는 그 쪽지를 여기 있는 그대로 여러분께 보여준다.

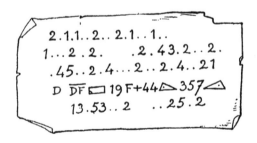

3
시체

저녁 6시, 업무를 끝낸 피율 씨는 서기인 브레두 씨와 함께 자신을 디에프로 데려다줄 마차를 기다리고 있었다. 무척이나 불안하고 들떠 보이던 그가 두 번이나 이렇게 물었다.

"자네 보트를레 소년 못 보았는가?"

"못 봤는데요, 수사판사님."

"대체 이 친구 어디로 내뺀 거야? 아까 낮에도 도통 안 보이더니……."

순간, 무슨 생각이 났는지, 피율 씨는 손가방을 브레두에게 던지듯 맡긴 뒤 부랴부랴 망루를 돌아 폐허 쪽으로 달려갔다.

거기, 커다란 아치문 근처에서 이지도르는 길쭉한 솔잎들이 깔려 있는 땅바닥에 배를 깔고 엎드린 채, 한쪽 팔을 베개 삼아 졸고 있는 것 같았다.

"저런! 여보게 젊은 친구, 자는 건가?"

"자는 게 아니라 생각 좀 하고 있었습니다."

"아침부터 주욱?"

"네, 아침부터 주욱……."

"허어, 생각을 하신다……. 하지만 우선은 관찰부터 하고, 있는 사실들부터 차근차근 챙겨서 단서를 모아야 하지 않겠나? 그런 후라야 그 모든 자료를 바탕으로 생각이든 뭐든 해서 진실을 밝힐 것 아니겠나?"

"그렇죠, 나도 알고 있습니다. 가장 평범한 방법이죠. 무난한 방법이기도 하고요, 물론. 하지만 내겐 다른 방법도 있습니다. 이렇게 표현해도 될지 모르지만, 나는 우선 사건의 일반적인 개념부터 찾아내려고 한답니다. 그리고 나서 그 일반적인 개념에 부합하는 합리적이고 논리적인 가설을 하나 상상하지요. 그래서 적당한 가설이 떠오른 다음에야, 주어진 자료와 사실들이 그 가설에 들어맞는지 검토한답니다."

"거참, 괴상한 방법도 다 있군! 아주 도도하고 난해한 방법이야."

"하지만 확실한 방법이죠, 므슈 피욜. 당신의 방법에 비해서는요."

"이보게, 하지만 엄밀한 사실들이 그런다고 어디 가겠는가?"

"평범한 상대를 두고 수사를 한다면야 그 말이 맞습니다. 하지만 상대가 조금이라도 기지(奇智)가 있는 경우엔, 사실도 그냥 사실이랄 수만은 없지요. 상대가 요리조리 선택하고 조작한 '사실'일 가능성이 크니까요. 가령 당신이 공들여 끌어모은 아무리 대단한 단서들도 애당초 범인이 제멋대로 조작해놓은 것일 수 있다는 말입니다. 그러니 한번 생각해보세요, 상대가 뤼팽이라면 그런 당신의 수사 방법이 얼마나 엉뚱한 방향으로 비껴나가겠는가를. 심지어 셜록 홈스도 그가 쳐놓은 함정에 빠져 허둥댄 적이 있질 않습니까!"

"그래도 아르센 뤼팽은 죽었네."

"그렇다고 치죠. 하지만 아직 놈의 도당이 남아 있어요. 그런 두목 밑에서 보고 배운 졸개들을 섣불리 보면 큰코다치지요."

피욜은 더는 못 참겠는지 이지도르의 팔을 붙들고 일으켜 세우며 말했다.

"자, 쓸데없는 소리는 그만하고……. 지금, 좀 더 중요한 문제가 있네. 내 말 잘 듣게, 젊은 친구. 요즘 가니마르는 파리 일로 매여 있다시피 해서 며칠 후에야 이곳에 올 수가 있네. 그래서 제브르 백작이 셜록 홈스에게 전보를 쳤지. 그랬더니 다음 주에나 우리의 힘이 돼줄 수 있다는 거야. 자, 어떻게 생각하나. 그 두 사람이 이곳에 도착했을 때 우리 둘이 함께 이렇게 말하는 거야. '이거 무척 죄송하게 됐습니다. 오래 기다릴 수가 없어서 그만 우리끼리 일을 해치웠지요!'라고 말이네. 얼마나 통쾌하고 멋지겠는가 말이야."

따지고 보면 자신이 무능하니 좀 도와달라는 부탁을 방금 피욜 씨가 말한 것처럼 그럴싸하게 포장해서 내밀기도 그리 쉬운 일은 아니다. 보트를레는 웃음을 억지로 참으며 어리숙한 척하고 이렇게 대꾸했다.

"수사판사님, 안 그래도 오늘 수사 과정에 동참하지는 않았지만, 당신이 얻어낸 결과만은 꼭 알고 싶은 마음이었답니다. 그래, 어떤 사실들을 알아내셨나요?"

"응, 그게 말이야……. 크비용 헌병반장이 성채에 배치해둔 헌병 세 명한테 어젯밤 11시쯤 명령서가 하나 전달되었는데, 그 내용이 당장 부대가 위치한 우빌로 오라는 거였다네. 그래서 부랴부랴 말을 타고 그곳에 당도했더니, 글쎄……."

"속았다는 걸 깨달았겠죠. 명령이 거짓이었다는 걸 알고는 다시 앙브뤼메지 성으로 말머리를 돌렸겠고요."

"바로 맞혔네! 이번엔 크비용 헌병반장과 함께 말이지. 아무튼 그들이 자리를 비운 게 한 시간 반쯤 되는데, 글쎄 그동안 사건이 터지고 만 거야."

"어떻게 말입니까?"

"아주 간단했어. 놈들은 대범하게도 농장 건물에서 사다리를 빌려다가 성채 3층에까지 대고 올라온 거야. 그러고는 창유리를 일부 뜯어내고 창문을 활짝 열어젖혔더군. 등불마저 희미하게 줄인 채로 곧장 마드무아젤 드 제브르의 방으로 잠입해 미처 소리를 지를 틈도 없이 재갈을 물리고 꽁꽁 묶은 다음, 이번엔 마드무아젤 드 생베랑이 자고 있는 방문을 슬그머니 열고 들어갔지. 제브르 양 얘기로는, 희미한 신음 소리와 함께 투닥거리는 소리가 들려오더라는 거야. 그러고 한 1분쯤 있었을까. 그 두 놈이 마찬가지로 재갈을 물리고 결박당한 사촌 언니를 번쩍 들고 나왔다더군. 그들은 자기 앞을 태연하게 지나치더니 그대로 창문을 넘었다는 거야. 너무도 겁이 나고 탈진한 상태라 그만 자기는 기절했다고 하더라고."

"하지만 개들이 짖지도 않았나요? 마드무아젤 드 제브르는 얼마 전에 몰로스 견(犬)(고대 그리스의 종족인 몰로스인이 사냥용으로 길렀다는 용맹한 개—옮긴이) 두 마리를 구입하지 않았나요? 너무 사나워서 밤에는 묶어두어야 할 정도라던데."

"개네들이 글쎄, 독약을 먹고 숨진 채 발견되었다네."

"아니 누가 그런 짓을! 감히 얼씬도 못했을 텐데."

"그게 수수께끼야. 아무 소란 없이 폐허를 버젓이 지나온 것도 그렇고, 유유히 그 말썽 많은 쪽문을 통해 벗어난 것도 그렇고……. 놈들은 아마 덤불숲을 그대로 통과해서 성곽을 500여 미터 벗어난 다음, '장군 나무'라고 불리는 커다란 참나무 밑에서 범행을 저지른 것 같네."

"그런데 말입니다. 만약 마드무아젤 드 생베랑을 처치할 목적으로 침

결정판 아르센 뤼팽 전집

입했다면 뭐하러 현장에서 즉시 실행에 옮기지 않고 그렇게 낑낑대며 멀리까지 데리고 나갔을까요?"

"그거야 모르지. 혹시 성을 빠져나간 다음에야 그런 결정을 내렸을지도……. 어쩌면 여자가 결박을 풀고 도망쳤다가, 나중에 다시 스카프로 손목이 묶였을지도 모르지. 근처에서 발견된 그 피 묻은 스카프 말이네. 하여튼 '장군 나무' 아래서 범행을 저지른 것만은 분명해. 확실한 증거가 있으니까."

"하지만 시체는요?"

"시체는 못 찾았네만, 그렇다고 별로 놀랄 일은 아니네. 그들이 남긴 흔적을 쫓아가다 보니 바랑주빌 성당 건물이 나오더라고. 그곳 공동묘지가 절벽 꼭대기에 있는데, 거기서부터는 그대로 천 길 낭떠러지지. 높이가 무려 100미터도 넘는 것 같아. 저만치 아래에는 바다와 드문드문 바위투성이가 솟아 있고 말이네. 모르지, 한 두어 날 지나고 나서 시체가 파도에 떠밀려 올지도……."

"그야말로 척척 앞뒤가 들어맞는군요."

"그래, 정말 간단하지. 뤼팽은 죽었고, 그걸 안 부하들이 이미 예고한 대로 아가씨에게 복수를 한 거야. 더는 고민할 필요도 없이 명확한 사건이네. 하지만 뤼팽은……."

"뤼팽은요?"

"뤼팽의 종적이 어찌 된 건지는 영……. 필시 여자를 납치할 때 그 시신도 같이 가져간 것 같지만, 이렇다 할 증거가 없어. 솔직히 그가 폐허 어딘가에 있었다는 증거도 없고, 그의 생사도 그러고 보면 오리무중이네. 하긴 바로 그 점이야말로 수수께끼지! 레몽드 양의 죽음으로 사건이 끝나는 게 아니라, 단지 더 복잡해졌을 뿐이잖나! 대체 이 지긋지긋한 성안에서 지난 두 달 동안 무슨 일이 벌어진 걸까? 이처럼 수수께끼를 풀지 못하고 지지부진하는 사이에 다른 치들이 와서 우릴 저만치 따돌릴 거란 말일세!"

"그나저나 언제 온다고 했죠?"

"글쎄, 수요일…… . 아마 목요일쯤…… ."

보트를레는 잠시 속으로 셈을 해보더니 이렇게 말했다.

"수사판사님, 오늘이 토요일입니다. 나는 월요일 저녁까지 학교로 돌아가야 하고요. 그러니 월요일 아침쯤, 정확히 10시에 여기로 와주신다면 내가 이 모든 수수께끼의 열쇠를 쥐여드리도록 해보겠습니다!"

"엇, 정말인가, 므슈 보트를레? 정말 그럴 수 있겠어?"

"그저 희망 사항입니다."

"그럼 지금은 어디를 가게?"

"이제 내 머릿속에서 서서히 윤곽이 잡혀가는 '일반적인 개념'에 제반 사실이 들어맞는지를 알아봐야죠."

"만약 그렇지 않다면?"

보트를레는 빙그레 웃으며 대답했다.

"수사판사님, 만약 그렇다면 그건 사실들에 문제가 있다는 얘기지요. 글쎄요, 그럼 좀 더 만만한 사실들을 찾아 나서야겠지요. 자, 월요일에 보는 겁니다?"

"그러세, 월요일!"

그로부터 몇 분 후 피용 씨는 디에프로 향했고, 이지도르는 백작이 빌려준 자전거를 타고 예르빌에서 코드벡 앙 코에 이르는 길을 나섰다.

사실 보트를레의 머릿속에는 비교적 간명한 생각 하나가 어떤 한 가지 문제를 중심으로 집요하게 형성되고 있었다. 그건 다름 아닌 상대의 약점이랄 수 있는 문제였는데, 루벤스의 그림 넉 점 정도의 덩치를 가진 물건을 쉽사리 은닉할 수는 없을 거라는 점이었다. 틀림없이 어딘가에는 있을 텐데. 설사 당장은 그 소재를 파악할 수 없다 해도, 최소한 어느 경로를 통해서 증발해버렸는지 알아낼 수 있지 않겠는가?

이에 대한 보트를레의 가설은 이랬다. 우선 넉 점의 그림을 자동차가 운반해간 건 분명하다. 그러나 코드벡에 당도하기 전에 아마도 물건을 다른 자동차로 옮겼을 것이며 그 자동차로 코드벡의 위쪽 기슭이나 아래쪽 기슭으로 센 강을 건넜을 것이다. 이때 상류 쪽으로 건넜으면 키유뵈프에 닿는 배를 사용했을 텐데, 그 경로는 워낙 많이 이용되는지라 그만큼 남의 눈에 띄기가 쉬웠을 것이고, 하류 쪽으로 도강했다면 메이유레 방향일 텐데, 거긴 비교적 외지고 한산한 고을이라 좀 더 안전할 것이다.

자정께가 되자 이지도르는 메이유레에서 약 70여 킬로미터 떨어진 곳에 당도해 있었다. 그는 강가에 위치한 어느 여인숙 문을 두드렸다. 그곳에서 하룻밤을 묵은 다음, 그는 아침 일찍 선원을 붙잡고 이런저런 질문을 해댔다. 승선 명부를 뒤적이던 선원의 얘기로는 4월 23일 목요일에 전혀 자동차가 없었다고 했다.

"그럼 혹시 마차라든가 수레 같은 것도 없었나요?"

"없었습니다."

오전 내내 이지도르의 고민은 쌓여만 갔다. 결국 하는 수 없이 막 키유뵈프로 떠나려는데, 여인숙 사환이 대뜸 이러는 것이었다.

"그날 아침 어떤 수레 하나를 보긴 봤어요. 한데 강은 건너지 않더라고요."

"뭐라고?"

"맞아요, 건너지는 않았어요. 그냥 안의 짐들을 바닥이 평평한 어떤 짐배에 풀어놓기만 했어요."

"그 수레가 어디서 온 건지 아니?"

"네, 눈에 익은 수레거든요! 수레 상점 주인인 바티넬이 만든 거였어요."

"혹시 어디 가면 만날 수 있을까?"

"그 사람 루브토라는 작은 촌락에 살고 있어요."

보트를레는 얼른 자신의 8만 분의 1 축척 지도를 펼쳐보았다. 루브토는 이브토에서 코드벡에 이르는 길과 근처 숲 속을 꼬불꼬불 거쳐서 메이유레로 연결된 좁은 길이 교차되는 지점에 위치했다!

그곳에 도착한 보트를레는 저녁 6시가 되어서야 어느 주점에 죽치고 있는 바티넬을 만날 수 있었다. 그는, 주위를 늘 경계하고 타 지역 사람들을 믿지 못하면서도 돈이나 술 한 잔을 사면 언제든 마음을 열 준비가 되어 있는, 보통 노르망디 출신 노인들 중 하나였다.

"그렇소이다, 젊은이. 그 친구들 그날 아침 자동차를 타고 와서 5시에 교차로에서 만나자고 하더군요. 크기가 한 이 정도 되는 물건 네 개를 내게 맡기더니, 그중 한 친구와 함께 짐배 있는 곳까지 옮겨달라고 해서, 그렇게 했소이다."

"근데 마치 잘 아는 사람들처럼 말씀하시는군요?"

"아, 알다마다요! 벌써 여섯 차례나 그들과 함께 일을 해왔는걸!"

이지도르는 흠칫 놀라는 기색이었다.

"방금 여섯 차례라고 하셨습니까? 아니 언제부터 말입니까?"

"이 일이 있기 전 내내 주욱 했지요. 하지만 그땐 다른 물건들이었어요! 돌로 된 큼직한 덩어리들하고, 신문지로 둘둘 만 길쭉한 놈들도 있었는데, 그것들을 마치 무슨 성물(聖物)이라도 되듯 다루더라고. 아이고, 말도 마쇼! 아주 손도 제대로 못 대게 하더라니깐. 어라, 갑자기 왜 그러쇼? 안색이 하얗게 질렸수다."

"아, 아무것도 아닙니다. 여기가 너무 덥군요."

보트를레는 비틀거리며 밖으로 뛰쳐나갔다.

뜻하지 않은 사실들을 무더기로 발견하자 몸을 가누기 힘들 정도로 흥분했던 것이다.

그는 조용히 발길을 돌렸고, 그날 밤을 바랑주빌에서 묵었다. 그리고 다음 날 아침 한 시간 정도를 관청에 들렀다가 성으로 돌아왔다. 한데 그를 기다리고 있는 것은 "제브르 백작님 전교"라고 겉봉에 쓰인 편지 한 장이었다. 안에는 다음과 같은 짤막한 글귀가 비수처럼 도사리고 있었다!

두 번째 경고함.

자중할 것.

그렇지 않으면…….

"허어, 이거 조심해야겠는걸. 이제부터는 나 자신의 안위에도 신경을 좀 써야 되겠어."

보트를레는 혼자 중얼거렸다.

아침 9시, 그는 폐허 쪽으로 어슬렁거리며 산책에 나섰다. 그러고는 커다란 아치형 문의 잔해 옆에 벌렁 드러누워 눈을 감았다.

"젊은 친구, 어때 좀 성과는 있었나?"

정확히 약속 시간에 도착한 피욜 씨가 물끄러미 내려다보고 있었다.

"오셨군요, 수사판사님! 정말 반갑습니다!"

"이거 왜 이러나, 갑자기?"

"왜 이러느냐면 말이죠, 내가 약속한 바를 지킬 수 있게 되어서 그렇습다! 이런 몹쓸 편지에도 불구하고요."

그러면서 소년은 협박 편지를 피욜 씨에게 내밀었다.

"별 허무맹랑한 짓거리 다 보겠군그래. 설마 이런 거에 흔들릴 자네는 아니겠지?"

"천만에요! 이래 봬도, 약속한 건 반드시 지키는 사람입니다. 앞으로 10분 안에 진실의 일단(一段)이 모습을 드러낼 테니 두고 보십시오."

"일단이라……?"

"얘기가 그렇다는 거죠. 다시 말해 뤼팽이 어디 숨어 있느냐 하는 문제가 다가 아니라는 말입니다. 암요, 어림도 없죠. 자, 이제 차차 알게 될 겁니다."

"므슈 보트를레, 정말이지 자네한테는 늘 혀를 내두를 지경이네. 그래 대체 어떻게 그건 알아냈는가?"

"오, 지극히 자연스럽게요! 할링턴 씨가 므슈 에티엔 드 보드레, 아니 참, 뤼팽에게 보낸 편지에 다 들어 있던 겁니다."

"우리가 가로챈 그 편지 말인가?"

"네, 그중에서 어느 한 문장이 내내 내 머릿속을 떠나지 않고 있었지요. '물론 힘들겠지만 될 수 있으면 나머지 것도 함께 부치면 좋겠고요'라는 부분 말입니다."

"아, 기억이 나네."

"대체 그 '나머지 것'이란 무엇일까요? 예술품? 아니면 무슨 골동품? 분명히 성안에는 루벤스 그림들과 장식용 양탄자밖에 이렇다 할 귀중품이 없었습니다. 혹시 보석일까요? 하지만 있어봤자 보잘것없는 평범한 것들뿐이랍니다. 대체 그럼 무엇일까요? 또 하나, 과연 뤼팽같이 뛰어난 수완의 소유자가, 그게 뭐가 됐든, 나머지 것을 함께 부치는 게 그토록 어려울까요? 물론 경우에 따라선 무척 힘든 일일 수도 있겠죠. 하지만 적어도 뤼팽이 그럴 마음만 있다면 충분히 가능할 뿐만 아니라, 확신을 가져도 될 일이 아니겠습니까?"

"하지만 결국에는 실패한 것 아닌가. 밖에서 보기엔 아무것도 사라진 게 없으니까."

"실패한 건 아니죠. 뭔가 사라지긴 했으니까요."

"하긴 그래, 루벤스의 그림들……. 그러나……."

"루벤스 말고도 또 있습니다. 루벤스를 바꿔치기한 것처럼 뭔가 똑같은 물건으로 바꿔치기한 게 또 있어요. 루벤스보다 훨씬 더 귀하고 탁월한 무엇이 말입니다!"

"그게 대체 뭐냔 말일세. 그만 좀 사람 애를 태우게나."

둘은 폐허를 가로질러 쪽문 쪽을 향해 샤펠 디외 예배당의 외벽을 따라 걷고 있었다.

문득 보트를레는 걸음을 멈추고는 이렇게 말했다.

"수사판사님, 정말 알고 싶습니까?"

"물론이네, 어서……."

보트를레의 손에는 아까부터 울퉁불퉁 마디가 있는 단단한 막대기 하나가 쥐여 있었다. 별안간 그는 막대기를 잽싸게 휘둘러서 예배당의 현관을 장식하고 있는 작은 조상(彫像)들 중 하나를 냅다 후려갈겼다.

"아니 자네 돌았나? 이 멋진 조각품을!"

피욜 씨는 기겁을 하며 산산조각 난 조상을 손으로 추렸다.

"멋지긴 멋지죠."

보트를레는 그렇게 내뱉으면서도 또다시 막대기를 휘둘러, 이번에는 성모상까지 넘어뜨리는 것이었다.

피욜 씨는 아예 소년의 허리춤을 껴안고 말리기 시작했다.

"더 이상 안 되겠어, 자네……."

그러나 이번에는 동방박사상(像)을, 또다시 아기 예수가 누워 있는 여물통까지 박살을 내는 것이 아닌가!

바로 그때였다.

"한 번만 더 난동을 부리면 쏘겠다!"

난데없이 나타난 제브르 백작이 권총을 겨누며 소리쳤다.

보트를레는 그제야 껄껄거리며 너털웃음을 터뜨렸다.

"차라리 여기다 쏘지 그래요, 백작님! 실컷 쏴보라고요! 여기 이 근사한 남자를 쏘시라고요!"

그러고는 세례 요한의 조각을 깨부쉈다.

백작은 맥없이 총구를 돌리며 중얼거렸다.

"저, 저런, 망나니 같은 짓을⋯⋯. 저 걸작을 어쩌나."

"걸작은커녕 텅 빈 싸구려들이겠죠!"

보트를레가 소리치자, 백작의 권총을 얼른 낚아채며 피욜 씨가 외쳤다.

"뭐? 무슨 소린가, 자네?"

"싸구려 껍데기라고 했습니다. 석고로 이겨서 버무려놓은 싸구려라고요!"

"아, 아니, 어떻게⋯⋯. 그럴 리가⋯⋯!"

"속은 텅텅 빈 가짜 장난감들일 뿐이에요! 아무것도 아닌 쓰레기들이죠!"

백작은 그제야 허리를 숙이고 처참하게 흩어진 조각들을 주워 모았다.

"잘 보십시오, 백작님. 그럴싸하게 이끼를 발라서 푸르죽죽하게 마치 오래된 돌처럼 보이게 만들어놨지만 돌이 아니라 반죽을 이겨서 만든 석고상일 뿐입니다. 이것이 바로 대단한 걸작의 정체란 말입니다. 지난 며칠 동안 저들이 했던 짓이 바로 이런 겁니다. 루벤스를 모사해 간 샤르프네가 1년 전에 이미 마련해둔 조각상을 가지고 말입니다."

그러면서 보트를레는 피욜 씨의 팔을 덥석 붙들었다.

"어때요, 수사판사님, 어떻게 생각하십니까? 정말 멋지지 않습니까? 어때요, 정말 거창하죠? 예배당 전체가 날아가 버리다니 말입니다. 고딕식 건물 전체가 돌멩이 하나하나에 이르기까지 몽땅 들려나가다니 말이에요. 가만있자, 그럼 이 모든 조각상은 전부 포로로 끌려간 셈이네! 몽땅 허수아비들로 바꿔치기한 다음에 말이야. 저 고상한 시대의 비할 바 없는 예술품 전체가 완전히 몰수당하다니…… 아, 샤펠 디외 예배당 전체가 도둑맞았단 말입니다! 어때요, 놀랍지 않습니까? 이봐요, 수사판사님, 정말이지 놀라운 솜씨 아닙니까?"

"이보게 보트를레, 자네 너무 과장하는 거 아닌가?"

"뤼팽이 한 짓에 대해선 아무리 과장을 해도 지나칠 것 없습니다. 아무리 찬탄을 해도 절대 과한 게 아니란 말입니다! 뤼팽이란 자는 그 누구보다도 탁월한 존재입니다. 그가 이번에 저지른 도적질이야말로 힘과 기지와 대범함이 상상을 초월하는, 그야말로 이제까지 통용되어온 도적질과는 그 개념부터가 다른 엄청난 대업(大業)이라 할 만합니다! 생각만 해도 몸서리가 날 지경이라고요!"

"그렇다면 더더욱 안된 일이로군. 본인은 이미 저세상 사람이 되었으니. 살아만 있다면 다음번엔 노트르담을 업어갔을 텐데 말이야."

피욜 씨가 비아냥대자, 이지도르는 어깨를 한 번 으쓱하며 대꾸했다.

"너무 좋아하지 마세요, 수사판사님. 그자는 죽어서도 남의 혼을 빼놓는 일을 얼마든지 저지를 존재입니다."

"그럴까? 과연 그럴까? 여보게나, 므슈 보트를레. 제발이지 그의 뻗은 몸뚱어리만이라도 어서 내 이 두 눈으로 확인하고 싶군그래. 놈의 수하들이 이미 치워가지 않았다면 말이네만."

그러자 제브르 백작도 한마디 했다.

"특히 내 가엾은 조카가 쏜 총에 정말로 그가 쓰러졌다면 더더욱 보고 싶을 것 같소."

"아, 물론 그때 당한 사람은 그 사람이었습니다. 마드무아젤 드 생베랑이 쏜 총탄에 맞아 건물 잔해 더미 위로 쓰러진 자는 분명 뤼팽이었단 말입니다. 마드무아젤이 내내 지켜보는 동안 일어섰다가 다시 쓰러지고, 커다란 아치형 문을 향해 거의 기다시피 와서 마지막으로 한 번더 몸을 일으켰다는 그자는 영락없는 뤼팽이었어요! 나중에 자세히 설명드리겠지만, 그것만 해도 정말 기적이나 다름없었지요. 좌우간 그는 부상당한 몸을 이 돌로 쌓아 만든 은신처까지 필사적으로 끌고 온 셈이지요. 그의 무덤이 될지도 모를 이곳으로 말입니다!"

그러면서 보트를레는 막대기로 예배당의 문턱을 세차게 두드렸다.

"뭐, 뭐라고? 무덤? 그렇다면 자네는 이곳이 바로……."

피욜 씨는 어안이 벙벙한 표정으로 더듬거렸다.

"네 바로 여기지요."

"하지만 우리가 이미 샅샅이 뒤졌는데도……."

"제대로 안 뒤진 거죠."

그러자 또다시 제브르 백작이 끼어들었다.

"하지만 내가 이 예배당은 잘 아는데, 사람이 숨을 만한 곳은 없어요!"

"아뇨, 딱 한 군데 있지요. 바랑주빌 면사무소에 한번 가보십시오. 거기 가면 앙브뤼메지 수도원의 옛 교회 건물에서 발견된 모든 서류가 보관되어 있답니다. 17세기 때 작성된 그 서류들을 살펴보노라면 여기 예배당 밑으로 지하 납골당이 존재한다는 사실을 알 수 있을 겁니다. 분명 로마 시대 예배당 노릇을 했을 그 납골당 위에 현재의 이 예배당이 세워진 셈이죠."

"아니, 그렇게 상세한 정보를 뤼팽이 어떻게 알아낸 걸까?"

피욜 씨의 질문에 보트를레는 아무렇지도 않게 대답했다.

"그야 식은 죽 먹기죠! 이 예배당을 들어내다 보니 자연 알게 된 게 아니겠습니까?"

"이보게, 젊은 친구. 또 그 소린가. 너무 지나친 발상 아니야? 아무럼 예배당 전체를 들어냈을 리가 있는가? 여길 보게, 이 포석들은 멀쩡하지 않은가!"

"그야 물론이죠. 그가 손을 댄 건 오로지 예술적으로 가치가 있는 돌덩이들뿐이었으니까요. 조각이랄지, 장식 부조랄지, 첨두홍예나 기둥들의 근사한 파편 따위 말입니다. 건물의 토대를 이루는 주춧돌 같은 건 아마 관심 밖이었을 거예요. 그래서 이렇게 멀쩡해 뵈는 거죠."

"므슈 보트를레, 자네 말대로라면 뤼팽이 저 밑의 지하 납골당까지 들어가지는 못했다는 얘기 아닌가?"

한편 하인을 불러 잠시 자리를 피했던 제브르 백작이 예배당 열쇠를 가지고 돌아왔다. 결국 문을 따고 세 사람이 나란히 안으로 들어섰다.

보트를레는 잠시 주위를 살피더니 이렇게 말했다.

"역시 바닥의 포석들은 그대로군요. 하지만 잘 보세요. 저기 저 주제단(主祭壇)만큼은 주형으로 뜬 모조품에 불과하다는 사실을 쉽게 알 수 있을 겁니다. 한데 일반적으로 지하 납골당에 이르는 계단 입구는 주제단 바로 앞에서 시작돼 그 아래로 지나가도록 되어 있죠."

"그렇다면 결국……."

"네, 뤼팽은 주제단을 들어내다 우연히 지하 납골당을 발견한 겁니다!"

백작은 즉시 곡괭이를 가져오도록 했고, 보트를레는 그것을 받아 들

자마자 주제단을 향해 힘껏 내리쳤다. 아니나 다를까 사방으로 볼품없는 석고 조각들이 먼지를 일으키며 흩어지는 것이었다.

피욜 씨는 그 모습을 바라보며 중얼거렸다.

"아, 도대체 저 아래 무엇이 있기에……."

보트를레 역시 조금은 불안한 기색을 비치며 곡괭이질에 연신 박차를 가했다. 그런데 그때까지만 해도 전혀 장애물과 맞부딪치지 않고 원만히 이루어지던 곡괭이질이 문득 딱딱한 물체에 부닥치며 굉음을 내는 것이었다. 그러고는 곡괭이에 부딪친 돌덩이와 더불어 주제단이 있던 자리 전체가 와르르 무너져 내리는가 싶더니, 바로 그 자리에 휑한 구멍이 시원스레 뚫리는 것이 아닌가! 보트를레는 부연 먼지 너머로 몸을 굽히고 그 안을 살폈다. 별안간 저 아래로부터 서늘한 공기가 얼굴

결정판 아르센 뤼팽 전집

에 끼었듯 솟아올랐다. 보트를레는 성냥불을 켠 다음, 저 아래 텅 빈 공간을 향해 이리저리 들이댔다.

"계단이 내가 생각했던 것보다 앞쪽에서 시작되고 있군요. 저기 입구쪽 포석 아래에서부터요. 저 아래 마지막 계단까지 보입니다."

"깊은가?"

"한 3~4미터 정도요. 무척이나 가파르군요. 계단 몇 개는 아예 없는 것 같아요."

"도저히 믿어지지가 않는군. 헌병 셋이 자리를 비운 사이 한편으로는 마드무아젤 드 생베랑을 납치하고, 거기다 이런 지하실에서 시체까지 끌어냈으리라고는 좀……. 아니야, 아냐. 아무래도 내가 보기엔 아직 그가 이곳에 있는 것 같아."

마침내 하인이 가져온 사다리를 구멍 속으로 밀어 넣고, 보트를레는 그 안으로 쏟아져 내린 잔해 더미 속에 이리저리 자리를 잡아 고정시켰다. 그는 사다리 양쪽을 단단히 붙든 다음 말했다.

"피욜 씨, 내려가시겠습니까?"

수사판사는 손에 촛불을 든 채 사다리에 발을 얹었다. 다음으로 제브르 백작이 뒤를 이었고, 마지막으로 보트를레가 따라 내려갔다.

그는 지하 납골당의 시커먼 암흑 속을 가녀린 촛불을 의지해 눈으로 헤쳐가면서 기계적으로 열여덟 개에 달하는 사다리를 밟고 내려갔다. 문득 저 아래로부터 격렬한 악취가 송곳처럼 코를 찌르고 솟아올랐다. 그것은 한번 맡으면 그대로 뇌 속에 사무칠 것 같은, 뭔가 지독하게 썩는 듯한 냄새였다. 아, 저 속이 뒤집힐 것만 같은 악취…….

별안간 그의 어깨를 누군가 떨리는 손으로 턱 짚었다.

"앗, 뭐, 뭐요?"

"보, 보트를레······."

피욜 씨의 목소리였다.

그는 너무 기겁을 해서 말이 잘 나오지 않는 모양이었다.

"수사판사님, 진정하세요."

"보, 보트를레······. 그, 그가 여기 있네."

"네?"

"그래······. 아까 제단에서 떨어져 나간 돌덩이 밑에 뭔가 있어서 말이야, 내가 뭔가 하고 돌을 밀어냈더니······. 아, 내 손이 그만······. 만졌어. 아, 끔찍해라."

"어딥니까?"

"이쪽일세. 이 냄새 느껴지나? 여기······. 이쪽이야. 자, 보게나."

수사판사는 바닥에 통나무처럼 꼼짝 않고 뻗어 있는 무언가를 향해 촛불을 들이밀었다.

"으윽!"

순간 보트를레의 입가로 가슴이 덜컹할 만한 외마디 소리가 터져나왔다.

세 남자는 움찔 몸을 움츠렸다. 반쯤 헐벗은 몸뚱이 하나가 비쩍 말라비틀어진 채 끔찍한 몰골로 내동댕이쳐져 있는 것이었다! 눅눅해진 밀랍처럼 푸르죽죽한 살갗이 너덜너덜한 넝마 사이로 언뜻언뜻 보였다. 하지만 무엇보다도 끔찍한 건 돌덩이에 으깨지다시피 해서 도무지 형체를 알아볼 수 없게 뭉개져버린 머리였다. 게다가 세 남자의 시력이 어둠에 차차 익숙해짐에 따라 서서히 드러난 광경은 속을 곧바로 뒤집어버릴 만큼 혐오스럽게 부글거리고 있는 시체의 살점 조각들이었다!

보트를레는 혼비백산 사다리를 서너 단씩 거슬러 올라가 아예 예배당 밖으로 뛰쳐나갔다. 곧이어 피욜 씨가 따라나오자, 보트를레는 전에처럼 배를 깔고 땅바닥에 엎어진 채 두 손에 얼굴을 온통 파묻고 있었다.

"어쨌든 축하하네, 므슈 보트를레. 일단 은신처를 발견한 것 외에도 두 가지 점에서 자네의 판단은 정확했어. 우선 마드무아젤 드 생베랑이 쏜 친구가 자네 말 그대로 아르센 뤼팽이었다는 점, 또 하나, 파리에서 그가 사용하던 이름이 에티엔 보드레(Étienne Vaudreix)라는 사실! 아까 본 그 시체가 걸친 누더기에 'E. V.'라는 이니셜이 박혀 있더군그래. 그만하면 충분한 증거가 아니겠는가?"

하지만 이지도르는 듣고 있는지 아닌지 미동도 하지 않았다.

피욜 씨는 계속해서 말을 이었다.

"지금 백작은 마차를 준비하러 나갔네. 주에 박사를 부르러 가야 하거든. 일단 시체 확인을 해야 하니까. 내가 보기에는 사망한 지 한 8일 정도 되어 보이던데. 부패 정도로 봐서 말이야. 이보게, 내 말을 듣고는 있는 건가?"

"네……. 네……."

"방금 내가 한 말은 결정적인 근거하에 하는 얘기네. 예컨대……."

피욜 씨는 계속해서 장황하게 자기 논지를 펴나갔지만, 이지도르는 별다른 반응을 보이지 않았다. 결국 제브르 백작이 돌아오고서야 수사 판사의 얘기가 중단되었다.

백작은 웬 편지 두 장을 갖고 왔는데, 그중 하나는 내일 셜록 홈스가 도착한다는 내용이었다.

"이거 신났는걸! 가니마르 형사도 곧 오겠지? 정말 볼만하겠어."

피욜 씨가 호들갑을 떨자, 백작은 또 다른 편지를 내밀며 말했다.

"여기 이건 수사판사님 앞으로 온 겁니다."

피욜 씨는 얼른 받아 들고 내용을 읽더니 이렇게 말했다.

"이 친구들 와봤자 이젠 별로 할 일도 없겠는걸! 이보게, 므슈 보트를레, 디에프에서 온 연락인데, 오늘 아침 낚시꾼들이 해변의 바위틈에서 젊은 여자의 시체 하나를 발견했다는군."

그제야 보트를레는 펄쩍 일어났다.

"지금 뭐라고 하셨죠? 시체라고요?"

"젊은 여자의 시체라네. 아주 처참하게 난도질이 된 상태인데, 그나마 잔뜩 부어오른 오른팔에 가느다란 금팔찌가 거의 박히듯이 끼워져 있지 않았다면 신원도 못 알아볼 지경이라는군. 왜, 마드무아젤 드 생베랑도 오른팔에 그런 팔찌를 차고 있지 않나. 백작님께는 참 안된 일이오만……. 어쨌든 조카분께서 조수에 떠밀려 온 게 확실한 모양입니다. 어떻게 생각하나, 젊은 친구?"

"글쎄요……. 전혀 나무랄 데가 없군요. 보시다시피 모든 게 척척 맞아떨어지고 있어요. 내가 추론한 고리들이 죄다 연결이 되었고요. 처음에 그린 그림에 맞춰서 심지어 있을 것 같지 않은 사실들조차 죄다 차곡차곡 이어지고 있군요."

피욜 씨는 의미심장하면서도 미묘한 표정을 짓는 소년의 얼굴을 불안하게 바라보며 중얼거렸다.

"좀 알아듣게 얘기해보게. 무슨 문제가 있나?"

"수사판사님도 이제 곧 알게 될 겁니다. 내가 진실의 전모를 밝혀 보이겠다고 한 말 잊지 않으셨겠죠?"

"하지만 내가 보기엔……."

"조금만 더 참으세요. 지금까지 나에 대해 불평할 만한 일도 없었잖습니까? 자, 날씨도 좋으니, 산책도 좀 하시고 성에서 점심도 챙겨 드세요. 파이프 담배도 즐기시고요. 난 한 4~5시쯤 돌아오겠습니다. 학교는 할 수 없죠, 뭐. 이왕 이렇게 된 바에야 자정에 출발하는 기차라도 타는 수밖에……."

그렇게 세 사람은 성채 뒤편의 부속 건물로 돌아왔고, 거기서 보트를레는 곧장 자전거를 타고 어디론가 출발했다.

디에프에 도착한 보트를레는 『라 비지』라는 신문사에 들러 최근 보름간의 신문들을 열람했다. 그러고 나서 다시 한 10여 킬로미터 떨어진 앙베르뫼 읍(邑)으로 향했다. 거기서 그는 읍장과 면담을 했고, 교구신부와 지역방범대장과도 만났다. 성당 시계 종탑에서 3시를 알릴 즈음에야 그는 모든 조사를 마무리 지을 수 있었다.

그는 이제 홀가분한 마음을 안고 발길을 돌렸다. 두 발로 규칙적이고도 힘차게 페달을 밟으며 나아가는 소년의 가슴이 시원하게 불어오는 바닷바람을 가득 안고 있었다. 가끔 그는 자제심을 잃고서 하늘을 향해 승리의 환호성을 질러대기도 했다. 자신이 지금 막 치닫고 있는 목표와 거기에 기꺼이 뛰어드는 자신의 모습을 생각하니 마음 뿌듯하기가 이를 데 없었던 것이다.

이윽고 앙브뤼메지가 저만치 나타났다. 성채를 앞둔 비탈길을 그가 탄 자전거는 전속력으로 달리기 시작했다. 가도의 오래된 나무들이 쏜살같이 다가왔다가 도망치듯 저 뒤로 내빼고 있었다. 그런데 아차 하는 순간, 눈앞에 웬 빨랫줄 하나가 가로막는가 싶더니 그만 보트를레의 입에서 찢어질 듯한 비명 소리가 터져나오는 것이었다!

양쪽 가로수에 묶여서 길을 가로지른 빨랫줄에 자전거가 튕기듯 부딪치는 동시에, 그의 몸뚱이는, 눈 깜짝할 사이, 전방으로 3미터가량이나 나가떨어지고 말았다. 머리통이 바로 코앞에 있는 돌 더미에 부딪쳐 박살이 나지 않은 건 분명 하늘이 도운 덕택이라 할 만했다.

결정판 아르센 뤼팽 전집

당연히 한동안 멍한 상태로 주저앉아 있었다. 온몸이 욱신거리고 무릎은 벌겋게 까진 상태에서 그는 주변을 이리저리 두리번거렸다. 아니나 다를까 오른쪽으로 관목 숲이 펼쳐져 있었는데, 누군가 이런 짓을 저지른 자가 도망쳐 들기엔 제격이었다. 보트를레는 나무에 묶인 빨랫줄을 풀었다. 한데 왼쪽 나무에 감겨 있는 빨랫줄 부위에 가느다란 줄로 웬 쪽지 하나가 매달려 있는 것이었다. 펼쳐보니 이런 내용이었다.

세 번째이자 마지막 경고다.

성으로 돌아온 보트를레는 다짜고짜 하인들에게 몇 마디 질문을 던진 후, 피욜 씨가 늘 업무를 보는 성채의 오른쪽 날개 끝 1층의 작은 방으로 들어갔다. 수사판사는 서기와 마주 앉은 채 뭔가 끄적이고 있었다. 어떤 서류들에 사인을 받은 서기가 나가고 나서야, 피욜 씨는 소년의 몰골을 보고 소리쳤다.

"아니, 므슈 보트를레, 어떻게 된 건가? 손에 피가 묻었잖은가?"

"아무것도 아닙니다. 괜찮아요. 자전거가 가는 앞길에 누군가 이 빨랫줄을 매달아놔서 약간 부딪친 것뿐입니다. 그나저나 이 빨랫줄이 성에서 나온 건지나 좀 알아봐 주십시오. 보아하니 한 20여 분 전만 해도 세탁장에서 빨랫감이나 말릴 때 사용했을 그저 평범한 줄인 것 같은데."

"아니, 어떻게 그런 일이?"

"수사판사님, 그건 말이죠, 지금 현재 이곳에서도 매 순간 내가 감시 당하고 있기 때문입니다. 누군가 그때그때 현장에서 나를 지켜보고, 내 말을 속속들이 귀담아들으면서, 내 행동거지와 의중의 생각마저 읽어 내는 존재가 숨어 있다는 얘기예요!"

"정말 그렇게 생각하나?"

"틀림없습니다. 그걸 좀 밝혀주셔야겠습니다. 당신이 나서준다면 그 리 어렵지는 않을 거예요. 하지만 이제 나는 모든 걸 끝낼까 합니다. 당 신한테 약속했던 진실도 공개하고요. 여태껏 나를 노리는 적들의 예상 보다 내가 너무 나서왔던 것 같아요. 이제는 저들이 이대로 가만있을 것 같지 않습니다. 점점 내 주위로 조여드는 게 느껴져요. 위험이 닥쳐 오고 있는 게 느껴집니다."

"여보게나, 이봐, 보트를레……."

"아, 하여간 두고 보죠. 일단은 좀 서둘러야겠어요! 우선 당장 밝혀 내야 할 점이 있습니다. 크비용 반장이 주웠다며 가져온 그 쪽지에 대 해 누구한테도 얘기한 바 없지요?"

"그럼, 아무한테도 얘기 안 하고말고. 한데 그건 왜? 중요한 건가?"

"대단히 중요합니다. 물론 내 머릿속에서 생각한 것이고, 어떤 증거 가 밑받침된 것도 아닙니다. 아직까지는 그 의미를 완전히 해독한 것은 아니니까요."

보트를레는 얘기를 하다 말고 문득 피욜 씨의 어깨에 손을 얹으며 나

지막한 목소리로 덧붙였다.

"쉿! 아무 말도 하지 마세요. 누군가 밖에서 엿듣고 있어요."

아닌 게 아니라 그 순간 모래를 밟고 지나가는 소리가 얼핏 들렸다. 보트를레는 얼른 창가로 달려가 밖을 살폈다.

"가버렸군. 역시 화단에 누군가 지나간 흔적이 있어. 신발 자국까지 그대로 남아 있잖아."

그는 다시 돌아와 의자에 앉으며 말했다.

"보시다시피 이제 적은 좀 더 노골적으로 나오고 있습니다. 그들도 이젠 여유가 별로 없다는 뜻이죠. 그러니 우리도 어서 서둘러야 할 때입니다. 이제 얘기를 꺼내야겠어요. 저들이 두려워하는 게 그것이니."

그러면서 그는 문제의 쪽지를 꺼내 탁자 위에 잘 펴서 올려놓았다.

"자, 보십시다. 일단 눈에 띄는 점만 말하자면, 대부분 점들과 숫자들로 채워져 있다는 사실입니다. 그리고 처음 세 줄과 마지막 다섯째 줄에는 5 이상 넘어가는 숫자가 없다는 점이지요. 일단 네 번째 줄은 다른 것들과 판이하게 성격이 다르니, 잠시 뒤로 미루어놓기로 하고요. 자, 만약 이 숫자들이 제각각 알파벳상에 존재하는 총 다섯 모음(즉, a, e, i, o, u—옮긴이)의 순서를 의미하는 것으로 생각해봅시다. 그럼 다음과 같이 옮겨 적을 수 있겠지요."

그러면서 보트를레는 따로 종이 위에다 다음과 같이 쓰기 시작했다.

```
e . a . a . . e . . e . a . . a . .
a . . . e . e .          . e . o i . e . . e .
. o u . . e . o . . . e . . e . o . . e .
a i . u i . . e          . . e u . e
```

"보시다시피 이대로는 의미가 통하지 않습니다. 그저 숫자를 모음으로, 점을 자음으로 대체하는 걸로 만족한다면 암호를 푸는 열쇠가 쉽다고도 할 수 있을 겁니다. 그나마 문제를 복잡하게 하려는 노력이 그 정도에서 끝났기에 망정이지, 어렵긴 어려워도 아주 불가능하지는 않지요."

"솔직히 좀 막막한 건 사실이네."

"자, 그럼 어디 한번 헤쳐나가 봅시다. 둘째 줄을 가만히 보면 두 개의 부분으로 나뉘어 있는데, 그 두 번째가 무슨 단어 하나를 가리키는 것처럼 보입니다. 그럼 이제 거기서 각각의 점들을 자음으로 대체해보지요. 여러 시행착오를 겪는 가운데 각 모음에 기댈 수 있는 자음을 대입하다 보면 논리적으로 단 하나 의미가 통하는 경우가 나옵니다. 바로 'demoiselles'(드무아젤. '아가씨들'이라는 의미—옮긴이)이라는 단어지요."

"그렇다면 당연히 마드무아젤 드 제브르와 마드무아젤 드 생베랑을 지칭하는 것이겠네."

"틀림없습니다!"

"다른 것들은 어떤가?"

"마찬가지로 둘로 나뉜 마지막 줄에 유독 관심이 갔습니다. 거기서 처음 부분에도 같은 식으로 자음들을 대입해보면 두 개의 이중모음 'ai' 와 'ui' 사이의 점 하나에 해당할 자음은 오로지 단 하나 'g'밖에 없다는 것을 알 수 있을 겁니다. 일단 그렇게 해서 'aigui'까지가 완성되고 나면 나머지 자음 둘과 마지막 모음 'e'로 이루어지는 단어의 전체 모습이란 오로지 '**aiguille**'(에귀유. '바늘'이라는 의미—옮긴이)밖엔 없다는 점 또한 명확해지지요."

"그럼 결국, '바늘'이라는 얘기군!"

"자, 이제 마지막 단어를 보도록 하죠. 여기엔 자음도 모음도 각각 세 개입니다. 또다시 모든 자음 글자들을 제각각 대입해보는 작업을 거쳤죠. 그렇게 하자, 처음 두 글자가 자음이면서 의미 있는 단어를 형성하는 경우란 총 네 가지, 즉 '**fleuve**'(플뢰브. '하천'이라는 의미—옮긴이), '**preuve**'(프뢰브. '증거'라는 의미—옮긴이), '**pleure**'(플뢰르. '운다'라는 의미—옮긴이), 그리고 '**creuse**'(크뢰즈. '속이 빈'이라는 의미—옮긴이)밖에 없다는 결론에 이르더군요."

"그렇다면 '속이 빈 바늘(aiguille creuse)'이라는 말이 개중에 가장 무리가 없어 뵈는군그래. 세상에, 자네의 해결책은 정말이지 정교하기가 그만일세! 다른 식으로는 도저히 해결이 나지 않으니 누구라도 자네 견해를 받아들이지 않을 수 없을 거야! 자, 그럼 이제 어느 정도 진전된 걸로 보면 될까?"

잔뜩 기대를 갖고 물어보는 피욜 씨에게 보트를레는 생각에 잠긴 표정으로 조용히 대답했다.

"별것 없습니다. 현재로선 별로예요. 하지만 좀 더 두고 봅시다. 일단 내 생각엔, '에귀유 크뢰즈(속이 빈 바늘)'라는 묘한 단어의 조합 속에 상당히 많은 의미가 내포되어 있을 거라고 봅니다. 그리고 또 내 관심을 끄는 건 이 종이의 재질입니다. 요즘도 이런 우툴두툴한 양피지를 제작하는 데가 있나요? 여기 이 상앗빛 종이 색깔 좀 보세요. 이 접힌 자국들, 이 닳아 해진 자국들, 이 뒤쪽에 묻은 붉은 밀랍 흔적 등등 말입니다."

여기서 보트를레는 잠시 말을 멈췄다. 브레두 서기가 갑자기 검찰총장이 방문했다며 들이닥친 것이다.

피욜 씨는 벌떡 일어섰다.

"지금 막 말인가? 그래, 어디 계신가?"

"그냥 마차에 타신 채로 계십니다. 지나가는 길에 앙브뤼메지에 들르신 거랍니다. 철책 문 앞까지 좀 나와주셨으면 하시던데요. 간단히 전할 말이 있으시다면서요."

"거참 이상한 일이로군. 무슨 일일까? 좌우간 므슈 보트를레, 내 곧 다녀오겠네."

피욜 씨는 고개를 갸우뚱하면서 방을 나갔다. 복도를 걸어나가는 그의 발소리가 차츰 멀어져 갔다. 한데 느닷없이 브레두가 문을 닫고는 열쇠를 걸어 잠근 뒤 호주머니에 넣는 것이었다.

보트를레는 깜짝 놀라며 소리쳤다.

"무슨 짓이오? 문은 왜 잠그는 거요?"

"우리끼리 얘기를 좀 나누는 게 좋지 않을까?"

브레두는 내뱉듯이 대꾸했다.

분위기가 심상치 않음을 직감한 보트를레는 건넌방으로 난 반대편

문 쪽으로 후닥닥 내달렸다. 수사판사의 직속 서기인 브레두야말로 뤼 팽의 공범이라는 사실을 순식간에 눈치챈 것이다!

브레두는 기분 나쁜 표정을 지으며 이죽거리고 있었다.

"공연히 손가락만 힘들게 하지 말게나, 친구. 그 문의 열쇠도 내 호주 머니 속에 얌전히 있으니까."

"그래? 그럼 창문은 어떨까?"

보트를레도 지지 않고 외쳤다.

"그건 너무 늦었지."

어느새 브레두는 창문을 가로막고 떡 버틴 채 권총을 빼 들고 있었다.

이제 퇴로는 모두 차단된 셈. 갑작스레 정체를 드러낸 적 앞에서 이 제는 스스로의 힘으로 자신을 방어하는 방법밖에 없어 보였다. 이지도 르는 처음 당해보는 위협 앞에서 불안에 못 이겨 저도 모르게 두 팔을 가슴 위로 포갰다.

"자, 우리 간단히 얘기하세!"

브레두는 잇새로 중얼거리며 시계를 힐끔 보았다.

"피욜 선생은 지금쯤 철책 문까지 부지런히 가고 있겠지. 물론 거기 엔 아무도 없을 것이네. 그가 다시 돌아올 때까지는 최소한 4분 정도 시 간이 걸릴 테고. 그중 1분만 가지고도 나는 이 창문을 넘어 쪽문 쪽으로 달려가 대기 중인 오토바이에 충분히 올라탈 수 있을 거야. 자, 그럼 우 리에겐 3분이 남은 셈이지. 물론 그 정도는 충분할 거지만 말이야!"

이렇게 보니 그자는 무척 가느다랗고 기다란 다리 위에 통통한 몸 집을 했고, 통통한 팔을 늘어뜨린 게, 마치 거미처럼 보이는, 다소 기 형적인 체격의 소유자였다. 게다가 앙상한 골격이 두드러진 얼굴에다 이마는 무척이나 좁으면서도 완강하게 튀어나와 꽤나 고집스러운 인 상이었다.

보트를레는 다리가 다 후들거릴 지경이어서, 어쩔 수 없이 자리에 풀썩 쓰러지듯 주저앉았다.

"말해보시오. 내게서 뭘 원하는 거요?"

"그 종이⋯⋯. 지난 사흘간 그걸 찾아 헤맸거든!"

"그건 내게 없소!"

"거짓말! 지갑 속에 잽싸게 감추는 걸 들어오면서 똑똑히 봤는걸!"

"넘겨준다면 어쩔 셈이오?"

"그야 당신은 이제부터 얌전히 있어주어야겠지! 당신 그동안 우릴 참 무던히도 괴롭혀왔어! 이젠 좀 조용히 있어야 되지 않겠나? 자기 일에나 신경 쓰고 말이야. 이젠 우리도 더는 참을 수가 없다고!"

그는 그렇게 또박또박 위협적인 어조로 말하면서 총을 겨눈 채 천천히 다가오고 있었다. 눈빛은 이글거리고 있었고, 입가에는 잔혹한 짓에 길든 미소를 날카롭게 흘리고 있었다. 보트를레는 오금이 다 저릴 정도였다. 이런 식의 위험에 처한 적이 평생 한 번도 없었으니 오죽하겠는가! 상대의 얼굴 표정 하나하나에서 보트를레는 도저히 말릴 수도 없을 것 같은 맹목적인 폭력성을 읽고 있었다.

"마, 만약 내가 순순히 따라준다면⋯⋯. 그, 그땐 어떡하시겠소?"

"그렇다면야 그때부터 당신은 완전히 자유의 몸이지. 우리도 지금까지의 모든 일을 없었던 걸로 하고."

잠시 침묵이 흐른 뒤 브레두는 다시금 목소리에 힘을 주어 말했다.

"이제 1분밖에 안 남았네! 자, 어서 마음을 정하시지. 어리석은 짓일랑은 꿈도 꾸지 말고. 우리를 결코 우습게 보면 안 돼. 어서, 종이를 내놔!"

이지도르는 꼼짝도 않고 잔뜩 긴장한 채 겁에 질려 앉아 있었다. 반면, 온 신경이 안으로부터 무너질 듯 뒤흔들리는 가운데에서도 그의 머릿속만큼은 냉정함을 잃지 않는 것이었다. 기껏해야 눈앞에서 한 20센

티미터나 떨어져 있을까. 시커먼 총구가 물끄러미 자신을 응시하는 기분, 방아쇠를 지그시 누르고 있는 저 구부린 손가락……. 이제 조금만 힘을 주면 모든 게 끝장이다.

"종이를 내놓으라니까."

브레두가 다시 한번 웅얼거리는 찰나였다.

"여기 있소!"

보트를레는 냅다 호주머니에서 지갑을 꺼내 내밀었고 그것을 브레두는 쏜살같이 낚아챘다.

"좋았어! 역시 말이 통하는군. 겁은 많지만 그래도 양식이 있는 자네와 아직 해결할 일이 좀 남아 있지만, 그건 나중에 내 동료들과 논의하기로 하고……. 일단은 실례해야겠네. 자, 그럼!"

그는 권총을 집어넣고 창문 손잡이를 돌렸다. 복도에서는 벌써 인기척이 들려오고 있었다.

"안녕, 친구. 아쉽게도 더 얘기를 나눌 시간이 없구먼."

한데 창문 밖으로 몸을 반쯤 내밀며 다시 한번 인사를 던지다 말고 문득 브레두의 뇌리를 어떤 생각 하나가 스치고 지나갔다. 그는 허겁지겁 지갑 속을 뒤져보았다.

"이런, 염병할! 종이가 없잖아! 이 녀석이 감히 나를……!"

그는 이를 악물고 다시 방 안으로 뛰어들었다.

순간, 요란한 총성 두 발이 방 안을 뒤흔들었다. 이번에는 이지도르가 먼저 자기 총을 꺼내 선제공격을 한 것이었다.

"빗나갔네, 친구! 겁이 나는가? 손이 떨고 있어."

브레두는 험상궂게 으르렁댔다.

둘은 서로의 몸을 부둥켜안다시피 한 채 바닥을 데굴데굴 구르기 시작했다. 문 앞에서는 누군가 미친 듯이 노크를 하고 있었다.

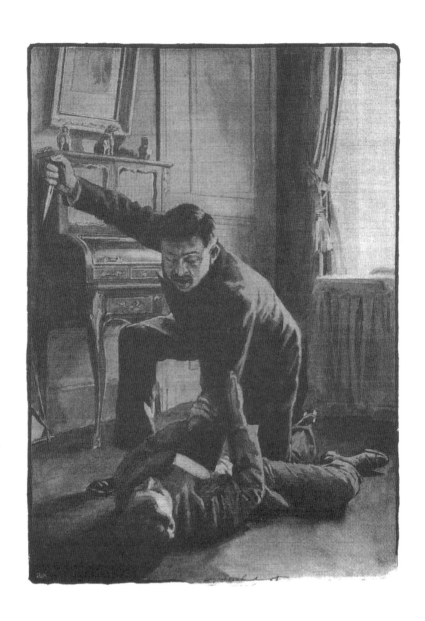

결정판 아르센 뤼팽 전집

기운이 빠져버린 이지도르는 마침내 상대의 몸 아래 깔리는 처지가 되고 말았다. 아뿔싸, 이대로 끝나는 건가! 상대는 한쪽 팔을 있는 대로 치켜들었는데, 그 끝에서 번쩍하는 칼날이 소년의 시선을 예리하게 자극했다. 아니나 다를까, 다음 순간, 윽! 하는 외마디 소리와 함께 어깻죽지에 엄청난 통증이 파고드는 것이었다. 보트를레는 그만 온몸에 힘이 스르르 빠졌다.

거친 손 하나가 저고리 안주머니를 뒤지는가 싶더니 종이 한 장이 빠져나가는 느낌이 들었다. 그러고는 서서히 감겨지는 눈꺼풀 사이로 저만치 창문을 훌쩍 넘어가는 사내의 뒷모습이 가물거렸다.

다음 날 아침 신문들은 일제히 앙브뤼메지 성채에서 일어난 최근의 사건들, 즉 허물뿐인 예배당이 낱낱이 파헤쳐진 일, 그 아래에서 아르센 뤼팽의 시신이 발굴된 일, 레몽드의 시체가 해변에서 발견되고 급기야는 수사판사의 서기로 있던 브레두가 보트를레를 습격한 일 등등이 대서특필되었다. 그런데 그 거의 모든 신문에 다음 두 가지 믿기 어려운 사건도 보도되고 있었으니…….

그 하나는 가니마르가 실종되었다는 보도이고, 또 하나는 런던 시내에서, 그것도 대낮에 천하의 셜록 홈스가 납치되었다는 소식이었다. 그는 마침 두브르행 기차를 잡아타려던 중에 변을 당했다는 것이다.

결국 열일곱 살짜리 한 천재 소년의 출현으로 한껏 위축되었던 뤼팽 도당이 졸지에 수세를 공세로 역전시키는가 싶더니, 어느새 도처에서 승리를 구가하는 형국이 된 셈이다. 한마디로 뤼팽의 주적(主敵)이랄 수 있는 셜록 홈스와 가니마르, 그리고 무서운 복병인 보트를레마저 무력화된 상황……. 이제 사법당국은 어떻게 손쓸 엄두도 못 낼 형편이었다. 더 이상 저들을 상대할 만한 존재는 어디에도 없었다.

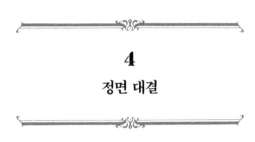

4
정면 대결

그로부터 6주가 지난 어느 날 저녁, 나는 하인에게 휴가를 주었다. 그날은 정확히 7월 14일이었는데, 워낙 날씨가 잔뜩 찌푸린 데다 후텁지근해서, 밖에 한 발짝이라도 나간다는 생각조차 짜증스러울 정도였다. 발코니 창문을 활짝 열어놓고 서재 램프를 켜놓은 상태에서, 나는 안락의자 깊숙이 몸을 파묻은 채 아직 읽지 않은 신문들을 뒤적이고 있었다. 아직도 사람들은 아르센 뤼팽 얘기였다. 저 가엾은 보트를레가 살인미수를 당한 그때부터 단 하루도 앙브뤼메지 사건 얘기가 신문 지상에 오르내리지 않은 날이 없었다. 심지어 아예 매일 시평란 하나가 전적으로 그 사건에만 할애되어 있을 정도였다. 여태껏 그 어떤 황당무계한 사건이나 예기치 않은 충격으로도 이만큼 사람들의 관심과 흥분이 들쑤셔진 예가 없는 것 같았다. 특히, 존경스럽게도 이 사건에서 자신을 단역으로 선뜻 인정한 피욜 씨는 온갖 인터뷰 요청에 일일이 응하면서, 문제의 사흘 동안 자신의 어린 조언자가 얼마나 대단한 활약을 보

결정판 아르센 뤼팽 전집

여주었는가를 샅샅이 공개했고, 그 바람에 사람들은 더더욱 허무맹랑한 추측과 가정에 사로잡혀 도무지 열기가 수그러들 줄 모르는 것이었다.

사실상 제2의 보트를레를 노리는 사람들은 여기저기서 넘쳐났다. 범죄에 관한 전문가는 물론이거니와 소설가나 극작가, 법관이나 전직 치안 종사자들, 퇴직한 자칭 르코크(에밀 가보리오가 창조한 명탐정―옮긴이) 선생들부터 미래의 셜록 홈스 씨에 이르기까지, 저마다 자기 나름의 이론을 들이댔고, 숱한 칼럼 등을 통해 그것들을 너저분하게 늘어놓았다. 그렇게 해서 저 장송 드 사일리 고등학교의 수사 학급 학생인 이지도르 보트를레가 남긴 어록은 모든 사람이 열에 들떠 되새기고 보완해야 할 하나의 절대적 가르침이 되어갔다.

하긴, 솔직히 말해서, 사건의 진상은 이미 알려진 상태이다. 그렇다면 무엇이 과연 아직도 수수께끼인가? 아르센 뤼팽이 피신했다가 고통 속에 죽어간 은신처가 어디라는 것은 모두 다 알고 있고, 그 점에는 추호의 의심할 만한 점이 없다. 항상 직업적 비밀에 연연해 마지않으면서 모든 공개적 증언을 철저하게 거부해온 들라트르 박사조차 몇몇 측근한테는, 자신이 그때 분명 지하 납골당으로 안내되었으며, 아르센 뤼팽이라고 소개된 어느 부상당한 남자를 그곳에서 돌보았다는 얘기를 한 바 있다. 더욱이 그 납골당 안에서 시체로 발견된 에티엔 보드레가, 어린 '스승'의 가르침에 의하면, 아르센 뤼팽과 전혀 다르지 않을진대, 더 이상 증명의 여지가 뭐하러 필요하겠는가 말이다!

결국 뤼팽은 죽었고, 마드무아젤 드 생베랑의 사체 역시 팔목에 찬 팔찌로 확인된 마당에, 비극은 그렇게 끝난 거나 다름없었다.

하지만 실상은 그렇지가 않았다. 바로 보트를레가 그와는 정반대의 얘기를 하기 때문에 누구도 그것을 인정하지 않는 것이었다. 물론 어느 점에서 사건이 종결되지 않았는지 딱 부러지게 말할 수 있는 것도 아니면서, 한 젊은이의 말 한마디 때문에, 여전히 수수께끼는 풀리지 않은 상태인 것이다. 그야말로 있는 그대로의 현실이 보트를레라는 인물의 확언(確言) 앞에서는 꼬리를 감추는 꼴이었다. 뭔가 아직까지 알려지지 않은 문제가 있고, 사람들은 누구나 그 소년이 언젠가는 속 시원히 베일을 거두어주리라고 확신하는 분위기였다.

그러니, 제브르 백작에게서 환자를 의뢰받은 디에프의 두 의사가 정기적으로 용태 보고서를 제출할 때마다 사람들이 가슴을 졸였다 한들 놀랄 일은 아니다! 천재 소년의 목숨이 위태롭다고 생각되었던 처음 며칠간 사람들은 얼마나 낙담했던가! 아울러 가까스로 고비는 넘겼다는 소식이 신문 지상에 보도되었을 때의 감격은 또 어떻고! 보트를레에 관한 한 사람들은 지극히 사소한 일에도 울고 웃고 광분했다. 긴급 전보를 받자마자 달려온 늙은 아버지가 아들을 부둥켜안는 광경을 보고 모두들 눈물을 적셨으며, 마드무아젤 쉬잔 드 제브르가 몇 날 밤을 환자의 곁에서 지새울 때는 찬사 섞인 격려가 봇물처럼 쇄도했다.

하지만 그 모든 우려를 뒤로한 채, 보트를레는 지금 기쁘기 한량없는 회복기로 빠르게 접어들고 있다. 이제 머지않아, 범인의 칼끝이 잘라버렸던 그 결정적인 비밀의 공개가 더는 미뤄지지 않으리라고 사람들은 믿어 의심치 않았다. 바야흐로 사법당국으로서는 도저히 가늠하지도 못하고 접근할 수도 없는 수수께끼의 전모가 대중 앞에 낱낱이 공개될 것이었다!

물론 보트를레가 완쾌되고 자유롭게 자신의 생각을 밝히기만 하면, 아직 상테 감옥에 수감 중인 아르센 뤼팽의 공범 할링턴 씨에 대해서도 모든 사실이 드러날 것이며, 대범하기가 치를 떨 정도인 또 다른 공범, 브레두 서기에 대해서도 대체 어찌 된 일인지 밝혀지고 말 것이다.

그뿐만이 아니다. 가니마르가 실종된 경위하며 셜록 홈스가 납치된 정황에 대해서도 뭔가 이렇다 할 얘기가 있으리라. 아니, 도대체 어떻게 그런 엄청난 사건이 둘씩이나 연속적으로 일어날 수 있었단 말인가! 영국의 탐정들이든 프랑스의 형사들이든, 그 사건에 대한 일말의 단서조차 확보하지 못한 상황이다. 성신강림대축일인 일요일, 가니마르는 집에 돌아오지 않았고, 월요일을 넘겨, 그 후 6주 동안이나 코빼기 한 번 비치지 않았다.

그런가 하면 같은 월요일 오후 4시, 역에 가기 위해 2인승 단두 이륜마차를 잡아탄 셜록 홈스는 즉시 어떤 위험을 눈치채고 부리나케 내리려고 했다. 그러나 장정 둘이 양쪽에서 들이닥치더니 비좁은 마차 안에서 완전히 제압을 하는 것이었다. 그 광경을 바로 눈앞에서 목도한 사람이 10여 명 있었지만, 워낙 전광석화처럼 치러진 일이라 미처 손쓸 틈도 없었다고 한다. 마차는 순식간에 사라져버렸고, 그다음? 그다음은 누구도 모를 오리무중이다.

하지만 무엇보다도 세간의 관심사는, 과연 브레두 서기가 칼을 휘두르면서까지 빼앗아갔던 그 수수께끼 같은 암호문의 실체를 보트를레가 시원스레 풀어 헤쳐줄 것인가 하는 데에 쏠렸다. 이제는 소위 '에귀유 크뢰즈 문제'라고까지 불리는 그것을 앞에 놓고, 또 수많은 오이디푸스(스핑크스가 낸 수수께끼를 풀었다고 해서 유명해진 이 그리스 신화의 영웅을 빗대어 탐정인 양 호들갑을 떠는 사람들을 일컫고 있음—옮긴이)가 머리를 쥐어뜯어 가며 점들과 숫자들을 이리저리 맞추곤 했음은 물론이다. '속이 빈 바늘'이라……. 참으로 희한한 단어의 조합이 아닌가! 어디서 날아온 것인지도 모를 쪽지 속의 이 괴상한 표현이 불러일으키는 이미지의 정체는 과연 무엇일까? '에귀유 크뢰즈', '속이 빈 바늘'이라……. 그저

결정판 아르센 뤼팽 전집

어느 초등학생의 잉크로 얼룩진 낙서장에서나 떨어져 나올 법한 하찮은 말장난은 아닐까? 아니면 정녕 이 낯선 이미지 속에 대모험가 뤼팽의 진정한 포부가 고스란히 담겨 있는 것일까? 도무지 알 수가 없는 노릇이다.

그러나 언젠가는, 언젠가는 그 전모가 밝혀지리라. 벌써 며칠 전부터 신문에서는 우리의 보트를레 소년이 건강한 모습으로 나타날 것을 예고하고 있었다. 이번에 재개될 싸움은, 그 역시 복수심에 한껏 열이 오른 상황이라, 치열하기 이를 데 없는 필생 필사의 혈투가 될 전망이다.

『그랑 주르날』의 일면 톱기사로 다음과 같은 내용이 실렸을 때도, 내 눈을 단번에 휘어잡은 건 바로 그 소년의 이름이었다.

무슈 이지도르 보트를레는 바야흐로 엄청난 비밀의 공개를 기대해도 좋다는 소식을 우리에게 전해왔다. 따라서 내일 수요일, 사법당국에 알려지기 전에, 우리 『그랑 주르날』지는 앙브뤼메지의 참극에 대한 진실의 전모를 독자 여러분께 낱낱이 공개해드릴 것을 약속한다.

"그래, 어떻게 될 것 같은가, 친구?"

나는 소스라치게 놀라, 안락의자에서 펄쩍 뛰다시피 몸을 세웠다. 내 바로 옆의 다른 의자에는 처음 보는 낯선 남자가 앉은 채 나를 물끄러미 바라보고 있었다.

나는 벌떡 일어서면서 눈으로는 뭔가 무기가 될 만한 게 없나 두리번거렸다. 한데 그의 태도에 어떤 적의도 찾아볼 수 없다는 것을 깨달으면서 나의 태도 또한 누그러지는 것이었다. 나는 천천히 다가가 그의 모습을 요모조모 뜯어보았다.

혈기왕성해 뵈는 얼굴에다 길게 늘어뜨린 금발 머리, 약간 거칠어 보이는 수염을 양쪽으로 뾰족하게 가른 젊은이였다. 복장은 무슨 영국 목사 같은 분위기였는데, 소박하면서도 어딘지 모르게 진지함과 권위가 묻어나는 차림새였다.

"누구시오?"

대답이 없어서 나는 같은 질문을 두서없이 반복했다.

"대체 당신은 누구며, 어떻게 여기에 들어왔소? 용건이 뭐요?"

그는 한동안 나를 물끄러미 쳐다보더니 말했다.

"날 몰라보겠는가?"

"전혀……."

"아! 정말 기가 막히는군! 잘 살펴보시오! 친구 얼굴들 좀 떠올려봐요. 그중에서도 아주 특별한 친구로……."

그제야 나는 사내의 팔뚝을 와락 붙들고 소리쳤다.

"거짓말! 지금 당신 거짓말하는 거지? 아니야. 그럴 리가 없어. 당신이 그자일 리가……. 설마하니……."

"그럴 리가 없다면서도 왜 굳이 '그 친구' 얼굴을 자꾸만 떠올리는가?"

사내는 빙그레 웃으며 중얼거렸다.

아, 저 웃음! 살짝 비트는 듯, 볼 때마다 내 기분까지 환하게 해주던, 저 젊고 화사한 미소! 나는 온몸에 전기가 확 지나가는 듯한 느낌이 들었다. 세상에, 이럴 수가 있나.

"아니야, 아니야. 도저히 불가능해."

안쓰러울 정도로 눈앞의 현실을 믿지 못하고 있는 나를 딱하다는 듯 바라보며 그가 말했다.

"나는 죽었기 때문에 당연히 불가능한 일이겠지. 어때, 자네 무슨 유령이라도 보는 기분이겠지?"

그러고는 또 그 정겨운 웃음을 짓는 것이었다.

"자넨 내가 그렇게 쉽게 죽는 사람들과 같다고 보았나? 젊은 아가씨가 등 뒤에서 쏜 총알에나 맞아 뒈질 그런 인간으로 보았느냔 말일세! 그렇다면 나를 잘못 아셨군그래! 내가 그런 한심한 최후를 받아들일 것 같은가?"

여전히 미심쩍어하면서도 마침내 나는 이렇게 더듬거리지 않을 수 없었다.

"그, 그럼 진짜 자넨가? 자, 자네가 맞아? 도저히 못 알아보겠어."

"그렇다면 나는 안심이고. 진짜 내 모습을 보여줬던 단 한 사람이 오늘 나의 이 모습을 못 알아본다면, 이제부터 지금의 이 모습을 보게 될 그 누구도 진짜 나의 모습을 못 알아볼 테니까 말이야. 설사 내가 진짜 모습을 하고 나다닌다 해도 말일세."

그가 음성변조를 전혀 하지 않아서 그런지 과연 목소리는 분명 알아볼 수 있었다. 그뿐만 아니라 찬찬히 보니, 그 눈빛, 그 얼굴 표정들, 태도, 아니, 존재 자체가 겉에 두른 베일을 하나씩 벗으며 천천히 내 앞에 드러나는 것이었다.

"아르센 뤼팽……."

나도 모르게 입가에 정겨운 이름이 새어나왔다.

"그렇다네, 아르센 뤼팽이야. 천하에 둘도 없는 존재, 아르센 뤼팽이란 말일세! 그렇지, 지하 납골당에서 고통 받다 죽어간 걸로 되어 있을 테니까, 저 망령의 왕국으로부터 생환한 뤼팽이라 해야겠군! 하하하, 자유롭고 생명력 넘치는, 살아 숨 쉬는 아르센 뤼팽! 행복에 겨운 이 세상을 다시 한번 원 없이 살아볼 결심으로 마침내 모습을 드러낸 아르센 뤼팽이란 말일세!"

이제는 나도 환하게 웃지 않을 수 없었다.

"그래, 바로 자네가 맞아! 작년에 봤을 때보다 훨씬 쾌활하고 즐거운 모습이야! 이렇게 돌아온 걸 정말로 축하하네!"

나는 그러면서 그가 마지막으로 나를 방문했을 때를 떠올렸다. 저 유명한 보석관 사건 직후, 결혼 생활도 파경에 이르고 소냐 크리슈노프와 도주 중이었던(이상의 내용은 모리스 르블랑의 4막극에 등장하는 스토리임.「아르센 뤼팽」이라는 제목의 이 연극은 프랑시스 드 크루아세와 함께 연출해 1908년 10월 28일 초연을 한 뒤, 무려 40년 이상이나 절찬리에 공연되었으나 현재는 거의 잊힌 상태임—옮긴이), 그리고 결국에는 그 젊은 러시아 여성마저 비명횡사하고 난 직후를 말이다. 그때의 아르센 뤼팽은 내가 전혀 알지 못하는 또 다른 모습이었지. 나약하고 기진맥진하며, 눈물에 찌든 눈빛과 늘 애정과 동정에 목말라하던, 애처롭기 그지없는 몰골이었어.

"그 얘긴 또 왜 하는가. 과거는 과거일 뿐이야!"

"그래도 1년밖에 안 지났는걸!"

"1년이 아니라 10년이 지난 거나 같아. 아르센 뤼팽은 남들 1년 살 때, 10년은 사니까."

나는 더 이상 고집을 버리고 화제를 다른 데로 돌렸다.

"그나저나 여긴 또 어떻게 들어온 건가?"

"세상에, 그야 남들과 똑같이 문으로 들어왔지! 이렇게 보니 아무도 없기에, 거실을 지나 발코니를 따라 여기 이렇게 나타난 거네."

"하지만 문 열쇠는?"

"내게 문이란 존재하지 않는다는 거 자네도 잘 알지 않나. 그저 자네 집이 좀 필요해서 이렇게 들어온 거네."

"그거야 좋을 대로 하게. 어때, 자리를 비켜줄까?"

"오, 그건 아닐세! 자네가 있어도 상관없는 일이야! 나와 함께 오늘 저녁을 기대해도 좋다고 말할 참인걸!"

"누굴 기다리는 건가, 그럼?"

"그렇다네. 10시에 여기서 약속을 해놨어."

그러면서 그는 시계를 꺼내 보았다.

"마침 시간이 됐군. 전보가 제대로 도착했으면 늦지는 않을 텐데."

순간, 아니나 다를까, 현관에서 요란한 초인종 소리가 울렸다.

"내가 뭐랬나! 아냐, 아냐, 신경 쓸 것 없네. 문은 내가 열지."

대체 누구와 약속을 한 걸까? 또 어떤 극적인 광경을 구경하게 되는 걸까? 뤼팽 스스로가 기대해도 좋다고 하는 걸 보면, 보통 약속은 아닌 것 같은데.

잠시 후, 누구를 뒤에 데리고 돌아온 뤼팽은 내 앞에 와서야 장난스럽게도 냉큼 자리를 물러나 뒤따라온 인물을 공개하는 것이었다. 언뜻 보아도 무척 창백한 안색에다 키가 크고 야윈 젊은이가 조용히 서 있었다.

내가 그 손님을 찬찬히 살펴보는 동안, 뤼팽은 거의 경건하다 할 동작으로 한마디 말도 없이 방 안의 모든 전등을 환하게 켜기 시작했다. 방 안은 금세 눈부신 빛으로 범람했다. 그러고는 두 사람 다, 마치 상대를 꿰뚫어버리겠다는 듯, 이글거리는 눈빛으로 서로를 마주 보는 것이었다. 둘이 그렇게 침묵을 유지한 채 엄숙한 태도로 마주 보고 있는 광경이란! 그나저나 이 낯선 젊은이는 대체 누구란 말인가!

왠지 최근 신문에 난 어느 인물 사진과 유사한 데가 있어, 내가 한참 머리를 굴리고 있는데, 뤼팽이 별안간 이쪽을 홱 돌아보며 소리쳤다.

"이보게 친구, 므슈 이지도르 보트를레를 소개하네!"

그러면서 곧바로 젊은이에게도 이렇게 말했다.

"므슈 보트를레, 우선 내가 보낸 편지를 받아들여 이 만남에 기꺼이 응해준 것에 감사드리며, 또한 그 이전까지 비밀 공개를 미루어준 것을 고맙게 생각하는 바이오."

보트를레는 빙그레 웃으며 말을 받았다.

"당신의 요청에 응한 것은 내가 워낙 사람이 좋아서 그런 거라는 점만은 알아주시길 바랍니다. 말씀하신 그 편지의 내용이 내가 아닌 우리 아버지를 겨냥한 만큼, 당신의 협박이 먹혀들었다고나 할까요?"

뤼팽도 지그시 웃으며 응수했다.

"허어, 누구나 결국엔 자기 식대로 행동하는 법이라오. 나름대로 숙달된 방식이 있으면 그걸 십분 활용해야 하는 겁니다. 당신이 브레두 씨의 설득에 순순히 넘어가지 않았을 때부터 이미 당신 자신의 안위가 당신에겐 별거 아니라는 사실을 알았죠. 하지만 아버지가 있더군요. 당신이 끔찍이도 위하는 아버지 말이오. 그래서 그쪽 줄을 좀 건드려본 것뿐이올시다."

"그래서 이렇게 왔지 않습니까."

나는 두 사람에게 자리를 권했다. 뤼팽은 자리에 앉자마자 그 특유의 알게 모르게 빈정대는 말투로 입을 열었다.

"하여튼 내 감사의 뜻을 굳이 사양하시겠다니, 그럼 최소한 사과의 마음만은 내치지 않으리라 믿소만?"

"사과라……. 무엇 때문이죠?"

"브레두 씨가 당신께 저지른 일 말이오."

"하긴 좀 놀라긴 했습니다. 뤼팽에게는 결코 어울린다고 할 수 없는 짓이니까요. 세상에, 칼을 휘두르다니……."

"나 역시 그런 걸 허용한 적은 없소이다. 사실 브레두 씨는 신출내기지요. 내 친구들이 그때 당시 한참 사업을 추진하고 있는 동안, 예심을 진행할 수사판사의 서기를 우리 쪽으로 끌어들이면 나중에 유용하게 썩먹을 수 있지 않을까 해서 건진 인물이지요."

"결국 당신 친구분들의 판단이 맞아떨어진 셈이로군요."

"실제로 당신을 따라붙도록 특별히 그 친구를 천거한 것은 대부분 효과가 없진 않았소. 하지만 뭔가 성급하게 튀려고 안달하는 초심자 특유의 혈기 때문에, 그만 내 계획을 거스르고 자기 독단으로 당신께 그런 몹쓸 짓까지 저질렀던 것이외다."

"오, 그저 내 운이 좀 나빴던 거겠죠."

"아니요, 그건 아니지요. 그렇지 않아도 그자를 내 혹독히 질책했소이다! 하지만 말이야 바른말이지, 그자 역시 당신이 너무도 신속하게 조사를 진행했던 터라 달리 어쩔 수가 없었을 것이오. 만약 우리에게 좀 더 시간 여유를 주었더라면 당신도 그런 험악한 꼴은 당하지 않아도 됐을 텐데."

"그 대신 가니마르나 셜록 홈스 선생처럼 훨씬 관대한 처분을 받았을 테고 말이죠?"

"바로 맞혔소이다!"

뤼팽은 화사한 미소를 지으며 말을 이었다.

"그럼 나로서도 당신이 당한 그 상처 때문에 끔찍한 마음의 아픔을 겪지 않아도 됐을 것이고. 맹세컨대 오늘도 당신의 그 창백하고 여윈 얼굴을 대하는 내 심정이 얼마나 쓰라린지 아오? 당신, 그러고도 나에 대한 앙심이 없단 말이오?"

"이처럼 아무런 조건 없이 내 앞에 나타나주는 것만으로도 모든 앙심이 사라진 것 같습니다. 사실 가니마르의 동료들을 좀 부를 수도 있었지만, 그럴 가능성에도 불구하고 당신이 이렇게 나를 믿어주었으니, 나 또한 모든 걸 툴툴 털어버릴 수밖에요."

아니, 도대체 지금 제정신으로 얘기하는 건가? 정말이지 나는 두 사람이 하는 얘기를 들으며 도무지 갈피를 잡을 수가 없는 심정이었다. 둘이 서로 맞서 싸움을 벌이는 것 같긴 한데……. 예전에 노르 역 근처 식당에서 셜록 홈스와 아르센 뤼팽이 서로 조우했을 때(『뤼팽 대 홈스의 대결』 중에서—옮긴이)에도 옆에서 지켜본 바 있는 나로서는, 지금 두 사람이 서로 대면하는 이 자리에서도 그와 마찬가지의 도도함, 한껏 예의를 갖추면서도 그 속에 각각 비수(匕首)를 한 자루씩 감춘 것 같은, 무서우리만치 치열한 자존심 대결을 다시 한번 머릿속에 떠올리지 않을 수 없었다.

하긴 지금은 그때와 상황이 너무도 달랐다. 일단 뤼팽은 여전히 똑같은 전술에다 똑같이 빈정대는 듯한 예의범절을 깍듯이 유지했다. 하지만 상대는 어떤가? 이 혜성처럼 나타난 천재 소년 탐정은 저 바다 건너 셜록 홈스와는 전혀 다르게 고고한 표정도 가시 돋친 어투도 활용할 생각이 없는 듯하다. 엄밀히 말해 이렇다 할 어투나 표정도 없다. 내가 기대하는 것과는 달리, 그는 너무도 차분했고, 그것도 속으로는 흥분하면서도 억지로 참고 있는 자의 가면이 아니라 진짜 있는 그대로 차분한 것이다. 또한 예의가 깍듯하되, 짐짓 태깔을 부리는 예의가 아니라, 진정으로 다소곳하면서 그 웃는 얼굴 어디에도 조소나 비아냥거리는 눈치는 찾아볼 수 없었다. 그런 모든 모습이, 사람의 마음을 정신없이 호리는 마법사 같은 뤼팽의 면모와 너무도 대조가 되는 것이었다. 그러고 보니 뤼팽은 자기 앞에서 그토록 태연할 수 있는 소년의 모습에 나만큼이나 당혹스러운 모양이었다.

그렇다! 이 소년의 아가씨 같은 장밋빛 볼과 순수하고 어여뻐 보이는 눈빛 앞에서 지금 뤼팽은 왠지 평상시의 당당함을 제대로 추스르지 못하고 있는 게 분명했다. 아까부터 지금까지 서로 몇 마디 말을 주고받는 가운데에도 벌써 몇 차례인가 불편해하는 기색이 느껴졌다. 그는 곧

바로 정곡을 찔러 상대를 제압하지 못한 채, 이리저리 말을 빙빙 돌리면서 주저하고 있었던 것이다.

누가 보면 아직 뭔가 덜 갖춰져서 뜸이라도 들이고 있다고 보일 정도였다. 무엇을 찾거나 누구를 기다리는 듯한 초조함……. 무엇일까? 무슨 도움이 필요한 걸까?

그때였다.

또다시 초인종 소리가 울렸고, 뤼팽은 벌떡 일어나 허겁지겁 문가로 다가갔다.

그리고 돌아온 그의 손에는 봉투 한 장이 들려 있었다.

"잠시 실례하겠습니다."

그가 봉투를 뜯자 전보 한 장이 나왔다. 한데 그것을 들여다보던 그의 안색이 서서히 변하는 것이 아닌가! 별안간 예사롭지 않은 홍조가 도는 데다 허리도 쭉 펴지면서 이마에는 당당한 핏줄이 불거지는 것이었다! 그야말로 내가 익히 보아오던 근력 넘치는 사내, 자기 자신을 완벽히 통제하고, 모든 사건, 모든 상대를 철저히 제압하는 절대 강자의 바로 그 모습이 기지개를 켜고 있었다.

"자, 므슈 보트를레, 어디 우리 허심탄회하게 얘기해보도록 합시다!"

보트를레는 즉시 자세를 가다듬어 듣는 자세를 취했고, 뤼팽은 아까와는 다소 다른 절도 넘치고 카랑카랑한 음성으로 입을 열었다.

"이제 그 가면하고 위선의 짐일랑은 홀가분하게 내려놓으시구려. 우리는 서로 엄연한 적(敵)으로서, 각자 원하는 게 뭔지 정확히 알고 있으며, 어디까지나 적으로서 서로를 바라보고, 기꺼이 적으로서 서로 담판을 벌이려고 오늘 이 자리에 온 것이오!"

"담판이라고요?"

보트를레는 눈을 동그랗게 뜨고 물었다.

"그렇소, 담판! 공연히 내뱉은 말은 결코 아니오! 원한다면 다시 반복할 수도 있소. 여태껏 내 상대를 앞에 놓고 그런 표현을 쓰는 건 지금이 처음이자 마지막일 것이오. 그러니 잘 생각해보시오. 이 자리에서나는 당신의 약속을 받아내지 않고는 나가지 않을 작정이니까. 만약 그래도 순순히 응하지 않으면 끝 모를 전쟁이 있을 뿐이오."

보트를레는 점점 더 의외라는 눈치였다. 그는 조용히 입을 열었다.
"이건 전혀 예상치 못한 일이군요. 그런 식으로 나오실 줄은……. 이건 내가 지금까지 생각해왔던 것과는 너무도 다릅니다. 네……. 난 당신을 전혀 다른 사람으로 상상해왔어요. 대체 왜 그렇게 발끈하는 겁니까? 왜 협박을 하는 거죠? 우리가 적인 것도 상황 때문에 어쩔 수 없이 그런 것 아닌가요? 세상에, 적이라뇨."
뤼팽은 순간 멈칫하는가 싶었다. 그러나 이내 지그시 웃음을 흘리면서 젊은이 쪽으로 한껏 상체를 기울이며 이러는 것이었다.
"이보시오, 젊은 친구. 지금 문제는 어떤 표현을 고르느냐가 아니오. 문제는 돌이킬 수 없는 사실, 확고한 사실이 어떠냐이지요. 바로 이런 것 말입니다. 지난 10년 동안 내겐 당신만 한 위력을 가진 상대가 없었소. 가니마르와도 셜록 홈스와도 나는 마치 어린애를 데리고 놀 듯 놀았을 뿐이오. 한데 당신에 대해서는 나 자신을 방어하고, 심지어 뒤로 물러설 필요성까지 느끼고 있단 말이오. 좋소이다. 지금 당신과 나의 관계에서 내가 패배자로 되어 있다는 것은 우리 둘 다 잘 알고 있소. 이지도르 보트를레가 아르센 뤼팽을 이겼다는 게 세간의 생각이니까요. 한데 그런 상태를 유지하려던 내 계획이 지금 완전히 뒤엎어진 상태요. 그냥 얌전히 어둠 속에 남겨두려던 것을 당신이 자꾸만 들춰냈기 때문이오. 당신은 그렇게 늘 나를 귀찮게 하고, 내 앞길을 가로막고 있소.

이제는 나도 더 이상 참을 수가 없소이다. 브레두가 그토록 호들갑을 떨었지만 당신은 전혀 달라진 게 없는 것 같소. 이제는 내가 직접 말하는 거요. 당신이 부디 잘 알아들었으면 하는 마음으로 말이오. 더는 참을 수가 없어."

보트를레는 고개를 끄덕이면서 물었다.

"요컨대 뭘 원하시는 겁니까?"

"평화를 원하오! 각자 자기 울타리 내에서……."

"그건 결국 당신은 도둑질을 마음껏 할 테니 나는 학교로 돌아가 공부에나 충실해라, 이 말이군요?"

"그게 공부건 다른 무엇이건 내가 알 바는 아니오. 다만 나를 좀 내버려두라는 거요. 내가 원하는 건 평화일 뿐이오."

"그 평화를 내가 어지럽히기라도 한다는 말씀입니까?"

뤼팽은 소년의 손을 덥석 붙잡고 말했다.

"잘 알고 있지 않소! 모르는 척하지 마시오! 당신은 지금 내가 가장 중요한 의미를 부여하고 있는 것에 대한 비밀을 소지하고 있소. 그 비밀을 당신 혼자서 알아내고 말고는 당신 자유요. 하지만 그것을 공개할 그 어떤 명분도 당신에겐 없소이다!"

"그럼 내가 그 비밀을 알고 있다고 믿는 겁니까?"

"틀림없소. 당신은 그것을 꿰뚫고 있소. 매일, 아니 매시간 나는 당신 사고의 진전 과정과 조사의 추이를 지켜보아 왔소. 브레두가 당신을 치러 들어갔을 때도 당신은 그 비밀을 입 밖에 내려 하고 있었소. 지금도 단지 아버지의 안위 때문에 공개를 미루고 있을 뿐이오. 한데 오늘 신문을 보니 머지않아 비밀의 내용이 낱낱이 공개될 거라는 예고가 실렸더이다! 이미 기사는 준비되었고, 앞으로 한 시간 후에는 조판에 들어갈 예정이며, 내일이면 만인의 손에서 굴러다니게 될 거라고 말이오!"

"사실입니다."

뤼팽은 벌떡 자리에서 일어나, 마치 뭔가 단호히 응징하겠다는 듯, 거친 팔 동작으로 허공을 가르며 내뱉었다.

"결코 기사는 나갈 수 없소이다!"

"나갈 겁니다."

보트를레도 지지 않고 벌떡 일어나 소리쳤다.

이제 두 사람은 서로 마주한 채 똑바로 버티고 서 있었다. 나로서는 두 사람이 금방이라도 서로 치고받고 할 것처럼 느껴져 등골까지 오싹하는 기분이었다. 난데없는 기운이 보트를레의 풋풋한 육체 속을 치솟고 올라왔다. 아마도 따가운 불꽃같은 혈기가 일어나면서 이제까지와는 전혀 색다른 감정, 즉 오만과 자긍심, 호전적인 오기와 위험을 탐닉하는 드센 취향이 그의 심신을 순식간에 휘몰아치는 느낌이었다.

그런가 하면 뤼팽에게서도, 적의 칼끝을 마주한 결투자의 이글거리는 눈빛이 확연하게 다가오는 것이었다.

"기사는 송고되었소?"

"아직 아닙니다."

"지금, 가지고 있소?"

"나는 그런 어리석은 짓은 하지 않습니다. 내 수중에선 떠난 지 오랩니다."

"그렇다면?"

"이중으로 봉한 봉투에 잘 밀봉된 채 편집자 중 한 명이 보관하고 있습니다. 만약 자정까지 내가 신문사에 도착하지 않으면 조판에 들어가기로 되어 있지요."

"아, 이런 제기랄! 이미 다 내다보고 있었구먼."

언뜻 보기에도 울화통이 치밀고 있다는 게 느껴졌다.

반면 보트를레는 이제 아주 승리감에 도취된 듯, 히죽히죽 웃기까지 하는 것이었다.

뤼팽은, 더는 못 참겠는지, 소리를 버럭 질렀다.

"그 입 다물지 못해! 머리에 피도 안 마른 것이……. 내가 누군지 몰라서 까부는 건가? 내가 뭘 원하는지 몰라서 그래? 세상에, 감히 내 앞에서 히죽거려?"

갑자기 무시무시할 정도로 긴장된 침묵이 두 사람 사이를 가르며 들어찼다. 뤼팽은 두 눈을 상대의 시선에 고정시킨 채, 나직이 속삭이면서 다가섰다.

"지금 당장 『그랑 주르날』지로 달려가거라!"

"싫소!"

"가서 그 기사를 찢어버려!"

"싫소!"

"가서 편집장을 만나는 거야."

"싫소이다."

"만나서 뭔가 착오가 있었다고 해명해!"

"싫습니다."

"그러고 나서 앙브뤼메지 사건에 관해 전혀 다른 식으로 새롭게 기사를 쓰는 거야. 모든 사람이 무리 없이 받아들일 수 있는 원만한 공식 논평을 말이야."

"싫소!"

순간 뤼팽은 다짜고짜 내 책상 위에 있던 쇠 자(尺)를 집어 들더니 전혀 힘들이지 않고 뚝 분질러버리는 것이었다! 그러는 그의 안색은 무서우리만치 창백해져 있었다. 구슬 같은 땀방울이 송송 맺혀 있는 이마를 그는 팔뚝으로 쓱 훔쳤다. 그는 아직까지 자신의 의지에 이처럼 고집스럽게 맞서는 상대를 본 적이 없었다. 도무지 이 애송이의 완강함에는 혀를 내두르지 않을 수 없었다.

안 되겠다 싶었는지, 그는 팔을 쭉 뻗어 두 손으로 보트를레의 양쪽 어깨를 덥석 그러쥔 채 마구 흔들기 시작했다.

"보트를레, 자네는 내가 시키는 대로 하고야 말 거야. 최근에 밝혀낸 정황으로 봐서 내가 죽었다는 데에는 의심의 여지가 없다고 말하게 될 거라고. 내가 그걸 원하는 한 자네는 그렇게 말해야만 해. 모든 사람이 내가 죽었다고 믿게 만들기 위해선 반드시 자네가 그렇게 말해야만 한다고. 무엇보다도 그렇게 말하지 않으면……."

"그렇게 말하지 않으면요?"

"자네의 부친은 셜록 홈스나 가니마르가 그랬던 것처럼, 오늘 밤 안으로 납치될 것이네."

웬일인지 보트를레는 지그시 웃음을 지었다.

"웃지 말고……. 어서 대답이나 하게!"

"당신 뜻을 거역하는 것은 나로서도 굳이 기분 좋은 일은 아니지만, 한번 말하기로 한 이상, 그렇게 해야만 합니다."

"내가 지시한 방향대로 말하란 말이네."

집요하게 다그치는 뤼팽에게서 전혀 시선을 떼지 않고 보트를레는 한층 힘차게 외쳤다.

"나는 오로지 진실의 입장에서만 입을 열 것입니다! 당신 같은 사람은 아마 이해하기 어려울 거예요. 있는 그대로의 진실을 목청껏 소리 높여 외치는 기쁨을, 아니 그 어쩔 수 없는 욕망을 말입니다. 진실은 어디까지나 그것을 더듬거리며 발굴해낸 자의 머릿속에 고스란히 움트는 법, 그것은 언젠가 수줍음을 떨친 채 파릇한 몸짓으로 뛰쳐나올 것입니다! 내가 작성한 그대로의 기사가 실려야 하는 이유도 바로 그거지요.

이제 사람들은 뤼팽이 살아 있다는 것을 알게 될 거고, 나아가 왜 세상에 죽은 걸로 알려지기를 바랐는지도 밝혀질 겁니다. 모든 것을 샅샅이 알게 되겠죠."

그러고는 한층 목소리를 낮춰 조용히 이렇게 덧붙이는 것이었다.

"그리고 물론 우리 아버지는 납치되지 않을 거고 말입니다."

둘은 또다시 그 침묵 속의 눈싸움으로 들어갔다. 그러면서 서로의 미세한 기색까지 감시하는 듯했다. 이제 칼도 빼 들었으니, 언제 어느 순간 불꽃이 튈지 모르는 일! 그리고 그 불꽃에 누가 데일지도…….

뤼팽이 중얼거렸다.

"바로 오늘 밤, 별도의 내 명령이 떨어지지 않는 한, 내 친구 둘이 자네 아버지의 방에 들이닥쳐 강제로든 아니든 동행해서 가니마르와 셜록 홈스가 있는 곳으로 데려가기로 되어 있네."

순간 귀청을 찢을 듯한 웃음소리가 대답 대신 돌아왔다. 그러고는 보트를레의 야무진 목소리가 뒤를 이었다.

"저런……. 자네는 전혀 사태를 이해하지 못하고 있군! 내가 그냥 당하고 있을 사람으로 보이나? 내가 아무렴 아버지를 이웃 하나 변변찮은 허허벌판 벽촌 구석 오두막으로 돌려보냈을 거라고 생각해? 나를 그렇게 멍청한 바보로 보았느냔 말이네."

아, 저 해맑은 젊은이의 얼굴에 저런 기막히게 얄미운 미소가 번질 줄이야! 전혀 못 보던 미소, 마치 뤼팽에게서 한 수 배운 듯한 얄궂은 미소가 아닌가. 게다가 갑작스럽게 반말조로 나오는 저 대담무쌍한 말투는 순진하게만 보이던 한 소년을 졸지에 전설적인 대도(大盜)와 같은 반열에 올려놓는 듯했다. 그는 거침없이 말을 이었다.

"이보게 뤼팽, 자네의 가장 큰 결점이 뭔지 아나? 바로 자기 술수가 언제나 먹혀들리라고 믿는다는 점이지. 뭐, 자기가 패자(敗者)라고? 웃기는 소리! 자넨 그러면서도 언제나 결국에는 자기가 이기리라고 철석같이 믿고 있어. 자넨 남들도 나름대로 머리를 굴릴 줄 안다는 사실을 완전히 망각하고 있다고. 그러니까 나처럼 단순한 술책을 부리는 것도 헛짚는 게 아닌가."

참으로 청산유수였다. 이제 그는 아예 버르장머리 없는 망나니 같은 태도를 숨기지 않고 손은 호주머니에 쿡 찔러 넣은 채 이리저리 서성대면서, 마치 줄에 묶인 짐승을 약 올리기라도 하듯 뤼팽을 앞에 두고 실컷 허세를 부리는 것이었다. 진정 그는 지금 위대한 대도에게 그동안 희생되어온 모든 피해자를 대신해 그야말로 통쾌한 복수극을 연출하고 있는 것처럼 보였다. 마침내 보트를레는 이렇게 마무리를 했다.

"이보게 뤼팽, 나의 아버지는 지금 사부아에 있지 않네. 프랑스 아주 반대편에 안전하게 모셔져 있지. 우리 친구들 스무 명이, 나와 자네의 이 싸움이 끝날 때까지 절대로 눈을 떼지 않기로 하고 말일세! 좀 더 자세하게 가르쳐줄까? 지금 아버지는 셰르부르에 계셔. 해군 병기창 직원들 중 한 명의 숙소에 안전하게 말일세. 왜, 알지? 병기창이 어떤 데라는 거. 밤에는 물론 출입 금지가 철저하게 이루어지고, 낮에도 기관으로부터의 정식 허가가 없거나 위병의 안내를 받지 않으면 절대로 드나들 수 없는 곳 말이네."

그러고는 뤼팽의 바로 코앞에 우뚝 멈춰 서서, 단짝 친구라도 놀리는 듯한 장난기 철철 넘치는 웃음을 쌩긋 지어 보이는 것이었다.

"자, 어떠신가, 대도 선생?"

벌써 몇 분 전부터 뤼팽은 미동도 하지 않은 채 가만히 얘기를 듣고 있었다. 얼굴 표정 하나 움직이지 않는 그의 머릿속에 과연 어떤 생각이 부글거리고 있는지는 아무도 몰랐다. 과연 어떻게 나올 것인가? 물론 그의 어마어마한 자존심을 아는 사람으로선 오로지 딱 하나의 반응만을 예상할 수 있었다. 즉, 가장 신속하고 결정적으로 상대를 궤멸시켜버리는 일! 뤼팽의 손가락이 부르르 떨면서 오그라들고 있었다. 불시에 소년에게 달려들어 목이라도 분질러버릴 것만 같은 느낌이 문득 들었다.

그러나 그것을 아는지 모르는지 보트를레는 연신 같은 질문을 던지는 것이었다.

"어떻게 생각하느냐니까?"

뤼팽은 천천히 손을 뻗어 책상 위에 놓아둔 전보용지를 집어서 내밀었다.

"이거나 읽어봐, 풋내기."

그의 목소리는 완전히 자신을 통제한 자의 음성이었다.

이번에는 보트를레의 태도가 심각해졌다. 발끈할 줄 안 상대의 태도가 의외로 점잖은 게 다소 불안했던 것이다. 그는 종이를 펴서 힐끗 보더니, 금세 눈을 치켜뜨고 중얼거렸다.

"무슨 뜻이지? 뭔지 모르겠는걸."

"첫 글자는 알아볼 게 아닌가? 전보가 발송된 지역 이름 말일세. 잘봐. 셰르부르라고 되어 있잖아."

"아……. 그, 그렇군. 셰르……부르……. 그래서 어떻다는 거지?"

보트를레의 목소리가 가볍게 떨고 있었다.

"그래서 어떠냐고? 그다음 내용도 그리 어렵지는 않을 텐데. '물건 운반 끝. 친구들은 물건과 함께 출발함. 아침 8시까지 추후 지시를 기다리겠음. 모든 것이 양호함.' 이렇게 되어 있지, 아마? 자, 그래도 어려운 부분이 있는가? 아하, '물건'이라는 말? 그거야 뭐 '므슈 보트를레 영감'이라고 쓰기가 좀 뭐했나 보지. 자, 또 뭐? 어떻게 그게 가능했느냐고? 경호원 스무 명이 달라붙었는데 병기창에서 빼내오다니 기적이 아니냐고?

그런 걸 두고 바로 식은 죽 먹기라는 거지. 어쨌든 '물건'이 발송된 것만은 사실이네. 그래 기분이 어떤가, 풋내기?"

이지도르는 태연한 얼굴을 유지하기 위해 혼신의 노력을 기울이고 있었다. 그럼에도 물론 입술 한쪽 끄트머리만큼은 파르르 떠는 걸 어쩌지는 못했지만 말이다. 아니 그뿐만이 아니었다. 어금니를 악무는 바람에 턱뼈가 불거져 나오는가 하면 황망하게 흔들리는 시선을 어느 한 점에 고정시키려고 무던히 애를 쓰는 모습이 역력했다. 그는 몇 마디 뭔가 더듬거리려다가 그만 입을 다물고는, 푹 거꾸러지다시피 몸을 숙인 채 얼굴을 두 손에 파묻고 흐느껴 울기 시작하는 것이었다.

"아, 아버지……. 아빠……."

전혀 뜻밖의 결말이었다. 물론 뤼팽의 상처 받은 자존심이 당연히 요구할 만한 파국이기는 했으나, 그 밖에도 뭔가 다른 것, 뭔가 한없이 순박하면서 가슴 찡하게 만드는 상황이기도 했다. 하지만 뤼팽은 이 갑작스러운 신파조의 태도에 질렸다는 듯, 얼른 모자를 집어 들고 넌덜머리라도 난다는 태도를 취했다. 서둘러 자리를 파하려던 뤼팽은, 그러나 문턱에서 문득 멈춰 서더니 뭔가 망설이는 듯하다가 천천히 되돌아오는 것이었다.

하긴 정신없이 흐느끼는 소리가 마음에 큰 상처라도 입은 어린아이의 애처로운 하소연처럼 들리는 것도 사실이었다. 어깨는 연신 들썩이면서 얼굴을 꽁꽁 가리고 있는 손가락 사이로 보기에도 딱한 눈물방울이 뚝뚝 듣는 것을 보고 그 누가 측은한 마음을 갖지 않겠는가! 뤼팽은 허리를 숙여 보트를레의 귓가에 대고 중얼거렸는데, 그 음성에는 좀 전과 같은 빈정대는 어조는 물론 승리한 자의 교만한 동정심도 찾아볼 수 없었다.

"울지 말게나, 젊은이. 자네처럼 그렇게 막무가내로 싸움에 뛰어드니까 그런 일을 당하는 거 아닌가. 항상 최악의 상황을 염두에 두어야지. 어차피 우리네 싸움꾼들의 운명이라는 게 그런 것이라네. 의연히 견뎌 나가야지."

그러고는 다시금 목소리를 가다듬어 말을 이었다.

"하긴 자네 말이 옳으이. 우린 서로 적이라곤 볼 수 없어. 이미 오래 전에 난 알고 있었다네. 처음부터 나는 자네가 똑똑한 친구라고 느꼈지. 그래서 어쩔 수 없이 정이 가더구먼. 아니, 때론 경이(驚異)의 눈으로 바라보기도 했지. 그래서 하는 말인데, 기분 상하게 듣지는 말게. 그러려고 하는 얘기가 아니니까. 간단히 말해서, 나한테 덤비려고 하지 말게나. 이건 내가 잘났다고 하는 말이 아닐세. 자넬 과소평가하기 때문도 아니야. 오늘도 보았겠지만, 워낙 공평한 싸움이 될 수가 없어. 자네는 물론이거니와 세상 사람들 누구도 내가 얼마나 숱한 능력과 수단을 부리고 있는지 아무도 몰라. 자네가 그토록 속절없이 밝혀내려고 하는 '에귀유 크뢰즈'의 비밀 말이네만, 그게 혹여나 세상 유례없는 무진 장한 보물이자 신기루에 가까운 기적의 은신처라고 한번 생각해보게나. 그걸 맘대로 주무르는 나라는 인간의 능력이 과연 어디까지일 것 같은가? 거의 초인적인 차원이 아닐까? 자네는 내 안의 힘이 어느 정도인지, 내가 내 의지와 희망만으로 좌지우지할 수 있는 일들이 어느 정도인지 감히 상상도 못할 걸세. 내 인생은, 아마도 태어난 그 순간부터, 오로지 단 하나의 목표를 향해 이어져 왔네. 나는 지금의 내가 되기까지 평생을 마치 도형수처럼 일해왔네. 내가 스스로 되고자 하는 인물을 완벽의 경지로 끌어올리기 위해서 말이네. 결국 나는 그 경지에 올라섰지. 그런 나를 상대로 자네가 뭘 어떻게 할 수 있겠는가? 심지어 자네가 이겼노라고 철석같이 믿을 바로 그 순간에도 승리는 자네의 손가락 사이로 덧없이 빠져나가 버리고 말 걸세. 앞으로도 자네가 아무리 빈틈없이 처신한다 해도 뭔가 빠뜨리고 지나가는 것이 있을 거야. 극히 사소한 그것, 바로 그 빈틈을 나는 파고들 것이네. 그러니 제발 단념하게나. 나로선 어쩔 수 없이 자네를 해쳐야만 할 테니, 얼마나 서글픈 일이겠는가."

그러고는 소년의 이마를 손으로 살며시 짚으며 이렇게 덧붙이는 것이었다.

"다시 한번 말하지만, 그만 단념하게. 다치는 건 자네야. 벌써부터 자네 앞에 위험천만한 함정이 아가리를 쩍 벌리고 있지 않다고 누가 장담하겠는가?"

그제야 보트를레는 고개를 들었다. 더는 울고 있지 않았다. 뤼팽이 하는 말을 귀담아듣긴 했을까? 멍한 표정만으로 봐선 그리 열중한 것 같지는 않았다. 2~3분 정도 침묵이 흘렀다. 아마도 그동안 어떤 결정을 내릴 것인지, 예냐 아니요냐, 승산은 어느 정도일까 등등을 저울질하는 듯했다. 마침내 그는 입을 열었다.

"만약 내 기사를 수정해서 당신의 죽음을 기정사실화하고, 더는 번복하지 않기로 약속한다면, 당신도 내 아버지를 놓아주겠다고 맹세할 수 있나요?"

"맹세하지. 내 친구들이 자네 부친과 함께 자동차로 지금 시골 어느 마을에 가 있네. 내일 아침 7시에 『그랑 주르날』에 내가 주문한 대로 기사가 실린 걸 확인하는 즉시, 전화를 해서 아버지를 풀어드리라고 하겠네."

"좋습니다! 조건에 따르겠습니다."

보트를레는 자신의 패배를 시인한 마당에 더는 오래 머물 필요가 없다고 생각했는지, 벌떡 일어나 모자를 쓰고 내게, 그리고 뤼팽에게 차례로 인사를 한 뒤 방을 나갔다.

뤼팽은 그가 나간 뒤, 바깥문이 닫히는 소리까지 듣고는 이렇게 중얼 거렸다.

"딱한 녀석……."

다음 날 아침 8시, 나는 하인을 시켜 『그랑 주르날』지를 사오게 했다. 한 20분 만에야 돌아온 하인 얘기로는 가판대마다 신문이 동이 나 있더라는 것이다.

나는 허겁지겁 신문을 들춰냈다. 아니나 다를까 보트를레가 쓴 기사가 대문짝만 하게 나와 있었다. 다음에 그대로 옮겨놓은 기사 내용은 곧 전 세계 소식통들에 퍼져나갔다.

앙브뤼메지의 참극

이 글의 목적은, 앙브뤼메지의 참극, 아니 이중의 참극이라고 해야 할 일대 사건을 재구성할 수 있게 해준 그간의 수사 및 추론 과정을 상세하게 설명하려는 것이 결코 아니다. 내가 보기에, 분석·연역·귀납 등에 의한 모든 추론 작업은 극히 상대적이면서도 진부한 흥밋거리밖에 안 될 것이기 때문이다. 다만 나는 수사 과정을 이끈 두 가지 기본적인 생각을 언급하는 것으로 만족할 것이며, 그것이 야기한 문제를 해결해 보이는 가운데, 이 희대의 사건을 시간 순서대로 그 추이를 짚어가며 이야기하려고 할 따름이다.

아마도 혹자는 사건의 여러 부분이 미처 증명되지 않았고, 대부분 나의 가설에 의존하고 있음을 간파할지도 모른다. 사실이 그렇다. 하지만 나는 나의 가설이 엄청난 확실성에 근거하고 있다고 자부하며, 따라서 그것을 토대로 상정한 사건들 역시 비록 하나하나 증명된 것은 아니나 전체적으로는 나무랄 데 없는 신빙성을 확보하고 있다고 생각한다.

이는 곧 물은 계속해서 흐르되 그 속에 담기는 푸른 하늘의 이미지는 늘 같은 것과 마찬가지 이치이다.

우선 내 관심을 자극한 첫 번째 수수께끼는 이것이다. 어떻게 치명상을 입은 뤼팽이 어두컴컴한 구멍 속에서 음식도 약도 이렇다 할 보살핌도 없이 최소한 40일을 생존할 수 있었을까?

이 문제를 풀기 위해 일단 사건의 발단부터 돌아보자. 때는 4월 23일 목요일, 오전 4시, 아르센 뤼팽은 엄청난 절도 행각을 한창 벌이다가 들키는 바람에 폐허를 따라 난 길로 도망쳤으나, 그만 총탄에 맞아 쓰러진다. 그는 다시 일어났다가 또 쓰러지는 일을 반복하는 가운데 악착같이 예배당 쪽으로 가기 위해 거의 기다시피 한다. 거기엔 그가 우연히 발견한 지하 납골당이 있기 때문이다. 그 안에 숨어들기만 하면 일단 위기는 모면한 셈. 죽을힘을 다해 다가간 끝에 불과 몇 미터를 남겨둔 상황에서, 문득 발소리가 들린다. 기진맥진, 혼미해져 가는 정신을 끝내 놓치고 그는 기절하고 만다. 이때 도착한 발소리의 주인공은 다름 아닌 마드무아젤 레몽드 드 생베랑. 바로 여기까지가 참극의 1막, 즉 프롤로그에 해당한다.

과연 둘 사이에 무슨 일이 일어난 걸까? 추후에 발생한 사건들이 남긴 단서들을 보건대, 그것을 추론하기는 그리 어렵지 않다. 젊은 아가씨의 발치에, 상처 입고 신음 중인, 그래서 조만간 비참하게 붙들리고 말 한 남자가 누워 있다. 바로 자신이 쏜 총에 맞은 남자 말이다. 이제 꼼짝 못하게 만들었으니 경찰에 넘겨야 할까?

만약 그가 장 다발의 살해범이었다면 그녀는 의당 그가 치러야 할 운명을 부여했으리라. 그러나 남자는 그녀의 삼촌인 제브르 백작이 정당방위로 저지른 살인 행위의 전모를 다급하게 이야기해준다. 그녀는 웬일인지 그의 말을 그대로 믿는다. 그래서 어떻게 했을까? 둘이 함께 있는 걸 본 사람은 아무도 없다. 빅토르는 쪽문 쪽을 감시하고 있으며, 알베르는 살롱의 창가에 있다. 결국 둘 다 여기까지 시선이 닿지 않는다는 얘기. 과연 그녀는 자기 때문에 상처 입은 남자를 경찰에 넘겼어야 할까?

여성이라면 누구나 가짐 직한 거부할 수 없는 동정심이 여기서 한몫을 한다. 뤼팽의 주문대로, 그녀는 얼른 손수건을 꺼내 상처를 동여맴으로써 우선 핏자국이 남는 걸 방지한다. 그러고는 역시 남자가 건넨 열쇠로 예배당 문을 연 다음, 남자를 부축해서 안으로 들여보낸다. 즉시 문을 닫고 여자가 되도록 멀리 떨어진 다음에야 알베르가 헐레벌떡 나타난다.

만약에 그 순간, 혹은 그로부터 수 분 이내에 누군가 예배당에 들어섰다면, 기력을 미처 회복하지 못해 바닥 포석을 들어 올려 지하 납골당 안으로 피신하지 못했을 뤼팽은 그 자리에서 붙잡혔을 것이다. 하지만 정작 예배당에 대한 조사는 그로부터 여섯 시간이나 지난 뒤에, 그나마 건성으로 이루어졌다. 그렇게 해서 뤼팽은 안전하게 피신했고, 그것도 다름 아닌 자신을 죽일 뻔한 여자의 도움으로 살아난 것이다.

이후로 마드무아젤 드 생베랑은, 자신의 의사와 무관하게, 뤼팽의 공범이 된 셈이다. 이제는 그를 경찰에 넘길 입장도 아닐뿐더러 이왕지사 이렇게 된 바엔 아예 그를 보살피기로 한다. 만약 그러지 않았다면 은신처 안에서 남자는 서서히 죽어갔을 것이다. 그녀가 계속 공범의 역할을 수행할 수 있었던 건 여자로서의 모성적 본능이 작용했기 때문이다. 결국 일종의 사명감마저 가지게 되었고, 심지어 기꺼이 그러게 된 것이다. 그녀는 워낙 총명하고 섬세한 여자이다. 그래서 수사판사에게 아르센 뤼팽의 인상착의를 거짓으로 지어낸다(사촌 자매가 서로 다른 진술을 한 사실을 상기해보라). 아울러 그녀는 틀림없이, 내가 모르는 단서들을 통해, 변장한 마차꾼이 아르센 뤼팽과 한패라는 것을 이미 알아보았을 것이다. 당연히 그녀는 가짜 마차꾼에게 모든 사실을 알려준다. 두목의 상태는 물론 한시바삐 수술이 필요하다는 사실도 그녀가 알려준 것이다. 마차꾼의 챙 모자를 슬쩍 바꿔치기한 것도 물론 그녀이다. 또한 그녀 자신을 목표로 지목한 협박 쪽지 역시 그녀의 작품이다. 이런 상황에서 그 누가 그녀를 의심하겠는가?

그녀는, 내가 수사판사에게 소견을 밝히려 하자, 느닷없이 끼어들어 전날 나를 숲 속에서 보았다느니 어쨌다느니 엉뚱한 낭설을 퍼뜨린다. 물론 수사판사 피욜 씨로 하여금 나를 의심하게 해서 입을 막으려는 처사였다. 그녀의 그런 행위는 나로 하여금 그녀에 대한 의심의 불씨를 지피게 했으므로 위험한 작전이었지만, 일단 내 입을 막고 시간을 벌게 해주었다는 점에선 매우 효과적인 작전이기도 했다. 아무튼 그녀는 무려 40일 동안이나 뤼팽을 먹이고 보살피게 되며(우빌의 약사를 조사해본 결과, 마드무아젤 드 생베랑 이름으로 된 여러 약품 주문서를 확인할 수 있었다), 결국에 가서는 환자를 **낫게 한다.**

이상이 겉으로 드러난 앙브뤼메지의 참극이자, 우리가 해결한 두 가지 문제 중 첫 번째이다. 요컨대, 아르센 뤼팽이 은신하고 회생하는 데 없어서는 안 될 수호자는 다름 아닌 성채 안, 아주 가까운 곳에 있었던 것이다.

현재 아르센 뤼팽은 살아 있다. 따라서 바로 두 번째 문제이자 앙브뤼메지 참극의 2막이 전개된다. 즉, 다시 무리의 두목으로 돌아와 이전과 마찬가지로 자유롭고 막강한 세력을 휘두를 수 있게 된 그가, 끊임없이 나와 부딪치면서까지 끝끝내 자신이 죽은 것으로 세상이 알고 있기를 원하는 이유는 무엇일까?

여기서 한 가지 상기해야 할 점은 마드무아젤 드 생베랑이 무척이나 아름다운 아가씨라는 사실이다. 그녀가 실종된 다음 여러 신문에 게재된 바 있는 사진들은 그녀가 가진 아름다움의 극히 일부만을 불완전하게 보여줄 따름이다. 자연히 두 남녀 사이에는 의당 일어나지 않을 수 없는 상황이 발생한다. 40일 동안 아름다운 여인의 모습을 매일같이 보아오면서 뤼팽은 어느덧 없으면 그리워하게 되고, 간호를 하려고 몸을 숙여올 때도 그녀의 향긋한 숨결에 먼저 매혹되어버리는 사랑의 포로가 되고 만다. 전형적으로 환자가 간호사에게 반하는 케이스랄까? 감사의 마음이 사랑으로 변해가고, 찬탄의 시선이 정염의 불꽃으로 화해가는 건 어찌 보면 당연한 추이이다. 그에게 있어 마드무아젤 드 생베랑은 구원이자 즐거움이고, 꿈이자 희망이며, 빛이자 삶 자체가 되어버린다.

이제 뤼팽은 그녀의 헌신을 마냥 이용하기가 꺼려질 만큼 그녀를 존중하게 되었고, 그녀를 공범으로 개입시키는 걸 더 이상은 스스로에게 용인할 수 없게 된다. 이에 대해 그의 부하들 사이에서도 의견이 분분했지만, 이미 사랑의 포로가 된 뤼팽은 자신의 마음을 굳이 숨기지 않는다. 하나 그처럼 도발적인 사랑에 쉽게 혹할 리가 없는 마드무아젤 드 생베랑은 환자가 치유됨에 따라 방문 횟수를 줄여갔고, 급기야는 완쾌된 날을 기화로 지하 납골당 출입을 끊는다. 절망으로 괴로워하고 애끓는 연정을 포기할 수 없었던 뤼팽은 마침내 엄청난 결심을 하고 만다. 6월 6일 토요일, 그는 드디어 은신처를 나와 수하들이 돕는 가운데, 아가씨를 강제로 납치하기에 이른 것이다.

물론 그것으로 만사형통이라는 건 아니다. 무엇보다 납치가 일어난 경위가 알려지면 안 된다. 모든 수사의 길목을 차단해야 하고, 모든 추리와 추리의 희망까지도 그 싹부터 잘라내야만 한다. 그 일환으로 마드무아젤 드 생베랑은 죽은 것으로 여겨지는 게 낫다. 살인이 연출되고, 증거들이 조작된다. 이렇게 해서 누가 보아도 확실한 범행이 기정사실화된다. 어느 정도는 미리 예견되었고, 뤼팽의 패거리에 의해 예고까지

되었으며, 결국 두목의 죽음을 되갚기 위해 무자비한 범죄행위가 발생하는데—아, 그 모든 것이 얼마나 치밀하게 조작되었는가!—그로 인해 바로 그 두목의 죽음 역시 좀 더 확고한 사실로 정착한다.

아니, 단순한 믿음을 부추기는 것만으로도 모자란다. 아주 확실한 사실로 자리매김해야 하는 것이다. 이쯤 뤼팽은 내가 개입할 거라는 사실을 내다본다. 내가 언젠가는 예배당의 비밀을 눈치채고 그 지하의 납골당을 파헤칠 거라는 사실을 말이다. 거기서도 만약 납골당이 텅 빈 채로 발견되었다면 그간의 모든 조작과 속임수가 한순간에 수포로 돌아갈지도 모른다.

따라서 납골당은 비어 있으면 안 된다!

마드무아젤 드 생베랑의 죽음 역시 파도가 시신을 해변으로 몰아오지 않았다면 애매모호한 추정으로 남아 있을 것이다.

따라서 그녀의 시신 역시 조수에 떠밀려 와야만 한다!

이것은 보통 어려운 문제가 아니다. 하나도 아닌 두 개의 커다란 난제가 앞을 가로막고 있는 셈이다. 그러나 뤼팽이 아닌 다른 인물에게는 어려운 숙제였겠지만, 뤼팽에게는 식은 죽 먹기나 다름없다.

결국 뤼팽이 내다본 것처럼, 나는 예배당의 비밀을 파악하고 지하 납골당을 발굴해서, 뤼팽이 그동안 숨어 있던 은신처로 내려가 본다. 그리고 거기에 나뒹굴어 있는 그의 시신을 확인한다!

뤼팽의 죽음을 점치던 사람이라면 누구라도 그 같은 광경에 호들갑을 떨었을 것이다. 하지만 나는 단 한순간도 그가 죽었을 개연성엔 무게를 두지 않았다(우선은 직관적으로, 그리고 추론에 의거해서). 그렇기 때문에 모든 기만술과 조작은 사상누각이나 다름없게 된다. 나는 즉시 이런 생각을 한다. 곡괭이질로 떨어진 돌덩이가 하필 그 자리에, 그것도 툭 건들기만 하면 떨어질 정도로 가볍게 얹혀 있는 데다, 떨어지기만 하면 바로 아래의 시체 얼굴 부위를 정확히 가격하도록 되어 있다니, 이상하지 않은가? 나중에 시체의 얼굴을 알아볼 수 없도록, 가짜 아르센 뤼팽의 머리를 실수 없이 으깨놓도록 말이다.

그 밖에도 또 하나 석연치 않은 점이 발견된다. 반 시간 후, 나는 마드무아젤 드 생베랑의 시신이 조수에 떠밀려와 디에프의 해변 바위틈에서 발견되었다는 소식을 접한다. 아니 좀 더 정확히 말해, 팔에 평소 차고 다니던 것과 같은 팔찌를 차고 있어서 그녀의 시신으로 추정되는 어느 여인의 시체가 발견된 것이다. 시체가 워낙 알아볼 수 없게 상해 있어서 신원을 암시하는 단서는 오직 그것뿐이었고 말이다.

사실 위의 사체들에 관해서는 나 또한 기억 속에 뭔가 짚이는 바가 없는 게 아니다. 며칠 전『라 비지 드 디에프』지에서 나는 앙베르뫼에 체류하던 어느 젊은 미국인 부부가 음독자살을 했는데, 당일 밤 그 사체 두 구가 감쪽같이 사라졌다는 기사를 읽은 적이 있다. 나는 즉시 앙베르뫼로 달려갔다. 알고 보니 사체가 사라진 경위만 빼고 모두 진실이었다. 즉, 그냥 무턱대고 사라진 게 아니라, 두 부부의 인척이 일정한 확인 절차를 거친 다음, 사체를 인수해갔다는 것이다. 물론 그 인척이라는 사람들은 아르센 뤼팽과 그 패거리였을 것이다.

요컨대 그런 식으로 명실상부한 죽음의 증거가 확보된 셈이다. 우리는 아르센 뤼팽이 왜 여자를 살해한 것처럼 꾸미고 자기 자신의 죽음을 위장했는지 그 이유를 알고 있다. 그는 사랑에 빠졌고, 누구도 그 사실을 알아채지 말았으면 한 것이다. 그러기 위해서 그는 무슨 짓이든 할 의향이 있었고, 심지어 남의 시체를 도둑질해다가 자기 자신과 마드무아젤 드 생베랑의 역할을 부여하기까지 했다. 그래야 우선 그 자신이 조용히 지낼 수 있으니까. 누구도 더는 그를 추적하려 하지 않고, 아무도 진실에 의혹을 던지지 않을 테니까.

글쎄, 과연 아무도 그럴 뜻이 없을까? 적어도 세 사람만큼은 뭔가 의심을 포기하지 않을 일이다. 우선 오기로 되어 있던 가니마르가 있고, 셜록 홈스 역시 영불해협을 건널 예정이었으며, 현장에는 또 내가 있었으니까. 다시 말해 삼중의 위협이 아직도 엄존하고 있다고나 할까? 그는 이 삼총사의 처단에 즉각 나서는데, 가니마르와 셜록 홈스는 납치를 하고, 나는 브레두를 시켜 습격을 하고 만다.

거기까진 그렇다 치고, 한 가지 남는 의문점이 있다. 도대체 뤼팽은 왜 그 '에귀유 크뢰즈'의 암호문에 그토록 집착했던 걸까? 내게서 그것을 탈취해가면서도 굳이 내 기억 속에서까지 그 쪽지에 적힌 다섯 줄의 문구를 지워 없애려고는 하지 않은 이유는 또 뭘까? 혹시 종이 자체의 질이라든가 그 밖의 다른 단서가 내게 뭔가 특별한 정보를 제공할까 봐 두려웠던 것일까?

어찌 됐든, 이상이 앙브뤼메지 사건의 진실이다. 다시 말하지만, 나의 개인적인 수사에서는 물론, 지금까지 해명한 과정에서도 어디까지나 가설(假說)이 중요한 역할을 담당한다. 그러지 않고 만약 뤼팽에게 대항해서 어떤 확실한 증거나 공고한 사실을 기대한다면, 필시 한도 끝도 없는 기대 속에 시간 낭비만 하든지, 뤼팽이 조작한 대로 이끌려가다가 애당초 겨냥한 바와는 정반대의 결론에 귀착하고야 말 것이다.

물론 나는 여하한 사실도 있는 그대로만 온전히 밝혀진다면 나의 가설이 모든 면에서 적중했다는 게 증명되리라 확신하고 있다.

이렇게 해서, 자기 아버지가 납치된 때문에 아르센 뤼팽에게 한순간 무릎을 꿇었던 이지도르 보트를레는 급기야 도저히 침묵을 지킬 수가 없다는 결론에 도달한 듯 보였다. 그가 확신하는 사건의 진실이 워낙 근사하고 흥미로웠기에, 그것을 증명하는 자신의 논리가 너무도 완벽했기에, 그는 그 모든 것을 사장(死藏)시킬 엄두가 나지 않았던 것이다. 게다가 온 세상이 그만 믿고, 진실이 밝혀지기를 학수고대하는지라, 결국 입을 열고 만 것이다.

한편 기사가 나간 바로 그날 저녁, 석간신문들은 일제히 므슈 보트를레 영감의 납치 소식을 보도했다. 오후 3시쯤 되어서 셰르부르로부터 날아온 전보를 통해 보트를레가 이미 그 사실을 접한 뒤였다.

5
발자취를 따라서

　보트를레 소년은 그야말로 엄청난 충격을 받았다. 웬일인지 기사를 송고했을 때의 그의 마음은 모든 소심한 생각을 툴툴 털어버릴 만큼 단순한 상태였으며, 아버지가 진짜로 납치될 거라고는 미처 생각지 못했다. 더구나 보통 단단한 방비책을 세워두었던가! 셰르부르에 아버지를 맡겨두었던 친구들은 그저 감시만 하고 있는 게 아니라 아버지의 일거수일투족을 따라다니기로 한 것이었으며, 절대로 혼자 있게 해서도 안 되고, 편지조차 사전에 검열을 하기로 되어 있었던 것이다. 아니다, 절대로 아버지의 신변에 위험이 있을 리 없었다. 그날 뤼팽은 허세를 부린 것이었다! 그저 시간이나 좀 벌려고 어린 상대에게 겁을 주었을 뿐이다! 그렇게만 생각하던 보트를레는 예기치 못한 충격에 완전히 풀이 죽은 채 지내다가, 해 질 무렵이 되면서 도저히 견딜 수 없는 심적 고통에 괴로워했다. 이제 그의 머릿속에는 단 한 가지 생각밖에 없었다. 당장 거기로 가보자! 가서 자초지종을 살펴보고, 반격에 나서자! 곧장 세르부르로 전보를 날렸다. 저녁 8시, 그는 생라자르 역에 도착했다. 그리고 몇 분 후, 급행열차가 요란한 굉음과 함께 출발했다.

한 시간 후, 플랫폼에서 무심코 산 석간신문을 뒤적이던 보트를레는 아침에 난 자기 기사에 대해 뤼팽이 응답한 저 유명한 편지글을 접하게 된다.

『그랑 주르날』지 사장님께

좀 더 영웅적인 시대였더라면 전혀 눈에 띄지도 않았을 나 자신이 비루함과 진부함으로 얼룩진 이 시대를 만나 다소 돋보이고 있다는 사실을 나는 굳이 부정하지는 않겠습니다. 하지만 아무리 대중의 짓궂은 호기심이라 해도, 파렴치한 무례를 범하지 않기 위해 넘지 말아야 할 선이 있는 법입니다. 그럼에도 불구하고 사생활의 벽을 함부로 유린하는 게 다반사라면 우리 시민의 안위는 어떻게 되겠습니까?

그러고도 진실을 좀 더 우위에 두어야 한다는 둥 운운하시겠습니까? 그따위로 구차한 핑곗거리는 내 앞에서 꺼낼 생각도 마십시오! 이미 진실이 공개된 이상 나 역시 공식적으로 까발리지 못할 하등의 이유가 없으니까요. 그렇소이다. 마드무아젤 드 생베랑은 살아 있소! 그래요, 나는 그녀를 사랑하오! 맞습니다. 그녀의 사랑을 얻지 못해서 몹시도 괴로워하고 있소이다! 보트를레 소년의 수사 결과는 놀랄 만큼 정확하며, 모든 면에서 나 역시 동의하는 바입니다! 이제 더 이상의 수수께끼는 없소! 자, 그래서 뭐가 어떻다는 것이오?

너무도 잔혹한 정신적 상처로 아직도 선혈을 흘리고 있는 내 영혼 깊숙한 곳으로부터 요청합니다! 제발 더는 나만의 내밀한 감정과 은밀한 희망을 대중의 장난감으로 치부하지 말아주십시오! 내가 원하는 것은 평화입니다. 마드무아젤 드 생베랑의 애정을 얻어내기 위해, 그리고 그간 삼촌네에 더부살이를 하면서 알게 모르게 받았던 설움과 학대의 기억—그에 대해서는 알려진 바가 거의 없지요—을 그녀의 뇌리에서 말끔히 지워주기 위해서는 평화가 내겐 절대적으로 필요합니다. 마드무아젤 드 생베랑은 그 모든 서글픈 과거를 언젠가는 깨끗이 잊어버려야만 합니다. 나는 이 세상 최고로 아름다운 보석이든 도저히 범접할 수 없는 보물이든, 그녀가 원하기만 한다면 당장 구해 바칠 것입니다. 그녀가 행복해할 때까지 말입니다. 그러면 언젠가는 나를 사랑해주겠죠. 다시 한번 말하지만, 그러기 위해선 우선 내게 평화가 주어져야만 합니다. 바로 그렇기 때문에 나부터 자진해서 무기를 버린 것이며, 나의 적들에게 기꺼이 승리의 월계관을 씌워준 것입니다. 물론 그러한 내 뜻을 순순히 받아들이지 않을 시엔 엄청난 결과를 초래하게 될 거라고 미리 귀띔을 해주면서까지 말입니다.

할링턴 씨에 관해서 한마디만 덧붙이죠. 그 '할링턴'이라는 이름 뒤에는 미국의 억만장자 쿨리라는 사람의, 아주 특출한 비서가 숨어 있습니다. 그는 전 유럽을 떠돌며 닥치는 대로 오래된 예술품들을 긁어모아 오라는 사명을 띤 자이지요. 그러던 중 그로서는 참으로 운 없게도 나, 아르센 뤼팽의 분신인 에티엔 보드레의 손아귀에 걸려들고 만 것입니다. 그러고는 다음과 같이 날조된 사실을 얻어듣게 된 거죠. 즉, 제브르 백작인가 뭔가 하는 인물이, 감쪽같이 가짜로 바꿔치기한다는 조건하에, 루벤스의 그림 넉 점을 처분하려 한다는 사실 말입니다. 게다가 우리의 보드레 선생은 한술 더 떠, 제브르 백작이 샤펠 디외 예배당까지 팔아 치우도록 설득하겠노라고 호언장담을 했던 겁니다. 결국 협상은 루벤스의 작품들과 샤펠 디외의 조각품들이 안전한 장소로 피신하고 할링턴 씨가 체포되기까지 양측 모두 무난하게 진행되었답니다. 요컨대 그 불쌍한 미국인은 그저 바보 역할을 한 것뿐이니 이제는 풀어주는 것이

마땅할 것입니다. 또한 그 억만장자 쿨리라는 인물은 자신에게 불똥이 튈 것을 우려하여 자기 비서가 체포되는 것을 두고만 보고 있었으니 그에 상응하는 비난을 받아 마땅할 것이며, 에티엔 보드레, 즉 나의 분신은 그 쿨리라는 미심쩍은 인간에게서 받은 선수금 50만 프랑을 고스란히 거머쥠으로써 유린당한 공공 윤리에 대한 앙갚음을 멋지게 해주었으니 의당 칭송을 들어야 할 것으로 생각됩니다.

그럼 이만 총총. 너무 장황하게 이어진 글을 끝까지 읽어주셔서 감사드리며, 내내 평안하시길 바랍니다.

아르센 뤼팽

이지도르는 '에귀유 크뢰즈' 암호문을 파고들어 갔던 것만큼이나 이 편지의 문구 하나하나에 온 정신력을 기울여 몰두했다. 여태껏 아르센 뤼팽이 신문사에다 자신의 재기 넘치는 편지를 보낼 때, 지극히 절실한 필요성이라든가, 조만간 밝혀질 확실한 동기가 없었던 적은 단 한 차례도 없었다. 그렇다면 이 편지를 굳이 공개적으로 보낸 이유는 무엇일까? 대체 자신이 그토록 비밀로 해왔던 사랑과 실연의 아픔을 이제 와서 선뜻 고백하는 이유는? 할링턴 씨에 관해 늘어놓은 얘기 속에 그 비밀스러운 이유가 숨어 있는 걸까? 아니면 그저 부질없는 잡념을 불러일으킬 목적만으로 끄적거려놓은 게 분명한 모든 구절을 일일이 뒤져서 그 행간을 읽어내야만 할까?

젊은이는 객실 안에 웅크리고 앉아 오랜 시간 깊은 생각 속에 잠겨 있었다. 그래, 분명 수상쩍은 기운이 물씬 풍기는 편지였다. 흡사 보트를레 자신을 겨냥하여 어딘가 엉뚱한 샛길로 빠져나가도록 유도하려는 낌새가 느껴졌다. 그는 난생처음 접해보는 공포감에 불현듯 사로잡혔다. 직접적인 공격에 맞서는 것이 아니라, 뭔가 가늠할 수 없이 애매하게 진행되는 정체불명의 싸움에 휘말려 들어간다고 느낀 것이다. 게다가 자신의 오판 때문에 납치당한 가엾은 아버지를 생각하자니, 이처럼 불공평한 대결에 뛰어든다는 게 순전히 미친 짓으로 보이기까지 했다. 따지고 보면 결과야 불 보듯 뻔한 것 아닌가! 뤼팽은 이미 승리를 거머쥔 거나 다름없지 않은가 말이다.

하지만 의기소침도 잠시뿐, 아침 6시, 기차에서 내린 보트를레는, 한숨 눈을 붙이고 나서 그런지, 다시금 자신감을 회복한 상태였다.

플랫폼에는 군항(軍港) 직원이면서 보트를레 영감에게 숙소를 베푼 프로베르발이 열두어 살 된 딸 샤를로트와 함께 마중 나와 있었다.

"그래, 대체 어찌 된 겁니까?"

그러나 대답 대신 맥없는 한숨만 푸 내쉬자, 그는 다짜고짜 말문을 막고는, 근처 간이 카페로 앞장서서 자리를 잡은 뒤 대충 커피를 시키고 나서, 일말의 틈도 주지 않고 캐물었다.

"우리 아버지, 납치된 것 아니죠? 그럴 리가 없잖습니까?"

"그럴 리가 없지. 하지만 사라졌다네."

"언제 말입니까?"

"그걸 모르겠어."

"아니 어떻게!"

"정말이네. 어제 아침, 평상시처럼 내려오지 않으시기에 내가 올라가 문을 열어보았더니, 글쎄 안 계시는 거야."

"하지만 그 전날에는 계셨지 않습니까?"

"그랬지. 방에서 한 발짝도 나가지 않았으니까. 무척 피곤해하셔서 샤를로트가 정오에 점심을, 7시엔 저녁을 갖다 드렸거든."

"그렇다면 그날 저녁 7시에서 어제 아침 6시 사이에 어디론가 사라지셨다는 얘기네요?"

"그렇다고 볼 수 있지. 결국 간밤에 일을 당하셨다는 얘긴데, 다만……."

"다만 뭡니까?"

"그러니까 내 말은, 야간에는 누구도 병기창을 벗어날 수 없다는 걸세."

"그렇다면 밖으로 나가지는 않았다는 얘긴가요?"

"하지만 나와 동료들 모두가 눈에 불을 켜고 항구 여기저기를 샅샅이 뒤졌단 말일세!"

"그렇다면 나갔다는 얘기지 않습니까?"

"그것도 불가능해. 경비가 보통 삼엄한 게 아니거든."

보트를레는 잠시 생각하더니, 말했다.

"그래서 어떻게 했습니까?"

"곧장 신고했지."

"그래 누가 와봤습니까?"

"경찰서장하고 검사국에서도 사람이 나왔다네. 오전 내내 이런저런 수사를 했는데, 내가 보니 도저히 진전이 없고 희망이 보이지 않는 것 같아 즉각 전보를 친 걸세."

"방에 잠자리는 어질러져 있던가요?"

"아니."

"그럼 깔끔히 정돈되었단 말인가요?"

"그렇다네. 피우던 파이프와 담배, 읽던 책하며 모두가 늘 있던 자리 그대로였네. 책에는 읽다 만 페이지 사이에 자네 사진까지 얌전히 꽂혀 있더군그래."

"그 사진, 어디 좀 볼까요?"

프로베르발은 얼른 사진을 건넸다. 순간적으로 보트를레는 흠칫 놀라는 눈치였다. 사진 속의 주인공은, 나무들과 폐허가 어우러진 잔디밭 한가운데, 호주머니 속에 손을 넣은 채 똑바로 서 있는 자기 자신이 분명했다. 프로베르발은 이렇게 덧붙였다.

"이게 아마 자네가 마지막으로 부친에게 보내준 사진일 걸세. 뒤쪽을 한번 살펴보게. 날짜가 4월 3일로 되어 있지(표기상으로는 3.4 혹은 3/4가 됨—옮긴이)? 사진 찍은 사람 이름은 R. 드 발이고 장소는 리옹……. 그렇지 리옹 쉬르 메르겠지, 아마?"

스냅사진 뒤쪽에는 정말 보트를레 자신의 필체로 'R. 드 발.—3.4—리옹'이라는 표시가 있었다.

그는 잠시 동안 잠자코 있더니 입을 열었다.

"아버지가 이 편지를 당신께 보여준 적이 있었나요?"

"웬걸, 그래서 그걸 어제야 보고는 참 의외라고 생각했지. 그동안 자네 얘기를 틈만 나면 하셨거든."

이번에 뒤따른 침묵은 상당히 오래 지속되었다. 프로베르발은 마침내 이렇게 중얼거렸다.

"난 이만 할 일이 좀 있어서……. 이제 그만 들어가 봐야지?"

하지만 이지도르는 계속해서 입을 다문 채 사진만을 노려보았다. 그러더니 급기야 이렇게 묻는 것이었다.

"혹시 도시 외곽 어딘가에 리옹 도르라는 여관이 있나요?"

"있지. 여기서 한 4킬로미터는 떨어진 곳에……."

"발로뉴 가도(街道)에 있는 것 아닙니까?"

"그렇다네, 발로뉴 가도에 있지."

"그렇다면 틀림없이 그곳이야말로 뤼팽 수하들의 아지트일 겁니다. 아마도 거기서 아버지와 접선을 했을 거예요!"

"무슨 소리! 자네 부친은 그동안 바깥 누구와도 얘기한 적이 없고,

만난 적도 없다네!"

"직접 만난 적은 없었을지 몰라도 뭔가 다른 매개체가 있었을 겁니다."

"무슨 증거라도 갖고 하는 얘긴가?"

"바로 이 사진이 말해주고 있어요!"

"하지만 그건 자네 사진 아닌가?"

"내 사진이죠. 하지만 이건 내가 보낸 게 아닙니다. 이 사진은 내가 본 적도 없어요. 아마도 이건 앙브뤼메지의 폐허에서 나도 모르게 수사판사의 서기가 찍은 걸 거예요. 왜 아시죠? 아르센 뤼팽의 똘마니 말입니다."

"그렇다면?"

"이 사진은 내 아버지의 신뢰를 확보하기 위한 일종의 부적이나 증명서와 같은 역할을 한 셈이죠."

"하지만 대체 누가? 누가 내 집에 침입을 할 수 있었단 말인가?"

"그건 모르죠. 하여간 아버지는 함정에 걸려든 겁니다. 누군가 얘기하는 걸 아버지는 곧이곧대로 믿을 수밖에 없었던 거죠. 이를테면 내가 근처에 와 있고 아버지를 보고 싶어 한다고 말입니다. 그리고 아마도 내가 리옹 도르라는 여관에서 기다린다고 했겠죠."

"말도 안 돼! 자넨 어떻게 그렇게 모든 걸 단언할 수가 있는가?"

"간단합니다. 사진 뒷면에 내 필체를 흉내 내서 이렇게 써놓았으니까요. 발로뉴 가도(Route de Valognes. 즉 프로베르발이 사진사의 이름으로 착각한 'R. 드 발'의 철자 'R. de Val'은 발로뉴 가도의 이니셜이었던 것임—옮긴이), 3.4킬로미터, 리옹 여관. 아버지는 털끝만큼도 의심하지 않고 그곳으로 갔고 거기서 납치된 겁니다!"

프로베르발은 어안이 벙벙한 채 중얼거렸다.

"좋아……. 좋다고. 그렇게 됐다고 침세. 하지만 그가 한밤중에 어떻게 밖으로 나올 수 있었는지는 해명이 안 되고 있질 않은가?"

"밤이 아니라 낮에 나온 겁니다. 밤이 될 때까지 기다릴 것 없이 곧장 약속 장소로 가시려고요."

"이런 답답한지고. 부친께선 그저께 방에서 하루 종일 한 발짝도 나서지 않았단 말일세!"

"그 점을 확인할 수 있는 방법은 따로 있어요. 지금 당장 부두로 달려가서 그저께 오후 내내 방을 지킨 자를 붙잡고 물어보세요. 서둘러야 할 겁니다. 날 여기서 다시 보려면……."

"아니, 어디로 갈 셈인가?"

"네. 다시 기차를 타려고요."

"뭐라고? 하지만……. 자넨 아직 제대로 조사도……."

"내 조사는 이미 끝났습니다. 알고 싶은 건 이미 거의 다 알아냈어요. 한 시간 후에 셰르부르를 떠나겠습니다."

프로베르발은 벌떡 일어서서 완전히 넋이 나간 표정으로 보트를레를 바라보았다. 그러고는 잠시 주춤하다가 챙 모자를 집어 들고 말했다.

"샤를로트, 너도 같이 갈래?"

그러자 보트를레가 대뜸 말을 끊었다.

"안 됩니다. 아직 조금 물어볼 말이 있어요. 이 애는 내게 맡기고 다녀오세요. 아주 어렸을 때 봤는데……. 얘기나 좀 하고 있겠습니다."

프로베르발은 혼자 밖으로 나섰다. 보트를레와 어린 소녀는 간이 카페에 덩그러니 남겨진 채 한동안 말없이 앉아 있었다. 문득 종업원이 다가와 빈 잔을 퉁명스레 치우고 가버렸다. 두 사람의 시선이 언뜻 마주치는가 싶더니 보트를레의 손이 소녀의 손을 지그시 감싸 쥐었다. 소녀의 눈길이 한 2~3초 정도 보트를레의 얼굴을 더듬었다. 그러고는 어

쩔 줄을 모르며 쩔쩔매다가 갑자기 두 손에 얼굴을 파묻고는 흐느껴 우
는 것이었다.

보트를레는 한동안 그대로 울도록 내버려두다가 잠시 후 조용히 속
삭였다.

"네가 그런 거지? 네가 중간에서 심부름을 했어. 맞지? 사진을 가져
다준 것도 너고. 그저께 우리 아버지가 방에 있다고 네 입으로 말하면
서도, 그게 이미 사실이 아니라는 걸 넌 알고 있었어. 왜냐면 아버지를
바깥으로 빼돌린 게 바로 너니까."

소녀가 아무 대답도 못하자, 다시 추궁이 시작되었다.

"대체 왜 그런 거니? 물론 돈 몇 푼쯤 쥐여주었겠지. 그래, 그걸로 뭘
샀지? 리본? 옷?"

보트를레는 소녀의 팔을 펴게 해서 얼굴을 들어 올렸다. 눈물 자국으

로 뒤범벅된 소녀의 곱상한 얼굴은 불안하고 참을성 없는 미숙함을 언뜻언뜻 드러내고 있었다. 이를테면 온갖 유혹과 비행에 언제든 자신을 개방할 수 있을 철없는 여자애의 얼굴, 바로 그것이었다!

"자, 이제 다 끝난 일, 그만 덮어두기로 하자. 어떻게 된 일인지 묻지도 않겠다. 그 대신 내게 도움이 될 만한 얘기 좀 해줘야겠어. 혹시 그 자들이 나누는 얘기 뭐 들은 거라도 있으면 말해보아라. 어떤 식으로 납치를 한다는 둥 뭐 그런 거 있지 않니?"

소녀는 얼른 입을 열었다.

"있었어요! 자동차 얘기를 하는 걸 들었죠!"

"어느 길로 간다고 하던?"

"그건 잘 모르겠고요……."

"뭔가 그럴듯한 얘기는 네가 보는 앞에서 일절 안 한 모양이로구나?"

"전혀요. 아 참, 한 사람이 이랬어요. '낭비할 시간이 없어! 내일 아침 8시에 두목이 그곳에서 전화하기로 돼 있다고!' 뭐 그런 식이었어요."

"그곳? 그곳이라니?"

"그게……. 도무지……."

"잘 생각해봐. 기억을 더듬어보라고. 무슨 도시 이름 아니었니?"

"맞아요, 그게……. 무슨 샤토……. 뭐라고 하던데."

"샤토브리앙? 샤토 티에리?"

"아니에요. 그건 아니에요."

"샤토루(파리 남쪽 약 250여 킬로미터에 위치한 앵드르 현(縣)의 도시―옮긴이)?"

"아, 맞아요. 샤토루."

보트를레는 소녀가 말을 끝내기가 무섭게 자리를 박차고 일어섰다. 그는 곧 돌아올지 모르는 프로베르발이든 자신을 멍한 표정으로 바라보는 샤를로트든 안중에도 없다는 듯, 후닥닥 카페 문을 박차고 나가 역 쪽으로 내달렸다.

"샤토루요! 샤토루 기차표 하나 주세요!"

"르망 경유입니까, 투르 경유입니까?"

매표원의 툭 던지는 질문이었다.

"무조건 제일 빠른 경로로 주세요! 도착해서 점심 식사를 할 수 있을 정도로!"

"아, 그건 불가능하죠!"

"그럼 저녁은요? 오늘 안으로만이라도……!"

"정 그러시다면……. 파리를 경유하는 편이 낫겠네요. 파리 급행열 차가……. 가만있자, 8시 출발이네요! 저런, 벌써 늦었네."

하지만 보트를레의 입장은 달랐다. 충분히 잡아탈 수 있다는 생각이 었다.

헐레벌떡 열차에 오른 그는 손바닥을 연신 문지르면서 중얼거렸다.

"셰르부르에서는 한 시간밖에 안 있었는데도 엄청 소득이 크군."

한편 보트를레의 머릿속에선 샤를로트를 나무랄 생각일랑 추호도 없 었다. 원래 나약하고 경망스러워서, 지극히 한심한 배신행위까지도 무 심코 저지를 수 있는 고 나이 또래 계집애들은 반면 성실한 열망 또한 발휘할 수 있는 법이다. 보트를레가 바라본 그녀의 황망한 눈빛 속에서 도, 나쁜 짓을 저지른 데 대한 자책감과 아울러 그나마 일부라도 만회 할 수 있었던 것을 기쁘게 여기는 마음이 훤히 드러나고 있었다. 그로 선 지금 샤토루야말로 지난번 담판 때 뤼팽이 언급한 그 '시골 어느 마 을'이 틀림없다는 생각이었다.

파리에 도착하면서부터 특히 그는 혹시 미행을 당하는 것은 아닌지 바짝 긴장했다. 직감적으로 지금이 굉장히 중요한 시점이라는 것을 깨닫고 있었다. 아버지가 계신 곳으로 정확한 길을 가고 있는 중이니 왜 안 그렇겠는가! 조금만 경솔하게 행동했다가는 모든 게 수포로 돌아갈 수 있다.

그는 혹시나 있을지 모를 미행을 따돌리기 위해서 고등학교 친구 네 집을 일부러 방문했다가, 약 한 시간 뒤 아무도 눈치채지 못하게 몰래 빠져나왔다. 어느새 그는, 밤색의 큼직큼직한 체크무늬 정장 차림에, 짧은 반바지에다 기다란 면양말을 받쳐 신고 여행용 챙 모자를 쓴, 30대가량 된 붉은 구레나룻의 혈색 좋은 영국인이 되어 있었다. 여러 잡다한 화구(畵具)를 매어놓은 자전거에 올라타자마자 그는 오스테를리츠 역(주로 프랑스 남서부, 에스파냐, 포르투갈 쪽으로 가는 열차의 터미널—옮긴이)을 향해 힘차게 페달을 밟았다.

저녁에 그는 이수덩(샤토루의 북동쪽에 위치한, 같은 앵드르 현의 도시—옮긴이)에서 묵었다. 다음 날 동트자마자 다시 자전거에 올라탄 그는 아침 7시경에 샤토루 우체국에 당도해 파리행 시외전화를 신청했다. 기다리는 동안 그곳 직원과 몇 마디 얘기를 나누었는데, 거기서 이틀 전 비슷한 시각에 경주용 자동차 운전수 복장을 한 어떤 사내가 똑같이 파리행 시외전화를 사용했다는 얘기를 들었다.

이 정도면 증거는 확실한 셈. 더는 망설일 이유가 없었다.

오후가 되자 아주 확실한 증언 덕분에 그는 다음과 같은 사실도 더불어 알게 되었다. 투르 가도를 달려온 리무진 한 대가 부장세를 지나 샤토루를 거쳐 시 외곽의 인근 숲 지대 경계에 멈춰 서더라는 것이다. 그리고 밤 10시가 가까운 시각에는 웬 단두 이륜마차 한 대가 리무진 옆에 다가서더니, 잠시 후 부잔 계곡을 통해 남쪽으로 멀어져 갔다고 했다. 그때 마차에는 마차꾼 옆에 또 다른 사람이 올라타 있었고, 자동차는 반대 방향으로 난 길을 통해 북쪽에 위치한 이수덩으로 향했다는 것이다.

보트를레는 그 이륜마차의 주인을 어렵지 않게 찾아냈다. 하지만 정작 이렇다 하게 알아낸 사실은 별로 없었다. 그냥 어떤 사람에게 말과 마차를 임대해주었고, 다음 날 고스란히 잘 가져왔기에 받아두었다는 것뿐.

그러던 중 같은 날 저녁, 문제의 자동차가 이수덩을 그대로 가로질러 오를레앙 쪽 도로를 통해, 그러니까 파리를 향해 가버렸을 게 틀림없다는 사실을 이지도르는 최종 확인했다.

이상의 모든 사실을 근거로 해서 그는 보트를레 영감이 아직도 근방 어딘가에 있을 수밖에 없다는 결론에 도달했다. 그렇지 않다면 뭐하러 프랑스를 거의 500여 킬로미터나 가로질러 이곳 샤토루까지 와서는, 그저 장거리전화 한 대 걸고 다시 방향을 꺾어 파리로 돌아갔겠는가? 그처럼 어마어마한 드라이브를 하려면 반드시 분명한 목적이 있어야 할 것이다. 다름 아닌 보트를레 영감을 미리 지정된 장소로 호송하는 것!

'바로 그 장소가 지금 내 사정권 안에 있는 거야. 여기서 기껏해야 40~50킬로미터 반경 내에서 아버지는 내가 어서 달려와 구해주기를 기다리고 계신 거라고.'

보트를레는 몸을 부르르 떨며 속으로 중얼거리고 있었다.

바야흐로 이지도르 보트를레 소년 탐정의 탐문 수사가 시작되었다. 8만 분의 1 축척지도를 손에 쥐고 그는 지역별로 촘촘한 구획을 나름대로 나누어 이 잡듯이 샅샅이 뒤지고 다녔다. 가는 곳마다 농장을 방문해 일하는 농부들과 얘기를 나누는가 하면, 초등학교 선생들, 읍장에서 시작해 시장, 그리고 교구사제에 이르기까지 꼼꼼한 면담을 거쳤고,

결정판 아르센 뤼팽 전집

아낙네들과 한참이나 수다를 떨기도 했다. 갈수록 점점 목표에 접근해 가고 있다는 느낌이었고, 그럴수록 마음은 부풀어갔다. 이제는 단지 아버지만 구출하는 것이 아니라, 뤼팽에게 당한 모든 사람, 즉 마드무아젤 드 생베랑에서 시작해, 가니마르, 셜록 홈스까지, 아니 그 밖에도 더 있을지 모르는 수많은 피해자 모두를 구출하는 데까지 욕심이 났다. 어디 그뿐이랴. 그들에게 구원의 손길을 뻗을 수만 있다면, 뤼팽과 그 패거리가 이 세상으로부터 탈취해간 온갖 금은보화를 숨겨둔 난공불락의 요새까지 한꺼번에 파헤치는 거나 마찬가지가 아닌가!

그러나 보름 동안이나 별 신통한 성과를 거두지 못하자, 그 같은 열정과 희망도 서서히 고개를 수그렸고, 신념 역시 아주 빠르게 수그러드는 것이었다. 그렇게 갈 길만 막막해지면서 이지도르는 애당초 세운 목표가 불가능할 거라는 생각이 덜컥 들었다. 어쩔 수 없이 계속 조사를 진행하고는 있지만, 그러다 티끌만 한 성과라도 생긴다면 오히려 이상할 정도라고까지 느껴지는 것이었다.

우울하고 단조로운 시간이 덧없이 흘러갔다. 신문을 보니 제브르 백작 부녀가 앙브뤼메지를 떠나 니스 근방으로 새 거처를 옮겼다는 소식이 나와 있었다. 또한 아르센 뤼팽이 지적한 것처럼 무죄가 확인된 할링턴 씨도 석방되었다고 했다.

이지도르는 이틀은 샤토루에서, 이틀은 아르장통에서 묵으면서 소위 '수사본부'를 이리저리 옮겨 다녔으나 그것 역시 별무신통이었다.

거의 그쯤 되자 게임을 포기할까 하는 생각이 들었다. 가만히 보니 아버지를 태운 문제의 이륜마차는 단지 납치 과정의 한 단계였을 뿐이고, 또 다른 운송 수단이 다음 단계를 이어받은 게 틀림없었다. 그렇다면 아버지는 지금쯤 훨씬 멀리 가 계실 터, 이지도르는 이제 떠나야 하는 게 아닌가 생각을 굴리고 있었다.

그러던 중 월요일 아침, 파리로부터 반송되어 우체국에 방치된 어느 편지 봉투에서 그는 예상치 못한 필체를 확인하고는 놀라 자빠질 뻔했다. 어찌나 심장이 두방망이질을 하는지, 몇 분 동안은 덜덜 떨리는 두 손으로 감히 봉투를 열어볼 엄두조차 내지 못했다. 대체 이게 어떻게 된 일인가? 또 그 지긋지긋한 뤼팽식 함정이라도 도사리고 있는 건 아닐까? 후닥닥 봉투를 뜯자, 아니나 다를까 아버지의 편지였다! 척 봐도 눈에 익은 글자들의 삐침과 휘는 부위들이 영락없는 아버지의 자필 편지임을 증명하고 있었다.

아들아, 이 편지가 제대로 너한테 도착할 수 있을지 모르겠구나.

납치된 당일 밤 내내 우리는 자동차를 타고 돌아다녔단다. 그리고 아침이 되자 마차로 갈아탔지. 그동안 난 아무것도 볼 수 없었단다. 눈에 붕대가 감겨 있었거든. 마침내 사람들이 날 어떤 성채 앞에 내려놓았는데, 건물이나 정원의 식목으로 보건대, 프랑스 땅 한복판에 온 것 같았다. 내게 배정된 방은 3층에 있는데, 창문 두 개 중 하나는 등나무 가지로 거의 가려져 있지. 오후 몇 시간 동안은 자유가 주어진단다. 그래서 정원을 이리저리 거닐기도 하는데, 물론 삼엄한 감시가 따르는 건 할 수 없지.

그래 혹시나 해서 이렇게 편지를 쓰고 돌멩이에 매달아둔다. 언젠가 기회가 닿으면 이걸 성 밖으로 던져, 누구 지나가는 촌부라도 줍지 않을까 해서 말이다. 좌우간 너무 걱정은 마라. 그래도 대접은 괜찮은 편이니 말이다.

이 아비는 항상 네 걱정을 하고 널 사랑하고 있다는 걸 잊지 마라.

보트를레

우체국 소인을 보니 '퀴지옹, 앵드르'라고 찍혀 있었다. 앵드르라면…… . 그가 지난 며칠 동안 눈을 까뒤집고 뒤져온 지역이 아닌가!

그는 늘 몸에 지니고 다니는 여행안내 책자를 부랴부랴 펼쳐보았다. 퀴지옹, 에귀종 캉통(canton. 프랑스 지방행정 조직으로 굳이 우리 식으로 하면 면에 해당함─옮긴이)…… . 그곳 역시 조사를 한 지역이었다.

그는 신중을 기하기 위해 이미 낯이 많이 알려진 영국인 행색을 지우고 다시 평범한 노동자로 변장한 후, 퀴지옹으로 잠입해 들어갔다. 그리 크지 않은 마을인지라 누가 편지를 부쳤는지 어렵지 않게 확인할 수 있을 것 같았다.

거기다 운도 따르는 듯했다.

사람 좋은 부르주아 인상의 그곳 면장은 소년 탐정의 의뢰를 그 자리에서 선뜻 해결해주는 것이었다.

"지난 수요일 우편물요? 가만있어 보자…… . 정확한 정보가 있을 겁니다. 아, 그렇군요! 토요일 아침에 이 지역 전체를 떠돌며 칼을 가는 샤렐 영감과 마을 어귀에서 마주쳤는데, 내게 이러더군요. '면장님, 우표가 없는 편지도 부칠 수 있습니까?' 그래서 그렇다고 했더니, '그럼 제대로 행선지까지 날아간다 이 말이죠?' 하는 거예요. 일부 추가 요금만 지불하면 된다고 얘기해줬죠."

"그 샤렐 영감이라는 사람, 어디 삽니까?"

"저기 언덕 위 묘 터 뒤쪽 오두막에 혼자 살지요. 함께 가드릴까요?"

문제의 오두막은 키 큰 나무들로 둘러싸인 과수원 한가운데 덩그러니 있는, 그야말로 외딴집이었다. 들어서려는데, 개가 묶여 있는 개집 지붕에서 까치 세 마리가 요란스레 날아올랐다. 그런데도 개는 짖기는커녕 꿈쩍도 않는 것이었다!

보트를레는 다소 놀란 표정으로 살며시 다가갔다. 개는 다리를 빳빳하게 뻗은 채 모로 누워 죽어 있었다.

두 사람은 허겁지겁 집 안으로 뛰어들었다. 문은 이미 열린 상태였다.

이렇게 보니, 눅눅하고 나지막한 방 저쪽 구석, 바닥에 아무렇게나 팽개쳐져 있는 짚단 침상 위에 한 남자가 옷을 입은 채 누워 있었다.

"이봐요, 샤렐 영감! 대체 어떻게 된 거야. 이 양반도 죽었나?"

면장은 소리쳐 부르며 얼른 다가가 살폈다.

영감의 손은 무척 차가웠고 얼굴은 창백하기 그지없었으나, 심장은 미약하게나마 천천히 뛰고 있었다. 언뜻 보아서 외상(外傷)은 없는 듯했다.

일단 회생시키기 위해 애를 써봤지만 좀처럼 차도를 보이지 않아서, 보트를레는 부랴부랴 의사를 불러왔다. 하지만 소용이 없었다. 이제 영감은 더는 고통도 느끼지 못하는 눈치였다. 누가 보면 곤하게 자고 있다고 생각할 정도였다. 다만 그 잠이 수면제나 마취제를 통해 강제 주입된 잠이라는 점만 다를 뿐······.

그날 밤을 꼬박 영감 옆에서 지새우던 보트를레는 문득 영감의 호흡이 점점 강해지는 것을 느꼈다. 마치 그동안 자신을 옭아매고 있던 보이지 않는 끈이라도 하나하나 풀어버리는 것처럼 영감은 서서히 정신을 회복하고 있었다.

새벽이 되자, 이제는 음식물을 삼키기도 하고 몸도 이리저리 움직일 수 있게 되었다. 하지만 오후 내내 젊은이가 옆에 붙어서 내미는 질문에는 도무지 대답을 못하는 것이었다. 아직까지 사고 능력만큼은 멍한 마비 상태에서 확실히 벗어나지는 못한 모양이었다.

한데 다음 날이 되어서야 그가 보트를레에게 이렇게 묻는 것이었다.

"여기서 대체 무엇하는 거요, 당신?"

기암성

169

놀랍게도 자기 옆에 누가 있다는 사실을 그때 처음 깨달은 눈치였다.

그런 식으로 차츰차츰 영감의 의식은 정상으로 돌아왔다. 그는 말도 하고 이런저런 계획도 세울 줄 알았으나, 유독 보트를레가 잠에 빠지기 전에 무슨 일이 있었는지 물으면, 도통 말귀를 못 알아듣는 것이었다.

보트를레가 느끼기에도 일부러 가장을 하는 것 같지는 않았다. 요컨대, 지난 금요일 이후에 일어난 모든 일에 대한 기억이 그의 머릿속에서 완전히 지워진 모양이었다. 삶의 일상적인 흐름 중간에 느닷없이 파여 있는 심연이라고나 할까? 그는 금요일 아침나절과 오후에 각각 무엇을 했는지, 장터에서 거래한 일, 먹은 음식 등등을 이야기하다가도, 그다음은 완전히 캄캄했다. 그러고는 마치 바로 다음 날 아침잠에서 깬 것처럼 생각하는 것이었다!

보트를레 입장에서는 정말이지 한심한 노릇이었다. 진실이 바로 저기 있는데……. 아버지가 애타게 기다리고 있을 성의 외벽을 고스란히 보았을 저 눈동자, 돌멩이와 함께 떨어진 편지를 주웠을 저 손, 사건 현장을, 그 외진 구석의 광경을 생생하게 입력시켰을 저 머릿속에 말이다. 하지만 그토록 가까운 곳에 도사리고 있는 진실로부터 보트를레는 지금 실낱같은 메아리조차 끄집어내지 못하고 있으니…….

아, 지난 모든 노력을 수포로 돌리려는 저 완강한 장애물, 침묵과 망각으로 이루어진 저 두꺼운 의식의 벽에는 그야말로 뤼팽의 흔적이 고스란히 묻어나고 있지 않은가! 뤼팽만이 이런 교묘한 수단을 부릴 수 있을 것이었다. 보트를레 영감이 외부와 교신을 시도했음을 눈치챘을 게 뻔한 뤼팽이야말로 우려할 만한 증언을 막기 위해 이처럼 현학적인 방법을 동원해 부분적인 의식의 사망 상태를 조장할 수 있었을 것이다. 그렇다고 보트를레는 자신의 존재가 발각되었다고는 생각지 않았다.

워낙 조심스레 접근해온 터라, 제아무리 뤼팽이라 해도 설마 편지까지 보트를레 자신의 손에 들어간 걸 눈치채고 직접 그를 겨냥해 방어 태세를 취한 거라고는 생각할 수 없었던 것이다. 결국 이 평범한 촌부로 인해 만에 하나 비밀이 새어나갈지도 모를 것에 대비해 이렇게까지 조치를 취해놓았다는 얘기이니……. 과연 뤼팽다운 선견지명과 주도면밀함이 아니겠는가 말이다! 이제는 세상 아무도 문제의 성벽 내부에 구원의 손길을 간절히 기다리는 노인이 있다는 사실을 모를 것이다.

아무도라고? 글쎄……. 하긴 보트를레만은 제외해야겠지. 설사 샤렐 영감이 끝끝내 입을 열지 못한다 치더라도, 최소한 그가 자주 넘나드는 장터와 거기서 돌아오기 위해 반드시 거쳐야 하는 길목을 조사해낼 수는 있을 테니까 말이다. 요컨대 그 길만 주욱 따라간다 해도 언젠가는 문제의 지점을 지나갈 것이 아니겠는가!

그렇지 않아도 무척이나 조심을 하는 가운데 샤렐 영감의 오두막 방문을 자제해온 보트를레는 아예 더는 그곳을 드나들지 않기로 했다. 이미 금요일에는 여기서 수 킬로미터 떨어진 프레셀린이라는 제법 큰 고을에 정기적인 장(場)이 선다는 사실과 그리로 가는 길로는 구불구불한 큰길과 다른 지름길들이 있다는 사실을 알아낸 것이다.

마침내 금요일, 보트를레는 거기로 가기 위해 넓고 큰 길을 선택했다. 한데 아무리 가도 높은 벽이랄지, 오래된 성채의 그림자조차 보이지 않는 것이었다. 프레셀린의 주막에서 간단한 요기를 한 후 다시 떠날 채비를 하는데, 문득 저만치 수레를 밀면서 장터에 나타나는 샤렐 영감이 눈에 들어왔다. 소년 탐정은 충분한 거리를 띄운 채 뒤를 밟기 시작했다.

영감은 두어 차례 멈춰서 느긋하게 장비를 차려놓고는 10개가 넘는 칼을 갈았다. 그러고는 급기야 크로장과 에귀종 마을을 향해 전혀 다른 길로 접어드는 것이었다.

보트를레는 곧장 그 길을 따라 뒤를 밟았다. 한데 한 5분도 채 안 되어 자기 말고도 그의 뒤를 따르는 자가 있다는 걸 눈치챘다. 그자는 샤렐 영감과 보트를레 사이 중간쯤 되는 거리에서 영감이 서면 자기도 서고 출발하면 자기도 따라서 출발하는 것이었는데, 보트를레와는 달리 왠지 들키지 않으려고 그다지 애쓰는 것 같지도 않았다.

'감시하고 있는 거야. 아마도 성벽 앞에서 기억이라도 돌아와 멈추는 게 아닐까 살펴보는 거라고.'

그런 생각을 하며 보트를레는 가슴이 두방망이질하고 있었다. 그렇다면 조만간 이 길 어딘가에서 뭔가 나타날 거라는 얘긴데…….

세 사람은 그렇게 일정한 간격을 두고 서로의 뒤를 밟으며, 가파른 시골 비탈길을 오르고 내리는 가운데, 마침내 크로장에 도달했다. 거기서 샤렐 영감은 약 한 시간 정도 쉰 다음, 강가로 내려가 다리를 건넜다. 바로 그때쯤 보트를레를 깜짝 놀라게 할 일이 벌어졌다. 영감을 감시하던 의문의 사내가 같이 따라 다리를 건너는 대신 멀찌감치 바라만 보더니, 영감이 시야에서 사라지자 곧장 방향을 틀어 너른 들판으로 뻗은 샛길로 접어드는 것이었다. 어떻게 해야 하나? 보트를레는 잠시 망설이다가 이내 마음을 정하고, 이젠 그 사내의 뒤를 밟기 시작했다.

'필시 샤렐 영감이 그냥 지나쳐갔다는 걸 확인한 거야. 그래서 안심을 하고 떠나는 거겠지. 한데 어디로 가는 걸까? 혹시 그 성으로?'

그렇다면 이제 거의 목표를 거머쥔 것이나 다름없다. 보트를레는 조만간 성의 위치를 찾을 수 있다는 생각에 가슴이 뻐개질 듯한 흥분을 느꼈다.

한편 사내는 계속해서 강이 내려다보이는 짙은 숲 속으로 들어섰고, 잠시 후 다시 샛길이 하늘과 맞닿은 탁 트인 밖으로 나아갔다. 보트를레 역시 숲 밖으로 나왔을 때였다. 별안간 앞서가던 사내의 모습을 찾을 수가 없는 것이었다. 깜짝 놀라 이리저리 두리번거리는 소년 탐정……. 그만 너무도 기겁을 해 막 터져나오려는 외마디 소리를 억지로 틀어막으며 허겁지겁 숲 쪽으로 뒷걸음질 치는 것이었다! 다름이 아니라 바로 오른쪽, 저만치에 일정한 간격을 두고 막강한 버팀벽들이 우뚝우뚝 솟아 있는 깎아지른 성벽이 주르륵 펼쳐 있는 게 아닌가!

이제야 그 모습을 드러낸 것이다! 저 성벽 너머에 아버지가 갇혀 있는 것이다! 드디어 뤼팽이 희생 제물들을 가두고 있는 비밀 장소를 찾아낸 것이다!

보트를레는 뛰는 가슴을 억누른 채, 감히 우거진 숲 밖으로 벗어나지를 못했다. 그리고 거의 바짝 엎드린 자세로 오른쪽으로 설설 기어서 주변의 나뭇가지 높이로 솟아 있는 작은 둔덕으로 올라갔다. 성벽은 그래도 조금 더 높아 보였다. 하지만 그 너머로, 루이 13세식의 고풍스러운 성곽 지붕 위, 뾰족한 첨탑 주위로 빙 둘러서 발코니가 마련된 섬세한 종루들이 아스라이 눈에 들어오는 것이었다.

보트를레는 그날은 거기서 더 나아가지 않기로 했다. 일말의 실수도 없게 하기 위해 좀 더 숙고하고 계획을 짤 시간이 필요했던 것이다. 이제 뤼팽은 독 안에 든 쥐, 싸움의 때와 방법을 선택하는 것은 전적으로 이쪽 마음에 달린 것이다! 그는 서둘러 그곳을 물러났다.

다리 근처에서 우유가 가득한 단지를 들고 가는 두 아낙네와 마주친 보트를레는 아무렇지도 않게 물었다.

"저기 저 숲 뒤에 있는 성 이름이 뭡니까?"

"그거요, 에귀유(Aiguille) 성이라고 하는데요."

그냥 한번 던져본 질문이었지만 놀랄 만한 대답이 돌아온 셈이었다.

"에귀유 성이라……. 아, 그렇군요. 한데 지금 여기가 앵드르 현(縣)

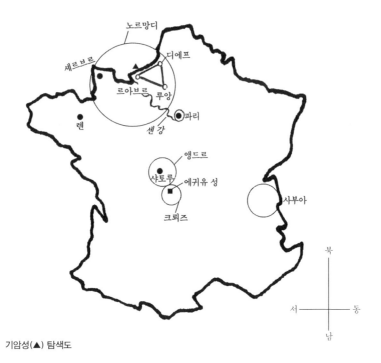

노르망디

세르브르

디에프

르아브르

루앙

파리

렌

센 강

앵드르

샤토루

에귀유 성

크뢰즈

사부아

북

서 ——|—— 동

남

기암성(▲) 탐색도

어디쯤 되지요?"

"아이고, 앵드르라뇨? 여긴 강 건너편인걸요. 여긴 크뢰즈(Creuse) 현이에요!"

순간 이지도르는 화들짝 놀라지 않을 수 없었다. 에귀유 성에다 크뢰즈 현이라니! 그렇다면 '에귀유 크뢰즈'가 아닌가! 암호문의 바로 그 열쇠가 되는 말을 여기서 만나다니. 이제 승리는 눈앞에 있는 거나 다름없다!

그는 아무 말도 하지 않고 슬그머니 돌아서서, 마치 술 취한 사람처럼 비틀비틀 멀어져 갔다.

결정판 아르센 뤼팽 전집

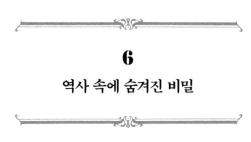

6
역사 속에 숨겨진 비밀

보트를레의 결심은 즉각적이었다. 이번 일만큼은 단독으로 처리하리라! 사법당국의 협조를 구한다는 것은 너무 위험천만한 일이다. 그래봤자 떠들썩하게만 될 뿐이며, 지루하게 시간만 끌 것 또한 걱정이 아닌가! 공연히 여기저기 소문만 나고, 초동수사다 뭐다 해서 장황하게 치르는 동안, 뤼팽은 유유히 좀 더 안전한 곳으로 내뺄 게 뻔한 일!

다음 날 아침 8시, 보트를레는 옆구리에 짐 꾸러미를 끼고 묵었던 여관을 나섰다. 그러고는 제일 처음 마주치는 덤불숲 속으로 들어가 노동자의 누더기 복장을 벗어 던지고 다시 예전처럼 말끔한 영국인 화가로 돌아갔다. 그는 그 지역에서 제일 큰 고을인 에귀종의 공증인을 찾아갔다.

영국인 화가는 천연덕스럽게도, 이 지역이 무척이나 마음에 들며, 어디 적당한 곳만 있으면 부모님과 함께 정착해 살고 싶다고 둘러댔다. 공증인은 즉시 이런저런 땅을 보여주었다. 보트를레는 옳거니 하는 심정으로, 어디선가 에귀유 성에 관해 하는 얘기를 들었다고 넌지시 떠보았다.

"있긴 있습죠. 하지만 에귀유 성은 매물이 아닙니다. 한 5년 전쯤부터 저의 고객 한 분의 수중에 넘어간걸요."

"항상 그곳에 산답니까?"

"얼마 전까진 죽 그랬죠. 그분은 모친과 함께 살았는데, 여사께서 성이 우울하다고 영 맘에 내키지 않아 하셨어요. 그래서 작년에 다른 곳으로 이주했죠."

"그럼 현재는 아무도 안 살겠네요?"

"아니요, 성의 주인이 여름 한 철 어느 이탈리아인에게 임대해주었답니다. 무슨 안프레디 남작이라든가 뭐라든가……."

"아, 안프레디 남작! 아주 젊고 좀 뻣뻣한 친구죠."

"글쎄요, 난 도통 모르겠습니다. 고객께서 직접 거래를 하셨으니까요. 이렇다 할 임대차 계약서도 없고. 그저 편지 한 장뿐이랍니다."

"만나본 적도 없다는 말인가요?"

"전혀요. 성에서 당최 나오지를 않는걸요. 가끔 나와도 자동차를 타거나 아니면 아예 밤에 나다니는 것 같더라고요. 음식을 담당하는 늙은 가정부가 하나 있긴 있는데, 그 할망구 역시 워낙 입이 무거워서……. 솔직히 거기 사람들 좀 이상한 치들이에요!"

"혹시 당신 고객이 성을 파는 데 동의할 수도 있을까요?"

"아마도 안 그럴 겁니다. 루이 13세 스타일이 고스란히 남아 있는 유서 깊은 건물이거든요. 고객께서 아주 애착을 갖고 있는 성채랍니다."

"그럼 그분 이름하고 주소 좀 알 수 없을까요?"

"이름은 루이 발메라스이고, 주소는 몽타보르 가(街) 34번지올시다."

보트를레는 그 즉시 가장 가까운 정거장에서 파리행 기차를 잡아탔다. 그리고 다음다음 날 세 차례의 어긋난 방문을 뒤로한 다음에야 진짜 루이 발메라스를 찾을 수 있었다. 그는 인정 많고 개방적인 얼굴의 30대 남자였다. 굳이 에둘러 말하느라 시간 낭비할 필요 없다고 느낀 보트를레는 자기소개부터 간단히 한 뒤, 단도직입적으로 털어놓았다.

"저로서는 에귀유 성에 제 아버지와 더불어 다른 많은 사람이 갇혀 있다고 생각할 충분한 이유가 있습니다. 그러니 당신께서 성을 임대해준 안프레디 남작에 대해 아는 게 있으면 죄다 말씀해주십시오."

"뭐 별로 대단한 건 모릅니다. 안프레디 남작은 지난겨울 몬테카를로에서 만났죠. 우연히 내가 에귀유 성의 주인이라는 걸 알고는, 여름을 프랑스에서 보내고 싶다며 성을 좀 빌릴 수 없느냐고 하더군요."

"아주 젊은 사람일 테고요."

"맞습니다. 금발에다 아주 강렬한 눈빛을 지녔지요."

"수염도 있고요?"

"네, 양쪽으로 뾰족하게 갈라진 수염 끝이 탈착식 칼라에까지 닿았지요. 왜 있잖습니까, 성공회 목사 복장처럼 뒤에서 떼었다 붙였다 할 수 있는 칼라요. 그러고 보니 영국 목사 같은 분위기가 물씬 풍기는 사람이었습니다만……."

"바로 그자예요! 내가 보았을 때하고 정확히 일치합니다!"

보트를레는 이를 악문 채 중얼거렸다.

"아니, 그렇다면……. 설마?"

"네, 당신의 세입자는 다름 아닌 아르센 뤼팽임에 틀림없습니다!"

루이 발메라스는 무척이나 흥미를 느끼는 모양이었다. 그렇지 않아도 뤼팽의 그간 모험담이나 보트를레와의 격돌이 어떻게 진행됐는지 잘 알고 있던 터였다. 그는 손바닥을 연신 문지르면서 말했다.

"이야, 이거 에귀유 성이 졸지에 명소가 되겠구려. 나로선 나쁠 것 없지요. 그렇지 않아도 어머니께서 더는 그곳을 싫어하시는 터라 기회가 닿으면 얼른 팔아버릴까 생각 중이었거든요. 다만……."

"다만 뭡니까?"

"되도록 당신도 신중을 기해 행동할뿐더러 완벽한 확증 없이는 경찰엔 알리지 않는 게 좋을 겁니다. 내 세입자가 아르센 뤼팽이 아닐지도 모르잖습니까?"

보트를레는 자신의 머릿속에 담긴 계획을 차근차근 늘어놓았다. 우선 야밤을 틈타 혼자서 성벽을 넘어 정원으로 숨어들 것이며…….

한데 루이 발메라스는 문득 말을 막더니 이렇게 속삭이는 것이었다.

"그 정도 높은 벽은 결코 쉽사리 넘을 수 있는 게 아니오. 설사 넘는 데 성공한다 해도 우리 어머니가 기르던 몰로스 견 두 마리가 가만 놔두지 않을 겁니다."

"아……. 그런 복병이 있었군요."

"허허, 뭐 복병씩이나……. 하여튼 그놈들도 무사히 따돌린다고 칩시다. 성채 안으론 어떻게 들어갈 생각이오? 문은 육중하게 잠겨 있을 테고, 창문들은 모두 쇠창살로 막혀 있을 텐데. 또한 용케 들어갔다 해도, 그 넓은 건물 내부를 어떻게 알고 돌아다닐 생각이오? 방만 해도 모두 여든 개에 달하는데 말이오."

"내가 관심을 갖는 방은 3층에 창문이 두 개 있는 방뿐입니다."

"아, 거기……. 알고 있어요. 흔히 '등나무 방'이라고들 부르죠. 하지만 찾아내기가 그리 쉽진 않을 겁니다. 계단만 세 개가 있고 복도도 거의 미로 수준이에요. 내가 아무리 여기서 설명을 하고 길을 일러줘도 아마 막상 거기 떨어지면 소용이 없을 겁니다."

"그럼 나와 함께 가주시면 되겠네요."

보트를레는 설마 하는 마음에 씽긋 웃어 보였다.

"그건 불가능합니다. 어머니를 만나러 남프랑스 쪽으로 가야 하거든요."

보트를레는 숙식을 제공해주는 고등학교 친구 집으로 돌아와 준비물을 갖추기 시작했다. 한데 해가 뉘엿뉘엿할 즈음, 막 떠나려던 참에 뜻하지 않게 발메라스의 방문을 받게 되었다.

"아직도 나와 함께 가길 원합니까?"

"그럼요!"

"좋소이다! 함께 갑시다. 나도 사실 모험이라면 마다하지 않는 성격이오. 게다가 이번 모험은 전혀 지루할 틈이 없을 것 같구려. 당신도 내가 곁에 있으면 적잖은 도움이 될 거요. 자, 그럼 이제 우리는 한편이 되는 겁니다!"

그러면서 그는 녹이 잔뜩 슬어 여기저기가 처참할 정도로 꺼칠한 낡은 열쇠 하나를 내밀었다.

"이 열쇠로 문을 엽니까?"

보트를레가 묻자 그는 목소리를 낮추며 대답했다.

"망루 두 개 사이에 자그마한 비밀 문이 하나 있는데, 수 세기 전부터 방치돼온 것입니다. 이건 세입자한테도 굳이 얘기하지 않는 거지요. 성 안에서 그 문으로 나가면 곧바로 평야를 통해 인근 숲 지대로 들어서게 되어 있어요."

순간 보트를레는 얼른 말을 가로챘다.

"그 문은 이미 알려졌습니다. 내가 미행하던 사내는 다름 아니라 그곳을 통해 성벽 안으로 들어간 거였어요. 하여간 갑시다. 왠지 우리에게 잘 풀릴 게임이라는 생각이 듭니다! 물론 신중하게 한발 한발 나아가야겠지요."

그로부터 이틀 후, 지쳐빠진 말 한 필이 끄는 집시 마차 한 대가 크로장에 들어서고 있었다. 마차꾼은 마을 끄트머리쯤에 버려진 옛 창고에 마차를 대도 좋다는 허가를 받은 터였다. 발메라스인 그 마차꾼 말고도 다른 세 젊은이가 버들가지로 열심히 안락의자를 짜고 있었으니, 보트를레와 그의 고등학교 친구 두 명이 그들이었다.

일행은 거기 그렇게 사흘 동안을 죽치고 있었다. 그러면서 가끔 성을 에둘러 이리저리 어슬렁거리면서 적당한 밤이 오기를 기다리는 것이었다. 보트를레는 단번에 그 비밀 문을 알아보았다. 개중 가장 가까운 망루 둘 사이로 난 그 문은 가시덤불로 가려져 있는 데다 성벽의 우툴두툴한 돌덩이와 어울려서 언뜻 분간하기가 쉽지 않았다. 어쨌든 나흘째 되던 밤, 하늘에 두꺼운 구름층이 깔리기 시작하자, 발메라스는 정찰 삼아 거동을 해보기로 작정했다. 물론 상황이 여의치 않을 시엔 미련 없이 돌아나오기로 하고서 말이다.

네 명은 그렇게 작은 숲을 가로질러 갔다. 보트를레가 앞장서서 떨기나무 사이를 포복해 다가갔다. 가시덤불에 손등이 긁히면서도 그는 침착하게 접근해 천천히 몸을 반쯤 일으키고는 절제된 동작으로 열쇠를 꽂아 슬그머니 돌렸다. 과연 이 낡은 문짝이 순순히 열어줄까? 혹시 다른 빗장이라도 잠겨 있는 건 아닐까? 조심스레 문을 밀치자, 의외로 아무런 소리 없이 부드럽게 문이 열리면서 으리으리한 정원이 눈앞에 펼쳐졌다.

"거기서 기다리시오, 므슈 보트를레! 그리고 두 분은 우리가 되돌아나올 때 지장이 없도록 여기서 문을 지켜주십시오. 조금이라도 이상한 점이 발견되면 휘파람을 불기로 합시다!"

발메라스는 나머지 두 친구에게 그렇게 당부한 후, 보트를레를 이끌고 정원의 짙은 관목 숲 속으로 뛰어들었다. 중앙의 잔디밭 가장자리

에 이르자 제법 너른 공터가 나타났다. 문득 달빛이 구름 사이로 비쳐 들었고, 그 틈을 타 둘은 성을 빠르게 훑어보았다. 뾰족뾰족한 종루들이 빙 둘러 세워진 한가운데에 깎아지른 첨탑이 치솟아 있는 게, 가히 '바늘'(에귀유―옮긴이)이라는 별명에 어울리는 형상이었다. 주변은 벌레 소리 하나 들리지 않게 조용했다. 발메라스가 문득 팔을 붙잡고 속삭였다.

"쉿!"

"뭡니까?"

"저기 개가 있소."

아닌 게 아니라 그르렁대는 소리가 아련히 들리고 있었다. 발메라스는 잔뜩 소리를 죽인 채 휘파람을 불었다. 이윽고 희부연 짐승 윤곽이 경중경중 다가오더니 주인의 발아래 다소곳이 조아리는 것이었다.

"그래……. 착하지, 얘들아. 거기 그렇게 누워 있어라. 그래, 그래야지. 움직이지 말고."

그러고는 다시 보트를레를 보며 말했다.

"자, 이제 갑시다!"

"길은 확실한 거죠?"

"그렇소. 우선 테라스 쪽으로 갈 겁니다."

"그다음엔?"

"내 기억으로는 왼쪽 방향에 강을 굽어볼 수 있도록 1층 창문 높이로 테라스가 하나 나 있는데, 거기 항상 어설프게 닫히는 덧창이 있어서 밖에서도 충분히 열 수가 있답니다."

사실이었다. 그곳에 도달해 슬쩍 움직이기만 했는데도 덧창은 스르르 열렸다. 발메라스는 다이아몬드 반지의 모서리를 이용해 유리를 조금 뜯어냈고, 곧이어 창문 손잡이를 돌려 열었다. 둘은 차례차례 안으

결정판 아르센 뤼팽 전집

로 들어섰다. 이제부터는 성의 내부이다.

"지금 이 방은 복도 끄트머리에 있는 겁니다. 거길 지나가면 조각상들로 거창하게 장식된 현관이 하나 나오고 그 끝에 계단이 나 있는데, 바로 당신 부친이 있는 방 근처에 닿을 겁니다."

발메라스는 먼저 한 발짝 앞장서다 말고 던지듯 물었다.

"안 가시렵니까, 보트를레?"

"아, 가야죠, 가야죠."

"천만에요, 내 눈은 못 속여요. 대체 왜 그래요?"

발메라스는 무심코 소년의 손을 덥석 붙들었다. 한데 손이 마치 얼음장처럼 차가워져 있는 게 아닌가! 가만히 보니 보트를레는 바닥에 잔뜩 몸을 수그린 채 일어날 줄 모르고 있었다.

"대체 무슨 일이오?"

"아, 아닙니다. 곧 괜찮아질 거예요."

"하지만……."

"아, 두렵군요."

"두렵다니요?"

그제야 보트를레는 순순히 털어놓기 시작했다.

"네, 두렵습니다. 신경이 매우 약해졌거든요. 요즘엔 곧잘 다스리긴 하는데……. 오늘은 왠지 너무 조용한 데다 흥분도 되고……. 그놈의 서기한테 한 방 맞은 뒤로는 당최……. 아, 이제 괜찮을 겁니다. 됐어요, 이제 괜찮습니다."

발메라스는 가까스로 몸을 추슬러 일어선 보트를레를 방 밖으로 데리고 나갔다. 둘은 복도를 더듬으며 앞으로 나아갔는데, 어찌나 조용하고 조심조심 걸어갔는지 서로 옆에 있다는 것조차 느끼지 못할 정도였다. 문득 저 앞 현관 쪽에 희미한 불이 비치는 게 느껴졌다. 보아하니 계단 앞 외발 원탁 위에 야등(夜燈)이 하나 켜져 있는데, 종려나무 가지들 너머로 그 빛이 드문드문 내비치는 것이었다.

"멈춰!"

발메라스가 다급하게 속삭였다.

이렇게 보니 야등 바로 옆에 어떤 사내가 장총을 든 채 보초를 서고 있었다. 혹시 들킨 건 아니겠지? 아, 그럴지도…… 저렇게 거총(据銃)을 한 채 긴장하고 있는 걸 보면 최소한 뭔가 수상한 낌새라도 챈 게 틀림없다!

보트를레는 얼른 옆의 묘목 화분 뒤로 무릎을 꿇고 몸을 숙였다. 꼼짝 않고 동태를 살피는 그의 심장이 가슴팍을 깨뜨리고 터져나올 것만 같았다.

하지만 이내 주변이 더없이 고요하자, 보초는 마음을 놓은 모양이었다. 단, 무기는 내렸지만 여전히 고개는 묘목 화분 쪽으로 돌린 상태였다.

그렇게 끔찍한 긴장의 시간이 10분, 15분 흘러갔다. 달빛 한 줄기가 계단 창문을 통해 새어 들어오고 있었다. 문득 보트를레는 그 달빛이 서서히 이동하고 있다는 사실을 눈치챘다. 그런 식으로 계속해서 10여 분이 흐른다면 여기 이 화분 뒤 자신의 얼굴에 정면으로 와 닿을 게 뻔했다!

끈끈한 땀방울이 창백한 얼굴과 떨리는 손 위로 사정없이 흘러내렸다. 어찌나 가슴이 답답했던지 그대로 벌떡 일어나 무작정 줄행랑이라도 치고 싶었다. 하지만 발메라스가 곁에 있어준다는 데 생각이 미치자, 도망치는 대신 눈길로 그를 더듬어 찾기 시작했다. 한데 이게 웬일인가! 그는 매섭게 몸을 낮춘 채 묘목 화분들을 지나 조각상들 사이를 스쳐 쏜살같이 계단 앞으로 다가가는 것이 아닌가! 어느새 그는 보초와 몇 발짝밖에는 떨어지지 않은 곳까지 가 있었다!

　대체 무얼 하려는 짓인가? 그냥 저대로 지나치려고? 그래서 혼자 아버지를 구출하기라도 하겠다는 건가? 아니 무사히 저곳을 통과하기나 할까? 발메라스의 모습이 시야에서 순간 사라지는가 싶더니, 방금 전보다 왠지 더욱 답답하고 긴장된 적막이 엄습하는 게, 무슨 일이 곧 벌어지긴 벌어질 것 같은 느낌이었다.

　바로 그때였다! 그림자 하나가 보초를 향해 느닷없이 달려들면서 야등이 꺼지고 뭔가 투닥대는 소리가 들리는 것이었다. 보트를레는 그제야 화분 뒤에서 튀어 일어나 달려갔다. 두 그림자가 서로 부둥켜안다시피 한 채 바닥을 뒹구는 모양이었다. 자세히 살펴보려고 하는데, 거친 숨소리가 터져나오면서 한 사람이 벌떡 일어나 다짜고짜 팔을 와락 붙들더니 말했다.

　"자, 어서, 빨리!"

　승자는 발메라스였다.

　둘은 부리나케 계단으로 두 개 층을 달려 올라갔고, 양탄자가 아담하

게 깔린 복도 입구에 다다랐다.

"오른쪽입니다. 네 번째 방이에요!"

발메라스가 숨을 몰아쉬며 내뱉었다.

곧이어 문 앞에 당도한 두 사람. 역시 예상했던 대로 밖에서 단단히 잠겨 있었다. 문을 강제로 열기까지 적어도 반 시간가량은 쩔쩔매야만 했다. 마침내 안으로 들어서자마자 보트를레는 손을 더듬어 침대부터 찾았다. 곤히 주무시는 아버지를 살며시 흔들며 그는 다급하게 속삭였다.

"저예요, 아버지. 이지도르라고요. 이쪽은 친구고요. 이제 안심하세요. 자, 어서 일어나세요!"

보트를레 영감은 재빨리 몸을 일으켜 주섬주섬 옷을 주워 입기 시작했다. 그런데 방을 나서면서 이렇게 나직이 속삭이는 것이었다.

"이 성에 갇힌 사람이 나 말고 또 있단다."

"아, 누구 말이에요? 가니마르요? 홈스?"

"아니……. 그들을 본 적은 없어."

"그럼 누구요?"

"웬 아가씨더구나."

"그렇다면 마드무아젤 드 생베랑이 틀림없어요!"

"하여간 모르겠다. 정원을 산책하다가 몇 차례 멀리서 보았을 뿐이니. 하루는 창문 밖을 내다보는데 저쪽 창문에서 바로 그녀가 손짓을 하는 게 아니겠니……."

"그럼 그 방이 어디쯤인지 아세요?"

"응, 이 복도 오른쪽으로 세 번째 방이다."

발메라스가 그 말을 듣고 중얼거렸다.

"'푸른 방'이로군. 문이 양쪽으로 열게 되어 있으니 따고 들어가기가 휠씬 수월할 거요."

아닌 게 아니라 한쪽 문짝이 정말 쉽사리 열렸다. 우선 놀라지 않도록 보트를레 영감이 들어가 데려나오기로 했다.

한 10분이 지나고서야 영감은 여자를 데리고 나오며 아들에게 속삭였다.

"네 말이 맞다. 마드무아젤 드 생베랑이야."

이제 네 사람은 서둘러 계단을 내려갔고, 발메라스는 보초가 쓰러져 있는 곳에서 잠시 멈춰 이리저리 살펴보더니 축 뻗은 몸뚱어리를 테라스가 나 있는 방으로 질질 끌고 갔다.

"죽지는 않았어."

보트를레는 안도의 한숨을 내쉬었다.

"다행히 내 단도 날이 굽어졌거든. 하여간 치명상은 아닙니다. 하긴 악당들은 좀 당해도 싸지요."

밖으로 나가자 두 마리의 몰로스 견이 반갑게 맞아서 성벽의 비밀 출구까지 아예 호위를 하는 것이었다. 보트를레의 두 친구는 여전히 그곳을 지키고 있었고, 합류한 일행 모두는 조용하고도 신속하게 성벽에서 멀어져 갔다. 때는 새벽 3시였다.

하지만 이 같은 첫 승만으로 만족할 보트를레가 아니었다. 아버지와 여자를 안전한 곳에 모시자마자 그는 성에 사는 사람들과 특히 아르센 뤼팽의 평소 습관 같은 것을 줄기차게 물어댔다. 알고 보니 뤼팽은 사나흘 만에 한 번씩밖에 성에 찾아오지 않는다는 것이었다. 그것도 밤에 자동차를 타고 왔다가 이른 아침에 떠나는 식이란다. 하지만 매번 들를 때마다 반드시 두 수인(囚人)을 만나보는데, 그 친절하고 자상한 태도만큼은 인정하지 않을 수 없다는 것이었다. 한데 요즘 며칠은 성에서 통볼 수가 없었다고 했다.

뤼팽 말고는 요리와 청소를 담당하는 노파 하나와 교대로 포로를 감시하는 사내 둘이 그 성에서 마주치는 사람 전부였는데, 전혀 말을 하지 않는 두 사내는 인상이나 거동을 언뜻 보아도 뤼팽 도당의 말단 똘마니들이 분명했다.

"그렇다면 가정부까지 합해 기껏해야 셋이라는 얘긴데……. 그렇다고 만만히 보아서는 안 되지. 가만있자, 이렇게 시간만 낭비할 게 아니라……."

아직 새벽 어스름이 채 가시기도 전, 그는 느닷없이 자전거에 올라타 에귀종 마을로 내달렸다. 거기서 헌병대에 들이닥쳐 다짜고짜 말안장 준비 나팔(일종의 경보로 옛날 전투 개시 신호에 해당함—옮긴이)을 불게 하는 등 벌집 쑤시듯 흔들어 깨운 뒤, 아침 8시 헌병반장과 헌병 여덟 명을 이끌고 크로장으로 돌아오는 것이었다. 일단 헌병 둘은 집시 마차를 지키기로 했고, 또 다른 둘은 비밀 문 옆에서 망을 보았으며, 나머지 넷은 보트를레와 발메라스, 그리고 헌병반장의 지휘하에 이번엔 성채 정문을 향해 당당히 다가갔다. 한데 아뿔싸! 때가 너무 늦은 듯했다. 문이 활짝 열려 있는 게 아닌가! 지나던 한 촌부에게 물어보니 약 한 시간쯤 전, 성안에서 웬 자동차 한 대가 쏜살같이 빠져나오더라는 것이었다.

성안을 샅샅이 수색했지만 이렇다 할 결과는 얻을 수 없었다. 아무래도 이곳을 임시적인 주둔지 정도로 생각했음에 틀림없다. 누더기 같은 옷 몇 벌, 속옷 몇 벌, 잡다한 취사도구 몇 가지가 그들의 소지품 전부였다.

하지만 무엇보다도 보트를레와 발메라스를 놀라게 한 건, 부상당했던 그 보초의 자취가 말끔히 사라져 있다는 것이다. 격투가 일어났던 흔적은 물론, 현관 바닥에 남아 있을 약간의 핏자국 또한 전혀 찾아볼 수 없었다.

요컨대 에귀유 성에 뤼팽이 머물다 갔다는 것을 증명할 만한 그 어떤 물적 증거도 없는 셈이었다. 그나마 마드무아젤 드 생베랑이 사용하던 방 바로 옆방에서 아르센 뤼팽의 명함이 꽂힌 화려한 꽃다발 대여섯 개가 여자의 매몰찬 거절로 팽개쳐져 있는 게 발견되지만 않았다면, 헌병반장은 보트를레를 비롯한 네 명의 난데없는 호들갑을 충분히 문제 삼고도 남았을 것이다. 한데 그 꽃다발들 중 하나에는 명함 대신 두툼한 편지 봉투 하나가 꽂혀 있는 것을 레몽드는 모르고 지나쳤다. 오후에 수사판사가 그것을 개봉하자, 거부당한 한 사내의 뜨거운 사랑의 광기, 그 온갖 약속과 기원과 절망, 그리고 위협이 자그마치 열 장의 편지지에 깨알같이 담겨 있는 것이었다. 편지는 이런 맺음말로 끝을 고하고 있었다.

나는 화요일 저녁에 돌아오겠소, 레몽드. 그때까지 잘 생각해보오. 나로선 더 이상 기다릴 수가 없어요. 무엇이든 각오가 되어 있는 몸이오.

화요일 밤이라면……. 보트를레가 마드무아젤 드 생베랑을 구출해간 바로 그 밤이 아닌가!

아무튼 마드무아젤 드 생베랑의 탈출로 이 일련의 사건들이 귀결되었다는 소식이 사람들을 얼마나 흥분의 도가니로 몰고 갔는가는 지금도 모두 기억이 생생할 것이다. 뤼팽이 그토록 애정을 목말라하던, 그래서 사상 유례없는 정교한 술수를 동원해 납치까지 했던 그 여자를 순순히 놓아주다니! 하긴 어디 그뿐이랴! 절실한 휴전의 필요성 때문에 어렵게 볼모로 잡아두었던 보트를레 영감마저 자유의 몸이 되었으니……. 한꺼번에 두 명이나 뤼팽의 허를 찌르고 보기 좋게 탈출에 성공한 것이다. 아울러 에귀유의 비밀 역시 이제는 세상에 모르는 사람이 없을 정도로 널리 알려지게 되었다.

대중의 즐거움은 이제 어딜 가나 뤼팽에 관한 일화로 넘치는 듯했다. 저마다 패배한 대모험가의 사연을 구성지게 노래로 만들어 불러대기도 했다. 「뤼팽의 연가」라든가 「아르센의 흐느낌」, 「사랑에 빠진 도둑」, 「소매치기의 서글픈 사연」 등등 거리마다 뤼팽과 관련한 유행가들이 흥청망청 범람하는 것이었다.

한편 언론의 끈질긴 추적과 인터뷰 요청에 대해 레몽드는 가급적 최대한 신중을 기하는 입장에서 대응했다. 하지만 어쩌겠는가. 이미 열 장짜리 연서가 공개되고, 엄청난 꽃다발 공세와 서글픈 스캔들의 전모가 낱낱이 밝혀진 마당에! 졸지에 뤼팽은 우롱당하고 희화화되었으며, 자신이 서 있던 버젓한 연단에서 곤두박질친 꼴이었다. 반면 보트를레가 새로운 우상으로 등극한 것은 물론이고 말이다. 한마디로 그는 모든 것을 내다본 사람, 모든 것을 이해하고 모든 것을 수습한 영웅이었다! 수사판사 앞에서 마드무아젤 드 생베랑이 진술한 자신의 납치 경위 역시, 그 전에 보트를레가 신문에 발표한 추리 내용과 완벽하게 일치했다. 요컨대 모든 점에서 현실은 소년 탐정이 그럴 것이라고 단언한 내용과 절묘하게 맞아떨어지는 것이었다. 뤼팽이 드디어 임자를 만난 셈이다.

보트를레는 아버지가 사부아의 눈 덮인 산악 지대로 돌아가시기 전에 좀 따뜻한 곳에서 요양하시게 해드리고 싶었다. 그래서 마드무아젤 드 생베랑과 함께 자신이 직접 니스 근방, 제브르 백작 부녀가 겨울을 나기 위해 머물고 있는 부근으로 아버지를 모시고 갔다. 그뿐만 아니라

그다음다음 날 발메라스 역시 어머니를 모시고 이 새로운 친구들과 합류하는 바람에, 모두들 제브르 백작의 별장을 중심으로 마치 한 가족처럼 모여 살며 단란한 휴양을 즐기게 되었다. 물론 백작이 고용한 인원 대여섯이 밤낮으로 그 주변을 경계하는 가운데 말이다.

그렇게 시간이 흘러 10월 초가 되자, 아직은 고등학교 수사 학급 학생인 보트를레로선 파리로 돌아가 학업을 계속하고 시험 준비도 해야만 했다. 그렇게 일상은 다시금 아무 일도 없었다는 듯 평안하게 재개되고 있었다. 사실 뤼팽과의 싸움이 끝난 마당에 이제 무슨 특별한 일이 또 있겠는가?

하긴 뤼팽의 입장에서도 이제는 모든 사실을 있는 그대로 받아들이고 깨끗하게 승복한 듯 보였다. 얼마 안 가, 나머지 두 포로였던 가니마르와 셜록 홈스도 되돌아왔던 것이다. 다만 그 둘의 생환은, 앞선 보트를레 영감과 마드무아젤 드 생베랑의 경우와는 판이하게, 극히 초라한 상태에서 이루어졌다. 파리 경시청 맞은편 오르페브르 하얀 방파제 위에 꽁꽁 묶인 채 꾸벅꾸벅 졸고 있는 모습으로 근처 넝마주이에 의해 발견되었던 것이다.

거의 빈사 상태로 한 일주일 정도의 시간이 경과하고서야 두 사람은 생각의 가닥을 잡아갈 수 있었는데, 고집스럽게 입을 다문 홈스와는 달리 가니마르는 이렇게 털어놓는 것이었다.

"'제비'호라는 배를 타고 아프리카 일대를 일주했는데, 선원들이 항구에 정박할 때마다 배 밑창에 몇 시간씩 갇혀 지내야 하는 것만 빼면, 그런대로 자유롭고 매력적인 여행이라 할 수 있었습니다."

하지만 오르페브르 제방 위에 내려지게 된 경위는 전혀 기억이 나지 않는다는 것이었다. 아마도 그 이전 수일 동안 깊은 잠에 곯아떨어진 듯했다.

어쨌든 그 두 사람마저 자유의 몸이 되었다는 사실은 뤼팽이 이제야 철저한 패배를 인정했다는 의미로 받아들여졌다. 더 이상 싸울 마음이 없을 바엔 차라리 전격적으로 패배를 인정한다는 뜻 말이다.

게다가 또 하나의 결정적인 사건이 이 사실을 더더욱 확고한 것으로 만들어버렸다. 다름 아니라, 루이 발메라스와 마드무아젤 드 생베랑이 약혼식을 거행한 것이다! 그간 우여곡절을 함께 겪으며 붙어 지내오다시피 한 끝에 두 사람 사이에는 어느새 뜨거운 연정의 불꽃이 지펴졌던 것이니, 발메라스는 레몽드의 멜랑콜리한 매력에 홀딱 반했고, 그녀 역시 삶에 상처 입은 몸으로 누군가의 그늘이 절실한 마당에, 자신을 구원하려고 그토록 용감히 몸을 던진 신사의 힘과 열정을 마다할 이유가 없었던 것이다.

하지만 두 남녀의 결혼 날짜를 기다리는 사람들의 마음은 불안하기만 했다. 혹시 울분에 사로잡힌 나머지 뤼팽이 무슨 해코지라도 하려 드는 건 아닐까? 그토록 사랑해 마지않던 여인을 돌이킬 수 없이 잃게 되는 걸 과연 그저 가만히 바라볼 수가 있을까? 그러고 보니 두세 번에 걸쳐 별장 주변을 어슬렁거리는 웬 수상쩍은 남자들이 눈에 띄기도 했고, 발메라스의 경우는, 어느 날 저녁, 자칭 취해서 그랬다고는 하지만, 난데없는 부랑자가 쏜 총알이 모자를 꿰뚫고 지나가는 봉변을 당하기도 했다. 그럼에도 불구하고 마침내 결혼식 날은 왔고, 행사는 정확한 시각에 성대하게 치러졌다. 레몽드 드 생베랑이 마담 루이 발메라스가 되는 순간이었다.

그것은 이제 운명이 완전히 보트를레의 손을 들어주었고, 승리의 방명록에 그의 이름을 또렷이 새겨준 것과 같은 의미였다. 어찌 이 같은 경사를 멋없이 흘려보낼 수 있겠는가! 보트를레의 추종자들을 중심으로 뤼팽의 참패와 보트를레의 압승을 기념하는 대규모 연회라도 베풀어야 하지 않겠느냐는 의견이 봇물처럼 쏟아져 나오는 건 당연했다. 그럴듯한 생각이었다. 아이디어는 즉시 엄청난 호응을 불러일으켰고, 참석 의사를 밝힌 인원만 보름 만에 300명 선을 넘어섰다. 특히 파리의 모든 고등학교마다 각 학급당 두 명 정도의 비율로 초대장이 뿌려졌다. 언론에서도 새로운 영웅에 대한 찬사가 연일 끊이지 않는 마당에, 대규모 연회는 소위 '영웅 추대식'에서 도저히 빠질 수 없는 과정이라 해도 좋았다.

주인공이 보트를레인 만큼 '영웅 추대식'의 연설은 간소하면서도 매력적이었다. 그의 존재 자체만으로도 사실 잡다한 얘기가 불필요했던 것이다. 시끄럽게 남발되는 브라보 연호 앞에서, 그리고 자신을 지상 최고의 탐정으로 치켜세우는 과도한 찬사 앞에서 그는 다만 한 평범한 학생처럼 여간 난감해하는 게 아니었다. 그 같은 심정을 보트를레는 모두의 마음에 흡족한 몇 마디 말로 표명했고, 수많은 사람의 시선이 거북한 듯 이내 얼굴이 화사하게 붉어지는 것이었다. 하지만 제아무리 이성적이고 감정의 통제에 능란하다 해도 이 같은 분위기를 끝까지 외면할 수만은 없었는지, 그도 넘쳐 오르는 취흥을 약간은 발산하기도 했다. 그는 자신의 기쁜 마음, 신념 등등을 열띤 태도로 이야기했고, 장송고등학교 동급생들을 비롯한 여러 친구, 아버지와 제브르 백작, 그리고 특별히 축하하러 온 발메라스에게 미소를 보내기도 했다.

한데 연설의 말미가 장식되면서 건배를 들기 위해 잔을 치켜드는 순간, 방 저쪽 구석으로부터 난데없는 외침 소리가 분위기에 찬물을 확 끼얹는 것이었다. 모두들 돌아본 그곳엔 누군가 혼비백산한 표정으로 신문을 흔들어대고 있었다. 모두 다시금 분위기를 추슬렀고, 훼방꾼도 안정을 되찾았지만, 문제의 신문이 이 사람에게서 저 사람 손으로 옮겨감에 따라 은연중에 술렁대는 분위기가 무섭게 퍼져가는 것이었다. 모인 사람들은 너 나 할 것 없이 신문에 눈길을 던지는 순간 저도 모르는 탄성을 내뱉고 있었다.

막상 읽고 아연실색하는 이들도 그렇지만, 신문이 미처 돌아가지 않은 맞은편 좌석에서까지 "어디 좀 읽어봐! 좀 읽어보라니까!" 하며 소란을 떠는 바람에 전체 분위기는 점점 엉망이 되어갔다.

보다 못한 보트를레 영감은 주빈석에서 벌떡 일어나 문제의 신문을 빼앗아 아들에게 가져다주었다.

"읽어보세요! 어디 좀 읽어보시라고요!"

이제는 전체가 그런 요청으로 들끓다시피 했다.

"조용히 해봐! 그가 읽으려고 하잖아. 자, 조용히……."

보트를레는 똑바로 선 채, 눈으로는 이처럼 난데없는 소란을 몰고 온 기사가 어디 박혀 있는지 신문 여기저기를 뒤지고 있었다. 그러다 문득 푸른색 색연필로 표시가 된 어떤 제목에 눈길이 가 닿자 손을 번쩍 들어 모두 조용히 하라는 신호를 보내는 것이었다. 문제의 기사를 읽어 내려가는 그의 목소리는 시간이 흐를수록 엄청난 혼란으로 치닫는 감정 상태를 고스란히 드러내고 있었다. 아울러 이제는 명실상부한 영웅이 된 소년 탐정의 그간 노력을 완전히 물거품으로 만들고, '에귀유 크뢰즈'에 관한 자신의 생각을 형편없게 뒤집어엎으면서 아르센 뤼팽과의 싸움에 대한 가소로운 망상을 신랄하게 꼬집어대는 일련의 사실들이 처절하게 폭로되는 것이었다.

비명(碑銘) 문학 아카데미(주로 사학, 고고학, 문헌학을 연구하는 최고 학문 기관으로 아카데미 프랑세즈와 더불어 5대 아카데미 중 하나임─옮긴이) 회원인 므슈 마시방으로부터의 공개서한

신문사 사장 귀하
1679년 3월 17일 다음과 같은 제목을 단 어느 자그마한 책자가 출간된 바 있습니다.
『에귀유 크뢰즈의 비밀』.
사상 최초로 공개되는 진실의 전모.
궁정 교화를 목적으로 저자 자신에 의해 100부 한정으로 인쇄됨.
그날 아침 9시, 정체불명의 잘 차려입은 아주 앳된 젊은이가 궁정의 내로라하는 유력 인사들의 숙소를 돌며 이 책자를 돌리기 시작했습니다. 아침 10시, 겨우 네 군데를 돌았을 때, 그는 위병 대장에게 체포되어 왕의 집무실로 끌려갔고, 이미 배포된 책 네 권은 즉시 수거되었습니

다. 그렇게 100권이 모두 모아지자 그때부터 면밀한 검토에 들어갔는데, 마침내 왕은 그 모두를 직접 불에 던져 넣고 딱 한 권만 자신의 소유로 남겨두었답니다. 왕은 근위대장으로 하여금 책의 저자를 므슈 드 생마르스에게 보내도록 했고, 생마르스는 죄수를 피뉴롤(피네롤로. 이탈리아의 피에몬테에 소재한 도시로, 당시엔 프랑스의 영토였음—옮긴이)의 고성(古城)에 일단 수감했다가, 나중에 생트마르그리트 섬의 요새 감옥으로 이감시켰습니다. 그 죄수가 저 유명한 '철가면'으로 알려진 인물(프랑스의 역사, 전설 등에 나오는, 벨벳 가면을 강제 착용당한 수수께끼의 정치범으로, 루이 14세의 쌍둥이 형이라는 설이 있음—옮긴이)이라는 것은 거의 틀림없는 사실이지요.

그런데 책의 검토 작업 현장에 있었던 근위대장이, 왕이 한눈파는 틈을 타, 벽난로 속에서 아직 불길에 닿지 않은 책 한 권을 잽싸게 빼내지 않았더라면 진실은 그때 그대로 영원히 사장되었을 것입니다. 한데 그로부터 6개월이 지난 어느 날, 그 근위대장 역시 가이용에서 망트로 가는 도중 산적들의 습격을 받아 살해되었답니다. 놈들은 그의 옷을 몽땅 벗기고 소지품을 털어 갔는데, 유독 오른쪽 호주머니 속에 있던 진짜 어마어마한 가치를 가진 보물에는 손도 대지 않았다고 하지요.

요컨대, 그의 호주머니 속에 있던 종이 뭉치 가운데에는 자필 원고 하나가 섞여 있었고, 그 내용은, 불에서 건져낸 책을 직접 언급하지는 않으면서 실상은 그 처음 몇 장의 내용을 고스란히 요약해놓은 것이었습니다. 그것은 영국 왕들에게 대대로 이어져 내려오던 것이었는데, 가엾게도 미쳐버린 헨리 6세의 왕위가 요크 공작의 머리 위로 옮겨갔을 때(헨리 6세는 백년전쟁에서 패퇴한 후 영국으로 돌아와 평화 정책을 시행했으나 요크 공의 반란에 부닥치고, 결국 장미전쟁에 패해 요크 공의 아들에게 왕위를 넘겨주고 비운의 생을 마감함—옮긴이) 잊혔다가, 잔 다르크에 의해 프랑스 왕으로 추대된 샤를 7세의 손으로 넘어갔고, 그때부터 국가적인 기밀이 된 이후, 왕위를 물려주는 선왕의 임종 현장에서 '프랑스 왕을 위해'라는 말과 함께 밀봉된 편지를 통해 전수되어왔습니다. 한마디로 그 비밀은 수 세기에 걸쳐 대대로 축적되어온 어마어마한 규모의 왕가 보물들의 존재와 그것이 보관된 장소를 명시하는 내용이었지요.

그로부터 114년이 지난 어느 날, 탕플 탑(塔)에 수감되어 있던 루이 16세는 왕의 가족을 감시하도록 배치된 장교 중 한 명을 따로 불러 이렇게 말했다고 합니다.

—그대의 조상 중에 근위대장으로서 우리 선왕 중 한 분(루이 14세를 말함—옮긴이)을 모신 사람이 있지 않은가?

—있습니다.

—그렇다면 그대는 결코, 결코…….

왕은 뭔가 말하려다 망설이고 있었고, 눈치 빠른 장교가 말을 받았지요.

—왕을 배신하지는 않을 거라는 말씀이죠? 오, 폐하……. 망극하옵니다.

—그럼 그대의 충성심을 믿고 말할 테니, 잘 듣게.

왕은 주머니에서 자그마한 책 한 권을 꺼내 마지막 페이지들 중 한 장을 찢다 말고, 갑자기 생각을 바꾸며 이러는 것이었습니다.

—아니, 차라리 내가 다시 베껴 적는 게 낫겠어.

왕은 커다란 종이를 찢고 찢어서 자그마한 직사각형의 쪽지 크기로 만들어 거기다 책장에 있는 그대로 다섯 줄의 점과 선, 그리고 일련의 숫자를 적어 넣었습니다. 그러고 나서 즉시 원본은 불에 태운 다음, 쪽지를 사 등분으로 꼬깃꼬깃 접어서 붉은 밀랍으로 봉한 뒤, 장교에게 건네주며 이랬다는군요.

—귀관에게 부탁이 있소. 내가 죽거든 이것을 왕비(마리 앙투아네트—옮긴이)에게 전해주시구려. 그리고 이렇게 말해주시오. '왕비님, 왕께서 전하라고 하셨습니다, 부인과 아드님을 위해서'라고요. 만약 무슨 뜻인지 잘 이해를 못하거든…….

—그러면 어찌할까요?

—그러면 그저 비밀에 관한 거라고 하시오. '에귀유'의 비밀에 관한 거라고. 그러면 아마 알아들을 겁니다.

그렇게 말한 뒤, 왕은 책자를 아궁이의 잉걸불 속으로 냅다 내던졌답니다.

그 후, 1월 21일 왕은 기요틴에 희생되고 말았죠.

한편 장교가 임무를 완수하기까지는, 왕비가 콩시에르주리 감옥으로 이송되고 나서 약 두 달가량을 더 기다려야 했습니다. 그러다가 결국 우여곡절 끝에 술수를 동원해 마리 앙투아네트를 직접 대면하는 데 성공했지요. 그는 왕비가 가급적 잘 알아들을 수 있도록 단도직입적으로 얘기를 꺼냈답니다.

—서거하신 왕께서 왕비님과 아드님을 위해 이것을 전하라고 하셨습니다.

그러면서 밀봉된 종이를 내밀었습니다.

왕비는 간수들이 한눈파는 사이 봉인을 뜯어내고 쪽지를 펼쳐 보았습니다. 처음에는 도무지 알 수 없는 암호문을 보고 난감하기만 했는데, 잠시 시간이 흐르면서 그 의미를 깨닫기 시작했습니다. 그러고는 씁쓸한 미소를 띠면서 이렇게 중얼거리는 것을 장교는 들었다고 합니다.

—왜 이리 늦었을꼬.

왕비는 쪽지를 어디다 숨길지 몰라 잠시 주저하더니, 기도책을 열고

가죽 장정과 양피지 커버 사이에 낸 비밀 틈새로 쪽지를 밀어 넣었습니다.

—왜 이렇게 늦었어.

왕비는 연신 그렇게 중얼거렸다고 합니다.

아마도 제때 도착만 했던들 목숨을 구해줄 수도 있었을 그 문서가 너무 늦게 주어지는 바람에 낭패감이 들었던 거지요. 어쨌든 그해 10월 마리 앙투아네트 왕비는 마찬가지로 기요틴에 목을 내놓고야 맙니다.

한편 그 장교는 집안 대대로 내려오는 서류들을 뒤적이던 중 옛날 근위대장으로 복무했던 증조부가 남긴 원고를 발견하게 됩니다. 그때부터 그는 단 한 가지 일념, 즉 모든 여가 시간을 총동원하여 그 속에 담긴 기이한 문제를 푸는 데 몰두하리라는 결심을 품습니다. 그는 모든 라틴 작가를 탐독했고, 프랑스는 물론 이웃 나라들의 연대기도 죄다 훑었으며, 수도원들을 뻔질나게 드나들면서 온갖 장부와 종교사적 기록집, 논문을 꼼꼼히 검토하는 가운데 오랜 세월에 걸쳐 산재해 있던 일련의 인용문들을 발견하게 되었답니다. 즉, 다음과 같은 것들이지요.

갈리아 전쟁에 대해 카이사르가 남긴 책(『갈리아 전기』 전 8권. BC 58~BC 51—옮긴이) 중 3권을 보면, 티툴리우스 사비누스에게 패한 칼레트족(고대 프랑스 민족인 골족의 일파—옮긴이)의 수장 비리도빅스가 카이사르 앞에 끌려왔을 때, 자신의 몸값으로 에귀유의 비밀을 공개했다는 얘기…….

그런가 하면 샤를 왕과 북부 야만족의 수장인 롤로 사이에 맺어진 생클레르쉬르엡트 조약(911년 노르만족의 거듭되는 침입에 프랑스 왕 샤를이 이 조약을 체결하여 지금의 노르망디 지역을 봉토로 하사하고 작위까지 수여해 정착시킴—옮긴이)에는 롤로라는 이름 뒤에 숱한 직함이 덧붙는데, 그중 하나가 '에귀유의 비밀의 주인'이었다.

『앵글로색슨 연대기』(깁슨 편찬. 134쪽)는 정복자 기욤(윌리엄 1세. 1027~1087. 원래 프랑스 노르망디 공으로서 잉글랜드를 정벌해 노르만 왕조를 건립함—옮긴이)에 대해 얘기하면서 그의 군기 깃대 끝이 마치 '바늘(에귀유)'처럼 뾰족하고 예리하게 갈라져 있다고 묘사한다.

또한 잔 다르크에 대한 신문조서에는 아주 애매모호한 대목이 등장하는데, 그녀가 프랑스 왕에게 얘기해줄 비밀이 있다고 고백하자, 판관들의 대답이 '그게 무엇인지 우리도 알고 있다. 잔, 그대는 바로 그 때문에도 죽어야 한다'라며 일갈하고 있다.

한편 앙리 4세는 가끔 "에귀유에 대고 맹세컨대"라는 말을 되뇌곤 했다.

그 훨씬 전에는 프랑수아 1세가 1520년 르아브르의 귀족들을 앞에 놓고 일장 연설을 하면서 내뱉었다는 어느 구절이 옹플뢰르의 한 부르주아의 일기에 다음과 같이 적혀 있다. '프랑스의 임금들은 사물의 향방과 모든 도시의 운명을 제어할 만한 비밀을 소지하고 있도다!'

사장님, 사실 이상 언급한 모든 인용문이나 철가면과 근위대장, 그리고 장교에 관한 모든 이야기는 오늘날 바로 그 장교 자신이 직접 써서 1815년 6월에 인쇄를 한 가제본 소책자 안에 고스란히 들어 있답니다. 한데 그 책이 인쇄되어 나온 때가 워털루 전쟁이 발발할 즈음이라서, 그만 엄청날 수도 있었을 파문이 전쟁의 난리 북새통 속에 조용히 묻힌 채 지나가버렸지요.

사장님께선 혹시 그 소책자가 아무런 가치도 없고 별로 믿을 만한 내용도 아니라고 말씀하실지 모릅니다. 책을 처음 대할 때 내 인상 역시 그랬으니까요. 하지만 카이사르의 저서 중 바로 위에서 언급된 해당 장을 내 손으로 직접 들추어보고, 이 소책자에 기술된 바로 그 대목이 정확히 그곳에 등장하는 걸 확인한 순간, 얼마나 놀랐는지 모릅니다! 물론 생클레르쉬르엡트 조약이라든가, 『앵글로색슨 연대기』, 잔 다르크의 신문조서에서도 똑같은 확인이 이루어졌고 말입니다.

결국 1815년 이 책자를 쓴 저자의 얘기는 모두가 사실 그대로라는 얘기이지요. 그런가 하면, 나폴레옹이 프랑스 전역을 주름잡았을 때, 한 장교가 지친 말을 이끌고 어느 성의 문을 두드리게 되었는데, 생루이 기사단(1698년 루이 14세가 창설한 기사단—옮긴이) 소속의 어느 노인이 그를 맞이했다고 합니다. 한데 그 노(老)기사와 이런저런 대화를 나누던 중 다음과 같은 놀라운 사실을 알게 되었다는 겁니다. 즉, 크뢰즈 현(縣) 외곽에 자리 잡은 이 성의 이름은 '에귀유(바늘)'이며, 루이 14세가 건축하고 이름을 붙였는데, 왠지 아주 다급한 명령을 내려, 종루들과 그 한가운데 마치 '바늘'처럼 뽀족하게 솟은 첨탑을 별도로 설치하게 했다는 것입니다. 한데 그 날짜가 1680년이라는 겁니다!

세상에, 1680년이라면, 제일 처음 문제의 책자가 출간되고 그 저자인 철가면이 투옥된 바로 다음 해가 아닙니까! 결국 그로써 모든 게 저절로 설명이 되는 셈이었지요. 즉, 왕가의 오랜 비밀이 누설될 것을 내다본 루이 14세는 서둘러 이 성을 세우고 이름을 붙여서 호기심이 강한 사람들에게 고대의 수수께끼에 대한 자연스러운 해답을 제시했던 것입니다. 이른바 '에귀유 크뢰즈'란, 크뢰즈 현(縣)의 외곽에 세워진 뽀족한 바늘 모양의 첨탑과 종루들이 즐비한 왕의 성채라 이거지요. 순식간에 사람들은 수수께끼의 해답을 얻은 셈이고, 그로써 더 이상의 호기심은 잦아들게 된 거랍니다.

하긴 당시 루이 14세의 계산은 옳았던 듯합니다. 무려 두 세기가 지난 지금도 므슈 보트를레가 그와 똑같은 함정에 빠지고 말았으니까요. 사장님, 사실 내가 이런 편지를 길게 쓰는 것도 바로 그 점을 논하기 위함입니다. 안프레디의 이름을 가진 뤼팽이 므슈 발메라스에게서 크뢰즈 현의 성을 임차하고 두 볼모를 그곳에 거하게 한 것은, 므슈 보트를레의 수사 행위가 불가피하게 미쳐올 것을 내다보고 루이 14세의 역사적 함정이라 할 만한 술책을 똑같이 그에게 내밀기 위함이었다는 얘기지요. 물론 자신이 줄기차게 요구해온 평화를 얻기 위해서 말입니다.

　자, 그렇다면 이제는 어쩔 수 없이 다음과 같은 결론을 내릴 수밖에 없습니다. 즉, 뤼팽은 지금까지 우리에게 알려진 사실들만 가지고서 그야말로 놀라운 지력과 인내심을 통해 도저히 해독 불가능한 암호 문서를 마침내 풀어내고야 말았다는 사실입니다. 말하자면 뤼팽은 프랑스 왕의 최후 계승자로서, '에귀유 크뢰즈'라는 왕가(王家)의 비밀을 이미 깨쳤다는 얘기입니다!

기사는 거기서 끝나 있었다. 사실 몇 분 전, 그러니까 에귀유 성에 관한 대목이 나오면서부터는 신문은 다른 사람이 건네받아 읽고 있었다. 어이없이 참패한 것을 깨달은 보트를레는, 너무도 부끄러운 마음에, 그만 신문을 떨어뜨리고 의자에 쓰러지듯 앉아 머리를 두 손으로 감싸 쥐고 있었던 것이다.

이 믿을 수 없는 이야기에 아연실색한 사람들이 그의 주위로 웅성대며 몰려들고 있었다. 그러면서 천재 소년의 입에서 뭔가 그럴듯한 반론이 튀어나오기를 숨죽이며 지켜보는 것이었다.

하지만 보트를레는 꼼짝도 하지 않았다.

마침내 보다 못한 발메라스가 그의 두 손을 풀고 고개를 들어 올렸다.

이지도르 보트를레는 울고 있었다.

결정판 아르센 뤼팽 전집

7
에귀유 논고(論考)

새벽 4시였다. 이지도르는 학교로 돌아가지 않았다. 뤼팽에 대해 선전포고를 한 이 치열한 전쟁의 끝을 보지 않고는 앞으로도 영영 돌아가지 않을 태세였다. 친구들에게 둘러싸여 마차 속에 들어앉은 채 곤죽이 되어버린 보트를레는 그런 자기 마음을 연신 중얼거리고 있었다. 따지고 보면 얼마나 정신 나간 다짐인가! 애당초 부조리하고 비이성적인 싸움이 아니던가! 혼자 외롭고 무기도 없는 소년의 힘으로 저 막강한 존재에게 대항해 무엇을 어찌할 수 있다는 말인가! 어디서부터 어떻게 건드리려고? 상대는 난공불락의 기적 같은 존재가 아니던가! 어디를 어떻게 찔러본단 말인가? 상대는 거의 불사의 존재가 아니던가? 아니, 접근이라도 할 수 있겠는가? 그처럼 신기루같이 신출귀몰하는 존재에게?

새벽 4시……. 이지도르는 일단 장송 고등학교 동창생이 베푸는 숙소로 다시금 찾아들었다. 자기 방의 벽난로 앞에 똑바로 선 채, 대리석판 위에 팔꿈치를 괴고 두 주먹에 턱을 고인 채, 보트를레는 앞의 거울 속에 비친 자신의 얼굴을 노려보았다.

그는 더 이상 울지 않았다. 이젠 울고 싶지도 않았고, 침대 속에서 잠 못 이룬 채 몸부림치고 싶지도 않았다. 지난 두 시간 동안 헤매던 절망 상태 속에 더는 주저앉아 있을 수만은 없었다. 그는 생각하고, 또 생각 해서, 깨치고만 싶었다.

마치 생각에 잠긴 자신의 이미지를 바라봄으로써 사고의 힘이 배가 되기라도 하는 것처럼, 자기 안에서 찾을 수 없는 불가해한 문제의 해 답을 저 거울 속의 존재로부터 뽑아내기라도 하려는 것처럼, 그의 두 눈동자는 거울 속의 두 눈동자를 꿰뚫듯이 쏘아보는 것이었다. 아침 6시까지 그는 꼼짝 않고 그러고 있었다. 그러자 급기야는 모든 복잡하 고 어지러운 잡동사니가 시원하게 가시면서 문제의 핵심이 지극히 간 단명료하면서 마치 방정식처럼 확고하게 떠오르는 것이었다.

그렇다, 지금까지 감쪽같이 속아왔던 것이다. 암호문에 대한 해석은 완전한 오류에 불과했다. '에귀유'라는 단어는 크뢰즈 외곽에 있는 성 을 뜻하는 게 아니다. 마찬가지로 '드무아젤'이라는 단어 역시 레몽드 드 생베랑이나 그녀의 사촌 동생을 가리키는 게 아니다. 암호문은 적어 도 수 세기를 거슬러 오르는 역사성을 담고 있으니까 말이다.

그럼 처음부터 다시 시작해야 한다는 말인가? 과연 어떻게?

문서의 내용을 조사하고 고증하는 데 있어 유일한 근거는 딱 하나, 루이 14세 때 출간된 바로 그 원본을 조회하는 것이다! 한데 철가면으 로 추정되는 저자가 인쇄한 100권의 책 중 단 두 권만이 재가 되는 신 세를 모면했다는데……. 그중 하나는 근위대장이 빼돌렸다가 그나마 행방불명이고, 다른 하나는 루이 14세가 보관하고 있다가 루이 15세에 게 전해졌고, 루이 16세에 이르러 그 또한 재로 화해버렸다. 하지만 거 기서 가장 핵심적인 내용을 필사한 쪽지가 다행히 남아 있다! 문제의 해답, 아니 적어도 암호화된 해답이 적힌 그 쪽지는 마리 앙투아네트 왕비의 기도책 표지 속에 들어가 있고 말이다.

대체 그 쪽지는 이후 어떻게 되었을까? 보트를레의 손에 잠시 머물다가, 뤼팽의 사주를 받은 브레두 서기가 강탈해간 바로 그 종이가 문제의 쪽지였을까? 아니면 아직도 마리 앙투아네트의 기도책 속에서 곤히 잠자고 있는 걸까?

그러자 의문의 초점이 이렇게 귀결되는 것이었다. '왕비의 기도책은 어찌 되었을까?'

약간의 휴식을 취한 뒤 보트를레는 베테랑 수집가로 소문이 자자한 친구의 아버지를 찾아갔다. 그는 문서 수집에 관한 한 비공식 전문가로 명망이 높았으며, 최근에도 모 박물관 관장이 소장품 목록을 만들기 위해 그에게 자문을 구할 정도였다.

"마리 앙투아네트의 기도책이라……. 그건 왕비가 하녀에게 시켜서 비밀리에 페르생 백작에게 전하도록 했지. 그 후 백작의 가문 대대로 소중하게 모셔지다가 한 5년 전부터는 진열장에 보관 중이라네."

"진열장이라뇨?"

"카르나발레 박물관 진열장 말이네."

"그 박물관 개장 시간이 언제죠?"

"어디 보자……. 한 20분 후면 열겠군!"

정확한 시간, 고풍스러운 마담 드 세비녜 호텔 문이 열리자마자 이지도르는 친구 한 명과 함께 마차에서 뛰어내렸다.

"므슈 보트를레!"

순간, 난데없는 목소리들이 그의 뒤통수에 부딪쳐왔다. 놀랍게도 '에 귀유 크뢰즈 사건'에 매달린 기자들이 벌 떼처럼 따라와 있었던 것이다. 그중 하나가 이렇게 호들갑을 떨었다.

"정말 기가 막힌 일이죠? 우리 모두 같은 생각이랍니다. 아무래도 아르센 뤼팽이 우리 가운데 있는 것 같아요!"

어쩔 수 없이 우르르 한꺼번에 건물 안으로 밀어닥쳤다. 관장은 즉각 사태를 파악하고서, 진열장 앞으로 모두를 선뜻 안내했다. 그 안에는 전혀 왕가의 소유물이었다고는 생각되지 않을 만큼 초라해 뵈는 책이 한 권 달랑 있었다. 한데 그 처절한 시간을 보내며 왕비의 떨리는 손길이 어루만졌을, 눈물로 벌겋게 충혈된 눈길이 한없이 더듬었을 그 책을 보자, 순간적이나마 모두의 마음속에 숙연한 감정이 치밀어오는 것이었다. 당연히 신성모독이라도 범하는 것 같아, 누구 하나 감히 책을 집어 들어 들춰볼 엄두를 못 내고 있었다.

누군가 이렇게 말했다.

"므슈 보트를레, 아무래도 이건 당신이 나서야 할 일인 것 같소."

보트를레는 조심스러운 손길로 책을 집어 들었다. 책의 외양은 과연 소책자의 저자가 묘사했던 그대로였다. 우선 지저분하게 여기저기 해지고 때 묻은 양피지 커버가 있고 그 속에 단단한 가죽으로 된 진짜 표지가 있는 게 그랬다.

아, 그 속에 감춰져 있을 비밀 틈새를 조사하는 보트를레의 심정이 얼마나 떨렸을까! 이 모든 게 한낱 떠도는 낭설이었으면 어쩌나? 과연 루이 16세가 직접 써서 왕비에게 넘겼고, 그녀의 열성 추종자 귀족에게 또다시 넘어간 역사적인 쪽지가 오늘 이 소년의 손끝에 걸린 것인가?

앞표지 윗부분에는 아무 데도 무엇을 숨길 만한 구석이라곤 없었다.

"없어."

"없대. 없다는군."

그가 중얼대자 나머지 사람들도 일제히 웅성대면서 중얼거렸다.

한데 뒤표지는 다소 억지스럽게 틈새를 벌리자 양피지 커버와 장정 사이가 약간 벌어지는 것이었다. 그는 조심스레 손가락을 밀어 넣었다. 뭔가 있었다! 그렇다 뭔가……. 그래, 종이였다!

"오, 있어요! 이럴 수가……."

"어서, 어서……. 뭐해요, 빨리 꺼내지 않고!"

마침내 보트를레는 두 겹으로 접힌 종이를 온전히 꺼내는 데 성공했다.

"자, 어디 한번 읽어봐요! 저런, 붉은 잉크로 썼군그래. 혹시 피 아니야? 자, 어서 읽어보라니까!"

모두들 너 나 할 것 없이 보채는 가운데 보트를레는 떨리는 목소리로 다음과 같이 읽어 내려갔다.

페르생, 그대에게 내 아들의 안위를 위해 이것을 맡깁니다.

1793년 10월 16일…….

마리 앙투아네트

순간, 보트를레는 저도 모르게 외마디 소리를 지르고 말았다. 왕비의 친필 서명 바로 아래에, 검정 잉크로 두 개의 낯익은 단어가 쓰여 있는 것이 아닌가!

아르센 뤼팽

주위 사람들도 너 나 할 것 없이 종이를 돌려보며 똑같이 황당하다는 표정을 짓고 있었다.

"마리 앙투아네트……. 아르센 뤼팽……. 세상에!"

엄청난 침묵이 모두의 머리 위를 짓누르기 시작했다. 기도책 깊숙한 곳에서 발견된 이 난데없는 이중(二重) 서명, 가엾은 왕비의 절망적인 몸부림이 100년 넘게 잠들어 있었을 이 음산한 유물, 한때는 찬란한 영광이 집중되었던 목이 떨어져 나갔던 1793년 10월 16일이라는 끔찍스러운 날짜……. 그 모든 것이 말할 수 없이 음울하고 처절한 비극으로 다가오는 것이었다.

"아르센 뤼팽이었어……."

이처럼 신성한 문서에까지 그처럼 악마적인 이름이 끼어들 수 있다는 데 할 말을 잃은 듯, 누군가 말을 잇지 못하고 더듬거렸다.

마침내 보트를레가 조용히 입을 열었다.

"그래요, 아르센 뤼팽이었소. 왕비의 남자 친구는 죽어가는 한 여인이 마지막으로 내뱉는 단말마의 호소를 이해하지 못했던 겁니다. 그는 사랑하는 여인이 보내준 기념품을 애틋한 추억의 선물로만 생각하며 보듬고 살아왔지, 그 속에 담긴 진정한 의미는 간파하지 못한 겁니다. 모든 걸 밝혀낸 건 다름 아닌 아르센 뤼팽, 그자예요! 그자가……. 차지한 겁니다."

"차지하다니……. 무엇을요?"

"문서를 말입니다! 루이 16세가 친필로 적었고, 전에 언젠가 내 이 손안에 고스란히 들어왔던 문서 말입니다! 그것도 이것과 똑같은 외양에 똑같이 붉은 인장이 찍힌 거였어요. 뤼팽이 왜 악착같이 그 문서를 내게서 빼앗으려 했는지 이제야 알겠습니다. 쪽지 내용만 조사해도, 굉장한 것을 이끌어내리라고 생각했던 거예요."

"그렇다면…….""

"내가 이 두 눈으로 직접 보았던 그 쪽지가 진짜이고, 지금 여기 마리 앙투아네트의 서명이 증명하듯, 므슈 마시방이 언급한 그 소책자에 관한 이야기 모두가 진짜라는 게 판명된 이상, 즉 역사상 에귀유 크뢰즈의 문제가 실재한다는 걸 안 이상, 나는 틀림없이 해내고야 말 겁니다!"

"하지만 어떻게 말이오? 쪽지의 진위에 상관없이, 그 암호를 해독하지 못하면 아무 소용이 없는 것 아니오? 내용을 설명한 책자는 루이 16세가 태워버렸으니 말이오."

"그렇죠. 하지만 루이 14세의 근위대장이 불에서 건져낸 책자는 아직 파괴된 게 아닙니다."

"그걸 당신이 어떻게 확신하오?"

"그럼 파괴됐다는 증거라도 있습니까?"

보트를레는 입을 다문 채, 산만한 생각을 한데 끌어모으기라도 하는 듯 잠시 눈을 감고 있더니, 천천히 입을 열었다.

"비밀을 알고 있던 근위대장은 그것을 조각조각 나누어 자신의 일기장에 분산시켜놓았는데, 바로 그 내용을 증손자인 장교가 발견하게 된 겁니다. 그러고는 끝이었죠. 수수께끼를 푸는 열쇠를 그는 남기지 않았어요. 왜 그랬을까요? 자기 자신이 직접 비밀을 사용해보려는 욕망이 점점 마음속에 차올랐고, 결국 그 때문에 신세를 망치게 되었으니까요. 길에서 비명횡사한 것을 보십시오. 또 있습니다. 죽은 그의 수중에서 발견된 엄청난 크기의 보석을 생각해보십시오. 왕가의 보물들 속에서 빼낸 게 분명한 그것은 에귀유 크뢰즈의 수수께끼 속에 담긴 어느 기상천외한 은닉처에서 나온 걸 겁니다. 뤼팽이 내게 해준 말이 있어요. 그는 적어도 없는 말을 꾸며대지는 않죠."

"그럼 이제 어떻게 할 겁니까, 므슈 보트를레?"

"일단 이 모든 수수께끼 같은 이야기를 둘러싸고 가능한 한 많은 대중의 관심을 불러일으켜야만 합니다. 그리고 각 신문마다 우리가 지금 『에귀유 논고(論考)』라는 책자를 구하고 있다고 광고를 내는 거예요. 그러다 보면, 어느 시골 도서관 같은 데서라도 툭 튀어나올지 누가 알겠습니까?"

즉각 기사가 작성되었지만, 그 결과가 어찌 날지는 기다리지도 않고, 보트를레는 서둘러 일에 착수했다.

추적의 실마리는 이미 주어진 셈이나 다름없다. 근위대장의 살해 사건이 가이용 근방에서 발생했다는 점! 바로 그날로 보트를레는 그곳부터 찾아갔다. 물론 200여 년이나 전에 일어난 사건을 이제 와서 재구성해보자는 건 아니었다. 다만 몇몇 큼직한 사건은 그것이 발생한 지역의 기억과 정서 속에 일말의 흔적을 남기기도 하는 것이다. 이를테면 지역 연감 같은 데 그런 사건들에 관련한 사항이 죄다 수록되기 마련이다. 당장은 아니더라도 언젠가는, 박학다식한 학자라든지, 케케묵은 전설에 심취한 호사가라든지, 지난 과거 속에서 자질구레한 사건들을 들춰내 호기심을 자극하는 글쟁이들이 나서서 그 같은 사건으로 기사를 쓰든, 지역 학회에 나가 발표를 하든 했을 일이다.

보트를레는 그와 같은 사람들 서넛을 만나보았고, 그중 한 늙은 공증인한테는 제법 이것저것 꼬치꼬치 캐물었으며, 함께 감옥에 관련한 기록들과 재판 기록들, 행정구역별 서류들을 샅샅이 검토하기도 했다. 하지만 그 어디에서도 17세기에 비명횡사한 근위대장에 관한 내용은 찾아볼 수가 없었다.

하지만 보트를레는 단념하지 않고, 혹시 그 사건의 예심이 있었을지도 모르는 파리에서도 같은 조사를 벌였다. 물론 이렇다 할 소득은 없었다.

그러다 문득 또 다른 추적 경로에 대한 생각이 미쳤고, 조사는 완전히 새로운 방향으로 급선회하는 것이었다. 가만히 생각해보니, 손자는 다른 나라로 이주를 했고, 증손자는 다시 공화국의 군인으로 복무하면서 탕플 탑에 유폐된 왕가의 감시까지 맡아 했던, 그 근위대장의 이름을 찾아내지 못한다는 건 말도 안 되는 일로 보였다.

참을성 있게 이름들을 조회해본 결과, 위와 같은 가족 조건을 갖춘 경우가 두 명 있었는데, 루이 14세 시절의 므슈 라르베리라는 인물과 공포정치 시대(프랑스 혁명 말기의 독재정치. 1793~1794년까지 지속됨—옮긴이)의 시민 병사 라르비가 그들이었다.

그것만 해도 대단히 중요한 성과였다. 보트를레는 신문에 짤막한 기사를 써서 이 같은 사실을 명시했고, 아울러 이 라르베리라는 인물이나 그 자손에 관한 정보를 구한다고 적극 호소했다.

아니나 다를까, 마침내 그에 대한 답변이 돌아왔는데, 다름 아닌 그 소책자 얘기를 발표했던 비명 문학 아카데미 회원인 므슈 마시방이었다.

선생님,

아래 볼테르의 『루이 14세의 세기』(25장 「치세의 특징과 일화들」)라는 원고 속에 나오는 대목을 직접 인용할 테니 잘 읽어보시기 바랍니다. 여러 판본이 거듭되는 가운데 유독 삭제가 많이 되었던 대목이랍니다.

"나는 언젠가, 샤미야르 재상의 막역한 친구이자 재무성 감독관이기도 했던 고(故) 코마르탱 씨가 이런 얘기를 하는 걸 들은 적이 있다. 하루는 왕께서 므슈 라르베리가 살해되어 진귀한 보석들을 강탈당했다는 소식에 부랴부랴 호화 사륜마차를 타고 달려가셨다는 것이다. 그는 무척이나 흥분한 듯했고, 연신 '몽땅 날렸어. 몽땅 날렸다고' 하며 호들갑

을 떨었다고 했다. 한데 그 이듬해, 바로 그 라르베리의 아들과 벨린 후
작의 배필로 들어선 딸이 자신들의 프로방스와 브르타뉴의 영지로 각각
추방되었다는 것이다. 그걸 보면 아무래도 뭔가 석연치 않은 구석이 있
는 게 틀림없다고 말했다."

　여기에 나 자신 한 가지 덧붙이자면, 볼테르의 말대로 므슈 드 샤미야
르가 이른바 철가면의 수상쩍은 비밀에 관해 알고 있던 마지막 재상인
만큼, 그의 친구이면서 위의 석연치 않은 구석을 꼬집은 코마르탱 씨의
견해는 대단히 흥미롭다는 점입니다.
　선생은 아마도 이 같은 대목에서 상당한 시사점을 끌어낼 수 있을 겁
니다. 아울러 라르베리의 죽음과 그 자식들의 추방 사이의 밀접한 연관
성 또한 꿰뚫어 보시리라 믿습니다. 나로서는 감히 그 같은 정황 속에서
있었을 법한 루이 14세의 행위와 의혹, 걱정 등에 대해 지나치게 단정적
인 가정을 내릴 수는 없는 입장입니다. 다만 므슈 라르베리의 슬하에 아
들과 함께 딸까지 있는 상태에서 그가 남긴 서류 뭉치 중 일부라도 자식
에게 건네졌고, 그 속에는 자신이 불 속에서 간발의 차이로 끄집어낸 저
유명한 소책자도 끼어 있지 않았을까 생각해보는 건 자유일 테지요.
　나는 성채(城砦) 연감을 뒤져보았습니다. 보아하니 렌(브르타뉴 지방의
도시—옮긴이) 근방에 벨린 남작의 성이 한 채 있더군요. 과연 그가 벨린
후작의 자손일까요? 어제 나는 그저 생각난 김에, 그 남작 주소로 편지
를 띄웠답니다. 혹시 제목 중에 '에퀴유'라는 표현이 들어가는 자그마한
고서(古書)를 가지고 있는지 물으려고요. 지금도 그에 대한 답장을 기다
리는 중이올시다.
　아무튼 이 모든 얘기를 당신에게 공개할 수 있어서 진심으로 만족합
니다. 혹시 부담되지 않는다면 직접 방문해주셔도 좋을 것 같습니다.

그럼 이만.

추신: 물론 이상의 사실들을 신문사에 제보하지는 않은 상태입니다. 당신이 목표에 접근해가는 이 마당에 입조심을 단단히 해야겠지요.

이건 그야말로 보트를레의 생각과 정확히 일치했다. 그는 이보다 한 술 더 떠서, 아침부터 자신을 물고 늘어지던 두 기자에게 자신의 정신 상태와 앞으로의 계획에 대해 턱도 없이 허무맹랑한 정보만 잔뜩 던져 주기까지 하는 것이었다.

그날 오후, 보트를레는 볼테르 제방 17번지의 마시방 씨 집을 찾아갔다. 한데 때마침 마시방은 외출 중이었고, 혹시 소년 탐정이 찾아오거든 전하라며 이런 쪽지를 남겼다는 것이다.

상당히 희망이 될 만한 정보를 받았습니다. 하여 부랴부랴 길을 떠나 일단 렌에서 묵을 예정입니다. 당신은 저녁 기차를 탈 수 있을 테니, 렌에서 내리지 말고 벨린의 작은 역까지 직행하십시오. 그 역에서 4킬로미터 정도 떨어진 성에서 만나기로 합시다.

보트를레로서도 만족스러운 계획이었다. 특히 여행 경험이 별로인 이 남자의 서툰 행보라면 성에 거의 동시에 도착할 수도 있을 거라는 생각에 기분이 좋았다. 그는 곧장 친구 집이자 자신의 숙소로 돌아와 저녁때까지 친구와 시간을 보냈다. 그러고는 어둑해지자 곧장 브르타뉴(프랑스 북서쪽 끄트머리를 차지하는 지방—옮긴이)행 급행열차를 잡아탔다. 그렇게 해서 새벽 6시에 벨린에 내릴 수 있었다. 그는 우거진 숲 사이로 난 4킬로미터 되는 길을 그냥 걸어서 갔다. 마침내 저만치 언덕 위로 성이 한 채 보였는데, 르네상스식과 루이필립풍이 혼합되어 매우 복잡한 구조를 띠고 있었다. 반면 네 채의 거창한 망루와 송진으로 반들반들하게 칠한 도개교의 위엄은 제법 장엄한 분위기도 풍기는 것이었다.

이지도르는 거리가 가까워질수록 가슴이 두방망이질하는 걸 느꼈다. 이제야 뭔가 잡히려나? 정녕 저 성이 비밀의 열쇠를 품고 있을까?

그래도 일말의 걱정이 없는 건 아니었다. 이건 너무 술술 풀리는 게 아닌가! 보트를레는 내심, 이번에도 혹시 뤼팽이 조작한 지긋지긋한 술책 속으로 자기도 모르게 한발 한발 내딛는 건 아닌지, 저 마시방이라는 작자도 뤼팽의 노리개에 불과한 것은 아닌지, 불안한 마음이 불쑥불쑥 치미는 것이었다.

그러다가 문득 너털웃음을 터뜨리는 보트를레…….

"허허, 내 참……. 내 꼴이 우습게 되어가는군! 이러다가 정말이지 그 뤼팽이라는 자를 전지전능한 신인 것처럼 믿어버리겠어. 모든 걸 내다보고 모든 걸 주무르는 무적의 신 말이야. 뤼팽도 사람이야! 뤼팽도 실수를 하고, 잘못을 저지른다고! 그 역시 상황에 휩쓸리게 되어 있어! 그가 실수로 암호문을 떨어뜨렸으니까 내가 처음에 걸고넘어지기 시작한 거 아니겠어? 모든 게 그로부터 시작되었지. 그 역시 바로 그 첫 실수를 무마하기 위해 여태껏 온갖 노력을 기울이고 있는 것 아니겠냐고."

그렇게 중얼거리고는 다시금 밝은 기분을 추스르며 성문 벨을 울렸다.

"누굴 찾으시는지요?"

하인 하나가 문턱에 모습을 드러내며 물었다.

"벨린 남작님 좀 뵐 수 있을까요?"

그러면서 보트를레는 명함을 내밀었다.

"남작님께선 아직 자리에서 일어나지 않으셨습니다만, 좀 기다리셔도 되겠는지요?"

"물론입니다. 그나저나 저 말고 누구 남작님 찾는 사람은 없었습니까? 수염이 희고 등이 약간 굽은 분인데요."

보트를레는 신문에 난 마시방의 사진을 떠올리며 물었다.

"아 네, 그분은 이미 한 10분 전에 와 계십니다. 응접실로 안내해드렸지요. 선생께서도 따라오시지요."

마시방과 보트를레의 첫 면담은 매우 호의적인 분위기 속에서 진행되었다. 소년 탐정은 노인에게 최고급 알짜 정보를 준 것에 대해 감사를 표했고, 마시방도 젊은이의 놀라운 기지와 추리 능력을 허심탄회하게 칭찬했다. 둘은 곧장 암호 문서에 관한 서로의 의견을 나누었고, 책을 발견하게 되어서 얼마나 다행이냐는 등 얘기꽃을 피워갔다. 마시방은 특히 므슈 드 벨린에 관해 렌에서 들은 바를 거듭해서 얘기해주기도 했다. 남작의 나이는 예순 살이며 오래전부터 홀아비로 딸과 함께 매우 은둔적인 삶을 살고 있다는 것이다. 딸 가브리엘 드 빌몽은 가엾게도 최근 남편과 첫아들을 교통사고로 잃는 참극을 당했다는 얘기도 덧붙였다.

"남작님께서 두 신사분을 위층으로 모시라고 하십니다."

하인을 따라 올라간 곳은 무척 널찍하고 단순한 2층 방이었다. 벽에는 아무 장식도 없었고, 가구라고는 사무용 책상들, 칸막이 선반들, 그리고 온갖 잡다한 서류와 장부로 뒤덮여 있는 탁자들이 전부였다. 남작은 매우 다정하면서도 말벗이 너무도 아쉬운, 외로운 사람의 태도로 손님들을 맞이했다. 그러다 보니 단도직입적으로 방문 목적부터 툭 꺼내기가 다소 껄끄러운 게 사실이었다.

"아! 네, 알고 있습니다! 그 점에 관해 편지를 주셨지요, 므슈 마시 방! 에귀유에 관한 책 얘기였지요? 우리 조상 대대로 대물려온 책 말입니다."

"그렇습니다."

"사실 나는 우리 선조와는 사이가 틀어진 처지랍니다. 아시다시피, 그 당시 사고방식이란 게 보통 황당무계합니까? 난 어디까지나 지금 이 시대 사람이지요. 과거와는 완전히 절연하고 사는 중이랍니다."

보트를레는 약간 안달이 나서 불쑥 끼어들었다.

"알겠습니다. 그나저나 그 책을 직접 보셨는지요?"

남작은, 웬일인지 초조해하며 방을 이리저리 서성대다가 이따금 높다란 창문을 통해 밖을 두리번거리는 마시방을 향해 외쳤다.

"물론이죠. 내가 전보로 얘기한 그대로입니다! 솔직히 그보다도, 내 딸아이가 서재에 처박혀 있는 수천 권이 넘는 책들 가운데 아마 그 제목을 본 것 같습니다. 아시다시피, 나는 읽는 게 좀……. 사실 신문도 잘 안 읽거든요. 하긴 내 딸아이도 그저 어쩌다 읽는지 어쩐지……. 아무튼 하나 남은 손자 녀석 조르주만이라도 좀 성하면 좋겠는데……. 내 소작료하고 임대금도 제발 제때제때 들어오고 말입니다. 여기 이렇게 보시다시피, 나는 그저 장부와 서류에 파묻혀 살아가는 사람이라오. 당신이 편지로 얘기한 그 역사에 관해서는 문외한이나 마찬가지지요, 므슈 마시방."

노인네의 끝없는 주절거림에 울화가 치민 이지도르 보트를레는 퉁명스럽게 말을 끊었다.

"실례지만, 그 책은 대체……."

"아, 내 딸아이가 어제부터 찾고 있었지요."

"그러면……."

"바로 한두 시간 전쯤에야 책을 발견한 모양입니다. 당신들이 막 도착했을 즈음이지요."

"그래, 어디 있나요?"

"어디 있냐고요? 그게, 이 탁자 어딘가 두었는데······. 아, 저기······."

이지도르는 노인이 가리키는 쪽으로 와락 달려들었다. 잡다한 종잇장들이 어지러이 쌓여 있는 한쪽 귀퉁이에 붉은 모로코가죽 장정의 자그마한 책이 눈에 띄었던 것이다. 이지도르는 마치 이 세상 그 누구의 손도 대지 못하게 하려는 듯 극성맞게 손을 내밀었다. 그러면서도 왠지 자기 자신도 감히 들춰보지는 못하겠다는 듯 그 위에서 머뭇거리는 것이었다.

"드디어······."

마시방도 꽤나 흥분이 되는 모양이었다.

"네······. 드디어 손에 넣었어요. 드디어······."

"제목을 확인해봐요! 맞습니까?"

"그럼요! 이걸 좀 보세요!"

그러면서 이지도르는 과연 『에귀유 크뢰즈의 비밀』이라고 가죽에 음각된 황금빛 활자를 내밀었다.

"자, 어때요, 이만하면 확실하죠? 이제 정녕 우리 손에 비밀이 들어온 거 맞죠?"

"처, 첫 장을 보시오. 첫 장에 뭐라 되어 있소?"

"어디 봅시다. '사상 최초로 공개되는 진실의 전모. 궁정 교화를 목적으로 저자 자신에 의해 100부 한정으로 인쇄됨.'"

"맞아요! 바로 그겁니다! 불 속에서 구사일생으로 건진 책 맞아요! 루이 14세가 내쳤던 바로 그 책이란 말입니다!"

두 사람은 누가 먼저랄 것도 없이 머리를 들이밀고 책장을 이리저리 넘겨보았다. 처음 절반은 라르베리 근위대장이 자신의 일기에서도 털어놓은 설명이 차지하고 있었다.

"지나가요, 지나가!"

암호의 핵심을 한시바삐 알고 싶어 안달이 난 보트를레가 사정없이 보챘다.

"지나가다니? 천만에! 철가면이라는 그 인물이 프랑스 왕가의 비밀에 대해 알고 있는 걸 유포하려고 해서 옥에 갇혔다는 건 알지만, 그걸 어떻게 알게 됐는지는 모르잖소? 대체 그자의 정체가 뭐겠소? 볼테르가 주장하듯 루이 14세의 이복형제일까? 아니면 현대 평단에서 지적하듯 이탈리아의 재상인 마티올리(이탈리아 출신 외교관이자 재상. 1640~1703. 일부 역사가들은 그를 철가면의 주인공으로 보기도 함―옮긴이)일까? 빌어먹을, 이거야말로 대단히 중요한 문제란 말이오!"

보트를레는 마치 비밀을 알기 전에 책이 훨훨 날아 도망이라도 칠까봐 걱정하는 사람처럼 길길이 날뛰었다.

"아, 그건 나중에요! 나중에 알아보자고요!"

하지만 비문 문학 아카데미 회원으로서 여전히 진귀한 역사적 사실에 좀 더 관심이 있는 마시방은 머뭇거리는 것이었다.

"그렇지만⋯⋯. 이건⋯⋯."

"자, 시간이야 충분합니다! 나중에 보자고요, 제발. 우선 암호문부터⋯⋯."

그렇게 책장을 들추며 실랑이를 하는 가운데, 문득 보트를레의 눈길이 책의 어느 한 부분에서 꽂히듯 멈췄다. 어느 페이지 한가운데, 다섯줄로 이루어진 그 수수께끼 같은 점들과 숫자들이 번쩍하고 눈에 띄었던 것이다! 첫눈에 그토록 골머리를 썩였던 바로 그 암호문과 똑같다는 것을 알 수 있었다. 기호들도 똑같이 배열되어 있고⋯⋯. '드무아젤'이라는 단어랄지, '에귀유 크뢰즈'라고 글자가 따로따로 떼어서 배치되도록 설정된 간격들⋯⋯.

자세히 보니, 다음과 같은 짤막한 주석이 앞에 있었다.

　모든 필요한 정보는, 루이 13세에 의해, 아래 필사한 작은 표 안에 집약된 것으로 생각됨.

이어서 문제의 암호문과 그에 관한 설명이 제시되어 있었다.

보트를레는 목이 멘 소리로 읽기 시작했다.

　보다시피 이 표에서 숫자들을 아무리 모음들로 바꾼다 한들, 얻는 것은 아무것도 없을 것이다. 이 수수께끼를 풀려면 우선 무엇보다도 이것이 어떤 성격의 수수께끼인지부터 파악해야만 한다. 이것은 일단 미로의 수많은 오솔길을 헤쳐갈 용기가 있는 자에게 던져진 실마리라고 할 수 있다. 그 실을 붙드는 자, 결연한 발걸음을 내디뎌라. 내가 인도할 것이로다!

　우선 넷째 줄부터 시작해보자. 여기에는 수치와 지시 사항이 담겨 있다. 여기 쓰인 대로 따르기만 하면 기필코 목표에 도달할 수가 있을 것이다. 물론 정작 자신이 다가가고자 하는 바로 그것, 즉 '에귀유 크뢰즈'가 실제로 무슨 뜻인지를 안다는 조건하에 말이다. 바로 그에 관한 사항이 위의 세 줄에 포함되어 있다. 요컨대 첫째 줄은, 앞서도 명시했듯이, 왕에게 복수하기 위해 작성된 것인데⋯⋯.

거기서 보트를레는 덜컥 말을 멈추었다.

"왜 그래? 무슨 일이오?"

마시방이 다그치듯 물었다.

"더 이상 말이 안 돼요."

"어, 진짜네. '첫째 줄은 왕에게 복수하기 위해 작성된 것'이라……. 대체 이게 무슨 뜻이지?"

"그거야 글자 그대로죠!"

보트를레는 짜증 섞인 목소리로 내뱉었다.

"그럼 뭐가 문제요?"

"찢겨나갔어요. 다음 두 장이 찢겨나갔단 말이에요! 이것 보세요, 여기 흔적이……."

보트를레는 낭패감으로 몸을 부르르 떨며 소리쳤다. 마시방도 찬찬히 들여다보더니 말했다.

"그렇군. 딱 두 장 뜯겨나간 흔적이 역력해. 최근에 찢은 것 같은데……. 그것도 뭘로 오린 게 아니라, 그냥 거칠게 찢었어. 여길 봐요, 끄트머리 몇 장은 죄다 손으로 움켜쥔 자국이 있소이다!"

"아……. 대체 누구 짓이지? 누가 이랬느냔 말이야? 하인이? 아니면 뤼팽의 일당?"

이지도르는 도저히 견딜 수가 없는지 두 주먹을 부르르 떨면서 신음까지 내뱉었다.

"그거야 알 수 없지. 몇 달 전에 그랬을 수도 있으니까."

"그래도……. 그래도 누군가 침입해서 책에 손을 댔다는 얘기잖아요?"

극도로 흥분한 보트를레는 이번엔 남작 쪽을 돌아보며 소리쳤다.

"이것 보세요, 므슈, 어떻게 된 겁니까? 뭐 짚이는 거라도 없어요? 누구 의심 갈 만한 사람이라도?"

"딸아이한테 한번 물어보죠."

"그래요, 그래! 아마 따님은 뭔가 알지도 모르죠."

므슈 드 벨린은 즉시 벨을 울려 사환을 불렀다. 몇 분 후, 마담 드 빌몽이 모습을 나타냈다. 수심 가득하고 잔뜩 풀이 죽어 있는 인상의 비교적 젊은 여자였다. 다짜고짜 보트를레의 질문 공세가 시작되었다.

"마담, 당신이 이 책을 저 위 서재에서 찾아내셨다죠?"

"네, 끈도 풀지 않은 책 상자에서 찾았습니다만."

"읽어보았나요?"

"네, 어제저녁에요."

"그 당시 혹시 여기 이쯤에 두 장이 없었나요? 잘 생각해보세요, 여기 이 표 바로 다음에 이어지는 두 장 말입니다!"

그러자 여자는 깜짝 놀라는 표정으로 말했다.

"천만에요! 제대로 다 있었는걸요!"

"하지만 여기 이렇게 뜯겨나갔는데······."

"간밤에 그 책은 내 방에 얌전히 있었는걸요."

"오늘 아침은요?"

"오늘 아침엔, 므슈 마시방이 도착했다고 해서 내가 직접 이리로 들고 왔고요."

"그다음엔요?"

"그다음이라뇨? 무슨 뜻인지······. 혹시나······. 아니, 아니에요."

"뭡니까?"

"혹시 조르주가······. 우리 애 말이에요. 오늘 아침에, 조르주가 이 책을 가지고 좀 놀았거든요."

여자는 보트를레와 마시방, 그리고 남작을 대동하고 부리나케 문을 열고 달려나갔다. 아이는 제 방에 없었고, 사방 수색 작전이 시작되었다. 성의 뒤꼍에서 놀고 있는 아이를 발견한 것은 한참 후였다. 한데 어른 셋이 달려들어 난데없이 딱딱한 질문들을 쏟아붓는 터라, 아이는 혼비백산 울음부터 터뜨리는 것이었다. 이제는 성 전체를 뒤지다시피 하며 하인들을 닥치는 대로 추궁하기 시작했다. 그야말로 난리가 이만저만이 아니었다. 보트를레는 그만 이대로 가다가는 다 잡은 물고기가 손가락 사이로 물처럼 빠져나가는 것이 아닌가 하는, 생각만 해도 끔찍한 기분이 드는 것이었다. 절대 이대로 놓칠 수는 없는 노릇! 보트를레는 마담 드 빌몽의 팔을 우악스레 움켜쥔 채, 남작과 마시방을 이끌고 응접실로 돌아가 이렇게 말했다.

"좋습니다. 어차피 이제 책은 불완전한 상태요! 두 장이 찢겨나갔으니……. 하지만 당신은 그 누락된 부분까지 읽었다고 했소. 그렇죠, 마담?"

"네."

"그럼 내용도 알고 있겠죠?"

"네, 알아요."

"그걸 우리 앞에 공개해줄 수 있겠죠?"

"물론이죠! 워낙 호기심을 품고 정독을 한 책이라……. 게다가 그 두 장의 내용이 저로선 정말 충격적이었거든요!"

"자, 그럼 어서 말해보십시오. 어서요, 마담! 지금부터 공개하는 내용은 정말로 중요한 겁니다. 자, 어서 시간 낭비 그만하고 속 시원히 털어놔 보세요! 에귀유 크뢰즈가……."

"오, 그거 간단해요! 에귀유 크뢰즈는 말이죠……."

바로 그때였다. 난데없이 하인이 들어서더니 이러는 것이었다.

"마담에게 편지입니다."

"뭐? 우편배달부는 아까 지나갔는데……."

"그게 아니라, 웬 사내 하나가 전해온 건데요."

마담 드 빌몽은 지체 없이 봉투를 뜯고 읽어 내려갔다. 그러더니 금세 초주검이 된 사람처럼 비틀거리며 손을 가슴에 얹는 것이 아닌가!

편지가 슬그머니 바닥에 떨어졌고, 보트를레는 얼른 그것을 주워 별다른 양해도 구하지 않고 대뜸 읽어버렸다.

입 닥치시오.

여차하면 당신 아들은 영영 깨어나지 않을 것이오.

"우리 애……. 아, 우리 애 좀……."

그렇게 더듬대는 그녀는, 아들을 구하러 가기는커녕 자신조차 제대로 서 있기 어려운 듯 보였다.

보트를레는 그녀를 안정시키려고 애를 썼다.

"괜찮을 겁니다. 별것 아니에요. 그저 장난일 뿐입니다. 대체 누가 이런 허튼짓을!"

그러자 마시방이 슬그머니 끼어드는 것이었다.

"제발 아르센 뤼팽만 아니기를……."

순간, 보트를레는 조용히 하라는 눈치를 주었다. 누가 지금 그걸 모르겠는가! 이미 또다시 적이 가까운 곳에 진을 치고서 여차하면 치명타를 먹이려고 벼르고 있다는 사실을 말이다. 바로 그렇기 때문에 이렇게 마담 드 빌몽을 다그쳐서라도 한시바삐 수수께끼의 열쇠를 얻어내고자 하는 게 아닌가! 그토록 오래 기다려왔던 그 열쇠를 말이다.

"제발 부탁입니다. 마담, 진정하십시오. 우리가 이렇게 있지 않습니까. 전혀 두려워할 것 없습니다."

하지만 과연 그녀가 입을 열까? 적어도 보트를레는 그렇게 믿었고, 또 그렇게 믿고 싶었다. 그녀의 잇새로 뭔가 나올 듯했다. 그러나 또다

결정판 아르센 뤼팽 전집

시 문이 활짝 열리며, 이번엔 하녀가 들이닥치는 것이었다! 하녀는 완전히 혼비백산한 표정이었다.

"마담! 므슈 조르주가……. 므슈 조르주가, 그만……."

불현듯 모성(母性)이 복받쳤음인지 마담 드 빌몽은 맥없이 늘어뜨린 몸을 후닥닥 추슬렀다. 그러고는 거의 본능적으로 누구보다 먼저 응접실을 뛰쳐나가 계단을 구르다시피 내려간 다음, 현관을 건너 테라스로 내달리는 것이었다. 거기 큼직한 안락의자 위에는 어린 조르주가 축 늘어진 채 꼼짝 않고 있었다!

"아니 이게 어떻게 된 거야? 자고 있잖아?"

"갑자기 잠이 들었어요! 제가 아무리 붙잡고 흔들어도 곯아떨어지더라고요. 그래서 방으로 옮기려는데, 글쎄 손을 만져보니……. 어찌나 차가운지……."

하녀의 설명에 엄마는 기겁을 하며 더듬댔다.

"차, 차갑다고? 소, 손이? 아, 진짜였어. 세상에, 오, 하느님……. 제발 깨어나기만 해준다면……."

그때였다. 보트를레는 슬그머니 손을 바지 호주머니에 넣더니 권총 손잡이를 움켜쥐고 손가락은 방아쇠울 속에 단단히 건 채, 잔뜩 긴장을 하는 게 아닌가! 그러더니 어느 한순간 후닥닥 권총을 꺼내서 마시방을 향해 다짜고짜 발사하는 것이었다!

마시방은 마치 그런 젊은이의 미심쩍은 동작을 내내 지켜보고 있던 것처럼, 잽싸게 몸을 숙여 피했다. 하지만 보트를레는 조금도 틈을 주지 않고 냅다 달려들면서, 하인들을 향해 외쳤다.

"도와줘! 뤼팽이다!"

번쩍 불꽃이 튀는가 싶더니 마시방은 버들가지로 만든 안락의자 속으로 벌렁 나뒹굴었다.

잠시 두 사람 다 뒤엉켜 엎치락뒤치락하더니, 급기야 헐떡거리는 상대를 놔두고 벌떡 일어선 건 마시방이었다! 그의 손에는 젊은이의 권총이 들려 있었다.

"좋아, 이제 꼼짝 마. 기껏 방금 전에야 눈치챈 모양이로군. 그렇게도 날 못 알아보겠던가? 그러고 보니, 내가 마시방의 얼굴을 너무 잘 흉내 낸 모양이지?"

아닌 게 아니라, 마시방, 아니 아르센 뤼팽은 좀 전의 꾸부정한 학자와는 전혀 달리 두 다리를 떡 버티고 꼿꼿이 선 채, 세 명의 겁에 질린 하인들과 혼비백산한 표정의 남작을 쏘아보고 있었다.

"이지도르, 자네 또 실수한 거야! 그렇게 내가 뤼팽이라고 소리치지만 않았어도, 저들이 내게 부담 없이 달려들었을 게 아닌가! 저들을 좀 보게. 저런 덩치들 앞에서 내가 어찌 되었겠는가? 맙소사, 1 대 4라니……."

그는 하인들에게 다가가 또 이렇게 내뱉었다.

"자, 진정들하고……. 두려워할 것 없어요. 아프게 하진 않을 테니까. 어때, 사탕이라도 드릴까? 기분이 나아질 텐데. 아 참, 그리고 자네! 내 100프랑짜리 지폐 돌려줘야지. 그래 맞아, 자네였어. 아까 이 집 마님한테 편지 전달하는 값으로 내가 돈 준 게 자네지? 자, 어서 내놔. 못된 친구 같으니라고."

그는 하인이 벌벌 떨며 내민 푸른 지폐를 받아 들더니 난데없이 갈기갈기 찢어버리는 것이었다.

"배신한 값으로 받은 돈은 영 내 비위를 거스르거든!"

땅에 떨어졌던 모자를 집어 들고 그는 마담 드 빌몽에게 지극히 정중하게 인사를 했다.

"날 용서하시겠습니까, 마담? 워낙 험한 삶을 살다 보니, 때로는 누구보다 나 자신부터 얼굴을 붉힐 흉악한 짓을 종종 저지르게 되는구려. 하지만 아드님 걱정은 안 하셔도 됩니다. 그냥 자그마한 주사를 한 대 놓았을 뿐이거든요. 아주 작은 거 한 대⋯⋯. 아까 어른들이 애 하나 놓고 호들갑을 떨 때 팔에다가 살짝 놔주었죠. 앞으로 길어야 한 시간 후면 정상으로 돌아올 겁니다. 어쨌든 다시 한번 사과드립니다. 하지만 앞으로도 입조심만큼은 해주셔야 하겠는걸요."

그는 다시 한번 깊숙이 인사를 하며 므슈 드 벨린의 호의와 친절에 감사를 표했다. 지팡이를 집어 들고 궐련에 불을 붙인 뒤, 남작에게도 한 대 권한 다음, 뤼팽은 모자챙을 멋지게 한 번 쓰다듬으면서 보트를레를 향해 잔뜩 어른스러운 어조로 소리치는 것이었다.

"잘 있게, 애송이!"

그러고는 담배 연기를 하인들 얼굴 위로 훅 뿜으면서 느긋하게 자리를 떴다.

보트를레는 그 상태로 삼시 기다렸다. 아까보다 많이 안정된 마담 드 빌몽은 아이를 쓰다듬고 있었다. 그는 마지막으로 한 번 더 호소해볼 요량으로 천천히 그녀에게 다가갔다. 잠깐 동안 두 사람의 눈길이 마주쳤다. 보트를레는 아무 말도 꺼내지 않았다. 그녀의 눈빛을 보는 순간, 무슨 일이 있어도, 절대, 결코, 입을 열지 않으리라는 것을 알 수 있었던 것이다. 이제 모성으로 가득 찬 그녀의 머릿속에서 에귀유 크뢰즈의 비밀일랑은 저 아득한 과거의 암흑 속에 빠져버린 가느다란 바늘보다 더욱 찾아내기 힘든 무엇으로 영원히 묻혀버린 셈이었다.

하는 수 없이 보트를레는 모든 걸 포기하고 그곳을 떠났다.

오전 10시 30분, 기차는 11시 50분에 있었다. 보트를레는 오솔길을 따라 터덜터덜 걷다가 역으로 향하는 길로 접어들었다.

"어때 친구? 이번 일은 어땠는가 말이야?"

길에 바로 접한 숲 속에서 불쑥 튀어나온 건 마시방, 아니 뤼팽이었다.

"어때, 잘 맞아떨어졌지? 자네의 늙은 친구가 그만하면 줄타기 묘기를 제대로 한 것 아닌가? 이제는 정말 단념하겠지? 아 참, 지금쯤은 그 비명 문학 아카데미 회원인가 뭔가 하는 마시방이라는 작자가 실존 인물인지 아닌지도 헷갈리겠군. 그야 당연히 실존 인물이지! 말만 잘 들으면 직접 대면하게 해줄 수도 있어. 하지만 그보다 먼저 자네의 권총을 돌려주어야겠지. 자, 장전이 되어 있느냐고? 그야 두말하면 잔소리지! 모두 다섯 발이 남았어. 물론 나를 골로 가게 만들기엔 단 한 발로도 충분하겠지. 어라, 그대로 호주머니 속에 넣네! 그래, 잘 생각했어. 그때처럼 허튼짓하느니, 지금이 훨씬 낫군그래. 정말 한심한 짓이었다고! 하기야 아직 나이도 한참 어린 데다 덮어놓고 후딱 이런 생각부터 들었을 테지. 저 영험하신 뤼팽한테 또 당했구나! 한데 그가 코앞에 보란 듯이 서 있어. 에라, 모르겠다. 당기고 보자. 안 그런가? 그래, 좋아. 그 정도쯤이야 그냥 넘어갈 수 있지! 그래서 말이네만, 내 100마력짜리 막강한 자동차에 탑승해보지 않겠나?"

그러고는 갑자기 입술에 손을 대고 휘파람을 냅다 부는 것이었다.

이렇게 보니, 늙은 마시방의 근엄한 외모와 뤼팽의 짐짓 과장하는 장난기 섞인 허세가 한데 뒤섞여 그렇게 코믹하게 보일 수가 없었다. 보트를레는 자기도 모르게 허탈한 실소를 내뱉었다.

"어, 웃었어? 정말 웃었네!"

뤼팽은 정말 좋아서 펄쩍 뛰다시피 했다.

"거봐, 얼마나 좋은가! 자네한테 모자란 게 바로 그걸세. 웃음 말이야, 웃음! 자넨 나이에 걸맞지 않게 너무 심각한 게 흠이라고. 원래는 무척 다정다감하고 순수한 매력이 넘치면서도, 그 웃음이 없어서 문제였는데……."

그러더니 문득 상대 앞에 위압적으로 떡 버티고 선 채 이렇게 말했다.

"그건 그렇고, 이번엔 자네 눈에서 눈물을 흠씬 뽑아줄 수도 있어. 내가 자네의 수사 상황을 어떻게 추적해왔는지 아는가? 마시방이 자네에게 보낸 편지는 어떻게 알았으며, 오늘 아침 벨린 성에서 자네와 한 약속은 또 어떻게 알았을까? 자네가 요즘 묵고 있는 그 집 친구의 입방정 때문이지. 자넨 자네대로 흥에 겨워 모든 걸 털어놓았겠지만, 그 바보 친구는 자기 여자 친구한테 뭘 그리도 주절대지 못해 안달인지……. 한데 바로 그 여자 친구가 뤼팽과는 절친한 사이거든. 저것 보게, 금세 침울해지지 않는가. 벌써 눈시울이 축축해지는군. 하긴 친구가 배신을 한 셈이니, 속도 어지간히 상하겠지. 괜찮네, 젊은이. 뭐 그런 것 가지고……. 내가 너무 심했나? 자네의 그 놀라는 눈빛은 늘 내 가슴을 두드린다네. 언젠가 가이용에서 자네가 날 찾아와 이것저것 꼬치꼬치 캐묻던 일은 앞으로도 영영 잊지 못할 거야. 그래, 그게 바로 나였다네. 그 늙은 공증인 말이야. 어허, 웃으라니까, 이 친구야. 다시 말하네만, 자넨 웃음이 모자라, 웃음이……. 자넨 말이야, 글쎄, 뭐랄까……. 그래, '순발력'이 모자란단 말이야! 하긴 '순발력' 하면 이 아르센 뤼팽이지!"

어느새 자동차 엔진 소리가 가까이 들려왔다. 뤼팽은 별안간 보트를레의 팔을 와락 움켜쥐고는 두 눈을 똑바로 쏘아보며 말했다.

"이제는 좀 잠자코 있어주겠지? 그만하면 역부족이라는 걸 알았을 테니까. 그렇게 힘은 힘대로 쓰고 시간은 시간대로 낭비하면 대체 뭐가 좋은가? 세상에 도적은 쌔고 쌨네. 심심하거든 그들이나 쫓아, 난 좀 내버려두고. 그렇지 않으면……. 하여튼 이젠 내 얘기 알아들은 걸로 알겠네. 그래도 되겠지?"

그러면서 자신의 의지를 각인시키려는 듯 상대의 몸을 마구 흔들어 댔다. 뤼팽은 마지막으로 이렇게 빈정댔다.

"이런, 제기랄……. 내가 바보지! 자네가 날 얌전히 놔둔다고? 호오, 자넨 그렇게 주춤할 친구가 아니지. 아, 대체 내가 왜 망설이는지 모르겠군그래. 여차하면 자네를 재갈까지 물린 채 옴짝달싹 못하게 해서, 두 시간 후엔 캄캄한 어둠 속에 처박아 한 몇 달간 푹 썩게 놔둘 수도 있는데. 나는 지극히 안전한 곳에서 마음껏 빈둥대고 말이야. 내 조상이신 역대 프랑스 왕들이 나만을 위해 마련해둔 평화롭고 안락한 은 거지에서, 나를 위해 모아둔 무진장한 보물에 둘러싸여 느긋한 인생을 즐기면서 말이지. 하지만 내 운명은 그렇지가 않은가 보이. 마지막까지 이렇게 긴장을 늦추지 않고 살아야 할 팔자인가 봐. 대체 원하는 게 뭔가? 누구나 약점을 가지고 있듯이, 나 역시 그러네. 바로 자네한텐 심하게 대할 수가 없다는 점이지. 그래, 대체 그래서 어쩌겠다는 거냐고! 아직은 멀었어, 이 친구야. 자네가 에귀유의 공동(空洞) 속으로 손을 미칠 때까지 넘어야 할 산이 이만저만인 줄 아는가? 빌어먹을! 이 뤼팽도 열흘이나 걸려 도달한 일이네. 자네 같은 애송이는 10년이 걸려도 장담 못할 일이라고! 자네가 날 따라오려면 아직은 한참 멀었단 말일세."

그러는 사이, 거창한 지붕이 닫힌 커다란 자동차가 도착해 있었다. 문을 열자 보트를레는 그만 외마디 소리를 내지르고 말았다. 리무진 안에 있는 남자, 그는 뤼팽, 아니 마시방이었던 것이다!

보트를레는 그제야 모든 걸 깨닫고는 갑작스러운 웃음을 터뜨렸다. 뤼팽은 그런 그를 보고 이렇게 말했다.

"쉿, 조용히 하게나. 지금 느긋하게 취침 중이시네. 내가 약속했지, 직접 대면하게 해주겠다고. 자, 이제 뭐가 어떻게 돌아간 건지 좀 알겠는가? 자네가 성에서 약속을 했다는 걸 나는 자정께 이미 알았네. 그래서 아침 7시, 그곳 길목에서 기다리고 있었지. 마시방이 지나가는 대로 그냥 건지기만 하면 되도록 말이야. 그러고는 따끔하게 주사 한 방이면 만사형통이지. 그렇지, 그래…… 그렇게 얌전히 주무셔야 하고말고. 자, 춥지 않게 양지바른 둔덕에다 편하게 뉘어드리지. 자, 살살……. 그렇지, 좋았어. 모자는 벗어서 이렇게 손에 쥐고……. 그래, 바로 그거야. '한 푼 줍쇼' 하는 스타일로……. 아, 우리 마시방 영감이 아르센 뤼팽에게 이렇게까지 신경을 써주시다니!"

정말이지 대단한 익살이 아닌가! 두 명의 영락없는 마시방이 서로 마주한 채, 하나는 눈을 감은 상태로 고개를 끄덕끄덕하고 다른 하나는 자못 심각한 표정으로 온갖 너스레를 떨고 있는 꼴이라니……

"오, 제발 이 가엾은 장님에게 자비를 베푸시죠. 그래, 마시방, 옜다, 동전 두 닢하고 내 명함 한 장도 얹어주지. 자, 얘들아, 이제 전속력으로 뜨는 거다! 어떤가, 시속 120으로 달릴 수 있겠지? 자, 이지도르, 어서 타게나! 오늘 학회에서 정기총회가 열릴 예정이라네. 3시 30분에 마시방이 뭔지 모를 소논문 하나를 낭독하게 되어 있지. 물론 착오 없이 진행되어야 할 테고. 한번 상상해보게나. 내로라하는 학자 나리들 앞에서 진짜보다 더 진짜 같은, 완벽한 마시방이 호수 속에서 발견된 비문(碑文)에 관해 이 아르센 뤼팽의 심오한 소견을 줄줄이 펼쳐 보여주는 모습을……. 뭐하는가, 운전사. 아직 115킬로미터밖에 안 되잖아! 어라? 왜 그런가, 애송이 탐정? 두렵나? 이 아르센 뤼팽과 함께 있다는 걸 잊었나? 아, 이지도르……. 흔히들 섣부르게 인생이 지루하고 단조롭다고들 하지. 하지만 아닐세! 삶이란 멋진 거야. 단지 그 맛을 아는 게 중요해. 바로 이 아르센 뤼팽처럼 말이야. 아까 성에서 자네가 그 벨린인가 뭔가 하는 노인네와 입씨름이나 하고 있을 때 난 창가에 기댄 채 그 역사적인 종이 두 장을 잘게 찢어버리고 있었다는 걸 알면 그리 흥겹지는 않을 걸세! 그러고 나서 자네는 마담 빌몽에게 에귀유 크뢰즈에 대해 다그쳐 물었지. 그녀가 과연 얘기를 해줬을까? 그랬을지도 모르지. 아냐, 말하지 않았을 거야. 글쎄⋯⋯. 말했을까? 모르겠군. 어쨌든 그땐 막 소름까지 끼치더군. 만약 입을 열었다면 내 인생을 송두리째 다시 시작해야 할 참이었으니까. 그야말로 모든 게 허물어지는 셈이지. 그때 만약 하인이 제때 들이닥쳐 주지 않았다면? 글쎄⋯⋯. 그거야 모를 일이지. 그럼 보트를레가 이 마시방의 가면을 벗겨버렸을까? 글쎄⋯⋯. 그 역시 알 수 없지. 지금도 나를 슬쩍슬쩍 곁눈질하는군. 권총을 들이댈지도 모르지. 그거야 알 수 없는 일이야. 이런 게 바로 삶의 맛이라는 거라고. 아, 이지도르⋯⋯. 말이 너무 많군그래. 자넨 피곤하지도 않은가? 난 눈 좀 붙여야겠네그려. 잠 좀 자야겠어. 잘 자게."

보트를레는 그를 빤히 바라보았다. 벌써 곤하게 잠에 빠져든 모양이었다.

자동차는 탁 트인 공간 속으로 무섭게 질주했으며, 지평선은 끊임없이 다가왔다가는 저 멀리 내빼고 있었다. 주위에는 도시도, 마을도, 경작지도, 숲도, 아무것도 없었다. 오로지 끝없이 펼쳐진 공간, 끊임없이 빨려 들어갈 것 같은 드넓은 공간밖에는⋯⋯. 보트를레는 오랫동안 들끓는 호기심으로 옆 좌석의 사내를 바라보고 있었다. 저 천연덕스러운 가면 너머의 수수께끼 같은 진짜 얼굴을 꿰뚫어 보려는 열망이 소년 탐정의 눈동자를 이글거리게 하고 있었다. 그러자 문득, 하필 이때 이 자동차라는 한정된 공간 속에 두 사람을 붙어 있게 한, 참으로 기구한 운명에 대해 생각이 미치는 것이었다.

어쨌든 아침나절 휩쓸듯이 지나가버린 흥분과 절망감에 이제는 피로를 느끼는 건지, 보트를레도 꾸벅꾸벅 졸음 속에 빠져들기 시작했다.

결정판 아르센 뤼팽 전집

얼마나 시간이 흘렀을까. 언뜻 눈을 떠보니, 뤼팽은 뭔가 읽고 있었다. 보트를레는 고개를 숙여 책의 제목을 살펴보았다. 그것은 철학자 세네카의 『도덕 서한집(道德書翰集)』(친구이자 풍자시의 창시자인 가이우스 루킬리우스에게 보내는 편지 형식으로 스토아 철학을 논한 124통의 서한집. 원제는 『루킬리우스에게 보내는 편지(Lettres à Lucilius)』—옮긴이)이었다.

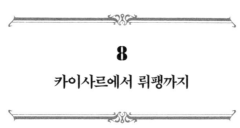

8
카이사르에서 뤼팽까지

"빌어먹을! 이 뤼팽도 열흘이나 걸려 도달한 일이네. 자네 같은 애송이는 10년이 걸려도 장담 못할 일이라고!"

벨린 성에서 나오며 뤼팽이 내던진 이 말은 이후 보트를레의 행동거지에 지대한 영향을 미쳤다. 누구보다도 내적으로 안정되어 있고 누구보다도 스스로를 완벽히 통제할 줄 아는 뤼팽은, 그와 동시에 천진난만한 어린애다운 면모, 지극히 낭만적인 허세와 화끈한 성격 또한 가지고 있어서, 거기서 가끔 튀어나오는 몇 마디 실언을 지금까지 보트를레는 놓치지 않고 이용해오던 터였다.

그렇다! 옳건 그르건 간에, 보트를레는 그 같은 몇 마디 말 속에서 뤼팽 자신의 무의식적인 고백을 읽어왔노라고 믿었다. 그런 점에서 미루어볼 때, 뤼팽의 이번 말은 뒤집어 얘기해서, 에귀유 크뢰즈의 진실을 추적하는 데 있어 자신과 보트를레가 여태껏 똑같은 조건에서 경쟁을 해왔다는 얘기일 터……. 똑같은 기회, 똑같은 성공 조건을 갖고 출발

결정판 아르센 뤼팽 전집

해서 자신은 열흘밖에 안 걸렸다는 점을 자랑 삼아 내세운 것이 아니겠는가! 그렇다면 그 조건과 기회들은 과연 어떤 것이었을까? 한마디로 그것은, 1815년에 간행된 소책자, 즉 뤼팽 자신도 마시방처럼 그저 우연히 발견했고, 덕분에 마리 앙투아네트의 기도책 속에 숨겨진 결정적인 문서까지 손에 넣게 해준, 바로 그 소책자에 집약된다고 할 수 있지 않을까? 그렇다면 결국 뤼팽이 지금까지 의지해온 조건이란 그 소책자와 문서가 전부인 셈. 그로부터 모든 것을 이루어놓았다는 얘긴데……. 그 밖에 어떤 외적인 도움도 없이 말이다. 오로지 책과 문서에 관해 머리를 싸매고 연구했을 뿐이다!

그렇다면 보트를레는 왜 같은 문제만 가지고 씨름하지 못했을까? 뭐하러 이곳저곳을 넘나들며 쓸데없이 부닥치기만 했는가 말이다! 더구나 해봤자 뻔한 싸움을……. 아무리 확신을 가지고 덤벼도 어느새 발앞에 미리 쳐놓은 숱한 함정에 빠지기만 할 뿐, 한심한 결과로 치닫기만 하는 그동안의 조사 활동을 이제는 좀 접어야 하는 게 아니겠는가!

이제 보트를레의 결심은 확고하고 즉각적이었다. 일단 마음이 서자, 그는 이번에야말로 제대로 방향을 잡았다는 예감에 기분까지 좋아졌다. 우선 그는 불필요한 넋두리 하나 없이 고등학교 동창생의 집을 나와 이리저리 수소문한 끝에, 파리 중심가의 어느 아담한 호텔에 방을 잡았다. 거기서 하루 종일 두문불출하기로 한 것이다. 시내 식당에서 적당히 식사를 때우는 것만 제외하면, 커튼까지 꼼꼼하게 쳐진 은밀한 방구석에 틀어박혀 그는 생각에 생각만 거듭하고 있었다.

아르센 뤼팽은 '열흘'이라고 말했지. 보트를레는 지금까지 자신이 조사해온 모든 것을 되도록 지워버리려고 애쓰면서 오로지 소책자와 문서에만 정신을 집중한 채, 그 '열흘'이라는 기한을 넘기지 않으려고 발버둥을 쳤다. 그러나 역시 열흘이 넘어갔고, 열하루, 열이틀이 지나 열흘하고도 사흘째가 되자, 비로소 어떤 불빛이 머릿속을 관통하는 느낌이었다! 마치 기적의 식물이 저 혼자 자라나듯, 무시무시한 속도로 웬 생각 하나가 싹을 돋우고 가지를 뻗어 당당한 진실의 자태로 피어나고 있었다. 물론 비밀의 열쇠 그 자체가 손에 쥐어진 것은 아니었다. 다만 적어도 그것을 어떻게 얻어내야 할 것인지, 그 방법만큼은 확실하게 떠올랐다. 분명 뤼팽 자신도 사용했을 방법 말이다!

언뜻 너무도 간단해 보이는 그 방법은 다음과 같은 의문점 하나로부터 비롯된다고 할 수 있었다. '소책자에서 에귀유 크뢰즈의 비밀과 연관시켜 얘기했던 그 수많은 역사적 사실 사이에 어떤 연결 고리가 존재하는 것은 아닐까?'

워낙 다양한 사실들이라 섣불리 얘기하기는 힘들 것이다. 하지만 머리에 쥐가 날 정도로 깊이 파고들고, 또 파고들자 모든 사실에 두루 걸리는 어떤 근본적인 특징이 의식의 수면 위로 두둥실 떠오르는 것이었다. 즉, 단 하나의 예외도 없이, 그 모든 사실은 저 옛날 네우스트리 왕국(6세기 프랑스의 전신인 프랑크 3대 왕국 중 하나—옮긴이)의 영역 내, 오늘날로 말하자면 저 북쪽 노르망디 지방 안에서 발생했다는 점이다! 사건 사건마다 등장인물로 언급된 사람들 역시 거의 다 노르망디 토박이거나 나중에라도 그곳 사람이 되고, 하다 못해 그곳에서 잠시나마 활동을 했던 사람들이었다.

그토록 오랜 세월에 걸쳐 이 무슨 파란만장한 행렬이란 말인가! 각자 나고 자란 곳이 다를 숱한 왕과 귀족, 군인이 하필 세상의 이 한구석에 모여들어 무슨 비밀스러운 공작(工作)을 그리도 해왔단 말인가!

보트를레는 닥치는 대로 역사책부터 뒤져보았다.

우선, 롤로라는 인물······. 역사상 최초의 **노르망디 공**(公)으로서 생클레르쉬르엡트 조약 이후, 줄곧 '에귀유의 비밀'을 부리는 주인으로 행세한 존재이다!

다음으로 정복자 기욤……. 역시 **노르망디**의 공작으로 영국 왕을 겸했던 인물. 군기(軍旗)의 깃대가 '바늘(에귀유)'처럼 생겼다고 했지!

그런가 하면 영국인들이, 역시 문제의 비밀을 알고 있는 잔 다르크를 화형시킨 곳도 다름 아닌 **루앙**(노르망디의 대표적 도시—옮긴이)이다!

무엇보다 최초 분란의 근원에 등장하는 그 칼레트족의 수장이라는 존재는 과연 어떠한가? 카이사르에게 붙잡혔을 때 에귀유의 비밀을 들먹이며 몸값 흥정을 벌였다던 그자 역시 페이드코(Pays de Caux), 즉 노르망디의 중심부에 근거지를 둔 부족의 우두머리가 아니었던가!

이만하면 설득력 있는 가설을 명확히 세울 수가 있다. 범위가 그만큼 좁혀진 것이다. 페이드코, 센 강 유역, 루앙……. 바야흐로 모든 길은 그쪽 지역으로 모여들고 있다! 아울러, 노르망디 공들이 상실한 뒤, 그 후계자 격인 영국의 왕들로부터도 벗어난 그 비밀이 언제부터인가 프랑스 왕가의 수중으로 떨어진 마당에, 프랑스의 아주 중요한 임금 둘을 짚고 넘어가지 않을 수 없을 것이다. 예컨대, 역시 루앙 시를 포위 공격한 바 있고, 디에프의 관문이랄 수 있는 아르크에서의 전투를 승리로 이끌었던 앙리 4세, 또 르아브르를 세웠던 위대한 왕 프랑수아 1세 말이다(이상의 지명들도 물론 모두 노르망디 지역에 포함됨—옮긴이). 특히 프랑수아 1세는 어느 연설에서 이렇게 토로했다지 않은가! "프랑스의 임금들은 모든 도시의 운명을 제어할 만한 비밀을 소지하고 있도다!"라고. 루앙, 디에프, 르아브르……. 삼각형의 세 꼭짓점에 해당하는 도시들……. 그 각각을 연결하여 이루어지는 삼각형의 중심부야말로 다름 아닌 페이드코에 정확히 일치하지 않는가 말이다!

17세기로 넘어오면, 웬 수수께끼 같은 인물이 진실을 폭로하려고 쓴 책을 루이 14세가 불에 처넣는다. 이때, 근위대장 라르베리가 그중 한 권을 용케 빼돌려 비밀을 파악한 뒤, 그를 이용해 상당량의 보석을 훔쳤다가 그만 백주 대로에서 강도를 만나 허망하게 죽음을 맞이한다. 한데 그 '백주 대로'라는 곳이 어디였던가? 가이용이 아닌가! 파리에서 디에프, 혹은 루앙을 거쳐 르아브르로 통하는 길목의 아담한 도시가 아닌가!

그로부터 1년 후, 루이 14세는 약간의 영지를 사들여 '에귀유'라는 성을 건립한다. 한데 그 부지로 낙점된 지역은 어디인가? 거긴 프랑스의 중앙에 해당하는 지역. 이는 분명 호기심에 눈이 먼 사람들을 내치기 위한 연막작전일 터……. 더 이상 노르망디에 눈독을 들일 이유가 사라질 테니 말이다.

자, 그렇다면……. 루앙, 디에프, 르아브르……. 즉, 페이드코를 이루는 삼각형 안에 모든 것이 있다는 얘기이니……. 그 삼각형 중 한 변은 바다에 면한 해안선이고 다른 한 변은 센 강 줄기이며, 나머지 한 변은 루앙에서 디에프에 이르는 두 줄기의 협곡이라…….

순간, 한 줄기 섬광과도 같은 생각이 보트를레의 뇌리를 관통하고 지나갔다! 바로 그 삼각형으로 만들어지는 지역, 센 강 유역의 절벽 지대로부터 영불해협의 절벽 지대에까지 펼쳐지는 고원 지대, 그곳이야말로 여태까지 항상 아르센 뤼팽의 활약이 펼쳐지던 영역이 아닌가!

지난 10년 동안 그가 정기적으로 약탈을 자행해오던 장소가 바로 그 지역이었다. 흡사 에귀유 크뢰즈의 전설과 떼려야 뗄 수 없는 그 지역의 중심부에 자신의 은신처라도 마련해놓고 있는 듯이 말이다.

카오릉 남작 사건(『괴도신사 아르센 뤼팽』 중 2장 「감옥에 갇힌 아르센 뤼팽」 참조—옮긴이)? 루앙에서 르아브르에 이르는 센 강 유역에서 벌어진 사건이다. 티베르메닐 사건(『괴도신사 아르센 뤼팽』 중 9장 「셜록 홈스, 한발 늦다」 참조—옮긴이)? 고원 지대의 반대편 끝, 루앙에서 디에프 사이를 무대로 하고 있었지. 그 밖에 그뤼셰와 몽티니, 크라스빌 도난 사건 등등……. 모두가 탁 트인 페이드코에서 발생한 사건들이 아닌가! 그런가 하면 아르센 뤼팽이 열차 객실 안에서, 라퐁텐 가(街) 살인 사건의 진범 피에르 옹프레이에게 불시의 기습을 당해 곤욕을 치렀을 때, 과연 어디로 가는 도중이었나? 역시 루앙으로 가는 길이었다. 뤼팽의 포로가 된 셜록 홈스(『뤼팽 대 홈스의 대결』 중 첫 번째 에피소드 「금발의 귀부인」의 5장 「납치」 참조─옮긴이)가 강제로 승선한 곳은? 그 또한 르아브르 근처…….

다 제쳐놓고, 애당초 현재 사건의 발단이 된 무대가 바로 르아브르에서 디에프에 이르는 가도의 앙브뤼메지가 아닌가!

루앙, 디에프, 르아브르를 세 꼭짓점으로 하는 이 페이드코가 항상 문제였던 것이다.

정리를 해보자. 지금으로부터 수년 전, 우연한 기회에 문제의 소책자를 손에 넣고, 그를 통해 마리 앙투아네트가 문서를 숨긴 장소까지 알아낸 아르센 뤼팽은 마침내 그 유명한 왕비의 기도책을 손에 넣는다. 결국 문서를 해독한 그는 대망의 탐사 여행을 떠났을 테고, 목표 지점을 발견해, 그곳에 자신의 둥지를 틀었으리라!

거기까지 생각이 정리된 보트를레는 곧장 길을 떠났다.

소년 탐정은 그야말로 감개무량한 심정이었다. 뤼팽이 밟았을 똑같은 도정을 따라서, 그리고 막강한 힘을 가져다줄 엄청난 비밀을 찾아 떠나는 뤼팽의 가슴을 사정없이 뛰게 했을 바로 그 희망을 똑같이 품고서 말이다. 과연 보트를레의 노력도 뤼팽과 마찬가지의 빛나는 성과로 귀착될 수 있을 것인가?

그는 아침 일찍 루앙을 벗어났다. 잔뜩 변장을 하고 봇짐을 작대기 끄트머리에 매달아 어깨 위에 척 걸친 채 터벅터벅 걷는 모습이 누가 봐도 프랑스 일주 도보 여행이라도 다니는 부랑아의 몰골이었다.

그는 곧장 뒤클레르로 가서 우선 점심부터 해결했다. 그리고 마을을 벗어나면서부터는 줄곧 센 강 유역을 따라 길을 걸었다. 이제는 충분한 검토와 가설 속에서 더없이 단단히 자리 잡은 직감을 따라 그는 아름다운 강줄기가 구불구불 이어지는 대로 확고한 발걸음을 내디뎌갔다. 그러고 보니 카오릉 성이 털렸을 때도 도난품들이 운반된 경로는 바로 이 센 강 줄기를 따라서였다. 샤펠 디외 수도원이 송두리째 거덜 났을 때 역시 센 강 줄기를 통해 그 많은 고석(古石) 조각품이 수송되었었다. 보트를레의 머릿속에서는, 루앙에서 르아브르까지 일련의 수송 선단이 정기적으로 이 지역 일대의 온갖 보물과 예술품을 끌어모아, 저 비밀스러운 '억만장자 소굴'을 향해 줄지어 오가는 광경이 생생하게 그려지는 것이었다.

"아, 드디어……. 드디어……."

젊은이는 연이어서 진실의 전모가 선명한 현장 모습 그대로 다가옴에 따라 연신 신음을 내뱉으며 걷고 또 걸었다.

처음 연거푸 치렀던 실패의 경험은 이젠 그에게 아무런 문제가 되지 않았다. 가슴 깊숙이 자리 잡은 흔들림 없는 신념이 더없이 정밀한 가설로 성장하면서 그의 발걸음을 확고하게 이끌고 있었다. 힘들고 고생스럽다고? 그게 무슨 대수겠는가! 지금 쫓고 있는 적의 존재를 생각하면 이보다 더한 고생인들 어찌 마다하겠는가! 이번에 다시 세운 가설과 추리야말로 뤼팽이라는 이름의 어마어마한 현실에 걸맞은 규모와 대담성을 확보하고 있다. 그 같은 인물이라면 의당 지금처럼 초인적이고 엄청난 그림 속에서 찾아야 하는 것이다. 쥐미에주, 라 마이유레이, 생방드릴, 코드벡, 탕카르빌, 키유뵈프……. 모두 보트를레의 기억 속을 가득 채우고 있는 지명들이다! 그 위엄 있는 고딕식 종탑들, 그 장엄한 폐허들을 보트를레는 하염없이 쳐다보고, 또 쳐다보았다.

이윽고 르아브르가 저만치, 흡사 등대의 불빛처럼 소년 탐정의 시야에 들어왔다.

"프랑스의 임금들은 모든 도시의 운명을 제어할 만한 비밀을 소지하고 있도다!"

애매모호하게만 여겨지던 그 말 한마디가 지금의 보트를레에게는 더없이 찬란한 계시처럼 다가오고 있었다. 그야말로 프랑수아 1세로 하여금 이곳에 도시를 세우도록 부추긴 동기를 이보다 더 정확하게 선언할 표현이 어디 있었겠는가!

보트를레는 취한 듯이 중얼거리고 있었다.

"이거야. 바로 이거라고. 노르망디 지역의 이 유서 깊은 하구(河口)야말로 프랑스라는 국가의 태동을 지켜보아 온 요지(要地) 중의 요지가 아닌가! 이곳이야말로 푸른 하늘 아래 대양을 호령하는 신흥 항구로서의 싱싱한 생명력과 더불어 또 하나, 보이지 않는 곳에서 세상을 좌지우지하는 어둠의 힘(에귀유 크뢰즈의 비밀을 암시함—옮긴이)을 통해, 오늘 이런 모습으로까지 성장해온 것이 아니겠는가 말이야! 결국 프랑스와 그 왕가의 역사가 '에귀유'의 비밀 하나로 해명이 되듯, 뤼팽의 내력 또한 그로써 낱낱이 설명될 수 있으렷다! 그러니 따지고 보면, 제왕(諸王)의 운명이나 대모험가의 운명 모두가 똑같은 힘의 원천을 생명 줄로 하고 있었던 셈이야."

촌락에서 촌락으로, 강에서 바다로, 보트를레는 코끝을 잔뜩 치켜세우고 귀를 활짝 열어놓은 채, 마주치는 돌멩이 하나하나까지 그 숨겨진 의미를 캐묻듯이 하며 샅샅이 뒤지고 다녔다. 저 언덕에게 가서 물

어볼까? 아니면 이 숲 속에 들어가서 호소해볼까? 혹시 저 마을의 집들
은 알고 있을까? 지금 나를 지나치는 이 촌부의 실없는 말 한마디 속에
서 비밀의 열쇠를 얻어내야 하는 걸까?

　그러던 어느 날 아침, 보트를레는 하구의 고도(古都)로 이름 높은 옹
플뢰르가 훤히 내려다보이는 어느 주막에서 끼니를 때우고 있었다. 문
득 맞은편을 바라보니 웬 사내 하나가 식사를 하고 있었다. 손에 채찍
을 쥐고 기다란 작업복을 걸쳐 입은 채 장안을 휘젓고 다니는, 혈색 벌
겋고 육중한 체구의 흔히 보는 노르망디 출신 말 장수들 중 하나였다.
언뜻 사내 역시 이쪽을 바라보는 것 같았는데, 그 눈치가 마치 상대를
이미 알아보았거나 최소한 누구인지 기억해내려는 것 같았다.

　'쳇! 내가 잘못 봤겠지. 저런 말 장수를 본 적은 없거든. 저 친구 역시
변장한 내 모습을 알아볼 리 없지.'

　그냥 그렇게 생각하고 지나치려는데, 역시 사내는 더 이상 이쪽엔 관
심 없는 눈치였다. 말 장수는 파이프에 불을 붙이고서 커피와 코냑을
시킨 다음, 담배 연기를 내뿜으며 잔을 홀짝이고 있었다. 식사가 끝난
보트를레는 식대를 지불하고 일어섰다. 주막을 나서려는데, 일단의 손
님이 우르르 한꺼번에 몰려드는 바람에 보트를레는 입구에 잠시 멈춰
서 있었다. 한데 하필 바로 옆이 그 말 장수가 앉은 테이블이라, 그는
별로 귀를 기울이지 않았는데도 사내가 나지막이 중얼대는 소리를 듣
지 않을 수 없었다.

　"안녕하슈, 므슈 보트를레."

　이지도르는 조금도 당황하지 않고, 곧장 한쪽 자리를 차지하고 앉
았다.

　"내가 보트를레 맞소만, 당신은 누구시오? 날 어떻게 알아보셨소?"

　"그게 뭐 어렵다고. 하긴 신문에 나온 사진밖에 본 적이 없소이다. 하

지만 당신이 워낙……. 글쎄, 프랑스어로는 뭐라고 하지? 주름을 서툴
게 그렸어."

그러고 보니 외국인 억양이 물씬 풍기는 어투였다. 보트를레는 낯선
사내를 찬찬히 뜯어보면서 그 역시 진짜 얼굴을 교묘하게 위장하고 있
다는 걸 깨달았다.

"당신 누구요? 대체 누구시오?"

이제 보트를레도 잔뜩 호기심이 치민 상태였다. 그걸 보고 이방인은
지그시 미소를 지었다.

"날 못 알아보시겠소?"

"전혀요. 전에 본 적이 없는 것 같은데……."

"나 역시 이런 내 얼굴은 처음이라오. 한번 꼼꼼히 살펴보시구려. 나
역시 신문 지상에, 그것도 꽤 자주 오르내리는 인물이외다. 어때요, 이
래도 모르시겠소?"

"모르겠는데요."

"셜록 홈스요!"

정말이지 의외의 만남이었다. 더욱이 이런 상황에서 마주쳤으니 그 의미도 심상치 않게 느껴졌다. 젊은이는 즉시 사태를 파악했고, 서로 간에 예의상 건네는 인사말을 주고받은 뒤, 곧장 본론으로 들어갔다.

"당신이 이곳에 온 건 분명 그자 때문이겠죠?"

"그렇소."

"그렇다면……. 이번에는 승산이 있는 게임이라고 보시는군요."

"확실하오."

사실, 홈스의 소견이 자신과 일치한다는 사실을 확인하고서 기뻐하는 보트를레의 내심 어느 한구석에는 다소 불순한 기대가 섞여 있었다. 이 영국인이 목적을 달성하면 그건 둘이 함께 나눌 개가(凱歌)이려니와, 만약 이 보트를레가 그보다 한발 앞선다면?

"그래, 무슨 증거나 단서 같은 건 있습니까?"

과연 영국의 명탐정은 벌써 소년의 미묘한 심리를 꿰뚫어 보았는지, 한껏 비아냥대는 투가 역력했다.

"허허, 걱정 놓으시구려. 나는 당신이 지나간 자국이나 따라가지는 않을 테니까. 당신이야 그 소책자라든가 암호문 같은 게 대단하게 여겨질지 모르나, 나한테는 그 모든 게 별로요."

"그럼 또 뭐가 있죠?"

"좌우간 그런 건 관심 없소이다."

"밝힐 수 없는 사항입니까?"

"천만에! 당신 혹시 '보석관 사건'이라고 들어봤소? 샤르므라스 공작 사건(「아르센 뤼팽, 4막극」의 내용―옮긴이)이라고도 하지요."

"알지요."

"그렇다면 뤼팽의 늙은 유모인 빅투아르도 기억하고 있겠군요? 가니 마르가 그만 가짜 독방식 죄수 호송차에서 놓치고 만 여자 말이오."

"그럼요."

"바로 그 빅투아르의 행적을 다시 찾아냈소. 이곳 25번 국도에서 그리 멀지 않은 어느 농가에 살고 있지요. 25번 국도라면 르아브르에서 릴로 가는 길이지요. 이제 빅투아르만 붙들고 늘어지면 손쉽게 뤼팽한테 다가갈 수 있을 것이오."

"그건 좀 더디겠는걸요."

"상관없소! 난 이번 일 때문에 다른 일들은 다 팽개친 상태요. 뤼팽과 나 사이에는 이제 죽기 살기로 싸울 일만 남았소이다."

그의 거칠기가 이를 데 없는 말투 속에는, 여태껏 자신을 잔혹하리만큼 우롱해온 막강한 적에 대한 극심한 원한과 온갖 수모로 점철된 열등감이 물씬 배어 있었다.

"자, 그만 일어나시오. 사람들이 보고 있소. 시선을 끌어서 좋을 게 없소이다. 다만 한 가지, 분명히 알아두시오. 이제 뤼팽 그자와 내가 마주치는 그날은……. 그날은 정말 끝장이 나는 날이오."

셜록 홈스를 두고 나오는 보트를레의 마음은 다소 홀가분해져 있었다. 저 영국인이 자신을 앞설 걱정은 일단 접어두어도 될 듯했다.

게다가 이 우연찮은 만남 덕분에 또 얼마나 소중한 증거 하나를 건졌는가 말이다! 자고로 르아브르에서 릴에 이르는 도로는 디에프를 경유하게 되어 있다. 즉, 그 길은 페이드코를 에두르는 연안 도로인 것이다! 영불해협의 절벽 지대를 내려다보는 그 바다 내음 물씬 풍기는 도로변에 빅투아르가 살고 있다니! 한마디로 빅투아르 있는 곳에 뤼팽도 있다고 할 정도로, 그 둘 사이는 떼려야 뗄 수 없는 사이이며, 맹목적으로 헌신하는 종과 너그러운 주인의 진득하기 그지없는 관계라고 할 수 있는 것이다.

젊은이의 입에서는 연신 열에 들뜬 중얼거림이 새어나오고 있었다.

"드디어……. 드디어……. 참 우연찮게 건진 새 정보가 또 나를 도와주네그려. 한쪽으로는 센 강 유역이라는 확고한 경계가 있고, 다른 한쪽으로는 이제 국도(國道)라는 단단한 배수진이 펼쳐져 있다 이 말씀! 그 두 길이 만나는 곳은, 당연히 르아브르이겠고……. 바로 프랑수아 1세의 도시이자 비밀이 감춰진 바로 그곳! 이제 갈수록 점점 수사망이 좁혀지겠군그래. 페이드코만 해도 그리 넓은 편은 아닌데, 거기다 또 서쪽 일부 지역만 샅샅이 뒤지면 된다니!"

보트를레는 더더욱 악착같이 마음을 다잡았다.

"그래, 뤼팽이 찾아낸 거라면 나라고 못 찾을 이유 없어!"

그는 끊임없이 그런 말로 자기암시를 늦추지 않았다. 물론 뤼팽은 현재 보트를레보다 훨씬 좋은 이점들을 두루 갖추고 있는 게 사실이다. 이 지역에 관한 깊은 지식과 지역 전승(傳承)에 관해 좀 더 정확한 자료들을 풍부하게 부릴 수 있다는 점은, 이곳에 거의 문외한이나 다름없는 보트를레로서는 부러울 따름이었다. 소년 탐정이 이 지역에 뛰어든 것은 앙브뤼메지 도난 사건이 일어났을 때부터였고, 그것도 거의 수박 겉핥듯 낯선 고장을 이리저리 헤매 다닌 경력밖에 없는 것이다.

하지만 상관없다! 설사 인생 10년을 쏟아붓는다 한들, 어찌 끝을 보지 않을쏘냐? 뤼팽이 이곳에 있는데, 그를 보았는데, 그가 어디에서 어디로 가는지 짐작이 가는데 말이다. 이 길 모퉁이를 돌면 있을까, 저 숲 언저리쯤에서 불쑥 나타날까, 아니면 이 마을 어귀에 앉아 있을까, 그저 뤼팽이 나타나기만을 고대하고 또 고대할 뿐……. 게다가 매번 허탕을 칠 때마다 오히려 더더욱 악착같이 매달리겠다는 결심만 굳어가는 것이었다. 그러는 가운데, 소년 탐정은 종종 가도의 덤불숲에 주저앉아, 언제부터인가 늘 몸에 지니고 다니는 암호문에 정신없이 매달렸다. 그것은 이미 숫자를 모음으로 교체한 사본이었다.

```
e . a . . e . e . a . . a . .
a . . . e . e .    . e . o i e . . e .
. o u . . e . o . . . e . e . o . . e
        D D͡F ⬜ 19 F + 44 △ 357 ◁
a i . u i . . e    . . e u . e
```

  그는 버릇대로 키 큰 잡초 덤불에서 배를 깔고 엎드린 채, 느긋한 낮잠을 청했다. 급할 것도 없었다. 미래는 그의 것이니까.
  그는 대단한 인내심을 가지고, 센 강에서 해안 쪽으로, 다시 해안에서 센 강 쪽으로, 마치 부챗살이 펼쳐지듯 차츰차츰 수색 반경을 넓혀 갔다. 그렇게 끊임없는 왕복을 지속하는 가운데, 이론적으로 조금의 정보 색출 가능성도 없는 지점을 빼고는, 그야말로 이를 잡듯 한 곳도 그냥 지나치지 않는 것이었다.
  그런 식으로 뒤져간 곳이 몽티빌리에와 생로맹, 옥트빌과 고느빌, 그리고 크리크토였다.
  날이 저물라치면 그는 아무 농부네 집 문을 두드리고 하룻밤 묵기를 청했다. 저녁 식사가 끝난 후, 모두들 둘러앉아 담배를 피우며 한담을 나눌 때쯤이면, 보트를레는 은근히 농부들을 부추겨서 흔히 겨울 긴긴 밤에 나누고들 하는 얘깃거리를 털어놓게 했다. 그러고는 슬쩍슬쩍 이런 질문을 던지곤 하는 것이었다.
  "그럼 '에귀유'에 대해선요? 왜, 에귀유 크뢰즈의 전설 있잖습니까? 모르세요?"

"글쎄⋯⋯. 그런 건 처음 들어보는걸."

"잘 생각해보세요. 마음씨 좋은 할머니들이 해주곤 하는 얘기 있잖아요. 뭐랄까, 무슨 바늘에 얽힌 얘긴데⋯⋯. 왜, 마법의 바늘 같은 것 말이에요."

효력은 없었다. 그 어떤 전설도, 기억도 없는 듯했다. 그러다 날이 밝으면 소년 탐정은 또다시 훌훌 털어버리고 경쾌한 발걸음으로 길을 나서는 것이었다.

하루는 바다를 내려다보는 생주앵이라는 작은 마을을 지나치다가, 절벽에서 굴러떨어져 나온 바위들 사이로 내려가 보았다. 그러고는 다시 평지로 올라와 브뤼느발 해안 계곡을 거쳐 앙티페 갑(岬)을 지나 벨플라주라는 작은 내포(內浦)를 향해 방향을 잡았다. 다소 몸은 피곤했으나 걸음걸이는 왠지 가벼웠으며, 마음만은 삶의 충만감으로 더없이 상쾌했다. 역시 대자연이란 이런 것인가! 심지어 뤼팽이나 에귀유 크뢰즈의 비밀, 빅투아르와 셜록 홈스 따위도 모두 잊은 채, 저 벽공(碧空)의 하늘과 에메랄드 빛 바다, 그 모든 것을 아우르는 눈부신 태양의 장관에 한껏 도취되는 것이었다!

완만한 경사지에 돌담의 잔해가 뿔뿔이 흩어진 것이, 옛 로마 시대 야영지의 흔적을 가늠하게 하는 어떤 장소가 문득 눈에 들어왔다. 좀 더 가까이 다가가자, 절벽으로부터 동떨어진 어느 바위투성이 울퉁불퉁한 해각(海角)에 자그마한 성(城) 하나가 서 있는 것이었다. 여기저기 균열이 간 망루들하며 고딕식 창문들을 갖춘 것이 무슨 고대의 요새를 모방해 건축된 듯했다. 그런가 하면 방책 삼아 둘러친 철책 문과 철사로 엮은 가시철망 등이 좁다란 입구를 가로막고 있었다.

보트를레는 어렵게 그 장애물을 넘었다. 이렇게 보니 녹슨 자물쇠로 단단히 잠긴 아치식 대문 위에는 이런 문구가 새겨져 있었다.

프레포세 요새

굳이 안으로 들어갈 생각이 없었던 보트를레는 건물 오른편으로 돌아서 약간 비탈을 내려간 다음, 목재 난간을 갖춘 작은 언덕까지 이어진 오솔길로 접어들었다. 그 끄트머리쯤엔 바다 쪽으로 툭 튀어나온 암반 속에 비좁은 동굴이, 마치 초소(哨所)라도 되는 양 파여 있었다.

동굴 중앙은 어른이 똑바로 서 있을 정도 높이가 되었다. 보아하니 암벽 여기저기가 낙서들로 가득했다. 또한 육지 쪽으로 마치 채광창처럼 네모나게 구멍이 뚫려 있었는데, 그리로는 30~40미터 떨어진 '프레포세 요새' 석벽의 열 지은 총안(銃眼)들이 정확히 내다보였다. 보트를레는 봇짐을 내려놓고 그 자리에 편히 앉았다. 그리고 힘들긴 힘든 여정이었는지, 금세 곯아떨어지는 것이었다.

얼마나 지났을까. 동굴 안으로 휘몰아 들어온 시원한 바닷바람에 보트를레는 눈을 번쩍 떴다. 꼼짝 않고 눈만 끔벅거리고 있기를 잠시, 그는 다시금 생각을 추스르며 몽롱한 의식을 가다듬으려고 애썼다. 이내 남은 잠기운을 떨어버린 보트를레는 벌떡 일어나려다가, 그만 시선이 어느 한 곳에 붙잡히면서 등골이 오싹하는 걸 느꼈다. 머리 가죽이 쭈뼛쭈뼛 일어나고 두 손이 마구 저려오는 느낌이 전신을 휘몰아치고 있었다.

"아니야……. 아니야……. 이, 이건 꿈이라고. 내가 헛것을 보는 거야."

그는 덜컥 무릎을 꿇고 몸을 잔뜩 숙였다. 양 발치, 큼직한 두 글자가 화강암 돌바닥에 또렷이 새겨져 있는 게 아닌가!

오랜 세월 비바람에 시달려온 탓인지 모서리나 굴곡이 약간 마모되었고 표면도 푸르스름하게 이끼가 끼어 있었지만, 투박한 두 글자는 분명 선명하게 'D'와 'F'라고 새겨져 있었다.

아, 'D'와 'F'라니! 이런 기적 같은 일이 있나! 이건 틀림없이 암호문에 포함되어 있는 두 글자다! 보트를레는 다시 종이를 꺼내 확인해볼 필요조차 없었다. 그 두 글자가 수치와 지시 사항을 암시하는 넷째 줄에 등장한다는 사실을 보지 않고도 이미 꿰고 있는 것이었다. 얼마나 숱하게 들여다봤으면, 이미 쪽지 자체가 두 눈동자의 망막에 낙인처럼 찍혀 저 깊은 뇌 속에까지 저리도 깊이 새겨져 있는 걸까!

그는 벌떡 일어나 가파른 비탈을 구르다시피 내려와 가시철망을 홀쩍 뛰어넘어, 마침 푸른 고원에서 한가롭게 양 떼를 먹이고 있는 어린 목동에게 곧장 다가갔다.

"저, 저 동굴이……. 저 동굴이……."

어찌나 가슴이 두방망이질하는지 입술까지 떨려 말이 잘 나오지가 않았다. 목동은 멍한 표정으로 낯선 사람을 바라보고 있었다. 보트를레는 가까스로 입을 움직여 이렇게 내뱉었다.

"저, 저기 위에 동굴 있잖니……. 저, 저기 요새 오른편에 있는 거……. 그거 혹시 이름을 뭐라고 하는지……."

"아, 그거요. 이곳 에트르타(페이드코의 대표적 해수욕장―옮긴이) 사람들은 보통 '드무아젤'이라고 하죠."

"뭐? 지금 뭐라고 했지?"

"그게 그러니까……. '아씨들의 방(chambre des Demoiselles)'이라는 뜻에서 그렇게들 부른답니다."

순간, 이지도르는 냅다 그 목동에게 달려들어 멱살이라도 부여잡을 뻔했다. 마치 모든 진실이 그 아이 내부에 숨어 있어서 당장 뱉어내게 다그쳐야만 할 것처럼 말이다.

'드무아젤'이라! 암호문에서 유일하게 알려진 두 글자 중 하나 'D'가 분명 섞여 있었다!

문득 거센 돌풍이 다리까지 후들거릴 정도로 강하게 휘몰아쳐 왔다. 순식간에 보트를레 자신은 물론 주변 일대를 휘몰아 감으면서, 저 바다로부터뿐만 아니라 내륙 쪽과 사방팔방으로부터 한꺼번에 불어닥치는 광풍이 지금 보트를레에게는 진실의 강한 입김처럼만 느껴졌다. 이제야 깨닫기 시작했으니 오죽하겠는가! 이제야 그 난해하게만 느껴졌던 암호문이 이해 가능한 의미를 두른 모습으로 떠오르고 있는 것이다! '아씨들의 방'이라……. 에트르타라…….

'바로 이거야. 이게 틀림없어. 왜 진작 생각해내지 못했을까?'

갑작스레 쏟아져 들어오는 진실의 빛에 겨워하며 보트를레는 머릿속으로 중얼거렸다.

그러고는 목동에게 나지막이 속삭였다.

"됐다. 이제 그만 가보아라. 이제 됐어. 고맙다."

목동은 휘파람으로 개를 한 번 휘 부른 뒤 멀어져 갔다.

보트를레는 한 번 더 요새 쪽으로 발길을 돌렸다. 그리고 거의 그곳을 지나치려는 찰나, 무슨 생각이 들었는지, 갑자기 납작 엎드려 담벼락 아래 바짝 몸을 수그리는 것이었다. 그는 양손을 초조하게 비비면서 생각했다.

'내가 미쳤나 봐! 들켰으면 어떡하지? 놈들이 날 보았으면 어떡해? 벌써 한 시간 전부터 주책없이 여기만 이리저리 맴돌고 있었잖아.'

보트를레는 그 상태 그대로 꼼짝 않고 있었다. 어느덧 해가 뉘엿뉘엿 기우는가 싶더니, 어둠이 빛과 섞이면서 사물의 윤곽을 하나하나 지우기 시작했다.

그제야 그는 거의 눈에 띄지 않을 만큼 조금씩, 조금씩 기다시피 해서 해각의 뾰족한 돌출부를 향해 다가갔다. 그렇게 절벽 끄트머리까지 나아간 소년 탐정은 무성하게 시야를 가린 잡초 덤불을 헤치고 살짝 고개를 들어보았다.

바로 정면에, 거의 절벽과 같은 높이, 그러니까 80여 미터는 족히 될 것 같은 거대한 기암(奇巖)이 바다 저만치 우뚝 솟아 있는 게 눈에 들어왔다. 수면 높이까지 훤히 드러나는 화강암 암반으로부터 맨 위 첨탑 모양의 뾰족한 끄트머리까지, 그것은 마치 바닷속 괴물이 무시무시한 이빨 하나를 쑥 내밀고 있는 것처럼 기괴하기 이를 데 없는 모양으로 치솟아 있었다. 이 백악(白堊) 지대에서 흔히 보는 다소 얼룩진 희부연 빛깔을 띤 채, 어마어마한 거석(巨石) 덩어리 측면에는 세월의 무게로 한 층 한 층 석회암층과 자갈층이 번갈아가며 쌓아 올린 수평 무늬가 그로테스크한 아름다움을 창출해내고 있었다.

조밀한 균열과 굴곡이 어우러지는 가운데 한 덩어리로 쌓아 올려진 기암괴석의 정상에는 약간의 토양과 식물들이 드문드문 뒤덮여 있었다.

한마디로 표현해, 전체적으로 막강한 분위기가 물씬 풍기는 그 바위섬은 제아무리 강한 폭풍이 불어닥쳐도 꿈쩍할 것 같지 않은 초자연적인 위엄을 신비스럽게 두르고 있었다. 안이 꽉 들어찬 듯한 기암(奇巖)의 위용은 그것을 굽어보는 방책과도 같은 백악의 절벽을 오히려 압도하는 듯했고, 그것을 둘러싼 광막한 대양의 공간마저도 거리낌 없이 호령하는 듯했다.

보트를레는 마치 먹이를 향해 결정적인 도약을 준비하는 들짐승처럼 자기도 모르게 손톱으로 땅바닥을 잔뜩 그러쥐었다. 그의 두 눈은 우

툴두툴한 기암의 표면을 흡사 싱싱한 먹잇감의 생살이라도 되듯 쏘아
보고 있었다. 그러는 동안 수수께끼 같은 바윗덩어리를 만지고, 더듬으
며, 한입에 집어삼켜, 그 자체로 동화되는 듯한 기분을 느꼈다.

어느덧 태양은 사라지고 그 단말마의 불꽃만 수평선을 자줏빛으로
물들이는 가운데, 시뻘겋게 달아오른 구름의 띠가 넓게 풀어지면서, 저
피안의 핏빛 호수라든가 황금빛 수풀, 불타는 초원과 환상의 갯벌 등등
이 세상 것이 아닌 장엄한 광경을 환영(幻影)의 파노라마처럼 펼쳐 보이
고 있었다.

마침내 하늘은 짙푸른 빛에서 점점 어두컴컴한 암흑으로 변해가고
있었다. 제일 먼저 작열하듯이 빛나는 금성을 필두로 해서 수많은 별이
여기저기 수줍은 얼굴들을 내밀기 시작했다.

그 모든 것을 숨죽인 채 지켜보던 보트를레는 갑자기 눈을 질끈 감더
니, 열에 들뜬 이마를 두 손으로 와락 감싸 쥐었다. 심장을 쥐어뜯는 감
격이 복받치는 가운데 그는 정신을 앗아갈 것 같은 환희를 억누르느라
이를 악물었다. 저기, 갈매기 떼가 한가로이 맴도는 저 에트르타의 기
암괴석 꼭대기 바로 아래쯤, 보이지 않는 어느 틈바구니를 타고, 마치
굴뚝에서 연기가 새어나오듯, 아주 희미한 연기 한 줄기가 신비스러운
나선(螺線)을 그리며 스멀스멀 뿜어져 나와 적막한 황혼의 대기 속으로
사라져가는 것을, 그는 언뜻 보았던 것이다.

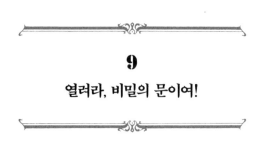

9
열려라, 비밀의 문이여!

에트르타의 바위섬은 속이 비어 있는 것이다!

과연 그것이 가능한 일일까? 기암 내부의 갑작스러운 지각변동 때문에 생긴 자연 동굴이라도 있는 걸까? 아니면 안에서 부글거리는 해수의 작용으로 조금씩 내부가 깎여 들어간 걸까? 그것도 아니면 빗물이 스며들어서? 혹시 선사시대 원시인이나 골족, 켈트족 같은 원시 부족이 초인적인 대규모 공사를 벌인 결과일까? 아무래도 답이 안 나왔다. 하긴 아무려면 어떤가! 문제는 저 '바늘(에귀유)'처럼 뾰족한 기암의 속이 '비어 있다(크뢰즈)'는 사실!

사람들이 '포르트 다발(하구(河口)의 문)'이라고 부르는 이 아치형의 절벽으로부터 40~50미터 떨어진 곳에 불쑥 솟아 있는 저 원추형의 기암이, 사실 석회석 껍데기가 엎어져 있듯 그 내부는 텅 비어 있다는 사실을 그 누가 곧이 믿을 수 있을까?

아르센 뤼팽에 이어 이제는 이지도르 보트를레가 2000년의 세월을 견뎌온 위대한 비밀의 열쇠를 손에 쥐는 순간이었다! 야만인들이 들끓던 원시시대부터 이미 최고의 보물이 되었을 비밀의 열쇠, 원수에게 쫓기는 부족 전체에게 거대한 은신처의 문을 열어주었을 비밀의 열쇠, 역사 대대로 지상 최고의 난공불락을 자랑하는 성역의 문을 굳게 지켜왔을 비밀의 열쇠, 그리고 오늘날에도 그것을 취한 자에게 절대 권력과 부를 가져다줄 비밀의 열쇠를 말이다.

바로 그 열쇠를 차지했기에 카이사르는 골족을 결정적으로 굴복시킬 수 있었으리라! 노르만족 역시 바로 그 열쇠를 차지했기에, 오늘날의 노르망디 지역에 정착할 수 있었고, 이웃 섬나라를 정복할 수 있었으며, 저 멀리 시칠리아와 오리엔트, 더 나아가 신세계를 장악할 수 있었던 게 아닌가(게르만족의 일파로 북유럽에 근거지를 둔 노르만족은 소위 '바이킹'이라는 이름으로 알려져 있음. 대개 세 방향으로 뻗어간 이 세력은 영국, 프랑스, 시칠리아, 러시아, 북아메리카로까지 확장해 중세 유럽에 결정적인 영향력을 미친 것으로 평가됨—옮긴이)!

영국의 제왕(諸王)도 바로 그 비밀의 열쇠를 차지했기에, 프랑스를 유린해가며 파리에서 스스로의 머리 위에 프랑스 왕관을 쓸 수 있었고(백년전쟁 참조—옮긴이), 그 열쇠를 잃자 곧장 패퇴한 것이다.

그리고 마침내 열쇠의 임자가 된 프랑스의 국왕들은 그때부터 하나하나 나라의 기틀을 세우기 시작했으며, 영토를 넓히고 영광과 힘이 넘쳐나는 위대한 국가를 이룩할 수 있었다. 그리고 그 열쇠를 잊거나 등한시할 때마다 죽음과 추방의 질곡을 헤매야 했던 것이다.

아, 저 바다 한가운데 솟아 있는 신비의 왕국…… 광장보다 든든한 화강암 암반 위에 노트르담의 망루보다 높은 저 잊힌 요새…… 이 세상 어느 성채가 저것보다 든든하고 안전할 수 있단 말인가! 센 강 줄기를 따라 파리에서 해안 지대에 이르기까지, 그리고 그 끄트머리 르아브르로부터 다시 28킬로미터 이상을 나와 떡 버티고 서 있는 저 '에귀유 크뢰즈'……. 저것이야말로 지상 최고의 난공불락을 자랑할 만한 기암 성(奇巖城)이 아니겠는가!

생각만 해도 어마어마한 비밀 아지트로서 최고라 할 만하다. 세기에 서 세기로 이어지며 차곡차곡 쌓여왔을 제왕(諸王)의 보물들, 프랑스 전 역으로부터 모아들인 민중의 고혈(膏血), 전 유럽의 숱한 전쟁터에서 쓸 어 모았을 엄청난 전리품들, 그 모든 상상을 초월하는 금은보화가 바로 저 왕가의 비밀스러운 천연 금고 안에 고스란히 간직되어 있는 것이다. 이제 누가 그것을 차지할 것인가? 누가 저 기암성의 절대 비밀을 풀어 낼 것인가?

뤼팽이?

하긴 이미 뤼팽이라는 인물은 도저히 가늠할 수 없는 존재가 되어 있 다. 도저히 그 실체를 추적할 수 없는 불가해한 기적이 되어 있는 것이 다. 하지만 제아무리 재주가 뛰어나다 해도, 세상 전체를 상대로 하는 싸움에서 늘 승리하기란 불가능한 법이다. 요컨대, 단순한 인간의 재주 외에도 좀 더 현실적이고 물질적인 자원이 필요한 법! 아울러 안전한 피난처, 다음 계획을 차분하게 설계할 수 있는 안정적인 은거지가 반드 시 요구되는 것이다.

사정이 그러할진대, 만약 저 기암성을 상정하지 않는다면, 우리가 아 는 뤼팽이란 도저히 이해할 수 없는 하나의 신화, 소설에나 나올 법한 인물, 즉 현실과는 아무런 관련이 없는 허깨비와 뭐가 다르겠는가! 반 면 저 엄청난 비밀을 독차지한 뤼팽이라면, 우리는 그를, 운명이 부여 해준 엄청난 무기를 남보다 뛰어난 재주로 부릴 줄 아는, 그저 좀 더 뛰 어난 인간으로 얼마든지 이해할 수 있을 것이 아니겠는가!

요컨대, 기암성의 존재는 이제 확고한 현실로 다가온 셈이다.

이제 남은 문제는 어떻게 저곳으로 다가갈 수 있느냐 하는 점!

물론 바다를 통해야 할 일이다. 암벽의 면적이 좀 넓은 곳 어딘가, 조류의 일정한 흐름을 타고 배를 댈 만한 곳이 분명 있으리라. 반면 육지를 통한 길은 없을까?

밤 10시가 되도록 보트를레는 준엄한 원추 모양의 바위섬에 시선을 고정시킨 채, 모든 사고력을 총동원하며 꼼짝 않고 있었다.

그리고 어느 한순간 벌떡 일어나더니, 에트르타 해수욕장으로 내려와 가장 싸구려 호텔을 잡아 간단한 식사를 한 후, 곧장 방으로 올라가 암호문 사본을 펼쳤다.

```
e . a . a . e . e . a . . a . .
a . . e . e .     . e . o i . e . . e .
. o u . e . o . . e . e . o . . e
   D  DF  □ 19 F + 44 ▷ 357 ◁
a i . u i . . e     . . e u . e
```

이제야말로 머리를 굴리는 일만 남은 셈이다. 불현듯 그의 머릿속에 붙잡힌 생각은 '에트르타(Étretat)'라는 단어의 세 모음이 첫째 줄의 일부 모음 순서와 그 배열 간격에 정확히 들어맞는다는 점이었다. 즉, 첫째 줄은 다음과 같이 다시 쓸 수 있다는 얘기이다.

e . a . a . . étretat . a . .

그럼 '에트르타' 앞에는 어떤 글자가 오는 걸까? 틀림없이 마을과의 관계에서 저 기암성이 차지하는 상황에 부합하는 표현일 텐데. 그렇다면 기암성이 마을에서 볼 때 왼쪽에, 즉 서쪽에 위치할 것이고……. 서쪽에서 불어오는 바닷바람을 이곳 사람들이 '방 다발(vent d'aval)', 즉 '하구(河口) 쪽에서 불어오는 바람'이라고 부른다든지, 기암성 바로 옆의 아치형 절벽을 '포르트 다발(Porte d'Aval)'로 부르는 것과 무슨 관련이 있지 않을까? 거기까지 생각이 미치자, 첫째 줄은 다시 이렇게 풀어졌다.

En aval d'étretat . a . .

즉, '에트르타의 하구 쪽 + (자음) + a + (자음) + (자음)'이 될 터.

일단 둘째 줄로 넘어가 이미 확인된 거나 다름없는 '드무아젤(Demoiselles)'과 아까 목동에게서 얻어들은 내용을 종합해 '라 샹브르 데 드무아젤(La chambre des Demoiselles. 아씨들의 방)' 그대로를 아직 미완성으로 남겨진 첫째 줄과 이어서 암호문에 대입해보면, 다음 결과로 정확히 들어맞음을 알 수 있다.

En aval d'étretat La ch
ambre des Demoiselles

즉, 'En aval d'étretat —La chambre des Demoiselles'로 정리가 되는 셈이다.

셋째 줄은 한층 난감한데, 이 역시 아까 겪었던 상황을 머릿속에 떠올리며 생각을 더듬더듬 집중하자 '아씨들의 방'이라는 그 동굴과 더불어 '프레포세 요새'가 떠오르는 것이었다. 결국 그 이름을 이리저리 대입해보자 기가 막히게 문서의 빈칸에 들어맞는 것이었다.

En aval d'étretat La ch
ambre des Demoiselles
Sous le fort de Fréfossé

요컨대 이상의 성과를 마지막 다섯째 줄과 종합해 제대로 다시 정리해서 쓰자면 이렇다.

En aval d'étretat —La chambre des Demoiselles —Sous le fort de Fréfossé —Aiguille creuse

즉, '에트르타의 하구—아씨들의 방—프레포세 요새의 아래로—에 귀유 크뢰즈'가 된다.

다시 말해서 비밀의 핵심적인 요소 네 개가 이로써 충족된 것이고, 그것들을 발판으로 암호를 해독하자면, '에트르타의 하구로 가서, 아씨들의 방으로 들어간 다음, 프레포세 요새 아래로 내려가, 기암성에 도달한다'라는 내용이 산출되는 셈이다!

자, 이제는 구체적인 방법만 남은 셈인데……. 물론 그 해답은 수치와 지시 사항이 명기되어 있다는 넷째 줄에 숨어 있을 것이다.

D DF ☐ 19 F + 44 △ 357 ◁

이는 필시 들어가는 입구와 기암성까지 도달하는 경로를 표시하는 특별한 공식이리라.

보트를레는 암호문의 앞서 해독된 대목으로부터 논리적으로 다음과 같은 가설을 세웠다. 즉, 육지에서 저 기암성의 탑신(塔身) 내부로 들어가는 직행 코스가 있다면, 그건 반드시 '아씨들의 방'에서 출발해 지하 통로를 거쳐 '프레포세 요새' 아래에 이른 다음, 그로부터 절벽 지반을 수직으로 100여 미터 파고든 뒤, 해저 암반에 뚫린 터널을 이용해 기암성 내부에 도달할 거라는 사실이다.

그렇다면 지하 통로의 입구를 찾는 게 우선 관건일 터……. 혹시 뚜렷이 명기된 'D'와 'F'라는 글자가 그것을 지적하는 건 아닐까? 혹시 지하 통로를 여는 뭔가 교묘한 기계장치에 관련이 있는 글자가 아닐까?

다음 날 오전 내내 이지도르는 에트르타를 여기저기 어슬렁거리면서 마주치는 사람들과 잡담을 나누었다. 뭔가 쓸 만한 정보라도 건질까 하는 마음에서였다. 또한 오후에는 절벽에 올라가, 다시금 변장을 했다. 이번에는 훨씬 나이를 낮춰, 짤막한 반바지에 낚시꾼 복장을 한 열두어 살 정도의 어린 사공 모습이었다.

동굴 속으로 들어가자마자 보트를레는 바닥의 두 글자 앞에 무릎을 꿇고 매달렸다. 하지만 오래지 않아 실망하고 말았다. 두 글자를 아무리 더듬고 누르고 이리저리 움직이려 해봐도 전혀 꿈쩍도 않는 것이었다. 결국 글자는 원래부터 움직이도록 된 것이 아니며, 따라서 어떤 기계장치와도 연결되어 있지 않다는 사실을 인정하지 않을 수 없게 되었다. 하지만……. 하지만 뭔가 중요한 의미가 있긴 있을 텐데. 마을로부터 얻어들은 정보에 의하면 아직까지 이 두 글자의 존재 이유에 대해 이렇다 할 설명을 내놓은 사람이 없으며, 에트르타에 관해 귀한 책까지 저술한 코셰 신부(1812~1875. 페이드코의 저명한 고고학자이자 루앙 교구사제였던 실존 인물로, 『에트르타의 기원』이라는 저서를 남겼음―옮긴이) 역시 허망하게도, 그냥 나그네의 이름 이니셜에 불과하다고만 했다는 것이었다.

물론 이지도르는, 이 노르망디 출신 고고학자의 고견이 이 같은 암호 문서의 존재를 까마득히 모른 소치였음을 이해하고 있었다. 과연 단순한 우연으로 치부할 문제일까? 그건 불가능하다. 그렇다면?

순간, 너무도 합리적이고 단순 명료해서 도저히 의심할 구석이 없어 보이는 어떤 생각 하나가 보트를레의 뇌리를 툭 치고 지나갔다. 이 'D'와 'F'는, '에귀유'와 함께 비밀의 여정에 있어 세 거점에 해당하는 나머지 두 곳, 즉 '드무아젤'의 'D'와 '프레포세'의 'F'를 의미하는 것은 아닐까? 'Demoiselles'의 'D', 'Fréfossé'의 'F'……. 우연의 소산으로 치기엔 너무도 절묘한 일치가 아닌가 말이다!

그러고 보니 암호문의 넷째 줄은 이런 식으로 해석될 수 있었다.

'DF'로 묶인 것은 '아씨들의 방'과 '프레포세 요새' 사이에 존재하는 밀접한 연관성을 의미할 것이며, 따로 떨어져 맨 처음에 나오는 'D'는 당연히 비밀 도정의 출발점인 '아씨들의 방'을, 중간에 나오는 'F'는 새로운 지하 통로가 시작될 중간 기점인 '프레포세 요새'를 의미한다는 것이다.

이 밖에도 의문으로 남는 두 가지 기호는, 왼쪽 아래 모서리에 표시되어 있는 직사각형 도형 하나와 동굴에 들어온 사람에게 요새까지 관통해 들어갈 방법을 일러주는 게 틀림없는 19라는 숫자이다.

그중에서도 이지도르는 직사각형의 형태에 주목했다. 혹시 이 동굴 벽 어디든, 아니면 시야가 미치는 그 너머 어디든 간에 이 같은 직사각형 표시라든가 그와 유사한 형체가 있는지, 이리저리 사방으로 두리번거렸다.

한참을 찾다가 일단 단념을 하려는 찰나, 이지도르의 눈길이 가서 멈춘 곳이 있었으니, 바로 한쪽 암벽에 채광창처럼 뚫려 있는 자그마한 사각 구멍이었다! 비록 이리저리 울퉁불퉁 거칠기 그지없는 구멍이었지만 그래도 암호문에서와 같은 직사각형임엔 틀림없었다. 아울러 암호문에서 D와 F 위로 선분이 그어져 있듯, 두 발을 각각의 글자 위에 올려놓고 그 구멍을 바라보자, 정확히 창문과 같은 구실을 하고 있음을 알 수 있었다!

이지도르는 그 자세 그대로 눈을 가늘게 뜨고 '창문' 밖을 응시했다. 앞서 말했다시피, 내륙 쪽으로 향한 창문은 우선 동굴에서 육지로 이르는 오솔길과 그 너머 요새를 받치고 있는 둔덕을 그 테두리 안에 담고 있었다. 소년 탐정은 요새 전체가 보일까 하여 약간 왼쪽으로 몸을 숙였는데, 바로 그 순간, 암호문의 사각형 왼쪽 아래 모서리에 왜 묘한 표시가 첨가되어 있는지 그 이유가 불현듯 와 닿는 것이었다. 가만히 보니 창문의 같은 위치에도 규석의 일부가 약간 돌출해 있고, 그 끄트머리는 다시 갈고리처럼 안쪽으로 굽어 있는 게 아닌가! 그건 영락없는 총기(銃器)의 조준점과도 같은 인상을 주었다. 실제로 그곳에 시선을 맞추다 보니, 맞은편 둔덕의 극히 한정된 부분이 선명하게 부각되면서, 그 거의 대부분을 차지하는 오래된 벽돌담의 흔적이 시야에 들어오는 것이었다. 옛날 프레포세 요새의 잔해이거나 로마 시대의 건축물 흔적이 틀림없었다.

보트를레는 부리나케 그곳으로 달려가 벽면을 이리저리 조사했다. 한 10여 미터는 족히 될 벽의 잔해 위에는 온갖 잡초와 이름 모를 식물들이 이끼처럼 뒤덮여 있었고, 일단은 어떠한 의미 있는 단서도 찾을 수가 없었다.

그럼 이 19번이라는 숫자는 무엇을 의미할까?

그는 다시 동굴로 돌아와 미리 준비한 실꾸리와 줄자를 꺼냈다. 그리고 실을 사각 창의 규석 돌출부에 맨 다음 19미터가 되는 지점에 돌멩이를 하나 묶고 창밖으로 냅다 던졌다. 돌멩이는 기껏 오솔길 끄트머리에 닿을락 말락 했다.

'이런 멍청한……. 그 시대에 미터법을 사용했을 리 없지 않은가! 굳이 잰다면 19투아즈(길이의 옛 단위로 약 1.949미터에 해당함—옮긴이)나, 아니면 아예 길이를 뜻하는 게 아니겠지.'

다시 환산을 한 후, 이번엔 실의 37미터 되는 지점에 매듭을 묶은 다음, 둔덕의 벽 잔해로 가 그 매듭이 정확히 맞닿는 지점을 더듬어 찾았다. '아씨들의 방' 창문 모서리로부터 정확히 직선거리로 37미터 되는 지점이 포착되자, 그는 나머지 한 손으로 그곳에 돋아난 잡초들을 헤쳤다.

보트를레의 입에서 외마디 비명이 터져나온 건 바로 그때였다. 손가락에 건 실의 매듭이 정확히 가리키고 있는 건, 벽돌 위에 양각(陽刻)으로 새겨진 자그마한 십자가 문양이었던 것이다!

아니나 다를까, 암호문의 19라는 숫자 다음에도 어김없이 십자가 표시가 적혀 있지 않은가!

보트를레는 내부에서 솟구쳐 오르는 흥분을 자제하려고 입술을 깨물어야 할 지경이었다. 그는 떨리는 손으로 십자가를 덥석 붙들고 있는 힘껏 돌려보았다. 역시 벽돌이 슬쩍 움직이는 것 같았다. 한데 기를 쓰고 더욱 힘을 주는데도 더는 움직일 기미를 보이지 않는 것이었다. 이번에는 돌리지 않고 힘껏 눌러보았다. 그러자 비로소 순순히 움직이더니 문득, 철커덕하며 자물쇠 풀리는 소리가 나는 게 아닌가! 그리고 바로 다음 순간, 벽돌 오른편으로 한 1제곱미터 정도 되는 벽면 일부가 빙그르르 회전하면서 그 안으로 컴컴한 구멍이 휑하니 열리는 것이었다.

보트를레는 허겁지겁 벽돌을 덧씌운 철문을 부여잡고 부리나케 다시 닫았다. 그의 얼굴은 기쁨과 놀람, 그리고 누구에게 들킬지도 모른다는 두려움이 한데 뒤엉켜 기괴하게 일그러져 있었다. 아울러 그의 뇌리에는 그간 2000여 년 동안 이 문 앞에서 일어났을 모든 사건, 거대한 비밀을 꿰뚫고 이 미지의 입구로 발을 들여놓았을 모든 사람의 운명이 주마등처럼 스쳐 지나가는 것이었다. 켈트족, 골족, 로마인, 노르만족, 영국인, 프랑스인, 남작, 공작, 임금, 그리고 그 모든 존재 다음으로 아르센 뤼팽……. 그리고 이제는 이 이지도르 보트를레……. 머리가 터져나갈 것만 같았다. 눈꺼풀이 파르르 떨리는가 싶더니 소년 탐정은 그만 혼절을 하면서 쓰러져, 비탈을 따라 절벽 *끄트머리*까지 아슬아슬하게 떼굴떼굴 굴러가는 것이었다.

이제 이지도르 보트를레가 혼자의 힘으로 할 수 있는 작업은 끝난 셈이었다.

그날 저녁 그는 치안국장 앞으로 기나긴 편지를 썼다. 자기가 지금까지 진행해온 조사 활동과 그 결과, 그리고 기암성의 비밀을 낱낱이 적었다. 그러고는 과업을 마무리 짓기 위해 도움을 요청하고 자신의 주소를 명기했다.

답장을 기다리는 이틀 밤 내내 그는 '아씨들의 방'에서 망을 보았다. 그러는 동안 야밤의 사소한 소음마저도 화들짝 놀라게 할 만큼 신경이 예민해져 갔고, 두려움은 극을 향해 치달아갔다. 순간순간 알 수 없는 그림자가 자신을 향해 불쑥불쑥 다가서는 듯한 느낌에 시달렸다. 누군가 이곳에 내가 있다는 것을 눈치채고 있는 건 아닐까? 누군가 몰래 다가와 목이라도 조른다면? 그렇게 매 순간 시달리면서도 그의 부릅뜬 두 눈은 문제의 벽 쪽에서 한시도 떨어지지 않고 있었다.

첫날밤은 아무 일 없이 지나갔다. 그러나 둘째 밤, 을씨년스러운 초승달과 차가운 별빛을 통해 그는 비밀 문이 슬그머니 열리는 것과 그 안에서 웬 사람 윤곽이 엉거주춤 기어나오는 것을 목격했다. 하나, 둘,

셋, 넷, 다섯…….

다섯 명의 그림자는 뭔가 큼직한 물건을 실어 나르는 듯 보였다. 그들이 초원을 가로질러 르아브르로 가는 길로 접어드는 모습이 보인 지 얼마 안 되어, 자동차 엔진 소리가 어렴풋이 멀어져 갔다.

결국 숙소로 돌아가기로 하고 동굴을 빠져나와 커다란 농가를 에둘러 가던 중, 보트를레는 기겁을 하며 비탈을 거슬러 올라가 나무 뒤로 몸을 숨겼다. 아직도 길가에는 또 다른 장정 대여섯이 짐을 나르고 있었던 것이다. 그러고는 잠시 후, 다시 자동차 소리가 들리는 것이었다. 이제는 아예 동굴로 돌아가 감시할 여력도 없는지라, 보트를레는 숙소로 돌아가 잠을 청했다.

아침에 눈이 떠짐과 동시에 호텔 사환이 메모를 한 장 들고 왔다. 가니마르가 보낸 전갈이었다.

"드디어!"

그토록 고된 수사 활동 끝에 정말로 도움이 절실해진 터라 소년 탐정의 마음은 감격에 사무치지 않을 수 없었다.

그는 양팔을 쫙 벌린 채 문으로 들어서는 가니마르에게 와락 안겼다. 노형사는 잠시 그대로 있다가 소년의 얼굴을 찬찬히 들여다보며 말했다.

"참으로 대단한 친구일세."

"쳇, 뭘요……. 운이 좋았을 뿐이죠."

"무슨 소리! 그자를 상대로는 운이란 안 통하지!"

뤼팽에 관해서는 언제나 숙연한 태도로 그 이름조차 감히 입에 올리길 꺼리는 노형사는 단호하게 말을 가로챘다.

그는 의자에 털썩 앉으며 물었다.

"그래, 확실히 포착한 건가?"

"늘 그래왔듯, 옭아는 매봤는데⋯⋯."

보트를레는 싱긋 웃으며 대답했다.

"하지만 이번엔 좀 다르겠지?"

"이번 경우는 확실히 다릅니다. 다른 곳도 아니고 그의 은신처이자 요새가 걸려들었어요! 다시 말해서 진짜 뤼팽 자신이 포착된 거죠. 이번만큼은 설사 도망쳐 나간다 해도 그의 아지트인 에트르타의 기암성은 우리 수중에 떨어지는 겁니다!"

"하필 왜 도망치는 것부터 생각하는가?

가니마르는 불안한 눈동자를 굴리며 다그쳤다.

"하긴 이미 도망칠 필요가 없을지도 모르죠. 지금 기암성 안에 그가 있다는 증거는 아무 데도 없으니까요. 간밤에만 해도 열 명이 넘는 사람이 거기서 나와 어디론가 향했거든요. 아마 그중에 그자도 끼어 있을지 모릅니다."

가니마르는 생각에 잠긴 표정으로 말을 받았다.

"그렇겠군. 하여간 문제는 '에귀유 크뢰즈'이니까. 나머지는 진짜 운에 맡기는 수밖에! 그건 그렇고⋯⋯. 일단 우리끼리 할 얘기가 좀 있네."

그러면서 노형사는 다시금 목소리를 가다듬고 진지한 태도로 말을 이었다.

"이보게, 보트를레, 나는 지금 이 사건에 관해서 자네에게 단단히 입조심을 시키라는 지시를 받고 왔네."

"지시라뇨? 누구의 지시 말입니까? 파리 경시청요?"

보트를레는 사뭇 농담조로 대꾸했다.

"그 윗선이야."

"수상?"

"좀 더 올려봐."

"맙소사!"

가니마르는 더더욱 목소리를 낮췄다.

"보트를레, 난 지금 엘리제 궁에서 오는 길이라네. 그곳에서는 이번 사건을 매우 중대한 국가 기밀이 연관된 문제로 보고 있네. 지금 저 바닷속에 있는 이상한 성채를 비밀에 부치려는 데엔 아주 특별한 이유가 있다는 거야. 특히 전략적인 이유 말일세. 이를테면 그곳이 차후 로켓 같은 신종 무기라든가 화기(火器) 등등을 수용 보관하는 프랑스의 비밀 병참기지가 될 수 있다는 걸세."

"하지만 그런다고 비밀이 감춰지는 건 아니잖습니까? 옛날 같으면 임금 혼자서 알고 덮어둘 수 있을지 몰라도, 오늘날에는 벌써 한둘이 알고 있는 게 아니잖아요! 뤼팽 일당을 제하고도 말입니다!"

"하지만 앞으로 10년, 아니 5년만 침묵을 유지한다고 생각해보게. 그 5년이 모든 걸 뒤바꿔 놓을 수도 있어."

"하지만 저곳을 미래의 병참기지로 삼으려면 일단 우리 수중에 넣어야 할 테고, 그러려면 뭔가 적극적으로 손을 써야 할 것 아닙니까? 뤼팽부터 내처야 할 것 아니냐고요! 그러자면 조용하게만 처리될 수 없을 텐데요?"

"그야 이리저리 넘겨짚을 수는 있어도 장담할 수는 없는 문제고. 어쩌겠나, 노력해보는 수밖에."

"좋습니다. 그럼 앞으로 어찌할 겁니까?"

"간단하네. 단 두 가지! 첫째, 자넨 이제부터 이지도르 보트를레가 아닐세. 둘째, 이건 아르센 뤼팽에 관한 문제도 아니야. 자넨 단지 에트르타의 흔히 보는 부랑아로서 여기저기 어슬렁거리다가 땅속에서 걸어나오는 사람들을 우연찮게 목격한 거야. 그나저나 자넨 절벽 꼭대기에서 밑으로 관통하는 계단이 있다고 보는 거지?"

"그렇습니다. 사실 그 밖에도 해안을 따라 여러 개의 계단이 있죠. 이를테면 에트르타의 오른쪽으로 베누빌을 바라보는 곳에 소위 '악마의 계단'(에트르타 북쪽 베누빌에 실재하는 계단으로, 원래 명칭은 '사제의 계단'—옮긴이)이라 불리는 게 있다고 하더군요. 해수욕객이라면 모르는 사람이 없답니다. 어부들이 드나드는 터널도 서너 개쯤 있다고 합니다."

"좋아. 그럼 나와 내 부하 반 정도가 일단 투입될 테니, 자네가 길 안내를 맡아주게. 결정적으로 내가 혼자 들어가든, 누구와 함께 가든, 상황을 봐가며 결정할 것이고……. 어쨌든 그곳을 공격하게 될 걸세. 만약 뤼팽이 기암성 안에 없을 시엔, 덫을 놓아둘 걸세. 언젠가는 놈이 걸려들도록 말이지. 그리고 만약 그가 거기 있다면……."

"거기 있다면 아마도 뒤쪽, 그러니까 바다 쪽으로 내뺄 겁니다."

"그럴 경우엔, 내 부하들 중 나머지 반한테 곧장 걸려들게 해야지."

"알았습니다. 다만 공격 시점을 자칫 간조(干潮) 때로 잡으면 기암성의 기저가 몽땅 드러나서 추적이 백일하에 드러나게 될 겁니다. 그러면 조개나 새우를 잡던 어부들이 주변 바위에 몰려들어, 실컷 구경거리가 되고 말 거예요."

"그러니 당연히 만조(滿潮) 때로 정해야겠지."

"하지만 그러면 배로 도망칠 텐데요?"

"그건 걱정 말게. 무려 10척이 넘는 어선을 동원할 예정이니. 그 각각에는 물론 내 부하들이 포진해 있을 테고. 아마 빠져나가기는 어려울 걸세."

"그래도 그물 사이로 고기가 내빼듯 배들 사이로 요리조리 도망칠 수도 있죠."

"그러기만 해보라지. 그대로 침몰시킬 테니까!"

"허어, 대포라도 대령하십니까?"

"왜, 안 될 것 같나? 그럴 줄 알고 르아브르에 수뢰정 한 척을 대기시켰다네. 전보 한 차례면 기암성 근방으로 즉각 달려오기로 되어 있어!"

"수뢰정이라니……. 뤼팽이 들으면 으쓱하겠군요! 알겠습니다. 그만하면 만반의 준비가 끝난 것 같군요. 이젠 앞으로 나아가는 것밖에 없겠어요. 언제쯤 시작할 겁니까?"

"내일."

"밤이겠죠?"

"아니, 대낮일세. 해수가 가득 차오를 때……. 정확히 10시에!"

"좋습니다!"

사실 겉으로는 쾌활한 척했지만, 보트를레는 내심 무척 불안한 감을 감추고 있었다. 다음 날까지 그는 잠을 못 이룬 채 이리저리 뒤척이면서 온갖 실행 불가능한 계획들을 세웠다가 허물어뜨리기를 반복했다. 한편 가니마르는 소년과 헤어져, 곧장 에트르타로부터 10여 킬로미터 떨어진 이포르로 향했다. 주도면밀하게도 그곳에서 부하들과 만날 약속을 정해놨을 뿐 아니라, 해안을 따라 수심을 측정할 거라며 미리 열두 척의 어선을 임차해놓았던 것이다.

오전 9시 45분, 가니마르는 장정 열두 명을 대동하고 절벽으로 이르는 길 어귀에서 이지도르와 만났다. 그리고 10시 정각, 일행은 문제의 허물어진 벽의 잔해 앞에 도착했다. 드디어 운명의 시간이 닥친 것이다!

"자네 왜 그런가, 보트를레? 안색이 푸르죽죽하게 질렸어."

가니마르가 농담조로 거들먹거리자, 보트를레 역시 매몰차게 되쏘았다.

결정판 아르센 뤼팽 전집

"당신은 좀 나은 줄 아쇼? 금방이라도 꼴깍할 것 같은 표정이구려!"

모두들 일단 자세를 낮추고 땅에 납작 주저앉았다. 가니마르는 휴대해온 럼주를 허겁지겁 한 모금 들이켜면서도 이랬다.

"쳇! 뭐 겁이 나서 이러는 줄 아나? 천만의 말씀! 그냥 기분이 좀 더러울 뿐이라고! 놈을 코앞에 둘라치면 늘 이렇게 배 속이 뒤틀린단 말이거든. 자네도 좀 하려는가?"

"싫소."

"그러다 도중에서 포기하는 건 아닌가?"

"숨이 끊어지면 그럴 테죠."

"빌어먹을! 어디 두고 봄세. 자, 이제 문을 열게나! 누가 보고 있지는 않겠지?"

"천만에요. 기암성은 절벽보다 낮은 위치인 데다 이곳은 땅이 푹 꺼져 있어서 괜찮을 겁니다."

보트를레는 벽에 다가가서 십자가가 새겨진 벽돌을 움켜쥐었다. 역시 심상치 않은 소리와 함께 지하 통로의 입구가 나타났다. 등에 불을 붙여 안쪽을 두루 비추자, 바닥은 물론 벽과 아치형의 천장까지 벽돌들로 빽빽하게 다듬어진 게 눈에 들어왔다.

걸어 들어간 지 얼마 안 되어, 계단이 나타났다. 보트를레가 속으로 셈을 한 지 마흔다섯 계단 정도 벽돌로 된 층계를 내려갔을 때였다. 그렇지 않아도 더디게 진행되던 보조가 도중에서 주춤주춤 멈추는 것이었다.

"이런 제장!"

가니마르는 마치 무엇에 부닥친 것처럼 갑자기 머리를 움켜쥐었다.

"무슨 일입니까?"

"문일세!"

"제기랄!"

언뜻 보아도 만만치 않은 장애물이었다. 단단한 강철 문이 떡 버티고 있었던 것이다.

"이거 만사 끝장이로군! 자물통도 없는 것 같아."

가니마르가 짜증을 내자 보트를레가 곧장 대꾸했다.

"오히려 잘된 일입니다."

"아니 왜?"

"문이란 어떻게든 열리게 되어 있는 겁니다. 따로 잠금장치가 없다면, 열 수 있는 비밀이 반드시 있을 거예요."

"하지만 그 비밀을 알 턱이 없지 않은가."

"알아내야죠!"

"글쎄, 어떻게 말인가?"

"암호문이 있잖습니까! 그중 넷째 줄이야말로 이처럼 예기치 못한 난관에 봉착했을 때 유용하라고 있는 걸 겁니다. 게다가 셋째 줄까지 꿰뚫고 들어오는 사람을 돕기 위한 내용일 테니까, 오히려 처음보다 쉬울 거예요."

"쉽기도 하겠군!"

가니마르는 보트를레가 건넨 문서를 펼쳐보며 뇌까렸다.

"숫자 44번하고 왼쪽에 점 하나가 찍힌 삼각형하고……. 이거야 원, 더 막막해지기만 하는걸!"

"천부당만부당한 말씀이오! 자, 이 문을 잘 좀 봐요. 문의 네 귀퉁이에 삼각형의 철판이 덧대어 있고 그 각각에 큼직한 못이 박혀서 전체적으로 단단히 고정되어 있는 것 보이죠? 저 왼쪽 아래 철판으로 가서 귀퉁이의 못을 한번 움직여봐요. 아마 십중팔구는 반응이 있을 겁니다!"

가니마르는 두어 번 낑낑대더니 던지듯 내뱉었다.

결정판 아르센 뤼팽 전집

"그 '십중팔구'가 다 날아가 버린 모양이군그래."

"그렇다면 문제는 44번이라는 숫자일 거요."

보트를레는 한층 목소리를 낮추며 생각에 잠긴 투로 말을 이었다.

"가만있어 보자……. 지금 우리는 마지막 계단 위에 둘 다 서 있습니다. 다시 말해 마흔다섯 번째 계단이지요. 한데 이 문서에는 44번이라는 숫자가 적혀 있어요. 무슨 뜻일까요? 이 숫자가 만약 충계의 계단 수를 뜻하는 거라면 왜 45가 아니라 굳이 44일까 하는 겁니다. 단순한 우연일까요? 하지만 이번 사건에선 우연이라고는 눈을 씻고 찾아도 없었습니다. 가니마르, 미안하지만 한 계단만 좀 올라가 주겠습니까? 네, 거기요. 마흔네 번째 계단에 그대로 서 있으세요. 자, 그러고 나서……. 이렇게 내가 쇠못을 움직이면! 아마도 빗장이 반응을 보일 겁니다. 그렇지 않으면 모든 게 수포로 돌아가는 거고……."

아니나 다를까, 잠시 후 묵직한 철문이 삐거덕하면서 열리는 것이었다. 여태까지보다 훨씬 넉넉한 지하 공간이 눈앞에 펼쳐졌다.

"틀림없이 프레포세 요새 바로 아래일 겁니다. 이제부터는 진짜 땅 밑을 가야 할 거예요. 보세요. 벽돌은 끝나고 이제 완전히 석회암투성이입니다!"

멀리 맞은편으로부터 새어나오는 불빛이 지하 공간 전체를 희미하게 비추고 있었다. 점점 그리로 접근하면서, 그것이 천문대의 관측구(觀測口)처럼 절벽의 돌출부에 생긴 틈바귀에서 들어오는 빛이라는 걸 깨달았다. 이렇게 내다보니 한 50여 미터 전방에 기암성의 가로로 주름진 암벽층이 기괴한 몰골로 버티고 서 있었다. 바로 오른쪽 가까이에는 포르트 다발의 아치형 절벽이 있었고, 왼쪽 저 멀리에는 내포의 너른 해안선을 가둔 채, 한층 두드러져 보이는 훨씬 거대한 아치형 절벽이 내다보였다. '마네포르트'(라틴어로 '거대한 문(magna porta)'이라는 명칭에서 유래함. 클로드 모네의 그림으로도 유명함—옮긴이)라는 이름의 그 아치형 거암(巨巖)은, 그 아래로 있는 대로 돛을 펼친 대형 범선이 넉넉히 오갈 수 있을 만큼 거대했다.

"우리 측 배들이 안 보입니다."

보트를레가 두리번거리며 말하자, 가니마르가 당연하다는 듯 대꾸했다.

"그럴 수밖에. 지금 우리 위치에선 포르트 다발 때문에 가려서 에트르타나 이포르 쪽 연안은 전혀 눈에 안 들어올 테니까. 하지만 저기 난바다 쪽을 한번 보게. 까만 선이 보이지 않는가."

"그럼 저게……?"

"바로 우리의 막강한 화력을 갖춘 수뢰정 25호일세! 뤼팽이 도망칠 요량이라면 아마 바닷속 구경 실컷 할 각오는 해야 할 걸세."

관측구 옆쪽으로 난간이 딸린 내리막 계단이 이어져 있었다. 그리로 내려가면서 이따금 암벽 틈새로 구멍이 뚫려 있어서 기암성의 주름진 이마가 섬뜩섬뜩 스치고 지나갔다. 대략 수면 높이까지 내려갔다 싶더니 밖을 내다볼 수 있는 구멍은 모두 사라지고 캄캄한 어둠이 자리를 잡았다.

이지도르는 아까부터 계단 수를 큰 소리로 세고 있었다. 358계단째를 밟았을 때였다. 좀 더 널찍한 통로가 나오면서 아까처럼 육중한 철문이 앞을 떡 가로막는 것이었다. 물론 못이 박힌 철판들로 견고하게 고정된 문이었다.

"이것도 우리가 아는 대로 하면 될 겁니다. 암호문에 보면 357이라고 쓰여 있고, 이번엔 오른쪽에 점이 찍힌 삼각형이 있지요. 방법은 지난번과 다를 게 없어요."

보트를레의 말대로 두 번째 문도 시원하게 열렸다. 정말이지 대단히 기나긴 터널이 눈앞에 펼쳐졌다. 군데군데 둥그스름한 천장에 매달린 등불에서 제법 밝은 불빛이 쏟아지고 있었다. 가만히 보니 벽에서는 물이 조금씩 스며들고 있었고, 바닥으로도 뚝뚝 물방울이 듣고 있었다. 그 때문에 이쪽 끝에서 저쪽 끝까지 걷기 편하도록 평평한 판자들을 잇대서 그럴듯한 보도(步道)까지 만들어져 있었다.

"이제부터 바다 밑을 지나가는 겁니다. 자, 어서 가시지요, 가니마르!"

보트를레의 말에 노형사는 아무 대답 없이 목재 보도 위를 더듬더듬 나아갔다. 한데 그러다 말고 어느 등불 앞에 멈추더니 냉큼 떼어내는 것이었다.

"용구로 봐서는 중세쯤 만들어진 것 같은데, 불 밝히는 방식은 요즘식이란 말이야. 이 친구들, 백열맨틀(가스등 따위의 광도 증강용 통―옮긴이)을 사용하고 있어."

그러고는 계속해서 길을 갔다. 급기야 터널은 좀 더 넉넉한 일종의 공동(空洞)으로 이어져 있었고, 맞은편에는 위로 오르도록 되어 있는 계단 입구가 보였다.

"자, 드디어 기암성 내부로 올라가는 길인가 보군! 이제부터는 정말 정신들 바짝 차려야 해!"

가니마르의 말이 끝나기가 무섭게 부하들 중 한 명이 불렀다.

"반장님, 여기 왼쪽에 또 다른 계단이 있습니다!"

그리고 보니 오른쪽으로도 계단이 하나 나 있었다.

"이런 빌어먹을! 골치 아프게 생겼네. 우리가 어느 한쪽을 택하면 놈들은 다른 쪽으로 빠져나가게 생겼어."

노형사가 중얼거리자, 보트를레가 나섰다.

"그럼 여기서 갈라지기로 하죠!"

"안 돼. 그건 안 될 말이야. 그러면 우리 세(勢)가 약해진다고. 그보다는 누구 한 명이 정찰을 나가보는 게 좋겠어."

"그렇다면 내가 나가보죠."

"좋네. 그럼 난 여기서 부하들과 함께 기다리지. 그러면 일단 걱정할 일은 없을 걸세. 절벽 안이나 기암성 내부로는 여러 갈래 길이 따로 있을지 모르나 기암성에서 절벽까지는 이 터널밖에 길이 없을 테니, 누구든 빠져나가려면 이 동공을 통하지 않으면 안 될 걸세. 자, 자네가 돌아올 때까지 우린 여기 단단히 버티고 있을 테니, 조심해서 다녀오게나, 보트를레. 조금이라도 문제가 생기면 즉시 돌아오시게!"

이지도르는 지체 없이 가운데 계단을 통해 사라졌다. 서른 번째 계단에서 나무로 된 문이 가로막았다. 손잡이를 붙잡고 돌리자 문은 어렵지 않게 열렸다.

안은 지붕은 매우 낮은 편이나 굉장히 널찍한 방이었다. 중간중간 땅딸막한 기둥들에 매달린 강력한 램프로 전체가 환하게 밝혀진 방의 크기는 거의 기암성 전체의 너비만 하게 느껴졌다. 그 안에 각종 상자와 궤짝, 의자, 찬장 등 온갖 가구가 뒤죽박죽 재여 있는 꼴이, 무슨 골동품 상점의 지하 창고 같은 분위기였다. 이렇게 둘러보니 왼쪽과 오른쪽에 각각 똑같은 계단이 아래로 뻗어 있었는데, 분명 저 아래 동공에서 출발한 나머지 두 계단이 틀림없었다. 그만하면 다시 내려가 일행에게 보고를 해야 할 것이었으나, 정면의 또 다른 계단에 눈길이 멈추자, 보트를레는 혼자서 한번 조사를 계속해보고 싶은 충동을 느꼈다.

그렇게 서른 계단을 더 올라가자 또다시 문이 나왔고, 그 뒤로 아까보다는 좀 작은 듯한 방이 나타났다. 그리고 정면에 또 다른 계단이 시작되는 것이었다.

다시 서른 계단을 밟아 올라가자, 또다시 문과 좀 더 작은 방이 나왔고…….

보트를레는 그제야 기암성의 내부 구조가 어떻게 형성되었는지 감이 왔다. 비슷한 형태이면서 점점 규모가 작아지는 방들이 서로 중층구조를 이루며 이어져서 마지막에는 가장 집약된 공간이 나타날 것이다. 물론 모든 방은 그 공간 크기에 적절한 물건들의 저장고 구실을 하면서 말이다.

계단을 따라 4층째 접어들자 더 이상 램프는 없고, 그 대신 암벽의 틈새로 햇살이 비쳐 들고 있었다. 언뜻 보니 해수면은 한 10여 미터 아래에서 출렁이고 있었다.

이쯤에서는 보트를레도 가니마르 일행으로부터 너무 멀리 떨어졌다는 생각에 덜컥 겁이 나지 않을 수 없었다. 조금만 마음을 약하게 먹어도 당장 오던 길로 줄행랑을 칠 것만 같은 심정이었다. 그렇다고 당장 무슨 위협이 닥친 건 아니었다. 오히려 주변이 너무도 조용해서, 뤼팽과 그 일당이 기암성 전체를 놔두고 어디론가 잠적한 건 아닐까 하는 생각마저 들었다.

'그래……. 하나만 더 올라가 보자!'

그렇게 마음을 다잡고는 다시 서른 계단을 올라갔다. 이번에도 역시 문이 하나 있었는데, 지금까지와는 좀 다른, 다소 신식 분위기가 풍기는 가벼운 문이었다. 보트를레는 여차하면 뒤돌아 도망칠 생각을 하면서 살그머니 문을 밀었다. 아무도 없었다. 한데 이번 방은 그 목적이 다른 방들과는 확연히 구분되는 듯 보였다. 벽에는 장식용 융단이 걸려 있었고, 바닥에도 양탄자가 곱게 깔려 있었다. 벽 양쪽으로는 서로 마주 보고 두 개의 장식장이 서 있었는데, 그 안은 온갖 화려한 금은세공품으로 가득했다. 그뿐만 아니라 암벽 깊숙이 파인 좁은 틈으로는 유리

결정판 아르센 뤼팽 전집

창까지 구비된 창문들이 버젓이 설치되어 있는 것이었다.

방 한가운데엔 화려한 꽃 장식과 과일, 과자 등이 가득 담긴 정과(正菓) 그릇, 샴페인, 그리고 세련된 레이스가 수놓아진 냅킨까지 가지런히 구비된 탁자가 으리으리한 자태를 뽐내고 있었다.

가만히 보니 탁자를 빙 둘러가며 세 사람분의 식기가 갖춰져 있었다.

보트를레는 천천히 다가갔다. 각각의 식기 앞에는 회식자의 이름이 적힌 깨끗한 메모지가 정갈하게 놓여 있었다.

제일 먼저, 아르센 뤼팽.

그 맞은편은 마담 아르센 뤼팽.

마지막으로, 남은 메모지 한 장에 눈길이 닿은 보트를레는 그만 소스라치게 놀라고 말았다.

거기엔 이렇게 적혀 있었던 것이다!

이지도르 보트를레.

10
제왕(諸王)의 보물

갑자기 벽 한구석의 휘장이 활짝 열렸다.

"봉주르, 므슈 보트를레! 조금 늦으셨군. 정오에 맞춰 점심 식사를 하려던 참이었는데 말이오. 하지만 뭐 몇 분 늦은 거니 상관없소이다. 아니, 왜 그러고 서 계시오? 날 못 알아보겠소? 내가 그렇게 변했나?"

그렇지 않아도 지금까지 뤼팽과 싸워오는 동안 놀라 자빠질 일들이라면 이력이 날 지경이었다. 따라서 언제든 그와의 격돌이 불가피할 때면, 그 어떤 불시의 감정 상태에 대해서도 웬만한 각오가 되어 있는 입장이었다. 하지만 이번의 이 예기치 못한 충격은 정말이지 보트를레에겐 감당할 수 없을 정도였다. 이건 그저 놀란 정도가 아니라, 그야말로 기겁을 하고 졸도를 할 지경이었던 것이다.

지금 앞에 서 있는 저 남자……. 지금으로선 어쩔 수 없이 아르센 뤼팽이라고 여길 수밖에 없는 바로 저 남자……. 그는 다름 아닌 발메라스였던 것이다! 아, 발메라스라니……. 에귀유 성의 소유자이자, 아르센 뤼팽과 대결하기 위해 허겁지겁 달려가 도움을 청했던 바로 그자가 아닌가! 크로장까지 어려운 길을 함께 나서준 동료였으며, 어둑한 현관에서 뤼팽의 똘마니를 일격에 해치우고 레몽드의 구출에 결정적인 힘을 실어준 용감무쌍한 친구가 아닌가 말이다!

"다, 당신……. 당신이……. 당신이 바, 바로……."

차마 입을 다물지 못하고 더듬대는 보트를레를 지그시 바라보며 뤼팽이 호탕하게 외쳤다.

"왜, 못 믿겠소? 고작 목사 복장을 한 모습이나 마시방 선생으로 분장한 모습을 보고서 그럼 이 아르센 뤼팽을 속속들이 꿴 걸로 생각했단 말이오? 저런, 그때그때 상황에 맞게 적절한 요령을 좀 피워본 것뿐이었는데……. 만약 뤼팽이 성공회 목사라든지 비명 문학 아카데미 회원 행세를 제대로 못해낼 것 같으면, 그땐 '뤼팽'을 그만둬야지! 하지만 보트를레……. 여기 이 뤼팽은 진짜 '뤼팽'이라오! 자, 두 눈을 크게 뜨고 바라보아요, 보트를레, 이 진짜 아르센 뤼팽의 모습을."

"하지만……. 정말 당신이라면……. 마드무아젤은……?"

"물론, 소개해드려야지."

그러면서 뤼팽은 또 다른 휘장을 활짝 거두며 이렇게 소리쳤다.

"자, 마담 아르센 뤼팽이오!"

보트를레는 머리가 어찔한 듯 비틀거리며 중얼거렸다.

"아……. 마드무아젤 드 생베랑!"

"저런, 저런……. 천만의 말씀! 마담 아르센 뤼팽이라니까! 정 내키지 않으면 마담 루이 발메라스라고 불러도 좋겠지. 엄연한 법적 절차를 거쳐서 정당하게 맞아들인 나의 배필 말이오! 모두가 실은 당신 덕택이었지요, 므슈 보트를레."

그렇게 말하며 뤼팽은 정식으로 악수를 청하는 것이었다.

"자, 진심으로 감사했소이다. 바라건대, 앙금일랑은 툴툴 털어버리시구려."

이상한 것은, 보트를레의 마음속에 전혀 앙금 같은 게 생기지 않는다는 사실이었다. 그렇다고 굴욕감도, 쓰라린 마음도 들지 않았다. 상대의 월등한 차원을 즉각적으로 받아들이자 그에게 졌다는 생각이 아무런 심적 동요도 불러일으키지 않는 것이었다. 보트를레는 뤼팽이 내민 손을 덥석 붙들었다.

"식사 준비됐습니다."

하인이 어느새 식탁을 차려놓고 알리자, 뤼팽은 멋쩍은 미소를 띠며 말했다.

"이거 미안하게 됐소이다, 보트를레. 우리 요리장께서 지금 휴가 중이시라……. 어쩔 수 없이 좀 찬 음식을 들어야겠어요."

사실 보트를레는 전혀 식욕을 낼 기분도 아니었다. 하지만 워낙 이 귀신같은 인물에게 몰입해 있는지라, 선뜻 자리를 잡고 앉았다. 이자는 도대체 어디까지 알고 있는 걸까? 자신에게 닥치고 있는 위험에 대해 눈치는 채고 있는 걸까? 가니마르와 그 부하들이 가까운 곳에 진을 치고 있다는 사실을 모르고 있는 걸까? 뤼팽은 아까 하던 이야기를 마저 했다.

"그래요, 따지고 보면 다 당신 덕이지요. 사실, 레몽드와 나는 처음 만난 날부터 서로를 사랑하고 있었소이다. 더없이 사랑하고 있었어요. 레몽드가 납치되어 감금된 거나 그간의 온갖 허풍 섞인 장난 모두, 우리 둘이 사랑하고 있었기에 일어난 일들이었소. 하지만 그녀도 나와 마찬가지로, 정작 둘이 편안하게 마음껏 서로를 사랑할 수 있게 되자, 그 인연을 단순한 불장난으로 그치게 할 순 없다고 생각했던 거요. 그렇지만 아시다시피 이 뤼팽이라는 인물로서는 도저히 그러한 상황을 해결하기가 힘들지요. 한데 다행히도 그녀는 달랐습니다. 내가 저 어린 시절부터 사실은 단 한순간도 떠나본 적이 없는 루이 발메라스라는 존재로 거듭 태어나기만 한다면, 그녀는 얼마든지 나와 운명을 같이할 준비가 되어 있었던 거요. 그러던 중 때마침 당신이 끝까지 포기하지 않고 마침내 에귀유 성까지 발견했던 터라, 나는 그런 당신의 아둔한 고집을 이용해볼 생각을 하게 된 겁니다."

"고집과 어리석음 모두 다겠죠."

"허어, 누구나 조금씩은 어리석은 맛에 사는 법이라오!"

"그래, 나를 그토록 철저히 밟고서 당신이 이룩한 게 무엇인지 듣고 싶군요."

"아하, 그거요……. 생각해보시구려. 설마하니 발메라스가 뤼팽일 거라고 감히 누가 의심이나 했겠소이까? 보트를레와 사선(死線)을 함께 넘나든 친구이자, 뤼팽이 사랑하는 여인을 감히 빼앗아간 장본인을 말이오. 그것만 해도 정말 멋지지 않습니까? 오, 참으로 신나는 경험이었소! 크로장으로 원정까지 가서 사랑을 차지한다는 것! 게다가 발메라스로 행세하는 동안 결혼에 앞서 나 자신인 뤼팽에 대해 조심을 했던 일들! 그리고 그날 저녁 당신을 기리는 그 대단한 향연 말이오, 보트를레……. 그때 당신이 내 팔에 안겨 혼절을 하던 모습이란, 참! 아, 정녕 다시없을 멋진 추억이 될 거요."

한동안 침묵이 흘렀다. 보트를레는 레몽드를 유심히 바라보았다. 그녀는 뤼팽이 하는 말을 하나도 빠뜨리지 않고 귀담아듣는 표정이었다. 뤼팽을 바라보는 그녀의 눈빛 속에는 사랑과 열정뿐만 아니라, 젊은이로서는 뭐라 꼭 집어 얘기할 수 없는, 또 다른 감정들이 담겨 있었다. 뭐랄까, 일종의 께름칙한 불안감이랄까, 어딘지 착잡한 마음 같은 것……. 하지만 뤼팽이 고개를 돌려 마주 보자, 금세 얼굴에 다정한 웃음을 지어 보이는 것이었다. 탁자를 가로질러 두 사람의 손은 서로 꼭 맞붙잡고 있었다.

"그건 그렇고 보트를레, 내 누추한 처소에 대해선 어떻게 생각하는가?"

뤼팽은 갑자기 어투를 편하게 바꾸며 외쳤다.

"이만하면 그럴듯하지 않은가? 그렇다고 최고급이라고까진 말하지 않겠네. 하지만 이래 봬도 이곳에 만족하며 살다 간 사람들이 만만치가 않아. 자, 보게나. 여기 기암성을 거쳐 간 사람들이 얼마나 쟁쟁한 존재들이었나를!"

뤼팽이 가리키는 한쪽 벽에는 다음과 같은 이름들이 촘촘히 새겨져 있었다.

카이사르. 샤를마뉴. 롤로. 정복자 기욤.
영국 왕 리처드. 루이 11세. 프랑수아 1세.
앙리 4세. 루이 14세.
아르센 뤼팽.

"다음 차례는 누가 될 것 같나?"

툭 질문을 던지더니 그는 이렇게 덧붙였다.

"아쉽게도 목록은 이걸로 끝이 나네. 카이사르로부터 뤼팽까지……. 이제부터는 모두의 것이 되는 셈이지. 이제 조만간 이 신비스러운 성채는 뭇사람들의 구둣발로 더럽혀질 것이야. 다들 이렇게 말하겠지. 뤼팽이 아니었다면 이 모든 것은 영원한 망각 속에 묻혀버렸을 거라고! 아, 보트를레……. 내가 제일 처음 이 버려진 영토에 발을 들여놓은 날, 기분이 얼마나 뿌듯했는지 아는가? 잊혔던 비밀을 되찾고, 그 주인, 그것도 유일한 주인으로서 이곳에 들어서는 그 기분이 과연 어땠겠는가 말이네! 보다시피 저 쟁쟁한 존재들의 뒤를 잇는 당당한 계승자로서 말이야! 제왕(諸王)의 뒤를 이어 기암성에 살게 되다니!"

순간 아내의 손길이 그의 말문을 막았다. 그녀는 무척 불안한 표정이었다.

"무슨 소리가 들렸어요. 저 아래에서 무슨 소리가……."

"그저 파도가 부닥치는 소리일 거요."

"아니에요! 파도 소리 정도는 나도 분간할 수 있어요. 이건 다른 소리예요."

"그게 아니라면 무슨 소리가 날 거라고 생각하는 거요, 여보? 내가 초대한 손님은 여기 이 보트를레 선생뿐인데."

뤼팽은 한 번 씽긋 웃은 뒤, 하인을 향해 외쳤다.

"샤롤레, 자네 손님이 들어온 다음 계단 문은 똑바로 잠갔겠지?"

"네. 빗장까지 죄다 닫아걸었습니다."

뤼팽은 자리에서 일어났다.

"자, 레몽드, 걱정하지 마요. 아니, 당신 너무 창백하잖소!"

그는 아내에게, 그리고 하인에게 각각 나지막이 뭔가 속삭이더니 휘장 밖으로 둘 다 내보냈다.

아래쪽에서는 점차 소음이 분명해지고 있었다. 그것은 일정한 간격을 두고 둔탁하지만 점점 또렷이 들려오고 있었다. 보트를레는 속으로 중얼거렸다.

'가니마르가 인내심을 잃었어. 문을 때려 부수는 모양이군.'

뤼팽은 마치 시끄러운 소음이 전혀 들리지 않는 것처럼 더없이 태연하게 말했다.

"한데 말이지……. 내가 처음 이곳을 발견했을 땐 기암성의 꼴이 말이 아니었다네. 프랑스 대혁명과 루이 16세 이후, 근 100여 년 이상 아무도 손댄 적이 없는 것 같더라고! 터널은 폐허나 다름없고, 계단들도 다 무너질 지경이었지. 여기저기 물이 새는 건 보통이고……. 온통 보강하고 재건축을 해야 할 상태였어."

보트를레도 심중에 있던 궁금한 점을 툭 털어놓았다.

"당신이 도착했을 때는 물론 텅텅 비어 있었겠죠?"

"거의 그랬다네. 아마 그간 역대 임금들은 나처럼 기암성을 창고로는 사용 안 했던 거지."

"그 대신 피난처로 사용했겠죠?"

"당연히 그랬겠지. 그동안 외부의 침략이나 내란 등이 좀 많았나. 하지만 이곳의 진정한 용도는 말일세……. 그 뭐랄까, 프랑스 왕들의 비밀 금고라고나 할까?"

쿵쾅거리는 소리가 한층 뚜렷해졌다. 가니마르가 이제 첫 번째 문을 깨부수고 두 번째 문을 두드려대고 있는 모양이었다. 잠시 조용한가 싶더니, 좀 더 가까운 곳에서 또다시 두드리는 소리가 들려왔다. 세 번째 문인 듯한데, 그렇다면 이제 문 두 개가 남은 셈이었다.

언뜻 창문 너머로, 기암성을 둘러싸고 있는 선박들과 그리 멀지 않은 곳에서 시커먼 괴어(怪魚)처럼 떠다니고 있는 수뢰정의 모습을 보트를레는 놓치지 않고 알아보았다.

"거참, 되게 시끄럽네!"

급기야 뤼팽은 짜증 섞인 목소리로 소리쳤다.

"이거야 사람 말소리가 잘 안 들리잖아! 어떤가, 함께 올라갈 텐가? 이참에 기암성 유람을 하는 것도 괜찮겠지?"

둘은 곧장 위층으로 자리를 옮겼고, 다른 곳과 마찬가지로, 들어선 다음에 곧장 문은 잠갔다.

결정판 아르센 뤼팽 전집

"나의 화랑일세!"

벽마다 보트를레가 봐도 눈이 번쩍 뜨이는 대가의 그림들이 즐비했다. 예컨대, 라파엘로의 「성모화(聖母畵)」, 안드레아 델 사르토(피렌체 출신의 르네상스 화가. 다빈치와 미켈란젤로의 영향을 받음. 1486~1530―옮긴이)의 「루크레치아 델 페데의 초상」, 티치아노(르네상스 전성기의 이탈리아 화가. 바로크 양식의 선구자로서 17세기의 루벤스, 렘브란트로 이어지는 길을 개척함―옮긴이)의 「살로메」, 보티첼리의 「성모와 천사들」, 그 밖에도 틴토레토, 카르파초, 렘브란트, 벨라스케스 등등……

"훌륭한 복제품들이로군요."

무심코 던진 보트를레의 말에 뤼팽은 어이가 없다는 표정으로 빤히 쳐다보았다.

"무슨 소린가! 복제품이라니! 지금 제정신으로 하는 말인가? 현재 마드리드와 피렌체, 베네치아, 뮌헨, 암스테르담 등지에 널려 있는 게 다 복제품이라네!"

"아니, 그럼 이것들은?"

"완벽한 오리지널이지! 전 유럽의 미술관에서 끈기 있게 모아들인 거라네. 물론 자네 말마따나 '훌륭한 복제품'들로 점잖게 바꿔치기해놓고 말일세!"

"하지만 언젠가는……"

"언젠가는 들통 날 거라고? 그때는 그림 뒤마다 내 사인이 들어가 있는 걸 발견하게 되겠지. 그리고 이 아르센 뤼팽이 조국 프랑스에 얼마나 많은 걸작 진품을 기부해왔는지 깨닫게 될 것이네. 하긴 나폴레옹이 이탈리아에서 자행한 짓과 하나 다를 것도 없지. 아 참, 보트를레, 저길 좀 보게. 제브르 백작이 가지고 있던 루벤스일세."

기암성의 한쪽 구석에서는 여전히 문을 때려 부수는 소리가 들리고 있었다.

"아…… 정말 참을 수가 없군그래! 더 올라가세나!"

그렇게 해서 계단을 한 층 더 올라갔고, 새로운 문이 하나 더 추가되었다.

"장식용 융단을 위한 방이네!"

뤼팽은 활기찬 목소리로 소개했다.

물건들은 벽에 걸리는 대신 둘둘 말려 있거나 끈으로 묶여서 조목조목 분류된 채 오래된 헝겊 꾸러미로 차곡차곡 보관되어 있었다. 뤼팽은 그중 현란한 수단(繡緞)들과 그윽하게 빛이 바랜 비단들, 유서 깊은 각종 상제의(上祭衣. 사제가 미사 때 흰옷 위에 걸쳐 입는 소매 없는 제의―옮긴이)들, 금은 수공예 직물들을 하나하나 펼쳐 보여주었다.

둘은 계속해서 위층으로 올라갔고, 괘종시계와 추시계 전시실과 어마어마한 서고(書庫)(아! 그 호화판 장정들하며 세계 유수의 도서관에서 훔쳐내온 너무도 소중한 판본들이라니!)와 레이스 세공품(16세기 전반 베네치아에서 발명된 레이스는 전 유럽으로 퍼져나가 18세기까지 고급 액세서리로서 매우 귀중하게 취급되었음―옮긴이) 전시실과 골동품 보관실을 차례차례 구경했다.

한데 매번 층을 옮겨갈수록 방의 반경이 줄어들고 있었다. 아울러 시끄럽던 소리는 점점 멀어져 갔다. 가니마르의 일이 잘 안 풀리는 건가?

"자, 이제 마지막으로 국보급 전시실일세!"

뤼팽은 호기 있게 외치며 마지막 문을 열었다.

이번 방은 다른 것들과 확연히 달랐다. 둥글기는 마찬가지였으나, 우선 천장이 한결 높았다. 전체적으로 원추형인 이 방은 기암성 구조의 정상에 해당되면서 바닥과 천장 사이가 15∼20미터나 떨어져 있었다.

그런가 하면 절벽 방향으로는 창 하나 없는 반면, 바다 쪽으로는, 마치 그 누구의 시선도 두려워할 것 없다는 듯, 두 개의 큼직한 유리창이 탁 트인 수평선을 향해 있어서 그로부터 쏟아져 들어오는 빛을 고스란히 받아들이고 있었다. 바닥은 동심원 무늬가 아로새겨진 진귀한 목재로 말끔하게 처리되어 있었고, 벽마다 몇 개의 유리 장식장들과 그림들이 걸려 있었다.

"내 소장품들 중 알짜배기들만 모아놓았다네. 지금까지 자네가 본 것들은 모두 내다 팔 것들이지. 물건은 팔아야 남는 게 있는 법! 그건 어디까지나 생업이고, 여기 이곳은 진정한 성역(聖域)으로, 모든 게 신성한 물건들이라네. 하나같이 값을 매길 수 없는 최고의 보물들로 채워져 있지. 여기 이 보석들을 좀 보게, 보트를레. 칼데아산(産)(고대 바빌로니아 지방─옮긴이) 부적들하며, 이집트 목걸이, 켈트족의 팔찌들, 아라비아의 사슬 장식품들……. 저기 저 조각상들 좀 봐. 그리스의 베누스상(像), 코린트의 아폴론상 등등……. 그 옆에 타나그라 인형(그리스의 고도 타나그라에서 발굴된 BC 4~BC 3세기경의 테라코타 작은 조각상─옮긴이)들도 보게나, 보트를레. 모두가 진품이지. 이 진열장 밖에 있는 것들은 세계 어디를 가나 가짜라고 장담할 수도 있어. 아, 생각만 해도 짜릿한 기분이네! 보트를레, 자네 남프랑스의 성당들을 턴 도적 떼 기억하나? 보통 '토마와 그 일당'(앙토니 토마는 실은 남프랑스가 아니라 오베르뉴 지방에서 주로 성당 보물들을 턴 실제 인물이며 1907년 체포되었음─옮긴이)이라고, 잠깐 동안 내 대리인으로 있었네만, 꽤나 유명했지. 자, 보게. 이게 그가 턴 그 유명한 앙바작(고을 이름─옮긴이)의 성골함이라네! 물론 진품이지! 당연히 루브르 박물관 스캔들도 기억하겠지? 왜, 어느 현대 예술가가 농간을 부린 가짜 삼중관(三重冠. 로마교황이 쓰는 관─옮긴이) 사건(1896년 루브르 박물관이 모든 전문가가 극찬해 마지않던 삼중관을 비싼 값에 사들였으나, 1903년 그것이 러시아의 삼류 조각가 루코모프스키의 조악한 위조품임이 밝혀진 사건─옮긴이) 말이네. 이게 바로 진짜 삼중관이라네! 아, 이거……. 보트를레, 이건 꼭 봐야 해! 이거야말로 보물 중의 보물이지! 최고의 작품이자 신의 기적이라고나 할까? 「라조콘다」, 진품일세! 무릎을 꿇게나, 보트를레. 완벽한 여성이 자네 앞에 있네(소위 「모나리자」라고 불리는 다빈치의 그림 도난 사건 역시 루브르 박물관에서 1911년에 발생한 실제 사건. 결국 1913년 이탈리아에서 진품이 발견되었음. 한때 대시인이자 이탈리아인이었던 아폴리네르가 용의자로 체포되기도 했음—옮긴이)."

한 차례의 연설이 끝나자 기나긴 침묵이 찾아왔다. 그러자 저 아래로부터의 소음이 다시금 기승을 부리는 것이었다. 보아하니 이제 남은 문은 두세 개에 불과한 듯했다. 멀리 난바다 쪽에는 수뢰정의 시커먼 등짝과 점점 수가 불어나는 선박들이 내다보였다. 보트를레는 조심스레 물었다.

"진짜 국보(國寶)가 있다면서요?"

"아하, 이 친구 좀 보게. 그게 궁금한 거로군! 지금까지 보아온 이 모든 걸작으로는 양이 차지 않는 모양이지? 자네 호기심으론 국보 하나 구경하는 것만 못한 모양이야. 하긴 대개 사람들이 다 자네 같겠지. 좋아, 속 시원히 구경함세!"

그러더니 뤼팽은 발로 힘껏 바닥 한 부분을 두드렸다. 그러자 판자 하나가 살짝 흔들렸고, 이내 뚜껑처럼 그것을 들어 올리자, 바위에 둥글게 파 들어간 움푹한 함(函)이 나타났다. 한데 웬일인지 속은 텅 비어 있었다. 다시 좀 떨어진 곳에서 같은 과정을 밟아 또 다른 함을 열었지만, 사정은 마찬가지였다. 그렇게 세 차례를 더 진행했지만 역시 함은 모두 비어 있었다.

"아니, 이럴 수가! 루이 11세 때와 앙리 4세, 그리고 리슐리외 추기경 치하에서는 다섯 개가 분명 그득했는데……. 그러고 보니 루이 14세 짓인 것 같군그래. 베르사유 궁전 짓느라, 전쟁하느라, 내란 진압하느라 남아나는 게 어디 있었겠나? 루이 15세는 또 어떻고……. 퐁파두르 후작부인이랑 뒤바리 백작부인(둘 다 루이 15세의 애첩—옮긴이) 치마폭에 휩싸여 정신 놓고 방탕하게 생활했으니……. 얼마나 퍼다 썼겠는가! 보게나. 아무것도 남은 게 없네그려."

뤼팽은 잠시 말을 멈추더니 이렇게 말했다.

"좋아, 보트를레, 아직 하나가 남았지. 여섯 번째 비밀함 말이네! 이건 손 하나 안 댔어. 감히 그 누구도 말일세. 이를테면, 훗날 좀 더 결정적인 때를 대비한 셈이지. 보게나, 보트를레!"

그러고는 아까처럼 판자 뚜껑을 들어 올렸다. 과연 이번에는 강철로 만든 금고가 함 속에 얌전히 놓여 있었다. 뤼팽은 호주머니에서 꺼낸 다소 복잡하게 생긴 열쇠로 금고를 열었다.

순간, 눈을 찌르는 듯한 광채가 일제히 뿜어져 나오는 것이었다. 벽공(碧空)과도 같은 사파이어와 불꽃같은 루비, 초원에서 건진 듯한 에메랄드와 태양과도 같은 토파즈 등등……. 온갖 종류의 보석이 형형색색을 뿜내며 그득히 담겨 있었다.

"이것 봐, 이것 좀 보라고, 보트를레. 역대 임금들은 금화든 은화든, 닥치는 대로 돈은 갖다 퍼부어대면서도 이 보석함만은 손끝 하나 대지 않았다네! 이 보석 틀들 좀 봐. 모든 시대, 모든 나라의 걸작들이 죄다 모여 있네. 이런 게 다 왕비들의 지참금이었지. 제각각 자기 나라에서 가져온 최고급 보물들인 셈이야. 스코틀랜드의 마거릿이라든지 사부아의 샤를로트, 잉글랜드의 마리, 그리고 카트린 드 메디치라든가, 오스트리아의 거의 모든 대공비(大公妃), 엘리노어, 엘리사벳, 마리아 테레지아, 마리 앙투아네트 등등……. 이 진주들을 보라고! 이 엄청난 다이아몬드 좀 봐! 그 어느 것 하나 황비(皇妃)의 목에 걸어 부족함이 없지 않은가 말일세! 저 유명한 프랑스 왕관의 다이아몬드(1717년 오를레앙 공필립이 구입한 프랑스 왕관 장식의 136캐럿짜리 다이아몬드. 현재 루브르 박물관 소장―옮긴이)도 이들 앞에선 무색할걸."

가니마르는 바짝 열을 올리고 있었다. 소리의 반향으로 미루어, 바로 한 칸 건너 골동품 보관실 문을 두드리고 있는 게 틀림없었다.

"금고는 그냥 열어두세. 다른 모든 함도 그냥 놔둬."

뤼팽은 방을 한 바퀴 휘 둘러보면서 진열장들과 벽에 걸린 그림들을 유심히 살폈다. 그러고는 깊은 생각에 잠긴 표정으로 이렇게 말하는 것이었다.

"이 모든 걸 두고 떠나야 한다니 정말 서글프군! 그토록 아끼는 이것들과 더불어 지내는 동안은 참 좋았는데……. 이제 앞으로 다시는 볼 수도 없고 만질 수도 없게 되었네."

그렇게 말하는 그의 얼굴이 어찌나 피로에 지친 기색이었는지, 보트를레는 순간적으로 마음이 약해지는 걸 느꼈다. 아르센 뤼팽 같은 정열적인 인간에게서 고통이란, 기쁨이나 자긍심, 심지어 굴욕감에 이르기까지 보통 사람들보다 훨씬 엄청난 강도로 다가올 게 틀림없었다.

그는 창가로 다가가더니, 손가락을 뻗어 멀리 수평선을 가리키며 말했다.

"하지만 그 무엇보다도 정녕 서글픈 게 뭔지 아나, 보트를레? 그건 내가 저 모든 것, 저 모든 것을 버려야 한다는 걸세. 거대한 대양과 저 무한한 하늘……. 에트르타의 이 장대한 절벽들을 말일세. 그리고 그 세 개의 아치형 관문들……. 포르트 다몽, 포르트 다발, 그리고 마네포르트(모두 아치형 기암절벽임―옮긴이)……. 실로 대가(大家)에게나 어울릴 개선문들이 아니겠는가! 나 같은 대가 말일세. 모험의 왕자, 이곳에 귀유 크뢰즈의 황제인 나 말일세! 아……. 정말이지 초자연적이고 신비스러운 이 왕국을 나 또한 떠나야 하다니! 카이사르로부터 아르센 뤼팽까지……. 이 어인 운명의 장난이란 말인가!"

그러더니 갑작스레 웃음을 터뜨리는 것이었다.

"우하하하하, 내가 동화 속 왕자같이 보이나? 천만의 말씀! 전 세상의 왕이라 할 만하지! 이건 진짜일세! 이곳 기암성 꼭대기에서 세계를 지배할 수 있거든. 이 손아귀에 세상을 먹이처럼 그러쥘 수가 있단 말일세! 보트를레, 거기 삼중관을 들어보게나. 전화기 두 대가 보이지? 오른쪽에 있는 건 파리 직통 전화일세. 왼쪽에 있는 건 런던 직통 전화지. 런던을 통해서는 미국과 아시아, 오스트레일리아까지 거머쥘 수가 있지! 그 모든 지역의 숱한 회계원들이나 중개인들, 정보원들, 선전꾼들이 다 내 휘하에서 움직인단 말일세. 그야말로 국제적인 그물망이라고나 할까? 한마디로 세계시장인 셈이지. 아, 보트를레……. 이 같은 어마어마한 힘과 권력에 도취되노라면 때로는 나 자신의 위력 때문에 머리가 다 돌 지경이라네!"

급기야 바로 아래 문마저 열린 모양이었다. 가니마르와 그의 부하들이 떠들썩하게 들이닥치며 이리저리 들쑤시는 소리가 들리고 있었다. 잠시 후, 뤼팽의 나지막한 목소리가 이렇게 속삭였다.

"자, 이제 끝났네. 한 소녀가 죽어간 거야. 눈부신 금발에다 슬픈 눈동자에 아주 정직한 영혼을 가진, 그래, 지극히 정직한 영혼을 가진 소녀지. 그리고 이젠 모든 게 끝난 것이네. 나 스스로 이제 이 어마어마한 구축물을 무너뜨리려네. 다른 것은 내게 그저 무의미하고 유치할 따름이야. 내게 중요한 건 그 금발 머리……. 그 슬픈 눈동자……. 그리고 정직한 그 영혼뿐일세."

계단을 뛰어 올라오는 발소리가 요란스레 들리고 있었다. 그러고는 급기야 쾅! 하는 소리와 함께 문이 들썩했다. 뤼팽은 갑자기 젊은이의 팔을 와락 움켜잡으며 이렇게 말했다.

기암성

"보트를레, 내가 왜 자네를 지금까지 자유롭게 내버려두었는지 알겠는가? 그토록 숱하게 자넬 깔아뭉갤 수 있었는데도 말일세. 자네가 어떻게 여기까지 무사히 도달할 수 있었는지 알겠느냐 말이야. 내가 왜 부하들에게 각자의 몫을 챙겨 보냈는지, 전날 밤 자네가 그들과 어떻게 해서 맞닥뜨리게 된 건지 정녕 모르겠어? 자네라면 그 정도는 이해하고 있을 텐데……. 이보게, 보트를레, 에귀유 크뢰즈는 그 자체가 곧 '모험'을 의미하네. 그것을 차지하고 있는 한, 나는 어쩔 수 없이 모험 속에서 살아야 해. 하나 그것이 내 수중을 벗어나는 순간부터 나의 과거는 나에게서 떨어져 나가는 것이네. 그리고 미래가 시작되는 거지. 내가 레몽드의 시선에 부끄러워하지 않아도 될, 평화와 행복의 미래 말일세."

말을 하다 말고 뤼팽은 소란스러운 문 쪽을 홱 돌아보며 고함을 질렀다.

"조용히 좀 하게, 가니마르! 연설이 아직 다 끝나지 않았다고!"

하지만 쿵쾅대는 소리는 더욱 극성스러워질 뿐이었다. 무슨 기둥이라도 뽑아 들고 문짝을 들이치는 것 같았다. 보트를레는 뤼팽이 또 무슨 술책을 마련해놓고 저러는 건지 궁금한 마음으로 사태의 추이를 지켜보고 있었다. 기암성을 버리는 건 그렇다 치고, 왜 코앞에 닥친 위협 앞에서 자신을 저렇게 방치하는 걸까? 대체 무슨 꿍꿍이속일까? 가니마르로부터 도망치려는 걸까, 아니면 반대로 레몽드에게서 벗어나려는 걸까?

뤼팽은 무언가 골똘한 생각에 잠긴 채, 연신 중얼거리고 있었다.

"정직한……. 정직한 아르센 뤼팽이라……. 더 이상 도둑질도 안 하고……. 보통 사람과 다름없는 삶을 살아가는 것……. 그래, 못할 것도 없지! 나라고 그런 삶에 성공 못하라는 법도 없지 않은가. 그나저나 저 빌어먹을 가니마르 녀석! 날 좀 조용히 내버려두란 말이다! 지금 역사적인 발언을 하려는 것 안 들리나, 이 멍청한 친구야! 여기 보트를레가 내 자손들에게 나 대신 길이길이 전해줄 역사적인 발언 말이다!"

그러고는 느닷없이 발작적인 웃음을 터뜨리는 것이었다.

"우하하하하하, 내가 괜한 시간 낭비를 하는 것 같군그래. 저 가니마르가 나의 이 역사적 발언의 가치를 깨달을 리 없지."

그는 문득 붉은 분필을 쥐더니, 걸상을 벽에 기대고 올라서서 큼직한 글씨로 이렇게 휘갈겨 썼다.

여기 아르센 뤼팽은 기암성의 모든 보물을 프랑스에 헌정하는 바이다.
단 조건은, 보물이 하나도 빠짐없이 루브르 박물관에 보관되어야 한
다는 것.
그중에서도, '아르센 뤼팽의 방'이라는 이름의 전시실에다가……

"자, 이제야 내 양심이 편안해지는군. 이제 프랑스와 아르센 뤼팽 사이의 빚은 깨끗이 청산된 셈이야."

한편 문은 계속해서 덜컹거리는가 싶더니, 판자 하나가 우지끈하고 부서지는 것이었다. 그러고는 즉시 팔 한 짝이 쑥 들어와 안쪽 자물통을 더듬대며 찾았다.

"이런 젠장! 저 멍청한 가니마르가 아무래도 단숨에 들이닥치겠는걸!"

뤼팽은 훌쩍 몸을 날려 자물통에 박혀 있던 열쇠를 빼냈다.

"이 친구야, 글쎄 이 문은 보기보다 꽤 단단하다니까! 아직은 여유가 좀 있겠어. 보트를레, 이만 작별 인사를 해야겠네. 그리고 고맙네. 맘만 먹으면 자네가 저 친구들을 좀 거들 수도 있었을 텐데 말이야. 하지만

자네는 저런 먹통들과는 아주 다르겠지, 안 그런가?"

그렇게 내뱉고 나서, 그는 판데르 베이던(15세기에 활동한 플랑드르의 유명한 화가―옮긴이)의 거대한 삼면화(三面畵)「동방박사」쪽으로 다가갔다. 그리고 오른쪽 패널을 젖히자 나타난 작은 문손잡이를 움켜쥔 채 이렇게 외쳤다.

"잘해보게나, 가니마르! 아무쪼록 좋은 성과가 있기를 비네!"

순간 요란하게 권총 소리가 울렸고, 그는 그림 뒤로 훌쩍 피했다.

"아! 이런, 정확히 심장을 관통했는걸! 그동안 연습 꽤나 한 모양이지? 그나저나 참 대단한 동방박사님이 아닌가. 심장에 정통으로 맞았어! 이거 영 엉망이 되셨군그래."

"항복해라, 뤼팽! 항복해!"

가니마르는 뜯어져 나간 판자 구멍 사이로 총구를 들이민 채 붉게 충혈된 눈을 한껏 부라리고 있었다.

"아직도 나의「동방박사」님은 견딜 만한걸!"

"조금만 꿈쩍하면 그대로 날려버린다!"

"아무리 그래봐야 어림도 없을걸!"

실제로 가니마르가 제아무리 터진 문짝 사이로 총을 쏜다 한들 이제는 뤼팽이 있는 곳을 겨눌 수조차 없게 되었다. 하지만 뤼팽으로서도 사정은 여전히 고약했다. 그가 삼면화의 작은 문을 통해 빠져나가려면 즉각 가니마르의 시선에 걸리게 되어 있었던 것이다. 노형사의 약실에 아직 총알 다섯 개가 남아 있으니, 도망치려다가는 곧장 황천행이 될 것은 불 보듯 뻔한 일이었다.

뤼팽은 그림 벽에 바짝 붙어 선 채, 쓴웃음을 지으며 중얼거렸다.

"이런 젠장! 나도 한물갔다 이건가? 뤼팽, 이 친구야, 자네 이번엔 너무 지나쳤어. 너무 감상에 젖어서 쓸데없는 모험을 한 거라고. 그렇게 주절대는 게 아니었는데……."

　마침내 문의 판자가 하나 더 떨어져 나갔고, 이제 가니마르의 운신 폭이 좀 더 넓어졌다. 그림판 뒤에 숨은 뤼팽과 가니마르 사이에는 기껏해야 3미터 정도밖에 떨어져 있지 않았다. 물론 그 사이에는 황금빛으로 채색된 그림판이 가로놓여 있었지만 말이다.

　노형사는 이를 부득부득 갈며 안달을 부렸다.

　"보트를레, 뭐하는가? 나를 좀 도와주게나! 그렇게 보고만 있지 말고 저 위에다 총이라도 쏴봐!"

　실제로 이지도르는 열에 들떠 모든 광경을 지켜만 볼 뿐, 전혀 손끝 하나 움직이지 않고 있었다. 무슨 수를 써서라도 싸움에 뛰어들어 적을 때려눕혀야 할 처지임에도, 어떤 알 수 없는 감정 하나 때문에 선뜻 나서지 못하고 있었던 것이다.

　가니마르가 외치는 소리는 그런 그의 정신을 화들짝 깨어나게 했다. 그의 손이 호주머니 속의 권총 자루를 움켜쥐었다.

　'내가 지금 나서면 뤼팽은 끝장이다. 내겐 그렇게 할 권리가 있어. 아니, 그럴 의무가 있다고.'

　그런 생각을 하는 차에 이지도르와 뤼팽의 시선이 맞닥뜨렸다. 한데 뤼팽의 눈빛은 코앞에 닥친 위험에도 불구하고 고요하기 그지없었다. 그의 침착하고도 집요한 시선은 지금 젊은이의 마음을 옥죄는 양심 이외엔 무엇이든 안중에도 없다는 투였다. 과연 이지도르는 눈앞의 적에게 치명타를 가할 것인가? 순간, 문짝이 위에서 아래로 우지끈 갈라지는 소리가 들렸다.

　"보트를레, 내게 맡기게! 우리가 놈을 잡겠네!"

　그렇지 않아도 권총을 치켜들려는데, 가니마르가 우악스럽게 소리를 질렀다.

모든 게 전광석화처럼, 너무도 순식간에 벌어졌는지라, 보트를레는 정신을 차리고 나서야 사태를 깨달을 수 있었다. 뤼팽이 매섭게 몸을 낮추고 가니마르가 휘두르는 무기도 살짝 피해 쏜살같이 벽을 따라 달려오는가 싶었는데, 문득 바닥에 나동그라지면서 어떤 강력한 완력으로 몸이 들어 올려지는 것이었다. 뤼팽은 어느새 보트를레의 몸뚱어리를 방패 삼아 번쩍 치켜든 채 버럭 소리를 질렀다.

"열이면 열 번 다 나는 빠져나갈 수 있어, 가니마르! 뤼팽은 항상 뭐든 가능하다는 거 아직도 모르겠나?"

그러고는 잽싸게 삼면화 쪽으로 다시 뒷걸음질 치는 것이었다. 뤼팽은, 한 손으로 보트를레의 몸뚱이를 자기 가슴팍에 바짝 붙인 채, 다른 손으로는 삼면화 속의 작은 문을 열어 나간 다음 다시 문을 닫았다. 겨우 탈출한 것이다. 이렇게 보니 무척 가파른 계단이 발아래 펼쳐져 있었다.

뤼팽은 보트를레를 앞으로 떠밀며 말했다.

"자, 가자! 지상군(地上軍)은 처치했으니, 이제 프랑스 함대를 손볼 차례겠지. 워털루 전투가 끝나니, 트라팔가르 해전이 기다리고 있는 셈이라고나 할까? 어때, 애쓴 보람이 있는 구경거리겠지? 아! 그나저나 지금쯤 삼면화 앞에서 어쩔 줄 모르고들 있겠군. 이젠 늦었다, 이놈들아. 자, 보트를레, 어서 서두르세!"

기암성의 내벽을 직접 파 들어간 계단은 나선형으로 빙글빙글 돌아가며 까마득히 이어져 있었다. 둘은 서로 누가 먼저랄 것도 없이 계단을 두세 개씩 건너뛰다시피 하며 구르듯 내려갔다. 이따금 강렬한 햇빛이 암벽의 틈새를 통해 들이쳤고, 그때마다 보트를레는 한 20여 미터 앞까지 다가오고 있는 어선들과 시커먼 수뢰정을 힐끗힐끗 알아볼 수 있었다.

계속해서 계단을 내려가는 동안, 보트를레는 내내 입을 다물고 있었고, 뤼팽은 끊임없이 지껄여대고 있었다.

"가니마르의 다음 행동이 어떨까? 다른 계단을 통해 내려가 터널 입구를 가로막고 있을까? 아니야, 그 정도로 바보는 아니지. 애당초 거기에도 사람을 배치해놨을 거야."

그러더니 문득 걸음을 멈추는 것이었다.

"저 소리! 잘 들어봐. 저 위에서 고함을 지르고 있어! 바로 저거야. 창문 밖으로 자기네 배들을 부르고 있는 거야. 자, 보라고. 저 아래 배에서도 난리가 났잖아! 서로 무슨 신호를 하는군. 수뢰정도 움직이기 시작했어. 브라보! 내가 아는 수뢰정이로구먼! 르아브르에서 온 거지. 포병들, 어서 제 위치로! 맙소사, 저기 함장도 나오셨군. 안녕하신가, '뒤게 트루앵'(뒤게 트루앵은 실존 인물로 17~18세기의 유명한 뱃사람이었고, 그의 이름을 딴 선박은 1913년 프랑스 해군의 공식 연습선으로 지정되기도 했음─옮긴이)호(號)여!"

그는 창문 밖으로 손수건을 내밀고 극성스럽게 흔들어대더니, 다시 걸음을 재촉하며 이렇게 말했다.

"적군 함정들이 죽을힘을 다해 다가오네. 얼마 안 있으면 배가 닿겠어. 이거 정말 재미있게 되어가는군!"

문득 저 아래에서 사람 목소리가 들려왔다. 해수면 높이까지 다다르는가 싶더니, 금세 널찍한 동공으로 나왔고, 어둠 속에서 우왕좌왕하고 있는 등불 두 개가 눈에 들어왔다. 다름 아닌 하인 샤롤레와 레몽드였다.

"어서 서둘러요! 어서요! 얼마나 걱정했다고요! 대체 뭐하고 있었던 거예요? 어머나, 혼자가 아니네요?"

뤼팽은 얼른 안심시켰다.

"걱정 마요. 우리 친구 보트를레니까. 솔직히 지금, 그리 시간이 많은 게 아니오! 샤롤레, 배는 준비됐겠지?"

"네."

"어서 시동을 걸게!"

지시가 떨어지자, 놀랍게도 곧장 엔진 돌아가는 소리가 들렸다. 보트를레는 차츰차츰 어둠에 눈이 익어가면서 지금 서 있는 그곳이 일종의 동굴 선착장이며, 눈앞에 보트가 한 척 웅크리고 있다는 걸 깨달았다.

뤼팽이 한마디 했다.

"모터보트일세. 놀라는 게 당연하지. 보다시피 틀림없는 바닷물일세. 조수가 수시로 스며드는지라, 맘만 먹으면 이런 멋진 동굴 선착장 정도는 얼마든지 만들 수가 있는 법이네!"

"하지만 암벽으로 둘러싸여 있는데 어떻게 배가 드나든단 말입니까?"

"그거야 간단하지. 자넨 가만히 지켜보고만 있게나."

뤼팽은 우선 레몽드부터 배에 태운 뒤, 다시 돌아와 보트를레에게 손을 내밀었다.

하지만 왠지 소년 탐정은 주저하는 기색이었다.

"왜, 겁나나?"

"뭐가 말이오?"

"저 수뢰정에 한 방 맞기라도 할까 봐 그러느냐는 얘길세!"

"천만에요!"

"그럼, 수치와 불명예와 악덕의 대명사인 이 뤼팽을 따르는 것보다 정의와 도덕과 이 사회를 대변하는 가니마르 곁에 머무는 것이 자신의 의무가 아닐까 고민하는 모양이로군?"

"바로 맞혔소이다!"

"안됐지만, 이 철부지 양반아, 자네에겐 선택권이 없다네. 지금은 사람들이 우리 둘 다 죽은 줄 알아야 된단 말일세. 그래서 미래의 정직한 사람 하나를 만들기 위해 내게 평화가 주어져야만 한단 말이네. 나중에 내가 자네를 자유롭게 놓아줄 때, 그때 가서는 자네 맘대로 떠들고 돌아다니게나. 나도 그때는 더 이상 상관하지 않겠네!"

이미 덥석 붙들린 팔에서 뤼팽의 완력이 느껴지는 터라, 더는 저항이 소용없다는 걸 보트를레는 직감했다. 하긴 이제 와서 굳이 분란을 일으킬 필요도 없어 보였다. 그토록 염원하던 에귀유 크뢰즈의 비밀을 풀어내고 기암성을 되찾지 않았는가? 그러니 이제는 이 남자를 향한 인간적인 감정에 몸을 맡긴다 한들, 아무 문제가 될 것도 없지 않겠는가? 하긴 보트를레는 아까부터 그를 향한 누그러진 감정이 마음속 가득 넘쳐흘러서, 이런 정보를 제공해야 하는 게 아닌가 고민하고 있었다. '뤼팽, 사실 당신은 좀 더 중대한 위험에 직면해 있습니다. 셜록 홈스가 당신 뒤를 쫓고 있어요!'라고 말이다.

하지만 미처 입 밖에 말을 꺼내기도 전에, 뤼팽은 소년을 재촉했다.

"자, 서두르세!"

하는 수 없이 보트를레는 이끄는 대로 뱃전으로 다가갔다. 전에는 전혀 본 적이 없는 이상한 모양의 배였다.

갑판 위에 올라서자마자 거의 사다리라고 할 만큼 가파른 소형 계단을 내려갔고, 다 내려서자 그 끝에 연결된 뚜껑이 머리 위로 덜컹 닫혔다.

안에는 이미 레몽드가 자리를 잡고 앉아 있었다. 램프 하나로 다 감당할 만큼 비좁은 공간에서 세 사람은 다닥다닥 붙어 앉아 있다시피 했다. 그제야 뤼팽은 소라고둥 모양의 작은 송화기를 들고 지시를 내렸다.

"출발하게, 샤롤레!"

순간 이지도르는, 마치 승강기를 타고 내려갈 때처럼, 발밑의 땅이 아래로, 아래로 꺼지는 듯한 거북한 기분을 느꼈다. 다만 지금 다른 것은, 아래로 꺼지는 것이 땅이 아니라 물이라는 사실…….

불안해하는 걸 눈치챘는지, 뤼팽이 장난기 물씬 풍기는 웃음을 지으며 말했다.

"어라, 이거 가라앉는 거 아냐? 하하, 걱정 말게나, 친구. 아까 우리가 있던 상층 동굴에서 저 아래 하층 동굴로 내려가고 있는 것뿐이니. 거기는 상층과 달라서 바다로 반쯤 열려 있어, 간조 시엔 얼마든지 바다로부터 드나들 수 있게 되어 있다네. 소라잡이를 하는 어부들은 누구나 다 알고 있지. 자, 한 10초만 꼼짝 않고 있으면 되네. 지금 지나가고 있는 중이니까. 금방이지. 잠수정의 개가(凱歌)라고나 할까!"

"하지만 하층의 동굴을 어부들이 알고 있다면서 어떻게 그 위에 또 다른 동굴로 통해 있다는 걸 까마득히 모를 수가 있지요? 기암성 내부 계단으로 통하는 다른 동굴의 존재도 알 만했을 텐데……. 누구나 처음 동굴로 들어서면 알 수 있는 문제 아닌가요?"

"그건 자네가 몰라서 하는 말이네. 사람들이 맘대로 드나드는 아래층 동굴 천장은 바위처럼 위장된 이동식 천장 장치로, 썰물 때는 자동적으로 닫히게 되어 있지. 그러다가 밀물 때는 밀려드는 해수의 힘으로 저절로 들어 올려졌다가 다시 물이 빠지면서 내려가, 절묘하게도 아래층 동굴의 천장 구실을 하는 것이네. 그래서 만조 때 나만 드나들 수 있는 거지. 정말 멋지지 않나? 다 내 이 머리에서 나온 거라네. 카이사르든 루이 14세든, 다른 역대 제왕(諸王)도 이건 꿈도 못 꿨을 일이야! 당연하지, 잠수정을 몰랐을 테니까. 그들은 그저 해저에 있는 작은 동굴로 계단을 통해 드나드는 데 만족할 수밖에……. 하지만 나는 거기로 통하는 계단 대신, 이동식 천장이라는 기막힌 묘안을 생각해낸 거야. 프랑스한테 내가 안겨주는 또 하나의 작은 선물이라고나 할까? 레몽드, 그 옆에 있는 램프 불을 좀 꺼주겠소? 이젠 필요가 없을 것 같구려."

실제로 잠수정이 동굴을 벗어나 바다로 들어가자, 동그란 창문 두 개로 희부연 바다 빛깔이 선실로 스며들었고, 천장에 난 반원형 천창(天窓)을 통해서는 햇살이 비치는 수면을 환히 올려다볼 수 있었다.

문득, 어떤 시커먼 그림자 하나가 머리 바로 위를 스르르 미끄러져 갔다.

"이제 곧 공격을 개시할 모양이로군. 적의 선대가 기암성을 겹겹이 에워싼 모양이야. 하지만 저런 배들로 어떻게 그 안까지 들어가겠다는 건지 모르겠군."

그는 다시 송화기를 들었다.

"계속 잠수 상태를 유지하게, 샤롤레! 지금 어디로 가고 있나? 내가 말한 대로……. 그렇지 포르 뤼팽을 향해 전속력으로! 앞으로 당분간은 잠수 상태로 가야만 안전할 거야."

해저의 암반층이 바로 옆을 스치듯 지나갔고, 온갖 진귀한 해초가 시커먼 몸을 꿈틀거리며 춤을 추고 있었다. 가끔 깊은 해류의 영향을 받을 때면 하늘거리는 머릿결처럼 이리저리 풀어지며 넘실대는 모습이 무척이나 인상적이었다.

잠시 후, 아까보다 좀 더 길고 큼직한 그림자가 머리 위를 덮었다.

"수뢰정이야. 조만간 요란한 폭음으로 저 위가 꽤나 시끄럽겠군. 과연 '뒤게 트루앵'이 어떻게 나올까? 기암성을 가루로 만들려는 걸까? 이보게 보트를레, '뒤게 트루앵'과 가니마르가 서로 맞서는 장면을 보고 싶지 않은가? 육군과 해군이 마주치는 광경 말일세!"

잠수정은 더욱 빠른 속도로 지나가고 있었다. 암반 지대가 펼쳐지는가 싶더니 어느새 모래사장을 지나고 있었고, 잠시 후 또다시 암반 지

대로 들어서서 결국 에트르타의 오른쪽 끄트머리에 해당하는 포르트 다몽까지 와 있었다. 잠수정이 다가옴에 따라 물고기들이 호들갑을 떨며 도망쳤고, 그중 어떤 놈은 감히 둥근 창으로 다가와 동그란 눈을 굴리며 안을 살펴보는 것이었다.

"어떤가 보트를레, 내 이 앙증맞은 장난감을 어떻게 생각하느냐고? 그리 나쁜 편은 아니지? 자네 혹시 세븐 하트 사건(『괴도신사 아르센 뤼팽』 중 6장—옮긴이)이라고 기억하나? 라콩브라는 기술자의 비운의 죽음에 얽힌 사건이었지. 그때 내가 살인자들을 벌주고 나서, 신형 잠수함에 관련한 설계도와 서류 일체를 국가에 기부했지! 한데 말이네, 그 설계도 중에 잠수 가능한 모터보트에 관한 건 미리 슬쩍해두었다네. 그래서 자네도 지금 나와 함께 이런 멋진 항해의 즐거움을 누릴 수 있는 거라고."

뤼팽은 그러고 나서 샤롤레를 호출했다.

"샤롤레, 이제 올라가자! 위험은 가신 것 같다."

잠수정은 금세 수면 위로 떠올랐고, 둥그스름한 천창도 모처럼 파란 하늘을 보여주었다. 대충 어림잡아도 해안으로부터 약 4킬로미터는 떨어져 나온 듯했다. 보트를레는 그제야 얼마나 빠른 속도로 달려왔는지 깨닫고는 적잖이 놀랐다.

이제부터는 해안의 마을들이 파노라마처럼 펼쳐졌다. 우선 페캉이 스쳐 지나갔고, 다음으로는 생피에르, 프티트달, 뵐레트, 생발레리, 뵐, 그리고 키베르빌까지 노르망디의 아름다운 해변이 줄줄이 지나갔다.

뤼팽은 그 모든 광경을 바라보면서 쉬지 않고 즐거운 농담을 던지며 흥겨워했다. 한편 보트를레는 그런 그의 지칠 줄 모르는 혈기와 호쾌함, 어디로 튈지 모르는 장난기와 거침없는 유머 감각 등등, 한마디로 삶의 희열이 한껏 묻어나는 모습을 정신없이 바라볼 뿐이었다.

그런가 하면 가끔 레몽드의 기색도 간간이 눈여겨보았다. 그녀는 사랑하는 남자에게 달라붙은 채 조용히 있었다. 그녀는 손을 꼭 움켜쥔 채 가끔 눈을 들어 남편 얼굴을 지그시 바라보곤 했는데, 그 눈빛 속에 갈수록 더해가는 서글픈 빛깔과 알게 모르게 파르르 떠는 손끝의 움직임을 보트를레는 놓치지 않고 보았다. 그건 마치 뤼팽의 요란스러운 허풍에 대해 가끔씩 던지는 무언의 대답인 것처럼 느껴졌다. 누가 보면 남자의 그토록 가벼운 말투와 인생을 삐딱하게 비틀어 보는 시각이 여자의 마음을 조금씩 쑤셔대는 게 아닌가 생각할 정도였다.

마침내 그녀는 조용히 중얼거렸다.

"그만하세요, 여보. 운명을 우습게 생각하지 마요. 언제 불행이 닥칠지 모르는 거예요!"

디에프에 이르러서는 고기잡이배들의 눈에 띄지 않기 위해 다시 잠수를 해야만 했다. 그로부터 20분 후, 잠수정은 해안 쪽으로 방향을 틀었고, 암벽을 반듯하게 깎아서 만든 잠수정용 소형 항(港)에 진입해, 선창을 따라 배를 댄 후 수면 위로 천천히 솟아올랐다.

"자, 포르 뤼팽이네!"

뤼팽은 힘차게 소리쳤다.

디에프로부터 20킬로미터, 트레포르로부터는 12킬로미터가 떨어진 이곳은 양쪽으로 절벽의 암벽층이 무너져 내리듯 돌출해 있는 터라, 외부로부터 고립된, 상당히 고즈넉한 분위기를 지키고 있었다. 또한 보잘것없는 사구(砂丘)나마 동그스름하게 완만한 해변으로 고운 모래가 양탄자처럼 깔려 있었다.

"자, 내리게, 보트를레. 레몽드, 어서 손을 이리 내시구려. 그리고 샤롤레, 자네는 다시 기암성으로 가서 가니마르와 '뒤게 트루앵' 사이에 무슨 일이 벌어졌는지 좀 보고 오게나. 해 질 녘쯤 돌아와서 얘기해주게. 궁금해 죽을 지경이야!"

한편 이지도르에겐, 이 거대한 절벽의 장막으로 꽉 막힌 내포로부터 다들 대체 어떻게 벗어나겠다는 것인지가 무엇보다 궁금했다. 한데 저만치 절벽 발치에 쇠로 만든 사닥다리 끄트머리가 눈에 띄는 것이었다.

뤼팽이 넌지시 말을 걸어왔다.

"이지도르, 자네의 역사와 지리 실력이라면 아마도 지금 우리가 비빌 코뮌(프랑스 지방행정 조직의 최하위 단위―옮긴이)을 바라보는 파르퐁발 협곡 어귀에 와 있다는 걸 알 수 있을 걸세. 때는 1803년 8월 23일 밤, 카두달과 그 일당 여섯 명은 제1집정관 보나파르트를 제거할 목적으로 프랑스로 침투해(쿠데타로 집권한 나폴레옹을 영국의 사주를 받은 조르주 카두달이라는 왕당파의 수장이 암살을 획책하다 실패한 사건―옮긴이), 이제 내가 자네에게 보여줄 길을 통해 저 절벽 꼭대기까지 올라갔다네. 사실 그 후

절벽의 암반이 일부 붕괴되면서 그때 그 길은 사실상 사라졌지만, 아르센 뤼팽이라고 더 잘 알려진 루이 발메라스가 다시 원상태로 복구를 해놓았지. 그뿐만 아니라 그는, 당시 범인들이 첫날 밤을 보냈던 뇌빌레트의 농가를 구입해서 자신의 어릴 적 유모와 아내를 데리고 이 시끄러운 세상과 절연한 채 시골 귀족의 소박한 인생을 살려 하고 있다네. 말하자면, 괴도신사의 신화는 사라지고 촌부(村夫) 신사의 시대가 도래했다고나 할까?"

사닥다리를 기어 올라가자, 곧장 빗물에 의해 오랜 세월 형성된 것 같은 급격한 협곡이 이어졌는데, 그 속으로는 난간까지 구비된 일종의 계단이 설치되어 있었다. 뤼팽의 설명에 의하면, 그 지역 사람들이 해안까지 내려오기 쉽게 일일이 말뚝을 박고 거기에 노끈을 매서 만든 난간이라는 것이었다. 한 반 시간가량을 힘겹게 올라가자 비로소 평지가 나왔고, 거기서 얼마 안 가 해안 담당 세리들의 숙소로 사용되는 오두막들이 나타났다. 그로부터 정확히 2분 후, 오솔길 모퉁이를 돌아가던 일행은 어느 세리와 맞닥뜨렸다.

한데 그는 느닷없이 자세를 바로 하더니 경례를 붙이는 것이었다.

뤼팽은 짤막하게 내뱉었다.

"음, 별일 없나, 고멜?"

"네, 두목."

"수상쩍은 사람은 없었겠지?"

"없었습니다, 두목. 그런데……."

"뭔가?"

"뇌빌레트에서 재단사로 일하는 제 아내가……."

"음, 나도 알지. 세자린이라고 했지? 어머니한테서 얘긴 많이 들었

지. 근데 무슨 일이라도 있나?"

"웬 뱃사람 하나가 오늘 아침 마을을 어슬렁대더라는 겁니다."

"인상착의가 어떻다고 하던가?"

"왠지 자연스럽지가 않았답니다. 영국인 같은 인상이었고요."

뤼팽은 잔뜩 신경이 쓰이는 기색이었다.

"음……. 물론 부인한테 따로 당부는 해놨겠지?"

"네, 감시를 늦추지 말라고 지시했습니다, 두목."

"좋아, 앞으로 두세 시간 후면 샤롤레가 이곳에 올 거다. 나는 농가에 가 있을 테니, 무슨 일이 있으면 즉시 연락하도록."

다시 길을 가면서 뤼팽은 보트를레에게 말했다.

"걱정거리가 하나 생겼는걸. 혹시 셜록 홈스가 아닐까? 아, 만약 진짜 그러면, 여러모로 골치 아프겠어."

그러더니 문득 발을 멈추고 머뭇거리는 것이었다.

"아무래도 느낌이 안 좋아. 지금 가는 이 길을 다시는 돌아나오지 못할 것 같은 예감이 드네."

전방으로는 가볍게 물결치는 초원이 끝 간 데 없이 펼쳐져 있었고, 약간 왼쪽으로 비껴서는 집들이 드문드문 보이는 뇌빌레트의 농장 쪽으로 소담한 가로수 길이 가지런히 뻗어 있었다. 저곳이 바로 레몽드와의 단란한 인생을 위해 점찍어둔 은둔지였다. 과연 이제 이만큼 목적지를 앞둔 상황에서 알 수 없는 불안감 때문에 행복을 포기할 것인가?

뤼팽은 이지도르의 팔뚝을 붙들고 앞서가는 레몽드를 가리키며 속삭였다.

"잘 보게. 저렇게 걸어가는 그녀를 볼 때마다 내 가슴은 미칠 듯이 뛴다네. 사실, 그녀가 행동할 때나 가만히 있을 때나 말을 할 때나 침묵을 지킬 때나, 내 가슴은 그녀를 향한 사랑과 애틋한 흥분으로 온통 뒤흔들리곤 하는 셈이지. 보게나, 이렇게 그녀가 걸어간 발자국을 따라 걷는 것만 해도 나는 더없는 행복감을 느낀다니까! 아, 보트를레……. 과연 그녀의 머릿속에서 아르센 뤼팽에 대한 기억을 깨끗이 지워버릴 수 있을까? 그녀가 혐오하는 지난날 나의 모습을 말이네."

잠시 입을 다물던 뤼팽은 또다시 마음을 다잡았는지, 확신 어린 목소리로 말했다.

"그래, 그녀는 잊어줄 거야! 내가 모든 것을 희생한 마당에 그녀는 기꺼이 잊어주고야 말 거라고! 저 난공불락의 기암성도, 그 눈부신 보물도, 모든 권력도, 자존심도 모두 희생한 나를……. 그래, 정녕 나는 모든 걸 버렸다네. 이제 더 이상 아무것도 되고 싶지가 않아, 오로지 한 여인을 사랑하는 남자밖에는. 그녀가 사랑할 수 있는 정직한 남자 말이네. 아, 대체 정직한 삶을 산다는 것이 무얼까? 최소한 그 무엇보다도 수치스럽지 않게 사는 걸 거야."

뤼팽은 지금 전혀 자신을 의식하지 않고 순순히 나오는 대로 허심탄회한 심정을 토로하는 중이었다. 평소와는 달리, 빈정대는 투가 조금도 섞이지 않은 진중한 목소리가 그것을 말해주고 있었다. 그는 문득 안에서 끓어오르는 무엇을 자제하는 투로 이렇게 말했다.

"아, 보트를레……. 지금까지 파란만장한 삶을 살아오면서 맛보았던 온갖 강렬한 즐거움도 그녀가 나를 바라볼 때 느끼는 기쁨에 비하면 아무것도 아닐세. 아! 마음이 자꾸만 약해지는 것 같아. 울고 싶은 기분마저 드는걸."

정말로 우는 걸까? 아닌 게 아니라, 그의 눈망울이 축축하게 젖어 드는 것을 보트를레는 느꼈다. 천하의 아르센 뤼팽의 눈에 눈물이라니! 사랑의 눈물이라니…….

어느덧 농가로 들어가는 낡은 문이 앞에 나타났다. 뤼팽은 잠시 멈춰 섰다가 이렇게 중얼거렸다.

"왜 자꾸 겁이 나는 걸까? 뭔가 께름칙한 기분이 들어. 에귀유 크뢰 즈의 모험이 아직 끝나지 않았다는 뜻일까? 내가 선택한 결말을 운명이 받아들이지 않는 걸까?"

순간, 레몽드가 불안한 기색으로 뒤를 돌아보았다.

"저기 세자린이 달려오고 있네요."

세리의 아내가 허겁지겁 달려나오고 있었다. 뤼팽은 부리나케 달려 가 여자를 맞았다.

"뭡니까? 무슨 일이에요?"

세자린은 턱에까지 찬 숨을 헐떡거리며 더듬댔다.

"웬 남자가……. 웬 남자가 거실에 있어요!"

"아침에 봤다는 그 영국인?"

"네……. 이번엔 변장을 좀 고쳤더라고요!"

"그도 당신을 보았나요?"

"아뇨, 하지만 마담 발메라스는 봤어요. 그가 막 집을 나서려는데 그 녀와 마주쳤답니다."

"그래서 어떻게 됐나요?"

"자신이 친구라고 하면서 루이 발메라스를 찾는다고 하더군요."

"그래서요?"

"부인께선 아들이 여행 중이라고 말씀하셨어요. 벌써 몇 년 동안 돌 아오지 않고 있다고요."

"그래서, 그냥 가던가요?"

"아뇨, 초원 쪽으로 난 창문에다 대고 무슨 신호를 보냈어요. 누굴 부 르는 것 같았습니다."

뤼팽은 잠시 망설이고 있었다. 한데 바로 그때, 난데없는 비명 소리가 농가 쪽에서 터져나오는 것이 아닌가! 레몽드는 기겁을 하고 소리쳤다.

"당신 어머님이세요! 아, 어쩌면 좋아."

뤼팽은 레몽드를 와락 끌어안고는 다급하게 속삭였다.

"어서 도망칩시다. 당신부터 어서!"

하지만 바로 다음 순간, 왠지 그는 제자리에 뚝 멈춰 선 채 무척 당황한 표정으로 중얼거렸다.

"아니지! 난 안 돼. 그럴 수는 없어. 여보, 레몽드, 잠깐만 기다려줘요. 저 안에 가엾은 여인이 남겨져 있소. 여기 있어요. 보트를레, 여자를 부탁하네."

그러고는 농가에 이르는 비탈을 쏜살같이 달려 올라갔다가, 곧장 방향을 틀어서 초원으로 향한 방책 앞까지 접근했다. 한데 레몽드마저 만류하는 손을 뿌리치고 바로 뒤쫓아가는 것이었다. 보트를레는 하는 수 없이 허겁지겁 여자를 따라가 나무 뒤에 숨어, 사태를 지켜보기로 했다. 이렇게 보니, 농가에서 방책으로 이르는 텅 빈 오솔길로 세 남자가 저벅저벅 걸어오는 것이었다. 그중 맨 앞의 키 큰 남자 뒤로 두 사내가 어느 여인을 양쪽에서 붙든 채 질질 끌다시피 하고 있었다. 여인은 고통스러운 신음을 흘리면서 연신 몸부림을 쳐댔다.

날이 점점 저물어가고 있었지만 보트를레의 눈에는 셜록 홈스의 인상착의가 선명하게 들어왔다. 보아하니 여인은, 하얗게 센 머리가 납빛으로 질린 얼굴을 가지런히 감싼 게, 매우 나이가 들어 보였다. 그렇게 네 사람은 방책 있는 곳까지 다가왔다. 마침내 홈스가 허술한 문짝을 밀어젖히려는 순간, 뤼팽이 앞을 떡 가로막아 섰다.

워낙 아무 말도 없이 준엄한 자세로 버티고 섰는지라, 홈스는 흠칫 놀라지 않을 수 없었다. 두 앙숙은 한동안 그렇게 서로를 노려보았다. 두 사람의 얼굴은 똑같은 증오의 빛으로 사정없이 일그러졌다. 그 자리에 그렇게 마주선 채, 둘은 꼼짝도 하지 않았다.

급기야 뤼팽이 무섭게 고요한 목소리로 입을 열었다.

"부하들에게 여자를 놔주라고 해라."

"싫다."

누가 봐도, 두 사람 다 본격적인 싸움에 먼저 돌입하기를 꺼리는 듯했고, 마치 상대보다 더 많은 힘을 응집시키기 위해 때를 기다리는 듯했다. 이제는 서로 치고받는 말싸움이나 할 때가 아니라는 느낌이었다. 그저 죽음보다 더 무거운 침묵이 있을 뿐⋯⋯.

한편 레몽드는 엄청난 불안에 사로잡힌 채, 이 대결의 결말을 가슴을 쥐어뜯는 심정으로 지켜보고 있었다. 보트를레는 슬그머니 여인의 팔목을 움켜쥔 채, 움직이지 못하게 붙들고 있었다. 잠시 후, 뤼팽의 입에서 똑같은 말이 튀어나왔다.

"부하들에게 여자를 놔주라고 해."

"싫다."

"잘 들어라, 홈스⋯⋯."

뤼팽은 뭔가 말하려다가, 마치 이 상황에서 말이 필요 없다는 걸 새삼 깨달았는지, 문득 입을 다물었다. 하긴, 오로지 의지와 오만으로 똘똘 무장이 되어 있을 저 홈스라는 거한(巨漢) 앞에서 무슨 협박이 통할 것인가!

결심이 선 듯, 그는 부리나케 웃옷 호주머니 속으로 손을 넣었다. 상대의 심상치 않은 동작을 눈치챈 영국인은, 후다닥 뒤로 물러서 볼모의 관자놀이에 총구를 들이댔다.

"뤼팽! 움직이면 쏜다!"

그와 동시에 사내 둘도 허겁지겁 권총을 꺼내 뤼팽을 겨누었다. 안에서 부글부글 끓어오르는 울분을 초인적인 힘으로 삭이면서 뤼팽은 태연하게 두 손을 호주머니에 찔러 넣은 채, 가슴을 펴고 이렇게 말했다.

"홈스, 세 번째로 말하겠다. 여자를 놔주어라."

영국인은 빈정대기 시작했다.

"이 여자한테 손댈 권리라도 묻겠다는 투로군그래! 자, 이제 그런 허풍은 질색이네. 제발 나는 뤼팽이 아니라 발메라스라고만 하지 말아주게나. 샤르므라스라는 이름을 훔쳤듯이, 그 이름도 슬쩍한 것 아닌가! 마찬가지로, 자네 어미로 통하는 이 할망구 역시, 실은 자네를 키워준 한패에 불과해. 이름이 아마 빅투아르였지?"

기고만장한 홈스는 순간 긴장을 풀었는지, 인기척이 나는 곳으로 고개를 돌려 레몽드를 바라보고는 잠깐 동안 어리둥절했다. 그런 기회를 뤼팽이 놓칠 리 없었다. 전광석화처럼 그가 뺀 총구에서 불이 뿜어져 나왔다!

"이런 빌어먹을!"

그대로 팔을 관통당한 홈스는 옆으로 힘없이 고꾸라지고 말았다.

그는 고래고래 부하들을 향해 소리쳤다.

"쏴라! 어서, 놈을 쏴!"

그러나 단번에 놈들에게까지 달려든 뤼팽의 화려한 동작과 더불어, 어느새 두 놈은 정신없이 나가떨어져 있었다. 한 놈은 가슴팍에 치명타를 맞고, 다른 놈은 으깨진 턱을 부여잡으면서 말이다.

"빅투아르 어서 놈들을 묶어요! 이 영국 놈은 내가 맡을 테니!"

그러고는 또다시 날렵하게 몸을 날리려는 찰나였다.

"이 자식……."

성한 왼쪽 손으로 권총을 집어 든 홈스가 부리나케 총구를 겨누는 것이 아닌가!

탕! 하는 소리와 거의 동시에, 언제 두 사람 사이로 달려들었는지 레몽드의 입에서 짤막한 외마디 비명 소리가 터져나왔다. 잠시 비틀거리던 그녀는 두 손으로 안타깝게 목을 움켜쥔 채 빙그르르 회전하면서 곧장 뤼팽의 발 앞에 쓰러지는 것이었다.

"레몽드! 레몽드!"

뤼팽은 쓰러진 여인 앞으로 와락 달려들어, 품 안에 우악스럽게 끌어안았다.

"죽지 마……."

잠시 끔찍한 적막이 흘렀다. 홈스도 자신이 저지른 행동에 자못 놀란 눈치였다. 빅투아르도 차마 말을 잇지 못한 채 더듬거렸다.

"얘야……. 오, 얘야……."

보트를레가 천천히 다가가 몸을 숙이고 여인의 상태를 살폈다. 아직 사태를 분명히 깨닫지 못한 듯, 뤼팽의 입에서는 연신 같은 말이 새어 나오고 있었다.

"죽지 마……. 죽지 마……."

하지만 이미 그의 얼굴은 생각할 수 있는 최악의 고통으로 일그러질 대로 일그러져 있었다. 마치 화를 못 이기는 어린애처럼, 그는 광기로 부들부들 떠는 두 주먹을 불끈 쥔 채 어쩔 줄 몰라 했다.

"비열한 새끼!"

갑자기 그의 입에서 무지막지한 증오감이 욕지거리로 튀어나왔다.

그러고는 반쯤 몸을 일으킨 홈스에게 냅다 달려들어 땅바닥에 패대기치고는, 가슴팍에 올라탄 채 손톱이 살에 박히도록 양손으로 죽어라 목을 누르는 것이었다. 영국인은 발버둥조차 치지 못하고 헉헉대기 시작했다.

빅투아르는 발을 동동 구르며 연신 울먹였다.

"애야⋯⋯. 애야⋯⋯."

보트를레가 뜯어말리려고 달려갔으나, 이미 뻗어 있는 상대의 목을 놓아준 뤼팽은 그저 옆에 주저앉아 흐느끼고 있었다.

아⋯⋯. 정말이지 처절한 광경이었다! 레몽드를 향한 뤼팽의 극진한 사랑을, 그 여인의 얼굴에 화사한 미소를 피워주기 위해 자신의 모든 걸 허물어뜨린 그 마음을 잘 알고 있는 보트를레로서는 도저히 잊을 수 없는 끔찍한 광경이었다.

밤은 어느새 다가와 이 처참한 전쟁터를 어둠의 수의로 덮어주고 있었다. 꽁꽁 묶이고 재갈까지 물린 세 영국인은 키 큰 잡초 더미 속에 아무렇게나 내팽개쳐져 있었다. 어디선가 아련한 노랫소리가 초원의 광막한 침묵 한편을 어르며 다가오고 있었다. 일을 마치고 집으로 돌아오는 이곳 뇌빌레트의 주민들이었다.

뤼팽은 마침내 자리를 털고 일어섰다. 그러고는 잠시 가만히 서서 노랫소리에 귀를 기울였다. 그 단조로운 가락은, 레몽드와 함께 평화롭게 살려고 했던 이 마을 농가의 분위기를 더없이 가슴 아프게 와 닿게 했다. 그는 사랑 때문에 죽어간 가엾은 연인, 이제는 저 영원한 잠 속으로 기나긴 여행을 떠나고 만 레몽드를 물끄러미 바라보았다.

벌써 주민들이 방책 가까이 다가와 있었다. 뤼팽은 그 강한 팔로 이 세상에서 가장 사랑했던 여인의 시신을 번쩍 들어 안아 어깨에 둘러업었다.

"가요, 빅투아르."

"그래⋯⋯. 그만 가자꾸나, 애야."

"잘 있게, 보트를레."

그가 마지막으로 남긴 말이었다.

너무도 소중하면서, 또한 끔찍한 짐을 온몸으로 짊어지고, 말없이 황망하게 뒤를 따르는 노파를 동반한 채, 그렇게 그는 해안 쪽으로 걸어가, 곧장 깊은 어둠 속으로 사라져갔다.

ARSÈNE LUPIN

813

Huit Cent Treize

1910년

작품 정보

『813(Huit Cent Treize)』(1910. 3. 5~5. 24)은 뤼팽 전집 중 가장 양이 많은 소설로, 모리스 르블랑의 작가 이력에서 하나의 중요한 획을 긋는 작품이다. 그가 이 작품을 통해 명실상부한 당대 최고의 인기작가 반열에 올라섰다는 것이 뤼팽 연구가들의 공통된 견해다. 줄곧 『주세투』에만 연재되던 아르센 뤼팽 시리즈가, 1910년 당시 주요일간지 중 하나였던 『르 주르날』지에 처음 연재되었다는 점도 세간의 화제였다. 『르 주르날』지는 이후 20여 년을 한결같이 뤼팽 시리즈에 지면을 할애한다. 연재가 끝나기 무섭게 1910년 6월, 피에르 라피트 사는 이 대작을 498쪽의 묵직한 단행본으로 출간하여 말 그대로 엄청난 대박을 터뜨렸다. 초판 12,000부가 순식간에 팔려나갔고, 8월에 5,000부를 더 찍어도 모자라, 그해 연말에 다시 5,000부를 찍는 등, 단기간 총 32,500부의 판매기록을 세운 것이다. 당시 『르 피가로(Le Figaro)』지에 실린 기사는 그 같은 성공을 이렇게 전하고 있다. "작년 여름(『기암성』 출간) 우리

813

『813』 초판본. 1910년

와 나눈 약속에 충실하게도 괴도신사께서는 올해 휴가철을 앞두고 역시 우리 곁에 돌아와주었다. 아마 그의 무용담이 없었으면 이번 휴가철이 얼마나 침울하고 불완전해졌을지 모를 일이다. 이제 프랑스의 모든 젊은이들은 매년 아르센 뤼팽이 자신들을 방문해주기를 학수고대하고 있다. 명실 공히 가장 인기 있는 작가로 부상한 모리스 르블랑에게 잔뜩 기대를 걸고 있는 것이다……."

1917년에는 같은 출판사에서 전체를 두 권으로 나눠, 1부를 '813'이라는 제목으로, 2부를 '아르센 뤼팽, 세 번 살인하다(Les Trois crimes d' Arsène Lupin)'라는 제목으로 다시 선보였다. 이때 삽화는 마르셀 르쿠

결정판 아르센 뤼팽 전집

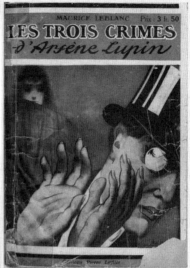

1917년 두 권으로 분권하여 출간된 『813』

트르(Marcel Le Coultre), 표지는 레오 퐁탕이 맡았다. 이 판본에서 약간의 수정과 가필이 이루어졌는데, 제1차 세계대전을 코앞에 둔 상황이어서인지 반(反)독일적 정서가 좀 더 짙게 부각되었다. 또한 1932년에 재출간되면서는 "제1차 세계대전을 2년 앞둔" 시점이 새롭게 첨가되어 오늘날의 면모를 갖추게 된 것으로 알려져 있다.

이전 작품들보다 훨씬 더 진지하고 묵직한 분위기를 자랑하는 『813』은 특히 미스터리 기법에서 엄청난 발전을 보이고 있다. 복합적으로 얽히고설킨 사건들의 세밀한 연결 고리와 정신을 바짝 차리지 않으면 지나치기 쉬운 복선들, 연거푸 독자의 뒤통수를 때리는 예기치 못할 반전들은 꽤 두꺼운 책장을 쉼 없이 넘어가게 해준다. 아울러 당대의 복잡한 국제정세를 둘러싼 밀약과 암투가 극의 배경으로 전개되어, 이전과

813

는 비교할 수 없는 다큐멘터리적 무게를 실어준다. 프랑스와 독일제국의 식민지분쟁을 중심에 두고 비스마르크와 카이저 황제, 그와 관련해 3대에 걸친 대공가문과 그 신하 집안의 광기 어린 내력이 복잡한 실타래를 형성하면서, 잃었던 대공령(大公領)을 되찾기 위한 암투가 박진감 넘치게 전개되는 것이다. 소설 속에서는 상테 감옥을 방문한 슈타인벡 영감의 진술을 통해 그 같은 다큐멘터리적 요소가 제시되고 있는데, 저자는 여기에 기발한 상상력을 더해서 혀를 내두를 만한 음모와 활극의 파노라마를 펼쳐 보인다.

제1부

연쇄살인

1

케셀바흐 씨는 거실 문턱에 멈칫 멈춰 선 채 비서의 팔뚝을 덥석 붙잡고 이렇게 중얼거렸다.

"채프만, 누군가 여기 들어왔던 것 같네."

"그럴 리가요, 선생님! 방금 건넌방 문을 따고 들어오셨잖아요. 그리고 식당에서 점심 식사를 하는 동안 내내 열쇠는 호주머니 속에 얌전히 있었고요."

"아닐세, 채프만. 누군가 들어왔어."

케셀바흐 씨는 여전히 불안한 기색으로 중얼거렸다.

그러고는 벽난로 위에 놓여 있는 여행 가방을 가리켰다.

"저것 보게. 증거가 있지 않나. 저 가방은 원래 닫혀 있었어. 하지만 보란 말이야. 저렇게 열려 있잖나!"

그러나 채프만은 이렇게 반문하는 것이었다.

"정말 가방을 닫아놓은 거 확실합니까? 게다가 가방 안에는 싸구려 고물들하고 자질구레한 화장용품들밖에 없지 않습니까?"

"그거야 내가 조심하느라 아까 방에서 나올 때 지갑을 빼냈기 때문일세. 만약 그렇지 않았다면……. 좌우간, 채프만…… 우리가 식사를 하는 동안 누군가 틀림없이 방에 들어왔어!"

마침 벽에 걸린 전화기가 눈에 들어왔다. 그는 얼른 수화기를 들었다.

"여보세요. 네 여긴 므슈 케셀바흐입니다. 네, 415호……. 네, 네, 맞습니다. 부탁인데, 경시청 좀 대주십시오. 치안국입니다. 전화번호는 필요 없으세요? 네, 알겠습니다. 그럼 전화 기다리고 있겠습니다."

1분 후, 전화벨이 울렸다.

"여보세요? 여보세요? 치안국장 르노르망 씨께 용건이 있는데요! 네, 네, 므슈 케셀바흐입니다. 여보세요? 물론입니다. 국장님이 사안에 대해 알고 계십니다. 허락을 받고 전화드리는 겁니다만. 아! 안 계시다고요. 지금 전화받는 분은 누구신지? 아, 구렐 형사님. 그러고 보니 어제 제가 르노르망 씨와 면담할 때 옆에 계셨던 그……. 아이고, 형사님, 오늘 똑같은 사건이 일어났지 뭡니까! 제가 묵고 있는 숙소에 누군가 침입했다니까요. 지금 당장 와주시면 단서들을 통해 뭔가 알아내실 수도……. 한두 시간 후에요? 알겠습니다. 415호라고만 하면 압니다. 다시 한번 감사드립니다!"

세간에 소위 '다이아몬드의 왕'으로 널리 소문난 대부호(大富豪) 루돌프 케셀바흐는—'케이프타운의 지배자'라는 별명으로 불리기도 하는데—지나던 길에 잠시 파리에 머물고 있었다. 대략 1억 프랑 이상 규모의 재력가인 그가 일주일 전부터 묵고 있는 팔라스 호텔의 5층 415호는 (프랑스의 층수 개념은 우리와 달라, 1층을 레 드 쇼세로 부르고 2층부터 1층으로

부름. 즉, 우리의 5층이 프랑스에선 4층인 셈임 ─ 옮긴이) 모두 세 개의 방으로 이루어졌는데, 그중 오른쪽의 좀 더 큰 거실과 안방은 대로 쪽으로 향해 있고, 비서인 채프만이 쓰는 왼쪽 방은 쥐데 가(街)로 나 있었다.

그런가 하면 바로 이웃해서는 케셀바흐 부인을 위해 방 다섯 개가 따로 마련되어 있었다. 현재 몬테카를로에 있는 그녀는 남편의 연락이 닿는 즉시 이곳으로 합류할 예정이었다.

루돌프 케셀바흐는 잠시 방 안을 이리저리 배회했다. 훤칠한 키에 불그스름하게 건강한 혈색인 그는 아직은 꽤 젊은 축에 속했는데, 금테 안경 너머로 꿈에 젖은 듯한 푸르스름한 눈빛이 부드러우면서도 소심한 인상을 주어서 당당한 이마와 강인한 턱에서 풍기는 인상과 묘한 대조를 이루고 있었다.

그는 문득 창가로 다가갔다. 창은 단단히 닫힌 상태였다. 여기도 아니라면, 대체 어디로 들어왔단 말인가? 전용 발코니는 우측이 막혀 있었고, 좌측으로도 석재 간이 벽이 있어서 쥐데 가 쪽으로 난 다른 발코니들과는 격리되어 있었다.

그는 자기 방으로 건너갔다. 아무리 보아도 이웃한 다른 방들과 통할 여지가 없어 보였다. 이번엔 비서의 방으로 건너가 보았다. 케셀바흐 부인을 위해 예비된 다섯 개의 방들로 통하는 문은 빗장까지 걸린 채 물샐틈없이 잠겨 있었다.

"도무지 모르겠군. 이보게 채프만, 내가 이곳에서 이상한 점을 발견한 게 한두 번이 아닐세. 어제는 누군가 내 지팡이를 건드렸고…… 그저께는 서류들에 손을 댔다네. 대체 이게 어떻게 된 일인가 말일세."

채프만은 그 해맑을 정도로 정직해 뵈는 얼굴에 조금의 근심 어린 빛도 보이지 않은 채, 외쳤다.

"선생님, 설마 그럴 리가 있겠습니까! 그냥 생각뿐이지 이렇다 할 증거가 있는 것도 아니잖습니까. 공연히 느낌상 그럴 뿐이잖아요. 게다가 누군가 이곳을 드나들려면 건넌방을 통해야 할 텐데, 여기 도착한 바로 그날 특별히 그곳 열쇠부터 새로 만드신 데다 똑같은 열쇠를 갖고 있는 사람은 하인인 에드바르밖에 없습니다. 한데 그는 선생님도 무척 신임하는 친구가 아닙니까?"

"그야 두말하면 잔소리지! 지난 10년 동안 단 한 번도 날 실망시킨 적이 없으니까. 그러고 보니 에드바르가 우리와 동시에 식사를 하러 간 것부터가 잘못이었어. 앞으로는 우리가 돌아온 다음에 내려가도록 해야겠어."

채프만은 가볍게 어깨를 으쓱하고 치웠지만, '케이프타운의 지배자'는 이 아리송한 걱정거리 때문에 점점 심기가 불편해지는 것이었다. 현재 이렇다 하게 값나가는 물건을 지니고 있는 것도 아니고, 그렇다고 많은 돈이 수중에 있는 것도 아닌데, 대체 무슨 해괴한 일이란 말인가?

문득 현관문이 열리는 소리가 들려왔다. 에드바르였다.

케셀바흐 씨는 곧장 그를 불렀다.

"아, 벌써 옷을 갈아입었는가(외출복에서 하인 정장으로—옮긴이), 에드바르? 좋아, 난 오늘 아무도 안 만나겠네. 아 참, 딱 한 사람, 구렐 씨만 들여보내게. 그때까지 자네는 다른 일은 말고 여기 현관에서 문만 지키고 있게. 므슈 채프만과 나는 따로 중요한 할 일이 있으니."

그는 얼마간 우편함을 뒤져 편지 몇 장을 검토하고, 비서에게 답장을 이리저리 받아쓰게 했다. 한데 부지런히 펜을 놀리던 채프만이 불현듯 이상한 기분이 들어 올려다보자, 케셀바흐 씨가 멍하니 다른 데 정신을 팔고 있는 것이었다.

그는 손가락 사이에 웬 낚싯바늘처럼 끝이 구부러진 검은 핀 하나를 들고 유심히 바라보고 있었다.

"채프만, 여기 탁자 위에 이게 있었네. 난데없이 이런 핀이 있다니, 이상한 일 아닌가? 이거야말로 움직일 수 없는 증거야. 이젠 자네도 거실에 아무도 들어오지 않았다고 계속 주장하긴 어려울 걸세. 없던 핀이 저 혼자 생겼을 리는 없으니까."

"그럴 리야 당연히 없죠. 제가 흘린 거거든요."

비서는 아무렇지도 않게 대꾸했다.

"뭐, 뭐라고?"

"그건 제 넥타이 고정 핀입니다. 어제저녁 선생님이 책을 읽으시는 동안 제가 뺐다가 무심코 구부러뜨린 겁니다."

케셀바흐 씨는 안달이 난 듯 벌떡 일어서더니 몇 발짝 어슬렁대다가 뚝 멈춰 섰다.

"채프만 자넨 날 비웃겠지. 그래, 자네가 옳을지도 몰라. 나도 나 자신이 좀 엉뚱하다는 건 부인하지 않겠네. 모두 다 그 케이프타운에 다녀온 때문이야. 이를테면……. 자넨 내 인생에 어떤 일이 벌어지고 있는지 모를 걸세. 얼마나 엄청난 계획을 준비하고 있는지 말일세. 어마어마하지. 아직은 나도 희미하게밖에 내다볼 수 없지만, 분명 대단한 계획이 차근차근 구체화되고 있는 중이네. 아, 채프만, 자넨 아마 상상도 하기 힘들 거야! 돈 같은 것은 이제 우습지도 않네. 그런 건 지겨울 만큼 이미 가지고 있어. 하지만 이번 건 완전히 다른 거야. 힘과 권력, 권위가 왔다 갔다 하는 문제라고! 만약 현실이 내가 예상한 대로만 맞아떨어져 준다면, 나는 비단 케이프타운의 지배자일 뿐만 아니라, 그 밖의 다른 왕국들도 독차지하게 될 거라고. 아우크스부르크(독일의 도시 이름―옮긴이)의 철물 장수 아들인 이 루돌프 케셀바흐가 높은 데서 나를 빤히 보던 치들과 어깨를 나란히 할 거란 말일세. 아니, 그 정도가 아니지! 그들을 아예 짓밟을 거야, 채프만! 두고 보라고. 반드시 그렇게 될 테니까."

그는 말하다 말고 흠칫 입을 다물었다. 채프만을 멀뚱멀뚱 바라보는 표정이 아무래도 너무 많이 떠들었나 싶은 모양이었다. 하지만 이내 기분에 휩쓸려 이렇게 마저 내뱉는 것이었다.

"채프만, 이만하면 내가 왜 이리도 불안해하는지 알겠지. 내 이 머릿속에 정말 중요한 아이디어가 들어 있단 말일세. 누군가 그걸 호시탐탐 노리는 거야. 날 감시하고 있다고. 틀림없어."

순간 벨 소리가 요란하게 울렸다.

"전화가 왔군요."

채프만의 말에 케셀바흐 씨는 저도 모르게 중얼댔다.

"모르긴 몰라도 그들일 거야."

그는 허겁지겁 수화기를 들었다.

813

"여보세요? 누구신지요? 대령님? 아. 예. 접니다. 뭐 새로운 소식이라도? 좋습니다. 그럼 기다리지요. 부하들을 데리고 오겠다고요? 좋습니다. 여보세요? 오, 아닙니다. 괜찮습니다. 필요한 지시를 내려놓겠습니다. 그렇게 중대합니까? 다시 말하지만, 확실하게 지시해놓겠습니다. 비서하고 하인이 출입구를 단단히 지키고 있을 테니, 개미 한 마리 얼씬하지 못할 겁니다. 길은 아시죠? 자, 그럼 지체하지 말고 오십시오."

그는 수화기를 내려놓자마자 이렇게 말했다.

"채프만, 신사 두 분이 올 걸세. 에드바르가 안내할 거야."

"하지만……. 구렐 씨는 어떡하고요?"

"그는 좀 더 나중에 도착할 걸세. 한 시간쯤 뒤에……. 게다가 세 사람이 함께 만나도 안 될 건 없어. 자, 에드바르에게 지금 즉시 관리실로 가서 미리 알려놓도록 지시하게. 날 찾아오는 사람들 중에 대령과 그의 친구, 그리고 구렐 씨 외에는 당분간 들이지 말아달라고 말이네. 아예 적어 넣도록 해놓게."

채프만은 즉시 일을 수행했다. 그리고 잠시 후 돌아왔을 때, 케셀바흐 씨가 웬 봉투 하나를 들여다보고 있는 것을 발견했다. 언뜻 보기에 속이 빈 것 같은, 검은색 모로코산 소형 가죽 봉투를 이리저리 살펴보고 있는 폼이 왠지 심상치가 않았다. 케셀바흐 씨는, 어쩔 줄 몰라 하며 허둥대는 기색이 역력했다. 마치 호주머니 속에 봉투를 넣어야 할지, 다른 데에 두어야 할지 망설이는 사람처럼…….

그러더니 결국엔 벽난로로 다가가 여행 가방 안에 홀쩍 던져 넣는 것이었다.

"우편물이나 마저 점검하세! 이제 한 10여 분밖에 시간이 없어. 아! 여기 마담 케셀바흐에게서 온 편지가 있네. 아니 자넨 어찌 이걸 미리 내게 알리지 않았는가, 채프만? 겉봉에 서명도 못 알아본단 말인가?"

아내의 손길이 미쳤을, 게다가 뭔가 은밀한 마음을 전달했을 편지를 바라보고 만져보면서 케셀바흐 씨는 자못 복받쳐 오르는 감정을 굳이 감추려 들지 않았다. 그는 겉봉에서 배어나는 향수를 한참 냄새 맡더니, 봉투를 뜯고는 채프만이 들을 수 있도록 천천히 읽어나갔다.

너무 따분해요. 방에서 꼼짝 않고 지내지요. 지겨워 죽겠어요. 언제쯤 당신한테 갈 수 있을까요? 당신 전보를 목이 빠져라 기다리고 있답니다.

"오늘 아침에 전보는 쳤겠지, 채프만? 그렇다면 마담 케셀바흐는 내일, 수요일쯤 도착할 테고……."

그렇게 중얼거리면서, 그는 앞으로의 과업에 대한 부담이 별안간 줄어들고 그에 따라 모든 근심에서 훌쩍 해방된 듯, 화사한 표정을 짓는 것이었다. 그는 두 손을 비벼대면서 심기일전한 사람처럼 심호흡을 했다. 그야말로 당장 행복을 거머쥔 사람처럼, 무엇에든 능숙하게 대처해서 성공할 자신감으로 충만한 기색이었다.

"아, 벨 소리가 났네, 채프만! 현관에 누가 왔나 봐. 가서 좀 보게나!"

그러나 마침 에드바르가 들어와 고했다.

"두 신사분이 주인님을 찾습니다. 용건이……."

"알고 있네. 그래, 건넌방으로 모셨겠지?"

"네."

"건넌방 문을 닫고 아무도 들이지 말게. 참, 치안국에서 올 구렐 반장만 빼고! 자, 채프만, 자넨 어서 가서 내가 우선 대령과 단독으로 만났으면 한다고 전해주게."

에드바르와 채프만은 밖으로 나가 거실 문을 닫았다. 루돌프 케셀바흐는 창가로 다가가 유리창에 이마를 갖다 댔다.

저 아래로는 보행 구역을 표시한 두 평행선 사이로 마차와 자동차가 줄지어 지나가고 있었다. 구리나 옻칠을 한 목재 차체(車體) 위로 봄날의 햇살이 반짝이며 부딪치곤 했다. 가로수마다 파릇한 기운이 감돌고 있었고, 마로니에의 새순은 이제 막 앙증맞은 이파리를 피워내는 중이었다.

"채프만은 대체 뭘 꾸물대고 있는 거야."

케셀바흐는 그렇게 중얼대면서, 탁자 위에 있던 담배를 한 개비를 피워 물고는 부연 연기를 한 모금 기세 좋게 내뱉었다. 한데 바로 그 순간, 그의 잇새로 난데없는 비명이 새어나왔다. 어디서 나타났는지, 바로 옆에, 처음 보는 사내가 떡 버티고 서 있는 것이 아닌가!

케셀바흐는 뒤로 몇 걸음 물러나며 더듬댔다.

"누, 누구시오?"

단정함이 넘쳐 우아하기까지 한 차림새에 검은 머리와 수염, 그리고 강렬한 눈빛이 인상적인 사내는 실실 웃으며 말했다.

"내가 누구냐고요? 그야 대령이지요."

"천만에! 그럴 리가 없소! 내게…… 편의상…… 그런 서명으로 편지를 한 사람은…… 당신이 아니오!"

"저런, 저런…… 그자는 단지……. 내 참, 이보시오 선생, 그런 건 지금 하나도 중요하지가 않아요. 문제는 내가 바로 장본인이라는 거요. 장본인!"

"하지만……. 대체 당신 이름이 뭡니까?"

"새로운 사태가 발생할 때까진, 그저……. 대령이오."

불현듯 엄청난 두려움이 케셀바흐의 가슴에 물밀듯 몰아닥쳤다. 대체 이자가 누구란 말인가? 용건이 뭔가?

케셀바흐는 버럭 소리를 질렀다.

"채프만!"

"허어, 어리석기는! 나 하나 가지고도 모자란단 말이오?"

"채프만! 채프만 어디 있나? 에드바르!"

케셀바흐는 더욱 기를 쓰고 불러댔다.

그러자 정체불명의 사내 역시 덩달아 소리치는 것이었다.

"채프만! 에드바르! 여보게들, 뭐하는 건가? 이렇게 부르고 있질 않은가!"

"이보시오, 선생! 제발 부탁이오. 좀 지나갑시다!"

"누가 막았습니까?"

그러면서 사내는 깍듯하게 한발 물러섰다. 케셀바흐는 문 쪽으로 가자마자 문을 활짝 열어젖혔고, 그와 동시에 뒤로 흠칫 물러섰다. 바로 문 앞에 또 다른 사내가 권총을 겨눈 채 버티고 서 있는 것이었다.

케셀바흐는 안쓰럽게 더듬거렸다.

"에, 에드바르…… 채, 채프……."

그러나 차마 이름조차 미처 입에 올리기 전에, 재갈에다 결박까지 당한 채 방 한쪽 구석에 나뒹굴고 있는 비서와 하인이 그의 눈에 들어왔다.

사실 케셀바흐 씨는 다소 불안정하고 흥분하기 쉬운 성격임에도 유사시에는 꽤 강단도 부릴 줄 아는 타입이었다. 예컨대 뭔가 위험에 부닥쳤다고 느낄 때면, 기가 죽기보다는 젖 먹던 힘까지 다해 부딪쳐보는 쪽이었던 것이다.

그는 일부러 더더욱 놀란 척을 가장하면서 천천히 벽난로 쪽으로 뒷걸음질 쳐 벽에 기대섰다. 그러면서 그의 손가락은 전기 벨을 더듬어

찾는 것이었다. 마침내 목표물에 손끝이 닿자, 그는 조금도 지체하지 않고 냅다 버튼을 눌렀다.

"그래서 어쩌자는 건데?"

그것을 보고 낯선 침입자가 빈정댔다.

케셀바흐 씨는 대답 대신 연신 버튼을 누르고 또 눌렀다.

"그래서 누군가 달려와 주길 바란다는 건가? 그따위 장난감이나 눌러댄다고 해서 호텔 전체가 들썩거리기라도 해준다는 거냐고. 가엾은 양반 같으니. 돌아서서 좀 보시지. 전기선이 끊겨 있을 테니."

케셀바흐는 마치 그 말에 따르려는 것처럼 홱 몸을 돌렸으나, 마음은 딴 데 있었다. 느닷없이 벽난로 위의 여행 가방 속에 얼른 손을 집어넣더니, 권총을 빼내자마자 사내를 향해 방아쇠를 당겼던 것이다.

그러나 그 순간, 허공을 울리며 들려온 것은 총소리가 아니라 사내의 더더욱 기고만장해진 빈정거림뿐이었다.

"쯧쯧……. 총알 대신 바람이라도 장전해 넣으셨나?"

케셀바흐 씨는 망할 놈의 방아쇠를 두세 번 더 당겼으나, 그저 맥없이 찰각거릴 뿐 기대했던 요란한 총성은 들리지 않았다.

"세 번 더 쏘시지그러슈, 케이프타운의 지배자 양반! 이왕지사 이렇게 된 바에, 나도 여섯 발을 모두 맞아야 직성이 풀리겠소이다. 저런! 왜, 그만 포기하시게? 거, 유감이로군요. 잘하면 과녁에 명중할 수도 있을 텐데."

사내는 한껏 빈정대더니, 걸상을 붙잡고 빙그르르 돌려 등받이가 앞쪽으로 오게 한 뒤 말 타듯 걸터앉았다. 그리고 케셀바흐 씨에게는 안락의자를 권하며 이렇게 말했다.

"부탁인데 거기 좀 앉을 순 없겠소, 선생? 맘 푹 놓으시고요. 궐련 한 대 드릴까? 나는 시가를 피울 생각이오만."

마침 탁자 위엔 시가 상자가 있었다. 그는 황금빛 감도는 통통한 우프만 시가(최고급 시가 상표 중 하나. 초기의 뤼팽은 시가를 즐겨 피우는 것으로 묘사되었으나, 르블랑이 금연을 한 이후 더 이상 시가 피우는 모습이 등장하지 않음—옮긴이)를 입에 물고 불을 붙였다.

"고맙게 피우리다. 음⋯⋯. 정말 맛이 그만이구려! 자, 그럼 이제 차분하게 얘기나 나눌까요?"

루돌프 케셀바흐는 어안이 벙벙한 표정으로 듣고만 있었다. 대체 이 자는 누구란 말인가? 보아하니 그리 거친 사람 같지는 않고, 언변도 청산유수인 것을 보면, 일단 상황이 무슨 폭력이나 난동으로 치달을 가능성은 없는 듯한데⋯⋯. 케셀바흐 씨는 문득 호주머니에서 지갑을 꺼내 펼치더니, 상당한 액수의 지폐 다발을 보여주며 물었다.

"얼마면 되겠소?"

사내는 무슨 뜻인지 파악이 잘 안 되는 듯, 눈만 끔벅거리며 바라보더니, 잠시 후 문가에 서 있던 일행을 불렀다.

"마르코!"

권총을 든 사내가 즉시 다가왔다.

"마르코, 이 신사분께서 자네 여자 친구를 위해 얼마쯤 호의를 베푸실 모양이네. 받아두게나."

마르코는 여전히 오른손엔 권총을 그러쥔 채, 왼손으로 지폐를 받아챙겼다.

시가 연기를 내뿜으며 사내는 다시 말을 이었다.

"자, 당신 뜻대로 그 문제는 그렇게 처리하고……. 이제, 내가 방문한 목적으로 돌아와서, 지극히 간단명료하게 얘기하겠소. 내가 원하는 건 딱 두 가지요. 하나는 당신이 늘 품고 다니는 검은 모로코가죽 봉투고, 나머지 하나는 어제까지만 해도 저 여행 가방 안에 얌전히 있었던 흑단(黑檀) 상자요. 자, 그럼 순서대로 진행할까? 먼저 모로코가죽 봉투부터 내놓으시지."

"태워버렸소!"

순간 사내는 신경질적으로 눈썹을 찌푸렸다. 아마도 그는 선뜻 입을 열려고 하지 않는 자를 털어놓게 하는 데에는 적당한 때가 있다는 듯, 일단 슬쩍 넘어가 주었다.

"좋소. 그건 나중에 얘기합시다. 그럼, 흑단 상자는?"

"그것 역시 태웠소!"

"아! 이 사람이 날 우롱하네!"

순간, 사내는 버럭 소리를 지르며 상대의 팔을 꼼짝 못하게 비틀었다.

"루돌프 케셀바흐, 당신은 어제 이탈리아 대로(파리 시내에 위치한 유명한 대로 이름―옮긴이)에 있는 크레디 리요네(리옹 은행―옮긴이)로 웬 꾸러미를 외투 속에 감춘 채 들어갔소. 거기서 금고 하나를 임차했지. 정확히 말해서 9번 열(列)의 16번 금고로 말이오. 당신은 서명을 하고 대금을 지불한 뒤, 금고들이 구비된 지하실로 내려갔소. 그러고 난 다음 올라왔을 땐, 이미 꾸러미는 사라지고 없었소. 내 말이 맞지요?"

"정확하게 맞혔소이다."

"그럼 결국 상자와 봉투는 크레디 리요네에 있겠군그래?"

"그렇지 않소!"

"자, 금고 열쇠나 내놓으시지."

"싫소!"

"마르코!"

사내는 부랴부랴 달려온 마르코에게 말했다.

"자, 슬슬 시작하지."

순간, 루돌프 케셀바흐는 미처 방어할 틈도 없이 전광석화처럼 휘감아 든 밧줄에 온몸이 꽁꽁 묶이고 말았다. 두 팔은 등 뒤로 결박되었고, 상체는 등받이에 딱 붙은 채, 두 다리는 마치 미라처럼 옴짝달싹 못하게 둘이 맞붙여 동여매어졌다.

"뒤져보게, 마르코."

한 2분쯤 이리저리 더듬대며 뒤졌을까. 마침내 그는 두목의 손안에 16과 9라는 숫자가 나란히 새겨진, 니켈도금의 납작한 열쇠 하나를 건네주었다.

"좋았어! 한데 모로코가죽 봉투는?"

"없습니다, 두목."

"그렇다면 금고 속에 있겠군. 자, 므슈 케셀바흐, 이제 암호나 알려주실까?"

"싫소이다!"

"지금 거절하는 건가?"

"그렇소!"

"하는 수 없지, 마르코."

"네, 두목!"

"자네의 권총 구멍을 이 신사분 관자놀이에 겨누어주게."

"겨눴습니다."

"자네의 손가락을 방아쇠에 갖다 대게."

"댔습니다."

"자, 케셀바흐, 이 친구야. 이젠 말할 마음이 드는가?"

"아니요!"

"앞으로 더도 덜도 말고 딱 10초만 여유를 주겠소. 마르코?"

"네, 두목!"

"앞으로 10분 후에 이 양반의 대갈통을 날려버리게."

"알겠습니다."

"케셀바흐, 이제부터 센다. 하나, 둘, 셋, 넷, 다섯, 여섯……."

루돌프 케셀바흐는 마침내 의사표시를 했다.

"오, 이제야 입을 여시겠다?"

"그렇소."

"잘 생각했소이다. 자 그럼, 금고 암호는?"

"'돌로르(Dolor)'요."

"'돌로르'(라틴어로 고통이라는 뜻—옮긴이)라……. '고통'이라는 말이 로군. 그리고 보니, 마담 케셀바흐의 이름이 돌로레스(Dolorès) 아닌가? 좋은 남편이로군. 마르코, 어서 가서 처리하게. 실수하면 안 되는 거 알지? 다시 말하겠네. 사무실로 가서 제롬을 만나 열쇠하고 암호를 건네주게. '돌로르'라고 말이야. 그리고 나서 함께 크레디 리요네로 가게. 거기서 제롬만 안으로 들어가서 신상 장부에 사인을 하고 지하실로 내려가 금고 안에 있는 걸 몽땅 꺼내 나오는 거야. 알겠는가?"

"네, 두목. 하지만 만약 금고가 열리지 않으면……. '돌로르'라는 암호가 먹혀들지 않으면 어떻게 하죠?"

"그래도 일단 잠자코 있게, 마르코. 크레디 리요네에서 나오자마자 제롬과 헤어져서 곧장 집으로 돌아가게. 그러고 나서 내게 전화로 보고를 하는 거야. 만약 '돌로르'라는 암호가 통하지 않는다면, 그때 가서 내 친구 케셀바흐와 나는 따로 중대한 용건을 봐야겠지. 어떤가, 케셀바흐, 틀림없겠지?"

"그렇소."

"그렇다면야 더 이상 시달리지 않아도 되지! 좌우간 두고 볼 일이고. 자, 마르코, 어서 가게!"

"하지만 두목은……?"

"난 잠시 남겠네. 오, 걱정할 건 없고. 이 정도야 내게 아무 문제도 안 된다는 것 알지 않나. 안 그런가, 케셀바흐?"

"여부가 있겠소!"

"저런! 대답하는 폼이 영 심상치 않은걸! 혹시 시간이라도 벌어보려고 하는 건 아니겠지? 그럼 내가 혹시 멍청하게 덫에라도 걸려들까 봐?"

사내는 잠시 생각에 잠긴 듯 상대를 물끄러미 바라보더니, 말을 이었다.

"아니야. 그럴 가능성은 희박해. 별일 없을 거야."

한데 하필 바로 그 순간, 현관 쪽에서 초인종이 울리는 것이었다. 사내는 후닥닥 루돌프 케셀바흐의 입부터 막았다.

"오호라, 요 노회(老獪)한 여우 같으니라고! 누굴 기다리고 있었군 그래!"

아닌 게 아니라, 케셀바흐의 눈빛이 기대감으로 반짝거릴 뿐 아니라,

813

입을 틀어막은 손바닥 사이로 악착같이 이죽거리는 것이었다.

사내는 순간 울화가 치미는지 몸을 부르르 떨었다.

"닥치고 있지 못해! 여차하면 목을 분질러놓을 테다! 이봐, 마르코! 이자에게 재갈을 단단히 물리게. 어서!"

또다시 초인종이 울렸다. 사내는 마치 자신이 케셀바흐이고 문 쪽에는 에드바르가 있는 것처럼 능청스럽게 소리를 질렀다.

"어서 문을 열어주게, 에드바르!"

그리고는 조용히 현관 쪽으로 가, 바닥에 나뒹굴어 있는 비서와 하인을 가리키며 나지막이 속삭였다.

"마르코, 저것들을 방구석으로 몰아넣게 좀 도와주게. 그래, 그쪽으로……. 눈에 띄지 않게 말이야."

그렇게 해서 사내는 비서를, 마르코는 하인을 각각 맡았다.

"자, 됐네! 자넨 이제 거실로 돌아가 있게."

사내는 다시 현관께로 돌아오자마자 짐짓 놀란 어투로 이렇게 소리쳤다.

"하인은 지금 없는 것 같습니다, 므슈 케셀바흐! 아, 아니, 괜찮습니다. 편지나 마저 쓰십시오. 제가 열죠!"

그런 다음, 사내는 태연하게 문을 열었다.

"므슈 케셀바흐는요?"

방문객의 목소리였다.

문 앞에는 꽤 건장한 체격에 강렬한 눈빛을 한 남자가 손에 든 모자 챙을 신경질적으로 주물럭거리면서 다소 건들거리는 태도로 서 있었다. 사내는 아무렇지도 않게 대답했다.

"아, 예. 계시고말고요! 누구라고 전해드릴까요?"

"므슈 케셀바흐께서 전화를 주셨습니다. 날 기다리고 있을 거요."

"아, 바로 손님이셨군요. 잠시만 기다리십시오. 곧 말씀드리겠습니다."

사내는 과감하게도, 어중간하게 열린 문틈으로 거실 한편을 충분히 엿볼 수 있을 만한 곳에 손님을 방치한 채, 케셀바흐와 함께 있는 마르코 곁으로 천천히 돌아와 이렇게 속삭였다.

"아무래도 골치 아프게 생겼어. 치안국의 구렐 형사야."

그러자 즉시 마르코는 단도를 움켜쥐었다. 하지만 사내는 그의 팔뚝을 덥석 붙잡으며 말했다.

"바보 같은 짓! 내게 좀 더 좋은 생각이 있네. 내 말 잘 듣게, 마르코. 지금부터 자네는 마치 케셀바흐인 것처럼 말하는 거야. 내 말 알겠나, 마르코? 자넨 이제부터 케셀바흐라고."

두목이 어찌나 침착하고도 단호한 어조로 지시를 내렸던지, 마르코는 단박에 무슨 말인지 알아들었고, 더 이상의 설명 없이도 곧장 케셀바흐 역할에 몰입해 들어갔다.

"자네가 좀 수고를 해줘야겠는걸. 가서 구렐 씨에게 정말 죄송하다고 좀 전해주게나. 지금 할 일이 산더미 같아서 말이야. 내일 아침 정각 9시에 뵈면 안 되겠느냐고 여쭙게나."

"알겠습니다. 염려 마십시오."

사내는 곧바로 구렐에게 돌아와 말했다.

"지금 케셀바흐 씨는 중요한 일을 수행 중이라 만날 수가 없다고 하십니다. 가능하면 내일 아침 9시에 다시 찾아주십사 하시는데요."

잠시 침묵이 흘렀다. 구렐은 의외라는 표정이면서, 뭔가 찜찜한 기색이었다. 사내는 호주머니 속에서 주먹을 불끈 쥐었다. 보나 마나, 여차하면 튀어나올 주먹이었다.

한참 만에야 구렐이 입을 열었다.

"할 수 없군. 내일 9시면……. 가만있자……. 쳇, 알겠소이다. 내일 아침 9시에 다시 오죠!"

그는 모자를 눌러쓴 다음, 호텔 복도로 멀어져 갔다.

한편 거실에 있던 마르코는 그제야 웃음을 터뜨렸다.

"대단하십니다, 두목! 감쪽같이 속이셨군요!"

"자네가 마무리를 해줘야 하네, 마르코! 놈을 뒤쫓으라고! 그래서 호텔 밖으로 완전히 나가는지 확인한 다음, 예정대로 가서 제롬을 만나게. 나중에 꼭 전화하고!"

마르코는 쏜살같이 튀어나갔다.

사내는 벽난로 위에 있던 물병을 들고 커다란 잔에다 물을 가득 따라 벌컥벌컥 들이켰다. 그런 다음, 남은 물로 손수건을 적셔 이마의 진땀을 말끔하게 닦아낸 뒤, 케셀바흐의 옆에 바짝 다가앉아 일부러 잔뜩 예의를 갖춘 말투로 이러는 것이었다.

"자, 므슈 케셀바흐, 아무래도 당신께 정식으로 내 소개를 드려야만 하겠소이다."

그는 주머니에서 명함 한 장을 꺼내더니 내뱉듯 말했다.

"괴도신사, 아르센 뤼팽이라 하오."

2

느닷없이 튀어나온 거물협객의 이름 앞에서 케셀바흐 씨는 다소 안심이 된다는 표정이었다. 뤼팽은 곧장 그것을 눈치 채고 이렇게 능청을 떨었다

"아하, 숨 좀 돌리시겠다 이건가? 아르센 뤼팽은 점잖은 도둑이고 피

는 질색이고 그저 남의 재산을 좀 실례하는 것 말고는 다른 범죄엔 관심이 없을 것이다. 심지어 범죄라고 할 것까지도 없다 이거야? 그러니 불필요한 살인행각이나 일삼는 위인은 결코 아닐 것이라 생각하겠지. 글쎄 당신의 목숨을 빼앗는 게 불필요한지 아닌지는 좀 더 두고 봐야 하지 않을까? 아무튼 난 지금 농담하고 있는 게 아닌 것만은 알아 두시구려, 친구."

그는 자신의 의자를 좀 더 바짝 갖다 댄 다음, 포로의 재갈을 조금 느슨하게 해주었다.

"자, 므슈 케셀바흐, 당신은 파리에 도착한 바로 당일, 모 흥신소를 운영하는 바르바뢰라는 사람과 알게 되었지. 비서인 채프만 몰래 그자와 선이 닿아 있었기에, 전화나 편지로 서로 연락을 주고받을 때 그를 편의상 '대령'이라고 칭하기로 했어. 오, 그 바르바뢰라는 자가 더할 나위 없이 점잖은 인사라는 사실은 내 기꺼이 인정하지. 다만 그를 따라 일하는 사람들 중 한 명이 나와 막역한 사이라 잘 아는 것뿐이야. 아무튼 나는 여차여차해서 당신이 바르바뢰 씨와 접촉을 해대는 이유를 알게 되었고, 그러다 보니 당신에게까지 볼일이 생겼으며, 그간 몇 차례 위조 열쇠로 문을 따고 들어왔지만, 불행히도 내가 찾던 물건들이 없었다 이 말이거든!"

뤼팽은 거기서 한층 더 목소리를 낮추며 두 눈을 바짝 들이대, 마치 상대의 의중을 낱낱이 읽어내려는 듯, 똑바로 쏘아보며 말했다.

"므슈 케셀바흐, 당신은 바르바뢰에게 파리 시의 뒷골목을 배회하고 있을 사람 하나를 찾아달라고 의뢰했지. 그자의 이름은 피에르 르뒥, 간단한 인상착의는 1미터 70센티미터쯤 되는 키에 금발이고 콧수염을 길렀으며, 특징이라면 사고를 당한 왼손 새끼손가락 끄트머리가 일부 절단되었다는 점이야. 그뿐만 아니라, 오른쪽 볼에도 거의 지워진 상태이긴 하지만 칼에 베인 흉터가 있고. 당신은 이자가 마치 봉(鳳)이라도 되는 것처럼, 대단한 중요성을 두고 행방을 찾는 것 같았어. 자, 도대체 그자의 정체가 무엇이지?"

"난 모릅니다."

대답은 바늘 한 땀 들어가지 못할 정도로 완고하고 결연했다. 알면서 일부러 그러는 것인지, 정녕 몰라서 그러는 것인지마저 모호했다. 하긴 지금 중요한 것은 그게 아니라, 케셀바흐 본인이 전혀 입을 열려 하지 않고 있다는 사실이다.

"좋아. 하지만 그에 대해서 바르바뢰에게 넘긴 것보다는 훨씬 자세한 정보 자료들을 가지고 있겠지?"

"천만의 말씀이오!"

"거짓말! 당신은 바르바뢰의 면전에서 모로코가죽 봉투 안에 든 서류들을 두 번씩이나 따로 검토했어!"

"그건 그렇소만……."

"그러니, 봉투는 가지고 있겠지?"

"그걸 태워버렸다지 않소!"

뤼팽은 일순 울화통이 확 치미는 게 느껴졌다. 당연히 고문(拷問)이라든가 좀 더 손쉬운 방법을 사용할까 하는 생각이 또다시 그의 뇌리를 스치고 지나쳤다.

"아하, 태워버리셨다? 그럼 상자는……. 똑바로 불어야 해! 상자는 크레디 리요네에 처박혀 있는 거지?"

"그렇소!"

"그 안에 뭐가 들었지?"

"내 개인 소장품 중에 최상품 다이아몬드 200여 알이 있소이다."

그 말에 뤼팽의 마음이 다소 누그러진 것은 사실이었다.

"아하, 최상품 다이아몬드가 200여 알이라! 그거 나쁘지 않군그래.

웃어? 하긴 당신한테는 별거 아닐 수도 있겠지. 정작 숨기고 있는 비밀에 비한다면 아무것도 아닐 거야. 하지만 나한테도 과연 그럴까?"

그는 시가를 물고 성냥불을 붙인 뒤, 얼마 안 있어 다시 기계적인 동작으로 불을 끄고는 꼼짝도 않은 채 깊은 생각에 잠겼다.

그렇게 얼마나 시간이 흘렀을까. 별안간 요란스레 너털웃음을 터뜨리는 것이었다.

"당신은 아마도 일을 그르쳐서 상자를 열지 못하게 되기를 바라고 있겠지? 물론 그럴 가능성도 전혀 없진 않겠지. 하지만 그렇게 되면 공연히 나를 성가시게 한 대가를 톡톡히 치러야 할걸. 난, 지금 그렇게 안락의자에 앉아서 심통이나 부리는 당신 얼굴을 보려고 여기까지 온 게 아니거든! 다이아몬드라……. 모로코가죽 봉투 대신이라 이거지. 이거갈등 생기는데."

뤼팽은 문득 시계를 보더니, 말을 이었다.

"벌써 반 시간이 지났는걸. 제기랄! 아무래도 운명이 그리 만만하게 돌아가지는 않을 모양이군. 하지만 므슈 케셀바흐! 허튼짓일랑은 꿈도 꾸지 않는 게 좋아! 맹세코 말하건대, 나도 그냥 어영부영 물러서지는 않을 생각이니까."

바로 그때였다. 느닷없이 전화벨이 울렸고, 뤼팽은 부리나케 수화기를 든 다음, 케셀바흐의 투박한 음성을 흉내 내어 말했다.

"그렇소, 나요, 루돌프 케셀바흐. 아, 좋아요. 연결시켜주시오, 마드무아젤. 아, 마르코, 자넨가? 좋았어. 별 탈은 없었겠지? 그래, 잘했어. 그래, 소득은 어떤가? 흑단 상자하고……. 뭐, 그것뿐이야? 서류가 없어? 상자 속에……. 그래, 다이아몬드는 괜찮던가? 좋았어. 좋아, 좋아. 마르코, 내 잠시 생각 좀 해봄세. 내 생각에는 말이야……. 가만, 잠시 끊지 말고 기다리게."

그는 뒤를 홱 돌아보며 말했다.

"므슈 케셀바흐, 어떤가? 다이아몬드가 아까운가?"

"그렇소."

"그럼 되사들일 생각도 있겠군그래?"

"가능하다면……."

"얼마 정도 하면 좋을까? 한 50만 프랑?"

"50만 프랑……. 그 정도면 괜찮소."

"단, 문제는, 교환 방법인데……. 수표로 할까? 아니지, 나를 속이려 들 가능성이 있어. 아니면 내가 속이든지……. 자, 이제부터 내가 하는 말 잘 들어. 모레 아침에 크레디 리요네로 가서 현찰을 찾는 거야. 그러고 나서 곧장 오퇴유 근처 불로뉴 숲으로 가. 그럼 내가 가방에다 다이아몬드를 넣어서 나가지. 그게 훨씬 간편할 테니까. 상자는 너무 눈에 잘 띄거든."

"그, 그건 안 되오. 상자도 함께……. 모두 다 함께 돌려줘야 합니다."

순간, 뤼팽은 웃음을 터뜨리며 말했다.

"아하, 드디어 함정에 빠지셨군! 당신은 애당초 다이아몬드 따위엔 관심이 없는 거야. 그건 얼마든지 다시 구할 수 있으니까. 하지만 그 상자만큼은 제 살처럼 생각하는 거라고. 좋아, 까짓것, 돌려주지. 이 아르센이 약속을 하겠어. 내일 아침 소포로 잘 싸서 보내주겠다고 말이야!"

그러고는 다시 전화를 들었다.

"이봐, 마르코, 지금 상자를 가지고 있나? 거기 뭐 특별한 점이라도 있는가? 그래그래, 흑단으로 되어 있고……. 상아 상감이 되었고……. 그렇지, 그건 알지. 포부르 생트앙투안느 가(街)의 일본 스타일(파리의 11구역과 12구역의 경계를 짓는 이 거리의 가구 장인들 사이에선 그 당시 동양 스타일의 가구 제작이 대유행이었음—옮긴이) 말이지. 상표는 없나? 아, 푸른 테두리에 동그랗고 작은 표 딱지 하나가 붙어 있다고. 번호가 새겨 있고. 음, 그저 평범한 상표란 말이지. 밑을 한번 보게. 바닥 면이 두꺼운가? 제기랄, 이중 바닥은 아니라고. 그럼 말이야, 곁에 상아 상감 장식을 좀 면밀히 살펴보게나. 아니면 뚜껑을 좀 봐."

뤼팽은 갑자기 희색(喜色)이 만연한 표정으로 소리쳤다.

"뚜껑이다! 바로 그거야, 마르코! 케셀바흐가 당황한 눈치였어. 이제야 뭐가 뭔지 알겠군. 아하, 케셀바흐 이 친구야. 내가 곁눈질로 다 보고 있는 줄 몰랐나 보지? 어리숙한 놈!"

그러고는 다시 마르코에게 이러는 것이었다.

"마르코, 그래 어떤가? 뚜껑 안쪽에 거울이 있다고? 혹시 미끄러지게 되어 있나? 홈이 파여 있느냐고. 아니야? 그럼 깨버리게. 글쎄, 깨버리라니까. 그게 거기 있을 필요가 없질 않나. 그냥 덧댄 것일 뿐이라고."

그러더니 벌컥 짜증을 냈다.

"이런 바보 같은 녀석! 공연히 나서지 말고 시키는 대로만 하란 말이야!"

뤼팽은 전화선 반대 끄트머리로부터 들려오는 거울 깨지는 소리를 죄다 듣고 있다가, 다짜고짜 환호성을 내질렀다.

"아하, 그래 내 뭐랬는가, 므슈 케셀바흐! 소득이 있을 거라고 했지 않은가. 여보세요? 뭔가 있다고? 그래……. 편지가? 좋았어! 케이프타운의 다이아몬드에다가 이 친구의 비밀까지!"

뤼팽은 부랴부랴 보조 수화기(당시 전화기에는 정식 수화기 말고도 동그랗고 납작한 보조 수화기가 부착되어 있었음—옮긴이)까지 집어 들고 양쪽 귀모두에 수화기를 갖다 대며 호들갑을 떨었다.

"어서 읽어보게, 마르코! 천천히 잘 읽어봐. 우선 봉투부터……. 그래. 자, 다시 한번 더……."

그러면서 스스로 또박또박 반복하는 것이었다.

"'검은 모로코가죽 봉투 속에 든 편지의 사본'이라……. 그리고 또? 마르코, 봉투를 개봉하게! 어떠시오, 므슈 케셀바흐? 괜찮겠지? 뭐 솔직히 그리 올바른 짓이라곤 할 수 없지만. 그래, 마르코, 어서 열어봐! 므슈 케셀바흐가 허락했네. 아, 뭔가 있어? 그래, 그럼 읽어보게."

그는 한동안 잠자코 듣더니, 실소를 터뜨리며 말했다.

"천만에, 의미가 없진 않지! 자, 정리를 좀 해보자고. 네 겹으로 접은 종이인데, 접은 지는 얼마 안 된 것 같다고. 좋아. 맨 꼭대기 오른쪽에 있는 글씨가, 1미터 75센티미터에다 왼손 새끼손가락 절단이라……. 맞아, 피에르 르뒤이라는 그 작자의 인상착의야. 물론 필체는 케셀바흐 것이겠지? 그래……. 그리고 종이 한복판에는 인쇄체 대문자로, 'APOON'이라고 쓰여 있어? 여보게 마르코, 자넨 이제부터 그 종이를 얌전히 그대로 놔두고, 상자도 다이아몬드도 절대로 손대지 말게. 앞으로 10분 후에 이 작자와의 볼일을 끝낼 생각이네. 그런 다음 20분 후에는 자네와 합류하지. 아! 그나저나 이리로 차는 보냈는가? 그래, 잘했어! 그럼 나중에 봄세."

전화를 끊은 다음 그는 현관과 건넌방을 오가면서 하인과 비서의 결박이 제대로 되어 있는지, 그리고 재갈 때문에 혹시 숨이 막히는 것은 아닌지 세세히 살펴본 뒤 돌아왔다.

그의 얼굴엔 어느새 단호하기 이를 데 없는 표정이 자리 잡고 있었다.

"자, 케셀바흐, 이제 장난할 시간은 지났어. 정녕코 입을 열지 않겠다면 자네만 괴로울 뿐이야. 어떤가, 결정이 됐겠지?"

"무엇을 말이오?"

"허튼 생각일랑은 말고. 아는 걸 털어놔 봐!"

"난 아무것도 모르오."

"거짓말! 대체 'APOON'이라는 게 무슨 뜻인가?"

"만약 내가 그걸 안다면 굳이 거기 그렇게 적어놓지도 않았을 거요!"

"좋아, 그렇다 치자고! 하지만 누구한테, 무엇에 관련된 건지, 어디서 베꼈는지는 말할 수 있겠지?"

케셀바흐 씨는 완고하게 입을 다물고만 있었다.

뤼팽은 좀 더 신경질적으로, 딱딱 끊어서 던지듯 내뱉었다.

"잘 들어라, 케셀바흐. 내가 제안을 하나 하지. 당신이 제아무리 부자고 막강한 인물이라고 해도 당신과 나 사이에 별반 다를 것도 없다. 요컨대 아우크스부르크의 철물 장수 아들인 당신과 도둑의 왕자인 이 아르센 뤼팽이 함께 손을 잡는다고 해서 서로 간에 부끄러울 건 하나 없는 셈이지. 내가 호화찬란한 저택들을 턴다면 당신은 증권시장을 턴다고나 할까. 결국 그게 그거지. 그러니 정신 바짝 차리고 내 말 잘 들으란 말이야, 케셀바흐. 이번 일은 나와 함께 힘을 합하는 거야. 나야 정확한 내막을 모르니 당신이 필요한 거고, 당신은 결코 혼자서 헤쳐나갈 수가 없을 테니 내 힘이 필요할 게 아닌가! 바르바뢰라는 작자는 세상 물정 모르는 촌놈일 뿐이라고. 반면 나는 아르센 뤼팽이지. 자, 어떤가, 해볼 만하지 않나?"

잠시 침묵이 흘렀다. 뤼팽은 다소 떨리는 목소리로 다그쳤다.

"대답해봐, 케셀바흐. 어떻게 생각하느냐고? 만약 동의하면 48시간 내에 그 피에르 르뒥이라는 작자를 당신 앞에 대령해주지! 지금, 문제는 그자가 아닌가? 자, 어서 대답을 해보라고! 대체 그자가 뭔데 그러는가? 왜 그자를 찾고 있는가 말이야? 그에 대해 알고 있는 걸 털어봐보라고!"

그러더니 뤼팽은 문득 입을 다물고 독일인의 어깨 위에 손을 얹더니,

메마른 목소리로 이렇게 말했다.

"한마디만 하라니까. '예'야, '아니요'야?"

"'아니요'요."

뤼팽은 불현듯 케셀바흐의 조끼 주머니에서 멋지게 생긴 황금 회중시계를 꺼내 그의 무릎 위에 반듯하게 내려놓았다.

이어서 그는 케셀바흐의 조끼 단추를 풀고 셔츠도 풀어 헤쳐 앞가슴이 드러나게 한 뒤, 옆의 책상 위에 손잡이가 흑금(黑金) 상감으로 장식된 단도를 집어 들어 그 끄트머리를 정확히 심장박동이 이루어지고 있는 부위에 갖다 대는 것이었다.

"자, 마지막으로 묻는다."

"싫소."

"므슈 케셀바흐, 지금이 3시 8분 전이다. 앞으로 8분 안에 대답을 안 하면 당신은 죽은 목숨이야."

3

다음 날 아침, 구렐 반장은 정해진 시각에 정확히 팔라스 호텔에 나타났다. 그는 승강기 따위는 안중에도 없다는 듯, 그대로 통과해 계단을 뛰어서 내처 올라갔다. 그렇게 5층까지 올라간 그는 우측으로 돌아 복도를 따라 죽 걸어가서 415호 문의 벨을 울렸다.

안으로부터는 아무런 반응도 없었다. 그는 벨을 연거푸 눌러댔다. 대여섯 번 그렇게 했는데도 아무 소득이 없자, 비로소 층별 관리실로 향했다. 마침 호텔 급사장(急使長)이 그곳에 있었다.

"실례지만, 므슈 케셀바흐를 찾는데요. 벌써 열 번도 넘게 벨을 울렸는데, 인기척이 없습니다."

"므슈 케셀바흐는 여기서 주무시지 않았습니다. 어제 오후부터 통 모습이 안 보이셨어요."

"그럼, 비서하고 하인은요?"

"그들 역시 마찬가지인데요."

"그럼 그들 역시 이곳에서 묵지 않았단 말입니까?"

"아마도 그런 것 같습니다."

"'아마도'라니요? 당연히 급사장 정도면 확실히 파악하고 있어야 하는 것 아닙니까?"

"어떻게 말입니까? 케셀바흐 씨는 호텔 객실에 투숙하고 있는 게 아니라, 일종의 개인 전용 아파트 공간(프랑스에서 'appartement'라고 하면 현대적 의미의 아파트뿐만 아니라, 여러 개의 방으로 이루어진 총체적 주거 공간을 칭하기도 함—옮긴이)에 거주하고 계십니다. 시중도 우리 종업원이 아닌, 전속 하인이 따로 담당하고요. 결국 안에서 무슨 일이 벌어지는지 저희로선 알 도리가 없답니다."

"그건 그렇겠군."

구렐은 적잖이 당혹스러운 눈치였다. 그는 지극히 한정되고 정확하게 부여된 임무를 띠고 온 입장인 데다, 오로지 주어진 일의 범위 내에서만 생각하고 행동할 줄 아는 타입이었던 것이다. 즉, 일정한 범위를 벗어난 상황 앞에선 어찌해야 할지 막막하기만 했다.

"이럴 때 국장님이라도 계셨으면……."

그는 우물쭈물 명함을 내보이고 직책을 밝힌 뒤, 되는대로 묻기 시작했다.

"그럼, 그들이 호텔로 돌아오는 건 못 보았단 말이오?"

"못 보았습니다."

813

355

"나가는 건 보고요?"

"그것도 못 봤죠."

"그러면서 지금 없다는 건 어떻게 압니까?"

"어제 오후에 415호에 방문했던 어느 신사분이 알려줬습니다."

"혹시 갈색 콧수염이 난 신사 아닙니까?"

"맞아요. 한 3시쯤 돼서 막 저길 나서려는 그와 마주쳤는데, 대뜸 이러는 거예요. '415호 식구들은 방금 모두 외출하셨소. 케셀바흐 씨는 오늘 밤 베르사유의 '레제르부아르'(베르사유에 위치한 유명한 호텔로, 지금은 폐업 상태에 건물만 남아 있음—옮긴이)에서 묵을 예정이니, 혹시 우편물이 있거든 그리로 보내주시오'라고 말입니다."

"대체 그 신사가 누굽니까? 무슨 자격으로 그런 말을 하느냐고요?"

"그거야 모르지요."

구렐은 더욱 난감해졌다. 모든 정황이 비정상적인 것만은 틀림없는데…….

"열쇠 가지고 있소?"

"아뇨, 케셀바흐 씨는 특수 열쇠를 따로 만들어 가지고 있습니다."

"어디 가서 좀 봅시다."

구렐은 또다시 격렬하게 초인종을 눌러댔다. 역시 묵묵부답. 그는 막 자리를 뜨려다 말고, 느닷없이 몸을 숙이더니 열쇠 구멍에다 귀를 바짝 갖다 댔다.

"들어봐요. 이건 틀림없이……. 맞아요. 또렷이 들리는구면. 누군가 신음을 하고 있어요."

그는 다짜고짜 주먹으로 문짝을 세차게 두드려댔다.

"어, 이러시면 안 됩니다, 선생님!"

"안 되긴 뭐가 안 돼!"

기겁을 하는 급사장의 만류에도 아랑곳하지 않고, 구렐 형사는 더욱 세차게 문을 두드렸다. 하지만 별 성과가 없자 극성스레 다그치는 것이었다.

"빨리 열쇠 수리공을 불러오시오, 어서!"

호텔의 사환 중 한 명이 득달같이 달려나갔고, 구렐은 초조한 기색을 감추지 못하며 이리저리 어슬렁거렸다. 어느새 몰려왔는지 각층을 담당하는 종업원들이 구름처럼 모여 있었고, 프런트와 관리실 사람들까지 무슨 일인가 하는 얼굴로 웅성대고 있었다. 마침내 뭔가 생각이 난 듯 구렐이 소리쳤다.

"아 참, 저쪽 인접한 방들을 통해 들어갈 수 있지 않을까요? 안에서는 각방끼리 연결되어 있지 않습니까?"

"그렇긴 하지만 양쪽에서 문에 빗장이 채워져 있는 터라 어려울 겁니다."

이것도 저것도 벽에 부닥치자, 구렐은 마침내 상관(上官) 없이는 한 발짝도 나서지 못하는 사람처럼 울상을 지었다.

"안 되겠네. 치안국에 전화 좀 하고 오겠소!"

"경찰서에다가도 해야겠죠?"

급사장이 덧붙이자, 구렐은 그 같은 절차에 별로 연연하지 않는 사람처럼 건성으로 대꾸했다.

"좋을 대로 하시구려."

전화를 걸고 나서 구렐이 돌아왔을 땐, 이미 열쇠 수리공의 마지막 시도가 먹혀들고 있었다. 구렐은 문을 박차고 안으로 들어섰다.

그리고 신음이 흘러나오는 곳부터 들이닥쳤는데, 바닥에 뒹군 채 낑낑거리는 비서 채프만과 하인 에드바르가 발길에 차이는 것이었다. 그나마 채프만이 천신만고 끝에 재갈을 느슨하게 만들어 짧은 신음이라

813

결정판 아르센 뤼팽 전집

도 내뱉었기에 망정이지……. 에드바르는 깊은 잠에라도 곯아떨어진 듯했다.

구렐은 두 사람을 풀어주면서 다그치듯 물었다.

"므슈 케셀바흐는 어디 계시오?"

득달같이 거실로 달려 들어간 구렐의 눈에는, 안락의자 등받이에 바싹 결박당한 채 고개를 앞으로 푹 숙이고 앉아 있는 케셀바흐 씨가 보였다.

구렐은 허겁지겁 다가가면서 소리쳤다.

"기절한 것 같군요. 아마 발버둥을 치다가 기진맥진한 것 같습니다!"

그는 대번에 어깨를 동여맨 끈부터 잘랐다. 한데 느닷없이 케셀바흐 씨의 상체가 앞으로 고꾸라지는 것이었다. 게다가 쓰러지는 그 몸통을 엉겁결에 팔을 벌려 끌어안은 구렐 형사의 입에서 끔찍한 비명 소리가 터져나오는 것이 아닌가!

"이런! 죽었어요! 맥 좀 짚어봐요. 손이 얼음장처럼 차갑잖소! 눈동자도 좀 보시오!"

누군가 나서서 이리저리 살펴보더니 중얼거렸다.

"충혈된 걸로 봐서는……. 아무래도 동맥 파열인 듯합니다."

"실제로 외상(外傷)은 없는 것 같군. 그럼 자연사(自然死)라는 얘긴데……."

몇몇 사람이 힘을 합해 사체를 소파 위에 누이고 옷을 풀어 헤치기 시작했다. 케셀바흐의 새하얀 셔츠 한 귀퉁이에 빨간 얼룩이 드러난 것은 바로 그때였다. 깜짝 놀라 옷섶을 헤쳐보니 정확히 심장 부위에 조붓하게 뭔가 파고든 상처가 보였고 그로부터 가느다란 선혈이 흘러나오고 있었다.

가만히 보니 셔츠에는 명함 한 장이 핀으로 꽂혀 있었다.

813

구렐은 고개를 숙여 온통 피로 얼룩진 그것을 들여다보았다.

다름 아닌 아르센 뤼팽의 명함이었다.

구렐은 즉시 벌떡 일어나 고래고래 소리를 질렀다.

"살인이 발생했소! 아르센 뤼팽이오! 모두 나가시오. 한 사람도 빠짐없이, 모두. 방이건 거실이건 단 한 사람도 남아 있으면 안 됩니다. 저분들도 다른 데로 옮겨서 돌보시오! 모두 여기서 나가요. 아무것도 만지지 말고. 조금 있으면 국장님이 오십니다!"

4

아르센 뤼팽이라니!

구렐은 망연자실한 기분으로 그 운명적인 이름을 되뇌고 있었다. 그 이름을 발음하는 자신의 음성마저 마치 누군가의 임종을 알리는 종소리처럼 느껴졌다. 아르센 뤼팽! 대도(大盜)이자 최고의 협객! 아, 이것이 과연 가능한 일인가?

"아냐, 아냐, 그럴 리가 없어. 그는 죽었지 않은가!"

근데……. 정말로 죽긴 죽은 걸까?

아! 아르센 뤼팽이라니.

구렐은 이제 시체 곁에서 넋을 잃은 것처럼 우두커니 서 있었다. 그는 피투성이 명함을, 마치 유령으로부터 받은 도전장이라도 되는 것처럼, 잔뜩 겁을 집어먹은 채 이리저리 살펴보았다. 아르센 뤼팽이라니! 어떻게 해야 할까? 즉각 행동에 나서? 정녕 맞서 싸워야 한단 말인가? 안 돼. 안 될 말이지. 그저 모르는 척 잠자코 있는 게 나아. 그런 상대의 도전을 덜컥 받아들였다간 낭패를 볼 게 뻔한 이치……. 더구나 잠시 후면 국장님이 도착할 게 아닌가?

그렇다, 국장님이 오실 거다! 그런 생각이 떠오르자 구렐 형사의 심리 상태는 오로지 그 간단한 문장 속에 요약되는 듯했다. 비록 수완도 있는 편이고 집요한 면도 있으며, 용기와 경험, 그리고 완력 또한 남부럽지 않음에도, 그는 누군가 앞장서 주지 않으면 나서지 못하고, 누군가 지시하지 않으면 사소한 일거리도 처리하기 어려워하는 타입이었다.

더군다나 뒤두이 씨를 대신해 최근 르노르망 씨가 치안국 업무를 맡게 되면서부터, 구렐의 이러한 소극적 태도는 얼마나 더 심해졌는지 모른다. 상관으로 모시게 된 분이 저 유명한 르노르망 씨가 아닌가! 그분 밑에서라면 얼마든지 마음 놓고 업무에 뛰어들 수가 있다! 상관에 대한 구렐의 의존도가 어찌나 굳건한지, 조금이라도 지시나 추궁이 느슨해질라치면 그 즉시 일이 손에 잡히지 않을 정도였으니, 말해 무엇하겠는가.

바로 그런 국장님이 이제 조금 있으면 온다는 얘기! 구렐은 아예 시곗바늘을 주시하면서까지 상관의 도착을 기다리고 있었다. 제발 경찰서장이나, 이미 소식을 전해 들었을 수사판사, 그리고 법의학자가 국장님보다 먼저 도착해 부적절한 초동수사로 공연히 현장을 망쳐놓지나 말았으면 좋으련만…… 누구보다 앞서서 우리 국장님이 사건의 진상을 파악해야 할 것이 아닌가!

그때였다.

"이보게, 구렐! 무슨 꿈이라도 꾸는 건가?"

"국장님!"

르노르망 씨는, 안경 너머로 반짝이는 눈빛이나 얼굴 표정으로 볼 때는 아직도 정정한 티가 풍기는 모습이었다. 다만 약간 굽은 등이며, 밀랍처럼 누르죽죽하고 메마른 피부, 희끗희끗한 머리카락과 수염을 보자면 분명 세월에 시달리고 병색마저 완연한 노인의 풍모였다.

그는 평생을 식민지 주재 국립 경찰서장으로 가장 힘든 직책만 전전하다 온 사람이었다. 하나 오히려 그 적잖은 세월을 거치는 동안, 그는 지칠 줄 모르는 열정과 더불어, 육체적 쇠퇴에도 불구하고 여전히 정정한 기백을 자기 것으로 만들 줄 알았다. 그런가 하면 남의 도움 없이 혼자 살아가는 요령과 말을 적게 하면서 조용하게 일을 처리하는 버릇, 약간의 인간 혐오적 기질이 골수까지 배어 있기도 했다. 그러던 그가 나이 55세에 이르러 저 유명한 '비스크라(알제리의 도시―옮긴이)의 에스파냐인 3인(人) 사건'을 해결한 뒤, 명성이 치솟기 시작했다는 것은 결코 우연이 아니다. 당시 불의(不義)를 시원스레 혁파한 공로로 그는 단번에 보르도로 부임해왔고, 그 후 얼마 안 되어 파리 시 치안국 부국장으로, 그리고 뒤두이 씨가 사망한 직후 명실공히 치안국장 자리에 올라서게 된 것이다. 물론 그동안 거쳐 올라온 직책마다 그는 대단히 획기적인 발상과 능력, 참신한 기질과 독창성을 유감없이 발휘해왔으며, 특히 최근 네다섯 가지 사건의 경우 괄목할 만한 성과를 이룩하는 바람에 일반인들에게까지 내로라하는 역대 경찰관들 중 최고의 반열로 인정받기에 이른 상황이다. 당연히 구렐 형사는 졸지에 그의 열렬한 추종자가 되었다. 게다가 그 또한 정직한 성품과 절대적인 복종심으로 상관의 총애를 받는 입장이다 보니, 이 세상 그 누구보다 르노르망 씨를 철저한 상전(上典)으로 모시는 데 주저함이 있을 리 없었다. 글쎄, 한마디로 말해 우상이요, 실수가 있을 수 없는 신(神)이라고나 할까!

한데 르노르망 씨는 요즘 들어 유독 피곤한 기색이었다. 그는 아무 의자에나 털썩 앉은 뒤, 재단 부위가 닳고 닳은 데다 올리브색으로 유명한 프록코트 깃을 활짝 젖히고, 역시 그 하면 떠오를 만큼 유명한 밤색 머플러를 슬슬 풀면서 맥없이 중얼거렸다.

"말해보게."

구렐은 자기가 보고 들은 모든 것을 상관이 평상시 요구해온 대로 되도록 간략하게 간추려서 보고했다.

마지막으로 구렐이 뤼팽의 명함을 건네자, 가만히 듣고 있던 르노르망 씨는 흠칫하는 눈치가 역력했다.

"뤼팽!"

저도 모르게 새어나온 외마디 소리에 그 자신조차도 놀란 모양이었다.

"그렇습니다. 그 괴물 같은 뤼팽이 드디어 수면(水面) 위로 부상한 겁니다."

르노르망 씨는 잠시 생각에 잠기더니 이렇게 말했다.

"잘됐군. 잘된 일이야."

"그렇습니다, 잘된 일이죠."

딱 하나 상관에게 불만이 있다면 말을 너무 아낀다는 점! 구렐은 그런 상관의 짤막한 대꾸를 신이 나서 부풀리기 시작했다.

"이제야 국장님께 걸맞은 상대를 만나 실력을 보여주실 수 있게 됐으니까요. 뤼팽도 이젠 임자 만난 셈이죠. 놈은 이제 끝장입니다."

"조사해보게!"

르노르망 씨는 상대의 말을 매몰차게 끊으며 내뱉었다.

마치 사냥꾼이 사냥개에게 내리는 지시 같았다. 실제로 구렐은 '주인'의 시선이 움직이는 대로 마치 날렵하고도 똑똑한 충견(忠犬)처럼 열정적으로 구석구석을 뒤지고 다녔다. 물론 르노르망 씨도 지팡이 끄트머리로 이 구석, 저 의자 위를, 무슨 덤불숲이나 잡초 더미라도 되듯, 꼼꼼하게 가리키는 것이었다.

"아무것도 없습니다."

반장의 대답이었다.

"자네에겐 그렇겠지."

곧바로 르노르망 씨의 퉁명스러운 대꾸가 튀어나왔다.

"저도 사실 그런 뜻이었습니다. 국장님이 보시기에야, 진짜 사람들이 직접 증언을 하듯 수많은 단서가 환히 드러나 있겠죠. 어찌 됐건, 뤼팽 그자의 소행으로 엄연한 살인 행각이 발생했다는 것만은 분명합니다."

"처음이야."

"물론 처음입니다. 하지만 어차피 저질러질 일이었어요. 그런 험악한 삶을 사노라면 언젠가는 살인까지 저지르기 마련이지요. 케셀바흐 씨도 잠자코 당하지만은 않았을 겁니다."

"그렇지 않네. 묶여 있었으니까."

구렐은 다소 당황한 듯 더듬댔다.

"그, 그거야 그렇지요. 한데 참 이상합니다. 이미 결박당해 꼼짝도 하지 못하는 상대를 무엇하러 죽이기까지 했을까요? 하여간 어제 현관 문턱에서 놈과 마주쳤을 때 작살을 냈어야 하는 건데……."

르노르망 씨는 구렐의 말을 듣는 것인지 아닌지, 저 혼자 발코니 쪽으로 나갔다. 그리고 곧장 오른쪽에 있는 케셀바흐 씨의 방으로 건너가 창과 문의 잠금장치를 확인했다.

"두 방 다 제가 들어왔을 때도 창문이 잠겨 있었습니다."

구렐이 거들듯 말했다.

"잠겨 있었나, 그냥 닫혀 있었나?"

"저 이외엔 아무도 손을 안 댔는데……. 분명 잠겨 있었습니다만."

그때였다. 거실 쪽에서 사람 목소리가 들려와 얼른 가보니 법의학자가 시체를 들여다보고 있었고, 그 옆에는 수사판사 포르므리 씨가 서 있었다.

포르므리 씨가 대뜸 소리쳤다.

"아르센 뤼팽이라! 그 도적놈과 맞설 기회가 내게도 돌아오다니 정말 신나는걸! 망나니 같은 녀석, 어디 두고 보라지! 게다가 이번엔 살인 사건이야. 어디 한번 제대로 붙어보자, 뤼팽!"

포르므리 씨는 몇 해 전 소위 장안을 떠들썩하게 했던 '랑발 부인 보석관 사건'(모리스 르블랑의 「아르센 뤼팽, 4막극」에 등장하는 사건. 랑발 부인 (1749~1792)은 실제 인물로, 마리 앙투아네트의 못된 조언자였다고 함—옮긴이)과 그때 뤼팽한테 얼마나 기막히게 당했는지를 아직 잊지 못한 상태였다. 하긴 법조계 연감(年鑑)에도 그 사건만큼은 여전히 유명한 화젯거리인 터라, 포르므리 씨가 앙금을 미처 씻어버리지 못하고 통쾌하게 앙갚음할 기회만을 고대하는 것도 무리는 아니었다.

그는 확신에 찬 어조로 말했다.

"살인이 분명합니다! 동기야 조만간 밝혀지겠죠. 자, 모두 잘될 겁니다. 어이구, 저기 르노르망 씨도 오셨구먼, 안녕하시죠? 만나서 반갑소이다."

그러나 사실 그리 반가운 것은 아니었다. 성격상 상대를 가리지 않고 경멸감을 굳이 감추지 않는 신임 치안국장의 존재가 포르므리 씨로서는 여간 껄끄러운 게 아니었던 것이다. 어쨌든 포르므리 씨는 다시금 자세를 바로 하면서 이번엔 법의학자를 향해 여전히 근엄한 목소리로 말했다.

"어떠시오, 박사. 결국 사망 시간이 지금으로부터 대략 열두어 시간 전이거나 더 앞이라고 생각한다 이거지요? 나 역시 같은 생각입니다. 공교롭게 생각이 일치하는군요. 그럼 범행 도구는 무엇일까요?"

"아주 날이 가느다란 예리한 단도입니다, 수사판사님. 이것 보십시오. 희생자의 손수건으로 날에 묻은 피를 닦아냈군요."

"그랬군요. 그랬어. 흔적이 선명하군그래. 자 이제 케셀바흐 씨의 비서와 하인을 신문할 차례인 것 같군요. 그들을 조사하면 뭔가 밝혀지는 게 틀림없이 있을 거외다."

아까 미리 거실 왼편 자기 방으로 물러가 휴식을 취했던 채프만은 에드바르와 마찬가지로 서서히 충격에서 회복되고 있었다. 그는 전날에 있었던 모든 일, 즉 케셀바흐 씨가 불안해하던 모습과 대령이라고 칭하는 자의 방문 예고, 그리고 느닷없이 당했던 봉변 등등을 자세하게 털어놓았다.

"아, 그러니까 공범이 있었던 거로군! 그자의 이름도 들었다고……. 마르코라고 했죠? 그게 바로 중요한 문제입니다. 대개 공범을 물고 늘어지면 일이 쉽사리 풀리게 되어 있거든요."

수사판사가 자못 흡족한 표정으로 말하자, 대번에 르노르망 씨가 끼어들었다.

"그렇긴 하오만, 지금 당장은 그 또한 오리무중일 뿐이오."

"아, 그야 차차 두고 보면 알 것이고. 매사 때가 있는 법이외다. 저, 므슈 채프만, 그 마르코라는 자가 구렐 씨의 초인종 소리가 난 직후, 얼마 안 되어 여길 나갔다고 했죠?"

"그렇습니다. 틀림없이 방을 나서는 소리였어요."

"그러고 나서는 아무 소리도 못 들었습니까?"

"가끔씩, 아주 희미하게 뭔가 들리긴 했어요. 문이 닫혀 있었기 때문에 자세히는……."

"대충 어떤 종류의 소리였나요?"

"뭐라고 떠드는 목소리 같았는데……. 그자가……."

"물론 아르센 뤼팽이겠죠?"

"네, 아르센 뤼팽이 전화를 거는 것 같았어요."

"바로 그겁니다! 시내 통화 업무를 맡은 호텔 직원을 조사해봐야겠군요. 자, 그다음엔 그 역시 나가던가요?"

"그는 일단 우리 둘이 제대로 결박당해 있는지 살펴보더니, 한 15분쯤 후에 밖으로 나가 현관문을 닫아걸었습니다."

"음, 그러니까 결국 그때 용건을 다 끝냈다는 얘기로군! 좋아, 좋아. 모든 게 앞뒤가 착착 들어맞고 있어. 자, 그다음엔?"

"그다음엔 아무 소리도 안 들렸습니다. 밤새도록 나와 에드바르는 기진맥진한 상태에서 방치되어 있었고요. 아침이 되어서야 겨우……."

"그래요. 알겠소이다. 자, 이만하면 괜찮은 수확이오. 모든 게 그럴듯하게 들어맞고 있어."

수사판사는 자기가 조사한 각 단계들을 되짚어보면서, 미지의 누군가에 대해 이미 승리를 거두기라도 한 어투로 자못 진지하게 중얼거리는 것이었다.

"공범에다 전화 통화에다 범행 시각에다 이런저런 말소리라……. 좋아. 아주 좋아. 이제 남은 건 범행 동기인데……. 한데 뤼팽한테는 동기라고 해봐야 그게 그거지. 어떻습니까, 므슈 르노르망. 무슨 물건을 뒤진 흔적이라도 찾았습니까?"

"전혀요."

"그렇다면 피해자의 소지품에서 문제가 발생했던 거로군. 그의 지갑은 무사하던가요?"

이번엔 구렐이 대신해 대답했다.

"내가 아까 봤는데, 그냥 재킷 주머니에 놔두었습니다."

모두들 우르르 거실로 몰려갔고, 포르므리 씨는 지갑을 열어 명함 몇 장과 신분증밖에 없다는 것을 확인했다.

"거참, 이상하군. 므슈 채프만, 설마 케셀바흐 씨가 평소에 이렇게 땡

전 한 푼도 수중에 없이 다니지는 않겠죠?"

"물론입니다. 그 전날, 그러니까 그저께 월요일, 케셀바흐 씨와 함께 크레디 리요네에 가서 금고까지 하나 임차했는걸요."

"크레디 리요네의 금고라? 그랬군요. 그쪽도 필히 조사를 해봐야겠군."

"그뿐만 아니라, 거기서 나오기 전에 케셀바흐 씨는 계좌에서 5000~6000프랑은 족히 되는 은행권 지폐 다발을 인출했답니다."

"좋아요. 이제야 모든 게 밝혀지는 기분이오."

그런데 채프만은 이렇게 덧붙이는 것이었다.

"저, 수사판사님. 실은 또 다른 문제가 있었습니다. 아까 말씀드렸다시피, 케셀바흐 씨는 뭔가 대단히 중요한 일 때문에 최근 무척 심기가 불안정했습니다만, 특히 두 가지 물건에 집착하고 계셨습니다. 하나는 오죽하면 크레디 리요네의 금고실에 보관을 해둘 정도로 소중히 생각하는 흑단 상자였고, 또 하나는 어떤 서류들을 넣어둔 검은 모로코가죽 봉투였습니다."

"가죽 봉투는 어디다 두었던가요?"

"뤼팽이 나타나기 전에 내가 보는 앞에서 저 여행 가방 안에 넣어두더군요."

포르므리 씨는 조금도 머뭇거리지 않고 문제의 가방을 뒤지기 시작했다. 그러나 찾던 물건이 눈에 띄지 않자, 멋쩍게 손을 비벼대면서 이렇게 중얼거리는 것이었다.

"좋아, 어쨌든 앞뒤가 그런대로 들어맞고 있어요. 일단 범인이 누군지 알고, 범행의 정황과 동기도 밝혀진 마당에 사건을 오래 끌 이유가 없어진 셈이오. 어떻소이까, 므슈 르노르망. 모두 동의하시겠죠?"

"전혀."

순간적으로 그곳에 모인 모두가 기겁을 하는 분위기였다. 이미 도착해 있는 경찰서장 뒤로, 형사들이 문을 지키고 서 있음에도 아랑곳하지 않고 꾸역꾸역 건넌방까지 밀고 들어온 기자들과 호텔 직원들까지 어안이 벙벙한 표정이었다.

워낙 투박한 태도로 둘째가라면 서러워할 위인이라, 내무부 상급자로부터도 질책을 종종 듣는다고는 하지만, 이번처럼 예상을 뒤집어엎는 급작스러운 대답은 상상을 초월하는 것이었다. 그중에서도 지금까지 조사를 주도해온 포르므리 씨의 입장은 더욱 기가 찰 지경이었다.

"하지만 내가 보기에는 지극히 간단하게만 여겨지는데요. 뤼팽은 도둑이고……."

"왜 죽였을까요?"

르노르망은 상대의 얘기는 안중에도 없다는 듯 내뱉었다.

"그야 절도를 하기 위해서겠죠."

"미안하오만, 증인 얘기론 절도 행각은 살인이 일어나기 전에 이미 있었던 거요. 케셀바흐 씨는 먼저 몸이 묶이고, 재갈이 물린 다음, 물건을 강탈당했던 것이오. 지금까지 살인이라고는 저질러본 적이 없는 뤼팽이 하필 완전히 무력화되고 물건마저 털린 희생자를 왜 죽였겠느냔 말이오?"

아닌 게 아니라 문제의 해결이 한층 어려워 보이자, 길게 기른 금발 구레나룻을 특유의 자세로 만지작거리던 수사판사도 잔뜩 심각한 어조로 우물쭈물 대꾸하는 것이었다.

"그야 뭐……. 여러 가지 대답이 있을 수 있겠죠."

"어떤 것들 말이오?"

"그야 여러 가지로……. 이를테면 아직 밝혀지지 않은 숱한 요인에 따라서 여러 가지……. 아무튼, 최소한 살인의 동기를 제외하고는 대부분 동의하신 것 아니오?"

"아닙니다."

이번 역시 마찬가지. 간명하고 단호하며 거의 불쾌할 정도로 덤덤한 대답이었다. 막막한 기분에 빠져버린 수사판사는 감히 반박을 할 수가 없었다. 이 까다로운 협력자 앞에서는 마치 자신의 생각을 표현하는 것부터가 금지된 느낌마저 드는 것이었다. 마침내 어렵사리 그는 입을 열었다.

"물론 각자 자기의 논리가 있겠죠. 그리고 보니 당신 생각이 점점 궁금해지는구려."

"그런 거 없소."

그 말과 동시에 치안국장은 자리에서 벌떡 일어나 지팡이를 짚으며 거실을 몇 발짝 어슬렁거렸다. 그를 둘러싸고 휘감아 도는 침묵이 여간 심각한 것이 아니었다. 이 병색이 완연하고 꾸부정한 노인에게서 우러나오는 알 수 없는 권위에 너도나도 어쩔 수 없이 압도당하는 광경은 모두의 마음속에 참으로 기이한 느낌을 자아내고 있었다.

그렇게 한참을 침묵으로 일관하다가 급기야 그의 입술이 떨어졌다.

"이 아파트에 인접한 다른 방들을 좀 둘러봐야겠소이다."

호텔 지배인은 기꺼이 전체 설계 도면을 보여주었다. 오른쪽에 위치한 케셀바흐 씨의 방은 현관 출입구 하나를 통해서만 드나들 수 있었지만, 왼쪽의 비서 방은 또 다른 방과도 별도로 통하고 있었다.

그가 말했다.

"가봅시다."

포르므리 씨로서는 그저 어깨를 한 번 으쓱하고 나서 이렇게 구시렁대는 것이 고작이었다.

"하지만 내부로 통하는 문들은 모두 빗장으로 잠겨 있고, 창문들도 잠겨 있을 텐데……."

"가봅시다."

르노르망 씨는 전혀 개의치 않고 같은 말을 되뇌었다.

그렇게 해서 르노르망 씨는 마담 케셀바흐를 위해 예비해둔 다섯 개의 방 중 첫째 방으로 안내되었다. 거기서 역시 나머지 방들도 차례대로 둘러보아야겠다는 노인의 요청이 그대로 이행되었음은 물론이다. 아니나 다를까, 두 방을 직접 연결하는 사잇문들은 양쪽에서 모두 빗장으로 잠긴 상태였다.

"이 방들 중 어느 것도 사용되고 있지 않죠?"

"그렇습니다."

"열쇠는요?"

"항상 관리실에 보관되어 있습니다."

"그럼 아무도 드나들 수 없는 겁니까?"

"각층 환기와 청소를 담당하는 사환 말고는요."

"그를 불러오시오."

즉시 대령한 귀스타브 뵈도라는 친구 얘기가, 전날에도 늘 하던 수칙에 따라 다섯 방의 창문을 일일이 닫아걸었다는 것이다.

"몇 시쯤이었소?"

"저녁 6시쯤 되었습니다."

"뭔가 이상한 점은 없었소?"

"없었습니다."

"오늘 아침엔?"

"오늘 아침에는 정각 8시에 창문들을 개방했습니다."

"역시 이상한 점은?"

"아뇨, 없었어요. 아 참!"

뭔가 생각이 난 듯 멈칫하는 것을, 르노르망 씨는 놓치지 않고 다그쳐 물어댔다. 마침내 사환은 더듬더듬 이렇게 말했다.

"그게……. 420호 벽난로 근처에서 담뱃갑 하나를 주웠어요. 그렇지 않아도 오늘 저녁에 관리실에 갖다 놓으려고 했죠."

"지금 가지고 있소?"

"아뇨, 제 방에 있습니다. 광택이 유별난 금속 케이스인데, 한쪽으론 담배 가루와 담배 종이를 넣게 되어 있고, 다른 쪽으론 성냥을 넣게 되어 있더군요. 그리고 금색으로 이니셜이 두 글자 새겨져 있었는데……. L하고 M이었죠, 아마."

순간 난데없이 채프만이 끼어들었다.

"방금 뭐라고 했습니까?"

무척이나 놀란 표정으로 그는 사환을 붙들고 호들갑스럽게 다그치기 시작했다.

"광택 나는 금속 케이스라고 한 거 맞소?"

"그런데요."

"담배 가루하고 담배 종이하고 성냥을 각각 넣도록 칸이 세 개로 나뉘어 있고……. 황금 빛깔이 고운 러시아산 담배 가루이던가요?"

"맞는데요."

"어디 가져와 보시오. 내 두 눈으로 직접 봐야겠어요!"

치안국장이 눈짓을 하자 귀스타브 뵈도는 곧장 문제의 담뱃갑을 가지러 갔다. 르노르망 씨는 의자에 앉은 채 바닥 양탄자며 가구들이며 커튼 등을 한참 동안 예리한 눈초리로 훑어보더니 대뜸 이렇게 물었다.

"여기가 분명 420호 맞죠?"

"그렇습니다."

수사판사는 내친김에 좀 비아냥대볼 심사로 이렇게 내뱉었다.

"그나저나 이 갑작스러운 호들갑이 살인 사건하고 무슨 관계라도 있는 건지 모르겠소이다. 좌우간 케셀바흐가 살해당한 곳하고 이곳 사이엔 문만 해도 다섯 개가 가로놓여 있다는 것만 알아두쇼."

르노르망 씨는 묵묵부답이었다.

시간이 꽤 흘렀는데도 웬일인지 귀스타브는 돌아오지 않았다.

"사환의 숙소가 어딥니까, 지배인 양반?"

마침내 치안국장이 물었다.

"7층 중에서 유대 가(街) 쪽에 면한 방이니까, 이곳 바로 위쪽입니다. 대체 이 친구가 어찌 된 일인지 모르겠군요."

"누굴 좀 보내주시겠습니까?"

지배인은 하는 수 없이 채프만과 함께 직접 올라가 보기로 했다. 한데 잠시 후, 지배인은 혼자서 혼비백산한 표정으로 돌아왔다.

"어떻게 됐습니까?"

"주, 죽었습니다."

"살해당했나요?"

"그렇습니다!"

"아, 빌어먹을 놈들……. 물불 안 가리는군!"

르노르망 씨는 버럭 소리를 질렀다.

"구렐, 지금 즉시 호텔의 문이란 문은 모두 폐쇄하고 출입구마다 인원을 풀어놓게. 그리고 지배인 당신은 우릴 귀스타브 뵈도의 방으로 안내해주시오!"

지배인은 부랴부랴 앞장섰고 그 뒤를 모두가 따라나서는데, 문득 방을 나가다 말고 르노르망 씨는 아까부터 눈여겨보고 있던 동그란 종잇조각 하나를 바닥에서 얼른 집어 드는 것이었다.

그것은 푸른색 테가 둘러 있는 무슨 표 딱지였는데, 813이라는 숫자가 적혀 있었다. 그는 아무렇지도 않게 그것을 지갑에 찔러 넣고는 서둘러 일행을 따라나섰다.

5

견갑골 사이 등 한복판에 아주 예리하고도 섬세한 상처가 나 있었다. 의사는 이렇게 진단을 내렸다.

"케셀바흐 씨의 가슴에 난 상처와 정확히 같은 유입니다."

르노르망 씨가 말을 받았다.

"그렇군요. 같은 무기로 같은 손에 의해 저질러졌어요."

사체의 위치로 보아, 아마도 침대 매트리스 밑에 숨겨두었던 담뱃갑을 꺼내려고 무릎을 꿇고 낑낑대다가 습격을 당한 모양이었다. 한쪽 팔은 아직도 매트리스 사이에 끼여 있었지만, 문제의 담뱃갑은 온데간데 없었다.

또 공연히 나섰다가는 무슨 무안을 당할까 불안하기만 한 포르므리 씨가 넌지시 끼어들었다.

"아무래도 그 물건에 뭔가 상당한 의미가 있는 것 같은데……."

"아무렴!"

모처럼 치안국장도 맞장구를 쳐주자, 포르므리 씨는 슬그머니 한술 더 떴다.

"근데 L과 M이라는 이니셜이 새겨져 있었다고 했잖소? 그리고 아까 채프만 씨도 뭔가 아는 눈치였고. 의외로 쉽게 풀릴지도 모를 일이오."

르노르망 씨는 사람들을 향해 소리를 버럭 질렀다.

"채프만! 이 친구 어디 있는 거야?"

복도 가득 우글대는 사람들 틈에서는 일단 모습이 보이지 않았다.

"므슈 채프만은 아까 나랑 함께 올라왔는데……."

지배인이 어리둥절한 표정으로 중얼거렸다.

"그야 그랬죠. 하지만 내려올 때는 함께 오지 않았소!"

"그거야 여기 남아서 사체를 지키기로 했거든요."

"그를 여기 혼자 남겨두었단 말입니까?"

"네, 여기 곁에 남아서 꼼짝하지 말라고 했죠."

"주변에 아무도 없던가요? 아무도 못 봤습니까?"

"복도엔 아무도 없었습니다."

"하지만 이웃하는 다락방이라든가……. 최소한 거기 그 모퉁이만 돌아도 사람이 숨어 있을 수도 있지 않겠어요?"

르노르망 씨는 무척이나 흥분한 듯 보였다. 그는 부산하게 우왕좌왕하는가 하면 느닷없이 이 방 저 방, 문을 열어젖히곤 했다. 그러더니 갑자기, 누구도 예상치 못할 정도로 민첩하게 어디론가 달려가는 것이었다.

그는 허겁지겁 따라나오는 지배인과 수사판사를 따돌리듯 뒤로한 채, 무서운 속도로 계단을 내려가서 호텔 정문 앞에 있던 구렐과 마주쳤다.

"아무도 나간 사람 없지?"

"없습니다."

"오르비에토 가(街)로 향한 맞은편 문은 어떤가?"

"거긴 디외지를 대기시켰습니다."

"단단히 당부해놨겠지?"

"네, 국장님!"

813

호텔의 널찍한 로비에는 불안감에 들뜬 손님들이 가득 모여서, 이미 들려오기 시작한 기이한 살인 사건에 관한 이런저런 소문으로 웅성거리고 있었다. 르노르망 씨는 호텔 종업원들을 하나하나 전화로 호출해서 즉시즉시 취조에 들어갔다.

하지만 그들 중 어느 누구도 이렇다 할 정보를 제공하는 이가 없었다. 그러다가 6층을 담당하는 여자 종업원에 이르러서야, 10분 전쯤 5층과 6층 사이의 하인 전용 계단을 내려오는 두 남자와 마주쳤다는 얘기가 튀어나왔다.

"혹시 지금 봐도 얼굴을 알아보시겠소?"

"앞서 오던 남자는 모르겠어요. 고개를 얼른 돌렸거든요. 마른 편이고 금발이었죠. 검은색 펠트 모자를 썼고……. 옷도 검은색이었어요."

"또 한 사람은요?"

"아, 그 사람은 영국인이었어요! 투박한 인상이었고, 말끔하게 면도를 한 데다 체크무늬 옷을 입고 있었죠. 모자는 쓰지 않고요."

보아하니 후자는 분명 채프만을 연상시키는 행색이었다. 게다가 여자는 이렇게 덧붙이는 것이었다.

"글쎄요, 뭔가 대단히 흥분한 듯, 안절부절못하는 눈치였어요."

하지만 르노르망 씨는 구렐까지 나서서 장담하는 데도 모자란 모양이었다. 호텔 양쪽 출입구를 담당하는 모든 급사에게 일일이 돌아가며 확인을 했으니 말이다.

"혹시 채프만 씨를 알고 있소?"

"네, 므슈. 우리와 툭하면 잡담을 나누곤 했으니까요."

"그래, 혹시 여기서 나가는 걸 보진 않았소?"

"아뇨, 오늘 아침에는 안 나갔는데요."

르노르망 씨는 경찰서장을 돌아보며 말했다.

"수하에 몇 명이나 있소이까, 경찰서장?"

"네 명입니다."

"그걸론 부족하군. 당장 전화해서 가능한 인원 전부를 보내달라고 하시오. 그래서 이곳의 모든 출입구를 최대한 철저히 감시하도록 당신이 직접 나서서 조치하시오. 말하자면 계엄령을 발동하는 셈이오, 서장."

"하지만 손님들도 있는데……."

당연히 지배인이 발끈하며 나섰다.

"손님들이 문제가 아니오, 선생. 지금은 어떤 희생을 치르고라도 범인을 색출해내는 게 우선이오!"

"그렇다면 설마?"

이번엔 수사판사가 의구심을 드러냈다.

"'설마'가 아니오, 선생. 나는 두 차례 살인을 저지른 범인이 아직도 이 호텔 안에 있다고 확신합니다."

"그럼 채프만은……."

"현재로선 그가 살아 있는지조차 불확실하오. 어쨌든 지금은 촌각(寸刻)을 다투는 상황이란 말이오. 구렐, 자넨 이 길로 두 명을 대동하고 5층의 모든 방을 샅샅이 뒤지게. 지배인 선생, 당신네 종업원들 중 한 명을 구렐 형사에게 붙여주시오. 나머지 층들에 대해선 인원이 보강되는 즉시 수색에 들어갈 것이오. 자, 구렐, 눈 똑바로 뜨고 어서 시작하게. 이번에야말로 큰 놈으로 건져야 하네!"

구렐 일행은 득달같이 계단을 올라갔다. 르노르망 씨는 호텔 로비에 남아 있었다. 이번만큼은 왠지 습관대로 아무 의자에나 걸터앉을 생각이 없었다. 그는 호텔 정문에서 오르비에토 가로 난 다른 출입구까지 배회하다가, 처음 출발한 지점으로 되돌아오곤 하는 것이었다.

그러는 가운데 이따금 이렇게 지시를 내렸다.

813

"지배인 선생, 부엌 쪽도 사람을 배치해주면 좋겠소. 그곳으로 내뺄 가능성도 있으니까. 아 참, 그리고 교환원들에게도 미리 언질을 줘서, 누구를 막론하고 외부 통화는 연결해주지 말도록 하시오. 만약 외부에서 안으로 통화가 들어오면 연결은 시켜주되 반드시 이름을 적어놓도록 하시오. 그리고 지배인 선생, 이름 첫 글자가 L이나 M으로 시작되는 모든 투숙객 명단을 좀 작성해주시오."

그는 이 같은 지시들을, 마치 장군이 부관들을 앞에 모아놓고 전투의 결과를 좌우할 만한 명령이라도 내리는 것처럼, 한껏 소리를 높여 내뱉는 것이었다.

하긴 파리 도심의 으리으리한 건물 안에서 벌어지기에 망정이지, 치안국장이라는 막강한 인물과 거의 잡힌 거나 다름없지만 그 놀라운 기지와 잔혹성이 결코 만만찮은 미지의 용의자 사이에 지금 돌이킬 수 없는 한판 승부가 벌어지고 있는 것만은 사실이었다!

로비 한복판에 모여서 이 싸움을 목도하고 있는 구경꾼들은 너 나 할 것 없이 살인자의 음영(陰影)에 사로잡힌 채, 약간의 소음에도 벌벌 떨면서 잔뜩 숨을 죽이고 있었다. 도대체 어디에 숨어 있단 말인가? 과연 모습을 드러내긴 할 것인가? 혹시 지금 우리 가운데 있는 것은 아닐까? 이 사람? 아니, 저기 저 사람?

모두들 극도로 신경이 예민해져 있는 터라, 조금만 소동의 기미가 보여도 억지로 문을 부수고 거리로 뛰쳐나갈 태세였다. 그나마 서로 눈치만 보며 잠자코 있는 것은, 순전히 '주인'이 떡하니 버티고서 뭔가 든든한 분위기를 만들어주기 때문이었다. 뭐랄까, 유능한 선장이 인도하는 배의 승객들이나 가짐 직한 안정감을 느낀다고나 할까?

당연히 모두의 시선은, 희끗희끗한 머리에 안경을 끼고, 올리브색 프록코트에 밤색 머플러를 두른 채, 구부정한 자세로 주춤주춤 어슬렁거리고 있는 한 늙은이의 일거수일투족에 집중되고 있었다.

이따금 구렐 반장이 보내서 달려온 사환이 그쪽 조사 상황을 간략하게 보고하곤 했다.

"그래 어떻습디까?"

"아무것도 없습니다. 개미 새끼 하나 없어요."

그와 같은 보고가 들어올 때마다 사실 호텔 지배인은 현재 진행 중인 수사 지시를 완화해줄 것을 연거푸 요청해왔다. 하긴 상황이 여간 곤란한 것이 아니었다. 벌써부터 프런트에는 일에 쫓긴, 혹은 막 체크아웃하려다 발목이 붙들린 손님들로 아우성이었다.

"내가 알 바 아니오."

르노르망 씨의 대답은 여전히 완강했다.

"하지만 저들은 내가 다 아는 사람들입니다."

"그거 다행이군요."

"이건 지나친 월권행위입니다!"

"알고 있소."

"이 일로 톡톡히 비난받을 것이오."

"아마 그렇겠지요."

"수사판사가 직접 나설 수도 있을 거요."

"포르므리 씨는 제발 잠자코 있으라고 하시오. 그는 지금처럼 종업원들에 대한 취조나 하고 있는 게 최선이오. 나머지는 예심 밖의 일이오. 경찰이 나서야 할 일은 어디까지나 내 소관입니다."

한 무리의 경찰대가 호텔 안으로 들이닥친 것은 바로 그때였다. 치안국장은 즉시 그들을 몇 그룹으로 나누어 4층으로 올려 보낸 다음, 경찰서장을 향해 이렇게 말했다.

"이보시오, 서장. 그럼 이곳 경비는 당신에게 전적으로 일임하겠소.

813

부디 물샐틈없이 단속해주길 바라오. 차후의 책임은 내가 질 것이오."

그러고는 곧장 승강기를 타고 3층으로 올라갔다.

일은 생각만큼 쉬운 것이 아니었다. 60여 개에 이르는 방의 문들을 모두 열고, 화장실이며 골방이며 모든 벽장과 구석구석을 샅샅이 뒤져야 했으므로, 일단 시간이 보통 걸리는 것이 아니었다. 게다가 성과가 있는 것도 아니었다. 그로부터 한 시간 후인 정오, 르노르망 씨의 3층 수색은 막 끝난 상태였고, 그 밖의 위층 수색은 아직도 진행 중이었다. 물론 나오는 것은 없이 말이다.

르노르망 씨는 다소 초조해졌다. 그럼 살인자가 다락방까지 올라간 걸까?

하지만 방금 마담 케셀바흐가 수발드는 아가씨와 함께 도착했다는 얘기에 일단 아래층으로 내려갔다. 그나마 오랫동안 고인의 가족과 신뢰를 쌓아온 나이 지긋한 하인 에드바르가 케셀바흐 부인에게 남편의 사망 소식을 전하는 임무를 맡았다.

르노르망 씨는, 눈물은 흘리지 않아도 고통으로 일그러진 얼굴과 열에 들떠 부들부들 떠는 몸을 하고 망연자실한 상태로 있는 부인을 넓은 거실 한 곳에서 맞이했다.

키가 훤칠한 그녀는 갈색 머리에 검은 눈동자를 하고 있었는데, 특히 그 눈빛은 어둠 속에 금가루를 뿌려놓은 듯 황금빛이 살짝살짝 감도는 것이 여간 아름답지가 않았다. 원래 에스파냐 혈통의 유서 깊은 아몬티 가문에서 태어난 돌로레스는 고향인 네덜란드에서 남편을 만났다. 당연히 첫 대면 즉시 남편의 애정공세가 시작되었고, 곧이어 사랑과 헌신으로 맺어진 둘 사이의 관계는 지금까지 4년 내내 한순간도 흔들림이 없었다고 했다.

르노르망 씨도 자신을 소개했다. 한데 그녀는 아무 반응 없이 그저 상대를 물끄러미 바라만 보고 있었기에, 르노르망 씨는 혹시 제대로 소개가 전달되지 않았나 싶어 멍하니 서 있었다.

그러나 그것도 잠시뿐, 여자는 느닷없는 울음보를 터뜨리며 지금 당장 남편 곁으로 데려다 달라고 조르는 것이었다.

한편 호텔 로비로 나오다가 르노르망 씨는 손에 든 모자를 다짜고짜 내밀며 황망한 표정으로 달려드는 구렐과 마주쳤다.

"이걸 주웠습니다. 누구 모자인지는 뻔하겠죠?"

검은색 펠트 모자였다. 뒤집어 보니 안감도 없고 상표도 없었다.

"어디서 주웠나?"

"뒤쪽 하인 전용 계단 3층 층계참에서 발견했습니다."

"다른 층에서는 뭐 건진 거 없나?"

"이 잡듯 뒤지긴 했습니다만 아무것도 없었습니다. 이제 남은 데는 2층뿐입니다. 어쨌든 이 모자로 봐서 놈이 그곳까지 내려간 것만은 틀림없는 것 같습니다. 바야흐로 뭔가 잡혀가는 듯합니다, 국장님."

"그런 것 같군."

한데 르노르망은 계단 아래에서 문득 걸음을 멈추고 이렇게 지시했다.

"지금 당장 경찰서장에게 가서 이렇게 전하게. 여기서부터 2층까지 앞뒤 네 개의 계단 아래 양쪽에 각각 한 명씩 권총으로 무장한 인력을 배치하고 유사시에는 발사해도 좋다고 말이네. 그리고 구렐, 이 점을 명심하게. 만약 채프만한테 무슨 불상사가 생기고 용의자가 증발해버린다면 우린 망하는 거야. 벌써 두 시간 전부터 자꾸만 엉뚱한 생각이 들어."

르노르망 씨는 곧장 2층까지 올라갔고, 방금 종업원과 함께 어느 방에서 나오는 경찰관 두 명과 맞닥뜨렸다.

복도는 텅 빈 상태였다. 하긴 누구도 감히 마음 놓고 활보할 수 없는 지경이었다. 대다수 입주자가 어찌나 문을 꼭꼭 틀어 잠그고 있는지, 한참을 노크해서 신분을 꼼꼼히 밝혀야만 겨우 문을 열어줄 정도였다.

좀 더 저쪽으로는 다른 경찰관들이 층별 관리실을 조사하는 것이 보였고, 복도 끝에선 막 코너를 돌아드는, 그러니까 유대 가로 면한 방들 쪽으로 접어드는 또 다른 경찰관들도 눈에 띄었다.

한데 바로 그 경찰관들이 모퉁이를 돌면서 하나같이 외마디 소리를 내지르는 것이 아닌가! 그러고는 누가 먼저랄 것도 없이 코너를 꺾어져 사라지는 것이었다. 르노르망은 득달같이 달려갔다.

그들은 복도 중간쯤에 멈춰 서 있었다. 이렇게 보니 발치에 누군가 얼굴을 바닥으로 향한 채 쓰러져 있는 것이었다.

르노르망은 허리를 굽혀 그자의 얼굴을 들어 보았다.

"아니……. 채프만……. 죽었어."

가만히 보니 편물로 수놓은 흰색 비단 목도리로 목이 졸려 있었다. 한데 그것을 풀어내자 시뻘건 자국이 드러나면서, 목덜미 한 곳을 틀어 막고 있는, 피에 흠뻑 젖은 두꺼운 솜뭉치가 나타나는 것이었다.

이번에도 역시 날카롭고 깨끗하기 그지없는, 그래서 더욱 잔혹하게 느껴지는 예의 그 상처였다!

언제 벌써 보고를 받았는지, 포르므리 씨와 경찰서장이 헐레벌떡 달려왔다.

"아직, 아무도 나간 사람은 없죠? 이상한 조짐은?"

치안국장의 다급한 추궁에 경찰서장이 대답했다.

"없습니다. 각 계단별로 두 명씩 배치해두었습니다."

"혹시 다시 거슬러 올라간 건 아닐까요?"

포르므리 씨의 말을 치안국장은 단호하게 잘랐다.

"아니요! 그건 아니지!"

"하지만 여기서 마주쳤으니까 이렇게……."

"그게 아니오. 지금 이 일은 한참 전에 이미 저질러진 것이오. 희생자의 손이 벌써 식어 있소. 아마 살인 행각은 거의 연속적으로 저질러졌을 것이오. 즉, 두 사람이 뒤쪽 계단을 통해 함께 이곳까지 내려오자마자 일이 벌어진 셈이지."

"만약 그랬다면 벌써 시체가 누군가의 눈에 띄었을 것 아닙니까? 두 시간 전부터 이곳을 오간 인원만 해도 50명은 넘을 거외다!"

"시체는 이곳에 있지 않았소."

"그럼 어디 있었단 말이오?"

순간, 치안국장은 더는 못 참겠다는 듯 매몰차게 내쏘았다.

"젠장, 그걸 난들 어찌 알겠소! 그렇게 말만 하지 말고, 조사를 해보시오, 조사를!"

그는 신경질적인 동작으로 지팡이의 둥근 손잡이를 거세게 두드렸다. 그는 시선을 시체에 고정시킨 채, 깊은 생각에 잠긴 듯 한참을 묵묵히 있더니, 마침내 이렇게 말했다.

"경찰서장께선, 미안하지만 희생자를 빈방으로 데려다 놔주시오. 그리고 의사도 좀 부르시고. 지배인께선 나와 함께 다니며 이 복도의 모든 방문을 열어 보여주십시오."

복도 왼편의 방 세 개와 거실 두 개로 이루어진 주인 없는 아파트에 대해 르노르망 씨는 차례대로 조사를 끝냈다. 오른편에는 네 개의 객실이 있었는데, 그중 둘은 각각 르베르다 씨와 자코미치 남작이라는 한 이탈리아인이 사용하고 있었는데, 지금은 둘 다 출타 중이었다. 세 번째 방에는 아직 잠에서 깨어나지 않은 영국인 노처녀가 있었고, 마지막 방은, 바깥의 소란에는 아랑곳하지 않고 느긋하게 앉아 담배와 독서를 즐기는 어느 영국인 차지였다. 그는 파버리 소령이라고 했다.

물론 그 두 사람에 대한 조사가 이어졌지만 이렇다 할 점은 발견되지 않았다. 노처녀는 경찰관들이 외마디 소리를 지르기까지는, 싸움을 한다거나 사람 비명 따위의 그 어떤 소리도 듣지 못했다고 했고, 그것은 파버리 소령도 마찬가지였다.

더구나 그 불쌍한 채프만이 이들의 방 중 어느 곳을 거쳤을 거라고 생각될 만한 흔적, 예컨대 의문의 혈흔이라든가, 뭐 그럴듯한 단서가 눈을 씻고 찾아봐도 보이지 않는 것이었다.

"정말이지 괴이한 일이로군. 정말로 괴이해."

수사판사는 혼잣말처럼 중얼거리더니, 이내 이렇게 덧붙였다.

"점점 더 모르겠어. 아무래도 일부 사실이 애당초 우리의 사정권을 용케 벗어나 있는 것 같아. 어떻게 생각하시오, 므슈 르노르망?"

그렇지 않아도 뭐라고 신랄하게 한마디 쏘아붙일까 하던 중인데, 때마침 구렐이 턱에까지 숨이 차 달려왔다.

"국장님……. 이, 이게 있었습니다. 저 아래……. 호텔 관리실……. 의자 위에요."

검은색 서지(serge) 천으로 꼼꼼히 싸맨 자그마한 소포 꾸러미였다.

"열어보았나?"

"일단 안의 내용물을 확인한 다음에 정확히 원래 그대로 다시 꾸려놓았습니다. 보시다시피 아주 단단히 비끄러맸습니다!"

"풀어보게."

구렐이 꾸러미를 풀어 헤치자 부드러운 흑색 플란넬 윗도리와 바지가 나왔는데, 접힌 꼴로 봐서 무척이나 다급하게 싸놓은 듯 보였다.

그뿐만 아니라, 가운데에는 피가 번져 있는 헝겊이, 누군가 손자국을 지우려고 물에 한 번 담갔다 빼서 물에 흥건히 젖은 채 놓여 있었다.

그러나 무엇보다도 관심을 끈 것은, 바로 그 헝겊 안에, 황금 상감 장식의 손잡이가 달린 예리한 비수가 싸여 있다는 사실이었다. 칼 여기저기에는 단 몇 시간 만에 차례로 살해된 세 남자의 핏자국이 묻어 있었다. 이 광대한 호텔 안을 무려 300여 명이나 되는 사람이 부산을 떨며 오가는 가운데, 어느 미지의 손에 의해 보란 듯 저질러진 연쇄살인 행각의 흔적 말이다. 에드바르는 그 비수가 죽은 케셀바흐의 것임을 단박에 알아보았다. 그 전날 뤼팽이 나타나기 전부터 주인의 탁자 위에 놓여 있었던 바로 그 칼이었다.

"지배인 선생, 이제 수사 지시는 철회하겠습니다. 구렐 형사가 각 출입구를 개방하라는 지시를 따로 하달할 것입니다."

마침내 치안국장의 말이 떨어지자, 수사판사가 의아해하며 물었다.

"그럼 뤼팽이 이곳을 빠져나갔다고 보는 겁니까?"

"아니요. 이 삼중의 연쇄살인을 저지른 장본인은 지금도 호텔 안에 있습니다. 방들 어딘가에 있든지, 저 아래 로비나 살롱에 모여 있는 여행객들 가운데 섞여 있습니다. 내가 보기에 그는 이 호텔 내에 거주하는 사람입니다."

"그럴 리가요! 한데 대체 옷은 어디서 갈아입었단 말입니까? 지금 어떤 옷을 입고 있는 걸까요?"

"그거야 모르지요."

"아니, 그러면서 놈에게 길을 열어주겠다는 말입니까? 그럼 아예 두 손을 호주머니에 찔러 넣고 유유히 빠져나갈지도 모르잖습니까?"

"현재 이곳에 머무는 사람들 중에 가방도 없이 그런 식으로 사라진 다음, 다시 모습을 드러내지 않는 자가 바로 범인일 겁니다. 자, 지배인 선생, 나와 함께 관리실로 좀 가볼까요? 손님들 명부를 면밀히 검토해봐야겠습니다."

르노르망 씨는 관리실에 들어섰다가, 수신인이 케셀바흐 씨로 된 채 그곳에 방치되어 있는 편지 몇 장을 발견했다. 물론 즉시 수사판사에게 증거물로 건네주었다.

또한 파리 시 우체국 소화물과에서 방금 배달된 소포도 있었는데, 포장이 약간 허술해서 슬쩍 안을 살펴보니, 루돌프 케셀바흐라는 이름이 새겨져 있는 흑단 상자가 언뜻 비쳤다.

그는 지체하지 않고 포장을 뜯고 상자를 열었다. 아직 뚜껑 안쪽에 듬성듬성 남아 있는 깨진 거울 조각들과 더불어 아르센 뤼팽의 명함이 들어 있었다.

그런데 정작 치안국장을 소스라치게 만든 게 있었으니, 상자 안에는 아까 5층 방, 애당초 담뱃갑이 발견되었다던 바로 그곳 바닥에서 주웠던 것과 똑같이 생긴 종이가 덩그러니 놓여 있었는데, 푸른색 테두리가 그려진 동그란 그 표 딱지에는 역시 813이라는 숫자가 적혀 있는 것이었다!

르노르망 씨, 작전을 개시하다

1

"오귀스트, 르노르망 씨를 들여보내게."

경비원이 나간 지 얼마 안 있어 치안국장이 들어섰다.

보보 광장에 위치한 널쩍한 장관 집무실에는 세 남자가 앉아 있었다. 지난 30년 동안 급진적 정치 세력을 이끌었으며 지금은 총리 겸 내무장관으로 있는, 저 유명한 발랑글레(당시 프랑스의 위대한 정치가 조르주 클레망소를 모델로 한 인물로, 클레망소는 모리스 르블랑과 실제로 친분이 두터웠음—옮긴이)와 검찰총장인 므슈 테스타르, 그리고 파리 경시청장인 들롬이 그들이었다. 검찰총장과 경시청장은 앉아 있던 의자를 그대로 지킨 반면, 총리는 선뜻 자리에서 일어나 치안국장의 손을 반갑게 붙잡으며 다정한 어조로 말을 건넸다.

"어서 오시오, 르노르망 선생! 왜 이렇게 오라고 했는지는 아마 잘

813

알고 계시겠죠?"

"케셀바흐 사건 때문이죠?"

"그렇소이다."

그렇다, 케셀바흐 사건! 전쟁이 발발하기 2년 전(제1차 세계대전이 발발하기 2년 전을 말함. 『813』은 1910년에 처음 출간된 이후, 1917년 반독(反獨) 감정을 강화하여 개정 출간되었고, 또다시 1932년 이처럼 "전쟁 2년 전(1912년)"의 시점을 새로 삽입하여 재출간되었음—옮긴이), 나까지 그 복잡기괴한 실타래를 풀려고 뛰어든 바 있고, 급변하는 사건의 매 단계마다 우리 모두가 흥분을 감추지 못했던 그 참극을 과연 누가 잊을 수 있겠는가! 어디 그뿐이랴, 프랑스 국내는 물론 국외에서까지 그 사건이 불러일으킨 엄청난 충격을 기억하지 못하는 사람은 아마도 찾기 힘들리라. 하지만 그토록 수수께끼 같은 상황에서 세 차례의 연쇄살인이 벌어졌다는 사실, 그처럼 냉혹하고 잔인한 살인이 같은 장소에서 세 건이나 자행되었다는 사실 자체보다 사람들의 오금을 저리게 만든 것은, 아르센 뤼팽이 다시금 모습을 드러냈다는 것, 그의 부활이라고 불러도 좋을 홀연한 등장이었다!

아! 아르센 뤼팽……. 지금으로부터 4년 전, 기상천외한 에귀유 크뢰즈의 엄청난 모험 이후 누구든 그의 이름이 거론되는 것을 더는 들어본 적이 없다. 셜록 홈스와 이지도르 보트를레의 눈앞에서, 사랑했던 여인의 시체를 둘러업고 늙은 유모 빅투아르를 대동한 채, 저 어두컴컴한 적막 속으로 사라져간 바로 그날 이후로 말이다.

그날 이후, 일반적인 사람들 생각은 그가 아마도 죽었을 거라는 것이었다. 물론 그간 세상 어디에서도 뤼팽의 자취를 찾아볼 수 없었기에 경찰이 편의상 내린 결론에 힘입은 바 컸다.

하지만 개중에는 그가 목숨만은 부지한 상태이며, 이제는 아내와 아이들을 거느린 채, 아담한 정원이나 가꾸며 평화로운 부르주아의 삶을 살고 있을 거라고 생각하는 사람도 없진 않았다. 그런가 하면, 세상의 덧없음과 시련으로 점철된 인생에 질려버린 나머지 아예 트라피스트 교단(17세기 중반에 프랑스에서 설립된 수도회—옮긴이)의 수도원에라도 칩거한 것이 아니냐는 의견도 있긴 있었다.

한데 이렇게 느닷없이 모습을 드러내다니! 이렇게 또다시 이 사회 전체를 대상으로 결전을 벌이다니! 아르센 뤼팽이 본래의 아르센 뤼팽으로 돌아왔다고나 할까? 기상천외하고 신출귀몰하며 대담무쌍, 호쾌하고 무비한, 저 아르센 뤼팽의 모습으로 말이다!

아, 그러나 이번에는 대중의 환호성 대신 끔찍한 비명 소리와 더불어 재림하시려는가! 아르센 뤼팽께서 사람을 죽인 것이다! 사건 자체가 너무도 잔혹하고 비정하며 음산하기 이를 데 없는지라, 모두의 가슴속에 새겨져 오던 호탕한 협객이자 다정다감하기까지 한 신사적 영웅의 이미지가 졸지에 피비린내 나는 괴물의 몰골에 자리를 내줄 지경이 되고만 것이다! 이제 대중은, 그 옛날 경쾌한 유머와 우아한 품위를 자랑하던 자신들의 영웅을 흠모했던 바로 그만큼, 난데없이 모습을 드러낸 이 낡은 우상(偶像)을 혐오하고 두려워하기 시작했다.

그리고 다소간 겁에 질려 더더욱 격앙될 수밖에 없게 된 대중의 분노는 불이 붙자마자 자연스레 경찰 쪽으로 향하게 되었다. 옛날에는 경찰에 대해 그저 웃거나 비웃을 뿐이었다. 늘 뤼팽한테 얻어맞는 경찰, 어처구니없게 당하기만 하는 그 꼴에 돌팔매를 할 사람은 없었다. 한데 장난이 너무 길었다는 얘긴가! 이제 사람들은 언제 또 일어날지 모를 황당한 범죄행위에 대해 공권력의 해명을 요구하고 나서기 시작한 것이다.

결국 각종 신문은 물론, 둘 이상 모이는 여하한 공공 모임, 저잣거리,

심지어 의회의 연단에서조차 열화와 같은 여론이 들끓는 바람에, 급기야 정부 차원에서의 사태 수습을 위한 모든 방책이 검토되는 상황에 이르렀다.

안 그래도, 총리인 발랑글레는 온갖 종류의 경찰 업무에 관해 남다른 관심과 열의를 평소에도 가지고 있으며, 늘 그 빼어난 자질과 기백을 인정해 마지않는 치안국장과 더불어 몇몇 사건은 직접 개입해서 해결하기도 했던 인물이다. 그런 그가 지금 자기 집무실로 검찰총장과 경시청장을 미리 불러 장시간 이야기를 나눈 뒤, 이제 르노르망 씨를 불러들인 것이다.

"그렇소이다, 르노르망 씨. 바로 그 케셀바흐 사건 때문이오. 한데 얘기에 들어가기에 앞서, 우선 한 가지 점부터 짚고 넘어가야만 하겠소. 특히 경시청장의 심기를 무척이나 뒤집어놓은 문제인데……. 아니, 이럴 게 아니라 므슈 들롬, 당신이 직접 설명을 해주시겠소?"

경시청장은 서열상 자기보다 아래인 인물에 대해 별다른 배려를 할 필요가 없다는 어투로 이렇게 대꾸했다.

"오, 므슈 르노르망도 무슨 문제인지는 잘 알 겁니다. 둘이 따로 얘기한 적도 있으니까요. 팔라스 호텔에서 있었던 그의 옳지 못한 행동에 관해 내가 어찌 생각하고 있다는 점은 충분히 설명을 했습니다. 일반적으로 말해서 대단히 분개했다고 볼 수 있죠."

르노르망 씨는 그 즉시 자리에서 벌떡 일어나 호주머니에서 웬 종이를 꺼내 탁자 위에 내려놓았다.

"그게 뭡니까?"

발랑글레가 물었다.

"사직서입니다, 총리 각하."

순간, 총리는 펄쩍 뛰다시피 했다.

"무슨 소리요! 사직이라니! 방금 경시청장이 사소한 지적을 했기로 서니, 별로 중요하지도 않은……. 그렇지 않은가요, 므슈 들롬? 별것 아닌 말 한마디 가지고 그렇게 발끈해서야 되겠소? 사실 말이야 바른말이지, 르노르망 당신 성격도 그리 무난한 편은 아니질 않소? 자, 그러니 어서 이 종잇장일랑은 도로 집어넣고, 우리 진지하게 얘기나 한번 나눠보십시다."

그제야 치안국장은 다시 자리에 앉았고, 발랑글레는 뾰로통한 심기를 감추지 않는 경시청장을 억지로 무마하면서 이렇게 말을 이었다.

"단도직입적으로 말해서, 르노르망, 문제는 이겁니다. 뤼팽의 등장이 우리를 난처하게 하고 있소. 그간 다 아시다시피 너무도 오랫동안 그놈은 우리 모두를 무시해왔소. 웃기는 일이지요. 고백하건대, 사실 난 그러거나 말거나 별로 대수롭지 않게 생각했소. 하지만 이번 일은 살인이오. 아르센 뤼팽이 자신의 활극으로 사람들을 즐겁게 해줄 때는 그나마 용인할 수 있었지만, 사람을 죽인 마당에, 더는 두고 봐줄 수 없습니다."

"총리 각하, 제게 원하는 게 무엇입니까?

"원하는 게 무엇이냐고요? 오, 그야 간단하지요. 우선 그를 붙잡아주시오. 그런 다음엔 그의 목숨을 내놓게 해야겠죠."

"그를 체포하는 거라면 조만간 이뤄 보이겠노라고 약속할 수 있지만, 원하는 게 그의 목숨이라면 곤란합니다."

"무슨 소리요? 일단 그가 체포되면 중죄 재판이 열리는 건 기정사실일 테고, 그러면 교수대행은 불 보듯 뻔한 사실 아니오?"

"그렇지가 않습니다."

"무슨 뜻입니까?"

"뤼팽이 살인을 한 게 아니라는 얘기지요!"

"뭐요? 르노르망, 당신 제정신이오? 그럼 팔라스 호텔에서 무더기로 나온 시체들은 다 헛것이란 말이오? 세 차례의 연쇄살인이 일어난 게 아니란 말이오?"

"분명 살인이 일어나긴 했습니다만, 뤼팽의 짓이 아니란 얘깁니다."

치안국장의 어투는 지극히 침착하고 확신으로 가득 차 있었다.

검찰총장과 경시청장 모두가 발끈하는 기색이었지만, 발랑글레가 먼저 말을 막았다.

"물론 섣부른 가정으로 그런 말을 하고 있는 건 아니겠죠, 르노르망?"

"가정이 아닙니다."

"증거가 있소?"

"우선 두 가지, 개연성의 차원에서 제시할 수 있는 증거가 있습니다. 현장에서도 즉각 수사판사에게 제시한 바 있고, 그 후로도 신문 지상에서 누차 강조한 바이기도 합니다. 즉, 뤼팽은 사람을 죽이지 않는다는 것. 그리고 이미 자신의 절도 목적이 달성된 데다 전혀 저항할 입장에 있지 않았던 상대의 목숨을 굳이 빼앗을 이유가 없었다는 점입니다."

"그건 그렇다 칩시다. 그럼 사실적인 증거는 뭐요?"

"사실로만 봐도 이성이나 논리에 반하는 결론은 나오지 않습니다. 오히려 그 반대지요. 우선 담뱃갑이 발견된 방에 뤼팽이 있었다는 사실은 무엇을 말할까요? 또한 살인자의 것이 분명한 검은 옷가지들은 치수로 볼 때 아르센 뤼팽이 입었던 것으로는 도저히 볼 수가 없습니다."

"당신이 그를 알기라도 하오?"

"저야 물론 아니죠. 하지만 에드바르가 그를 보았고, 구렐 또한 직접 두 눈으로 그를 보았습니다. 한데 그 두 사람이 목격한 사내는 하인 전용 계단에서 채프만을 끌고 가다시피 하다 여종업원에게 들킨 남자와

동일 인물이 아니었습니다."

"그렇다면 당신의 추리를 한번 들어봅시다."

"추리가 아니라 '진실'이라고 해도 상관없습니다. 총리 각하. 적어도 제가 아는 한에서는요. 일단 사건의 전모는 이렇습니다. 4월 16일 화요일, 뤼팽은 오후 2시경에 케셀바흐의 집에 들이닥쳤습니다."

순간 경시청장의 웃음소리가 르노르망 씨의 말을 가로막았다.

"허허, 이보시오 므슈 르노르망. 좀 지나치게 성급한 거 아니오? 지금까지 증명된 바로는, 그날 오후 3시에 케셀바흐 본인은 크레디 리요네에 나타나 지하의 금고실로 내려갔다고 되어 있소. 장부에 적힌 그의 친필 사인이 그 증거란 말이오."

르노르망 씨는 자신의 상관이 말을 마칠 때까지 깍듯하게 잠자코 기다렸다. 그런 다음, 거기에 대꾸할 필요성조차 의식하지 못하는 듯, 하던 말을 계속하는 것이었다.

"오후 2시경, 뤼팽은 마르코라는 이름의 공범과 함께 케셀바흐를 결박하고 가지고 있던 현찰을 몽땅 갈취한 다음, 크레디 리요네의 금고 암호까지 뱉어내게 했습니다. 암호를 손에 넣자, 마르코는 즉시 출발했지요. 그는 제2의 공범과 합류하는데, 평소에도 케셀바흐 씨와 외모가 비슷한 데다 그날은 금테 안경과 복장까지 짜 맞춰 정말로 유사하게 변모한 인물이었습니다. 그자는 태연하게 크레디 리요네로 걸어 들어가 케셀바흐 씨의 사인을 위조한 다음, 금고를 깨끗이 비우고 마르코와 함께 현장을 떠난 겁니다. 한편 일이 성사된 직후, 마르코는 뤼팽에게 전화 보고를 했고, 케셀바흐가 속이지 않았다는 것과 목적이 달성되었음을 확인한 뤼팽은 미련 없이 그곳을 나옵니다."

발랑글레는 짐짓 놀라는 기색이었다.

"좋아요. 좋아. 그렇다고 칩시다. 하지만 도무지 이해가 안 되는 건, 적어도 뤼팽만 한 거물이 그깟 별 볼 일 없는 먹이를 탐하느라 그만한 위험을 감수했을까 하는 점이오. 빼앗은 현찰이라야 얼마 안 되는 것 같고, 금고의 내용물 또한 불확실한 상태 아니었소?"

"뤼팽이 실제로 노린 건 그 이상이었습니다. 그는 여행 가방 안에 있던 모로코가죽 봉투나, 아니면 금고 속에 있던 흑단 상자를 원했지요. 그중 흑단 상자는 다시 돌려보낸 걸 보건대, 손에 넣었던 게 틀림없습니다. 아마 지금쯤이면, 케셀바흐가 당시까지 꾸며왔고 사건 당일에는 채프만과도 얘기를 나누었던 모종의 계획에 대해 뤼팽은 속속들이 파악이 끝나 있거나 적어도 파악 중일 겁니다."

"모종의 계획이라니?"

"내용은 저도 모릅니다. 흥신소를 운영하면서, 그와 터놓고 지내는 사이인 바르바뢰라는 이가 제게 해준 얘기로는, 케셀바흐가 그동안 피에르 르뒥이라는 어느 부랑자의 소재를 수소문해왔다는 겁니다. 한데 그 이유가 대체 무엇이었을까요? 또 그것과 그가 골몰하고 있었다는 계획은 무슨 관련이 있는 걸까요? 저로서도 알 수 없는 일입니다."

발랑글레는 결론을 짓듯 끊어 말했다.

"좋아요! 아르센 뤼팽은 그렇다고 칩시다. 그가 케셀바흐 씨를 묶고 터는 걸로 끝났다면……. 그다음, 시체가 발견되기까지는 과연 무슨 일이 일어난 겁니까?"

"당장은 아무 일도 일어나지 않았습니다. 아니 밤이 깊어질 때까진 아무 일도 일어나지 않았지요. 그러다 야심한 시각에 누군가 다시 집에 침입했습니다."

"문이 다 잠겼다면서 어디로 말입니까?"

"420호 방을 통해서죠. 그 역시 케셀바흐 씨가 부인을 위해 예비해둔 방입니다. 아마 범인은 위조 열쇠를 소지하고 있었을 겁니다."

순간 경시청장이 버럭 소리를 질렀다.

"하지만 그 방과 아파트 사이의 모든 문엔 빗장이 채워진 걸로 아는데……. 게다가 문이 다섯이나 되고!"

"발코니를 염두에 두어야죠."

"발코니?"

"그렇습니다. 문은 제각각이지만, 유대 가 쪽으로 난 발코니는 하나지요."

"거기도 칸막이가 설치되어 있는 걸로 아는데……."

"그 정도 넘는 거야 웬만큼 날렵한 사람에겐 일도 아니지요. 우리가 지금 논하는 문제의 인물이 바로 그랬을 겁니다. 흔적도 발견했어요."

"하지만 아파트의 모든 창문은 사건 전에도 후에도 잠겨 있는 걸로 확인되지 않았소?"

"딱 하나, 비서 채프만의 방에 있는 창문 하나만 제외하고는 다 그랬죠. 유독 그 창문은 잠겨 있는 게 아니라, 그냥 닫혀 있었습니다. 제가 직접 확인한 사실입니다."

그제야 총리도 적잖이 당황한 기색이었다. 그만큼 르노르망 씨의 설명은 엄격한 사실에 바탕을 두고 지극히 논리적인 추론을 거쳐 이루어진 것으로 보였다.

그는 이제 넘치는 흥미를 주체하기 어려운 듯 다그쳐 물었다.

"그렇다면 그 문제의 인물이 침입한 목적이 대체 뭐겠소?"

"그건 모릅니다."

"아, 거기서 걸리는군그래."

"목적도 정체도 오리무중이지요."

"그럼 살인의 동기도 모르겠군요?"

"그렇습니다. 기껏해야 애당초 살인을 저지를 목적으로 침입했다기보다는 그 역시 모로코가죽 봉투와 상자 안의 어떤 서류를 취할 목적으로 잠입했을 거라는 가정을 해볼 뿐입니다. 한데 이미 저항할 힘이 없는 상대와 얼떨결에 마주치고는 그만 일을 저지르고 만 것이지요."

발랑글레가 나지막이 중얼거렸다.

"음, 일리 있는 추론이야. 부득이 그럴 수도 있지. 당신 말대로라면 그가 서류를 손에 넣었을 수도 있겠군요?"

"현장에 없었던 흑단 상자는 몰라도, 아마 여행 가방 맨 밑에 숨겨져 있던 모로코가죽 봉투는 찾아냈을 겁니다. 그렇다면 결국 뤼팽뿐만 아니라 또 다른 인물도, 둘 다 케셀바흐가 어떤 계획을 꾸미고 있었는지 지금은 똑같이 알고 있다는 얘기가 되지요."

총리는 의미심장한 표정으로 말을 받았다.

"결론적으로 둘이 언젠가는 부딪칠 수밖에 없는 상황이라 이거로군."

"바로 그렇습니다! 이미 격돌이 시작됐는지도 모르죠. 살인을 저지른 진범이 아르센 뤼팽의 명함을 보고 그것을 시체의 옷깃에 꽂아둠으로써, 모든 걸 엉뚱하게 뒤집어씌운 셈이니까요. 이런 상황에서 가만히 있으면 뤼팽 스스로 살인범임을 인정하는 꼴이 되지 않겠습니까?"

"그렇군. 그래. 나무랄 데 없는 추론이오!"

총리가 깍듯하게 동의하자, 르노르망 씨는 더욱 진지하게 얘기를 이어나갔다.

"만약 살인범이 420호를 지나치면서 담뱃갑을 떨어뜨리지 않았다면, 그리고 호텔 사환인 귀스타브 뵈도가 그것을 발견하고 줍지 않았다면, 아마 모든 계략은 성공했을 겁니다. 한데 상황이 예상치 못한 방향으로 급박하게 돌아갔고, 그것을 눈치챈 범인은 모든 게 들통 날 것을 우려해……."

"그게 궁금합니다. 대체 범인이 그걸 어떻게 눈치챘을까요?"

"그야 수사판사인 포르므리의 경솔함 때문이지요. 세상에, 사방팔방으로 드러내놓고 수사를 진행하다니! 수사판사가 귀스타브 뵈도를 담뱃갑을 가지러 다락방에 올려 보냈을 때, 범인은 틀림없이 거기 모인 호텔 종업원들이나 기자들, 혹은 일반 구경꾼들 중에 섞여 있었을 겁니다. 결국 뵈도를 몰래 뒤따라 다락방까지 올라간 다음, 두 번째 살인을 저지른 것이죠."

어느새 그 누구도 반론을 제기하지 못할 분위기가 되어 있었다. 그 당시 벌어졌던 참극이 더없이 생생한 현실감과 정교한 개연성을 갖추면서 재구성되고 있었던 것이다.

"그럼 세 번째 살인은 어떻게 된 겁니까?"

발랑글레의 질문이었다.

"세 번째 살인은 사실 안 일어나도 될 뻔한 거였습니다. 다락방으로 올라간 뵈도가 한참을 돌아오지 않자, 담뱃갑을 직접 두 눈으로 확인하고 싶어 안달이 난 채프만이 호텔 지배인과 함께 문제의 살인 현장으로 올라간 것이죠. 거기서 예기치 않게 살인자와 맞닥뜨린 그는 수많은 호텔 방 중 한 곳으로 끌려가 쥐도 새도 모르게 살해당하고 만 겁니다."

"하지만 상대가 번연히 케셀바흐와 귀스타브 뵈도의 살해범인 줄 알면서도 순순히 끌려다녔다는 건 좀 이해가 안 가는구려."

"그것 또한 아직은 모를 일입니다. 실은 마지막 범행이 일어난 방이 어딘지도 모르고, 범인이 어떻게 빠져나갔는지도 모르지요."

발랑글레는 언뜻 생각이 난 듯 물었다.

"아 참! 무슨 파란 딱진가 뭔가 하는 얘기도 있던데?"

"네, 하나는 뤼팽이 돌려보낸 흑단 상자 속에서 발견됐고, 분명 살인범이 가져간 봉투에서 흘러나왔을 다른 하나는 제가 420호 방 바닥에서 주웠습니다."

"그래서요?"

"글쎄요, 제가 보기에는 별다른 의미가 있는 것 같지는 않습니다만……. 실은 케셀바흐 씨가 그 표 딱지 위에 적은 813이라는 숫자가 의문입니다. 사람들이 필체를 확인한 바로는 그가 직접 써넣은 게 틀림없다고 합니다."

"813이라……."

"수수께끼지요."

"그게 다입니까?"

"유감스럽게도 역시 오리무중이라는 말밖에 드릴 말씀이 없군요."

"뭔가 짚이는 바도 없나요?"

"전혀요. 제가 부리는 사람 둘이 현재 팔라스 호텔에 머물고 있습니다. 채프만의 사체가 발견된 바로 그 층이지요. 그들에게 호텔을 드나드는 모든 사람을 면밀히 감시하라고 지시는 내려놨는데, 아직 범인이 호텔을 벗어난 것 같지는 않다는 보고입니다."

"살인 행각이 벌어지는 동안 외부와 전화 통화를 한 사람은 없었나요?"

"있었습니다. 시내에서 호텔로 전화 한 통이 왔는데, 2층에 투숙한 파버리라는 이름의 소령을 찾는 전화였죠."

"그래, 그 소령에 대해서는 알아보았소?"

"그렇지 않아도 감시를 붙여놓았습니다. 한데 아직까지는 이렇다 할 혐의점을 찾기가 어려운 모양입니다."

"하면 앞으로의 수사 방향은 어떻게 정하고 있소?"

"수사 방향이야 지극히 간명하게 정해져 있습니다. 제가 보기에 일단 살인범은 케셀바흐 부부의 친지나 친척 중 한 명이 틀림없습니다. 사건 당일까지 부부의 행적을 끈질기게 밟아왔고, 그들의 습관까지 정확히 알고 있었던 것만 봐도 그렇습니다. 케셀바흐 씨가 파리에 온 이유는 물론, 그가 머릿속에 굴리고 있던 계획이 얼마나 중대한 것인지도 꿰뚫고 있었으니까요."

"그렇다면 전문 살인범은 아닐 수도 있겠군."

"오, 전혀 아닙니다! 천만에요. 물론 범행이 대단히 과감하고 교묘하게 저질러지긴 했지만, 어디까지나 상황에 좌우된 기색이 역력하거든요. 따라서 분명히 말씀드리지만, 범인 색출은 케셀바흐 부부의 주변 인물들 대상으로 이루어져야 할 겁니다. 생각해보십시오. 케셀바흐를 살해한 범인이 귀스타브 뵈도마저 해친 것은 오로지 그 철없는 종업원이 담뱃갑을 간직하고 있었기 때문입니다. 또한 채프만도 담뱃갑에 대해 뭔가 알고 있었기 때문에 희생당하고 만 것이지요. 지금 와서 얘기지만, 만약 그때 채프만이 담뱃갑을 확인했더라면 우리에게 범인이 누구인지 말해줄 수도 있었을 겁니다. 범인은 물론 그 점을 우려했던 것

813

이고, 가차 없이 훼방꾼을 처단한 것이죠. 결국 지금으로선 그 담뱃갑에 L과 M이라는 이니셜이 새겨져 있다는 사실밖에 아무것도 모르게 된 겁니다."

르노르망 씨는 잠시 생각에 잠기더니 말을 이었다.

"그러고 보니 총리님께서 제시한 의문점들 중 하나에 답이 될 만한 증거가 있긴 있군요. 어떻습니까, 과연 채프만이 전혀 모르는 사람 손에 이끌려 그 복잡한 호텔의 복도와 계단들을 순순히 거쳐 죽음의 현장까지 다다랐을까요?"

사실들이 축적되어가는 느낌이었다. 진실이, 적어도 진실일 가능성이 있는 얘기가 점점 구체화되어가고 있는 것이다. 물론 아직은 가장 중요한 많은 부분이 어둠 속에 묻혀 있는 상태이다. 하지만 처음에 비하면 얼마나 나은가! 비록 가장 중요하다고 할 수 있는 범행 동기는 오리무중이지만, 그날의 비극적인 아침나절 쉴 새 없이 이어진 일련의 행위가 이 얼마나 재깍재깍 맞아떨어지고 있는가 말이다!

불안한 침묵이 흐르고 있었다. 각자 나름대로 생각을 파고들어 가면서, 논란의 여지와 반박의 틈새를 가늠하느라 여념이 없었다. 마침내 침묵을 깬 것은 발랑글레의 외침 소리였다.

"이보시오, 르노르망! 모든 게 완벽히 들어맞는구려. 당신 생각에 전적으로 공감하는 바이오. 하지만 그렇다고 해서 우리 입장이 조금도 나아졌다고 할 수는 없는 상황입니다."

"무슨 뜻인지요?"

"사실이 그렇소이다. 지금 우리가 이 자리에 모인 이유는 사건의 내막을 밝히는 데 있는 게 결코 아니오. 그건 당신 같은 능력이라면 언젠가는 후련하게 해결할 거라 믿어 의심치 않소. 우리의 목적은 되도록 광범한 차원에서 대중의 열화와 같은 욕구를 어떻게 하면 만족시키느

결정판 아르센 뤼팽 전집

냐에 있소. 한데 범인이 둘이든 셋이든, 아니면 하나이든, 그런 걸 따지는 일이 범인의 정체를 밝혀주거나 붙잡아주지 못한다는 게 문제요. 대중은 그러는 가운데에도 여전히 우리 사법당국의 무능함을 뼈저리게 느끼면서 아우성을 치고 있단 말이외다!"

"그걸 제가 어떻게 할 수 있겠습니까?"

"간단히 말해, 대중이 원하는 부위를 시원스레 긁어주자 이겁니다!"

"하지만 이상 말씀드린 내용만으로도 그 정도 목적은 충분히……."

"문제는 그 모든 게 말뿐이라는 거요! 대중은 행동을 원합니다, 행동을! 단 하나 대중을 만족시킬 수 있는 건 범인을 붙잡아서 보여주는 것뿐입니다!"

"맙소사! 그렇다고 아무나 붙잡아 '여기 있소' 하며 내보일 수는 없는 것 아닙니까?"

발랑글레는 은근한 미소를 띠면서 이렇게 중얼거렸다.

"아무도 붙잡지 못하는 것보다는 그게 낫지요. 그러니 한번 머리를 맞대고 의논해보자는 겁니다. 자, 그 에드바르라는 작자 말이오. 케셀바흐의 하인이었죠? 그에 대해선 깨끗하다고 확신합니까?"

"깨끗하고말고요! 아, 총리 각하……. 그건 좀 위험한 발상이 아닌지요? 말도 안 되는 일입니다. 저뿐만 아니라, 검찰총장께서도 같은 생각이시겠지만……. 우리가 잡아들여도 되는 대상이란 단둘뿐인 줄 압니다. 누군지는 모르겠으나, 살인범하고……. 또 아르센 뤼팽이죠."

"그래서요?"

"한데 아르센 뤼팽은 잡아들일 수 없습니다. 아니 적어도 그러려면 충분한 시간과 수단이 동원되어야만 하지요. 그나마 제 생각엔, 벌써 개과천선했거나 이미 저세상 사람이 된 뤼팽을 붙잡겠다고 이제 와서 굳이 기를 쓰고 달려들 이유는 없다고 봅니다."

순간, 발랑글레는 자신의 의지가 즉각적으로 먹혀들지 않는 것을 못 견디는 사람 특유의 짜증을 드러내며 발을 쿵! 굴렀다.

"하지만……. 하지만 말이오, 르노르망! 어차피 해야만 하는 일이오. 당신이 상대해야 하는 대중이라는 것이 막강한 적(敵)일 수도 있다는 걸 모르는 바는 아닐 거요. 제발 나도 그중 하나가 되게 하지는 마시오. 어쨌든 르노르망, 당신이 그런 식으로 빠져나가는 건 용납이 되지 않아요. 정 그렇다면 공범들이라도 잡아들이는 건 어떻겠소? 단지 뤼팽만 있는 것도 아니질 않소? 마르코도 있고……. 왜 케셀바흐 흉내를 내고서 크레디 리요네 지하 금고실로 잠입해 들어간 친구도 있질 않습니까?"

"그자만으로 만족하시겠습니까, 총리 각하?"

"만족하다마다요! 세상에……. 당신만 믿겠소이다!"

"그럼 제게 8일간 여유를 주십시오."

"8일이라니! 이봐요, 르노르망, 이건 날(日)이 아니라, 시간(時)을 다투는 문제입니다!"

"그럼 몇 시간 제게 여유를 주실 수 있는지요, 총리 각하?"

발랑글레는 시계를 힐끗 보더니 이죽거리듯 말했다.

"글쎄……. 한 10분이면 되겠소, 르노르망?"

치안국장 역시 호주머니에서 회중시계를 꺼내 보더니, 단호한 목소리로 힘주어 말했다.

"4분은 그냥 돌려드리죠, 총리 각하."

2

발랑글레는 깜짝 놀란 표정으로 멍하니 바라보고 있었다.

"4분을 돌려주겠다니. 대체 무슨 뜻이오?"

"총리 각하, 제게 허락하신 10분도 너무 많다는 뜻입니다. 그중에서 더도 덜도 말고 오로지 6분만 필요하다는 말씀이지요."

"아, 그래요? 이봐요, 르노르망. 농담도 지나치면 때론 해롭다는 거 모르시오?"

치안국장은 창가로 다가가, 관저 앞뜰에서 조용히 한담을 나누고 있는 두 사내를 향해 슬쩍 신호를 보내고 나서 다시 돌아와 말했다.

"검찰총장님, 나이는 마흔일곱, 이름은 델르롱, 오귀스트 막시맹 필립으로 체포 영장 하나만 발부해주시길 부탁드립니다. 직업란은 공백으로 하고 말입니다."

그러면서 난데없이 출입문을 활짝 열어젖히며 소리치는 것이었다.

"구렐, 디외지, 어서 들어오게."

구렐이 디외지 형사를 대동하고 들어섰다.

"수갑은 가져왔겠지, 구렐?"

"네, 국장님."

르노르망 씨는 발랑글레에게 다가가 말했다.

"총리 각하, 이제 준비는 끝났습니다. 마지막으로 제 간절한 청입니다만, 이 체포 작전을 철회해주시기를 부탁드립니다. 이번 일은 제가 애써 마련한 계획을 수포로 돌아가게 할 것입니다. 눈앞의 사소한 만족 때문에 모든 걸 망쳐놓는 우를 범하게 될 거란 말씀입니다."

하지만 총리의 태도는 단호했다.

"므슈 르노르망, 이제 당신에게 남은 시간은 80초밖에 없다는 걸 명

813

심하시오."

국장은 울화통이 치미는 듯 애써 표정을 가다듬더니, 방을 이리저리 거닐다가 마침내 지팡이를 단단히 짚고 의자에 털썩 주저앉아 입을 다물었다. 잠시 후, 결심이 선 듯 그는 이렇게 소리쳤다.

"이제 총리 각하께서 그토록 잡아들이고 싶어 하던 자가 이 방에 들어설 것입니다. 유감스럽게도, 저로선 마지못해 그를 고발해야겠군요!"

"이제 15초 남았소, 르노르망."

"구렐, 디외지, 준비는 됐겠지? 검찰총장님, 영장에 서명은 하셨습니까?"

"10초 남았소, 르노르망."

"총리 각하, 이제 호출 벨을 울려주시겠습니까?"

발랑글레가 얼른 벨을 울리자 경비원이 즉각 안으로 들어서서 대기했다.

발랑글레는 치안국장을 돌아보며 말했다.

"자, 르노르망, 이제 다음 지시를 내려야지. 누굴 들여보내야 할지 어서 밝히시오."

"아무도 더는 들여보낼 필요 없습니다."

"무슨 소리요? 체포하기로 한 자가 있을 것 아니오? 벌써 6분이라는 시간은 흘러간 지 오래오!"

"물론 그렇습니다. 하지만 놈은 이미 대령했는걸요."

"뭐라고? 대체 무슨 말을 하는 거요? 누가 대령했단 말인지 나원……."

"분명 대령했습니다."

"이런……. 맙소사! 이봐요, 르노르망. 지금 장난하자는 거요? 잘 좀 둘러보시오, 누가 대령했다고 그러시오?"

"지금까지 이 방 안에는 모두 네 명이 있었습니다. 한데 총리 각하, 지금은 다섯 명이지요. 즉, 한 명이 늘어났다는 말씀입니다."

발랑글레는 발끈했다.

"아니, 지금 제정신이오? 대체 무슨 말을 하고 있는 거요?"

순간 두 형사가 경비원과 문 사이를 가로막았다.

르노르망 씨는 바로 그 경비원에게 다가가 어깨에 팔을 얹으며 묵직한 목소리로 중얼거렸다.

"델르롱, 오귀스트 막시맹 필립, 잘 듣게. 이제 법의 이름으로 총리실 전속 수석 경비원인 자네를 체포하네."

발랑글레는 느닷없이 웃음을 터뜨렸다.

"으허허허허, 그것참 재미있소이다, 르노르망. 정말 대단한 유머요! 브라보! 내 참 이렇게 웃어본 지도 꽤 오래구려."

르노르망 씨는 아랑곳하지 않고 검찰총장을 돌아보며 말했다.

"총장님, 여기 이 델르롱 씨의 체포 영장 직업란을 채우시는 거 잊지 마십시오. 총리실 전속 수석 경비원이라고 말입니다."

옆에 서 있던 발랑글레는 여전히 입을 다물지 못한 채 더듬거렸다.

"아무렴, 아무렴……. 총리실 전속, 수석 경비원이라……. 허허, 르노르망 저 친구, 정말 재기가 번득이는군그래. 대중이 들고일어나니까, 그냥 대차게 맞받아친다 이건가? 다른 사람도 아닌 내 수석 경비원을……. 하필 오귀스트처럼 충직한 사람을……. 허허, 르노르망. 당신 엉뚱한 건 예전부터 알고는 있었지만, 이 정도인 줄은 몰랐는걸! 거 배짱 한번 두둑하외다!"

한편 오귀스트는 무슨 일이 벌어지고 있는지 영문도 모르는 채, 멍하니 서 있을 뿐이었다. 그러나 잠시 후, 누가 봐도 충직하고 성실한 하급자의 인상일 뿐인 그의 얼굴에 어느새 황당하다는 표정이 드리워지고 있었다. 그의 눈동자는 앞에서 제멋대로 얘기를 하고 있는 사람들의 입술 위를 번갈아 옮겨가면서, 대체 무슨 말을 하는 것인지 이해하려고 애를 쓰는 눈치였다.

르노르망 씨는 따로 뭔가 지시해 구렐을 밖으로 내보낸 뒤, 오귀스트에게 다가가 이렇게 말했다.

"이제 어쩔 수 없게 됐네. 자네는 걸려들었어. 게임에 졌을 때 깨끗하게 패를 거두는 게 상책일세. 지난 화요일 자네가 한 일을 불게."

"제, 제가 뭘 어쨌다고 이러십니까? 전 그저 이곳에서 일을 했습니다."

"거짓말. 그날은 자네 비번이었어."

"그러니까……. 아, 맞는군요. 이제 기억납니다. 지방에 사는 친구 하나가 올라왔죠. 그래서 함께 불로뉴 숲을 산책했습니다."

"친구 이름은 마르코였겠지? 산책은 크레디 리요네 지하 금고실 안에서 했겠고."

"아니, 무슨 말씀을 그렇게 하십니까? 마르코라니요? 그런 이름 가진 사람 알지도 못합니다."

"그럼 이건 어떤가? 이것도 모르겠다고 할 텐가?"

국장은 금테 안경을 코앞에 들이밀며 날카롭게 추궁했다.

"저, 전혀……. 전혀 모릅니다. 전 안경을 쓰지 않아요."

"아니야. 자넨 이걸 쓰고 크레디 리요네로 가서 케셀바흐 행세를 그럴듯하게 했어. 이 안경은 콜리제 가(街) 5번지에 자네가 제롬이라는 이름으로 구해놓은 방에서 나온 걸세."

"제가 따로 방을 얻어 산다고요? 전 이 관저에서 숙식을 해결하고 있습니다!"

결정판 아르센 뤼팽 전집

"하지만 옷은 그곳에서 갈아입지. 뤼팽의 일당으로서 자네 역할을 수행할 때면 말이야."

오귀스트는 이마의 진땀을 정신없이 손으로 닦아냈다. 그의 낯빛은 이미 창백해져 있었고, 입술은 덜덜 떨고 있었다.

"도, 도, 도무지 이해가 안 가는군요. 어쩜 그런 말씀을……."

"그럼 좀 더 쉽게 이해할 만한 걸 하나 제공할까? 자네가 일하는 바로 이곳 책상 밑의 휴지통에서 발견한 휴지 조각이 여기 있네."

그러면서 르노르망 씨는 꼬깃꼬깃 구겨진 총리실 공식 편지지를 차근차근 펼쳐 보였다. 거기엔 더듬거리며 연습한 루돌프 케셀바흐의 사인이 빽빽하게 들어차 있었다.

"자, 어디 충직한 경비원으로서 이 종이에 대해 어떻게 생각하는지 말해보게. 므슈 케셀바흐의 사인을 이 정도까지 열심히 연습했다면 충분한 증거가 되겠는가?"

순간, 매서운 주먹 한 방이 르노르망 씨의 가슴팍에 날아들었다. 그러고는 눈 깜짝할 사이, 후닥닥 창가로 날아간 오귀스트는 단번에 창틀을 넘어 안뜰로 뛰어내리는 것이었다.

"맙소사! 놈을 잡아라!"

발랑글레는 허겁지겁 벨을 울려대고, 창가로 달려가 고래고래 소리를 질렀다. 한데 르노르망 씨는 한없이 침착한 태도로 이렇게 만류하는 것이었다.

"진정하십시오, 총리 각하."

"하지만 오귀스트 저자가……."

"잠깐만요. 이런 결과가 나리라고 알고 있었습니다. 심지어 은근히 기대까지 했는걸요. 이보다 더 확실한 자백이 없을 테니까요."

워낙 침착하게 타이르는지라, 발랑글레도 다시 자리에 앉을 수밖에

결정판 아르센 뤼팽 전집

없었다. 아니나 다를까, 잠시 후 구렐이 총리실 전속 수석 경비원이자 제롬이라는 이름으로 통하던 델르롱, 오귀스트 막시맹 필립의 뒷덜미를 부여잡고 문 앞에 나타났다.

"데려와!"

르노르망 씨는 마치 사냥감을 입에 문 사냥개에게 "가져와!"라고 지시를 내리는 것처럼 소리쳤다.

"그래, 순순히 따르던가?"

"좀 물더군요. 하지만 단단히 붙들었죠."

형사는 자신의 큼직하고 우락부락한 손을 내보이며 너스레를 떨었다.

"잘했네, 구렐. 이제 저자를 경시청 구치소로 압송하게. 그럼 다시 보세나, 제롬!"

이 모든 일련의 광경을 지켜보면서 발랑글레는 자못 신이 나는지, 연신 손바닥을 비비면서 웃음을 흘리고 있었다. 무엇보다도 총리실 전속 수석 경비원이 뤼팽의 패거리라는 사실이 무척이나 아이러니하면서도 신기하게 느껴지는 모양이었다.

"브라보, 르노르망! 정말 대단하오! 아니 어떻게 이 모든 사실을 알아낸 거요?"

"아주 간단합니다. 우선 케셀바흐가 바르바뢰 흥신소에 의뢰를 한 적이 있다는 사실과 뤼팽이 그의 집에 들이닥쳤을 때도 바로 그 흥신소 측에서 온 것으로 했다는 사실을 알아냈지요. 해서 그쪽부터 뒤지기 시작했는데, 머잖아 케셀바흐와 바르바뢰에 관한 정보가 다름 아닌 그곳 흥신소 직원의 친구인 제롬이라는 인물의 농간으로 새어나오고 있다는 게 드러나더군요. 각하께서 그렇게 다그치지만 않았어도, 저자를 계속적으로 감시해서 결국 마르코와 더 나아가 뤼팽까지 옭아맬 수 있었을 겁니다."

"르노르망, 당신은 틀림없이 거기까지 갔을 것이오! 그야말로 당신과 뤼팽의 일대 격전을 감상할 수 있었을 텐데, 아쉽구려. 물론 승자는 당신일 테고 말이오!"

한편 다음 날 아침 모든 신문에 다음과 같은 편지가 실렸다.

　치안국장 므슈 르노르망께 보내는 공개서한

　경비원 제롬을 체포한 것에 대해, 친애하는 선생께 아낌없는 찬사를 드리는 바입니다. 당신이었기에 망정이지, 쉬운 일은 아니었을 텐데, 정말 잘해냈소이다.

　아울러 총리 각하 앞에서 본인이 므슈 케셀바흐의 살인범이 아니라는 점을 명쾌하게 밝혀주신 것 또한 한없이 고마울 따름입니다. 당신의 논증은 그야말로 명료하고 논리적이며 확고부동한 것이었고, 무엇보다도 진실 그 자체에 부합하는 것이었소이다. 그래요, 당신도 아시다시피, 난 살인은 안 합니다. 나의 그러한 원칙을 이번 기회에 만천하에 바로잡아주셔서 뭐라 감사를 드려야 할지……. 이 시대를 살아가는 모든 사람, 특히 당신 같은 인물의 올바른 평가야말로 내게는 없어서는 안 될 보약이나 다름없지요.

　그에 대한 보답으로 저 끔찍스러운 살인마를 붙잡는 데 내가 일조함은 물론, 케셀바흐 사건을 해결하는 데 미력이나마 힘을 합하고 싶은데, 괜찮겠는지요? 거참 흥미로운 사건이더군요. 실은, 너무 흥미롭고 또 내 격에도 맞는 사건인 것 같아, 지난 4년 동안 책과 내 충견 '셜록' 사이에서 아늑하게 지내던 보금자리를 모처럼 털고 나서기로 했답니다. 물론 내 모든 친구에게도 소집 나팔을 불어놓은 상태이고요. 어디 오랜만에 다시 한번 요지경 판 속에 뛰어들어 신나게 놀아볼 참이랍니다!

아, 참으로 인생이란 알 수 없는 질곡으로 이루어졌는가 봅니다! 내가 당신의 협력자가 되다니요. 분명한 건, 내가 그 사실을 기꺼이 받아들이고 있으며, 그런 내 운명을 고맙게 여기고 있다는 점이올시다!

아르센 뤼팽

추신: 한 가지 덧붙여도 될는지요? 적어도 내 진영에서 영광된 투쟁을 해온 점잖은 신사를 당신의 그 음습한 감옥에서 썩게 내버려둘 수는 없는 법! 내 입김으로 총리실 전속 수석 경비원의 자리까지 올랐던 제롬 씨를 앞으로 5주 후, 그러니까 5월 31일 금요일을 기해 또다시 내 손으로 자유의 몸이 되게 할 예정임을 당신께는 미리 알려드려야 도리일 것 같소이다. 잊지 마시구려. 5월 31일 금요일입니다. ─A. L.

세르닌 공작의 활약

1

쿠르셀 가(街)와 오스만 대로가 맞닿는 모퉁이 건물 1층. 그곳엔 파리의 러시아인 공동체에서 가장 잘나가는 멤버 중 하나이며, 신문들의 '휴양 및 이주 정보' 칸에 단골로 이름이 오르내리는 세르닌 공작이 살고 있다.

오전 11시, 공작이 집무실로 들어서는 시각이다. 서른다섯에서 서른여덟 정도 되어 보이는 인상에다 드문드문 은발이 뒤섞인 밤색 머리, 건강한 혈색에 짙은 콧수염, 짧게 다듬은 구레나룻이 상큼한 피부의 양볼에 닿을락 말락 하는 용모의 남자이다.

복장은 상체에 꼭 맞는 회색빛 프록코트 안에 흰색 즈크 천으로 가두리 장식을 댄 조끼를 받쳐 입었다.

"아무래도 오늘 하루는 좀 고되겠어."

나지막이 중얼거리며, 그는 몇몇 사람이 기다리고 있는 큼직한 방으로 통한 문을 활짝 열었다.

"바르니에 있나? 어서 들어오게."

말이 떨어지기가 무섭게, 땅딸막하고 다부진 체구에 소시민적인 풍채의 한 사내가 득달같이 달려왔다. 공작은 곧장 그 뒤로 문을 닫았다.

"그래, 어디까지 됐나, 바르니에?"

"오늘 밤 준비는 완료된 상태입니다. 두목."

"좋아, 간단히 말해보게."

"남편 사망 후, 마담 케셀바흐는 두목이 보낸 전단에서 가르셰에 소재한 여성 전용 요양소를 선택했습니다. 다른 입주자들과 되도록 동떨어진 곳을 선호하는 부인들을 위해 마련된 네 채의 별장 중 마지막 별채인 '황후 별장'에 지금 머물고 있고요."

"하인들은?"

"간병인 겸 말동무로는 사건 발생 직후 함께 현장에 도착한 제르트뤼드라는 아가씨가 하나 있고, 곧이어 몬테카를로에서 불러들인 그녀의 동생 쉬잔이 청소며 빨래를 담당하고 있습니다. 두 여자가 지극히 헌신적으로 보살피는 것 같습니다."

"에드바르라는 사환은 어찌 됐나?"

"그는 거두지 않아서 자기 나라로 돌아갔습니다."

"어때, 사람들은 만나는 편인가?"

"전혀요. 매일같이 디방(침대 겸용의 긴 의자—옮긴이)에 늘어져 시간을 때우는 편입니다. 무척 병약해진 상태 같습니다. 울기도 많이 울고요. 어제는 수사판사가 두 시간 정도 곁에 머물다 갔답니다."

"알았네. 그 처녀는 어떤가?"

"마드무아젤 주느비에브 에르느몽은 현재 길 맞은편에 살고 있습니다. 그러니까 들판으로 뻗은 샛길 오른쪽 세 번째 집이죠. 요즘 지진아 무료 학교에 열심히 매달리고 있는데, 조모인 마담 에르느몽이 함께 머물고 있습니다."

"자네 편지를 보면, 주느비에브 에르느몽과 마담 케셀바흐가 서로 안면을 튼 것 같던데?"

"그렇습니다. 그 아가씨가 마담 케셀바흐에게 학교 보조금을 부탁한 바가 있더군요. 둘이 아주 죽이 잘 맞는 것 같습니다. 요양소가 일부 차지하고 있는 빌뇌브 공원으로 벌써 나흘째 함께 나들이를 한 걸 보면 말입니다."

"대개 몇 시쯤 나들이를 하던가?"

"5시에서 6시 사이입니다. 정각 6시에는 여자가 학교로 돌아와야 하니까요."

"작전은 잘 짜놓았겠지?"

"네, 오늘 오후 6시입니다."

"아무도 없어야 하네."

"그 시각에 공원에는 아무도 없습니다."

"좋았어! 내 곧 가지."

공작은 사내를 현관문을 통해 내보낸 뒤, 다시 대기실로 돌아와 이름을 불렀다.

"다음, 두드빌 형제!"

두 젊은이가 들어왔는데, 왠지 지나치게 태깔을 부린 우아한 차림새에 눈빛이 강렬한, 다소 호감 가는 인상이었다.

"봉주르 장, 봉주르 자크! 경시청 일은 어떤가?"

"별일 없습니다. 두목."

"르노르망 씨는 여전히 자네들을 신뢰하겠지?"

결정판 아르센 뤼팽 전집

"여부가 있습니까! 우리 모두 구렐 다음으로 신망받는 형사로 통한답니다. 채프만이 살해됐을 때 2층 복도 쪽에 살고 있던 사람들을 감시하도록 우리를 팔라스 호텔에 배치한 것만 봐도 알 수 있지요. 매일 아침 구렐이 오면 두목께 드리는 보고와 똑같은 내용을 전달해주는 게 우리 임무랍니다."

"좋아, 경시청에서 일어나는 모든 일과 오가는 얘기를 내가 항상 접하는 게 무엇보다 중요하다네. 르노르망이 자네들을 자기 사람으로 생각하는 한, 내가 상황을 장악할 수가 있어. 그래, 호텔에선 무슨 단서라도 발견됐나?"

연장자인 장 두드빌이 대답했다.

"왜, 그 영국인 여자 있지 않습니까. 얼마 전에 방을 비웠습니다."

"그 노처녀는 관심 없네. 그 여자에 대해선 정보가 충분해. 문제는 그 옆방에 있던 친구야. 파버리 소령이었지?"

두 형제는 일순 당황하는 기색이더니, 한 명이 대답했다.

"오늘 아침 파버리 소령은 자기 짐을 12시 50분발 기차 편에 댈 수 있도록 노르 역까지 운반해달라고 하고선, 자동차를 타고 떠났습니다. 그래서 기차가 떠날 때까지 기다렸는데, 본인은 나타나질 않더군요."

"짐은 어떡하고?"

"다시 가지러 역에 사람을 보냈더라고요."

"누굴 말인가?"

"용달인을 사서 보냈습니다."

"흠…… 족적(足迹)을 지우려는 수작이었군!"

"그렇죠."

"역시!"

공작은 쾌재를 불렀고, 형제는 그런 그의 모습을 놀란 눈으로 멀뚱하니 바라만 보고 있었다.

"바로 그거야. 단서가 잡힌 셈이라고!"

"정말요?"

"물론이지. 채프만은 바로 그 복도의 어느 방에서 살해된 게 틀림없어. 케셀바흐 씨의 살해범이 비서를 데리고 간 곳도 거기고, 죽인 곳도, 또 옷을 갈아입은 곳도 거기야. 범인이 자리를 뜬 뒤 그 방에 사는 공범이 시체를 복도로 끌어내다 놓은 거란 말일세. 과연 그 공범이 누구냐가 문젠데……. 파버리 소령이 행적을 감춘 방식을 보면 그가 이 사건과 무관하지 않다는 게 거의 분명해. 자, 어서 서두르게. 기쁜 소식을 르노르망 씨나 구렐에게 전화로 알려야지! 이런 일일수록 경시청에서 가장 먼저 파악을 하고 있어야 하는 법이네. 그들과 나는 이제 함께 손발이 맞아야 하거든!"

거기까지 얘기한 후, 그는 두 형제에게 경시청 형사와 세르닌 공작 보좌관으로서의 이중 역할에 관해 몇 마디 충고를 해준 다음 돌려보냈다.

이제 대기실에 남은 인원은 단 두 사람. 그중 한 명을 들어오게 했다.

"이거 대단히 미안하게 됐네, 박사. 자, 피에르 르뒥은 좀 어떤가?"

"죽었습니다."

"아, 오늘 아침 기별을 받고 어느 정도 예상은 했던 일이네만. 그래도 그 불쌍한 녀석이 조금만 더 견뎠으면……."

"피골이 상접할 정도로 쇠진(衰盡)한 상태였습니다. 깜빡 혼절을 하더니만 그걸로 끝이더군요."

"말문은 열던가?"

"전혀요."

"벨빌의 어느 카페 구석에서 우리가 그를 몰래 잡아들인 이후, 자네가 보기에 자네 병원에서 그자의 정체를 혹시 의심하는 사람은 없었나? 경찰이 수배 중이고, 케셀바흐가 어떻게든 찾아내려고 했던 그 수수께 끼 같은 피에르 르뒥이라는 인물이 아닐까 하고 말이네."

"아무도 그런 건 눈치채지 못했을 겁니다. 혼자서 외딴 방을 쓰고 있 었으니까요. 게다가 그 새끼손가락의 유명한 상처를 가리느라 그자의 왼손에 늘 붕대를 감아놓았거든요. 볼에 난 흉터는 수염에 가려 애당초 보이지도 않았고요."

"물론 직접 감시는 해왔겠지?"

"늘 제가 전담해서 감시해왔습니다. 그리고 지시하신 바대로, 그의 정신이 맑아질 때마다 놓치지 않고 신문을 해왔습니다. 그럼에도 그의 입에서 나오는 말이란 늘 알아들을 수 없는 옹알이 수준에 불과했지 만요."

공작은 생각에 잠긴 채 이렇게 중얼거렸다.

"아⋯⋯. 죽었네. 결국엔 피에르 르뒥도 죽었어. 케셀바흐 사건의 향 방은 전적으로 그에게 달렸는데. 이렇게 허망하게 가버려서야⋯⋯. 자 기 자신에 대해서, 자기 과거에 대해서 단 한 마디 말도 없이, 속 시원 히 밝혀주지도 않고 그렇게 떠나가다니. 아, 대체 이 캄캄하게만 느껴 질 뿐인 모험 속으로 내가 굳이 발을 들여놓아야 하는 걸까? 너무 위험 해. 자칫 헛디딜 수도 있어."

그는 잠시 침묵을 지키다가 마침내 홀가분하게 외쳤다.

"아! 하는 수 없지! 한번 한다면 하는 거야! 피에르 르뒥이 죽었다고 해서 내가 패를 버릴 수야 없지. 오히려 그 반대면 반대지. 여기서 포 기하기에는 너무도 매력적인 사건이거든. 어쨌든 간 사람은 간 사람이 고⋯⋯. 명복이나 빌어야겠지! 자, 자네도 가보게, 박사. 오늘 밤 내가 전화하겠네."

박사가 퇴장하자, 세르닌 공작은 마지막 남은 방문객을 들였다. 자그마한 체구에 회색빛 머리, 싸구려 호텔 종업원 같은 차림새를 한 남자였다.

"자 이제 우리 둘뿐이네, 필립."

"두목, 지난주에 저더러 베르사유에 있는 레되장프뢰르 호텔에 사환으로 위장해 잠입하라고 분부하셨죠. 어느 젊은이 하나를 감시하도록 말입니다."

"그렇지, 알고 있네. 제라르 보프레라는 사내였지. 그래 어떻게 됐나?"

"보아하니 자금이 바닥난 모양입니다."

"그 울증(鬱症)은 여전하던가?"

"늘 자살할 생각만 하고 있습니다."

"심각한 것 같나?"

"아주 심각합니다. 여기 그의 서류 더미에서 발견한 쪽지 좀 보십시오."

세르닌은 쪽지를 받아 읽으면서 연신 혀를 찼다.

"저런, 저런……. 죽을 걸 아예 예고까지 하는군. 오늘 밤이라……."

"그렇습니다, 두목. 벌써 천장에다가는 갈고리를 달아놓았고, 밧줄도 사놓았습니다. 지시하신 대로 제가 그 친구와 말문을 텄더니, 곧장 자기 고민거리를 쏟아놓더군요. 그래서 역시 시키신 대로, 두목을 한번 찾아뵈라고 충고했죠. '세르닌 공작은 갑부이면서 무척 좋은 분이시니, 아마 도움이 되어줄' 거라면서요."

"잘했네. 이제 곧 오겠군그래?"

"벌써 부근 어딘가에 와 있을 겁니다."

"아니, 그걸 자네가 어찌 아는가?"

"미행을 했거든요. 파리행 기차를 타고 왔는데, 지금쯤은 대로변 어딘가를 어슬렁거리고 있을 겁니다. 조만간 결심을 하겠죠."

바로 그때였다. 하인이 명함 한 장을 들고 들어섰다. 공작은 곧장 이렇게 말했다.

"므슈 제라르 보프레를 들여보내시게."

그러고는 필립에게 나직이 속삭였다.

"여기 골방으로 건너가 있게. 그리고 꼼짝 말고 귀를 잘 기울이게."

혼자 남은 공작은 이렇게 중얼거렸다.

"망설일 필요가 없겠지. 저자를 이곳으로 보낸 건 운명의 뜻일 테니."

잠시 후, 키가 크고 전체적으로 몹시도 야윈 금발의 청년이 열에 들뜬 눈을 두리번거리며 문가에 나타났다. 그는 손을 내밀고 싶지만 감히 그러지를 못해 우물쭈물하는 걸인처럼 머뭇대는 기색으로 서 있었다.

대화는 짤막짤막하게 이어졌다.

"당신이 므슈 제라르 보프레요?"

"네……. 제, 제가 바로 제라르 보프레입니다."

"실례지만, 초면인 듯……."

"저, 저기 있잖습니까, 선생님. 누, 누가 소개를……."

"누가 말이오?"

"호텔 사환이……. 선생님 댁에서 일을 한 적이 있다면서……."

"그래서요?"

"그게 저……."

젊은이는 공작의 다소 고압적인 태도에 적잖이 당혹스럽고 기가 죽은 듯 차마 말을 잇지 못했다. 그 대신 공작이 큰 소리로 말했다.

"아무래도 선생, 일정한 절차를……."

"저기 말입니다, 선생님. 그 사람 얘기가 선생님은 무척 부자이시고 너그러우시다고 하더군요. 그래서 제 생각에 선생님이라면 혹시나……."

그는 차마 애걸복걸하는 얘기를 내놓지 못해 또다시 입을 다무는 것이었다.

하는 수 없이 세르닌은 그에게 다가가 이렇게 말했다.

"므슈 제라르 보프레, 당신은 『봄의 미소』라는 제목의 시집을 출간한 적이 있지요?"

"네! 그렇습니다! 그걸 읽으셨나요?"

젊은이는 단박에 얼굴이 환해지며 외쳤다.

"그렇소. 당신 시, 참 예쁘더군요. 정말 예뻐요. 한데 당신은 그 시들이 충분한 호구지책이 되어주기를 바라고 있겠죠?"

"바로 그렇습니다. 언젠가는 말이지만……."

"'언젠가는'이라……. 하긴 당장은 아니겠지, 그렇죠? 그리고 그 '언젠가'가 올 때까지 살아갈 방도를 구하러 내게 온 거죠?"

"딱 잘라 말해 먹고살 방도를 구하러 온 겁니다, 선생님."

세르닌은 사내의 어깨 위에 한쪽 팔을 얹고서 차갑게 말했다.

"이보시오, 자고로 시인이란 먹고사는 게 아닙니다. 시인이란 시와 꿈만으로 사는 사람이라오. 그렇게 사세요. 그게 지금처럼 구걸을 하는 것보다 훨씬 나은 겁니다."

젊은이는 일순 치밀어 오르는 모멸감으로 부르르 몸을 떨었다. 그러곤 한마디도 없이 곧장 몸을 돌려 문으로 향하는 것이었다.

세르닌은 젊은이의 팔을 덥석 붙들었다.

"아직 끝나지 않았소. 현재 수중에 남은 돈이 하나도 없습니까?"

"전혀 없습니다."

"기댈 데도 없고요?"

"아직은 희망이 있긴 합니다. 친척 중 한 분에게 뭐든 좀 보내달라고 사정하는 편지를 띄운 상태입니다. 오늘 답이 올 텐데, 그게 마지막이 될 겁니다."

"만약 기다리던 답장이 안 오면, 필시 오늘 밤 내로 당신은 기어코……."

"네, 그럴 겁니다."

아주 간명한 대답이었다.

순간, 세르닌은 느닷없이 웃음을 터뜨렸다.

"와하하하하! 맙소사! 젊은이, 당신 정말이지 재미있는 친구요! 어쩜 그리도 순진하시오! 부탁인데, 내년에도 다시 한번 찾아와 주시겠소? 그때 가서 이 모든 문제를 다시 얘기해보십시다. 정말이지 흥미롭고, 정말 재미있어요. 무엇보다 너무 웃기는 일이에요. 하하하하!"

공작은 웃느라 어깨까지 들썩이면서 짐짓 과장된 제스처를 써가며 인사를 한 다음, 젊은이를 문 앞까지 배웅했다.

"필립, 얘기는 들었겠지?"

그는 호텔 사환이 대기하고 있는 골방 문을 열어젖히며 물었다.

"네, 두목."

"제라르 보프레는 오늘 오후에 도착할 전보를 기다리고 있다. 도움을 약속하는 내용이야."

"네, 마지막 남은 실탄인 셈이죠."

"그 전보 말이네. 절대로 저자의 손에 들어가선 안 돼. 전보가 도착하거든 가로채서 지체 없이 찢어버리도록 하게."

"알겠습니다, 두목."

"요즘 호텔 안에 자네 혼자뿐이지?"

"네. 요리하는 여자가 하나 있긴 한데, 잠은 다른 데서 잡니다. 주인은 출장 중이고요."

"좋아, 이제부터 당분간 우리가 주인 행세를 하는 거다. 오늘 밤, 11시쯤이다. 자, 가보게!"

2

세르닌 공작은 내실로 옮겨가서 하인을 호출했다.

"내 모자하고 장갑하고 지팡이를 준비해주게. 자동차는 대기하고 있겠지?"

"네, 므슈."

그는 옷을 차려입고 밖으로 나와 큼직하고 안락하기 이를 데 없는 리무진에 올랐다. 차는 곧장 불로뉴 숲으로 향했고, 점심 초대가 있는 가스틴 후작 부부의 저택 앞에서 멈췄다.

2시 반이 되어 저택을 나선 그는 클레베 가도에서 잠시 차를 멈춰, 사내 두 명과 박사를 태운 뒤, 3시 5분 전 레프랭스 공원에 도착했다.

정각 3시, 그는 스피넬리라고 하는 어느 이탈리아 군인과 검술 결투를 벌였고, 첫 접전에서 상대의 귀를 베어버렸다. 3시 45분, 그는 또 캉봉 가(街)의 도박 클럽에서 물주(바카라 게임의 뱅커―옮긴이)에게 걸어, 5시 20분, 4만 2000프랑을 거머쥔 채 걸어나왔다.

이 모든 일련의 신들린 듯한 행위를 그는 전혀 서슴없이 고고한 태도로 해치우는 것이었다. 보통 사람이라면 인생 자체를 파란만장한 소용돌이 속에 휩쓸리게 만들 것만 같은 그러한 행위가 자신에게는 너무나도 평범한 일상의 일부이기라도 하듯⋯⋯.

"옥타브."

차에 올라탄 그는 운전기사에게 던지듯 말했다.

"가르셰로 가자."

급기야 6시 10분 전, 빌뇌브 공원의 고색창연한 담 앞에서 리무진이 멈춰 섰다.

지금은 구획이 잘게 나누어지고 여기저기 파헤쳐진 상태이지만, 아직도 빌뇌브 공원 영지는 외제니 황후(나폴레옹 3세의 황후─옮긴이)가 와서 며칠씩 쉬어가곤 하던 그 시절의 광휘를 어느 정도 간직하고 있었다. 근사한 고목들과 연못, 생클루 숲의 녹음이 펼쳐 보이는 은은한 그늘하며, 그야말로 우아함과 멜랑콜리가 기막히게 조화를 이룬 경관이라 아니할 수 없었다.

그중에서도 알짜배기 땅이라고 할 수 있는 구획은 파스퇴르 연구소에 할당되어 있었다. 그런가 하면, 그로부터 일반 대중을 위해 확보된 넓은 지역을 사이에 두고 역시 웬만큼 널찍한 영지가 요양 시설에 할애되어 있었는데, 중앙의 요양원 건물 주위로 네 채의 별장이 따로 떨어져 세워져 있었다.

"마담 케셀바흐가 저곳에 머문다는 말이지."

공작은 저만치 요양소와 별장들의 지붕을 물끄러미 바라보며 중얼거렸다.

그는 공원을 가로질러 연못가로 나아갔다.

그렇게 몇 그루 나무가 우거진 곳에 이르자 갑자기 그는 발걸음을 멈췄다. 문득 연못을 가로질러 놓은 구름다리 난간에 웬 여자 둘이 팔꿈치를 기대고 나란히 서 있는 것이 눈에 들어왔던 것이다.

"바니에와 밑의 애들이 주변 어딘가에 있을 텐데. 젠장, 이거야 워낙 꼼꼼히 숨어 있어서, 암만 찾아도 보이질 않으니⋯⋯."

그렇게 중얼거리는 동안, 이제 두 여자는 웅장한 나무 아래 잔디를 밟으며 거닐기 시작했다. 바람이 조용하게 흔들어대는 나뭇가지 사이로 창공의 푸른빛이 언뜻언뜻 비치고 있었고, 파릇한 새순과 봄의 내음이 대기 중에 감미롭게 떠돌고 있었다.

그렇게 떼잔디가 보기 좋게 펼쳐진 언덕을 따라 연못가로 내려오다 보면, 데이지 꽃, 제비꽃, 수선화, 은방울꽃 등등, 4월과 5월에 피는 온갖 자그마한 꽃이 마치 빛깔의 잔치판이라도 벌여놓은 듯 흐드러지게 피어 있는 것이었다. 어느덧 태양은 뉘엿뉘엿 지평선 저만치 기울고 있었다.

불현듯 덤불숲 한 곳으로부터 세 사내가 튀어나오더니 산책을 즐기는 두 여자 쪽으로 다가왔다.

무언가 이야기를 주고받는 듯하더니 두 여자의 안색에 금세 두려워하는 빛이 완연했다. 아니나 다를까, 남자 중 하나가 좀 더 체구가 작아 보이는 여자에게 접근하는가 싶더니, 손에 들려 있던 황금빛 지갑을 냅다 움켜쥐는 것이 아닌가!

이내 날카로운 비명이 따랐고, 세 사내는 이제 한꺼번에 여자들을 향해 덮치기 시작했다.

“때가 됐군!”

그렇게 중얼거림과 동시에 공작은 땅을 박차고 달려나갔다.

연못에 다다르기까지 채 10초도 걸리지 않은 것 같았다. 물론 세 사내는 불청객이 끼어들자, 뒤도 안 돌아보고 줄행랑을 쳤다.

“꺼져라, 불한당 같은 놈들! 꽁지가 빠져라 도망쳐! 어느 놈이든 잡히기만 해봐라!”

벽력같은 고함과 함께 공작은 계속해서 추격할 태세였다. 한데 뒤에서 그만 만류하는 것이었다.

결정판 아르센 뤼팽 전집

"오, 선생님, 제발 좀 도와주세요. 제 친구가 몹시 불편합니다."

아닌 게 아니라 체구가 작은 쪽이 그만 잔디 위에 쓰러진 채 기절해 있었다.

그는 걱정스러운 표정으로 얼른 발걸음을 돌렸다.

"어디 다쳤습니까? 저 비열한 놈들이 혹시라도……?"

"오, 아니에요. 그건 아니고요. 그냥 너무 놀라서……. 아, 이분이 누군지 아시면 아마 이해하실 거예요. 마담 케셀바흐랍니다."

"아!"

공작은 얼른 암모니아 병을 건네주었고, 여자는 서둘러 그것을 마담 케셀바흐의 코밑에 갖다 댔다.

"거기 자수정 마개를 들춰보면 작은 함(函)이 있을 겁니다. 환약이 몇 알 있을 텐데, 더도 말고 딱 한 알만 먹이세요. 약효가 매우 강하니 딱 한 알만 먹어야 합니다!"

공작은 그렇게 덧붙이며, 동료를 간호하는 여인의 얼굴을 찬찬히 뜯어보았다. 금발에다 무척이나 수수한 인상이었는데, 웃는 듯 마는 듯한 표정이 부드럽고도 진지한 얼굴에 일말의 생기를 불어넣고 있었다.

'주느비에브인가 보군. 주느비에브⋯⋯. 주느비에브라⋯⋯.'

그는 자못 뛰는 가슴을 억누르며 속으로 되뇌었다.

마담 케셀바흐는 서서히 정신을 회복해가고 있었다. 깜짝 놀란 표정을 보건대, 뭐가 어떻게 된 것인지 이해가 안 가는 모양이었다. 그러나 이내 사태를 기억해내고는 살짝 고개를 숙여 난데없이 나타난 구원자에게 감사의 뜻을 표했다.

공작은 그제야 정식으로 허리를 깍듯하게 숙이며 자신을 소개했다.

"소개드리지요. 저는 세르닌 공작이라고 합니다."

그녀도 나지막이 화답을 해왔다.

"뭐라고 감사의 말씀을 드려야 할지 모르겠습니다."

"가만히 계시는 걸로 족합니다, 마담. 그저 우연에게 고마워해야겠지요. 저의 발걸음을 이곳으로 향하게 한 우연 말입니다. 제가 부축해드려도 될까요?"

그로부터 몇 분 후, 마담 케셀바흐는 요양소의 초인종을 울리면서, 공작에게 말했다.

"선생님께 한 번 더 도와달라고 부탁을 드려야겠네요. 부디 이번 일을 모르는 척해주셨으면 합니다."

"하지만 부인, 진상을 밝히려면 아무래도⋯⋯."

"진상을 밝히려면 정식 조사가 있어야 할 테고, 그러면 제 주변이 또한 차례 시끄러워질 거예요. 저는 지금도 너무 피곤한 상태고, 이제 더는 그런 소란을 견딜 힘이 남아 있지 않답니다."

공작은 더 이상 고집을 부리지 않았다. 다만 다시금 깍듯하게 인사를 하며 이렇게 덧붙였을 뿐이다.

"나중에 문안을 여쭤도 되겠는지요?"

"물론이죠."

그녀는 주느비에브를 포옹한 뒤 안으로 들어갔다.

이미 주변은 어둑한 기운이 깔리고 있었다. 세르닌은 주느비에브를 숙소까지 바래다주겠다고 고집했다. 그러나 둘이 오솔길로 접어들자마자 벌써부터 저쪽 어둠 속에서 웬 그림자 하나가 불쑥 튀어나오더니, 이쪽으로 달음질쳐 마중을 나오는 것이었다.

"할머니!"

주느비에브는 노파의 품에 와락 달려들고는 연신 볼을 비벼댔다.

"오······. 아가야! 대체 무슨 일이 있었던 거니? 그토록 정확하던 네가 어찌 이리 늦은 거야?"

주느비에브는 대답 대신 얼른 소개부터 했다.

"여기는 세르닌 공작님이에요. 우리 할머니, 마담 에르느몽이세요."

그러고 나서 아까 겪었던 사고 얘기를 늘어놓자, 마담 에르느몽은 거듭 호들갑을 떨었다.

"오, 아가야, 그래 얼마나 놀랐니. 선생님, 정말 이 은혜는 못 잊을 겁니다. 정말이에요. 아가야, 정말 많이 놀랐지? 오, 가엾은 것."

"할머니 이제 괜찮아요. 이렇게 무사히 왔잖아요."

"그래······. 하지만 그렇게 놀라면 결코 몸에도 좋지 않은 법이란다. 어디가 어떻게 됐는지 어찌 알겠니? 세상에, 끔찍한지고!"

셋은 그렇게 산울타리가 둘러쳐진 길을 따라 걸었다. 울타리 너머로는 제법 우거진 나무들 사이로 하얀 건물 한 채와 아담한 뜨락이 얼핏 얼핏 보였다.

건물 뒤로 돌아들자 아치형으로 우거진 딱총나무들 아래로 아담한 문이 나타났다.

노파는 세르닌 공작을 기꺼이 안으로 들이더니 곧장 소박한 응접실로 안내했다.

그런가 하면 주느비에브는, 학생들이 밤참을 들 시간이라며, 공작에게 잠시 양해를 구한 뒤 자리를 떴다.

그렇게 해서 응접실에는 공작과 마담 에르느몽만 덩그러니 남게 되었다.

이렇게 보니, 가운데 가르마를 타 양쪽으로 영국식 고수머리를 늘어뜨린 백발 아래, 노인의 얼굴은 어딘지 서글퍼 보이는 창백한 인상이었다. 다소 투박하고 묵직해 뵈는 걸음걸이 때문인지, 그녀는 전체적인 생김새나 귀부인 복장에도 불구하고, 왠지 천박해 보이기도 했지만, 눈빛만큼은 한없는 선량함 그 자체였다.

그녀는 탁자 위를 이리저리 정돈하면서 연신 아까의 불안한 심정을 입가로 흘리고 있었다. 한데 세르닌 공작이 천천히 그녀에게 다가가더니, 두 손으로 얼굴을 감싸고는 양 볼에 부드러운 입맞춤을 하는 것이었다!

"이봐요, 그간 잘 지냈어요?"

기겁을 한 노파는 순간 두 눈을 휘둥그레 뜬 채 차마 입을 다물지 못했다.

공작은 지그시 웃으며 다시금 볼에 입을 맞추었다.

그제야 노파는 정신없이 이렇게 더듬대기 시작했다.

"아니, 너는! 너는! 아! 하느님 아버지. 성모마리아님. 아……. 이럴 수가! 성모마리아님!"

"그래요, 빅투아르!"

"안 돼, 날 그렇게 부르지 마라. 빅투아르는 죽었단다. 이제 네 늙은 유모는 더 이상 존재하지 않아. 난 이제 온통 주느비에브한테만 매달려 있는 몸이야."

그러고는 한층 소리를 낮춰 이렇게 덧붙였다.

"오, 하느님……. 그동안 신문 지상에서 네 이름을 많이 읽었단다. 그래, 또 그 고약한 삶을 다시 시작한 거니?"

"보시다시피요."

"하지만 정말 끝이라고 약속했지 않니. 앞으로는 영원히 손을 씻고 정직하게 살아가겠다고 했잖아."

"노력은 했어요. 4년 동안 한결같이요. 설마 지난 4년 동안도 내가 시끄럽게 굴었다고 생각하는 건 아니죠?"

"그런데 어찌 된 거야?"

"이젠 지겨워졌어요."

노파는 한숨을 내쉬었다.

"역시 그렇구나. 하나도 달라진 게 없어. 아……. 가망이 없구나. 넌 절대로 달라지지 않을 거야. 그래서 지금은 그 케셀바흐 사건에 연루된 거니?"

"그럼요! 그렇지 않다면 내가 뭐하러 우리 애들을 풀어 정확히 6시에 마담 케셀바흐를 습격하게 하고, 또 정확히 5분 후에 그녀를 구출하는 척했겠어요? 그렇게 해야, 일단 은혜를 입은 몸이니, 나를 순순히 받아 줄 것 아니겠어요? 그걸로 이젠 사건의 핵심에 뛰어든 겁니다. 미망인을 보호하면서 그 주변부터 파고들어 가는 거지요. 아, 나더러 달리 어쩌란 말입니까? 내 인생은 그저 자질구레한 일이나 신경 쓰면서 빈둥대도록 나를 가만 놔두질 않는 걸 어쩌겠어요! 내겐 역시 화끈하고 통쾌한 삶이 어울리는가 봅니다."

노파는 망연자실한 표정으로 가만히 바라보더니 이렇게 더듬거렸다.

"그, 그래……. 알겠구나. 알겠어. 이제까지도 모두 꾸며낸 일이었구나. 하지만 주느비에브는……."

"그거야 일석이조인 셈이죠. 어차피 힘들게 구출 작전을 펼 바에는 둘 다 한꺼번에 혹하게 만드는 게 낫지요. 그러지 않고 그 애와 안면을 트려면 얼마나 시간과 노력이 들어가야 할지 어떻게 알겠어요? 내가 그 애한테 그동안 뭐였습니까? 앞으로도 뭐가 될 수 있겠어요? 그저 낯모르는 사내일 따름이죠. 하지만 이제는 당당한 구세주나 다름없지 않습니까? 조금만 더 있으면 아예 친구가 될 거고요."

이제 노파는 몸을 덜덜 떨기까지 했다.

"그러니까……. 넌 우리 주느비에브를 구한 것도 아니었어. 그냥 그렇게 우리 모두를 또 네 그 고약한 모험 속에 끌어들였을 뿐이라고."

그러더니 갑자기 발작이라도 일으키듯 공작의 어깨를 부여잡으며 이러는 것이었다.

"안 된다! 이젠 절대로 안 돼! 내 말 알아듣겠니? 언젠가 그 애를 내게 데려오고는 이랬지 않니. '이 애를 좀 맡아주세요. 애 부모가 둘 다 죽었답니다. 부디 잘 돌봐주세요'라고 말이다! 그러니 이제 저 아이는 내가 보호한다. 너와 네 그 모든 수작으로부터 내가 나서서 보호할 거란 말이다!"

떡 버티고 선 채 두 손아귀를 잔뜩 그러쥔 마담 에르느몽의 단호한 얼굴에는 무슨 짓을 저지를지 모를 긴장감이 팽팽하게 감돌고 있었다.

세르닌 공작은 침착하기 그지없는 태도로 양어깨를 움켜쥔 노파의 손을 하나씩 천천히 떼어내고는, 이번엔 자기가 노파의 어깨에 가만히 손을 얹어 안락의자에 앉혔다. 그리고 허리를 숙여 바짝 가까이 얼굴을 들이댄 채 지극히 차분한 어조로 이렇게 내뱉는 것이었다.

"제기랄!"

노파는 그만 완전히 압도되어 울음을 터뜨렸다. 그러면서 이젠 아예 세르닌 앞으로 두 손을 모은 채 애걸하기 시작했다.

"오, 제발 부탁이다. 우릴 가만히 내버려다오. 그동안 우린 잘 지내 왔단다! 난 그동안 네가 우리를 잊고 지내는 줄만 알았어. 하루하루 그렇게 지나가면서 내가 하늘에 대고 얼마나 감사를 드렸는지 아니? 그래……. 그래도 나는 너를 사랑한단다. 하지만 주느비에브는 안 돼. 나는 그 아이를 위해서라면 무슨 짓을 할지 모른다. 그 애는 이미 너 대신 내 마음을 차지하고 있어."

공작은 지그시 웃어 보이며 말했다.

"알겠습니다. 날 마음껏 욕하세요. 자, 다 부질없는 짓입니다! 더 이상 낭비할 시간이 없군요. 주느비에브를 만나 얘기를 좀 해야겠어요."

"네가 그 애와 얘기를 한다고?"

"왜요, 그것도 죄가 되나요?"

"그 애에게 할 얘기가 뭐가 있단 말이니?"

"비밀이에요. 아주 중대하고, 또 감동적인 비밀이죠."

노파는 넋을 다 잃은 표정이었다.

"혹시, 그 애에게 고통을 줄 비밀 말이냐? 아, 정말 걱정이구나. 그 애 일이라면 난 너무 걱정이 돼."

"지금 오고 있어요."

"그럴 리가, 아직 아닐 텐데."

"맞아요. 오는 소리가 들리는걸요. 어서 눈물 자국이나 닦고, 진정하고 계세요."

그러나 노파는 다급하게 말했다.

"내 말 잘 들어라. 난 네가 그 애에게 무슨 말을 할지, 잘 알지도 못하는 그 애에게 무슨 비밀을 들려줄지 모르겠다. 하지만 난 말이다, 그 애를 잘 알아. 그래서 하는 얘긴데, 주느비에브는 용기 있고 강인한 아이지만, 무척이나 예민하기도 하단다. 그러니 무슨 말을 하든 말 하나하나에 조심해야만 해. 그 애 마음에 상처를 줄 수도 있단 말이다. 넌 그 애 마음을 종잡을 수가 없을 거야."

"나 원 참, 그건 또 왜죠?"

"그 애는 너와는 전혀 다른 세계에 살고 있어. 전혀 다른 종자(種子)라고. 난 지금 전혀 다른 정신세계에 관해 얘기하는 거다. 지금으로 봐선, 너에겐 암만 해도 이해가 되지 않는 세상이 있을 것 같구나. 너와 그 애 사이에는 도저히 건너뛸 수 없는 장벽이 가로놓여 있어. 주느비에브는 지극히 깨끗하고 고귀한 양심을 가지고 있단다. 한데 너는……."

"나는요?"

"너는…… 너는 정직한 사람이 못 돼."

3

주느비에브는 아까와는 사뭇 다르게 생기 넘치고 화사한 얼굴로 들어왔다.

"아이들을 모두 침실에 들여보냈어요. 앞으로 10분 정도는 자유 시간이에요. 어머나, 할머니, 무슨 일이에요? 얼굴이 말이 아니에요. 또 아까 그 일 때문에 그러세요?"

세르닌 공작이 얼른 끼어들었다.

"아닙니다, 마드무아젤. 할머님은 제가 충분히 안심시켜드렸다고 봅니다. 단지 우리 둘이서 당신에 대해, 특히 당신의 어린 시절에 대해 이야기를 잠시 나눴는데, 아마도 그 얘기가 할머님 심기를 조금 흔들었나 봅니다."

"제 어린 시절요?"

주느비에브의 얼굴이 금세 달아올랐다.

"원, 할머니도!"

"너무 탓하진 마세요, 마드무아젤. 어쩌다 보니 얘기가 저절로 그렇게 흘러간 것뿐이니까요. 그런데 알고 보니 당신이 나고 자란 작은 마을을 제가 자주 지나다녔더군요."

"아스프르몽을요?"

"네, 아스프르몽…… 니스 근처에 있지요, 아마. 그곳의 아주 하얀 새 집에서 사셨더군요."

"네, 창문들 주위로는 파란색이 칠해진 아주 하얀 집이었지요. 그땐 너무 어렸어요. 아스프르몽을 떠나올 때가 고작 일곱 살 때였으니까요. 그래도 그 시절은 사소한 것들까지 기억나요. 새하얀 집 담벼락에 작열하는 햇살이라든가 정원 구석에 드리워진 유칼리나무 그늘도 죄다 기억하고 있지요."

"마드무아젤, 그 정원 구석엔 유칼리나무 말고 올리브나무들도 있었어요. 그중 한 그루 아래엔 당신 어머님이 더운 날이면 나와서 일을 하시던 탁자가 놓여 있었지요."

"맞아요! 그랬어요! 전 그 옆에서 놀았고요."

여자는 몹시 흥분해서 소리쳤다.

"제가 당신 어머님을 여러 번 뵌 것도 바로 그곳에서였답니다. 아까 당신을 보았을 때부터 불현듯 그 당시 어머님 얼굴이 떠오르더군요. 좀 더 밝고, 행복해 보이는 얼굴이었죠."

"하지만 우리 가엾은 어머니는 그리 행복하진 않았답니다. 제가 태어난 바로 당일에 아버지가 돌아가셨거든요. 늘 그 생각만 하면 우시곤 하셨어요. 그때 제가 손수 어머니 눈물을 닦아드리던 작은 손수건이 제일 기억에 남아요."

"장미 무늬가 새겨진 손수건이었지요."

순간, 여자는 흠칫 놀라는 표정이었다.

"네? 아니, 어떻게 그걸……?"

"당신이 어머님을 위로해드리는 걸 어느 날 우연히 목격했거든요. 그때 어찌나 자상하게 눈물을 닦아드리던지 아직까지 그 장면이 눈에 선합니다."

여자는 한동안 남자의 눈동자 속을 가만히 들여다보았다. 그녀는 자기도 모르게 거의 혼잣말처럼 이렇게 중얼거렸다.

"그래……. 맞아. 당신의 그 눈빛……. 그 목소리는 마치……."

그러더니 잠시 눈을 감고, 속절없이 훑고 지나치는 어떤 기억 하나를 애써 붙들려는 듯 정신을 집중하기 시작했다. 이윽고 그녀는 눈을 반짝 뜨면서 물었다.

"우리 어머니를 아시죠?"

"사실 아스프르몽 근처에 사는 친구들이 꽤 있는데, 그중 어느 집에 갔다가 어머님을 종종 뵙곤 했답니다. 마지막에 뵈었을 때는 과연 훨씬 슬퍼 보이더군요. 더욱 창백했고요. 한동안 떠나 있다가 다시 그곳에 갔을 때는……."

"모든 게 끝나 있었겠죠?"

주느비에브는 말을 가로막았다.

"너무 일찍 돌아가신 거예요. 몇 주 만에 그렇게 되셨으니까요. 저는,

밤새 어머니를 간호하던 이웃 주민들 손에 홀로 맡겨져 있었어요. 그런데 어느 날 아침 그렇게 속절없이 가시는 거예요. 그리고 바로 같은 날 밤, 누군가 와서 곤히 자는 나를 이불로 싸안고 어디론가 데려갔죠."

"남자였겠죠?"

공작이 던지듯 물었다.

"네. 어떤 남자였는데, 내게 부드럽고 나지막한 음성으로 얘기를 해주었어요. 그의 목소리를 들으면서 기분이 좋아졌지요. 한참 길을 걸어가다가 다음엔 자동차를 타고 캄캄한 밤길을 달려갔어요. 그러면서 내내 그의 부드러운 목소리가 나를 어르고, 이런저런 옛날이야기를 들려주는 것이었어요. 한결같은 목소리로 말이에요."

여자의 얘기는 중간중간 점점 더 자주 끊어지고 있었다. 아울러 그때마다 남자의 눈동자를 더더욱 뚫어져라 들여다보는 것이었다. 순간순간 뇌리를 스치고 지나치는 희미한 인상들을 붙들기 위해 이제는 노골적으로 애를 쓰는 눈치가 역력했다.

공작은 모르는 척, 더 많은 질문을 던졌다.

"그다음은요? 그 남자가 어디로 데려가던가요?"

"사실 거기서부터가 기억이 희미해요. 마치 며칠은 곯아떨어졌던 것처럼 말이에요. 그리고 생각나는 게, 방데 지방(프랑스의 서쪽에 위치한 지방—옮긴이)의 몽테귀라는 마을에서 나머지 어린 시절을 보냈다는 거예요. 이즈로 영감 부부 댁에서 먹고 자랐는데, 어찌나 제게 잘해주셨던지, 선량하신 두 분의 따뜻한 마음이 아직까지 잊히질 않는답니다."

"그들 역시 그곳에서 돌아가셨나요?"

"네, 그 지역을 휩쓴 장티푸스 때문이었어요. 그런데도 저는 나중에야 돌아가신 걸 알게 되었죠. 두 분이 발병하자마자 역시 누군가 나타나서 처음과 똑같은 방식으로 한밤중에 이불에 절 둘둘 말아 어디론가 데려갔거든요. 한데 이번에는 저도 클 만큼 커서 그랬는지 울고불고 발버둥을 쳤나 봐요. 그가 제 입을 목도리로 꼭 막아야 했으니까요."

"그때가 몇 살이었죠?"

"열네 살이었어요. 벌써 4년 전 일이군요."

"그러면 그때 그 남자를 알아볼 수도 있겠군요?"

"아뇨, 그때는 전보다 얼굴을 더 가렸거든요. 게다가 처음과는 달리 단 한 마디도 말을 안 하는 거였어요. 그럼에도 같은 사람이라는 걸 저는 느낄 수 있었죠. 마치 호소하는 듯 부드럽고 간절하면서 매우 조심성 있는 태도가 틀림없이 같은 사람이었거든요."

"그래서…… 그다음엔 어떻게 됐나요?"

"이전하고 똑같았어요. 잠에 곯아떨어진 것처럼, 전혀 기억이 안 나요. 아 참, 이번에는 좀 아팠던 것 같아요. 열이 심했거든요. 눈을 떠보니 밝고 쾌활한 분위기의 방이었어요. 머리가 하얗게 센 웬 부인이 나를 물끄러미 들여다보며 지그시 웃으시더라고요. 그분이 바로 할머니이셨지요. 그때 그 방은 위층 지금의 바로 제 방이고요."

여자의 얼굴은 어느새 아까 응접실로 들어설 때의 밝고 화사한 기색으로 돌아와 있었다. 그녀는 빙그레 웃으며 말을 맺었다.

"결국 그렇게 해서 여기 마담 에르느몽이 어느 날 밤 문 앞에 쓰러져 자고 있는 저를 발견한 거랍니다. 그래서 저를 거두어주셨고, 저의 할머니가 되어주신 거죠. 그렇게 해서, 약간의 시련은 있었지만 아스프르몽의 한 보잘것없는 소녀가 평온한 삶의 맛을 알게 된 거고, 이제는 또 말썽꾸러기들이지만 그래도 사랑스러운 소녀들에게 문법과 산수를 가르치게까지 된 거랍니다."

어찌나 사려 깊으면서도 쾌활한 어조로 자신의 인생을 펼치듯 이야기하는지, 누가 봐도 균형 있게 발달한 그녀의 심성을 읽을 수가 있을 것 같았다.

그런 주느비에브를 바라보며 세르닌은 점점 놀라는 마음이 들었고, 흔들리는 자신의 심기를 이젠 굳이 감추려고도 하지 않았다.

그는 대뜸 이렇게 물었다.

"그 후로는 그 남자에 관해 혹시 무슨 소문 같은 거라도 들은 바가 없나요?"

"전혀요."

"어때요, 다시 보고 싶은가요?"

"네, 아주 많이요."

"그러면 말이죠, 마드무아젤……."

주느비에브는 순간 움찔했다.

"당신……. 뭔가 알고 계시는군요?"

"아, 아닙니다. 다만……."

공작은 갑자기 벌떡 일어나 방 안을 이리저리 서성댔다. 그러면서 이따금 주느비에브 쪽으로 시선을 툭툭 던지곤 했는데, 마치 금방이라도 그녀가 내민 질문에 좀 더 정확한 말로 대답해줄 것 같은 눈치였다. 과연 그의 입이 열릴까?

마담 에르느몽은 그간 앳된 처녀의 안식이 전적으로 매달려 있었던 비밀이 결국 까발려지는 게 아닌가 마음을 졸이며 지켜보고 있었다.

공작은 마침내 다시 자리로 돌아와 주느비에브의 곁에 앉았다. 그는 아직 마음을 정하지 못한 듯, 잠시 우물쭈물하다가 말을 꺼냈다.

"아니에요. 그건 아니고요. 그냥 어떤 생각이 스치기에……. 어떤 기억이 말이에요."

"어떤 기억이라니요? 무슨 얘기죠?"

"한데 제가 착각한 모양입니다. 당신이 들려준 얘기 속의 어떤 점들 때문에 제가 잠깐 착각을 한 것 같아요."

"정말이세요?"

그는 또다시 약간 망설이다가, 이내 단호한 어조로 말했다.

"그럼요! 정말이고말고요!"

여자는 다소 맥이 빠지는 듯 내뱉었다.

"아……. 전 또……. 당신이 혹시나 알고 있는 줄……."

그녀는 차마 딱 부러지게 묻지 못할 질문에 그가 알아서 대답이라도 해주길 바라는 것처럼, 공연히 말꼬리를 흐렸다.

하지만 그는 더 이상 입을 열지 않았다. 여자도 더 이상 조를 생각은 없는지, 이젠 마담 에르느몽 쪽으로 고개를 숙여 이렇게 속삭였다.

"안녕히 주무세요, 할머니. 우리 애들도 자야 하는데, 글쎄 제가 뽀뽀를 안 해주면 한사코 자려 들지 않아서요."

그러고는 공작에게 악수를 청했다.

"아무튼 고맙습니다."

"왜요, 가시려고요?"

"죄송해요. 저 대신 할머니가 배웅해드릴 거예요."

공작은 깍듯하게 허리를 숙여 여자의 손등에 입을 맞추었다. 그녀는 문을 열어 나가려다 말고 뒤를 한 번 획 돌아보며 싱긋 웃더니, 이내 사라졌다.

공작은 점점 멀어져 가는 발소리를 들으며 꼼짝 않고 제자리에 서 있었다. 얼굴은 만감이 교차하는 듯 창백해져 있었다.

마침내 노파가 조심스레 침묵을 깼다.

"말하지 않았구나."

"네."

"그 비밀은……."

"나중에요. 오늘은 왠지⋯⋯. 이상하군요. 말이 안 나오더라고요."

"글쎄⋯⋯. 그게 그렇게 힘들었을까? 저 애는 이미 네가 자신을 두 번씩이나 둘러업고 나왔던 그 미지의 남자라는 걸 느끼지 않았을까? 그저 한마디만 흘렸어도⋯⋯."

"나중에 하죠. 나중에⋯⋯."

공작은 마음을 다잡으며 말했다.

"유모 생각이 옳아요. 저 애는 아직 날 거의 모르는 거나 같아요. 우선은 서로 친해지는 게 필요할 겁니다. 이다음에 내가 저 애에게 합당할 만큼의 멋진 인생을, 그야말로 동화에나 있을 법한 화려한 인생을 쥐여주는 날, 그때 가서 모든 걸 얘기해줄 거예요."

그러나 노파는 천천히 고개를 가로저었다.

"그건 아무래도 네가 잘못 생각하는 것 같구나. 주느비에브는 화려한 인생 따위를 원하는 게 아니에요. 그 애가 얼마나 수수한데!"

"그 애도 다른 모든 여성과 똑같이 갖고 싶고, 하고 싶은 게 있을 거예요. 이 세상에 부귀영화를 싫어할 여성은 없지요."

"주느비에브는 달라요. 차라리 내 생각에는⋯⋯."

"그건 두고 보면 알 겁니다. 일단은 내가 하는 대로 놔두세요. 그리고 안심하셔도 됩니다. 유모가 걱정하는 것처럼, 주느비에브를 내가 벌이는 일에 동원할 생각일랑은 추호도 없으니까요. 그 애가 내 실체를 보는 일은 결코 없을 겁니다. 자주 곁에 있어줬어야 하는 건데⋯⋯. 이제 와선 하는 수 없죠. 안녕히 계세요."

그렇게 학교 건물을 나서자마자 그는 곧장 자동차를 대놓은 곳으로 향했다.

그의 기분은 한없이 뿌듯했다.

"정말 예쁘더군. 우아하고 진지하기도 했어! 제 어미 눈동자를 빼다

813

박았다니까! 눈물이 날 것처럼 날 감동시키던 그 눈동자 말이야. 맙소사! 정말 오래전 일이로군! 아, 조금 서글프긴 해도 정말 기분 좋은 추억이 아닌가 말이야."

그렇게 중얼거리다가 그는 냅다 이렇게 외치는 것이었다.

"그래, 내가 그녀의 행복을 책임지는 거야! 지금 당장! 당장 오늘 밤부터 말이야! 그래, 바로 그거야. 오늘 밤 이후로 그녀는 자기 짝을 갖게 되는 거야! 세상 모든 아가씨에게 그만한 행복의 조건이 또 어디 있겠어?"

4

자동차는 대로변에 주차해 있었다.

"집으로 가자."

그는 옥타브에게 던지듯 말했다.

집에서 그는 뇌일리로 전화 통화를 요청했고, 편히 '박사'라고 부르는 친구에게 별도의 지시를 내린 다음 옷을 갈아입었다.

그는 캉봉 가(街)의 클럽에 가서 야참을 들었고, 파리 오페라극장에서 약 한 시간 정도를 보내다가 다시 자동차에 올랐다.

"뇌일리로 가세, 옥타브. 박사를 데리러 가는 거야. 지금 몇 시지?"

"10시 반입니다."

"빌어먹을! 좀 밟게나!"

덕분에 10분이 채 안 되어 자동차는 잉케르만 대로(모리스 르블랑의 작품에 등장하는 대부분의 거리나 지명이 실재하나, 이 대로는 파리에 존재하지 않음—옮긴이) 끄트머리쯤, 어느 외진 저택 앞에 멈추었다. 경적을 두어 번

울리자 곧장 박사가 걸어나왔고, 대뜸 공작이 물었다.

"준비는 되었겠지?"

"단단히 포장해서 묶어놨습니다."

"상태는 괜찮겠지?"

"양호합니다. 아까 전화로 하신 말씀대로만 진행하면 경찰도 뭐가 뭔지 몰라 얼떨떨하기만 할 겁니다."

"그게 그네들 일이지. 자, 어서 싣자고!"

셋은 힘을 합해 약간 길쭉하고 무척이나 무거운 자루를 끙끙대며 차 안으로 운반했다.

일이 다 끝남과 동시에 공작이 말했다.

"이번엔 베르사유로 간다, 옥타브. 빌렌 가(街) 레되장프뢰르 호텔 앞으로!"

한데 박사가 이러는 것이었다.

"거긴 꽤 지저분한 호텔로 알고 있습니다."

"내가 그걸 모를 줄 알고 하는 얘긴가? 어차피 이번 일은 나한테도 좀 고된 일이 될 걸세. 젠장! 지금 재물이나 탐을 내 이러는 게 아니야! 아, 누가 인생이 따분하다고 했지?"

드디어 레되장프뢰르 호텔……. 진창 속 출입로를 걸어서 계단을 두 개 내려간 다음, 곧장 희미한 등불 하나가 간신히 지키고 있는 복도로 들어섰다.

세르닌은 자그마한 문짝을 주먹으로 마구 두드렸다.

그 즉시 호텔 사환이 얼굴을 내밀었다. 물론 아침에 세르닌으로부터 이미 제라르 보프레와 관련한 지시를 받은 바 있는 필립, 바로 그였다.

"아직 그대로겠지?"

공작이 물었다.

"네."

"밧줄은?"

"매듭까지 만들어놓은 상태입니다."

"기대하던 전보는 못 받았겠지?"

"여기 있습니다. 분부대로 제가 가로챘지요."

세르닌은 푸른 전보용지를 받아 읽더니, 흡족한 표정으로 내뱉었다.

"좋았어! 제때 왔군그래! 내일 1000프랑을 보내겠다고 되어 있어. 자, 이만하면 내게 운이 따르는 편인걸! 현재 시각이 자정에서 15분 모자라니까, 앞으로 15분 후면 그 불쌍한 인간이 일을 저지르겠어. 자, 필립, 나를 안내하게. 박사는 여기서 기다리고."

사환은 얼른 촛불부터 밝혔다. 둘은 발끝걸음으로 4층까지 올라간 다음, 지붕 밑 다락방들이 열 지어 있는 우중충하고 퀴퀴한 복도를 걸어, 드문드문 양탄자 자국만 지저분하게 남아 있는 목조 계단 앞까지 다다랐다.

"아무한테도 소리는 안 들리겠지?"

세르닌이 걱정스레 물었다.

"걱정 없습니다. 저 위 두 방은 워낙 동떨어져 있어서요. 하지만 주의하십시오. 그가 있는 방은 왼쪽입니다."

"알았네. 자, 이제 내려가게. 정확히 자정이 되면 박사하고 옥타브와 함께 물건을 가지고 이곳으로 올라와 기다리고 있게."

공작은 열 개에 이르는 목조 계단을 조심조심 기어 올라갔다. 마침내 층계참이 나왔고 문 두 개가 나란히 나타났다. 아무 소리도 나지 않게 심혈을 기울이다 보니 오른쪽 방문을 여는 데만 족히 5분은 걸린 듯했다.

방 안은 어느 한 곳에서 새어 드는 불빛 하나로 희미하게 지탱되고 있었다. 공작은 혹시라도 의자 같은 것에 부딪칠까 봐 손으로 더듬어 조심스레 불빛 쪽으로 다가갔다. 불빛은 벽걸이용 누더기 천으로 대충 가려놓은 유리문을 통해 바로 옆방에서 새어 들고 있었다.

공작은 누더기를 치웠다. 여기저기 긁힌 자국이 수두룩한 창문은 희부옇게 반투명한 유리가 끼워져 있었지만, 눈을 바짝 갖다 대면 옆방에서 벌어지는 일을 쉽게 분간할 정도는 되었다.

과연 얼굴을 알아볼 만한 웬 사내가 책상 앞에 앉아 있는 것이 눈에 들어왔다. 아니나 다를까, 다름 아닌 시인(詩人) 제라르 보프레였다.

그는 촛불을 의지해 뭔가 쓰고 있었다.

머리 위에는 천장 못에 걸어둔 밧줄이 드리워져 있었고, 그 끝에는 둥그런 풀매듭이 을씨년스럽게 대롱거리고 있었다.

멀리 시내에서 어렴풋한 시계 종소리가 들려왔다.

'5분 전이로군. 아직 5분이 남았어.'

세르닌은 속으로 중얼거렸다.

젊은이는 여전히 뭔가 끄적이더니 마침내 펜을 내려놓고 검은 잉크로 깨알같이 채워간 열두어 장의 종이를 차곡차곡 정리한 뒤 처음부터 읽어 내려가기 시작했다.

한데 뭔가 맘에 안 드는지, 탐탁지 않다는 인상이 얼굴을 스치고 지나가는 것이다. 그는 다짜고짜 종이를 몽땅 찢어발기고는 쪽지까지 촛불에 남김없이 태워버렸다.

그러고는 다시 열에 들뜬 손길로 이번에는 몇 글자 후닥닥 휘갈겨 쓴 다음, 서명 또한 거칠게 휘갈긴 뒤, 자리에서 벌떡 일어났다.

그러나 바로 머리 위에 드리워진 올가미가 느껴지자, 몸서리를 치면서 다시 주저앉는 것이었다.

세르닌의 눈에도, 부들부들 떠는 주먹으로 반쯤 가리고 있는 젊은이의 야윈 양 볼의, 보기에도 딱한 몰골이 선명하게 들어왔다. 단 한 줄기의 눈물이 아주 천천히 흘러내리고 있었다. 허공에 꽂힌 듯 움직이지 않는 두 눈동자는 이미 코앞에 닥쳐온 절체절명의 무(無)를 직시하는 듯했다.

하나 이렇게 보면 얼마나 젊디젊은 얼굴이란 말인가! 아직은 세월의 흉터인 주름에 조금도 침윤되지 않은 저 보드라운 피부! 그리고 동방의 하늘처럼 푸르디푸른 저 눈빛!

드디어 자정의 비극적인 종소리가 열두 차례에 걸쳐 천천히 울렸다. 절망에 빠진 얼마나 숱한 영혼들이 저 종소리에 마지막 붙어 있는 목숨의 질긴 끈을 놓아버렸던가!

마지막 종소리와 동시에, 젊은이는 다시 자리에서 일어섰다. 이번에는 제법 담담하게 음산한 매듭을 노려보았다. 심지어 웃음까지 지어보려고 했는데, 그래봤자, 죽음의 손길에 이미 목덜미가 붙들린 인간의 처절한 일그러짐만 삐져나올 뿐이었다.

그는 빠른 동작으로 의자 위에 올라가 밧줄을 붙들었다.

잠시 그대로 멈춘 채 가만히 있었는데, 그것은 용기가 부족해 주저한다기보다는 결정적인 동작을 감행하기 직전, 그야말로 최후의 순간을 좀 더 진지하게 음미하기 위함인 듯했다.

그는 운명이 자신을 동댕이쳐버린 방 안의 처참한 광경, 끔찍하게 지저분한 벽지와 초라한 침상을 마지막 눈길로 더듬었다.

책상 위에는 단 한 권의 책도 남아 있지 않았다. 모두 팔아버린 지 오래니 그럴 수밖에. 사진 한 장, 편지 봉투 하나 눈에 띄지 않았다! 이젠 부모도 없고 가족도 없다. 과연 지금까지 그 무엇이 있어 이 젊은이를 삶에 붙들어두었던 것일까? 아무것도, 아무도 없는 것을……

갑작스러운 동작으로 그는 자신의 머리를 올가미 안에 집어넣고, 밧줄을 당겨 목에 단단히 죄도록 했다.

그리고 한순간, 두 발을 굴러 의자를 내동댕이치고는 허공 속으로 뛰어들었다.

5

10초가 지나갔고, 20초가 흘러갔다. 그것은 정말이지 영원한 시간이 흘러가는 느낌이었다.

몸뚱어리는 두어 차례 심한 발작을 일으켰고, 두 발은 본능적으로 지탱할 곳을 찾아 허우적거렸다. 곧이어 아무것도 움직이지 않게 되었다.

그리고 나서도 또 몇 초의 시간……. 마침내 옆방으로 통하는 유리문이 슬그머니 열리고 세르닌이 들어왔다.

그는 조금도 서두르는 기색 없이 젊은이가 서명을 휘갈긴 종이부터 집어 들고 읽어보았다.

돈도 없고 몸도 아프고 희망도 없는 이 삶이 지긋지긋하다.
나는 죽는다.
이 세상 그 누구도 나의 죽음을 비난하지 말라.

4월 30일
제라르 보프레

세르닌은 종이를 책상 위에 잘 보이게 펴놓고 나서, 의자를 가져다 젊은이의 발치에 놓았다. 그는 책상 위로 직접 올라가 몸뚱어리를 끌어안은 채 올가미 매듭을 느슨하게 풀어 젊은이의 머리를 빼냈다.

팔 위로 금세 축 늘어진 젊은이의 몸을 일단 책상 위에 내려놓은 뒤, 세르닌은 훌쩍 뛰어내려 침상 위에 다시 반듯이 눕혔다.

그런 다음, 똑같이 냉정한 동작으로 방문을 살짝 열고 속삭였다.

"모두들 거기 있나?"

저만치 계단 아래로부터 역시 속삭이는 소리로 대답이 들려왔다.

"여기 있습니다. 짐을 올릴까요?"

"서둘러주게!"

그는 휴대용 촛대를 들고 계단을 환히 비춰주었다.

저 아래에서 세 명이 길쭉한 자루를 나눠 든 채 낑낑대며 올라오고 있었다.

"여기에 놔두게."

세르닌은 책상 위를 가리키며 지시했다.

그리고 단도로 자루를 친친 동여매고 있던 끈을 신속하게 끊었다.

마침내 펼쳐진 새하얀 천 속에서 덩그러니 나타난 것은, 다름 아닌 피에르 르뒥의 시체였다!

"가엾은 피에르 르뒥. 그렇게 젊은 나이에 죽어서 자네가 잃어버린 게 무언지 알기만 한다면…… 그 대신 내가 자네의 못다 한 삶을 마저 이어주지. 물론 자네의 도움은 필요 없게 됐지만 말이야. 자, 필립은 책상 위로 올라가고, 옥타브는 의자 위로 올라서게. 이자를 들어서 머리를 저 올가미 안에 넣는 거야!"

그렇게 한 2분쯤 지나자 피에르 르뒥의 몸뚱어리는 감쪽같이 올가미에 대롱대롱 매달린 꼴이 되었다.

"잘됐어! 시체를 바꿔치기하는 것치고는 그리 어렵진 않군! 이제 자네들은 모두 빠져도 좋아. 박사, 자네는 내일 아침 다시 이곳에 들러야 할 걸세. 여기 이 유서와 더불어 제라르 보프레의 자살 소식을 접하게 되는 거야. 내 말 무슨 뜻인지 알겠지? 자네가 법의학자와 경찰서장에게 연락을 하는데, 절대로 그들이 사체의 잘린 새끼손가락이나 상처 난 볼을 확인하지 못하도록 적당히 조치해야만 하네."

"어려운 일은 아닙니다."

"지체 없이 조서가 작성되어야 할 것이고, 그것도 자네가 부르는 대로 내용이 작성되어야 할 것이야."

"쉬운 일입니다."

"마지막으로 절대 영안실 같은 데 보내지지 않도록 할 것이며, 가능한 한 즉시 매장 허가서가 발부되도록 해야 해."

"그건 좀……."

"어떻게든 해봐! 저 친구는 좀 살펴보았나?"

세르닌은 침대 위에 뻗어 있는 젊은이를 가리켰다.

"네, 점차 호흡이 정상으로 돌아오고 있습니다. 실은 대단히 위험했습니다. 자칫 경동맥이 파열했을 수도……."

"그 정도 위험은 감수해야지. 언제쯤 제정신이 돌아올 것 같나?"

"몇 분만 기다리면 될 겁니다."

"좋아! 아 참, 아직 가지 말게, 박사. 일단 아래 내려가서 대기하게. 자네 일이 좀 남아 있어."

방에 혼자 남게 되자, 세르닌은 담배를 꺼내 물고 불을 붙인 뒤, 푸르스름한 담배 연기를 천천히 내뿜으며 천장에다 동그란 고리들을 띄워 올렸다.

한데 그 연기 고리가 흩어지기도 전에 문득 희미한 한숨 소리가 그의 주의를 끌었다. 얼른 침대 쪽을 돌아보자, 젊은이의 몸이 움찔거리기 시작했고, 마치 엄청난 악몽에 시달리는 사람처럼, 가슴이 급격하게 들썩대고 있었다.

그뿐만 아니라, 두 손으로 목을 감싸 쥐며 괴로운 듯 발버둥을 치더니, 어느 순간 숨을 헐떡거리며 벌떡 상체를 일으키는 것이었다.

물론 눈앞에는 난데없는 신사의 얼굴, 즉 세르닌 공작이 물끄러미 내려다보고 있었다.

"다, 당신이! 어떻게……."

젊은이는 영문을 모르겠다는 듯 입을 다물지 못했다. 그러면서 마치 무슨 유령을 바라보듯 멍한 눈으로 상대의 얼굴을 쳐다보았다.

그는 다시금 자기 목과 목덜미 여기저기를 더듬는가 싶더니, 어느 한 순간, 목이 메어 잘 나오지도 않는 비명을 냅다 질러대는 것이었! 이미 그의 눈동자는 엄청난 충격으로 휘둥그레져 있었고, 머리털이 쭈뼛거리는가 하면, 온몸을 사시나무 떨듯 떨고 있었다. 그도 그럴 것이, 눈앞에 있던 공작의 얼굴이 슬그머니 비켜나면서 허공에 대롱대롱 매달린 웬 사내의 몸뚱어리가 눈에 확 들어왔던 것이다!

엉겁결에 벽에까지 바싹 물러선 젊은이의 눈에는 여전히 목이 매달린 남자, 그것도 다름 아닌 자신의 축 늘어진 몸뚱어리가 흔들거리고 있었다! 그야말로 이미 죽어버린 자신의 몸을 두 눈을 뜬 채 바라보는 꼴이 아닌가! 죽고 나서 꾸는 끔찍한 악몽일까? 이미 숨이 끊어진 사람의 뒤집힌 뇌 속에서 아직도 남아 있는 생명의 기운이 팔딱거리며 몹쓸 환영이라도 만들어내고 있는 것일까?

젊은이는 두 팔을 허공에 뻗은 채 보기에도 애처롭게 허우적거리기 시작했다. 누가 보면, 마치 눈앞을 맴도는 흉측한 유령이라도 쫓아내려는 것으로 여겨질 지경이었다. 그러다가 급기야 다시 한번 정신을 잃고 쓰러지는 것이었다.

공작은 빈정대는 투로 중얼거렸다.

"잘돼가고 있어. 워낙 민감하고 가녀린 성질이라 지금은 아마 저 머릿속이 엉망진창이 되어 있겠지. 때가 적당히 무르익은 셈이지. 하지만 앞으로 20여 분 내에 일을 결정짓지 않으면 수포로 돌아갈 수도 있어."

그는 유리문을 열고 젊은이를 들어 안아 옆방 침대로 옮겨 뉘었다.

그리고 시원한 물로 관자놀이를 닦아주면서 암모니아 병을 코밑에 들이밀었다.

혼절해 있는 시간이 이번엔 그리 오래가지 않았다.

제라르는 깜박깜박 눈꺼풀을 열면서, 조심스럽게 천장 쪽을 올려다보았다. 물론 끔찍한 환영은 온데간데없이 사라져버린 천장을 말이다.

그 대신 전혀 낯선 가구나 책상 배치, 썰렁한 벽난로와 그 밖의 이런저런 광경은 젊은이의 연약해진 심장을 또 한 번 놀라게 했다. 그리고 다시금 엄습하는 목을 매단 기억과 그 목을 둘러싸고 아스라이 번지는 통증의 흔적……

그는 더듬더듬 공작에게 말을 건넸다.

"내, 내가 꾸, 꿈을 꾸는 겁니까?"

"아니요."

"아니라니요?"

순간, 뭔가 뇌리를 스치는 모양이었다.

"아, 맞아요! 기억이 나요. 난 죽으려고 했어요. 그리고 진짜……"

그러고는 걱정스러운 표정으로 고개를 들었다.

"한데 그 환영은?"

"환영이라니?"

"그 남자…… 목을 매단…… 아…… 정녕 꿈이었나?"

"그건 아니지. 그 역시 엄연한 현실이오."

세르닌은 단호한 어조로 말했다.

"지금 뭐라고 하셨소? 그게 무슨 말입니까? 오, 안 돼. 그럴 리가……. 제발 부탁입니다. 내가 자고 있는 거라면, 제발 좀 깨워주시오. 그게 아니라면, 내가 정말 죽은 거요? 아, 이 모든 게 한낱 시체가 꾸는 악몽인가 봐. 아! 정신이 빠져나가는 것 같아. 제발 나 좀 도와주시오.”

세르닌은 젊은이의 머리카락 속에 살며시 손을 집어넣으며 허리를 숙여 말했다.

“내 말 잘 듣게나, 젊은이. 정말 잘 듣고 내 말을 제대로 이해해야만 하네. 자네는 지금 살아 있네. 자네의 몸과 정신은 멀쩡히 살아 숨 쉬고 있어. 하지만 제라르 보프레는 죽은 거야. 내 말 알아듣겠나? 이제 제라르 보프레라는 이름을 달고 행세하는 사회적인 존재는 더 이상 이 세상에 없다는 얘길세. 자네가 바로 그자를 처치해버렸어. 아마 내일쯤이면 호적상 자네 이름 앞에는 누군가 이렇게 표기할 것이네. ‘사망’이라고 말이야. 그리고 사망 날짜를 적어 넣겠지.”

“거짓말 마시오! 거짓말이야! 여기 이 나는 어떡하고? 이 제라르 보프레 말이오!”

젊은이는 기겁을 하며 소리쳤다.

“자네는 제라르 보프레가 아니네.”

세르닌은 뭔가 선언하듯 잘라 말했다. 그는 열린 문 쪽을 가리키며 이렇게 덧붙였다.

“제라르 보프레는 저기 옆방에 저렇게 있지 않은가! 어때 보고 싶은가? 자네가 저자를 저렇게 매달아놓았지. 책상 위에는 자네 손으로 그의 죽음을 승인한 편지까지 얌전히 있다네. 그 모든 것이 지극히 결정적으로 정리가 끝났어. 더 이상 그 완벽한 사실에 대해 돌이킬 일이라곤 없는 셈이지. 제라르 보프레는 더 이상 존재하지 않는 거야!”

젊은이는 넋이 나간 표정으로 듣고 있었다. 그리고 일단 사태가 생각만큼 그리 처절하다 싶지는 않은지, 서서히 말귀를 알아들으려고 애를 쓰는 것이었다.

"그래서요?"

"그러니 차분하게 얘기를 나눠보자 이걸세."

"좋아요. 좋습니다. 얘기해 보자고요."

"어때 담배 한 대 피우려나? 피워? 아! 이제야 삶에 애착을 갖기 시작했군. 다행이야, 이제야 뭔가 좀 통하는군그래. 그만하면 속도가 괜찮은 편이야."

그는 먼저 젊은이의 담뱃불을 붙여주고 자신도 한 대 피워 문 뒤, 담백한 목소리로 설명을 시작했다.

"지금은 고인이 된 제라르 보프레는 돈 없고 희망도 없고 병에 찌들어서 더 이상 살기가 싫어졌네. 하지만 자네는 부귀영화를 누리고 싶지 않은가?"

"무슨 말인지 모르겠습니다."

"간단한 얘길세. 우연의 장난으로 자네는 내 앞길에 나타났어. 자네의 그 절망에 사무친 행위가 증명하듯 자기 자신 앞에 정직하고, 지적이며 젊고 아름다운 한 시인이 말일세. 그와 같은 장점들이 한데 뭉뚱그려진 예는 그리 찾기 쉬운 게 아니지. 나는 그 모든 것을 높이 평가하는 사람이네. 해서 내가 그 모든 것을 부담하기로 했지."

"지금 무슨 물건 사고파는 얘기입니까?"

"바보 같은 소리! 누가 물건을 사고판다고 했나? 제발 정신 좀 차리게! 내 말은, 자네가 포기하는 걸 옆에서 두고 보기에는 그러한 장점들이 너무나 아깝다는 얘길세."

"그럼 대체 나더러 어떡하라는 말씀입니까?"

"자네의 인생을 내게 맡기게."

세르닌은 아직도 밧줄 자국이 선명한 젊은이의 목을 가리키며 덧붙였다.

"자네의 인생, 자네 스스로는 제대로 운용할 줄 몰랐던 그 인생을 말일세! 자네가 망쳐놓고 아주 망가뜨려서 내팽개친 그 인생을 내가 자네 대신 제대로 만들어놓겠다는 얘기야. 그것도 멋지고 고귀하며 위대한 이상에 입각해서 말일세. 자네가 이런 내 은밀한 생각의 심연을 슬쩍이나마 들여다볼 수만 있다면 아마 기절초풍할걸."

공작은 두 손으로 제라르의 머리를 감싼 채 다소 과장된 어투로 말을 이었다.

"이제 자넨 자유야! 아무것도 거리낄 게 없는 몸이라고! 더 이상 자네 이름의 무거운 짐을 감당하지 않아도 돼! 사회가 마치 어깨 위에 붉은 인두로 찍듯이 자네의 존재에다 찍어놓은 등록 번호를 방금 자네 스스로 깨끗이 지워버렸다네. 자유로운 존재가 된 셈이지! 모두가 자기를 표시하는 표 딱지를 달고 다녀야만 하는 이 노예의 세상에서 자네는 완벽한 미지의 존재로 마음껏 나다닐 수가 있는 거야. 마치 기게스의 반지(기게스는 전설상에 나오는 리디아의 왕으로, 원래 양치기였으나 지진이 일어난 땅속에서 사람을 투명하게 만들어주는 마법의 반지를 발견해 훗날 왕비를 범하고 왕위까지 찬탈함—옮긴이)를 가진 것처럼 전혀 보이지 않는 존재로서 말일세. 원한다면 자기 입맛에 맞는 표 딱지를 달고 다녀도 괜찮겠지! 내 말 알아듣겠나? 자네가 원하기만 한다면 예술가로서 자네 자신이 휘두를 수 있는 보물이 얼마나 대단한지 알겠느냔 말일세. 전혀 때 묻지 않고 완전히 새로운 인생을 사는 거야! 알겠나? 이제부터 인생은 자네의 상상력과 이성이 명하는 대로 마음껏 주무를 수 있는 말랑말랑한 밀랍이나 다름없어."

그러나 젊은이는 대번에 지겹다는 표정이었다.

"아! 내가 그 보물로 무얼 하길 바랍니까? 지금까지 그걸로 뭘 했게요? 아무것도 없습니다."

"그러니 내게 맡겨달라는 게 아닌가."

"당신이 무얼 어떻게 할 수 있단 말입니까?"

"모든 게 가능하지. 자네가 예술가가 아니라면 나는 예술가이네. 그것도 아주 정열적이고 무궁무진한 예술가이지! 자네의 내면에 신성한 불이 없다면 내 안에는 그것이 아주 활활 타오르고 있어! 자네가 실패한 곳에서 나는 성공할 수 있다네! 그러니 자네의 인생을 나한테 넘기게나!"

젊은이는 서서히 생기가 돌기 시작하는 얼굴로 내뱉듯 소리쳤다.

"말은 그럴듯하군요! 하지만 다 터무니없는 망상일 뿐이에요. 난 내가 어느 정도 가치가 있고 없는지 잘 압니다. 내가 얼마나 무기력하고 의기소침한지……. 애써봤자 소용도 없는 거덜 난 인생이란 말입니다. 그걸 이제 와 다시 시작하려면 내겐 엄두도 내지 못할 의지가 필요할 거예요."

"내게 그런 의지가 있네."

"친구들도 있어야 할 테고……."

"친구야 얼마든지 생길 거야!"

"재산도……."

"그거야 내가 얼마든지 퍼주지! 자넨 그저 기적의 상자 속에서 꺼내듯 꺼내 쓰기만 하면 돼!"

젊은이는 마침내 눈을 휘둥그레 뜨고 외쳤다.

"대체 당신은 누구십니까?"

"다른 사람들에게는 세르닌 공작이고, 자네에겐……. 젠장, 아무려면 어떤가! 그냥 공작 이상이고, 임금보다 나으며, 황제도 능가하는 존재라고 침세."

"그러지 말고, 대체 누구시오? 누구냐 말이오?"

안달이 나는 모양이었다.

"글쎄……. 그냥 도사(道士)라고 해두지. 원하는 대로 행할 수 있는 존재……. 내 의지와 능력에는 한계가 없다네. 나는 제일 큰 부자보다 더 부자라네. 왜냐면 그 부자의 재산이 모두 내 것이니까. 마찬가지로 이 세상 어느 권력자보다도 나의 권력이 더 강하지. 그 권력자가 나를 위해 일을 하니까 말일세."

공작은 다시 젊은이의 머리를 두 손으로 감싸며 마치 꿰뚫듯 두 눈을 응시했다.

"자, 어서 부귀영화를 손에 넣게. 내가 주는 행복을 거머쥐어. 삶의 감미로운 맛을 더 이상 모르는 척하지 말게. 자네가 가진 시인의 머리에 평화와 영광을 허락하란 말일세. 어떤가, 받아들이겠나?"

상대의 기(氣)에 완전히 압도된 제라르는 멍한 표정으로 중얼거렸다.

"네……. 그러지요. 내가 뭘 어떡하면 됩니까?"

"아무것도 할 필요 없네."

"하지만……."

"말한 대로야. 아무것도 하지 마. 내 모든 계획은 자네를 토대로 세워져 있지만, 자네 자체는 별로 중요하지가 않아. 내 말은, 자네가 그 어떤 능동적인 역할을 수행할 필요는 없다는 얘길세. 지금으로선 글쎄……. 그저 단역(端役)이라고나 할까? 아냐, 그것도 아니지! 그냥 장기의 졸(卒) 정도에 불과해."

"그럼 앞으로는요?"

"역시 아무것도……. 그저 시나 쓰게! 자네 맘대로 살아도 돼. 자네에겐 돈도 있고 삶을 즐길 여유도 생길 거야. 난 자네가 뭘 하든 상관 않겠네. 다시 한번 말하지만 내가 전개할 모험에서 자네가 특별히 맡아서 할 역할은 없어."

"그럼 난 누가 되는 건가요?"

세르닌은 팔을 들어 옆방을 가리키며 말했다.

"저자의 자리를 차지할 것이네. 자넨 이제부터 바로 저자야!"

순간, 제라르는 심한 거부감으로 몸서리를 쳤다.

"오, 이럴 수가……. 저 사람은 죽었지 않습니까? 이, 이건 범죄행위예요! 난 나만을 위해서 내 뜻에 따라 꾸며진 새 삶을 원합니다! 전혀 새로운 이름을 말이에요."

세르닌은 무척이나 위압적인 태도로 외쳤다.

"내가 말했지? 저자가 될 거라고! 자네는 저자 이외엔 아무도 아니라고 말이야! 저자의 운명이 얼마나 대단한 건지 알기나 하는가? 저자의 이름이 얼마나 유명한지 알아? 자넨 저자가 됨으로써 천 년도 넘게 이어져 온 지존(至尊)의 품격을 넘겨받는 셈이란 말일세!"

"하지만 이건 범죄예요."

보프레의 목소리엔 힘이 하나도 없었다.

반면, 세르닌은 더없이 우악스럽게 내뱉는 것이었다.

"자넨 저자가 될 거야! 그러기 싫다면 다시 보프레가 되는 수밖에. 그리고 보프레의 생사여탈권은 내 손아귀에 있지. 자, 고르게!"

그는 느닷없이 권총을 꺼내 장전한 뒤, 젊은이를 겨누고 다시 소리쳤다.

"선택하란 말이야!"

그의 표정은 완강하기 이를 데 없었다. 제라르는 잔뜩 겁에 질린 나머지 그만 침대에 쓰러져 무턱대고 흐느끼기 시작했다.

"난 살고 싶어요!"

"정말인가? 절실하게 원하는 거야?"

"네! 그 무엇보다 절실하게 원합니다! 이미 한 번 끔찍한 시도를 하고 나니 죽음에 질려버렸어요. 세상에 죽음보다 싫은 건 없습니다. 고통도……. 배고픔도……. 질병도……. 이 세상 모든 굴욕과 필요하다면 범죄조차도 감내할 수 있어요. 아, 죽음만 아니라면요."

그는 불안과 신열에 들떠 부들부들 떨고 있었다. 마치 도저히 그 마수에서 벗어날 방도가 없는 어떤 막강한 적 앞에서 한없이 무력해지는 기분이었다. 그럴수록 공작은 더욱 고삐를 죄어갔고, 마치 파르르 떨고 있는 한 마리 먹잇감을 다루듯, 위압적인 자세로 호령했다.

"지금 자네에게 나쁜 짓이나 불가능한 일을 요구하는 게 아니네. 뭐든 문제가 생기면 다 내가 책임질 것이야. 범죄행위라니……. 언어도단일세! 기껏해야 약간의 고통이 따를 수는 있겠지. 사실 피도 약간은 흘리게 될 거야. 하지만 그 모든 게 저 끔찍한 죽음에 비할쏜가?"

"좀 아픈 거야 상관없습니다."

"좋았어! 그럼 당장 시작하는 거야! 한 10초만 아프면 돼. 10초만 참으면 저자의 인생이 몽땅 자네 차지가 되는 거라네!"

그러고는 냅다 상대의 몸통을 부여안는가 싶더니, 억지로 의자에 앉히고는 왼손을 뻗어 탁자 위에 손가락을 쫙 펼치게 하는 것이었다. 그는 잽싸게 호주머니에서 단도를 꺼내 날 쪽을 새끼손가락 첫째와 둘째 마디 사이에 정확히 위치시킨 다음 이렇게 명령했다.

"치게! 자네 스스로 쳐! 그저 주먹으로 한 방 쾅! 하고 내려치면 끝나는 거야!"

그는 젊은이의 오른쪽 손을 붙잡고 마치 망치처럼 단도의 날 반대편을 내려치도록 이끌었다.

공포에 질린 제라르가 몸부림을 치며 저항하는 것은 당연했다. 무슨 짓을 요구하는지 눈치챈 것이다.

"안 돼! 제발⋯⋯."

그는 고개를 마구 흔들어대며 발악을 했다.

"내려쳐야만 해! 한 방이면 끝나는 거야! 단 한 방만 내려치면 자넨 저자와 똑같이 될 것이고, 아무도 자넬 알아보지 못할 걸세."

"대체 저자의 이름이 뭡니까?"

"우선 이것부터 해결하고!"

"오, 안 됩니다. 세상에 이럴 수가⋯⋯. 오, 제발⋯⋯. 좀 나중에요."

"당장 해야 해! 지금 당장!"

"안 돼요! 안 돼! 도저히 할 수가 없어요."

"치란 말이야, 바보 같은 놈! 한 방이면 부와 명예와 사랑이 넝쿨째 굴러 들어온다니까."

제라르는 마침내 발작적으로 주먹을 치켜들었고, 이렇게 중얼거렸다.

"사랑이라⋯⋯. 그래⋯⋯. 그걸 위해서라면⋯⋯. 좋다."

세르닌은 놓치지 않고 부추겼다.

"자넨 사랑하고 사랑받을 걸세. 신부가 이미 자넬 기다리고 있어. 내가 골라두었지. 이 세상에 그녀만큼 아름답고 순수한 여자는 없을 걸세. 하지만 그녀를 차지하기 위해선 이걸 극복해야만 해! 어서 내려치라고!"

젊은이의 팔은 결정적인 동작을 위해 잠시 뻣뻣하게 긴장하는 듯했으나, 그보다는 본능의 힘이 더 컸다. 순간적으로 초인적인 괴력이 그의 몸을 훑고 지나가는가 싶더니, 후닥닥 세르닌의 품을 벗어나 내빼는 것이 아닌가!

젊은이는 미친 듯이 옆방으로 내달렸다. 하지만 목이 매달린 채 축 늘어져 있는 처참한 시체와 맞닥뜨리자 끔찍한 비명을 지르고는, 다시 탁자로 돌아와 세르닌 앞에 털썩 무릎을 꿇는 것이었다.

"내리쳐!"

그는 다시금 젊은이의 손을 들어 탁자 위에 올려놓고 단도를 들이대
며 내뱉었다.

동작은 극히 기계적으로 이루어졌다. 젊은이는 창백한 얼굴에 휘둥
그렇게 눈을 뜨고 마치 자동인형처럼 오른 주먹을 들어 단번에 내리
쳤다.

"아악!"

고통에 찬 비명이 터져나옴과 동시에 보잘것없는 살덩어리가 튕겨나
갔고, 피가 솟구쳤다. 젊은이는 그렇게 세 번째로 기절을 했다.

세르닌은 그를 잠시 내려다보고는 부드럽게 중얼거렸다.

"가엾은 녀석······. 이제 됐다. 손가락은 내가 백배로 갚아주지. 워낙
나는 후한 편이니까."

그는 천천히 계단을 내려와 박사에게 말했다.

"끝났네. 이제 자네 차례야. 올라가서 저 친구 오른쪽 뺨에 피에르 르
뒥의 흉터를 만들어주게나. 두 개의 흉터가 정확히 일치해야만 하네. 한
시간 후에 다시 오겠네."

"어디로 가시는데요?"

"바람 좀 쐬어야겠어. 속이 뒤집히는 기분이야."

밖으로 나온 공작은 길게 심호흡을 한 후, 담배 한 대를 피워 물었다.

"대단한 하루였어. 좀 고되고 피곤은 하지만, 그래도 수확은 대단했
지. 돌로레스 케셀바흐와 주느비에브의 친구가 됐을 뿐만 아니라, 아주
나긋나긋하고 완전히 내 수중에 떨어진 새로운 피에르 르뒥도 만들어
냈잖아! 게다가 주느비에브에게 흔치 않은 신랑감도 구해주었고 말이
야. 이제 힘든 일은 다 끝난 셈이지. 그저 수확을 하는 일만 남았어. 자,
이제 당신 차례요, 므슈 르노르망! 난 만반의 준비가 되어 있소이다."

그렇게 중얼거리고는 문득, 자신이 엄청난 약속으로 잔뜩 부풀려놓은 저 불쌍한 젊은이를 생각하며 이렇게 덧붙이는 것이었다.

"한데 말이야……. 딱 하나……. 딱 하나, 저 젊은이에게 넘겨준 피에르 르뒤의 신상에 관해 내가 아직 모르는 게 있어. 그게 좀 맘에 걸리거든. 피에르 르뒤이 돼지고기 장수 아들이 아니라는 증거를 찾을 수가 없단 말이야."

르노르망 씨의 활약

1

5월 31일 아침, 모든 신문은 르노르망 씨 앞으로 된 편지에서 뤼팽이 바로 당일 날짜로 경비원 제롬의 탈옥을 예고했다는 사실을 환기했다.

그중에서도 한 신문은 작금의 상황을 아래와 같이 썩 잘 요약하고 있었다.

팔라스 호텔의 그 끔찍한 살육은 어언 4월 17일로 거슬러 올라간다. 한데 경찰은 지금까지 그에 대해 무엇을 밝혀냈나? 아무것도 없다.

단서는 다음 세 가지. 담뱃갑하고 L과 M이라는 글자, 호텔 관리실에 누군가 흘리고 간 옷 꾸러미. 하지만 그로부터 무엇을 얻어냈는가? 아무것도 없다.

아마도 경찰에서는 당시 2층에 투숙하고 있다가 미심쩍게 자취를 감춘 일부 여행객들을 의심하는 모양인데, 그들의 종적은 그 후로 어떻게 된 건가? 신상 파악이라도 제대로 해놓았는가? 전혀 안 되어 있다.

결국 처음보다 사건은 더욱 미궁으로 빠져든 상황이고, 수수께끼만 더더욱 완강하게 똬리를 틀고 있는 셈이다.

엎친 데 덮친 격으로, 파리 경시청장과 그 하급자인 르노르망 씨 사이에 불화가 싹트고 있다는 얘기가 전해지고 있으며, 총리로부터도 그리 시원찮은 대접을 받은 후자께선 현재 잠정적으로 사직서까지 제출해놓은 마당이란다. 따라서 케셀바흐 사건은 현재, 르노르망 씨와는 앙숙 관계에 있는 치안국 부국장 베베르 씨에 의해 수사가 진행 중이라는 후문이다.

요컨대 엉망진창, 오리무중 그 자체라고나 할까?

하물며 상대는 일관된 정신력과 괴력, 눈부신 수완의 대명사인 뤼팽이다.

그럼 우리의 결론은 무엇일까? 그야 간단하다. 뤼팽은 기필코 5월 31일 바로 오늘, 스스로 예고한 대로, 자신의 공범을 유유히 빼내갈 것이 틀림없다.

사실상 거의 모든 신문의 논조인 이 같은 결론은 일반 대중으로부터도 당연시되고 있었다. 아닌 게 아니라 뤼팽으로부터 조여드는 위협은 무시하지 못할 수준이어서, 경시청장과 더불어, 현재 와병 중이라는 핑계로 자리를 비운 르노르망 씨 대신 수사를 맡고 있는 치안국 부국장 베베르 씨는 피의자가 수감된 상태 감옥은 물론 법원에 이르기까지 철두철미한 경계 태세를 독려하는 상황이었다.

그렇다고 매일 되풀이되는 포르므리 씨의 신문(訊問)까지 지레 중단시키지는 못하는 대신, 감옥에서 법원에 이르는 주변 도로 전체를 상당한 경찰 병력을 동원하여 물샐틈없이 방비하고 있는 실정이었다.

그러던 중 놀랍게도 5월 31일은 별 탈 없이 지나갔고, 예고된 탈옥 사건은 일어나지 않았다.

한 가지, 뭔가 수상쩍은 사고가 하나 발생하긴 했는데, 하필 죄수 호송차가 지나가는 길목에서 전차와 승합마차, 그리고 트럭까지 한데 뒤엉켜 일대 혼잡을 빚은 데다 호송차의 바퀴에 원인 모를 고장까지 발생했던 것이다. 하지만 그 이상 우려했던 상황은 일어나지 않았다.

요컨대 탈출 작전은 실패로 돌아간 셈이었다. 일반 대중은 은근히 실망한 대신 경찰은 당연히 쾌재를 불렀다.

한데 정작 문제는 그다음 날인 토요일에 터지고 말았다. 도저히 믿을 수 없는 소문이 법원 전체를 들쑤시는가 싶더니, 벌써 각 신문사 편집실마다 벌집 쑤신 듯 아수라장이 되고 만 것인데, 그 내용인즉슨 경비원 제롬이 마침내 사라졌다는 것이다!

어떻게 그것이 가능했을까?

각 신문 호외마다 이 엄청난 사건이 대서특필되었지만, 사람들은 도무지 믿을 수가 없었다. 하지만 오후 6시, 『데페슈 뒤 스와르』지에 실린 한 문건은 소문의 진상을 공식적으로 확인했다.

아르센 뤼팽의 서명이 적힌 다음과 같은 통신문이 본사에 입수되었음을 알린다. 뤼팽이 최근 본사에 보내온 통고문(通告文)에서와 똑같은 증지를 사용한 것만 봐도, 문서의 진위에 대한 논란은 불필요한 것으로 여겨진다.

사장님, 안녕하십니까?

어제 약속을 미처 지키지 못한 점에 대해 저 대신 일반 대중한테 양해를 구해주시면 고맙겠습니다.

결정적인 순간에 가서야 그만 5월 31일이 금요일에 걸린다는 사실을 깨달았지 뭡니까! 과연 금요일에 내 친구를 탈출시킬 수 있을 것인가 고민하지 않을 수 없었죠. 결국 그런 부담을 굳이 감수할 필요가 있겠느냐는 데 생각이 미쳤던 겁니다.

아울러 지금 이 자리에서 그 간단한 사건이 어떻게 일어났는가를 늘 하던 대로 속 시원히 밝히지 못하는 점 또한 양해를 구합니다. 워낙 교묘하면서도 간단한 방법을 써먹은지라 그걸 공개하면 온갖 어중이떠중이가 죄다 흉내를 낼까 봐 못내 우려가 됩니다! 하긴 나중에 언제라도 공개할 기회가 생길 때, 사람들이 또 얼마나 놀랄지 기대되기도 하는군요. 아마도 '고작 그거였어' 하고 어처구니없어하겠죠. 하지만 그것도 곰곰이 머리를 짜낸 방법이었음은 물론입니다.

그럼 이만 줄이며 내내 평안하시길······.

아르센 뤼팽

그로부터 한 시간 후, 르노르망 씨에게 전화 한 통이 걸려왔다. 총리인 발랑글레로부터, 지금 당장 내무부로 들어오라는 전갈이었다.

"여, 르노르망 선생, 그런대로 안색이 괜찮은 편이로군요! 그동안 꽤나 아픈 줄 알고 귀찮게 굴지 않으려고 노심초사했는데, 공연한 기우였나 보오!"

"전 아프지 않습니다, 총리 각하."

"그럼 역시 삐쳐서 그런 거였군! 하여간 사람, 성질 하고는······."

"성질이 더럽다는 점은 쾌히 시인하겠지만······. 삐쳤다는 건 좀 그렇습니다."

"하여간 집에만 틀어박혀 있었지 않소! 그러는 사이 뤼팽은 자기 동료에게 감방 문을 활짝 열어주었고 말이오."

"저라고 무슨 수로 그걸 막을 수 있었겠습니까."

"무슨 말이오! 하여튼 이번 뤼팽의 수법은 좀 조잡했어요. 늘 하던 대로 탈출 시기를 미리 예고해서 모든 사람이 그런 줄로만 알고 있었는데, 이상한 사고를 일으켜 시도하는가 싶더니 그걸로 싱겁게 끝나버렸죠. 그래서 다음 날 아무도 그 생각을 하지 않고 있는데, 쳇, 그만 새가 슬그머니 날아가 버렸다 이 말씀입니다!"

치안국장은 진지한 어조로 대꾸했다.

"총리 각하, 뤼팽은 늘, 우리로선 도저히 그의 결정을 막아낼 도리가 없을 방법들만을 사용합니다. 탈출 작전은 수학적으로 확실하게 이루어졌어요. 그래서 저는 애당초 단념하고 있었던 겁니다. 웃음거리가 되는 역할은 다른 사람들 몫으로 넘기고 말이죠."

"하긴 경찰총장이나 베베르 씨는 지금쯤 속이 꽤나 뒤틀리고 있을 거요. 그나저나 르노르망, 당신은 대체 어찌 된 건지 설명해줄 수 있겠죠?"

"총리 각하, 현재 사람들은 탈출이 법원에서 이루어졌다고 알고 있습니다. 죄수 호송차에 실려 온 피의자가 포르므리 씨 집무실로 인도되었고……. 그 후 법원 밖을 나오지 않았다고 말입니다. 하지만 이후 돌아간 정황에 관해서는 오리무중이죠."

"그야말로 귀신이 곡할 노릇이 아니오."

"곡하고도 남을 노릇이죠."

"그래, 도저히 뭐가 뭔지 모르겠단 말이오?"

"그건 아닙니다. 사건 당일 수사판사들의 집무실이 열 지어 늘어선 건물 복도는 피의자들과 교도관들, 변호사들, 경비원들이 떼거리로 몰려들어 보통 혼잡한 게 아니었습니다. 한데 중요한 건 그 모든 사람이 일제히 같은 시각에 각자 해당 수사판사의 집무실로 출두하라는 가짜 통지를 받았다는 사실입니다. 더욱이 그날 피의자들을 호출했다는 수사판사들은 단 한 명도 예외 없이 집무실을 비운 상태였습니다. 이유인즉슨 하필 당일, 검사들로부터 가짜 호출을 받아 파리 이곳저곳은 물론 외곽 지역에까지 모두가 파견을 나가 있었다는 겁니다."

"그게 다입니까?"

"더 있습니다. 그날 호송 경찰관 두 명과 피의자 한 명이 법원 안뜰을 가로질러 걸어가고 있는 걸 목격한 사람들이 있습니다. 바깥에는 웬 삯마차가 대기하고 있었고, 셋이 곧장 올라탔다고 말입니다."

"그래서 당신의 가설은 뭐요, 르노르망? 결론을 어서 말해보시오."

"총리 각하, 제 가설은, 그 두 명의 호송 경관이 복도가 혼잡한 틈을 노려 진짜 경관 자리를 가로챈 뤼팽의 패거리였을 거라는 데 있습니다. 따라서 결론은, 이번 탈출 사건이 우리로선 도저히 인정하기 어려운 공모(共謀)에 의해 미리부터 정교하게 짜인, 지극히 특별하면서도 괴이한 상황이 아니었다면 성공할 수 없었을 거라는 얘기지요. 요컨대 법원 내부에 우리의 모든 계산을 따돌릴 만한 뤼팽의 끄나풀들이 존재한다는 사실입니다! 그뿐만 아니라 파리 경시청 내부에도, 제 주위에도 그의 첩자들이 들끓고 있어요. 그들은 제가 이끄는 치안국 자체보다 훨씬 더 능률적이고 대담하며 다각적으로 유연한 조직을 구성하고 있는 것으로 보입니다."

"그래, 르노르망 당신은 그걸 그대로 놔둘 작정이오?"

"그렇진 않습니다."

"그럼 이 사건 초기부터 왜 그토록 가만히 보고만 있는 거요? 대체 뤼팽에게 대항해서 한 일이 뭐냔 말이오?"

"그동안 전투준비를 하고 있었습니다."

"아, 그거 말 한번 그럴듯하군요! 하지만 당신이 준비에 골몰하는 동안 그는 행동에 나서고 있질 않습니까!"

"저 역시 가만히만 있는 건 아닙니다."

"그럼 뭔가 건진 게 있다는 말이오?"

"아주 많지요."

"뭡니까? 어서 털어놔 보시오!"

르노르망 씨는 생각에 잠긴 듯 지팡이를 짚어가면서 널찍한 집무실을 잠시 서성거렸다. 그러고는 발랑글레의 맞은편에 앉은 뒤, 올리브색 프록코트의 장식 천을 손끝으로 만지작거리고 은테 안경을 콧등에 고쳐 올리고는 또박또박 말문을 열었다.

"총리 각하, 저는 지금 손아귀에 세 가지 상수패를 쥐고 있는 거나 다름이 없습니다. 우선 저는 현재 아르센 뤼팽이 어떤 이름으로 자신의 정체를 감추고 있는지를 알고 있습니다. 어떤 가명(假名)을 써서 현재 오스만 대로변에 살고 있으며, 매일같이 협력자들을 접견하고, 자신의 패거리를 재정비하고 조종하고 있는지 말입니다."

"맙소사, 그런데 왜 당장 체포하지 않고 있는 거요?"

"그걸 알아냈을 때는 이미 늦어 있었기 때문입니다. 그러니까 모모 공작으로 행세하던 그자가 잠적하고 나서였지요. 다른 일을 꾸미느라 외국에 가 있다고 하더군요."

"그럼 다시 나타나지 않는다는 얘기입니까?"

"현재 처해 있는 상황이나 케셀바흐 사건에 뛰어든 양상으로 봐서, 아마 다시 나타나기는 할 겁니다. 그것도 같은 이름으로요."

"그렇다고는 해도……."

"총리 각하, 제가 쥐고 있는 두 번째 상수패는 말입니다, 마침내 피에르 르뒥을 찾아냈다는 것입니다."

"아, 그래, 어서 계속해보시오!"

"하긴 제가 아니라 뤼팽이 찾아냈다고 해야 옳겠군요. 잠적하기 전에 뤼팽은 그자를 찾아내 파리 근방 어느 아담한 별장에 정착시켰습니다."

"저런! 한데 그걸 대체 어떻게 알아낸 거요?"

"오, 그리 어렵지 않았습니다. 뤼팽은 피에르 르뒥 주변에 감시 겸 보호를 위해 두 명을 붙여놓았지요. 한데 바로 그 패거리가 다름 아닌 우리 쪽 요원들이거든요. 제가 비밀리에 차출한 형제인데, 기회가 닿는 대로 그를 넘기기로 되어 있습니다."

"브라보! 브라보! 그럼 결국에는……."

"피에르 르뒥 하면, 지금까지 케셀바흐의 저 유명한 비밀을 캐내려던 모든 사람이 예외 없이 눈독을 들여온 자라는 점에서, 지금처럼 우리 쪽에서 그의 신병(身柄)을 확보하고 있는 한, 언젠가는 삼중 연쇄살인의 진범을 붙드는 날이 올 거라는 사실입니다. 왜냐면 생전에 케셀바흐도 자신의 수수께끼 같은 계획을 실현하기 위해 반드시 피에르 르뒥을 필요로 했는데, 현재는 그 살인범이 케셀바흐를 제거하고 그 대신 그 계획을 떠맡아 추진하고 있기 때문이지요. 아울러 아르센 뤼팽도 조만간 우리 손에 걸려들 것으로 보입니다. 왜냐면 뤼팽 그자 역시 같은 목적을 가지고 피에르 르뒥을 구워삶았을 테니까요."

"놀랍군요. 놀라워. 이를테면 피에르 르뒥이 미끼인 셈이로군그래."

"아닌 게 아니라 고기가 물었습니다, 총리 각하. 최근에 들어온 보고에 의하면, 우리 쪽 비밀 요원의 보호하에 피에르 르뒥이 기거(起居)하고 있는 아담한 별장 주변을 언제부터인가 웬 수상한 친구가 배회하고 있다는 겁니다. 앞으로 네 시간 후에는 제가 직접 현장에 가볼 예정이고요."

"자, 이제 세 번째 상수패는 어떤 건가요, 르노르망?"

"총리 각하, 어제 루돌프 케셀바흐의 주소지로 편지 하나가 배달되어 온 것을 제가 가로챘습니다."

"그거 잘하셨소."

"물론 개봉을 했고, 지금 제 수중에 있습니다. 두 달 전쯤에 쓴 건데, 발신지는 케이프타운으로 되어 있고, 보시다시피 이런 내용입니다.

> 루돌프 군, 나는 6월 1일 파리에 도착할 예정이오. 나야 당신이 구제를 해주었을 당시와 마찬가지로 늘 궁핍한 형편이오. 하지만 일전에 내가 언질을 준 그 피에르 르뒥과 관련한 건(件)에서 많은 걸 기대하고 있소. 정말이지 기이한 이야기 아닙니까! 그래, 그자의 소재는 좀 알아보았소? 대체 어디까지 진행된 거요? 궁금해 미치겠소이다.
>
> 당신의 충실한 벗 슈타인벡

르노르망 씨는 계속 말을 이어나갔다.

"6월 1일이면 바로 오늘입니다. 그래서 우리 형사 한 명에게 슈타인벡이라는 이름의 그 작자를 어떻게든 수면 위로 끌어내도록 지시를 내린 상태입니다. 틀림없이 성공하리라 믿고 있고요."

발랑글레는 벌떡 일어서며 외쳤다.

"나 역시 성공을 믿어 의심치 않소이다! 이보시오, 르노르망. 이거 내가 당신에게 단단히 사죄를 해야겠습니다. 실은 당신을 이쯤에서 놔버릴까 고민 중이었거든요. 그 일로 내일 경시청장하고 베베르 씨를 만나기로 했습니다."

"저도 알고 있었습니다, 총리 각하."

"그럴 리가요!"

"그러지 않았다면, 과연 이렇게 부랴부랴 찾아뵈었을까요? 하여간 오늘 총리님은 저의 전투 계획을 샅샅이 살펴보신 셈입니다. 다시 정리하면, 한편으로 저는 살인범이 걸려들 수밖에 없는 덫을 쳐놓았습니다. 피에르 르뒤이나 슈타인벡 둘 중 하나가 놈을 걸려들게 할 겁니다. 아울러 다른 한편으로는, 뤼팽의 주변을 끊임없이 맴돌고 있습니다. 놈이 자신의 심복으로 철석같이 믿고 있는 두 명이 바로 우리 쪽 요원이니까요. 게다가 뤼팽 그자가 연쇄살인범의 뒤를 쫓는 한, 그는 나를 위해 일을 대신해주는 거나 다름없습니다. 그는 나를 골탕 먹인다고 생각하겠지만, 실제로 당하는 쪽은 내가 아니라 그쪽인 셈이지요. 따라서 이제 한 가지 조건만 충족된다면 성공은 따놓은 당상이나 마찬가집니다."

"그게 뭡니까?"

"제가 어디까지나 자유롭게 처신할 수 있어야 한다는 점입니다. 일반 대중의 요구나 저를 핍박하려는 상급자들에게 전혀 개의치 않고 그때 그때 상황에 맞춰 소신껏 행동할 수 있어야만 합니다."

"알겠소."

"그렇다면 총리 각하, 이제부터 수일 내에 제가 승리하는 모습을 보시게 될 겁니다. 아니면 죽음을 맞은 모습일지도 모르고 말입니다."

2

여기는 생클루. 인적이 드문 길을 따라 펼쳐져 있는 고원지대에서도 가장 높은 지대 중 어느 한 곳에 위치한 아담한 별장. 때는 밤 11시. 르노르망 씨는 자동차를 생클루에 세워둔 채, 조심조심 길을 따라 접근해 오고 있었다.

불쑥 나타나는 사람 그림자 하나.

813

"구렐, 자넨가?"

"네, 국장님."

"두드빌 형제에게 내가 올 거라는 건 알렸겠지?"

"네, 방도 마련해놓았습니다. 편히 주무실 수 있을 겁니다. 두드빌 형제가 간파해낸 대로 놈이 수작을 부려 오늘 밤 피에르 르뒥의 납치를 시도하지 않는다면 말입니다만."

둘은 정원을 가로질러 조용히 건물 내부로 들어갔고, 곧장 2층으로 올라갔다. 장과 자크 두드빌 형제가 어김없이 기다리고 있었다.

"세르닌 공작 소식은 없는가?"

르노르망이 대뜸 물었다.

"없습니다, 국장님."

"피에르 르뒥은?"

"하루 종일 1층 자기 방과 정원에서 빈둥댔습니다. 단 한 차례도 우릴 보러 올라오지도 않았습니다."

"그래 좀 나아지기는 하는 것 같던가?"

"많이 나아진 것 같습니다. 푹 쉬다 보니 눈에 띄게 좋아지고 있어요."

"물론 뤼팽에게 철석같이 의지하고 있겠지?"

"그보다는 세르닌 공작한테라고 해야 할 겁니다. 아직은 그 둘이 동일 인물이라는 걸 전혀 눈치 못 챈 것 같거든요. 적어도 제가 보기엔 그렇습니다. 하여간 워낙 말이 없는지라 속내를 알 수가 없는 자입니다. 정말이지 괴짜입니다! 그자를 활기 있게 하고, 입을 열거나 심지어 웃게 만들 줄 아는 이가 하나 있긴 있는데, 가르셰에 사는 어느 아가씨예요. 주느비에브 에르느몽이라는 여잔데, 세르닌 공작이 소개해줬답니다. 벌써 세 차례나 이곳을 드나들었고요. 사실 오늘도……."

그러면서 약간 농담조로 덧붙이는 것이었다.

"둘이 한참을 시시덕거리는 것 같더군요. 하긴 세르닌 공(公) 전하와 마담 케셀바흐 사이도 이만저만하지 않은 눈칩니다. 보나 안 보나 그자가 또 추파를 던졌겠지요. 신성하신 뤼팽께서 말입니다!"

르노르망 씨는 잠자코 얘기를 듣고 있었다. 마치 그리 시답잖은 사실들까지도 나중에 그로부터 논리적인 결론을 도출하기 위해 자신의 기억 속에 차곡차곡 저장시키고 있는 것 같았다.

그는 담뱃불을 붙여 물더니 피우지는 않고 질겅거리다가, 다시 불을 붙였다가는 이내 던져버렸다.

이후에도 두세 가지 질문을 던졌고, 마침내 옷 입은 채 그대로 침대에 몸을 던졌다.

"조금이라도 무슨 일이 생기는 즉시 깨우게. 자, 각자 위치로."

모두 방을 나갔고, 한 시간, 두 시간이 흘러갔다.

문득 누군가 르노르망 씨를 건드리는 듯했는데, 구렐이었다.

"일어나십시오, 국장님. 누가 철책 문을 열었습니다."

"몇 명이던가?"

"한 명밖에 보지 못했습니다. 마침 달빛이 좀 있었는데, 덤불 속에 잔뜩 웅크리고 있어서……."

"두드빌 형제는?"

"뒤쪽으로부터 몰래 접근하라고 내보냈습니다. 때를 기다렸다가 놈의 퇴로를 차단할 작정입니다."

구렐은 르노르망 씨의 손을 붙잡고 아래층으로 내려가 어느 어두컴컴한 방으로 안내했다.

"움직이지 마십시오, 국장님. 여기는 피에르 르뒥이 사용하는 화장실 안입니다. 이제 녀석이 잠자고 있는 알코브(벽면을 움푹하게 만들어서 침대를 들여놓은 곳—옮긴이) 쪽 문을 열겠습니다. 걱정하실 건 없습니다. 매일 밤 베로날(최면제의 일종—옮긴이)을 먹고 잠자리에 든답니다. 여간해선 깨어나지 않을 겁니다. 자, 이쪽으로 오시죠. 이만하면 안전하게 가리지 않습니까? 침대 휘장이랍니다. 이곳에서라면 침대에서 창문까지 방 전체를 포함해서, 창문 밖도 대부분 환히 내다볼 수 있지요."

제법 시원하게 뚫린 창이었다. 전체적으로 희부연 빛이 비쳐 들다가도, 달이 구름 사이로 고개를 내밀 때면 언뜻언뜻 신명한 광선이 들이치기도 했다.

두 사람은 사각(四角)의 텅 빈 창문을 통해 무언가 기다리는 사건이 일어날 거라고 확신한 채, 시선을 떼지 않고 있었다.

가벼운 소음……. 무슨 삐걱대는 소리가 들려왔다.

"격자 철망을 기어오르는 모양입니다."

구렐이 속삭였다.

"높은가?"

"한 2미터 50센티미터 정도 될 겁니다."

삐거덕거리는 소리가 좀 더 선명해졌다.

"구렐 자넨 지금 가서 두드빌 형제와 합류하게. 그래서 모두 함께 저 담벼락 아래 대기하고 있다가 누구든 내려오는 놈을 차단하게."

르노르망이 중얼거리자마자, 구렐이 소리 없이 뒤로 빠졌다.

순간, 사람 머리 하나가 창턱 높이에서 살짝 나타나는가 싶더니, 그림자가 발코니를 타고 넘는 것이 보였다. 야윈 편에 중키에도 모자라는 체격, 짙은 색깔 옷에 모자도 쓰지 않은 웬 남자가 르노르망의 시야에 포착되었다.

사내는 뒤로 돌아 발코니 너머를 잠시 살펴보았다. 뭔가 위협이 될 만한 것이 있나 확인해두는 모양이었다. 그러고는 바닥에 거의 닿을 정도로 몸을 납죽 수그리는 것이었다. 잠시 그대로 정지한 상태인 듯했

다. 하지만 이내 그 검은 형체가 어둠 속으로부터 살금살금 접근해오는 것을 르노르망은 직감했다.

이제 그것은 침대 모서리까지 와 있었다.

르노르망이 느끼기에 사내의 숨소리까지 들리는 듯했고, 캄캄한 속에서도 마치 불화살처럼 이글거리는 두 눈동자가 어둠을 꿰뚫고 무엇이든 훤히 보고 있다는 느낌이 들었다.

문득 피에르 르뒥이 깊은 한숨을 내쉬면서 돌아누웠다.

또다시 적막이 감돌았다.

놈은 거의 눈에 띄지 않을 만큼 미세한 동작으로 침대 모서리를 스치듯 움직였고, 그 바람에 어둑한 실루엣이 하얀 휘장 위로 물결치듯 드러났다.

르노르망이 손을 뻗기만 해도 닿을 만한 거리였다. 이번에야말로 잠자는 사람의 숨소리와 번갈아가며 들리는 놈의 숨소리가 또렷이 분간되었고, 심지어 그 심장의 박동 소리마저 들리는 듯했다.

그때였다. 느닷없이 뿜어져 나오는 광선 한 줄기. 사내가 갑자기 손

813

전등 스위치를 눌렀고, 자고 있는 피에르 르뒥의 얼굴이 몽땅 환하게 드러나는 것이었다. 당연히 사내의 얼굴은 그만큼 암흑 속에 묻힌 셈이어서, 르노르망은 전혀 그의 정체를 분간할 수가 없었다.

다만 빛이 지나가는 통로에 걸리는 것만 대충 알아볼 수 있었는데, 별안간 등골이 오싹하는 것이 아닌가! 그것은 예리한 칼날이었다! 길고 가느다란 날로 보건대, 보통 단도 같지는 않고……. 순간, 르노르망의 뇌리엔, 케셀바흐의 비서인 채프만이 죽었을 때 그 시신 옆에서 주웠던 예리한 비수가 떠오르는 것이었다!

르노르망은 당장 놈에게 달려들지 않기 위해 속으로 애써 자신을 타일러야만 했다. 그 전에 놈이 온 목적을 알아내야 할 테니까.

사내의 손이 슬그머니 올라갔다. 정녕 일침이라도 놓겠다는 것일까? 르노르망은 예상되는 일격을 막아낼 수 있을 거리를 머릿속에서 빠르게 계산했다. 한데 자세히 보니, 놈이 손을 쳐든 것은 살해 동작이라기보다는 뭔가 조심을 하는 태도에서 나온 것에 가까웠다.

즉, 피에르 르뒥이 움직이거나 소리라도 지를 경우를 대비한 준비 자세라고나 할까? 사내는 잠자는 사람 위로 몸을 수그리고는 뭔가 면밀히 살피는 것 같았다.

'오른쪽 뺨이겠지. 흉터를 찾는 거야. 진짜 피에르 르뒥인지를 확인하려는 거겠지.'

사내가 약간 몸을 틀고 있어서 르노르망 씨의 눈에는 그의 어깨밖엔 보이지 않았다. 다만 그가 걸친 외투 자락이 하도 가까이 있어서, 르노르망이 숨어 있는 침대 휘장에 슬그머니 스칠 정도였다.

'조금만 움직이면, 조금이라도 미심쩍은 동작을 하면 튀어나가 붙잡는다.'

그런 생각을 굴리는데, 사내는 전혀 움직일 생각이 없는 듯했다. 오

로지 관찰하는 데에 온통 몰입한 듯했다.

손전등을 든 손으로 단도를 옮겨 잡은 뒤, 그는 이불을 슬그머니 들쳤고, 이내 잠자는 사람의 왼쪽 팔과 손까지 모조리 드러나도록 충분히 열어젖히는 것이었다.

물론 전등 빛은 손에 가서 멈추었다. 네 개의 손가락이 펴져 있었고 나머지 다섯째 손가락은 두 번째 마디부터 달아나고 없었다.

아까에 이어 두 번째로 피에르 르뒥이 뒤척였다. 순식간에 손전등의 불이 꺼졌고, 잠시 사내는 침대 옆에 그대로 붙박인 듯 서 있었다. 결국 일격을 가하기로 마음먹는 것은 아닐까? 여차하면 살인 행위를 손쉽게 무력화할 수는 있으되, 결정적인 순간이 아니고선 섣불리 나서지 않으려다 보니, 막상 르노르망 씨의 입장은 여간 초조한 것이 아니었다.

이번엔 답답한 적막의 시간이 꽤 길게 이어졌다. 그러다 불현듯 사내의 한쪽 팔이 슬그머니 올라가는 것이 얼추 눈에 들어왔다. 거의 본능적으로 르노르망 씨는 침대 쪽으로 팔을 뻗으며 뛰쳐나갔고, 무작정 사내를 들이받았다.

욱! 하는 외마디 소리가 터졌고, 허공중에 헛손질을 해가며 발버둥을 치던 사내는 곧장 창문 쪽으로 내달렸다. 하지만 르노르망 씨가 뒤에서 와락 달려들어 양어깨를 두 팔로 부둥켜안았다.

상대의 전의가 순식간에 수그러드는 것이 느껴졌고, 심지어 나약하고 무기력하다 싶을 정도로 낑낑대며 빠져나갈 궁리만 하는 것이었다. 르노르망은 온 힘을 다해 두 팔을 옥죄었고, 마침내 허리를 굽히게 해 바닥에 뻗게 만들었다.

"드디어 잡았다. 드디어 잡았어."

승리의 기쁨에 도취된 듯 두서없는 중얼거림이 저절로 새어나왔다.

아닌 게 아니라, 자신의 완강한 완력으로 저 끔찍한 범죄자를, 그 형언하기도 어려울 만큼 잔혹한 괴물을 꼼짝 못하게 제압했다는 생각에 다소 도취되는 것도 사실이었다. 두 사람이 이렇게 뒤엉킨 채 서로 가쁜 숨을 헉헉 몰아쉬고 있자니, 진정 격렬하고 필사적인 생동감이 온몸을 전율처럼 훑고 지나가는 느낌이었다.

"넌 누구냐? 누구냔 말이다. 어서 말해라!"

그는 상대의 몸통을 더욱 강하게 옥죄었는데, 걸려든 몸뚱어리가 왠지 팔 사이로 슬금슬금 줄어들고, 심지어 사라져갈 것 같은 이상한 느낌이 드는 것이었다. 그는 더더욱 팔에 힘을 가했고, 옹골차게 붙들고 늘어졌다.

르노르망 씨의 머리끝부터 발끝까지 엄청난 소름이 쫙 끼친 것은 어느 한순간이었다. 다름 아닌 목 부위에 지극히 미세하게 따끔거리는 통증이 느껴지는 것이 아닌가! 더구나 부아가 나서 점점 더 단단히 옥죄자, 통증도 그만큼 심해졌다. 결국 사내가 용케도 한쪽 팔을 비틀어 빼내 가슴까지 끌어당겨, 매섭게도 칼끝을 곧추세우고 있다는 걸 깨달은 것은 얼마 안 있어서였다. 비록 자유롭게 움직일 순 없었지만, 르노르망이 양팔에 더욱 힘을 주어 옥죄면 옥죌수록 놈이 악착같이 곧추세우고 있는 칼 끄트머리는 맨살을 점점 더 파고드는 것이었다.

그는 칼끝을 피하기 위해 고개를 한껏 뒤로 젖혔다. 하지만 그 예리한 끄트머리는 그만큼 더 앞으로 내밀어졌고, 상처 역시 커져만 갔다.

불현듯 세 차례의 연쇄살인에 대한 기억이 엄습한 데다 피부를 파고들기 시작한 바늘 끝 같은 칼 끄트머리의 끔찍스럽고 치명적인 느낌에 질겁한 르노르망은 더 이상 움직일 수조차 없었다.

마침내 그는 결박을 풀고 뒤로 훌쩍 물러났다. 다음 순간, 재차 결정타를 먹이려고 몸을 추스르는데, 아뿔싸! 때는 이미 늦어버렸다.

쏜살같이 내뺀 사내가 창턱을 넘어 캄캄한 어둠 속으로 뛰어내리고

만 것이다.

"조심해, 구렐!"

길목을 지키고 있을 구렐을 향해 르노르망은 버럭 소리를 지르고는 달려가 창문 너머로 고개를 내밀었다.

자갈이 서로 부딪치는 소리. 두 그루의 나무 사이를 지나치는 그림자 하나. 철책 문이 열리고 닫히는 소리. 그리고 적막……. 더는 아무 일도 일어나지 않았다.

"구렐! 두드빌!"

아무 대답도 없었다. 그저 들판 가득 부유(浮游)하는 밤의 적막 뿐…….

세 차례의 연쇄살인과 강철로 된 가느다란 비수 생각이 문득 가시처럼 속에서 치밀어 올랐다. 아니다, 그건 불가능해! 놈이 그럴 시간적 여유도 없었을뿐더러 당장 도망칠 수 있는 길이 보이는데 공연한 실랑이를 했을 리가 없어.

그 역시 창문으로 훌쩍 뛰어내려 손전등을 켰다. 제일 먼저 눈에 들어온 건 땅에 반듯이 누워 있는 구렐이었다!

"이런 빌어먹을! 만약 죽기라도 했으면, 놈을 가만두지 않을 테다!"

하지만 구렐은 죽은 게 아니라 기절했을 뿐이며, 잠시 후 제정신으로 돌아왔다.

"불시에 주먹이 날아오더라고요. 미처 손쓸 틈도 없이 명치끝에 한 방 맞아서 그만……. 대단한 놈이었어요!"

"그럼 둘이었단 말인가?"

"네, 올라간 놈은 좀 작은 놈이었고, 다른 한 놈이 내게 달려들었습니다."

"두드빌 형제는?"

"통 안 보이네요."

얼마 안 있어 발견된 형제는 그야말로 꼴이 말이 아니었다. 자크는 철책 문 근처에서 턱이 으스러진 채 온통 피를 흘리고 있었고, 장은 좀 더 멀리 떨어진 곳에서 가슴팍을 억누르며 숨을 헐떡거리고 있었다.

"이게 대체 어찌 된 일인가?"

르노르망 씨는 다급한 목소리로 물었다.

자크 얘기가, 웬 놈이 미처 방어할 틈도 없이 전광석화처럼 달려드는 바람에 속절없이 당하고 말았다는 것이다.

"한 놈이었나?"

"아닙니다. 놈이 지나치는데 보니까 뒤에 좀 작아 보이는 녀석과 함께였습니다."

"자넬 공격한 놈 얼굴은 보았나?"

"어깨가 떡 벌어진 게 팔라스 호텔에서 본 그 영국인 같았습니다. 왜 있잖습니까, 홀연히 자취를 감춘 뒤 여태껏 오리무중인 녀석요."

"소령 말인가?"

"네, 파버리 소령 말입니다."

3

잠시 생각을 정리하던 르노르망 씨가 입을 열었다.

"더 이상 의심의 여지가 없네. 케셀바흐 사건의 범인은 둘이었어. 비수를 휘두른 놈과 놈의 공범인 소령."

"세르닌 공작도 그러더군요."

자크 두드빌이 중얼거렸다.

"그리고 오늘 밤에도 두 놈이 또 일을 벌였고 말이야."

그러더니 치안국장은 흔쾌히 이렇게 덧붙이는 것이었다.

"잘됐지 뭐! 한 놈보다는 두 놈 잡기가 그만큼 더 쉬울 테니까!"

르노르망 씨는 부하들의 상처를 살피고 쉬게 한 다음, 침입자들이 혹시 무엇을 남긴 게 없나 샅샅이 살펴보았다. 하지만 아무것도 발견되지 않자, 그 역시 마저 눈을 붙였다.

아침이 되자, 구렐과 두드빌 형제는 더 이상 상처를 의식하지 않을 만큼 회복되어 있었다. 르노르망 씨는 형제에게 주변 지역을 샅샅이 훑어보라고 지시한 다음, 구렐과 함께 파리로 향했다. 마저 처리할 일과 지시할 사항이 산적해 있었던 것이다.

그는 집무실에서 식사를 때웠다. 그리고 2시쯤에는 새로운 소식을 접했다. 우리 측 최정예 요원 중 한 명인 디외지 형사가 루돌프 케셀바흐와 편지를 주고받았던 독일인 슈타인벡을 마르세유발(發) 열차에서 내리는 순간 접수했다는 내용이었다.

"디외지 거기 있나?"

"네, 국장님. 지금 독일인과 함께 와 있습니다."

구렐의 대답이었다.

"둘 다 들여보내게."

바로 그 순간, 전화벨이 요란하게 울렸다. 가르셰의 장 두드빌에게서 특급으로 걸려온 전화였다.

"장, 자넨가? 뭐 새로운 일이라도?"

"네, 국장님. 파버리 소령 말입니다."

"뭔가?"

"그자를 다시 찾아냈습니다. 난데없이 피부를 갈색으로 태우고서 버젓이 에스파냐인 행세를 하고 있더군요. 방금 확인을 한 상태입니다.

현재 가르셰의 사립학교 안으로 들어가 있습니다. 지금 그 여자……. 왜, 있잖습니까, 세르닌 공작과 알고 지내는 주느비에브 에르느몽이라는 아가씨와 면담을 하고 있습니다."

"이런 제기랄!"

르노르망 씨는 갑자기 전화기를 팽개치고는 모자를 낚아채 복도로 달려나갔다. 거기서 독일인을 데리고 오는 디외지와 마주쳤지만, 이렇게 외칠 뿐이었다.

"6시에……. 6시에 여기서 다시 봄세!"

계단을 구르듯 달려 내려온 그는 닥치는 대로 구렐과 그 밖의 형사 세 명을 보충해서 자동차에 후닥닥 뛰어들었다.

"가르셰로 가세. 빨리 가주면 10프랑 팁을 주지!"

빌뇌브 공원 약간 못 미처에 학교로 이르는 골목길로 돌아들자마자 그는 차를 멈추게 했다. 마침 기다리고 있던 장 두드빌이 대뜸 소리쳤다.

"놈이 골목길 반대 방향으로 빠져나갔습니다. 한 10분 전쯤요!"

"혼자였나?"

"아뇨, 여자와 함께입니다!"

르노르망 씨는 다짜고짜 두드빌의 멱살을 잡고 다그쳤다.

"멍청한 놈! 그걸 그냥 보내다니!"

"동생이 뒤를 밟고 있습니다."

"빨리도 나섰구먼! 놈은 자네 동생쯤 우습지도 않게 따돌릴 거야! 대체 자네들 뭐하는 사람들인가?"

그는 손수 운전대를 잡고서 닥치는 대로 덤불과 마차 바큇자국을 깔아뭉개면서 골목길을 질주했다. 전속력으로 달린 끝에 그들은 금세 마을과 마을을 잇는 시골길로 나올 수 있었고, 곧이어 길이 다섯 개로 갈

813

라지는 교차로에 이르렀다. 르노르망은 일말의 망설임도 없이 왼쪽으로 방향을 틀어 생퀴퀴파(파리 서쪽 외곽 지역의 숲 이름―옮긴이)로 향한 길로 접어들었다. 아니나 다를까, 웅덩이로 내려가는 둔덕 꼭대기를 지나칠 즈음 자동차는 이렇게 소리치고 있는 자크 두드빌을 빠르게 스쳐 지나갔다.

"마차를 타고 갔어요. 한 1킬로미터쯤 전방에 있을 겁니다!"

자동차는 멈추지 않고 그대로 비탈길로 돌진했고, 웅덩이를 에두르는 길모퉁이를 돌아들었다. 르노르망의 입에서 쾌재의 탄성이 터져나온 것은 바로 그때였다.

저만치 앞에 솟아 있는 작은 언덕길 정상쯤에 마차 지붕이 아련히 눈에 들어왔던 것이다.

다만 유감스럽게도 자동차가 약간 샛길로 빠진 터라, 잠깐 후진을 해야만 했다.

그나마 올바른 방향의 진입로까지 왔을 때도 문제의 마차가 멈춰 선 채 움직이지 않고 있는 것이 천만다행이었다. 자동차는 급격하게 선회했고, 그동안 저 앞의 마차에서 훌쩍 뛰어내리는 여자의 모습이 눈에 들어왔다. 그런가 하면 이어서 한 남자가 발판에 모습을 드러냈고, 여자는 팔을 쭉 뻗었고 순간, 자동차로부터 두 발의 총성이 허공을 가르고 지나갔다.

아무래도 빗나간 것 같았다. 남자의 고개가 마차 밖으로 힐끗 삐져나오는가 싶더니, 자동차를 발견하고는 말 잔등에 사정없이 채찍을 휘두르는 것이었다. 둔덕 넘어 길모퉁이로 마차가 사라진 것은 잠깐 만이었다.

하지만 득달같이 쫓아온 르노르망의 자동차는 둔덕 정상에 멍하니 선 여자마저 그대로 지나쳐 악착같이 모퉁이로 접어들었다.

한데 우거진 숲 사이로, 무척이나 가파르고 돌투성이인 내리막길이 느닷없이 펼쳐지는 것이었다. 하는 수 없이 조심조심 천천히 속도를 늦추는 수밖에 도리가 없었다. 그쯤이야 얼마든지! 절대로 모험을 하지 않으려는 듯 주춤주춤 발굽을 내딛는 겁 많은 말에 의존해 뒤뚱거리며 내려가는 저 1두 이륜마차가 겨우 스무 발짝 앞에 가고 있지 않은가! 걱정할 필요가 없었다. 이제 적을 완전히 추격권 내에 묶어둔 셈이니 말이다.

그렇게 두 종류의 탈것이 비탈길을 앞뒤로 나란히 요동치며 내려가고 있었다. 사실 그 거리가 너무 가까운지라, 이럴 바엔 차라리 차에서 내려 달리는 편이 훨씬 나을 거라는 생각마저 들었다. 하지만 이처럼 급격한 경사의 내리막길에서 급제동을 거는 것 또한 위험했기에,

그저 먹잇감에서 이글거리는 시선을 떼지 않고 계속 몰아붙일 수밖에 없었다.

"다 됐습니다, 국장님! 거의 다 됐어요!"

동석한 형사들은 이 뜻하지 않은 추격전에 잔뜩 가슴을 졸이면서 연신 중얼거렸다.

내리막길을 다 내려가자 센 강변의 부지발이라는 마을로 향하는 길이 시작되고 있었다. 평지에 내려선 말은 그제야 길 한가운데로 경쾌한 걸음을 내디뎠는데, 별로 서두는 기색은 없었다.

반면 뒤에 따라오는 자동차의 엔진은 달랐다. 굴러간다기보다는 차라리 도약을 하는 야생 짐승처럼 돌진한다는 표현이 옳았다. 르노르망 씨가 모는 자동차는 앞에 거치적거리는 것은 무엇이든 받아버릴 것처럼 내달렸고, 단번에 마차를 따라잡더니 이내 그것마저 따돌려버리는 것이었다.

르노르망 씨의 입에서 외마디 비명과도 같은 욕설이 튀어나온 것은 바로 그때였다. 마차 안이 텅텅 비어 있었던 것이다!

그렇다. 너무도 감쪽같은 일이었다! 말은 고삐가 매인 채로, 틀림없이 한나절만 자신과 이 마차를 낯선 이에게 임대해주었을 근처의 여인숙을 향해 터덜터덜 돌아가는 중이었다.

치안국장은 끓어오르는 울화통을 억지로 잠재우며 이렇게 말했다.

"소령은 아마 비탈길로 들어서기 직전, 우리 시야에서 벗어난 몇 초 동안 마차에서 뛰어내렸을 거야."

"국장님, 숲을 뒤져보면 뭔가 나오는 게 있을 겁니다."

"아니야. 그래봤자, 허탕만 칠 게 뻔해. 놈은 멀리 달아났을 걸세. 적어도 하루에 두 번씩이나 곤욕을 치를 멍청한 놈은 아닐 거야. 아! 빌어먹을. 이런, 빌어먹을!"

결정판 아르센 뤼팽 전집

일행은 돌아오는 길에 자크 두드빌과 함께 있는 여자와 합류했다. 그녀는 왠지 좀 전에 겪었던 험한 체험에는 전혀 아랑곳하지 않는 눈치였다.

르노르망 씨는 우선 자신을 소개한 뒤, 다짜고짜 파버리라는 영국인 소령에 대해 질문 공세를 퍼붓기 시작했다. 한데 여자는 오히려 깜짝 놀라는 것이었다.

"그 사람은 영국인도 아니고, 이름도 파버리가 아닌데요?"

"네? 그럼 이름이 뭡니까?"

"후안 리베이라라고 했어요. 에스파냐 사람이고, 프랑스의 학교 제도를 연구할 목적으로 그 나라 정부에서 파견 나온 분이라고요."

"좋습니다. 이름이나 국적이야 별로 중요치 않습니다. 어쨌든 그는 우리가 쫓고 있는 인물입니다. 그와 알고 지낸 지 오래됩니까?"

"한 보름 정도 됐어요. 제가 이곳 가르세에 세운 학교에 대해 소문을 듣고 찾아왔는데, 저의 시도에 무척 감명을 받았다면서, 가끔 찾아와 학생들의 발달 과정을 관찰하게만 해준다면 일정한 보조금을 부담하겠다고 제의했어요. 저로선 거절할 처지가 못 되었죠."

"안 됩니다! 그건 안 될 말이에요. 그런 일은 당신 주변 사람들과도 충분히 상의를 하셔야죠. 듣건대 세르닌 공작과 알고 지내는 사이시라면서요? 그분이라면 적절한 충고를 해주실 수 있을 겁니다."

"오, 그분이라면 저도 철석같이 믿지만 지금은 여행 중이신걸요."

"혹시 주소라도 없습니까?"

"없어요. 게다가 제가 뭐라고 그분께 여쭙겠어요? 아까 그 신사분의 태도는 하나 나무랄 데가 없었는데요. 다만 오늘 같은 일은…… 저도 뭐가 뭔지……."

"부탁입니다, 마드무아젤. 제게 모든 걸 솔직히 털어놓으십시오. 저 또한 믿을 만한 사람입니다."

"그러죠. 리베이라 씨는 오늘 좀 일찍 방문해주셨어요. 한데 부지발에 들른 어느 프랑스 귀부인의 부탁을 받았다면서, 그 부인이 딸애 교육을 저에게 맡기고 싶으니 급히 좀 와달라고 했다는 거예요. 그거야 뭐로 보나 자연스러운 일이죠. 더욱이 마침 오늘이 쉬는 날인 데다 마차까지 대기시켜놨다기에, 저는 아무 생각 없이 동행하기로 했답니다."

"그래서 목적지가 정확히 어디였습니까?"

순간 여자의 얼굴이 붉어지면서 이렇게 말했다.

"한데 그게…… 실은 나를 납치하려고 했다는 거예요. 한 30분쯤 지나서야 고백을 하더라고요."

"그에 대해서 달리 아는 점은 없습니까?"

"네."

"혹시 그가 파리에 삽니까?"

"그런 것 같았어요."

"무슨 편지 같은 거 받은 적도 없습니까? 아니면 무슨 메모라도……? 뭐 떨어뜨리고 간 물건이나 우리에게 도움이 될 만한 단서 같은 것 말입니다."

"그런 건 없어요. 아 참! 하지만 별로 대수롭지 않을 텐데……."

"말씀하십시오! 어서요! 제발 부탁입니다!"

"한 이틀 전쯤이었어요. 그 신사분이 제가 쓰는 타자기를 좀 빌려달라고 하시면서 아주 어렵게, 어렵게 편지 한 장을 작성하더군요. ―타자 연습이 전혀 안 되어 있는 것 같았어요―그런데 제가 수신지 주소를 얼핏 보게 되었죠."

"그래, 어디로 돼 있던가요?"

"『르 주르날』지에 보내는 거더라고요. 게다가 봉투 안에 우표를 한

20여 장은 동봉하는 것 같았어요."

"틀림없이 특파원 통신문일 겁니다."

"마침 오늘 자『르 주르날』지를 가지고 있습니다, 국장님."

르노르망 씨는 구렐이 건네준 신문을 받아 8면을 펼쳤다. 잠시 후, 그
는 화들짝 놀라는 기색이 역력했다. 거기엔 통상 그런 문서에 흔한 축
약체로 다음과 같은 내용이 실려 있었다.

무슈 슈타인벡을 아는 사람 있으면
그가 파리에 거주하는지, 거주하면 주소는 어찌 되는지 정보 바람.
같은 경로로 답변 요망.

"슈타인벡이라면, 디외지가 데려온 바로 그자 아닙니까?"

구렐이 소리치자, 르노르망 씨는 혼잣말처럼 대꾸했다.

"그렇지, 그래. 케셀바흐에게 보낸 그자의 편지를 내가 도중에서 가
로챘지. 케셀바흐로 하여금 피에르 르뒥의 뒤를 쫓으라고 부추긴 것도
그자이고……. 그렇다면 결국 이놈들 역시 그를 통해서 피에르 르뒥에
관한 정보를 뜯어내고자 한다는 얘기야. 우리처럼 놈들도 여기저기 쑤
시고 다니는 거라고."

르노르망 씨는 입맛을 다시며 두 손을 비벼댔다. 현재 슈타인벡은 우
리 수중에 떨어진 상태……. 앞으로 한 시간 후면 슈타인벡의 자백을
직접 들어볼 수가 있다. 한 시간 후면, 그토록 숱한 사람의 골머리를 앓
게 하면서, 케셀바흐 사건을 끝없는 미궁 속으로 곤두박질치게 한 비밀
의 내막이, 그 어둠의 베일이 적나라하게 찢겨나갈 것이다.

르노르망 씨, 침몰하다

1

저녁 6시, 르노르망 씨는 파리 경시청 자신의 집무실로 돌아왔다.

그는 곧장 디외지를 불렀다.

"그 친구 아직 있지?"

"네."

"그래 조사는 좀 해봤나?"

"별로 진전은 없었습니다. 단 한 마디도 내뱉질 않으니……. 그에게 는 그저, 새로운 상부 지시에 의해서, 앞으로 모든 외국인은 파리 경시 청에 체류 신고를 해야만 한다면서 이리로 데리고 온 상태입니다."

"내가 직접 조사해보지."

한데 그 순간 사환 한 명이 들어와 말했다.

"국장님, 어느 부인이 지금 당장 뵙고 드릴 말씀이 있다고 합니다."

"명함은?"

"여기 있습니다."

"마담 케셀바흐? 당장 들어오시라고 하게."

르노르망 씨는 손수 문 앞까지 마중 나가 세심하게 의자로 안내했다. 그녀는 여전히 병색이 완연했고 우울한 눈빛이었으며, 사는 것을 힘들어하는 전형적인 몰골이었다.

그녀는 다짜고짜 『르 주르날』지를 내밀고는 자그마한 통신란의 슈타인벡 관련 내용을 손가락으로 가리키며 입을 열었다.

"여기 이 슈타인벡 영감은 우리 남편 친구였습니다. 그가 이번 일에 관해 아주 많은 걸 알고 있는 게 틀림없어요."

르노르망은 대답 대신 부하에게 지시를 내렸다.

"디외지, 기다리고 있는 사람을 모셔오게. 그리고 부인, 정말 제때에 잘 방문해주셨습니다. 단지 지금 들어올 사람 앞에서는 아무 말씀도 하지 말아주시길 부탁드립니다."

이윽고 문이 열리고 한 남자가 들어섰다. 볼에서 턱까지 새하얀 수염으로 뒤덮이고, 깊은 주름이 가르고 지나간 얼굴하며, 남루하기 그지없는 옷차림의 노인…… 하루하루 먹을 것을 좇아 세상을 떠돌아다니는 흔하디흔한 부랑자의 찌든 행색이었다.

그는, 침묵으로 자신을 맞이하는 르노르망 씨의 태도가 자못 불안한 듯, 눈을 끔벅이고 손으로는 모자챙을 만지작거리면서 문가에 그대로 선 채 어쩔 줄 모르고 있었다.

그러다가 문득 눈길이 여자 쪽에 쏠리자, 갑자기 눈을 휘둥그렇게 뜨면서 입을 다물지 못하는 것이었다.

"마담……. 마담 케셀바흐가 아니오?"

그는 금세 활기 넘치는 표정이 되었고, 아까와는 전혀 다른 태도로

성큼성큼 다가와 서툰 프랑스어 억양으로 말을 건넸다.

"아! 정말 기쁩니다. 난 또 영영 못 볼 줄 알았어요! 놀랐어요! 소식도 없었고, 전보도 없어서……. 그래, 루돌프 케셀바흐는 잘 지내요?"

한데 여자는 마치 뺨이라도 맞은 것처럼 화들짝 뒤로 물러서더니, 의자에 깊숙이 주저앉은 채 울음을 터뜨리는 것이었다.

"어? 왜 이러지? 왜……."

슈타인벡은 영문을 모르겠다는 투였다.

르노르망이 끼어들었다.

"이제 보니, 최근에 무슨 일이 일어났는지 모르시는 모양이군요. 여행을 참 오래 하셨나 보죠?"

"네, 한 석 달 정도……. 탄광 지대를 돌아다녔죠. 그리고 케이프타운으로 돌아와 루돌프에게 편지를 썼죠. 한데 도중에서 포트사이드(수에즈 운하 입구에 위치한 이집트의 도시―옮긴이)에 일자리를 얻었어요. 루돌프가 내 편지를 받았을 텐데?"

"그분은 안 계십니다. 이제 그 이유를 설명해드리지요. 다만 그 전에 우리가 먼저 좀 알아야 할 점이 있습니다. 다름 아니라, 당신도 잘 알고 있고 케셀바흐 씨와 이야기를 나누는 가운데에도 일부러 여러 차례 지목했던 피에르 르뒥이라는 인물에 대해서입니다."

"피에르 르뒥요? 세상에! 누가 그 얘기를 합디까?"

노인은 적잖이 놀란 기색이었다.

그러고는 연신 같은 말을 반복해대는 것이었다.

"네? 대체 누가 그 얘기를 했느냔 말입니다. 누가 그랬어요?"

"케셀바흐 씨 자신의 얘깁니다."

"그럴 리가! 그건 내가 알려준 비밀이고, 루돌프는 비밀을 잘 지키는 사람이오. 특히 그거는……."

"아무리 그래도 우리한테는 죄다 말씀해주셔야만 합니다. 현재 우리는 피에르 르뒥에 대한 무척이나 시급한 수사를 진행 중입니다. 한데 현재 케셀바흐 씨가 없는 이상, 당신만이 진상을 해명해줄 수가 있습니다."

슈타인벡은 이내 결심이 선 듯 말했다.

"좋아요. 그래 무엇을 원하시오?"

"피에르 르뒥을 알죠?"

"직접 만나본 적은 없지만, 오래전부터 그와 관련한 비밀을 가지고 있었어요. 뭐 일일이 얘기할 거리도 안 되는 사건들과 우연찮은 일들을 거치는 가운데, 난 마침내 그 흥미로운 인물이 파리에서 처참한 꼴로 연명하고 있다는 확신에 도달했습니다. 이름은 피에르 르뒥으로 통하지만 진짜 이름이 아니라는 사실도 알게 되었고요."

"그럼 본인은 자기 진짜 이름을 알고 있습니까?"

"아마 그럴 겁니다."

"당신은요?"

"나도 알고 있습니다."

"어디 우리에게 말해보십시오."

한데 잠시 주저하던 노인은 이내 격렬한 말투로 이러는 것이었다.

"안 돼요! 절대로 그럴 수 없습니다. 난 할 수 없어요."

"왜죠?"

"그럴 권리가 없어요! 모든 비밀의 열쇠가 거기에 있거든요. 그래서 내가 루돌프에게 비밀을 공개했을 때, 그도 그 엄청난 중요성에 주목해서 내 침묵의 대가로 막대한 액수를 지불해주었고요. 게다가 언젠가 피에르 르뒥을 찾아내서 그로부터 한몫을 단단히 챙기고 나면 또다시 내게 어마어마한 재산을 떼어주겠다고 약속한 겁니다."

그러면서 씁쓸한 웃음을 지으며 이렇게 덧붙이는 것이었다.

"한데 이미 받은 엄청난 금액이 바닥이 났답니다. 해서 내가 받을 막대한 재산에 대해 최근 문의를 한 바 있지요."

이에 대해 치안국장이 대뜸 내뱉었다.

"케셀바흐 씨는 죽었습니다."

순간, 슈타인벡은 펄쩍 뛰었다.

"죽다니! 그럴 리가! 아냐, 이건 함정이야! 마담 케셀바흐, 그게 사실인가요?"

여자는 말없이 고개를 떨구었다.

그는 전혀 예기치 않은 사실에 한순간 허물어지는 듯했고, 극심한 비통에 사로잡혀 그만 울음까지 터뜨리는 것이었다.

"가엾은 나의 루돌프. 소싯적부터 함께한 친구였는데⋯⋯. 아우크스부르크에 있는 우리 집에도 자주 놀러 오곤 했어. 그토록 좋아했던 친구였는데…….”

그러면서 마담 케셀바흐에게 이렇게 물었다.

“어땠나요, 마담. 그 친구도 날 좋아했나요? 좋아했다면 당신에게 얘기했을 텐데요. 늘 나를 슈타인벡 영감탱이라고 부르곤 했죠.”

르노르망 씨는 그에게 다가가 극히 차분한 어조로 말했다.

“내 말 잘 들으시오. 케셀바흐 씨는 살해되었습니다. 자, 진정해요. 울고불고해봐야 소용없습니다. 어쨌든 그가 살해된 건 사실이고, 범행의 모든 정황으로 봐서 살인자는 그 유명한 계획에 대해 잘 알고 있다는 게 지금까지의 수사 결과입니다. 혹시 그 계획의 내용 중에 뭔가 범죄 해결에 단서가 될 만한 사항이 있는지요?”

슈타인벡은 잠시 아무 말도 하지 못하고 있다가 이내 더듬더듬 입을 열었다.

“내 잘못입니다. 내가…… 공연히 그를 끌어들였어요.”

마담 케셀바흐도 애원하는 자세로 다가왔다.

“당신은 알고 있어요. 뭔가 품고 있는 생각이 있을 거예요. 오, 제발 부탁이에요, 슈타인벡.”

“아닙니다. 아무 생각도 없어요. 생각해본 적도 없고요. 아, 그나마 생각이 있었다면…….”

맥없이 중얼거리기만 하는 노인을 향해 르노르망이 다그쳐 물었다.

“케셀바흐 씨 주변 인물들을 잘 생각해보십시오. 그 당시 케셀바흐 씨와 협의를 하고 있을 때 누군가 연루된 사람이 없었습니까? 혹시 케셀바흐 씨 자신이 다른 누구에게 누설하지는 않았을까요?”

“아무도 없었어요.”

“잘 생각해보십시오.”

돌로레스와 르노르망 씨는 둘 다 노인에게 몸을 숙이고 대답을 기다렸다.

"아니요, 도무지 모르겠어요."

치안국장은 포기하지 않고 몰아붙였다.

"그러지 말고 생각해봐요. 살인자의 이름 이니셜은 L과 M입니다."

"L이라…… 모르겠어요. L하고 M이라……."

"그렇소. 그 두 글자가 살인자의 담뱃갑 한 귀퉁이에 금색으로 새겨져 있었어요."

"담뱃갑?"

슈타인벡은 뭔가 기억을 떠올리려고 애쓰는 표정이었다.

"반들반들 광택을 낸 쇠로 만들어졌죠. 내부 한쪽 공간이 둘로 나뉘어 있는데, 그중 한 곳은 궐련용 종이를 넣도록 되어 있고, 다른 한 곳엔 담배 가루를 재도록 되어 있는 겁니다."

"둘로 나뉘어 있다. 둘로 나뉘어……."

슈타인벡은 세부적으로 들어갈수록 뭔가 기억이 되살아나는 듯 되풀이해 중얼거렸다.

"혹시 그 담뱃갑 좀 볼 수 없을까요?"

"여기 그것과 똑같은 제품이 있습니다."

르노르망은 얼른 담뱃갑 하나를 내밀며 말했다.

"아, 어디 좀……."

슈타인벡은 떨리는 손으로 받아 들었다.

약간 멍청한 눈길로 그것을 이리저리 뒤집어보며 한참을 관찰하던 그의 입에서, 문득 어떤 충격적인 생각에 부닥친 사람만이 낼 수 있는 비명이 터져나왔다. 그는 눈을 휘둥그레 뜨고 두 손을 벌벌 떨면서 아무 말도 못하고 있었다.

"말씀하십시오! 어서요, 말해봐요!"

르노르망은 놓치지 않고 다그쳤다.

"오! 그렇게 된 거였어."

마치 너무도 강렬한 빛에 부딪쳐 정신이 가물가물해지는 사람처럼 차마 말을 잇지 못하는 노인……

"말해요! 어서 말해요!"

슈타인벡은 갑자기 두 사람을 냅다 밀쳐내고 창가로 비틀비틀 걸어가더니, 이내 다시 돌아와 치안국장에게 덥석 달려들며 울부짖듯 말했다.

"여보시오, 선생. 루돌프의 살해범이 누구인지 내가 말해드리리다. 그게 말이오……."

그러다 문득 말을 멈추었다.

"네, 어서요."

마담 케셀바흐와 르노르망 씨 모두 목을 빼고 다음 얘기를 기다렸다.

그렇게 속절없는 침묵이 1분 정도 이어졌다. 지금까지 숱한 자백과 고발이 쏟아져 나왔을 이 널찍한 집무실 안에서 과연 그 엽기적인 살인범의 정체가 폭로될 것인가? 르노르망 씨는 드디어 바닥을 알 수 없는 심연의 가장자리까지 다가서 있는 느낌이 들었다. 이제 결정적인 목소리 하나가 저 노인의 목구멍으로 서서히 올라오려 하고 있다. 몇 초만 더 참으면 모든 것을 알게 되리라.

"아니야. 안 돼. 도저히 할 수가 없어."

슈타인벡은 수그러들 듯 중얼거렸다.

"대체 지금 뭐라고 하셨소?"

치안국장은 버럭 화를 내며 소리쳤다.

"도저히 말할 수 없다고 했습니다."

"당신은 지금 입 다물 입장에 있질 않아요! 법이 당신에게 요구하고 있는 거요!"

"내일……. 내일 말해주리다. 나도 좀 생각을 해봐야겠어요. 내일 피에르 르뒤에 관해 아는 바 전부를 얘기해주겠소. 그리고 그 담뱃갑에 관해 짚이는 바도 다 털어놓으리다. 내일……. 약속합니다."

보아하니 암만 몰아붙인다 해도 당장은 저 고집을 꺾을 수 있을 것 같지 않았다. 르노르망 씨는 일단 양보하기로 했다.

"좋소이다. 내일까지 시간 여유를 주겠소. 하지만 분명히 말하건대, 내일도 말을 하지 않으면, 나로서도 수사판사에게 당신을 넘길 수밖에 없다는 점을 명심하시오."

그는 벨을 눌러, 디외지 형사를 따로 불렀다.

"호텔까지 저분을 동행하게. 그리고 거기 머물러 있게. 두 명을 더 붙여주지. 절대로 한눈팔아선 안 돼! 누가 빼가려고 할지도 모르니까."

형사가 슈타인벡을 데리고 나가자, 르노르망 씨는 작금의 광경에 심한 충격을 받은 마담 케셀바흐에게 다가가 양해를 구했다.

"마담, 정말이지 유감입니다. 얼마나 상심이 크셨을지 이해합니다."

그러고는 케셀바흐 씨가 슈타인벡 영감과 교유했던 시절과 그 기간에 대해 몇 가지 질문을 했다. 하지만 그나마 여자가 다소 피곤해하자 금세 그만두었다.

"내일 또 와야 하나요?"

케셀바흐가 힘없이 물었다.

"오, 아닙니다. 천만에요. 슈타인벡이 뭐라고 했는지는 따로 죄다 알려드리겠습니다. 괜찮다면 마차까지 부축해드리겠습니다. 아래까지 내려가시려면 좀 힘드실 테니까요."

그는 여자 앞에서 문을 열고 옆으로 정중히 비켜서 주었다.

바로 그때였다.

복도에서 요란한 고함 소리가 들리더니 형사들과 사환들이 마구 달려오는 것이 아닌가!

"국장님! 국장님!"

"무슨 일인가?"

"디외지가……."

"디외지는 방금 여기서 나갔는데."

"그가 계단에 쓰러져 있습니다!"

"아니, 왜? 죽었나?"

"아닙니다. 그냥 기절한 것 같습니다."

"그 남자는? 함께 있던 남자는 어떻게 됐나? 슈타인벡 영감 말이네."

"사라졌습니다."

"이런 빌어먹을!"

2

그는 복도를 박차고 달려가 계단을 구르듯 내려갔다. 사람들이 웅성거리며 모여 있는 가운데 디외지가 2층 층계참에 뻗어 있었다.

때마침 구렐이 계단을 올라오고 있었다.

"아, 구렐! 지금 막 아래서 올라오는 길인가? 누구 마주친 사람 없나?"

"없는데요, 국장님."

한편 서서히 정신이 돌아오는지 디외지는 눈을 끔벅거리면서 이렇게 더듬댔다.

"저, 저기……. 층계참에……. 작은 문……."

순간 치안국장이 벽력같이 고함을 질렀다.

"제기랄! 7호실 문이었어! 내가 그토록 열쇠로 채워놓으라고 말했건만. 언젠가 이런 일이 일어날 줄 알았다니까(원서의 각주에서는, 실제로 파리 경시청 건물에서 법원을 거쳐 외부로 직접 통하게 되어 있는 이 방문으로 두 명의 범죄자가 연달아 경찰을 따돌리고 도망쳤던 실제 사건들을 환기하면서, 굳이 그 통로가 불가피한 것이었다면 왜 반대편 빗장이라도 제거해서 도망자가 추격을 따돌리지 못하게 하지 않는지 개탄하고 있음. 르노르망 씨가 치안국에 더 이상 복무하지 않았을 때 일어난 사건이라고 시침을 떼는 것을 보면, 이 부분은 추후에 가필 과정에서 삽입한 것이 아닐까 생각됨―옮긴이)."

그는 방문 손잡이로 와락 달려들었다.

"빌어먹을! 지금은 반대편에서 빗장이 채워져 있어!"

다행히 문의 일부는 유리로 되어 있었다. 그는 권총 손잡이로 유리창을 깨고 빗장을 풀자마자 구렐에게 소리쳤다.

"여기로 곧장 나가 도핀 광장 쪽 출구로 가보게!"

그는 다시 디외지에게 돌아와 말했다.

"자, 디외지, 어서 말해보게. 대체 어떻게 된 건가?"

"갑자기 주먹이 날아와서……."

"그 늙은이의 주먹이 말인가? 제대로 몸도 못 가누는 노인이었지 않나?"

"그자가 아니었어요. 슈타인벡이 국장님과 있는 동안 복도를 서성대던 녀석이 하나 있었는데, 방을 나서면서 놈이 우리 둘을 따라왔나 봅니다. 이쯤에서 불을 좀 빌려달라기에……. 성냥을 찾는데 그만 난데없이 배를 갈기는 바람에……. 그대로 쓰러지는데, 얼핏 저 문이 열리면서 놈이 노인을 끌고 나가는 게 보였습니다."

"놈을 다시 보면 알아보겠는가?"

"네, 국장님. 단단한 체구에 피부가 약간 거무튀튀한 게 틀림없이 남프랑스 출신 같았습니다."

"리베이라군."

르노르망 씨는 이를 부드득 갈았다.

"또 그놈이야! 파버리의 분신인 리베이라 말일세. 아, 악랄한 놈. 대
범하기도 하지! 놈은 슈타인벡이 못내 걱정되었던 거야. 그래서 감히
내 코앞까지 쳐들어와 영감을 빼앗아간 거라고!"

그것도 모자라 발을 쿵! 하고 구르면서 그는 이렇게 덧붙였다.

"그나저나 그 망할 놈의 불한당은 슈타인벡이 이곳에 있다는 걸 어떻
게 알아냈을까? 생퀴퀴파 숲에서 놈을 쫓은 지 불과 네 시간도 채 지나
지 않았는데. 어느새 여기까지 나타났느냔 말이야! 아, 어떻게 알았을
까? 날 훤히 꿰뚫고 있단 말인가?"

마치 더는 아무 소리도 들리지 않고 아무것도 제대로 보이지 않는
꿈속으로 휘말려 들어가는, 더러운 기분이었다. 그 틈에, 마담 케셀바
흐가 얌전히 옆으로 지나치며 인사를 하는데도 그는 받는 둥 마는 둥
했다.

그러나 복도가 또다시 시끄러워지자 불현듯 제정신이 돌아오는 것이
었다.

"구렐, 자넨가?"

숨이 턱에까지 찬 구렐이 허겁지겁 달려와 보고했다.

"접니다, 국장님! 그들은 저쪽 길을 따라서 도핀 광장으로 빠져나갔
습니다. 자동차가 기다리고 있었는데, 안에는 두 명이 타고 있었습니
다. 그중 한 놈은 검은 옷을 입고 눈썹까지 펠트 모자를 눌러쓰고 있었
습니다."

"바로 그놈이야. 살인범이자, 리베이라 파버리의 공범이라고. 다른
놈은 어땠나?"

"여자였습니다. 모자는 쓰지 않았고……. 하녀 같은 차림새였는데, 그 정도면 예쁘장한 편이었습니다. 러시아 출신인 것 같았고요."

"뭐? 방금 러시아인이라고 했나?"

"네."

르노르망 씨는 갑자기 몸을 홱 돌려 계단을 성큼성큼 내려가더니, 청사 앞뜰을 빠르게 가로질러 오르페브르 제방 위로 나갔다.

"멈춰!"

그가 소리치는 쪽으로는 웬 무개(無蓋) 사륜마차가 멀어져 가고 있었다. 다름 아닌 마담 케셀바흐의 마차였는데, 마차꾼이 소리를 들었음인지 곧 멈춰 서는 것이었다. 어느새 르노르망 씨는 발판에 훌쩍 뛰어 올라서 있었다.

"이거 대단히 죄송합니다만, 마담, 당신 도움이 절실해졌습니다. 죄송합니다만 부디 저와 동행해주셔야 할 일이 생겨서요. 좀 서둘러야만 되겠습니다."

그러고는 허겁지겁 뒤따라온 구렐에게 말했다.

"구렐! 내 차를 준비하게. 뭐, 돌려보냈다고? 그럼 다른 걸로, 아무거나 대기시켜!"

그렇게 해서 차를 한 대 빌려오는 데만 벌써 10여 분이 지나갔다. 르노르망 씨는 안달이 나 미칠 지경이었다.

그동안 보도 위에 서서 기다리던 마담 케셀바흐는 암모니아 병을 손에 든 채 휘청거리면서 몸조차 제대로 가누기 어려워하고 있었다.

마침내 모두 차에 올라탔다.

"구렐, 자넨, 운전석 옆에 앉게. 그리고 가르세로 직행하는 거야!"

"저희 집으로 말씀인가요?"

돌로레스가 깜짝 놀라 물었지만 르노르망 씨는 아무 대꾸도 하지 않

500 결정판 아르센 뤼팽 전집

았다. 그는 자동차 문 밖으로 몸을 반쯤 내민 채, 교통경찰관들과 마주칠 때마다 경찰관 자유통행증을 휘두르면서 마구잡이로 달렸다. 그렇게 겨우 쿠르 라 렌(센 강의 강변도로에 해당—옮긴이)에 접어들면서부터 비로소 자리에 바로 앉으며 그는 이렇게 말했다.

"부탁입니다만, 마담, 제 질문에 간명하게 대답해주십시오. 아까 4시경에 혹시 마드무아젤 주느비에브 에르느몽을 본 적이 있습니까?"

"주느비에브……. 네, 외출하려고 옷을 갈아입는 도중에 봤죠."

"당신에게 『르 주르날』지에 실린 슈타인벡 관련 기사를 얘기해준 것도 그녀였습니까?"

"네, 그래요."

"그 즉시 저를 만나러 오신 거고요?"

"네."

"마드무아젤 에르느몽이 찾아왔을 때 당신은 내내 혼자였습니까?"

"글쎄요, 모르겠어요. 왜 그러시죠?"

"잘 생각해보세요. 집에 일을 돕던 여자들 중 아무도 없었나요?"

"아마도……. 제가 옷을 갈아입고 있었으니까."

"그 여자들 이름이 뭐죠?"

"쉬잔하고 제르트뤼드인데요."

"둘 중 한 명이 러시아인 아닙니까?"

"네, 제르트뤼드가 러시아 여자예요."

"오래전부터 아는 사입니까?"

"제르트뤼드는 벌써 몇 년 전부터 줄곧 저의 집에서 수발을 들고 있는걸요. 동생도 늘 저를 돕고요. 언제나 청렴하고 헌신적인 아가씨들인걸요."

"물론 그에 대해서 마담 역시 섭섭지는 않게 해주시겠죠?"

813

"오, 당연하죠!"

"좋아요. 다행입니다!"

저녁 7시 반, 해가 뉘엿뉘엿 기울 때쯤, 자동차는 요양소 건물 앞에 멈춰 섰다. 일행은 저만치 팽개쳐두고 치안국장은 부랴부랴 관리실로 쳐들어갔다.

"마담 케셀바흐의 하녀가 방금 귀가하지 않았습니까?"

"하녀라니요? 누구 말씀이신지?"

"자매 중에 제르트뤼드라는 이름의 여자 말입니다!"

"제르트뤼드라면 외출하지 않았을 텐데. 나가는 건 못 봤습니다."

"그래도 누군가 방금 들어왔을 겁니다!"

"이보세요, 선생님. 오늘 오후, 그러니까 6시 이후로는 누구에게도 문을 열어준 적이 없단 말이에요!"

"이 문 말고 다른 출입구가 있습니까?"

"없는데요. 워낙 사방으로 높은 벽이 에워싼 곳이라……."

하는 수 없이 르노르망 씨는 일행을 돌아보며 말했다.

"마담 케셀바흐, 아무래도 당신 별장까지 가봐야겠습니다."

셋은 함께 마담 케셀바흐의 별장으로 향했고, 열쇠를 가져오지 않아 부인이 벨을 눌렀다. 문을 열러 나온 것은 동생 쉬잔이었다.

"제르트뤼드 집에 있니?"

마담 케셀바흐가 대뜸 물었다.

"네, 마담. 지금 방에 있는데요."

"오라고 해주십시오, 마드무아젤."

치안국장이 불쑥 나섰다.

잠시 후, 제르트뤼드가 자수로 가장자리 장식을 댄 새하얀 앞치마를 두른 채, 제법 애교 있고 매력적인 모습으로 내려왔다. 붉은 머리에 과연 예쁘장한 얼굴이었다.

르노르망 씨는 한동안 그 해맑은 눈동자 속에서 뭔가 캐내려는 듯, 아무 말 없이 그녀를 똑바로 쳐다보기만 했다. 그렇게 한 1분 정도 시간이 흘렀을까. 마침내 그는 그저 툭 던지듯 내뱉었다.

"됐습니다, 마드무아젤. 고마워요. 자, 가세나, 구렐."

그는 반장과 함께 집을 나선 뒤, 어둑어둑한 정원 오솔길을 걸으며 이렇게 말했다.

"그 여자야."

"정말 그렇게 보십니까, 국장님? 무척이나 덤덤해 보이던데요?"

"응, 너무 지나치게 덤덤하지. 그 여자가 아니라면 아마 어리둥절해하기라도 했을 걸세. 왜 자기를 불렀느냐고 물었을 테고 말이야. 하지만 아니었어. 어떻게든 웃음을 잃지 않으려고 꾸며댄 표정뿐이었다고. 하지만 말일세, 그녀의 관자놀이를 봤나? 땀 한 방울이 관자놀이를 따라 귓가로 흘러내리는 걸 봤느냔 말일세."

"아……."

"이제 모든 게 명백해진 셈이지. 제르트뤼드는 케셀바흐 사건 주위를 맴돌며 일을 꾸미고 있는 두 불한당과 공범 관계일세. 어쩌다 문제의 그 계획을 알게 돼서 한탕 하거나, 미망인의 수백만 프랑어치 유산을 가로채거나 하려는 속셈인 거지. 모르긴 몰라도 그녀 동생 역시 한패일 거야. 아까 오후 4시쯤, 제르트뤼드는 내가 『르 주르날』지에 실린 기사를 알게 되었고, 슈타인벡과 면담 일정이 잡혀 있다는 정보를 입수하자마자, 여주인을 외출하게 만든 다음, 그 틈을 타 파리로 달려가 리베이라와 그 펠트 모자를 만난 거야. 결국 그녀가 두 사람을 법원 청사로 불러들인 거고, 리베이라가 나서서 슈타인벡 영감을 가로챈 것이지."

그는 잠시 생각에 잠겼다가 이렇게 덧붙였다.

"이로써 확실해지는 건, 첫째, 슈타인벡이 저들에게도 대단히 중요한 존재라는 사실. 또한 그의 고백이 저들에게 얼마나 치명적인가 하는 점. 둘째, 진짜 무시무시한 음모는 현재 마담 케셀바흐를 둘러싸고 진행 중이라는 사실. 셋째, 그 음모가 무르익고 있는 만큼 나로선 더 이상 낭비할 시간이 없다는 점. 이렇게 세 가지일세!"

"알겠습니다. 한데 그래도 아직 해명이 덜 된 게 하나 있습니다. 어떻게 제르트뤼드가 지금 이 정원을 빠져나왔다가, 관리인도 모르게 다시 들어갈 수 있었을까요?"

"그건 아마도 놈들이 최근에 마련해놓은 비밀 통로를 통해서겠지."

"물론 마담 케셀바흐의 별장까지 직접 통하게 되어 있겠죠?"

"아마도 그럴 걸세. 아마도……. 하지만 다른 식으로 생각할 수도 있어."

두 사람은 담벼락을 따라 걷고 있었다. 밤하늘은 꽤 훤한 편이어서, 멀리서 사람들이 둘의 윤곽을 구분할 정도는 아니었지만, 두 사람만큼은 담벼락의 돌 틈에 구멍이 뚫려 있다거나 여하한 균열이 나 있는지 가까이서 검사할 수 있을 정도는 충분한 시야가 확보되어 있었다. 그 결과 비밀 출입구가 될 만한 구석은 어디에도 없는 것이 확실했다.

"그럼 사다리를 사용했을까요?"

구렐이 떠보았다.

"그건 아닐 거야. 왜냐면 제르트뤼드는 아직은 날이 밝은 동안에 활동에 들어갔으니까. 이런 유의 내통은 바깥에서 드러내놓고는 할 수 없는 게 상식이지. 아마도 기존의 건물 구조 어딘가 숨겨진 구멍이 있는 게 틀림없네."

"하지만 건물이래야 네 채밖에 안 되고, 그나마 모두 사람들이 거주하고 있지 않습니까?"

"미안하지만 그중 세 번째 별장은 아닐세. 소위 오르탕스 별장이라 불리는 건물은 아무도 살지 않아."

"그걸 어떻게 아셨습니까?"

"관리인이 귀띔해주더군. 워낙 이웃의 소음에 민감한 마담 케셀바흐가 아예 자기 별장에 인접한 그곳까지 임차해두었다더군. 글쎄, 그렇게 한 것도 옆에서 제르트뤼드가 부추겼기 때문일지도 모르지."

그렇게 말하면서 그는 오르탕스 별장을 한 바퀴 돌았다. 한데 덧문들까지 모두 닫힌 상태였지만, 혹시나 해서 걸쇠를 건드리자 놀랍게도 스르르 문이 열리는 것이 아닌가!

"이것 보게, 구렐! 아무래도 제대로 짚은 것 같네! 들어가세. 자네 손전등을 좀 켜봐. 음……. 현관에다 거실, 식당이라……. 이런 건 다 소용없고……. 주방이 없는 걸 보니, 지하실이 어딘가로 뚫려 있을 것 같은데……."

"이쪽인 것 같습니다, 국장님. 여기 뒤쪽 계단이 나 있어요!"

과연 계단을 내려가자 야외용 의자와 등나무로 짠 박스들이 어질러져 있는 제법 널찍한 주방이 나왔다. 그런가 하면 바로 인접해서는, 지하 저장고 겸 세탁장이 온갖 잡동사니로 뒤죽박죽인 채 모습을 드러내고 있었다.

"여기 뭔가 반짝거리는데요, 국장님?"

구렐은 문득 허리를 숙여 바닥에서 모조진주 장식이 끄트머리에 달린 구리 핀을 하나 주웠다.

"진주가 아직도 빛을 잃지 않았군그래. 이런 곳에 떨어진 지 오래됐다면 이럴 수가 없지. 제르트뤼드가 최근에 이곳을 지나친 게 틀림없네, 구렐."

구렐은 다짜고짜 텅 빈 자루들과 상자들, 절름발이 책상들이 층층이

813

결정판 아르센 뤼팽 전집

쌓여 있는 것을 허물기 시작했다.

"시간 낭비일세, 구렐. 만약 통로가 거기 있다면 드나들 때마다 그 모든 잡동사니를 허물었다가 다시 쌓았다가 했을 텐데, 과연 그런 시간적 여유가 있었을까? 그 대신 여길 좀 보게나. 여기 이 사용하지도 않는 덧문이 무슨 특별한 이유도 없이 벽에 이런 못으로 매달려 있는 게 이상하지 않나? 이걸 한번 떼어내 보게."

구렐은 즉각 시키는 대로 했다.

아니나 다를까, 덧문을 떼어내자 벽에 난 휑한 구멍이 드러났다. 구렐은 곧장 손전등으로 뻥 뚫린 지하 통로 안을 비추었다.

3

르노르망 씨가 나직이 속삭였다.

"역시 내 짐작이 틀리지 않았어. 내통은 비교적 최근까지 이루어지고 있었던 거야. 자네도 보다시피, 공사가 무척이나 성급하게 이루어진 흔적이 역력하네. 되도록 빠른 시간 안에 끝내려고 한 것 같아. 벽돌 공사도 생략했고. 군데군데 널판 두 개씩을 십자형으로 대고 들보 하나로 천장을 받치는 걸로 끝이야. 하긴 아쉬운 대로 목적만 달성하고 나면 되니까. 이를테면……."

"이를테면 뭐죠, 국장님?"

"우선 제르트뤼드와 공범들 사이를 오가는 통로 역할이지. 그다음으로, 언젠가……. 언젠가는 말일세. 마담 케셀바흐의 수수께끼 같은 증발이나 노골적인 납치에 요긴하게 쓰일 테지."

두 사람은 그렇지 않아도 위태위태해 보이는 기둥들을 건드리지 않으려고 조심하며 앞으로 나아갔다. 얼핏 봐도 터널 선체 길이는 정원을 둘러싼 담벼락과 별장 사이의 거리인 50미터는 훌쩍 넘게 느껴졌다. 그러니까 이 터널로 계속 가다 보면 담벼락을 한참 지나쳐 요양소 영지를 따라 난 도로 너머로까지 도달하는 셈이었다.

"혹시 빌뇌브 언덕과 연못 쪽으로 가는 건 아니겠죠?"

구렐이 묻자, 르노르망은 자신 있게 대답했다.

"천만에! 그 반대 방향일세."

어느덧 통로는 약간 내리막을 이루고 있었다. 계단이 한 차례 나왔고, 그다음 또 하나가 이어졌으며, 곧장 오른쪽으로 꺾어졌다. 문득, 시멘트로 정성껏 바른 직사각형 벽체 안에 마련된 문이 나타났다. 르노르망이 살짝 밀자 역시 어렵지 않게 열렸다.

"잠깐만, 구렐!"

르노르망은 멈칫하면서 속삭였다.

"좀 생각해보세. 아무래도 이쯤에서 돌아가는 게 좋을 것 같아."

"왜요?"

"아마 지금쯤은 리베이라가 위험을 감지했을지 모르네. 그렇다면 벌써 지하 통로가 발각될 것에 대비해 만반의 준비를 갖춰놓지 않았을까? 우리가 아까 정원을 뒤지고 다니고, 이 별장으로 들어서는 걸 보았을지도 모르지. 그렇다면 우리가 올 것을 예상하고 함정이라도 파놓지 않았다고 누가 장담하겠는가?"

"그래도 우리 쪽은 두 명입니다, 국장님!"

"저쪽은 스무 명일지도 몰라."

여하튼 이렇게 둘러보니 바닥이 또다시 오르막을 형성하고 있었고, 약 5~6미터 거리를 두고 또 다른 문이 있었다.

"그럼 어디 저기까지만 가보세."

르노르망 씨는 구렐에게 일단 문을 그대로 연 채 두라고 한 다음, 더 이상은 전진하지 않겠다고 다짐하면서 또 다른 문 쪽으로 다가갔다. 한데 그 문은 자물쇠가 풀리는데도 여간해서 열리지 않는 것이었다.

"빗장이 채워진 거야. 소란 떨 것 없지. 이만 돌아가세. 일단 밖에 나가서 지금까지 지나온 통로를 근거로 방향을 잡아 다른 쪽 출구를 추정해보면 되니까."

둘은 발걸음을 돌려 먼젓번 문 앞으로 돌아왔다. 한데 앞서가던 구렐의 입에서 느닷없이 외마디 비명이 삐져나오는 것이 아닌가!

"이런, 문이 잠겼어요!"

"뭐라고? 내가 열어놓으라고 하지 않았나!"

"열어놓았습니다! 한데 저절로 닫힌 것 같아요."

"그럴 리가! 그러면 소리라도 들렸을 텐데."

"그렇다면?"

"그렇다면……. 그렇다면……. 아, 모르겠네."

르노르망 씨는 문 앞에 바짝 다가가 이리저리 살피기 시작했다.

"어디 보자……. 여기 열쇠가 있네. 돌아가긴 하는데……. 아무래도 반대편에서 빗장이 채워진 모양일세."

"누가 채웠을까요?"

"빌어먹을, 놈들이겠지! 우리 바로 등 뒤에서 말이야. 그렇다면 이쪽으로 통하는 또 다른 통로가 있든지, 아니면 애당초 이 썰렁한 별장 안에 머물고 있었다는 얘기가 되는데. 아무튼 우린 지금 함정에 빠진 것 같네."

르노르망 씨는 악착같이 잠금장치에 매달려보았다. 하지만 가지고 있는 단도 끝을 틈새에 쑤셔 넣는 등 온갖 방법을 동원해 보아도 별 성과가 없자 이렇게 내뱉는 것이었다.

"어떻게 해볼 도리가 없군그래!"

"아니 그럼 어떻게 합니까? 결국 우리가 당한 건가요?"

"그런 것 같아."

두 사람은 두 개의 문을 번갈아 왔다 갔다 하며 안절부절못하고 있었다. 그러고 보니 두 개의 문은 재질도 더없이 단단하고 육중한 목재 문으로 빗장까지 가로막은 것이, 이를테면 난공불락의 철벽이나 다름없었다.

"아무래도 도끼가 있어야 할 것 같아. 뭔가 그럴듯한 도구가 필요해. 그래야 어떻게든 빗장이 걸리는 부분을 요절낼 수 있을 텐데."

치안국장은 울화통이 치미는지 무턱대고 문에다 몸을 부딪쳐보았다. 하지만 당연히 역부족, 꿈쩍도 않는 문 앞에서 기진맥진해버린 그는 구렐을 향해 맥없이 중얼거렸다.

"아무래도 안 되겠어. 한 두어 시간 후에 다시 한번 어떻게든 해보세나. 난 지쳤어. 눈이라도 좀 붙여야 할 것 같아. 자네가 망 좀 보고 있게. 만약 누가 들이닥치기라도 하면 그때 날……."

"아, 누가 들이닥쳐 준다면야 우리로선 고마울 따름이죠. 최소한 여기서 나갈 수 있을 테니까요, 국장님."

아무리 불리한 상황이라도 오히려 싸울 수 있다는 생각에 잔뜩 고무된 구렐이 호기 있게 외쳤다.

르노르망 씨는 곧장 땅바닥에 누워 금세 잠이 들었다.

얼마쯤 지났을까. 잠에서 깨어난 르노르망 씨는 잠시 몽롱한 상태였다. 아울러 알 수 없는 고통이 온몸 가득 번져오는 것을 느꼈다.

"구렐……. 구렐……. 어디 있나?"

대답이 없자, 그는 손전등을 켰고 바로 곁에서 깊은 잠에 곯아떨어진 부하를 발견했다.

'아, 대체 왜 이리 몸이 괴로운 거지? 이거 배 속이 뒤틀려 미치겠네. 아차, 그러고 보니 배가 몹시도 고픈걸. 대체 지금이 몇 시야?'

그렇게 속으로 중얼거리며 시계를 들여다보았는데, 바늘은 정확히 7시 20분을 가리킨 채 멈춰 있었다. 생각해 보니 태엽을 감아두지 않았던 것이다! 하필 구렐의 시계 역시 죽은 지 오래였다.

잠시 후 잠에서 깨어난 구렐도 대뜸 배가 고프기는 마찬가지였다. 대충 따져봐도 점심시간은 훌쩍 넘긴 것 같았고, 하루 반나절은 족히 곯아떨어진 듯했다.

"다리가 마비된 것 같아. 발이 마치 언 것 같고. 거참 기분 더럽네!"

구렐은 있는 인상 없는 인상 다 써가면서 온몸을 이리저리 비벼대더니 이렇게 덧붙였다.

"어라, 언 게 아니라 물에 젖었네! 이것 보세요, 국장님! 여기 이 첫째 문 쪽이 완전히 진창이에요!"

르노르망도 황망히 대꾸했다.

"물이 스며들고 있네. 저쪽 문으로 올라가게나. 가서 말리게!"

"국장님은 뭐하시게요?"

"자넨 내가 이런 토굴 속에서 순순히 생매장이라도 당할 사람같이 보이나? 아닐세! 아직 그럴 나이는 아니야. 양쪽 문이 저리도 굳게 닫혀 있으니 벽을 통해서라도 넘어가는 수밖에!"

그러면서 르노르망 씨는 손이 닿는 높이에 돌출해 있는 토굴 내벽의 돌무더기를 하나하나 긁어내는 것이었다. 그렇게 해서 지상으로 올라가는 또 다른 통로를 만들 심산이었던 것이다. 하지만 워낙 돌맹이들이 단단히 박혀 있는지라, 작업이 더디고 힘겨운 것은 어쩔 수 없었다.

"국장님…… 국장님……."

구렐이 목이 멘 소리로 중얼거렸다.

"왜 그런가?"

"국장님 발도 물에 잠겨 있습니다."

"대체 어쩌자는 거야! 그래서 이렇게 낑낑대는 거 아닌가. 어서 서둘러 햇볕 쬐는 대로 나가 말리려고 말이네."

"그게 아니라…… 아…… 모르시겠습니까?"

"뭘 말인가?"

"이걸 어쩌나. 물이 점점 올라오고 있어요."

"뭐가 올라온다고?"

"물요, 물!"

순간 르노르망은 소름이 쭉 끼침과 동시에 상황의 심각성을 깨달았다. 물이 새어 들어오는 것은 일시적인 현상이 아니었다! 누가 고의로 조작한 끔찍한 장치에 의해서 한 치의 오차도 없이 규칙적으로 수위가 높아지고 있었던 것이다.

"아! 이런 악랄한 놈들. 내 손에 붙잡히기만 해봐라. 내 이것들을 당장……."

"네, 네, 아무렴요. 하지만 일단 여기서 빠져나가야지요!"

구렐은 이제 완전히 혼비백산해서 계획이든 아이디어든 차분히 궁리할 처지가 못 되어 보였다.

르노르망은 침착하게 무릎을 꿇고 앉아 수면의 상승 속도를 가늠하기 시작했다. 첫째 문의 4분의 1쯤 차오른 물은 이제 둘째 문까지 거리의 절반 정도를 잠식해 들어가고 있었다.

"속도는 느린 편이지만 계속적으로 수량이 증가하고 있어. 이대로 가다가는 앞으로 몇 시간 후면 머리끝까지 물에 잠길 거야."

"아, 끔찍해라. 이를 어쩐다지."

구렐이 호들갑을 떨자, 르노르망 씨는 호되게 소리쳤다.

"제발 우는소리 좀 그만둘 수 없는가, 구렐! 칭얼대는 거야 자네 자유이네만, 제발 내게 안 들리도록 속으로 울게!"

"아, 국장님. 당최 배가 고파서 머릿속이 빙글빙글 돌 지경이란 말입니다."

"아예 주먹으로 입을 틀어막아!"

그러나 사실 구렐 말대로 상황이 긴박한 것만은 사실이었다. 만약 르노르망도 기력이 조금만 덜했더라면, 허망해 보이기만 할 뿐인 저항을 벌써 포기했을 것이다. 아, 어찌해야 한단 말인가! 저 리베이라라는 작자가 두 사람에게 활로를 허용할 만큼 자상해 보이지는 않으니. 그런가 하면 두드빌 형제가 달려와 도와줄 리도 만무하다. 그들이 이런 터널의 존재를 알 까닭이 없지 않은가!

결국 아무런 희망도 없다는 얘기……. 불가능한 기적이라도 일어난다면 모를까.

"이보게, 이 친구야. 그렇게 바보같이 굴지 좀 말게. 우린 여기서 이대로 무너지지 않아! 뭔가 방법이 있을 걸세. 구렐, 여기 나 좀 비춰주게, 어서!"

르노르망 씨는 이제 둘째 문에 바짝 달라붙은 채 위에서 아래로 꼼꼼히 살펴보기 시작했다. 다른 쪽과 마찬가지로 이쪽 문에도 역시 가로로 큼직한 쇠막대가 부착되어 있었다. 그는 마지막으로 단도 날을 사용해 고정 나사들을 가까스로 돌려 뺐고, 마침내 쇠막대를 떼어내는 데 성공했다.

"이제 어떻게 하죠?"

구렐이 참지 못해 물었다.

"이걸 잘 보게. 우선 단단한 쇠로 되어 있고, 길이도 이 정도면 굉장한 편이야. 더구나 이 끝을 봐. 날카롭지 않은가? 비록 곡괭이만은 못하겠지만 아주 없는 것보다는 나아."

르노르망 씨는 다짜고짜 쇠막대를 들고 문의 돌쩌귀를 지탱하는 벽돌 기둥 약간 못 미친 부분을 냅다 파고들었다. 다행히 기대했던 대로, 날카로운 쇠막대가 파고든 부위는 시멘트와 자갈층이 다소 허물어지면서 금세 말랑말랑한 흙이 모습을 드러냈다.

"먹혀드는군!"

옆에서 보고 있던 구렐이 잔뜩 열이 올라 맞장구를 쳤다.

"그런 것 같네요! 어떻게 하실 건지 좀 더 설명해주세요, 국장님!"

"아주 간단하네. 문을 설치한 이 부분을 중심으로 주변 부위를 집중적으로 공략해 파 들어가다 보면, 문 저쪽 터널로 통하는 틈새를 만들 수 있을 거라 이거야! 잘만 되면 우린 사는 거지!"

"하지만 시간이 문제죠. 그 사이에 물이 차오르면……."

"자넨 불이나 계속 비추게."

르노르망 씨의 아이디어는 적중했다. 흙더미를 허물어서 앞으로 끌어내고 다시 또 같은 작업을 반복한 끝에 어느새 몸의 일부가 끼어들기에 충분한 공간이 확보된 것이다!

"이제 제가 좀 해보겠습니다, 국장님!"

"아하, 드디어 살아나셨는가, 구렐 형사? 좋아, 어디 한번 열심히 해보게. 이쪽 부분만을 집중 공략해야 하네!"

어느덧 물은 발목을 완전히 잠기게 하고 있었다. 과연 물이 두 사람을 삼키기 전에 일을 마무리 지을 수 있을 것인가? 파낸 흙더미가 쌓일수록 작업에 방해가 될 뿐만 아니라, 좁은 틈새로 몸을 집어넣고 일을 하다 보니 매 순간 허물어뜨린 흙더미를 밖으로 거두어내면서 다시 작업을 해야만 했다.

그렇게 힘든 작업을 쉬지 않고 두 시간 정도 하자, 가까스로 4분의 3

정도의 공정(工程)이 달성된 듯했는데, 물은 이미 두 다리를 완전히 삼킨 상태였다. 그래도 이제 한 시간 정도 후면 고대하던 구멍이 뚫릴 참이다!

구렐은 그만 허기에 지친 데다 갈수록 좁아져 가는 틈새로 드나들며 작업을 하기에는 덩치가 너무 컸기에 작업을 중단할 수밖에 없었다. 게다가 점점 몸을 잠식해 들어오는 물의 냉기(冷氣) 때문에 더는 움직일 수도 없을 것 같았다.

이젠 르노르망 씨가 실력을 발휘할 차례. 지긋지긋하고 더디게 진행되는 고역이 숨 막히는 어둠 속에서 지속되고 있었다. 이젠 손에서 피까지 흘렀고, 창자를 뒤트는 허기는 인내의 한도를 자꾸만 건드렸다. 가뜩이나 탁한 공기로 숨이 막히는 데다 구렐의 헐떡이는 숨소리까지 겹쳐, 이 지옥 같은 토굴 속의 끔찍한 상황이 몸서리치게 온몸과 정신을 휘감아 돌곤 했다.

하지만 언뜻 맞은편 벽체의 시멘트 부위가 시야에 드러나자 가물거리던 희망이 다시금 샘솟는 것이었다. 지금까지 흙더미를 파내던 것과는 비교도 안 되는 작업이 기다리는 셈이지만, 어쩌랴, 목표에 그만큼 근접한 것을!

"물이 올라와요! 물이 올라와!"

구렐의 탁한 목소리를 뒤통수로 감당하며, 르노르망 씨는 더더욱 작업에 박차를 가했다. 순간, 쇠막대의 끄트머리가 딱딱한 시멘트가 아닌 허공 속으로 쑥 빠져나가는 느낌이 드는 것이 아닌가! 드디어 통로가 열린 것이다! 이제 남은 것은 구멍을 넓히는 일. 흙더미를 바깥쪽으로 밀어낼 수 있게 되었으니 그만큼 작업은 손쉬워진 셈이다.

이제 르노르망 씨는 짐승처럼 겁에 질려 악을 써대는 구렐의 비명 소리는 아랑곳하지 않았다. 손만 뻗으면 닿을 만한 거리에 구원의 빛이 스며들고 있지 않은가!

한데 저쪽으로 떨어져 내리는 흙더미 소리를 들어보건대, 아마도 그쪽 역시 물이 차기는 마찬가지인 모양이었다. 잠깐 황당했지만, 정교한 방책도 아닌 이런 문이 한쪽에서 차오르는 물을 완벽히 차단할 수 없으리라는 것은 조금만 생각해보면 당연한 이치였다. 사력을 다한 끝에, 드디어 문 저쪽 공간으로 빠져나간 르노르망 씨가 다시 이쪽으로 돌아와 소리쳤다.

"이봐, 구렐! 어서 건너가세!"

르노르망 씨는 반쯤 초주검이 된 채 벽에 기대 있는 형사의 손목을 잡아끌었다.

"이 친구야, 정신 좀 차려! 이젠 살았단 말일세!"

"정말입니까, 국장님? 정말이에요? 벌써 물이 가슴팍까지 찼어요."

"입만 잠기지 않으면 괜찮아. 전등은 어디 있나?"

"벌써 안 듭니다."

"할 수 없군!"

순간 르노르망의 입에서 탄성이 터져나왔다.

"저길 보게! 계단일세, 계단이야!"

둘은 하마터면 그대로 수장(水葬)될 뻔했던 저 끔찍한 물속을 이제야 확실히 벗어나는 기분이었다. 그야말로 해방감이란 이런 것인가 하는 생각이 들었다.

계단을 앞서 올라가던 르노르망 씨가 갑자기 황급하게 중얼거렸다.

"잠깐만……."

그의 머리가 무엇에 부닥쳤던 것이다. 그는 두 팔을 치켜들고 머리 위를 더듬었고, 이내 뭔가 들썩거리는 것을 느꼈다. 그것은 다름 아닌 뚜껑 문이었다! 그리고 그 너머는 채광창으로 달빛이 아스라이 스며드는 반지하쯤 되는 창고였다.

그는 과감하게 뚜껑 문을 밀쳐 열고 마지막 계단마저 밟고 올라갔다.

바로 그때였다.

난데없는 포대(布袋)가 머리를 뒤덮으면서 웬 억센 팔들이 온몸을 부둥켜안는 것이 아닌가! 분명 무슨 자루 같은 것을 거꾸로 씌우는 듯했는데, 곧이어 단단한 끈이 온몸을 친친 감는 것이 느껴졌다.

"다른 놈도!"

목소리가 들렸다.

영문도 모르는 채 뒤따라 계단을 올라온 구렐에게도 똑같은 일이 가해졌음은 물론이다. 역시 같은 목소리가 말했다.

"소리를 지르면 가차 없이 죽여버리도록. 칼은 가지고 있겠지?"

"네."

"가자. 둘은 이놈을 맡고, 둘은 저놈을 맡는다. 불도 안 되고 소리 내서도 안 돼. 자칫 방심하면 큰일이다. 오늘 아침부터 놈들이 정원 여기저기를 쑤시고 있다. 모두 열에서 열다섯은 되는 것 같아. 제르트뤼드, 당신은 별장으로 돌아가. 조금이라도 무슨 일이 생기면 곧장 파리에 있는 내게 전화하고."

르노르망 씨는 몸이 번쩍 들려 어디론가 움직이는가 싶더니, 어느새 밖으로 빠져나온 것을 느꼈다.

"수레를 가져오너라."

목소리의 명령에 따라 말과 마차 바퀴 소리가 어우러져 들려왔다. 털썩 몸이 던져졌고, 구렐도 옆에 실렸다. 말은 즉시 터덜터덜 움직였다.

그렇게 한 30분을 이동한 것 같았다.

"멈춰!"

역시 같은 목소리였다.

"마차꾼! 수레를 돌려서 뒷부분이 다리 난간에 닿도록 해라! 좋아. 센 강에 배는 없겠지? 없다고? 좋아. 그럼, 이제 신속히 처리해라. 아 참, 돌멩이는 매달았겠지?"

"네, 포석들을 묶어두었습니다."

"좋았어. 자, 므슈 르노르망, 하느님께 기도나 드리시오. 그리고 알텐하임 남작으로 더 유명한 이, 파버리 리베이라를 위해서도 기도 좀 드려주고. 그래? 준비 다 됐다고? 알았어. 자, 그럼 잘 가시오, 므슈 르노르망!"

르노르망 씨는 난간 위로 들어 올려졌고, 누군가에 의해 매몰차게 떠밀어졌다. 허공으로 떨어지는 느낌과 더불어 한껏 빈정대는 듯한 목소리가 아스라이 들려왔다.

"잘 가시오."

그로부터 10초 후, 똑같은 의식이 구렐 형사에게도 치러졌다.

파버리 리베이라 알텐하임

1

주느비에브의 새로운 동업자인 마드무아젤 샤를로트의 보호 아래, 어린 소녀들이 정원에서 맘껏 뛰놀고 있었다. 마담 에르느몽은 아이들을 불러 과자를 나누어준 뒤, 서재로 돌아와 서류와 장부를 정리했다.

한데 불현듯 낯선 인기척이 느껴지는 것이었다. 불안한 마음을 애써 억누르며 슬그머니 돌아보았다.

"에구머니, 너는……. 대체 어디서 오는 거니?"

"쉿……. 내 말 잘 들어요, 한시가 급합니다. 주느비에브는?"

세르닌 공작이 나지막한 목소리로 속삭였다.

"마담 케셀바흐에게 가 있지."

"이리로 올 거죠?"

"한 시간 후에나 돌아올 거다."

813

"그럼 두드빌 형제가 와도 되겠군요. 그들과 약속을 해놨거든요. 이 때요, 주느비에브는 여전하죠?"

"아주 잘 지내고 있지."

"내가 떠나 있던 열흘 동안 그 애가 몇 번이나 피에르 르뒤과 만났는 지 혹시 아세요?"

"세 번 만났지. 그리고 오늘도 마담 케셀바흐네 가서 그를 보기로 한 모양이더라. 네가 시킨 대로 그녀한테도 소개를 한 상태거든. 근데 말 이다, 내 생각엔 그 피에르 르뒤이라는 사람, 별로더구나. 아무래도 주 느비에브는 자기와 격이 맞는 참한 사내를 만날 필요가 있을 것 같아. 글쎄, 초등학교 선생님 같은 사람 말이다."

"아니, 그건 말도 안 돼요! 주느비에브를 초등학교 선생과 결혼시키 다니!"

"아! 무엇보다 주느비에브 자신의 행복이 중요한 게 아니겠니."

"집어치워요, 빅투아르. 그런 허튼소릴랑은 내 앞에서 하지 마세요! 내가 그런 감상에나 젖어 있을 만큼 한가롭게 보이나요? 난 지금 한판 의 체스 게임을 하는 거나 다름없어요. 그 애가 뭘 어떻게 생각하든 상 관없이 나는 내 말(馬)들을 옮기는 거라고요. 그래서 게임에 이기고 나 면, 그때 가서 우리 피에르 르뒤 기사(騎士)와 주느비에브 왕비가 진실 로 마음이 맞았는지 아닌지 알고 싶어 할 겁니다."

노파는 문득 말을 가로막았다.

"들었니? 무슨 휘파람 소리 같은데."

"두드빌 형제예요. 이리로 들여보내세요. 우리만 있게 놔두시고요."

형제가 들어서자 그는 늘 하던 대로 꼼꼼한 질문을 퍼부었다.

"르노르망과 구렐의 실종 사건에 관한 기사를 읽었다. 그에 대해 뭐 더 아는 건 없나?"

"없습니다. 현재 부국장인 베베르 씨가 직접 이 사건을 맡고 있습니다. 벌써 여드레째, 우리도 이곳 요양소 정원을 이 잡듯이 뒤지고 있는데, 대체 어찌 된 영문인지 모르겠습니다. 경찰 업무가 엉망으로 돌아가고 있어요. 이런 일은 처음 당하는 거라……. 명색이 치안국장이 흔적도 없이 사라지다니!"

"두 하녀는?"

"제르트뤼드는 종적을 감춰서 현재 수소문 중이고요."

"쉬잔은?"

"베베르 씨와 포르므리 씨가 조사는 해보았는데, 이렇다 할 혐의점은 없었답니다."

"더 이상 할 얘기는 없는가?"

"아뇨, 더 있습니다. 언론에다는 전혀 공개하지 않은 사실들입니다."

형제는 르노르망 씨가 실종되기 직전의 이틀 동안 있었던 모든 일, 즉 한밤에 피에르 르뒥의 별장을 침입한 두 괴한에 관한 내용이라든가, 그다음 날 리베이라에 의해 저질러진 납치 미수 사건, 생퀴퀴파 숲 속의 추격전, 슈타인벡 영감의 경시청 방문과 치안국 집무실에서 마담 케셀바흐가 배석한 가운데 치러진 조사 과정, 그리고 법원 층계참에서 영감이 사라진 일을 죄다 늘어놓았다.

"그처럼 자세한 내용을 자네들 말고도 아는 사람이 있는가?"

"슈타인벡에 관한 내용은 디외지 형사가 저희에게 얘기해준 겁니다."

"경시청에서는 자네들을 여전히 신뢰하고 있겠지?"

"이 사건에 대놓고 저희를 기용할 정도로 신뢰가 튼튼합니다. 특히 베베르 씨는 저희 말이라면 깜빡 죽지요."

"좋아, 전혀 불리한 상황은 아니군. 르노르망 씨가 성급한 행동을 해서 생명에 위협을 당한 것 같긴 하지만, 이전까지 많은 일을 해놓은 상

813

태이니, 우린 그걸 이어나가기만 해도 되겠어. 적이 조금 앞섰다 해도, 곧 따라잡으면 그만이야."

"한데 그게 그리 쉽지 않을 것 같습니다, 두목."

"뭐가? 그 슈타인벡 영감을 찾아내기만 하면 되지 않나? 수수께끼의 해답을 그가 가지고 있으니까."

"그렇죠. 하지만 리베이라가 영감을 어디다 처박아두었는지가 오리무중입니다."

"그야 당연히 자기 집이지."

"그럼 결국 리베이라가 어디 살고 있는지가 문제이겠군요."

"두말하면 잔소리지!"

형제를 내보낸 뒤 공작은 요양소 건물을 방문했다. 자동차 두 대가 정문 앞에 세워져 있고, 웬 사내 둘이 마치 보초를 서듯, 왔다 갔다 하고 있었다.

그런가 하면, 마담 케셀바흐의 별장 근처 벤치 위에는 주느비에브와 피에르 르뒥, 그리고 외알박이 안경을 걸친 통통한 체구의 남자가 앉아 있는 것이 눈에 들어왔다. 셋은 서로 정신없이 얘기를 나누느라, 아무도 공작을 보지 못했다.

한데 갑자기 별장 문이 열리면서 대여섯 명이 우르르 쏟아져 나오는 것이었다. 포르므리 씨와 베베르 씨, 서기관과 형사 둘이었다. 그들이 나오는 것을 보고 주느비에브는 곧장 별장 안으로 들어갔고, 외알박이 안경을 걸친 남자는 수사판사와 치안국 부국장에게 말을 건네더니, 모두 함께 천천히 자리를 떴다. 세르닌은 얼른 피에르 르뒥이 앉은 벤치 옆에 다가가 이렇게 중얼거렸다.

"움직이지 말게, 피에르 르뒥. 날세."

"다, 당신은……."

따지고 보면 베르사유의 그 끔찍한 밤 이후, 젊은이가 세르닌과 대면하는 것이 지금이 세 번째였지만, 매번 가슴이 철렁하는 것은 어쩔 수 없었다.

"대답만 하게. 외알박이 안경을 쓴 친구는 누군가?"

피에르 르뒥은 온통 안색이 창백해지면서 우물쭈물하고 있었다. 세르닌은 젊은이의 팔을 은근슬쩍 꼬집으며 다시 물었다.

"젠장, 대답을 하라니까? 누구냐고?"

"알텐하임 남작입니다."

"어디서 온 자인가?"

"마담 케셀바흐의 친구랍니다. 오스트리아에서 엿새 전에 왔는데, 지금은 마담 케셀바흐의 신세를 지고 있습니다."

알텐하임은 이미 사법관들과 함께 정원을 빠져나간 뒤였다.

"그 남작이 자네에게 뭘 물어보던가?"

"네, 아주 많이요. 제 입장에 무척 흥미를 느끼는가 싶었습니다. 제 가족을 찾도록 도와주고 싶어 했고, 어린 시절 기억을 되살려주려고 했습니다."

"그래 뭐라고 얘기했나?"

"별 얘기는 안 했어요. 하긴 아는 게 뭐 있어야죠. 제게 무슨 기억이 있겠습니까? 당신이 절 이렇게 만들었지, 제가 뭘 알아서 이러는 것도 아니질 않습니까?"

"실은 나도 아는 건 없지! 바로 그 점이야말로 자네의 알쏭달쏭한 입장인 셈이지."

공작은 장난스러운 어조로 대꾸했다.

"아, 농담을 하시는군요. 늘 그래요. 하지만 저는 벌써부터 이 모든 것이 지겨워지고 있습니다. 모든 게 부자연스럽단 말입니다. 나와 상

813

813

관도 없는 누구의 역할을 하는 데 따르는 위험은 제쳐두고라도 말입니다."

"무슨 그런 소릴……. 자네가 뭐가 어때서? 내가 러시아 귀족인 거나 자네가 프랑스 귀족인 거나 뭐가 달라? 아니 그 이상도 될 수 있지. 설사 자네가 지금의 자네가 아니라면, 그렇게 되도록 노력하면 될 게 아닌가, 제기랄! 주느비에브는 귀족과 맺어져야만 한단 말일세! 그녀를 좀 봐. 그녀의 저 아름다운 눈동자가 자네의 영혼을 팔 만큼의 값어치도 안 된다는 말인가?"

젊은이가 무슨 생각을 하든 애당초 개의치 않는 공작은 말을 하면서도 그에게 눈길조차 주지 않았다. 둘은 함께 별장 안으로 들어서려다 계단에서 화사하게 미소를 짓고 있는 주느비에브와 마주쳤다.

"어머나, 오셨군요. 잘됐네요! 이렇게 다시 보게 되어 기뻐요, 공작님. 돌로레스를 만나시려고요?"

잠시 후, 그녀는 세르닌 공작을 마담 케셀바흐의 방으로 안내했다. 순간, 공작은 가슴이 미어지는 듯했다. 돌로레스는 마지막 보았을 때보다 훨씬 더 초췌하고 창백한 모습이었던 것이다. 디방에 길게 누운 채 희디흰 직물을 두르고 있는 그 모습은 모든 싸움을 포기한 병자의 자태 그대로였다. 삶에 대한 싸움, 자신을 깔아뭉개는 운명에 대한 싸움을 말이다.

그녀를 바라보는 세르닌의 마음은 애틋한 동정으로 가득 찼고, 그런 자신의 마음을 그는 굳이 숨기려 들지 않았다. 마담 케셀바흐도 공작의 따뜻한 심성을 고마워했다. 그녀는 알텐하임 남작에 관해서도 지극히 친근한 말투로 이야기했다.

"전부터 아시던 사람인가요?"

공작이 물었다.

"이름 정도 들어 알고 있었지요. 남편과 돈독한 사이였거든요."

"저도 다뤄 가(街)에 사는 알텐하임이라는 사람은 만나본 적이 있습니다만. 혹시 그이가 그이 아닐까요?"

"오, 아닐 거예요. 지금 그분이 사는 곳은……. 사실, 저도 그리 많이 아는 건 아니에요. 주소를 알려주긴 했는데, 벌써 잊었네요."

그렇게 몇 분간 대화를 나눈 뒤, 세르닌은 자리를 물러났다.

한데 현관에서 그를 기다리던 주느비에브가 자못 상기된 표정으로 이러는 것이었다.

"드릴 말씀이 있어요. 중요한 얘긴데……. 혹시 그를 만나보셨어요?"

"누구 말입니까?"

"알텐하임 남작요. 하긴 그건 그의 진짜 이름이 아니에요. 적어도 그것 말고도 다른 이름이 있죠. 제가 그 얼굴을 기억하거든요. 그는 전혀 눈치채지 못하고 있지만요."

그녀는 공작을 밖으로 데리고 나갔는데, 무척 흥분한 걸음걸이였다.

"진정해요, 주느비에브."

"그 사람 말이에요. 절 납치하려던 바로 그자예요. 가엾은 르노르망 씨가 아니었다면 그때 큰일 날 뻔했죠. 당신은 모르는 게 없으니 아마 그 일도 아실 거예요."

"그래, 그자의 진짜 이름이 뭡니까?"

"리베이라예요."

"확실합니까?"

"아무리 변장을 하고 억양과 태도를 바꿔도 대번에 알아차렸죠. 워낙 처음 무서웠던 인상이 강하게 남아서요. 하지만 아무 내색도 하지 않았어요. 당신이 돌아올 때만 기다리면서요."

"마담 케셀바흐에게도 아무 말 안 했죠?"

"네, 그녀는 오랜만에 죽은 남편 친구를 만났다고 무척 흡족한 모양이에요. 하지만 당신이라도 그녀에게 귀띔을 해줘야겠죠? 그녀를 보호해주실 테니까요. 대체 그자가 또 나와 그녀에게 무슨 해코지를 하려는지 모르겠어요. 요즘 르노르망 씨가 안 계시니, 그자가 마구 활개를 치고 다니는 것 같아요. 누가 나서서 그자의 정체를 밝혀줘야 할 텐데."

"제가 하죠. 제가 모든 걸 수습하겠습니다. 다만 당신은 누구에게도 절대로 이 일을 얘기해선 안 됩니다."

둘은 얘기를 하는 가운데 관리인 숙소까지 나와 있었다.

문이 열렸고, 공작은 이렇게 덧붙였다.

"잘 있어요, 주느비에브. 무엇보다 제가 곁에 있으니 마음 편히 먹고요."

한데 문을 닫고 돌아서려다가 그는 흠칫 물러섰다.

바로 코앞에 떡 벌어진 체격에 고개를 바짝 치켜든 외알박이 안경 알 텐하임 남작이 버티고 서 있는 것이 아닌가!

둘은 아무 말 없이 2~3초가량 서로를 마주 보았다. 이내 남작이 먼저 빙그레 웃으며 입을 열었다.

"기다리고 있었다, 뤼팽!"

제아무리 강심장이라 해도 세르닌은 깜짝 놀라지 않을 수 없었다. 상대의 가면을 벗겨버리려고 돌아온 자신이 오히려 상대에게 대번에 들킨 꼴이니 어찌 안 그렇겠는가! 게다가 이토록 대범하게 먼저 선전포고를 하고 나올 줄이야. 마치 승리를 확신이라도 한 듯이 말이다! 놈의 위세 등등한 자세는 일단 대단한 완력의 소유자임을 웅변으로 증언하고 있었다.

두 남자는 잠시 치열한 눈싸움을 통해 상대를 가늠하고 있었다.

"그래서?"

마침내 세르닌이 짧게 대꾸했다.

"그래서? 그럼, 우리 사이에 용건이 있다는 생각이 아니었나?"

"뭣 때문에?"

"그야 내가 할 얘기가 있기 때문이지."

"그래? 언제가 좋겠나?"

"내일로 하지. 레스토랑에서 식사나 한 끼 하면서."

"아예 자네 집에서 하는 건 어때?"

"내 주소를 모를 텐데?"

"알지."

공작은 눈 깜짝할 사이에 알텐하임의 호주머니에 삐죽이 나온 신문을 낚아챘다. 아직 우송(郵送) 띠가 그대로 붙어 있는 상태였다.

"뒤퐁 주택가 29번지로군(모리스 르블랑 자신도 한때 거주했던 실존하는 주택가임—옮긴이)."

"흠, 제법이군. 좋아, 그럼 내일 우리 집에서 보지."

"내일 자네 집에서. 시간은?"

"오후 1시."

"그때 보지. 그럼 이만……."

그렇게 둘이 찢어지려다가, 알텐하임이 문득 멈춰 섰다.

"아 참, 한 가지 더, 공작. 내일 무기를 소지하는 게 좋을 것이네."

"왜지?"

"우리 집엔 하인만 네 명일세. 자넨 혼자이지 않나?"

"그 정도면 맨손이라야 맞먹겠군."

그렇게 내뱉고 돌아서다가, 이번엔 세르닌이 멈칫했다.

"아차, 나도 하나만 더, 남작. 하인을 네 명쯤 더 구해놓게."

"왜지?"

"생각해봤는데, 승마용 채찍을 가지고 갈 것 같아서……."

2

정각 1시, 불로뉴 숲 가도에서 많이 떨어지지 않은 곳. 페르골레즈 가(街)로 유일하게 통해 있는 한적하고 막다른 뒤퐁 주택가의 철책을 웬 말 탄 기수 하나가 훌쩍 뛰어넘었다.

아름다운 저택들과 정원들이 양편으로 얌전히 늘어서 있는 그곳 정면 맨 끄트머리는 일종의 작은 공원으로 가로막혀 있는데, 파리 시 순환 철도가 맞대어 지나가는 낡고 커다란 건물이 그 안에 세워져 있었다.

바로 그곳 29번지에 알텐하임 남작이 살고 있었다.

세르닌은 미리 대기시켜놓은 시종에게 말고삐를 던져주면서 이렇게 말했다.

"2시 반에 다시 이곳으로 데리고 오게."

초인종을 누르자 정원 문이 열렸고, 그는 현관 앞 층계를 향해 걸어 갔다. 하인 정복 차림의 두 사내가 담백하고 널찍한 석조 현관으로 그를 안내했다. 육중한 소리와 함께 등 뒤에서 문이 닫혔고, 뱃심이라면 남부럽지 않은 세르닌조차도 다소 위축될 만한 오싹한 기분이 엄습했다. 하긴 이토록 외진 장소에서 적으로 겹겹이 둘러싸이게 되었으니 무리도 아니었다.

"세르닌 공작이 왔다고 고하시게."

살롱은 가까운 곳에 있었다. 세르닌은 곧장 그리로 안내되었다.

"아, 드디어 오셨군요, 공작!"

남작은 곧바로 코앞까지 다가와 소리쳤다.

"도미니크, 식사는 20분쯤 후에 준비해주게. 그때까진 방해하지 않도록. 자, 공작, 실은 진짜 오리라곤 그리 큰 기대는 하지 않았소이다!"

"아, 왜죠?"

"허어, 왜 이러쇼. 오늘 아침 당신의 선전포고가 너무도 확고부동해서 더 이상 얼굴 맞대고 얘기할 필요가 없어 보였으니까요."

"내가 선전포고를?"

남작은 『그랑 주르날』지를 펼치고선 「공식 성명」이라고 기재된 어느 기사를 손가락으로 가리켰다.

르노르망 씨의 실종은 아르센 뤼팽에게도 실로 충격이었다. 따라서 간단한 조사가 마무리되는 대로, 케셀바흐 사건을 해결하려는 원래 계획의 일환으로, 아르센 뤼팽은 **생사 여부와 무관하게** 르노르망 씨의 소재를 파악해냄과 동시에, 그간 일련의 악행(惡行)을 저지른 혐오스러운 장본인들을 사법당국에 넘기기로 결정하였음을 알린다.

"물론 당신이 작성한 거겠죠, 공작?"

"물론이오."

"그러니 내 말이 맞죠. 선전포고 말입니다."

"그렇소."

알텐하임은 세르닌에게 의자를 권하고 자신도 앉은 다음, 좀 더 유화적인 어투로 말했다.

"한데 말입니다. 나로선 받아들일 수가 없어요. 우리 같은 두 사람이 서로 치고받고 흉한 꼴을 보이는 건 있을 수 없는 일이란 말이오. 그보다는 서로 해명하고 방법을 모색하면 될 텐데 말입니다. 우린 서로 잘 통할 만한 사람들이 아니오?"

"내 생각은 완전히 정반대인데. 우리 같은 두 사람은 서로 전혀 통할 수 없는 사람들이라는 생각이오."

상대는 문득 신경질적인 동작과 함께 본색을 드러냈다.

"이봐, 잘 들어, 뤼팽. 어때, 뤼팽이라고 불러도 되겠지?"

"그럼 자넨 뭐라고 불러줄까? 알텐하임? 리베이라? 아니면 파버리?"

"허어, 이거 생각했던 것보다는 자료가 충실하시구먼! 어이쿠, 꽤나 기세등등하게 나오시는걸. 그러니 더더욱 서로 협상이 필요해지지."

그는 몸을 잔뜩 기울이며 덧붙였다.

"이보게, 뤼팽. 앞으로 내가 하는 얘기를 잘 듣고 심사숙고하게나. 그중 하나도 건성으로 내뱉는 건 없을 테니까. 자, 우리는 둘 다 만만치 않은 힘을 가지고 있네. 웃고 있나? 그럼 안 되지. 자네에게도 내가 갖지 못한 수단들이 있겠지만, 나 역시 자네가 모르는 수완을 가지고 있어. 게다가 자네도 잘 알다시피, 죄책감 같은 것도 거의 없고. 그 대신 교활하기가 그지없지. 이 사람 저 사람으로 얼굴 바꾸는 거라면 달인 격인 자네조차 인정하는 바가 아니겠나. 요컨대 두 상대가 다 나름대로 호적수라면 호적수라는 얘기지. 한데 문제가 하나 있단 말이거든. 우리가 왜 서로 적이 되어야만 하는 걸까? 우린 어디까지나 같은 목표를 갖고 있지 않은가? 자, 생각 좀 해봐, 그런 우리가 서로 싸운다면 어떤 결과가 초래되겠는지. 아마 서로 상대의 수고를 압살하고 망치려고만 들다가, 결국엔 둘 다 목표를 놓치고 말 것이네! 그럼 좋아할 사람이 누구이겠는가? 르노르망 같은 사람? 아니면 제3의 도둑놈? 이건 보통 바보짓이 아닐세."

"과연 바보짓이긴 해. 하지만 방법이 하나 있지."

세르닌이 대꾸했다.

"뭔가?"

"자네가 빠져."

"농담 말게. 난 진지하게 말하는 거야. 내가 제안하는 내용은 결코 섣불리 거절할 성질의 것이 아니네. 간단히 말하지. 우리 합치세."

"호오!"

"물론 각자 자유롭게 각각의 영역에서 활동은 하되, 이 사건에 관해서만큼은 서로의 수고를 공유하자는 거지. 어떤가? 각자 서로의 영역을 존중하면서 손을 맞잡는 걸세."

"그럼 자넨 뭘 내놓을 텐가?"

"나 말인가?"

"그래, 자넨 내 진가를 알고 있을 거야. 그간 충분히 검증되었을 테니까. 다시 말해 나와 수고를 공유하겠다면 내 몸값에 어울릴 만한 대가는 지불해야 할 것 아닌가? 자, 뭘 내놓을 수 있지?"

"슈타인벡을 넘기지."

"별로인데."

"그건 대단한 걸세. 슈타인벡을 통해서 우린 피에르 르뒥에 관한 비밀을 알 수 있고, 케셀바흐의 그 유명한 계획에 대해서도 알아낼 수가 있으니까."

세르닌은 갑자기 웃음을 터뜨렸다.

"실은 그 때문에 날 필요로 하는 거겠지?"

"뭐라고?"

"이보게, 애송이. 자네 제의는 너무 유치한 수준이야. 슈타인벡을 수중에 넣고도 내 협력을 원한다는 건, 즉 그 영감의 입을 열게 하지 못했다는 얘기지. 그렇지 않다면 굳이 내 힘이 필요치 않을 테니까 말이야."

"그래서 어찌할 텐가?"

"그야 일언지하 거절이지!"

둘은 또다시 자세를 꼿꼿이 하고 이글거리는 눈빛을 불태웠다.

이번엔 세르닌이 먼저 입을 열었다.

"자네의 제안을 거절하네. 뤼팽은 누구도 필요치 않아. 나는 뭐든 혼자 해나가는 타입이거든. 자네 주장대로, 만약 자네가 내 적수라면, 애초 그따위 어설픈 협력일랑 생각조차 하지 않았을 것이네. 그릇이 되는 자는 명령을 하는 법. 협력이란 곧 복종하는 거와 같아. 난 복종 같은 건 취미 없어!"

"거절을 한다? 정녕 거절을 한다고?"

알텐하임은 분에 사무쳐 얼굴까지 하얘졌지만, 세르닌은 모르는 척 계속 몰아붙였다.

"내가 자네 같은 철부지에게 해줄 수 있는 거라곤, 내 휘하에 자리 하나 배려해주는 걸세. 우선은 일개 졸병으로서 말이지. 그럼 자네는 내 명령을 따르면서 장군이 어떻게 전투에 승리하고, 어떻게 전리품을 독차지하는가를 보고 배우게 될 걸세. 어때, 졸때기, 좀 감이 오나?"

이제 알텐하임은 완전히 제정신이 아닌 듯 이를 부득부득 갈았다.

"틀렸어, 뤼팽. 틀렸다고. 나 역시 자네 못지않게 남의 도움은 필요하지 않은 사람이야. 지금 이 사건도 그동안 내가 해치운 숱한 다른 사건에 비해 그리 대단한 것도 아니란 말이야. 내가 그런 제안을 한 건, 어디까지나 방해받지 않고 좀 더 신속하게 목표를 달성하려는 것뿐이었어."

"한데 내겐 자네가 전혀 방해거리도 못 되는 걸 어떡하지?"

뤼팽은 더없이 빈정대며 대꾸했다.

"좋다! 서로 협력하지 않겠다면 한 놈이 다 가질 수밖에!"

"그거면 족하지."

"그건 부득불 상대를 짓밟고서야 가능할 테고. 어떤가, 뤼팽, 각오는 되었겠지? 필사(必死)의 결투이네, 알겠는가? 칼끝이 두렵지 않은 모양인데, 과연 거기 그 목 한가운데에 그게 닿는다면 기분이 어떨까?"

"아하! 결국 그걸로 하자는 건가?"

"아니! 난 피는 별로 좋아하지 않아. 내 이 주먹 안 보이나? 난 주로 이걸 쓰지. 그래봤자 상대가 쓰러지면 그뿐이야. 그게 내 나름의 장기(長技)지. 하지만 누구는 죽이는 데 더 관심이 있지. 기억하나? 목에 난 작은 상처. 아, 뤼팽, 그를 조심하는 게 좋을 걸세. 보통 무식한 친구가 아니니까. 아무도 그를 못 말리지."

그는 아주 나지막이 목소리를 깔고 이 말을 했는데, 문득 그 정체불명의 살인마 생각이 나자 세르닌은 저도 모르게 소름이 쭉 돋는 것을 느꼈다.

"남작, 누가 들으면 자네 자신이 자네 패거리를 두려워하는 걸로 알겠어!"

그래도 세르닌은 빈정대는 말투를 버리지 않았다.

"내가 걱정하는 건, 뤼팽 너 하나 때문에 우리 앞길을 가로막는 다른 모든 불쌍한 이가 힘들어지는 거야. 그러니 내 말 들어. 안 그러면 넌 지게 돼 있어. 필요하면 나라도 직접 움직일 거야. 목표가 바로 가까이 있다고, 거의 손만 뻗으면 닿을 만큼. 그러니 뤼팽, 넌 비켜서!"

어찌나 드세고 격하게 말을 해대는지, 금방이라도 사람을 칠 것 같았다.

하지만 세르닌은 그저 어깨만 으쓱할 뿐, 하품까지 해가며 이렇게 너스레를 떠는 것이었다.

"맙소사! 이거 무지 배고프군! 자네 집에선 점심 한번 되게 늦게 먹는구먼!"

그때 마침 문이 열렸다.

"식사 준비 됐습니다."

"아, 고대하던 말씀이야!"

문가에 다다랐을 때, 알텐하임은 하인이 있는 것엔 아랑곳하지 않은 채, 세르닌의 팔뚝을 붙들고 말했다.

"다시 한번 충고하지. 제안을 받아들여. 지금이 중요해. 분명히 말해두지만, 받아들이는 게 나을 거야."

"알았다고. 캐비아 많이 들어주지! 정말이지 친절도 하셔. 러시아 귀족 나리를 대접했다는 추억을 갖게 해주지."

둘은 서로 마주 보며 앉았고, 은빛 털이 빛나는 남작의 덩치 큰 그레이하운드가 그 사이에 자리를 잡았다.

"시리우스를 소개하오. 내 충직한 친구라오!"

남작의 능청에 세르닌은 의연히 말을 받았다.

"그러고 보니 문득 동향 친구 생각이 나는구려! 언젠가 내가 목숨을

구해줬던 차르가 내게 그토록 선사하고 싶어 한 녀석도 은빛 그레이하
운드였지."

"아, 차르를 알현한 적이 있으셨군. 아마 테러 음모 건이었죠?"

"그렇소. 실은 내가 꾸민 음모였죠. 그때 그 개 이름이 세바스토폴이
었는데……."

알텐하임의 기분이 다소 나아진 덕분에 점심 식사는 비교적 화기애
애한 분위기에서 진행되었고, 두 사람은 적절한 유머와 예의를 섞어가
며 대화를 나누었다. 세르닌이 자신의 지난 무용담을 소개하면 그때마
다 남작도 자신의 무용담으로 대적을 해왔는데, 사냥이며 스포츠, 여행
등등의 주제가 등장하는 가운데 유럽의 더없이 유서 깊은 가문(家門)이
랄지, 에스파냐의 쟁쟁한 명사들, 영국의 귀족들, 헝가리 왕족들, 오스
트리아 대공들 이름이 쉴 새 없이 튀어나오는 것이었다.

마침내 세르닌은 감회에 젖은 표정으로 말했다.

"아! 우리 직업은 얼마나 멋진 것이오! 세상의 온갖 부귀영화를 두루
접해볼 수 있으니 말이오! 이봐, 시리우스, 송로 넣은 이 고기 한 점 뜯
어보련?"

시리우스는 세르닌에게서 눈을 떼지 않은 채 던져주는 모든 음식을
덥석덥석 받아먹었다.

"샹베르탱 한 잔(샹베르탱산 포도주는 제브레 샹베르탱 포도원에서 제조된 최
고급 부르고뉴 포도주임—옮긴이) 어떠시오, 공작."

"좋소이다, 남작!"

"이래 봬도 레오폴드 왕(벨기에의 레오폴드 2세—옮긴이)의 지하 저장고
에서 직접 들여온 거랍니다."

"선물이었소?"

"그럼요! 내가 스스로 알아서 챙겨오긴 했지만……."

"맛이 기막히군요. 최고입니다! 이 간(肝) 파테(쇠간이 들어간 파이―옮긴이)와 곁들이니 금상첨화가 따로 없소! 남작, 당신 요리사는 정말 최고요!"

"여자 요리사랍니다. 공작. 사회당 소속 하원 의원인 르브로 씨 댁에서(르브로 박사는 당시 볼테르 대로 98번지에 살았던 실존 인물―옮긴이) 엄청비싸게 치르고 납치해온 여자지요. 여기 이 카카오를 입힌 쇼프루아(젤리, 마요네즈를 친 냉육(冷肉)―옮긴이)도 좀 드셔보시지요. 아 참, 거기에다 이 건(乾)과자도 한번 곁들여 보면 놀라실 거요. 이 과자 정말 발명품입니다!"

세르닌은 일단 권하는 대로 접시에 덜어놓으며 연신 칭찬을 남발했다.

"일단 보기에도 황홀할 지경이오. 보기에도 좋은 게 맛도 좋다더니……. 이봐, 시리우스, 너도 좋아할 것 같구나! 로쿠스타(로마 시대 유명한 여자 독살 전문가. 네로 황제와 그의 어머니 아그리피나도 모두 그녀의 힘을 빌려 독살을 자행했음―옮긴이)도 이보다 더 잘 만들진 못했을걸!"

그러고는 얼른 과자 하나를 개에게 던져주는 것이었다. 한데 그걸 덥석 집어먹은 시리우스가 잠시 꼼짝 않고 있더니 그 자리에서 핑그르르 돌면서 즉사하는 것이 아닌가!

순간, 세르닌은 하인들 중 하나가 급습할 것에 대비해 후닥닥 자리에서 일어나 뒤로 물러서면서 대차게 웃음을 터뜨리는 것이었다.

"우하하하하, 이보게 남작, 앞으로 누구든 독살하고 싶을 때는, 먼저 자네 그 목소리부터 차분하게 가라앉히고, 떠는 손부터 바로잡게나. 그렇지 않으면 당장 의심부터 사지 않는가 말이야. 그나저나 아까 살인은 싫어한다고 했던 것 같은데?"

알텐하임은, 어느 정도 예상한 듯, 조금의 동요도 없이 대꾸했다.

"칼로 하는 거야 싫어하지. 하지만 독살은 늘 내 구미를 당기거든. 심

결정판 아르센 뤼팽 전집

지어 죽어가는 희생자가 무슨 맛을 느낄까 궁금하기도 하지."

"빌어먹을! 러시아 귀족 나리를 실험 대상으로 삼았으니 식성 한번 까다롭다고 해야겠군!"

세르닌은 일단 그렇게 일갈하고는, 알텐하임에게 천천히 다가가 은근한 어투로 속삭였다.

"이 친구야, 만약 자네가 성공했다면, 그러니까 최소한 3시까지 내가 친구들에게 돌아가지 않으면 무슨 일이 일어나는지 아는가? 정확히 3시 반에 파리 경시청장은 자칭 알텐하임 남작이라는 작자를 어떻게 처리해야 할지 깨닫게 될 테고, 그럼 자네는 적어도 해가 지기 전에 꼼짝없이 붙들려 상테 감옥에 처박히는 꼴이 되는 것이네!"

그러나 알텐하임은 조금도 위축되지 않았다.

"쳇, 까짓 감옥이야 빠져나오면 될 일이고. 내가 자넬 보낼 뻔한 저세상에서는 결코 돌아올 수 없었을걸."

"그야 지당한 말씀이지. 하지만 그걸 기대하려면 나를 보내버리는 게 먼저일 텐데, 그건 그리 쉬운 일이 아니지."

"그놈의 과자 한입이면 됐을 텐데……."

"정말 자신 있나?"

"한번 시식해보시지."

"이보게 풋내기, 이따위 잔꾀나 쓰는 걸 보면, 자넨 아무래도 큰 그릇에서 뜻을 펼 재목이 아직 못 되는 것 같네. 그리고 분명 앞으로도 힘들 것 같고. 자고로 나 정도 되는 물에서 놀려면 허세만 가지고 되는 게 아니야. 그만한 능력을 갖춰야 함은 물론, 어떤 깡패 자식이 독살을 하려 해도 끄떡하지 않을 정도로, 매사에 준비가 되어 있어야 하는 거라고. 난공불락의 육체에 불굴의 영혼을 겸비하는 것이야말로 바람직한 이상형이라고나 할까. 그러니 공부 더 하고 오게, 풋내기. 내가 바로 난공불락에다 불굴의 존재이니, 부디 미트리다테스 왕(BC 132~BC 63. 소아시아 폰토스의 왕. 로마에 대항해 수차례 전쟁을 치렀으나 패하고, 음독자살마저 면역으로 인해 오히려 계속적으로 독을 먹어야 했던 것으로 유명함―옮긴이)을 기억하게."

세르닌 공작은 다시 자리에 가 앉으며 이렇게 덧붙였다.

"자 식사나 계속하지! 나로선 내 진가를 다시 한번 보여준 것으로 만족하네. 아, 물론 이 일로 자네의 그 빼어난 요리사를 추궁할 뜻은 없어. 그나저나 그 과자 접시나 이리 주게."

그는 과자를 하나 집어 들고 반으로 쪼개 그 한쪽을 남작에게 내밀었다.

"먹어!"

상대는 물론 뒤로 흠칫했다.

"겁쟁이!"

세르닌은 그렇게 일갈하더니, 남작과 그 일당이 눈을 휘둥그렇게 뜨고 지켜보는 가운데 연달아 과자 반쪽과 그 나머지 반쪽을, 마치 부스러기 하나라도 아까워할 만한 맛좋은 설탕 과자라도 되는 듯, 천천히 야금야금 맛을 봐가며 씹어 삼키는 것이었다.

3

둘은 그 뒤에도 몇 차례 다시 만났다.

일단 바로 그날 저녁, 세르닌 공작이 알텐하임 남작을 카바레 바텔(생토노레 가 275번지에 실재한 그랑 바텔 레스토랑을 모델로 했음―옮긴이)로 초대해, 시인 한 명과 음악가 한 명, 은행가와 테아트르 프랑세(코메디 프랑세즈의 별칭─옮긴이) 단원인 여배우 둘과 더불어 저녁을 즐겼다.

그리고 다음 날도 불로뉴 숲에서 함께 점심을 들었고, 저녁에는 오페라극장에서 조우했다.

그렇게 일주일 동안 거의 매일을 서로 만났다.

마치 이제는 둘 다 상대가 없으면 지낼 수 없는 것처럼 보일 정도였다. 대단한 우정이 둘 사이에 싹텄고, 신뢰와 공감대로 단단히 엮어진 관계라고 할 만했다.

둘은 질 좋은 포도주를 진탕 퍼마시고 최고급 시가를 피워대면서 정신 나간 사람들처럼 웃고 떠들었다.

그러나 사실은 서로가 치열한 탐색전을 벌이고 있었던 것이다. 서로에 대해 극심한 반감을 품고, 각자 상대를 짓밟으려는 욕망과 확신으로 무장한 두 사람은 적절한 기회만을 엿보고 있었을 뿐. 알텐하임은 세르닌을, 세르닌은 알텐하임을 돌이킬 수 없는 심연 속으로 처박아버릴 호기(好期)를 말이다. 그러면서 둘 다 처절한 파국을 더는 미룰 수 없다는 것을 잘 알고 있었다. 둘 중 하나는 그로 인해 목숨을 내놓게 될 것인즉 문제는 몇 시간, 기껏해야 며칠이 걸릴 것인가 하는 점이었다.

특히 세르닌 같은 사람으로선 그 고약하면서도 강력한 매력에 한껏 심취할 수밖에 없는 처절한 대결인 셈이었다. 상대가 누군지 정확히 알고, 그와 더불어 지내면서, 조금만 잘못 발을 디디거나 약간의 경솔한 짓만 해도 호시탐탐 자신을 노리는 천 길 죽음의 나락으로 빠질지 모른다는 이 황홀한 스릴!

하루는 알텐하임 역시 단골 중 하나인 캉봉 가(街) 클럽의 정원에서 두 사람은 단둘이 남게 되었다. 때는 6월의 저녁 식사가 시작될 어스름한 황혼 녘, 아직은 저녁 도박판 손님들이 삼삼오오 모여들기 전이었다. 둘은 작은 쪽문이 개방된 담을 따라 덤불숲이 줄지어 있는 잔디밭 주위를 산책하고 있었다. 알텐하임이 주절대는 얘기에 귀를 기울이던 세르닌은 문득 그의 음성이 다소 불안하게 흔들리는 것을 느끼고 힐끗 곁눈질을 했다. 윗도리 호주머니 속에 집어넣은 알텐하임의 손······. 필시 단도 손잡이를 움켜잡았을 그 손에 잔뜩 힘이 들어갔다 풀렸다 갈피를 못 잡고 있는 모습을 세르닌은 옷감 밖으로 똑똑히 목격했다.

아, 이 얼마나 감미로운 순간인가! 그가 기필코 칼을 뽑을 것인가? 과연 살인 행위를 앞둔 지금 이 순간, 소심한 본능을 극복해낼 것인가, 아니면 감히 결연한 의지를 발휘하지 못하고 수그러들 것인가?

세르닌은 뒷짐을 지고 가슴을 당당히 편 채, 이 불안과 쾌감이 마구 뒤섞인 전율을 즐기면서 상대의 결단을 기다리고 있었다. 마침내 남작은 입을 다물었고, 그렇게 두 사람은 침묵 속에서 또 얼마간을 나란히 걸었다.

"어서 치지 그러나!"

급기야 침묵을 깬 것은 공작이었다.

세르닌은 발걸음을 멈추고 상대를 돌아보며 다시 한번 소리쳤다.

"어서 치란 말이네! 지금 아니면 기회가 없어! 아무도 자네를 보고 있지 않아. 열쇠도 담벼락에 아무렇게나 걸려 있겠다, 저기 저 쪽문으로 줄행랑을 치면 그걸로 굿바이 아닌가! 본 사람도 없고, 아무도 모르고 말이야. 그렇지 않아도 계속 생각 중이었네, 지금 이 산책이 미리 계획된 것이었다는 사실을. 나를 이리로 데려온 건 자네였지. 한데 뭘 망설이는 건가? 어서 치랄 수밖에!"

세르닌은 상대의 눈동자 깊숙한 곳을 들여다보았다. 알텐하임은 창백한 얼굴을 하고서 잔뜩 경직된 상태로 벌벌 떨고만 있었다.

"가엾은 녀석! 난 자네에게 아무 짓도 안 할 것이네. 진실이 뭔지 내가 말해줄까? 자넨 지금 날 두려워하고 있어. 나와 대결을 하면 어떤 결과가 초래될지 자넨 전혀 자신이 없는 거야. 정작 일을 치르려는 건 자네이면서, 결국 상황을 지배하는 건 있지도 않은 내 행위라고나 할까? 한마디로 말해서, 자넨 아직 내 별의 빛을 바래게 할 만한 인물이 못 되는 거야!"

한데 세르닌의 말이 채 끝나기도 전에, 무엇에 목덜미가 낚아채이는가 싶더니, 뒤로 거칠게 끌어당겨지는 것이 아닌가! 쪽문 근처, 덤불 속에 숨어 있던 누가 지금 세르닌의 목을 뒤에서 덥석 끌어안은 것이었다. 순간, 번쩍 치켜든 팔과 시선부터 자르고 들어오는 칼날의 눈부신 광채! 팔이 내려치는가 싶더니 목 한가운데를 향해 파고들어 오는 칼끝이 느껴졌다.

그와 동시에 알텐하임도 와락 달려들었고, 둘은 화단 위를 엉망으로 나뒹굴었다. 한 20~30초 정도 걸리는 싸움이었다. 제아무리 싸움엔 이력이 난 알텐하임이라 해도, 가련한 비명과 함께 제압당하는 데까진 그정도 시간이면 충분했다. 세르닌은 벌떡 일어서자마자 방금 검은 실루엣 앞에서 철커덕 닫힌 쪽문을 향해 쏜살같이 내달렸다. 하지만 때는 이미 늦은 뒤! 문에 거의 다다르자 맞은편에서 찰칵하고 열쇠를 돌리는 소리가 들렸던 것이다. 문은 꿈쩍도 하지 않았다.

"아, 이 자식! 언젠가 내 손에 잡히는 날엔 나의 첫 희생 제물이 될 줄 알아라! 제기랄!"

그는 다시 돌아와 아까 자신을 내리쳤을 때 날이 부러져버린 단도를 집어 들었다.

맥없이 뻗어 있던 알텐하임은 그제야 꿈지럭거렸다.

"어떤가, 남작. 좀 괜찮은가? 어떻게 어디를 당했는지도 자넨 잘 모르겠지? 아까 그건 내가 '태양신경총(명치를 말함—옮긴이) 찌르기'라고 이름 붙인 타격법이었네. 그걸 한 대만 제대로 당하면, 촛불의 심지가 끊어지듯, 자네의 태양이 훅! 하고 꺼지는 셈이지. 신속 간명하면서도 고통도 없고, 무엇보다 한 번에 듣는 공격법이지. 칼 맞은 건 어떻게 됐느냐고? 푸하! 그거야 여기 내가 지금 목에 한 것처럼 쇠 그물로 짠 목가리개 하나만 단단히 갖춰도 걱정 없지. 특히 자네의 그 비겁한 친구처럼 남의 목에만 죽자고 매달리는 머저리를 좌절시키기에는 이만한 특효 처방이 없어! 자, 여기 그 녀석이 가지고 놀던 장난감이 어떤 꼴을 하고 있는지 좀 보게나. 아주 산산조각이 났군그래!"

세르닌은 남작에게 손을 내밀었다.

"자, 그만 일어나게, 남작! 함께 저녁이나 먹으러 가세. 그리고 내가 자네보다 한 수 위일 수밖에 없는 비결을 제발 명심 좀 하게나. 난공불락의 육체에 불굴의 영혼 말이네!"

그는 클럽의 살롱으로 앞장서 들어가 두 사람분의 자리를 잡은 다음, 푹신한 디방에 앉아 저녁 식사가 나오길 기다리며 깊은 생각에 잠겼다.

'게임이 재미있는 건 사실이지만, 아무래도 점점 더 위험해지고 있어. 이쯤에서 끝내야겠는데. 그렇지 않으면 저 짐승 같은 놈들이 생각보다 빨리 날 저세상으로 보내버릴지도 모르지. 답답한 건, 슈타인벡 영감을 찾아내기 전에는 놈들을 요절낼 수가 없다는 점이야. 정작 중요한 건 바로 그 노인네거든. 내가 남작과 붙어 지내는 것도 뭔가 단서가 될 만한 사실을 수집하기 위함이잖아? 대체 놈들이 영감을 어떻게 한 걸까? 알텐하임이 영감에 대한 소식을 매일 접하고 있는 것만은 틀림없는데. 게다가 놈은 그로부터 케셀바흐의 계획을 알아내기 위해 갖은 수단을 동원하고 있어. 한데 대체 어디에 쑤셔 박아놓은 건지 알 수가 없단 말이야. 혹시 같은 패거리 집 중 하나일까? 아니면 정말로 뒤퐁 주택가 29번지 바로 그곳일까?'

그는 담배를 한 대 피워 물고 길게 연기를 세 모금쯤 내뱉고는 곧장 불을 비벼 껐다. 한데 그것이 무슨 신호인 것처럼, 웬 젊은이 둘이 옆자리로 다가와 앉았고, 서로 전혀 모르는 사람인 척 딴청을 피우면서 뭔가 이야기를 은밀히 주고받는 것이었다.

두 젊은이는 알고 보니 두드빌 형제였는데, 그날은 사교계 신사처럼 차리고 있었다.

"무슨 일입니까, 두목?"

"애들 여섯을 데리고 뒤퐁 주택가 29번지로 쳐들어가거라."

"아니, 어떻게 말입니까?"

"정식으로 법에 의해서 말이다. 자네들 치안국 형사 아닌가? 가택수색이라고 해."

"하지만 우린 그럴 권리까진……."

"우겨!"

"하인들이 저항하면 어쩌죠?"

"그래봤자 네 명이야."

"소리라도 지르면……?"

"그러진 않을 거다."

"알텐하임이 돌아오기라도 하면요?"

"오늘 밤 10시 이전엔 안 돌아간다. 내가 맡고 있을 테니까. 자네들한테는 두 시간 반 정도 여유가 있을 거야. 그 정도 시간이면 그 집 바닥에서 천장까지 샅샅이 뒤질 수 있을 것이다. 슈타인벡 영감을 찾게 되면 그 즉시 내게 알려라."

이윽고 알텐하임이 다가오자 공작은 큰 소리로 말했다.

"저녁 먹을 거 아니오? 아까 정원에서 한바탕 치러서 그런지 몹시도 배가 고프구려. 아 참 그건 그렇고, 당신한테 해줄 얘기도 좀 있는걸."

813

둘은 함께 식사를 시작했고, 이어서 세르닌 공작의 제의에 따라 당구를 한판 쳤다. 그마저 끝나자, 이번에는 바카라(방코(Banco. 뱅커 즉 물주)와 푼토(Punto. 플레이어)로 나뉘어 둘 중 카드 숫자 합계가 9에 가까울 것 같은 쪽에 고객들이 베팅을 하는 게임. 이탈리아에서 유래된 이 게임은 15세기 말부터 프랑스에 전파되어 귀족 도박으로 융성했고 미국에서는 1920년대부터 유행하기 시작함―옮긴이) 도박장으로 건너갔다. 딜러가 마침 이렇게 외치고 있었다.

"판돈은 50루이(도박에서 20프랑에 해당하는 금액―옮긴이)입니다. 아무도 없습니까?"

"100루이."

알텐하임이었다.

세르닌은 슬그머니 시계를 보았다. 10시. 한데도 두드빌 형제는 나타나지 않고 있었다. 그렇다면 수색 작전에 여전히 성과가 없다는 얘기인데…….

"방코(바카라에서 물주에게 혼자 돈을 걸 때 하는 말―옮긴이)!"

공작도 돈을 걸었고 알텐하임은 자리에 앉아 카드를 나누었다.

"돌립니다."

"됐소."

"7."

"6……. 졌네. 판돈 두 배 어떻소?"

세르닌이 말했다.

"좋소이다."

남작이 대답했고, 다시 카드가 돌려졌다.

"8."

세르닌의 말에 남작이 패를 펴며 말했다.

"9."

세르닌은 발뒤꿈치로 빙그르르 돌아서며 중얼거렸다.

"벌써 300루이를 날렸지만 안심이 되는군. 놈이 자리에서 꼼짝도 안 할 테니까."

잠시 후, 그의 자동차는 뒤퐁 주택가 29번지 앞에 멈춰 섰고, 현관 앞에 모여 있는 두드빌 형제와 수하 몇몇과 조우했다.

"늙은이를 끌어냈나?"

"못했습니다."

"젠장! 분명 어딘가 있을 텐데. 하인들은 어디 있나?"

"안에 서재에다 모조리 묶어놨습니다."

"잘했어. 나를 보면 좋을 게 없으니까. 모두 돌아가고, 장은 아래에 남아 망을 보고 있게. 그리고 자크, 자넨 나를 도와 집 안을 한 번 더 살펴보세."

지하실에서부터 지붕 밑 다락방에 이르기까지 신속한 조사가 재개되었다. 여러 사람이 무려 세 시간에 걸쳐 뒤져도 찾지 못했던 것을 수분 안에 찾으리라고는 애당초 기대하지 않았기에, 세르닌은 방 하나하나에 그리 오랜 시간을 투자하지 않고 빠르게 짚고 넘어갔다. 그러면서 그는 각방의 형태와 순서를 꼼꼼히 머릿속에 기록해두었다.

마침내 다 끝났을 때, 그는 두드빌이 알텐하임의 방이라고 귀띔해준 2층 어느 방에 와 있었고, 그곳만큼은 면밀하게 조사를 진행했다.

세르닌은 옷들로 가득 찬 작은 암실을 가린 커튼을 들춰보며 말했다.

"나한테 제격인 장소로군. 여기라면 방 전체를 관찰할 수 있겠어."

"남작이 집 전체를 뒤지면 어떡하게요?"

"그럴 이유가 있을까?"

"하인들 때문에, 누가 왔다 갔는지 알 것 아니겠어요?"

"그건 그래. 하지만 우리 중 누군가 집 안에 박혀 있으리라고는 생각지 못할 거야. 아마 우리가 실패하고 초라하게 물러났다고만 생각하겠지. 아무튼 난 남는다."

"나중에 어떻게 나오시려고요?"

"아, 궁금한 게 많구나! 중요한 건 이렇게 잠입해 들어왔다는 거야. 두드빌, 이제 그만 문을 닫고 가거라. 형하고 어서 이곳을 떠. 그럼 내일 보자. 아니면……."

"아니면요?"

"내 걱정은 하지 마라. 필요할 때 내가 신호를 보낼 테니까."

그는 벽장 구석에 놓인 작은 상자 위에 올라앉았다. 그러자 네 겹으로 열 지어 매달린 의복들이 완벽하게 몸을 가려주는 것이었다.

그렇게 10분이 흘러갔다. 문득 말발굽 소리가 가도 쪽에서 희미하게 들리더니 이내 방울 소리가 들렸다. 마차가 멈춰 선 것이 분명했고, 문이 열리는 소리가 나자 얼마 안 되어, 사람들의 탄식과 외마디 소리, 이런저런 떠드는 소리가 한꺼번에 밀려들었다. 아마도 결박당한 채 재갈까지 물려 있던 하인들이 하나둘 풀려나는 모양이었다.

'어찌 된 건지 자초지종을 설명해대느라 정신없겠지. 남작은 머리 꼭대기까지 노발대발할 테고. 물론 지금쯤 오늘 저녁 클럽에서 내가 돈을 잃어준 진짜 이유를 알았을 테고, 완전히 농락당했다는 걸 깨닫겠지. 하긴 아직 슈타인벡을 손에 넣지 못했으니, 내가 꼭 그를 농락했다고 볼 수도 없지. 아마 제일 먼저 그 영감부터 챙기려고 들 거야. 과연 슈타인벡을 빼내갔을까 하고 말이야. 그걸 알려면 만사 제쳐놓고 영감을 숨겨둔 곳부터 달려가 확인하겠지. 만약 계단 오르는 소리가 들리면 위층이고, 내려가는 소리면 아래에 있는 거다!'

세르닌 공작은 곰곰이 머리를 굴리고 있었다.

그는 바짝 귀를 기울였다. 1층으로부터 말소리는 계속해 들려왔는데, 어디론가 이동하는 것 같지는 않았다. 알텐하임이 부하들을 모아놓고 질문을 해대는 모양이었다. 그러다가 세르닌의 귀에 계단 올라오는 소리가 들린 것은 30분이 지나서였다.

'그럼 위라는 얘긴데, 뭐하러 늑장을 부린 걸까?'

"모두 잠자리에 들도록 하게."

알텐하임의 목소리였다.

남작은 부하 중 한 명과 더불어 방에 들어온 뒤 문을 닫았다.

"도미니크, 나도 잠이나 자야겠네. 이건 밤새도록 얘기해봤자, 조금도 나아질 게 없을 거야."

그러자 하인의 대답이 들려왔다.

"제 생각에는, 그가 슈타인벡을 찾으러 왔다고 봅니다."

"내 생각도 그렇다네. 그러나 여기 슈타인벡이 없기 때문에 내가 여태껏 거기서 노닥거리다 온 것 아니겠나."

"그럼 대체 어디 있는 겁니까? 그자를 어떻게 하신 거예요?"

"그건 내 비밀이야. 자네도 알다시피 비밀은 나 이외에 아무한테도 알려주지 않는 게 내 방침일세. 자네한테 말해줄 수 있는 건, 영감이 아주 안전한 곳에 감금되어 있고, 입을 열기 전에는 거기서 빠져나올 방도란 없다는 거야."

"그럼 공작은 완전히 헛물만 켠 겁니까?"

"아마도 그렇다고 해야겠지. 오늘도 돈은 돈대로 날리고 허탕만 친 셈이지. 하, 그 가엾은 공작을 놀려먹는 재미라니!"

"아무려면 어떻습니까! 어쨌든 빨리 그를 제거해야죠!"

"진정하게, 이 친구야. 그리 오래 걸리진 않을 걸세. 앞으로 여드레 이내에 자네에게 특별 상금으로 멋진 지갑을 선사할 것이네. 다름 아닌 뤼팽의 살가죽으로 만든 지갑을 말이야. 그러니 오늘은 이만 잠이나 자 두세. 눈이 막 감길 지경이야."

곧이어 문 닫히는 소리가 났다. 다음으로 빗장을 닫아거는 소리, 호 주머니를 비우는 소리, 시계태엽을 감는 소리, 그리고 옷을 벗는 소리 가 연이어 들려왔다.

남작은 뭐가 그리 기분이 좋은지 연신 콧노래를 흥얼거리고 큰 소리 로 혼잣말을 내뱉는 것이었다.

"그래, 뤼팽의 살가죽으로 말이야. 앞으로 여드레 이내에……. 아니, 나흘 이내가 될 수도 있어! 그렇지 않으면 그 허풍쟁이 녀석이 우릴 집 어삼킬지도 몰라! 하여튼 오늘은 녀석 아주 잡친 날이겠지. 하긴 넘겨 짚기야 정확히 넘겨짚은 셈이지. 따지고 보면 슈타인벡이 여기 말고 어 디 가 있겠어. 다만……."

그는 곧장 침대로 들어가 전등불을 껐다. 세르닌은 커튼 바로 앞까지 다가가 살짝 밖을 엿보았다. 밤거리의 희미한 빛이 창문을 통해 비쳐 들어왔지만, 침대 쪽은 캄캄한 어둠이 감싸고 있었다.

'좋아, 오늘은 내가 완전히 얼간이 취급당했다고 치지! 완전히 잘못 생각을 했으니 말이야. 어쨌든 놈이 코를 골면 곧장 빠져나가는 거다.'

그렇게 머리를 굴리고 있는데, 문득 침대 쪽으로부터 정체를 알 수 없는 희미한 소리가 새어나오는 것이었다. 언뜻 뭔가 삐걱대는 소리 같 기도 했지만, 거의 분간하기 힘들 만큼 희미했다.

"그래, 슈타인벡, 우리 어디까지 했더라?"

남작의 목소리였다! 남작이 말을 하고 있는 것만은 틀림없는데, 방에 있지도 않은 사람에게 말을 하다니……. 대체 어찌 된 영문이란 말인 가? 알텐하임의 목소리는 계속되었다.

"여전히 고집이란 말이지? 그래? 어리석은 놈! 그래도 언젠가는 네가 알고 있는 걸 죄다 토해놓지 않으면 안 될걸. 아니라고? 아무튼 잘 자게, 내일 또 보지."

'아……. 내가 지금 꿈을 꾸고 있는 거야. 꿈을 꾸고 있는 거라고. 아 니면 저자가 지금 잠꼬대를 하는 것일까? 가만있어 보자……. 슈타인 벡이 지금 저자 곁에 있을 리는 없고, 그렇다고 옆방에 있는 것도 아니 다. 아니지, 이 집 안에 있지도 않았어. 한데 알텐하임이 그에게 말을 하고 있다. 대체 이게 무슨 변괴란 말인가?'

세르닌 공작은 어찌할 줄을 몰랐다. 지금 당장 저 남작에게 달려들어 목이라도 조르면서, 술책을 써서 알아내지 못한 것을 강제로 윽박질러 끄집어내야 할 것인가? 아, 말도 안 돼! 그런다고 쩔쩔맬 알텐하임이 아니지.

"좋아, 일단 철수한다. 하루 저녁 공친 걸로 치지."

입으로는 그렇게 중얼거렸지만 차마 발길이 떨어지지가 않았다. 그 는 이대로는 도저히 떠날 수가 없으며, 뭔가 기다려야 하고, 왠지 모르 지만 아직도 우연이 자신을 도울 거라는 것을 느끼고 있었다.

그는 극도로 조심하면서 네다섯 벌 되는 옷가지와 짤막한 외투를 거 두어 바닥에 깔고는, 그 위에 길게 앉아 등을 벽에 기댄 채, 더없이 조 용조용 잠을 청했다.

남작은 아침 일찍 일어나는 타입이 아니었다. 어디선가 괘종시계 종 소리가 아홉 번 울려서야 그는 침대에서 벌떡 일어나 하인을 불렀다.

그는 하인이 가져온 우편물들을 검토하고, 아무 말 없이 옷을 갈아 입고 편지를 쓰기 시작했다. 그동안 하인은 전날 벗어놓은 옷가지를 벽 장 입구에서 조심스레 걸고 있었다. 세르닌은 주먹을 불끈 쥔 채, 속으 로 중얼거렸다.

'어디 보자, 녀석의 태양신경총에 한 방 먹여야 할까?'

어느새 10시. 마침내 남작의 지시가 떨어졌다.

"가 있게!"

"아직 정리할 옷이……."

"나가라니까. 나중에 부르거든 다시 오게. 그 전엔 방해하지 말고."

그는 마치 남은 절대 못 믿겠다는 투로 손수 문까지 열고 하인이 완전히 나갈 때까지 기다렸다. 그런 다음, 전화기가 있는 탁자로 다가와 수화기를 들었다.

"여보세요! 마드무아젤, 가르세 좀 부탁합니다. 네 거기요, 마드무아젤. 기다리고 있겠습니다."

그는 전화기 옆을 떠나지 않고 서 있었다.

세르닌은 안달이 나 온몸이 부들부들 떨렸다. 남작이 지금 그 미지의 살인범과 통화를 하려는 것은 아닐까?

전화벨이 요란하게 울렸다.

"여보세요! 아, 가르세입니까? 좋아요. 마드무아젤, 38번 부탁합니다. 네, 38번……."

그리고 잠시 있더니, 아주 낮고도 분명한 목소리로 이러는 것이었다.

"38번입니까? 날세. 구차한 말은 말고……. 어제? 그래, 정원에선 자네가 실수했지. 다음번엔 확실해야 하네. 하지만 급하게 됐어. 어젯밤에 놈이 집 안을 샅샅이 뒤졌네. 나중에 얘기해주지. 물론 아무것도 못 찾았지. 뭐? 여보세요? 아니야, 슈타인벡 영감은 여전히 꿀 먹은 벙어리야. 협박도 사탕발림도 안 통한다고. 여보세요, 그렇지, 젠장, 우리가 어쩌지 못한다는 걸 알고 있어. 케셀바흐의 계획과 피에르 르뒥의 내력에 관해서 부분밖엔 모르잖아. 그 영감탱이가 수수께끼의 열쇠를 쥐고 있는데 말이야. 오! 물론 언젠가는 불고 말 거야. 내가 장담하지. 바로 오늘 밤……. 그렇지 않으면……. 아니, 대체 어쩌자는 건가? 도망치게 놔둘 바에는 뭐 어떻게? 자넨 공작이 놈을 빼갈 거라고 생각하는가? 오! 그자는 적어도 사흘 이내에 요절을 내야만 해. 좋은 생각이 있다고? 그렇지. 거 괜찮은 생각이군. 오, 오, 정말 훌륭해! 그건 내가 맡지. 언제 보는 걸로 할까? 화요일 어때? 좋아, 화요일에 그리로 가지. 2시!"

전화를 내려놓자마자 그는 방을 나섰다. 밖에서 하인들에게 뭔가 지시하는 소리가 세르닌의 귀에까지 들려왔다.

"이번엔 주의해야 하네. 어제처럼 멍청하게 당하면 안 된단 말일세. 난 밤이 깊어야 귀가할 것이네."

현관문이 닫히는 소리가 묵직하게 들렸고, 곧이어 정원의 철책 문이 철커덕 닫히는 소리, 이어서 멀어져 가는 말방울 소리가 들려왔다.

20분 후, 하인 둘이 들어와 창문을 열고 방 청소를 시작했다.

그마저 나간 후에도 세르닌은 충분히 오랫동안 꼼짝 않고 하인들이 점심 식사를 할 시각까지 기다렸다. 모두 식탁이 차려진 부엌에 모여 있을 거라고 생각한 세르닌 공작은 그제야 슬그머니 벽장을 빠져나와 침대와 그 주위의 벽들을 꼼꼼히 조사해보았다.

"기이한 일이야. 정말로 기이해. 아무 특별한 점도 없잖은가. 혹시 침대가 이중으로 돼 있나 했더니 그것도 아니고. 아래에 비밀 문이 설치된 것도 아닌데. 옆방을 좀 봐야겠군."

그렇게 중얼거리면서 살금살금 건너간 옆방은 가구 하나 없이 텅 빈 상태였다.

"역시 늙은이는 없어. 혹시 벽 속에? 아니야. 이건 그저 얄팍한 간이 벽에 불과한걸. 빌어먹을! 도무지 알 수가 없군그래."

그래도 한 뼘 한 뼘 그는 마룻바닥이며 벽, 침대 등등을 다시금 아까운 시간을 물 쓰듯 하며 조사해나갔다. 틀림없이 여기 어딘가에 무척 간단하지만 현재로선 도무지 알 수가 없는 속임수가 숨어 있는 게 분명한데……

'알텐하임이 정신 나가 헛소리를 지껄여낸 게 아니라면 말이지. 그래 분명 뭔가 있긴 있을 거야. 그걸 밝혀내려면 한 가지 방법밖엔 없지! 끝까지 머물러 있을 수밖에. 어떤 일이 일어나는지는 나중 문제고.'

세르닌 공작은 마음을 단단히 먹고 또다시 갑갑한 은신처로 기어 들어갔다. 극심한 허기를 이를 앙다문 채 달래면서 비몽사몽 꼼짝 않고 기다리기 시작했다.

어느덧 날이 저물고 캄캄한 어둠이 내렸다.

알텐하임은 자정이 넘어서야 집에 돌아왔다. 이번에는 혼자 2층 방으로 올라와 옷을 벗고 잠자리에 들어, 전날과 마찬가지로 곧장 전등불을 껐다.

똑같이 긴장된 기다림이 이어졌다. 역시 수수께끼 같은 삐걱거리는 소리가 들렸고, 마찬가지로 빈정대는 알텐하임의 목소리가 이어졌다.

"그래, 어떻게 지냈는가, 친구? 어라, 욕을 하네! 저런, 저런, 그런 걸 원한 게 아니지! 뭔가 대단히 착각을 하는가 본데……. 내가 원하는 건 성실한 고백이야. 케셀바흐로부터 자네가 끄집어낸 내용하고 피에르 르뒥에 관한 얘기 말이야. 그것도 아주 자세하고 꼼꼼하게 말이지. 알아듣겠나?"

세르닌은 황당한 심정으로 귀를 기울이고 있었다. 이번에는 정말 잘못 들었을 여지가 없다. 지금 남작은 **실제로** 슈타인벡 영감을 상대로 이야기를 하고 있는 것이다. 충격 그 자체라고나 할까! 그는 마치 산 사람과 죽은 혼령의 비밀 대화를 몰래 엿듣는 듯한 기분마저 들었다. 어떤 형언할 수 없는 미지의 존재, 저세상에서 숨 쉬고 있는, 보이지도 만져지지도 않는, 존재하지 않는 대상과 나누는 대화라면 혹시 저럴까?

남작은 잔인하리만큼 빈정대는 투로 일관하고 있었다.

"배가 고프신가? 그럼 먹어야지. 다만 이것만은 명심하게나. 이미 자네에게 빵은 줄 만큼 준 데다가 그렇게 주절거리기만 할 거면 그나마 하루에 몇 조각 던져주던 것도, 일주일에 몇 조각으로 변경할 수도 있다는 걸 말일세. 아니, 아예 열흘로 올릴까? 가만있자, 열흘이라면……. 꽤액! 그땐 이미 슈타인벡 영감은 흔적도 없이 말라비틀어지겠네! 이제부터 자백하겠다고 동의하지 않는다면 말일세, 안 그런가? 자, 그럼 어디 내일 또 봄세. 잘 자게나, 영감탱이."

다음 날 오후 1시. 하룻밤과 하루 아침나절을 무사히 보내고 난 세르닌 공작은 뒤퐁 주택가를 빠져나왔다. 빙빙 도는 머리와 휘청거리는 다리를 간신히 이끌고 그는 제일 가까운 음식점을 무조건 찾아가면서 지금까지의 사태를 정리하기 시작했다.

'돌아오는 화요일, 알텐하임과 팔라스 호텔 살인 사건의 진범은 전화번호가 38번인 가르셰의 어느 건물에서 회동을 갖기로 되어 있다. 따라서 바로 그 화요일이 내가 두 범인을 경찰에 인도하고, 또 르노르망 씨를 해방시키는 날이 될 것이다. 아울러 그날 저녁은 슈타인벡 영감 차례가 되어야겠지. 그러면 결국 피에르 르뒤이 돼지고기 장수의 아들인지 아닌지도 밝혀질 테고, 정녕 그자를 우리 주느비에브의 배필로 삼아도 될 것인가가 판명 날 것이다. 아, 부디 뜻대로 이루어지리다!'

화요일 아침, 총리인 발랑글레는 파리 경시청장과 치안국 부국장 베베르 씨를 호출했다. 그리고 방금 받은 세르닌 공작 서명이 담긴 다음과 같은 속달우편을 내밀었다.

총리 각하,

각하께서 르노르망 씨에게 각별한 관심을 쏟아주신 것을 익히 알고 있는 저로서는, 최근 우연히 알게 된 사건에 대해 이렇게라도 각하께 직접 알려드리지 않을 수가 없습니다.

르노르망 씨는 가르셰에 소재한 요양소 건물 근처 '등나무 별장' 지하실에 감금되어 있습니다.

팔라스 호텔의 악당들이 그를 오늘 오후 2시에 살해할 계획으로 있고요.

만약 경찰이 저의 도움을 필요로 한다면, 1시 반에 요양소 정원이나 저와 따로 친분이 있는 마담 케셀바흐의 집에서 기다리고 있겠습니다.

그럼 부디 평안하시길 바랍니다.

세르닌 공작

"보시다시피 매우 심각한 상황이오, 므슈 베베르. 내 생각에는 폴 세르닌 공작의 말은 충분히 신뢰할 만하다고 봅니다. 그와 이미 여러 차례 저녁을 함께한 바도 있는데, 매우 진지하고 지적인 인물이었어요."

발랑글레는 자못 심각한 표정으로 말했다.

"총리 각하, 저 역시 오늘 아침에 다른 편지를 받았답니다."

"같은 사건에 관한 편지요?"

"네."

총리는 편지를 건네받아 읽어 내려갔다.

선생님,

자칭 마담 케셀바흐의 친구라고 하는 폴 세르닌 공작은 다름 아닌 아르센 뤼팽과 동일 인물임을 알려드리는 바입니다.

그 증거로 한 가지만 말씀드려도 충분할 겁니다. 즉, 폴 세르닌(Paul Sernine)이라는 이름은 아르센 뤼팽(Arsène Lupin)이라는 이름에서 단순히 철자 순서만 뒤바꾼 거라는 사실입니다. 글자 수 역시 완벽하게 일치합니다.

L. M.

발랑글레가 어리둥절해하는 동안 베베르 씨는 이렇게 덧붙였다.

"아무래도 이번에는 우리의 뤼팽이 임자를 만난 것 같습니다. 뤼팽이 범인을 고발하는 사이, 범인 역시 뤼팽을 우리 손에 넘겨주고 있으니 말입니다. 그야말로 함정에 걸려든 여우 꼴이 아니겠습니까?"

"그래서 어찌할 거요?"

"총리 각하, 일단 조심조심 둘을 한데 엮어야겠지요. 그래서 제가 200명의 경찰력을 앞세우고 쳐들어가는 겁니다."

올리브색 프록코트

1

정오에서 15분이 지난 시각. 마들렌 성당 근처의 어느 레스토랑에서 공작은 식사를 하고 있었다. 옆의 테이블에는 두 젊은이가 앉아 있었다. 공작은 문득 그들에게 알은척을 한 뒤, 마치 오다 가다 마주친 친구들에게 하듯 얘기를 걸었다.

"파견 나온 거지?"

"네."

"모두 몇 명이지?"

"여섯 명쯤 될 겁니다. 각자 따로따로 집결하기로 되어 있습니다. 약속 시간은 1시 45분, 요양소 건물 근처에서 베베르 씨와 합류하도록 되어 있죠."

"좋아, 거기서 보지."

"네?"

"왜, 내가 안내하는 거 아니었나? 내가 공개적으로 제보했으니, 당연히 내가 르노르망 씨를 찾아줘야 하는 것 아니냐고."

"그럼, 르노르망 씨가 아직 살아 있다고 생각하시는 겁니까?"

"생각이 아니라, 확신하고 있지. 어제부터 그런 확신이 들었는데, 알텐하임과 그 일당이 르노르망 씨와 구렐 형사를 부지발 다리 위로 끌고 가서 난간 너머로 내던진 게 분명하네. 구렐은 그만 익사했고, 르노르망 씨는 용케 빠져나왔지. 적당한 시기가 오면 그렇게 확신할 수밖에 없는 모든 증거를 제시할 것이네."

"하지만 만약 살아 있다면 왜 모습을 드러내지 않는 걸까요?"

"왜냐면 자유의 몸이 아니기 때문이지."

"그럼 편지에 쓰신 게 모두 사실이란 말입니까? 그가 정말로 '등나무 별장' 지하실에 있어요?"

"물론 그렇게 믿는 데에는 다 이유가 있지."

"혹 무슨 단서라도?"

"그건 비밀이네. 지금 자네들에게 얘기해줄 수 있는 건, 엄청 충격적인 결말이 조만간 드러날 것이라는 점이네. 어때, 식사는 다들 끝났나?"

"네."

"내 자동차는 마들렌 성당 뒤편에 대놓았네. 자, 함께 가세."

가르셰에 도착해서 세르닌은 자동차를 돌려보낸 뒤, 일행과 함께 주느비에브의 학교로 향하는 오솔길까지 걸어서 갔다. 거기서 그는 잠시 걸음을 멈추고 이렇게 말했다.

"이제부터 내가 하는 말을 잘 듣게나. 매우 중요한 얘기이네. 지금 곧장 요양소로 가서 벨을 누르게. 자네들은 신분상 형사이니까 언제든 출입할 수 있는 특권이 있지 않은가? 그런 다음 다시 오르탕스 별장으로 직행하게. 거긴 사람이 살지 않으니 그냥 들어가서 지하실로 내려가게. 그러면 아마 낡은 덧문이 하나 나올 텐데, 그걸 열면 최근 내가 발견한 터널 구멍이 드러날 걸세. '등나무 별장'과 직통으로 통해 있는 비밀 통로인 셈이지. 바로 그 통로를 통해서 제르트뤼드와 알텐하임 남작이 서로 내통을 해왔던 것이네. 르노르망 씨가 놈들 손아귀에 떨어진 것도 바로 그곳에서였고 말이네."

"정말입니까, 두목?"

"확실해. 그보다 지금 문제는 이거야. 터널이 간밤에 내가 보았던 그대로인지를 자네들이 가서 확인해줘야겠네. 터널의 두 문이 열린 상태인지, 그리고 둘째 문 근처의 구멍 안에 내가 놓아둔 검은 서지 천으로 싼 꾸러미가 그대로 있는지를 말이네."

"꾸러미 내용을 확인해야 합니까?"

"그럴 필요는 없어. 그냥 갈아입을 옷이니까. 자, 가보게. 되도록 사람 눈에 너무 띄지 않도록 조심하고. 기다리겠네."

10분 후 두 사람이 돌아왔다.

"문은 두 개 다 열린 상태입니다."

"검은 서지 천으로 싼 꾸러미는 어떻던가?"

"둘째 문 근처에 얌전히 있습니다."

"좋았어! 지금이 1시 25분이다. 이제 곧 베베르가 용사들을 몰고 들이닥치겠지. 그들은 별장을 감시하다가 알텐하임이 들어서자마자 겹겹이 포위하도록 되어 있다. 그러면 나는 베베르와 사전에 조율한 대로 초인종을 울리지. 거기서부턴 내게도 계획이 따로 있어. 그래, 아마 기대해도 좋을 거야."

세르닌은 두 사람을 보낸 뒤, 학교 오솔길을 걸으며 줄곧 혼잣말을 뇌까렸다.

"모든 것이 착착 진행되어가고 있어. 이제 전투는 내가 선택한 곳에서 벌어지게 되어 있지. 반드시 내가 이길 것이고, 그 두 적을 깨끗이 제거해버리는 거야. 그리고 물론 케셀바흐 건은 내 독차지가 되는 거지. 혼자서 두 개의 상수패를 몽땅 틀어쥐게 될 테니까 말이야. 피에르 르뒥하고 슈타인벡을 말이지. 한마디로 내가 왕(王)이 되는 거라고나 할까. 한 가지 변수라면 저 알텐하임이 어떻게 나올 것인가 하는 점이야. 틀림없이 자기 나름대로 공격 전략을 짜 가지고 있겠지. 그게 어디로 어떻게 들이칠지가 문제란 말이야. 아니면 이미 나에 대한 공격이 개시됐는지도 몰라. 좀 걸리긴 해. 따지고 보면, 내 정체를 경찰에 폭로했을 가능성도 없진 않잖아?"

그는 학생들이 교실로 들어가 텅 빈 학교 운동장을 따라 그렇게 걷다가, 문득 출입구에서 누구와 마주쳤다.

"어머나, 왔구나! 그럼 주느비에브는 파리에 두고 혼자만 온 거니?"

마담 에르느몽이었다.

"그 얘긴 지금 주느비에브가 파리에 있다는 얘기예요?"

"네가 불러들여서 지금 거기 있잖니?"

순간, 세르닌은 노파의 팔을 덥석 붙들며 소리쳤다.

"지금 무슨 얘기 하는 거예요?"

"아니, 네가 나보다 더 잘 알잖아?"

"난 모르는 일이에요. 대체 어찌 된 영문인지……. 어서 말해봐요!"

"그럼 생라자르 역에서 보자고 주느비에브에게 편지하지 않았단 말이냐?"

"그래서 떠났단 말입니까?"

"그랬을걸. 리츠 호텔에서 점심 식사를 할 거라던데."

"그 편지……. 그것 좀 보여주세요!"

마담 에르느몽은 뛰어 올라가 편지를 가지고 내려왔다.

"세상에, 아니 이 가짜를 못 알아보셨단 말입니까? 필체를 억지로 흉내는 내려고 했지만, 완전히 엉터리 아닙니까! 척 봐도 알 수 있겠네."

세르닌은 버럭 소리를 지르며 주먹으로 관자놀이를 짚었다.

"이건 내가 자초한 거나 다름없어. 아! 비열한 놈! 결국 그녀를 통해서 나를 공격한 셈이야. 그나저나 어떻게 알았을까? 아니야! 알고 있을 리 없어. 기껏해야 놈이 집적댄 건 두어 번에 불과해. 그것도 주느비에브에게 홀딱 빠진 녀석처럼 군 거잖아. 오, 아냐. 그건 아냐. 이봐요, 빅투아르. 혹시 그 애가 놈을 좋아하는 건 아니죠? 아, 내 정신 좀 봐! 자, 침착해야 한다. 지금 이러고 있을 때가……."

그는 허겁지겁 시계를 들여다봤다.

"1시 35분이라……. 아직 시간은 있어. 이런 멍청한! 시간이 있으면 뭘 하나! 그 애가 지금 어디 있는지 알기나 하느냐고!"

그는 마치 정신 나간 사람처럼 이리저리 서성거렸다. 늙은 유모는 자제력을 잃고 안절부절못하는 그의 모습을 멍하니 바라보고 있었다.

급기야 마지못해 그녀가 먼저 입을 열었다.

"하긴 떠나기 전에 뭔가 수상하다고 눈치챘을지도 모르잖니?"

"만약 그랬다면 지금 어디로 갔을까요?"

"그건 모르지. 글쎄, 제일 먼저 마담 케셀바흐한테 달려가지 않았을까?"

"맞아요. 맞아!"

갑자기 얼굴에 화색이 확 퍼지면서 그가 소리쳤다.

그러고는 뒤도 안 돌아보고 요양소 건물을 향해 내달리기 시작했다.

한데 문 앞에서 때마침 막 관리실로 들어가려는 두드빌 형제와 맞닥뜨렸다. 도로 쪽으로 면한 관리실에서라면 '등나무 별장' 근방을 훤히 내다볼 수 있었던 것이다. 하지만 세르닌은 그대로 지나쳐서 '황후 별장'으로 들이닥쳐 쉬잔을 불렀고, 곧장 마담 케셀바흐에게로 안내되었다.

"주느비에브 있습니까?"

그는 다짜고짜 소리쳐 물었다.

"주느비에브요?"

"네, 여기 오지 않았느냐고요."

"아뇨, 벌써 며칠째 안 보였는데요."

"하지만 반드시 이곳에 왔어야 하는 거 아닙니까?"

"그렇게 생각하세요?"

"네, 틀림없어요! 당신이 보기에는 지금 어디 있을 거라고 생각하세요? 가만히 좀 생각을 해보세요."

"그걸 제가 어떻게 알겠어요? 항상 만나는 것도 아니잖아요."

그러더니 마담 케셀바흐 역시 깜짝 놀란 눈으로 이러는 것이었다.

"아니, 왜 그렇게 불안해하시는 거죠? 주느비에브한테 무슨 일이라도 생긴 건가요?"

"아닙니다. 아무것도……."

이미 그는 밖으로 뛰쳐나와 있었다. 하나의 생각이 그의 이마를 치고 들어왔다. 만약 알텐하임 남작이 '등나무 별장'에 나타나지 않는다면? 혹시 약속 시간이 바뀌기라도 했다면 어떡하나?

'놈을 만나야 해. 어떠한 일이 있어도 놈을 봐야 한다고.'

세르닌은 그렇게 속으로 중얼거리며 정신없이 달리고 있었다. 한데 관리실 앞에 다다르자 순간적이나마 마음을 추스르지 않을 수 없었다. 정원에서 두드빌 형제와 얘기를 나누고 있는 치안국 부국장이 저만치 눈에 띄었던 것이다. 만약 그의 정신 상태가 평상시처럼 맑았다면, 자신이 다가가는 것을 본 베베르 씨의 얼굴에서 미세한 동요의 빛을 읽을 수 있었을 것이다. 하지만 지금의 세르닌 공작 눈에 그런 것이 보일 리 만무했다.

"므슈 베베르, 아니십니까?"

그렇게 소리치는 공작에게 베베르 씨는 더듬댔다.

"맞습니다만. 누구신지?"

"세르닌 공작이올시다."

"아! 그랬군요. 경시청장께서도 당신이 우리에게 큰 도움을 주고 계시다고 말씀 많이 하셨습니다."

"뭘요, 이번 도당(徒黨)을 깨끗이 청소해야 정작 조금이나마 도움을 드린 게 되겠지요."

"머지않아 그렇게 될 겁니다. 그렇지 않아도 그 도당 중 하나가 방금 들어간 것으로 알고 있습니다만. 체격이 꽤 당당하고 외알박이 안경을 착용한 자 말입니다."

"알텐하임 남작입니다! 인원은 배치해두셨겠죠, 므슈 베베르?"

"네, 일단 200미터 거리 도로 곳곳에 잠복시켜두었습니다."

"그럼 이제 모두 이곳 관리실 앞으로 집합시켜주십시오. 여기서 별장까지 함께 출발하는 겁니다. 그리고 나서 내가 먼저 초인종을 누릅니다. 알텐하임 남작과는 안면이 있는지라 내게는 아마 순순히 문을 열어 줄 것이고, 그때 들어가는 거지요. 물론 당신과 함께 말입니다."

"훌륭한 계획입니다. 곧 돌아오겠소이다."

베베르 씨는 그렇게 말한 다음, 정원을 나가 '등나무 별장' 반대편 도로로 떠났다.

한편 세르닌은 두드빌 형제 중 한 명의 팔을 덥석 붙들고 다급하게 말했다.

"자크, 저자를 따라가거라. 내가 '등나무 별장'에 들어갈 때 그를 꼭 붙잡고 있어야 한다. 그래서 가능한 한 공격 시기를 늦춰야 해. 아무 핑계든 갖다 붙이라고. 한 10분 정도만 지체시켜주면 된다. 별장 주위를 포위는 하되, 그동안만큼은 절대로 들어와서는 안 된다. 그리고 장, 자네는 오르탕스 별장으로 가서 지하 터널의 출구를 감시하고 있게. 그래서 남작이 그리로 나오거든 그대로 제압해버려!"

두드빌 형제는 즉시 자리를 박차고 달려갔다. 공작 역시 슬그머니 빠져나와 '등나무 별장' 입구에 둘러쳐진 높은 철책까지 달려갔다.

초인종을 누를 것인가?

주위에는 아무도 없었다. 그는 철책에 달려들어 자물통 부분에 발을 딛고 올라갔다. 그리고 철책을 붙든 양 손목과 중간을 받친 무릎에 힘을 실어, 뾰족뾰족한 꼭대기에 찔릴 위험을 감수하고, 단번에 훌쩍 뛰어넘었다.

포석이 깔린 마당을 잽싸게 가로지른 그는 창문이란 창문은 위쪽 채광창까지 덧문으로 꽁꽁 닫혀 있는 주랑(柱廊)의 계단을 달려 올라갔다.

집 안으로 어떻게 파고들까 잠시 궁리를 하고 있는데, 문득 뒤퐁 저택에서 들었던 문소리를 떠올리게 하는 쇳소리와 함께 문 하나가 빼꼼히 열리면서 알텐하임이 모습을 나타냈다.

"말해보시오, 공작. 늘 이런 식으로 남의 사유지를 침범하시는 거요? 아무래도 헌병대라도 불러들여야겠소이다그려."

세르닌은 다짜고짜 그의 목을 거머쥐고 긴 의자 위에 동댕이쳤다.

"주느비에브…… 주느비에브 어디 있나? 이 비열한 놈, 그녀를 어떻게 한 건지 당장 불지 않으면……."

"이, 이렇게 목을 조르면…… 마, 말을 못하지 않는가."

세르닌은 할 수 없이 손을 놓았다.

"좋아! 어서 말해! 대답하란 말이야. 주느비에브는 어디 있어?"

"어흠, 흠……. 우리처럼 화통한 사람들끼리 무엇보다 중요한 건 우선 서로 마음을 편히 갖는 걸세."

남작은 조심스럽게 문을 닫고 빗장까지 채우고는 커튼도 가구도 없는 바로 옆 거실로 안내했다.

"자, 이제 뭐든 도와드릴 테니, 말씀을 차근차근해보게나, 공작."

"주느비에브는 어떻게 된 건가?"

"그녀는 아주 잘 있지."

"어라, 지금 순순히 자백을 하는 건가?"

"여부가 있나! 심지어 난 자네가 이런 일에 그토록 신중하지 못했다는 데 대해서 자못 놀라울 따름인걸! 당연히 조심을 했어야지. 너무도 뻔한 일이었지 않나."

"시끄럽다! 여잔 어디 있나?"

"어허, 이거 대단히 무례한걸."

"어디 있느냐고 물었다."

"사방 벽으로 둘러싸인 채, 아주 자유롭게 계시지."

"자유롭다고?"

"물론! 이쪽 벽에서 저쪽 벽까지 왔다 갔다……. 얼마나 자유로운가?"

"뒤퐁이겠지? 슈타인벡을 위해 네놈이 고안해낸 그 감옥 말이다!"

"저런, 알고 있었군. 하지만 거긴 아니야."

"그럼 어딘가? 어서 말해, 그렇지 않으면……."

"이보게, 공작. 자넨, 지금처럼 자넬 꼼짝 못하게 하는 비결의 열쇠를 쉽사리 넘겨줄 만큼 내가 바보로 보이나? 자넨 그 여자를 무척이나 아끼고 있어."

"닥쳐라! 어딜 감히……."

"'감히'라고? 이건 꽤나 모욕적인걸? 나 역시 그녀를 사랑하고 있단 말이네. 여태껏 위험을 무릅쓰고……."

알텐하임은 문득 세르닌의 표정을 보고 입을 다물었다. 말은 없지만, 속에서 무섭게 웅크리고 있는 엄청난 분노의 기세를 느꼈던 것이다.

둘은 상대의 약점을 찾으면서 서로를 노려보고 있었다. 급기야 세르 닌은 화해보다는 분명 위해(危害)를 가하려는 사람의 자세로 천천히 다가서면서 간명한 목소리로 말했다.

"내 말 잘 듣게. 지난번에 자네가 제안한 그 협력에 대해 기억하나? 케셀바흐 사건을 둘이 나누자고 했지. 함께 추진해나가면서 이익은 서로 나누고 말이지. 그때 난 거절했네. 한데……. 오늘 그 제안을 수락하지."

"너무 늦었어."

"잠깐! 그보다 더 양보하지. 그 사건에서 손 떼겠네. 더 이상 관여하지 않겠다 이 말이야. 자네가 몽땅 차지하게. 필요하다면 내가 도와주지."

"조건은?"

"주느비에브가 어디 있는지만 대게."

상대는 어깨를 으쓱하며 내뱉듯 말했다.

"뤼팽, 자네 벌써부터 노망이 났는가? 그 나이에, 보기가 안됐네."

또다시 둘 사이에 끔찍한 침묵이 흘렀다.

남작은 계속 비아냥대기로 한 듯 내뱉었다.

"이토록 훌쩍거리면서까지 동정을 구하는 자네 모습을 보니 왠지 숙연한 기쁨까지 느껴지는군. 어떤가, 이만하면 일개 졸병이 천하의 장군

813

을 무참히 구타라도 하는 것 같은데. 어떻게 생각하나?"

"어리석은 놈……."

세르닌의 잇새로 악다문 중얼거림이 새어나왔다.

"빨리 끝내고 싶은 모양이지? 뭐 좋을 대로, 어차피 자네의 최후가 코앞으로 닥쳐오고 있으니……. 하느님께 스스로 명복이나 빌고 있으라고. 웃어? 또 착각이로군. 자넨 지금 내 손아귀에 있는 거나 마찬가지야. 필요하다면……. 죽일 수도 있다고."

"어리석은 놈……."

세르닌의 입에선 같은 말이 새어나올 뿐이었다.

그는 시계를 힐끗 보더니 이렇게 말했다.

"2시다, 남작. 자넨 이제 몇 분밖에 남지 않았어. 2시 5분, 늦어도 2시 10분이면, 베베르와 무지막지한 장정 대여섯이 이 은신처의 문을 박차고 들어와 자네 목덜미를 낚아챌 걸세. 웃을 일이 아닐 텐데. 자네가 철석같이 믿고 있는 탈출구도 내가 이미 손봐놨지. 철통같이 지키라고 해놨으니까. 이제 자넨 오도 가도 못하는 신세야. 여기가 바로 자네 무덤인 셈이지."

과연 알텐하임의 안색이 순간 창백해졌다.

"그렇게까지? 비겁하게시리……."

"이 집은 겹겹이 포위됐다, 남작! 조금 있으면 공세가 시작될 거야. 그러니 어서 대게. 내가 구해주지."

"어떻게 말인가?"

"탈출구를 지키고 있는 자들은 내 사람들이네. 내가 시키는 대로만 말하면 자넨 빠져나갈 수 있어."

알텐하임은 잠시 생각하며 주저하다가, 이내 마음을 정한 듯, 내뱉었다.

"허풍 떨지 마라! 자넨 결코 늑대의 아가리나 다름없는 상황에 뛰어들 만큼 순진한 친구가 아니야!"

"그건 주느비에브를 제쳐둘 경우 얘기지. 그녀가 아니었다면, 내가 지금 여기 이러고 있을 것 같은가? 자, 어서 불어!"

"싫다."

"좋아, 그럼 기다리자고. 담배 피울 텐가?"

"기꺼이."

잠시 후, 세르닌이 말했다.

"들리나?"

"음……. 들리는군."

알텐하임은 천천히 일어서며 중얼거렸다.

철책을 거세게 두드리는 소리였다. 세르닌이 말했다.

"저 양반들, 보아하니 통상적인 경고 절차도 필요 없단 뜻인 것 같군. 서론도 없어. 어때, 각오는 돼 있겠지?"

"두말하면 잔소리지."

"저들이 도구를 사용하면 철책 문 뚫리는 게 시간문제인 건 알겠지?"

"자넨 몰라도 저들이야 이 방까지 쉽게 쳐들어오겠지."

마침내 철책 문 열리는 소리가 들렸다. 이제는 문의 돌쩌귀 차례였다. 세르닌이 말했다.

"붙잡히는 거야 어쩔 수 없다고 침세. 하지만 그렇다고 해서 이렇게 스스로 두 손을 내밀어 수갑을 차는 건 바보 같은 짓이야. 자, 고집 부리지 말고, 어서 불고 도망치게!"

"자넨 어쩔 셈인가?"

"나야 남지. 피할 이유가 없으니까."

"그래? 어디 한번 보시지."

813

567

남작은 덧문 틈을 손으로 가리키며 말했다. 세르닌은 그곳에 눈을 대고 내다보았다가 흠칫 뒷걸음질을 쳤다.

"아니, 이런 불한당 같으니라고! 네놈 역시 날 고발했구나! 베베르가 대여섯 명이 아니라 열 명, 스무 명, 아니 100명, 200명은 끌고 온 것 같군."

남작은 활짝 웃고 있었다.

"저 정도 숫자가 몰려든 걸 보면, 문제는 내가 아니라 뤼팽이라는 건 불 보듯 뻔한 일! 나는 한 대여섯 명만으로도 충분했을 테니까!"

"네가 경찰한테 알린 거지?"

"그렇다."

"무슨 증거를 들이댔나?"

"그야 자네 이름이지. 폴 세르닌, 즉 아르센 뤼팽 말이네."

"자네 혼자서 그걸 간파해냈단 말인가? 여태껏 그 누구도 생각지 못했던 것을? 설마……. 다른 놈 생각이겠지!"

세르닌은 계속해서 덧창 틈에서 눈을 떼지 않고 있었다. 이젠 별장 주변으로 경찰관들이 구름처럼 몰려들고 있었고, 아까처럼 두들겨대던 소리가 이제는 문 앞에서 들리고 있었다.

후퇴할 것이냐, 아니면 궁리했던 계획대로 밀고 나갈 것이냐, 차분하게 생각을 정리할 필요가 있었다. 일단 이대로 자리를 피하는 것은, 잠깐 동안이라고 해도 알텐하임을 놓아주는 것이 될 터. 그가 또 다른 탈출구를 확보해놓지 않았을 거라고 그 누가 장담할 수 있겠는가? 거기에 생각이 미치자 세르닌은 가슴이 철렁 내려앉는 것이었다. 남작을 자유의 몸이 되게 해주다니! 그렇게 해서 주느비에브의 곁에 맘대로 돌아갈 수 있고, 그녀를 괴롭혀서 자신의 혐오스러운 애정의 노리개로 삼게 내버려두어야 한단 말인가!

결정판 아르센 뤼팽 전집

계획이 일거에 뒤틀려버렸고, 그렇다고 당장 새로운 묘안이 떠오르지도 않은 상태에서, 더구나 주느비에브가 치르고 있을 고충까지 마음 깊이 감당하자니, 세르닌은 어느 것 하나 결단을 내릴 수 없었다. 그는 남작의 눈을 쏘아보면서 주느비에브가 어디 있는지만 알아낸 뒤 그 자리를 훌쩍 벗어나고 싶은 마음이 굴뚝같았다. 하지만 그러기 위해 상대를 설득하려고 노력하는 것도 아니었다. 아무리 말을 해봐야 소용이 없다는 것을 이미 잘 알고 있었던 것이다. 그는 생각에 생각을 거듭하면서 그와 동시에 남작의 머릿속에서 구르고 있을 생각은 어떨지, 어떤 대비책을 세우고 있으며 스스로를 구할 묘안은 있는 것인지 가늠해내려고 애썼다. 빗장이 단단하게 채워져 있고 강철판이 탄탄하게 덧씌워진 현관문이지만, 어찌나 거세게 두드려대는지 이제는 안쓰럽게 덜컹거리고 있었다. 두 사내는 바로 그 문으로부터 얼마 떨어지지 않은 곳에서 꼼짝도 않고 있었다. 밖으로부터 새어 드는 사람들 목소리와 이야기하는 내용까지 두 사람의 귀에 또렷이 들려왔다.

"꽤나 자신만만한 얼굴이로군."

보다 못한 세르닌이 중얼거렸을 때였다.

"물론이지!" 하며 냅다 소리침과 동시에 남작은 느닷없이 따죽을 걸어 공작을 넘어뜨린 뒤, 쏜살같이 내빼는 것이 아닌가!

후닥닥 일어선 세르닌은 2층으로 오르는 계단 밑, 알텐하임이 방금 사라진 작은 문을 박차고 뛰어 들어가 돌계단을 통해 지하실로 구르듯 달려 내려갔다.

약간의 복도를 지나자 천장이 낮은 널찍하고 어두컴컴한 방이 나왔는데, 저만치에서 남작이 무릎을 꿇은 채 뚜껑 문을 막 열려는 찰나였다.

세르닌은 가차 없이 몸을 날리며 소리쳤다.

"멍청한 놈! 터널 반대편엔 내 부하들이 널 개 패듯 패서 요절을 내려고 잔뜩 벼르고 있다는 걸 모르느냐? 네놈이 거길 능가하는 기발한 탈출구를 마련한 게 아니라면 말이다. 그럼 그렇지! 네놈이 어디 가겠느냐."

싸움은 처절했다. 유난한 근육질에다 실로 당당한 체격의 소유자인 알텐하임은 양팔로 상대의 팔과 허리를 한꺼번에 끌어안아 힘을 줌으로써 옴짝달싹 못하게 조이면서, 숨까지 막히게 하고 있었다.

세르닌은 숨이 막혀 괴로워하면서도 악착같이 으르렁댔다.

"그래……. 좋았어. 제법인걸. 비록 지금 내가 손을 못 써서 네놈 어딘가를 박살 내지 못하지만……. 과연 언제까지 네놈이……."

순간 세르닌은 등골이 오싹함을 느꼈다. 둘이 뒤엉킨 채 깔아뭉개다시피 하며 실랑이를 벌이고 있는 뚜껑 문이 갑자기 밑에서 들썩거리기 시작하는 것이었다! 분명 아래로부터 누가 문을 밀어 올리려고 하는 것이 느껴졌는데, 남작도 그걸 눈치챘는지, 몸부림을 쳐대며 비켜나려고 애를 쓰는 것이었다. 저 아래 누군가 뚜껑 문을 열 수 있도록 말이다!

'그놈이다!'

날카로운 비수를 가지고 다니는 그 미지의 존재를 생각하면 늘 그렇듯, 알 수 없는 공포심에 사로잡히며 세르닌은 생각했다.

'만약 이 상황에서 놈이 튀어나오면……. 나는 끝장이다.'

결국 안간힘을 쓰던 끝에 알텐하임은 몸을 뒤집으며 상대를 뚜껑 문에서 끌어내리려고 했다. 그러나 그 틈을 타, 세르닌은 두 다리로 남작의 다리를 휘감아 꼼짝 못하게 하면서, 조금씩, 조금씩 한쪽 팔이나마 가까스로 빼내는 것이었다.

바로 그 순간, 저 위 1층에서는 마침내 파성추(破城鎚)로 후려치는 것 같은 엄청난 소리가 우지끈하고 귀청을 때렸다.

'이제 남은 시간은 5분이다. 1분 안에 이놈을 제압하지 못하면⋯⋯.'
세르닌의 머리가 빠르게 회전했다.

그는 두 무릎을 어긋나게 포개어 믿어지지 않는 괴력을 불어넣었고,
그 사이에 허벅지가 낀 남작은 단말마의 비명을 질러댔다.

어마어마한 고통에 상대가 질겁하는 틈을 타 마침내 오른손이 자유
로워진 세르닌은 상대의 목을 야수처럼 내리눌렀다.

"좋았어! 이제야 서로가 좀 편해졌군. 오, 그러면 안 돼지. 칼을 뽑아
들 생각일랑은 버려. 그러지 않으면 닭 모가지 비틀 듯 네놈 목을 비틀
어버릴 테니까. 난 지금 자세가 제대로 들어가 있다는 걸 명심해. 그저
네놈이 팔다리를 바들바들 떨며 죽어가지 않도록 적당히 조르고 있는
거라고."

입으로는 그렇게 내뱉어가면서 그는 호주머니에서 가느다란 끈을 꺼
내, 그것도 한 손으로 능숙하게 상대의 손목을 친친 동여매는 것이었
다. 물론 숨이 턱에까지 차 캑캑거리기 바쁜 남작으로선 옴짝달싹 못한
채 당하고 있을 수밖에 없었다. 몇 차례의 정확한 동작을 거쳐, 세르닌
은 상대를 완벽하게 결박하는 데 성공했다.

"그럼, 그렇게 얌전히 있어야지! 잘됐어! 이거 몰라보겠는걸! 그래도
혹시 도망칠 생각을 할지 모르니, 여기 이 철사 줄로 조금만 더 손봐주
는 게 좋겠지. 우선 손목부터⋯⋯. 그다음, 발목도 섭섭지 않게 해줘야
겠지? 자, 다 됐다! 이제야 얌전한 아이가 되셨구먼!"

남작은 간신히 숨을 고르면서 더듬거렸다.

"나, 나를 넘기면, 주느비에브는⋯⋯. 죽는다."

"그래? 어떻게 말인가? 어디 설명해보시지."

"그녀는 지금 갇혀 있다. 어디인지는 나 말고 아무도 몰라. 따라서 내
가 없으면 그녀는 굶어 죽게 되어 있지. 슈타인벡처럼 말이야."

세르닌은 몸서리를 치며 대꾸했다.

"그렇겠지. 하지만 너는 불고 말 거야."

"천만에!"

"웬걸, 입을 열지 않고는 못 배길걸? 물론 지금은 아니지. 그럴 틈이 없으니까. 하지만 오늘 밤 내로 넌 실토할 거야."

그러고는 상대에게 한껏 몸을 숙여 귓속말로 이렇게 속삭이는 것이었다.

"잘 들어라, 알텐하임. 내 말을 잘 알아들어야 해. 이제 조금 있으면 너는 경찰에 잡힌다. 오늘 저녁 넌 어쩔 수 없이 파리 경시청 구치소에서 잠을 청해야 할 거야. 그건 나로서도 어떻게 해볼 방도가 없는 일이지. 그리고 내일 너는 상테 감옥으로 이송될 거야. 일단 그렇게 되면 다음은 과연 무엇이 기다리고 있을까? 그러니 마지막으로 살 수 있는 기회를 주겠네. 잘 들어. 오늘 밤, 내가 경시청 구치소의 네 감방에 방문할 것이다. 그럼 너는 주느비에브의 소재를 내게 자백하면 돼. 두 시간후, 네 말이 거짓이 아니라는 게 판명되면, 너는 자유의 몸이 된다. 반면 거짓말이 들통 나면……. 그때 가선 정녕 네놈이 별로 살고 싶어 하지 않는 것으로 알아들으마."

남작은 묵묵부답이었다. 세르닌은 몸을 일으켜 위에서 들려오는 소란스러운 소리에 잠시 귀를 기울였다. 현관문이 무너진 지는 벌써 오래고, 무수한 발소리가 한꺼번에 우당탕탕 현관 바닥이며 거실 마루로 짓밟고 몰려드는 것이 느껴졌다. 베베르 씨와 경찰관들의 수색이 시작된 것이리라.

"잘 있게, 남작. 이따 저녁때까지 곰곰이 생각해보게나. 하긴 감방에 틀어박혀 있다 보면 가끔은 좋은 생각도 떠오르기 마련이지."

그는 남작의 몸뚱어리를 밀쳐내고 뚜껑 문을 들어 올렸다. 역시 예상했던 대로, 아래로 이어진 계단에는 더 이상 아무도 없었다.

마치 다시 돌아올 것처럼 뚜껑 문을 그대로 열어둔 채, 그는 아래로 조심조심 걸어 내려갔다.

계단은 모두 스무 개였고, 그다음으로는 일찍이 르노르망 씨와 구렐이 반대 방향에서 거슬러 왔던 통로가 시작되고 있었다.

한데 그곳으로 들어서자마자 그의 입에서 난데없는 비명이 튀어나오는 것이었다. 불현듯 인기척이 느껴졌던 것이다.

그는 얼른 소형 램프를 켰다. 통로는 텅 비어 있었다.

내친김에 그는 아예 권총을 빼 들고 소리쳤다.

"안됐지만⋯⋯. 여차하면 발포(發砲)할 거다!"

아무 대답도, 소리도 없었다.

"그저 환영이었나 봐. 아무튼 그자가 끝끝내 걸리는걸. 자, 마무리를 제대로 지으려면 서둘러야만 해. 옷가지를 숨겨둔 구멍까지는 그리 멀지 않지. 거기까지만 도달하면⋯⋯. 멋지게 성공하는 거야. 그야말로 뤼팽의 걸작 중 또 하나가 연출되는 셈이지."

눈앞에 활짝 열려 있는 문이 나타나자, 그는 걸음을 잠시 멈췄다. 문 오른편 벽으로는 거칠게 파헤쳐진 구멍이 벌어져 있었다. 불어 오르는 물을 벗어나려고 르노르망 씨가 필사적으로 마련한 바로 그 탈출구였다.

그는 허리를 숙이고 틈새 속으로 불빛을 비췄다.

"아니, 이럴 수가⋯⋯. 두드빌 이 친구, 대체 꾸러미를 어디에다 밀어 처넣은 거야?"

그는 부들부들 떠는 손길로 캄캄한 구멍 속을 정신없이 더듬어댔다. 하지만 꾸러미는 만져지지 않았고, 다음 순간, 그 수수께끼 같은 존재가 집어가 버렸다는 확신이 뒤통수를 때리는 것이었다.

"이거야말로 유감천만이로군! 멋지게 꾸며낸 작전이었는데! 모든 게 자연스럽게 흘러가 더욱 확실하게 목표에 다다를 수 있었는데. 이젠 가능한 한 빨리 두드빌이 있는 곳으로 달려가는 수밖에……. 어쨌든 퇴로는 확실하니까. 더 이상 허세를 부릴 때가 아니야. 가능한 한 빨리 새로 작전을 정비해야만 하겠어. 그리고 나서 그놈을 손봐줘야지. 아! 이번에도 어디 놈이 내 손아귀를 멋대로 벗어나는지 두고 보자!"

하지만 몇 발짝 못 가 또다시 그의 입에서 외마디 소리가 터져나왔다. 오르탕스 별장으로 통하는 마지막 관문인 눈앞의 문이 단단하게 잠겨 있는 것이 아닌가! 몸으로 몇 차례 부딪쳐보았는데도 끄떡없었다. 이를 어쩐다지?

"이젠 진짜 낭패로군!"

한꺼번에 기운이 빠지는지 그는 제자리에 털썩 주저앉았다. 그 수수께끼 같은 존재 앞에서 엄청난 무력감(無力感)이 밀려오는 것이었다. 그자에 비하면 떠들썩한 알텐하임은 아무것도 아니었다. 반면, 늘 침묵 속에서 암행하는 미지의 존재는 그를 압도하고 사사건건 계획을 좌절시키더니, 결국 음험하고 악랄하기 그지없는 행위로 이토록 사람을 무기력하게 만들지 않았는가 말이다!

이대로 승부가 끝나는 것인가?

조금 있으면 그곳까지 당도한 베베르 앞에, 동굴 속에 지쳐 나자빠진 한 마리 가련한 짐승처럼, 세르닌 공작이 쓰러져 있을 판이었다.

2

"아! 안 돼! 안 된다고!"

그는 벌떡 일어서며 소리쳤다.

"나 하나면 상관없어! 하지만 주느비에브가 있잖아! 주느비에브가……. 오늘 밤 안으로 구해내야 한다고. 아직은 절망할 때가 아니지. 그놈이 좀 전에 빠져나간 걸 보면, 근처 어딘가에 분명 제2의 탈출구가 있다는 얘기인데……. 자, 힘을 내야지. 아직은 베베르와 그 일행 손에 이 몸이 넘어간 건 아니니까."

이미 램프를 치켜든 채 그의 손길은 터널 여기저기를 더듬거리고 있었다. 그렇게 내벽을 이루는 벽돌들을 조사하고 있는데, 별안간 등골을 오싹하게 할 만한 끔찍한 비명 소리가 고막을 때리는 것이 아닌가!

가만히 보니 저 위 뚜껑 문 쪽에서 들려온 소리였다. 애당초 '등나무 별장' 쪽으로 나가려는 생각에서 뚜껑 문을 열어둔 채로 방치했다는 생각이 덜컥 들었다. 그는 허겁지겁 문을 지나, 온 길을 되밟아 달려갔다. 한데 달리던 도중, 램프 불이 꺼지는 가운데 무언가, 아니 누군가 벽을 따라 납작 엎드려 기어가면서 무릎을 언뜻 스치는 기운이 느껴지는 것이었다! 그와 동시에 그 누가 어디론가 훌쩍 사라져버렸다는 느낌이 뇌리를 스치고 지나갔다. 하지만 그 느낌을 좇을 틈도 없이 세르닌은 어느새 계단에 발길이 부딪치고 말았다.

순간 이런 생각이 들었다.

'여기야! 그가 빠져나간 제2의 탈출구가 바로 이쯤 어딘 거라고!'

그런가 하면 저 위에서는 또다시 비명 소리와 함께 단말마의 숨을 몰아쉬는 신음 소리가 뒤를 잇는 것이었다. 그는 부랴부랴 계단을 뛰어올라 천장이 낮은 지하 방으로 뛰쳐나갔다. 놀랍게도 거기엔 목에서 피가 졸졸 새어나오는 알텐하임이 괴로움에 몸부림치고 있었다. 처음 손목을 묶은 끈은 잘려 있었으나, 나중에 다시 맨 손목과 발목의 철사 줄은 멀쩡한 상태였다. 결박을 풀어주지 못하게 되자, 동료가 아예 목을 찌른 것이다!

813

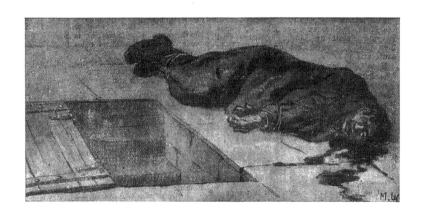

세르닌은 아연실색한 얼굴로 그 끔찍한 광경을 바라보고 있었다. 흐르던 피까지 얼어붙는 느낌이었다. 그의 머릿속에는 갇혀 있을 주느비에브의 얼굴이 떠올랐다. 그 장소를 알고 있는 유일한 인물인 남작이 저 꼴이 되었으니, 이제는 눈앞이 캄캄할 지경이었다.

문득 현관 앞 계단 아래 감춰진 작은 문이 경찰들 손에 의해 우악스레 열리는 소리가 또렷이 들려왔다. 아울러 쿵쾅거리며 지하 계단을 뛰어 내려오는 그들의 발소리도 귀청을 때렸다.

이제 그들과 세르닌 공작 사이에는 이 천장 낮은 방으로 통하는 문 하나만이 가로놓인 셈이었다. 그는 바깥에서 거친 손이 문손잡이를 부여잡은 바로 그 순간, 후다닥 빗장을 채웠다. 그런가 하면 눈길은 활짝 열린 뚜껑 문 쪽으로 향했다. 아직도 탈출은 가능할 터, 제2의 탈출구가 그 안에 있을 테니까.

'아니야. 우선은 주느비에브가 먼저다! 그다음 여유가 있으면 그때 가서 내 생각도 해보리라.'

세르닌은 당장 무릎을 꿇고 남작의 가슴에 손을 대보았다. 아직은 심장이 뛰는 것이 어렴풋이 느껴졌다. 그는 바짝 몸을 수그리고 속삭였다.

"내 말 들리나?"

눈꺼풀이 대답 대신 파르르 떨렸다.

빈사 상태 속에서도 가느다란 숨 줄기 하나가 흐르고 있었다. 이런 상태의 몸뚱어리로부터도 과연 뭔가 이끌어낼 수가 있을까?

그러는 가운데에도 마지막 방책이나 다름없는 문은 경찰들의 극성에 대책 없이 시달리고 있었다.

"내가 자넬 구해주겠네. 틀림없는 치유책을 가지고 있어. 다만 한마디만 해주게나. 주느비에브 말이네."

아마도 소생의 희망을 불어넣어 준 이 말 한마디가 힘이 되었는지, 알텐하임은 뭔가 뱉어내려고 애쓰고 있었다.

"어서 말해보게. 어서……. 그럼 내가 반드시 자넬 살려놓겠네. 오늘은 목숨을 되찾고……. 내일은 자유를 되찾게 해주겠어. 그러니 제발……."

문이 덜컹거리고 있었다.

남작의 입에서는 도저히 분간할 수 없는 음절(音節)들이 주섬주섬 고개를 내밀려 하고 있었다. 그 위에 잔뜩 몸을 수그린 채, 세르닌은 자신의 의지와 기력을 있는 대로 동원해, 불안에 흔들리는 숨결을 다독이며 무슨 말이 나오기만을 기다렸다. 지금으로선 경찰이든, 체포든, 감옥이든, 그의 안중에는 전혀 없었다. 오로지 머릿속에는 주느비에브……. 배고픔으로 죽어가고 있으며, 이 가련한 인간의 말 한마디면 소생할 수 있을 주느비에브의 운명밖에 존재하지 않았다!

"제발 말해. 말해야만 한다고."

명령인지 하소연인지 분간이 안 되는 말투였다. 너무도 간절한 추궁에 그 완고했던 고집이 꺾이려는가, 정신이 몽롱해진 알텐하임의 입에서, 마치 최면에 걸린 듯, 다음과 같은 말이 새어나오기 시작했다.

"리…… 리…… 리볼리……."

"리볼리 가(街) 말인가? 거기 어느 건물에 가두었다는 말이지? 번지수는?"

순간, 쿠당탕 문짝이 떨어져 나가는 소리와 함께 승리의 환호성이 봇물처럼 밀려드는 것이었다.

이어서 베베르의 벽력같은 고함 소리.

"물러서라! 어서 놈을 붙잡아! 둘 다 붙잡으란 말이다!"

"번지수를…… 제발 말해주게. 그녀를 사랑한다면 제발……. 이제 와서 뭐하러 입을 다무는 건가?"

남작이 내뿜는 숨결에 이런 숫자가 실려 나온 것은 바로 그때였다.

"이…… 이십칠……."

순간 우악스러운 손들이 세르닌을 덮쳤고, 열 개의 총구가 그를 겨눴다. 그럼에도 공작이 눈을 부라리며 돌아보자, 경찰관들은 본능적으로 치미는 두려움에 뒤로 흠칫 물러서는 것이었다.

"뤼팽! 꼼짝하면 날려버리겠다!"

권총을 겨누고 베베르 씨가 악을 쓰자, 세르닌은 차분한 음성으로 대꾸했다.

"쏘지 마라. 그럴 필요가 없다."

"농담 마라! 늘 그런 식으로 속임수를 쓰지 않는가?"

"아니다! 전쟁은 패배로 끝났다. 순순히 구는 나에게 자넨 방아쇠를 당길 권리가 없어!"

그러고는 호주머니에서 권총 두 자루를 꺼내 바닥에 던지는 세르닌…….

하지만 베베르 씨는 좀처럼 고집을 버리려 들지 않았다.

"허세 부리지 마라! 얘들아, 정확히 놈의 심장을 겨눠라! 조금만 움직이면 그대로 쏴버려! 저 입만 뻥긋해도 마찬가지로 쏴!"

그곳까지 치고 들어온 원래 열 명이었던 인원도 모자라 베베르 씨는 열다섯으로 늘렸고, 결국 열다섯의 총구가 단 하나의 과녁을 향하게 되었다. 그는 환희 반 두려움 반에 사로잡힌 채, 좀처럼 흥분이 가시지 않는지 고래고래 울부짖는 것이었다.

"심장이든 머리통이든 겨눠! 절대로 마음 약하게 먹어선 안 된다! 조금만 움직이거나 말을 하면……. 총구를 들이대고 그냥 당겨버려!"

한편 세르닌은 호주머니에 손까지 넣고 지그시 웃고 서 있었다. 관자놀이에 바짝 다가온 죽음이 여차하면 꿰뚫고 들이닥칠 태세인데도 말이다. 하나같이 방아쇠를 그러쥐고 있는 저 무지막지한 손가락들…….

그제야 베베르 씨는 어설프게나마 빈정대기 시작했다.

"아! 이런 꼴을 보게 되다니 기분 좋은걸. 이번에야말로 제대로 성공한 것 같군그래. 비록 자네 입장에선 고약하겠지만, 므슈 뤼팽."

그는 그곳의 큼직한 채광 환기창을 가리고 있던 덧문을 활짝 열어젖혔고, 순간 대낮의 햇살이 갑작스럽게 쏟아져 들어왔다. 그제야 그의 눈길이 알텐하임 쪽으로 옮겨갔다. 한데 죽은 줄로만 알았던 남작이 이미 절대적인 공허(空虛)가 스미기 시작한 무시무시한 눈동자를 퀭하니 뜬 채 베베르 자신을 똑바로 쳐다보고 있는 것이 아닌가! 남작의 부연 시선은 뭔가 더듬어 찾는가 싶더니 이내 세르닌에게로 와 멈추고는, 문득 부르르 떠는 것이었다. 마치 치밀어 오르는 분노로 인해 빈사 상태에서 깨어난 그의 정신과 육체가 증오의 질긴 힘을 빌려 서서히 되살아나기라도 하는 듯 보였다.

그는 두 팔목으로 지탱해서 상체를 반쯤 일으킨 채, 말을 내뱉으려고 안간힘을 쓰고 있었다.

"이자를 아시죠?"

베베르 씨가 놓치지 않고 추궁했다.

"그렇소."

"뤼팽 맞지요?"

"그렇소. 뤼팽……."

세르닌은 여전히 웃음을 머금은 채 듣고 있다가, 탄식처럼 내뱉었다.

"세상에! 점점 흥미로워지는군!"

베베르 씨는 남작의 입술이 뭔가 뱉어내려는 듯 바르르 떠는 것을 노려보며 다그쳐 물었다.

"또 달리 더 할 말이 있습니까?"

"있소."

"혹시 르노르망 씨에 관한 거요?"

"그렇소."

"당신이 그를 가두었소? 대체 그는 어디에 있소? 대답해요."

알텐하임은 몸을 일으키려고 안간힘을 쓰면서, 눈짓으로 방 한구석의 벽장 쪽을 가리켰다.

"저, 저기……."

"아하! 이거 점점 아슬아슬해지는걸!"

뤼팽의 빈정거림이 이어졌다.

베베르 씨는 벽장 문을 확 열어젖혔다. 선반들 중 한 곳 위에는 검은색 서지 천으로 싼 꾸러미가 놓여 있었다. 그리고 꾸러미를 풀자 모자와 상자 하나, 옷가지 등등이 튀어나왔다. 베베르 씨는 소스라치게 놀랐다. 그중에서도 르노르망 씨가 늘 입고 다니던 올리브색 프록코트를 알아보았던 것이다.

"아! 나쁜 놈들! 결국 죽였네."

하지만 알텐하임은 고개를 가로저으며 아니라는 표시를 했다.

"그럼 어떻게 된 거요?"

"바로 저자……. 저자가……."

"뭐요? 저자? 그럼 뤼팽이 국장님을 살해했단 말이오?"

"아, 아니……."

지금 알텐하임은 악랄한 끈기를 발휘하며 자신의 생명 줄을 부여잡고 있었다. 오로지 진상을 밝히고 고발하기 위해서……. 그렇게 그가 까발리고자 하는 비밀의 실체는 이제 그의 입술 끝에 대롱대롱 매달린 꼴이었지만, 그는 그 마지막 말을 어떻게 내뱉어야 할지 자못 힘이 드는 모양이었다.

부국장은 안달이 났다.

"이보시오, 르노르망 씨가 죽긴 죽은 거요?"

"아니……."

"그럼 살아 있나요?"

"아니……."

"무슨 말인지 당최 모르겠군. 이봐요, 그럼 이 옷가지는, 이 프록코트는 다 뭐요?"

알텐하임은 세르닌 쪽으로 눈길을 돌렸다. 순간 어떤 생각 하나가 베베르 씨의 뇌리를 툭! 치고 지나갔다.

"아! 알았다! 그러니까 뤼팽이 르노르망 씨의 옷을 훔쳐 입고 도망치려고 했다 이 얘기로군!"

"맞아……. 맞아요."

마침내 부국장은 쾌재의 탄성을 지를 수 있었다.

"옳지! 역시 놈의 단골 수법이야! 자칫 이 방에서 르노르망 씨로 감쪽같이 변장한 뤼팽과 맞닥뜨릴 뻔했군. 물론 꽁꽁 묶인 채였겠지! 그 것만이 살아날 방법이었을 테니까. 다만 시간이 없었던 거야. 어떠시오, 내 말이 맞죠?"

"그래요……. 그래……."

한데 베베르 씨는 문득 죽어가는 자의 눈동자 속에 뭔가 아직 남아 있다는 인상, 즉 비밀이 아직은 그게 다가 아니라는 느낌을 강하게 받았다. 대체 뭐란 말인가? 저 죽어가는 사람이 죽기 전에 저토록 들춰내려고 안간힘을 쓰는 수수께끼의 정체는 과연 무엇이란 말인가? 베베르 씨는 다그쳐 물었다.

"르노르망 씨는 지금 어디 있소?"

"저, 저기……."

"저기라니?"

"그래……. 저기……."

"하지만 이 방 안에는 우리밖에 없질 않소?"

"저기……. 저기 있는……."

"어서 말해봐요."

"저기 있는……. 저……. 세, 세르닌……."

"세르닌? 그가 뭘?"

"세르닌……. 르노르망……."

순간 베베르는 펄쩍 뛰었다. 갑작스러운 섬광 한 줄기가 그의 이마를 꿰뚫고 나가는 느낌이었다.

"아니야. 아니라고. 그럴 리가 없어. 이, 이건 정신 나간 소리야."

그는 중얼거리면서 포로 쪽을 힐끗 돌아보았다. 세르닌은 무척이나 재미있어하는 표정이었다. 마치 구경꾼처럼 이 모든 사태를 즐기면서 어서 빨리 결말을 보고 싶어 하는 눈치까지 엿보였다.

반면 알텐하임은 최후의 기력마저 빠져나가는지 그나마 일으켰던 상체도 풀썩 무너지는 것이었다. 과연 자신이 흘린 애매모호한 말의 비밀을 그대로 묻어둔 채 저세상으로 떠나버릴 것인가? 도저히 있을 법하지 않은, 도저히 믿고 싶지 않은 엉뚱한 가설에 온통 뒤흔들리고 만 베베르 씨는 다시금 미친 듯이 다그쳐 물었다.

"무슨 소린지 제대로 해명해보시오! 대체 무슨 뜻이오? 방금 그 수수께끼 같은 말은."

남작은 이미 쭉 뻗은 채 눈동자를 퀭하니 허공의 어느 한 점에 고정시킬 뿐, 아무 반응도 보이지 않았다. 베베르 씨는 그 위로 납죽 엎드리다시피 한 채, 이미 어둠에 잔뜩 침윤된 그 영혼 속으로 속속들이 집어넣으려는 듯 죽어가는 자의 귓속에다 한마디 한마디 또박또박 뱉어내는 것이었다.

"이보시오, 내가 제대로 이해한 거 맞습니까? 뤼팽과 르노르망 씨가……."

정말이지 그 이상을 입 밖에 내기가 여간 힘든 것이 아니었다. 그만큼 그 말은 기괴하고 허무맹랑하게 느껴졌던 것이다. 하지만 남작의 어둠침침한 눈망울이 단말마의 고통을 안은 채 저토록 간절히 처다보고 있지 않은가! 베베르 씨는 마치 신성모독을 범할 때처럼 역겨운 느낌을 스스로 달래면서 흡사 대단한 욕지기라도 내뱉듯 이렇게 말했다.

"그런 겁니까? 확실해요? 그 두 사람이 동일 인물이란 말이오?"

남작의 눈동자는 움직이지 않았다. 새빨간 선혈 한 줄기만 목을 타고 옆으로 주르륵 흐르고 있을 뿐……. 두세 번 기분 나쁜 딸꾹질 소리가 들렸고……. 마지막 경련이 온몸을 훑고 지나갔다. 그것으로 끝이었다. 천장이 낮은 방 안, 뒤죽박죽 모여든 모든 사람의 머리 위로 무너질 것 같은 침묵이 잠시 머물고 있었다. 세르닌을 겨누고 있던 모든 경찰은 이제 넋이 나간 상태로 포로는 뒷전, 거의 허수아비처럼 멍하니 서 있는 데 불과했다. 그들은 숨을 거둔 저 악당이 끝내 마무리하지 못한 말 한마디를 이해할 수도, 이해하고 싶지도 않았지만, 아직도 머릿속에서는 그 음절 하나하나까지 되새겨 듣고 있었다!

베베르 씨는 검은 꾸러미 속에서 나온 상자를 집어 들고 뚜껑을 열어 보았다. 거기엔, 회색 가발, 은테 안경, 밤색 머플러, 그리고 하나 아래 칸에는 화장품 단지와 회색 털 뭉치가 가지런히 놓여 있었다. 요컨대 정확히 르노르망 씨의 얼굴을 이루는 모든 요소가 총집합해 있는 셈이었다.

그는 마침내 세르닌에게 다가가 잠시 아무 말 없이 상대를 노려보았다. 그렇게 이 사건의 모든 추이를 머릿속에서 재구성해보더니 이렇게 중얼거리는 것이었다.

"그래, 사실인가?"

세르닌은 차분한 미소를 전혀 잃지 않은 얼굴로 대꾸했다.

"가설치고는 그만하면 대담하고도 우아한 편이더군. 그나저나 자네 부하들에게 저 장난감들이나 좀 치우라고 해주게!"

베베르 씨는 즉시 손짓을 했다.

"자, 이제 말해보아라!"

"뭘?"

"자네가 르노르망인가?"

"그렇다."

걷잡을 수 없는 술렁임이 방 안 전체를 뒤흔들었다. 동생이 비밀 탈출구를 지키는 동안 이곳 현장에 당도해 있던 장 두드빌조차, 스스로 세르닌과 한통속임에도 불구하고, 기겁을 한 눈길로 그를 바라보았다. 숨이 탁 막힌 베베르 씨는 여전히 정리가 안 되는 듯 당황한 표정이었다.

마침내 세르닌은 이런 모든 광경을 느긋하게 바라보며 말했다.

"그렇게도 놀라는가? 내가 생각해도 사실 웃기는 일이긴 해. 세상에
맙소사! 그동안 서로 국장이다 부국장이다 해가며 함께 머리를 맞대고
일할 때마다 자네 때문에 내가 얼마나 웃었는지 모를 걸세. 그중에서도
자네가, 가엾은 구렐이 죽은 것처럼, 그 점잖은 르노르망 씨마저 죽은
것으로 철석같이 믿었을 때가 가장 재미난 구경거리였다네. 그러나 아
니지, 그게 아니었어. 그 괜찮은 친구는 이렇게 버젓이 살아 있다네."

그는 알텐하임의 사체를 가리키며 말을 이었다.

"자, 봐라. 저 불한당이 바로 나를 자루 속에 집어넣고 허리춤엔 포석
까지 매달아 수장시킨 장본인이다! 단 하나, 내 단도를 빼앗는 걸 잊어
버린 게 실수였지. 물론 난 내 단도로 끈을 자르고 자루도 찢을 수 있었
고 말이야. 그러더니 기어코 그 꼴이 되고 말았군그래, 불쌍한 알텐하
임. 그때 조금만 더 치밀했다면 오늘 이 꼴을 면할 수 있었겠지. 아무튼
폐일언하고……. 이만 명복을 비네!"

한편 베베르 씨는 도무지 갈피를 못 잡겠다는 표정으로 가만히 듣고
만 있었다. 급기야 결론은 아예 포기한 듯, 질려버렸다는 제스처와 함
께 그가 소리쳤다.

"뭣들 하나! 수갑 채워버려!"

하지만 세르닌은 아직 포기하긴 이르다는 듯, 말했다.

"아니, 이게 다인가? 자네도 참……. 상상력이 한참 떨어지는군. 아
무튼 즐거웠다면 다행이고."

그러면서 맨 앞에 나서 있는 두드빌을 향해 두 손을 내밀며 덧붙였다.

"어이, 친구! 자, 내 팔목을 맡기네. 오, 애쓸 필요는 없고……. 난 진
심으로 이러는 거니까. 달리 어쩔 도리가 없질 않나?"

813

그의 억양 속에는, 이것으로 일단 전투는 끝났으며, 얌전히 순응하는 길밖에 없다는 것을 두드빌에게 이해시키려는 의도가 배어 있었다. 두드빌은 수갑을 채웠다. 한데 바로 그 짧은 순간, 이렇게 속닥거린 세르닌의 표정은 하등의 변화가 없었고 입술조차 전혀 움직거리지 않았다.

"리볼리 가 27번지. 주느비에브."

베베르 씨는 겉에서 보이는 그 광경에만 정신이 팔린 채 흡족한 감회를 감추지 않았다.

"자, 철수하자! 모두들 치안국으로 출발!"

세르닌도 놓치지 않고 거기에 맞장구를 쳤다.

"그렇지, 치안국으로! 르노르망 씨가 드디어 아르센 뤼팽을 죄수 명부에 기입하고, 뤼팽은 또 세르닌 공작을 기입해야 할 테니까!"

"이봐, 뤼팽! 재치가 지나치시군!"

"맞는 말이네, 베베르. 우린 그래서 서로 잘 안 통하나 보이."

경찰들이 나눠 탄 자동차 세 대의 호위를 받으며 가는 호송차 안에서 세르닌은 더는 한마디도 내뱉지 않았다. 그대로 치안국으로 압송한 뒤, 베베르 씨는 뤼팽의 화려한 탈옥 전력(前歷)을 염두에 두고 즉시 범죄자 인체측정을 실시했으며, 곧장 경시청 구치소에 수감했고, 신속하게 상태 교도소로 후송해버렸다. 전화로 미리 연락을 받은 상태 교도소장은 잔뜩 긴장한 채 기다렸다. 수감 절차라든가 소지품 검사 과정 등등이 일사천리로 진행되었음은 물론이다.

그렇게 해서 저녁 7시, 드디어 폴 세르닌 공작은 2동 14호 감방의 문턱을 넘어 들었다.

감방 안으로 들어서면서 그는 호기 있게 외쳤다.

"나쁘지 않군그래. 당신 아파트, 그런대로 괜찮아. 전깃불도 들어오고, 중앙난방 장치에다 수세식 변기까지……. 한마디로 현대식 편의 시설을 죄다 갖췄군. 이만하면 완벽해요, 교도소장 나리! 이곳에 머물게 돼서 정말 기쁩니다!"

그러고는 옷을 입은 그대로 침상에 벌렁 나자빠지며 이렇게 덧붙였다.

"아, 소장님, 실은 한 가지 간절한 청이 있는데……."

"무엇이오?"

"내일 아침 10시 전에는 코코아 가져오는 거 사절하겠습니다. 아, 졸리는군요. 잠 좀 자야겠소."

뤼팽은 곧장 벽 쪽으로 돌아누웠다.

5분 후, 그는 깊은 잠에 빠져들었다.

813

≪ 제2부 ≫

상테 팔라스

1

온 세상 사람들이 모처럼 실컷 웃음을 터뜨렸다. 아르센 뤼팽의 구금 소식은 확실히 대단한 반향을 불러일으켰고, 대중은 그토록 오랫동안 염원해오던 쾌거를 이토록 화끈하게 달성해준 경찰 당국에 아낌없는 찬사를 퍼붓는 것이었다. 위대한 모험가는 이제 붙잡혔다. 기상천외하고 천재적인 솜씨를 자랑해 마지않던 신출귀몰한 영웅이, 지금은 그저 평범한 잡범(雜犯)들과 다름없이 사면이 벽으로 에워싸인 감방 안에 틀어박힌 채, 드디어 '정의(正義)'라고 불리는 막강한 힘 앞에 무릎을 꿇은 것이다. 시기가 문제였지, 항상 앞길의 장애물을 통쾌하게 쳐부수고 적의 공작(工作)을 무력화시켜왔던 우리 모두의 당당한 '정의' 앞에 말이다.

당연히 그 모든 것은 신문이건 잡지이건 할 것 없이 떠들썩하게 보

도되었으며, 사람들 사이에서 끊임없이 회자되었다. 파리 경시청장과 베베르 씨는 각각 3등과 4등 십자훈장 수훈자가 되었을 뿐 아니라, 둘을 도와 힘든 과업을 이루어낸 그 밑의 모든 경찰관의 용기와 노고 역시 아낌없는 찬사의 대상이 되었다. 모두들 이제 승리의 개가를 불러대는 데 조금도 주저하지 않았다. 여기저기 들뜬 논평과 토론이 난무했다.

그건 그렇다 치고! 이렇듯 흥청망청 떠들고, 넘치는 찬사 일색의 분위기 속 어디를 가나 빠지지 않는 것이 있었으니, 한번 폭발하면 걷잡을 수 없게 터져나오고야 마는 극성스러운 웃음바다가 그것이었다.

생각해보라. 아르센 뤼팽이 지난 4년간 치안국장으로 버젓이 행세를 해왔다니!

무려 4년이라는 세월이다! 지극히 현실적이고 법적으로 그 직책에 부여되는 온갖 권리와 의무를 고스란히 떠안은 채, 여러 상관으로부터의 신망과 정부 차원의 신임, 대중으로부터의 지지를 한 몸에 받아오면서 말이다!

지난 4년간 서민들의 안녕과 재산의 안전은 전적으로 아르센 뤼팽의 손에 맡겨진 셈. 그는 항상 법질서 구현을 대변해왔고, 선량한 다수를 보호해왔으며, 숱한 범죄자를 척결해왔다.

그가 그동안 일궈낸 업적이 어디 한둘인가! 공공질서는 그 어느 때보다 안정되었고, 범죄 사건은 그보다 더 신속하고 확실하게 해결되어본 적이 없었다! 당장 머릿속에 떠오르는 것만 해도, 드니주 사건이라든가, 크레디 리요네 도난 사건, 오를레앙 특급열차 습격 사건, 도르프남작 살해 사건 등등……. 예상을 초월하는 사건 해결과 대범한 활약상들은 세상 그 어느 유명한 형사들의 업적과 비교해도 하나 손색이 없는 공권력의 개가가 아니었던가!

언젠가 루브르 박물관 방화 사건과 그에 연루된 범인 체포에 즈음하여 행한 연설에서, 총리인 발랑글레마저 르노르망 씨의 다소 임의적인 행동거지를 옹호해 이렇게 외치지 않았던가 말이다.

"그 명석함으로 보나 넘치는 활력으로 보나, 단호한 결단력과 일 처리 능력, 상상을 초월하는 수사 방식과 무궁무진한 수완 등을 미루어볼 때, 므슈 르노르망은 우리에게 단 한 사람, 그가 살아 있다면 말이지만, 딱 한 사람 비견될 만한 인물로 아르센 뤼팽이라는 존재를 떠올리게 합니다! 나는 감히 말합니다, 므슈 르노르망은 우리 사회에 헌신하기로 개과천선한 아르센 뤼팽 같은 인물이라고."

그런데 정작 뚜껑을 열고 보니 그 르노르망 씨가 진짜 아르센 뤼팽이었던 것이다!

그가 러시아 귀족이었다는 사실은 차라리 주목을 끌 일도 아니었다! 뤼팽은 워낙 변신을 밥 먹듯 하는 자! 하지만 치안국장이라니! 이 얼마나 기막힌 아이러니란 말인가! 원래 그자의 인생이 해괴망측하기로 유명하다지만 이것은 그중에도 압권이 아니겠는가!

므슈 르노르망! 아르센 뤼팽!

그러고 보니, 가장 최근까지도 일반 대중을 어리둥절하게 하고 같은 경찰 내부에서마저 혼선을 불러일으킨 몇 가지 기적 같은 사례들이 저절로 설명되는 것이었다. 이를테면 뤼팽의 공범이 벌건 대낮에 법원 한가운데서, 그것도 정해진 날짜에 맞춰 감쪽같이 사라져버린 일도 이해가 갔다. 그 자신도 이렇게 말했지 않은가! "워낙 교묘하면서도 간단한 방법을 써먹은지라 그걸 공개하면 사람들이 또 얼마나 놀랄지 기대되기도 하는군요. 아마도 '고작 그거였어' 하고 어처구니없어하겠죠. 하지만 그것도 곰곰이 머리를 짜낸 방법이었음은 물론입니다"라고.

하긴 그보다 더 간단한 방법이 있을까? 그저 아르센 뤼팽이 치안국장 자리에 앉기만 하면 되니 말이다.

그 당시 정녕 뤼팽은 치안국장이었고, 모든 경찰관이 그의 지시에 맞춰 자기도 모르는 사이 뤼팽의 공범 역할을 충실히 수행해왔던 것이니…….

그야말로 잘 짜인 연극이자 감탄이 절로 나오는 허장성세, 이 무기력하고 비굴한 시대를 단숨에 치유해줄 만큼 대단한 익살이 아니겠는가! 비록 지금은 감옥의 수인이고, 어찌할 바 없이 패한 범죄자의 처지이나, 따지고 보면 뤼팽이야말로 진정한 승자인 셈이었다. 비좁은 감방 안에서도 파리 전체를 환하게 비춰주고 있으니 말이다! 그 어느 때보다도 뤼팽은 이제 우상이었으며 위대한 대가(大家)의 반열에 올라 있었다!

그 자신 '상테 팔라스'('Palace'는 호화판 건물을 의미함—옮긴이)라고 이름 붙인 감옥 안에서 다음 날 눈을 떴을 때, 아르센 뤼팽은 공작이자 치안국장의 이중 직함에다 세르닌이자 르노르망이라는 두 개의 이름으로

813

체포된 자신의 처지가 장안에 얼마나 엄청난 반향을 불러올 것인가에 대해 이미 명쾌한 이해에 도달해 있었다.

그는 두 손을 이리저리 문지르며 말했다.

"고독한 사람에게 동시대인들의 찬탄만큼 든든한 벗이 되어주는 게 없지! 오 명성이여! 산 자들의 태양과도 같을지니……."

확실히 감방도 그의 마음에 들었다. 높은 곳에 나 있는 창문으로는 나뭇가지들 사이로 푸른 하늘을 볼 수 있었고, 새하얀 사방 벽과 바닥에 고정된 의자 하나와 탁자 하나가 그리 청결하고 정겹게 느껴질 수가 없었다.

"그래……. 잠깐의 휴양 요법도 나쁘진 않지. 한데 단장을 좀 해야겠네. 필요한 건 다 갖춰진 건가? 이런, 안 되겠군. 이럴 경우엔 객실 담당 하녀를 부르는 게 상책이지."

그렇게 뇌까리면서 뤼팽은 문 근처에 마련된 장치를 꾹 누르는 것이었다. 복도의 벨을 작동시키는 장치였다.

잠시 후, 육중한 철문의 이중 빗장이 풀리는 소리, 열쇠가 돌아가는 소리가 들린 다음, 간수가 나타났다.

"따뜻한 물 좀 갖다주시게나, 친구!"

뤼팽의 말에 간수는 반은 어이가 없고 반은 화가 난 표정으로 멀뚱하니 바라보았다.

"아차! 수건도 좀 부탁하네. 빌어먹을! 수건도 준비 안 해놓으면 어떡하나?"

이런 경우 늘 그래왔듯, 뤼팽은 한술 더 떴다.

아니나 다를까, 간수는 곧장 으르렁댔다.

"지금 날 우롱하는 건가? 그럴 처지가 아닐 텐데."

그리고 물러나는 것을, 뤼팽은 덥석 팔을 붙잡고 말했다.

"100프랑 어떤가? 편지 한 장만 우체국에 부쳐주는 걸로 말이네."

그와 동시에 몸수색 과정에서 용케 빼돌린 지폐 한 장을 내밀었다.

"펴, 편지라……."

은근히 지폐를 손에 쥐며 간수가 우물거렸다.

"됐어! 편지 쓸 동안만 잠시 기다려주게나!"

뤼팽은 얼른 탁자에 앞에 앉아 연필로 몇 자 휘갈긴 다음 봉투에 밀어 넣고, 겉에다 이렇게 적었다.

므슈 S. B. 42

국유치(局留置) 우편

파리

간수는 편지를 받아 들고 사라졌다.

"이만하면 내가 직접 전달하는 것만큼이나 정확하게 들어가겠지. 지금으로부터 늦어도 한 시간 안에는 답장을 받아볼 수 있을 거야. 내가 처한 상황을 실험하기에 딱 필요한 시간인 셈이지."

뤼팽은 의자에 앉아서 나지막한 혼잣말로 생각을 정리했다.

"자, 지금 나는 두 부류의 적을 상대해야만 한다. 첫째, 현재 나를 가두고 있으며 내가 조롱해 마지않는 이 사회. 둘째, 내게 손은 못 대고 있지만 내가 결코 깔볼 수 없는 저 미지의 존재. 알고 보니 내가 세르닌으로 행세하고 다닌다는 걸 경찰에 일러바친 것도 바로 그자였어. 나를 르노르망 씨로 추정한 것도 그자였고. 지하 통로의 문을 걸어 잠가서 결과적으로 나를 이곳 감옥에 처넣은 것 역시 그자 짓이라고 할 수 있지."

아르센 뤼팽은 잠시 생각에 잠기다가, 이내 이렇게 말을 이었다.

"따라서 이제 전쟁은 그와 나 사이에 벌어지는 거야. 그런데 이 전쟁을 지속하고, 다시 말해 케셀바흐 사건의 진상을 한시바삐 파악해야 하는 마당에 나는 이렇게 갇혀 있고, 그는 미지의 존재로서 자유롭게 활보하는 입장이란 말이야. 내가 지금껏 가졌다고 믿었던 두 가지 상수패인 피에르 르뒥과 슈타인벡 영감도 어쩜 자기 수중에 넣었을지 모르고……. 한마디로 그는 손만 뻗으면 목표에 닿을 만한 입장인 데 반해, 나는 결정적으로 이렇게 따돌려진 처지이거든."

또다시 의미심장한 침묵이 지나갔고, 다시 독백이 이어졌다.

"아무래도 상황은 그리 우호적이지가 않아. 한쪽은 모든 걸 가졌는데, 다른 한쪽은 거의 가진 게 없지. 내 앞에 있는 자는 내 힘을 모조리 가로챈 상황이거든. 아니 그 이상이라고 할 수 있지. 내게 종종 걸림돌이 되곤 하는 양심의 가책도 없고, 그야말로 인정사정없는 놈이니까. 놈을 공격할 무기도 내게는 없어."

그는 몇 차례나 더 이 마지막 말을 기계적으로 뇌까렸다. 그러더니 갑자기 뚝 입을 다물고는 두 손으로 이마를 짚고 오랫동안 깊은 사색에 잠겼다.

"어서 오시오, 교도소장 나리."

그는 문득 문이 열리는 것을 보자마자 소리쳤다.

"나를 기다리고 있었소?"

"이리로 와달라고 편지를 드렸지 않습니까? 아무럼 간수가 편지를 당신께 빼돌릴 거라는 걸 내가 예상치 못했을까 봐요? 너무도 뻔한 일이라서 아예 편지 겉봉에다 당신 이름 이니셜 S. B.하고 나이 42를 적었던 것입니다."

그랬다. 교도소장의 이름은 스타니슬라스 보렐리였고, 나이는 마흔두 살이었다. 그는 호감 가는 인상인 데다 성격 또한 온화했고, 수인(囚

人)들을 가능한 한 관대하게 다루는 타입이었다. 그가 말했다.

"하지만 내 부하의 청렴함에 대해서는 오해하지 말기 바랍니다. 이건 당신 돈이오. 당신이 여기서 나가게 되면 그때 돌려드리리다. 지금은 아무래도 '소지품 조사실'을 다시 거쳐야 할 것 같소."

뤼팽은 보렐리 씨를 따라 몸수색을 위해 별도로 마련된 골방으로 따라갔고, 옷을 벗었다. 그리고 옷가지에 대한 지극히 면밀한 검사가 진행되는 동안 그는 그대로 더없이 치밀한 알몸 수색을 감당해야 했다.

다시 감방으로 돌아오자, 보렐리 씨는 이렇게 말했다.

"이제 좀 더 안심이 되는구려. 다 끝났습니다!"

"잘하신 거요, 소장. 당신네 사람들 정말이지 대단히 섬세하게 직무를 수행했어요. 그에 대해 나로서도 감사의 표시를 좀 해야겠소이다."

그러면서 뤼팽은 또다시 어디선가 100프랑짜리 지폐를 꺼내 내밀었고, 보렐리 씨는 기겁을 했다.

"아니, 이럴 수가……. 대체 그건 어디서 또 난 거요?"

"공연히 골머리 아플 필요 있겠소? 나같이 험난한 삶을 이어가야 하는 입장에선 만사에 철저한 대비를 하고 있어야 하지요. 그 어떤 불상사도, 심지어 감옥 속에 갇혀서도 너끈히 헤쳐나갈 수 있도록 말입니다."

뤼팽은 갑자기 오른손 엄지와 검지로 왼손 가운데 손가락을 붙잡고는 단번에 쑥 뽑아내 보렐리 씨 눈앞에 태연하게 내미는 것이었다.

"오, 너무 놀라지 마시오, 소장. 이건 내 진짜 손가락이 아니올시다. 그저 양의 내장 피(皮)에다 교묘하게 채색을 해서 내 가운뎃손가락에 꼭 맞도록 만들어진 장난감일 뿐이지요. 진짜 손가락처럼 보이도록 말입니다."

그러고는 활짝 웃으며 이렇게 덧붙였다.

"물론 세 번째 100프랑짜리 지폐를 숨긴 방법에 대해서도 살짝 공개할 수 있지요. 어디로 할까요? 뭐 지갑일 수도 있겠고……. 가능한 주어진 조건을 이용해서……."

뤼팽은 문득 보렐리의 황당해하는 표정을 보자 그만 자제했다.

"교도소장, 이런다고 내가 사교계의 하찮은 재주 따위로 당신을 호리려 한다고는 부디 생각지 말아주십시오. 난 단지 당신이 상대하고 있는 이 사람이, 그저 뭐랄까, 좀 특이한 타입의 고객이라는 점을 미리 알려드리려는 것뿐이오. 내가 앞으로 당신 시설에 머무는 동안 몇몇 사소한 규칙을 위반한다고 해도 그리 놀라지는 않기를 바라는 마음에서 말이오."

그제야 다소 진정되는 기색인 교도소장은 그러나 분명한 어조로 이렇게 말했다.

"나로서는 당신이 그 사소한 규칙들을 되도록 준수해줄 것이라 믿고 싶소. 내가 행여 가혹한 조치를 취하는 일이 없도록 말이오."

"당신도 내키지 않아 할 그런 조치들 말이겠죠, 교도소장? 내가 당신에게 덜어드리고자 하는 짐이 바로 그런 것들입니다. 이렇게 미리 내 능력을 보여줌으로써, 아무리 그러한 조치들을 강구한다 해도 내 맘대로 행동하는 걸 막을 수 없다는 걸 인식시키겠다는 것이죠. 예컨대 밖에 있는 내 친구들과 서신을 교환한다든가, 내게 주어진 중요한 이권(利權)을 수호하고, 내가 관여하는 몇몇 신문 지상에 글을 올리는 것, 그 밖에도 내 여러 계획을 차근차근 추진하고, 급기야 나의 탈옥을 준비하는 등등 모든 것을 말이오."

"타, 탈옥이라고 했소?"

뤼팽은 쾌활하게 웃음을 터뜨렸다.

"하하하하하, 생각해보시오, 소장. 내가 감옥에 들어오는 유일한 핑계가. 그곳에서 얼마든지 나갈 수 있다는 것 말고 또 뭐가 있겠소?"

보아하니 아무리 얘기해봐야 보렐리를 이해시키기엔 충분하지 않아 보였다. 그는 자기도 억지로 웃음을 지어 보이며 이러는 것이었다.

"그래도 미리 알아두면……."

"내가 바라는 게 바로 그거요! 부디 조심에 조심을 다하시오, 소장. 절대로 소홀히 넘기는 것 없이 말이오. 그래서 나중에라도 당신에게 책임 추궁이 돌아가지 않기를 바라는 겁니다. 그 밖에도 나는 당신이 내 탈옥으로 인해 약간의 고충을 감당하는 한이 있더라도, 그 때문에 최소한 당신 경력에 누가 되는 일이 없도록 적극 배려할 것입니다. 이게 내가 당신에게 할 얘기였소, 소장. 이젠 물러가도 좋습니다."

마침내 이 묘한 입소자의 행동거지에 적잖은 충격을 받고 앞으로 벌어질 일에 관해서도 불안한 마음을 추스르며 보렐리 씨가 황망하게 감방 문을 나서는 동안, 수인은 침상에 벌렁 누우며 이렇게 중얼거리는 것이었다.

"뤼팽 이 친구야, 자네도 어지간히 뻔뻔스러운 친구야! 이러다가 자네가 진짜 탈옥할 방법을 꿰찬 줄 알겠네그려."

2

상테 감옥은 방사상(放射狀) 구조로 건축되었다. 즉, 중앙부에 일종의 로터리가 형성되어 있어서, 모든 통로가 그리로 집약되도록 설계된 것이다. 결국 누구든 감방을 벗어나려면 전면이 유리로 된 중앙부 감시초소의 시선을 피할 수 없는 셈이다.

이 감옥을 방문하는 사람들이 깜짝 놀라는 것은, 매번 수감자들이 누구 하나 호송하는 인원 없이 마치 자유자재로 어슬렁거리는 것 같다는 점이다. 그러나 사실은 한 점에서 다른 점으로, 예컨대 감방에서 출발해 피의자들을 재판소까지 데려다주기 위해 마당에 대기 중인 호송 마차까지 이동한다고 가정할 때, 저들은 각기 하나의 문으로 막힌 직선 통로를 따라 지나가게 되어 있으며, 문 하나당 교도관 한 명이 책임지고 있어서 철저히 통제되는 상황이다.

따라서 겉으로 보기에는 자유스럽게 보이는 수감자들도 실은 문에서 문으로, 시선에서 시선으로, 마치 손에서 손으로 옮겨갈 뿐인 우편물의 처지나 다름없다.

밖에서 역시 경찰들이 '물건'을 받아 죄수 호송 마차의 '선반' 위에 착착 싣는 것은 마찬가지이다.

이른바 그것이 관례인 셈.

하지만 뤼팽에게선 그 모든 것이 달리 움직였다.

복도를 어슬렁거리는 거나, 호송 마차에서나, 모든 행동거지가 철저한 감시 대상이었다.

베베르 씨가 전신을 무장한 최정예 요원들만 열두 명을 대동한 채 직접 감방 앞까지 '무시무시한 죄수'를 데리러 와, 역시 부하 중 한 명이 마차꾼인 삯마차에 태워 별도로 호송하는 것이었다. 물론 마차 앞과 뒤, 양옆으로는 따로 기마경찰이 호송을 하고 말이다.

"브라보! 이거 무척이나 감동적인 배려인걸! 이만하면 의장대가 따로 없겠어! 저런, 베베르 자네 위아래 알아보는 눈은 여전하이! 직속상관한테는 어떡해야 하는지 하나도 잊지 않았네그려."

뤼팽은 호기 있게 외치면서 베베르 씨의 어깨를 툭 쳤다.

"이봐 베베르, 나는 이쯤에서 사임을 할까 하네. 자네를 내 후임으로 지명할 생각이야."

"거의 그렇게 됐소."

"그래? 정말 희소식이로군! 그렇지 않아도 내 탈옥 건에 대해 좀 불안했는데, 이제야 안심이야. 우리의 베베르 씨가 치안국장 자리에 오르는 그 순간부터……."

베베르 씨는 아예 응수할 생각이 없는 듯했다. 사실 마음 깊은 곳으로부터 그는 이 상대에 대해서 무척 복잡하고 묘한 감정에 시달리고 있었다. 즉, 뤼팽에 대한 두려움과 세르닌 공작에 대해 품어왔던 경의(敬意), 마지막으로 르노르망 씨에 대해서 늘 표해왔던 경외감이 한꺼번에 그의 내부에서 작용하고 있었던 것이다. 물론 그 속에는 원한과 시기심과 해소된 증오심 따위도 보기 흉하게 뒤섞여 있었고 말이다.

일행은 재판정이 위치한 법원에 당도했다. 미결수 대기실에는 치안국 소속 요원들이 대기 중이었는데, 그 안에서 최고의 부관 두 명, 즉 두드빌 형제를 보자 베베르 씨의 마음이 한결 가벼워졌다.

"므슈 포르므리는 나와 계신가?"

그가 대뜸 물었다.

"네. 수사판사님은 집무실에 계십니다."

베베르 씨는 계단을 앞서 올라갔고, 그 뒤를 두드빌 형제가 양쪽에서 호위하는 뤼팽이 따라갔다.

"주느비에브는?"

들릴 듯 말 듯한 속삭임…….

"구했습니다."

"어디 있나?"

"할머니 곁에요."

"마담 케셀바흐는?"

"파리, 브리스틀 호텔에 있습니다."

"쉬잔은?"

"행방불명입니다."

"슈타인벡은?"

"모릅니다."

"뒤퐁 저택은 지키고 있겠지?"

"네."

"오늘 아침 언론 반응은 괜찮았나?"

"대단했습니다."

"좋아, 내게 전갈을 넣으려면 여기 지시대로 해라."

2층 복도로 접어들었을 때, 뤼팽은 형제 중 한 명의 손안에 돌돌 만 쪽지를 슬쩍 밀어 넣었다.

뤼팽이 부국장과 함께 들어서자, 포르므리 씨는 다짜고짜 또 그 현란한 미사여구를 늘어놓았다.

"아! 드디어 오셨구먼! 나는 언젠가는 우리가 당신의 그 어깨 위에 정의의 손길을 뻗으리라 의심치 않았소!"

뤼팽도 팽팽하게 응수했음은 물론이다.

"나 역시 마찬가지요! 수사판사 나리. 아울러 나처럼 고결한 인물에게 그 정의를 집행함에 있어 운명이 하필 당신을 지목한 것이 얼마나 다행한 일인 줄 모르오!"

'날 가지고 놀겠다는 심사로군.'

내심 포르므리는 생각했다.

그는 여전히 배배 꼬인 어투로 받아쳤다.

"자, 그럼 이제부터 당신 같은 고결한 인물께서 저지른 삼백마흔네 건의 절도와 사기, 위조, 공갈, 장물 은닉 등등의 범행에 관해 적절한 해명을 해주셔야겠소이다. 무려 삼백마흔네 건이오, 므슈."

"아니, 고작 그거였소? 이거 정말 창피하구려."

"그뿐만 아니라, 오늘 당신 같은 고결한 인물께선 특히 알텐하임 경(卿)의 살해 사건에 관해서 해명해주셔야 할 것입니다."

"오, 그건 금시초문이로군요. 당신 머릿속에서 나온 생각이오, 수사판사?"

"물론이오."

"대단하오! 정말이지 괄목할 만한 발전이외다, 므슈 포르므리!"

"체포 당시 당신의 위치와 자세로 보건대, 전혀 의심의 여지가 없어 보이오."

"그렇겠죠. 다만 한 가지 당신께 묻고 싶소이다. 알텐하임이 어떤 상처로 죽음에 이르렀소?"

"단도로 찔린 목의 상처로 죽었지요."

"그 단도는 어디 있지요?"

"그건 찾지 못했소이다."

"하면 죽어가는 사람 옆에서 체포됐다고 내가 범인이라면서 정작 범행에 쓰인 단도는 왜 못 찾았을까요?"

"그렇다면 결국 살인범은?"

"케셀바흐와 채프만 등을 살해한 바로 그자란 얘기지요. 상처를 자세히 검토하는 걸로도 충분히 답이 나올 겁니다."

"그럼 그자가 어떻게 거길 빠져나갔다는 거요?"

"살인이 벌어진 바로 그 방의 뚜껑 문을 통해서이지요."

포르므리 씨는 잔뜩 태깔을 부린 어투로 다시 캐물었다.

"그렇다면 당신이 그와 같은 구원책을 굳이 마다하는 게 어떻게 가능했을까요?"

"웬걸, 나도 시도는 했다오. 하지만 탈출구는 나로선 도무지 열 수 없는 문으로 가로막혀 있었소. 그 문을 열려고 실랑이를 벌이던 중에, 누군가 방으로 잠입해 자기 동료를 살해한 거고요. 붙잡힐 경우 분명 입을 열 거라고 생각했던 겁니다. 그와 동시에 놈은 내가 준비해둔 옷 꾸러미를 용의주도하게도 벽장 선반 위에 놓아두었지요."

"그 옷은 왜 준비했습니까?"

"변장을 하기 위해서였소. 그날 '등나무 별장'에 가면서 내 계획은 원래 이런 거였소. 우선 알텐하임을 사법당국에 넘기고, 세르닌 공작으로서의 내 존재를 지운 다음, 화려하게 다시 등장하는 것."

"르노르망 씨로 말이죠?"

"바로 맞혔소!"

"아닐걸!"

"뭐라고?"

포르므리 씨는 입가에 조소를 잔뜩 머금은 채, 검지를 좌우로 왔다 갔다 하면서 다시 한번 반복해 중얼거렸다.

"그건 아니지."

"아니라니. 무슨 소리요?"

"다름 아닌 르노르망 씨 얘기요. 까짓 대중에게야 그럴듯한 얘기로 들릴지 모르겠소. 하지만 이 포르므리로 하여금 뤼팽과 르노르망이 동일 인물이라는 걸 덥석 믿게 만들기가 그리 만만치는 않을 거라는 말씀!"

그는 대차게 웃음을 터뜨렸다.

"뤼팽이 치안국장이었다고? 천만의 말씀! 그야 당신 희망 사항이었을 테고, 사실은 딴판이지. 세상에, 정도(程度)라는 게 있는 법이외다. 아무리 상대를 우습게 보았기로서니, 어찌 그런 엉뚱한 거짓을 늘어놓는단 말이오? 정말이지 알 수가 없소이다그려."

뤼팽은 아연실색한 얼굴로 수사판사를 물끄러미 바라보았다. 포르 므리 씨의 됨됨이에 대해 모르는 바는 아니었으나, 저 정도로 무지하고 자만덩어리인 줄은 꿈에도 상상하지 못했던 것이다. 이젠 세상이 다 알 게 된 세르닌 공작의 이중성이 지금 이 순간 단 한 명의 의심에 가로막 혀 어리둥절해하고 있는 형국이었다.

뤼팽은 마찬가지로 입을 다물지 못하고 듣고만 있는 부국장을 돌아 보며 말했다.

"이보시오, 베베르, 아무래도 당신 승진이 그리 평탄치만은 않을 것 같소이다. 만약 르노르망이 내가 아니고 어딘가에 살아 있다면, 저기 저 므슈 포르므리께서 그 명민한 후각으로 조만간 찾아내실 테니 말 이오."

"반드시 그렇게 할 것이오, 므슈 뤼팽! 내가 책임지고 찾아내겠소! 아마 그때 가서 당신과 그가 양자 대면하면 볼만할 거외다!"

그렇게 외친 다음 수사판사는 책상까지 두드리면서 껄껄거리는 것이 었다.

"참으로 재미있는 사람이야! 도무지 당신하고 있으면 지루한 줄 모 르겠어. 그러니까 당신이 르노르망 씨였고, 자신의 동료를 가차 없이 체포까지 했다는 얘긴데……."

"바로 맞혔소이다! 그거야 내각을 구하고 총리의 구미를 맞추기 위 해서 할 수 없이 행한 조치 아니었던가요? 세상이 다 아는 사실이오!"

하지만 포르므리 씨는 여전히 아집을 버리지 않았다.

"아, 이거 기가 막혀 죽겠구먼! 자칫하면 포복절도하겠어! 대답 하나 하나가 어쩜 그리 걸작인지……. 그래, 당신 논리대로라면, 케셀바흐 씨가 살해된 직후 팔라스 호텔에서 내가 초동수사를 진행한 게 바로 당

813

신과 함께였다는 얘기요?"

"그뿐만 아니라, 보석관 사건을 파헤쳤을 때도 나와 협조를 했지요. 물론 그때 나는 샤르므라스 공작이었지만(「아르센 뤼팽, 4막극」과 『기암성』 8장 참조―옮긴이)."

뤼팽은 노골적으로 빈정거리며 대꾸했다.

포르므리 씨는 움찔했다. 여태까지의 그 생기발랄함은 끔찍했던 예전의 기억으로 순식간에 허물어졌다. 그는 갑자기 침울한 목소리로 중얼거렸다.

"그렇다면 그처럼 말도 안 되는 논리를 계속 고수하겠단 말이오?"

"어쩔 수가 없소, 그게 사실이니까. 지금이라도 당신이 직접 코친차이나(현재의 베트남―옮긴이)행 배를 타고 가서 그곳 사이공에서 진짜 르노르망 씨의 사망을 확인하면 일이 좀 더 쉬워지겠구려. 그러면 내가 바꿔치기한 그 훌륭한 양반에 대한 사망증명서를 작성하지 않을 수가 없을 것이오."

"허풍!"

"천만에요, 수사판사 나리! 말이야 바른말이지, 나야 어찌 됐든 마찬가지외다. 내가 잠시나마 르노르망 씨였다는 사실이 그렇게도 못내 맘에 안 들거든, 그 일은 그냥 덮어두십시다. 내가 알텐하임을 죽였다고 믿고 싶으시오? 맘대로 생각하시구려. 당신 혼자서 되지도 않을 증거들이나 끌어모으며 실컷 재미 보시라고! 하지만 분명히 말해두건대, 그 모든 얘기가 나에겐 하나도 중요하지가 않아요. 당신의 모든 질문은 물론 그에 대한 내 모든 답변조차 내겐 전면적으로 무효일 따름이오. 당신이 진행할 모든 예심 절차는 그것이 마무리될 즈음 내가 아주, 아주 멀리 떠나 있을 거라는 사실 때문에 전혀 고려할 거리가 못 된다는 얘기입니다. 다만……."

그러더니 그는 뻔뻔하게도 의자 하나를 집어서 책상 넘어 포르므리 씨의 맞은편에 놓고 털썩 걸터앉더니, 카랑카랑한 목소리로 이렇게 말을 이었다.

"다만 한 가지 명심해주셔야 할 것이 있소. 현재 겉으로 드러난 상황이나 당신의 의향이 어떻든 간에, 나는 시간을 낭비할 뜻이 전혀 없다는 사실이오. 당신은 당신 일을 하고, 나는 내 일을 할 뿐이오. 당신도 일을 함으로써 보수를 받듯이, 나 역시 내 일을 하면서 내 몫을 챙기는 것이지요. 단지 내가 현재 추진하는 일은 잠시도 정신을 딴 데 쏟거나, 준비 과정이나 실행 과정에서 일분일초도 머뭇거릴 수 없는 일이라오. 따라서 당신이 나를 사방이 꽉 막힌 감방 안에서 당분간이나마 빈둥거리게 만든 이상, 당신들 두 사람에게 내 이권(利權)에 연관된 책무를 지워줄까 하오. 어떻습니까?"

그러고는 자리에서 벌떡 일어섰는데, 그 당당한 태도와 위엄 있는 표정이 어찌나 압도적인지 치안국 부국장과 수사판사가 감히 가로막고 나서지 못할 지경이었다.

마침내 포르므리 씨는 그저 관망자인 척 시시덕거리는 것으로 상황을 무마하려 들었다.

"허허, 거 재미있구려! 별 얄궂은 익살도 다 보겠어요!"

"익살이건 아니건, 꼭 그렇게 일이 진행될 테니 두고 보시오. 나를 기소해서, 살인 행위의 진위를 밝히든 말든, 과거의 내 전력을 캐든 말든, 당신이 좋아서 온갖 하찮은 일에 몰두하는 건 내 상관하지 않겠소이다. 다만 당신이 맡을 임무에서 단 한순간도 눈을 떼지 않겠다는 다짐만 해주시오."

"임무라면?"

여전히 빈정대는 투를 버리지 않은 포르므리 씨가 물었다.

"케셀바흐의 계획과 관련한 조사 활동과 특히 죽은 알텐하임 남작에게 납치 감금된 독일인 슈타인벡 영감을 찾아내는 일을 나 대신 담당해 주어야겠소."

"대체 지금 그게 다 무슨 얘기요?"

"그건 내가 르노르망 씨였을 때, 아니 그 사람인 척했을 때 나 혼자 관리하고 있었던 사건이오. 그중 일부는 여기서 그리 멀지 않은 내 집무실에서 직접 벌어지기도 했고요. 아마 베베르도 전혀 금시초문은 아닐 거외다. 간단히 말해서, 슈타인벡 영감은 케셀바흐가 추진하던 수수께끼 같은 계획의 전모를 파악하고 있었고, 역시 같은 데 관심을 갖고 추적하던 알텐하임이 영감을 감쪽같이 증발시켜버렸다는 겁니다."

"멀쩡한 사람을 그런 식으로 증발시킬 수는 없지. 그 슈타인벡이라는 자도 어딘가 분명 있을 것 아니오?"

"물론이오."

"어딘지 알고 있소?"

"그렇소."

"거 궁금하군요."

"장소는 뒤퐁 주택가 29번지요."

베베르 씨는 어깨를 으쓱하며 대꾸했다.

"거긴 알텐하임의 집이 아니오? 자기가 사는 집 안에 숨겼다는 얘기요?"

"그렇소."

"이제야 이 모든 허무맹랑한 얘기에 귀가 솔깃해지는군그래! 그렇지 않아도 남작의 호주머니 속에서 주소를 발견하고는 바로 한 시간 뒤에 우리 인원들이 그곳을 접수했소이다!"

뤼팽의 입에서 안도의 한숨이 새어나왔다.

"아! 그거 반가운 소식이로군요! 난 또 내 손이 미치지 못하는 동안 남작의 공범이 개입해서 슈타인벡을 재차 어떻게 하지 않을까 걱정하던 참이었소. 그래, 그곳 하인들은 어떻게 했소?"

"모두 떠나고 없더군요!"

"그렇겠지. 공범의 전화 한 통이면 벌써 사태를 죄다 파악하고 내뺐을 테니까. 하지만 슈타인벡은 여전히 그곳에 있을 겁니다."

베베르 씨는 다소 짜증이 나는 모양이었다.

"다시 말하지만 내 부하들이 그곳에 진을 치고 있어서 하는 말인데, 거긴 아무도 없단 말이오!"

"이보시오, 치안 부국장. 당신에게 지금 당장 뒤퐁 주택가 문제의 건물에 대한 가택수색 영장을 위임하는 바이오. 당신 자신이 직접 수색하되, 결과는 내일 아침 내게 보고하시오."

베베르 씨는 또다시 어깨를 으쓱하며 그저 덤덤하게 대꾸했다.

"그것 말고도 더 시급한 일이 많소."

"이봐요, 부국장 선생. 이보다 더 시급한 일은 없소이다. 만약 당신이 늑장을 부리면 내 모든 계획은 물거품이 돼버리오. 그 늙은 슈타인벡은 결코 입을 열지 못하게 될 거란 말이오."

"그건 또 왜요?"

"앞으로 하루가 될지 이틀이 될지 모르지만, 가능한 한 빨리 당신이 먹을 것을 가져다주지 않으면 굶어 죽고 말 테니까요."

3

"아주 심각하군. 거 아주 심각해. 한데 유감스럽게도……."

813

포르므리 씨는 중얼거리다 말고 잠시 생각을 하더니 빙그레 웃으며 말했다.

"유감스럽게도 말이오. 당신의 얘기 속엔 한 가지 심각한 오류가 들어 있어요."

"아, 이를테면?"

"므슈 뤼팽, 당신의 얘기는 한마디로 터무니없는 엉터리 짓거리에 불과하다는 거지. 대체 원하는 게 뭐요? 이제야 당신의 그 잘난 속임수에 점점 눈이 떠지는 것 같구려. 얘기가 애매모호해질수록 나는 점점 더 정신을 바짝 차린다는 걸 명심하시오."

"바보 같은 놈!"

뤼팽이 으르렁거리자, 포르므리 씨는 더 볼일 없다는 듯 자리에서 벌떡 일어나 이렇게 내뱉었다.

"자, 얘기는 끝난 거요. 아시다시피 오늘 이 자리는 앞으로 지루한 공방을 이끌어갈 두 상대의 상견례나 다름없는, 단지 형식적인 면담이었소. 이제 서로 칼은 빼 들었으니, 결투를 주관할 증인만 있으면 될 거요. 당신 측 변호사 말이오."

"젠장, 그거 꼭 필요한 거요?"

"당연하지."

"이처럼……. 얄궂은……. 심리를 위해 변호사까지 동원해야 한다?"

"필수 사항이오."

"정 그렇다면, 캥벨 변호사를 선임하겠소."

"아, 변호인협회 회장님 말이군! 잘 생각했소. 그러면 당신을 든든히 방어해주실 거요."

이렇게 해서 첫 면담이 끝났다. 피의자는 호송하는 두드빌 형제 사이에 끼여 미결수 대기실 계단을 내려오면서 짤막짤막 이렇게 속삭였다.

"주느비에브의 거처를 감시해라. 네 명을 배치하도록. 마담 케셀바흐 쪽도……. 둘 다 위협받고 있다. 조만간 뒤퐁에 대한 가택수색이 있을 거다. 둘이 꼭 참여하도록. 슈타인벡을 발견하거든, 어떻게든 입을 막 아야 한다. 필요하다면 약을 사용해도 좋다."

"언제쯤 나오실 겁니까, 두목?"

"현재로선 어쩔 수가 없다. 게다가 그리 급한 것도 아니다. 난 괜 찮다."

아래에서 그는 마차를 겹겹이 에워싼 경찰대와 합류했다.

"집에 갑시다, 여러분. 거기서 정각 2시에 나 자신과 약속을 해놓은 상태이니까."

그는 호탕하게 소리쳤다.

호송은 별 사고 없이 이루어졌다.

감방에 돌아오자마자, 뤼팽은 두드빌 형제에게 줄 자세한 지시 내용 을 긴 편지로 작성했고, 또 다른 편지도 두 개 만들었다.

그중 하나는 주느비에브에게 보내는 것으로 내용은 다음과 같았다.

주느비에브, 지금쯤 내가 누구인지는 다 알았을 것이오. 그리고 그 옛 날 두 번씩이나 당신을 품에 안고 데려간 이자의 정체를 그동안 감출 수 밖에 없었던 이유 또한 이해할 것이오.

주느비에브, 나는 당신 어머니의 아주 오랜 친구였소. 물론 그 당시, 당신 어머니는 나의 이중적인 정체에 대해 전혀 몰랐고, 의지할 만한 남 자로만 알고 있었소. 그렇기 때문에, 죽기 전 내게 당신을 돌봐달라는 부탁을 편지로 적어주었던 것이오.

비록 내가 당신에겐 부끄러운 존재일지 모르나, 주느비에브, 나는 그 옛날의 약속에 어디까지나 충실할 것이오. 그러니 부디 당신 마음으로부터 이 사람을 내치진 말아주시오.

아르센 뤼팽

또 다른 편지 한 장은 돌로레스 케셀바흐를 위한 것이었다.

　세르닌 공작이 마담 케셀바흐에게 접근한 건 애당초 단순한 이해관계 때문이었습니다. 하지만 점점 가슴속 깊이 복받쳐 오르는 부인에 대한 헌신의 정(情)이 그의 그런 얄팍한 마음을 붙들어 맸습니다.

　이제 세르닌 공작이 다름 아닌 아르센 뤼팽이라는 사실이 밝혀진 이상, 그는 마담 케셀바흐에게, 그녀를 보호할 권리만큼은 자신에게서 내치지 말아주십사 간청을 드리는 바입니다. 더는 그 앞에 나서지 않되 멀리서나마 돌볼 수 있도록 말입니다.

탁자 위에는 편지 봉투가 여럿 있었다. 그는 그것을 한 개 두 개 집어 들다가 세 개째를 들추는 순간, 웬 백지 한 장이 놓여 있는 것을 보고

소스라치게 놀라지 않을 수 없었다. 그 위엔 분명 신문지에서 오렸음 직한 글자들이 이렇게 붙어 있는 것이었다!

알텐하임과의 혈투로 별로 얻은 게 없을 것이다.
그러니 사건에서 손을 떼라.
그러면 굳이 자네의 탈옥을 방해하진 않을 것이다.

L. M.

뤼팽은 또다시 그 그림자 같은 존재로부터 엄습해오는, 무척이나 거북스러운 공포감에 사로잡혔다. 그것은 마치 독이 있는 파충류를 손으로 만졌을 때나 느낄 법한 끔찍한 역겨움에 비견될 느낌이었다.

"여전히 그놈이야. 게다가 여기까지!"

뤼팽 자신으로서도 못다 헤아릴 강력한 수단들을 제멋대로 동원하면서, 능히 적수가 되고도 남을 무시무시한 능력의 소유자……. 그로부터 수시로 다가오는 섬뜩한 이미지가 지금 뤼팽의 뱃심을 사정없이 잦아들게 하고 있었다.

무엇보다 먼저 그는 간수를 의심해보았다. 하지만 감히 누가 저처럼 엄격한 표정에 건실한 인상의 남자를 매수할 엄두가 나겠는가!

그러더니, 아니나 다를까, 이렇게 외치는 것이었다.

"까짓, 오히려 잘됐지! 지금까지 내가 상대해온 것들은 모조리 허약하기 그지없는 조무래기들이었어. 심지어 나 자신과 한판 겨뤄보자는 뜻에서 무턱대고 치안국장 자리에 오르기까지 했을 정도이니……. 한데 이젠 제대로 대접받는 기분이야! 이렇게 날 제 호주머니 속에 넣었다 뺐다 하면서……. 그래, 이 정도면 가지고 논다고도 할 수 있겠어! 제멋대로 농락하는 녀석을 만나게 됐잖아. 자, 이제 여기 이 감옥에 틀어박혀서도 내 실력을 증명할 수 있다면……. 그러니까 놈의 공격을 능히 막아내고 오히려 놈을 궤멸시킬 수만 있다면……. 슈타인벡 영감을 끌어내서 자백을 받아내고, 케셀바흐 사건을 바로 세워서 총체적으로 그 진상을 구명하고, 마담 케셀바흐를 보호함과 동시에 주느비에브에게 행복과 재산을 안겨줄 수만 있다면……. 좋아, 그렇다면 뤼팽은 여전히 뤼팽으로 건재한 셈이 되는 거겠지. 자, 그걸 이루기 위해서, 일단 잠부터 좀 자야 되겠군."

그는 침상에 몸을 던지면서 중얼거렸다.

"슈타인벡, 제발 내일 저녁까지만 죽지 말고 견디시구려."

그날 오후 늦게 시작된 뤼팽의 수면은 밤을 지나 이튿날 오전 내내 이어졌다. 급기야 오전 11시, 캥벨 선생이 변호인 면회실에 와서 기다리고 있다는 전갈이 왔고, 그는 이렇게 대답했다.

"가서 캥벨 선생께 이렇게 전하시오. 내 업적과 무용담에 대한 정보가 필요하시면 지난 10년간의 모든 신문을 참조해보면 될 거라고 말이오. 내 과거는 이제 역사가 되어 있으니까."

정오가 되자, 법원까지 '거물급 인사'를 호송하기 위한, 어제와 똑같은 성대한 행사와 전전긍긍하는 의식이 재개되었다. 거기서 장 두드빌과 마주치자마자 뤼팽은 몇 마디 신속하게 말을 나눈 뒤 준비한 편지 세 통을 건네주고는, 곧장 포르므리 씨의 집무실로 안내되었다.

거기엔 뤼팽에 관련된 자료들로 배가 불룩해진 서류 가방을 들고 캥벨 씨가 와 있었다.

뤼팽은 깍듯하게 사과부터 했다.

"좀 더 일찍 뵙지 못해 죄송하게 됐습니다, 선생님. 또한 거의 소용없는 수고를 맡으시게 한 것도 무한히 죄송합니다. 왜냐면 저는 머잖아……."

순간 포르므리 씨가 불쑥 끼어들었다.

"아, 당신이 여행을 떠날 거라는 거, 우리도 다 알고 있으니 그쯤 해 두시오. 하나 그때까지만이라도 할 일은 하고 넘어갑시다. 아르센 뤼팽, 지금까지 쭉 조사를 해보았지만, 당신의 진짜 이름에 관한 정확한 단서는 도통 찾을 수가 없소이다."

"저런, 그건 나로서도 이해 못할 일이로군요."

"심지어 지금의 당신이 언젠가 상테 감옥에 수감되었다가 처음으로 탈출한 바로 그 아르센 뤼팽인지도 확실치가 않아요."

"'처음'이라는 그 말 참 맘에 드오."

포르므리 씨는 계속했다.

"실제로 범죄자 인체측정과에서 찾아낸 아르센 뤼팽의 색인표에는 지금의 당신 인상과 전혀 닮은 데가 없는 기록만이 제시되어 있을 뿐이오."

"이거 점점 더 오리무중인걸."

"설명도 그렇고, 제반 치수도 그렇고, 지문 역시 완전히 달라. 결정적인 건, 사진상으로 전혀 닮지가 않았다는 거요! 따라서 이제는 우리 앞에 당신 자신의 정체를 정확히 밝힐 것을 요청하오."

"이걸 어쩌나. 그것이야말로 내가 당신에게 부탁을 드리고 싶은걸요! 그동안 하도 여러 이름을 달고 살아온 터라, 진짜 내 이름이 뭔지를 잊어버리고 말았답니다. 더 이상 나도 알 도리가 없어요."

"그럼 결국 거부하겠다 이 말이로군!"

"그런 셈이오."

"이유가 뭐요?"

"그거야 뭐······."

"아예 작정한 거요?"

"그렇소. 내가 말했잖소, 조사를 해봐야 헛일일 거라고. 난 분명 어제, 이런 거 말고, 진짜 흥미로운 조사를 해보라고 당신에게 직접 지시한 바 있소. 난 지금 그 결과 보고를 기다리는 중이오."

포르므리 씨는 발끈하며 소리쳤다.

"나 역시, 어제 슈타인백인가 뭔가 하는 자에 관한 당신의 그 허무맹랑한 이야기는 전혀 신뢰하지 않는다고 분명 못 박은 바 있을 텐데! 일말의 신경조차 쓰지 않겠다고 말이오!"

"그럼 어제 나와의 면담이 끝나자마자, 베베르 씨를 대동한 채 왜 뒤퐁 29번지를 찾아가 샅샅이 수색을 한 거요?"

"아니, 그걸 어떻게 알았소?"

수사판사는 화들짝 놀라며 소리쳤다.

"신문에서 봤죠."

"아니, 감옥에서 신문까지 본단 말이오?"

"세상 돌아가는 것쯤 알고 있어야 할 것 아니겠소?"

"실은 혹시나 해서, 그 집을 방문하긴 했소. 뭐 별로 중요하게 생각한 건 아니고, 잠깐 들러본다는 기분으로 말이오."

"그게 아니라, 당신은 굉장히 중요하게 생각하고 그 집에 갔소. 내가 부과한 임무를 그야말로 칭찬해주고 싶을 만큼 열성을 다해 수행했고 말이오. 보통 열심이 아니었으니까, 지금 이 시각에도 치안국 부국장이 남아서 그곳을 뒤지고 있는 게 아니겠소?"

포르므리 씨는 그만 대경실색한 얼굴로 이렇게 더듬거렸다.

"어, 어림 반 푼어치도 없는 소리! 나와 베베르 씨에겐 그 밖에도 중요한 일이 얼마든지 있소이다!"

바로 그때 경비원이 들어와 포르므리 씨의 귀에다 대고 몇 마디를 속삭였다.

"들여보내요! 당장, 들여보내!"

수사판사는 갑자기 호들갑을 떨더니, 문으로 들어서는 베베르 씨를 향해 와락 달려들며 묻는 것이었다.

"므슈 베베르, 그래 어떻게 됐습니까? 그자를 찾았소?"

더는 감추려고 하지도 않았다. 그만큼 그 역시 온 신경을 그쪽에 쏟고 있었던 것이다.

그러나 부국장의 대답은 간단했다.

"없습니다."

"아! 확실하오?"

"장담하건대, 그 집 안에는 살았든 죽었든 아무도 없습니다."

"하지만……."

"방금 말한 대롭니다, 수사판사님."

뤼팽의 신념이 어느새 그들의 마음을 사로잡고 있었던지, 두 사람 다 실망하는 빛이 역력했다.

마침내 잔뜩 풀이 죽은 목소리로 포르므리 씨가 중얼거렸다.

"보시다시피 뤼팽, 현재 우리가 추측할 수 있는 건, 언젠가 슈타인 벡 영감이 그곳에 감금됐다 해도 지금은 더 이상 거기 있지 않다는 겁니다."

뤼팽은 단호한 어조로 잘라 말했다.

"그저께 아침만 해도 그곳에 있었소."

"같은 날 오후 5시에는 우리 경찰이 그곳을 접수했고요."

베베르 씨가 거들자, 포르므리 씨가 결론을 내렸다.

"그럼 결국 아침나절과 오후 5시 사이, 낮 시간대에 다른 곳으로 이동했다는 얘기로군."

"그건 아니오."

813

뤼팽의 생각은 달랐다.

"그렇게 생각하시오?"

수사판사가 무심코 내뱉은 그 말 속엔, 뤼팽의 선견지명에 대한 순수한 경외의 마음과 이자가 선언하는 것은 무엇이든 경청할 필요가 있다는 판단이 배어 있었다.

뤼팽은 더없이 명료한 어조로 또박또박 말했다.

"생각하는 정도가 아닙니다. 슈타인벡 씨가 지금 이 상황에서 그곳을 벗어나기는 물리적으로 불가능합니다. 슈타인벡은 현재 뒤퐁 주택가 29번지 안에 있습니다."

하지만 베베르 씨는 두 팔을 머리 위로 치켜들면서 하소연하듯 소리치는 것이었다.

"이거 정말이지 미치겠네! 나도 방금 그곳에 있다가 왔지만, 모든 방 구석구석을 이 잡듯이 샅샅이 훑었단 말이외다! 자고로 사람이 마치 동전 한 닢처럼 의자 밑에라도 굴러 들어가 있을 순 없는 것 아니겠소?"

"그럼 이제 어쩐다지?"

포르므리 씨가 한숨을 내쉬는 걸, 뤼팽은 놓치지 않고 대꾸했다.

"지금 어쩌느냐고 했습니까? 그야 간단하지요. 당신 양에 찰 만큼 만반의 준비를 갖추고 나를 마차에 태워 뒤퐁 주택가 29번지로 데리고 가주시오. 지금이 1시이니까, 3시쯤에는 내가 슈타인벡을 찾아 보이겠소."

제안은 지극히 정확하고 분명했으며, 강력한 호소력이 있었다. 두 사법관은 뤼팽이 내민 엄청난 의지의 무게에 일순 압도되는 기분이었다. 포르므리 씨는 일단 베베르 씨의 눈치를 힐끗 살폈다. 어차피 일이 이렇게 된 바에, 안 될 것도 없지 않겠는가? 한번 시험을 해본다고 큰일이야 나겠는가 말이다.

"어떻게 생각하시오, 므슈 베베르?"

"휴우, 잘 모르겠소이다."

"좀 그렇지요. 하지만 한 사람의 목숨이 걸린 문제 아니오?"

"그건 그렇지요."

베베르 씨는 골똘한 생각에 잠기며 얼버무렸다.

순간, 문이 열리면서 경비원이 편지 한 통을 가져왔고, 포르므리 씨는 즉시 겉봉을 뜯고 읽어 내려갔다.

믿지 마시오.

뤼팽이 뒤퐁가의 그 집 안에 들어가면 나올 땐 반드시 자유의 몸이 되어 있을 것이오.

그는 탈출을 이미 준비해놓았소.

L. M.

포르므리 씨의 안색이 급격하게 창백해졌다. 이제 겨우 덮어두나 싶었던 뤼팽에 대한 두려움이 불현듯 고개를 들이미는 것이었다. 이번에도 역시 뤼팽의 농간에 고스란히 휘둘리고 있었단 말인가? 슈타인벡은 애당초 존재하지도 않았을 터!

포르므리 씨는 나직한 목소리로 감사의 기도마저 중얼거렸다. 이 기적처럼 들이닥친 편지가 아니었던들, 그는 또다시 뤼팽의 술책에 걸려들어 만신창이가 될 뻔했으니…….

"오늘은 이만해둡시다. 신문은 내일 재개하겠소. 경찰관! 피의자를 상테 감옥으로 호송하시오!"

뤼팽은 전혀 동요의 기색이 없었다. 이미 저 편지가 그자로부터 온 것임을 간파했던 것이다. 그렇지 않아도 지금 당장 슈타인벡의 구조 작전

813

619

이 이루어질 확률은 20 대 1 정도로 생각하던 터였다. 그러나 이제 그 스무 번 중 한 번의 기회가 머잖아 찾아올 것이니, 아쉬워할 필요 있겠는가!

뤼팽은 그저 이렇게 내뱉었다.

"수사판사님, 그럼 내일 아침 10시, 뒤퐁 주택가 29번지에서 만나기로 약속을 드리지요."

"다, 당신 제정신이오? 난 이제 관심 끊었소이다!"

"난, 아니요. 실은 그게 중요한 거지. 내일 아침 10시입니다. 시간 어기지 마십시오."

4

다른 때와 마찬가지로 뤼팽은 감방에 돌아오자마자 침대에 벌렁 누우면서 생각에 잠겼다.

'하긴 지금 있는 이 상태야말로 일을 추진하기에 더없이 편리한 셈이지. 매일 아침 기계가 작동하도록 손가락으로 단추 한 번만 꾸욱 눌러주고, 다음 날까지 그저 진득하게 기다리기만 하면 되니까. 그럼 사건들이 저절로 맞물려 벌어지게 되어 있거든. 과로로 지친 한 남자에게 이만하면 근사한 휴양 아니겠어?'

그러고는 벽 쪽으로 돌아누웠다.

'아, 슈타인벡이여! 살 생각이 조금이라도 있다면 제발 아직은 죽지 말고 버티시구려! 조금만 마음을 편히 잡수시고……. 아예 나처럼 잠이나 푹 자두라고.'

식사 시간 잠깐을 빼고는 역시 내처 자서 다음 날 아침에야 눈을

떴다. 물론 잠을 깨운 것은 빗장과 열쇠가 철커덕거리며 풀리는 소리
였다.

"일어나서 옷 입으시오. 빨리빨리!"

역시 이번에도 베베르 씨와 그의 부하들이 복도까지 와서 '영접'한
다음, 마차가 서 있는 곳까지 성대하게 호송해갔다.

뤼팽은 마차에 오르면서 이렇게 내뱉었다.

"마부 양반, 뒤퐁 주택가 29번지로 갑시다! 서둘러주시오."

"아니, 우리가 그리로 가려던 참인 걸 알고 있었구려?"

베베르 씨가 눈을 휘둥그레 뜨고 말했다.

"물론이오. 그러기에 어제 내가 포르므리 씨에게 그곳에서 정각 10시
에 만날 약속을 해놓지 않았소? 뤼팽이 뭔가 말하면 그건 곧 이루어집
니다."

마차가 페르골레즈 가에 진입하자마자 겹겹으로 진을 친 경찰관들을
보고 뤼팽은 감탄하지 않을 수 없었다. 경찰들이 조별로 모여 거리를
가득 메우는가 하면, 주택가 안쪽으로는 철저하게 모든 통행이 차단되
어 있었다.

뤼팽은 늘 그렇듯 기분 좋게 빈정댔다.

"계엄령이 따로 없군그래. 이보게, 베베르, 자네가 이유 없이 고생시
키고 있는 저 딱한 친구들에게 한 사람당 1루이(1928년까지 통용된 20프
랑짜리 금화—옮긴이)씩 내 이름으로 나눠주도록 하게. 세상에, 그렇게도
두렵더란 말인가! 여차하면 내게 수갑을 채우면 그뿐인 것을……."

"그거야 나로서도 대환영일세!"

베베르는 퉁명스레 내뱉었다.

"저런, 그럼 어서 그렇게 해야지, 친구. 그래야 게임이 좀 엇비슷해질
게 아닌가? 오늘 고작해야 동원 인력이 300명밖에 안 된다는 걸 좀 생

각해보게나!"

그렇게 해서 수갑까지 채워진 뤼팽은 마차에서 내리자마자 포르므리 씨가 기다리고 있는 방으로 안내되었다. 다른 경찰들은 모두 나가고 베베르 씨만 남았다.

뤼팽이 먼저 입을 열었다.

"미안하게 됐소, 수사판사 나리! 내가 1~2분 정도 지각을 했구려. 옛날에는 이러지 않았는데 말입니다."

그런데 왠지 포르므리 씨의 얼굴이 다른 때보다 훨씬 창백해 있었다. 게다가 몸도 부들부들 떠는가 싶더니 이렇게 더듬대는 것이었다.

"이보시오, 내 아내가……."

그는 목이 메어 차마 말을 잇지 못하는 것 같았다.

뤼팽은 자상한 말투로 물었다.

"아, 선량하신 마담 포르므리께서는 어떻게 지내시오? 그리고 보니 지난겨울, 시청 무도회장에서 부인과 함께 춤을 추었던 기억이 새롭군요."

수사판사는 가까스로 다시 입을 열었다.

"이봐요, 내 아내가 어젯밤 장모한테서 급하게 좀 들러달라는 전화를 받았소. 아내는 즉시 떠났는데 유감스럽게도 나는 당신에 관련한 서류를 들여다보던 중이라서 함께 가지 못했답니다."

"내 서류를 들여다보느라고 말이오? 저런, 큰 실수를 하셨군요!"

"한데 자정이 됐는데도 아내가 돌아오지 않자 은근히 걱정이 돼서 장모 댁에 쫓아갔지요. 그런데 아내가 거기 없는 겁니다. 더구나 장모는 전화한 적도 없다는 거예요! 이건 틀림없이 누군가 흉악무도한 계략을 꾸민 게 분명합니다. 지금 이 시각까지도 아내는 돌아오지 않고 있어요."

"아……."

뤼팽도 분개에 사무친 목소리로 탄식을 내뱉었다.

그리고 잠시 생각하다가 이렇게 말했다.

"내가 기억하기론 마담 포르므리는 무척 예쁜 편 아닙니까?"

수사판사는 얼른 무슨 말인지 이해가 안 되는 눈치였다. 그는 뤼팽에게 천천히 다가오더니 수심에 젖은 목소리에다 다소 과장된 몸짓으로 이렇게 말했다.

"므슈 뤼팽, 실은 오늘 아침 편지 한 통을 받았는데 그 내용인즉 슈타인벡 씨를 찾아내는 즉시 아내를 돌려보내겠다는 겁니다. 이게 그 편지요. 뤼팽이라고 서명이 되어 있지요. 정녕 당신이 보낸 겁니까?"

뤼팽은 편지를 면밀히 검토한 후 진지한 어조로 결론을 내렸다.

"내가 보낸 거 맞는군요."

"그럼 결국 나를 반강제로 몰아붙여 슈타인벡 씨와 관련한 조사를 유도했다 이 말입니까?"

"강제라니, 요망 사항일 뿐이었소."

"그럼 내 아내는 즉시 놓아주는 겁니까?"

"그렇게 될 거요."

"이번 조사가 무위로 끝난다 해도 그렇습니까?"

"그럴 가능성은 없소이다."

"만약 내가 거부한다면?"

포르므리 씨는 느닷없이 버럭 성을 내며 외쳤다.

"거절을 하면 심각한 결과가 초래될 수 있소. 마담 포르므리는 예쁘시니까."

"좋소! 어디 찾아봅시다. 당신이 주도해보시오!"

포르므리 씨는 마지못해 퉁명스레 내뱉었다.

그런 다음 상황에 따라 적절하게 우위에 선 대상 앞에서 일단 물러설 줄 아는 사람처럼, 팔짱을 끼고 비켜섰다.

그런가 하면 베베르 씨는 한마디 말도 못한 채 콧수염만 잘근잘근 씹고 있었다. 패배했으면서도 언제나 당당하고 승자(勝者)연하는 이 무시무시한 상대의 농간에 또다시 굴복할 수밖에 없어 울화통이 치미는 그 심정이 겉으로도 역력히 드러났다.

"올라갑시다."

뤼팽의 지시가 떨어지자마자 모두가 우르르 계단을 올라갔다.

"이 방문을 여시오."

문이 열렸다.

"이 수갑을 푸시오."

순간 잠시 주저하는 분위기였다. 포르므리 씨와 베베르 씨는 서로 눈빛으로 의논하는 눈치였다.

"이 수갑을 풀라고 했소."

뤼팽이 재차 명령했다.

마침내 부국장이 중얼거렸다.

"내가 모든 걸 책임지지요."

그러고는 수행한 경찰관 여덟 명에게 이렇게 소리치는 것이었다.

"권총을 겨누고 있어라. 지시가 떨어지는 즉시 발포하도록!"

그와 더불어 일제히 권총 빼 드는 소리가 요란했다.

뤼팽은 눈 하나 깜짝 않고 지시했다.

"총을 내리고 손을 모두 호주머니 속에 넣게."

모두들 머뭇거리자 그는 더욱 강력한 목소리로 일갈했다.

"내 명예를 걸고 말하건대, 나는 지금 이곳에 한 고통 받는 생명을 구하기 위해 와 있다. 도망치려고 온 게 아니다!"

"쳇, 뤼팽의 명예라니……."

둘러선 경찰 중 누군가 구시렁대는 순간, 전광석화 같은 발차기가 그의 다리에 명중했고, 애처로운 비명 소리가 집 안 가득 울려 퍼졌다. 즉각 다른 동료들이 이를 갈며 달려들려는 찰나!

"멈춰라!"

베베르 씨가 가로막으며 소리쳤다.

"어서 시작하게, 뤼팽. 한 시간 여유를 주겠네. 만약 한 시간 후에도……."

"조건은 사양한다."

뤼팽은 도저히 다루기 힘든 태도로 발끈했다.

부국장은 속이 부글부글 끓었지만 하는 수 없이 웅얼거렸다.

"그럼 네놈 마음대로 어디 한번 해보게, 짐승 같은 놈."

그는 부하들을 데리고 저만치 물러났다.

"훌륭해! 진작 그래야지. 그래야 사람이 좀 진득하게 일할 수 있지."

뤼팽은 우선 푹신한 안락의자를 골라 털썩 주저앉은 뒤 담배를 달라고 해 피워 물고는, 천장을 향해 여유 있게 연기 고리 몇 가닥을 띄워 올렸다. 사람들은 그의 그런 모습을 잔뜩 호기심을 머금고 바라보는 것이었다.

잠시 후였다.

"베베르, 저기 저 침대를 옮겨보게."

지시는 즉각 이행되었다.

"알코브의 모든 휘장을 거두어보게."

휘장이 걷혔다.

기나긴 침묵이 시작되었다. 마치 뭔가 일어날지도 모를 신비스러운 현상에 대한 막연한 두려움과 더불어 일부 불안하면서도 미심쩍어하는 심정으로, 무슨 최면술이 시행되는 현장이라도 구경하는 분위기였다. 모두들, 다 죽어가는 누가 마법사의 저항할 수 없는 주술에 걸려 뚜벅뚜벅 걸어나오는 것은 아닐까 하는 심정이었다.

"다 됐다."

마침내 뤼팽의 말이 떨어졌다.

"뭐라고! 벌써?"

포르므리 씨의 어리둥절한 목소리…….

"이보시오, 수사판사. 그럼 내가 감방 안에서 아무 생각 없이 멍청히 있다가 여기 온 줄 아시오? 당면 문제에 대해 정확한 아이디어도 없이 여기까지 왕림을 했으리라 생각하느냔 말이오."

"그렇다면?"

베베르 씨도 갈피를 못 잡긴 마찬가지…….

"자네 부하들 중 한 명을 전기 벨 표시판이 있는 대로 보내게. 아마 주방 쪽 어딘가에 부착되어 있을 것이네."

한 명이 후닥닥 달려갔다.

"이제 저기 알코브 침대 높이쯤 있는 전기 벨 단추를 눌러보게. 그렇지, 세게 눌러. 손을 떼지 말고. 그렇지, 그렇게……. 이제 아래층에 보냈던 친구를 불러오게."

잠시 후, 내려갔던 경찰관이 나타났다.

"어땠나, 기술자 양반, 벨 소리가 들리던가?"

"아뇨."

"표시판의 숫자들 중 하나라도 불이 켜지던가?"

"아뇨."

"좋았어! 내 생각이 틀리지 않았군! 베베르, 미안하지만 그 가짜 벨

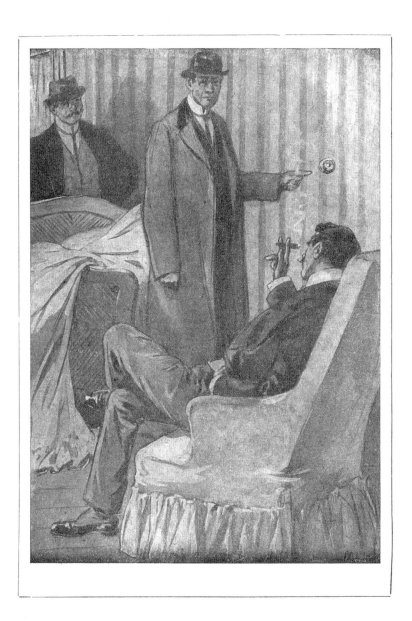

을 좀 떼어내 보겠나? 그렇지, 단추를 에워싼 그 자기(磁器)로 된 케이스부터 살짝 돌리고……. 그렇지! 자, 이제 뭐가 보이나?"

"뭔가 깔때기처럼 구멍이 파였는데……. 무슨 관(管) 입구인 것 같기도 하고……."

"그곳에 입을 갖다 대보게. 메가폰에 대듯이 말일세."

"갖다 댔네."

"자, 이름을 불러보게. '슈타인벡! 이봐, 슈타인벡!' 하고 말이야. 큰 소리도 필요도 없네. 그저 살짝 말해봐. 어떤가?"

"아무 대답도 없는데."

"그럴 것이네."

"하는 수 없지. 그자가 죽었다는 얘기로군. 아니면 대답도 못할 지경이든가."

그러자 포르므리 씨가 대뜸 소리를 질렀다.

"그렇다면 다 망친 것 아닌가!"

뤼팽은 차분한 어조로 타이르듯 말했다.

"망친 건 하나도 없소. 다만 좀 오래 걸릴 뿐. 모든 관이 그렇듯, 그 관도 양쪽으로 뚫려 있을 것이오. 즉, 반대편 구멍까지 짚어가기만 하면 된다는 얘기이지."

"그러자면 집 전체를 허물어야 할 텐데."

"오, 천만의 말씀! 두고 보면 알걸."

뤼팽은 마침내 손수 작업에 뛰어들었다. 그를 에워싼 경찰관들은 감시한다기보다는 오히려 그가 하는 일을 구경하는 심정으로 눈을 휘둥그레 뜨고 지켜보고 있었다.

옆방으로 건너간 뤼팽의 눈에, 역시 예상했던 대로, 웬 납으로 된 관의 일부가 벽 모퉁이를 비집고 돌출해 있는 것이 들어왔다. 그것은 마치 수도관처럼 천장을 향해 쭉 뻗어 올라가 있었다.

"아하! 위쪽이었군그래! 꽤 교활한걸. 보통 이런 경우엔 지하실만 염두에 둔다 이거겠지."

이를테면 실마리를 찾은 격이었다! 이제 그것만 따라가면 될 터. 모두들 3층을 지나 4층을, 급기야 지붕 밑 다락방까지 올라갔다. 관은 천장이 무척이나 낮게 깔린 다락방을 그대로 통과해 천장 속으로 자취를 감춘 상태였다.

이제 남은 것은 지붕밖에 없는 셈이었다.

지체 없이 사다리가 준비되었고, 천창(天窓)을 넘어 밖으로 고개를 내밀었다. 함석판으로 촘촘히 짜인 지붕이었다.

"아무래도 잘못 짚은 것 같군."

포르므리가 단정하듯 내뱉자, 뤼팽은 어깨를 으쓱하며 대수롭지 않게 받아넘겼다.

"천만의 말씀!"

"하지만 관이 지붕까지 일사천리로 이어져 있지 않소!"

"그건, 즉 함석지붕과 다락방 천장 사이에 우리가 찾는 대상이 있을 만한 공간이 확보되어 있다는 걸 증명하는 셈이지."

"그럴 리가!"

"어디 두고 봅시다. 자, 어서 함석판들이나 들어내 보시오. 아니, 거기 말고. 관이 이쪽으로 뻗어 있으니까."

경찰관 셋이 달라붙었다. 한데 그중 하나가 마침내 탄성을 내지르는 것이었다.

"아! 있습니다!"

함석판 아래로 반쯤 썩어 문드러진 채 지붕을 지탱하고 있는 오리목 격자가 드러났고, 그 바로 밑으로는 가장 깊어봐야 1미터도 채 안 될 것 같은 빈 공간이 나타난 것이었다.

그곳에 처음 발을 들이민 경찰관은 그만 천장을 깨고 다락방으로 떨어지고 말았다.

따라서 작업은 지붕 위에서 조심조심 함석판을 들어내는 식으로 진행되어야 했다.

조금 더 진행하자 굴뚝 위치까지 다다랐고, 앞서가며 경찰관들에게 작업을 지시하던 뤼팽은 멈춰 서서 이렇게 말했다.

"여기다."

한 남자가—아니, 거의 시체라고 해야 될까?—눈부신 대낮의 햇살 아래 고통으로 심하게 일그러진 납빛 얼굴을 하고 누워 있었다! 이렇게 보니 쇠사슬이 친친 감긴 채 굴뚝 몸통에 박힌 고리에 연결되어 있고, 옆에는 사발 두 개가 아무렇게나 구르고 있었다.

"죽었군."

수사판사의 말에 뤼팽이 발끈했다.

"그걸 당신이 어떻게 아시오?"

그는 비교적 든든하게 느껴지는 바닥을 발로 더듬으며 시체 쪽으로 다가갔고, 그 뒤를 따라 포르므리 씨와 베베르 씨도 내려갔다.

잠시 몸뚱어리를 살펴보던 뤼팽이 말했다.

"아직 숨을 쉬는걸."

그제야 포르므리 씨도 맞장구를 쳤다.

"그래, 맞아! 심장이 희미하게나마 뛰고 있군그래. 어떻소, 살려낼 수 있을까?"

"당연하지! 아직 죽은 게 아니니까."

뤼팽은 확신에 찬 목소리로 단언했다.

그리고 쩌렁쩌렁 울리는 목소리로 이렇게 소리쳤다.

"즉시 우유를 대령해라! 그냥 말고, 비시(온천지로 유명한 도시로, 비시 광천수가 특히 알려져 있음―옮긴이) 광천수(鑛泉水)를 탄 우유를! 어서어서! 내가 다 책임지겠다!"

그로부터 20여 분 후, 슈타인벡은 눈을 떴다.

바로 옆에 무릎을 꿇고 몸을 숙인 뤼팽은 마치 말 한마디 한마디를 노인의 뇌 속에만 각인시키려는 듯, 천천히 뭔가 중얼거렸다.

"잘 듣게, 슈타인벡. 피에르 르뒤에 관한 비밀은 그 누구에게도 발설하면 안 돼. 이 아르센 뤼팽이 자네가 알고 있는 그 비밀을 사지. 값은 자네 맘대로 불러. 그리고 모든 걸 나한테 맡기게."

문득 수사판사가 뤼팽의 팔을 붙잡으며 진지하게 말했다.

"내 아내는?"

"마담 포르므리는 이미 자유로운 몸이오. 지금쯤 애타게 당신을 기다리고 있을 거요."

"아니, 어떻게?"

"이봐요, 수사판사. 나는 당신이 내가 제의한 이 작은 모험에 동참할 거라는 걸 알고 있었소. 당신이 마다하는 건 생각조차 할 수 없었지."

"그건 또 왜죠?"

"마담 포르므리는 너무나 예쁘니까."

현대사에 얽힌 수수께끼

1

뤼팽은 두 주먹을 불끈 쥔 채 각각 왼쪽과 오른쪽으로 힘차게 내뻗더니, 가슴께로 한데 모은 다음, 또다시 내뻗고 거둬들이기를 반복했다.

그렇게 같은 동작을 서른 번 연속해서 시행한 후, 이번에는 상체를 앞뒤로 구부렸다 폈다 하는 동작이 이어졌는가 하면, 다리를 번갈아 높이 치켜들었고, 마지막으로 양팔을 번갈아 힘차게 휘둘렀다.

그러한 일련의 동작을 모두 마치는 데 걸리는 시간은 총 15분. 뤼팽은 매일 아침 시간 15분을 이 같은 스웨덴식 체조(1905년경 건강이 나빠진 모리스 르블랑이 스위스에 요양했을 때 자주 하던 체조였음—옮긴이)에 할애함으로써 근육을 풀어주고 있었다.

체조가 끝난 뒤, 그는 탁자 앞에 앉아 번호가 매겨진 묶음들로 분류된 새하얀 종이를 집어 들고 찬찬히 접어 봉투를 만들기 시작했다. 하나에서 끝나는 것이 아니라, 계속해서 봉투가 쌓여갔다.

그것이 바로 그가 매일 하기로 수락한 잡일이었다. 감옥의 수감자들은 그 밖에도, 봉투를 붙이는 일이라든가 종이부채를 만드는 일 등등, 여러 작업 중에서 하나를 선택하도록 되어 있었다.

두 손을 기계적인 작업에 몽땅 빌려주는 동안, 간단하면서도 정교한 손가락 운동으로 손의 근육을 풀어주는 가운데에서도, 뤼팽의 머릿속은 자신의 진짜 사업에 관한 구상으로 가득했다.

문득, 드르륵대며 빗장 빼는 소리와 철커덕 자물쇠 풀리는 소리가 들렸다.

"아 당신이군요, 우리 훌륭하신 간수 양반! 내 목이 달아나기 전에 치러야 할 최후의 이발식(理髮式)이라도 거행되는 겁니까?"

"아니요."

"그럼 또 예심? 법원 산책인가요? 만약 그렇다면 의외인걸! 왜냐면 우리 포르므리 씨께선 이제부터, 신중을 기하기 위해, 이 감방 안에서 신문을 진행하겠노라 최근 통보해왔거든! 물론 그러면 내 계획에 차질이 빚어지지만 말이오."

"면회요."

간수는 더없이 간명하게 대답했다.

'드디어!'

속으로 그렇게 쾌재를 부른 뤼팽은 면회실로 이동하는 내내 이런 생각을 굴렸다.

'만약 내 예상이 맞는다면 아마 나처럼 억센 놈도 따로 없을 거야! 단 나흘 만에, 그것도 감방 속에 처박힌 채로, 자칫 미궁에 빠질 뻔한 사건을 본궤도에 올려놓다니. 대단한 실력이 아닌가!'

통상, 파리 경시청의 공식 면회 허가서를 지참한 면회자에 한해 면회

소로 사용되는 비좁은 골방으로 들어올 수 있었다. 그 방은 중앙에 약 50센티미터 간격을 두고 떨어져서 창살로 가려져 있고, 출입구는 각각 다른 복도로 통하게 되어 있었다. 그러니까 수감자와 면회자는 서로 반대 방향의 출입구를 통해 드나들도록 되어 있는 셈이다. 물론 면회 도중 서로 접촉할 수도 무엇을 건네주고 받을 수도 없으며, 나지막한 목소리로 속닥거리는 것도 불가능했다. 그뿐만 아니라, 경우에 따라서는 면회 내내 교도관이 입회하는 일도 비일비재했다.

이번에는 주임 교도관이 그 역할을 맡은 모양이었다.

"나에 대해 면회 허가를 따낸 분이 누구신가? 오늘은 면회 날짜가 아닐 텐데!"

뤼팽은 방으로 들어서면서 호탕하게 소리쳤다.

교도관이 문을 닫는 동안, 뤼팽은 재빨리 창살에 다가가 맞은편 저쪽 어스름하게 드러난 얼굴을 가늠해보았다.

곧이어 그는 반갑게 소리쳤다.

"아이코, 이거 므슈 스트리파니가 아니시오! 이런 반가울 데가!"

"그래요, 접니다. 공작님."

"오, 공작은 무슨……. 이러지 마세요, 선생. 이곳에 들어오면서 난 세상의 모든 허울 좋은 겉치장거리는 죄다 떨쳐버린 몸이올시다. 그저 뤼팽이라고 불러주오. 그게 분수에 더 잘 어울리니까."

"그러고는 싶지만, 제가 알았던 사람도 세르닌 공작이고, 저를 비참한 지경에서 구원해서 행복과 부를 가져다준 분도 세르닌 공작이신걸요! 저에게 당신은 늘 세르닌 공작이라는 점을 이해해주십시오."

"알았소, 므슈 스트리파니. 알았다고요! 저기 저 주임 교도관, 무척 바쁜 사람입니다. 우리가 공연히 폐를 끼칠 것까진 없지요. 간단히 얘기하죠. 무슨 일로 오셨습니까?"

"제가 왜 왔느냐고요? 아 참! 그건 간단합니다. 제가 당신이 시작한 과업을 완성하기 위해 당신 말고 다른 사람을 찾으면 무척 불쾌하실 걸로 알고 있습니다. 게다가 이 시대에 오로지 당신만이 모든 적을 제압하고서 진실을 바로 세움과 동시에, 저를 구원해주셨지요. 따라서 이번에 저를 위협하는 새로운 위험을 비껴가게 해주실 분도 당신뿐이라고 생각합니다. 경시청장께서도, 제 처지를 말씀드리자 그렇게 판단을 내리셨고요."

"그자가 허락을 했다니 의외이군요."

"어떻게 거절할 수 있겠습니까, 공작님! 이처럼 막대한 이권이 걸린 사건에는 당신 같은 분의 개입이 불가피하지요. 더구나 그 이권이 저만 관련된 게 아니고, 아시다시피 저 높은 분들……."

순간 뤼팽은 교도관 쪽을 곁눈질로 힐끗 보았다. 아니나 다를까, 그는 몸을 약간 기울이면서까지 오가는 말 속에 숨어 있을지 모를 비밀을 엿듣기 위해 잔뜩 귀를 기울이고 있었다.

"그래서요?"

뤼팽이 천천히 물었다.

"그래서요, 공작님, 그 4개 국어로 작성되고 인쇄된 문건에 관한 당신 기억을 좀 모아주시길 부탁드립니다. 최소한 그 도입부가 이 문제와 관련이……."

순간!

귀 바로 밑, 아래턱에 강력한 주먹 한 방! 한순간 휘청하던 주임 교도관은 신음 한 번 내지 않고 뤼팽의 품 안에 목석처럼 쓰러졌다.

"제대로 들어갔군, 뤼팽. 오랜만에 그럴듯한 작품 한번 만들었어! 이봐요, 슈타인벡, 클로로포름 가지고 있소?"

"정말 기절한 걸까요?"

"말이 많군! 이래봤자 3~4분이오. 그리 여유가 있는 게 아니란 말이오!"

독일인은 부랴부랴 호주머니에서 구리 대롱을 꺼내 망원경처럼 길게 뽑았다. 이렇게 보니 그 끄트머리엔 자그마한 유리병이 매달려 있었다.

뤼팽은 그것을 받아서 손수건에 몇 방울 적신 뒤, 주임 교도관의 코에 갖다 댔다.

"됐어! 이렇게 해야 완전히 녹초가 돼지. 나야 기껏해야 지하 독방에서 한 일주일 썩으면 될 테고. 그 정도야 뭐 직업상 으레 따라오는 보너스랄까?"

"저는 어떡하고요?"

"뭘 말이오? 뭐가 어떡해요?"

"주먹으로 치지 않습니까?"

"그게 당신과 무슨 상관이오?"

"면회 허가서 말이에요. 그거 가짜이지 않습니까."

"당신은 책임이 없는 일이오."

"하지만 엄연히 사용한걸요!"

"이봐요! 그저께 당신은 스트리파니라는 이름으로 정규 신청서를 제출했어요. 그리고 오늘 아침 공식 답장을 받았고요. 나머지 일은 당신과 무관한 겁니다. 그 답장을 작성한 내 친구들이 곤란을 당할 수는 있어도 말입니다."

"그나저나 우리 면회를 중단시키면 어떡하죠?"

"왜요?"

"처음에 뤼팽을 만나러 왔다면서 허가서를 꺼내자 어안이 벙벙한 표정들이었어요. 교도소장이 직접 부르더니 허가서를 이리저리 유심히 검사해보더라고요. 틀림없이 경시청에 전화를 넣어볼 겁니다."

"내가 생각해도 그럴 것 같구먼."

"그럼 어떡해요?"

"어차피 예견된 일이오, 영감. 너무 걱정 말고, 어서 하던 얘기나 마저 합시다. 이렇게 온 걸 보니, 이해를 한 것 같은데?"

"네! 당신 친구들이 차근차근 설명해주었습니다."

"그래, 수락하는 건가?"

"저를 죽음에서 건져준 분을 위해 무엇이든 못하겠습니까? 아무리 도움을 드린다 한들, 그 은혜를 다 갚을 수는 없지요."

"비밀을 공개하기 전에, 현재 내 입장을 충분히 고려해야 할 거요. 아무 힘도 없는 수인(囚人)의 신세 말이오."

슈타인벡은 별안간 웃음을 터뜨렸다.

"허허허, 제발 그런 농담은 하지 마십시오! 제가 처음 케셀바흐에게 비밀을 넘겼을 땐, 그가 부자여서 다른 사람보다 일을 잘 도모할 줄 알고 그런 겁니다. 하지만 이제는 감옥에 갇혀서 아무 힘도 없는 지금의 당신이 수억 프랑의 재산을 거머쥐고 있던 그 케셀바흐보다 백배는 믿음이 가요!"

"저런, 저런……."

"아시다시피, 수억 프랑이 있어도, 그 끔찍한 구멍 속에 처박혀 있던 이 몸을 꺼내서, 이처럼 한 시간 동안이나 아무 힘 없는 수인 처지인 당신과 이야기를 나눌 수 있게 해주진 못합니다. 그것 말고 다른 게 있어야 하죠. 바로 그걸 당신은 가지고 있습니다."

"좋아요, 정 그렇다면, 말해보시오. 자, 차근차근 순서대로 진행합시다. 우선 살인범의 이름은?"

"그건……. 불가능합니다."

"불가능하다니, 무슨 소리요? 이름을 알고 있다고 하지 않았소? 내게 다 털어놓겠다고 했고!"

"그것만 빼고 다 하겠어요."

"하지만……."

"나중에요, 더 나중에……."

"이 사람 정신 나갔군그래! 도대체 이유가 뭐요?"

"확실한 증거가 없습니다. 나중에 당신이 이곳을 벗어나면 그때 함께 증거를 찾아보도록 해요. 하긴 그래봤자겠지만. 아무튼 전 정말 말할 수 없습니다."

"그가 두렵소?"

"네."

"좋소. 어쨌든 그게 가장 시급한 문제도 아니니까. 그럼 나머지 것들에 관해선 얘기할 준비가 된 거요?"

"뭐든지요!"

"그럼 대답해보시오. 피에르 르뒥의 진짜 이름이 뭡니까?"

"헤르만 4세입니다. 되퐁펠덴츠 대공(大公)이자 베른카스텔 공(公)이며, 피스팅겐 백작이면서 비스바덴과 그 밖의 여러 지역 영주로 불립니다."

뤼팽은 자신이 보호하고 있는 젊은이가 역시 돼지고기 장수의 아들은 아니라는 데에 내심 쾌재를 불렀다.

"세상에……. 거 직함 한번 대단하군! 내가 알기로는 되퐁펠덴츠 대공령(大公領)(되퐁은 '두 다리'라는 뜻으로, 독일 지명으로는 츠바이브뤼켄(Zweibrücken)임. 펠덴츠는 츠바이브뤼켄 대공령의 중심 도시—옮긴이)은 프로이센 소속인 것 같은데?"

"그렇습니다. 모젤 강(현재 로렌 지방을 흐르는 라인 강의 지류—옮긴이)을 굽어보는 곳이지요. 펠덴츠가(家)는 되퐁의 팔라틴 백작(왕권의 일부를 영지 내에서 행사하도록 허락받은 영주를 팔라틴 백작이라고 함—옮긴이) 가문 일파입니다. 대공령은 뤼네빌 평화협정(오스트리아가 대(對)나폴레옹 전쟁에서 패해 1801년 라인 강 좌안 지역을 프랑스에 양도한 협정—옮긴이) 이후에 프랑스 땅이 되었고, 몽토네르 도(道)의 일부로 편입되었지요. 그러던 것이 1814년에는 피에르 르뒥의 증조부가 되시는 헤르만 1세의 영지로 다시 회복되었습니다. 한데 그 아들인 헤르만 2세는 난폭한 젊은 시절을 보내는 동안, 방탕한 생활로 재정을 파탄에 이르게 하고 수하들에게 밉보인 나머지 펠덴츠의 고성(古城)마저 일부 태워먹고 결국 나라 밖으로 추방되기에 이르렀답니다. 그 후로 대공령은 어떻게 된 건지 대공의 칭호를 그대로 고수한 헤르만 2세의 이름을 내세운 채, 세 명의 섭정에 의해 꾸려나가게 됩니다. 어쨌든 헤르만 2세 본인은 베를린에서 비참하게 연명하다가, 프랑스 원정 때(1870~1871년의 프로이센·프랑스 전쟁—옮긴이) 친구이기도 한 비스마르크(1815~1898—옮긴이)의 곁을 지키며 파리 포위 작전을 진행하던 중 포탄에 희생되었는데, 그때 자기 아들, 그러니까 헤르만 3세를 비스마르크에게 맡겼다고 합니다."

"그가 바로 르뒥의 아버지라 이 말이로군."

"그렇습니다. 그 후 헤르만 3세는 수상의 애정 어린 보살핌을 받았고, 수차례에 걸쳐 외국 인사에 대한 비밀 사절로 활동하기도 했습니다. 그러다 수상이 실각하고 나자(1890년—옮긴이), 즉각 베를린을 떠나 여기저기를 떠돌다가 드레스덴에 정착했지요. 그는 비스마르크의 임종도 지켰고, 그 2년 후에 사망했습니다. 여기까지가 독일인이라면 다 아는 공개된 사실이지요. 즉, 19세기를 수놓은 되풍펠덴츠 대공이었던 헤르만가 3대의 역사라고나 할까요."

"그럼 지금 우리 골치를 썩이고 있는 헤르만 4세는 어떤 사람이오?"

"그 얘기는 조금 이따 하고, 우선 위의 사실 중 알려지지 않은 문제들부터 얘기하지요."

"당신 혼자만 알고 있는 비밀 말이지."

뤼팽의 말에 노인은 고개를 가로저었다.

"나 말고도 몇 명 더 있습니다."

"뭐라고, 몇 명이 더 있다니? 그럼 비밀이 새어나갔단 말이오?"

"그들 모두 비밀은 철저히 지키고 있으니 안심하십시오. 장담하건대, 그들 모두 이해관계가 맞물려 있어서 아무렇게나 떠벌릴 수 없는 입장이거든요."

"대체 당신은 그 비밀을 어떻게 알게 된 거요?"

"헤르만 3세 대공의 개인 비서이자 오랜 하인을 통해서였습니다. 그는 케이프타운에서 내 품에 안겨 숨을 거두기 직전, 자기 주인이었던 사람이 몰래 결혼을 했고, 아들 하나를 두었다고 귀띔해주었습니다. 그런 다음 바로 그 엄청난 비밀을 내게 넘겨주었던 거지요."

"그 비밀을 당신은 나중에 케셀바흐에게 공개했고 말이죠?"

"그렇지요."

"자, 어서 말해보오!"

문에서 열쇠 돌아가는 소리가 들린 것은 바로 그때였다.

2

"쉿!"

뤼팽은 잽싼 동작으로, 문 옆의 벽에 바짝 기대섰다. 그리고 문이 열리자마자 후다닥 문짝을 밀어 닫고는, 엉거주춤 들어서다 깜짝 놀라 비명을 지르는 간수에게 달려들었다.

뤼팽은 그의 목을 틀어쥐고 말했다.

"입 다무는 게 좋을 거야, 친구. 잘못 뻥끗하면 아주 가는 수가 있어."

그는 상대를 땅바닥에 납작 깔아뭉갰다.

"어때, 얌전히 있을 텐가? 상황이 어떤지 감이 오나? 그래? 좋았어. 자네 손수건은 어디 있나? 자 손목 이리 내봐. 좋아, 이제야 안심이군. 자, 잘 들어. 혹시나 해서 자넬 여기 보낸 거 맞나? 주임 교도관 옆에서 만약의 경우 도우라고 말이지? 훌륭한 조치였지만, 좀 늦었다네. 잘 봐. 주임은 죽었어! 자네도 꼼짝하거나 소리를 내면, 저런 꼴로 만들어주지."

그러고는 열쇠를 빼앗아 자물쇠를 채웠다.

"이제 좀 맘이 놓이는군."

"그쪽은 괜찮지만……. 이쪽은 어떡하라고요?"

슈타인벡 노인은 어쩔 줄 몰라 하소연을 했다.

"누가 올 이유도 없지 않소?"

"좀 전에 그 비명 소리를 듣고 달려오면?"

"그 정도는 아니었을 텐데. 내 친구들이 위조 열쇠를 주지 않더이까?"

"줬습니다."

"그럼, 그걸 사용해보구려. 어때요, 맞죠? 자, 그럼 이제 우리에게 최소한 10분은 넉넉히 남아 있는 셈이오. 이봐요, 영감, 때론 무척이나 힘겨워 보이는 일도 실제로는 의외로 간단한 법이오. 그저 약간의 침착성과 융통성만 있으면 문제 될 것 없어요. 자, 그러니 공연히 흥분하지 말고 어서 얘기나 계속합시다. 어때요, 독일어로 할까? 저 친구가 지금 우리가 논하는 국가 기밀을 엿들어서 좋을 건 하나도 없을 테니까. 자, 천천히, 서두르지 말고……. 집같이 편히 생각하고 얘기해요."

슈타인벡은 멈췄던 얘기를 계속했다.

"비스마르크가 숨을 거둔 바로 그날 저녁, 헤르만 3세 대공과 그의 충직한 하인은—케이프타운에서의 내 친구 말입니다—뮌헨으로 가는 기차에 올랐답니다. 거기서 빈행 특급열차를 제시간에 갈아탈 생각이었죠. 빈에서는 다시 콘스탄티노플로, 거기서 다시 카이로로, 그다음 나폴리로, 또 튀니지로, 에스파냐로, 그다음 파리로, 런던으로, 상트페테르부르크로, 바르샤바로……. 그렇게 숱한 도시를 전전하면서도 어디 하나 정착하지를 않았지요. 그런가 하면 여행 가방 달랑 두 개만 싣게 하고 삯마차에 올라타, 이 거리 저 거리를 돌아다니는가 하면, 가까운 아무 역이나 부두를 이용해 기차나 배로 갈아타곤 했지요."

"알겠소. 그러니까 자신들의 족적(足跡)을 고의로 흐트러뜨린 거로군."

"그러던 어느 날 저녁 두 사람은 노동자의 작업복과 챙 모자를 쓰고 막대기에 봇짐 하나씩 달랑 매고는 트리에르 시(라인 주(州)의 모젤 강변에 위치한 도시—옮긴이)를 떠났습니다. 거기서 35킬로미터 떨어진 펠덴츠까지 무작정 걷기로 한 것입니다. 그곳에는, 글쎄요, 성이라기보다는 성의 잔해라고 해야 할 되퐁의 고성(古城)이 자리 잡고 있었지요."

"자, 묘사는 나중에 하고, 어서!"

"그들은 걸어가면서 낮에는 근처 숲 속에서 숨어 지냈답니다. 그리고 밤이 되면 그 오래된 요새를 향해 접근했지요. 이윽고 목적지에 도달하자 헤르만은 하인에게 기다리라고 한 뒤, '늑대 구멍'이라고 불리는 틈새가 위치한 성벽을 기어 올라갔습니다. 그로부터 한 시간쯤 후에 돌아온 헤르만은, 다음 한 주 내내 하인과 더불어 또다시 이리저리 족적 흐리기를 한 뒤, 드레스덴의 자기 집으로 돌아갔습니다. 즉, 거기서 기나긴 원정이 끝나는 거지요."

"그래, 그 원정의 목적이 무엇이었답니까?"

"그걸 글쎄, 대공께선 하인에게 일언반구 언질을 주지 않았답니다. 그걸 하인이 여러 가지 정황과 세부 요소들을 토대로, 비록 일부분이나마 진실을 도출해냈다는 겁니다."

"이봐요, 슈타인벡! 시간이 별로 없소! 빨리 속 시원히 털어놔 보시오!"

"드레스덴에 귀가한 후 보름이 지난 어느 날, 황제 근위대의 장교이자 대공의 친구이기도 한 발데마르 백작이라는 자가 병사 여섯 명과 함께 집을 찾아왔다고 합니다. 그는 대공의 서재 안에서 단둘이 문을 꼭 걸어 잠근 채 한나절을 내내 머물렀습니다. 한데 그동안 몇 차례 극심한 말다툼 소리가 밖에까지 새어나왔답니다. 그중에서도 이렇게 말하는 소리가, 그 방 창문 아래 정원을 지나가던 하인의 귀에까지 들렸다지 뭡니까. '그 서류들은 분명 당신 손아귀에 들어가 있소. 폐하(빌헬름 2세를 말함―옮긴이)께서도 그렇게 확신하고 계시오. 설사 당신이 기꺼이 그것을 내게 넘겨주지 않는다 해도…….' 뭐 그런 식이었답니다. 사실 그다음에 무슨 말이 이어졌을지는 연이어 벌어진 상황으로도 충분히 짐작할 수 있었지요. 아니나 다를까 그 직후 헤르만의 저택은 발칵 뒤집히듯 샅샅이 수색을 당했다는 겁니다!"

"그건 완전히 불법 아닌가!"

"대공이 저항했다면 불거질 수도 있는 문제였죠. 하지만 오히려 그 자신도 백작의 수색 작전에 동참했다고 하니……."

"그래서 대체 무얼 그리 찾아 헤맸다는 거요? 수상의 비망록이라도?"

"그것 이상이었죠. 어떻게 밖으로 새어나갔는지는 모르지만 이미 그 존재에 대해 알 사람은 알고 있고, 게다가 헤르만 대공의 수중에 있다고 알려진 어느 비밀문서 꾸러미였다고 합니다."

뤼팽은 팔꿈치를 쇠창살에 기댄 채 떨리는 손가락으로 그 사이를 잔뜩 그러쥐었다. 그는 긴장된 목소리로 이렇게 중얼거렸다.

"비밀문서라……. 물론 대단히 중요한 문서겠지?"

"상상을 초월할 정도랬어요. 만약 그 내용이 출판되기라도 하는 날엔 국내 정치는 물론 국가 간 외교 차원에서도 책임질 수 없는 결과를 초래할 거라고 말입니다."

뤼팽은 온몸을 부르르 떨면서 다그쳐 물었다.

"오, 설마 그렇게까지! 당신에게 무슨 증거라도 있는 거요?"

"증거라니요? 대공의 아내가 직접 얘기한 내용입니다. 남편이 죽은 후, 하인에게 털어놓은 얘기였죠."

"그렇다면 결국……. 우리 손아귀에 굴러 들어온 건 대공 자신의 증언이란 말이로군."

"그보다 더 나은 것도 있습니다!"

슈타인벡이 다급하게 덧붙였다.

"뭡니까?"

"문서예요! 대공 자신에 의해 작성됐고, 서명까지 적힌 문서인데, 내용이……."

"내용이 뭡니까?"

"자신이 확보한 비밀문서들 목록입니다."

"어디 간추려서 말해보시오."

"간추려 말할 수가 없습니다. 워낙 긴 데다가 복잡한 주석들로 뒤엉켜 있고, 가끔가다 도무지 알 수 없는 언급도 불쑥불쑥 튀어나와서……. 다만 두 개의 비밀 서류 꾸러미를 가리키는 제목이 둘 있었는데, 일단 「비스마르크에게 보내는 황태자의 편지 원본들」이 있지요. 날짜를 보면 프리드리히 3세 치하의 3개월 동안 쓰인 편지들로 보입니다. 편지 내용은, 프리드리히 3세의 병환 및 아들과의 불화를 떠올려보시면 충분히 짐작할 수 있을 겁니다(위의 편지에서 황태자(kronprinz)는, 재위 3개월 만에 후두암으로 급사한 프리드리히 3세(1831~1888)의 장남이며 소위 '카이저 수염'으로 잘 알려진 빌헬름 2세(1859~1941)임. 그는, 조부인 빌헬름 1세 때부터 시작해 부왕 프리드리히 3세에 이르기까지 '철혈재상'으로 이름 높았던 비스마르크를 즉위한 지 2년 만(1890년)에 해임함―옮긴이)."

"그래요. 그래. 알겠소. 그리고 다른 또 하나는?"

"「프리드리히 3세와 황후 빅토리아가 영국의 빅토리아 여왕에게 보낸 편지 사본」(프리드리히 3세는 이미 황태자 시절부터 영국 빅토리아 여왕의 맏딸이자 황후인 빅토리아의 영향을 받아 자유주의적 사상에 경도되었고, 이로 인해 종종 부제(父帝) 빌헬름 1세나 재상 비스마르크와 반목했음―옮긴이)입니다."

"아니, 그게 있어요? 그게 있단 말입니까?"

뤼팽은 목이 멘 듯 울부짖었다.

"대공이 '영국 및 프랑스와의 밀약(密約) 문건'이라고 주석을 단 부분에는 '알자스로렌, 식민지, 해군 감축' 등의 애매한 문구도 있습니다."

뤼팽은 이제 정신없이 호들갑을 떨기 시작했다.

"그게 있단 말이지. 지금 애매하다고 했소? 세상에……. 천만의 말씀! 너무도 분명한 얘기인걸. 아, 세상에, 이럴 수가!"

문에서 또 소리가 났다. 누군가 두드리는 것이었다.

"들어오지 마라! 지금 바쁘다."

뤼팽은 태연하게 소리쳤다.

그러자 이번에는 반대편, 즉 슈타인벡이 있는 곳에서 쿵쾅거렸다. 뤼팽은 여전히 큰 소리로 외쳤다.

"좀 기다리시게! 5분이면 끝나니까."

그는 강경한 어투로 말을 이었다.

"진정하고 얘기나 계속하시오. 그러니까 당신 말대로라면, 대공과 하인이 펠덴츠 성으로 원정을 나간 것은 오로지 문제의 서류들을 감추기 위함이었단 말이죠?"

"의심의 여지가 없습니다."

"그렇다 치고, 이후에 대공이 그것들을 다시 빼내왔을 수는 없습니까?"

"천만에요! 그는 이후 죽을 때까지 드레스덴을 한 발짝도 벗어나지 않았는걸요."

"반면 대공의 정적(政敵)이나 문서를 취해서 파기하려는 세력이 눈에 불을 켜고 찾아내려고 들었을 수는 있겠군요?"

"실제로 그런 와중에 펠덴츠 성까지 들이닥치기도 한 모양입니다."

"그걸 어떻게 아오?"

"짐작하시겠지만, 그 얘기를 접한 후 저 역시 가만히 있었던 건 아닙니다. 비밀을 귀담아들은 직후, 제일 먼저 생각난 게, 직접 펠덴츠로 찾아가서 인근 마을을 어슬렁대며 정보를 캐야겠다는 것이었죠. 그런데 이미 두 차례나 베를린으로부터 온 남자 10여 명이 성에 들이닥쳤다는 겁니다."

"그래서요?"

"결국 아무 성과도 못 얻은 채 발걸음을 돌렸다고 했습니다. 왜냐면 당시부터 이미 성의 출입이 금지되고 있었거든요."

"어떤 식으로 말이오?"

"50여 명의 수비대가 밤낮으로 지킨답니다."

"대공의 사병(私兵)들일까요?"

"아뇨, 황제의 근위대에서 차출된 병사들이랍니다."

이제 복도는 꽤 시끄러운 상태였다. 누군가 주임 교도관의 이름을 소리쳐 부르며 문을 마구 두드려댔다.

보렐리 씨의 목소리를 알아본 뤼팽이 고개를 돌리며 소리쳤다.

"교도소장 나리, 그는 지금 주무시고 있소이다!"

"문을 여시오! 이건 명령이오!"

"불가능합니다, 자물쇠가 영 말을 안 들어서. 한 가지 방법이 있다면, 아예 이 문 자물쇠를 빙 둘러서 뜯어내 버리는 게 어떨까 합니다만……."

"문 여시오, 뤼팽!"

"그럼 지금 논의하고 있는 유럽의 운명은 어떡하시겠습니까?"

그러고는 노인을 돌아보며 말했다.

"그럼 당신도 성에 들어가 보진 못했겠구먼?"

"네."

"틀림없이 그 유명한 문서들이 성안에 숨겨져 있고 말이지."

"여부가 있습니까? 지금까지 말씀드린 것으로도 모자랍니까? 믿지

813

647

못하시겠습니까?"

"오, 아니요. 믿고말고. 분명 그곳에 숨겨져 있겠지. 의심의 여지가 없어. 틀림없이 거기에 있어."

지금 뤼팽의 눈에는 마치 그 성이 훤히 보이는 듯했다. 비밀스러운 은닉처가 고스란히 눈앞에 떠오르는 것 같았다. 그러면서 온갖 금은보화가 가득 들어찬 궤짝보다도 카이저의 근위대가 지키고 있는 한 뭉치의 종잇조각이 그의 심장을 훨씬 더 뛰게 하는 것이었다. 그야말로 한 번 도전해볼 만한 목표가 아니겠는가! 아르센 뤼팽이야말로 욕심을 가져볼 만한 자격이 충분히 되지 않겠는가! 지금도, 이처럼 오리무중인 족적에만 의지해 몸을 던지고서도 역시 뛰어난 통찰력과 직관을 훌륭히 증명해내지 않았는가 말이다!

밖에서는 아예 문의 자물쇠를 뜯어내는 공사가 한창 진행 중이었다.

뤼팽은 슈타인벡에게 물었다.

"대공은 무엇 때문에 죽었습니까?"

"늑막염으로 단 며칠 만에 죽었지요. 임종의 자리에서, 보기에도 끔찍했던 건, 잠깐 의식이 돌아오자 안간힘을 쓰며 생각을 정리해, 발작이 일어나는 사이사이마다 뭔가 말하려고 했다는 것입니다. 그렇게 이따금 아내 이름을 부르며 처절한 표정으로 바라보다가 그저 입술만 꼼지락거리더라는 거예요."

"그래서 말은 했다는 겁니까?"

문밖의 '공사(工事)'에 슬슬 신경이 쓰이기 시작한 뤼팽이 다급하게 캐물었다.

"아뇨, 아무 말도……. 다만 제일 정신이 맑아지는 순간, 아내가 갖다 대준 종이 위에 뭔가 기호를 끄적이긴 했다고 합니다."

"기호라……."

"거의 대부분이 해독 불가능한 거였는데……."

"거의 대부분이라면……. 해독 가능한 기호도 있었단 말이겠죠? 그게 뭡니까?"

뤼팽은 잡아먹을 듯 다그쳐 물었다.

"우선 분명한 숫자가 셋 있었어요. 8하고 1하고 3."

"813……. 아, 알겠소. 그리고 또?"

"그다음으로 글자들이 이어졌는데……. 그중에서 확실히 분간이 되는 건 세 개의 글자와 그에 곧바로 붙어 나오는 또 다른 두 글자였답니다."

"'APOON'이 아니었소, 혹시?"

"어! 알고 계시는군요?"

한편 문 쪽에서는, 나사들이 거의 빠진 자물쇠가 미친 듯이 덜컹거리고 있었다. 아무래도 중간에 말이 끊길 것 같아 안달이 난 뤼팽은 더욱 다급하게 질문을 퍼부었다.

"그러니까 결국 'APOON'이라는 불완전한 단어와 813이라는 숫자야말로, 아내와 아들더러 자기 대신 비밀문서들을 찾으라고 대공이 남긴 마지막 주문(注文)인 셈이로군요?"

"그런 셈이죠."

뤼팽은 곧 떨어져 나갈 것 같은 자물쇠를 손으로 틀어막고 소리쳤다.

"이보시오, 소장! 그러다가 주임 교도관의 단잠을 깨우겠소이다! 그러면 곤란하지. 딱 1분만 더 시간을 주시면 안 될까? 슈타인벡, 대공의 부인은 그 후 어떻게 됐소?"

"남편이 떠나간 지 얼마 안 돼 자신도 따라갔습니다. 아마 비탄을 견디다 못해 기진(氣盡)한 것 같았죠."

"물론 아이는 친척 손에 맡겨졌겠지?"

"친척이라니요? 대공에겐 형제자매가 하나도 없었습니다. 게다가 결혼 자체도 신분 차이 때문에 몰래 숨어서 한 셈이었거든요. 그래서 하는 수 없이 대공의 늙은 하인이 피에르 르뒥이라는 이름을 붙여서 데려다 키운 겁니다. 녀석은 자라면서 아주 난폭하고 제멋대로인 망나니로 커갔지요. 제대로 세상을 헤쳐가며 살기는 글렀다고나 할까요? 그러던 어느 날 소리 없이 떠나버렸다는 겁니다. 이후로는 아무도 보지 못했고요."

"자신의 출신에 얽힌 비밀은 알고 있었을까요?"

"알고는 있었지요. 게다가 글자들하고 813이라는 숫자가 적힌 종이도 누군가 보여줬답니다."

"아무튼 지금까지 얘기한 내용은 마지막으로 당신에게만 공개된 거였겠군?"

"그렇지요."

"아 참, 당신이 케셀바흐에게 귀띔해주지 않았소?"

"그에게만 해줬죠. 하지만 그것도 신중을 기하느라 기호와 글자가 적힌 종이, 그리고 아까 얘기한 목록만 보여주고, 두 종의 문서는 간직하고 있었습니다. 결과적으로 그러기를 정말 잘한 셈이지요."

"그럼 편지와 관련된 두 문서는 당신이 가지고 있단 말이오?"

"그렇습니다."

"안전한 데 두었겠죠?"

"물론입니다."

"파리에 있소?"

"아닙니다."

"다행이로군. 당신은 항상 생명에 위협을 받고 있다는 걸 명심하시오. 누군가 늘 노리고 있을 테니까."

"알고 있습니다. 조금만 방심해도 끝장이죠."

"바로 그렇소. 그러니 단단히 조심하고, 적을 따돌려야만 합니다. 가서 서류들을 모아갖고 별도의 내 지시를 기다리시오. 이제 성공은 거의 확실한 거나 다름없소이다! 지금부터 길어야 한 달 후면 우리는 함께 펠덴츠 성을 구경하고 있을 것이오."

"하지만 저 역시 감옥신세를 지고 있을 텐데요?"

"내가 빼내주리다."

"가능할까요?"

"내가 빠져나간 바로 다음 날 빼주겠소. 아니, 바로 당일 밤……. 한 시간 후에 빼주지요."

"방법은 있습니까?"

"10분 전부터 아주 확실한 방법이 생겼소이다! 자, 이제 더 이상 내게 해줄 말은 없는 거지요?"

"없습니다."

"그럼 문을 엽니다!"

뤼팽은 문을 활짝 열자마자 선뜻 허리를 숙여 보렐리 씨를 향해 인사했다.

"교도소장님, 이거 뭐라고 사과를 드려야 할지……."

하지만 교도소장과 더불어 교도관 셋이 한꺼번에 들이닥치는 바람에, 더 이상 너스레를 떨 겨를도 없었다.

보렐리 씨는 울화통이 치미는지 얼굴이 창백해져 있었다. 특히 교도관 둘이 뻗어 있는 광경에는 눈이 다 돌아갈 지경이었다.

"죽었다!"

그의 입에서 외마디 소리가 터져나오자마자, 뤼팽은 놓치지 않고 빈정댔다.

"저런! 죽다니요. 천만의 말씀! 저것 보십시오. 저기 저자가 움직이지 않습니까? 이봐, 덜떨어진 친구, 어서 말 좀 해보게!"

"하지만 이 친구는!"

이번엔 주임 교도관을 향해 달려들며 보렐리 씨가 소리쳤다.

"푹 자고 있을 뿐입니다, 소장님. 하도 피곤해하는 것 같아서, 내가 약간의 휴식을 제공했지요. 오, 그 친구 너무 나무라지 마십시오. 알고 보면 딱한 친구……."

"그만 이죽거리시오!"

마침내 참다 못한 보렐리 씨가 버럭 소리를 지르고는 즉시 교도관들을 향해 지시했다.

"우선 감방으로 데리고 가도록! 그리고 이 면회자는……."

뤼팽은 보렐리 씨가 슈타인벡 영감의 처리를 어떤 식으로 할지 감을 잡을 수 없었다. 하지만 이제 그에겐 그런 것은 안중에도 없는 사소한 문제였다. 늙은이의 운명에 비하면 상상도 못할 만큼 중요한 문제를 머릿속에 그득 담은 채, 지금 혼자 남을 감방 안으로 돌아가고 있는 중……. 드디어 케셀바흐의 비밀을 손에 넣은 것이다!

뤼팽의 거창한 계략

1

놀랍게도 뤼팽은 지하 감방 신세를 면했다. 더구나 보렐리 씨가 몇 시간 뒤 직접 감방 안으로 찾아와, 그 같은 벌칙이 자신이 보기엔 불필요하다는 의견까지 밝혀주는 것이었다.

이에 대해 뤼팽이 맞장구를 쳤음은 물론이다.

"불필요할 뿐만 아니라 위험하기까지 하지요. 위험하고, 어설프며, 공연히 문제만 골치 아프게 만들 겁니다."

이 입소자의 안하무인격인 태도에 점점 더 불안이 깊어가던 보렐리 씨는 대뜸 반문했다.

"어떤 점에서?"

"그야 이런 점에서 그렇지요. 당신은 방금 파리 경시청에 다녀오는 길일 겁니다. 거기서 담당자를 만나 뤼팽이라는 수감자의 천방지축 행동거지를 일러바쳤을 것이고, 스트리파니 씨의 면회 허가증을 제시했겠지요. 요컨대 당신은 그것으로 자신의 앞가림은 충분히 한 거라 이 말씀입니다. 왜냐면 스트리파니 씨가 허가증을 내밀자 당신은 신중하게도 즉각 경시청에 전화해서 무척 의외라는 심정을 분명히 내비쳤고, 경시청에서는 허가증 자체엔 전혀 문제가 없다는 것을 이미 확인해주었을 테니까요."

"아니, 어떻게 거기까지……."

"거기까지만 아는 게 아니라, 당신에게 그런 확인을 해준 게 경시청 내에서 활동하는 내 부하라는 사실까지 꿰고 있습니다. 물론 문제의 서류가 완전히 가짜라는 걸 알고 있는 그 담당자는 일단 당신의 요청을 받아들여 즉각 내부 조사에 착수하는 척하지요. 그러나 안심하십시오. 결국 아무것도 발견해내지 못할 테니까."

보렐리 씨는 어이가 없다는 듯 씁쓸한 웃음을 지어 보였고, 뤼팽은 신이 나서 말을 이어나갔다.

"한편 이번엔 내 친구 스트리파니를 붙잡고 늘어진다고 칩시다. 그는 당황한 나머지 자신의 진짜 이름 슈타인벡을 어렵지 않게 발설할 것입니다! 오, 설마……. 그러나 그 경우, 슈타인벡을 잡아들이지 않을 수 없게 되며, 이는 곧 여기 이 뤼팽이 누군가를 상태 감옥 안으로 끌어들여서 그와 더불어 마음껏 긴밀한 얘기를 나눌 수 있게 됨을 뜻하지요! 세상에, 그런 큰일이 어디 있겠습니까? 차라리 없었던 셈치고 덮어두는 게 낫지요, 안 그렇습니까? 그래서 결국 슈타인벡 씨를 풀어주기로 하고 그 대신 보렐리 씨를 친선 대사 격으로 뤼팽한테 이렇게 보낸 겁니다. 사태를 이 정도에서 무마하고 입단속을 시키는 의미에서 말이죠. 어떻습니까, 소장, 내 말이 틀립니까?"

솔직히 당혹스러운 심정을 농담조로 은근슬쩍 넘기기로 작정한 보렐리 씨가 호탕하게 대꾸했다.

"완벽하게 들어맞는군요! 누가 보면 당신한테 투시력이라도 있는 줄 알겠습니다그려! 자, 그럼 우리의 제안을 수락하는 걸로 알아도 되겠소?"

뤼팽은 그보다 더 호탕하게 웃어댔다.

"하하하하, 말하자면 당신의 간청을 받아들이겠느냐 이거군요? 그야 물론이죠, 교도소장님! 가서 경시청 사람들을 안심시키십시오. 난 어디까지나 입 꾹 다물고 있겠소이다! 더구나 이만하면 나도 이룰 만큼은 이룬 셈이니 그 정도 침묵의 호의를 베푸는 것쯤 얼마든지 좋습니다. 물론 언론에도 최소한 이번 일만큼은 떠벌리지 않을 거고 말이오."

그건 다른 문제에 대해선 그럴 수도 있다는 여지를 남긴 얘기였다. 사실 감옥 안에서의 뤼팽의 모든 활동은 다음 두 가지 목표로 집약이 되고 있었다. 밖의 친구들과 연락을 주고받으면서 그들로 하여금 언론을 유도한다는 것!

이미 체포되었을 당시부터 그는 두드빌 형제에게 필요한 지시는 빠짐없이 전달한 상태였고, 이제는 모든 준비가 거의 갖춰졌다는 평가를 내리던 참이었다.

뤼팽은 매일 빠짐없이 성실한 태도로 봉투 만드는 일에 몰두했다. 아침마다 재료를 가져와서 저녁이면 말끔히 접혀 풀칠까지 마무리된 봉투 꾸러미를 가져나갈 수 있도록……

이 일을 선택한 수감자들에게 봉투 재료가 배분되는 방식이 언제나 정확하고 천편일률적으로 정해져 있는지, 뤼팽에게 돌아오는 봉투 재료 역시 늘 같은 번호를 달고 있었다.

여러 차례 반복되는 작업 속에서, 정확하다고 확인된 결론이었다. 이제 남은 것은 봉투의 공급과 외부로 발송하는 것을 책임진 교도소 직원을 매수하는 일.

물론 그것은 쉬운 일이었다.

뤼팽은, 바깥의 친구들과 자신 사이에 합의된 표시가 봉투지 꾸러미 맨 위의 종이에 나타나기를 느긋한 마음으로 기다렸다.

일에 몰두하다 보니 시간은 빠르게 흘러갔다. 정오 무렵에는, 늘 그렇듯, 포르므리 씨의 방문이 있었고, 무척이나 과묵한 편인 변호사 캠벨 선생의 입회하에 꼼꼼한 신문을 치렀다.

한데 이젠 그 자체가 뤼팽에겐 하나의 여흥거리나 다름없었다. 일단 알텐하임 남작의 살해에 자신이 가담하지 않았다는 점을 포르므리 씨에게 이해시키자, 그다음부터는 완전히 머릿속에서 꾸며낸 악행들을 수사판사 앞에다 제멋대로 늘어놓음으로써, 이젠 뤼팽의 전매특허가 되다시피 한 포복절도할 아이러니로 매번 신문 절차를 황당한 결론에 봉착하게 만드는 것이었다.

그러면서도 항상 얘기하듯, 그저 장난을 좀 쳐봤을 뿐이라는 것이다. 글쎄, 재미있다고 해야 할지…….

그러던 중, 드디어 좀 더 중대한 문제가 들이닥쳤다. 공작을 벌인 지 닷새째 되는 날, 편지 봉투지 꾸러미의 둘째 장에 미리 합의된 손톱자국이 분명히 새겨져 있는 것을 발견한 것이다.

"이제 됐어!"

그는 어딘가 숨겨둔 곳에서 자그마한 유리병을 꺼내 안의 액체를 검지에 묻힌 뒤, 손가락을 셋째 장 위에 문질러보았다.

아니나 다를까, 서서히 글자의 획들이 하나둘 자취를 드러내더니, 단어가 나타나고, 급기야 문장이 얼굴을 내미는 것이었다.

잘돼감.

결정판 아르센 뤼팽 전집

813

657

슈타인벡은 풀려났고 시골에 숨어 지냄.

주느비에브 에르느몽의 건강 상태 양호함.

그녀는 몸져누운 마담 케셀바흐를 보러 브리스틀 호텔에 자주 드나듦.

또한 거기서 매번 피에르 르뒥과도 만나고 있음.

같은 방식으로 답장 바람.

아무 위험 없음.

이렇게 해서 바깥세상과의 원활한 연락 방식이 확보된 셈이었다. 이번에도 뤼팽의 솜씨가 여지없이 먹혀든 것이다. 이제 머릿속에 담아두었던 계획을 착착 진행시키기만 하면 된다. 즉, 슈타인벡 노인의 고백 내용을 슬슬 활용하고, 더없이 기상천외하고 멋진 술책을 동원해 이 답답한 공간을 보란 듯이 벗어나는 것!

『그랑 주르날』지에 다음과 같은 기사가 실린 것은 그로부터 사흘 뒤였다.

정보에 밝다면 밝은 많은 사람이 알고 있듯, 비스마르크의 비망록은 위대한 수상으로서 그가 공식적으로 관여했던 숱한 사건 이야기로 가득 차 있는 게 사실이다. 그러나 그 외에도 엄청난 흥미를 불러일으킬 만한 비밀 편지들이 존재한다는 사실을 아는 이는 그리 많지 않을 것이다.

바로 그러한 편지들이 최근에 발견되었다. 믿을 만한 소식통에 의하면 이제 머잖아 그 편지들이 연속적으로 출간되어 세상에 선보일 거라고 한다.

이 수수께끼 같은 단평 기사가 당시 세계적으로 얼마나 큰 반응을 불러일으켰고, 숱한 논평과 추측, 특히 독일 언론을 중심으로 얼마나 격한 논쟁에 불을 붙였는지, 지금도 기억이 생생하다. 대체 누가 제보한 기사일까? 그 비밀 편지라는 것들이 무슨 내용을 담고 있을까? 수상에게 편지를 쓴 사람들은 누구이며, 수상은 또 누구에게 편지를 썼던 것일까? 혹시 수상과 원한 관계에 있는 누가 사후의 복수극이라도 연출하는 것은 아닐까? 아니면 비스마르크와 편지를 주고받았던 누구의 단순한 부주의로 공개되어서는 안 될 편지가 유출된 것일까?

그러나 며칠이 지난 다음, 같은 신문에 실린 아래의 공개서한은 여러 의문점을 몇 가지 요점으로 집약시켜주었고, 그 결과 이미 불붙은 대중의 관심에 기름을 끼얹은 격이 되었다.

상테 팔라스, 2구역, 14호 감방으로부터
『그랑 주르날』지 사장님께,

지난 화요일 귀사의 신문을 보니, 내가 언젠가 저녁 시간을 이용해, 외교 문제에 관해 이곳 상테에서 행했던 강연 내용 일부가 짤막한 기사로 실렸더군요. 실은 기본적으로 진실을 반영하고 있는 그 기사에 약간의 보완이 필요할 것 같다는 생각에서 이렇게 편지를 올리게 되었습니다. 단연코 편지는 존재합니다. 또한 그와 관련 있는 나라의 정부에서 지난 10여 년간 끊임없이 그것을 손에 넣으려고 모색해왔을 만큼, 그 내용의 중요성에 대해서는 이론의 여지가 없다고 하겠습니다. 하지만 아직 편지가 어디에 있는지, 그 내용이 정녕 무엇인지에 대해서는 아무도 아는 사람이 없는 실정입니다.

확신하건대, 내가 공연히 시간을 질질 끌면서 자신들의 당연한 호기심을 지치게 하지 말아주었으면 하는 게 대중의 바람일 것입니다. 그러나 불행히도, 현재 나로서는 진실 추적에 필수적인 수단이 전무한 상태이며, 지금과 같은 처지로서는 원하는 만큼 그 문제에 시간을 쏟기도 어려운 입장이랍니다.

다만 현재로서 말씀드릴 수 있는 것은, 문제의 편지들은 어떤 한 사람이 죽어가면서 자신의 절친한 친구에게 맡긴 것이며, 그 후 친구는 자신의 우정과 그에 대한 헌신으로 인해 엄청난 고충을 겪어야만 했다는 사실입니다. 온갖 감시와 강제적인 가택수색은 물론, 그 어떤 험악한 폭거로부터도 그는 결코 자유롭지 못했습니다.

따라서 나는 내 전속 비밀경찰들 중에서 최고 요원 둘을 선발해, 그같은 정황을 처음부터 재조사하도록 지시한 바 있으며, 앞으로 이틀이 지나지 않아, 그 흥미진진한 수수께끼의 전모가 눈앞에 환히 펼쳐지리라는 것을 확신하고 있습니다.

아르센 뤼팽

역시 이번에도 아르센 뤼팽이었다! 더구나 그 자신 감옥에 처박힌 처지에서, 첫 번째 기사가 예고한 비극, 혹은 희극을 멋지게 연출해 보이겠노라고 나선 것이다! 또 얼마나 대단한 활약이 펼쳐질 것인가! 사람들은 저마다 탄성을 내질렀다. 아르센 뤼팽 같은 예술가의 솜씨라면 틀림없이 전혀 예상치 못할, 통쾌하기 이를 데 없는 장관이 펼쳐질 터!

다음은, 그로부터 사흘 뒤, 같은 『그랑 주르날』지에 실린 또 다른 기사이다.

일전에 잠깐 언급했던 그 헌신적인 친구의 이름이 방금 나한테 입수되었다. 이름하여 헤르만 3세 대공. 비록 지금은 몰수되었지만, 되퐁펠덴츠 대공령의 지배자였으며, 비스마르크와는 절친한 사이로, 그의 속내 얘기를 가장 가까운 곳에서 들어주던 인물이다.

그의 집은 가택수색이라는 명목으로, W 모라는 백작(발데마르의 이름

철자는 Waldemar임—옮긴이)과 그 일당 10여 명에 의해 철저하게 유린당했지만, 결국 아무것도 발견되지 않았다고 한다. 하나 그렇다고 해서, 대공이 문제의 편지를 소지하고 있다는 심증까지 흔들리는 것은 아니었다.

대체 어디에 숨긴 것일까? 현재로서는 이 세상 어디를 둘러봐도 그 문제를 속 시원히 해결해낼 사람이 없을 듯하다.

그런데 나, 아르센 뤼팽은 문제의 해결을 위해 스물네 시간만을 요구하는 바이다.

아르센 뤼팽

실제로 그로부터 정확히 스물네 시간 뒤, 약속된 내용이 신문 지상에 떠올랐다.

그 유명한 편지들은 현재 되퐁의 주도(主都)인 펠덴츠의 어느 폐허가 된 고성에 숨겨져 있다.

정확히 성의 어디쯤이냐고? 그리고 편지의 진짜 내용은? 그것이 이제부터 내가 몰두해야 할 문제인 바, 앞으로 나흘 후, 여러분 앞에 속 시원히 밝혀드릴 것을 약속한다.

아르센 뤼팽

약속된 그날, 당연히 사람들은 너도나도 『그랑 주르날』지를 집어 들었다. 하지만 실망스럽게도, 기대했던 정보는 지면(紙面) 어디에서도 찾을 수가 없었다. 다음 날도 그랬고, 그다음 날도 마찬가지였다.

대체 어찌 된 걸까?

저간의 사정을 알게 된 것은 뜻밖에도 파리 경시청으로부터 어줍게 흘러나온 정보를 통해서였다. 즉, 상테 교도소장의 귀에, 뤼팽이 교도소 잡역인 봉투 제작 과정을 통해서 외부의 패거리와 연락을 주고받는다는 얘기가 새어 들어갔다는 것이다. 물론 이렇다 할 증거가 발견된 것은 아니었지만, 어쨌든 그 후로 이 감당 못할 수감자의 모든 잡역이 중단되고 말았다.

이에 대해 그 '감당 못할' 수감자는 이렇게 소견을 피력했다고 한다.

"이제 더는 할 일도 없으니, 나에 대한 소송 건에나 전념해야겠소이다. 나의 변호인이신 변호사협회 회장 캥벨 씨를 당장 대주시오."

그랬다. 지금까지 캥벨 선생과의 모든 접견을 굳이 마다해온 뤼팽이 드디어 자신의 법적 방어에 적극 나서기 위해 그를 맞아들이기로 한 것이다.

2

바로 다음 날, 들뜬 마음으로 캥벨 선생은 변호사 접견실로 뤼팽을 불러냈다.

그는 나이 지긋한 신사로, 렌즈가 하도 두꺼워서 눈동자가 왕방울만하게 보이도록 만드는 안경을 끼고 있었다. 그는 모자를 벗어 탁자 위에 놓고 서류 가방을 척 펼친 다음, 정성껏 준비해온 질문들을 쏟아내기 시작했다.

그에 대해 뤼팽은 기꺼이 조목조목 대답을 해주었으며, 일부 대목에 대해선 어찌나 자세하게 설명을 했는지, 캥벨 선생이 색인 카드를 거듭 철해가면서 일일이 내용을 기입해 넣기에 숨이 찰 정도였다.

"그러니까 당신 얘기로는 그 당시……."

서류 위에 잔뜩 몸을 숙인 채 변호사가 더듬거릴라치면, 뤼팽은 얼른 "내 얘기는 그 당시……" 하며 말을 받는 것이었다.

그러면서 사실 뤼팽은, 알게 모르게 지극히 사소한 동작들을 통해 탁자 위로 팔꿈치를 괴어가고 있었다. 그는 점점 아래로 팔을 내리면서 캥벨 선생이 벗어놓은 모자 속으로 슬그머니 손을 밀어 넣었다. 다음 순간, 모자가 너무 클 경우 대개 안감과 가죽 덧감 사이에 끼워 넣도록 되어 있는 접은 종이띠들 중 하나를 잽싸게 손가락 끝으로 끄집어내는 것이었다.

아니나 다를까, 두드빌 형제가 약속된 기호로 작성한 메시지였다.

현재 캥벨 선생의 개인 시종으로 고용되어 있습니다.

봉투 작전을 고발한 건 L. M.이었습니다.

그나마 미리 예측을 했기에 망정이지 큰일 날 뻔했습니다!

......

그 뒤로는 뤼팽이 폭로한 내용에 관한 세간의 반응과 논평들이 자세하게 적혀 있었다.

뤼팽은 호주머니 속에서 차후의 지시 사항을 적어 넣은 그와 똑같은 크기의 종이띠를 꺼내 같은 방식으로 슬그머니 바꿔치기한 뒤, 점잖게 손을 모으고 시침을 뗐다.

그렇게 해서 『그랑 주르날』지와의 통신은 더 늦지 않게 재개되었다.

대중에게 잠시 약속을 지키지 못한 점을 사과드린다. 아시다시피 이곳 상태 팔라스의 우편 업무라는 것이 좀 열악한가!

어쨌든 이제 우리의 작업은 막바지에 다다랐다. 현재 내 손안에는 확고한 근거를 토대로 진실을 일으켜 세우기에 충분한 문서들이 확보되어 있다. 하지만 출간은 그리 서두를 생각이 아니다. 그럼에도 불구하고 이 사실만은 미리 알아두시는 것도 나쁘지 않으리라. 즉, 그 편지들 중에는, 원래부터 수상을 존경하고 그의 제자로 자처했다가, 훗날 거추장스럽게 변한 스승을 제거하고 스스로 홀로서기를 한 어떤 인물로부터의 편지도 다수 포함되어 있다는 사실……

이 정도면 다들 알아들으셨을까?

그리고 그다음 날에는 이랬다.

그 편지들은 지난 황제가 병환으로 몸져누웠을 당시 쓰인 것들이다. 그 정도면 얼마나 중요한 내용을 담고 있을지 뻔한 것 아니겠나?

이후 나흘간 침묵이 이어지더니, 급기야 아직까지도 세간에 그 충격이 채 가시지 않은 마지막 단평이 이렇게 실렸다.

조사가 끝났다. 이젠 모든 것을 알게 되었다. 머리를 쥐어짜자 편지들을 숨겨둔 위치도 알 만해졌다.

조만간 내 친구들은 펠덴츠를 찾아가서, 모든 난관을 극복하고, 내가 지시한 출입구를 통해 성안으로 잠입할 것이다.

그때가 되면 전 신문 지상에 편지들의 사본이 실릴 것이다. 지금도 나는 그 내용이 어떤 것인지 알고 있지만, 이왕이면 전문을 고스란히 여러분께 재현해드리고 싶은 게 내 심정이다.

이제 그 무엇으로도 막을 수 없는 편지 공개는 앞으로 2주 후인 8월 22일부터 시작해 매일 이루어질 것이다.

그때까지 나는 침묵 속에서 사태를 지켜보고자 한다.

실제로 이다음부터 『그랑 주르날』지와의 통신은 두절되었으나, 그들끼리의 표현을 빌리자면, '모자 통신'을 통해 뤼팽과 바깥 친구들과의 교신은 계속되고 있었다. 생각해보면 너무도 간단한 방법이 아닌가! 별로 들킬 위험도 없고 말이다. 세상에, 캥벨 선생의 점잖은 모자가 뤼팽의 사서함 역할을 하리라고 그 누가 짐작이나 하겠는가!

이틀이나 사흘에 한 번씩은 꼭 아침마다 고명하신 변호사께서 고객의 우편물을 고분고분 배달해주시는 것이렷다! 파리는 물론 지방과 독일로부터 모여드는 온갖 편지가 두드빌 형제의 손에서 일차적으로 간략하게 암호화되면, 그 쪽지가 고스란히 모자 속에 담겨 뤼팽의 손아귀에 차곡차곡 전해지고 있다는 얘기⋯⋯.

물론 접견이 시작된 지 한 시간만 지나면 캥벨 선생은 매우 진지한 자세로 뤼팽의 지시 사항들을 빠짐없이 수거해 옮겨다 주고 말이다!

그러던 어느 날, 상테 교도소장에게 L. M.이라는 서명이 적힌 전화 메시지가 당도했는데, 그 내용인즉, 아무래도 캥벨 선생이 현재 자기도 모르는 사이 뤼팽의 우편배달부 역할을 하고 있는 것 같다면서 둘의 면담 과정을 감시해보는 게 좋을 거라는 것이었다.

교도소장은 즉시 이 사실을 캥벨 선생에게 알렸고, 변호사는 앞으로 항상 자신의 비서를 대동한 채 면담을 진행하겠노라고 다짐했다.

그렇게 해서 뤼팽은, 모든 노력과 풍부한 발상, 난관에 봉착할 때마다 더더욱 빛을 발휘해온 기발한 착상에도 불구하고, 이번에도 또다시 저 악랄하고 무시무시한 적의 훼방 때문에 외부 세계와 단절될 지경에 처하고 말았다.

더구나 지금은 무척이나 중요한 시점! 자신을 이 비좁은 감방 안에 압살하려고 몰아붙이는 모든 세력의 면전에다 마지막 카드를 펼쳐 보이려는, 하필 이 엄숙한 순간에 말이다.

8월 13일, 두 변호사를 앞에 두고 의자에 앉아 있던 뤼팽의 눈길이, 캥벨 선생의 서류를 둘둘 말고 있던 신문지에 가서 멈췄다. 언뜻 눈에 띄는 제목의 일부는 '813'이라는 숫자였다!

자세히 보니 소제목은 이렇게 이어져 있었다.

새로운 살인 사건 발생.

전 독일 발칵 뒤집히다.

APOON의 수수께끼는 과연 밝혀질 것인가?

뤼팽은 별안간 안색이 창백해졌다. 그는 가까스로 그 아래에 이어진 기사 내용으로 시선을 옮겨갔다.

두 건의 충격적인 전보가 방금 본사에 도착했다.

하나는, 아우크스부르크 근방에서 목에 자상(刺傷)을 입은 어느 노인의 사체가 발견되었다는 내용이다. 신원은 어렵지 않게 파악되었는데, 케셀바흐 사건에 연루된 것으로 알려진 슈타인벡 씨라는 것이었다.

또 다른 하나는, 저명한 영국인 탐정 셜록 홈스께서 쾰른에 급하게 초빙되었다는 내용을 전하고 있다. 거기서 홈스 씨는 황제를 알현할 예정이며, 둘이 함께 펠덴츠 성을 방문할 것이라고 한다.

지금으로선 셜록 홈스가 APOON의 비밀을 밝혀내는 데 기용될 것이 확실시되는 상황이다.

만약 그가 성공한다면, 지난 한 달 동안 지극히 묘한 방식으로 아르센 뤼팽이 주도해온 수수께끼 같은 언론 활동이 참혹한 좌절을 맞이할 수밖에 없을 것이다.

3

홈스와 뤼팽의 대결이 펼쳐질지도 모른다는 생각에, 대중의 흥분은 그 어느 때보다도 높이 치솟았다. 이번의 경우, 상황에 따라 보이지 않는 싸움, 심지어 익명의 싸움이 될지도 모르지만, 그간 일어난 엄청난 사건으로 보나, 다시 맞붙을 두 화해 불가능한 앙숙 간의 치열한 주도권 다툼으로 보나 대중의 호기심은 여느 때와는 비교될 수 없을 정도였다.

게다가 이번 싸움은 사소한 도난 사건이나 개인사에 얽힌 사연 혹은 이해관계를 둘러싸고 벌어지는 것이 아니다. 그야말로 진정한 의미의 세계적인 사건, 즉 서구 사회의 세 거대 국가가 깊숙이 연루되어, 어쩌면 세계 평화가 위협받을지도 모를 중대한 사건을 두고 한판 대결을 벌이는 것이다!

이를테면 그 당시 '모로코 위기'만 해도 아직 봉합(縫合)되지 않은 상태였음을 상기해보라. 조금만 불똥이 튀어도 걷잡을 수 없는 불길이 일어날 상황이었지 않은가(1905~1906년, 1911년 두 차례에 걸쳐 모로코의 분할을 둘러싸고 일어난 프랑스와 독일 간의 국제분쟁. 지중해의 요충지 모로코에 대한 프랑스의 제국주의적 진출에 대항해 독일의 빌헬름 2세가 노골적으로 저지하고 나섰고, 이로 인해 프랑스·독일 간의 긴장이 극에 달하자 영국이 중재에 나서 프랑스의 대(對)모로코 진출이 합법적으로 인정되었음. 특히 이 소설의 배경이 된 시기인 1911~1912년에도 역시 독일 빌헬름 2세의 적극적 개입으로 프랑스와 독일의 군사 대결 조짐까지 있었으나 급기야 1912년 모로코에 대한 프랑스의 식민 지배가 결정됨—옮긴이)!

그야말로 모두가 숨죽이고 뭔가 기다리면서도, 과연 무슨 일이 일어날지 알 수가 없는 막막한 상황…… 만약 영국인 탐정이 이 결투의 최후 승자로 등극해서, 문제의 편지들을 거머쥔다 해도 그걸 누가 어떻게 알 수 있겠는가? 그의 승리를 증명해줄 증거인 편지는 과연 어찌 될 것인가?

결국 뤼팽에게서 사람들이 기대하는 것은, 언제나 그렇듯, 자신의 행동거지 하나하나를 대중과 함께한다는 바로 그 점이었다. 대체 그는 이 일을 어찌 해결할 것인가? 자신을 위협하고 있는 이 끔찍한 상황을 어떻게 모면할 것인가? 아니, 이 모든 상황을 알기나 하는 것일까?

14호 감방의 수감자 역시 거의 비슷한 질문을 스스로에게 던지고 있었다. 물론 그의 마음을 사로잡고 있는 것은 그런 허황된 호기심이기보다는 매 순간 가슴을 조여오는 불안과 현실적인 고민이었지만 말이다.

그는 돌이킬 수 없이 혼자가 된 느낌이었다. 무기력한 두 손과 무기력한 의지, 무기력한 두뇌……. 제아무리 명민하고 수완이 넘치며 대담무쌍하면 무엇하는가? 아무 소용이 없다. 싸움 자체가 자신의 손길을 벗어난 곳에서 벌어지고 있으니 어찌하랴! 이제 자신의 역할은 끝났다는 느낌……. 그동안 정성껏 모든 부품을 조립해왔고, 멋진 탈옥 작전을 착착 진행시키기 위해 태엽들을 꼼꼼히 감아놓았건만, 정작 작품의 완성을 코앞에 둔 마지막 단계에서 이렇듯 꼼짝달싹 못하게 되다니! 어쨌든 정해진 날짜에 모든 장치는 작동을 개시할 것이다. 그러나 그때까지 별의별 사건들이 일어날 것이고, 숱한 변수가 고개를 들이밀 텐데, 그것들을 해결하거나 무마할 아무런 방도가 없다.

뤼팽으로선 지금 이 시간이 일생 중 가장 힘들고 괴로운 시간처럼 느껴졌다. 이젠 자기 자신의 존재에 대한 의문마저 들었다. 심지어 이대로 도형수라는 끔찍한 상황 속으로 인생 전체가 아예 함몰해버리는 게 아닌가 하는 생각까지 드는 것이었다.

계산을 잘못했던 걸까? 그저 이대로만 하고 있으면, 정해진 날짜에 탈출 사건이 착착 진행될 거라고 믿은 것이 순진한 발상이었던가?

"미쳤어! 지금까지의 추리는 죄다 엉터리였다고. 어쩜 이렇게 모든 상황이 교묘하게 어긋날 수 있단 말인가! 이젠 그야말로 극히 사소한 일만 하나 생겨도 모든 걸 망쳐버리고 말 것이야. 작은 모래알 같은 사건 하나라도 말이야."

솔직히 뤼팽은 지금 슈타인벡이 죽었다거나 넘겨받기로 되어 있던 문서가 사라졌다는 사실엔 별로 개의치 않았다. 막말로 문서들이야 이젠 없어도 그만이다. 이미 슈타인벡이 얘기한 단서들에다 약간의 직관력과 천재적인 추리력을 가미하면, 황제가 작성했을 편지의 내용쯤이야 능히 재구성할 수 있고, 그로부터 승리로 가는 전략을 충분히 짜낼 수 있을 것이다. 하지만 지금 전장(戰場)의 한복판에는 저 셜록 홈스가 떡하니 버티고 서 있다. 그가 편지들을 찾아내는 날에는 그동안 공들여 쌓아 올린 탑이 한순간 와르르 무너져 내릴 것이었다!

그뿐만 아니라, 그 정체불명의 수수께끼 같은 적(敵)은 또 어떤가! 필시 이 상테 감옥 주위를 맴돌며, 아니 어쩌면 감옥 안에 숨어서, 뤼팽의 일거수일투족은 물론 가장 비밀스러운 계략까지, 심지어 제대로 머릿속에서 부화되기도 전에 간파해버리는 듯한 저 무자비한 존재······.

8월 17일, 8월 18일, 19일······. 이제 이틀 남았다. 아, 그러나 그 이틀이 아예 두 세기(世紀)보다도 길게 느껴지니······. 오, 한없이 길게만 느껴지는 이 시간! 그토록 침착하고, 그토록 자제력이 강하고, 그토록 여유 만만하던 뤼팽이 지금은 여간 흔들리는 것이 아니었다. 순간순간 흥분했다가 가라앉았다가, 도저히 적에 대한 대비를 할 수 없다는 무력감 속에서, 모든 것에 겁을 집어먹은 듯한 암울한 지경에 빠져 있는 것이었다.

그렇게 어느덧 8월 20일······.

그는 뭔가 행동을 하고 싶었으나 그럴 수가 없었다. 무엇을 어떻게 하건, 대단원의 시기를 앞당기는 것은 불가능했다. 아니 과연 결말이 날 것인지 안 날 것인지조차, 한 치 앞도 내다볼 수 없는 지금의 뤼팽으로서는 도저히 가늠할 수가 없었다. 적어도 마지막 날, 마지막 일분일초까지 남김없이 지나가버리기 전에는 말이다. 그때 가서야 비로소 자신의 계략이 결정적으로 실패했는지를 알 수 있을 것이다.

그는 비좁은 감방 안에서 끊임없이 이렇게 뇌까렸다.

"실패가 불 보듯 뻔해. 지금까지 모든 걸 너무도 미묘한 상황에만 의존한 데다, 어쩌면 지나치게 심리적인 방법으로밖에는 목표를 달성할 수가 없는 형편이야. 아무래도 내가 내 장기(長技)에 대해 지나치게 환상을 품어오고 있었던 것 같아. 하지만……."

그렇다, '하지만' 희망이 가늘게나마 문득 마음속을 비집고 들어오기 시작했다. 그는 자신에게 배당될 행운을 이리저리 가늠해보았다. 그러다 보니 별것 안 되는 가능성마저 꽤 효력 있고 현실적으로 느껴지는 것이었다. 모든 일이 이미 내다본 이유들로 인해, 점찍어둔 방향으로 일어날 것 같았다.

그렇다! 오히려 성공이야말로 불 보듯 뻔하다. 아, 제발 셜록 홈스가 편지의 은닉처를 찾아내지만 못한다면 말이다!

아뿔싸! 어느새 또 이 방정맞은 생각이 홈스에게 가 닿다니! 뤼팽은 다시금 막강한 절망감 앞에서 고개를 떨구고 말았다.

마지막 날…….

그는 간밤 내내 악몽에 시달리다가 늦게야 잠이 깼다.

어쩐 일인지, 오늘은 수사판사도 변호사도 모습을 보이지 않았다.

오후는 천천히, 아주 천천히 암울한 보조(步調)로 지나갔고, 이내 감방의 음산한 저녁 시간이 찾아왔다. 왠지 신열이 났다. 심장은 가슴속에서 정신 나간 짐승처럼 날뛰고 있었다.

시간은 돌이킬 수 없는 발걸음을 한발 한발 내딛고 있었다.

밤 9시, 아무 일도 일어나지 않았다. 10시, 역시 아무 일도 일어나지 않았다.

671

온 신경이 마치 활시위처럼 팽팽히 긴장된 상태에서, 그는 감옥 안을 맴도는 모든 소음을 남김없이 잡아들이려는 듯 귀를 기울이고 있었다. 저 난공불락의 담벼락 너머 바깥세상에서 스며들어 올지 모를 모든 기운을 온몸으로 붙들려는 듯이…….

아! 제발 저 시간의 발걸음을 잠시라도 멈추게 할 수만 있다면! 그리하여 이 무자비한 운명에 조금만 더 여유를 부여할 수만 있다면!

하지만 다 무슨 소용이랴! 이미 모든 게 끝나지 않았는가?

"아! 미쳐버리겠구나! 차라리 빨리 끝나버려라! 그럼 처음부터 다르게 시작해보리라. 다른 걸 시도해볼 테야. 아, 하지만 할 수가 없어. 더는 할 수가 없구나."

그는 머리를 양손으로 잔뜩 감싸고는 있는 힘껏 압박을 가해 모든 사고력을 하나의 문제로 집중시켰다. 마치 그렇게 함으로써 자신의 모든 것을 걸었던, 상상을 초월하는 어마어마한 사건이 실제로 일어나기라도 하는 것처럼 말이다.

"그렇게 되어야 해. 그렇게 되어야만 한다고. 내가 원하기 때문만 아니라, 그렇게 되는 게 논리적으로 맞기 때문에……. 그렇게 되어야만 해."

그는 난데없이 자신의 머리통을 주먹으로 냅다 갈겼다. 아울러 입 밖으로는 미친 듯한 외마디 소리가 솟구쳐 나왔다.

자물쇠가 삐걱거렸다. 너무나 흥분한 상태였기에 그의 귀에는 복도를 걸어오는 사람들 발소리가 잡힐 리 없었다. 그러다 갑자기 문이 삐거덕 열렸고, 동시에 한 줄기 광선이 감방 안을 쑤시고 들이쳤다.

세 사내가 들어섰다.

뤼팽은 조금도 놀라는 눈치가 아니었다.

들지도 보지도 못한 기적이 지금 눈앞에서 벌어지는데도 왠지 그에게는 지극히 당연하고 자연스러운 일로 느껴졌다. 정의와 진실에 그처럼 부합하는 일이 없을 것 같았다.

다만 엄청난 자부심이 물밀듯 가슴속을 밀고 들어왔다. 지금 이 순간만큼은 자신의 능력과 지성에 대해 스스로 탄복한다 해도 과할 것 같지는 않았다.

"아무래도 전등을 켜야겠죠?"

셋 중 하나가 입을 열었는데, 뤼팽은 그 속에서 교도소장의 음성을 간파했다.

"아니요. 이 램프만으로도 족합니다."

나머지 일행 중에서 덩치가 크고 약간 외국 억양이 섞인 남자가 대답했다.

"저는 나가드릴까요?"

"당신이 해야 할 바대로 하십시오."

역시 같은 남자였다.

"경시청장의 지시는, 당신이 원하는 대로만 해드리라는 거였습니다."

"정 그렇다면, 자리를 피해주시는 게 나을 것 같군요, 선생."

보렐리 씨는 즉시 밖으로 나가 문을 반쯤 열어둔 채, 부르면 들릴 정도만큼만 물러나 있었다.

남자는 아직 한마디도 하지 않은 다른 사내와 잠시 얘기를 나누는 듯했는데, 뤼팽은 캄캄한 어둠을 눈으로 더듬으며 두 사람의 정체를 파악해내려고 애썼다. 하지만 보이는 것이라곤 자동차 경주자가 입는 풍성한 외투에 축 처진 모자 차림의 시커먼 실루엣이 다였다.

순간 램프의 광선이 얼굴 가득 들이닥치면서 남자의 목소리가 들렸다.

"당신이 아르센 뤼팽이오?"

813

뤼팽은 지그시 웃었다.

"그렇소. 내가 바로 아르센 뤼팽이라 하오. 지금은 상테 감옥 2구역 14호 감방의 수감자 신세도 겸하고 있소만."

"당신이 바로 『그랑 주르날』지에 편지인가 뭔가 하는 문제로 다소 황당한 단편을 실었던……."

뤼팽은 얼른 말을 가로챘다.

"잠깐만, 선생! 아무리 봐도 별로 명확해 보이지 않는 이 같은 대화를 계속하기 전에, 우선 내가 상대하는 분이 누구인지 알려주신다면 꽤 고맙겠소만?"

"전혀 쓸데없는 요구로군!"

외국인이 시큰둥하게 대꾸하자 뤼팽도 물러서지 않았다.

"아주 불가피한 요구요!"

"왜 그렇지?"

"그게 바로 예의라는 거니까, 므슈……. 당신은 내 이름을 알고 나는 당신 이름을 모르고…… 이런 수준 미달의 오류는 내가 도저히 그대로 넘어갈 수가 없지."

외국인은 발끈해서 내뱉었다.

"이곳 교도소장께서 직접 이렇게 안내한 것만으로도 충분히……."

"충분히 보렐리 씨가 예법에 좀 어둡다는 걸 증명하고도 남음이 있군요! 보렐리 씨는 우리 둘을 서로에게 각자 소개해주었어야 하는데 말이오. 당신이 누구이건 간에, 이 방 안에서만큼은 우리 둘 다 동등한 입장임을 명심해주시오. 위도 아래도 없고, 죄인도 또 기꺼이 면회를 와주어 고마운 방문객도 존재하지 않는단 말이오. 한데 지금 이곳에 있는 두 사람 중 하나는 벌써 깍듯하게 벗었어야 할 모자를 그냥 눌러쓴 채……."

"아! 도저히 못 봐주겠군."

"배울 건 배워야지, 선생!"

뤼팽은 전혀 물러설 생각이 없는 듯했다.

외국인은 천천히 다가서며 뭔가 말하려고 했지만, 뤼팽이 먼저 선수를 쳤다.

"어허, 그 모자…… 모자부터 벗어야지."

"이봐요, 내 말 잘 들으시오!"

"싫은걸!"

"들어야 해!"

"싫소!"

아무래도 상황이 엉뚱하게 악화되는 인상이었다. 그러자 그때까지 침묵만 지키고 있던 남자가 일행의 어깨에 손을 짚으며 독일어로 말했다.

"내가 해보지."

"네? 그건 절대로……."

"입 다물고 나가 있게."

"혼자 계시게 하면……."

"그래, 혼자 있게 해줘."

"그럼 문이라도?"

"문도 닫고 멀리 떨어져 있게."

"하지만 저자는…… 잘 아시지 않습니까. 아르센 뤼팽은……."

"나가라고 했네!"

남자는 하는 수 없이 구시렁대며 밖으로 나갔다.

"문을 꼭 닫게. 그게 훨씬 나아. 그렇지. 좋아."

밖을 향해 지시한 다음, 침묵하던 남자는 뤼팽을 향해 똑바로 버티고

선 채 등불을 천천히 들어 올리며 말했다.

"내가 누구인지 꼭 말해야만 하겠소?"

"아닙니다."

뤼팽의 대답이었다.

"그건 또 왜 그렇소?"

"이미 알고 있기 때문입니다."

"아!"

"지금까지 기다리고 있었습니다."

"나를 말이오?"

"네, 폐하!"

담판

1

"쉿! 그 단어는 사용하지 않기로 합시다."

외국인은 펄쩍 뛰다시피 말했다.

"그럼 뭐라고 불러야 하는지요?"

"아무 이름이나 괜찮소."

두 사람 사이에 잠시 침묵이 흘렀다. 한데 그 침묵은 서로 격돌하려는 두 적수 사이에 흔히 감도는 그런 침묵과는 전혀 다른 무엇이었다. 외국인은, 평생 지시를 하고 복종만 받아오던 자에게서나 있을 수 있는 태도로 감방 안을 이리저리 거닐고 있었다. 반면 뤼팽은 평소처럼 빈정대는 미소나 도발적인 자태는 온데간데없이, 똑바로 선 채 심각한 표정으로 뭔가 기다리는 듯했다. 그러면서도 실은 내심 깊숙한 곳에서는, 지금의 이 기막힌 상황을 음미하느라 심장이 미친 듯이 두방망이질하고 있었다. 이 누추한 감방 안에 한쪽은 도둑이자 사기꾼, 협객이자 수인으로서 아르센 뤼팽이 서 있고, 그 맞은편에는 호칭만 해도 카이사르와 샤를마뉴(742~814. 중세 서유럽 통일을 이룩했으며 고대 그리스, 로마 문화의 부흥을 추진한 위대한 황제. 그의 활약상을 토대로 한 소위 '샤를마뉴 전설'은 중세 무훈시와 기사도 전설의 모태 역할을 했음—옮긴이)의 후계자라는 어마어마한 존재, 오늘날의 세계를 반신(半神)이나 다름없는 위상으로 군림하고 있는 한 사내가 어슬렁거리고 있는 것이다.

뤼팽은 이러한 거물을 이곳까지 오지 않을 수 없게 한 스스로의 능력에 잠시 취해 있었다. 심지어 자신의 승리를 생각하며 눈에 눈물이 맺히기도 했다.

외국인은 문득 걸음을 멈췄다.

그리고 첫마디부터 단도직입적인 말투로 본론을 꺼내놓는 것이었다.

"내일이 8월 22일이오. 편지들이 내일 발표되겠지요?"

"오늘 밤입니다. 앞으로 두 시간 후에 제 친구들이 『그랑 주르날』지에 제출하도록 되어 있습니다. 아직 편지는 아니고 헤르만 대공이 규합하고 주석을 붙인 편지 목록만 공개될 겁니다."

"그 목록을 제출하지 마시오."

"목록은 제출되지 않을 것입니다."

"그것을 나한테 넘기시오."

"폐……. 아니 당신의 손에 넘길 것입니다."

"물론 모든 편지에 관해서도 마찬가지요."

"모든 편지 역시 그렇게 할 것입니다."

"어떤 것도 사본을 만들어선 안 되오."

"어떤 것도 사본을 만들지 않을 것입니다."

그렇게 자신의 요구 사항을 늘어놓는 외국인의 어조 속에는 간청을 한다든가, 조금이라도 자신의 권위를 수그리는 기색이 없었다. 그는 명령을 하지도 않았지만, 그렇다고 상대의 의향을 묻지도 않았다. 그저 아르센 뤼팽이 기필코 수행해야 할 행동을 있는 그대로 구술(口述)했을 뿐이다. 그렇다, 그것들은 그렇게 처리되어야 할 것들이었다. 아르센 뤼팽의 요구 사항이 무엇이고 자신의 행위에 대한 대가로 얼마를 부르든 간에, 어차피 그렇게 되고야 말 일들인 것이다. 바꿔 말해, 미리 고개를 숙이고 들어가는 거나 다름없었다.

'빌어먹을, 이거 강적(強敵)을 만났구먼! 계속 이렇게 관대하게 나가다간 지고 말겠어.'

뤼팽은 재빨리 머리를 굴렸다.

아닌 게 아니라, 대화가 이루어지는 방식이나 그 솔직한 발언, 사람을 끌어들이는 저 목소리와 태도 모두가 뤼팽을 매혹시키고 있었다.

그는 약해지지 않으려고, 또 그토록 힘들게 얻어낸 유리한 고지를 행여 포기하는 일이 없도록 정신을 바짝 추슬렀다.

외국인의 말이 이어졌다.

"편지는 읽었소?"

"못 읽었습니다."

"하지만 당신 친구들 중 누구라도 읽었겠죠?"

"아닙니다."

"그렇다면?"

"제가 가지고 있는 건 대공이 남긴 목록과 주석입니다. 아울러 그가 모든 문서를 숨겨둔 은닉처가 어디인지 알고 있을 뿐입니다."

"그럼 왜 아직 그대로 놔두고 있는 것이오?"

"이곳에 들어오고 나서야 은닉처를 알게 됐기 때문입니다. 하지만 지금 제 친구들이 작업에 들어간 상태입니다."

"성은 현재 통제되고 있소. 내 부하 중 가장 확실한 인원 200명이 물 샐틈없이 지키고 있단 말이오."

"2000명이 있어도 못 지킬 겁니다."

잠시 생각에 잠기다가 외국인은 말을 이었다.

"비밀은 어떻게 알게 된 겁니까?"

"그저 추측을 했을 뿐입니다."

"하지만 신문 지상엔 아직 공개하지 않은 다른 정보들이 있었을 것 아니오?"

"없습니다."

"하지만 우리도 나흘 동안이나 성을 샅샅이 뒤졌단 말이오."

"셜록 홈스가 제대로 일을 못 한 모양이지요."

순간 외국인은 탄식을 내뱉었다.

"아! 거참, 괴이한 일이로고. 괴이한 일이야. 그래, 당신은 당신 자신의 추측이 정확하다고 보는 겁니까?"

"추측이 아니라 확신입니다."

"다행이로군, 다행이야. 아무래도 그 문서들이 사라져줘야만 평화가 자리를 잡겠어."

외국인은 혼잣말로 중얼거리더니 문득 아르센 뤼팽의 정면에 떡 버티고 선 채 말했다.

"얼마면 되겠소?"

"네?"

뤼팽은 어리둥절한 표정이었다.

"서류 뭉치를 넘기는 데 얼마를 원하느냐고 물었소. 비밀을 얼마에 팔겠느냐 이 말이오."

그러면서 먼저 금액을 제시하는 것이었다.

"5만? 10만?"

뤼팽이 아무 대답도 하지 않자, 그는 다소 서두르기 시작했다.

"더 원하시오? 20만? 좋소! 그렇게 합시다!"

뤼팽은 지그시 웃으며 나지막한 목소리로 말했다.

"액수가 참으로 소소하군요. 이를테면 영국 왕쯤 된다면 아마도 기탄없이 100만 정도는 부르지 않았을까요?"

"동감이오."

"하물며 황제에게 그 편지들이 아무리 보잘것없다 해도, 20만보다는 200만이랄지, 더 나아가 300만 프랑은 너끈히 부를 만한 것 아니겠습니까?"

"나 역시 그렇게 생각하오."

"사정이 그러할진대 황제라면 아마 그 정도 금액은 선뜻 내주시겠지요? 300만 프랑 말입니다."

"그렇소."

"그럼 얘기가 좀 수월해지겠군요."

"아니, 얘기가 더 있소?"

외국인은 자못 불안한 기색으로 소리쳤다.

"돈을 더 올려 받자는 게 아닙니다. 실은 제가 원하는 건 돈이 아닙니다. 수백만 프랑보다 제게 지금 더 절박한 문제를 말씀드리려는 겁니다."

"무엇이오?"

"제 석방입니다!"

외국인은 펄쩍 뛰었다.

"당신의 석방이라……. 그건 나도 어쩔 수가 없는데. 그 문젠 순전히 당신 나라 소관이오. 남의 나라의 사법제도에 대해 난 아무런 권한도

813

없소이다.”

뤼팽은 한발 앞으로 다가서며 조용히 말했다.

“당신은 무엇이든 하실 수 있습니다. 저의 석방은 누구라도 당신의 요청에 대놓고 거부할 정도로 특별한 사안이 못 됩니다.”

“그럼 나더러 당신 석방을 정식으로 요청해달라 이거요?”

“그렇습니다.”

“누구에게 말이오?”

“내무장관 겸 총리 각하인 발랑글레 씨에게 말입니다.”

“하지만 발랑글레 씨도 나와 마찬가지로 별 뾰족한 수가 없을 텐데.”

“그는 이 감옥 문을 열어줄 수 있습니다.”

“그러면 적잖은 말썽이 일어날 거요.”

“제가 ‘문을 연다’고 할 때 그건 아예 활짝 여는 게 아니라……. 어중간하게 반쯤 열어주는 걸 의미합니다. 말하자면 탈옥을 가장하는 거지요. 워낙 대중이 예상하고 원하는 게 그것이기 때문에 아무도 더는 문제 삼지 않을 것입니다.”

“좋소. 좋아요. 하지만 그렇다 쳐도 발랑글레 씨가 동의하지 않을 거요.”

“동의할 겁니다.”

“어째서요?”

“당신이 의지를 표명하시기만 하면 됩니다.”

“내 의지가 그에게 구속력이 있지는 않을 텐데.”

“그거야 그렇지요. 하지만 두 나라를 대표하는 정부 간에는 관례적으로 통용되는 일들이 있는 법이지요. 그런 점에서 발랑글레는 무척이나 정치적인 면이 강한 인물이고 말입니다.”

“그렇다면 프랑스 정부가 단지 내 기분을 만족시키려는 생각 하나로 그처럼 임의적인 조치를 취할 거라고 생각하는 겁니까?"

"그게 다가 아닙니다."

"뭐가 또 있습니까?"

"석방을 요구하면서 함께 내놓으실 폐하의 제안을 받아들여 결국 프랑스에 이득이 되게 한다는 즐거움이 있지요."

"내가, 무슨 제안을 내놓는다는 얘깁니까?"

"그렇습니다, 폐하!"

"무슨 제안 말이오?"

"아직은 모릅니다. 하지만 뭔가 서로 뜻이 통할 만한 분야가 있겠지요. 서로 합의를 이룰 만한 것들 말입니다."

외국인은 영문을 잘 모르겠다는 얼굴로 뤼팽을 빤히 바라보았다. 뤼팽은, 뭔가 적당한 표현을 찾는 듯, 적절한 대안을 생각해내려는 듯, 잠시 고개를 숙이고 있다가 이내 말을 이었다.

"제가 보기에는 현재 두 나라가 다소 사소한 문제로 인해 사이가 벌어져 있는 것 같습니다. 따지고 보면, 부차적인 사안에서 서로 입장 차이가 불거져 있지요. 예컨대 실익(實益)보다는 자존심이 문제가 되고 있는 식민지 사업 같은 문제 말입니다. 양국 중 어느 한 정상께서 이참에 직접 나서서 전혀 새로운 화해의 자세로 이 문제에 접근하는 게 과연 불가능한 일일까요? 속 시원히 적절한 조치를 먼저 취해준다거나 말입니다."

"말하자면 모로코를 프랑스에 넘기기 위한 조치 말이지요?"

외국인은 그렇게 내뱉고는 느닷없이 너털웃음을 터뜨리는 것이었다.

허심탄회하게 웃어젖히는 그 웃음 속에는 방금 뤼팽이 제안한 발상이야말로 세상에 더없는 희극거리라는 생각이 내포된 듯했다. 마음에 두고 있는 진짜 목적을 겨냥해 이처럼 엉뚱한 방법을 동원하다니!

외국인은 처음의 심각한 자세로 돌아가려고 억지 애를 쓰면서 입을 열었다.

"그렇군요. 그래……. 정말이지 당신 아이디어는 독창적입니다. 전 유럽의 현대 정치가 아르센 뤼팽을 석방하기 위해 발칵 뒤집힌다 이거로군요! 제국의 백년대계가 아르센 뤼팽의 계속적인 활약을 보장하기 위해 여지없이 무너져 내린다 이거예요! 허허, 절대로 안 될 말씀이지. 대체 왜 알자스로렌 문제(알자스로렌은 프랑스 동부 라인 강 서쪽 연안에 펼쳐진 지대로서 1870년 프로이센·프랑스 전쟁부터 양차 세계대전에 이르기까지 프랑스와 독일이 서로 뺏고 뺏기며 치열한 주도권 다툼을 벌이던 곳임. 소설의 배경이 된 제1차 세계대전 직전에는 독일의 영토가 되어 있었음—옮긴이)를 요구하진 않는 거요?"

"그 문제도 생각은 해봤습니다, 폐하."

뤼팽의 천연덕스러운 대답에 외국인은 더더욱 유쾌하다는 듯 소리쳤다.

"훌륭하오! 그런데도 나를 봐준 거로군요?"

"이번 경우는 그렇다고 볼 수 있지요."

뤼팽은 이제 경직된 자세를 풀고 팔짱을 꼈다. 자신의 역할을 좀 더 강력히 부각시키는 데 재미를 느꼈는지, 그는 제법 심각한 태도를 과장하며 이렇게 말을 이었다.

"물론 언젠가는 그곳의 반환 문제도 정식으로 요청하고, 또 성취할 수 있을 상황이 벌어지게 될 겁니다. 때가 되면 저로선 그 기회를 절대로 놓치지 않을 것이고요. 다만 현재는 제 수중의 무기가 그리 변변치 않은바 좀 더 소박한 목표를 겨냥할 수밖에 없는 셈이죠. 전 그저 모로코의 평화면 족합니다."

"단지 그것뿐이오?"

"그것뿐입니다."

"모로코와 당신의 자유를 맞바꾸자?"

"더도 덜도 말고 말이죠. 그러면서도 실은 지금 이 대화의 초점이 어디에 있는지 잊어서는 안 될 것입니다. 두 당사국 간에 어느 한쪽이 결단을 내리는 조건으로 제 수중에 있는 편지를 몽땅 포기하겠다는 점 말입니다."

"아! 그 편지! 그 편지가 말썽이로군!"

외국인은 짜증이 나는 듯 중얼거렸다.

"그것들이 그 정도로 가치가 있지는 않을 텐데."

"폐하의 손으로 직접 쓴 편지들도, 이렇게 기꺼이 누추한 감방에 왕림해주실 정도로 중요한 가치가 있습니다."

"그럼 또 뭐가 있소?"

"그 편지들 중에는 폐하께서 잘 모르시는 다른 편지들도 있습니다. 그것들에 관한 정보를 조금 공개해드리지요."

"아!"

외국인은 불안한 표정으로 신음을 흘렸다.

뤼팽이 잠시 머뭇거리자, 외국인은 아예 명령조로 다그쳤다.

"말하시오! 돌리지 말고 확실히 말하시오! 시원스럽게 터놓고 말하란 말이오!"

그러나 뤼팽은 굳이 조용해지길 기다렸다가, 대단히 엄숙한 어조로 선언하듯 잘라 말했다.

"지금으로부터 불과 20년 전, 독일과 영국, 그리고 프랑스 사이에 어떤 밀약의 체결 움직임이 있었습니다."

"거짓말! 그럴 리가 없소! 감히 누가?"

813

"폐하의 부친과 외조모 되시는 영국 여왕, 그리고 두 분 모두에게 영향력을 행사했던 황후(순서대로 독일 황제 프리드리히 3세와 빅토리아 영국 여왕, 그리고 여왕의 딸인 빅토리아 황후를 일컬음—옮긴이)의 합작품이라고나 할까요?"

"불가능한 일이오! 분명히 말하지만 그럴 리가 없어!"

"그와 관련한 편지들이 엄연히 펠덴츠의 성채 안에 숨겨져 있습니다. 그 은닉처의 비밀은 저만이 알고 있고요."

외국인은 안달이 난 듯 한동안 안절부절 서성대다가, 문득 멈추고는 이렇게 말했다.

"그 편지들 속에 밀약 문건도 포함되어 있단 말이지?"

"그렇습니다. 폐하의 부친께서 친필로 쓰신 편지입니다."

"그래 뭐라고 적으셨소?"

"그 밀약에 의하면, 영국과 프랑스가 독일에 어마어마한 식민지 제국을 양도하기로 되어 있습니다. 하지만 현재 그렇지 못한 상황이며, 이제 와서 보면 강대국으로 발돋움하기 위해 필수적인 영토가 되어 있지요. 만약 밀약의 내막을 알고 나면 결코 포기할 수 없을 정도일 겁니다."

"그럼 그 제국의 양도를 조건으로 영국이 요구하는 건 뭐였소?"

"독일 함대의 감축입니다."

"프랑스는?"

"알자스로렌 지방의 반환입니다."

황제는 입을 다문 채 탁자를 짚고 서서 깊은 생각에 잠겼다. 뤼팽은 계속 몰아붙였다.

"당시 모든 게 준비되어 있었죠. 파리와 런던의 내각은 사태를 짐작하고 모두 동의하는 분위기였습니다. 말하자면 거의 이루어진 일이나 진배없었죠. 무엇보다 세계 평화를 결정적으로 정착시킬 삼국 간의 위대한 협약이 이제 막 체결되려는 순간이라고나 할까요? 한데 폐하의 부친께서 급사하시는 바람에 그 모든 게 허망한 꿈으로 끝나버리고 만 겁니다. 폐하, 과연 순수한 독일 혈통을 지니셨고 자국 국민들은 물론 적으로부터도 칭송받았던, 저 1870년 전쟁(프로이센·프랑스 전쟁—옮긴이)의 영웅이신 프리드리히 3세께서 알자스로렌의 반환 제의를 받아들이고, 더욱이 그것이 정당하다고 생각했다는 게 알려지면, 자국민은 물론 세계가 그를 어떻게 바라보겠습니까?"

뤼팽은 그쯤에서 잠시 멈췄다. 사태의 본질이 저 황제의 머릿속, 즉, 군주이자 아들이자, 한 인간으로서의 그의 의식 안에 명확하게 각인되기를 기다리기 위함이었다.

마침내 그는 이렇게 결론을 내렸다.

"그 밀약이 역사 속에 정식으로 기록이 되느냐 안 되느냐는 전적으로 폐하의 손에 달려 있습니다. 사실 저처럼 변변찮은 인물로서는 그러한 차원의 문제에 별로 관여할 여지가 없지요."

기나긴 침묵이 뒤를 이었다. 뤼팽은 초조한 심정으로 기다릴 따름이었다. 사실 이제까지 각고의 노력과 집념으로 오늘 이 순간을 마련하고 일궈낸 그로서는 자신의 운명을 이제 저 황제의 입에서 나올 한마디 말에 건 것이나 다름없었다. 순전히 자기 머릿속에서 유도해낸 이 순간, 자기 말로는 '변변찮은 인물'이라고 했지만, 어쨌든 제국의 운명과 세계 평화를 저울에 올려놓고 가늠하고 있는 이 역사적 순간에 말이다.

바로 눈앞에는 어둠 속에서 고민에 빠져 있는 거인(巨人)의 모습이 어른거렸다.

과연 무어라고 말할까? 이 문제에 대해 어떤 해답을 내놓을 것인가?

그는 감방 안을 이리저리 어슬렁거렸는데, 그동안이 뤼팽에게는 마치 끝나지 않을 영원처럼 느껴졌다.

문득 발걸음을 멈춘 황제가 말했다.

"또 다른 조건은 없습니까?"

"있습니다, 폐하. 하지만 사소한 것들입니다."

"무엇이오?"

"제가 되퐁펠덴츠 대공의 아들을 찾아내 거두고 있습니다만, 그에게 원래의 대공령 영지를 돌려주셨으면 합니다."

"또 있소?"

"그에겐 서로 사랑하는 여인이 있는데, 더없이 정숙하고 아름다운 규수입니다. 둘 사이의 혼례를 허락해주십시오."

"또 있소?"

"그게 다입니다."

"더 없단 말이지?"

"없습니다. 이제 폐하께서 이 편지를 『그랑 주르날』지 사장에게 보내셔서 조만간 그곳에 송고될 제보 기사를 읽지 말고 그대로 폐기 처분하도록 조치만 취하시면 됩니다."

그러면서 뤼팽은 조마조마한 마음과 떨리는 손을 속으로 달래면서 편지 한 장을 내밀었다. 만약 황제가 그것을 받아 들면 제의를 수락한다는 뜻일 터!

잠시 주저하던 황제……. 다소 신경질적인 동작으로 편지를 홱 낚아채더니, 모자를 눌러쓰고 망토를 걸치고는 한마디 말도 없이 감방을 나서는 것이 아닌가!

뤼팽은 한동안 넋이 나간 사람처럼 비틀거리더니, 별안간 의자에 털썩 주저앉으며 환희와 자부심으로 가득 찬 탄성을 내지르는 것이었다.

2

"수사판사님, 드디어 오늘, 아쉽게도 이별을 고해야겠습니다."

"무슨 소리요, 므슈 뤼팽? 우리 곁을 떠나기라도 하겠단 말이오?"

"가슴은 아프지만, 그동안 쌓인 정도 많은데, 아무래도 그럴 것 같습니다. 하지만 끝이 없는 즐거움이란 없지요. 상테 팔라스에서의 나의 요양 치료는 이제 끝났습니다. 다른 직무가 나를 기다리고 있네요. 부득불 오늘 밤에 탈옥을 해야만 하겠소이다."

"행운을 비오, 므슈 뤼팽."

"고맙습니다, 수사판사 나리."

아르센 뤼팽은 탈출 시각을 참을성 있게 기다렸다. 과연 독일과 프랑스 두 나라 정부가 이처럼 바람직한 일을 되도록 잡음 없이 어떤 식으로 처리해낼지 자못 궁금해하면서 말이다.

오후 들어서도 한참 뒤, 교도관이 들어와 지금 당장 교도소 입구로 나가보라고 했다. 뤼팽은 득달같이 달려나갔다. 기다리고 있던 교도소장은 곧장 수인을 베베르 씨한테 넘겼고, 베베르 씨는 또다시 그를 다른 사람이 이미 앉아 있는 자동차 안에 부랴부랴 태웠다.

뤼팽은 다짜고짜 웃음보부터 터뜨렸다.

"이런 세상에! 자네가 또 골치 아픈 일을 맡았군그래! 내 탈옥에 대해 자네가 모든 책임을 뒤집어쓰기로 했는가? 자네도 정말 재수 한번 되게 없는 사람이로군! 나를 체포했다고 해서 한참 날리더니, 이젠 내 탈옥으로 인해 불멸의 명성을 얻게 되셨어!"

그러고는 먼저 자리를 차지하고 있는 다른 사람에게 고개를 돌렸다.

"안녕하시오, 경시청장 나리. 당신도 이 일에 엮이셨소? 운 없는 건 당신도 매한가지로군요. 내 충고 하나 하리다. 제발 나서지 좀 마쇼! 베베르한테 모든 걸 맡겨요! 모든 공(功)은 당연히 그의 것이 될 텐데. 그를 좀 보쇼. 얼마나 굳건하고 듬직합니까!"

자동차는 센 강을 따라 죽 달려 불로뉴 숲을 지나쳤고, 생클루에 이르러 강을 건넜다.

뤼팽이 소리쳤다.

"좋았어! 가르셰로 가고 있군! 알텐하임의 죽음을 현장검증 한다 이거겠지! 일단 지하 통로로 내려가서 내가 사라지고 나면, 뤼팽이 자신만이 알고 있는 또 다른 출구로 빠져나갔다, 이렇게 보고하면 될 테고. 맙소사, 참 더럽게 됐어!"

그는 적잖이 실망한 눈치였다.

"정말이지 한심해! 창피해서 죽을 맛이라고. 윗사람들 생각하는 거라곤, 내 참⋯⋯. 지금이 어느 시댄데! 그리고 이 한심한 사람들아, 내게 미리 언질을 좀 주지 그랬나. 난 당신들에게 좀 더 참신하고 기적 같은 탈출극을 선보이려고 했는데 말이야! 나름대로 다 생각해둔 바가 있었는데. 대중은 경이로운 기적이 일어나는 걸 보게 될 테고, 더없이 만족해서 활력을 얻을 텐데 말이야. 그 대신 고작 이거라니. 하여튼 당신들도 꽤나 급했던 모양이구려. 어쩔 수 없지."

아닌 게 아니라, 경찰 쪽 계획은 뤼팽이 예상한 그대로였다. 자동차는 요양소 건물을 지나쳐 오르탕스 별장으로 직행했다. 뤼팽과 두 사람은 곧장 지하실로 내려가 지하 통로를 건너 끄트머리까지 동행했고, 거기서 마침내 부국장 베베르 씨가 입을 열었다.

"이제 당신은 자유의 몸이오."

"알겠네. 뭐 생각했던 것만큼 나쁘지는 않군그래! 아무튼 고마웠네, 베베르. 그동안 성가시게 해서 미안하고. 경시청장님도 고마웠소. 아참, 부인께 안부나 전해주시구려!"

뤼팽은 특유의 여유 있는 농담을 던진 뒤, '등나무 별장'에 이르는 계단을 올라가 뚜껑 문을 열고 경쾌하게 안으로 뛰어들었다.

순간, 웬 억센 손 하나가 그의 어깨를 부여잡았다.

고개를 들어보니 상테 감옥에 황제를 수행했던 남자가 정면에 버티고 서 있었다. 곧장 네 사내가 옆구리에 달라붙었다.

"아! 이건 또 무슨 장난이오? 내가 자유의 몸이 된 게 아닌가?"

뤼팽의 말에 독일인은 거친 목소리로 으르렁댔다.

"자유의 몸인 건 맞소이다. 어디까지나 자유의 몸으로 우리 다섯 명과 함께 여행을 하는 거지. 아, 물론 괜찮다면 말이지만."

뤼팽은 처음부터 영 마뜩잖게 구는 이 독일인 친구에게 따끔한 주먹맛을 좀 뵈주고 싶은 마음에 잠시 째려보았다.

하지만 이렇게 휘 둘러보니 모두들 대단한 결심을 하고 나선 듯했고, 게다가 놈들의 우두머리라는 인간도 별로 호의를 베풀 마음은 없는 것 같았다. 요컨대 여차하면 기꺼이 극단적인 방법도 마다하지 않을 태세라고나 할까? 하긴 자유의 몸이 된 이제 와서 무엇이 아쉬워 위험을 무릅쓰겠는가?

뤼팽은 가볍게 받아넘기기로 했다.

"아, 괜찮고말고! 그렇지 않아도 기대하던 바였는걸!"

마당으로 나가자 당당한 리무진이 한 대 대기하고 있었다. 두 사람이 앞에 탔고, 중간에 다른 둘이, 그리고 맨 뒤에 뤼팽과 그 외국인이 자리를 잡았다.

"자, 출발! 펠덴츠로 갑시다!"

뤼팽이 나서서 호기 있게 소리치자 백작이 얼른 제지했다.

"쉿! 이 사람들은 아무것도 모르는 게 나을 거요! 프랑스어로 얘기하시오. 이 사람들 프랑스어는 모르니까. 한데 굳이 그렇게 주둥아리 놀릴 필요 있소?"

'하긴 그래, 굳이 그럴 필요는 없겠지.'

뤼팽은 속으로 중얼거렸다.

자동차는 별다른 사고 없이 하루 밤낮을 꼬박 달렸다. 가다가 도중에 두 차례, 고이 잠든 작은 고을에서 연료를 보충했다.

독일인들은 교대로 눈에 불을 켠 채 볼모를 감시했지만, 정작 당사자는 새벽이 되어서야 겨우 눈을 떴다.

언덕 위의 어느 여관에 이르러 차를 세우고 처음 허기를 때웠는데, 바로 옆에 도로 푯말이 세워져 있었다. 보아하니 메스(로렌 지방 라모젤의 중심 도시—옮긴이)와 룩셈부르크의 중간쯤 되는 곳이었다. 거기서 차는 북동쪽으로 방향을 틀어 트리에르 시로 향했다.

뤼팽은 옆에 앉은 사내를 돌아보며 은근슬쩍 떠보았다.

"지금 내 옆에 앉은 당신, 발데마르 백작 맞죠? 황제의 측근이면서 드레스덴의 헤르만 3세 저택을 쑥대밭으로 만들었다는 그 사람?"

외국인은 아무 대꾸도 하지 않았다.

순간, 뤼팽은 철렁하는 심정이었다.

'이런 어리석긴……. 대체 머리가 어떻게 된 거냐, 뤼팽! 공연한 말을 했잖아! 조만간 대가를 톡톡히 치르겠어. 어휴, 멍청이! 바보! 못난 인간 같으니라고!'

하지만 겉으로는 오히려 호탕하게 덧붙이는 것이었다.

"대꾸를 안 한 건 잘못이오, 백작! 당신이 관심 있어 할까 봐 말한 건데. 아까 우리가 이 길을 거슬러 오를 때 저 뒤 지평선에 웬 자동차 한 대가 따라오고 있었단 말이오. 못 봤습니까?"

"아니! 뭐가 이상했습니까?"

"아, 아무것도 아니오."

"하지만……."

"어허, 아무것도 아니라니까요. 그냥 한번 주의를 줘본 거였소. 게다가 거리상으로 최소한 10분은 앞섰을 테고, 이 차도 최소한 40마력은 되는 차 아니오?"

"60마력이오."

독일인은 꽤 신경 쓰게 만든다는 투로 힐끗 흘겨보며 대꾸했다.

"오! 그렇다면 안심이고."

자동차는 작은 비탈길을 오르고 있었다. 정상에 이르자 백작은 문밖으로 상체를 내밀고 둘러보더니 별안간 소리를 버럭 질렀다.

"이런 제장!"

"왜 그러쇼?"

백작은 느닷없이 뤼팽을 돌아보며 위협적인 말투로 쏘아붙였다.

"조심하는 게 좋을 거요. 뭔가 불상사가 일어나면 책임 못 져!"

"허어, 누가 따라오긴 하는가 보구려. 한데 뭘 그리 두려워하쇼, 백작? 그냥 지나는 여행객일지도 모를 텐데. 아니면 당신들이 힘에 부칠까 봐 원군이라도 따라온 모양이지."

"난 원군 따윈 필요 없소!"

독일인은 꼴사납게 투덜대면서 다시 문밖으로 고개를 내밀었다. 자동차는 이제 200~300미터밖에 떨어져 있지 않았다.

그는 일행에게 뤼팽을 가리키며 말했다.

"이자를 묶어라! 만약 조금이라도 저항하면……."

그러면서 대뜸 권총부터 뽑아 드는 것이었다.

"내 참, 누가 독일 놈 아니랄까 봐……. 내가 뭐하러 저항을 하겠소?"

뤼팽은 손이 묶이는 가운데에도 여전히 빈정거렸다.

"아무튼 정작 주의해야 할 땐 멍하니 있고, 그럴 필요가 전혀 없을 땐 호들갑을 떠는 사람들 보면 정말 재미있다니깐! 저 뒤따라오는 자동차가 해코지라도 할까 봐서 그러시오? 왜, 내 똘마니들일까 봐? 걱정도 팔자시구려!"

독일인은 전혀 아랑곳하지 않고, 이번엔 운전기사에게 지시를 내렸다.

"오른쪽으로 붙어라! 천천히 속도를 줄여, 저들이 지나가게. 만약 같이 속도를 늦추면 차를 세워라!"

하지만 놀랍게도 뒤의 자동차는 오히려 속력을 배가해서 달아나는 것이었다. 덕분에 뤼팽이 탄 자동차는 뿌연 먼지바람만 잔뜩 뒤집어썼고 말이다.

한데 자세히 보니, 부분적으로 개방된 차의 뒷좌석에서 웬 검은 옷을 입은 남자가 몸을 일으키면서 손을 쑥 내미는 것이었다.

순간, 느닷없는 총성 두 방!

왼쪽 문에 바짝 붙어서 고개를 내밀고 있던 백작이 차 안으로 털썩 쓰러졌다.

두 명의 독일인은 그를 살피는 것보다 먼저 뤼팽에게 달려들어 더욱 꼼짝 못하게 옭아매기 시작했다.

"이런 바보 같은 놈들!"

뤼팽은 이를 갈며 길길이 날뛰었다.

"이럴 땐, 오히려 날 풀어줘야 한단 말이다! 자, 이제 됐으니, 이 한심한 것들아, 어서 저 차를 쫓기나 하란 말이야! 저 검은 옷 입은 녀석이 바로 살인범이란 말이다! 아, 머저리 같은 놈들."

하지만 이젠 아예 재갈까지 물리는 것이었다. 그리고 나서야 쓰러진 백작을 살폈다. 상처는 그다지 심하지 않았고, 신속하게 붕대를 감쌌다. 하지만 워낙 흥분한 데다 신열까지 올라 백작은 발작을 일으키기

결정판 아르센 뤼팽 전집

시작했다.

때는 아침 8시. 인근에 가옥 한 채 없는 허허벌판이었다. 게다가 이들 덩치만 큰 독일인들은 여행의 뚜렷한 목적지조차 지시받지 못한 상태였다. 대체 어디로 가야 하는 걸까? 이제 누구의 지시를 따라야 하는가?

하는 수 없이 어느 잡목 숲 가장자리에 차를 세우고 잠시 쉬어가기로 했다.

그렇게 애꿎은 한나절만 흘러갔다. 저녁이 되어서야 겨우 자동차를 찾으러 트리에르 시에서 나온 일군의 기마대가 도착했다.

그로부터도 두 시간이 지나서야 뤼팽은 리무진에서 내릴 수 있었다. 여전히 두 독일인 사이에 끼인 채 그는 희미한 불빛을 더듬으며 계단을 올라, 쇠창살로 막혀 있는 창문들이 을씨년스러운 어느 작은 방으로 안내되었다.

밤은 거기서 보냈다.

다음 날 아침, 한 장교의 안내로 그는 병사들로 떠들썩한 마당을 지나, 웬 거창한 폐허가 자리 잡은 어느 둔덕 어귀를 따라 빙 둘러 늘어서 있는 건물들 중 제일 가운데 건물로 들어섰다.

계속해서 가구가 단출한 꽤 넓은 방으로 안내되었는데, 그저께 감방으로 불시에 들이닥쳤던 그 방문객이 책상 앞에 앉아 신문과 보고서들을 검토하면서 이따금 붉은 색연필로 여지저기 표시를 하고 있었다.

"풀어줘라!"

그가 장교를 향해 짧게 지시했다.

이어서 뤼팽에게 천천히 다가서며 말했다.

"서류를 내놓으시오."

이전과는 말투가 사뭇 달랐다. 이젠 완전히 위압적이고 메마른 목소리에다가 자기보다 한참 약자(弱者)에게 말을 하는 주인의 어조였다. 게다가 그 약자, 즉 질 나쁜 깡패에다 사기꾼 앞에서 전전날 다소 비굴하게 굴었던 것이 못내 꺼림칙한 눈치가 분명했다.

"서류를 내놓으라니까!"

하지만 조금이라도 위축될 뤼팽이 아니었다. 그는 더없이 침착한 말투로 대응했다.

"서류는 펠덴츠 성안에 있습니다."

"여기가 바로 펠덴츠 성의 부속 건물이오."

"서류는 폐허 안에 있습니다."

"그럼 갑시다. 자, 안내하시오."

뤼팽은 움직이지 않았다.

"뭐하는 거요?"

"폐하께서 생각하듯 그렇게 간단하지가 않습니다. 은닉처를 발굴하기 위해서는 몇 가지 불가피한 요인들부터 갖춰야 하는데, 그러려면 시간이 좀 필요합니다."

"얼마나 필요하오?"

"24시간입니다."

순간 뭔가 치밀어 오르는 듯했지만 이내 자제하는 기색이 역력했다.

"아! 우리 사이에 그깟 시간이 문제가 아니었지."

"말씀 정말 잘하셨습니다, 폐하. 이렇게 여섯 명씩이나 경호까지 붙여서 제게 여행을 시켜주신 거에 비하면 그 정도 더 기다리시는 거야 문제 될 리 없지요. 아무튼 저로선 서류를 인도하면 그뿐입니다."

"나 역시 오로지 그 서류를 인도받으려고 당신을 자유의 몸이 되게 한 거요."

"사람이 사람을 믿는 게 문제입니다, 폐하. 저로선 감옥에서 나오는

813

즉시 자유의 몸이었더라면 당장 그 서류부터 찾아내 폐하께 안겨드리려 했을 겁니다. 그걸 갖고 도망치지나 않을까 염려하실 필요도 없었겠죠. 그렇다면 지금과는 달리 아마 그 서류들이 벌써 폐하 수중에 떨어졌을 테지요. 하나 우리는 벌써 하루를 허비했습니다. 이런 일일수록 하루란 보통 하루가 아니지요. 바로 그래서 사람은 사람을 믿어야 한단 얘깁니다!"

황제는, 일개 도적이자 불한당인 주제에 자신의 약속을 의심한 것을 가지고 이토록 언짢아하는 꼴이 아무래도 어리둥절한 모양이었다.

아무런 대꾸도 하지 않고 그는 대뜸 벨을 눌렀다.

"당직 장교 있나?"

무척 창백한 기색으로 발데마르 백작이 나타났다.

"아, 발데마르 자넨가? 어때 많이 회복은 됐나?"

"분부만 내리십시오, 폐하!"

"아까 그 다섯 명 말일세. 자네가 특히 신뢰하는 것 같으니 그들과 함께 이…… 신사분을 내일 아침까지 책임지고 경호하게."

그러고는 시계를 힐끗 보더니 이렇게 덧붙였다.

"내일 아침 10시까지, 아니 정오까지로 하지. 이분이 가는 곳은 어디든지 따라다니고, 시키는 건 뭐든지 해주게. 한마디로 자네는 이제 이분의 몸종처럼 시중을 들어야 하는 것이네. 그래서 정오가 되면 내가 다시 찾겠네. 만약 정오가 다 지나도록 문제의 서류가 내 손안에 안 들어오면, 그때 자네는 즉시 이분을 차에 다시 태워 지체 없이 상테 감옥으로 돌려보내면 되는 거야."

"만약 도주하려고 하면……."

"그땐 알아서 해."

백작은 깍듯이 경례를 붙인 다음, 뒤돌아 나갔다.

뤼팽은 탁자 위에 놓인 시가를 집어 들고 안락의자에 털썩 몸을 던지며 내뱉듯 말했다.

"아, 마침 잘됐군! 진작 이런 식으로 나와야지. 아주 솔직하고 확실하잖아!"

하지만 여유를 부릴 틈이 그리 많지는 않았다. 백작이 부하들을 이끌고 금세 나타난 것이다.

"갑시다!"

뤼팽은 시가에 불을 붙일 뿐, 조금도 움직일 생각이 없는 것 같았다.

"저자의 손을 묶어라!"

백작의 지시는 떨어지기가 무섭게 수행되었다. 그리고 또다시…….

"자, 갑시다!"

"싫은데."

"아니, 뭐라고?"

"난 지금 머리를 쓰고 있는 중이거든."

"머리를 쓰다니?"

"은닉처가 어디인지 생각 중이란 말이오."

백작은 펄쩍 뛰었다.

"아니 그럼, 여태껏 모르고 있었단 말이오?"

"당연하지! 바로 이런 게 모험의 묘미란 말이거든. 난 그 유명한 비밀의 은닉처가 어디인지도 전혀 모르고, 그걸 찾아낼 방법에 대해서도 캄캄한 상태라오! 자, 어떻게 생각하시오, 발데마르 선생? 정말 웃기는 일 아니오? 전혀 캄캄한 상태라니."

황제의 편지

1

펠덴츠의 폐허는 라인 강과 모젤 강 유역을 방문하는 모든 사람에게 너무나도 잘 알려진 명소였다. 그곳엔 1277년 피스팅겐의 대주교가 건립한 고성의 잔해가 포함되어 있었고, 튀렌 원수(元首)(1611~1675. 17세기를 주름잡던 프랑스의 장군—옮긴이)의 군대가 파헤쳐 놓은 거대한 망루 옆으로는, 3세기 동안이나 되풍 대공들의 안식처였던 르네상스풍의 장대한 궁전 벽이 거의 말끔한 상태 그대로 보존되어 있었다.

물론 헤르만 2세에게 반기를 든 수하들이 노략질을 했던 곳도 바로 이 궁전이었다. 네 개의 건물 벽으로는 뻥 뚫린 창구(窓口)들만 200여 개가 넘었고, 당연히 벽지라든가 세세한 목재 장식, 가구 대부분은 불타버린 상태였다. 여기저기 처참하게 그은 채 바닥에 나뒹구는 기둥들을 넘어서 걸어 다녀야 했고, 군데군데 허물어진 천장 위로는 파란 하늘이 언뜻언뜻 드러나기도 했다.

뤼팽은 잠자코 따라다니는 호위병과 더불어 두 시간 만에 모든 곳을 둘러보았다.

"난 백작 당신에게 아주 만족하고 있소. 이처럼 박식하고, 특히 과묵하기 이를 데 없는 관광 안내원과 이런 좋은 구경을 하리라곤 생각해본 적이 없어요. 자, 괜찮다면 이제 점심이나 먹으러 갈까요?"

본때 있게 말은 했지만 사실 뤼팽은 처음 이 폐허에 도착했을 때부터 속이 탔고, 갈수록 초조감은 불어만 가고 있었다. 일단 감옥에서 나오고, 황제의 상상력을 북돋기 위해 마치 모든 것을 꿰뚫는 것처럼 허풍은 떨었지만, 아직도 어디서부터 어떻게 손대야 할지 막막했던 것이다.

"좋지가 않아. 이러다가 아주 망하겠어."

가끔씩 저도 모르게 혼잣말을 되뇔 정도였다.

게다가 이제는 평소처럼 정신도 맑지를 못했다. 다름 아니라 아직도 여전히 들러붙어 있는 그 괴물 같은 존재, 미지의 살인마에 대한 생각이 뇌리를 떠나지 않는 것이었다.

대체 어떻게 뒤를 밟은 것일까? 감옥에서 나온 것은 어떻게 알았고, 룩셈부르크와 독일 쪽으로 가고 있다는 것은 무슨 수로 알아챘느냔 말이다! 기상천외한 직관력이라도 갖췄단 말인가? 아니면 어디선가 정확한 정보라도 얻어들었단 얘긴가? 그랬다면 대체 어떤 값을 치르고, 무슨 위협을 가해서 그것들을 취했단 말인가?

이런 어지러운 생각이 뤼팽의 머릿속을 내내 휘젓고 있었던 것이다.

오후 4시경, 여기저기 돌무더기를 뒤집어보기도 하고 벽체의 두께를 재거나 이런저런 조각상들을 관찰하며, 그래도 한 번 더 폐허를 둘러본 뒤, 뤼팽은 백작에게 말했다.

"성에 살았던 마지막 대공을 모시던 하인이 혹시 살아 있습니까?"

"당시 하인들은 모두 뿔뿔이 흩어진 상태입니다. 이 지역에 남아 살던 사람은 딱 하나였지요."

"그런데요?"

"2년 전에 죽었습니다."

"자식은 혹시 없었나요?"

"결혼을 한 아들이 하나 있었는데, 마누라하고 하도 파렴치한 행동을 일삼는 바람에 마을에서 아예 쫓겨났답니다. 제일 어린 막내딸 하나를 남겨두고 말이죠. 이름이 아마 이질다인가 그렇지요?"

"어디 산다고 합니까?"

"바로 여기 부속 건물 중 한 채에 삽니다. 예전에 성 출입이 허용되었을 때, 걔네 할아버지가 여기 안내원 노릇을 했는데, 그 후로 줄곧 이곳에서 살게 됐지요. 불쌍해서 사람들이 거두기로 한 셈이죠. 말도 잘 못할뿐더러 자기가 무슨 말을 하는지도 잘 모르는 가엾은 애랍니다."

"원래부터 그런 겁니까?"

"그건 아니라고 하죠, 아마? 한 열 살 때부터인가 슬슬 상태가 안 좋아지기 시작했다고 합니다."

"뭔가 극심하게 슬프거나 두려웠던 일이 있었나 보죠?"

"사람들 얘기론 별로 그럴 만한 일은 없었답니다. 단지 아비가 술주정꾼이었고, 어미는 결국 미쳐서 자살을 했다고는 합디다."

뤼팽은 잠시 생각하더니, 이렇게 말했다.

"그녀를 좀 보아야겠습니다."

한데 백작은 무척이나 묘한 미소를 짓는 것이었다.

"물론 그러셔야죠."

소녀는 방치된 여러 방 중 한 곳에 머물고 있었다.

아주 여위고 아주 창백하지만, 금발 머리와 섬세한 얼굴 윤곽이 자못 예쁘기까지 한 소녀의 모습에 뤼팽은 약간 놀랐다. 그녀의 초록색 물빛 눈동자는 앞을 보지 못하는 사람의 꿈꾸는 듯한 희부연 분위기를 띠고 있었다.

그는 차분하게 몇몇 질문을 던져보았는데, 그중 일부엔 전혀 대답이 없었고, 나머지 일부는 대답은 하되, 어찌나 앞뒤가 안 맞는 횡설수설로 일관하는지, 질문의 요지는커녕 자신이 하는 말도 이해하지 못하는 눈치였다.

하지만 뤼팽은 단념하지 않았다. 이제는 소녀의 손을 부드럽게 감싸 쥐고 다정다감한 목소리로, 아직은 정신이 온전했던 시절, 할아버지에 대해서라든가, 성의 웅장한 잔해 더미를 마음껏 뛰놀던 어린 시절 기억에 대해 아무거나 떠오르는 것을 가만가만 물어보는 것이었다.

그녀는 약간은 흥분한 듯하면서도 여전히 답답한 표정으로, 꼼짝 않는 눈동자를 허공에 고정시킨 채, 아예 입을 다물어버렸다. 아무래도 내면 깊숙한 곳에서 일어나는 감정의 회오리가 그녀의 잠든 의식을 깨우기에는 미약한 모양이었다.

뤼팽은 하얀 종이에 연필로 이렇게 써서 내밀어 보았다.

813

곁에서 모든 것을 지켜보던 백작이 또 그 묘한 미소를 흘렸다.

"아, 또……. 대체 뭐가 그리 우습소?"

뤼팽은 버럭 소리를 질렀다.

"아무것도……. 아무것도 아닙니다. 그냥 재미가 있어서……. 매우 재미있군요."

소녀는 뤼팽이 내민 종이를 힐끗 보더니 다시금 그 멍한 표정으로 고개를 돌렸다.

"잘 안 먹혀드나 보군요."

백작의 빈정거림이 뒤를 이었다.

뤼팽은 다시 연필을 들고 이번엔 이렇게 썼다.

APOON

역시 이질다는 전혀 반응이 없었다.

하나 그런다고 포기할 뤼팽이 아니었다. 그는 같은 글자를 각기 알파벳 사이의 간격이 다르게끔 띄워서 여러 차례 종이 위에 적어나갔다. 그러면서 젊은 아가씨의 눈치를 힐끗힐끗 살피는 것이었다.

소녀는 아무런 동요가 느껴지지 않는 멍한 눈동자를 종이 위에 고정시킨 채 꼼짝도 하지 않았다.

그런데 문득, 소녀의 손길이 뤼팽이 마지막으로 제시한 종이와 연필을 낚아채더니, 뭔가 영감이 떠오른 듯, 알파벳 사이의 간격에다 'L'이라는 글자를 두 차례 써넣는 것이 아닌가!

뤼팽은 소스라치게 놀랐다.

그렇게 해서 만들어진 단어가 다름 아닌 저 유명한 신화 속 신(神)의 이름이었던 것이다!

APOLLON(아폴롱. 로마신화의 아폴론—옮긴이)

그러고도 그녀는 연필과 종이를 놓지 않고, 마치 그 가엾은 머릿속에서 더듬더듬 모양새를 갖춰가는 어떤 질서에 억지로 손을 맞추려는 듯 안간힘을 쓰기 시작했다.

뤼팽은 온통 열에 들뜬 채 어떤 일이 벌어질지 기다리고 있었다.

마침내 소녀는 무슨 환영에 사로잡힌 사람처럼 일필휘지로 어떤 단어 하나를 휘갈겨 썼다.

DIANE(디안느. 로마신화의 디아나—옮긴이)

"더! 더 써보아라!"

뤼팽은 펄쩍 뛰며 소리쳤다.

소녀는 점점 손가락이 비틀리고 표정이 일그러지더니, 연필 끝을 가까스로 움직여 대문자로 또 하나의 글자를 끄적이고는, 그만 힘에 부쳐 연필을 떨어뜨리는 것이었다.

J

"제발…… 하나만 더 써봐!"

뤼팽은 소녀의 팔을 부여잡고 다그쳤다.

하지만 이미 멍청할 대로 멍청해진 그녀의 눈동자 속에는 더 이상 의식의 빛이 스며들 여지가 없어 보였다.

"이제 그만 갑시다."

마침내 더는 고집할 수 없어진 뤼팽이 자리에서 일어나 저만치 걸어가는데, 소녀가 갑자기 달려와 앞길을 가로막았다.

"왜 그러니?"

의아해하는 뤼팽 앞에 소녀는 손을 펴 보였다.

"응? 돈을 달라는 거니? 늘 이런 식으로 구걸을 합니까?"

뤼팽은 백작을 돌아보며 물었다.

"아뇨, 이건 뜻밖인걸요."

한편 이질다는 호주머니 속에서 냉큼 금화 두 닢을 꺼내더니 장난스럽게 쨍그랑거리며 그것들을 만지작거리는 것이었다.

뤼팽은 그것을 가만히 살펴보았다.

바로 그해 갓 제조된 새 프랑스 금화였다.

"이거 어디서 났니?"

적잖이 당황한 뤼팽은 버럭 소리쳐 물었다. 세상에, 프랑스 금화라니!

"누가 이걸 너에게 주던? 언제 이걸 얻었니? 오늘이니? 말해봐라! 대답 좀 해보란 말이야!"

하지만 이내 어깨를 으쓱하며 중얼거렸다.

"나도 참 멍청하기도 하지! 대체 이런 복잡한 질문에 어떻게 대답할 수 있단 말인가! 이보시오, 백작, 내게 40마르크만 좀 빌려줄 수 없겠소? 고맙소이다. 얘야, 이질다, 여기 있다."

동전 두 닢을 새로 받아 든 소녀는 다른 두 개와 함께 또다시 장난스럽게 만지작거렸다. 그러더니 문득 팔을 뻗어 르네상스풍 궁전의 폐허 쪽을 손가락으로 가리키는 것이 아닌가! 가만히 보니 그녀의 손끝은 그중에서도 특히 좌측 익랑(翼廊)의 꼭대기 부분을 향하고 있는 것 같았다.

그냥 하는 행동일까? 아니면 새로운 금화 두 닢에 대한 감사의 표시인가?

뤼팽은 백작을 힐끔 쳐다보았다. 역시 그 기분 나쁜 미소는 여전했다.

'이놈은 대체 뭐가 그리 좋아서 실실대는 거야? 날 조롱하는 거야, 뭐야?'

그런 생각을 하며 뤼팽은 즉시 궁전으로 향했다. 물론 백작은 득달같이 따라붙었다.

1층은 서로 통하게 되어 있는 거대한 응접실들로 구성되어 있었고, 화재를 면한 몇 가지 가구들이 몰려 있었다.

2층 북쪽으로는 기나긴 회랑이 뻗어 있었는데, 똑같이 생긴 방 열두 개가 면해 있었다.

3층 역시 회랑이 뻗어 있는 것은 마찬가지였지만, 똑같이 생긴 방은 모두 스물네 개였다. 물론 전부가 텅텅 비고 처참할 정도로 손상되어 있었다.

그 위로는 지붕 자체가 전소(全燒)되어서 아무것도 남아 있지 않았다.

무려 두 시간 동안을 뤼팽은 지치지도 않고 눈에 불을 켠 채, 이리저리 거닐고 뛰어다니며 살펴보았다.

어둠이 서서히 깔릴 무렵, 뤼팽은 마치 자신만이 알고 있는 어떤 이유라도 있는 듯, 2층의 방 열두 개 중 하나를 골라 달려갔다.

놀랍게도 거기엔, 따로 가져오게 한 안락의자에 황제가 앉아서 느긋하게 담배를 피우고 있었다!

뤼팽은 전혀 개의치 않고 이런 경우 흔히 사용하는 자신만의 방식대로 방의 조사에 들어갔다. 즉, 몇 개의 구획으로 나눠 차례대로 점검해가는 방법 말이다.

그렇게 한 20여 분 조사했을까. 그는 문득 고개를 들고 말했다.

"폐하, 죄송합니다만, 자리를 좀 비켜주셨으면 합니다. 그쪽에 벽난로가 있어서……."

하지만 황제는 고개를 설레설레 흔들며 이러는 것이었다.

"내가 꼭 비켜야 하는 이유라도 있소?"

"네, 폐하. 그 벽난로를 좀……."

"이 벽난로는 다른 것들과 똑같은 평범한 벽난로요. 이 방도 마찬가지고."

813

뤼팽은 어리둥절한 표정으로 황제를 바라보았다. 그제야 황제는 씁쓸하게 웃으며 의자에서 일어났다.

"이보시오, 므슈 뤼팽. 내가 보기에 당신은 나를 좀 우롱한 것 같소이다."

"제가요? 어떻게 말입니까, 폐하?"

"오, 뭐 그리 심하달 순 없겠지만……. 당신은 자유를 되찾는 조건으로 내게 문제의 서류들을 안겨주겠다고 해놓고, 실은 그것이 어디 숨겨져 있는지 까마득히 모르고 있었소. 그러니 내가 완전히, 그 뭐랄까, 프랑스어로는 뭐라고 하는지 모르겠지만, 농락당한 셈 아니겠소?"

"그렇게 보십니까, 폐하?"

"맙소사! 만약 뭔가 알고 있다면 굳이 열 시간 동안이나 그렇게 찾아 헤맬 필요가 있었겠소? 어떻소, 이만하면 즉각 감옥으로 돌아가야 할 것 같지 않소?"

뤼팽은 아연실색한 표정으로 말했다.

"폐하, 하지만 내일 정오까지로 시간을 정하지 않았습니까?"

"뭐 기다릴 필요가 있겠소?"

"작업은 마무리해야 할 것 아니겠습니까?"

"작업이라? 하지만 그건 아직 시작도 하지 않은 것 같은데, 므슈 뤼팽?"

"그건 폐하께서 잘못 보신 겁니다."

"어디 증거를 대보시오. 이해가 가면 내일 정오까지 기다리기로 하겠소."

뤼팽은 잠시 생각에 잠기다가 진지한 어조로 입을 열었다.

"폐하께서 저를 신뢰하기 위해 정 증거가 필요하시다면 좋습니다. 이 회랑을 면하고 있는 열두 개의 방은 제각각 고유한 이름을 달고 있습니다. 그 이름의 이니셜이 각각의 문 위에 새겨져 있지요. 저는 회랑을 거닐다가 그 이니셜들 중에서 그나마 불길에 덜 손상된 하나의 글자를 발견하고는 깜짝 놀랐습니다. 저는 즉시 다른 방들도 면밀히 조사했지요. 그래서 결국엔 회랑을 통틀어 문의 박공에 새겨진 비교적 판독 가능한 문자들을 꽤 많이 찾아냈답니다. 그러다 보니 그중 하나인 D가 '디안느'의 첫 글자가 아닐까 하는 생각을 하게 되었습니다. 그러자 다른 글자 A도 '아폴롱'의 첫 글자라는 생각이 들더군요. 아시다시피 둘 다 신화에 나오는 신들의 이름이지요. 과연 다른 글자들도 이와 마찬가지일까 하는 호기심이 발동했습니다. 아닌 게 아니라 차근차근 따져보니, J는 '쥐피테르', V는 '베뉘스', M은 '메르퀴르', S는 '사튀른'(순서대로 로마 신화의 '유피테르', '베누스', '메르쿠리우스', '사투르누스'—옮긴이)……. 이런 식으로 이어지는 것이었습니다. 결국 이 문제는, 다음과 같이 결론이 내려졌지요. 즉, 열두 개의 방은 각각 올림포스 산의 신들 이름을 달고 있다 이겁니다. 아울러 이질다가 가르쳐준 대로, 'APOON'이라는 암호는 다름 아닌 '아폴롱의 방'을 뜻하는 것이고 말입니다. 따라서 지금 우리가 있는 이 방이야말로 편지가 숨겨진 장소라고 할 수 있습니다. 이제 길어야 몇 분 안에 편지가 발견될 테니 두고 보십시오!"

"글쎄, 몇 분이 될지, 몇 년이 걸릴지……. 아니면 그보다 더 걸릴지 그 누가 알겠소!"

황제는 히죽이 웃으며 중얼거렸다.

보아하니 대단히 즐거워하는 표정이었고, 백작도 덩달아 재미있어 죽겠다는 표정이었다.

보다 못한 뤼팽이 대뜸 물었다.

"폐하, 대체 뭐가 그리 재미있으신지 설명 좀 해주시겠습니까?"

"이보시오, 므슈 뤼팽. 당신이 오늘 그토록 열정적으로 전개한 조사

내용은 내가 이미 다 시도해본 것이오. 물론 그 결론도 마찬가지였고. 벌써 2주 전, 당신 친구 셜록 홈스와 함께 다 해보았소. 우리 모두 함께 당신과 똑같은 방식으로 이질다를 다그쳐도 보았고, 당신과 똑같이 회랑을 오가며 글자 놀이도 해보았으며, 결국 당신과 똑같이 여기 이 '아폴롱'의 방에 오게 되었소이다."

뤼팽은 얼굴이 납빛으로 변하며 더듬댔다.

"아! 셔, 셜록 홈스가……. 여기까지?"

"그렇소. 하긴 그러기까지 조사 기간만 나흘이 걸렸지요. 하여튼 아무것도 나온 게 없으니 기껏 제자리걸음을 한 것에 불과하다는 결론이 내려졌소이다. 요컨대 이 방 안에는 편지가 없다는 얘기요!"

순간 자존심에 엄청난 타격을 받은 뤼팽은, 마치 말채찍으로 한 대 얻어맞은 말이 느닷없이 앞발을 들어 올려 난동을 부리듯, 내심 복받쳐 오르는 울분에 치를 떨었다. 여태껏 그는 지금처럼 수치스러웠던 적이 없었다. 자칫 분에 사무친 나머지, 연신 히죽거리고 있는 발데마르라도 패대기쳐 목을 조르고 싶은 마음이 굴뚝같았다.

하지만 애써 흥분을 가라앉히고는 이렇게 말했다.

"홈스가 나흘 걸린 일을 저는 몇 시간 안에 한 셈이로군요. 아니, 조사에 방해만 받지 않았어도 훨씬 더 시간을 절약할 수 있었을 겁니다."

"아니, 누가 방해를 했다는 겁니까? 내 충직한 백작이 그랬나요? 감히 그럴 리가 없었을 텐데."

"그게 아니라, 폐하, 저의 적들 가운데 제일 강력하고 무서운 녀석이 하나 있지요. 바로 자기 동료인 알텐하임까지 눈 하나 깜짝 않고 살해한 악마 같은 놈입니다."

"그가 이곳에 있습니까?"

한데 왠지 당혹스러워하는 황제의 표정은, 방금 뤼팽이 한 자세한 이

결정판 아르센 뤼팽 전집

야기가 전혀 귀에 설지 않은 눈치였다.

"놈은 제가 가는 곳 어디든지 나타나고 있습니다. 한결같은 증오심으로 저를 물고 늘어지고 있지요. 제가 르노르망 씨라는 걸 간파해낸 것도 그놈이고, 절 감옥에 처넣은 것도 그놈이며, 출옥한 날부터 미행한 녀석도 바로 그놈입니다. 어제는 차 안에 있는 절 쏘려다가 발데마르 백작에게 상처를 입히고 달아났지요."

"하지만 그가 이곳 펠덴츠에 있다고 누가 그러던가요?"

"이질다가 그로부터 프랑스 금화 두 닢을 받았습니다."

"하지만 그가 대체 어떤 목적으로 이곳까지 왔겠습니까?"

"그건 저도 모릅니다. 놈은 글자 그대로 악마예요. 황제 폐하도 조심하시는 게 좋을 겁니다! 놈이 무슨 짓을 저지를지 모르니까요."

"세상에, 설마하니……. 이곳 폐허를 지키는 병력만 모두 200명이오! 한데 어딜 비집고 들어온단 말이오? 즉각 포착되고 말았을 겁니다."

"맞습니다! 결정적으로 놈을 본 사람이 있어요!"

"그게 누굽니까?"

"이질다입니다."

"그럼 한번 물어봅시다! 이보게, 발데마르! 자네 포로를 어서 그 소녀한테 데려다주게."

황제의 지시가 떨어지기 무섭게 뤼팽은 묶인 두 손을 앞으로 쭉 내뻗으며 말했다.

"놈과 겨루려면 힘든 싸움이 될 것입니다. 이러고서야 어디 제대로 해나갈 수 있겠습니까?"

황제는 즉시 백작에게 말했다.

"풀어줘라. 그리고 매사 즉시즉시 내게 보고하도록."

그렇게 뤼팽은 난데없는 살인마의 참혹한 이미지를 순발력 있게 논의에 끌어들임으로써, 일단 시간을 벌었고, 조사의 방향을 재검토할 수 있게 되었다.

'아직은 열여섯 시간이 남아 있다. 그 정도면 충분해.'

그는 그렇게 내심 중얼거리고 있었다.

200여 명의 폐허 수비대에게 일종의 병영 구실을 해주면서, 좌측 익랑부는 장교들 전용공간이기도 한 성의 부속 건물 맨 끄트머리, 이질다가 있는 곳을 향해 뤼팽은 걸어갔다.

한데 웬일인지 그녀가 눈에 띄지 않는 것이었다.

백작은 즉시 부하 둘을 보내 찾아오도록 했다. 하지만 누구도 소녀를 보았다는 사람이 없었다.

물론 그녀가 이곳 폐허의 울타리마저 벗어났을 리는 만무했다. 그렇다고 르네상스풍 궁전은 부대 인원의 거의 절반가량이 에워싸다시피 한지라 도저히 접근조차 불가능했다.

더구나 바로 옆 숙소에 거하고 있는 어느 중위(中尉)의 마누라 얘기가, 창문에서 눈을 떼지 않고 있었지만 소녀가 나가는 것은 보지 못했다는 것이었다.

"맙소사! 그녀가 나간 게 아니라면 안에 있어야 할 텐데, 없질 않은가!"

발데마르가 허둥지둥 탄식을 내뱉자, 뤼팽이 정곡을 찌르듯이 질문을 던졌다.

"이 위로 층이 하나 더 있습니까?"

"있긴 하지만 직접 통하는 계단은 없을 겁니다."

"아뇨, 있습니다."

그러면서 뤼팽은 어둑한 구석에 살짝 열려 있는 쪽문 하나를 가리켰다. 캄캄한 속에서도 계단이라기보다는 무슨 사닥다리처럼 가파른 층계 끄트머리가 살짝 눈에 띄었다.

다짜고짜 올라가려는 발데마르에게 뤼팽이 말했다.

"미안하지만 백작, 내게 양보해주실 수 없는지요?"

"왜요?"

"좀 위험할 겁니다."

뤼팽은 대답을 기다리지 않고 앞장섰고, 잽싸게 비좁고 천장이 낮은 고미다락으로 올라갔다.

순간 그의 입에서 외마디 소리가 터져나왔다.

"앗!"

"무슨 일이오?"

곧장 따라 올라온 백작이 다그쳐 물었다.

"여기 바닥에……. 이질다가 쓰러져 있어요."

뤼팽은 무릎을 꿇고 소녀를 살폈다. 다행히 척 보자마자 그저 기절했을 뿐임을 알 수 있었다. 이렇다 할 외상(外傷)이 있는 것도 아니고, 단순히 손목과 손에 살짝 할퀸 상처가 나 있는 정도였다.

다만 입에 손수건이 재갈처럼 물려 있는 것이 예사롭지 않았다.

"바로 이겁니다. 살인자가 방금 전까지 함께 있었어요. 우리가 이곳에 도착하자 놈이 허겁지겁 주먹으로 쳐서 기절시킨 다음, 신음 소리가 새어나가지 않도록 이렇게 재갈까지 물려놓은 겁니다."

"하지만 어디로 사라졌단 말입니까?"

"저쪽…… 2층 다락방끼리 통하도록 통로가 나 있는 게 보이죠?"

"거기서 어디로 내뺐단 말이오?"

"아마 다른 숙소의 계단을 통해 내려갔겠지요."

"그렇다면 누군가의 눈에 들켰을 텐데요?"

"그야 알 수 없는 일이죠. 워낙 소리 없이 움직이는 놈이니까. 아무튼 부하들을 풀어서 조사를 해보십시오! 1층의 모든 숙소와 그 각각의 다락방들을 샅샅이 뒤지게 하세요."

뤼팽은 그 자신도 살인자를 쫓아야 할지 잠시 망설였다.

한데 소녀에게서 무슨 소리가 들렸다. 얼른 내려다보니 반쯤 몸을 일으킨 그녀의 손에서 금화가 10여 개 우르르 쏟아지는 것이었다. 가만히 보니 모두가 프랑스 금화였다.

"이것 보시오. 내 생각이 틀리지 않았습니다. 한데 놈이 대체 무엇 때문에 이렇게 많은 금화를 쥐여준 걸까요? 무얼 얻어내려고?"

뤼팽의 눈에 바닥에 나뒹굴어 있는 작은 책자가 들어온 것은 바로 그때였다. 한데 그것을 집어 들려고 허리를 숙이는 찰나, 그보다 빠른 동작으로 달려든 소녀가 책을 낚아채더니, 누구에게도 쉽사리 빼앗기지 않을 만큼 악착같이 가슴에 부둥켜안는 것이 아닌가!

"음……. 바로 저것 때문에 놈이 금화 공세를 폈던 것이군. 하지만 소녀가 거부한 거야. 손에 난 할퀸 상처도 실랑이를 하는 와중에 생긴 거고. 대체 살인범이 왜 저 책에 눈독을 들인 건지 알아봐야겠구먼! 놈이 혹시 대강의 내용이라도 훑어보진 않았을까?"

혼잣말로 중얼거리던 뤼팽이 대뜸 발데마르를 돌아보며 말했다.

"이보시오, 백작, 기왕이면 부하들 손 좀 빌립시다."

발데마르가 신호를 보내자, 병사 셋이 달라붙었고, 가엾은 소녀는 길길이 악을 쓰며 발버둥을 쳐댔다. 하지만 어차피 책은 빼앗길 수밖에 없는 노릇.

"진정해라, 얘야. 진정해. 다 좋으라고 이러는 거니까. 소녀를 꼭 붙들고 있으시오! 그동안 물건을 조사해볼 테니."

낡은 장정이 최소한 100년은 되어 보이는 책이었는데, 자세히 보니 몽테스키외의 전집에서 떨어져 나온 한 권이었다. 제목은 『그니드 신전으로의 여행』(1725년 출간―옮긴이). 한데 책장을 펼쳐보던 뤼팽이 펄쩍 뛰며 소리치는 것이었다.

"이것 봐요! 거참 이상하네. 각 책장 겉면마다 양피지가 발려져 있는데, 그 위에 조밀한 글씨로 뭔가 쓰여 있소!"

그러고는 처음 몇 줄을 그대로 읽어 내려갔다.

"되퐁펠덴츠 공(公) 전하의 충복인 프랑스인 질 드 말레슈 경(卿)이 서력기원 1794년부터 기록하기 시작한 일기……."

순간 백작이 깜짝 놀라며 물었다.

"아니, 그게 어떻게 거기?"

"왜 그렇게 놀라시오?"

"2년 전에 죽은 이질다의 할아버지 이름이 말레이히였습니다. 결국 지금 그 이름의 독일식 명칭이지요!"

"그거 놀랍군요! 하면 이질다의 할아버지가 필시 이 몽테스키외의 저작에다 자신의 일기를 적어 내려간 그 프랑스 출신 가신(家臣)의 손자나 아들쯤 된다는 얘깁니다! 결국 일기가 이질다의 손에까지 대대로 물

813

715

려 내려온 거고요."

뤼팽은 일단 되는대로 아무 데나 펼쳐보았다.

"1796년 9월 15일. 전하께서 사냥을 나가셨다. 1796년 9월 20일. 전하께서 말을 타고 외출하셨다. 말 이름은 큐피드⋯⋯. 제기랄! 이거야원 시시껄렁한 내용뿐이잖아!"

그는 더 뒤로 넘겨보았다.

"1803년 3월 12일. 헤르만에게 10에퀴('에퀴'는 19세기에 사용된 5프랑짜리 은화—옮긴이)를 보냈다. 그는 지금 런던에서 요리사로 있다."

뤼팽은 왈칵 웃음을 터뜨렸다.

"허허, 이런⋯⋯. 헤르만이 실각한 다음인가 보군! 이거야 원, 꼴이말이 아니야."

그러자 발데마르가 거들었다.

"대공은 실제로 프랑스 군대에 의해 나라 밖으로 쫓겨났죠."

뤼팽은 계속해서 읽어나갔다.

"1809년. 오늘, 화요일에, 나폴레옹이 펠덴츠에서 묵었다. 내가 직접폐하의 잠자리를 봐드렸고, 다음 날 요강을 비웠다. 아! 나폴레옹이 이곳 펠덴츠에서 거한 적이 있군요?"

"그렇습니다. 바그람까지 가는 오스트리아 원정 때 이곳에서 군대와합류했죠. 이때 나폴레옹을 모신 걸 대공 가문에선 두고두고 자랑으로삼았답니다."

뤼팽은 다시 일기장을 들추었다.

"1814년 10월 28일. 전하께서 다시 돌아오셨다. 10월 29일. 오늘 밤나는 전하를 은닉처로 안내했다. 누구도 알아챌 수 없을 만한 곳을 보여드리는 거라 난 기분이 무척 흡족했다. 누가 감히 이런 곳에 은닉처를 만들어둘 거라고 상상이나 하겠는가!"

바로 그때였다! 병사들이 잠시 방심한 틈을 타, 이질다는 후닥닥 뿌리치고 뤼팽에게 달려들어 눈 깜짝할 사이, 책을 빼앗아 줄행랑을 치는 것이었다.

"아, 저런 앙큼한……. 어서 뒤쫓아요! 아니, 내가 위에서 쫓을 테니, 아래로 돌아가 막고 있어요!"

하지만 이미 이웃하는 다락방 문을 닫아거는 바람에, 그는 병사들과 마찬가지로 도로 내려가 부속 건물들을 죽 훑으면서 2층으로 오르는 다른 계단을 찾아봐야 했다.

네 번째 숙소만 문이 열려 있어서 그리로 들어가 계단을 찾을 수 있었다. 하지만 이미 통로에는 개미 새끼 하나 얼씬하지 않았다. 하는 수 없이 모든 문을 두드리고 자물쇠를 억지로 열어서라도 빈방마다 들이닥쳐야 했고, 그동안 발데마르는 나름대로 열이 받쳤는지 칼을 뽑아 들고 커튼이며 벽지를 마구 쑤셔대는 것이었다.

순간, 1층의 오른쪽 익랑으로부터 부르는 소리가 들렸고, 모두들 우르르 그리로 몰려갔다. 보아하니 복도 맨 끄트머리에서 어느 장교의 부인이 소녀가 자기 집에 있다며 고래고래 소리치고 있었다.

"어떻게 된 겁니까?"

헐레벌떡 달려간 뤼팽이 물었다.

"집에 들어가려는데 문이 잠겨 있는 거예요. 안에서 마구 소리가 들리고요."

과연 문은 굳게 잠겨 있었다.

"창문이 있을 텐데요?"

바깥으로 안내되어 창문 앞에 이르자, 뤼팽은 다짜고짜 백작의 칼을 뺏어 들고 단번에 유리창을 깨뜨렸다.

그런 다음 병사 둘을 타고 올라가, 깨진 창문 틈으로 손을 뻗어 걸쇠를 벗겨 연 다음 방 안으로 뛰어들었다.

이질다는 활활 타오르는 벽난로의 불길 앞에 쭈그리고 앉아 있었다.

"오, 이런 맹랑한 것! 책을 불 속에 던지다니!"

뤼팽은 버럭 소리를 치며, 소녀를 거칠게 떠다밀고 부랴부랴 책을 꺼내려고 했지만, 손만 데이고 말 뿐이었다. 그는 얼른 부젓가락을 사용해 타들어가는 책을 꺼내 되는대로 식탁보로 덮어 불길을 껐다.

하지만 이미 때는 늦었다. 무참히 불타버린 책장들은 회색빛 재로 맥없이 흩어지는 것이었다.

2

뤼팽은 넋을 잃은 표정으로 그 광경을 하염없이 바라보고 있었다. 백작이 조심스레 입을 열었다.

"틀림없이 알고 한 짓입니다."

"아니, 아니요. 모르고 그랬을 겁니다. 그녀의 할아버지가 이 책을 마치 아무나 손대거나 볼 수 없는 보물처럼 물려주었을 테고, 그녀는 거의 본능적으로, 남에게 빼앗기느니 차라리 불에다 던져버릴 생각을 했을 거예요."

"그럼 이제 어떻게 하죠?"

"어떻게 하다니요?"

"은닉처는 영영 날아간 것 아닙니까?"

"아하, 마치 내가 성공할 것으로 단 한순간이나마 생각해본 사람처럼 말씀하시는군요, 백작? 당신에게 이 뤼팽은 단순한 허풍쟁이가 아니었던가요? 하지만 안심하시구려, 발데마르. 뤼팽은 여러 개의 화살을 늘 준비하고 다닌답니다. 조만간 해낼 테니 두고 보십시오!"

"내일 낮 12시까지입니다, 아시죠?"

"오늘 밤 12시까지로 하죠. 그나저나 이거 배고파 죽겠소이다. 그렇게 다그치지나 말고 어떻게, 호의를 좀 베풀어주실 순 없겠소?"

뤼팽은 즉시 하사관 전용 식당으로 개조된 부속 건물 중 한 곳으로 안내되었고, 푸짐한 식사를 제공받았다. 그러는 동안 백작은 보고를 하러 황제에게 달려갔다.

그로부터 20분 후, 발데마르가 돌아왔고, 둘은 서로 마주 보며 앉은 채, 아무 말 없이 깊은 생각에 잠겨 들었다.

마침내 뤼팽이 먼저 침묵을 깼다.

"발데마르 백작, 질 좋은 시가 한 대 있으면 고맙겠소만. 음……. 역시 아바나산(産) 시가답게 바삭바삭하는 게 기막히군요!"

그는 시가에 불을 붙이고 잠시 담배 맛을 즐기더니 이렇게 덧붙였다.

"당신도 한 대 태우지 그러쇼, 백작."

다시 한 시간이 별다른 대화 없이 그렇게 흘러갔다. 발데마르는 꾸벅꾸벅 졸다가 이따금 정신을 차리려는 듯 샴페인 잔을 들이켰다. 병사들은 연신 시중을 드느라 들락거렸다.

"커피 좀 부탁하오."

뤼팽의 주문이 떨어지기가 무섭게 따끈한 커피 잔이 놓였다.

"엇, 무슨 커피 맛이 이래! 이걸 대체 누구더러 마시라고 가져온 거야! 그래도 한 잔 드시구려, 발데마르. 밤은 꽤 길 겁니다. 아, 정말 커피 맛 한번 되게 형편없네!"

그는 시가를 한 대 더 피워 물고는 입을 다물었다.

시간이 좀 더 흘렀고, 뤼팽은 여전히 꼼짝도 않고 있었다.

갑자기 발데마르가 벌떡 일어서며 버럭 소리쳤다.

813

"일어서시오!"

때마침 뤼팽은 느긋한 자세로 앉아 가볍게 휘파람을 불어대고 있었는데, 백작의 호령에도 불구하고 계속 그러고 있었다.

"일어서라고 했소이다!"

뤼팽은 그제야 고개를 돌려 뒤를 돌아보았고, 방금 문으로 들어선 황제와 눈이 마주쳤다.

그제야 뤼팽은 천천히 자리에서 일어났다.

"자, 어떻게 돼가고 있소?"

"폐하, 제 생각에는 조만간 폐하의 심기를 충족시켜드릴 것 같습니다."

"그럼, 드디어……."

"은닉처를 찾아냈느냐고요? 거의 그런 셈이죠. 다만 아직 몇 가지 세부적인 사항이 부족합니다만. 지금 당장에라도 모든 게 확실해질 거라고 믿습니다!"

"이곳에 있다는 거요?"

"아닙니다, 폐하. 저와 함께 르네상스풍 궁전까지 동행해주셔야겠습니다. 하지만 아직은 여유가 좀 있으니, 폐하께서 허락하신다면, 지금부터 두어 가지 점에 대해 좀 더 숙고를 하고자 합니다만."

그러고는 대답도 기다리지 않고, 발데마르가 이를 부득부득 가는 가운데 의자에 털썩 주저앉는 것이었다.

잠시 후, 멀리 떨어져서 백작과 뭔가 얘기를 나누던 황제가 다시 다가와 말했다.

"므슈 뤼팽, 이제 준비가 되셨소?"

뤼팽은 묵묵부답이었다. 그리고 또다시 질문이 떨어지자, 이번에는 아예 고개를 슬그머니 떨구는 것이었다!

"아니 이자가! 잠을 자는 거 아니야?"

발데마르는 버럭 화를 내면서 뤼팽의 어깨를 부여잡고 마구 뒤흔들었다. 한데 뤼팽의 몸은 의자에서 스르르 미끄러져 바닥에 떨어지더니, 한두 차례 경련을 일으킨 다음 꼼짝 않는 것이었다.

"대체 어떻게 된 일인가? 설마 죽은 건 아니겠지?"

황제는 깜짝 놀라 소리를 지르더니, 손수 램프를 들고 허겁지겁 얼굴을 비춰보았다.

"저 창백한 얼굴을 좀 보아라! 완전히 밀랍 같구면! 이봐, 발데마르! 심장에 손을 대보게. 죽은 건 아니지?"

백작은 잠시 후 이렇게 말했다.

"네, 폐하. 지극히 규칙적으로 박동하고 있습니다."

"그럼 대체 뭔가? 도무지 뭐가 뭔지 모르겠군. 무슨 일이 일어난 거냐고."

"의사를 부르러 갈까요?"

"그래, 어서 빨리!"

의사가 도착했을 때도 뤼팽은 똑같이 맥이 풀린 혼절 상태였다. 우선 침대 위에 눕힌 뒤, 의사는 환자가 무엇을 먹었는지부터 챙겼다.

"그럼 독살이라도 당했다고 보는 거요, 박사?"

"그건 아닙니다, 폐하. 독살의 흔적은 보이지 않습니다만. 여기 이 잔하고 쟁반 말입니다."

"커피를 마셨습니다."

백작이 끼어들었다.

"당신도 마셨습니까?"

"아뇨, 난 한 모금도 입에 안 댔습니다. 모두 저자가 마셨지요."

의사는 잔을 살짝 엎질러 커피 맛을 본 뒤, 이렇게 결론을 내렸다.

"제 생각이 틀리지 않았군요. 환자는 지금 마취제에 취해 잠들어 있는 겁니다."

황제가 펄쩍 뛰며 다그쳐 물었다.

"누가 그런 짓을? 이보게, 발데마르, 무슨 일을 이렇게 하는가?"

"폐하……."

"그만 됐네! 이제야 이 사람 말이 믿어지기 시작하는군. 누군가 틀림없이 성안에 잠입한 게 분명해. 그 금화하며 이젠 마취제까지……."

"폐하, 하지만 누군가 성안에 잠입했다면 여태껏 모르고 있을 리가 없습니다. 벌써 세 시간 동안이나 구석구석 샅샅이 뒤지는 중입니다."

"좌우간 내가 커피를 준비한 건 아니지 않은가? 그렇다고 자네일 리도 없고."

"오, 폐하……."

"그러니 어서 눈에 불을 켜고 찾아보게. 수색을 전면적으로 다시 실시해. 자네가 부릴 수 있는 인원이 총 200명이야. 그에 비하면 이 부속 건물이 그리 크다고는 볼 수 없지 않은가? 괴한이 이곳 어딘가 건물 내부에 숨어들었다면……. 혹시 주방일지도……. 누가 알겠는가, 백작? 자, 그러고 있지 말고 어서어서 움직이란 말일세!"

그렇게 해서 덩치 큰 발데마르는 밤새도록 뜬눈으로 지새워야만 했다. 주인의 명령이기에 정신을 곤두세운 채 여기저기 돌아다니긴 하지만, 이처럼 철통같은 방비를 뚫고 낯선 자가 숨어들 리 없다는 생각에 그리 의욕이 동하지 않는 것 또한 사실이었다. 아니나 다를까, 수색은 무위로 끝났고, 몹쓸 음료를 준비했을 그 미지의 장본인은 여전히 오리무중이었다.

한편 뤼팽은 그날 밤을 완전히 의식을 잃은 상태에서 침대에 누워 보냈다. 다음 날 아침, 밤새 환자의 곁을 지키던 의사는 황제가 보낸 심부름꾼에게 아직도 잠이 깨지 않았다고 알렸다.

오전 9시가 되자, 환자가 처음으로 몸을 들썩였다. 마치 애써 의식을 찾으려는 듯한 동작이었다.

그리고 잠시 후, 그의 입가로 중얼중얼 말이 새어나오는 것이었다.

"지금이…… 몇 시인가?"

"9시 35분이오."

그는 다시금 몸을 꿈지럭거렸는데, 마비된 육체 안에서 그의 전 존재가 기지개를 켜며 생기를 되찾으려는 듯 보였다.

순간, 괘종시계에서 10시를 알리는 종소리가 울렸다.

뤼팽은 별안간 온몸을 소스라치면서 외쳤다.

"나를 데려다주시오! 나를 저 궁전으로 데려다 달란 말이오!"

의사가 동의하자, 발데마르는 즉각 부하들을 불러 모으는 한편, 황제에게 사실을 알렸다.

뤼팽은 들것에 누운 채 병사들의 호위를 받으며 궁전으로 향했다.

"2층으로 갑시다."

그가 중얼대는 대로 들것을 든 병사들은 묵묵히 계단을 올라갔다.

"복도 끝, 왼쪽 마지막 방이오."

마지막 방은 곧 열두 번째에 해당하는 방이었다. 병사들은 방에 들어서자마자 의자를 대령했고, 뤼팽은 그 위에 힘없이 걸터앉았다.

곧이어 황제가 도착했지만, 뤼팽은 표정 없는 눈빛으로 축 늘어진 채 꼼짝도 하지 않았다.

얼마나 지났을까, 서서히 정신이 드는지, 뤼팽은 사방 벽이며 천장, 사람들을 이리저리 둘러보더니 이렇게 말문을 열었다.

"마취제였죠?"

"그렇소."

의사의 대답이었다.

"범인은……. 잡았습니까?"

"아니요."

뤼팽은 생각에 잠기는 듯 몇 차례 고개를 의미심장하게 끄덕였다. 그런데 자세히 보니 또다시 잠에 곯아떨어지는 중이 아닌가!

드디어 황제가 발데마르에게 다가가더니 이렇게 말했다.

"자네 자동차를 준비시키게나."

"네? 그러면 결국?"

"그래, 아무래도 이자가 우리를 농락하고 있는 것 같네. 이 모든 게 시간을 벌어보자는 수작인 것 같아."

"아마도……. 네, 그런 것 같습니다, 폐하."

발데마르가 머뭇머뭇 동의했다.

"틀림없어! 비록 몇 가지 흥미로운 우연의 일치를 밝혀내긴 했지만, 정작 아는 건 하나도 없는 거야! 그 금화 얘기나 지금의 이 마취제 소동도 모두 장난에 불과해! 아무래도 계속 이런 장난에 말려들다간, 보란 듯이 우리를 따돌리고 달아날 것 같아. 그러니 자동차를 준비하게, 발데마르."

백작은 즉시 지시를 내리고 돌아왔다. 뤼팽은 여전히 취침 중이었다. 황제는 잠시 방을 이리저리 둘러보다가 발데마르에게 이렇게 말했다.

"여기가 미네르바(로마 신화에 나오는 전쟁과 지혜의 여신으로, 그리스 신화의 아테나와 동일—옮긴이)의 방 맞지?"

"그렇습니다, 폐하."

"한데 왜 여기 두 곳에 N 자(字)가 쓰여 있는 거지?"

사실이 그랬다. N 하나는 벽난로 위에, 또 다른 N은 추를 축 늘어뜨린 채 복잡한 내부 장치가 훤히 드러날 만큼 엉망으로 허물어진 벽감식 괘종시계 위에 분명히 그려져 있는 것이었다.

"저 두 개의 N 자는……."

하지만 황제가 발데마르의 대답에 귀를 기울일 겨를이 없었다. 뤼팽이 순간 몸을 들썩이면서 눈을 뜨더니, 몇 마디 알 수 없는 말을 내뱉기 시작한 것이었다. 그는 자리에서 벌떡 일어나 방을 가로질러 걸어가더니, 다시금 맥없이 쓰러졌다.

그야말로 자꾸만 온몸 가득 엄습해오는 마비 증상에 대항해 그의 의지와 신경, 두뇌 전체가 힘겹게 싸움을 벌이는 모양이었다. 죽어가는 존재가 죽음에 대해, 삶이 끝없는 심연에 대해 벌이는 장렬한 사투라고나 할까?

누가 보기에도 고통스러운 광경이었다.

"괴로운가 봅니다."

발데마르가 중얼거리자, 황제가 단호하게 대꾸했다.

"아니면 괴로운 척하는 거겠지. 정말 대단한 연기력 아닌가! 정말 대단해."

그때 또 뤼팽의 입술이 힘겹게 움직였다.

"의사 선생, 주사 한 대만 놔주시오. 카페인 주사 한 대만……. 어서요."

"어떻게 할까요, 폐하?"

눈치를 보는 의사에게 황제는 덤덤하게 말했다.

"해줘야지. 어쨌든 정오까지는 그가 원하는 대로 해주기로 했으니까."

"정오까지……. 몇 분 남았소?"

뤼팽이 더듬더듬 물었다.

"40분 남았소."

"40분? 그 정도면 되겠어. 가능할 거야. 반드시 그래야만 해."

813

그는 두 손으로 머리를 와락 감싸 쥐면서 중얼거렸다.

"아! 내 머리가 제대로 돌아가야 할 텐데. 그 좋던 머리가……. 잠깐이면 모든 게 풀릴 텐데. 이제 어려운 건 딱 한 가지……. 하지만 아……. 그게 잘 안 풀려. 생각이 자꾸만 달아나고 있어. 도저히 붙들 수가 없단 말이야. 아, 견딜 수가 없구나."

이제 그의 어깨까지 들썩이고 있었다. 혹시 흐느끼기라도 하는 건가?

문득 그 어깨 너머 이렇게 중얼거리는 소리가 들려왔다.

"813……. 813……."

그리고는 이어서.

"813……. 8하고 1하고 3인데……. 그래 맞아. 하지만 왜? 아, 아직 모자라……."

황제는 여전히 시큰둥한 반응이었다.

"정말 인상적이야! 저렇게 연기(演技)를 잘하는 배우는 처음 보는걸!"

11시 30분……. 45분……. 시간은 정오를 향해 점점 다가가고 있었다.

하지만 뤼팽은 주먹으로 관자놀이를 짚은 채, 꼼짝 않고 있었다.

황제는 발데마르가 내민 정밀 회중시계에 시선을 고정한 채 시곗바늘이 정확히 겹치기만을 기다리고 있었다.

"이제 10분 남았습니다. 이제 5분……."

"발데마르, 차는 준비됐겠지? 부하들한테도 지시는 내렸고?"

"네, 폐하."

"자네 시계, 자명종이 울리도록 되어 있나?"

"네, 폐하."

"그럼 정오를 알리는 마지막 종소리가 울리거든……."

"하지만……."

"마지막 종소리일세, 발데마르!"

과연 최후의 순간 기적이 가능할 것인지……. 정한 시각이 다가올수록 엄숙해지는 분위기는 그야말로 비장한 광경을 연출하고 있었다. 마지막 종소리는 단연코 운명의 목소리가 될 예정이었다.

황제도 더 이상 초조감을 감출 수가 없었다. 아르센 뤼팽이라고 불리는 이 터무니없는 모험가, 그 파란만장한 인생 역시 잘 알고 있는 바로 이 남자가 황제의 마음을 뒤흔들고 있었으니……. 제아무리 이 애매한 작태를 끝장내려고 한다지만, 그리고 어찌 혹시나 하면서 기대하는 심정이 없을쏜가!

이제 남은 시간은 단 2분……. 1분……. 그리고 이제는 몇 초…….

뤼팽은 여전히 곯아떨어진 상태…….

"자, 채비를 차리게."

황제의 최종 지시가 떨어졌고, 백작은 천천히 다가가 뤼팽의 어깨에 손을 얹었다.

정밀 시계로부터 은빛의 타종 소리가 터져나오기 시작했다. 하나, 둘, 셋, 넷, 다섯…….

"발데마르, 저 낡은 괘종시계 추를 당겨보시게나."

모두가 기겁을 하는 순간이었다! 더할 나위 없이 침착한 음성으로 그렇게 말을 한 것은 다름 아닌 뤼팽이었던 것이다.

발데마르는 일단 느닷없이 튀어나온 상대의 반말 투에 떨떠름한 표정으로 어깨를 한 번 으쓱했다.

"그대로 따르게."

백작의 심기를 간파한 황제가 지그시 타일렀다.

"그래 맞는 말씀이네. 그대로 따라, 백작."

이젠 특유의 빈정대는 태도까지 슬슬 살아나는 뤼팽이 한술 더 떴다.

"모르겠나? 자넨 내가 시키는 대로 할 수밖에 없어. 그러니 잔말 말고 괘종시계 추나 잡아당겨 보게. 차례차례……. 하나, 둘……. 그렇지. 그런 식으로 옛 시절로 거슬러 올라가는 거야."

실제로 얼마 안 있어 진자가 움직이기 시작했고, 곧이어 규칙적인 초침 소리가 들려왔다.

"이제 바늘을 손볼 차례네. 정오보다 약간 앞쪽으로 돌려놓게나. 그래 거기서 멈춰. 이제 나한테 맡기게."

뤼팽은 자리에서 천천히 일어나 시계 앞으로 다가갔다. 그리고 한 발정도 떨어져 선 채, 눈을 부릅뜨고 시계판을 노려보았다.

순간, 정각 12시를 알리는 열두 번째 종소리가 무겁게, 무겁게 울려 퍼졌다.

기나긴 침묵이 이어졌다. 아무 일도 일어나지 않았다. 그러나 황제는, 마치 무언가 반드시 일어날 것을 확신하는 것처럼, 마냥 뤼팽의 다음 행동을 주시하고 있었다. 발데마르도 눈을 휘둥그레 뜬 채, 꼼짝 않고 있는 것은 마찬가지였다.

뤼팽은 얼굴을 바짝 갖다 대 시계판을 응시하더니, 고개를 들며 중얼거렸다.

"됐어. 드디어 알아냈어."

그는 다시 자리로 돌아와 앉아, 이렇게 지시했다.

"발데마르, 바늘을 정오에서 2분 모자라게 돌려놓게. 아, 그게 아니야! 거꾸로 말고……. 그래, 앞으로 말이네. 그래, 좀 번거롭겠지. 하지만 별수 있겠는가, 하라면 해야지."

그렇게 해서 매시간, 매 30분을 거쳐 11시 30분에 이르기까지 모든 종소리가 울려 퍼졌다.

"이제부터 정말 잘 듣게, 발데마르."

자기 스스로도 잔뜩 긴장한 듯, 그는 심각한 표정으로 말을 이었다.

"시계판에서 1시를 표시하는 작고 둥근 점이 보이지? 그 위에 왼손 검지를 대고 지그시 누르게. 좋아. 마찬가지로 이번엔 엄지를 사용해 3시를 가리키는 점을 누르게. 그렇지. 이번엔 오른손으로 8시를 누르는 거야. 잘했네. 고마우이. 자, 이제 가서 의자에 앉게, 친구."

바로 그때였다. 느닷없이 시계의 큰바늘이 덜컥하며 움직이더니 열두 번째 점을 스쳐 지나가면서 다시 한번 더 12시의 종소리가 울려 퍼지는 것이었다!

뤼팽은, 열두 번의 종소리가 울리는 가운데, 창백한 얼굴로 침묵을 유지하고 있었다.

그렇게 마지막 종소리가 울리는 순간, 뭔가 기계장치 걸리는 듯한 소리가 들렸다! 아울러 시계가 멈추었고, 진자 역시 저절로 움직임을 그만두었다.

갑자기 시계판 위를 굽어보도록 되어 있는 숫양 머리 모양의 청동 장식이 아래로 미끄러지면서 돌을 깎아 만든 작은 벽감(壁龕)이 모습을 드러낸 것은 바로 그때였다.

그리고 그 안에는 섬세한 세공이 가미된 은제함(銀製函)이 반짝거리고 있었다.

"아! 당신이 옳았소."

황제가 나지막이 중얼거렸다.

"모르셨습니까, 폐하?"

그렇게 말하며 뤼팽은 은제함을 가져와 황제에게 내밀었다.

"폐하께서 직접 열어보시기 바랍니다. 저에게 찾아내라고 하명하신 편지가 이 안에 담겨 있나이다."

황제는 천천히 뚜껑을 열었고……. 그만 소스라치게 놀랐다.

상자 안은 텅 비어 있었던 것이다!

3

아뿔싸…… 비어 있다니!

이것은 그 누구도 예상 못 한 엄청난 파국이었다! 각고의 고심 끝에 뤼팽의 추리가 성공해서, 마침내 괘종시계의 기발한 비밀 장치까지 밝혀낸 지금, 결정적인 성공을 믿어 의심치 않고 있던 황제는 그만 천길 만길 나락 같은 혼란 속에 곤두박질쳤다.

앞에 선 뤼팽이라고 담담할 리가 없었다. 붉게 충혈된 눈을 휘둥그레 뜬 채, 창백하면서도 일그러진 얼굴에는 출구 없는 분노와 무기력한 증오감만이 활활 타오르고 있었다. 그는 이마를 뒤덮은 진땀을 한 번 쓱 훔치더니, 상자를 되돌려 이리저리 살펴보는 것이었다. 마치 그 속에 설치되어 있을지 모르는 이중 바닥이라도 찾아내겠다는 듯……. 그러나 더 이상 기대할 바가 없다는 확신이 들자, 그는 욱하는 심정이 복받치면서 믿을 수 없는 괴력으로 상자를 우그러뜨리고 말았다.

그러자 조금은 분이 풀리는지, 한숨을 길게 내쉬었다.

황제가 말했다.

"누구 짓인 것 같소?"

"매번 똑같습니다, 폐하. 저와 똑같은 목적을 갖고, 똑같은 길을 좇아 온 케셀바흐의 살해범이지요."

"언제 이런 짓을?"

"어젯밤입니다. 아, 폐하, 제가 감옥을 나왔을 때부터 모든 걸 저에게 맡기셨어야 했습니다! 그랬다면 한시도 지체 없이 이곳부터 찾았을 겁니다. 그자보다 훨씬 먼저요! 그자보다 먼저 이질다에게 금화를 주었을 테고……. 그자보다 먼저 프랑스 출신 가신인 말레이히의 일기를 보았을 것입니다!"

결정판 아르센 뤼팽 전집

"그럼 당신 생각엔 바로 그 일기를 보고……."

"그렇습니다, 폐하! 놈은 그걸 충분히 검토할 시간적 여유가 있었을 겁니다. 그자는 제가 알 수 없는 어둠 속에 숨은 채, 우리의 모든 행동 거지를 죄다 파악하면서, 누군지 모를 사람을 시켜 저를 잠들게 한 겁니다. 간밤에 결정적으로 절 따돌리기 위해서 말입니다."

"하지만 궁전은 철통같이 방비되어 있었는데……."

"그야 폐하의 병사들에 의해서겠죠. 하지만 그자와 같은 존재에게 과연 그게 얼마나 영향을 미칠까요? 저 역시 발데마르가 이 부속 건물을 샅샅이 조사한 건 알고 있으나, 그러다 보니 궁전의 문들을 방치한 것 또한 사실입니다."

"하지만 시계 종소리는 어떡하고? 이걸 꺼내려면 아까와 같은 종소리가 한밤중에 울렸을 것 아니오?"

"그야 간단한 트릭이면 충분합니다, 폐하! 시계 종소리를 울리지 않게 하는 트릭 말입니다!"

"내가 보기엔 아무래도 있을 법한 일이 아니야."

"폐하, 제가 보기엔 너무나도 명확해 보이는 일입니다. 만약 바로 지금부터 당장 모든 병사의 호주머니를 뒤질 수만 있다면……. 아니, 그게 아니라도, 앞으로 1년간 그들이 사용할 금전적 비용을 모조리 파악할 수만 있다면, 틀림없이 폐하의 병사들 중에 두세 명쯤 프랑스 은행권 다발을 소지하고 있는 자가 밝혀질 것입니다."

"오! 저런……."

곧바로 발데마르가 발끈하고 나섰다.

"덮어둘 문제가 아니오, 백작. 금액이 문제인데, **그자는** 전혀 그 점에서는 개의치 않을 위인이오. 그가 원하기만 한다면 아마 당신마저도……."

황제는 자신의 생각에 깊이 몰두해 있는지라 뤼팽의 얘기를 자세하게는 듣지 않고 있었다. 그는 방 안을 이리저리 서성대더니, 회랑에 대기하고 있는 장교들 중 한 명에게 가까이 오라는 신호를 보냈다.

"내 자동차를 준비해라. 모두들 떠날 채비를 하도록."

그러고는 뚝 멈추고 뤼팽을 한동안 뚫어져라 쳐다보더니, 백작에게 천천히 다가섰다.

"발데마르, 자네 역시 출발하게. 아무 데도 경유하지 말고 단번에 파리로 직행하는 거야."

뤼팽은 귀를 곤두세웠다. 이렇게 대답하는 발데마르의 목소리가 들려왔다.

"한 10여 명을 더 데려갔으면 합니다. 워낙 지독한 친구라서……."

"그렇게 하게. 신속히 처리하게나. 오늘 밤 안으로 도착해야만 하네."

뤼팽은 어깨를 으쓱하면서 중얼거렸다.

"터무니없는 짓이야."

황제가 문득 이쪽을 돌아보았고, 뤼팽은 내친김에 큰 소리로 말했다.

"폐하, 말이야 바른말이지, 발데마르는 저를 막을 수 없습니다. 저의 탈출은 기정사실이나 다름없습니다! 그리고……."

뤼팽은 감정이 복받치는지 발을 쿵! 하고 구르며 소리쳤다.

"그리고 폐하! 설마 제가 또다시 시간을 낭비할 거라고 기대하시는 건 아니겠죠? 만약 이제 와서 폐하께서 싸움을 포기하신다면, 저는 이제 시작한 거나 다름없습니다. 반드시 마무리를 지을 것이고요."

황제는 발끈했다.

"포기하는 게 아니오! 그 대신 나의 경찰력이 움직일 것이오!"

뤼팽은 너털웃음을 터뜨렸다.

"허허……. 폐하, 부디 무례를 용서하십시오! 그건 정말이지 웃기는 발상입니다! 폐하의 경찰력이라니요. 그래봤자 세상의 다른 경찰들과 다를 게 뭐란 말입니까? 결국 있으나 없으나 마찬가지지요! 안 됩니다, 폐하! 저는 절대로 상테 감옥으로 돌아가지 않을 것입니다. 감옥이라니요. 제겐 우스울 따름입니다! 그자와 상대하기 위해선 우선 이 몸의 자유가 필수적입니다. 분명히 말씀드리지만, 전 그것을 고수할 것입니다."

황제는 안달이 나는 모양이었다.

"당신은 그자가 누구인지도 모르지 않소?"

"언젠가 밝혀내고야 말 겁니다, 폐하. 그자 역시 저만이 자신의 정체를 밝혀낼 수 있는 유일한 인물이라는 걸 알고 있습니다. 그의 적은 오로지 저 하나입니다. 저만을 공격하려 들 거고요. 지난번에도 그의 총알이 노렸던 대상은 오로지 저였습니다. 간밤에도 마음껏 행동하기 위해 잠재울 필요가 있었던 건 오로지 저 하나였습니다. 결투는 우리 둘 사이의 문제입니다. 그 밖의 어느 누구도 이 싸움과는 무관한 존재인 셈이죠. 이 싸움에서는 아무도 그나 저를 도울 입장이 못 됩니다. 우리 둘 사이에 해결할 문제가 있을 뿐, 그게 다입니다. 지금까지 행운은 그의 편이었습니다. 하지만 결국에 가서는 필연적으로, 그리고 운명적으로 제가 그를 누르고야 말 것입니다."

"그걸 무슨 근거로 장담하는 거요?"

"왜냐면 제가 훨씬 더 강하기 때문이지요."

"그가 당신을 살해한다면?"

"그는 저를 죽이지 못합니다. 그 전에 제가 그의 발톱을 제거하고 무력하게 만들 테니까요. 물론 편지는 이 손안에 들어오고야 말 것입니다. 살아 있는 인간으로서 그걸 제게서 막을 자는 아무도 없습니다."

뤼팽의 말 속에서 어찌나 강력한 신념이 묻어나는지, 마치 이미 이루어진 일에 대해 이야기하는 것 같은 느낌을 주었다.

황제는, 저토록 자신에 대한 신뢰를 당당하게 요구해오는 뤼팽이라는 사내 앞에서, 일종의 경탄이랄까, 도저히 설명할 수 없는 혼란스러운 감정이 가슴 깊이 몰아쳐 오는 것을 어쩔 수가 없었다. 이 사내대장부를 고용해서 자신의 동맹군으로 삼는 것을 주저하게 만드는 것은 자신의 소심함일 뿐이라는 점을 황제는 도저히 부인할 수가 없었다. 그는 마음을 정하지 못한 채, 회랑에서 방의 창가까지 아무 말 없이 서성거리고 있었다.

마침내 굳게 다물었던 그의 입술이 떨어졌다.

"편지를 도둑맞은 게 간밤의 일이었다는 증거가 있소?"

"도둑질은 애당초 날이 정해진 거사(擧事)였습니다, 폐하."

"무슨 말이오?"

"저 벽감 위의 청동 장식 안쪽을 좀 유심히 보십시오. 백묵으로 날짜가 기록되어 있는 게 보이실 겁니다. '8월 24일 자정'이라고 되어 있지요."

"그렇군. 정말이야. 어떻게 저걸 그냥 지나쳤을꼬."

황제는 무척이나 당황한 기색이었다.

곧이어 노골적인 궁금증을 호소하며 그는 이렇게 덧붙였다.

"사실 말이지, 저 벽에 쓰인 두 개의 N 자도 마찬가지요. 도무지 모르겠어요! 여긴 분명 미네르바의 방인데 말이오."

"그게 아니라, 바로 이곳에서 프랑스의 황제였던 나폴레옹이 묵었음을 의미하는 것입니다."

뤼팽의 속 시원한 대답이었다.

"아니, 그걸 어떻게 아오?"

"그건 발데마르에게 직접 물어보십시오, 폐하. 저의 경우는, 노(老)가신의 일기를 훑어보다가 문득 알게 된 겁니다. 그 순간 홈스나 저나 애당초 길을 잘못 들어섰다는 걸 깨달은 거지요. 헤르만 대공이 임종의 자리에서 끄적였다는 그 'APOON'이라는 단어는 '아폴롱(APOLLON)'의 축약된 형태가 아니라, 나폴레옹(NAPOLEON)에서 몇 글자가 누락된 것이었습니다."

"그렇게 된 거였군. 당신 말이 맞는 것 같소. 그러고 보니 두 단어 안에 같은 알파벳이 같은 순서로 배열되어 있구면. 분명 대공이 나폴레옹을 쓰려고 했던 것 같소이다. 하지만 813이라는 숫자는?"

"아, 사실 저도 그 숫자가 제일 해명하기 어려운 문제였답니다. 계속해서 그 세 숫자를 더하는 쪽으로만 생각을 했지요. 즉, 8＋1＋3＝12로 말입니다. 그렇기 때문에 회랑에서 열두 번째 되는 방에만 집착을 한 거였고요. 하지만 그거로는 문제가 해결이 안 되더군요. 분명 또 다른 요인이 있을 터인데, 가뜩이나 머리가 멍해지는 바람에 참으로 접근하기가 힘들었습니다. 그러던 중 이 '나폴레옹의 방'에 떡 버티고 서 있는 저 괘종시계에 눈길이 가 닿자, 모든 게 마치 계시처럼 떠오르는 것이었습니다! 즉, 12라는 숫자는 더도 덜도 말고 바로 12시 정각을 가리킨다는 사실 말입니다. 정오 아니면 자정인 셈이지요. 원래 그 두 시점(時點)이란 더없이 엄숙해서, 누구나 중요한 순간으로 선택하고 싶어 하는 시각이 아니던가요? 한데 문제는 왜 하필 8과 1과 3이냐 이거였습니다. 다른 숫자들의 배합도 얼마든지 가능할 텐데 말입니다! 그래서 일단 저는 괘종시계의 종소리를 시험 삼아 들어보기로 했던 겁니다. 아니나 다를까, 종소리가 울리면서 시계판에 작은 변화가 일어나는 것이 아니겠습니까? 다름 아니라, 1시를 가리키는 점과 3시, 그리고 8시를 가리키는 점이 조금씩 들썩거리는 게 뚜렷이 느껴지더군요. 그래서 1과 3과 8이라는 운명적인 순서로 배열되어 있는 세 개의 숫자 즉, 813이라는 숫자를 확인하게 된 겁니다. 보셨다시피 발데마르가 그 세 숫자에 해당하는 점들을 눌렀지요. 그러자 비밀 장치가 작동한 것입니다. 나머지는 폐하께서도 직접 보신 바 그대로이고요. 폐하, 이상이 바로 대공이 임종의 자리에서, 먼 훗날 아들이 펠덴츠의 비밀을 알아내고 거기 숨겨진 유명한 편지들을 손에 넣게 되기를 바라는 일념에서, 단말마의 손길로 끄적여놓은 암호문과 813이라는 숫자의 전모입니다."

황제는 이 지성과 의지가 절묘한 조화를 이루고, 섬세하고 세련된 예지력과 천재적 발상으로 똘똘 뭉친 한 인간에게서 점점 더 부인하기 어려운 경이감을 느끼면서, 그 한마디 한마디에 귀를 기울이고 있었다.

"발데마르?"

마침내 황제가 입을 열었다.

"네, 폐하!"

그러나 뭔가 말이 떨어지려는 바로 그 순간, 회랑 쪽에서 찢어질 듯한 비명 소리가 들려왔다. 발데마르는 즉시 뛰어나갔고, 곧장 돌아와 이렇게 고하는 것이었다.

"그 실성한 소녀입니다, 폐하. 지금 못 들어오게 막고 있는 중입니다."

"들어오게 하시오! 그녀를 만나보셔야 합니다. 폐하!"

느닷없이 뤼팽이 끼어들었다.

황제가 신호를 했고, 발데마르는 이질다를 데리고 들어왔다.

한데 문 앞에 나타난 소녀의 몰골은 그야말로 경악 그 자체였다! 그토록 창백했던 얼굴은 시커먼 반점들로 뒤덮이다시피 했고, 일그러진 표정은 극심한 고통을 드러내고 있었다. 그녀는 연신 가쁜 숨을 헐떡이면서 경련으로 뒤틀린 두 손을 가슴에 모으고 있었다.

"아……."

기겁을 한 뤼팽은 저도 모르게 신음을 내뱉었다.

"어찌 된 일이오?"

마찬가지로 당황한 황제가 묻자, 뤼팽은 다급하게 소리쳤다.

"폐하, 의사를 불러주십시오! 한시가 급한 상황입니다!"

그는 소녀에게 성큼 다가서며 다그쳤다.

"말해봐, 이질다. 뭔가 본 거지? 뭔가 할 얘기가 있지?"

소녀는 통증 때문에 오히려 빛을 발하는 눈동자를 퀭하니 뜬 채 그 자리에 붙박인 듯 서 있었다. 그리고 뭔가 입 밖으로 내뱉으려고 했지만, 그것은 말이라기보다는 그저 단순한 소리에 불과했다.

"잘 들어라. '예', '아니요'로만 답하면 된단다. 그저 고개만 끄덕이거나 가로저으면 돼. 그를 봤니? 그가 어디 있는지 알아? 그가 누구인지 아니? 제발 내 말 잘 들어! 이렇게 계속 대답을 안 하면……."

순간 뤼팽은 울컥 울화통이 치미는 것을 가까스로 자제했다. 문득 전날, 그녀가 제정신을 가지고 있었을 때의 시각적인 기억을 간직하고 있던 게 생각나는 것이었다. 그는 부랴부랴 하얀 벽에다가 커다랗게 L 자와 M 자를 적었다.

아니나 다를까, 소녀는 글자들을 향해 팔을 쭉 뻗으면서 뭔가 동의한다는 듯 천천히 고개를 끄덕이는 것이었다.

"어, 그렇지! 그래서? 그래서 어떻게 된 거지? 자, 네가 한번 적어보렴!"

한데 뤼팽이 쥐고 있던 연필을 소녀에게 내미는 순간, 그녀는 소름끼치는 비명을 지르더니 바닥에 풀썩 쓰러지는 것이 아닌가!

갑작스러운 적막이 이어졌고, 소녀의 가련한 몸뚱이는 한두 차례 경련을 일으키더니, 이내 잠잠해졌다.

"죽었소?"

황제가 다급하게 물었다.

"독살된 것 같습니다, 폐하."

"아! 불쌍한 것……. 대체 누구 짓이오?"

"그자입니다, 폐하. 분명 소녀는 그자의 정체를 알고 있었을 겁니다. 놈은 자신의 신분이 노출될까 봐 이런 짓을 저지른 거고요."

의사가 도착했고, 황제는 지체 없이 이질다를 맡겼다. 아울러 발데마르를 돌아보며 이렇게 말했다.

"모든 인력을 비상 체제에 돌입시키도록! 건물을 이 잡듯 뒤지고……. 국경 근처의 역(驛)에다 전보를 띄우도록."

황제는 뤼팽에게 다가와 말했다.

"편지를 되찾는 데 얼마 정도 시간이 필요하오?"

"한 달이면 됩니다, 폐하."

"좋소. 발데마르가 여기서 당신을 기다리고 있을 것이오. 그는 내 지시를 받을 것이고, 당신에게 필요한 모든 것을 제공하도록 전권(全權)을 위임받을 것이오."

"제게 필요한 건, 폐하, 다름 아닌 자유입니다."

"당신은 이미 자유의 몸이오."

뤼팽은 휙 돌아서서 총총히 멀어져 가는 황제의 뒷모습을 물끄러미 바라보며 잇새로 중얼거리고 있었다.

"그래, 우선은 자유야. 그리고 나중에 자네의 편지를 돌려줄 때쯤엔, 오! 폐하시여, 자네와 내가 정식으로 악수를 하는 것이네. 일국(一國)의 황제와 도둑이 말이야. 그렇게 해서 내게 꾀까다롭게 군 그간의 자네 태도를 물씬 후회하게 만드는 거지. 따지고 보면 좀 심하긴 했어! 세상에, 저런 친구를 위해 내 안락한 상테 팔라스를 박차고 나와 이렇게 뼈 빠지게 봉사하다니. 게다가 쩨쩨한 매너 하고는! 쳇, 언젠가 저 작자한테도 모든 걸 갚아줄 날이 오겠지!"

결정판 아르센 뤼팽 전집

7인의 도적

1

"마님, 손님이 오셨는데요?"

돌로레스 케셀바흐는 하인이 건넨 명함을 받아서 힐끗 보았다.

앙드레 보니

"모르는 사람이에요."

"한데 막무가내로 뵙게 해달라고 조릅니다. 마님께서 자신을 기다리고 있을 거라면서요."

"아! 그럼 아마도……. 그래, 맞아. 그를 여기로 모시도록 해요."

삶 자체를 뒤흔들면서, 혹독한 절망의 구렁텅이로 자신을 몰아쳤던 일련의 사건들을 뒤로하고 브리스틀 호텔에 잠깐 거하고 있었던 돌로레스는, 파시 구(區) 깊숙이 자리 잡은 비뉴 가(街)의 어느 평온한 저택에 이제야 겨우 둥지를 틀고 있었다.

집 뒤쪽으로는 주변 정원의 우거진 나무들로 자연스럽게 담이 형성된 아담한 정원도 하나 있었다. 아무리 극심한 병환 중이라도 덧문까지 모조리 닫아걸고 바깥세상과 절연한 듯 방 안에만 하루 종일 갇혀 지낼 수는 없었던지, 그녀는 가끔 정원의 나무 아래로 나가 더 이상 애꿎은 운명에 저항할 힘을 잃은 채 나른한 몸을 누이며 우울한 마음을 달래곤 했다.

정원 산책길에 깔린 모래 위로 다시 발소리가 들렸다. 흔히 화가들이 자주 입는 다소 낡은 스타일의 단순하고도 우아한 차림새에, 접힌 셔츠 깃 사이로 푸른 바탕 하얀 물방울무늬의 풍성한 넥타이를 펄럭이면서 웬 젊은이가 하인의 안내를 받으며 걸어오고 있었다.

하인이 물러나자마자, 돌로레스가 말했다.

"앙드레 보니 씨라고요?"

"그렇습니다, 마담."

"글쎄요, 저는 뵌 적이……."

"있습니다, 마담. 저는 주느비에브의 조모 되시는 마담 에르느몽과 잘 아는 사이입니다. 당신께서 가르셰에 있는 그분께 저를 만나보고 싶다고 편지를 하셨지요. 그래서 이렇게 왔습니다."

그제야 돌로레스는 깜짝 놀라면서 몸을 일으켰다.

"아! 당신은……."

"그렇습니다."

그녀는 차마 벌린 입을 다물지 못했다.

"정말, 당신인가요? 도저히 못 알아보겠어요."

"폴 세르닌 공작을 못 알아보시겠다는 겁니까?"

"네, 전혀 닮지를 않았어요. 이마도, 눈동자도⋯⋯. 그때 그 모습과는 아주 다르네요."

그는 지그시 웃으면서 받아넘겼다.

"신문들이 상테 감옥 수감자를 어쩌나 들들 볶아대던지⋯⋯. 어쨌든 이젠 이게 바로 저의 모습입니다."

두 사람 사이에 다소 어색하고 불편한 침묵이 길게 흘렀다.

마침내 그가 말을 이었다.

"그래, 이유를 물어도 되겠는지요?"

"주느비에브가 얘기 안 하던가요?"

"만나보지 못했습니다. 다만 그녀의 할머니께서 당신이 저의 도움을 바라는 것 같다고 하시더군요."

"그래요⋯⋯. 맞아요."

"무슨 문제입니까? 기꺼이 도와드리지요."

그녀는 잠시 주춤하더니, 중얼거렸다.

"무서워요."

"무섭다니요?"

그의 목소리가 한층 높아졌다.

하지만 그녀는 더욱 목소리를 낮추며 말했다.

"네, 무서워요. 모든 게 무섭고, 오늘이, 내일이, 그다음 날이 두려워요. 삶 자체가 두렵답니다. 그동안 너무 힘들고 괴로워서⋯⋯. 더 이상 헤쳐나갈 기운이 없어요."

여자를 바라보는 그의 심정은 한없이 미어지고 있었다. 막상 오늘처럼 그녀가 노골적으로 보호를 부탁하자 여태껏 애매모호하기만 했던 그녀를 향한 감정이 좀 더 또렷한 모양새를 갖추는 느낌이었다. 그것은, 어떠한 보상도 바라지 않고, 그야말로 전적으로 여자에게 헌신하고

자 하는 강렬한 욕구였다.

그녀는 계속 하소연했다.

"저는 요즘 완전히 혼자랍니다. 임시로 고용한 하인이 있지만, 역시 저는 혼자예요. 그래서 두렵답니다. 제 주위에서 누군가 끊임없이 준동하고 있는 느낌이에요."

"그럴 이유가 없지 않습니까?"

"모르겠어요. 하지만 적이 늘 어슬렁거리면서 접근해오고 있다는 생각이 들어요."

"누굴 보았습니까? 뭔가 수상쩍은 걸 본 적이 있나요?"

"네, 요즘 들어 자주 길가에서 두 남자가 이리저리 어슬렁거리다가 집 앞에 멈춰 서는 거예요."

"어떻게 생긴 사람들이던가요?"

"그중 한 사람은 특히 잘 봐두었는데, 키가 크고 체격도 좋고 면도를 깔끔히 한 사람이었어요. 옷은 무척 짧은 검은색 모직 윗도리를 걸쳤고요."

"이를테면 카페의 가르송 복장 같은 것 말씀이죠?"

"네, 호텔 지배인 같은 행색이기도 했어요. 전 하인들을 시켜서 그를 뒤쫓게 했지요. 그랬더니 퐁프 가(街)를 타고 가서 왼쪽 첫 번째 나타난 어느 지저분한 건물 안으로 들어가더래요. 1층 전체가 포도주 가게라더군요. 그리고 언젠가 밤에는 말이에요……."

"밤에는요?"

"제 방 창문을 통해서 정원에 웬 그림자가 서성대는 걸 본 적도 있어요."

"그게 답니까?"

"네."

그는 잠시 생각에 잠기다가 이렇게 말했다.

"제 친구 둘이 이곳 1층 방에서 잠을 잘 수 있도록 배려해주실 수 있겠습니까?"

"두 사람요?"

"오, 걱정할 필요는 없습니다. 둘 다 선량한 사람들이니까요. 샤롤레 영감과 그의 아들입니다. 그저 겉보기와는 많이 다른 사람들이지요. 그들과 함께 있으면 안심이 되실 겁니다. 그리고 저로 말하자면……."

그는 잠시 머뭇거렸다. 그러면서 내심 그녀가 얘기를 계속해달라고 졸라주기를 기대했다. 하지만 그녀는 아무 반응도 보이지 않았고, 그는 머쓱하게 말을 이었다.

"저로 말하자면, 이곳에서 눈에 띄지 않는 게 좋을 것 같습니다. 그래요, 그렇게 하는 게 당신한테도 좋을 겁니다. 소식은 제 친구들을 통해서 늘 신속하게 접하면 될 테니까요."

사실 그는 좀 더 오래 그녀 곁에 남아서 많은 걸 이야기하고 그녀의 심정을 달래주고 싶었다. 하지만 그녀의 태도 속에서, 둘 사이의 용건은 그것으로 끝났다는 인상을 받았고, 거기서 한마디만 더 해도 결례가 될 거라는 생각이 드는 것이었다.

해서 깍듯이 허리를 숙여 인사를 한 후, 조용히 물러났다.

그는 어서 집에서 나와 격해진 감정을 조절하고 싶은 마음에 빠른 걸음으로 정원을 가로질러 갔다. 하인이 문 앞에서 기다리고 있었다. 한데 마침 출입문을 지나 거리로 나서려는데, 웬 아가씨가 초인종을 누르는 것이었다.

그는 소스라치게 놀라며 소리쳤다.

"주느비에브!"

그녀는 휘둥그레진 눈으로 남자를 바라보았는데, 너무도 젊어진 눈빛에 적잖이 놀라면서도 다행히 누군지는 알아보는 눈치였다. 하지만 그래서 더욱 놀랐기 때문에 여자는 순간적으로 비틀거리며 문에 기대야 할 정도였다.

그는 얼른 모자부터 벗고, 감히 손은 내밀지도 못한 채 여자를 바라보고만 있었다. 그 대신 그녀 쪽에서 먼저 손을 내밀어 주지는 않을까? 하지만 이제 남자는 더 이상 세르닌 공작이 아니라, 아르센 뤼팽이다. 방금 감옥에서 나온 아르센 뤼팽 말이다.

갑자기 비가 내리기 시작했다. 그녀는 우산을 하인에게 건네면서 중얼거렸다.

"우산을 펴서 좀 받쳐주세요."

그러고는 곧장 남자를 지나쳐 정원으로 들어서는 것이었다.

뤼팽은 자리를 떠나면서 생각했다.

'이 딱한 친구야, 자네처럼 예민하고 다정다감한 사람의 마음을 심란하게 하는 일이 어디 한두 가지인 줄 아는가! 그러니 항상 마음을 다잡아가지고 있어야 해. 그래야만…… 이런, 또 눈시울이 축축해지지 않았는가! 허어, 안 좋은 징조일세, 므슈 뤼팽. 자네 늙었나 보이.'

그는 길을 가다가 뮈에트 가(街)의 보도 위를 걸어서 비뉴 가를 향해 걷고 있는 어느 젊은이의 어깨를 툭 쳤다. 한데 젊은이는 그 자리에 멈춰 서서 잠시 생각하더니 이렇게 대꾸하는 것이었다.

"실례지만, 므슈, 전혀 뵌 기억이 없는데요. 내가 보기엔……."

"그야 무례하게 보이겠죠, 므슈 르뒥! 아니면 당신 기억력이 형편없어졌든가! 베르사유를 벌써 잊으신 거요? 레되장프뢰르 호텔의 골방에서 있었던 일 말이오!"

"아니, 당신!"

젊은이는 순간 기겁을 하며 펄쩍 뛰어 뒤로 몇 발짝 물러났다.

"세상에 놀라긴……. 그렇소, 나요, 세르닌 공작! 아니지, 이미 내 진짜 이름을 알고 있을 테니, 뤼팽이라고 해야겠군그래! 혹시 이 뤼팽이 죽었으리라고 생각이라도 했던 거요? 하긴 그것도 무리는 아니지. 그동안 감옥에 있었으니. 그러기를 은근히 바랐을 수도……."

그는 젊은이의 어깨를 토닥이며 말을 이었다.

"이보시오, 젊은 친구. 자, 우리 힘을 냅시다! 아직은 시를 끄적일 평온한 나날이 제법 남아 있어요. 아직은 때가 이르지 않았단 말이오. 시를 써라, 시인이여!"

그러더니 느닷없이 상대의 팔을 억세게 조르면서 똑바로 마주 보고 이러는 것이었다.

"하지만 시인 양반, 이제 때가 점점 가까워져 오고 있다네. 자네의 육체와 영혼 모두가 내 손안에 있다는 것 부디 잊지 말게나. 그러니 이제 자네의 역할을 다할 준비나 하고 있어! 제법 힘들면서도 굉장할 거야. 그리고…… 이제 보니 자네 이런 역할엔 아주 제격인 인물 같아."

뤼팽은 아연실색한 젊은이를 앞에 멍하니 둔 채, 그 자리에서 빙그르르 돌면서 유쾌하게 웃음을 터뜨렸다.

조금 더 가다 보니 퐁프 가 구석에, 아까 마담 케셀바흐가 말해준 포도주 소매점이 과연 있었다. 그는 선뜻 가게 안으로 들어가서 주인과 한참 동안 수다를 떨었다. 그런 다음 가게를 나와 자동차를 타고 앙드레 보니라는 이름으로 묵고 있는 그랑 호텔로 직행했다.

그곳엔 두드빌 형제가 와서 기다리고 있었다.

공연히 시시덕거리며 들뜬 기분에 젖는 것에 이젠 이력이 났음 직도 한데, 뤼팽은 여전히 패거리로부터 쏟아져 들어오는 감탄과 칭송의 표시를 즐겁게 음미했다.

"두목, 얘기 좀 해보세요! 대체 그동안 어떻게 지내신 겁니까? 우리야 항상 두목이 신출귀몰하며 벌이는 기적 같은 일들에 익숙해 있지만, 그래도 한계라는 게 있는 법인데······. 어떻게, 정녕 자유의 몸이 되신 겁니까? 난데없이 이곳 파리 심장부에 변장도 거의 않고 나타나시다니요."

"시가 피우려나?"

뤼팽은 다짜고짜 시가를 꺼내 권했다.

"아뇨, 저흰 괜찮습니다."

"그럴 필요 없네, 두드빌. 이것들은 보통 시가가 아닐세. 나와 친구 사이가 됐다고 신이 나 하는 어느 진짜 시가 전문가한테서 직접 얻은 거야!"

"아! 누군지 물어도 됩니까?"

"카이저라고 하지. 허허, 그런 멍청한 얼굴들 하지 말게나. 그간 세상 돌아가는 얘기나 좀 들려주게. 도통 신문을 읽지 못해서 말이야. 내 탈옥에 대해선 세간의 반응이 어떻던가?"

"난리가 났지요, 두목!"

"경찰에선 뭐라고 설명해?"

"가르셰에서 알텐하임 살해 사건의 현장검증을 하는 동안 도주했다고 하고 있습니다. 한데 유감스럽게도 기자들이 들고일어나서 도저히 있을 수 없는 일이라며 야단들이었어요!"

"그래서 어떻게 됐나?"

"모두들 그저 대경실색하고 있는 거죠, 뭐. 이리저리 짜 맞춰도 보고, 웃고 떠들면서, 늘 그렇듯 즐기는 거죠."

"베베르는?"

"두목의 탈옥 사건으로 모가지가 아주 위태위태한 지경이랍니다."

"그것 말고, 치안국에 뭐 새로운 소식은 없는가? 살인자에 관해선 아무 진전 없고? 알텐하임의 정체를 파악할 수 있을 만한 단서도 그냥 그대로인가?"

"네."

"그건 좀 심한걸! 대체 그런 얼간이들을 먹여 살리느라고 1년에 수백만 프랑을 쏟아부어야 한단 말인가! 앞으로도 계속 그런 식이라면 난 도저히 더는 세금 못 내겠네. 거기 자리를 잡고 펜을 집어 들게. 자넨 그 편지를 오늘 저녁 『그랑 주르날』지에 갖다주는 거야. 그동안 너무 오래 세상이 내 소식을 모르고 있었을 테니, 지금쯤 안달이 나서 숨이 넘어가고 있을 것 아니겠나? 자, 받아쓰게나."

사장님, 안녕하십니까?

대중 여러분의 지당한 호기심을 끝내 충족시켜드리지 못하는 점에 대해 미리 양해를 구하는 바입니다.

나는 감옥에서 탈출했습니다. 그러나 어떻게 탈출했는지, 그 내용은 부득이 공개할 수가 없습니다. 마찬가지로 탈출한 이후, 매우 유명한 수수께끼를 풀어냈지만, 그 역시 그 내용과 방법에 대해 여러분께 아무런 정보도 제공해드릴 수 없음을 양해해주시기 바랍니다.

아무튼 이 모든 것은 언젠가는 나의 상임 전기 작가께서 나 자신의 기록들을 바탕으로 작성하여 출간하게 될 매우 독특한 이야기에서 낱낱이 다루어질 것임을 약속드리는 바입니다. 그것은 우리의 자손 대대로 매우 흥미롭게 읽을 프랑스 역사의 멋진 한 페이지로 길이 남을 것입니다.

하지만 지금 당장은 그것 말고도 해야 할 일이 많습니다. 요컨대 내가 그동안 수행해왔던 직무가 누구 손에 떨어졌는지도 몹시 분개할 만한 일이거니와 아직까지도 케셀바흐 · 알텐하임 사건이 원점을 맴돌고 있다는 사실에 나는 질리지 않을 수가 없습니다. 하여 이 자리를 빌려 베베르 씨를 면직시키는 바이며, 원래 내가 더없이 훌륭하고 만족스럽게 수행해왔던 영광스러운 직책을 다시금 므슈 르노르망의 이름으로 떠안기로 작정했음을 알려드립니다.

치안국장 아르센 뤼팽

2

저녁 8시, 아르센 뤼팽과 두드빌은 최신식 레스토랑인 카이야르에 들어섰다. 뤼팽은 몸에 꽉 끼는 연미복에 예술가풍의 약간 헐렁한 바지와 느슨한 넥타이 차림이었고, 두드빌은 공무원에게 어울리는 단정하고 진지한 색감의 프록코트 복장이었다.

둘은 기둥 두 개로 넓은 내실과 차단되어 있는 다소 후미진 구석에 자리를 잡았다.

깔끔하고 약간 오만해 보이는 급사장은 수첩을 든 채 주문을 기다리고 있었다. 뤼팽은 지극히 섬세한 미식가의 취향을 듬뿍 발휘하면서 세세한 식단을 주문하는 것이었다(『뤼팽 대 홈스의 대결』 중 「셜록 홈스, 전투를 개시하다」에서와 같은 담백한 뤼팽의 입맛은 세월이 흘러감에 따라 점점 변하여, 이처럼 세련된 미식 취향으로 옮겨감—옮긴이).

"하긴 감방 안에서의 담백한 식사도 먹을 만했지만, 역시 잘 차려진 요리야말로 무시할 수 없는 즐거움 중 하나일세."

그는 아주 왕성한 식욕을 보이며 식사를 했는데, 가끔씩 앞으로의 일에 관한 짤막짤막 소견을 표명하는 것 외엔, 거의 말없이 먹는 일에만 전념하는 것이었다.

"물론 모든 게 잘될 걸세. 좀 고되기야 하겠지. 상대가 보통이 아니니까! 놀라운 건, 지난 6개월 동안을 그와 겨루면서, 대체 놈이 무얼 원하고 있는지조차 모른다는 거야! 놈의 단짝 공범이 죽어서 싸움이 거의 끝나가나 했는데, 여전히 놈의 농간에 놀아나고 있으니, 나 원! 대체 그 자식 뭘 원하는 걸까? 내 계획이야 간단해. 대공령(大公領)을 어떻게든 손에 넣어서 내가 만들어낸 대공을 권좌에 앉힌 다음, 주느비에브를 배필로 넘겨주는 거야. 그러고는 군림하는 거지. 이보다 더 명쾌하고 정정당당한 계획이 또 어디 있겠어? 한데 그 어둠의 악령 같은 빌어먹을 녀석은 대체 무슨 목적을 갖고 이러는 거냐고?"

그는 갑자기 버럭 소리를 질렀다.

"가르송!"

급사장이 달려왔다.

"뭘 도와드릴까요, 므슈?"

"시가 좀 갖다주시오."

급사장은 곧장 돌아와 몇 개의 상자를 열어 보였다.

"어떤 게 좋겠소?"

"여기 기막힌 우프만이 좋겠습니다, 므슈."

뤼팽은 우프만을 하나 집어 들어 우선 두드빌에게 권하고, 자기도 하나 집어 끄트머리를 잡았다.

급사장은 얼른 성냥불을 켜서 불을 붙여주었다.

한데 느닷없이 뤼팽이 그의 손목을 낚아채더니 이렇게 중얼거리는 것이 아닌가!

"조용히 해. 너를 알고 있다. 진짜 이름이 도미니크 르카라는 것도 알고."

덩치나 완력에서 남부러울 것 없는 사내는 뤼팽의 손을 뿌리치려고 했지만, 그럴수록 고통의 비명만 비어져 나올 뿐이었다. 뤼팽이 그의

손목을 아예 분질러버릴 듯 비틀었던 것이다.

"네놈의 이름은 도미니크, 퐁프 가 5층에 살고 있지. 거기서 봉사료로 챙긴 얼마 안 되는 재산으로 연명하고 있어.―하지만 잘 들어, 이 멍청한 녀석아! 아니면 뼈를 분질러놓을 테니까―한데 그 봉사를 누구한테 했는고 하니, 바로 알텐하임 남작님께 했다 이거지! 놈의 집에서도 급사장으로 일하면서 말이야, 안 그래?"

그는 겁에 질려 얼굴이 창백해진 채 꼼짝 못했다.

다행히 뤼팽이 자리를 잡은 작은 방 안에는 주위에 아무도 없었다. 반면 바로 옆방에는 신사 셋이 담배를 피우고 있었고, 커플 두 쌍이 술을 마시며 얘기를 나누고 있었다.

"자, 이제 우리끼리 조용히 얘기나 좀 나눠볼까?"

"대체 누구시오? 누구십니까?"

"날 못 알아보겠단 말인가? 뒤퐁 주택가에서의 그 유명한 점심 식사를 다 잊었단 말인가? 내게 맛좋은 과자 접시를 대접한 녀석이 바로 네

결정판 아르센 뤼팽 전집

놈 아니야? 아주 기막힌 과자였지!"

"고, 공작……. 공작이 바로 다, 당신?"

"그렇다! 아르센 공작, 다름 아닌 뤼팽 공작님이시지! 아하, 이놈 한숨 내쉬는 것 좀 보게. 뤼팽이라면 겁날 것 없다는 건가, 지금? 그건 착각일세, 이 친구야. 자넨 지금 매사가 겁날 일들뿐이라고."

그는 호주머니 속에서 명함 한 장을 꺼내 보여주며 호기롭게 외쳤다.

"자, 잘 봐라! 지금 난 경찰에 몸담고 있다. 할 수 없지 않은가. 원래 우리 같은 범죄 전문가나 대도(大盜)는 다 경찰 쪽으로 돌아서게 되어 있는 법이지."

"그, 그래서 이제 어떡할 겁니까?"

급사장은 여전히 당혹감을 감추지 못하며 더듬댔다.

"어떡하느냐고? 우선 저쪽에서 부르는 손님 시중이나 들고 다시 이리로 돌아와! 허튼짓할 생각은 안 하는 게 좋아. 밖에 네놈의 일거수일투족에서 눈을 떼지 않는 경찰관이 10여 명이나 에워싸고 있으니까. 자, 가봐!"

급사장은 정확히 5분이 지나 돌아왔다. 그는 테이블 앞에서 식당 쪽을 등지고 선 채, 마치 손님들과 시가의 품질에 관해 얘기를 나누는 것처럼 하면서 속삭였다.

"대체 무슨 일입니까?"

뤼팽은 다짜고짜 테이블 위에 100프랑짜리 지폐 몇 장을 주르륵 깔았다.

"내 질문에 정확한 대답을 하면 할수록 지폐를 가져가도 좋다."

"좋습니다."

"자, 시작하지. 알텐하임 남작과는 모두 몇 명이 함께 일했나?"

"저 빼고 일곱이었습니다."

"더는 없겠지?"

"없습니다. 딱 한 번 가르셰에 '등나무 별장' 지하 통로를 만들기 위해서 이탈리아 출신 노동자들을 모집한 적은 있었습니다."

"통로가 모두 둘이었지?"

"네, 하나는 오르탕스 별장에 이르는 거였고, 다른 하나는 거기서 시작해 마담 케셀바흐의 별장 지하로 통하도록 되어 있었습니다."

"그걸로 뭘 할 작정이었나?"

"마담 케셀바흐를 납치하려고 했습니다."

"하녀 두 명, 쉬잔과 제르트뤼드도 공범이었나?"

"네."

"그 여자들 지금 어디 있나?"

"외국으로 나갔습니다."

"자네 동료들, 그 알텐하임의 패거리 일곱 명은 다 어디 있나?"

"난 그들과 손 끊었습니다. 아마도 계속 하던 일을 하고 있겠죠."

"어딜 가야 찾을 수 있을까?"

거기서 도미니크는 잠시 머뭇거렸다. 뤼팽은 1000프랑짜리 지폐 두 장을 새로 펼쳐 보이며 재차 물었다.

"그렇게 마음 찜찜해한다고 누가 알아준다던가, 도미니크! 그따위 감상일랑 깡그리 무시하고 대답이나 어서 하게!"

마지못해 도미니크는 입을 열었다.

"뇌일리, 레볼트 가(街) 3번지에 가시면 찾을 수 있을 겁니다. 그들 중 한 명은 '고물 장수'라고 불립니다."

"좋았어! 자, 이제 알텐하임의 진짜 이름을 대라! 자넨 알고 있지?"

"네, 리베이라입니다."

"이봐, 도미니크. 여태껏 잘해오다가 이러면 안 되지. 리베이라는 가

명일 뿐이잖은가! 진짜 이름을 묻고 있다!"

"파버리입니다."

"그것도 마찬가지야."

급사장은 또다시 망설였다. 뤼팽은 100프랑짜리 세 장을 내밀었다.

"이런 제기랄! 어차피 죽은 사람, 아닙니까? 아주 간 사람을……."

그는 한숨을 내쉬며 어쩔 줄을 몰라 했지만 뤼팽의 질문은 여전히 단호했다.

"이름은?"

"이름요? 말레이히 경(卿)입니다!"

순간, 뤼팽은 자리에서 벌떡 일어섰다.

"뭐라고? 방금 뭐라고 말했나? 마, 마? 다시 한번 말해보게, 무슨 경이라고?"

"라울 드 말레이히라고 했습니다."

무거운 침묵이 이어졌다. 뤼팽은 눈동자를 허공에 고정시킨 채, 펠덴츠에서 독살된 소녀를 떠올렸다. 말레이히는 이질다 역시 가지고 있는 이름이었다. 또한 18세기에 펠덴츠 궁궐로 들어간 프랑스 출신 소(小)귀족의 이름이기도 했다.

마침내 뤼팽이 입을 열었다.

"그 말레이히라는 인물 어느 나라 사람인가?"

"뿌리는 프랑스인데, 태어나긴 독일에서 났답니다. 딱 한 번 신분증명서를 슬쩍 엿본 적이 있는데, 그때 그의 진짜 이름을 알았지요. 아, 만약 내가 본 걸 알았다면, 목을 졸라 죽이려고 들었을 겁니다."

뭔가 생각하던 뤼팽이 물었다.

"그가 자네들 모두를 지휘했나?"

"네."

"하지만 그에겐 막역한 공범이 있지 않았던가? 거의 동업자 수준으로 말일세."

"아! 제발……. 그 말은 마세요. 그 말은 하지 마세요."

급사장의 얼굴이 갑자기 더할 나위 없는 공포와 불안을 내비쳤다. 그 모습을 보니, 살인자를 생각할 때마다 뤼팽 자신이 느꼈던 거부감과 두려움이 되살아났다.

"그자는 누구지? 자넨 그자를 본 적이 있지?"

"오! 그자에 대해서는 말하지 맙시다. 그에 관해서는 말하지 않는 게 상책입니다."

"다시 묻겠다. 그자가 누구인가?"

"그는 주인이에요. 대장이지요. 아무도 그가 누구인지 확실히는 모를 겁니다."

"좌우간 그를 봤지? 대답해! 자넨 그를 본 적 있지?"

"어둠 속에서 몇 번인가……. 캄캄한 밤이었으니까요. 밝은 대낮에는 한 번도 못 봤습니다. 그의 지시 사항들은 작은 종이쪽지를 통하거나, 전화로만 이루어지니까요."

"그의 이름은 뭐지?"

"그건 모릅니다. 아무도 그에 관해선 얘기해준 적이 없어요. 재수가 없을까 봐, 모두 쉬쉬한답니다!"

"그자가 항상 검은 옷을 걸치지 않는가?"

"네, 검은색이에요. 키가 작고 야윈 편입니다. 머리는 금발이고요."

"살인을 하지?"

"네, 사람을 죽이지요. 다른 도둑이 빵 한 조각을 훔치는 것처럼 사람을 죽인답니다."

그는 이미 부들부들 떠는 목소리로 사정사정하기 시작했다.

결정판 아르센 뤼팽 전집

"그만 좀 하십시다. 그에 관해선 얘기하면 안 돼요. 내 분명히 말씀드리지만…… . 악운(惡運)이 낀단 말입니다."

뤼팽은 저도 모르게 이자의 고뇌 어린 하소연에 마음이 흔들리는 것을 느끼지 않을 수 없었다.

그는 아무 말 없이 한동안 생각에 잠겨 있다가, 자리에서 일어서며 말했다.

"자, 여기 자네 돈이니 가져가게. 다만 평화롭게 잘 살고 싶으면 오늘 우리 사이에 나눈 얘기, 어디 가도 뻥긋하지 않도록 현명하게 처신하는 게 좋아."

그는 두드빌과 함께 식당을 나가자마자, 방금 얻어들은 얘기에 푹 빠진 채, 한마디 말도 없이 생드니 문(門)까지 걸어갔다.

그러더니 문득 두드빌의 팔을 부여잡고 이러는 것이었다.

"잘 듣게, 두드빌. 자넨 지금 즉시 노르 역으로 가서 룩셈부르크행 급행열차를 제시간에 맞춰 잡아타게. 그러면 되퐁펠덴츠의 주도(主都)인 펠덴츠로 가게 될 것이네. 그곳 시청에 가면 말레이히 경의 출생신고서는 물론 그 가계에 관한 정보를 어렵지 않게 손에 넣을 수 있을 것이야. 그러고 나서 모레 토요일 돌아오도록 하게."

"치안국에는 알려야 할까요?"

"그건 내가 하지. 전화해서 자네가 와병 중이라고 해두겠네. 아 참, 한 가지 더! 그날 정오에 레볼트 가(街)의 작은 카페에서 다시 보는 걸로 하지. 버팔로 레스토랑이라고 부르는 곳이네. 노동자 복장을 하게나."

다음 날부터 뤼팽은 노동자나 군인들이 입는 작업복에 챙 모자를 쓰고 뇌일리로 가서 레볼트 가 3번지에 대한 조사에 착수했다. 마차가 드나들 수 있는 대문이 맨 앞 마당으로 통해 있는 그곳은 장인들과 아너자들이 바글거리는 복잡한 골목들과 작업장들이 몰려 있어, 그야말로 별도의 도심을 형성하고 있었다. 뤼팽은 단 몇 분 만에 관리인의 호감을 사는 데 성공했고, 그와 더불어 한 시간 동안 이런저런 잡다한 이야기를 나눌 수 있었다. 물론 그사이, 유독 거동이 시선을 끄는 사람 셋을 차례차례 머릿속에 입력시키는 것을 잊지 않았다.

'음……. 냄새가 나는군. 사냥감이 걸려든 것 같아. 보기엔 그럴듯하게 선량한 사람처럼 하고 다니지만, 저 엉큼한 눈빛을 좀 보라고. 도처에서 적을 보고, 덤불숲마다 덫이 숨겨져 있는 줄 알고 있는 눈빛이잖아?'

그날 오후 내내, 그리고 토요일 아침까지, 그는 조사를 계속했고, 마침내 알텐하임의 패거리 일곱 명이 몽땅 이 집단 거주지에 똬리를 틀고 있다는 확신을 얻었다. 그중 넷은 정식으로 '옷 장수'라는 직함을 내걸고 있었으며, 둘은 신문을 팔고 있었고, 마지막 남은 하나는 자칭 '고물 장수'로 행세해서, 남들 또한 그런 줄 알고 있었다.

그들은 골목에서 마주쳤을 때도, 마치 서로 모르는 사람처럼 자연스럽게 스쳐 지나갔다. 하지만 뤼팽은 저녁과 더불어 그들이 맨 뒤 마당 끄트머리에 위치한 어느 허름한 창고에서 모임을 갖는다는 사실을 알아냈다. 거기는 '고물 장수'가 평소에 녹슨 연통이라든지 망가진 난로, 온갖 고철 더미, 그리고 물론 여기저기서 훔친 장물 대부분을 쌓아두는 곳이었다.

뤼팽은 마음속으로 중얼거렸다.

'일이 척척 진행되어가는군. 내 독일 똘마니한텐 한 달이라고 말했는데, 이거 보름이면 충분하겠는걸! 무엇보다도 기쁜 건, 공교롭게도 나를 센 강에 처박은 놈들을 상대로 작전을 개시한다는 사실이야! 구렐,

이 친구야. 조금만 기다리게. 멋지게 복수해줄 테니까.'

정오에 맞춰 뤼팽은 버팔로 레스토랑의 천장 낮은 내실로 들어섰다. 거긴 벽돌공들이나 마차꾼들이 늘 와서 그날의 끼니를 때우는 곳이었다.

누군가 다가와 그의 곁에 앉았다.

"됐습니다, 두목."

"아! 두드빌, 자네로군. 잘됐네. 그렇지 않아도 궁금해 못 견딜 지경이야. 그래, 출생신고서는? 다른 정보들은? 어서 쏟아놔 보게나!"

"그게 이렇습니다. 알텐하임의 부모는 둘 다 외국에서 죽었고요."

"그래그래, 그다음……."

"자식은 모두 셋이었습니다."

"셋이라고?"

"네, 제일 맏이가 지금 나이 서른이고, 이름은 라울 드 말레이히죠."

"그게 바로 알텐하임이지. 그다음은?"

"제일 막내가 이질다라는 이름의 소녀입니다. 잉크로 봐서 최근 기입한 게 분명한데, '사망'이라고 돼 있더라고요."

"이질다……. 이질다……. 그렇지 않아도 이질다가 알텐하임의 동생이려니 생각은 하고 있었네. 어쩐지 그 아이 얼굴 표정에서 눈에 많이 익은 구석이 보이더라니까. 그런 식으로 연결이 되어 있었구먼. 그건 그렇고, 마지막 남은 가운데 형제 얘기 좀 해보게!"

"아들인데, 현재 스물여섯 살입니다."

"이름은?"

"루이 드 말레이히입니다."

뤼팽은 흠칫 놀라는 눈치였다.

"바로 그거야! 루이 드 말레이히. 보라고. 이니셜이 L하고 M이지 않나! 정말이지 진절머리가 나는 이니셜이지. 살인자의 이름이 바로 루이 드 말레이히인 거야. 놈은 알텐하임의 동생이자 이질다의 오빠였어. 그럼에도 자기 정체가 들통 날까 두려워 두 혈육을 제 손으로 죽여버린 거야."

뤼팽은 그 수수께끼 같은 존재에 관한 어둡고 무거운 생각에 사로잡혀 한동안 말을 잇지 못하고 있었다.

한데 두드빌이 문득 이렇게 반문하는 것이었다.

"근데 뭐하러 이질다를 두려워했을까요? 정신이 정상이 아닌 아이였지 않습니까?"

"그랬지. 하지만 미치긴 했어도, 어린 시절의 기억 일부는 되살릴 수 있는 상태였다네. 함께 자라온 오빠를 아마 알아볼 수 있었을 거야. 바로 그 작은 기억이 그녀의 생명을 앗아간 셈이지."

잠시 후, 그는 또 이렇게 덧붙였다.

"미치긴 미쳤지! 하긴 그쪽 집안 모두가 미쳤어. 엄마도 정신이상이었고, 아빠는 알코올중독자였지. 알텐하임은 못 말리는 악당이고. 이질다도 가엾은 정신지체아였어. 그리고 무엇보다도 나머지 한 명이야말로 미치광이 살인마에다 정신 나간 바보가 아닌가 말일세!"

"바보라고 했습니까, 두목?"

"그렇다네. 바보지. 비록 전광석화처럼 머리가 빠르게 돌아가고 직관력이나 수완이 대단한 수준이긴 하지만, 말레이히 가문(家門)의 다른 모든 이와 마찬가지로 완전히 맛이 간 친구임에 틀림없어. 오로지 어리석은 광인만이 살인을 하지. 특히 그놈처럼 어리석은 광인만이……. 왜냐면 말일세……."

순간, 뤼팽은 말을 뚝 끊었다. 갑작스레 일그러지는 두목의 얼굴을 보고 두드빌은 무척이나 놀랐다.

"무슨 일입니까, 두목?"

"저길 좀 보게."

3

방금 들어온 한 남자가 옷걸이에다 펠트 천으로 된 검은 중절모를 건 다음, 작은 식탁을 차지하고 앉았다. 가르송이 메뉴를 가져오자 주문을 한 뒤, 그는 냅킨 위로 팔짱을 끼고 상체를 꼿꼿이 세운 채, 꼼짝 않고 기다리기 시작했다.

뤼팽은 그의 얼굴을 꼼꼼히 들여다보고 있었다.

수염 한 줌 없는 매끈하고 야윈 얼굴에 깊숙이 틀어박힌 안구에서 강철 같은 느낌을 발하는 회색빛 눈동자가 반짝이고 있었다. 하긴 피부 자체가 마치 뼈와 뼈 사이에 팽팽하게 당겨진 양피지라도 되는 듯, 하도 뻣뻣하고 질겨서 어떤 털도 뚫고 자라나지 못하는 것 같기도 했다.

얼굴은 맥없이 음울하기만 했고, 어떤 표정도 꽃피울 것 같지 않았다. 마치 상아와도 같은 느낌의 이마는 그 안에 어떤 생각도 깃들 수 없는 것처럼 보였다. 속눈썹조차 거의 없는 눈꺼풀은 거의 움직이지 않아, 마치 조각상의 눈처럼 고착된 시선을 내쏘고 있을 뿐이었다.

뤼팽은 가르송 중 한 명을 불러 물었다.

"저 신사분은 누구시오?"

"저기 점심 드시는 분 말입니까?"

"그렇소."

"손님인데, 일주일에 두세 번씩 들르는 분입니다."

"이름을 혹시 아오?"

"그럼요, 레옹 마시에입니다."

순간, 뤼팽은 화들짝 놀라며 더듬거렸다.

"오! 그, 그러면 L. M.……. 또 그 두 글자네. 혹시 저자가 루이 드 말레이히는 아닐까?"

그는 문제의 사내를 열심히 관찰했다. 실제로 사내의 인상은 저 끔찍한 존재에 대해 막연하게나마 품고 있던 이미지와 너무도 일치했다. 다만 이글거리는 불꽃과 활력을 기대했던 눈빛만큼은 전혀 다르게, 완전히 맥이 빠져버린 죽은 눈빛이었다. 저주받은 자의 고통과 혼란, 강인한 인상을 기대했던 곳에서 돌덩이 같은 무감각함밖에 찾아볼 수 없었던 것이다.

뤼팽은 다시 가르송에게 말했다.

"저분이 하는 일을 혹시 알고 있소?"

"글쎄요, 거기까진 잘 모르겠는데요. 한마디로 좀 괴짜라고 할 수 있어요. 늘 혼자 다니고요. 말도 전혀 없지요. 심지어 여기서 그의 목소리를 정확히 아는 사람은 아마 하나도 없을 겁니다. 주문도 메뉴에서 일일이 손가락으로 가리켜서 하니까요. 식사도 20분 만에 후딱 해치우죠. 그러곤 돈을 지불하고 나가버리는 겁니다."

"그러곤 또 온단 말이죠?"

"4~5일에 꼭 한 번씩은 들르는 편이에요. 반드시 규칙적이라곤 할 수 없지만요."

'바로 그자가 틀림없어! 그자일 수밖에 없다고. 말레이히 그자가 지금 바로 내 눈앞에 있는 거야. 저기 저 손으로 바로 사람을 죽인 거라고. 저 머릿속에는 아직도 피 냄새에 취한 느낌이 그대로 남아 있겠지. 괴물 같은 자식! 흡혈귀 같은 놈!'

뤼팽은 속으로 연신 중얼거렸다.

하지만 과연 이것이 있을 수 있는 일일까? 워낙 상대를 해괴망측한 존재로만 상상하던 뤼팽에게는, 이렇게 왔다 갔다 하고 보통 사람처럼 행동하며 살아 숨 쉬는 모습이 여간 혼란스러운 것이 아니었다. 살아 있는 생살을 뜯어 먹고 펄펄 끓는 생피를 빨아 마시는 흉악한 짐승쯤으로 생각했던 존재가 저렇게 정상적으로 빵과 고기를 잘라 먹고, 맥주나 포도주를 마시는 것을 도저히 이해할 수 없었던 것이다.

"가세나, 두드빌!"

"대체 무슨 일입니까, 두목? 얼굴이 몹시 창백하십니다!"

"공기 좀 쐬어야겠네. 어서 나가세."

밖으로 나가자 그는 크게 심호흡을 하고는, 이마에 범벅이 된 진땀을 닦아냈다.

"휴, 이제 좀 낫군그래! 숨 막혀 죽는 줄 알았어."

다소 진정을 하자 그는 이렇게 말했다.

"두드빌, 아무래도 결말이 다가온 것 같네. 지난 몇 주 동안 나는 암중모색하며 보이지 않는 적과 겨뤄왔지. 한데 어쩐 일인지 모르게 갑자기 놈이 내 앞길에 나타난 것 같아! 이제야 게임이 공평하게 진행되려나 보이."

"두목, 그러면 약간 떨어져서 움직이는 게 어떨까요? 놈이 아까부터 우리가 함께 있는 걸 봤습니다. 만약 한 명씩 따로 움직이면 다시 눈치채긴 힘들 거예요."

"우리를 보았단 말인가?"

뤼팽은 심각한 표정으로 중얼거렸다.

"아무것도 보이지도 듣지도 않는 것 같더니만. 하여간 괴상한 녀석임엔 틀림없군그래."

그로부터 10분쯤 지나서, 레옹 마시에는 레스토랑에서 나와 누가 뒤쫓아오는지 신경도 쓰지 않고 멀어져 갔다. 그는 담배를 한 대 피워 물

813

고는, 한 손은 떡하니 뒷짐을 진 채, 햇빛과 공기를 느긋하게 즐기는 산책자의 태도로 천천히 어슬렁거렸다. 누가 설마 자신을 감시하리라고는 전혀 생각지도 못하는 분위기였다.

그렇게 그는 입시세관(入市稅關)을 거쳐 옛 파리의 성벽 흔적을 따라 거닐다가, 다시 샹페레 문(門)(파리 북서쪽의 구역 관문 중 하나―옮긴이)을 통해 나가서 레볼트 가를 통해 오던 길을 되밟아 왔다.

과연 그 역시 3번지의 다가구주택으로 들어설 것인가? 뤼팽은 내심 그러기를 간절히 바랐다. 그래야 그가 알텐하임의 패거리 중 하나라는 확실한 증거가 되는 셈이니까. 하지만 사내는 길을 꺾어 들레즈망 가(街)로 접어들더니, 그대로 버팔로 자전거 경기장을 지나치는 것이 아닌가!

거리 주변에 들어서 있는 임대 테니스장들과 이런저런 가건물들 가운데 왼쪽으로 비좁은 정원이 딸린 아담한 별장이 있었다.

레옹 마시에는 바로 그 앞에서 멈춰, 열쇠 꾸러미를 꺼내 정원의 철책 문을 열고 들어가 별장 문을 연 다음, 안으로 사라졌다.

뤼팽은 조심조심 접근했다. 아니나 다를까, 정원 담벼락 뒤쪽으로는 레볼트 가의 다가구주택들이 바로 코앞까지 늘어서 있었다. 좀 더 자세히 둘러보자, 정원 한쪽 구석에, 제법 높이 둘러쳐진 벽에 기대어 자그마한 창고 하나가 세워져 있는 것이 눈에 들어왔다.

장소의 주변 구도로 보건대, 그 창고는 3번지 맨 끄트머리 마당에 위치한 창고, 즉 '고물 장수'가 잡동사니를 쌓아두는 바로 그 창고와 맞닿아 있는 것이 틀림없었다.

결국 레옹 마시에는 알텐하임의 패거리 일곱 명이 회합을 갖는 장소 바로 인접한 집에 살고 있는 셈이었다. 이제 레옹 마시에가 두 창고 건물 사이에 존재할 것이 분명한 통로를 이용해서 심복들에게 지시를 하달하고 지휘, 통솔하는 우두머리라는 데엔 의심의 여지가 없었다.

"내 생각이 틀리지 않았어. 레옹 마시에와 루이 드 말레이히는 동일 인물이야. 상황이 간단해지는군그래!"

뤼팽의 말에 두드빌도 동의했다.

"정말입니다! 앞으로 며칠 내에 모든 게 해결되겠어요!"

"다시 말해서 조만간 내 이 목에 비수가 파고들지도 모른다는 얘기지."

"무슨 말씀이세요, 두목? 별생각을 다 하십니다!"

"쳇, 누가 알겠는가. 난 왠지 저 괴물 같은 놈 때문에 언젠가 안 좋은 일을 당할 것 같은 예감이 드는걸."

이제부터는 일거수일투족을 놓치지 않고 말레이히의 생활 자체를 밀착 감시하는 것이 문제였다.

한데 두드빌이 탐문을 하고 다닌 구역 사람들 말을 그대로 믿을 것 같으면, 그 생활이라는 것이 그렇게 괴상할 수가 없었다. 사람들이 부르기를 '그 별채에 사는 괴짜'는 사실 그곳에 머문 지 몇 달밖에 되지 않았다고 했다. 그동안 도통 누구를 만나거나 집으로 끌어들이는 것을 본 적이 없다고도 했다. 물론 하인을 두는 것도 못 봤단다. 의외로 시원스레 뚫린 창문으로는 밤에도 촛불이나 램프 불빛 한 점 새어나오는 일 없이 늘 캄캄한 그대로라는 것이었다.

게다가 대부분의 경우 레옹 마시에는 해가 질 무렵에 외출했다가 매우 늦게, 그러니까 동이 틀 무렵에야 귀가하곤 했다고, 새벽길에서 그와 마주친 사람들이 입을 모아 주장했다.

"그가 무슨 일을 하는지는 안다고 하던가?"

뤼팽은 자신과 합류한 두드빌에게 물었다.

"모른답니다. 워낙 생활 자체가 불안정해서, 때로는 며칠 동안 아예 사람들 시야에서 사라져버리기도 한답니다. 아니면 집에 틀어박혀 있었는지도 모르죠. 어쨌든 그 이상은 전혀 모른답니다."

"좋아, 이제 조만간 우리가 그걸 알아낼 걸세."

하지만 그건 착각이었다. 그로부터 일주일이 넘도록 끈질긴 감시와 조사를 행해왔지만 그 괴상한 인물에 관해 더 이상 알게 된 것이 전혀 없었다. 알아내기는커녕 이런 황당무계한 일이 일어나기 일쑤였는데, 어느 날 뤼팽이 시내를 종종걸음으로 걸어가는 그자의 뒤를 밟던 도중, 그야말로 신기루처럼 눈앞에서 사라지고 마는 것이었다! 이따금 이중 출입구가 구비된 건물을 통해 시야를 벗어나기도 했지만, 그보다 더 자주 사람들이 바글대는 탁 트인 장소에서 마치 유령처럼 자취를 감추곤 했다. 그럴 때면 천하의 뤼팽도 잔뜩 약이 오른 상태에서 속수무책으로 당한 채, 한동안 멍하니 두리번거리는 수밖에 없었다.

그러다가는 급기야 들레즈망 가로 득달같이 되돌아와 매복을 하는 것이었는데, 한참 시간이 흐른 어느 한순간, 거짓말처럼 그 수수께끼의 인물 그림자가 스르르 나타나는 것이었다. 대체 어떻게 그럴 수가 있단 말인가?

4

"두목 앞으로 온 속달입니다."

어느 날 저녁 8시, 들레즈망 가로 뤼팽을 찾아온 두드빌이 불쑥 편지를 내밀었다.

뤼팽은 냉큼 봉투를 뜯었다. 마담 케셀바흐가 와서 도와달라는 부탁을 하고 있었다. 날이 저물 무렵, 웬 사내 둘이 창문 아래에 웅크리고서 서로서로 이렇게 중얼거렸다는 것이다. '됐어! 뭐가 뭔지 얼떨떨해하고 있어. 오늘 밤 행동을 개시하는 거야!' 얼른 내려가서 살펴보니, 부엌에 딸린 찬방(饌房) 덧문이 제대로 안 닫혀 있거나, 최소한 밖에서도 열 수가 있게 되어 있더라는 것이었다.

"드디어 놈들이 먼저 선전포고를 해오는군! 잘됐지, 뭐! 이젠 말레이히의 코앞에 죽치고 앉아 기다리는 데도 지쳤어!"

뤼팽의 말에 두드빌이 대뜸 물었다.

"지금 안에 있나요?"

"아니, 놈이 날 또 한 번 골탕 먹였어. 이젠 내가 한 방 먹일 차례야. 하지만 그에 앞서, 두드빌, 내 말 잘 듣게! 자넨 지금부터 가장 단단한 친구들로 우리 인원을 한 10여 명 확보해주게. 특히, 마르코하고 경비원 제롬은 빠뜨리지 말고! 팔라스 호텔 건(件) 이후로 둘한테는 충분히 휴가를 준 셈이니까. 이번엔 꼭 합류하도록 하게나. 인원이 다 모이면 즉시 비뉴 가로 인솔해오게. 샤롤레 영감하고 아들이 미리 진을 치고 있을 걸세. 자넨 앞으로 그들과 손발을 맞춰야 하네. 그리고 밤 11시 반에 비뉴 가와 레이누아르 가(街)가 만나는 모퉁이로 나를 보러 오게나. 그때부터 본격적인 작전에 들어가는 거야."

두드빌이 물러간 다음에도 뤼팽은 워낙 조용한 들레즈망 거리가 완전히 한산해질 때까지 약 한 시간 정도를 더 기다렸다. 그러고 나서도 레옹 마시에의 모습이 보이지 않자, 그는 큰맘 먹고 별장 탐사에 들어가 보기로 작정했다.

주변엔 개미 새끼 하나 보이지 않았다. 그는 훌쩍 몸을 날려 정원 철책을 지탱하는 석조 토대 위로 뛰어올랐다. 그리고 몇 분 후 드디어 현장에 발을 들여놓는 데 성공했다.

813

물론 계획은, 문을 따고 들어가 방을 뒤져 말레이히가 펠덴츠에서 가로채간 황제의 편지들을 찾아낸다는 것이었다. 하지만 왠지 그보다는 정원 구석의 창고를 먼저 조사해보는 것이 급하다는 생각이 뇌리를 스쳤다.

놀랍게도 창고 문은 잠겨 있지 않았다. 게다가 회중전등으로 비춰본 결과 안은 텅 빈 상태였으며, 맞은편 벽에 저쪽 창고로 통하는 그 어떤 출입구도 없는 것이었다.

아무리 오랜 시간 이리저리 둘러보아도 뭐 하나 특별한 점을 찾을 수가 없었다. 하지만 밖으로 나와서 둘러보자, 창고 옆벽에 웬 사다리가 기대어져 판암(板巖)으로 깐 지붕 바로 밑 고미다락으로 올라가게 되어 있는 것이 눈에 들어왔다.

낡은 상자들, 짚단들, 화분 받침틀 등등이 뒤죽박죽 다락 안을 채우고 있었는데, 자세히 보니 그 틈에도 맞은편 벽까지 닿을 수 있게끔 통로가 확보되어 있었다.

한데 그리로 가는 길에 뭔가 발에 걸리는 것이 있어, 내려다보니 화분 받침틀이 측면 벽에 세워져 있는 것이었다. 놀랍게도 꼼짝도 않는 그것을 전등으로 자세히 비춰보자, 일단 벽에 기대 세워진 것이 아니라 아예 단단히 고정되어 있으며, 그 일부가 뻥 뚫려 있는 것이 눈에 들어왔다.

손을 집어넣자, 아무것도 걸리는 것이 없었다. 얼른 전등을 비춰서 안을 들여다본 순간, 온갖 고철 더미로 그득한 창고, 아마 지금 이 창고보다 훨씬 큰 또 다른 창고가 훤히 내려다보이는 것이 아닌가!

'드디어 찾았군! 고물 장수의 창고로 통하는 이 천창(天窓)을 이용해서 루이 드 말레이히는 패거리의 모임을 들키지 않고서도 모두 간파할 수가 있었던 거야. 왜 저들이 자신들의 우두머리에 대해서 전혀 모르는

지 이제야 알겠어!'

뤼팽은 속으로 쾌재를 불렀다.

내막을 파악한 뤼팽이 전등을 끄고 막 돌아서려는데, 문득 저 아래 맞은편 창고 문이 살짝 열리는 것이 아닌가! 누군가 들어서서 램프에 불을 붙이자, 비로소 '고물 장수'의 모습이 눈에 들어왔다.

어차피 저자가 있는 한 더 이상 여기저기 쑤시며 조사할 수도 없는 마당이라, 차라리 가만히 숨죽이고 지켜보기로 했다.

'고물 장수'는 난데없이 호주머니에서 권총 두 자루를 꺼냈다.

그러고는 제대로 작동되는지 검사한 다음, 카페 콩세르(카페에서 식사나 음료 따위를 즐기며 음악, 쇼 등등을 즐기는 여흥─옮긴이)에서 주워들은 몇 소절의 가락을 휘파람으로 흥얼거리며 총알을 갈아 끼우는 것이었다.

그런 식으로 한 시간 정도가 흘러갔다. 뤼팽은 차마 자리를 뜨지는 못한 채, 슬슬 안달이 나기 시작했다.

시간은 계속 흘러, 30분, 한 시간이 또다시 지나갔다.

마침내 놈이 큰 소리로 외친 것은 바로 그다음이었다.

"들어와!"

난데없는 덩치들이 기다렸다는 듯 하나둘 꾸역꾸역 들어서기 시작했다.

'고물 장수'가 말했다.

"만반의 준비가 갖춰졌다. '복둥이'와 '뚱땡이'는 거기서 우리와 합류할 것이다. 자, 낭비할 시간이 없다. 모두 무장은 했겠지?"

"걱정 놓으시게!"

"좋았어! 이제 때가 무르익고 있어!"

"이봐, '고물 장수', 그걸 자네가 어떻게 알아?"

"대장을 봤거든. 내 말은 그러니까, 말하는 걸 들었단 얘기지."

767

"그렇겠지. 언제나처럼 길모퉁이 같은 어둠침침한 곳에서 말이야. 아, 난 알텐하임 같은 식이 더 좋더라고! 최소한 무얼 하고 있는 건지 알 수가 있잖아!"

"아니, 그럼 지금은 뭘 하는지 모른다는 건가? 케셀바흐 부인 집을 털러 가는 거잖아!"

"경호원 두 놈은 어떡하지? 뤼팽이 배치해놓은 두 놈 말이야."

"그들만 딱하게 된 거지 뭐. 우린 모두 일곱이야. 별수 있겠어, 쥐 죽은 듯 죽치고 있으랄 수밖에!"

"케셀바흐 부인은 어떻게 할 건데?"

"우선은 재갈부터 물리고 꽁꽁 묶은 다음 이곳으로 데려오는 거야. 여기 이 낡은 소파 위에 일단 놔두고 다음 지시를 기다려야지."

"어때, 보수는 두둑한 거겠지?"

"우선 케셀바흐 부인의 보석들이 우리 손에 떨어진다."

"그야 성공했을 때 얘기고. 난 좀 더 확실한 걸 말하는 거야!"

"일단 각자에게 100프랑짜리 석 장씩이 돌아간다. 일이 끝나고 나면 그 두 배고."

"돈은 자네가 가지고 있나?"

"그래."

"좋았어! 뭐, 이러쿵저러쿵 할 말이 없는 건 아니지만, 그래도 보수 하나만큼은 그처럼 후한 양반도 또 없을 거야."

그는 뤼팽이 가까스로 분간할 수 있을 나지막한 목소리로 이랬다.

"이보게 '고물 장수', 혹시 칼을 써야 할 일이 있을 때엔 물론 특별수당이 더 있겠지?"

"항상 그렇듯, 그땐 2000프랑이 더 보장된다네."

"만약 상대가 뤼팽이라면?"

"3000도 가능하지."

"아! 제발 그놈이 한번 걸려들어야 하는 건데."

그러고는 차례차례 창고를 빠져나가는 것이었다.

뤼팽의 귓가엔 '고물 장수'가 마지막으로 내뱉은 말이 한동안 어지러이 맴돌고 있었다.

"공격 계획은 이렇다! 우선 세 그룹으로 갈라진 뒤, 휘파람 소리를 신호로 제각각 행동에 들어간다."

뤼팽은 서둘러 사다리를 기어 내려와, 별장은 그대로 지나친 채 철책을 타고 넘었다.

"'고물 장수' 말이 맞아! 이제 슬슬 때가 무르익고 있는 거야. 아! 감히 내 목숨을 노리다니! 뤼팽의 모가지에 특별수당이라! 건방진 것들!"

그는 입시세관을 훌쩍 건너 택시를 잡아탔다.

"레이누아르 가로 갑시다!"

그는 비뉴 가에서 약 300보 정도 못 미처 차에서 내린 뒤, 두 거리가 만나는 곳까지는 걸어서 갔다.

한데 놀랍게도 아직 두드빌이 와 있지 않은 것이었다!

'이상하군. 벌써 왔어야 하는 것 아닌가? 뭔가 수상쩍은걸.'

그런 생각을 굴리면서 기다리기를 10분, 20분……. 마침내 자정이 넘어 30분이 지나가는데도 개미 새끼 하나 얼씬하지 않는 것이었다. 더 이상 지체하다가는 위험할 수 있었다. 설사 두드빌과 친구들이 가세하지 않는다 해도, 샤롤레 영감과 그 아들, 그리고 뤼팽 셋이 힘을 합해 잘만 하면 공세를 막아낼 수 있을 것이다. 게다가 마담 케셀바흐의 하인들도 있지 않은가!

그는 목적지를 향해 걸음을 내딛기 시작했다. 그렇게 집에 거의 다 왔을 무렵, 건물의 후미진 구석, 어둠 속으로 허겁지겁 모습을 감추는 두 명의 그림자가 눈에 띄었다.

'빌어먹을! 척후병쯤 되는 모양이로군! 복둥이하고 뚱땡이인가? 멍청하게도 놈들한테 빤히 거리를 주다니.'

거기서 다시금 시간을 허비하는 뤼팽……. 놈들을 뒤쫓아가 아예 싸움에 가담 못하게 요절을 낸 다음, 곧장 찬방 창문을 통해 집 안으로 뛰어들어야 할까? 결국, 만사 다 제쳐두고 마담 케셀바흐부터 즉각 안전한 곳으로 대피시키는 것이야말로 가장 신중한 대책이라는 판단이 들었다.

하지만 그것은 어떻게 보면 애초의 계획을 단념하는 것을 의미하기도 했다. 즉, 전체 패거리를 함정에 빠뜨려 일망타진하고, 특히 루이 드 말레이히를 붙잡을 수 있을 유일한 기회를 포기하는 것과 다름없는 것이다.

그런 고민을 하던 중, 난데없는 휘파람 소리가 집 반대편 어딘가에서 솟구쳐 올랐다. 아니, 그럼 벌써 싸움이 시작되었단 말인가? 정원에서부터 반격을 가해야 할 것인가?

한데 그 순간, 아까 어둠 속에 숨어들었던 두 그림자가 후다닥 창문을 넘어 사라지는 것이었다.

뤼팽은 비호같이 몸을 날려, 발코니를 뛰어넘어서 찬방 안으로 달려들었다. 발소리를 듣건대, 침입자들이 이제 막 정원을 지나치는 소리가 분명한데, 어찌나 소리가 또렷하게 들리는지 오히려 뤼팽은 안심이 되었다. 저 정도 소리면 샤롤레와 그 아들이 이미 간파하고 만반의 준비 태세를 갖추고 있을 게 틀림없었던 것이다.

따라서 뤼팽은 그냥 곧장 계단을 올라갔다. 그리고 층계참에 면한 케셀바흐의 방으로 무작정 뛰어들었다.

야등의 아늑한 불빛 속에서 디방 위에 기절한 채 누워 있는 돌로레스가 눈에 들어왔다. 그는 허겁지겁 그녀에게 다가가 몸을 들어 올린 채 다급하게 소리쳤다.

"정신 차려요! 샤롤레와 그 아들은…… 어디 있는 겁니까?"

그녀는 가까스로 이렇게 중얼거렸다.

"네? 아…… . 모두…… 떠났어요."

"뭐라고요? 떠나다니!"

"당신이 전갈을 보내왔잖아요. 한 시간 전쯤…… 전화 통지문 이……."

아닌 게 아니라, 바닥엔 푸른색 종이가 떨어져 있었다.

경호원들을 돌려보내 주십시오.

그랑 호텔에서 내가 기다리고 있을 겁니다.

부인은 안심하십시오.

"맙소사! 이걸 그대로 믿으셨단 말이오? 그럼 하인들은 어디 있습 니까?"

"다 떠났어요."

뤼팽은 얼른 창가로 달려갔다. 세 명이 막 정원으로 들어서고 있었다.

옆방으로 달려가 거리로 면한 창문을 내다보자, 거기엔 두 명이 다가 오고 있었다.

순간, '복둥이'와 '뚱땡이', 그리고 무엇보다도 보이지 않는 곳에서 어슬렁거리고 있을 루이 드 말레이히가 문득 머릿속을 넘나드는 것이 었다.

"제기랄! 아무래도 일이 뒤틀리고 있는 것 같군."

뤼팽은 잇새로 중얼거렸다.

일망타진

1

순간, 아르센 뤼팽은 뭐가 뭔지 그 전모를 확실히 파악할 수는 없지만, 분명 놀랄 만큼 기발한 착상으로 마련된 함정에 자신이 여지없이 걸려들었다는 사실을 확신했다.

모든 것이 사전에 계획되고 조작된 것이다. 부하들과 격리된 것하며, 하인들이 배신하거나 이유 없이 사라진 것, 그리고 하필 이때 자신이 마담 케셀바흐의 집에 뛰어든 것 모두가 말이다.

분명 모든 상황이 거의 기적에 가까울 정도로 적에게 유리한 방향으로만 진행되고 있었다. 사실 따지고 보면 가짜 전화 통지문이 이곳의 부하들을 집에서 빠져나가게 만들기 전이라도 뤼팽이 집에 도착할 가능성은 얼마든지 있었다. 만약 그랬다면 전쟁은 뤼팽의 부하들과 알텐하임의 패거리와의 한판 승부가 되었을 일이다. 한데 지금까지 말레이히의 행동 방식이나, 알텐하임을 살해한 일, 펠덴츠의 소녀를 독살한 일을 돌이켜보건대, 애초부터 함정은 뤼팽 한 사람을 겨냥한 것이었으며, 말레이히는 대규모 패싸움이랄지, 성가신 패거리를 몽땅 쓸어버리는 따위는 고려하지도 않았을 거라는 생각이 드는 것이었다.

섬뜩하게 파고드는 직감이나 스쳐 지나치는 생각이야 한두 가지가 아니었지만, 일단 지금은 행동에 나설 시간! 어쨌든 놈들의 일차 목표인 돌로레스의 납치를 저지하는 것이 급선무였다.

그는 거리로 면한 창문을 살짝 열고 권총을 겨누었다. 갑작스러운 총성이 동네를 깨우면 아마도 패거리가 후닥닥 흩어지겠지.

"아니야, 그게 아니지. 내가 이 싸움을 비켜갈 가능성은 전혀 없어. 이런 기회가 저들에게도 흔히 찾아오는 건 아닐 테니까. 저들이 순진하게 물러나 준다는 보장이 없질 않은가! 저렇게 인원이 많으니, 동네 사람들 따위야 하나도 개의치 않을 거야."

그렇게 중얼거리면서 뤼팽은 돌로레스의 방으로 돌아왔다. 문득 아래층으로부터 요란한 소리가 계단을 통해 올라오기 시작했고, 뤼팽은 부랴부랴 문의 빗장을 이중으로 채웠다.

돌로레스는 디방 위에서 연신 어깨를 들썩이며 훌쩍이고 있었다.

뤼팽은 간신히, 간신히 달래며 물었다.

"어떻게 좀 버틸 힘이 있습니까? 여긴 2층입니다. 저기 창문 커튼을 사용해서 아래로 내려가야만 할 텐데요. 제가 도와드리겠습니다."

"안 돼요. 안 돼요. 절 버리지 마세요. 저들이 절 죽일 거예요. 절 좀 지켜주세요, 제발."

그는 여자의 팔을 부축해 옆방으로 데리고 가더니, 귓가에 입을 대고 이렇게 속삭였다.

"여기서 꼼짝 마십시오. 안심하세요. 맹세컨대 제가 살아 있는 한, 어떤 놈도 당신께 손대는 일은 없을 겁니다."

첫 번째 방문이 들썩거렸다. 돌로레스는 비명을 지르며 뤼팽의 목에 매달렸다.

"아, 저기 왔어요. 그들이 왔단 말이에요. 당신도 무사하지 못할 거예요. 혼자잖아요."

뤼팽은 강력하게 말했다.

"전 혼자가 아닙니다! 당신이 여기 있잖습니까! 당신이 제 곁에 있는 한……."

그러면서 일단 여자의 손을 떼어내려고 했다. 하지만 여자는 두 손으로 뤼팽의 얼굴을 감싸 안고 눈동자를 가만히 들여다보며 이렇게 중얼거리는 것이었다.

"어딜 가시려고요? 어떻게 할 작정이세요? 아, 안 돼요. 절대로 죽으면 안 돼요. 살아야만 해요. 절대로……."

그녀는 뭔가 알아들을 수 없는 말을 중얼거렸는데, 그마저 뤼팽이 듣지 못하게끔 서둘러 입안으로 우물거리는 것이었다. 그러더니 이내 힘이 부치는지, 의식을 잃고 쓰러지고 말았다.

뤼팽은 그녀에게 몸을 수그리고 잠시 얼굴을 들여다보고는, 더없이 부드럽게 그녀의 머리카락을 가다듬어주었다.

다시 첫 번째 방으로 건너간 그는 두 방을 나누는 문을 세심하게 닫아건 다음, 전등불을 환하게 켰다.

"잠깐 기다리게, 풋내기들! 그렇게도 빨리 혼쭐이 나고 싶은가? 뤼팽이 어떤 존재인지 모르는 건 아니겠지? 그렇게들 혼나고 싶어?"

그렇게 고함을 쳐대면서 그는 아까 마담 케셀바흐가 누워 있던 디방이 가려지도록 병풍을 둘러친 뒤, 그 위에다 옷가지며 이불 등을 쏟아부었다.

이젠 문이 조만간 부서져나갈 태세였다.

"그래, 곧 간다! 다들 각오는 되었겠지? 자, 어느 놈이 먼저 당하고 싶은가?"

그러면서 갑작스럽게 열쇠와 빗장을 동시에 푸는 것이었다.

순식간에 문이 활짝 열리면서 온갖 욕설과 위협과 아우성 소리가 쏟아져 들어왔다.

하지만 그중 아무도 선뜻 앞으로 나서는 놈은 없었다. 뤼팽에게 무작정 달려들기에는, 그동안 이 전설적인 존재에 대해 품고 있던 두려움이 제각각 발목을 붙드는 것이었다.

뤼팽이 노린 점이 바로 그것이었다.

방 한복판 환한 불빛 속에 떡 버티고 선 채, 그는 두 팔을 쭉 뻗고서 빳빳한 은행권 지폐 다발을 정확히 일곱 등분으로 보란 듯이 나누고 있었다. 그는 침착한 목소리로 이렇게 말했다.

"뤼팽을 저승으로 보내는 데 각각 3000프랑의 특별수당이라고 했겠다? 어떤가, 그렇게 약조가 되어 있겠지? 여기 그 두 배가 있다!"

그는 일당이 손만 뻗으면 닿을 만한 거리의 탁자 위에 지폐 다발을 쫙 뿌려놓았다.

'고물 장수'가 으르렁댔다.

"허튼수작이다! 놈은 지금 시간을 끌고 있는 거야! 그대로 쏴버리자!"

하지만 그가 손을 치켜드는 순간, 패거리 중 하나가 덥석 말렸다.

뤼팽은 계속 몰아붙였다.

"물론 이런다고 해서 자네들 계획이 쉽게 바뀌지는 않겠지. 어쨌든 자네들이 이곳에 난입한 목적은 다음 두 가지야. 첫째, 마담 케셀바흐를 납치한다. 둘째, 가능하면 그녀의 보석들도 슬쩍한다. 그렇지? 만약 내가 그 두 가지 계획에 훼방을 놓는다면 나 역시 세상에 둘도 없는 졸장부라고 자처하겠네!"

"허어, 지금 무슨 수작을 부리는 거냐?"

자기도 모르게 귀를 기울이고 있던 '고물 장수'가 투덜거렸다.

"아하! '고물 장수', 슬슬 내 말에 관심이 가는 모양이로군! 자, 들어와 봐. 일단 들어오라고, 어서! 계단 위에서 부는 바람이 꽤 찬 편일 텐데. 자네들 같은 아가들은 감기 걸릴 수도 있을걸! 왜, 뭐가 두려운가? 보다시피 난 이렇게 홀몸일세. 이봐, 용기를 가지라고, 애송이들."

그제야 일당은 주춤주춤 경계를 하며 방 안으로 들어섰다.

"문부터 좀 닫게, '고물 장수'. 그럼 좀 진정이 될 테니. 고맙네. 허허, 저런……. 그러고 보니 1000프랑짜리 지폐 다발이 벌써 사라졌구먼. 그럼 결국 동의한다는 뜻인가? 점잖은 사람들끼리 뜻이 통한다 이거지?"

"그다음엔 어쩔 생각인가?"

"그다음? 그거야 서로 협조하기로 했으니……."

"협조라!"

"그럼 아니었나? 내 돈을 받은 게 아니었어? 이제부터 함께 일해나가는 거야! 함께 여자도 납치하고, 함께 보석도 훔치는 거지."

'고물 장수'는 대뜸 빈정댔다.

"그 일엔 자네 도움이 필요치 않은걸!"

"필요할 걸세, 친구!"

"어째서?"

"보석이 어디 숨겨져 있는지 모를 테니까. 한데 난 알거든!"

"그거야 찾으면 나오겠지!"

"오늘 밤 내론 힘들걸! 내일이야 겨우 찾을 수 있으려나."

"좋다. 정 그렇다면, 그쪽이 원하는 건?"

"보석을 나누자!"

"어디 숨겨져 있는지 안다면서, 왜 몽땅 차지하려고 하지 않는 거지?"

"혼자 힘으론 열 수가 없기 때문이야. 암호가 있는데, 그 내용을 모르거든. 이제 자네들이 있으니, 날 도와줄 수 있을 것이네."

'고물 장수'는 순간 주저하는 듯했다.

"나눈다……. 나눈다 이 말이지. 기껏해야 보잘것없는 돌 조각들과 쇠붙이들일 텐데."

"멍청한 소리! 최소한 100만 프랑어치는 된단 말이다!"

그 말에 역시 모두들 오금이 저리는 모양이었다.

마침내 '고물 장수'가 말했다.

"좋다! 하지만 그동안 케셀바흐 부인이 도망치는 건 아니겠지? 지금 옆방에 있지 않나?"

"아니, 바로 여기 있네."

그러면서 병풍 한쪽을 살짝 열어 옷가지와 이불로 두툼하게 해놓은 의자 한편을 보여줬다.

"기절해 있지. 하지만 이 여자는 물건부터 나눈 뒤에 인도하겠네."

"하지만……."

"나 원 참, 하든지 말든지 맘대로 하게! 이렇게 나 혼자라는데도 걱정인가? 내가 빈말하지 않는다는 건 잘 알 텐데. 자, 어서……."

뤼팽의 워낙 자신만만한 태도에 모두들 잠시 서로서로 쑥덕거리더니, '고물 장수'가 나서서 말했다.

"그럼, 먼저 보석 있는 곳을 대라!"

"벽난로 밑이네. 하지만 암호문을 해독 못하면 거울이며 대리석이며, 벽난로 전체를 몽땅 들어내야 할 판이야. 보통 일이 아니지."

"쳇, 그 정도야! 우린 몸 하나로 때우는 사람들이야. 이런 일엔 전문이지! 두고만 봐, 단 5분 만에……."

그는 즉시 지시를 내렸고, 모두들 놀랄 만큼 절도 있고 박력 있게 작업에 돌입했다. 우선 두 명이 의자에 올라가 거울을 뜯어내기 시작했고, 동시에 다른 네 명은 벽난로 자체에 매달렸으며, '고물 장수'는 밑의 화덕을 뒤지면서 일행을 독려하는 것이었다.

"자, 힘을 합쳐서! 조심조심! 하나, 둘……. 그렇지. 자, 움직인다."

한편 그들 뒤에서 뤼팽은 주머니에 손을 꽂은 채, 측은한 마음으로 그 모든 북새통을 물끄러미 바라보고 있었다. 아울러 타인들의 행동거지까지 좌지우지하는 자신의 놀라운 권위와 수완이 다시 한번 유감없이 발휘되는 광경을, 예술가다운 자긍심을 갖고 뿌듯하게 즐기는 것이었다. 대체 무슨 조화로 저 무지막지한 불한당들이 삽시간에 그처럼 어처구니없는 얘기를 믿어버린 것일까? 도대체 뭐가 씌었기에 천지분간을 못한 채, 적에게 반격의 기회를 저리도 얌전히 내주는가 말이다!

천천히 호주머니에서 빼낸 뤼팽의 손에는 각각 큼직한 권총이 한 자루씩 쥐어 있었다. 그는 두 팔을 앞으로 쭉 뻗어서 처음에 쓰러뜨릴 두 놈과 그다음 쓰러뜨릴 또 다른 두 놈을 침착하게 선택했다. 그러고는 마치 사격장에서 하듯 숨을 죽인 채 두 과녁을 정확히 조준하는 것이었다. 동시에 두 발의 총성이 울렸고, 또다시 두 발이 뒤를 이었다.

처절한 비명 소리……. 두 명, 두 명이 마치 공을 던져 인형을 쓰러뜨리는 게임에서처럼, 차례차례 나뒹굴었다.

"일곱 중에 넷을 해치웠으니 남은 건 셋이겠지? 어때, 계속할까?"

뤼팽이 빈정대는 투로 내뱉었다.

양팔을 여전히 쭉 앞으로 뻗은 채 두 자루의 권총은 혼비백산한 '고물 장수'와 나머지 두 놈을 정확히 한데 모아 겨누고 있었다.

"이런 제기랄!"

'고물 장수'는 허겁지겁 무기를 더듬으며 으르렁거렸다.

"그 더러운 손 치켜들어! 총알구멍 나고 싶지 않으면. 그래야지. 자, 거기 둘, 놈의 무기를 뺏어 이리로 던져! 말 듣는 게 이로울 거야."

벌벌 떨면서 나머지 둘은 자기들의 우두머리를 허겁지겁 무장해제시켰다.

"묶어! 안 들리나? 단단히 묶으란 말이다! 놈이 너희를 어떻게 할 것 같은가? 내가 떠나고 나면 너희도 제 갈 길을 가는 거야. 내 말 알겠나? 그렇지, 먼저 손목부터……. 그래, 허리띠로…… 그다음 발목…… 좀 더 빨리빨리……."

무기도 뺏기고 완전히 제압당한 상황에서 '고물 장수'는 별다른 저항도 하지 못했다. 한데 둘이 하나를 열심히 묶는 동안 뤼팽은 살그머니 다가가 각각의 뒤통수에다 권총 손잡이로 정확히 한 대씩을 가격하는 것이었다. 둘은 그 자리에 맥없이 고꾸라졌다.

뤼팽은 한숨을 내쉬며 중얼거렸다.

"숙제 끝이로군. 한 50명쯤 더 있지 않아 유감인걸. 이제야 서서히 몸이 풀리는데 말이야. 이 정도야 슬슬 웃어가면서 처리해도 될 만큼 너무 쉽잖아. 어떻게 생각해, 고물 장수?"

혼자 남은 도둑은 연신 씩씩거리고 있었다. 뤼팽은 계속 약을 올렸다.

"너무 우울해하지는 말게, 친구. 좋은 일 했다 생각하고, 스스로를 위로하라고. 마담 케셀바흐의 생명을 구했지 않은가. 그녀가 직접 자네의 호의에 감사를 표할 것이네!"

그러더니 옆방으로 다가가 문을 활짝 열었다.

"아!"

순간, 뤼팽은 문턱에 선 채 벌린 입을 다물지 못했다.

방은 텅 비어 있었던 것이다!

창가로 다가가자 조립식 사다리가 기대어져 있는 것이 눈에 들어왔다.

"아뿔싸! 기어코 납치당한 거야. 납치당했다고. 루이 드 말레이히…… 아! 악랄한 놈."

2

뤼팽은 잠시 생각에 잠겼다. 그리고 일단 마담 케셀바흐가 당장 위해를 당한 것은 아니라며, 너무 호들갑을 떨 필요가 없다고 스스로를 달래는 것이었다. 하지만 갑작스럽게 또 울화통이 치미는지, 후닥닥 문을 박차고 옆방으로 건너가 상처를 입고 버둥대는 도적들에게 하나하나 발길질을 해대는 것이었다. 그뿐만 아니라, 돈 다발들을 일일이 빼앗아 챙긴 다음, 각각의 입에 재갈을 물리고, 커튼 줄이든 이불이든 옷감이든 닥치는 대로 주워서 손발을 묶은 뒤, 일곱 명 모두를 양탄자 위에 일렬로 늘어놓아 마치 소포 꾸러미들처럼 한데 엮어버렸다.

그러고도 분이 안 풀리는지 그는 있는 대로 야유와 저주를 퍼부어대는 것이었다.

"이거야말로 꼬치구이가 따로 없군! 기름이 좔좔 흐르는 요리가 따로 없어! 집단으로 천치들만 모아놓은 꼴이야! 시체공시장(屍體公示場)에 널려 있는 익사체들 같잖은가! 그런데도 네놈들이 감히 뤼팽을 넘봐? 과부와 고아의 수호자이신 이 뤼팽을? 왜, 이제 와서 떨리나? 착각하지 마라, 애송이들. 뤼팽은 공연히 사람을 해치진 않아. 다만 뤼팽은 악당을 싫어하고 자신의 의무를 잘 아는, 정직하고 고결한 사람일 뿐이야. 생각해봐. 도대체 네놈들 같은 깡패들하고 어떻게 잘 지낼 수가 있겠나? 뭐가 어째? 남의 목숨을 파리만도 안 여긴다고? 남의 재물은 죄다 네놈들 걸로 보여? 법도 없고, 사회도 없고, 양심도 없다고? 맙소사, 주여……. 대체 세상이 어떻게 돼가는 겁니까? 어디로 가고 있는 거냐고요?"

뤼팽은 그대로 놈들을 방치한 채 방을 나와 거리로 나갔다. 그리고 택시를 대기시켜둔 곳까지 걸어가, 운전기사에게 다른 택시 한 대를 더 몰고 오라고 한 뒤, 두 대를 모두 이끌고 다시 마담 케셀바흐의 집으로 향했다.

이미 값은 충분히 치른 상태였기에 별다른 설명으로 시간을 낭비하지 않아도 됐다. 두 운전기사의 도움으로 그는 일곱 명의 포로를 아래로 운반해서 두 대의 차 안에다 되는대로 욱여넣었다. 당연히 상처 입은 사람들의 비명과 신음 소리가 귀청을 때렸지만, 뤼팽은 눈 하나 깜짝 않고 문을 닫았다.

"손들 조심해."

이것이 문을 닫으면서 그가 내뱉은 단 한 마디 말이었다.

그는 앞차 좌석에 올라타자마자 외쳤다.

"갑시다!"

"어디로 가죠?"

"오르페브르 제방, 36번지, 치안국으로……."

부릉거리는 엔진 소리……. 그렇게 해서 괴이하기 이를 데 없는 두 대의 택시 행렬이 트로카데로 비탈길을 내려가기 시작했다.

거리에는 벌써부터 채소 수레들이 지나다니고 있었고, 장대를 들고 다니는 야경꾼들이 하나둘 가로등 불을 끄고 있었다.

하늘에는 별들이 뿌려져 있었고, 상큼한 바람이 공간을 가로지르며 휘날리고 있었다.

뤼팽은 흥얼대며 노래를 불렀다.

콩코르드 광장, 루브르 박물관……. 저 멀리로는 노트르담의 웅장한 윤곽…….

그는 문득 뒤를 돌아보며 이렇게 소리쳤다.

"기분은 어떤가, 친구들? 오, 고맙네. 난 꽤 괜찮은걸! 밤공기가 더없이 상큼하구먼."

자동차가 멈춰 선 곳은 제방의 울퉁불퉁한 포도(鋪道) 위의 법원 건물과 치안국 정문 앞이었다.

"여기서 잠시 기다리시오. 특히 저 일곱 손님들을 잘 감시하고 있어야 하오."

운전기사들에게 그렇게 고한 뒤, 그는 안뜰을 지나 본관 부지에 이르는 오른쪽 통로로 들어섰다.

숙직실에 형사들 몇이 있었다.

"사냥감을 좀 가져왔소!"

그는 호기 있게 들어서며 소리쳤다.

"베베르 씨 계신가? 나는 새로 부임한 오퇴유 경찰서장이외다!"

"므슈 베베르는 지금 집에 계신데요, 알릴까요?"

"잠깐만. 내가 좀 바빠서 그러니 그냥 메모만 남기리다."

그러고는 덥석 책상에 앉아 끄적거렸다.

안녕하신가, 베베르.

여기 알텐하임의 패거리 일곱 명을 가져왔네. 구렐을 비롯해서 많은 사람을 살해한 놈들일세. 그중에는 므슈 르노르망이라는 이름으로 나 역시 끼어 있지.

이제 남은 건 놈들의 우두머리뿐일세. 나는 즉시 놈의 체포에 착수할 생각이네. 와서 날 좀 돕게나. 놈은 뇌일리, 들레즈망 가에서 레옹 마시에라는 이름으로 살고 있네.

그럼 이만······.

치안국장 아르센 뤼팽

그는 편지를 봉인하고, 이렇게 말했다.

"므슈 베베르에게 전해주시오. 급한 겁니다. 이제 일곱 덩어리의 상품 인도만 남았구려. 제방 위에 놓아두겠으니, 알아서 찾아가시구려."

차 있는 곳까지 내려온 뤼팽 앞에 형사반장이 나타났다.

"아, 당신이구려, 므슈 르뷔프! 내가 방금 대어(大漁)를 낚았답니다. 알텐하임 일당을 일망타진했지요. 저기 자동차 안에 있습니다."

"어디서 잡은 겁니까?"

"마담 케셀바흐를 납치하고 그 집 물건을 털러 들어온 걸 덮쳤죠. 나중에 적당한 기회에 다시 차근차근 설명드리죠."

하지만 형사반장은 그를 한쪽으로 데려가 다소 당황한 듯 이러는 것이었다.

"잠깐만요. 난 지금 오퇴유 경찰서장이 찾는다기에 온 건데, 내가 보기엔 당신은······. 실례지만 누구신지?"

"누구긴 누구겠소, 당신한테 일곱 명의 알짜배기 깡패 도당을 선물로 안기려고 나타난 사람이지."

"그래도 내가 알고 싶은 건······."

"내 이름 말이오?"

"네."

"아르센 뤼팽이라오."

그러고는 냅다 상대의 다리를 걸어 넘어뜨린 다음, 리볼리 가(街)까지 쏜살같이 달려가더니, 지나가는 자동차에 훌쩍 올라타 테른 문(門)까지 다다랐다.

거기서 레볼트 가 다가구주택까지의 거리는 얼마 안 되었다. 그는 결연한 발걸음으로 3번지를 향해 다가갔다.

원래 냉정하고 자신을 통제하는 힘이 누구보다 강한 아르센 뤼팽이었지만, 지금 가슴속에서 치밀어 오르는 흥분만큼은 다스리기가 여간 힘들지 않았다. 과연 돌로레스 케셀바흐를 되찾을 수 있을 것인가? 루이 드 말레이히는 그녀를 자기 집에 데려갔을까, 아니면 '고물 장수'의 창고로 끌고 갔을까?

단지(團地) 출입구의 초인종을 눌러 안으로 들어가자마자 여러 개의 마당을 지나쳐 문제의 창고 앞에 도착한 뤼팽은 '고물 장수'에게서 미리 확보해둔 열쇠로 손쉽게 문을 따고 지저분한 소굴로 들어갔다.

회중전등을 켜서 여기저기 휘둘러보던 그의 눈에, 약간 오른편으로 지난번 비밀 모의를 벌였던 공간이 들어왔다.

한데 '고물 장수'가 가리켰던 바로 그 낡은 소파 위에 웬 검은 형체가 두루뭉술하게 웅크리고 있는 것이 아닌가!

이불로 돌돌 말린 채 입에 재갈이 물린 돌로레스가 누워 있었던 것이다.

뤼팽은 얼른 그녀를 붙잡고 흔들었다.

"아, 당신이군요. 당신…… 저들이 아무 짓도 저지르지 않던가요?"

여자는 몸을 일으키면서 중얼거렸다. 그리고 대답은 안중에 없는 듯, 얼른 창고 구석부터 가리키는 것이었다.

"그자가 저쪽으로 갔어요. 소리가 났는데. 확실할 거예요. 쫓아가야만 해요! 제발……."

"아닙니다, 당신 먼저……."

"아니에요! 그자 먼저 잡아야 해요. 어서 쫓아가 봐요. 잡아야 해요."

이번에는 왠지 두려움 그 자체가 그녀를 무너뜨리기보다는 이례적인 용기와 힘을 북돋우는 듯했다. 그녀는 자신을 괴롭혔던 지긋지긋한 적을 끝장내고 싶은 욕구를 주체할 수 없는지, 자꾸만 다그치는 것이었다.

"그자를 먼저 처리해주세요. 이대로는 도저히 살아갈 수 없을 것 같아요. 제발 이번 기회에 그에게서 절 좀 구해주세요. 그래야만 해요. 그렇지 않으면 전 살아갈 수가 없답니다."

뤼팽은 여자를 조심스럽게 의자 위에 눕힌 뒤, 말했다.

"당신 말이 옳소. 이제 걱정 안 해도 될 겁니다. 여기서 기다리십시오. 곧 돌아오겠습니다."

한데 정작 일어서려는 그의 손을, 그녀는 덥석 붙드는 것이었다.

"하지만 당신이……."

"왜 그러십니까?"

"만약 그자가 당신을……."

아마도 남자를 내몰다시피 한 싸움판에서 혹시라도 불상사가 일어나지 않을까 걱정하는 눈치였다. 그래서 마지막 순간에는 그를 또한 만류하고 싶은 심정이 발동한 것이리라.

"고맙습니다만, 안심하십시오. 제가 뭘 두려워할 게 있겠습니까? 그자 역시 혼자일 텐데요."

뤼팽은 여자를 놔두고 창고 구석으로 들이닥쳤다. 역시 예상했던 대로 사다리가 벽에 기대어져 있었고, 그 끝은 비밀 모의를 목격하게 해준 천창에까지 이르러 있었다. 말레이히는 그곳을 통해 맞은편 들레즈망 가에 위치한 자기 집으로 도주했으리라!

뤼팽은 아무 망설임 없이 바로 몇 시간 전에 범인이 올라갔을 도정을 그대로 밟아, 반대편 창고로 넘어간 뒤 정원으로 내려갔다. 역시 말레이히가 사는 별장 바로 뒤였다.

말레이히가 지금 그곳에 있으리라는 데에 이상하리만치 의심이 가지 않았다. 저 별장 안에서 기필코 그와 마주칠 것이며, 사생결단에 이르고야 말 치열한 결투가 벌어질 것이다! 이제 몇 분 후면 모든 것이 끝날 터……

한데 이상한 일이 아닌가! 문의 손잡이를 붙잡자, 별로 힘도 들이지 않고 스르르 열리는 것이었다! 하필 이런 시기에 별장 문이 제대로 닫혀 있지도 않다니.

그는 주방을 지나 계단을 올라갔다. 그야말로 발소리를 죽이려고 신경 쓸 것도 없이 마음껏 헤집고 다니는 거나 다름없었다.

그러다가 층계참에서 일단 멈춰 섰다. 이마는 땀으로 흥건했고, 관자놀이에선 맥박이 날뛰듯 뛰었다.

하지만 내면만큼은 더없이 고요했고, 어디까지나 자신을 통제하면서, 사소한 느낌이나 생각조차 놓치지 않고 저울질해보는 것이었다.

그는 조용히 권총 두 자루를 계단 위에 내려놓으며, 이렇게 속으로 되뇌었다.

'무기는 필요 없다. 맨주먹이면 충분해. 내 이 맨손으로만 해치울 것이다. 그거면 충분해. 아니, 그래야 더 좋아.'

앞에는 문이 세 개나 있었다. 그는 가운데 문을 택해 자물쇠를 돌렸다. 역시 문은 순순히 열렸다.

방은 불이 꺼진 상태였지만, 커다란 창문을 통해 밤거리의 불빛이 새어 들고 있었고, 어둑한 가운데에도 침대의 새하얀 휘장과 시트가 훤하게 눈에 띄었다.

그리고 거기 누군가 벌떡 몸을 일으켰다!

813

뤼팽은 그 희미한 실루엣을 향해 느닷없이 회중전등을 비추었다.

"말레이히!"

그렇다, 퀭한 눈망울과 시체 같은 광대뼈, 앙상한 목 등등 그건 분명 말레이히의 창백한 얼굴이었다.

난데없는 침입자를 바로 코앞에 두고도 웬일인지 그것은 꼼짝도 하지 않았다. 그 경직된 얼굴, 그 죽은 자를 연상시키는 얼굴 속에는 일말의 두려움이나 당혹감조차 찾아볼 수가 없었다.

뤼팽은 그를 향해 한발 한발 다가갔다.

놈은 역시 부동자세였다.

대체 무얼 보기나 하는 걸까? 사태를 인식이나 하고 있는 걸까? 눈은 분명 다가오는 침입자를 향하고 있으면서도 마치 허공에 시선을 고정시킨 듯, 실제 이미지가 아니라 어떤 환상을 보고 있다고 믿는 것 같았다.

이제 한 걸음만 내디디면 된다.

'방어를 하겠지. 방어를 할 거야.'

그렇게 생각하며 뤼팽은 팔을 슬며시 들었다.

한데도 여전히 놈은 움직임이 없었고, 뒤로 물러서는 기색이나 심지어 눈도 끔벅하지 않는 것이었다. 마침내 쭉 내뻗은 뤼팽의 손이 그의 몸에 가 닿았다.

그러자 오히려 발칵 뒤집히도록 몸과 마음이 흥분해서 몸부림을 치는 것은 바로 뤼팽이었다. 그는 상대를 뒤로 넘어뜨리자마자 시트로 둘둘 말았고, 이불자락으로 꽁꽁 묶었으며, 마치 사냥감을 굴복시키듯, 무릎으로 콱! 짓누르는 것이었다. 물론 그동안에도 역시 상대는 일말의 저항의 기미도 보이지 않았다.

"아하! 이제야 네놈을 깔아뭉갰구나! 이 지긋지긋한 녀석! 넌 이제 내 밥이다, 이놈아!"

뤼팽은 한꺼번에 분이 풀리는지 기뻐 날뛰듯 소리쳤다.

순간, 바깥 들레즈망 가 쪽으로부터 철책 문이 철커덩거리는 소리가 들려왔다. 그는 얼른 창가로 달려가 이렇게 소리쳤다.

"오, 자네로군, 베베르! 마침 잘 왔네! 역시 자네밖에 없다니까! 이봐, 철책 문은 닫고 와야지. 어서 뛰어오게, 대환영일세!"

단 몇 분 만에 그는 포로의 옷가지와 지갑을 사정없이 뒤졌다. 그리고 마침내 사무용 책상 서랍에서 찾은 서류 뭉치를 닥치는 대로 꺼내 되는대로 탁자 위에 흩어놓고 살펴보았다.

그의 입에서 환호성이 터져나온 것은 얼마 지나지 않아서였다. 편지 꾸러미가 그 가운데 있었던 것이다! 황제에게 넘기기로 약속한 바로 그 유명한 편지 꾸러미 말이다.

그는 편지를 제외한 다른 서류들을 다시 제자리에 쑤셔 넣고, 창가로 달려가 다시 소리쳤다.

"이제 됐네, 베베르! 들어와도 좋아! 여기 케셀바흐 살해범이 침대에 얌전히 묶인 채 자네를 기다리고 있다네. 베베르, 그럼 잘 있게. 난 먼저 실례하겠네."

뤼팽은 잽싸게 계단을 달려 내려와 창고를 향해 내달렸고, 베베르가 조심조심 집 안으로 들어가는 사이, 돌로레스 케셀바흐와 재회했다.

이렇게 해서, 알텐하임의 패거리 일곱을 그는 오로지 혼자의 힘으로 모두 잡아들였다!

게다가 패거리의 비밀에 휩싸인 우두머리, 그 천하의 괴물, 루이 드 말레이히마저 정의의 손아귀에 고스란히 넘겨준 것이다!

813

3

탁 트인 목재 발코니, 어느 탁자 앞에 한 젊은이가 앉아 무언가 쓰고 있었다.

가끔, 그는 고개를 들어 눈앞에 펼쳐진 아련한 둔덕들을 물끄러미 바라보곤 했다. 거기엔 가을 분위기를 물씬 풍기는 나무들이 빨간 별장 지붕들과 정원의 잔디밭 위로 마지막 남은 잎사귀를 애처롭게 떨구고 있었다. 젊은이는 이내 다시 뭔가 끄적이기 시작했다.

잠시 후, 그는 종이를 들고 목소리를 가다듬어 읽어 내려갔다.

우리네 인생은 덧없이 흘러만 가네.
흐르는 물결 따라 떠밀려 가듯
정처 없이 실려 가는 저 기슭에는
우리 죽어야지만 가 닿을 수 있으리오.

"나쁘지 않군그래!"

난데없는 목소리가 어깨 너머로부터 들려왔다.

"아마블 타스튀(1798~1885. 20세기에 들어와서 거의 잊혔으나, 당대에는 유명했던 시인이었음―옮긴이)도 그보다 더 잘 쓰지는 못했을 것 같은데! 하긴 모두가 다 라마르틴(1790~1869. 낭만주의의 대표적 시인―옮긴이)이 될 수는 없겠지만."

"아, 다, 당신!"

젊은이는 혼비백산 놀라며 더듬거렸다.

"그렇다네, 시인 선생. 아르센 뤼팽이 옛 친구 피에르 르뒥을 보러 왔지."

피에르 르뒥은 마치 신열이라도 엄습한 듯, 몸을 부들부들 떨기 시작했다. 그는 나지막한 목소리로 말했다.

"때가 된 건가요?"

"그렇다네, 우리 똑똑한 피에르 르뒥 선생! 지난 수개월간 주느비에브 에르느몽과 마담 케셀바흐 발치에서 수행해오던 비루한 시인의 역할을 과감하게 탈피하고 나의 작품 속에 마련해둔 진짜 배역을 연기해낼 시간이 온 것이네. 웃음과 흥미 만점의 긴장감으로 잘 어우러진 진정한 예술 작품이자, 완벽하게 짜인 한 편의 드라마라고나 할까? 지금 우리는 그 작품의 5막쯤에 와 있는 셈이지. 대단원이 얼마 남지 않았어. 이제 주인공으로 나설 인물이 다름 아닌 피에르 르뒥, 바로 자네란 말일세! 이 얼마나 영광된 일인가!"

젊은이는 벌떡 일어났다.

"만약 배역을 거부한다면요?"

"어리석은 소리!"

"네, 만약 거부한다면요? 도대체 내가 왜 당신의 의지대로만 따라야 한단 말입니까? 벌써 수치스럽기만 하고 역겨울 뿐, 아직까지 제대로 뭐가 뭔지 알지도 못하는 역할을 왜 받아들여야 하는 겁니까?"

"바보!"

뤼팽은 쌀쌀맞게 내뱉었다.

그러고는 피에르 르뒥을 강제로 자리에 눌러 앉힌 뒤, 자신도 그 옆에 자리를 잡고 더없이 부드러운 목소리로 얘기를 꺼냈다.

"그러고 보니 자네, 자기 자신이 피에르 르뒥이 아니라 제라르 보프레라는 사실을 까맣게 잊은 모양이로군. 자네가 지금 피에르 르뒥이라는 자랑스러운 이름을 갖게 된 건, 다름 아니라 제라르 보프레가 피에르 르뒥을 살해하고 그의 신분을 훔쳤기 때문이라는 사실을 말이야."

813

791

젊은이는 펄쩍 뛰며 소리쳤다.

"당신 미쳤군요! 모든 걸 당신이 조작했다는 걸 누구보다도 당신 자신이 잘 알지 않습니까?"

"그야 물론 알고말고! 하지만 내가, 진짜 피에르 르뒥이 험악한 꼴로 죽었고, 자네가 그의 자리를 차지하고 있다는 증거를 들이댔을 때 사법 당국의 반응은 과연 어떨까?"

기겁을 한 젊은이는 그만 말을 잇지 못하고 더듬대기만 했다.

"미, 믿지 않을 거예요. 내, 내가 대, 대체 무엇 때문에 그런 짓을 저지른단 말입니까? 대체 무엇 때문에?"

"멍청한 소리! 그 이유라면 너무도 분명해서 베베르는 금세 이해하고야 말걸! 자네가 방금 알지도 못하는 역할을 받아들이지 않겠다고 한 건 순전한 거짓말로 보일 테지! 그 역할? 자네가 다 알고 있다고 사람들은 생각할 거야. 피에르 르뒥도 그렇게 죽지만 않았다면 지금쯤 실컷 누렸을 역할이니까."

"하지만 그 피에르 르뒥이라는 것 자체가 나나 모든 사람에게 그저 이름일 뿐이잖아요! 대체 그가 누굽니까? 내가 누구예요?"

"그걸 알아서 무엇하게?"

"알고 싶습니다! 내가 지금 어디로 가는 건지나 좀 알아야겠어요!"

"그걸 알게 되면, 잔말 않고 곧장 앞으로 나아갈 텐가?"

"네, 당신이 말하는 목적지가 그럴 만한 가치가 있다면요."

"가치가 없었다면, 내가 뭐하러 여태껏 이 고생을 했겠나."

"내가 누굽니까? 내 운명이 어떻든 간에 그걸 회피하겠다는 얘기가 아닙니다! 난 단지 알고 싶을 뿐이라고요! 내가 누구입니까?"

그제야 아르센 뤼팽은 모자를 냉큼 벗고 깍듯하게 허리를 굽히며 이러는 것이었다.

"인사드립니다, 헤르만 4세 전하! 되퐁펠덴츠 대공이시며 베른카스텔 공(公)이시자 트리에르 선거후(選擧候)(게르만 황제 선출권을 가진 제후 및 대주교─옮긴이)이시고, 그 밖에도 여러 지역의 영주 되시는 분이시여!"

그로부터 사흘 후, 뤼팽은 자동차를 타고 마담 케셀바흐를 국경 근처로 안내했다. 여행은 내내 조용한 가운데 이루어졌다.

뤼팽은 알텐하임의 패거리로부터 그녀를 보호하기 위해 비뉴 가의 건물로 뛰어들었을 때 그녀가 보여준 혼비백산한 행동과 말을 머릿속에 떠올리고 있었다. 그와 함께 있는 이 자리를 다소 쑥스럽고 불편해하는 것으로 봐서는, 그녀 역시 그 일을 생각하고 있는 듯했다.

저녁 무렵이 되어서 도착한 곳은, 수백 년 된 아름드리나무들이 우거진 거창한 정원 안에, 판암으로 촘촘히 올린 큼직한 지붕을 갖추고, 벽마다 꽃과 잎사귀로 온통 뒤덮이다시피 한 어느 아담한 성채였다.

거기엔 이미 주느비에브가 와 있었다. 현지 출신의 하인들을 물색하기 위해 방금 인근 도시에 다녀오는 길이었다.

"여기가 앞으로 머무실 곳입니다, 마담. 브루겐 성(城)이라고 하지요. 이번 일이 마무리될 때까지 이곳에서 안전하게 지내실 수 있을 겁니다. 또한 내일이면, 제가 미리 기별해둔 대로, 피에르 르뒥이 이곳에 합류할 것입니다."

그리고 그는 곧장 길을 떠나, 어렵사리 되찾아온 그 유명한 편지들을 발데마르 백작에게 내밀었다.

"백작, 내가 제시한 조건들에 관해서는 숙지하고 계시리라 믿습니다. 무엇보다도 되퐁펠덴츠 가문을 재건해주십사 하는 것과 헤르만 4세 대공께 대공령을 되돌려달라는 문제 말씀입니다."

813

뤼팽의 다짐에 발데마르 백작은 지체 없이 대답했다.

"오늘부터 당장 섭정위원회와 교섭에 들어가겠습니다. 여태껏 내게 들어온 정보에 의하면 그리 어렵지는 않을 것 같습니다. 한데 그 헤르만 대공은?"

"전하께선 현재 피에르 르뒥이라는 이름으로 브루겐 성에 거하고 계십니다. 그분의 신상에 관련한 모든 증빙 자료는 물론 조속히 제시할 것입니다."

거기까지 처리한 뒤, 뤼팽은, 말레이히와 그 일당 일곱 명의 소송을 적극적으로 추진하기 위해서, 당일 저녁 다시 파리로 향했다.

소송사건이 어떻게 추진되었고 어떤 식으로 전개되었는가에 대해서는 이미 그 세세한 부분까지 모든 이의 뇌리 속에 속속들이 각인되어 있는지라, 이 자리에서 시시콜콜 재론하는 것이 오히려 지루한 감을 줄 것이다. 그것은 이를테면 까마득한 벽촌의 가장 투박한 촌부들 사이에서도 이러쿵저러쿵 얘기꽃을 피우게 할 만큼의 화젯거리들 중 하나였던 것이다.

다만 내가 굳이 여기서 환기하고자 하는 것은, 소송을 추진하는 데 있어서나 예심 절차에서 아르센 뤼팽이 얼마나 지대한 역할을 수행했는가 하는 점이다.

실제로 예심 과정만 해도 거반 다를 그가 주도했다고 해도 과언이 아닐 정도이다. 아예 처음부터 그는 스스로 공권력을 자처하고 나섰으며, 가택수색을 진두지휘했고, 수사를 어느 선에서 어떻게 진행할 것인지, 질문은 어떤 것들을 할 것인지, 그리고 그에 대한 예상 답변마저 몽땅 챙기고 들어갔던 것이다.

매일 아침 신문에, 논리적으로나 그 권위로 보나 도저히 무시할 수 없을 공개서한들이 발표될 때마다 모든 사람이 너도 나도 대경실색하며 열광했던 기억이 아직도 새롭다. 그 편지들 말미에는 다음과 같은 서명이 교대로 휘갈겨져 있지 않았던가!

　　수사판사 아르센 뤼팽
　　검찰총장 아르센 뤼팽
　　법무장관 아르센 뤼팽
　　민완 탐정 아르센 뤼팽

결국 따분하고 골치만 아플 업무가 그의 열정과 적극성으로 인해 엄청난 활력 속에서 추진된 셈인데, 사실 습관적인 유머 감각과 늘 기질적으로 여유롭기만 하던 그의 입장에서 볼 때도 참으로 의외라고 할 만했다.

하긴 이번 소송에는 평소 그의 그런 기질보다는, 오랜 기간 품어온 처절한 증오의 감정이 큰 작용을 했다.

그는 저 피비린내 나는 불한당, 루이 드 말레이히를 극도로 증오하고 있었다. 언제나 공포와 불안의 대상이었으며, 굴복하고 붙잡힌 상태인 지금도 여전히 혐오스럽고 끔찍한 파충류를 연상시키는 그 가증스러운 괴물에 대한 악감정이 소송에 임하는 그를 한껏 달아오르게 했던 것이다.

게다가 참을 수 없는 것은, 말레이히 그자가 감히 돌로레스를 해치려고 했다는 사실.

"까불다가 망했으니, 당연히 모가지를 내놓아야지!"

그것이 바로 적에 대한 그의 단호한 입장이었다. 여러 말 할 것 없다. 어느 희끄무레한 아침, 기요틴의 육중한 칼날이 스르르 미끄러져 놈의 숨통을 끊어놓으면 그뿐!

한데 정작 수사판사가 자신의 집무실 안에서 몇 달에 걸쳐 신문을 진행하고 있는 자는 정말이지 기이한 피의자였다! 뼈만 앙상한 체구에 해골 같은 얼굴, 마치 죽은 사람처럼 퀭한 눈망울의 이 괴이한 인물은 대체 어찌 된 인간인가?

그는 마치 자기 자신으로부터도 완전히 부재(不在)하는 것 같았다. 현재 어디에 있든 그는 늘 다른 어딘가로 떠나 있는 것 같았으며, 물론 대답을 제대로 할 리가 만무했다!

"내 이름은 레옹 마시에요."

이것이 그가 유일하게 입 밖으로 내놓는 답변이었다.

그러면 뤼팽은 이렇게 윽박질렀다.

"거짓말! 레옹 마시에는 페리괴에서 태어나 열 살 때 고아가 되었다가, 지금으로부터 7년 전 사망한 사람이다! 너는 단지 그자의 신분증명서를 가로챘을 뿐이지. 하지만 이렇게 사망신고서가 버젓이 존재하는 줄은 깜박했던 거야."

뤼팽은 레옹 마시에의 사망신고서 사본을 증거물로 검사국에 제출했다.

하지만 피의자는 여전히 같은 말만 되풀이하고 있었다.

"내 이름은 레옹 마시에요."

"거짓말 마라! 너는 18세기에 독일에서 터를 닦은 어느 소(小)귀족 가문의 마지막 자손인 루이 드 말레이히란 말이다. 파버리라는 이름과 리베이라, 그리고 알텐하임이라는 이름을 번갈아 사용했던 형도 하나 두고 있지. 네 손으로 죽인 형 말이다. 또한 이질다 드 말레이히라는 여동생도 있었는데, 그 역시 네놈이 살해했어."

"나는 레옹 마시에요."

"거짓말이라니까! 너는 말레이히다. 여기 네 출생신고서가 있다. 네 형과 동생 것도 여기 이렇게 있어."

물론 그 세 문건도 증거자료로 제출해놓은 상태.

더욱 묘한 것은, 유독 자신의 이름에 관해서는 끈질기게 고집을 꺾지 않으면서도, 자신에게 불리한 증거들이 우후죽순 쏟아져 나올 때마다 한마디도 이렇다 할 반박을 하지 않는다는 사실이었다. 하긴 무슨 할 말이 있겠는가? 그가 직접 작성해서 일당에게 돌린 통지문 중에서—필체 대조를 통해 본인의 친필임이 확인되었다—나중에 수거한 뒤 미처 파기하지 못한 마흔 장이 그대로 증거물로 압수된 상황이다.

모두가 케셀바흐 사건을 비롯해, 르노르망 씨와 구렐을 제거하는 건 (件), 슈타인벡 영감을 추적하는 일, 가르셰에 지하 통로를 건설하는 작업 등에 연관된 지시 사항을 담고 있었다. 그런데 어떻게 부인할 수가 있단 말인가?

그럼에도 불구하고 정말 괴이한 일 하나가 사법당국의 골머리를 아프게 했다. 자신들의 우두머리와 대질신문을 벌이는 마당에 일곱 명의 수하가 하나같이 입을 모아 그를 모른다는 것이었다. 단 한 차례도 얼굴을 본 적이 없단다. 전화 통지를 통해서건 어둠 속에서 직접 건네받았건 그들은 말레이히가 잽싸게 아무 말 없이 전달하는 그 자그마한 통지문을 통해서만 지시를 받았다고 했다.

하나 그것은 그렇다 쳐도, 들레즈망 가의 별장과 '고물 장수'의 창고가 서로 통해 있다는 사실은 둘 사이에 공모 관계가 있다는 충분한 증거가 되지 않을까? 그 경로를 통해서 말레이히는 무리의 우두머리로서 부하들의 일거수일투족을 통제할 수 있었던 것이 아닌가 말이다.

그 외에 상호 모순되는 일들이나, 적어도 표면상 서로 앞뒤가 맞지 않는 일들에 관해서는? 그야 뤼팽이 직접 나서서 완벽하게 해명해냈다. 소송 당일 아침 게재한 한 유명한 기사를 통해서 그는 사건의 전모를 그 발단에서부터 하나하나 되짚어서 보여주었다. 즉, 그 내막을 샅샅이 폭로하고 얽힌 실타래를 속 시원히 풀어내 보여주는 가운데, 자기 형인 가짜 파버리 소령의 방에 아무도 모르게 살면서 팔라스 호텔의 복도를 어슬렁거리다가, 케셀바흐와 호텔 사환, 그리고 비서 채프만을 차례차례 살해하는 말레이히의 모습을 눈에 잡힐 듯이 묘사해주었던 것이다.

그날 있었던 재판심리 역시 모두의 기억 속에 아직도 생생하다. 그건 뭐랄까, 한편으로 끔찍하면서도 동시에 맥이 빠져버린 분위기 속에서 이루어졌다. 끔찍했던 것은, 피비린내 나는 범죄의 기억이 아직도 많은 사람의 뇌리를 옭아매고 있었기 때문이며, 맥이 빠졌던 것은, 피고의 한결같은 침묵과 오리무중인 태도로 인해 논의 자체가 한없이 더디게 진행되었기 때문이었다.

단 한 차례도 이의를 제기하기는커녕 꼼짝도 하지 않고 한마디도 없었다.

아무것도 보지 않고 아무것도 듣지 않는 밀랍 인형 같은 저 몰골, 정적(靜寂)과 무감각으로 일관된 지긋지긋한 광경 앞에서 재판정 전체는 모골이 송연한 분위기일 수밖에 없었다. 사람들의 격앙된 상상력은 그를 하나의 인간이기보다는 일종의 초자연적인 존재, 동방의 전설에나 나올 법한 악령, 이를테면 잔혹하고 피비린내 나며 파괴적인 모든 것을 상징한다는 인도의 어느 신성(神性)처럼 여기려고 들었다.

그러다 보니 다른 패거리에 대해서는 전혀 눈길조차 주지 않았다. 그들은 하찮은 단역들일 뿐이며, 정신 나간 우두머리의 그늘 아래서 궤멸해버린 졸개들에 지나지 않았던 것이다.

한편 가장 인상적이었던 증언은 마담 케셀바흐의 진술이었다. 사실

일반의 예상을 깨는 것은 물론 뤼팽조차도 의외였던 것은, 그동안 법원 측의 소환에는 일절 대응하지 않던 돌로레스가 마침내, 고통에 신음하는 미망인으로서, 남편 살해범에 대한 증언을 하기 위해 재판정에 자진 출두했다는 점이었다.

그녀는 피고를 한참 동안 바라보더니 이렇게 간단히 진술했다.

"비뉴 가의 내 집에 난입한 것도 저 사람이고, 나를 납치한 것도 저 사람이며, '고물 장수'의 창고에 나를 가둔 것도 저 사람입니다. 나는 저 사람을 알아봅니다."

"확실합니까?"

"하느님과 여기 모인 모든 사람 앞에서 맹세합니다."

결국 다음 날 레옹 마시에로 불리던 루이 드 말레이히는 사형 언도를 받게 되었다. 반면 그 밖의 공범 일곱 명은 우두머리의 카리스마에 압도당해 본의 아니게 저지른 범죄라는 점이 경감(輕勘) 사유로 인정되었다.

"루이 드 말레이히, 당신은 더 이상 할 말이 없습니까?"

재판장의 질문에 그는 아무 대답도 안 했다.

한데 뤼팽이 보기에 아직 해결되지 않은 단 한 가지 의문점이 떠오른 것은 바로 그즈음이었다. 도대체 왜 말레이히는 그 모든 범죄를 저지른 것일까? 대체 원하는 게 무엇이었을까? 목적이 무엇이란 말인가?

실은 머지않아 뤼팽은 그 해답을 얻게 될 운명이었다. 숨이 멎을 정도의 경악과 공포, 좌절과 허탈 속에서 그가 진실에 직면하게 될 날이 점점 다가오고 있었던 것이다.

다소 개운치 않은 마음이 없었던 것은 아니지만, 일단 그는 더 이상 이 사건에 골몰하지 않기로 했다. 그 자신의 말마따나 아예 새로운 거

799

죽을 갈아입는다는 기분으로, 그는 마담 케셀바흐와 주느비에브의 안정된 처지를 멀리서 지켜보면서, 그리고 이미 현장에 파견해둔 장 두드빌을 통해 펠덴츠 사정이라든가 독일 궁정과 되퐁펠덴츠의 섭정위원회 간에 교섭이 진행되는 상황 등등을 보고받으면서, 모든 시간을 과거를 걸러내고 미래를 준비하는 데 투자하고 있었다.

이제는 마담 케셀바흐의 시선 앞에서도 당당한 새 삶을 설계할 생각에 그의 마음은 모처럼 희망찬 포부와 낯선 감정으로 들떠 있었다. 그리고 그 한가운데엔 늘 돌로레스의 이미지가 정확히 꼭 집어 말할 수 없을 의미를 띤 채 맴돌고 있었던 것이다.

몇 주에 걸쳐서 그는 자칫 자신을 궁지에 몰지도 모를 모든 증거와 자신에게로까지 거슬러 올지 모를 모든 흔적을 말끔하게 지워 없앴다. 옛 친구들에게는 생활을 해결해나가기에 충분한 액수를 배분해주었고, 자신은 이제 남아메리카로 떠날까 한다는 말로 작별 인사까지 고해두었다.

마지막으로 밤을 지새우며 면밀하게 모든 문제를 검토하고 상황을 심도 깊게 통찰하고 난 어느 아침, 그는 홀가분한 마음으로 이렇게 소리칠 수 있었다.

"다 끝났다! 이제 걱정할 일은 아무것도 없어! 늙은 뤼팽은 이제 물러나고 새로운 젊은 세대에게 자리를 물려주는 거야!"

때마침 독일에서 도착한 전보도 이런 그의 기분을 한껏 북돋아주는 내용이었다. 베를린 궁궐의 강력한 영향권 내에 있는 섭정위원회는 대공령의 선거후들에게 현안을 이해시켰으며, 마찬가지로 섭정위원회의 강력한 영향권 내에 있는 선거후들이 펠덴츠의 옛 명가(名家)가 가진 헤게모니에 이의 없는 지지 의사를 표명했다는 것이다. 아울러 발데마르 백작이 귀족계급과 군벌 및 관계(官界)를 대표하는 3인을 대동하고 브루겐 성을 방문하여 헤르만 4세 대공의 신분 증명을 위한 엄격한 절차를 밟을 것이며, 다음 달 초에 있을 선대(先代) 공작령으로의 화려한 입성식 준비까지 전하와 함께 직접 논의할 예정이라는 기별도 있었다.

'이제야 모든 게 이루어진 셈이야. 케셀바흐의 거창한 계획이 드디어 실현된 셈이지. 남은 게 있다면 나의 피에르 르뒥이 발데마르에게 먹혀들도록 하는 것뿐인데, 그야 뭐 어린애 장난이지! 내일은 주느비에브와 피에르의 결혼이 정식으로 공시(公示)될 텐데, 그러면 발데마르에게 어엿한 대공비(大公妃)로서 그녀를 소개해주어야겠군그래!'

뤼팽은 그런 흐뭇한 생각을 굴리며 자동차를 타고 브루겐 성으로 출발했다.

차 안에서도 그는 연신 콧노래를 흥얼거렸고, 휘파람을 불었으며, 뜬금없이 운전기사에게 농을 걸곤 하는 것이었다.

"이보게 옥타브, 자네 지금 누구를 모시고 운전하는 줄 아는가? 바로 세계의 주인이라네. 어떤가, 친구, 놀랐지? 하지만 한 치의 에누리 없는 진실이야! 나는 이 세상의 주인이란 말일세!"

그는 연신 손바닥을 문질러대면서 혼잣말을 뱉어냈다.

"정말이지 오랜 싸움이었어. 처음 모든 걸 시작한 게 1년 전이었지. 여태껏 경험해본 가운데에서도 가장 혹독한 전쟁이었어. 그야말로 거인들의 혈투였다고나 할까! 하지만 이젠 다 끝났어! 적들은 몽땅 침몰해버렸다고! 이제 손만 뻗으면 목표를 거머쥘 수가 있지. 아무런 장애도 없는 허허벌판에 이제부터 하나하나 쌓아 올리면 되는 거야! 필요한 자재나 일꾼들은 얼마든지 있으니, 건설하는 일만 남은 셈이지. 자, 뤼팽, 자네에게 걸맞은 으리으리한 궁전을 어디 한번 멋들어지게 지어보자고!"

그는 되도록 자신이 도착하는 것을 모르게 하려고 성의 전방 수백 미터 못 미처에 차를 세우게 했다.

"이보게, 옥타브. 자넨 지금으로부터 20분 후, 그러니까 4시쯤 차를 몰고 들어와서 정원 구석의 작은 별채에 내 짐들을 풀어놓게. 거기가 내가 거할 곳이니까."

첫 번째 길모퉁이를 돌아들자, 보리수 사이로 깊숙이 뚫린 오솔길 끄트머리쯤에 벌써 성의 전경이 눈에 들어왔다. 멀찌감치 현관 계단 위를 지나가는 것은 틀림없는 주느비에브였다.

뤼팽의 가슴이 부드럽게 요동쳤다.

"주느비에브……. 주느비에브……. 죽어가는 네 엄마 앞에서 한 맹세가 이제야 실현되는구나. 주느비에브 대공비……. 나는 이제 그녀 근처의 응달에 머물면서 언제까지나 행복할 수 있도록 보살펴주는 거야. 물론 뤼팽의 위대한 구상을 하나하나 실천해가면서 말이지."

그는 갑자기 웃음을 터뜨리고는 얼른 오솔길 왼편에 우거진 나무숲 뒤로 몸을 감춘 뒤, 짙은 숲 속을 헤치며 앞으로 나아갔다. 그렇게 해서 성의 살롱이나 주실(主室) 창문에서 내다봐도 들키지 않는 가운데 몰래 성에 도착하려는 생각이었던 것이다.

그의 욕심은 돌로레스가 자신을 보기 전에 먼저 그녀 곁으로 다가가, 옛날 주느비에브에게 그랬듯이, 애틋한 마음을 담아 그녀의 이름을 귓가에 속삭여주고 싶은 것뿐이었다.

"돌로레스……. 돌로레스……."

그는 살금살금 복도들을 거쳐서 식당에 이르렀다. 거기에 있는 유리 칸막이를 통해서 살롱의 절반가량이 눈에 들어왔다.

그는 천천히 다가갔다.

돌로레스는 긴 의자 위에 나른하게 누워 있었고, 피에르 르뒥은 그 앞에 무릎을 꿇은 채, 황홀한 표정으로 그녀를 바라보고 있었다!

유럽 지도

1

아뿔싸……. 피에르 르뒥이 돌로레스를 사모하고 있었다니!

그것은 뤼팽으로선 엄청난 고통을 의미했다. 마치 삶의 줄기 자체에 예리한 타격을 입은 것처럼 가슴 깊은 곳이 찢어지듯 아팠다. 그러면서 자신도 모르는 사이에 돌로레스가 어떠한 의미로 마음속에 자리를 잡아왔는지, 처음으로 선명하게 깨닫기 시작하는 것이었다!

피에르 르뒥은 분명 연인을 바라보는 시선으로 돌로레스를 바라보고 있었고, 그것은 곧 그의 터무니없는 사랑을 증명하는 것이었다.

순간, 뤼팽의 발칵 뒤집힌 마음속에선 살의(殺意)가 용틀임을 쳤다. 저 시선……. 젊은 여인에게 드리운 저 끈적끈적한 애정의 시선이 그를 미치게 만들고 있었다. 일종의 거대한 정적(靜寂)의 베일이 젊은 남녀를 에워싸는 가운데, 더 이상 사람은 없고 애정 어린 시선만 존재하는 느낌이었다. 소리 없는 환락의 찬가 속에서 온갖 정염(情炎)과 열망, 한 존재가 다른 존재에게 바치는 모든 열정을 그대로 담아내는 시선 말이다.

뤼팽은 마담 케셀바흐에게 눈길을 돌려보았다. 돌로레스의 눈동자는 검고 긴 속눈썹이 그윽한 눈꺼풀 아래에 잠긴 채 깊은 적막 속에 가려져 있었다. 하지만 그녀 역시 저 애정을 갈망하는 뜨거운 시선을 느끼고는 있을 터! 저 닿지 않는 시선의 애무에 파르르 떠는 모습이라니……

'그녀도 그를 사랑하고 있어. 그녀도 그를 사랑하고 있다고.'

열화와 같은 질투심이 뤼팽의 전신을 훑어 올라갔다.

아울러 피에르 르뒥이 언뜻 움직이려 하자, 울컥 악의가 치미는 것이었다.

'오! 저 빌어먹을 놈! 만지기만 해봐라. 당장 죽여버리겠어.'

그러면서도 이성이 제멋대로 길을 잃는 것을 그대로 두고만 볼 수는 없는 노릇. 그는 가능한 한 마음을 추스르려고 안간힘을 썼다.

'이런……. 대체 어떻게 돼먹은 놈이냐, 뤼팽! 그녀가 저 녀석을 사랑하는 건 당연할지도 몰라. 너야말로 그녀의 감정을 지레짐작하고 들떠 있었던 것 아니냐? 정말 문제로구나, 너 뤼팽. 한심한지고. 한낱 도둑놈인 주제에……. 하지만 그를 봐라! 그는 이제 젊디젊은 대공이 아니시더냐!'

피에르는 다행히 별다른 움직임을 보이지 않았다. 다만 그의 입술이 약간 들썩이는가 싶더니, 돌로레스가 잠을 깨는 것 같았다. 천천히 부드럽게 눈을 뜬 그녀는 고개를 약간 돌려 젊은이의 눈동자를 마주 보았다. 역시나 모든 것을 내주는 시선, 가장 깊은 입맞춤보다 더욱 심오한 바로 그 시선이었다.

순간, 그야말로 눈 깜짝할 사이에 우려하던 일이 벌어지고 말았다.

성큼성큼 살롱 안으로 달려든 뤼팽은 난데없이 젊은이를 바닥에 패대기친 뒤, 무릎으로 연적(戀敵)의 가슴팍을 짓누른 채, 마담 케셀바흐를 향해 이렇게 소리치는 것이었다.

"당신 정말 모르시겠습니까? 이 속이 시커먼 자가 얘기하지 않던가요? 정말 이자를 사랑하시는 겁니까? 이자가 정녕 대공의 얼굴을 가졌다고 생각하시나요? 아, 정말이지 웃기는 일이외다!"

그는 돌로레스가 기겁을 하는 가운데 거칠기 이를 데 없는 독설을 마구잡이로 뱉어내고 있었다.

"대공이라고? 이자가? 되퐁펠덴츠 공작이신 헤르만 4세라! 숱한 영지를 거느리는 대(大)선거후라고? 이자가? 오, 맙소사……. 이자의 이름은 보프레, 제라르 보프레요! 내가 진흙탕에서 주워온 비렁뱅이이며 처량한 떠돌이에 불과하단 말이오! 대공이라고? 그를 대공으로 만든 건 바로 나요! 아하하하, 정말 우스운 꼴이 아닌가! 이자가 새끼손가락을 스스로 자르던 꼴을 봤어야 하는데. 무려 세 차례나 혼절을 했지. 비에 젖은 처량한 햇병아리 꼴이었다니까. 이 간이 배 밖에 나온 놈아, 네 놈이 감히 귀부인을 넘봐? 감히 네 주인의 뜻에 반기를 들어? 어디 두고 봐, 이놈. 이 되퐁펠덴츠의 대공 나리!"

그러고는 마치 소포 꾸러미를 집어 들듯, 젊은이를 번쩍 들어 안더니 한두 번 흔들다가 다짜고짜 열린 창문 밖으로 내던지는 것이 아닌가!

"장미 나무나 조심하게, 대공! 가시가 꽤 매서울 테니까!"

한편 돌로레스는 언제부터인지 뤼팽을 매섭게 노려보고 있었다. 그녀의 눈동자는 지금껏 전혀 보지 못했던 증오와 분노의 빛을 터질 듯이 담고 있었다. 아, 과연 저 여인이 돌로레스인가? 그 연약하고 병약하기만 했던 돌로레스?

그녀는 부들부들 떨며 이렇게 더듬댔다.

"대체 지금 무슨 짓을 한 겁니까? 어떻게 감히 이런 짓을……. 그리고 그는 또 뭡니까? 그게 정말인가요? 그가 거짓말을 했단 말인가요?"

뤼팽은 여자가 느낄 모욕감을 눈치채고는 이렇게 외쳤다.

"오, 지금 그가 거짓말을 했는지 제게 물으시는 겁니까? 저, 대공 나리께서 말이오? 세상에……. 저자는 한낱 어릿광대일 뿐이라오! 내 환상의 곡조를 연주하도록 조율된 악기에 불과하단 말이오! 아, 어리석기는……. 어리석기는……."

다시금 울화통이 치미는지 그는 발을 마구 구르며 창문 밖으로 주먹을 휘둘렀다. 그는 방 안을 이리저리 서성대면서 자신의 비밀스러운 생각을 거침없이 뱉어내기 시작했다.

"바보 같은 녀석! 대체 내가 자기를 통해서 기대하는 바를 그토록 몰랐단 말인가? 자기가 맡은 역할의 위대한 성격을 그리도 눈치 못 챘더란 말인가! 아, 이럴 줄 알았다면, 놈의 두개골을 열고서라도 그 역할을 억지로 쑤셔 넣어줄 것을! 고개를 좀 쳐들어라, 이 백치 같은 녀석아! 너는 내 의지대로 대공이 될 운명이었단 말이다! 명목상의 귀족이 아니라, 실제로 나라를 다스리는 군주 말이다! 숱한 신하들과 하인들을 거느리고, 황제가 직접 지어줄 궁전에서 군림하는 대공 말이야! 단 한 명의 주인만 섬기면 되는 것을……. 바로 나, 이 뤼팽 말이다! 이해가 되느냐, 이 얼간아? 고개를 쳐들어! 제발 좀 높은 곳을 바라보란 말이다! 저 창공을 좀 쳐다봐! 기억하는가, 이미 되퐁가(家)의 한 사람이 호엔촐레른가(家)를 들먹이기 이전에 도둑질이나 하다가 비참하게 목매 죽었다는 사실을(호엔촐레른가는 합스부르크가와 인척 관계인 독일 지역 대(大)가문이며, 1701년에서 빌헬름 2세 치세인 1918년까지의 프로이센 왕가도 이 가문에 속해 있음. 되퐁펠덴츠의 헤르만 대공 가문 역시 이 가문에 속하며, 진짜 피에르 르뒥이 헤르만 4세로 행세해보지도 못한 채 비참한 부랑아 신세로 객지에서 죽었음을 암시하는 대목임—옮긴이)? 이젠 네가 바로 되퐁가의 엄연한 일원이란 말이다! 그리고 네 뒤엔 바로 이 뤼팽이 버티고 있다! 내가 말했지, 너는 그렇게 대공이 될 예정이라고. 뭐? 허수아비 대공이라고? 그래서 뭐가 어떻단 말이냐! 이 뤼팽의 입김으로 생기가 불어넣어지고, 이 뤼팽의 열기로 뜨겁게 달아오른 대공이 뭐가 어때서! 꼭두각시일 뿐이라고? 그래, 좋다! 철저한 꼭두각시가 돼서, 나의 말을 그대로 전하고, 나의 행동을 그대로 드러내며, 나의 의지를 실현하고, 나의 꿈을 이루는 것이다. 그래, 꿈을 말이다."

그는 마치 내면에서 부글거리는 원대한 꿈에 스스로 도취된 듯, 꼼짝도 하지 않았다.

잠시 후, 그는 돌로레스에게 천천히 다가가 신비스러운 열정에 벅찬 목소리로 이렇게 속삭였다.

"나의 왼쪽에는 알자스로렌이, 오른쪽으로는 바덴과 뷔르템베르크와 바이에른까지……. 저 프로이센의 오만한 '샤를마뉴'(사실은 빌헬름 2세를 지칭함—옮긴이)의 장화 아래 짓밟히고 무시당하면서 끝내 와신상담해오던 독일 남쪽 지역 모두가 내 영향권 안에 포섭되는 것이오. 상상할 수 있겠소, 이 뤼팽만 한 인물이 그 한가운데에 자리를 틀고 앉아 해낼 수 있는 일들이 어떠할지? 희망을 일깨우고, 증오를 불어넣으며, 분노와 반항을 부추길 모든 사건을 말이오(제1차 세계대전을 앞둔 상황의 반독일적 감정이 두드러진 대목임—옮긴이)."

그리고 더욱 목소리를 낮춰 덧붙였다.

"어디 그뿐이겠소. 왼쪽으로 펼쳐 있는 알자스로렌을 생각해봐요! 이해가 가오? 이건 꿈이긴 하되, 내일이나 모레에 어쩜 현실이 될 수도 있는 꿈이오. 그래요, 난 진정으로 갈망하고 있소. 내가 갈망하고 이루고자 하는 일은 사상 초유의 과업이 될 것이오. 생각해봐요, 알자스 경계에서 바로 코앞에 펼쳐진 저 독일의 평야를! 저토록 가까운 곳에 늙은 라인 강이 도도히 흐르고 있질 않소! 약간의 계략이면 충분할 것이오! 정말 약간의 기지(奇智)만 발휘하면 세상을 뒤집어놓을 수가 있단 말이오. 바로 그 기지를 내가 가지고 있소! 그것도 아주 남아돌 만큼 가지고 있지. 나는 새로운 땅의 주인이 될 것이며, 지배하는 자가 될 것이오! 꼭두각시에겐 명예와 직책을 내주고, 그 대신 나는 권력을 틀어쥐는 겁니다! 나는 철저하게 그늘 속에 머물 것이오. 수상이든 재상이든 난 그런 건 취미 없소! 난 그저 궁전의 숱한 하인들 중 하나가 되면 족하오. 글쎄, 정원사쯤이 어떨까 하오만. 그래, 정원사가 좋겠군! 아, 그 얼마나 멋진 삶이겠소! 꽃을 가꾸면서 동시에 유럽의 지도를 바꾸는 거요!"

마담 케셀바흐는 어느새 남자의 힘과 야망에 압도된 채, 열렬한 시선으로 바라보고 있었다. 그 눈동자 속에는 굳이 감추려 들지 않는 찬탄의 빛이 어려 있었다. 뤼팽은 두 손을 여자의 어깨 위에 살며시 얹으며 말했다.

"이것이 바로 나의 꿈이라오. 터무니없이 보일지는 모르지만, 어쨌든 이미 진행되고 있소. 카이저가 벌써 나의 진가를 알아본 상태요. 언젠가 그와 내가 일대일로 마주한 채 버티고 설 날이 올 거요. 물론 내 손엔 압도적인 상수패가 들려 있을 것이오. 발랑글레도 나를 위해 뛰어줄 것이고, 영국 역시 거들고 나설 것이오. 게임은 이미 시작되었소. 오, 내 꿈은 그런 거라오. 하긴 또 다른 꿈도 있지."

그는 문득 입을 다물었다. 돌로레스는 그에게서 눈을 떼지 않고 있었는데, 가없는 감정이 그녀의 얼굴 표정 전체에 넘쳐나고 있었다.

뤼팽은 이 여인의 마음이 그로 인해 또다시 흔들리는 것을 느끼자, 말할 수 없이 기뻤다. 그제야 이 여인 앞에서 더는 옛날의 모습, 즉 도둑의 모습이 아닌, 하나의 인간, 사랑에 빠진 한 남자의 모습으로 서 있다는 느낌이 들었다. 그리고 그 남자의 사랑은 영혼 깊은 곳에서 미처 끌어올려 표현하지 못한 감정들을 마구 뒤흔드는 것이었다.

그는 아무 말도 하지 않았다. 아니, 침묵 속에서 모든 애정과 칭송의 말을 내뱉고 있었다. 그는, 펠덴츠로부터 그리 멀지 않은 어느 곳에 둥지를 틀고, 모두로부터 잊혔지만 전능한 권력을 누리는 가운데 둘이 함께할 꿈같은 삶을 은근히 그려보는 것이었다.

기나긴 침묵이 두 사람을 에워쌌다. 마침내 그녀는 조용히 입을 열었다.

"제발 부탁이에요. 이곳을 떠나세요. 피에르는 주느비에브와 결혼할 겁니다. 제가 약속할게요. 하지만 당신은 이곳을 떠나시는 게 좋겠어요. 이곳에 안 계시는 편이……. 아, 피에르는 주느비에브와 결혼할 거예요. 그러니 당신은 떠나세요."

그는 잠시 다음 말을 기다렸다. 갑작스러운 요청에, 좀 더 명확한 설명을 듣고 싶었지만, 차마 물을 엄두는 나지 않았다. 마침내 그는 사랑하는 여인의 말에 순순히 자신을 맡기는 행복감을 음미하며 천천히 발길을 돌렸다.

한데 그렇게 문 쪽으로 돌아나오다가, 앞의 의자가 걸려 옆으로 살짝 옮겨놓던 중 뭔가 발길에 차이는 것이었다. 무심코 내려다보니, 흑단으로 테두리를 댄 자그마한 손거울이었는데, 금색으로 장식 이니셜이 새겨져 있었다.

순간, 그는 소스라치게 놀라며 거울을 냉큼 집어 들었다.

두 글자가 서로 얽힌 장식 이니셜이 다름 아닌, L과 M의 조합이 아닌가!

아뿔싸, L과 M이라니!

"루이 드 말레이히!"

뤼팽은 온몸을 부들부들 떨면서, 자기도 모르게 소리쳤다.

그리고 천천히 돌로레스를 돌아보며 물었다.

"이 거울 어디서 났습니까? 누구 거울이죠? 이건 매우 중대한 문제입니다."

그녀는 거울을 건네받아 이리저리 살피더니 이렇게 대답했다.

"모르겠는데요. 전혀 본 적이 없는 거울이에요. 아마 하인 중 한 명이……."

"그래요, 하인이겠군요. 하지만 거참 이상합니다. 우연의 일치치고는 참……."

그때였다. 살롱 문을 막 들어서던 주느비에브가, 병풍 너머 뤼팽이 있는 줄은 모르는 채, 마담 케셀바흐를 보더니 대뜸 이렇게 소리치는 것이었다!

"어머나, 돌로레스, 당신 거울 아니에요? 저더러 찾아달라고 그렇게 조르시더니……. 어디 있던가요?"

그녀는 금세 아무렇지도 않은 듯 이렇게 툭 내뱉고 가버렸다.

"아, 다행이에요! 거울 잃어버리고 그렇게 고민하시더니……. 다른 사람들한테도 이제 찾을 필요 없다고 얼른 얘기해줘야겠네요."

뤼팽은 극심한 혼란에 휘말린 채 꼼짝도 않고 가만히 있었다. 돌로레스는 왜 진실대로 얘기하지 않은 걸까? 왜 거울이 자기 것이라고 말하지 않은 걸까?

그러자 매우 언짢은 생각 하나가 문득 뇌리를 스쳤고, 그는 곧장 다그쳐 물었다.

"당신 혹시 루이 드 말레이히와 알고 지낸 사이입니까?"

그녀는 상대의 생각을 읽어내려고 애쓰는 듯 뚫어져라 쳐다보며 대답했다.

"네."

뤼팽은 흥분을 감추지 못하고 와락 그녀에게 다가섰다.

"그를 알고 지냈다고요? 대체 그가 누구였습니까? 누구냔 말입니다? 왜 여태껏 아무 말도 안 한 겁니까? 대체 어디서 알게 된 사람입니까? 말해요! 제발 대답하란 말입니다!"

"안 돼요."

그녀의 대답은 간단하면서도 단호했다.

"말해야 합니다! 말해야 해요! 생각 좀 해보세요! 루이 드 말레이히라는 그 작자는 살인마예요! 괴물이란 말입니다! 왜 여태껏 아무 얘기도 안 한 거죠?"

한데 이제는 그녀가 두 손을 뤼팽의 어깨에 얹은 뒤, 무척 단호한 어투로 이렇게 선언하는 것이었다.

"내 말 잘 들으세요. 나는 절대로 입을 안 열 것이니, 더는 내게 묻지 말아주십시오. 그건 내 무덤까지 갖고 갈 비밀입니다. 무슨 일이 있더라도 그 비밀은 아무도 모를 겁니다. 세상 그 누구도 모를 거예요. 맹세합니다."

2

몇 분 동안 그는 혼란스러운 머리를 정리하느라 꼼짝 않고 그녀 앞에 서 있었다.

불현듯 슈타인벡이 르노르망 씨의 집무실에서 끝끝내 입을 열지 않았던 일이 생각났다. 저 끔찍한 비밀의 공개를 요구하자 공포에 질려

813

8ɪɪ

차마 말을 못하던 노인의 그 얼굴……. 그렇다, 돌로레스도 비밀을 알고 있었던 것이다. 그래서 지금 이렇게 침묵을 고집하는 것이 아니겠는가.

뤼팽은 아무 말 없이 그곳을 빠져나왔다.

탁 트인 공간과 신선한 공기가 뜨거워진 머리를 다소나마 식혀주었다. 그대로 정원 담을 지나쳐, 그는 오랫동안 들판을 쏘다녔다. 그러면서 이따금 목청을 높여 이렇게 외쳐대는 것이었다.

"무슨 일이지? 대체 무슨 일이 벌어지고 있는 거냐고? 지난 수개월간에 걸쳐 여기저기 좌충우돌하면서, 나는 내 원대한 계획을 수행하기 위해 미리 배치한 숱한 인물을 마치 꼭두각시처럼 각자의 줄을 움직여 조정해왔지. 하지만 그동안 그들을 제대로 고개 숙여 들여다보고, 그 머리와 마음속에서 어떤 일들이 일어나는지 살피려고는 전혀 하지 않았어. 그러다 보니 나는 지금 피에르 르뒥이나 주느비에브나 돌로레스에 대해서 전혀 아는 바가 없는 거야. 그저 모두 내 꼭두각시인 줄만 알았는데, 펄펄 살아 숨 쉬는 인간이었단 말이야. 세상에, 이제 와서 이런 난관에 부닥칠 줄이야!"

그는 발을 구르며 안타깝게 소리쳤다.

"어찌 보면 존재하지도 않는 장애에 부닥친 꼴이라고! 주느비에브와 피에르의 정신 상태가 어떠하든 그건 둘째 문제야. 그거야 나중에 펠덴츠에 그들의 행복한 보금자리를 꾸며준 다음에 차차 생각해도 늦지 않아! 하지만 돌로레스는……. 분명 말레이히를 알고 있으면서 저렇게 말을 안 하려 드니……. 도대체 이유가 뭘까? 둘이 대체 어떤 관계일까? 감옥에 갇힌 그자가 두려워서일까? 혹시라도 도망쳐 나와, 비밀을 폭로한 데 대해 복수라도 할까 봐서?"

날이 저물어서야 그는 정원 구석에 마련된 별채로 들어섰다. 식사를 하면서도 그는 내내 기분이 언짢다가, 시중을 드는 옥타브에게, 너무 빠르다 너무 느리다 하면서 공연한 트집만 부려대는 것이었다.

"됐네. 날 좀 내버려두게나. 오늘 자네 하는 짓이 왜 그 모양인가? 이 커피는 또 뭐고? 맛 한번 지독하구먼!"

그는 반쯤 남은 커피 잔을 팽개치듯 밀어놓고 다시 밖으로 나와 같은 생각을 곱씹으며 두어 시간 정원을 헤매 다녔다. 그러다 마침내 하나의 가설이 그의 머릿속에 자리를 잡는 것이었다.

"말레이히가 감옥을 탈출했을지도 몰라. 그래서 마담 케셀바흐에게 겁을 주었을 거야! 아마도 지금쯤 손거울에 대한 일을 죄다 알고 있을지도 모르지."

뤼팽은 어깨를 으쓱했다.

"이봐, 뤼팽. 혹시 오늘 밤이라도 놈이 너의 발목을 붙잡고 늘어질지도 몰라. 이런 제기랄……. 별의별 허튼소리를 다 하네. 차라리 잠이나 푹 자두는 게 낫겠어!"

그는 곧장 방으로 들어가서 침대에 누웠다. 금세 무거운 잠이 엄습해왔고, 몇 가지 악몽이 찾아들었다. 두 번씩이나 도중에 잠이 깼고 그때마다 촛불을 켜려고 했지만, 두 번 다 그대로 허물어졌다.

읍내 시계탑에서 울리는 듯한 종소리를 들은 것 같긴 한데……. 워낙 정신을 잃을 만큼 멍한 상태라 진짜 들은 것인지는 알 수 없었다.

끊임없이 사납고 무시무시한 꿈이 머릿속을 휘젓고 돌아다녔다. 그러던 중 문득 창문이 열리는 소리가 선명하게 귀청을 두드렸다. 감긴 눈꺼풀 너머, 캄캄한 어둠을 뚫고 어떤 형체 하나가 천천히 다가오는 것이 선명하게 **보였다!**

그 형체는 침대 바로 앞까지 와 가만히 수그렸다.

뤼팽은 믿을 수 없으리만치 강력한 힘으로 눈꺼풀을 들어 올리고 상대를 바라보려고 했다. 적어도 그렇게 상상했다. 아……. 꿈을 꾸고 있는 걸까? 아니면 이미 깨어 있는 걸까? 그는 다급한 질문을 스스로에게 던지고 있었다.

또다시 미세하지만 또렷한 소음이 들렸다. 옆에 있던 성냥갑을 집어 드는 소리였다.

'이제 뭔가 확실히 보이겠군.'

내심 달가운 마음이 들었다.

마침내 성냥이 그어지고 초의 심지로 불꽃이 옮겨갔다.

순간, 뤼팽은 발끝에서 머리끝까지 식은땀이 뿜어져 나오는 것이 느껴졌고, 그와 더불어 심장이 멎는 것 같았다. **바로 그자가 거기 있는 것이다!**

과연 가능한 일일까? 아니야. 그럴 리가 없다. 한데 분명 **그가 보였다.** 오, 끔찍한 광경이 아닌가! 바로 그자, 그 괴물이 버젓이 눈앞에 서 있는 것이다.

"안 돼. 이건 아니야."

기겁을 한 뤼팽은 그저 우물거리기만 할 뿐이었다.

괴물은 검은 옷에다 얼굴엔 가면까지 착용한 채, 금발 머리 위로 중절모를 바짝 내려 쓰고 있었다.

"아……. 꿈이야. 꿈을 꾸고 있는 거라고. 이건 악몽인 거야."

뤼팽은 맥없는 미소를 흘리며 중얼거렸다.

그러면서 안간힘을 써서 팔을 한 번 휘저으려고 애썼다. 저 유령을 떨쳐버리기 위해 단 한 번만이라도 이 팔을 움직일 수만 있다면…….

한데 어림없었다.

순간, 그의 뇌리를 커피 잔이 퍼뜩 스치고 지나갔다. 아뿔싸, 그 이상한 맛! 그건 펠덴츠에서 마셨던 커피 맛과 유사했다. 그는 있는 힘

껏 비명을 지르면서 몸을 일으키려고 했지만, 또다시 맥없이 쓰러지고
말았다.

정신이 몽롱한 가운데에 옷깃이 살짝 열리면서 목이 썰렁하게 드러
나는가 싶더니, 문득 치켜든 팔 끝에 작고도 예리한 비수를 극악스럽게
움켜쥔 손이 언뜻 보이는 듯했다. 그 칼은 케셀바흐와 채프만, 알텐하
임, 그리고 또 다른 숱한 목숨을 결딴냈을 바로 그 비수였다.

3

수 시간이 지난 다음 뤼팽은 비로소 눈을 떴다. 몸은 피로감으로 엉
망진창이었고, 입술은 바짝 말라 있었다.

잠시 생각을 가다듬다 보니, 문득 뭔가 기억이 떠올랐고, 허겁지겁
두 손으로 목부터 가렸다. 마치 그 순간 누군가 그곳을 공격하기라도
하듯이…….

그는 이내 침대에서 후닥닥 뛰어 일어나며 소리쳤다.

"이런 멍청한 녀석 같으니라고! 역시 단순한 악몽이었어! 조금만 생
각해봐도 알 수 있는 문제 아닌가! 만약 진짜 그자였다면……. 진정 살
과 피를 갖춘 그 인간이 간밤에 팔을 치켜들고 내 앞에 있었다면…….
당연히 닭 모가지 따듯, 내 목을 베었을 것 아닌가! 아무렴, 그자라면
조금도 망설이지 않았을 테지. 자, 논리적으로 생각하는 거야. 날 살려
둘 이유가 없잖아? 쳇, 누구 좋으라고! 그래, 나는 그저 꿈을 꾼 거였
어. 그뿐이야."

그는 휘파람을 불기 시작했고, 옷을 갈아입으며 애써 평온한 척했다.
하지만 그러면서도 정신은 계속해서 들끓고 있었고, 눈길은 뭔가 찾아

이곳저곳을 더듬는 것이었다.

바닥에도, 창틀에도, 미심쩍은 흔적은 없었다. 방은 1층이었고 창문을 활짝 열어둔 채 잠이 든지라, 누군가 몰래 들어왔다면 바로 그 창문을 통해서 들어왔을 것이 틀림없다.

하지만 아무것도 눈에 띄는 점이 없었다. 바깥벽 밑에도, 별채에 이르는 오솔길의 모래 위에도 전혀 사람이 지나다닌 흔적을 찾아볼 수 없었다.

"하지만 왠지……. 왠지……."

잇새로 계속해서 중얼거리던 뤼팽은 느닷없이 옥타브를 소리쳐 불렀다.

"어제저녁에 내게 내온 커피 말이야. 그거 어디서 타온 건가?"

"다른 것도 다 그렇지만, 그것 역시 성에서 가져온 겁니다, 두목. 아시다시피 여긴 화덕이 없어서……."

"자네도 그 커피 마셨나?"

"아뇨."

"그럼 주전자에 남은 커피는 몽땅 버렸나?"

"어떡하죠, 다 버렸는데요. 워낙 맛이 없다고 하셔서. 그저 몇 모금밖엔 마시지도 않았잖아요?"

"괜찮네. 차나 좀 준비해주게. 갈 데가 있어."

뤼팽은 어중간한 의혹을 그대로 방치하는 타입이 아니었다. 돌로레스에 관해 결정적인 해명이 필요했던 것이다. 그러기 위해선 먼저 애매하게 느껴지는 몇 가지 문제점을 확실히 해둘 필요가 있었고, 펠덴츠에서 최근 매우 이상한 정보를 보내온 두드빌을 만나 얘기해볼 필요가 있었다.

그는 단숨에 대공령으로 차를 달려 2시경에 도착했다. 일단 그곳에서 발데마르 백작부터 만나, 일련의 평계를 대고 섭정위원회 대표자들의 브루겐 성 방문 일정을 좀 연기해달라고 청했다. 그런 다음, 곧장 펠덴츠의 어느 선술집에 진을 친 장 두드빌을 보러 갔다.

두드빌은 뤼팽을 보자마자 또 다른 선술집으로 안내했고, 거기서 행색이 몹시도 초라한 자그마한 체구의 남자를 소개했다. 이름은 헤르(Herr. 영어의 미스터, 프랑스어의 므슈에 해당하는 독일어—옮긴이) 스토클리, 시청 호적과 직원이었다.

대화는 다소 길게 이어졌다. 셋은 함께 자리에서 일어났고, 곧장 시청 관내로 들어갔다. 저녁 7시, 뤼팽은 간단히 끼니를 때우고 다시 길을 떠났다. 밤 10시, 브루겐 성에 도착한 뤼팽은 케셀바흐의 방을 찾아가려는데 주느비에브가 함께 가줄 수 있을지 알아보았다.

한데 마침 마드무아젤 에르느몽은 파리의 할머니로부터 급히 와달라는 전보를 받고 떠났다는 것이었다.

"그렇군요. 그래도 마담 케셀바흐는 뵐 수 있겠죠?"

"마님은 저녁을 드시자마자 규방에 드셨습니다. 주무시고 계실 텐데요."

"아니요. 창문에 불이 켜져 있는 것을 봤소이다. 아마 나는 들이실 겁니다."

잠시 마담 케셀바흐로부터의 답변을 기다린 뒤, 그는 하녀의 인도를 받아 규방으로 들어갔고, 하녀가 나가는 것을 확인하자마자 돌로레스에게 말했다.

"말씀드릴 것이 있습니다, 마담. 아주 급한 일입니다. 물론 이렇게 불쑥 들이닥치면 결례가 된다는 건 알고 있습니다만, 제 심정을 이해해주시리라 믿고서 이렇게……."

그는 무척이나 흥분한 상태였고, 무엇부터 어떻게 얘기를 꺼내야 할지도 혼란스러운 눈치였다. 특히 방에 들어서기 직전 뭔가 심상치 않은 소음이 새어나오는 것을 감지한 뒤론 더 그랬다.

하지만 돌로레스는 여느 때와 마찬가지로 긴 의자 위에 혼자 나른하게 누워 있을 뿐이었다. 그녀는 맥없는 목소리로 이렇게 말했다.

"혹시, 내일 좀 얘기하면 안 될까요?"

뤼팽은 여자의 규방 안에서 난데없이 코로 스며드는 담배 냄새에 적잖이 놀라, 차마 대답을 못하고 있었다. 그가 들어설 때까지만 해도 방 안에 분명 남자가 있었으며, 지금도 어디인가 몰래 숨어 있을 거라는 의혹이 그의 말문을 막는 것이었다.

피에르 르뒥인가? 아냐, 녀석은 담배를 안 피우지. 그렇다면?

돌로레스는 또다시 나른하게 중얼거렸다.

"오늘은 이만 쉬고 싶어요. 제발……."

"알겠습니다. 알겠어요. 하지만 그 전에……. 제게 말씀 좀 해주시겠습니까?"

그러다 다시금 입을 다물어버리는 뤼팽. 하긴 이렇게 묻는다고 무슨 소용이 있겠는가! 만약 누군가 이곳에 숨어 있다면 과연 그녀가 폭로하겠는가?

결국 뤼팽은 마음을 단단히 먹고, 낯선 자의 존재에 대한 께름칙한 기분을 애써 억누르면서, 돌로레스만 들을 수 있도록 목소리를 잔뜩 낮춰 이렇게 속삭였다.

"제 말 잘 들어요. 요즘 정말 이해가 안 되는 소식 하나를 접했습니다. 그 때문에 심기가 아주 어지럽습니다. 따라서 이것만큼은 반드시 대답을 좀 들어야겠습니다. 돌로레스."

그는 마치 부드럽고 다정한 목소리에 그녀의 닫힌 마음이 누그러지기를 바라는 것처럼, 그 이름을 더없이 부드럽게 불렀다.

"무슨 일인데요?"

그녀도 솔깃한 듯 물었다.

"펠덴츠의 호적등본에는 독일에 정착한 말레이히 가문의 마지막 자손들 이름 셋이 올라 있습니다."

"그렇죠, 지난번에 얘기해주셨잖아요."

"그중에서 우선 라울 드 말레이히라는 이름은 기억하실 겁니다. 알텐하임이라는 가명으로 훨씬 더 잘 알려진 자이죠. 상류사회의 도둑이자 무지막지한 불한당이며……. 지금은 살해당한 자 말입니다."

"네."

"그다음이 루이 드 말레이히, 끔찍한 살인마이자 괴물 같은 존재이지요. 며칠 후면 목이 달아날 신세지만요."

"네."

"다음은 미친 여자애 이질다…….'"

"네."

"그렇게가 전부 맞죠?"

"네."

뤼팽은 그녀에게 잔뜩 몸을 숙인 채 조용히 얘기를 계속했다.

"그런데 최근에 제가 조사를 해보니까, 그 세 이름 중에서 두 번째 이름인 루이가 말입니다, 아니 그 두 번째 인물이 기입된 줄의 일부분이 예전에 한 번 긁혀서 지워진 적이 있는 겁니다. 그러니까 원래 것을 긁어서 지우고 그 위에 새 잉크로 루이라는 이름이 가필되었다는 얘기지요. 한데 지워졌던 글자 흔적이 완전히 사라지지 않고 어렴풋이 남아 있는 것이었습니다. 그래서……."

"그래서요?"

마담 케셀바흐도 나지막한 목소리로 다그쳐 물었다.

"그래서 성능 좋은 돋보기하고 내 나름의 특수한 방법을 동원해서 일련의 작업을 해보니까, 지워졌던 글자들이 또렷하게 되살아나서 예전에 그 자리를 메우고 있었던 이름이 나타나더라 이겁니다. 한데 그게 글쎄, 루이 드 말레이히와는 전혀 딴판인 이름이지 뭡니까."

"아! 그만해요. 그만해."

순간, 너무 오랫동안 내부로부터 솟구치는 무엇을 참느라 애쓴 나머지 일시에 탈진하기라도 하듯, 여자는 그 자리에 풀썩 고꾸라지면서 얼굴을 두 손에 묻고 어깨까지 들썩이며 울음을 터뜨리는 것이었다.

뤼팽은 이 힘없고 나약하며, 애처롭기 그지없는 여인을 오랫동안 물끄러미 내려다보았다. 그러다 보니, 더 이상 그녀의 마음을 들쑤시는 질문 공세를 계속하고 싶지 않았다.

하지만 이렇게 찾아와 이런 말을 꺼내는 것도 따지고 보면 다 그녀를 구하기 위함이 아닌가? 그녀를 구하려면, 아무리 고통스럽더라도, 진실을 알아야 하는 것 아니겠는가 말이다.

그는 다시 시작했다.

"도대체 왜 가짜 이름을 기입해 넣었을까요?"

마침내 여자는 훌쩍이는 중간중간 얘기를 털어놓았다.

"제 남편 짓이에요. 남편이 그렇게 했다고요. 그이는 재산이 많아서 안 되는 일이 별로 없었어요. 결혼 전에 그는 호적과 하급 직원을 통해서 말레이히 가문의 둘째 아이 이름을 그렇게 수정하도록 했답니다."

"이름만이 아니라 성별도 바꾼 게 아니었습니까?"

"네, 그랬어요."

"그렇다면 역시 제 생각이 틀리지 않았군요. 옛 이름은, 그러니까 진짜 이름은 돌로레스 맞지요? 대체 왜 남편이 그런 짓을……?"

여자는 눈물로 얼룩진 얼굴을 부끄러운 듯 숙인 채 중얼거렸다.

"정말 모르시겠어요?"

"모르겠습니다."

그녀는 몸서리를 치면서 말했다.

"한번 생각해보세요. 나는 미친 이질다의 언니이자, 도둑인 알텐하임의 동생이었습니다. 내 남편은, 아니 그땐 약혼자였지요. 어쨌든 내가 그 상태로 남아 있는 걸 원치 않았어요. 나를 사랑했지요. 나 역시 그를 너무도 사랑해서, 하자는 대로 따르기로 했답니다. 그는 호적 서류 일체에 돌로레스 드 말레이히라는 이름을 삭제하도록 했고, 내게는 전혀 새로운 신분증명서와 출생신고서를 사다 주었습니다. 덕분에 나는 남편과 함께 네덜란드로 가, 돌로레스 아몬티라는 이름의 처녀로 결혼식을 올리게 된 거랍니다."

뤼팽은 잠시 생각에 잠기더니 진지한 목소리로 말했다.

"알겠습니다. 그렇게 된 거로군요. 한데 그렇다면, 루이 드 말레이히라는 사람은 존재하지 않는다는 얘긴데⋯⋯. 즉, 당신 남편과 두 형제를 살해한 범인의 이름은 그게 아니고, 다른 이름이라는 얘기 아닙니까? 대체 그자의 이름은 그럼⋯⋯."

그러자 여자는 갑자기 벌떡 일어서며 이러는 것이었다.

"그자 이름은 맞아요! 그자 이름은 그대로가 맞는다고요. 루이 드 말레이히⋯⋯ 왜 기억하시잖아요, L. M.이라고. 아, 더는 알려고 하지 마세요. 정말 무시무시한 비밀이란 말이에요. 대체 그게 뭐가 그리 중요하죠? 범인은 이미 잡혔어요. 제가 증언까지 했잖아요! 제가 증언할 때 그가 반박이라도 하던가요? 하긴 그 이름이든 다른 이름이든 그가 어떻게 빠져나갈 수 있겠어요? 어차피 자기가 범인인걸. 사람을 죽이고⋯⋯ 그 비수로⋯⋯ 사람을⋯⋯. 아! 모든 걸 털어놓을 수만 있다면⋯⋯. 루이 드 말레이히⋯⋯ 제발 그럴 수만 있다면⋯⋯."

그녀는 다시 긴 의자 위에 쓰러지듯 앉았다. 일종의 신경 발작 속에서 그녀의 부들부들 떨리는 손이 뤼팽의 손을 움켜쥐었고, 뭔가 입안에서 우물거리는 가운데 몇 마디 말이 뤼팽의 귀에 선명하게 들어왔다.

"날 보호해주세요. 날 보호해달라고요. 오로지 당신만이 그럴 수가 있어요. 아! 제발 날 버리지 마요. 난 너무도 불행한 여자랍니다. 아, 너무나 괴로워요. 너무 괴로워. 지옥 같아요."

뤼팽은 다른 손으로 그녀의 머리카락과 이마를 한없이 부드럽게 어루만졌고, 그녀도 차츰 안정이 되는지 평정을 되찾는 분위기였다.

이제 그는 여자를 다시 한번 아주 오랫동안 가만히 바라보면서 대체 그 단아한 이마 너머로 무슨 일이 벌어지고 있는지, 어떤 비밀이 저 안의 신비스러운 영혼을 처참하게 유린하고 있는 것인지, 골똘한 생각에 잠기는 것이었다. 그녀는 대체 누구를 두려워하고 있는 것일까? 대체 누구에 대해서 자기를 보호해달라고 하는 것일까?

그러자 또다시 그 검은 옷을 입은 존재, 불가사의하고 음산하기 그지없는 저 루이 드 말레이히의 그림자가 그의 마음을 억누르는 것이었다. 이제 또다시 어디로부터 어떻게 닥칠지 모르는 놈의 공격을 막아내야 한단 말인가?

하지만 그는 지금 감옥에 갇힌 채 밤낮으로 감시를 받고 있는 처지……. 혹시 그자 역시 감옥이라는 것이 애당초 의미가 없고, 언제든 마음만 먹으면 순식간에 족쇄를 풀고 달아날 수 있는 존재라는 사실을, 뤼팽 혼자만 모르고 있는 것은 아닐까?

상테 감옥의 감방 안에 누군가 갇혀서 사형 집행을 기다리고 있는 것은 사실이다. 하지만 만에 하나 그가 말레이히 본인이 아니라, 그 대신 죄를 뒤집어쓴 희생자이거나 충직한 부하 중 하나라면? 진짜 말레이히는 그 덕에 지금 브루겐 성 주변의 어둠 속을 보이지 않는 유령처럼 마음껏 배회하면서, 간밤에는 정원의 별채에까지 들이닥쳐 최면 상태에 빠져 있던 뤼팽의 목에 칼을 들이댄 것이었다면? 그리고 이제는 어떤 끔찍한 비밀을 빌미로 돌로레스의 연약한 마음을 옥죄어서 침묵과 복종을 강요하고 있는 거라면?

뤼팽은 적이 꾸미고 있을지 모르는 음모를 가만히 머릿속에 그려보았다. 겁에 질려 제정신을 차릴 수 없는 돌로레스를 일단 피에르 르뒤에게 떠안기고 난 다음, 나중에 그와 뤼팽 모두를 제거해 그 자리를 차지함으로써, 대공의 권력과 돌로레스의 엄청난 재산을 몽땅 차지하려는 거겠지.

그럴듯한 가정이었다. 아니, 그간 죽 벌어진 사건들에도 더없이 부합하는 확실한 가설이면서, 모든 의문점을 일거에 해결해주는 명답이 분명하다!

'모든 의문점이라고? 그래……. 한데 간밤에 별채에서 왜 나를 해치우지 않았는지는 여전히 의문이야. 마음만 있었으면 얼마든지 가능했을 텐데. 왜 그랬을까? 간단한 동작 하나면 날 보내버릴 수 있었을 텐데. 그러지 않았다. 왜?'

뤼팽은 연신 고개를 갸우뚱했다.

돌로레스는 눈을 가만히 뜨고 뤼팽의 얼굴을 올려다보며 지그시 미소를 지었다.

"그만 혼자 있고 싶어요."

뤼팽은 주저하지 않을 수 없었다. 놈이 혹시 저 커튼 뒤에 서 있는지, 벽장의 옷가지들 뒤에 숨어 있는지 가서 확인해봐야 하는 것 아닌가?

여자의 나른한 목소리가 다시 이어졌다.

"이제 그만 가보세요. 전 자야겠어요."

하는 수 없이 뤼팽은 그대로 자리를 빠져나왔다.

밖으로 나온 그는 곧장 건물 바로 정면에 어두운 그늘을 형성하는 나무들 아래로 가서 멈춰 섰다. 돌로레스의 규방 창문에서 새어나오는 빛이 환했다. 잠시 후, 그 불빛이 침실로 건너갔고, 이내 캄캄해졌다.

그는 기다리고 있었다. 놈이 저 안에 있었다면, 조만간 건물 밖으로 기어나올 테지!

한 시간이 흘러갔고, 두 시간이 흘러갔다. 주변은 조용하기만 했다.

'이거야 원, 허탕만 친 꼴이네. 혹시 성안 어딘가 죽치고 있는 건 아닐까? 아니면 여기선 안 보이는 다른 문으로 빠져나갔을지도……. 아무튼 내 가정이 완전히 엉터리가 아닌 한…….'

그런 생각을 굴리며 그는 담배를 한 대 피워 물고 별채로 발길을 돌렸다.

한데 아직 저만치 멀리 별채가 보일 때쯤, 웬 그림자 하나가 거기서 빠져나오는 것이 눈에 들어오는 것이었다.

뤼팽은 혹시라도 눈치챌까 봐 그 자리에 꼼짝 않고 서 있었다.

그림자는 오솔길을 가로지르고 있었는데, 달빛에 비친 그 모습에서 뤼팽은 언뜻 말레이히의 검은 실루엣을 알아본 듯했다.

뤼팽은 후닥닥 달려들었고, 그림자는 쏜살같이 줄행랑을 쳤다.

"좋다. 어디 내일 두고 보자. 이번만은 절대로……."

4

뤼팽은 곧바로 운전기사 옥타브의 방으로 들어가 잠자는 그를 깨웠다.

"지금 당장 차를 몰고 파리로 가게. 늦어도 새벽 6시에는 거기 도착해서, 자크 두드빌을 만나 이렇게 전하게. 첫째, 사형수 소식을 알아볼 것. 둘째, 우체국 문을 열자마자 이런 내용으로 내게 전보를 띄울 것."

이어서 쪽지에다 몇 글자 끄적이고는 이렇게 덧붙였다.

"일단 일이 끝나면 곧장 돌아오되, 이쪽 길로, 그러니까 정원 담을 따라서 와야만 하네. 누구도 자네가 어디 다녀온 것을 눈치채면 안 돼!"

자기 방으로 돌아온 뤼팽은 램프를 환하게 밝히고 이곳저곳을 샅샅이 조사했다.

"맞았어! 내가 성의 창문 앞에서 염탐을 하는 사이 누군가 이 방에 들어온 거야. 물론 그 의도야 뻔하지. 분명해. 이제야 슬슬 감이 잡히는군. 이번에는 정말로 내 목에 칼 구멍이 날 뻔했어!"

혹시나 하는 마음에 그는 이불을 가지고 아예 밖으로 나가 정원의 어느 한적한 곳을 골라 별빛을 벗 삼아 잠을 청했다. 아침 11시, 옥타브가 그 앞에 나타났다.

"했습니다, 두목. 전보도 부쳤습니다."

"좋아. 그래, 루이 드 말레이히는 여전히 감옥에 있다던가?"

"얌전히 있답니다. 두드빌 자신이 어젯밤에 상테 감옥 그자의 감방 앞으로 직접 지나가면서 확인했답니다. 게다가 교도관이 자리를 비운 틈을 타 얘기도 좀 나누려고 했는데, 여전히 입을 봉하고 있다는군요. 그러면서 마냥 기다리더라는 겁니다."

"기다리다니, 뭘 말인가?"

"그게 글쎄, 최후의 시간이랍니다! 경시청 얘기로는 형 집행이 모레 있을 거라는군요."

"잘됐군, 잘됐어. 아무튼 그가 탈출한 게 아니라는 건 확실해진 셈이로군!"

그는 이제 더 이상 의혹을 품지도, 수수께끼의 해답을 찾으려고 하지도 않았다. 조만간 진실의 전모가 완전한 모습으로 눈앞에 펼쳐질 것을 직감했던 것이다. 남은 일은 좀 더 확실하게 적이 함정에 걸려들도록 단단히 계획을 준비하는 것뿐!

'아니면 내가 오히려 걸려들지도 모르지.'

뤼팽은 씩 웃으며 생각했다.

웬일인지 그는 무척이나 쾌활하고 홀가분한 기분이었다. 그만큼 이전 어느 때보다도 유리한 조건의 싸움을 예상하고 있었던 것이다.

얼마 지나지 않아 성에서 하인 하나가, 우편배달부가 방금 두고 갔다며 전보 한 장을 가져왔다. 물론 두드빌한테 이쪽으로 보내라고 지시한 바로 그 전보였다. 뤼팽은 겉봉만 뜯고는 곧장 호주머니 속에 집어넣었다.

정오 조금 못 미친 시각, 오솔길에서 피에르 르뒥과 마주친 그는 대뜸 이렇게 말했다.

"그렇지 않아도 자넬 찾고 있었네. 심각한 일이 발생했어. 자네가 내게 솔직한 대답을 해주어야겠네. 자네, 이 성에 들어온 이후, 내가 사전에 배치해둔 독일인 하인들 말고 다른 남자를 본 적이 있는가?"

"없습니다."

"잘 생각해보게. 그냥 방문객 말고 말일세. 혹시 자네가 얼핏 느끼기에 어딘가 숨어 있거나 수상쩍어 보이는 사람을 말하는 거야."

"없었는데요. 혹시 당신이 느끼기엔 있다는 말인가요?"

"그렇다네. 누군가 이곳에 숨어 있어. 누군가 어슬렁거리고 있다고. 대체 어디에 숨은 건지, 정체가 뭔지, 목적이 뭔지 도통 모를 일일세. 하지만 곧 알아낼 거야. 벌써 어느 정도 짚이는 바가 있으니까. 그러니 자네도 두 눈 활짝 열어놓고 주위를 살피고 있게. 특히 마담 케셀바흐한테는 아무 말도 해서는 안 돼. 공연히 신경만 예민해질 테니까."

그러고는 훌쩍 지나쳐가는 것이었다.

피에르 르뒥은 할 말을 잃은 채 어안이 벙벙해져서 황망히 성으로 되돌아갔다.

한데 도중에 잔디에 떨어져 있는 웬 푸른색 전보용지 하나가 그의 눈길을 붙드는 것이었다. 전혀 구겨지지 않고 정성스레 접은 모양이, 누군가 일부러 버린 것이 아니라 어쩌다 무심코 흘린 것이 분명했다.

보아하니 므슈 보니, 즉 이곳 브루겐 성에서 뤼팽이 사용하는 이름 앞으로 온 전보였다.

　　모든 진실을 알아냈음.
　　편지로는 밝히기 곤란함.
　　오늘 저녁 기차를 탈 것임.
　　내일 아침 8시 브루겐 역으로 나오기 바람.

'좋았어!'

가까운 덤불숲에 숨어서 피에르 르뒥의 행동을 감시하던 뤼팽은 속으로 쾌재를 불렀다.

'완벽해! 이제 2분도 안 돼 저 멍청한 풋내기가 돌로레스에게 달려가 전보를 보여줄 것이고, 둘이 함께 하루 종일 내 걱정을 하며 그 얘기를 떠들어댈 거야. 그러면 반드시 그자가 얘기를 엿들을 테고, 그럼 모든 걸 알게 되겠지. 왜냐면 그자는 돌로레스의 그늘 속에 숨어서 모든 걸 꿰뚫고 있을 테니까. 돌로레스를 마치 홀린 먹잇감처럼 제 손아귀에서 주무르듯 하고 있으니 그녀가 하는 얘기는 뭐든 꼼꼼히 주워듣겠지. 그럼 오늘 밤, 비밀이 공개되는 게 두려워 뭔가 행동에 나서려고

할 거야.'

그는 거의 콧노래까지 흥얼거리며 자리를 떴다.

'오늘 밤…… 오늘 밤…… 춤을 추자꾸나. 한번 흐드러지게 춤판을 벌여봐. 반짝거리는 칼날의 장단에 맞춰 피비린내 나는 춤의 향연을! 같이 한번 신나게 놀아보는 거야.'

별채로 들어서기가 무섭게 그는 옥타브를 호출했고, 방으로 들어가 침대에 벌렁 누우며 말했다.

"여기 이 의자에 자리를 잡게. 그리고 자지 말고 대기하게. 자네 주인이 잠시 눈을 붙여야 하니, 망 좀 보고 있게나."

그는 곧바로 깊은 잠에 빠져들었다.

"오스테를리츠(1805년 오스트리아·러시아 연합국에 대해 이곳에서 나폴레옹이 대승을 거둠으로써 대륙 정복의 신호탄이 켜졌음. 개선문은 이 승리를 기념하기 위해 건립되었음―옮긴이)의 아침을 맞이하는 나폴레옹이 이런 기분이었을까!"

뤼팽은 잠이 깨자마자 그렇게 소리쳤다.

때는 저녁을 들 무렵이었다. 푸짐하게 배부터 채운 다음, 담배를 뻑뻑 피워대면서 그는 두 자루의 권총에 총알을 장전해 넣기 시작했다.

"내 친구 카이저가 늘 말하듯, 총알을 재고 칼을 갈라 이 말씀이지! 옥타브 어디 있나?"

부랴부랴 달려온 옥타브.

"성에 가서 하인들과 함께 저녁을 들게. 그러면서 은근슬쩍 말을 흘리게. 오늘 밤 자네가 파리에 볼일이 있다고 말일세. 아예 자동차도 끌고 간다고 하게."

"두목도 가십니까?"

"아니, 자네 혼자 가는 거야. 식사가 끝나자마자 되도록 떠들썩하게 출발하게나.”

“하지만 파리에 진짜 가는 건 아니겠죠?”

“물론이지. 일단 여기를 벗어나서 한 1킬로미터쯤 떨어진 길가에 차를 세우게. 내가 갈 때까지 기다리는 거야. 좀 오래 걸릴지도 모르네.”

그는 담배 한 대를 더 피워 물고 어슬렁거리며 산책에 나섰다. 그리고 성 앞을 지나치면서 돌로레스의 방 창문에 불이 켜진 것을 확인한 다음, 별채로 돌아왔다.

뤼팽은 느긋하게 책을 펼쳐 들었다. 플루타르코스의 『영웅전(英雄傳)』이었다.

“이 중에는 정말 위대한 인간이 하나 빠져 있단 말이야. 하지만 미래가 모든 걸 제대로 정리하겠지. 언젠가는 나를 위한 플루타르코스가 나타나줄 테니까.”

그는 카이사르를 다룬 장(章)을 펼쳐 읽었고, 책 여백에다 약간의 단상(斷想)을 적어 넣었다.

밤 11시 30분, 드디어 자리에서 일어난 그는 활짝 열린 창문 밖으로 상체를 쑥 내밀었다. 어렴풋한 소음으로 생기가 넘치는 광막하고도 청명한 밤공기가 펼쳐져 있었다. 언젠가 책에서 읽었거나 직접 중얼거려보았던 사랑을 표현한 구절들이 난데없이 입가에 맴돌았다. 그는 감히 의중의 여인 이름을 입 밖에 내지 못하는 사춘기 소년의 열에 들뜬 심정이 되어, 돌로레스의 이름을 조그맣게 우물거려보았다.

“자, 이제 슬슬 준비를 하자!”

우선 창문을 반쯤 열어두었고, 거치적거리는 원탁일랑 저만치 치워둔 채, 베개 밑에는 권총 두 자루를 단단히 묻어두었다. 완전히 평온한 마음으로, 그는 옷 입은 그대로 침대에 누워 불을 껐다.

공포가 시작되었다.

너무도 즉각적인 변화였다! 주위를 어둠이 온통 감싸자 난데없는 공포가 엄습해오는 것이었다!

"이런 제기랄!"

그는 버럭 소리치며 침대에서 일어나더니, 무기를 집어 복도에다 냅다 팽개치는 것이었다.

"맨손이다! 맨손으로 하는 거야! 내 이 두 손의 완력보다 더 효과적인 건 없으니까!"

그리고 다시 눕자, 역시 으스스한 침묵과 어둠이 자리를 잡았다. 아니나 다를까, 그와 동시에 음산하고 섬뜩한 공포가 단번에 들이닥치는 것이었다.

읍내 시계탑으로부터 종소리가 열두 번 들려왔다.

뤼팽은 저만치 떨어진 곳에서 날카로운 칼끝을 이리저리 살피며 거사(擧事)를 준비하고 있을 지긋지긋한 존재를 생각하고 있었다.

"어서 오너라! 어서 오라니까! 그래야 이 모든 유령을 흩어버리지."

그는 몸서리를 치면서 중얼거렸다.

시계탑의 종소리가 1시를 알렸다.

또다시 불안과 신열에 들뜬 시간의 흐름만이 속절없이 이어졌다. 모공(毛孔)마다 배어나는 듯한 땀방울이 이마를 타고 흘렀고, 그것은 마치 온몸을 적시려고 스미는 핏방울같이 느껴졌다.

2시…….

드디어 가까운 어딘가, 들릴 듯 말 듯한 소리, 잎사귀가 서로 스치는 소리가 들려왔다. 그것은 분명 밤의 숨결이 흔들어서 나는 소리는 아니었다.

다행히 미리 나는 소리부터 감지하고 보니, 순간적으로 마음이 더없이 든든해지는 기분이었다. 그의 내면에 존재하고 있던 대담한 협객의 기질이 서서히 용틀임을 하는 바로 그 느낌……. 이제 한판 붙는 거다!

또다시, 이번엔 좀 더 가까이 창문 바로 밑에서, 소리가 들렸다. 하지만 아까보다 훨씬 약한 소리여서 뤼팽의 단련된 귀가 아니었으면 아마 놓치고 말았을 것이었다.

소름 끼치도록 고요한 시간의 흐름……. 한 치 앞도 분간 못할 어둠이 꿈쩍도 않고 있었다. 별빛도 달빛도 그것을 치우기에는 역부족인 듯했다.

그리고 어느 한순간, 뤼팽은 완벽한 적막 속에서 이미 누군가 방 안에 들어와 있다는 것을 문득 깨달았다!

놈은 천천히 침대 쪽으로 다가오고 있었다. 마치 유령이 걸어오는 것처럼, 방 안의 공기를 전혀 어지럽히지 않고, 스치는 물건들도 하나 흘뜨리지 않을 그런 걸음걸이였다.

아울러 뤼팽의 본능적 감각과 예민한 신경도 적의 동작을 통해서 그의 생각의 진행까지 감지하고 있었다.

그는 등을 벽에 밀착시키고 무릎을 약간 구부린 상태에서, 여차하면 튀어나갈 준비를 단단히 갖춘 채, 꼼짝 않고 적의 도발을 기다렸다.

그림자가 침대의 휘장을 살짝 건드리면서 어디를 칠 것인가를 살피는 듯했다. 숨 쉬는 소리까지 뤼팽의 귀에 들려왔다. 아니 심장박동 소리를 들은 것 같기도 했다. 오히려 자기 자신의 박동 소리가 그보다는 더 작은 것 같아, 뿌듯하기까지 했다. 그렇다. 분명 놈의 심장은, 마치 종탑 안에서 요란하게 종이 흔들리듯, 저 음흉한 가슴팍 안에서 미친 듯이 날뛰고 있었다.

놈의 팔이 서서히 올라갔다.

1초, 2초…….

뭐하는 거지? 뭘 주저하는 걸까? 이번에도 봐주겠다는 걸까?

엄청난 적막의 한 귀퉁이가 뤼팽이 뱉어낸 단 한 마디 말로 허물어진 것은 바로 그때였다.

"찔러!"

그와 동시에 앙칼진 기합 소리. 눈 깜짝할 사이에 내리꽂히는 팔!

신음 소리…….

그 팔의 팔목 부위가 어느새 뤼팽의 단단한 손아귀에 붙잡혀 있었다. 침대를 박차고 일어난 뤼팽은 어마어마한 완력으로 상대의 목을 그러쥐고 바닥에 패대기를 쳤다.

그게 다였다. 뭐 싸움이랄 것도 없었다. 아니, 그럴 틈이 없었다. 순식간에 바닥에 깔린 상대는 뤼팽의 두 팔 아래 마치 쇠못으로 박힌 듯 옴짝달싹 못했다. 하긴 제아무리 대단한 완력의 소유자라고 해도 한번 뤼팽과 그런 자세로 얽히면 좀처럼 벗어날 수 없는 것이 사실이었다.

아무 말도 없었다. 뤼팽은 보통 이럴 때 반사적으로 튀어나오던 그 걸쭉한 입담을 웬일인지 꼭꼭 잠가놓고 있었다. 말할 기분이 아니었다. 그만큼 지금 이 순간이 그에게는 엄숙하게 느껴졌다.

우쭐대고 싶은 마음도 도취하고 싶은 승리감도 없었다. 오로지 마음 깊은 곳으로부터 용솟음쳐 오르는 것은 단 하나의 욕망, 지금 아래에 깔린 이자가 누군지 알고 싶은 욕망뿐이었다. 사형수, 루이 드 말레이히일까? 아니면 다른 누구일까? 누구일까?

상대의 목을 아예 분질러버릴 수 있음에도 불구하고, 뤼팽은 조금 더, 조금 더 손아귀를 조여갔다.

그러자 놈에게 남은 힘이란 힘이 모조리 빠져 달아나는 것이 느껴졌다. 그나마 조금이라도 발버둥을 치던 팔의 근육이 완전히 이완되면서 바닥에 축 늘어짐과 동시에, 손이 풀어졌고 쥐고 있던 비수가 데굴데굴 굴렀다.

이미 적의 목숨이 자신의 손아귀 안에 처량하게 매달려 있음을 확인한 뤼팽은, 이제 호주머니 속에서 회중전등을 꺼내 불은 켜지 않은 상태로 상대의 얼굴 가까이 들이밀었다.

드디어 손가락으로 작은 단추 하나만 누르면 된다. 그야말로 원하기만 하면, 전등의 불이 밝혀지듯 모든 비밀이 환하게 밝혀지는 것이다!

문득, 뤼팽은 자신의 힘을 잠시나마 지금 그대로 음미하고 싶어졌다. 어떤 감격이 난데없이 가슴속으로부터 용틀임하는 것이었다. 스스로 거둔 승리에 내면이 온통 환해지면서, 그는 또다시 당당한 영웅, 어디 하나 흠잡을 데 없는 도사(道士)의 반열에 오르는 기분이었다.

그 기분 그대로, 손가락 하나를 움직여 둥그런 빛을 뿌렸다. 그 안으로 괴물의 얼굴이 떠올랐다.

순간, 뤼팽의 입에서 끔찍한 비명이 터져나왔다.

으아악! 돌로레스 케셀바흐!

살인마의 정체

1

밤의 혼돈 속에 천둥 번개가 작렬하고 광풍이 몰아치며 온갖 사물이 미친 듯이 휘말리는 천지개벽의 소용돌이가 휘몰아친다 해도, 뤼팽의 머릿속에서 지금 벌어지는 현상에 비할쏜가!

어마어마한 번개의 섬광이 오래 묵은 그림자를 풍비박산 내버리는 순간……. 그 속에서 기겁을 한 채 부들부들 떨면서, 자기 앞에 벌어진 일을 이해하려고 애쓰는 뤼팽의 처절한 모습…….

그는 마치 손가락이 그대로 굳어버려서 아무리 애써도 펴지지 않는 것처럼, 적의 목을 움켜쥔 채 꼼짝도 하지 않았다. 게다가 이제는 진실을 알게 되었으면서도, 자기 밑에 뻗어 있는 자가 돌로레스라는 느낌이 여간해서 안 드는 모양이었다. 그에게는 아직도 검은 옷을 입은 사내, 저 어둠 속의 끔찍한 괴물인 루이 드 말레이히만이 눈에 보이는 것이었다. 지금 그는 바로 그 괴물을 붙잡은 것이고, 붙잡은 손을 놓지 않고 있을 뿐이다.

하지만 진실은 사정없이 그의 정신과 의식을 몰아쳤다. 그 앞에서 서서히 굴복하는 가운데 뤼팽은 가슴이 찢어지는 소리로 이렇게 중얼거렸다.

"오! 돌로레스……. 돌로레스……."

순간, 그에게는 한 가지 이해의 단초가 떠올랐다. 바로 광기! 그렇다, 그녀는 제정신이 아니었던 것이다! 알텐하임의 동생이자 이질다의 언니, 말레이히 가문의 여식으로서 정신병자 어머니와 알코올중독자 아버지를 둔 가엾은 운명……. 그녀 역시 정상적인 정신을 지니지 못했다고 해서 별로 놀랄 일도 아니지 않은가! 겉으로 보기엔 멀쩡하면서 미쳤으니 참으로 괴이하기도 하지만, 분명 불균형한 정신적 질환으로 시달리는 정신병자인 것만은 틀림없지 않은가!

거기까지 생각이 미치자, 모든 것이 확실해지는 듯했다. 모든 것이 정신착란에 의한 범죄였던 것이다! 마치 자동인형처럼 어느 한 고착된 목표를 향해 다가가다 보니, 끔찍한 살인을 저지르면서도 그 피비린내 나는 행위를 까마득히 의식하지 못했으리라!

물론, 그녀가 무엇을 원하느라 사람을 죽였고, 자신을 방어하느라 또 사람을 죽였으며, 죽였다는 것을 감추느라고 또다시 사람을 죽이게 되었다고 볼 수도 있다. 하지만 그 무엇보다도 그녀의 광증을 설명해주는 것은, 그저 죽이기 위해 죽였다는 사실이다. 그녀 안에 잠재하는 살인마가 갑작스럽게 치밀어 오르는 어떤 거부할 수 없는 욕구를 그 순간 충족시켜준 것이다. 그녀 삶의 어느 순간, 어떤 상황 속에서 우연히 마주하게 된 대상이 느닷없는 적으로 돌변해, 그만 영문 모를 희생 제물이 되었다고나 할까?

사람을 공격할 때 그녀는 격렬한 광증과 분노에 잔뜩 취해 있었을 것이다.

자신이 저지른 살인 행각으로부터 전적으로 자유로운 기이한 광기! 순전한 맹목성 속에서도 늘 명철하고, 엄청난 혼돈 속에서도 항상 논리적이며, 부조리한 가운데 더없이 지적인 정신병자! 지극히 혐오스러우면서 동시에 찬탄을 자아낼 만한 그 모든 계략과 집요함과 수완의 장본인!

예리한 통찰력이 다시금 자리 잡은 뤼팽의 머릿속에는, 그간의 피비린내 물씬 풍기는 사건들과 더불어, 이 기구한 운명의 여인이 걸어왔을 수수께끼 같은 인생 여정이 주마등처럼 스쳐 지나갔다.

그러자 제일 먼저 남편의 계획에 포섭되고 완전히 사로잡힌 아내, 아마도 그 일부밖엔 이해하지 못했을 계획에 정신이 고착되어버린 돌로레스의 모습이 떠오르는 것이었다. 그런가 하면, 남편이 추적하고 있는 피에르 르뒤이라는 사람을 함께 찾아 헤매는 아내, 더 나아가 그와 결혼해서, 부모가 수치스럽게 쫓겨난 펠덴츠라는 자그마한 왕국으로 여왕처럼 돌아가고 싶어 안달하는 돌로레스의 모습 또한 떠올랐다.

다음으로, 모두가 몬테카를로에 있는 것으로 알았지만, 팔라스 호텔, 자기 오빠인 알텐하임의 방에 다소곳이 앉아 있는 돌로레스의 모습이 보였다. 남편을 감시하면서, 미로처럼 얽힌 벽을 따라 남의 눈에 띄지 않도록, 그늘에서 그늘로 서성이는 검은 복장의 돌로레스의 모습도 보였다.

그러던 어느 밤, 꽁꽁 묶인 케셀바흐를 발견하고는, 찔렀다.

다음 날 아침, 호텔 사환에 의해 발각될 처지에 놓이자, 또 찔렀다.

그로부터 한 시간 뒤, 이번엔 채프만에 의해 들통 날 것 같자, 그를 오빠의 방으로 데리고 간 다음, 역시 찔렀다.

이 모든 것이 감정의 동요가 전혀 없이 지극히 잔인하고 맵시 있게 이루어졌다.

또한 마찬가지로 지극히 냉정하게, 방금 몬테카를로에서 돌아온 두 하녀 제르트뤼드와 쉬잔—몬테카를로에서는 둘 중 하나가 분명 여주인 역을 기막히게 소화해냈을 터!—을 전화로 불러냈다. 돌로레스는 다시 여자 옷으로 갈아입고 변장용 금발 가발을 벗어 내던진 뒤, 부랴부랴 1층으로 내려와, 제르트뤼드가 호텔 문을 들어서는 찰나 마치 자신도 방금 도착한 것처럼 자연스레 합류했다. 불행한 사건에 대해선 전혀 모르는 척 말이다.

여배우 뺨치는 연기력으로 그녀는 남편을 여읜 슬픔에 온통 허물어진 미망인 역할을 기막히게 소화해냈다. 모두가 그녀를 위로했고, 모두가 그녀를 위해 울어주었다. 누가 감히 의심을 할 수 있었겠는가?

그때부터 뤼팽과의 일대 혈전이 막을 올린 것. 르노르망 씨와 세르닌 공작을 번갈아 상대하며 펼친 이 전대미문의 악랄한 싸움을 그녀는, 낮에는 긴 의자 위에 힘없는 병자로 나른하게 누운 채, 그리고 밤에는 벌떡 일어나 지칠 줄 모르는 전사(戰士)로 거리와 거리를 누비면서 더없이 훌륭하게 치러냈던 것이다.

겁에 질려 어쩔 수 없이 공범이 된 제르트뤼드와 쉬잔은 각자 충성을 다해 밀사(密使)의 역할을 수행했고, 결국에는 대낮에 재판소 건물 안에서 슈타인벡 영감을 납치한다는 대담무쌍한 작전까지 완벽하게 성공했던 것이다.

그러고 나서 다시금 연달아 벌어지기 시작한 살인 행각들. 구렐이 수장되었고, 오빠인 알텐하임까지 칼침을 맞았다. 오, '등나무 별장' 지하에서 필사적으로 벌인 격투, 어둠 속의 괴물이 짜 맞춘 보이지 않는 계략……. 그 모든 것이 이제는 너무도 확연하게 드러나지 않는가 말이다!

세르닌 공작에게서 가면을 빼앗아버렸고, 그의 정체를 고발해 결국 감옥행을 면치 못하게 만들었으며, 그의 다른 모든 계획도 보기 좋게 좌절시킨 자. 수백만 프랑을 물 쓰듯 써가면서까지 끝끝내 전투에서 이기려고 했던 장본인이 바로 돌로레스, 이 여자였다.

그 후로도 걷잡을 수 없이 치달은 일련의 사건들. 쉬잔과 제르트뤼드의, 아마도 사망일 가능성이 높은 행방불명! 암살당한 슈타인벡! 그리고 동생인 이질다의 독살까지!

"오! 세상에……. 역겨워라. 오, 끔찍한 것!"

마침내 뤼팽은 증오와 거부감에 펄쩍 뛰면서, 자기도 모르게 중얼거렸다.

그는 방금 혐오스럽기 그지없는 짐승 하나를 제압한 것이었다. 가능하면 아예 그것을 압살하고, 파괴하고도 싶었다. 그러고 보니, 밤의 어둠에 서서히 섞이기 시작하는 창백한 새벽녘에, 이렇게 두 사람이 뒤엉킨 채 꼼짝 않고 있다는 것 자체가 끔찍스럽게 느껴지는 것이었다.

"돌로레스……. 돌로레스……."

그는 절망적으로 중얼거렸다.

그러다 문득 눈이 휘둥그레진 채 뒤로 훌쩍 물러서는 것이었다! 무슨 일일까? 대체 어찌 된 것일까? 여자의 두 파리한 손에서 느껴지는 이 섬뜩한 냉기는 과연 무엇을 의미할까?

"옥타브! 옥타브!"

그는 운전기사가 집에 없다는 것도 잊은 채, 고래고래 소리를 질러댔다.

그만큼 도움이 절실했다. 누군가의 도움이, 누군가 그를 안심시키고 옆에서 도와줄 사람이 필요한 상황이었다! 그는 공포심에 사로잡혀 온

몸을 사시나무 떨듯 떨고 있었다. 방금 그가 느낀 것은 죽은 사체에서나 느낄 수 있을 냉기(冷氣)였던 것이다. 아, 기어코 이런 일이……. 그처참했던 몇 분 사이에, 이미 통제를 벗어난 이 손아귀로 무슨 짓을 저지른 것일까?

가물거리는 눈을 필사적으로 부릅뜬 채, 그는 돌로레스를 이리저리 훑어보았다. 역시 손가락 하나 까딱하지 않았다.

그는 무릎을 꿇고 여자의 차가운 몸뚱어리를 와락 끌어안았다.

여자는 죽어 있었다.

잠시 동안 그는 일종의 마비 상태 속에 머물러 있었다. 그러자 신기하게도 그 안에서 모든 고통이 슬그머니 분해되는 기분이었다. 어느새 그는 더 이상 고통을 느끼지 않았다. 고통뿐 아니라, 두려움도, 증오도, 그 밖의 그 어떤 느낌도 없었다. 오로지 막막한 무력감이랄까, 철퇴로 된통 얻어맞아서 아직 살아 있는 것인지, 생각이나 하고 있는 것인지, 아니면 그저 어떤 몹쓸 악몽의 노리개로 전락한 것인지 모르는 사람이 되어 있었다.

그러면서도 뭔가 정당한 일이 벌어진 것이라는 막연한 기분이 들었다. 말하자면 절대로 자신은 사람을 죽인 게 아니라는 생각……. 그렇다. 그가 아니었다. 그의 바깥에서, 그의 통제력과 의지를 벗어난 곳에서 이루어진 일이었다. 이 해로운 짐승을 정당하게 처단한 것은 아르센 뤼팽이 아니라, 숙명, 그것도 엄정하기 이를 데 없는 숙명이었다.

어느덧 밖에서는 새들이 지저귀기 시작했다. 봄이라는 계절이 꽃봉오리를 준비하는 고목(古木) 아래로, 또다시 생명이 약동하고 있었다. 그와 더불어 뤼팽도 마비 상태에서 점점 깨어나고 있었으며, 이 가련한 여인을 향한 불가해한 감정도 서서히 누그러드는 것이었다. 끔찍하고 추악하며 극악무도한 범죄자였지만 너무도 젊고 아름다웠던 여인, 지금은 이 세상 사람이 아닌 한 여인을 향한 애틋한 감정이 말이다.

그는, 정신이 멀쩡하게 돌아왔을 때 그녀가 시달렸을 고통을 생각해 보았다. 이성이 제자리를 찾아와, 자신이 저지른 행동의 음산한 광경을 돌아보게 했을 때, 경악을 금치 못했을 그 마음을…….

"나를 보호해주세요. 난 너무도 불행한 여자랍니다!"라고 애원했지.

결국 자신을 보호해달라는 그 말은 자기 안에 똬리 튼 채 사람을 죽이라고, 언제나 죽이라고 부추기는 흉악한 본능에 저항하며 외친 말이었다.

'언제나 죽이라고?'

뤼팽은 가만히 생각해보았다.

그러자 전전날 밤 침대 머리맡까지 다가와, 벌써 몇 달 동안 자신을 귀찮게 굴고 끊임없이 가증할 죄악으로 몰아붙여 온 원수를 향해 비수를 높이 치켜들었다가, 그대로 돌아서 버린 범인의 모습이 떠오르는 것이었다. 얼마나 쉬웠던 일인데……. 바로 눈앞의 원수는 무감각하고 무기력하게 뻗어 있었지 않은가! 단 한 방이면 지긋지긋한 싸움에 종지부를 찍을 수 있었다. 하지만 결행하지 않았다. 자신의 잔혹성보다 더 강력한 어떤 감정이, 자신을 그토록 자주 압도해버린 상대를 향한 찬탄과 애정이 어우러진 모호한 감정이 그 순간 '죽이면 안 돼!' 하고 말을 했으리라.

그렇다, 그때만큼은 사람을 눈앞에 두고도 죽이지 않았다. 그리고 이제 숙명의 끔찍한 반전으로 인해, 뤼팽 자신이 그녀를 죽이고 만 것이다.

그는 머리끝에서 발끝까지 심하게 몸서리를 치며 생각했다.

'내가 사람을 죽였어. 내 이 두 손이 살아 숨 쉬는 한 인간을 제거해

버린 거야. 돌로레스를……. 아, 돌로레스를 말이야.'

그는 끊임없이 그녀의 이름, 그 고통이 깃든 이름을 되뇌었다. 그리고 이제 목이 부러진 채 길가에 나뒹구는 한 마리 작은 새나 초라한 낙엽 더미처럼, 의식도 없이 내팽개쳐진 가련하고 서글픈 살덩이에서 눈을 떼지 못하는 것이었다.

오! 그 자신은 살인자로 그녀는 희생자로 이렇게 마주하게 된 지금 이 순간, 어찌 일말의 동정심도 없이 태연할 수가 있겠는가?

"돌로레스…… 돌로레스…… 돌로레스……."

죽은 여자 곁에 주저앉아 멍한 생각에 잠긴 채, 이따금 "돌로레스…… 돌로레스……" 하며 비탄의 이름을 중얼거리는 가운데, 어느덧 날은 환하게 밝아 있었다.

아울러 꽁꽁 얼어붙었던 음산한 생각 역시 스르르 녹아내리기 시작했지만, 도무지 이제 뭘 어떻게 해야 할지, 어디서부터 어떻게 행동을 해야 할지 감이 오지 않았다.

'우선 그녀의 눈부터 편히 감겨주어야지.'

그렇다, 그녀의 황금빛 감도는 두 눈동자는 텅 빈 공허로만 가득 채워진 채, 여전히 우울하면서도 매력적인 아름다움을 드러내고 있었다. 저 눈동자가 어찌 괴물의 눈이었다고 말할 수 있으리오! 이미 돌이킬 수 없는 현실을 목격했으면서도, 뤼팽은 전혀 별개의 존재로 뇌리 깊숙이 박혀 있는 두 존재가 한 인간 안에 뒤섞여 있다는 사실을 받아들일 수가 없었다.

그는 얼른 허리를 숙여 그윽한 눈꺼풀을 내려주었고, 이불을 끌어다 경련으로 뒤틀린 얼굴을 덮어주었다.

그러고 나서야 비로소 돌로레스는 멀리 떠나고, 옆에는 검은 옷의 살인자 치장을 한 끔찍한 악인만이 남아 있다는 느낌이 들었다.

그는 용기를 내어 그녀의 몸을, 그 옷을 어루만져 보았다.

안쪽 호주머니에서 지갑 두 개가 만져졌고, 그는 얼른 그중 하나를 펼쳐보았다.

속엔 슈타인벡 영감의 서명이 담긴 다음과 같은 편지가 있었다.

만약 내가 무시무시한 비밀을 공개하기 전에 숨이 끊어질 것을 대비해, 아래의 사실들을 밝히는 바이다. 내 친구 케셀바흐의 살인범은 알텐하임의 동생이자 이질다의 언니인 돌로레스 드 말레이히, 즉 그의 아내다.

L. M.이라는 이니셜은 물론 그녀를 지칭하는 것이다. 케셀바흐는 아내와 단둘이 있을 때 고통과 애도의 의미가 담긴 돌로레스라는 이름을 결코 사용하지 않았다. 그 대신 '환희'라는 뜻의 래티시아(Laetitia)라고 불렀다. 그리고 래티시아 드 말레이히의 이니셜 두 글자, 즉 L. M.을 그녀에게 주는 모든 선물에다 새겨 넣었다. 예컨대 팔라스 호텔에서 발견된 담뱃갑 같은 선물 말이다. 그녀는 여행 중엔 담배를 피우지 않으면 안 되었던 것이다.

아, 래티시아! 그녀는 결혼 후 4년 동안 자신을 진심으로 극진히 사랑해준 사람의 죽음을 차근차근 준비하면서 철저히 거짓과 위선으로 일관하는 가운데, 꿈같은 달콤한 시간을 보냈다.

아마 내가 모든 것을 그때 즉시 까발렸어야 했을지도 모르겠다. 하지만 내 옛 친구 케셀바흐를 생각할 때마다 왠지 용기가 나지 않았다.

그리고 또한 두려웠다. 특히 법원에 끌려가 그녀의 실체를 간파했던 바로 그날, 그녀의 눈동자 속에서 나의 사형선고를 읽는 기분이었으니……

그런 나의 우유부단함이 과연 내 목숨을 살릴 수 있을까?

'그 역시 그녀 손에 살해된 거야! 그녀가 죽인 거라고! 맙소사, 그는 너무 많은 것을 알고 있었어! 이니셜과 래티시아라는 이름, 그녀의 흡연 습관까지……'

그렇게 생각하자, 지난밤 여자 방에 들어섰을 때 코를 찌르던 담배 냄새가 언뜻 기억에 떠올랐다.

그는 지갑 속을 계속해서 뒤졌다.

돌로레스와 그 일당이 음침하게 주고받았던 암호화된 쪽지들이 눈에 띄었고…….

그중에는 잡다한 주소들이 빽빽이 기입된 쪽지도 있었는데, 재봉사, 여성복 가게들뿐 아니라, 매음굴이나 수상쩍은 호텔 주소도 여럿 있었다. 그리고 이름들……. 푸주한 엑토르라지, 아르망 드 그르넬, 모모 약골 등등, 한 스물에서 서른 정도 되는 괴상한 이름들이 깨알같이 적혀 있었다.

한데 웬 사진 하나가 눈길을 덥석 붙잡는 것이었다. 그것을 찬찬히 들여다보던 뤼팽은 지갑을 떨어뜨리자마자 마치 용수철이 튕겨나가듯, 밖으로 뛰쳐나가 정원으로 내달렸다.

그 사진 속에서 현재 상테 감옥에 수감 중인 루이 드 말레이히의 얼굴을 알아보았던 것이다!

하필 그제야 사형 집행이 바로 다음 날 이루어진다는 생각이 뇌리를 스칠 게 뭐란 말인가!

이제 검은 옷을 입은 살인마의 정체가 다름 아닌 돌로레스임이 밝혀진 이상, 루이 드 말레이히의 진짜 이름은 레옹 마시에이며, 결국 결백한 사람이라는 것이 증명된 셈이다.

결백하다? 하면 황제의 편지들을 비롯해서 그의 혐의를 입증하는 모든 반박할 수 없는 증거물들이 그의 거처에서 발견되었다는 사실은 어떻게 설명해야 할까?

열에 들뜬 머리를 가누기 힘들어진 뤼팽은 잠시 뜀박질을 멈췄다.

"아! 이러다간 나도 곧 미쳐버리겠어! 하여튼 지금은 머리만 굴리고 있을 때가 아니다! 뭔가 행동을 해야만 해. 바로 내일 그가 처형된다. 내일……. 그것도 이른 새벽에 말이다."

시계를 꺼내 보았다.

"지금이 10시……. 파리까지 가려면 몇 시간이 걸릴까? 그래, 일찍 도착할 수 있겠어. 일찍 도착해야만 해. 당장 오늘 밤부터 무슨 수를 써야만 해. 하지만 무슨 수로 그의 결백을 입증한단 말인가? 어떻게 형 집행을 막을 수가 있지? 젠장! 가다 보면 좋은 수가 떠오르겠지. 내가 누군가. 천하의 뤼팽이 아닌가 말이야! 자, 어서 가자!"

그렇게 혼잣말을 중얼거리면서 그는 내처 달려 성으로 들이닥쳤다.

"피에르! 혹시 피에르 르뒥 본 사람 있소? 아, 거기 있었군그래, 자네."

피에르 르뒥을 발견하자마자 그는 얼른 한쪽 구석으로 끌고 가, 다급한 목소리로 말했다.

"내 말 잘 듣게. 지금 돌로레스는 이곳에 없네. 그래, 급한 볼일로 여행을 떠났어. 간밤에 내 자동차를 타고 떠났지. 나 역시 곧 가봐야 하네. 입 다물어! 지금 잡담이나 늘어놓을 때가 아닐세. 한시가 급한 상황이야. 자, 여기 돈이 있네. 지금으로부터 30분 이내에 이 성은 완전히 비워져야만 해. 내가 돌아올 때까지 그 누구도 성에 발을 들여놓아선 안 돼! 자네 역시 마찬가지야, 알겠지? 내가 엄중히 금지하는 것이네. 이유는 나중에 설명해주지. 아주 중대한 이유 때문이니, 일단은 내 말을 그대로 따르게. 자, 이 열쇠를 줄 테니 일단 여기서 나가, 마을에서 나를 기다리고 있게."

그러고는 다시 뛰쳐나갔다.

10분 후, 그는 옥타브를 만나 자동차에 뛰어올랐다.

"파리로 가자!"

2

그야말로 죽음을 무릅쓴 질주였다.

옥타브가 너무 운전을 얌전히 한다고 생각한 뤼팽은 자신이 핸들을 잡고 미친 듯이 돌진해 나아갔다. 간선도로는 물론 마을의 혼잡한 길에서도 그는 시속 100킬로미터의 속력을 냈다. 바로 코앞에서 난데없는 자동차가 스칠 듯 지나칠 때마다 사람들은 놀라 비명을 지르곤 했지만, 불타는 유성(流星)은 이미 저만치 지나가버린 후였다.

옥타브는 얼굴이 납빛이 되어 더듬거렸다.

"두, 두목⋯⋯. 이, 이러다가 요절나겠어요."

"자네나 자동차라면 몰라도, 난 끄떡없어!"

뤼팽이 던지듯 내뱉은 대답이었다.

그는 마치 자동차가 자신을 태우고 가는 게 아니라 자신이 자동차를 운반해가는 것처럼 느꼈고, 자신의 의지와 힘만으로 공간을 뚫고 지나가는 것으로 생각했다. 사정이 그러할진대 이 무진장한 힘과 한도 끝도 없는 의지를 막아선다는 것은 기적이 아니고선 생각할 수 없지 않겠는가?

"해내야만 하기 때문에 반드시 해내게 될 거야."

그는 핸들을 부여잡고 계속해서 그렇게 되뇌고 있었다.

813

지금 그의 머릿속엔 고집스러운 침묵과 수수께끼 같은 얼굴로 물의를 빚은 루이 드 말레이히의 운명밖엔 없었다. 만약 이 자동차가 제시간에 목적지에 도착하지 못한다면 그의 죄 없는 목숨은 덧없이 사라지고 마는 것이다. 그런가 하면 시끄러운 거리의 소음과 파도처럼 요란한 소리를 뿌려대는 가로수들, 그리고 온갖 잡념이 부글거리는 가운데에서도 뤼팽은 하나의 분명한 가설을 세우기 위해 정신을 집중하려고 애썼다. 하긴 돌로레스에 관한 끔찍한 진실과 그 광기 어린 정신이 만들어낸 모든 계략을 파헤친 이상, 비록 기가 막힐 노릇이지만, 너무도 논리적이고 확실한 하나의 가설이 차근차근 제 골격을 갖추어가고 있는 것이 사실이었다.

'그래, 말레이히를 지금 옭아매고 있는 극악무도한 계략도 바로 그녀의 작품이었어! 대체 뭘 원한 걸까? 피에르 르뒥으로 하여금 자신에게 빠지게 만든 뒤 그와 결혼해서, 자신을 쫓아냈던 꿈같은 왕국의 여왕이 되는 게 궁극적인 목표였겠지. 그리고 그 목표는 손만 뻗으면 움켜쥘 수 있을 정도로 근접해 있었고. 한데 단 하나 훼방꾼이 바로 나였을 거야. 이미 수 주에 걸쳐 끈질기게 앞길을 가로막았을 테니까. 매번 범죄가 저질러질 때마다 현장에 나타났고, 두려워할 만한 명석함을 소유한 데다, 진범을 찾아내고 황제의 사라진 편지를 되찾기 전에는 절대로 포기하지 않을 위인이라는 것을 그녀도 어렵지 않게 눈치챘겠지. 내가 그토록 사건에 집착하는 걸 보고, 그녀는 그럴듯한 범인을 아예 하나 만들어 던져주는 게 낫다고 본 거야. 루이 드 말레이히, 아니 저 레옹 마시에라는 인물을 통해서 말이지. 하면 대체 레옹 마시에라는 그 작자는 뭐지? 결혼 전부터 그녀가 알고 지내던 사람인가? 혹시 서로 연인 사이? 그럴 수도 있겠지. 하지만 이제 그걸 누가 알겠어? 확실한 건, 그녀가 레옹 마시에의 체구나 행색에서 잘하면 비슷하게 보일 수도 있

결정판 아르센 뤼팽 전집

을 거라는 점을 간파했다는 거지. 이를테면 키나 체구는 워낙 비슷하니까, 그와 똑같은 검은 옷을 입고 머리도 부하게 가발을 쓰는 식으로 말이야. 그때부터 그 고독한 사내의 기이한 생활 습관을 주시해왔겠지. 밤에 주로 나다니는 습관이랄지, 거리를 거니는 태도, 호기심을 갖고 뒤를 밟는 귀찮은 존재들을 따돌리는 방식 등등 말이야. 결국 그 모든 관찰 결과를 종합한 뒤, 만약의 사태에 대한 대비책으로, 그녀는 남편 케셀바흐를 부추겨 자신의 호적에서 돌로레스라는 이름을 지우고 그 대신 레옹 마시에의 이름 이니셜과 혼동할 만한 루이 드 말레이히라는 이름을 적어 넣게 한 거였어. 결정적인 순간이 왔고, 그녀는 서슴없이 자신의 계략을 실천에 옮겼겠지. 우선, 레옹 마시에의 거주지가 들레즈망 가이니까 패거리도 바로 인접한 거리에 둥지를 틀도록 했을 테고. 한번 수상한 냄새를 맡으면 끝까지 가고야 마는 내 성미를 알고 은근슬쩍 도미니크의 가게 주소를 흘려서, 자연스럽게 그 일당 일곱 명을 추적하게 만들었지. 그래서 바짝 달아오른 내가 급기야 그 일당의 우두머리인 검은 옷의 사나이 레옹 마시에, 즉 그녀가 조작한 루이 드 말레이히에게로 거슬러 올라가게끔 말이야. 실제로 나는 처음 일곱 명의 도적에게 먼저 관심을 쏟았지. 하긴 비뉴 가에서 있었던 그날 밤 전쟁에서 내가 일방적으로 희생되든 서로 치고받다가 양쪽 다 망하든 그녀로서는 그게 그거인 셈이었어. 두 경우 다 나를 제거하는 건 마찬가지였으니까. 하지만 결과는 전혀 딴판이었지. 내가 일곱 명 모두를 일망타진했으니까. 낭패감을 느낀 돌로레스는 얼른 비뉴 가를 벗어나 고물 장수의 창고로 달려갔지. 2차 작전이 시작된 거라고나 할까? 자기가 납치된 것처럼 꾸몄지만, 실은 나를 레옹 마시에, 즉 루이 드 말레이히에게로 유도한 거였어. 결국 나는 **그녀가 미리 그자의 거처에 놔둔 황제의 편지 묶음**을 발견하게 됐고, 그자를 사법당국에 넘겼지. 기고만장해진 나는 멍청하게도, 그녀가 만들어놓은 두 창고 사이의 통로를 고발했고, 그녀가 미리 준비해둔 증거들을 좋다고 제시했으며, 그녀가 위조해놓은 서류들을 토대로 레옹 마시에가 남의 이름을 도용했을 뿐, 원래의 정체는 다름 아닌 루이 드 말레이히라고 버젓이 주장하고 만 거야. 결국 루이 드 말레이히는 죽음을 선고받았지! 반면 돌로레스 드 말레이히는 결정적인 승리를 거머쥐었고 말이야. 범인이 붙잡혔으니, 모든 의혹이 단번에 가신 거 아니겠어? 게다가 남편과 오빠, 동생, 두 하녀와 슈타인벡이 모조리 죽었고, 성가시게 된 부하들은 내가 나서서 베베르의 손에 고스란히 넘겨주었으니, 이제 그녀의 범죄와 야욕으로 얼룩진 과거는 깨끗이 청소가 된 셈 아니겠느냐고! 이제 자기를 대신해 내세운 결백한 사람이 나 때문에 교수대에 오르기만 하면, 바야흐로 그녀 자신으로부터도 결정적으로 자유롭게 벗어나서, 앞으로는 피에르 르뒥의 사랑을 받는 백만장자, 당당한 돌로레스 여왕만이 존재하는 게 되겠지!'

거기까지 생각이 정리되자, 뤼팽은 저도 모르게 버럭 외쳤다.

"아! 그자가 절대로 죽어선 안 돼! 내 목숨을 걸고 맹세컨대, 절대로 죽어선 안 된다고!"

"조심해요, 두목! 점점 다 와가고 있어요. 이제 교외로 들어섰다고요."

옥타브는 연신 불안해하며 소리쳤다.

"그래서 뭐가 어떻다는 건가?"

"이젠 길이 제법 미끄럽단 말입니다. 이러다간 자칫 차가 전복될지도 몰라요. 한번 미끄러지면 그대로 뒤집힌단 말이에요."

"그럼 하는 수 없고."

"조, 조심하세요. 저기……."

"또 뭔가?"

"저기 모퉁이에 전차가……."

"저쪽에서 멈추라지!"

"속도를 줄이세요, 두목!"

"안 될 말씀!"

"이러다가 큰일 납니다."

"지나갈 수 있어!"

"못 지나가요."

"지나가!"

"오, 맙소사!"

꽈당 무언가 요란하게 부닥치는가 싶더니, 비명이 솟구치고, 전차 옆구리를 들이받은 자동차는 옆의 방책으로 밀려나면서 한 10여 미터에 걸쳐 판자를 무너뜨리고는, 급기야 비탈 모퉁이에 곤두박질치고 말았다.

그러나 비탈의 잡초 더미에 축 늘어져 있으면서도 뤼팽은 악착같이 고래고래 소리를 지르면서 지나가는 택시를 부르고 있었다.

"여보시오, 운전기사 양반! 그 차 좀 탈 수 있겠소?"

마침내 그는 가까스로 일어나 형편없이 망가진 자동차와 쓰러져 나뒹군 옥타브의 주위로 몰려드는 사람들을 한번 힐끗 돌아보더니, 멈춰 선 택시로 냉큼 올라타 이러는 것이었다.

"보보 광장, 내무부 청사로 갑시다. 팁으로 20프랑 주겠소. 아, 큰일이로군. 그 *사람*은 절대로 죽어선 안 돼! 절대로 안 되고말고. 내 양심이 허락지 않아! 더 이상 그 여자의 노리갯감이 될 순 없어. 풋내기처럼 그따위 함정에 걸려들 수는 없다고. 여기서 모든 걸 멈춰야 해! 더 이상 실수는 안 된다고! 그 불쌍한 친구는 순전히 나 때문에……. 나 때문에 사형을 당하는 거야. 내가 직접 그를 교수대에 떠다민 거나 다름없어. 절대로 이대로 둘 수는 없어! 절대로 안 돼! 만약 그가 어떻게 되면, 난

머리에 총알을 박고 죽어버릴 테야!"

어느덧 자동차는 파리 외곽의 관문에 접근하고 있었다. 그는 운전석으로 고개를 들이밀며 다급하게 소리쳤다.

"20프랑을 더 주겠소! 멈추지 말고 계속 달리시오!"

그러고는 입시세관 앞에서 이렇게 외쳤다.

"치안 업무 수행 중이오!"

차는 그대로 쏜살같이 지나쳤다.

"속도를 늦추지 마시오! 이런 제기랄! 좀 더 빨리 달릴 순 없소? 더 빨리요, 빨리! 저 할망구들을 칠까 봐 걱정이오? 그대로 밀어붙여요! 값은 내가 쳐주리다!"

그런 식으로 눈 깜짝할 새에 보보 광장에 다다랐다.

뤼팽은 성큼성큼 안마당을 가로질러 정면의 중앙 계단을 달려 올라갔다. 대기실엔 사람들이 북적댔는데, 그는 방문 신청서에 '세르닌 공작'이라고 휘갈겨 쓴 다음, 다짜고짜 경비원을 구석으로 밀어붙이며 이렇게 말했다.

"나는 뤼팽이다. 날 알아보겠지? 이 자리 내가 마련해준 거 잊진 않았겠지? 어때 이만하면 안락한 자리 아닌가? 자넨 날 곧장 들여보내 주기만 하면 되는 거야! 내 이름을 전해주게. 바라는 건 그게 전부야. 총리도 자넬 치하할 걸세. 믿어도 좋아. 나 역시 그럴 거고. 자, 어서 서둘러, 이 멍청아! 발랑글레가 날 기다리고 있단 말이야."

아니나 다를까, 10초 후, 발랑글레 자신이 직접 집무실 문을 열고 말했다.

"'공작'을 들여보내게."

뤼팽은 후다닥 안으로 들이닥친 뒤 문을 거칠게 닫고 단도직입적으로 내뱉었다.

"긴말할 것 없습니다. 이제 와 날 체포할 순 없을 거요. 그래봤자 당신만 실각(失閣)할 테고, 황제도 욕보이는 걸 테니. 그럴 순 없지요. 아무튼 문젠 그게 아니라…… 말레이히는 결백하오! 진범을 찾아냈어요. 범인은 돌로레스 케셀바흐입니다! 그녀는 죽었습니다. 시체가 그대로 있습니다. 움직일 수 없는 명백한 증거도 있어요. 의혹의 여지가 없습니다. 모든 게 그녀 소행이었소."

그는 문득 말을 멈췄다. 도무지 무슨 영문인지 몰라 멍하니 자신만 쳐다보는 발랑글레의 얼굴이 걸렸던 것이다.

"이것 보십시오, 총리 각하. 말레이히의 생명을 구해야 한단 말입니다. 생각 좀 해보세요. 이건 사법부의 엄청난 실수란 말입니다! 무고한 사람의 목이 달아나는 문제입니다. 당장 명령을 내리세요. 추가로 증거 조사를 지시하든지요. 뭐, 그런 거 있지 않습니까? 아무튼 시간이 급합니다. 서둘러야 해요!"

발랑글레는 호들갑을 떠는 뤼팽을 한동안 골똘히 바라보더니, 탁자로 가 신문 한 장을 집어 들고 손가락으로 어느 기사를 가리키며 내밀었다.

뤼팽은 제목부터 힐끗 본 다음 읽어 내려갔다.

천인공노할 괴물 처형되다.
오늘 아침 루이 드 말레이히는 극형에 처해졌다…….

그는 차마 더 이상 읽지 못했다. 완전히 탈진한 그는 절망의 신음을 내뱉으며 안락의자에 힘없이 주저앉았다.

얼마나 그러고 있었을까? 막상 밖으로 나왔을 때, 뭐라 할 말이 없었

813

다. 기나긴 침묵이 흐른 것 같았고, 언뜻 눈을 들었을 땐, 발랑글레가 잔뜩 몸을 숙인 채 차가운 물을 조금씩 뿌려주고 있었던 것 같다. 무엇보다 이렇게 속삭이는 총리의 나지막한 목소리가 귓가에 맴돌았다.

"잘 들으시오. 지금 그 얘기는 절대로 입 밖에 내서는 안 됩니다, 알겠소? 그야 결백할 수도 있겠죠. 그걸 부인하자는 게 아닙니다. 하지만 이제 와서 폭로한다면 무슨 소용이겠소? 굳이 말썽 일으킬 일 있소? 사법부의 그 같은 실수는 자칫 엄청난 파장을 몰고 올지도 모르는 일이오. 과연 그럴 필요가 있을까요? 사후 명예 회복이라도 할까요? 뭐하러 그런답니까? 그는 자신의 이름으로 처형당한 것도 아니잖소? 대중의 증오에 내던져진 건 어디까지나 말레이히라는 이름이오. 정확히 범인의 이름 말이오. 그럼 됐지, 뭘 더 바랍니까?"

그렇게 뤼팽은 문가로 조금씩, 조금씩 떠밀려 나가고 있었다. 또 이런 얘기도 있었다.

"자, 이제 그만 돌아가시오. 시체를 어서 치우시오. 아무 흔적도 남기지 않는 겁니다. 아셨소? 이제 이 사건에 관해선 아무런 흔적도 남아 있지 않은 거예요. 당신을 믿어도 되겠죠?"

뤼팽은 그렇게 물러났다, 마치 자동인형처럼 사람들이 이끌고 내모는 대로. 하긴 자신 안에 그 어떠한 의지도 남아 있지 않은 상태였으니……

그는 몇 시간 동안이나 역에서 시간을 때웠다. 기계적으로 허기를 때웠고, 표를 끊었으며, 열차 칸에 자리를 잡았다.

선잠이 들긴 했는데, 워낙 머리가 달아오른 상태라, 계속해서 악몽에 시달리고 중간중간 잠이 깼다. 그럴 때마다 그는 도대체 왜 마시에가 자신을 변호하지 않았는지 곰곰이 생각하는 것이었다.

'미쳤던 게 분명해. 반쯤 미쳤던 거야. 아마 옛날에 알던 여자였겠지. 그녀 때문에 점점 인생이 중독되어갔을 테고. 그녀가 그의 삶을 망가뜨린 거야. 살아도 산목숨이 아니었겠지. 그렇지 않다면 왜 그대로 당하고 있었겠어?'

하지만 그 정도 설명으로는 반도 만족할 수 없었다. 그는 언젠가 이 수수께끼도 속 시원히 풀어내서, 돌로레스의 삶에서 마시에가 차지한 역할이 정확히 무엇인지 알아내고야 말겠다고 다짐했다. 하지만 당장에야 아무려면 어떤가! 분명하게 말할 수 있는 것은 단 한 가지! 마시에의 정신이 정상이 아니라는 사실이다. 그는 고집스럽게 중얼거렸다.

"그는 미쳤어. 그 마시에라는 작자는 분명 미쳤던 거라고. 아마 마시에 가문 모두가 정신이상이었을지도 몰라."

그러더니 머릿속이 아찔해질 때까지 마시에라는 성을 가진 모든 이름을 생각나는 대로 마구 주워섬기는 것이었다.

하지만 그것도 브루겐 역에 도착하자마자 상쾌한 아침 공기 덕분인지 말끔히 진정되었고, 다시금 명쾌한 의식이 고개를 들었다. 갑자기 모든 상황이 전혀 다른 각도로 다가오는 것이었다. 그는 이렇게 외쳤다.

"뭐, 하는 수 없지! 그는 항소를 하기만 했어도 됐어. 나는 아무런 책임이 없는 거야. 자기 스스로 목숨을 버린 거나 다름없어. 그는 스스로 이 사건의 단역을 자초한 셈이야. 그는 죽었어. 물론 유감이지만…….어쩌겠느냐고!"

또다시 행동을 향한 욕구가 그를 사로잡았다. 스스로 연출한 꼴이 되고 만 이 어처구니없는 사고로 비록 마음은 괴롭고 타격은 입었지만, 어느새 미래가 저만치 펼쳐지고 있었던 것이다.

"전투를 하다 보면 늘 있을 수 있는 일이지. 더 이상 생각하지 말자.

아무것도 망친 건 없어. 오히려 그 반대라고! 어처구니없게도 피에르 르뒥이 사랑했으니, 돌로레스는 그저 암초쯤으로 치부해두자. 이젠 그녀도 죽었어. 그러니 피에르는 다시 나한테 돌아올 수밖에 없게 된 셈이지. 당연히 내가 정해준 대로 주느비에브와 결혼할 거고! 그러고 나서 그는 대공령을 접수해 통치하게 될 거야! 결국 주인은 나지만 말이야! 아, 유럽……. 유럽이 내 손안에 들어오는 거라고!"

다시금 자신감을 회복해 쾌활해진 그는 열에 들뜬 채, 승리를 구가하며 세상을 호령하는 상상의 지휘검(指揮劍)을 뽑아 들고 이리저리 요란하게 휘두르면서 길을 걸어갔다.

"뤼팽, 너는 왕이 될 거야! 왕이 될 거라고, 아르센 뤼팽!"

브루겐 마을로 들어서자마자 그는 여지저기 수소문을 해서, 피에르 르뒥이 바로 전날 점심 식사를 했다는 여인숙을 찾아냈다. 한데 그 후로는 당최 그를 못 봤다는 것이다.

"아니 그럼, 여기서 잠은 안 잤다는 말입니까?"

"네."

"점심을 먹고 나서 어디로 가던가요?"

"성 쪽으로 가던데요."

뤼팽은 당혹한 마음에 서둘러 발길을 옮겼다. 분명 하인을 죄다 내보낸 다음, 성문을 잠그고 절대로 돌아가지 말라고 일렀거늘…….

아니나 다를까, 피에르 르뒥이 노골적으로 지시를 어겼다는 증거가 바로 눈앞에 드러났다. 성의 철책 문이 활짝 열려 있었던 것이다.

그는 지체 없이 쫓아 들어가 성을 쏘다니며 젊은이를 불러댔다. 묵묵부답이었다.

순간, 별채 생각이 뇌리를 스쳤다. 과연 그럴지도 몰랐다! 사랑하는 연인이 걱정되다 못해, 직감이 끌리는 대로 별채 쪽을 찾아보려는 생각을 충분히 할 수도 있었던 것이다. 돌로레스의 시체가 반듯하게 누워 있는 그곳을 말이다!

가슴이 철렁한 뤼팽은 후닥닥 달리기 시작했다.

언뜻 느낌에 별채에 사람이 있는 것 같지는 않았다.

"피에르! 피에르, 어디 있나?"

아무 소리도 없기에, 그는 현관을 거쳐 곧장 자기 방으로 들이닥쳤다.

다음 순간, 그는 못 박힌 듯 문턱에 멈춰 서고 말았다.

돌로레스의 시체 바로 위에서 목을 매단 피에르 르뒥의 몸뚱어리가 흔들거리고 있었던 것이다!

3

뤼팽은 머리에서 발끝까지 악착같이 힘을 주었다. 죽어도 더는 절망의 몸부림에 자신을 내맡기고 싶지 않았다. 자제력을 잃은 그 어떠한 말 한마디도 입 밖에 흘리는 것을 원치 않았다. 운명의 가혹한 매맛을 숱하게 맛보고 난 지금, 돌로레스의 극악무도한 범죄행각과 죽음을 속속들이 목격하고 마시에까지 무고하게 처형당한 지금, 그토록 정신없이 몰아닥친 격변과 파국을 가까스로 헤치고 나온 지금, 그는 자기 몸 하나만은 어떻게든 통제해야 한다는 절박한 필요성을 실감하고 있었던 것이다. 만약 여기서 잠깐 정신을 놓으면 한꺼번에 영영 허물어지고 말리라.

"바보…… 천치 같은 놈! 좀 더 기다릴 수는 없었느냐? 10년이 채 지나지 않아 알자스로렌을 되찾을 수 있었을 텐데……."

그는 피에르 르뒥을 향해 주먹을 휘둘러대며 소리쳤다.

엉망이 된 기분을 가까스로 돌려보려고 뭔가 할 말을 찾고 행동을 모색해봤지만, 자꾸만 생각이 비껴가는 게, 머리가 터질 지경이었다.

"아! 아니야. 이런 건 정말이지 질색이라고! 이 천하의 뤼팽도 점점 미쳐가는가 보군! 아, 안 돼, 이 친구야! 차라리 네 머리에 총알이라도 박아놔 보렴! 결국 그 방법밖에는 없겠어. 이런…… 뤼팽이 드디어 노망이라도 난 건가. 안 되지. 곱게, 곱게 늙어야 해."

그는 흡사 미친 흉내를 내는 배우들이 하듯, 무릎을 번쩍번쩍 치켜들면서 쿵쾅쿵쾅 주위를 걸어 다녔다. 그러면서 연신 이렇게 뇌까리는 것이었다.

"그래, 기죽을 것 없어! 어디 실컷 뻗대보자고! 신들이 너를 바라보고 있다! 고개를 빳빳이 치켜들고! 아랫배에 힘을 주고! 가슴팍도 척 내밀어 봐! 그렇지! 까짓, 네 주변 모든 게 몽땅 허물어지라지! 그래서 널 아주 망쳐놓겠다고? 천재지변이라도 일어나 왕국이 물에 가라앉고 유럽을 모조리 잃게 될 거라고? 전 세계가 신기루처럼 사라져버려? 그래서 뭐가 어쨌다는 거냐? 실컷 놀아보라지! 좋다, 뤼팽! 넌 실패했다. 어쩔 테냐! 실컷 해보라고 해! 겨우 요 정도냐? 아주 잘됐어. 거참 재미있구나! 이봐, 돌로레스, 담배 한 대만!"

그는 실실 웃으면서 허리를 숙여 죽은 여자의 얼굴을 슬쩍 건드렸다. 그러고는 휘청하더니 그대로 의식을 잃고 쓰러지는 것이었다.

한 시간 정도 지나서야 정신이 들었다. 발작은 그렇게 지나갔고, 긴장이 이완될 대로 이완된 그는 서서히 정신을 추스르면서 진지하고 과묵한 자세로 상황을 점검하기 시작했다.

지금이야말로 결정적인 단안(斷案)을 내릴 때라는 것을 뤼팽은 직감했다. 불과 며칠 사이, 승리를 장담하는 바로 그 순간마저 전혀 예기치 못한 재앙이 연거푸 덮치는 가운데, 그의 전 인생은 깔끔하게 풍비박산

난 상태……. 이제 무얼 어떻게 하랴? 모든 걸 다시 시작할까? 다시 모든 걸 일으켜 세워? 당최 그럴 용기가 나지 않는다. 그렇다면?

오전 내내 그는 정원을 거닐었다. 지극히 세세한 부분까지 현재 처한 상황이 적나라한 모습을 드러냈고, 결국 피할 수 없는 죽음에 대한 생각만이 머릿속에 출몰하는, 정말이지 비장한 산책이었다.

하지만 죽든 살든, 마무리를 지어야 할 일련의 간단명료한 숙제들이 여전히 뤼팽의 손길을 기다리고 있었다. 그것들은, 문득 머릿속의 평정을 되찾자마자 뤼팽의 시야에 선명하게 고개를 내밀었다.

멀리 읍내 교회의 종소리가 정오의 삼종기도 시간을 알렸다.

"빈틈없이 처리해야겠지."

뤼팽은 그렇게 중얼거리면서 별채로 발길을 돌렸다. 그는 지극히 침착한 태도로 나무 걸상을 딛고 피에르 르둑의 목을 매달고 있는 줄을 끊었다.

"가련한 녀석……. 결국 이렇게 대마로 만든 질긴 넥타이에 목이나 매달고 끝날 인생이었어. 아뿔싸! 애당초 위대함과는 거리가 먼 종자(種子)인 것을……. 내가 미리 내다봤어야 하는 건데. 이따위 운율이나 가지고 노는 녀석에게 내 운(運)을 맡기는 게 아니었는데……."

젊은이의 옷을 뒤져보았지만 아무것도 나오는 것은 없었다. 한데 문득 그대로 놔둔 돌로레스의 다른 지갑 하나가 생각나는 것이었다.

얼른 그것을 빼 든 뤼팽은 흠칫 놀랐다. 지갑 속에는 어딘지 필체가 낯설지 않은 여러 장의 편지 묶음이 들어 있었던 것이다.

"황제의 편지잖아! 늙은 수상(비스마르크를 말함—옮긴이)에게 보내는 편지야. 레옹 마시에의 거처에서 몽땅 가져다가 발데마르 백작에게 넘긴 편지가 어떻게 여기 있는 거지? 그 멍청한 백작한테서 다시 빼앗아 온 걸까?"

813

뤼팽은 불현듯 이마를 치며 이렇게 소리쳤다.

"아니야, 멍청이는 바로 나였어! 이 편지들이 진짜였다고! 적당한 때가 오면 황제를 직접 농락하기 위해 진짜 편지들을 빼돌렸던 거야. 내가 넘긴 편지들은 틀림없이 그녀 자신이나 공범이 위조해서 일부러 내 손이 닿을 만한 곳에 놔둔 거고 말이야. 이런, 바보처럼 속아 넘어가다니! 빌어먹을, 여자들이란……."

편지를 빼고 나니 딱딱한 판지 하나만 덩그러니 남았는데, 소형 사진첩이었다.

"두 장이 들어 있군. 마시에와 나야. 분명 가장 사랑했던 두 사람이겠군. 나를 사랑했던 거야. 별 괴이한 사랑도 다 보겠어. 나처럼 당당한 협객에게 보내는 일종의 찬사 어린 애정인가 보지? 혼내주려고 고용한 일곱 명의 덩치들을 오히려 단숨에 궤멸시켜버린 남자를 향한 병적인 애정이랄까. 참으로 이상한 사랑이 아닌가! 하긴 전에 나의 원대한 권력의 꿈을 그 앞에서 설파했을 때, 그녀 안에서 야릇한 감정이 파닥거리는 걸 나도 느꼈지. 그때는 진짜로 피에르 르뒥을 버리고 모든 꿈과 야망을 내게 바치려는 생각이 있었던 거야. 만약 내가 그 손거울만 못보고 지나쳤다면, 완전히 내게 기울 뻔한 셈이지. 하지만 거울 때문에 덜컥 겁이 났던 거야. 내가 진실을 눈치채버렸으니까. 자신이 살기 위해서는 나의 죽음이 불가피했고, 결국 그녀는 마지못해 결정을 내렸던 거라고."

그는 깊은 생각에 잠겨 이렇게 되뇌고 있었다.

"어쨌든 그녀는 날 사랑했어. 그래, 다른 여자들과 마찬가지로 나를 사랑했던 거야. 내가 항상 불행만을 안겨다 준 다른 여자들처럼 말이야. 아, 나를 사랑했던 여자들은 모조리 죽었지. 이젠 이 여자도 죽었어. 그것도 내 손에 목이 졸려서. 이런 내가 살아 무엇할까?"

나지막한 목소리로 그는 계속 중얼거렸다.

"살아서 무엇하지? 나를 사랑했던 모든 여자에게 나 역시 돌아가는 게 낫지 않을까? 사랑 때문에 목숨을 잃었던 여자들 말이야. 소냐, 레몽드(『기암성』참조—옮긴이), 클로틸드 데스탕주, 미스 클라크(그녀는 『813』의 연재가 시작된 후, 1910년 샤틀레 극장에서 공연된「아르센 뤼팽 대 에를록 숄메스(셜록 홈스)」라는 연극에 등장하는 여인으로, 훗날 가필하는 과정에서 이곳에 추가된 것임—옮긴이)……."

그는 두 구의 시체를 나란히 놓고 같은 이불로 덮은 뒤, 탁자에 앉아 뭔가 끄적이기 시작했다.

나는 모든 승리를 거머쥐었고 곧 패배했다.

목적을 이뤘으며 이내 몰락했다.

운명은 내게 너무도 가혹했다.

사랑하는 여인은 이제 이 세상 사람이 아니다.

고로 나 역시 죽는다.

그리고 서명.

아르센 뤼팽

그는 편지를 봉한 다음 유리병 안에 밀어 넣고 창문 밖 화단의 부드러운 흙에 던졌다.

그다음, 오래된 신문 더미와 짚단, 주방에서 긁어온 불쏘시개를 잔뜩 모아다가 바닥에 쌓아놓았다.

마지막으로 그 위에 휘발유를 골고루 뿌렸다.

성냥불을 켠 뒤 불쏘시개 위에 던졌다.

불길이 확 솟구쳤고, 그에 연달아 강렬한 불꽃들이 여기저기서 파닥거리며 솟아올랐다.

"자, 그만 떠나자. 이 별채는 온통 목재로 지어졌지. 마치 성냥처럼 잘 탈 거야. 마을 사람들이 몰려온다 해도, 철책 문을 부수고 이 정원 구석까지 달려오려면 꽤나 시간이 걸릴걸. 때는 이미 늦은 거지! 그저 잿더미 속에서 시커멓게 그은 몸뚱어리 둘하고 근처에 나뒹구는 병 속에서 내 사망 통지문이나 발견하겠지. 잘 가게, 아르센 뤼팽! 사람들아, 장례식 없이 그저 날 묻어나 주오. 가난한 사람들을 위한 작은 영구 마차 한 대나 배려해주게. 뿌려줄 꽃도 화환도 필요 없다네. 그저 소박한 십자가 하나면 족하이, 이런 비문 하나하고."

협객, 아르센 뤼팽
이곳에 잠들다.

밖으로 나가 홀연히 담을 뛰어넘다 말고 그는 힐끗 뒤를 돌아보았다. 거센 화염이 하늘을 향해 용틀임을 하고 있었다.

가슴에 절망을 한 아름 안고 운명에 완전히 기가 꺾인 채, 그는 터벅터벅 파리를 향해 걸어갔다.

촌부들은 그가 변변치 않은 식사 값으로 30수(1수는 5상팀이므로, 30수는 1프랑 50상팀에 해당함—옮긴이)짜리 은행권 지폐를 스스럼없이 내놓은 것을 보고 눈이 휘둥그레졌다.

어느 날 밤엔 노상강도 셋이 숲 속에서 덮쳤지만, 오히려 몽둥이 하나로 치도곤만 맞았을 뿐이었다.

그는 어느 한 여인숙에서 일주일을 보냈다. 어디로 가야 할지, 무엇을 해야 할지……. 아무런 생각도 떠오르지 않았다. 더 이상 집착할 무엇이 있단 말인가? 사는 것이 지겨울 뿐이었다. 더는 살고 싶지 않았다. 더는 살고 싶지가 않았다.

"아니, 네가!"

마담 에르느몽은 가르세의 별장 어느 한 작은 방에 느닷없이 나타난 남자를 눈이 휘둥그레 바라보며 소리쳤다. 그녀의 얼굴은 금세 납빛으로 변했고, 온몸을 부들부들 떨었다.

뤼팽이……. 뤼팽이 나타난 것이다!

"너, 너는……. 하지만 신문에선……."

그는 씁쓸한 미소를 지었다.

"네, 나는 죽었지요."

"그래……. 그런데……."

"죽었으면서 여긴 또 무슨 볼일이 있느냐는 거지요? 믿어주세요. 중요한 일이 있어서 왔습니다, 빅투아르."

"세상에……. 몰골이 그게 뭐니?"

노파는 딱해서 못 보겠다는 표정으로 중얼거렸다.

"몇 가지 안 좋은 일이 있었어요. 하지만 다 끝났어요. 그건 그렇고……. 주느비에브 있나요?"

그녀는 다짜고짜 펄쩍 뛰며 이렇게 말했다.

"그 애를 내버려둘 거지? 아, 이번만큼은 절대로 용납 못한다. 이곳에 돌아왔을 때만 해도 얼마나 초췌한 상태였는지……. 애가 파리한 게, 불안에 떨며 어쩔 줄 몰라 하더구나. 이제야 겨우 안색도 회복돼가고 있어. 그 애를 내버려둬야 한다, 알겠니?"

861

뤼팽은 호들갑을 떠는 노파의 어깨 위에 무겁게 손을 얹으며 또박또
박 말했다.

"내가 원해요. 알아듣겠어요? 내가 그 애와 얘기하기를 원한단 말입
니다."

"안 된다."

"얘기할 거예요."

"안 돼."

그는 노파를 한쪽으로 떠다밀었고, 노파는 몸을 추스르며 다시금 팔
짱을 낀 채 가로막았다.

"차라리 나를 밟고 건너가거라. 그 애의 행복은 다른 어느 곳도 아닌
바로 이곳에 있다. 네 그 돈과 명예에 관한 부질없는 생각이 그 애를 불
행하게 만들 거야. 절대로 그건 용납 못해. 네 그 피에르 르뒥이라는 인
간, 그래 어떻게 됐느냐? 너의 그 펠덴츠는 또 어떻고? 대공비 주느비
에브라더니! 넌 제정신이 아니야. 그건 그 애의 삶이 아니란 말이다. 아
직도 모르겠니? 네 안에는 온통 너 자신 생각밖에는 없어. 네가 원하는
것은 너 자신의 권력과 재산뿐이다. 너는 그 애를 우롱할 뿐이야. 대체
너의 그 대공인가 뭔가 하는 불한당을 그 애가 조금이라도 사랑하는지
물어본 적이나 있니? 그 애가 누군가를 사랑하는지 물어본 적이 있어?
아닐 거야. 너는 오로지 너 자신의 목표만을 위해 줄기차게 걸어왔고
그게 다였다. 주느비에브는 상처를 입건 말건, 그 애의 나머지 인생을
온통 불행에 빠뜨리면서까지 말이다. 이제 더는 안 된다. 그 애에게 필
요한 건 소박하고도 정직한 삶이야. 넌 그런 걸 그 애에게 가져다줄 수
없어. 대체 이곳에 뭐하러 온 거냐?"

그는 언뜻 흔들리는 듯하면서도, 나지막한 목소리에 엄청난 슬픔을
담아 이렇게 중얼거렸다.

"그 애를 더는 못 본다는 건 도저히 상상할 수 없는 일입니다. 그 애와 얘기도 나누지 못한다는 건 있을 수 없는 일이에요."

"그 애는 네가 죽은 줄 알고 있다."

"그건 안 됩니다! 그럴 순 없어요! 그 애가 진실을 알기를 바라요. 그 애마저 나를 이 세상에 없는 사람으로 알 거라고 생각하면 미치도록 괴롭습니다. 그 애를 데려다주세요, 빅투아르."

어쩌나 애처롭고도 부드럽게 말을 하는지, 노파는 다소 마음이 누그러지는 모양이었다.

"좋다. 그럼 먼저 이것부터 알자꾸나. 그 애를 만나고 안 만나고는 네가 무슨 말을 할 것인지에 달렸다. 어디 솔직하게 말해보려무나. 주느비에브에게서 대체 뭘 원하는 거니?"

그는 더없이 진지하게 대답했다.

"이렇게 말할 겁니다. '주느비에브, 난 네 엄마에게 약속했단다. 부와 권력과 동화 같은 삶을 선사해주겠노라고. 그래서 그 목표가 달성되면 네게서 그리 멀리 떨어지지 않은 곳에 자그마한 자리 하나만 허락해달라고 부탁할 참이었단다. 네가 행복해지고 부자가 되면 내가 누구였고, 또 누구인지는 다 잊어도 그만이라고 생각했지. 한데 불행히도 운명이 나보다 더 강하더구나. 네게 권력도 부도 안겨주지 못했으니 말이다. 아무것도 준 게 없지. 그래서 이제는 내가 널 필요로 하게 되었구나. 주느비에브, 날 도와줄 수 있겠니?'"

노파는 여전히 근심스러운 표정을 풀지 않았다.

"무얼 도와달라는 거냐?"

"살 수 있도록……."

"오! 그렇게까지…… 가엾은 내 아기……."

뤼팽은 짐짓 괴로운 척일랑은 하나도 하지 않고 단순하게 말했다.

"네, 그렇게 됐습니다. 최근에 세 명이 목숨을 잃었답니다. 모두 다 내 이 손 때문에 저세상으로 가버렸지요. 그 기억의 짐이 내겐 너무도 무겁습니다. 나는 혼자예요. 내 인생 처음으로 남의 도움이 필요합니다. 주느비에브라면 나도 도움을 청할 권리가 있다고 생각해요. 그 애 역시 내 청을 들어줄 의무가 있는 것 아닙니까?"

"다 끝났구나."

노파는 파르르 떠는 창백한 안색으로 입을 다물었다. 그녀의 가슴속에선, 그 옛날 자신의 젖으로 배불리 먹여 키웠던 사람에 대한 애정이 다시금 고개를 들기 시작하고 있었다. 아무리 뭐라 해도 뤼팽은 그녀에게 여전히 '내 아기'였던 것이다. 그녀는 조용히 물었다.

"그 애를 어떻게 할 거니?"

"여행을 할까 합니다. 당신도 함께요. 원한다면 말이지만."

"하지만 넌 잊고 있어. 잊고 있다고."

"뭘 말입니까?"

"너의 과거 말이다."

"그 애도 잊을 거예요. 그 애도 내가 더 이상 그런 사람이 아니고, 그럴 수도 없다는 걸 이해할 겁니다."

"그럼, 진정 너는 그 애가 너의 인생, 뤼팽의 인생을 함께하길 바라는 거니?"

"앞으로 나의 인생은 그 애가 행복하게 되고, 자신의 뜻에 따라 좋은 사람과 결혼하게끔 만들어주는 데 온통 바쳐질 것입니다. 이 세상 어느 한적한 곳을 골라 정착할 거예요. 둘이 힘을 모아 함께 이 세상을 헤쳐 나갈 겁니다. 내가 그럴 수 있다는 건 당신도 잘 알 겁니다."

노파는 여전히 뤼팽의 두 눈을 똑바로 응시하며 천천히 되뇌었다.

"그럼, 진정 너는 그 애가 뤼팽의 인생을 함께하길 바라는 거니?"

그는 아주 지극히 짧은 순간 주저하는가 싶더니, 단호한 말투로 대답했다.

"네, 그렇습니다. 그러길 원해요. 그것이 나의 권리입니다."

"그 애가 그토록 헌신해온 이곳 아이들을 모두 떠나고, 그토록 그 애한테 절실하고 또 좋아했던 이 일을 그만두면서까지?"

"네, 원합니다. 그렇게 하는 게 또한 그 애의 의무예요."

노파는 그제야 창문을 열어젖히며 말했다.

"정 그렇다면 그 애를 불러라!"

주느비에브는 정원의 벤치 위에 앉아 있었고, 여자아이 넷이 달라붙어 있었다. 다른 아이들은 여기저기서 뛰어다니며 놀고 있었다.

그는 그녀의 얼굴을 찬찬히 바라보았다. 진지하면서도 웃음을 머금은 눈동자였다. 그녀는 손에 꽃가지를 들고 잎사귀를 하나씩 떼면서 호기심에 눈을 반짝이는 아이들에게 그에 맞는 얘기를 차근차근 들려주고 있었다. 이야기가 끝날 때마다 그녀는 뭔가 질문했고, 앙증맞은 대답이 나올 때마다 입맞춤으로 보상을 해주었다.

그런 그녀의 모습을 멀찌감치 바라보는 뤼팽의 마음은 한없는 고뇌와 터질 듯한 감정으로 소용돌이치고 있었다. 그가 잊고 있던 어떤 감정이 누룩처럼 발효하고 있었다. 문득 그 어여쁜 소녀를 가슴에 꼭 껴안고 부드럽게 입맞춤을 해주면서 애정과 존중을 표하고 싶었다. 그렇다, 그 옛날, 아스프르몽의 어느 작은 고을에서 고통 속에 죽어간 그녀의 엄마가 생각났던 것이다.

"부르지 않고 뭐하니?"

빅투아르가 다그쳐 물었다.

그는 그만 안락의자 속에 쓰러지듯 주저앉으며 이렇게 더듬거렸다.

"그럴 수가 없군요. 할 수가 없습니다. 그럴 권리가 없어요. 그럴 순 없습니다. 날 죽은 걸로 알게 두세요. 차라리 그게 낫겠습니다."

그는 어깨까지 들썩이며 울기 시작했다. 가슴속 애틋한 감정이 복받쳐 오르는가 싶더니, 엄청난 절망감과 함께 고개가 푹 떨구어졌다. 마치 봉오리를 열자마자 시들고 마는 철 늦은 꽃송이처럼……

노파는 그 앞에 무릎을 꿇고 떨리는 목소리로 이렇게 말했다.

"네 딸이었구나. 그렇지?"

"네, 내 딸입니다."

"오! 내 아기…… 내 가엾은 아기야."

노파는 눈물을 흘리고 있었다.

에필로그 : 자살

1

"말에 올라라!"

황제가 소리쳤다.

한데 금세 대령한 당당한 체구의 당나귀를 보자 당장 이러는 것이 었다.

"당나귀로군! 발데마르, 이 짐승, 온순한 거 확실한가?"

"저만큼 온순하다고 자신합니다, 폐하."

백작은 확고한 어조로 대답했다.

"그렇다면 안심이군."

황제는 씽긋 웃으며 말했다.

그리고 수행 장교들을 돌아보며 다시 소리쳤다.

"귀관들, 말에 올라라!"

카프리(이탈리아의 나폴리 만에 위치한 섬—옮긴이)의 마을 광장에는 이탈리아 헌병대가 둘러싼 가운데 군중이 모여 있었고, 그 중앙에는 이 환상적인 섬에 대한 황제의 방문을 위해 일부러 징발된 그 지역 토종 당나귀들이 집합해 있었다.

황제는 대열의 선두로 나서면서 말했다.

"발데마르, 어디부터 시작하는 건가?"

"티베리우스(BC 42~AD 37. '은둔의 황제'로 유명한 로마의 폭군. 카프리 섬에 은거지를 정하고 공포정치를 단행함—옮긴이)의 별장부터입니다, 폐하."

마을의 관문을 벗어나자마자 대열은 섬의 동쪽 갑(岬)을 향해 차츰 비탈을 이루는 거친 길을 따라 올라갔다.

황제는 공연히 심사가 뒤틀리는지, 양쪽 발바닥이 땅에 끌릴 정도로 덩치가 커서 애꿎은 당나귀를 거의 깔아뭉개다시피 하고 있는 백작을 이리저리 놀려댔다.

한 45분 정도 지났을까. '티베리우스의 절벽'이라고 불리는 깎아지른 암벽에 다다랐다. 높이가 300여 미터인 그곳은 그 옛날 폭군이 자신의 눈 밖에 난 희생자들을 바다로 추락시켜 처형을 일삼던 장소였다.

황제는 난간에 가까이 다가가 저 아래 현기증 나는 심연을 힐끗 내려다보았다. 그런 다음, 티베리우스의 별장 유적지까지 걸어서 가 그곳의 방들과 허물어진 복도들을 이리저리 거닐었다.

문득 그는 걸음을 멈추었다.

소렌토의 해각(海角)과 카프리 섬의 전경을 아우르는 장대한 경관이 그의 시선을 붙들었던 것이다. 만의 굴곡을 선명하게 드러내는 바다의 강렬한 푸른빛이며, 레몬 나무 향기에 뒤섞이는 상쾌한 바다 내음이 그야말로 황홀의 극치를 달리고 있었다.

발데마르가 조심스레 아뢰었다.

"폐하, 정상에 있는 '은자의 예배당'도 대단한 볼거리입니다."

"어디 가보지."

마침 저만치 가파른 오솔길을 바로 그 '은자'가 걸어 내려오고 있었다. 구부정한 허리에다 걸음걸이가 몹시도 주춤주춤한 노인이었다. 그의 팔에는 여행객들마다 흔하디흔한 소감을 적어놓은 방명록이 들려있었다.

노인은 돌로 된 벤치 위에 장부를 내려놓았다.

"뭐라고 써야 할까?"

황제가 묻자, 노인은 다소곳이 대답했다.

"폐하의 서명과 이곳에 들르신 날짜를 적으시고…… 그 밖에도 좋으실 대로 적으시면 됩니다."

황제는 은자가 내민 펜을 받아 들고 허리를 숙였다.

"조심하십쇼, 폐하!"

귀청을 찢는 고함 소리가 터져나온 것은 바로 그때였다. 아울러 예배당 쪽에서 연이어 들려오는 엄청난 저 소리……. 황제는 화들짝 놀라며 고개를 돌렸다. 거대한 바윗덩어리 하나가 정통으로 그를 향해 굴러떨어지고 있는 것이 아닌가!

순간, 은자가 뻗은 팔이 황제의 팔뚝을 와락 움켜쥐는가 싶더니, 그의 몸뚱어리가 한 10여 미터 저만치 나뒹굴었다.

바윗덩어리는 직전까지만 해도 황제가 바로 앞에 서 있던 벤치를 강타하면서 산산조각을 내버렸다.

만약 그 순간 은자가 아니었다면 황제의 목숨은 이미 저세상으로 떠났을 일이었다.

그는 손을 내밀어 악수를 청하며 간단히 치하했다.

"고맙소."

수행 장교들이 우르르 몰려왔다.

"별것 아니네, 귀관들. 약간 놀랐을 따름이니 걱정들 말게. 아무튼 이 용감한 사람이 아니었다면…….."

그러면서 황제는 은자를 돌아보며 물었다.

"이름이 무엇이오?"

노인은 푹 뒤집어쓰고 있던 두건을 살짝 걷으면서 황제에게만 들릴 정도의 낮은 목소리로 이렇게 속삭였다.

"폐하께서 손을 내밀어 주신 걸 무한한 기쁨으로 여기는 이 사람의 이름이 정녕 궁금하신지요? 폐하."

순간, 흠칫 놀라는 황제…….

그러나 이내 침착한 목소리로 장교들에게 말했다.

"귀관들은 저 위 예배당까지 내처 올라가도록 하시오. 또 다른 바위들이 떨어질지도 모르니, 아무래도 지역 책임자들에게 주의를 좀 주는 게 좋겠소. 나도 곧 그대들과 합류할 것이오. 우선 이 용감한 노인에게 좀 더 치하를 하고 싶소."

황제는 은자를 데리고 저만치 걸어갔다. 그렇게 일행과 거리가 생기자 그는 대뜸 말했다.

"아니, 당신이 여긴 어떻게?"

"긴히 말씀드릴 일이 있습니다, 폐하. 정식 알현을 청하려고 했지만 받아들여질 것 같지가 않아서……. 차라리 직접 맞부딪뜨리는 게 낫다 싶었지요. 아까 방명록에 서명하실 때 소개를 올릴까 했는데, 그만 어처구니없는 사고가……."

"그래, 뭐요?"

"발데마르가 폐하께 전한 편지들 말입니다. 모두 가짜입니다."

황제의 인상이 잔뜩 찌푸려졌다.

"가짜라니? 확실하오?"

"물론입니다, 폐하."

"하면 그 말레이히라는 자는······."

"범인은 말레이히가 아니었습니다."

"그렇다면 누구요?"

"제가 드리는 대답은 비밀로 해주셔야만 합니다, 폐하. 진범은 마담 케셀바흐였습니다."

"아니 그럼, 케셀바흐의 부인이 말이오?"

"네, 폐하. 그녀는 지금 죽었습니다. 폐하가 소지하신 그 편지는 그녀가 위조해 만든 가짜입니다. 진짜는 물론 그녀 수중에 있었지요."

"그럼 지금은 어디에 있소? 이건 심히 중대한 일이오! 무슨 수를 써서라도 그걸 되찾아야만 하오! 내겐 너무나도 중요한 편지들이오."

"여기 있습니다, 폐하."

황제는 잠시 어안이 벙벙한 듯했다. 그는 뤼팽을 한번 쳐다보고 편지를 내려다본 뒤, 다시 또 눈을 들어 뤼팽을 바라보았다. 그러고는 검토도 안 해보고 냉큼 꾸러미를 집어 호주머니 속에 쑤셔 넣는 것이었다.

필시 이 사내한테 또 한 번 놀랐다는 눈치였다. 이처럼 강력한 무기가 될 수 있는 물건을 아무 조건도 달지 않고 그토록 선뜻 내주는 이 도적은 대체 어디서 튀어나온 존재란 말인가? 편지들을 고스란히 간직한 채 제멋대로 활용하기가 얼마나 쉬운 상황인데 말이다! 그렇다, 그는 한번 내뱉은 약속을 끝내 지키고 있을 뿐이었다.

황제는 이 사내가 그동안 이뤄왔던 놀라운 일들을 머릿속에 떠올리며 말했다.

"신문에서는 당신이 죽었다고 하던데······."

"그랬습니다, 폐하. 실제로 죽었지요. 저를 떨쳐버려서 신이 나는 우리나라의 사법당국은 제 것으로 추정되는 사체에서 타다 남은 유골 몇 점을 부랴부랴 묻어버렸지요."

"그렇다면 이제야말로 당신은 자유의 몸이겠구려?"

"늘 그래왔듯이요."

"아무것에도 구애받지 않는 몸이겠소."

"아무것에도요."

"그렇다면……."

황제는 잠시 주춤하더니, 이내 이렇게 덧붙였다.

"그렇다면 나를 위해 좀 일해주시오. 당신에게 내 개인 경찰의 총수 직을 맡길까 하오만. 막강한 권력을 누리는 자리요. 다른 소속 경찰들도 당신 밑에서 일하게 될 것이오."

"싫습니다, 폐하."

"이유는?"

"전 프랑스인입니다."

잠시 침묵이 흘렀다. 하긴 황제의 심기에 찬물을 끼얹기 충분한 대답이었다.

"당신을 구속하던 끈이 모두 제거된 상태라더니……."

"그것만큼은 제거될 수가 없는 끈입니다, 폐하."

뤼팽은 씽긋 웃으며 또 이렇게 덧붙였다.

"저는 인간으로선 죽었지만, 프랑스인으로서는 펄펄 살아 있습니다. 그 점을 폐하께서 헤아리지 못하시다니 저로선 놀라울 따름입니다."

황제는 뤼팽을 앞에 놓고 이리저리 서성이더니, 말했다.

"그래도 이렇게 진 빚은 갚고 싶소. 해서 말인데, 펠덴츠 대공령과 관련한 교섭이 무산된 걸로 알고 있소만?"

"그렇습니다, 폐하. 피에르 르뒥은 사기꾼이었습니다. 지금은 죽었지만요."

"그걸 이번엔 당신 자신을 위해 추진하면 어떻겠소? 당신은 이 편지들을 순순히 돌려줬고……. 내 생명도 구했소. 내가 뭘 해줄 수 있겠소?"

"아무것도 없습니다, 폐하."

"끝끝내 나를 빚진 사람으로 남겨두려고 하는구려?"

"그렇습니다, 폐하."

황제는 자기 앞에서 이처럼 대등하게 버티고 설 줄 아는 기이한 남자를 마지막으로 한 번 더 바라보았다. 그리고 살짝 고개를 기울여 인사를 던지고는 더는 아무 말 없이 자리를 떴다.

"폐하, 꽤 어리둥절하실 거외다."

뤼팽은 멀어져 가는 황제의 뒷모습을 바라보면서 중얼거렸다.

그리고 짐짓 표정에 과장된 여유를 부려가며 이렇게 덧붙였다.

"그 정도로 어디 그 빚이 갚아지겠소이까? 난 그보다 알자스로렌을 되돌려 받길 바란다오."

한데 문득 입을 다물더니, 발을 구르며 이러는 것이었다.

"이런, 빌어먹을! 너는 네 그 지긋지긋하고 음산하기만 한 인생의 마지막 순간에조차 어쩜 그리도 똑같단 말이냐! 젠장, 제발 좀 진중해져라. 진중해져! 그야말로 진지해질 때가 됐어. 다시 또 그럴 기회는 없을 거야!"

그는 예배당이 있는 곳까지 걸어 올라가, 바위가 떨어져 나간 곳 바로 앞에 서더니, 느닷없이 웃음을 터뜨렸다.

"후후, 작전 성공이군! 폐하의 수행 장교들도 뭐가 뭔지 몰라 어리둥절했을 거야. 내가 그 바위에 마지막 곡괭이질을 해서 미리 만들어놓은 경로를 따라 제때에 굴러떨어지게 했을 줄은 꿈에도 생각 못했을걸. 자동적으로 황제의 목숨을 구할 수 있도록 말이야!"

그리고 한숨을 내쉬었다.

"아! 뤼팽……. 너도 참 복잡한 녀석이다! 폐하가 단지 네게 손을 내밀어 악수를 청하게 만들도록 이 모든 걸 연출하다니. '황제의 손에도 손가락은 다섯뿐이다'라는 빅토르 위고의 말을 모르더란 말이냐."

그는 예배당으로 들어가 특수 열쇠로 자그마한 제의실(祭衣室)의 쪽문을 열었다.

재갈이 물리고 사지가 묶인 한 남자가 짚단 위에 누워 있었다.

"그것 보게, 은자 양반, 그리 오래 걸리진 않는다고 했지 않은가? 기껏해야 스물네 시간 정도 걸렸을까? 하지만 당신을 위해서도 좋은 일이었어! 방금 당신 손으로 황제의 목숨을 구했다고 한번 상상해봐. 그래, 이 친구야. 이제부터 당신은 황제의 목숨을 구한 사람이 된 거야. 이제 고생은 끝이라고! 아마 당신에게 버젓한 성당 건물하고 동상까지 세워줄걸. 그러다 결국 또 사람들의 욕이나 실컷 얻어먹겠지. 하여튼 그런 인물일수록 사람들한테 못된 짓만 저지르기 마련이거든! 특히 자만심 때문에 머리가 돌아버린 이런 사람처럼 말이야. 자, 은자 양반, 당신 옷 여기 있소!"

워낙 겁을 집어먹은 데다 배고픔에 시달려온 은자는 비틀거리며 겨우 일어섰다.

뤼팽은 자기 옷으로 갈아입고 말했다.

"잘 있게나, 영감. 잠시 소란을 피운 걸 용서하게. 그리고 날 위해 기도 좀 해주게. 기도가 필요한 사람이니……. 이제 곧 끝없는 영원 속으로 소멸할 자이네. 잘 있게!"

그는 예배당을 나가다 말고 문 앞에서 잠시 주춤했다. 대개 무서운 결말에 앞서 누구나 망설이는 엄숙한 순간이 있는 법이다. 하지만 결심은 확고했다. 기어코 그는 더 이상의 생각을 접고, 그대로 비탈을 내달려 '티베리우스의 절벽' 난간에 다다랐다.

"뤼팽, 이제 자네가 허세를 부려볼 시간도 3분 정도밖에 안 남았네. 뭐 들어줄 사람도 없는데 다 무슨 소용이냐고 할지도 모르지. 하지만 자네가 있지 않은가? 자네 자신을 위해서 마지막 희극을 연출하는 것도 그리 나쁘진 않겠지? 제기랄! 대단한 장관이겠는걸. 아르센 뤼팽, 장장 80장(場)에 걸친 영웅적 희극, 그 대단원의 막이 오르다……. 이제 죽음의 장을 위한 막이 올라가고, 뤼팽이 직접 나서서 연기를 하는 셈이군. 브라보, 뤼팽! 신사 숙녀 여러분, 이 내 가슴에 손을 대보시오. 1분에 70회를 박동하는구려. 언제나 웃음을 잃지 않는답니다! 브라보! 뤼팽! 아! 정말 괴짜는 괴짜야. 마지막 순간까지 이처럼 위풍당당하잖아! 어서 홀쩍 결행하시게나, 이 잘난 인간아. 준비는 됐겠지? 이게 자네의 마지막 모험일세, 이 친구야. 후회는 없겠지? 하긴 있을 턱이 없지! 얼마나 대단한 인생이었는데! 아, 돌로레스! 당신이 그처럼 끔찍스러운 괴물만 아니었어도! 그리고 말레이히, 왜 그렇게 입을 다물고 있었나? 그리고 피에르 르뒥……. 조금만 기다려라! 나 때문에 죽은 세 사람. 이제 내가 간다. 오, 나의 주느비에브. 나의 주느비에브……. 아! 제기랄! 다 끝난 일 아닌가, 엉터리 배우? 자, 이제 내가 간다."

그는 한쪽 다리를 난간에 걸친 채 까마득한 낭떠러지 아래 고요하고 어두운 바다의 심연을 내려다보았다. 그러고는 다시 고개를 들어 하늘을 바라보았다.

"잘 있게나, 불멸의 대자연이여! 죽음을 앞둔 자(Moriturus te salutat. 여기서 moriturus는 '얼마 안 가서 죽을'이라는 뜻으로, 원래는 전쟁에 임하는 전사(戰士)가 스스로를 칭하는 말이었음─옮긴이)가 그대에게 인사를 한다! 잘

있게나, 모든 아름다운 것이여! 잘 있게나, 찬란한 사물들이여! 잘 있게
나, 인생이여!"

그는 손바닥에 입맞춤을 담아 저 태양과 하늘, 온 세상을 향해 던졌
다. 그런 다음, 두 팔을 모으고 뛰어내렸다.

2

시디 벨 아베스. 외인부대 병영(兵營). 일무보고실 근처 천장 낮은 작
은 방 안에 특무상사가 담배를 피우며 신문을 읽고 있었다.

그의 옆에는, 연병장으로 향한 활짝 열린 창문 앞에서, 덩치 큰 하사
관 둘이 독일식 표현이 섞인 프랑스어로 자기들끼리만 알아들을 수 있
는 은어를 지껄이고 있었다.

문이 열리고 누군가 들어섰다. 야윈 체격에 중키, 우아한 복장의 사
내였다.

특무상사는 불청객에 대해 노골적으로 불편한 심기를 드러내며 일어
서더니, 이렇게 투덜댔다.

"아, 이놈의 당직 연락병은 뭐하는 거야? 그래, 당신은 또 무슨 용건
이오?"

"입대를 원하오."

간결하면서도 위압적인 말투였다.

두 명의 하사관이 히죽거리며 웃는 것을, 사내는 힐끗 흘겨보았다.

"그러니까 한마디로 이곳 외인부대에 들어오시겠다?"

특무상사가 물었다.

"그렇소. 단 한 가지 조건이 있소."

"맙소사, 조건이라! 그래, 뭐요?"

"이렇게 죽치고 시간만 때우는 건 사양하겠소. 모로코로 떠날 부대가 있는 걸로 알고 있소. 그리로 가고 싶소."

또다시 비웃는 하사관의 웃음소리가 들렸고, 그 사이사이 이렇게 비아냥대는 소리가 섞여왔다.

"모로코 녀석들 앞으로 고생깨나 하겠어. 대단한 사람이 왕림을 하신다니."

"닥치시게! 누구든 날 가지고 비아냥대는 건 좋지 않아!"

사내의 어투는 좀 더 근엄해져 있었다.

마침내 거한(巨漢)인 하사관 하나가 거칠게 대꾸했다.

"이봐, 잘난 친구, 말버릇 좀 고치는 게 어때? 그렇지 않으면……."

"그렇지 않으면?"

"내가 누군지 보여주겠어."

사내는 천천히 하사관에게 다가가더니, 허리춤을 붙들고 번쩍 들어올려 창문 밖으로 내던졌다.

그러고 나서 다른 하사관에게 이렇게 말했다.

"같은 꼴 당하기 싫으면 알아서 꺼져."

하사관은 그대로 줄행랑을 쳤다.

사내는 다시 특무상사에게로 와서 말했다.

"이보시오 상사, 부탁인데, 지금 당장 소령한테 가서 에스파냐의 실력자이자 가슴은 프랑스인인 돈 루이스 페레나께서 외인부대에 입대하고자 한다고 전해주시오. 자, 어서!"

하지만 특무상사는 어리둥절한 표정으로 꼼짝 않고 있었다.

"뭐하고 있소, 어서 서두르라니까! 낭비할 시간이 없단 말이오!"

그제야 특무상사는 이 황당무계한 인물을 휘둥그레 바라본 뒤, 더없이 다소곳이 밖으로 나갔다.

뤼팽은 담배를 꺼내 불을 붙이고는 특무상사가 앉았던 자리에 앉으며 큰 소리로 이렇게 외쳤다.

"바다가 날 원치 않았든 마지막 순간에 내가 바다를 원치 않았든, 하는 수 없이 이제는 모로코 놈들 총알이 그보다 더 관대한지 알아보는 수밖에! 더구나 그게 더 멋지지 않겠어? 프랑스를 위해 적을 무찌르는 뤼팽 말이야!"

아르센 뤼팽의 어떤 모험

Une Aventure d'Arsène Lupin

1911년

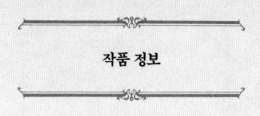

작품 정보

「아르센 뤼팽의 어떤 모험(Une Aventure d'Arsène Lupin)」(1911. 9.
15~10. 15)은 당시 대호황을 누리던 뮤직홀 '라 시갈(La Cigale)'에서 절
찬 공연되었으나, 책으로 출간된 것은 1998년 '르 마스크' 출판사를 통
해서가 처음이다. 르블랑 생존 시 '아르센 뤼팽과의 하룻밤(Une Nuit
avec Arsène Lupin)'이라는 제목으로 작품 판권을 영국에 팔아, 프랑스
에서의 출간 자체가 봉쇄되었기 때문이다. 「아르센 뤼팽의 새로운 모험
(Une Nouvelle Aventure d'Arsène Lupin)」이라는 제목으로도 알려진 이 단
막극은 모처럼 뤼팽의 초기 시절을 떠올리게 하는 경쾌함과 재기발랄
한 유머로 가득 차 있다. 주인공은 「아르센 뤼팽, 4막극」에서도 뤼팽으
로 분한 앙드레 브륄레가 맡아 열연을 펼쳤다.

| 등장인물 |

아르센 뤼팽

댕블발, 조각가, 55세

마레스코, 치안국 부국장

부하

경찰관 1

경찰관 2

치안국 형사들과 나머지 경찰관들

마르셀린, 댕블발의 딸

무대는 조각가의 아틀리에. 오른쪽 앞에 모델들을 위한 탈의공간이 병풍으로 어설프게 가려져 있다.

전방 배경에 큰 문이 하나 있다. 그 문이 열리면 따로 입구가 내다보이는 현관이 이어진다. 좌측면에 문이 두 개 있다. 우측 전면으로는 빗장과 안전사슬이 딸린, 보다 육중한 문이 있다.

아틀리에에 창문은 없고, 천장 일부가 비스듬하게 유리로 처리되어 있다.

책상과 등받이 없는 걸상, 석재 덩어리, 초벌 작품, 화구, 가죽으로 된 안락의자와 의자 몇 개, 모델이 걸칠 의상과 망토, 액세서리. 탁자에는 전화기가 한 대 있고, 큐피드상이 놓여 있다.

막이 올라가면 텅 빈 무대가 보이고, 전등은 꺼져 있다.

배경의 문이 활짝 열리고, 무도회 복장을 한 마르셀린이 아버지와 함께 입장한다.

댕블발, 마르셀린

마르셀린 (가쁜 숨을 몰아쉬며) 층계에서 아무도 못 봤어요?

댕블발 (허겁지겁 빗장과 쇠사슬로 현관문을 차단하면서) 어…… 아니, 아무도 못 봤는데!

마르셀린 누군가 우릴 따라오고 있었어요.

(마르셀린이 전등불을 켠다.)

댕블발 맙소사! 대체 누가 우릴 따라온단 말이냐!

마르셀린 아까 마담 발통트레모르 댁을 나서면서부터 누군가 우릴 훔쳐보고 있었어요.

댕블발 마르셀린, 너 참 엉뚱한 걱정을 다 하고 있구나.

마르셀린 아빠야말로 나더러 기필코 이 목걸이를 하라고 한 것부터가 엉뚱한 일이죠!

(여자는 좌측 문을 통해 자기 방으로 건너가서 망토를 벗은 다음, 다시 돌아온다.)

댕블발 무슨 소리! 그 역사적인 목걸이가 나를 유명하게 해주었다는 것 모르니? '댕블발이라……? 아, 네! 딸한테 에메랄드 목걸이를 선사했던 그 조각가 말씀이로군요!' 다들 그런단 말이다. 그래서 내 최고의 걸작품인 이 큐피드상도 주문받을 수 있었고 말이야.

마르셀린 하지만 사실 내 목걸이도 아니잖아요…….

댕블발 무슨 소릴 그렇게 하니? 이 목걸이를 맡기는 대신 내가 브레브 공작부인한테 1만 프랑을 빌려준 걸 몰라서 그래? 그녀가 정해진 날짜에 돈을 돌려줄 수 없었다는 것도 알잖니! 그 여자한텐 안된 일이다만, 얘긴 끝난 거지 뭐!

마르셀린 하지만 실제 가격은 그보다 열 배는 더하잖아요?

댕블발 그래서 또 얘기가 된다는 거 아니냐, 어쨌든 수지맞는 장사니까…….

마르셀린 아빠, 아무래도 그럴 권리는 없는 것 같아요.

댕블발 천만에! 어디까지나 담보를 받고 정식으로 대출을 해준 셈이야! 계집애, 네가 뭘 안다고! 요즘 시대처럼 예술만으로 벌어먹기 힘든 세상에선, 알아서 그때그때 챙길 줄도 알아야 한다!

마르셀린 아무튼 그건 아빠 일이에요. 전 아무래도 이 목걸이가 집 안에 있는 한 사는 게 사는 게 아니라고요. 언젠가는 무슨 흉한 꼴이라도 당할 것 같은…….

댕블발 그래서 나도 내일 그걸 크레디 리요네에 갖다 맡기려고 하는 거다.

마르셀린 하지만 당장 오늘 밤에라도…….

댕블발 왜 하필 오늘 밤 걱정이야?

마르셀린 아까 아침에 아빠가 그걸 책상 안에 넣어두는 걸, 러시아 노인 모델이 빤히 보고 있었단 말이에요.

댕블발 그래? 그럼 지금 다른 곳으로 옮겨놓아야겠구나…… 되도록 아무 데나…… 귀중품 같은 거 숨길 만하지 않은 곳이 어딜까? 그래, 여기 이 꽃병…… 이러면 아무 위험 없겠지.

(그는 목걸이를 꽃병 속에 집어넣는다. 그때 갑자기 전화벨 소리가 요란하게 울린다. 부녀는 서로 멀뚱하니 마주 본다. 또다시 벨소리가 울린다.)

댕블발 (목소리를 낮추며) 전화 왔다.

마르셀린 그러네요. 어서 받아요, 아빠.

댕블발 새벽 2시에 전화라니…… (후닥닥 수화기를 든다.) 여보세요…… 네, 접니다만…… 파리 경시청이라고요? 네? 뭐라고요? (점점 불안한 기색이 역력해지면서) 뭐요? 네? 그럴 수가……
여보세요…… 젠장, 끊겼잖아!

마르셀린 무슨 일이에요?

댕블발 (수화기를 내려놓으며) 치안국에서 올라온 보고라는데, 우리가
오늘 밤 절도를 당할 위험에 처해 있다는구나.

마르셀린 거봐요, 목걸이 때문이에요! 세상에, 무서워라! 하필 이럴 때
하인들도 죄다 휴가를 떠났으니!

댕블발 마침 마레스코 부국장이 형사 여섯을 데리고 출발할 예정이
란다. 그 양반은 나도 잘 아는 사람이지.

마르셀린 하지만 너무 늦게 도착하면 어떡해요?

댕블발 그럼 어때, 내가 있지 않니! 게다가 이 집엔 세입자만 모두 셋
이나 된다.

마르셀린 참, 모델 전용 출입문요!

댕블발 (우측 문의 빗장과 안전사슬을 점검한 뒤) 자, 열쇠 가지고 있어라.

마르셀린 뭐하시는 거예요?

댕블발 (꽃병을 집어 들고 딸의 방으로 향하면서) 목걸이를 갖다 놓아야
겠어.

마르셀린 제 방에요?

댕블발 그래. 사람들이 도착할 때까지 너와 함께 있을란다.

마르셀린 아이, 전 싫어요. 그 목걸이 그냥 여기 놔둬요.

댕블발 (일단 꽃병을 책상 위에 내려놓으며) 하긴 네 말이 맞다. 여기보다
훌륭한 은닉처도 또 없지. 어차피 여기만 빼고 사방 군데 다
뒤진다고 보면 될 거야. 그래, 이만하면 안심해도 돼…….

마르셀린 전 상관없어요. 아무튼 제 방에만 안 놔두면 돼요.

(남자가 전등을 끄고 각자 자기 방으로 들어간다. 무대는 텅 비고, 잠시 후 휘

영청 달빛이 천장 유리를 통해 비스듬히 비쳐 든다. 문득 가벼운 소음이 위쪽에서 들려온다. 네모진 유리창 한 판이 살며시 들어 올려지고는, 굵은 밧줄 하나가 조금씩, 조금씩 내려오는 게 보인다. 흔들흔들하던 밧줄 끄트머리가 바닥에서 2미터쯤 남기고 멈춘다. 순식간에 검은 그림자 하나가 그 밧줄을 타고 위에서 아래로 늘씬하게 미끄러져 내려온다.)

뤼팽   (전등 스위치를 찾아 더듬으며) 이놈아, 어디 있는 거냐…… 내게 빛을 좀 다오…… (마침내 불을 켠다. 긴 작업복에 푹 눌러쓴 모자, 부스스하게 퍼진 붉은 수염 등 완전히 동네 부랑자로 변장한 모습이다. 그는 화장대 위의 거울을 집어 들고 자신의 모습을 비춰본다.) 그놈 참 낯짝 좀 보게! 완전 망나니 부랑자가 따로 없네. 부랑자 뤼팽이야! 오호, 이거 권총 아닌가! 내 것은 깜빡했는데…… 까짓, 괜찮아. 오호, 이건 또 뭐야? 향수 분무기인가?

부하   (들어낸 유리창으로 반쯤 상체를 내밀며) 뤼팽!

뤼팽   뭔가?

부하   아니, 제정신이에요?

뤼팽   왜 그래?

부하   조명 말이에요!

뤼팽   왜, 자네한텐 거북한가?

부하   당연하죠!

뤼팽   그럼 눈을 감게.

부하   하지만…….

뤼팽   입도 다물든지.

부하   두목…….

뤼팽   아, 이런…… 자넨 그 사다리나 신경 쓰라고, 야곱!

부하   갑자기 또 왜 야곱이라 부르는 겁니까('야곱의 사다리'라는 성서의 일화에서 차용한 뤼팽 특유의 재기 넘치는 별명 붙이기—옮긴이)?

뤼팽　(어떤 사진을 유심히 바라보며) 설명해봤자 이해 못할 거네! (책상 쪽으로 다가가며 혼잣말로 중얼거린다.) 오, 이게 누구야? 발통 트레모르의 무도회에서 봤던 처자가 아닌가…… 이거 실례가 많습니다, 마드무아젤. 어쩔 수 없이 이렇게 일하는 복장으로 갈아입어야만 했소이다. 쯧쯧, 딱한 아가씨. 이제 슬슬 에메랄드 목걸이를 빼앗기게 생겼으니…… 아, 요즘 물가가 좀 올랐어야죠! (사진을 호주머니에 집어넣는다.) 가만있자, 그 러시아 노인 말에 의하면…… (그러면서 실내 구조 여기저기를 손가락으로 가리킨다.) 저기가 현관이고…… 아가씨 방 앞으로 복도가 있고…… 여기가 모델 전용 계단이렷다. (병풍을 가리키면서) 음, 저기가 바로 탈의실인 셈이군. 저기, 책상이 있고…… 그래, 척척 들어맞는군. (호주머니에서 작은 자루를 꺼낸다. 그 안에 열쇠 꾸러미가 들어 있다.) 책상이라…… 러시아 노인이 분명 세 번째 서랍이라고 했겠다…….

부하　맞습니다, 두목.

뤼팽　자, 시작한다. 제목은 에메랄드 목걸이 도난사건. 전체 5막극. 음악 뤼팽. 슬슬 서곡이 울려 퍼지고…… 하나, 둘, 셋, 넷, (순간 책상이 열렸다.) 짜잔! 이렇게 쉬운걸…… 그래도 자네라면 한 반평생은 너끈히 걸릴 일이야! 어라, 제기랄!

부하　뭡니까?

뤼팽　세 번째 서랍이 비었어!

부하　다른 것들은요?

뤼팽　(잠시 후, 방문 쪽을 향해 신경질적으로 돌아서며) 요런 당돌한 계집 같으니! 좋아, 이쪽에서 뜬다…… 여기서 더 나아간다는 건

무리지!

부하   그래요, 어서 뜹시다, 두목!

뤼팽   (한 발만 사다리에 걸쳐놓고서 잠시 머뭇대더니) 아, 아직 안 되겠어…… 이건 너무 어처구니가 없잖아! (책상 위를 샅샅이 뒤진다.) 아무래도 겁쟁이 아가씨가 아예 두르고 자나 보네.

부하   이러다가 붙잡히겠어요!

뤼팽   그만 좀 보채! (잠시 생각을 굴리더니, 단호한 음성으로) 야곱!

부하   네, 두목!

뤼팽   사다리를 그냥 올리게!

부하   네?

뤼팽   시키는 대로 해.

부하   그런 다음에는요?

뤼팽   망을 보고 있어라. 대로 쪽을 감시해. 필요하면 내가 휘파람으로 부르겠다. 자, 어서 가봐! (얼른 전등 스위치 쪽으로 다가가 불을 끈 다음 중얼거린다.) 이렇게 세 번 두드리면…… (바닥을 발로 세 번 두드린다.) 막이 오르는 거야! (병풍 뒤로 쏜살같이 달려가 숨은 뒤, 틈새로 염탐을 시작한다. 다음 순간, 방문이 살며시 열린다. 댕블발의 모습이 빼꼼히 나타난다. 불안한 듯 한동안 고개만 살그머니 내밀다가 팔을 뻗어 전등 스위치를 켠다.)

댕블발   (평상복 차림의 딸이 자기 방 문턱 넘어 나오는 걸 보고는) 아무도 없다.

마르셀린   그래도 잘 살펴보세요, 아빠.

댕블발   (천천히 나서면서) 아무도 없다고 하지 않았니!

마르셀린   문은 어때요?

댕블발   (무대를 가로질러 현관문 쪽으로 다가간 다음) 글쎄, 아무도 없다는

데 자꾸 그러는구나!

마르셀린 아참, 목걸이는요?

댕블발 (책상 위의 꽃병을 집어 들면서) 이거에 대해서는 안심이야. 하나도 걱정할 것 없다. 이것 봐, 꼼짝도 하지 않았잖니. (목걸이를 꺼내 보였다가 다시금 집어넣는다.) 그러니 너도 이젠 제발 진정해라! (두 부녀는 다시금 퇴장하고, 댕블발은 전등을 끈다.) 아무래도 너 때문에 십년감수하겠어!

뤼팽 (다시 불을 켜고 책상을 향해 다가간다. 꽃병을 집어 들고 안에 있는 목걸이를 살펴본다.) 고맙기도 하지…… 수고를 치하하는 뜻에서 이 꽃병하고 꽃다발은 그대로 두어야겠군. (목걸이를 냉큼 호주머니에 집어넣은 다음, 휘파람으로 부하를 부른다.) 휘익! (잠시 시간이 흐른다.) 이봐, 뭐하나? 휘익, 야곱!

부하 (허겁지겁 고개를 들이민다.) 네, 두목!

뤼팽 어디 갔었어?

부하 반대편에요. 저 아래 초인종을 눌러대는 사람들이 있어서요. 한 대여섯 명 정도 됩니다.

뤼팽 승강기 내려, 승강기! 빨리, 빨리! (부하가 밧줄을 내리기 시작한다.) 어서 서두르란 말이야. 그렇지 않아도 무슨 소리가 들린다 했지. (바로 그때, 현관에서 벨소리가 울린다.)

부하 조심해요, 두목! 아, 이런…… 밧줄을 놓쳤어요!

뤼팽 너무 늦었다. 너나 빨리 튀어!

부하 두목은 어떡하고요?

뤼팽 내가 알아서 한다. 너는 빨리 도망치기나 해. (불을 끈다. 천장 유리창은 열린 채 그대로이고, 뤼팽은 병풍 뒤로 들어가 숨는다. 댕블발이 방에서 나와 불을 켠다.)

댕블발 올 사람은 경찰밖에 없는데…… 누구시오? 거기 누구십니까?

목소리 치안국 부국장, 마레스코입니다.

댕블발 (방문을 닫으면서) 아, 이제야 숨 좀 쉬겠네! (무대를 가로질러 배경의 큰 문을 열고 현관으로 나간다.) 잠깐만요…… 곧 갑니다…….

뤼팽 (병풍에서 부리나케 나와 현관 입구까지 빠르게 다가간 다음, 살그머니 엿본다.) 부국장 마레스코가 납셨군. 이거 내 꼴 한번 참 딱하게 됐어. (목소리를 한껏 죽이고 부하를 불러본다.) 야곱, 야곱…… (부랴부랴 탁자를 옮겨놓고, 그 위에 석재 덩어리까지 얹어놓는다. 하지만 열린 천장까지의 거리가 너무 멀다는 걸 깨닫고 중얼거린다.) 안 되겠어…… 그래도 이렇게 붙잡힐 수는 없지! 아예 보석을 제자리에 돌려놓을까?

(잠시 또 머리를 굴리는 듯하다가 이내 큰 문 앞으로 달려가 잠가버린다. 곧장 문 너머에서 소란이 일고, 문짝은 심하게 흔들린다.)

댕블발 (무대 뒤에서 큰 소리로 떠든다.) 누가 있다! 문은 부수지 마시오! 그보다 자물쇠를 찾아요! (뤼팽은 순식간에 작업복과 모자를 벗어서 탁자와 석재 덩어리 발치에 아무렇게나 던져놓고는, 재빨리 병풍 뒤로 가서 숨는다. 부국장과 형사들이 우르르 밀고 들어온다. 댕블발은 부리나케 전깃불을 켠다. 순식간에 병풍 뒤에 숨은 뤼팽의 모습은 깔끔한 정장 차림이다. 불그스레한 수염도 떼어낸 상태이고, 아주 느긋한 자세로 앉아 천천히 부랑자 분장을 지우고 있다.)

댕블발 (당황한 표정으로) 어디로 간 거지?

부국장 숨은 것 같소.

댕블발 그럼 어서 내 방부터 찾아보시오, 마레스코! 거기밖엔 숨을 데가 없습니다. 어서 앞장서요.

부국장 (방문을 열며) 아무도 없는데…… 저 병풍 뒤는 어떨까요? (무대를 가로질러 걸어간다. 뤼팽은 일순 긴장한 자세. 그런데 부국장의 눈에 언뜻 탁자와 그 위의 석재 덩어리가 들어온다.) 아니, 이것 봐라…… 여길 좀 보시오!

댕블발 말도 안 돼…….

부국장 하지만…… 이 탁자하고…… 돌덩이…… 아무래도 확실한 것 같소. 지붕으로 도망친 겁니다.

댕블발 그나저나 어딜 통해서 들어왔단 말입니까?

부국장 같은 통로를 이용했겠죠.

댕블발 그러기엔 너무 높지 않소?

부국장 잘 봐요…… 분명 공범이 있었을 겁니다. 아직도 저기 천장 유리창이 열려 있지 않소. 지붕으로 올라가볼 수 있습니까?

댕블발 일단 내려가서 관리인한테 하인 전용 계단을 사용할 수 있는지 물어봐야 합니다. 하지만 만약 저기로 도망쳤다면…… 이미 멀리 내뺐을 거예요.

부국장 이건 또 뭡니까? (작업복을 가리키며) 이거 당신 거요?

댕블발 아닌데요.

부국장 맙소사! 놈이 놔두고 간 거로군. 도망치는 데 편하려고 벗어 던진 모양입니다. 그리고 이 모자…… 음…… 늙은 러시아인의 인상착의가 떠오르는군.

댕블발 러시아 노인이라면…… 내 모델 말입니까?

부국장 그렇소. 만취해서 개천에 뻗어 있는 걸 발견했는데, 주절대며 내게 털어놓은 얘기가 있어요.

댕블발 그럼 그자가 공범이었단 말이오?

부국장 알고 보니 며칠 전부터 우리가 찾고 있던 놈과 공범이었소.

붉은 수염을 단 녀석인데…… 아주 위험한 부랑자죠. (뤼팽의 몸짓을 흉내 낸다.) 그 러시아 노인 얘기로는 거사 시기가 바로 오늘 밤이라는 겁니다. 목걸이가 목표이고요.

댕블발 (태연한 태도로) 어림없는 소리!

부국장 웬걸요. 책상 안에 에메랄드 목걸이가 있다는 것까지 정확히 알던데…….

댕블발 (빈정대는 투로) 틀림없이 거기 있다던가요?

부국장 그럴 거라고 했습니다.

댕블발 흥, 천만의 말씀. 그렇게 허술할 것 같소, 내가?

부국장 하지만 에메랄드 목걸이가 있긴 하잖습니까?

댕블발 있죠. 아주 기막힌 물건이오.

부국장 어디 있습니까?

댕블발 매우 안전한 곳이죠. 아무리 찾아도 소용없는 곳에…… 내가 장담합니다.

부국장 과연 지금도 그럴까요?

댕블발 당신 코앞에 시원스레 대령해드리지!

부국장 오, 댕블발!

댕블발 (손가락으로 가리키며) 저기 꽃병 속이라오. 아주 잘 계시지…… 도둑놈이 결코 눈치채지 못할 곳이라는 생각 안 드시오? (꽃병 안을 살펴보자마자 기겁을 한다.) 아니!

부국장 뭡니까?

댕블발 없어졌어! (힘없이 안락의자에 주저앉는다.) 어서 놈을 뒤쫓아요! 놈을 따라잡으라고! (벌떡 일어나 딸의 방으로 달려간다.) 마르셀린! 목걸이가…….

마르셀린 (방에서 나오며) 어찌 된 거예요?

댕블발	그래, 내가 얼마나 얘기하든…… 네가 그 목걸이를 하고만 있었어도…….
마르셀린	도대체 누가 훔친 거죠!
댕블발	(점점 더 쩔쩔매면서) 수염 난 사람…… 붉은 수염 말이다. 부랑자…… 아니, 살인자…….
부국장	자자, 제발 좀 진정하시고…… 조르주, 뒤퓌, 위로 올라가보게.
댕블발	그래요! 실컷 올라가보시오! 세상에…… 그자가 넋 놓고 기다리기나 한답디까?
부국장	그래도…….
댕블발	(화가 나 발을 동동 구른다.) 천만에! 혹시 다른 집으로 건너뛰었을진 모르지…… 드뢰 백작네 저택으로 지붕이 통하거든요!
부국장	그럼 가봅시다, 그리로!
댕블발	(여전히 같은 동작으로) 그곳 정원으로 이미 내뺐을 수도…… 그럼 아예 담을 뛰어넘어 갔을 수도 있어요.
부국장	거긴 우리가 먼저 닿을 겁니다.
댕블발	(여전히 같은 동작으로) 아니지. 차라리 대로를 온통 뒤져야 할 거야…… 아, 끔찍해라!
부국장	저 문은?
댕블발	모델 전용 계단으로 통하는 문이오.
부국장	어디로 나가게 되나요? 대로 쪽입니까?
댕블발	(여전히 안절부절 발을 구른다.) 아니요. 거긴 광장 쪽이오. 마르셀린, 열쇠 좀 다오.
마르셀린	제 방에 있어요.
댕블발	에잇, 그럼 그냥 관둬라. (다시 안락의자에 풀썩 주저앉는다.) 이

렇게 더뎌서야…… 맙소사, 어떻게 해야 좋을지 모르겠구나. 아, 빌어먹을…….

부국장 (부하들을 향해) 바르니에, 출구 아래에서 광장 쪽을 맡게. 그리고 뒤퓌, 자네는 느무르 가 경찰서로 지금 당장 달려가 경찰관 대여섯 명 정도 인원 보충해와. 아무래도 놈에게 패거리가 있는 것 같아.

댕블발 (일어나 천장 유리창을 가리키며) 만약 놈이 저리로 다시 돌아오면…… 내 딸이…….

부국장 아, 그럴 가능성은 없어 보입니다. 아무튼 마드무아젤은 방 안에 들어가 꼼짝 말고 있으십시오. 아버지와 나 이외엔 누구한테도 문을 열어주면 안 됩니다. 그리고…… (형사 중 한 명을 향해) 공트랑, 자넨 여기 남게. 필요하면 가차 없이 발포하라고. 우린 지금 매우 위험한 녀석을 상대하고 있으니까.

댕블발 빌어먹을 녀석…… 살인마…… 자, 어서요. 마레스코, 앞장서십시오. 내가 열쇠로 문을 잠가야 할 테니…….

(공트랑만 남겨두고 모두들 밖으로 나간다. 장면 내내 뤼팽은 여전히 느긋한 자세로 병풍 뒤에 앉아 있다. 얼굴을 매만지고 손톱을 다듬는가 하면, 가짜 수염을 가지런히 빗어서 호주머니 속에 챙겨넣는다. 그리고 나서 향수병이나 권총 모양의 향수 분무기, 헤어 아이론, 화장용품들을 이것저것 집어 들고 장난을 친다. 그러다 마침내 행동할 준비가 된 듯 힘차게 자리에서 일어난다. 한편 형사는 배경의 큰 문이 닫히자, 무대 전면으로 천천히 걸어나오면서 사방을 살핀다. 먼저 모델 전용 계단 쪽으로 걸어가며 병풍 뒤를 지나쳤다가, 그대로 다시 무대 중앙으로 돌아온다. 뤼팽은 형사가 알아채지 못하면서 지나치는 것을 장난스레 뒤따라 슬그머니 병풍을 한 바퀴 돈다. 결국 제자리로 돌아온 뤼팽. 잠시 생각을 정리한 뒤, 궐련을 말고 있는 형사를 향해 발끝걸음으로 다가가 병풍 뒤에서 집어

든 수건으로 느닷없이 입을 틀어막고는 넘어뜨린다. 권총을 얼굴 바로 앞에 들이댄다.)

뤼팽   꼼짝 말고 얌전히 있어. 해치지는 않을 테니까. (형사는 발버둥을 치면서 끙끙댄다.) 오, 입 닥치고 있으라니까. (자신의 호주머니를 뒤져 작은 약병을 꺼낸다.) 클로로포름을 좀 써야 되겠군. 이거면 생각이 좀 맑아질 거야. (클로로포름 맛을 본 형사, 그대로 잠이 든다.) 그래야지, 우리 착한 아가. 그리고 이건 애쓴 값으로…… (권총 모양의 향수 분무기를 들이대고 살짝 뿌려준다.) 얌전히 코 자는 거야. (형사를 데굴데굴 굴려 댕블발의 방으로 처넣은 다음 문을 닫는다.) 그래그래…… 잘도 자지……. (벌떡 일어선 뤼팽, 큰 문을 열고 현관으로 뛰쳐나간다. 현관문 앞에서 손잡이를 움직이다가 문득 깨달은 듯 중얼거린다.) 아차, 놈들이 문을 잠그고 나갔지! 이런, 제기랄…… (다시 돌아와 큰 문을 닫는다. 골똘한 생각에 잠긴 표정으로 모델 전용 문을 향해 다가간다.) 안 돼! 열쇠가 있어야 한다고. 맙소사, 이걸 어쩐다…… 이를 어떻게 해…… 제기랄…… 제기랄…… (마치 우리에 갇힌 야수처럼 우왕좌왕하다가 탁자 앞에 앉는다.) 가만, 잘 좀 생각해보자, 뤼팽. (문득 옆에 놓인 전화기에 시선이 닿자, 머리를 굴리는 표정. 모델 전용 출입구와 마르셀린의 방문을 번갈아 바라보더니 또다시 황망하게 중얼거린다.) 그래, 열쇠가 있어야만 해…… (잠시 뜸을 들인 후) 맞아, 안 될 것 없지! (시계를 본다.) 최소한 15분은 여유가 있어. 그 정도면 충분해. (수화기를 집어 들고 목소리를 낮게 깐 상태에서) 64875번이라…… (잠시 후) 여보세요! 64875번 좀 부탁합니다. (짜증을 내며) 나 이거야 원…… 할 수 없군. 그럼 교환원 감독관 좀 대주시오. (잠시 후) 감독관이오? 아, 카롤린, 당신인가? 내 말 잘 들어, 자기…… (갑자기 성을 내며) 거참, 입 좀 다물고! 내 말을 잘 들으란 말이야. 지금 일 중단하고, 차를 잡아타. 곧장 아지트로 가는 거야. 가서 베르나르와 그리팽을 만나. 만나서 내가 지금 조각가 댕블발의 아파트에 갇혀 있다고 전해. 형사들이 보초를 서고 있는데, 모델 전용 계단 아래 광장 쪽으로도 몇 놈이 지키고 있을 거야. 놈들을 적당히 처리한 다음에 나를 기다리라고 해. 정확히 10분 후에…… 아차, 거기 다른 친구들도 있으면 모조리 오라고 전해. 10분 후에 도착하는 거야. (수화기를 내린 뒤 시계를 힐끔 본 다음, 여자의 방으로 다가가 귀를 기울이더니 느닷없이 두드린다.) 빨리요. 문 좀 열어보시오. 마레스코 부국장입니다. 급해요. 모델 전용 계단 열쇠 좀 가지고 나오시오. (문이 열리고, 마르셀린이 나타났다가 숨 막힐 듯 외마디 비명을 내지른다.)

뤼팽 (단호한 기세로 상대를 압도하며) 조용히 하시오! (문을 다시 닫으려는 걸 막아선다. 바들바들 떠는 여자를 무대 중앙으로 끌고 나온다.)

마르셀린 누, 누구시죠?

뤼팽 아무 말도 하지 말아요! 잠시 그대로 있어요. 아무 생각 말고…… 차차 설명하리다. (마르셀린의 잔뜩 겁먹은 표정을 보고) 오, 이런…… 두려워 말아요. 해치지는 않을 테니까.

마르셀린 하지만…….

뤼팽 소리 좀 죽여요, 제발. 우리 소리가 새어나가면 곤란합니다. (다시 문 쪽으로 가서 동향을 살피고 돌아온다.) 그럴 만한 중대한 이유가 있어요. 내가 당신을 위해 이곳에 와서 이렇게 당신 곁에 있다는 걸 사람들이 알아선 안 됩니다. (마땅한 설명 방법을 깨달은 듯 좀 더 강하게 되풀이한다.) 그래요, 당신을 위해서 온 거요! 오늘 저녁, 당신은 발통트레모르 댁 무도회에 왔었소. 거기서 당신을 보았지. 오, 실은 그게 처음은 아니었소. 항상 당신을 따라다녔지. 시장에서도……

마르셀린 (놀란 눈으로 듣고 있더니) 시장에는…… 간 적이 없는데…….

뤼팽 아, 내 말은…… 백화점에 말이오. 그리고 극장에서도 봤었지.

마르셀린 극장엔 안 가는데…….

뤼팽 (계속해서 주변을 두리번거리면서) 오, 제발 내 말 좀 끊지 말아주면 고맙겠소. 10분밖에 시간이 없단 말이오. 얼마나 오랫동안 당신과 단둘이 얘기할 기회를 고대해왔는지 모르오! 당신은 상상도 못할 겁니다! 그러다 마침내 오늘 저녁, 내 친구이기도 한 발통트레모르 댁에서 무도회가 있었지. 부인이 참 매력적이지. 그녀 남편과 나는 같은 모임에서 거의 매일…….

마르셀린 그 여자분은 과부인데…….

뤼팽 (여전히 주위를 두리번거리며) 누가 아니래나. 그녀 남편이 죽은 이후로…… 아니지, 그 전에 나를 소개해주었으면 좋았을걸. 난 항상 당신만 바라보고 있었거늘…… (여자한테 바싹 다가서며) 오, 아마도 당신은 나를 볼 수가 없었을 거요. 항상 당신 시선이 닿지 않도록 숨어 있다시피 했으니까. 워낙에 수줍은 성격이거든. 그런 내가 과연 어떻게 당신한테 말이라도 먼저 걸 수가 있었겠소? 그러다 마침내 용단을 내린 거요. 바로 이곳…… 무작정 이곳에 들이닥치기로 말이오. 그런데 어쩌다 보니 이렇게 절도 현장에 와 있게 된 겁니다. 오늘 저녁…… 나는 단지 당신을 보고 싶었을 뿐인데…… 잠깐 얘기만 나누고는…… 금세 가려고 했던 거요. 그래요, 잠깐 얘기만 나눈 뒤 가려고 했었소. 그러니 누구와 마주치지 않아야 할 것 아니겠소? 지금이라도 난 그냥 이 출구로 나가럽니다. 지금 당장 말이오. 지금 당장…… 내 말 알겠죠?

마르셀린 (경계하는 눈빛으로) 아뇨, 아닙니다. 이해가 안 돼요. 아까 아버지랑 같이 들어왔는데…….

뤼팽 그래서요?

마르셀린 (점점 의심이 커지면서) 분명 문을 걸어 잠갔거든요. 그런데…… 당신이 어떻게?

뤼팽 아하, 그게 무슨 중요한 일이라고…….

마르셀린 (흠칫 물러서며) 중요하죠! 중요하고말고요! 당신 혹시 그 남자와 함께…….

뤼팽 (발끈하며) 누구요? 그 붉은 수염 난 친구 말입니까?

마르셀린 (완전히 거리를 두면서) 날 가만 놔둬요. 지금 당장…….

뤼팽 (대뜸 여자를 붙들며) 어딜 가려고? (여자는 잠시 주춤한다. 뤼팽은 숨을 고른 뒤 천천히 여자를 의자에 앉힌다.) 오, 미안합니다. 무례를 용서하시오. (시계를 힐끔 보고는 중얼거린다.) 빌어먹을! (자기가 무슨 말을 하는지 전혀 신경 쓰지 않는 눈치로) 그래요, 그래. 그 남자와 함께 들어왔소. (배경의 큰 문으로 다가가려는 마르셀린) 오, 그게 아니에요! 겁먹을 필요 없어요. 그렇다고 내가 그 남자와 한패라는 얘기는 아닙니다. 오, 천만에! 그런 녀석과 한패라니! 그런 파렴치한 놈을…… 하긴 놈의 계획을 알고는 있었소. 난 단지 그를 이용해 일단 이곳으로 들어오려 했던 거요. 당신한테서 뭔가 얻어가려고 했었죠. 목걸이가 아니고…… 목걸이는 그자가 가져갔소, 맹세해요! 나는 그거 말고 다른 거…… 예컨대 사진 같은 거…… 에잇, 좋소이다. 바로 이거요. 자, 당신 사진 돌려드리지요······ 이젠 내가 정직한 사람이라는 걸 알 거요. 암, 이제는 설마 알겠죠. (여자는 점점 마음을 놓는 표정이다. 여전히 초조한 생각은 다른 데 있으면서 띄엄띄엄 내뱉는 뤼팽의 얘기를 여자는 자기도 모르게 경청하고 있다.) 부탁이니 나를 보내주시오. 차라리 나를 내쫓아요. 제발 부탁이오. 그렇지 않으면 아무래도 말이 튀어나올 것 같아요. 당신이 들어선 안 되는 말을 말이오. 아, 그 말만은 하지 않는 게 낫단 말입니다! 아, 도저히 어쩔 수가 없어! 당신을······ 사랑하오······ 내 머릿속엔 당신밖에 없습니다······ 오, 이렇게 털어놓으니 후련하군요! 그렇게 귀 기울여 들어주니 정말 기쁩니다. 이제 다 얘기했소. 내 사랑, 내 한없는 고통과 번민, 당신을 더는 보지 못한다는 이 가슴 아픈 심정, 마지막 작별인사······ 오, 모든 게 끝났어요. 정말 끔찍한 순간이야······ 아, 당신을 사랑합니다! 사랑해요! 어서 열쇠를 주세요! (그윽한 음성에 실린 말들과 묘한 상황이 여자를 당혹시키면서 서서히 판단력을 무디게 하고 있다. 마치 취한 듯한 여자의 표정. 일순 현실감을 상실하는 현기증을 느낀다. 급기야 자기도 모르게 열쇠를 내민다.)

뤼팽 고마워요! 오, 고마워요! (속으로 쾌재를 부르며 중얼거린다.) 옳거니, 됐어! (후닥닥 문 쪽으로 다가가 열쇠를 꽂다 말고 힐끔 돌아다본다. 얼굴을 두 손에 파묻고 있는 마르셀린. 잠시 생각에 잠기면서 여자의 심중을 헤아려보는 뤼팽. 갑자기 감동받은 얼굴로 돌아와 다가선다.) 아무 말 말아요, 부탁입니다······ (잠시 뜸을 들인 후) 나를 용서해주오······ (약간 당황해하는 태도에 떨리는 음성으로) 당신은 아직 모르겠지만······ 인생이란 원래 그런 것이오. 알 수 없는 상황 속에서 이리 떠밀리고, 저리 떠밀리다 보면······ 어느새 자신을 물끄러미 바라보는 누군가의 시선 앞에 서게 되지. 그러면…….

마르셀린 (불안한 목소리로) 어서 가세요!

뤼팽 당신의 마음을 부당하게 훔칠 생각은 없소. 뭔지 모르지만, 어엿한 연인의 이미지로 당신 마음 한자리를 외람되이 차지하고 싶지는 않단 말이오. 내가 지금까지 주절댄 모든 말들을 깨끗이 잊으십시오. 모두 다 거짓말입니다…… 못 돼먹은 짓을 내가 한 거요…….

마르셀린 가세요! 그만 가시라니까요!

뤼팽 아, 인생이란 어쩌면 이리도 어리석은지…… 아무튼 이제 당신을 바라보는 내 심정이 조금은 떳떳해졌소. 이제 정말로 떠나야 할 시간이오. (모델 전용 출입구를 향해 다가가다 말고 탄식을 내뱉는다.) 젠장, 너무 늦었어!

마르셀린 네?

뤼팽 이봐요, 마드무아젤. 열쇠를 손에 넣기 위해 거짓말을 좀 했다 해서 너무 나를 원망해선 안 됩니다. 이미 당신이 이걸 내게 건네는 그 순간, 내 속마음은 더없이 진지해졌답니다. 물론 다 사치지요. 자, 여기 열쇠 받아요. 이걸 사용할 수가 없습니다.

마르셀린 (불안한 목소리로) 당신 미쳤군요! 아직은 시간이 있어요. 정말이에요, 어서 내 말대로 해요!

뤼팽 아니요. 그러지 않아도 됩니다.

마르셀린 (갑자기 화색이 돋으며) 아!

뤼팽 그런 게 아니라, 경찰이 와 있다고요.

마르셀린 (얼른 탁자 좌측으로 떨어져 앉는다.) 어머나, 세상에!

댕블발   (마레스코와 함께 들어오며) 에잇, 젠장! 어라? 이건 또 뭐야?

(뤼팽은 마르셀린으로부터 시선을 떼고서 일부러 모델 전용 문 쪽을 뚫어져라 바라보는가 하면, 시계를 힐끔거리고 초조한 몸짓을 취한다.)

댕블발   당신, 누구요?

뤼팽   (무척이나 태연한 척) 방금 마드무아젤에게 설명하던 중입니다 만…… 층을 착각했지 뭡니까.

(현관 쪽으로 성큼성큼 나아가려는 걸 부국장이 막아선다.)

댕블발   층을 잘못 아셨다? 이 건물에 사는 사람은 내가 죄다 알고 있소만! 혹시 존함이 어떻게 되시오? (뤼팽은 명함을 꺼내 건넨다.) '오라스 도브리, 탐험가.' (의심스러운 눈길을 흘리며) 탐험 가이시라…….

뤼팽   (자신 있는 목소리로) 그렇소, 탐험가! 파리에 잠시 들른 김에 여기 위층에 사는 친구 좀 보러 온 거요.

댕블발   위층이라면…… 그냥 지붕뿐인데…….

뤼팽   (다시 지나치려 하지만, 부국장이 또다시 가로막는다.) 일단 내려갑 시다. 차근차근 설명을 드리지요.

부국장   (목소리를 높이며) 설명부터 먼저 하시지요!

댕블발   (뤼팽의 팔을 덥석 붙들며) 대체 여긴 어떻게 들어온 겁니까?

뤼팽   걸어서 들어왔소.

댕블발   다시 묻겠소! 어떻게 여길 들어왔습니까?

뤼팽   문을 열고 들어왔소.

댕블발   말도 안 돼! 문은 잠겨 있었소! 좀 더 분명하게 대답해주셔 야겠소. 그렇지 않으면…… (딸 쪽을 힐끔 본다.) 만약 그렇지 않으면 누군가 당신한테 문을 열어줬다고 생각할 수밖에 없 소. 또 한 가지, 언제 들어왔는가도 대답해주시오. 건물 전체를 철통같이 지키고 있는데…… (느닷없이 딸을 향해 외친다.) 그리고 너! 너도 대답해보렴. 집에 죽 있었지 않니? 그래, 넌 알테지. 이 양반과 얘길 나누고 있었던 모양인데…… 그래…… 어디 대답해봐.

마르셀린 네, 그럴게요, 아빠…….

댕블발 아하! (잠시 뜸을 들인 후, 엄한 어조로) 이보시오, 부국장님. 보아하니 이건 경찰과는 무관한 가정 문제인 듯합니다. 자, 어서 대답해보아라.

뤼팽 (중간에 끼어들며) 안 돼요! 내가 허락 안 해요! 절대로 안 됩니다. (댕블발을 홱 돌아보며) 그 명함에 새겨진 이름은 사실 내 것이 아닙니다. 실제 내 이름은 좀 더 충격적이죠. 나름대로는 당당한 대장부의 이름이거니와, 한 여인에게 가벼운 잘못 한번 저지르느니 (여자를 향해 깍듯한 인사를 보낸다.) 차라리 당신 둘을 박살 내버리는 게 (두 사람의 움찔하는 동작) 훨씬 낫다고 여기는 사람의 이름이기도 하지요. 아울러 나는 아가씨한테 무슨 수작이나 걸려고 여기 온 것이 아닙니다. 단, 솔직히 말씀드려서 일단 여성분과 대면하는 영광을 누린 이상, 어쩌면 또다시 여길 방문할 가능성은 다분해졌다는 것이죠. (댕블발을 힐끔 보며) 이를테면 정식 청혼을 하기 위해서라도 말입니다.

부국장 (선뜻 다가서며) 수작을 걸려는 게 아니라면, 다른 동기라도 있는 거요?

댕블발 잠깐만요, 마레스코! 공연히 당신 골치 썩일 필요 없어요. 아까도 말했지만, 이건 경찰과는 상관없는 일이에요.

뤼팽 자, 그럼 이제 어떻게 해드릴까?

댕블발 (빈정대는 투로) 혹시 목걸이 때문에 당신이 여기 와 있다고 우리가 생각할 수 있게 해주겠소?

뤼팽 (목걸이를 꺼내 탁자에 놓으며) 자, 여기 있소.

부국장 어럽쇼!

댕블발 도, 도둑이다!

뤼팽 저런…… 섭섭하게!

부국장 가만있자, 그래! 인상이 어째 붉은 수염 난 친구하고 흡사해!

뤼팽 (가짜 수염을 보여주며) 이거 말이오?

부국장 맞아, 그거야! 그나저나 여길 지키게 해둔 경찰관은……?

뤼팽 오, 그 친구? 아주 피곤해 보여서 내가 눈이라도 좀 붙이라고 들여보냈지.

부국장 아, 이런…… 도대체 당신 정체가 뭐요?

뤼팽 (다른 명함 한 장을 빼내 날렵하게 건넨다.) 고이 받으시게.

댕블발과 부국장 (명함을 읽는다.) 아르센 뤼팽!

뤼팽 당연하지! 자, 이제 마음대로 할 테면 해봐! (부국장, 부리나케 현관문 쪽으로 달려간다. 뤼팽은 마르셀린 앞에서 깍듯이 허리 숙여 인사하고는 호쾌한 목소리로 말한다.) 마드무아젤, 지금부터 이곳에서 약간은 거친 일들이 일어날 겁니다. 어쩌면 피가 튈지도 몰라요. 썩 즐거운 광경은 아니겠죠? (방문을 열면서) 자, 양해해주시길…….

댕블발 (딸을 밀면서) 어서 들어가 있어!

(여자는 방 문턱에 멈춰 선 채 잠시 주저하는 기색. 그러다 결국 퇴장한다. 안 보는 척 앞을 지나쳐가는 여자의 모습을 눈으로 좇는 뤼팽.)

뤼팽 (댕블발을 향해) 그나저나 자네가 저 아가씨 아버지라는 게 확실한 건가?

댕블발 뭐? 그게 무슨 소리요?

뤼팽   내 말은, 자네 같은 사람이 저런 아가씨의 아버지일 수 있다
       는 게 도저히 믿어지지 않는단 말이거든! (부국장을 향해 홱 돌
       아서서) 자, 슬슬 한번 놀아볼까…… 설마 홀몸으로 어쩌겠다
       는 건 아니겠지?

   (뤼팽은 탁자 위에 걸터앉아 궐련을 말기 시작한다.)

부국장   지붕 위에 부하들이 있고, 저 계단 아래에도 몇몇이 있지만,
       네가 뤼팽인 한 그도 충분하다곤 못하겠지…… 하지만 경찰
       서장한테 연락을 취해놨으니 두고 보면 달라질 거다. 어서 항
       복해라!

뤼팽   (궐련을 입에 문다.) 이것도 내가 워낙 예의가 바르기에 귀띔해
       주는 거네만, 자네 부하들은 죄다 골로 가게 되어 있어.

부국장   (권총을 들이댄다.) 반복한다, 항복해!

뤼팽   (총구를 똑바로 바라보며 이리저리 손동작을 한다.) 쪼금 오른쪽으
       로…… 쪼끔만 더…… 옳지! 이제 쬐끔 위로!

부국장   허풍 떨지 마! 항복할 거냐?

뤼팽   여부가 있겠나이까!

부국장   그럼 무기를 내놔라! (뤼팽은 권총 모양의 향수 분무기를 훌쩍 던지
       듯 건넨다. 부국장은 자세히 보지도 않고 얼른 호주머니 속에 처넣는다.)

뤼팽   조심하게! 장전되어 있으니까.

부국장   자, 이제 나를 따라와라!

뤼팽   (성냥을 켜면서) 지구 끝까지라도 얼마든지…….

   (부국장이 위협적으로 다가선다.)

뤼팽   (불이 붙은 성냥을 들이대며) 누구든 먼저 나서는 놈한테는 뜨끔
       한 맛을 보여주지.

부국장   흥, 그래봤자 너만 손해야! 계속 까불면 쏜다!

뤼팽	못할걸!
부국장	하나, 둘…….
뤼팽	작전 타임!
부국장	뭐야?
뤼팽	(능청스레 자리에서 일어서며) 작전 타임…… 작전 타임 한 번 부릅시다. 그러니까 결국은 이런 얘기 아니겠소? (다소 진지한 목소리로) 잔혹한 운명 탓에 결국 이 몸이 죽음을 맞게 된 상황에서 먼저 목걸이가 아직 여기, 이 탁자 위에 있다는 사실에 주목을 해주셨으면 하는 겁니다.
댕블발	그렇지, 내 목걸이!
부국장	아, 이런…… 또 무슨 수작을…….
뤼팽	오, 미안하지만 작전 타임을 요청한다고 분명히 말했소. (댕블발을 향해) 이 목걸이 말입니다. 내가 생각했던 것과는 달리 당신 소유물인 듯해서 말씀인데…….
댕블발	내가 브레브 공작부인한테서 돈 주고 산 거요!
뤼팽	그러게 말이오! 실은 그 사연을 나도 들은 바가 있어서요. 별로 산뜻하지 못한 얘기이긴 합니다만…… 어쨌든 이 목걸이에 관해서 나는 별로 책임질 일이 없다고 사료되는 바입니다. 그저 어떤 놈들이 여기서…….
부국장	(작정을 한 듯) 내 그럴 줄 알았어, 뻔한 소리를!
	(다시금 총을 겨누는 부국장)
뤼팽	(쏜살같이 몸을 날려 큐피드상 뒤로 숨는다.) 그 총 내리시지. 아니면 뭐 좀 상하는 게 있을걸!
댕블발	(기겁을 하며 부국장에게 달려든다.) 다, 당신 미쳤소? 내 조각상이오!

뤼팽   (대리석상을 슬금슬금 흔들면서) 어디 맘대로 해보라고!

댕블발   잠깐! 이봐요, 마레스코. 저자를 가만 내버려둡시다. 어쨌든 목걸이는 내놓지 않았소!

뤼팽   (어느새 모델 전용 출입구까지 물러나 있다.) 그것 보라고, 마레스코! 그리고 자네 말이야, 사람이 너무나 어리석어! 나로 하여금 기어코 가면을 벗어 던지도록 만들었다면, 성공은 이미 따놓은 당상일 텐데 말이야…… (그때 어디선가 노크 소리가 들린다. 알고 보니 바로 모델 전용 출입문에서 나는 소리다.) 어라, 누가 문을 두드리네. 자네가 부른 원군인가 보군. 이럴 수가! 자네 공화국 근위대라도 부른 거야? 어때, 나도 좀 도울까? 우리 셋이면 문제없을 텐데 말이야!

(그러면서 손을 뒤로 슬그머니 가져가는 뤼팽. 언뜻 열쇠가 들려 있는 게 보인다. 그는 무대 전면, 모델 전용 출입구에 등을 지고 딱 붙어 서 있다.)

부국장   말이 많다! 수갑을 채워야겠어!

뤼팽   아, 안 돼! 어떻게 그런 꼴을!

부국장   뭐가 어째! 그럼 어떤 꼴이어야 하는데?

뤼팽   존중받는 꼴!

부국장   얼씨구, 어디 더 해보지 그래?

뤼팽   (마침내 등 뒤로 열쇠를 꽂으며) 그대와 나 사이에 적당한 거리 두기.

부국장   그건 곤란한데…….

뤼팽   곤란하다면, 난 이만 실례하는 거지 뭐! (후딱 뒤로 돌자마자 냅다 문을 여는 뤼팽. 두 명의 정복경찰관이 앞을 떡 가로막고 있다.) 멍청이들아, 길 비켜, 어서! (경찰관들을 헤쳐나가려는 순간 부국장이 달려온다. 두 명의 경찰관들이 얼른 문을 밀어 닫는다. 뤼팽은 몸을 빼고는 벽에 붙어 선다.)

부국장   (통쾌한 웃음을 터뜨리며) 으하하하! 끝났다, 뤼팽! 이번에야 말로…….

뤼팽   (모든 것을 감수한 듯) 그런 것 같네…… 꼼짝없이 붙들렸어…….

부국장   (기고만장) 아하하하하!

뤼팽   이왕이면 격식을 좀 차렸으면 하는데? 모양이라도 좋게 말이야.

부국장   (경찰관들을 향해) 여보게들, 수고하네. 각자 자리는 지키고 있는 거겠지?

경찰관 1   네. 동료들이 방금 대로를 둘러보았습니다. 부국장님과 함께 온 형사들이 지휘 중입니다.

부국장   (댕블발을 향해) 그럼 슬슬 문을 개방해도 되겠습니다.

댕블발   네, 갑니다, 가요. (그가 나가자, 두 명의 경찰관이 들어와 뤼팽을 에워싼다.)

부국장   (뤼팽을 향해) 그리 나쁘진 않지, 뤼팽?

뤼팽   음, 괜찮군. 하지만 더 나은 게 있는데…….

부국장   뭐라고? 아직 안 끝난 거야?

뤼팽   오, 끝났지. 끝났고말고. 어쨌든 감옥살이래봐야 잠깐이면 되니까…… 들어갔다 금방 나오는 정도라고나 할까!

부국장   오호, 그럼 일단은 들어가주시는 걸로 시작해보지 그래. 어떤가?

뤼팽   (히죽 웃으며) 그리 안심할 일만은 아닐 거야!

부국장   (경찰관 중 한 명에게) 지금 당장 뛰어가서 삯마차를 하나 잡아놓게. 우린 뒤따라갈 테니.

뤼팽   그럴 필요 없네. 나한테 자동차가 있으니까. 바티뇰 대로변에 세워두었어. 운전기사는 에르네스트라고 하지.

부국장 (뤼팽한테 달려들 듯) 자자, 어서 움직이기나 해! (마침내 돌아서 나가려는데 뤼팽을 에워쌌던 두 명의 경찰관들이 다짜고짜 부국장의 팔을 붙들어 꺾는다. 기겁을 하며 몸부림치는 부국장) 어라? 이건 또 뭐하는 짓이야! (잠시 경찰관과 뤼팽을 번갈아 바라보던 부국장, 고함을 내지른다.) 이런, 맙소사! 한 패거리였어? (격하게 발버둥을 쳐 몸을 빼고는 무대 배경의 큰 문 쪽으로 내달린다.) 이보게들, 날 좀 도와줘! 도와달라고! (문을 활짝 열자, 현관에는 단단한 체구의 정복경찰관 여섯 명이 버티고 있다. 댕블발과 치안국 형사들은 그 옆 의자에 꽁꽁 묶이고 재갈이 물린 채 처박혀 있다. 더듬대는 부국장) 아, 이, 이런 나쁜 놈들…….

뤼팽 (소개하듯 몸짓을 취한다.) 나의 개인 경호부대올시다. 대(對)치안국 행동대원들이라고나 할까. 멋진 사나이들 아니오? (뤼팽이 신호를 보내자, 처음 두 경찰관 중 한 명이 낡아빠진 천 조각을 이용해 부국장을 결박한다. 뤼팽은 나머지 한 명에게 묻는다.) 아까는 날 못 알아본 건가?

경찰관 1 아닙니다, 두목. 제가 아직 신참인 데다, 밖이 워낙에 어두컴컴해서요. 게다가 카롤린 얘기로는…….

뤼팽 아, 붉은 수염을 달고 있을 거라 했겠지, 안 그런가? 내가 실수한 거로군! (포로들을 돌아보며) 자, 이제 퇴각할 때가 됐어! 거참 그림 한번 끝내주네! 살짝 스케치라도 해놓고 싶을 정도야! (호주머니에서 휴대용 사진기와 마그네슘 램프를 꺼내 자세를 잡는다.) 아주 멋진 단체사진이 되겠어! 아주 그럴듯해…… 어이, 마레스코, 인상 좀 펴라고. 그렇지, 바로 그거야! 왠지 생각에 잠긴 듯한 그 표정…… 댕블발, 자네는 살짝 웃어주는 게 어울려. 그렇지, 그렇지. 자, 모두 움직이지 말고…… 찰칵! 브라보! 신문에 아주 기막힌 스냅사진이 돼서 나올 거야!

(순간 문이 활짝 열리면서 또 다른 정복경찰관이 헐레벌떡 외치며 뛰어든다.)

경찰관 2 경찰이다! (모두 갈팡질팡 어쩔 줄을 몰라 한다.)

뤼팽 (지극히 침착하게) 일동, 뒤로 돌아! 지금부터 모두 질서정연하게 모델 전용 계단으로 직행한다, 실시! (모두들 지시에 따라 무대를 빠져나가고, 현관에서는 초인종이 울린다.) 마레스코, 어서 가서 열어! (문을 향해 버럭 소리친다.) 아직 들어오지 마! 내 소지품이 죄다 어디 간 거야? 이봐, 마레스코? 내 옷가지들 다 어떻게 한 건가? (초인종이 다시 울린다.) 잠깐 기다리라니까! 이런 빌어먹을! 설마 나더러 모자도 쓰지 않은 맨머리로 손님을 맞으라는 건 아니겠지! 옳거니, 조촐한 망토가 있었군. (진짜 망토 하나를 찾아낸다. 마르셀린의 망토다.) 아하, 좋았어! 고맙네! 오, 괜히 배웅까지 할 건 없고…….

(그때 모델 전용 출입구를 통해 정복경찰관 한 명이 들어온다.)

경찰관 1 두목, 자동차 대령했습니다!

뤼팽 음, 곧 간다. (포로들을 향해 인사를 날리고는 밖으로 나간다. 포로들, 결박을 풀기 위해 모두 발버둥을 치며 안간힘을 다한다. 뤼팽, 뭔가 잊어버린 듯 다시 들어온다. 태연하게 댕블발한테로 다가가 호주머니에서 목걸이를 꺼내 챙긴다.) 어차피 정식으로 자네 것이 아니라는 걸 알았으니, 나로서도 별로 켕길 것 없겠지. 부당하게 얻은 재산은 별 가치가 없다는 것, 앞으로 명심하게나…… 물론 내 경우에는 다르지만 말이야!

(막 나서려는데, 간신히 한쪽 팔을 풀어낸 마레스코. 아까 뤼팽이 건넨 권총 모양의 향수 분무기를 빼 들고는, 호기 있게 외치며 방아쇠를 당긴다.)

마레스코 맛 좀 봐라, 이 우라질 놈!

뤼팽   아하, 고마우이! 좀 더 쐬주지 않겠나? 더구나 그 향수, 나도
참 좋아해…… 카롤린이 쓰는 향수거든. 그럼 또 보세나! 너
무 화만 내지 말고…… 난 어쩐지 자네가 맘에 드는걸!

(뤼팽, 퇴장한다. 부국장과 댕블발은 몸부림을 쳐댄 끝에 반쯤 결박이 풀리고,
반쯤 재갈이 벗겨진 상태에서 엉거주춤 간신히 일어선다. 둘은 미친 듯이 고함을
질러대며 동분서주 난리를 피우는데, 그 와중에 부국장의 팔꿈치가 스치면서 그
만 큐피드상이 넘어진다.)

댕블발   (부국장의 멱살을 움켜쥐며) 내 조각상! 내 큐피드상! 으이
그…… 이 멍청한 인간 같으니!

막

암염소 가죽옷을 입은 사나이

L'homme à la peau de bique/A Tragedy in the Forest of Morgues

1912년

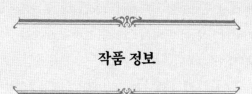

작품 정보

「암염소 가죽옷을 입은 사나이(L'homme à la peau de bique/A Tragedy in the Forest of Morgues)」(1912)는 『아르센 뤼팽의 고백』에 대한 해설에서 언급했듯이, 이 작품 또한 프랑스보다 영국에서 먼저 영역된 상태로 발표되었다. 당시 제목은 「시체가 널린 숲의 비극(A Tragedy in the Forest of Morgues)」, 한데 어인 일인지 이 작품만큼은 1913년 프랑스에서 출간된 『아르센 뤼팽의 고백』에도 수록되지 않는다. 그리고 1927년이 되어서야 에디시옹 보디니에르(Édition Baudinière)에서 나온 『프랑스 소설가들의 사랑(L'Amour selon les romanciers français)』이라는 작품집에 하나의 단편으로 처음 소개된다. 이후 오늘까지도 영역판 '고백(Confessions)'에는 포함되나 프랑스판 '고백(Confidences)'에는 포함되지 않는, 기구한 운명을 살고 있다. 「암염소 가죽옷을 입은 사나이」는 언론인 친구 조르주 부르동을 돕는 뜻에서, 그가 관여하는 '언론인 조합'의 기관지를 꾸며줄 의도로 써준 소품이지만, 내용만큼은 추리소설의 거장(巨匠) 에드거 앨런 포에 대한 오마주로 가득하다. 미국의 천재작가에 대해서는 뤼팽 시리즈 이곳저곳에 여러 차례 경의를 표하고 있으나, 특히 이 작품은 포에게 '헌정'한 작품이라 해도 과언이 아니다. 추리문학에 관한 세계 최초의 학술논문인 레지 메삭(Règis Messac)의 「탐정소설과 과학정신의 영향(Le 'Detective Novel' et l'Influence de la Pensée scientifique)」(1929)은 바로 이 작품을 분석하면서, "에드거 앨런 포의 집중(concentration)과 점층(graduation)의 법칙을 대단히 훌륭하게 적용"했다며 극찬했다.

마을 전체가 발칵 뒤집혔다.

일요일, 생니콜라(프랑스 북부의 작은 마을.『기암성』53쪽 참조―옮긴이)의 주민들과 인근 지역 사람들이 성당에서 나와 광장으로 어슬렁거리며 퍼져나갔을 때였다. 앞서 걸어가다가 이제 막 대로변으로 돌아들던 아낙네들이 별안간 끔찍한 비명을 지르면서 우르르 뒤로 물러났다.

순간 모든 이의 시야에 마치 괴물처럼 생긴 큼직한 자동차 한 대가 현기증 나는 속도로 불쑥 달려 들어왔다. 아우성쳐대면서 이리저리 내빼는 사람들 틈을 쑤시듯 자동차는 그대로 성당을 향해 돌진했고, 계단에 정면으로 충돌하기 직전에 아슬아슬하게 방향을 틀어 사제관 담벼락을 기가 막히게 스치면서 다시금 국도로 연장된 길목으로 멀어져 갔다. 그런데―정말 믿어지지 않는 기적이 아닌가!―그 지랄 같은 급커브의 연속에서도 광장에 몰려 있는 사람들 중 단 한 명도 건드리지 않고 깔끔하게 사라져가는 것이었다.

그 와중에 사람들은 용케 목격했다. 모피 모자를 쓰고 큼직한 안경으로 얼굴을 가리다시피 한 어떤 사나이가 암염소 가죽옷 차림새로 운전석에 앉아 있는 것을. 그런데 그 옆, 같은 좌석에는 머리가 피투성이인 한 여자가 앞쪽으로 몸이 거꾸러지다시피 한 채 보닛 위로 고개를 떨구고 있었다.

목격한 것뿐만 아니라 소리도 들었다! 공포와 고통에 사무쳐 울부짖는 바로 그 여자의 비명 소리를.

너무도 섬뜩하고 피비린내 나는 광경이었기에 사람들은 잠시 동안 그저 멍하니 서 있을 수밖에 없었다.

"피다!"

누군가 그렇게 소리쳤다.

광장의 자갈들 여기저기에 흥건하게 피가 튀어 있었고, 가을의 첫 한기로 점점 단단해져가는 맨땅 위에도 핏자국이 선명했다. 자동차를 추적하러 나선 개구쟁이들과 남자들은 내내 그 음산한 흔적들을 따라만 가면 될 정도였다.

핏자국은 대로로 쭉 이어져 있었는데, 그 꼴이 또한 기이했다! 이쪽 저쪽, 타이어 바큇자국에 바짝 붙어서 소름 끼칠 정도로 지그재그 제멋대로의 흔적을 이어가는 것이었다. 도대체 이런 식이면서 어떻게 자동차가 저 나무와 충돌하지 않았는지? 어떻게 이 비탈로 뒹굴기 전에 운전대를 급선회할 수가 있었는지? 대체 어느 초심자, 어느 미치광이, 어느 술주정꾼, 어느 정신 나간 범죄자가 운전을 하기에 이따위로 엉망진창일 수가 있는가!

촌부 한 명이 내뱉듯 말했다.

"아마 숲 모퉁이길로 접어들기는 어려울걸!"

결정판 아르센 뤼팽 전집

그러자 또 다른 이가 거들었다.

"아무렴, 힘들고말고! 그대로 곤두박질치고 말 거야."

생니콜라에서 약 500여 미터 떨어진 곳부터 모르그 숲이 시작되는데, 마을을 벗어나면서 나타나는 약간의 우회길만 제외하면, 그곳까지 직선으로 뻗은 길이 숲에 진입하는 즉시 바위와 나무들 틈새로 급격하게 꺾였다. 그 커브길만큼은 이 세상 어느 자동차도 사전에 속도를 늦추지 않고서는 제대로 타고 들 수 없었다. 그래서 바로 앞 표지판에도 위험표시가 되어 있었다.

마침내 사람들은 숨을 헐떡이면서 숲 언저리 어슷하게 심어진 다섯 그루의 너도밤나무까지 달려왔다.

그중 누군가 버럭 소리쳤다.

"그럼 그렇지!"

"뭐가?"

"곤두박질쳤다고!"

실제로 자동차는—리무진이었다—뒤틀리고 부서져 형체를 분간하기 어려운 상태로 벌러덩 뒤집혀진 채 나뒹굴고 있었다. 그 옆에는 여자의 시체가 있었다. 하지만 정작 끔찍한 건 정말이지 질릴 만큼 역겨운 광경이었는데, 여자의 머리가 어마어마한 돌덩이 밑에 깔려 완전히 납작하게 바스러져서 분간하기도 어렵게 되어 있는 것이었다. 웬만한 기운으로는 도저히 그런 상태로 옮겨 둘 수가 없을 정도의 바윗덩어리였다.

암염소 가죽옷을 입은 사나이는 온데간데 보이지 않았다. 사고 현장은 물론 근처 어디에도 그의 흔적은 찾을 수가 없었다. 더군다나 때마침 모르그 언덕길을 걸어 내려오던 일꾼들도 개미 새끼 한 마리 마주친 적이 없다고 했다.

그렇다면 숲 속으로 도망쳤다는 얘기인데, 하도 오래된 나무들이 아름다워 숲이라고 부르긴 하지만 사실 규모는 소박한 편이었다. 연락을 받고 달려온 헌병대가 지역 주민들과 합세해서 벌써부터 세밀한 수색에 들어가 있었다. 하지만 발견한 건 아무것도 없었다. 수사판사를 비롯한 수사관들도 며칠에 걸쳐 심도 깊은 조사를 벌였지만, 이 수수께끼 같은 사건에 일말의 빛을 뿌려줄 만한 단서는 캐내지 못하는 상황이었다. 빛은커녕 조사가 거듭될수록 더더욱 이해할 수 없는 문제와 불가해한 정황에만 부닥치는 것이었다.

예컨대 돌덩어리는 최소한 사건 현장에서 40여 미터 떨어진 어느 붕괴지역에서 채취된 것이며, 살인자는 불과 몇 분 만에 그것을 운반해와 희생자의 머리 위에 올려놓았다는 것이다.

그뿐만이 아니었다. 숲에 숨어 있지 않은 게 분명한 이 살인자는—만약 숨어 있다면 도저히 찾아내지 못했을 리가 없다—사건이 일어난 일주일 후, 대범하게도 현장을 다시 찾아와 자신이 입었던 암염소 가죽옷을 놔두고 사라졌다! 도대체 왜? 무슨 목적이었을까? 그 모피옷 속을 뒤져본 결과 병마개뽑이와 냅킨 한 장 이외엔 아무것도 나오지 않았다. 그렇다면? 자동차를 제작한 회사로 찾아가 일단 리무진을 확인하고 조사를 벌였다. 회사 측에서 하는 얘기는 3년 전 어느 러시아인에게 차를 팔았는데, 나중에 들리는 얘기론 그 손님이 곧장 다른 사람한테 되팔았다는 것이다. 그럼 궁극적으로 누구한테 차가 돌아갔다는 얘기일까? 물론 차에는 등록번호도 없었다.

마찬가지로 죽은 여자의 신원도 완전히 오리무중이었다. 의복이든 속옷이든 상표 하나 붙어 있지 않았다.

얼굴도 아는 사람이 없었다.

안 되겠다 싶었는지 치안국에서 파견 나온 형사들이 비밀리에 이

결정판 아르센 뤼팽 전집

수수께끼 같은 사건의 용의자들이 거쳐왔을 국도를 되짚어 거슬러 가 보기로 했다. 하지만 사건이 일어나기 전날의 캄캄한 밤 동안 과연 문 제의 자동차가 바로 그 길을 거쳤노라고 누가 나서서 장담할 수 있겠 는가?

그래도 조사와 신문은 꾸준히 지속되었다. 그리고 결국에는 전날 저 녁에 현장에서 300킬로미터 떨어진 곳, 국도로 통하는 간선도로변에 위치한 어느 작은 마을에서 한 대의 리무진이 식료품 잡화점 앞에 정차 해 있었다는 사실이 확인되었다.

우선 기름부터 채운 운전자는 윤활유와 예비용 기름을 몇 통 더 산 뒤, 햄, 과일, 과자, 포도주, 그리고 작은 병으로 트루아제투알('별 셋(★ ★★)'이라는 뜻으로 여기선 상표명―옮긴이) 코냑 한 병을 챙겼다는 것이다. 좌석에는 한 여인이 잠자코 앉아서 한 발짝도 내리지 않았고, 뒤쪽 창 문은 온통 커튼이 쳐져 있었다고 했다. 그런데 그 커튼이 몇 차례 들썩 인 걸로 봐서 분명 다른 누군가가 차 안에 타고 있는 것이 틀림없었다 는 게 당시 점원의 생각이었다.

그렇게 먹을 것을 마련한 사실이 확인된 이상, 당장은 음식 잔여물이 나 그와 관련한 흔적을 찾아내는 것이 급선무였다.

형사들은 오던 길을 되밟기 시작했다. 길이 두 개로 갈라지는 지점, 즉 생니콜라까지는 아직 18킬로미터 정도를 더 가야 하는 곳에 이르렀 을 때였다. 어느 목동이 관목숲이 시야를 가리는 목장을 가리키며 그곳 에서 텅 빈 병 하나와 잡다한 물건들이 나뒹구는 걸 본 적이 있다는 것 이었다. 조사에 착수하자마자 형사들은 확신에 도달했다. 분명 자동차 는 그곳에 주차해 있었고, 아마도 밤새도록 차 안에서 휴식을 취한 다 음 준비해온 음식으로 허기를 때우고 나서 곧장 아침 여정에 올랐다. 그 움직일 수 없는 증거로 잡화점에서 팔았다는 트루아제투알 코냑 작은 병이 뒹굴고 있었다.

한 가지 이상한 점은 병의 목 부분이 깨끗하게 달아나 있는 것이었다.

그에 사용되었을 돌맹이가 수거되었고, 마개가 그대로 꽂혀 있는 병목도 고스란히 발견되었다. 금속제로 된 봉인 마크에는 정상적으로 마개를 따려고 시도했던 흔적들이 적나라하게 남아 있었다. 형사들은 도로와는 수직으로 만나면서 목장을 에두르는 도랑을 따라 조사를 계속해갔다. 마침내 그들은 가시덤불로 가려진, 왠지 썩는 냄새가 나는 것 같은 작은 샘 하나와 맞닥뜨렸다.

가시덤불을 얼른 거둬내자 한 남자의 사체가 발견되었는데, 깨진 머리가 이미 구더기들로 진창이 되다시피 했다. 바지와 밤색 가죽 재킷을 걸친 모습이었다. 호주머니는 텅 비었고, 지갑도 신분증도 시계도 보이지 않았다.

이틀 후, 소환을 받고 부리나케 달려온 잡화점 주인과 종업원이 사체의 체격과 복장만으로도, 사건 전날 기름과 음식물을 구입해간 손님임을 공식적으로 확인해주었다.

이 정도면 사건수사를 새로운 토대 위에서 다시 시작해야 하는 단계에 돌입한 셈이었다. 더 이상 두 사람—한 남자와 한 여자—중에 누가 누굴 죽이는 차원의 사건이 아니었다. 이건 세 사람 중에 두 사람이 희생된 사건으로, 지금까지 여자 희생자의 살해범으로 지목받았던 바로 그 사람 역시 같은 희생자의 범주에 들어갈 수밖에 없었다. 결국 살인자가 누구냐는 문제만큼은 의심의 여지가 없는 셈이었는데, 말할 것도 없이 자동차 안에 커튼까지 가리는 용의주도함을 갖추면서 꼭꼭 숨어 다니던 제3의 인물이 분명했다! 우선 운전자부터 제거하고 소지품을 깨끗이 턴 뒤, 여자에게도 치명적인 상처를 입히고 나서 곧장 죽음에 이르는 질주를 감행한 것이었다.

결정판 아르센 뤼팽 전집

이러고 보니 뜻하지 않은 발견과 예기치 않은 증언들이 완전히 새로운 사건을 하나 만들어 낸 꼴이었다. 얼핏 이대로만 가면 수수께끼가 저절로 밝혀질 것이며, 최소한 예심 과정에서 어느 정도 진실의 길로 파고들 수 있을 것 같아 보였다. 하지만 현실은 그렇게 녹록지가 않았다. 처음 시체에 또 다른 시체가 하나 더 추가됐을 뿐, 기존의 문제 위에 또 다른 문제가 얹혀진 것에 불과했다. 살인혐의는 이쪽에서 저쪽으로 갈피를 잡지 못하고 오락가락할 뿐이었다.

그게 전부였다. 손에 만져질 듯 확실한 일부 사실들 너머는 여전히 알 수 없는 암흑세계였다.

예컨대 여자 희생자와 남자 희생자, 그리고 살인용의자의 이름은 미궁에서 한 발짝도 벗어나지 못했다.

도대체 살인용의자는 그 후 어떻게 된 것일까? 만약 그가 눈 깜짝할 사이에 사건 현장에서 자취를 감추기만 한 거라면, 그런대로 봐줄 만한 수수께끼라 할 것이다. 하지만 용의자가 결정적으로 사라진 것도 아니니 거의 경악의 수준에 달하는 사건이라 아니할 수 없었다. 그는 아직도 주위를 배회하고 있는 것이다! 잽싸게 도망치기는커녕 다시 발길을 돌려 끔찍한 재앙의 현장으로 돌아오다니! 암염소 가죽옷 외에도 하루는 모피 챙 모자가 현장에서 추가로 수거되었다. 정말 아연실색할 만한 일은 현장의 길모퉁이 바위들 틈에서 밤새도록 감시를 하고 난 이튿날 아침에, 깨지고 녹이 슬어 지저분해진 운전자용 보안경이 덩그러니 뒹굴고 있는 것이었다! 살인용의자가 어떻게 형사들 눈에 띄지 않고 이 안경을 현장에 가져올 수 있었을까? 그리고 무엇보다 이런 일련의 행동을 하는 이유가 무엇일까?

기가 찰 일은 그것 말고도 더 있다. 이어진 밤, 그 숲을 가로질러 갈 수밖에 없었던 한 촌부가 궁여지책으로 엽총 한 자루에 개까지 두 마리 데리고 길을 걷던 중, 난데없는 그림자 하나가 어둠 속에서 후딱 지나는 바람에 덜컥 멈춰 섰다. 개라고는 하지만 반은 늑대의 피가 살아 있는 맹견이기에 두 녀석들은 즉각 의문의 그림자를 쫓아 덤불숲으로 뛰어들었다.

그러나 불과 얼마 지나지 않아 촌부의 귓가에 녀석들의 지독한 비명 소리와 더불어 단말마의 신음이 이어졌다. 그러고는 곧 침묵, 완전한 적막이 자리 잡았다.

기겁을 한 촌부가 엽총마저 내팽개치고 줄행랑을 쳤음은 당연하다.

다음 날, 현장을 아무리 뒤져도 개 두 마리의 흔적은 찾을 수 없었다. 엽총의 개머리판도 온데간데없었고, 총신만 꼿꼿하게 땅에 박혀서 그로부터 50여 미터 떨어진 풀숲에서 꺾어온 걸로 보이는 한 송이 콜히쿰 꽃이 꽂혀 있는 게 아닌가!

이게 대체 무슨 뜻이란 말인가? 난데없는 꽃 한 송이라니! 왜 자신이 저지른 범행을 이처럼 온갖 수수께끼로 복잡하게 장식하려는 건가? 이렇게 쓸데없는 장난질을 하는 이유는 뭘까? 워낙에 비상식적인 행태를 대하다 보니 사람들 모두 여간 골치가 아픈 게 아니었다. 이 애매모호한 사건을 본격적으로 파고들다 보면 누구든 일말의 불안감을 느끼지 않을 수가 없었다. 호흡을 하기도 곤란하고 눈에는 뭔가 베일이 가려져서, 제아무리 명철한 정신이라 해도 혼란에 사로잡힐 수밖에 없는 어떤 혼탁하고 무거운 분위기마저 감지되는 것이었다.

결국 수사판사는 몸져눕고 말았다. 후임자 역시 단 나흘 만에 사건은 아무래도 미궁 속에 남을 것 같다는 고백을 하고 말았다. 그간 뜨내기 부랑자만 두 명 잡아들였다가는 곧장 풀어주었다. 그리고 세 번째 부랑자까지 추적해보았지만 붙잡지도 못했을뿐더러, 그나마 이렇다 할 증거가 있었던 것도 아니었다. 한마디로 모든 것이 혼란과 모순, 암흑일 따름이었다.

그런데 하나의 우연이 해결책을 제시했다. 아니, 그보다는 해결책에 이르도록 일련의 상황들이 우연히 정렬되었다는 게 더 정확한 표현일 터이다. 정말이지 단순한 우연이 작용한 결과였다. 사건 현장에 파견된 파리의 한 유력 일간지 기자가 다음과 같은 요지의 기사를 작성한 것이다.

요컨대 다시 한번 강조하지만, 우리는 운명의 협조를 기다리는 수밖에 없다. 그렇지 않은 모든 노력과 시도는 그저 시간 낭비일 뿐이다. 단순히 진실의 요소들만으로는 수긍할 만한 가설을 세우기에 역부족이다. 한마디로 표현해 한 치 앞도 내다볼 수 없는 막막하고 절대적인 불안의 밤일 뿐이다. 아무것도 할 일이 없다. 세상 모든 셜록 홈스를 대령해보라. 이 사건에서 아무것도 발견할 수 없을 것이다. 심지어 아르센 뤼팽이라 해도, 감히 말하건대 두 손 두 발 다 들 게 분명하다.

그런데 이런 기사가 나간 바로 다음 날, 같은 신문에 다음과 같은 전보 내용이 소개되었다.

물론 가끔은 두 손 두 발 다 든 적도 없진 않지만
그런 멍청한 사건 앞에서는 천만의 말씀이올시다.
생니콜라의 참극은 젖먹이 어린애 수준의 수수께끼라오.

아르센 뤼팽

일대 소란이 인 건 당연했다. 지금도 그 전보를 기억하는 사람이 많을 것이며, 유명한 모험가의 개입이 그 당시 부추긴 세간의 논쟁은 아직도 우리의 뇌리에 생생하다.

그나저나 진짜로 개입하긴 한 것일까? 사람들은 일단 의심했다. 신문의 논조도 어딘지 미심쩍다는 쪽이었고, 잔뜩 조심하는 투였다.

우린 그저 하나의 자료로써 그 전보 내용을 공개했을 뿐, 어느 허풍쟁이의 장난이라고밖에는 생각할 수 없다는 입장이다. 아르센 뤼팽이 비록 기만술의 대가로 통하기는 하지만, 그처럼 유치한 허풍을 공개적으로 떠벌릴 위인은 아니기 때문이다.

며칠이 아무 일 없이 지나갔다. 아울러 매일 아침 호기심을 갖고 신문을 펼치던 대중은 실망감과 더불어 더더욱 부푸는 기대에 시달렸다. 과연 어떻게 될 것인가? 그러던 어느 날, 수수께끼의 해답이 너무나도 명확하게 제시된 아르센 뤼팽의 저 유명한 편지가 신문 한복판에 떡하니 게재되었다. 그것을 이 자리에 토씨 하나 빠뜨리지 않고 다시 옮겨 본다.

신문사 사장님께

당신은 내 약점만을 물고 늘어짐으로써 사람을 상당히 과소평가하고 있습니다. 기분이 썩 좋지도 않고 하니, 차라리 속 시원히 답변을 하도록 하지요.

요컨대 다시 한번 강조하지만, 생니콜라의 참극은 한낱 젖먹이 어린애 수준의 수수께끼랍니다. 사실 그처럼 단순무구한 사건도 처음 보며, 그에 따라 나의 논증도 더없이 간결할 것임을 미리 밝혀둡니다.

논증의 원칙은 다음 몇 마디 말로 요약될 수 있습니다.

자고로 어떤 범행이 상궤를 벗어나 보이고, 자연의 질서를 훌쩍 뛰어

님어 나소 엉뚱하게 비칠 경우에는, 그 해명 역시 그만큼 상궤를 벗어나고 탈자연적인 동기에서 찾아질 가능성이 다분하다고 할 수 있습니다. 내 말은 세상에는 너무도 많은 가능성이 산재해 있다는 얘기입니다. 따라서 가장 평범해 보이고, 가장 논리적으로 여겨지는 사건들 속에서도 항상 부조리의 극치를 달리는 부분이 내재해 있음을 감안해야 한다는 것입니다. 하물며 이번 사건의 경우, 어떻게 있는 그대로의 사실을 간과할 수 있으며, 부조리하고 엉뚱한 가능성을 고려 대상에 넣지 않을 수가 있겠습니까?

처음 이 사건을 접했을 때부터 나는 그 같은 비상식적인 측면에 주목했습니다. 우선 초보자가 운전했다 싶을 만큼 지그재그로 흐트러졌다는 자동차의 서툰 운행 말입니다. 혹자는 미친 사람이거나 술주정꾼이 운전한 거라고도 했지요. 그럴싸한 가정입니다. 하지만 광기나 취기만으로는, 가엾은 여자의 머리를 짓이긴 그처럼 무거운 돌덩이를, 그것도 눈 깜짝할 사이에 옮겨다 놓을 만큼의 집약된 완력을 발휘하기란 거의 불가능할 겁니다. 이를 위해서는 아주 강력한 근력이 필수적이어야만 하며, 이 점이야말로 사건 전반을 지배하는 비상식성의 두 번째 징후라고 나는 서슴없이 말할 수 있습니다.

왜 하필 그처럼 엄청난 크기의 돌덩어리가 필요했을까요? 가냘픈 여자를 제압하기 위해서는 그저 평범한 돌멩이 하나만으로도 충분했을 텐데 말입니다. 또한 그처럼 끔찍한 전복사고를 당한 살인자는 즉사한다든지, 일시적이나마 행동불능 상태에 빠질 법도 한데, 어떻게 그 모든 것을 모면할 수 있었을까요? 어떻게 현장에서 유유히 사라진 걸까요? 게다가 한번 사라졌으면 그만이지, 뭐하러 현장에 다시 나타난 걸까요? 날을 바꿔가면서 그때마다 옷가지와 챙 모자, 그리고 안경을 놓아두고 사라진 이유는 과연 무엇일까요?

비상식적, 비정상적일 뿐 아니라, 쓸데없고 어리석은 짓처럼 보이기도 합니다.

이미 상처를 입어 혼수상태에 가까운 여자를 굳이 앞좌석에 태워, 모든 사람들의 시야에 노출시켜가면서까지 데리고 다닌 이유는 또 무엇일까요? 차라리 밖에서 보이지 않도록 안쪽에 태운다든지, 도랑에 처박은 남자처럼 길가 구석 아무 데나 내던져버릴 수도 있었을 텐데.

비정상적이고 엉뚱하기 그지없는 행동 같습니다.

한마디로 사건의 모든 요소가 부조리하지요. 모든 면면이 한낱 어린애나 광포한 야만인, 무지막지한 짐승 따위의 어리석고, 변덕스러우며, 서툴기 그지없는 작태를 드러내고 있습니다.

코냑 병은 또 어떨까요? 병마개뽑이가 분명 있었습니다(가죽 외투 호주머니 속에 있었지요). 살인자가 그것을 사용했나요? 네, 병마개뽑이로 애를 쓴 흔적이 분명 금속 봉인에 남아 있습니다. 하지만 마개를 따는 동작조차 그에게는 왠지 너무 복잡한 작업이었던 것 같습니다. 그래서 돌멩이로 병모가지를 그냥 깨부수는 걸로 문제를 해결했지요.

이렇듯 항상 돌을 사용했다는 사실에 주의해봅시다. 돌이야말로 그 자가 사용한 유일한 도구이자, 무기라는 점 말입니다. 일상적인 무기요, 친근한 도구인 셈이죠. 남자를 돌로 쳐 죽였고, 여자도 돌로 해결했으며, 병마저도 돌로 개봉했으니 말입니다.

다시 말하지만, 무지막지한 짐승이나 광포한 야만인은 예기치 못할 만큼 순식간에 광기에 휩싸일 수가 얼마든지 있습니다. 그럴 경우 원인은 무엇이 될 수 있을까요? 네, 그렇습니다! 바로 그 술이 문제였지요! 운전자와 여자친구가 풀밭에 앉아 한가로이 요기를 하는 사이, 놈은 마파람에 게눈 감추듯 후딱 마셔버린 겁니다. 그때까지만 해도 암염소 가죽옷을 입고 챙 모자까지 쓴 채 리무진 구석에 얌전히 쭈그리고 여행을 하던 그놈이, 술병이 손에 잡히자 그대로 깨뜨리고 거침없이 독주를 부어댄 것이죠. 일이 바로 그렇게 된 겁니다. 양껏 술을 들이켜자 갑자기 광포하게 돌아버렸고, 아무 생각 없이 닥치는 대로 치고 받았을 겁니다. 그러다 문득 본능적인 두려움이 엄습했고, 나중에 벌받을 생각에 겁이 더럭 나서 남자의 사체를 허겁지겁 감추게 됩니다. 그런 다음 어리석게도 중상을 입은 여자를 차에 그대로 싣고서 도망치기 시작했지요. 자동차를 운전할 줄은 몰랐지만, 그것만 타면 누구도 따라잡을 수 없다는 걸 알기에 자동차는 곧 구원이나 마찬가지라는 생각을 했겠죠. 이쯤에서 아마 이렇게 물으실 수도 있을 겁니다. '그럼 돈은 어떻게 된 거야? 지갑도 훔쳐갔잖아?' 저런, 그자가 훔친 거라고 누가 그러던가요? 시체 썩는 냄새를 맡고 다가온 부랑자나 일개 촌부가 털어간 게 아니라고 누가 장담하더냔 겁니다! 그럼 당신은 또 이렇게 반론할지도 모르겠습니다. '그건 그렇다고 쳐도, 그놈을 근처 어딘가에서는 발견했을 것 아니냐? 기껏해야 모퉁이길 근방 어딘가에 숨었을 테고, 뭐든 먹고 마시려면…….' 놈이 그 근처에 여전히 있을 거라는 근거는 무엇인지요? 그럼 당신은 아마 그림자가 지나치는 걸 보았다는 촌부의 증언을 증거로 들이댈 겁니다. 한 가지 덧붙이자면, 두 마리의 몰로스 맹견을 풀었지만 마치 집에서 기르는 푸들을 다루듯 놈이 보기 좋게 해치웠다는 사실도 들 수가 있을 겁니다.

또한 엉뚱하게도 꽃을 꽂아 땅에 파묻어놓은 총신 얘기도 거론할 수 있겠지요. 웃기면서도 그로테스크한, 정말이지 괴상한 짓 아닙니까? 자자, 아직도 모르시겠어요? 뭔가 반짝 떠오르는 요점이 없습니까? 없다고요? 그렇다면 이쪽에서 시원한 대답을 제공할 가장 간단한 방법은, 다 때려치우고 곧장 핵심을 파고드는 것이겠습니다. 그만하면 설명은 웬만큼 한 것 같으니 이제 남은 건 행동이지요. 자, 이제부터는 경찰과 헌병 나리들께서 직접 좀 나서주셔야만 하겠습니다. 엽총으로 단단히 무장하고 나서 숲을 중심으로 더도 말고 반경 200~300미터를 샅샅이 훑으라고 하세요. 단, 고개를 숙이고 땅만 내려다보는 대신, 과감하게 턱을 치켜들고 허공을 바라보아야 합니다. 네, 그것도 까마득히 높은 너도밤나무나 우거진 참나무 가지들 속을 헤집듯이 살펴보아야 할 거예요. 장담하건대 그러면 아마 뭔가 보일 겁니다. 놈은 그곳에 있습니다. 가엽게도 자신이 한 행동을 깨닫지 못한 채 현장을 감히 벗어나지도 못하고서, 자기가 죽인 남자와 여자를 마냥 기다리며 어쩔 줄 모르고 있을 거예요.

나로 말하자면, 현재 아주 복잡한 사업을 추진 중이며 할 일이 태산 같은 처지라 유감스럽게도 이곳 파리를 단 한 발짝도 벗어나지 못하는 실정입니다. 그렇지만 않으면 모처럼 재미나는 사건을 끝까지 파헤쳐보는 데 나도 기꺼이 동참할 수 있을 걸 말입니다.

아무튼 사법부의 친구들에게도 안부나 대신 전해주십시오.

그럼 두루 평안하시고, 이만 줄이겠습니다.

아르센 뤼팽

결말이 어떻게 났는지는 모두 기억할 것이다. 사법당국의 나리들과 헌병당국에서는 그저 어깨를 으쓱했을 뿐, 이 공들인 편지를 하찮은 장난 정도로 치부해버리고 말았다. 다만 네 명의 현지 유지들이 의기투합해서 엽총으로 무장하고 사냥을 시작하기로 했다. 물론 까마귀 사냥이라도 나서는 것처럼 허공을 바라보면서 말이다. 그리고 불과 반 시간만에 그들은 살인자를 발견했다. 두 발을 쐈고, 놈은 나뭇가지에서 나뭇가지로 곤두박질치며 떨어졌다.

아직은 상처만 입었을 뿐인 놈은 곧장 단단히 포박되었다.

그날 저녁, 이 생포 소식을 전혀 모르고 있던 파리의 신문 지상에는 다음과 같은 단평기사가 실렸다.

지금으로부터 6주 전, 마르세유에서 하선해 자동차를 빌려 탄 바 있는 브라고프 부부의 소식이 아직도 캄캄하다.

그간 오랜 세월을 오스트레일리아에 거주하다가 유럽 땅에는 처음 발을 디딘 그들은 평소 서신 왕래를 유지하던 파리 불로뉴 숲의 동물원 원장에게 미리 연락을 한 바 있는데, 그 내용은 지금까지 전혀 알려진 바 없는 기이한 존재를 하나 데리고 올 예정이라는 것이었다. 그들은 녀석을 인간이라고 해야 할지 원숭이라고 해야 할지 아직 판단이 안 선다고 덧붙였다.

요컨대 저명한 고고학자인 브라고프 씨에 의하면, 조만간 대단한 유인원, 혹은 아직까지 그 존재가 증명된 바 없는 인간원숭이가 우리 앞에 모습을 나타낼 거라는 얘기이다. 그의 골격은 아마도 뒤부아 박사가 1891년에 자바에서 발견한 피테칸트로푸스 에렉투스(약 50만 년 전에 존재했다고 추정되는 인간과 원숭이의 중간 단계—옮긴이)의 그것과 유사하지 않을까 여겨지며, 일부 특성상 아르헨티나의 자연주의자 아메기노(플로렌티노 아메기노(1854~1911)의 회고록이 1909년에 출간된 바 있다—옮긴이) 씨의 이론까지도 입증해줄 수 있을 거라고 한다. 참고로 그는 부에노스아이레스 항의 굴착공사 도중 발견한 몇 안 되는 두개골 조각들을 근거로 디프로토무스(인간과 원숭이의 중간 단계—옮긴이)의 존재를 재구성해낸 바 있다.

상당한 지능을 갖추고 관찰력도 대단히 뛰어난 이 특이한 동물은 오스트레일리아의 거처에 있을 때는 줄곧 주인 부부의 하인 역할을 했다는데, 자동차를 곧잘 청소하다가 가끔은 운전까지 시도해본 적이 있다

암염소 가죽옷을 입은 사나이

는 것이다.

그러나 현재는 브라고프 부부의 신상이 미궁 속에 빠져 있다. 물론 주인 부부를 동반했다는 그 기이한 영장류의 행방 역시 묘연한 상태이다.

지금 이 문제에 대한 대답은 별로 어렵지가 않다. 아르센 뤼팽 덕분에 사건의 모든 요소들이 시원하게 공개되었기 때문이다. 즉, 현재 사건용의자는 사법당국의 수중에 얌전히 들어간 상태이다.

이제 사람들은 파리 시 불로뉴 숲의 동물원에서 트루아제투알이라는 이름을 달고 갇혀 있는 그의 모습을 구경할 수가 있다. 사실 녀석은 원숭이다. 그러면서 또 인간이기도 하다. 보통 가축들이 다들 그렇듯 녀석도 온순하고 똑똑한 편이며, 마찬가지로 주인이 죽었을 때 으레 느끼는 슬픔 또한 간직하고 있는 것 같다. 하지만 자세히 보면 짐승보다는 인간 쪽에 더욱 가까운 그 밖의 형질도 아주 많은 것 같다. 즉, 음흉하고, 잔혹하며, 게으르고, 탐욕스러우면서, 화를 잘 내는가 하면, 특히 술에 대해 과도한 애정을 품고 있으니.

솔직히 그 점만 아니라면 녀석은 분명 원숭이이긴 하다.

그 점만 아니라면 말이다.

녀석이 붙잡히고 난 며칠 후, 동물원을 찾은 나는 아르센 뤼팽이 우리 앞에 꼼짝 않고 서서 이 흥미로운 문제의 해답에 골몰하는 모습을 가만히 바라보았다. 사실 마음에 걸리는 부분도 있고 해서 나는 이렇게 말을 건넸다.

"이보게, 뤼팽. 이번 사건에 자네가 개입해서 논증해준 내용 말일세. 솔직히 나는 그 편지에 그리 놀라진 않았었네."

"아하, 그런가? 이유는?"

그는 차분하게 반문했다.

"이유야 그와 유사한 사건이 70~80년 전에 이미 일어났었기 때문이지. 그걸 가지고 에드거 앨런 포도 자신의 가장 아름다운 이야기 중 한 편의 주제를 삼지 않았던가(1841년 발표된 「모르그 가의 살인」을 암시한다. '모르그'라는 거리명과 앞서 나온 모르그 숲의 이름이 일치하는 것에서 작가 모리스 르블랑의 재치를 엿볼 수 있다—옮긴이)! 사정이 그러하니 이번 수수께끼의 해답이 쉬이 떠오르는 것도 무리는 아니지."

그러자 아르센 뤼팽은 갑자기 내 팔을 덥석 붙들고는 한쪽으로 데려가 다그치듯 물었다.

"아니, 그럼 자네도 짐작을 했었단 말인가?"

난 고백하지 않을 수 없었다.

"자네 편지를 읽는 순간 그랬지."

"내 편지 중 특히 어느 부분에서?"

"끄트머리쯤 가니 알겠더군."

"그래, 끄트머리까지 내가 설명을 아주 꼼꼼히 해놓은 셈이지? 물론 상황은 서로 현저히 다르지만, 비슷한 주인공이 등장하는 같은 유형의 범죄 사건이 우연히 반복되었다고 할 수 있다네. 하지만 자네뿐만 아니라 다른 보통 사람들이 그걸 깨우치려면 누군가 나서서 눈을 뜨게 해주어야 했지. 이를테면 내가 쓴 편지의 도움을 받아야만 했던 거야. 물론 제반 사실들에 얽매인 부분도 있었지만, 난 그 편지에서 주로 논증이라는 순수한 형식을 즐겨 차용한 데다, 가끔은 저 위대한 미국 시인이 사용한 용어들을 살짝 도용하기도 했다네. 아무튼 보다시피 내 편지는 전혀 쓸모가 없진 않았어. 덕분에 배우고도 잊어버리고 마는 것들을 다시금 사람들에게 일깨울 수 있는 좋은 기회가 되지 않았는가!"

거기까지 말하고 나서 빙글 돌아선 뤼팽은, 무슨 철학자처럼 심각한 표정으로 명상에 잠겨 있는 늙은 원숭이의 면전에다 푸하 하고 웃음을 터뜨렸다.

결정판
아르센 뤼팽
전집
2

1판 1쇄 발행 2018년 7월 2일
1판 7쇄 발행 2023년 4월 1일

지은이 모리스 르블랑 **옮긴이** 성귀수
펴낸이 김영곤 **펴낸곳** (주)북이십일 아르테
디자인 김형균
문학팀 김지연 임정우 원보람
출판마케팅영업본부 본부장 민안기
마케팅2팀 나은경 정유진 박보미 백다희
출판영업팀 최명열 김다운
제작팀 이영민 권경민

출판등록 2000년 5월 6일 제406-2003-061호
주소 (우 10881) 경기도 파주시 회동길 201(문발동)
대표전화 031-955-2100 **팩스** 031-955-2151

ISBN 978-89-509-7562-3 04860
      978-89-509-7560-9 (세트)

아르테는 (주)북이십일의 문학 브랜드입니다.

(주)북이십일 경계를 허무는 콘텐츠 리더

아르테 채널에서 도서 정보와 다양한 영상자료, 이벤트를 만나세요!
인스타그램 instagram.com/21_arte **페이스북** facebook.com/21arte
포스트 post.naver.com/staubin **홈페이지** arte.book21.com